HEYNE <

Zum Buch

Der Prügelknabe:
Hank Thompson wohnt alleine in New York, arbeitet als Barkeeper in der Lower East Side und wird eines Abends in der Bar übel verprügelt. Warum, weiß er zunächst nicht, doch plötzlich tauchen erneut diese merkwürdigen Schlägertypen auf. Allmählich dämmert es Hank, dass dies etwas mit seinem Nachbarn Russ zu tun haben muss. Russ stand vor ein paar Tagen abends mit einem Haustierkäfig vor seiner Wohnungstür, ob er wohl ein paar Tage auf die Katze aufpassen könne. In dem Käfig befindet sich jedoch nicht bloß eine Katze namens Bud, sondern auch ein Schlüssel, für den höchst obskure Gestalten über Leichen gehen. Und so befindet sich Hank bald auf einer Odyssee durch den New Yorker Großstadtdschungel.

Der Gejagte:
Drei Jahre sind seit seiner Flucht aus New York vergangen, als in der kleinen mexikanischen idyllischen Strandbar, in der Hank das Leben genießt, ein Mann mit auffälligem Akzent auftaucht. Die Russenmafia hat Hank aufgespürt. Was folgt ist erneut eine atemlose Jagd quer durch Amerika, zumal bald nicht nur die Russen hinter Hank her sind, sondern auch korrupte mexikanische Polizisten und andere Gestalten, von denen man es nicht erwartet hätte.

Ein gefährlicher Mann:
Um seine Familie zu schützen, lässt sich Hank Thompson auf einen folgenschweren Deal ein: Er arbeitet in Las Vegas als Killer und Schläger für David Dolokhov, einen Gangsterboss aus New York. Eine Zeitlang gelingt es Hank, für David Menschen zu töten, doch bald verliert er jeglichen Lebensmut. Ein letzter Mordauftrag soll ihm den Ausstieg ermöglichen. In New York schließt sich der Kreis, und es kommt zum großen Showdown.

Zum Autor

Charles Huston ist Roman-, Comic- und Drehbuchautor. Der Autor lebt mit seiner Frau, der Schauspielerin Virginia Louise Smith, in Los Angeles. Besuchen Sie seine Website: www.pulpnoir.com

Lieferbare Titel

Die Joe-Pitt-Serie: Stadt aus Blut – Blutrausch – Das Blut von Brooklyn – Bis zum letzten Tropfen – Ausgesaugt
Einzeltitel: Killing Game – Das Clean Team – Die Plage

CHARLIE HUSTON

DIE HANK-THOMPSON-TRILOGIE

WILHELM HEYNE VERLAG
MÜNCHEN

MIX
Papier aus verantwortungsvollen Quellen
FSC® C014496

Verlagsgruppe Random House FSC-DEU-0100
Das für dieses Buch verwendete FSC®-zertifizierte
Papier *Holmen Book Cream* liefert
Holmen Paper, Hallstavik, Schweden.

Vollständige deutsche Taschenbuchausgabe 01/2013

Der Prügelknabe
Die Originalausgabe CAUGHT STEALING
erschien 2004 bei Ballantine Books,
aus dem Amerikanischen übersetzt von Markus Naegele

Der Gejagte
Die Originalausgabe SIX BAD THINGS
erschien 2005 bei Ballantine Books,
aus dem Amerikanischen übersetzt von Alexander Wagner und
Markus Naegele

Ein gefährlicher Mann
Die Originalausgabe A DANGEROUS MAN
erschien 2006 bei Ballantine Books,
aus dem Amerikanischen übersetzt von Alexander Wagner und
Markus Naegele

Printed in Germany 2013
Umschlaggestaltung und Motiv:
© Eisele Grafik-Design, München
Satz: KompetenzCenter, Mönchengladbach
Druck und Bindung: GGP Media GmbH, Pößneck
ISBN: 978-3-453-43700-5

www.heyne.de

Stimmen zur Hank-Thompson-Trilogie

»Ich liebe Charlie Hustons Werke aus mehreren Gründen. Zum einen ist er ein brillanter Geschichtenerzähler und schreibt die besten Dialoge seit George V. Higgins, doch was mir am besten an ihm gefällt, sind sein morbider Sinn für Humor und die scheinbare Mühelosigkeit, mit der er finstere und gleichzeitig komische Schurken erfindet, die Beavis und Butthead wie Sonntagsschüler aussehen lassen.«

Stephen King

»Ein Plot, auf den Hitchcock neidisch gewesen wäre!«

Entertainment Weekly

»Charlie Huston mixt extreme Gewalt, rasante Action und eine Portion Melancholie zu mitreißenden Geschichten.«

Frank Goosen

»Charlie Huston ist einer der herausragendsten Autoren der Kriminalliteratur des 21. Jahrhunderts.«

Washington Post

»Ein absolut verrücktes Genie!« *Duane Swierczynski*

»Huston ist einer der großartigsten und frischesten Autoren unserer Zeit.« *Publishers Weekly*

»Charlie Huston liest sich wie Chandler auf Speed.«
Playboy

»Hustons Dialoge sind atemberaubend und seine Charaktere unvergesslich. Dem kann sich keiner entziehen.«
The New York Times Book Review

»Cool, blutig, hart muss ein Krimi sein, nicht wahr? Wenn Sie das auch so sehen, ist der Amerikaner Charlie Huston definitiv der richtige Autor für Sie.« *Stern*

»Seine Hank Thompson-Trilogie gehört zum Aufregendsten, was je in der Genreliteratur aufschimmerte.« *Max*

»*Der Prügelknabe* liest sich wie *Der Malteser Falke* auf-Speed.« *Wallace Stroby*

»Als hätte Sam Peckinpah bei den *Blues Brothers* Regie geführt.« *Booklist*

»Huston schreibt wunderbar trocken und hat mit Hank einen unglaublich coolen Helden geschaffen.«
Washington Post

CHARLIE HUSTON

Der Prügelknabe

Roman

Aus dem Amerikanischen
von Markus Naegele

WILHELM HEYNE VERLAG
MÜNCHEN

SÜDLICHES MANHATTAN

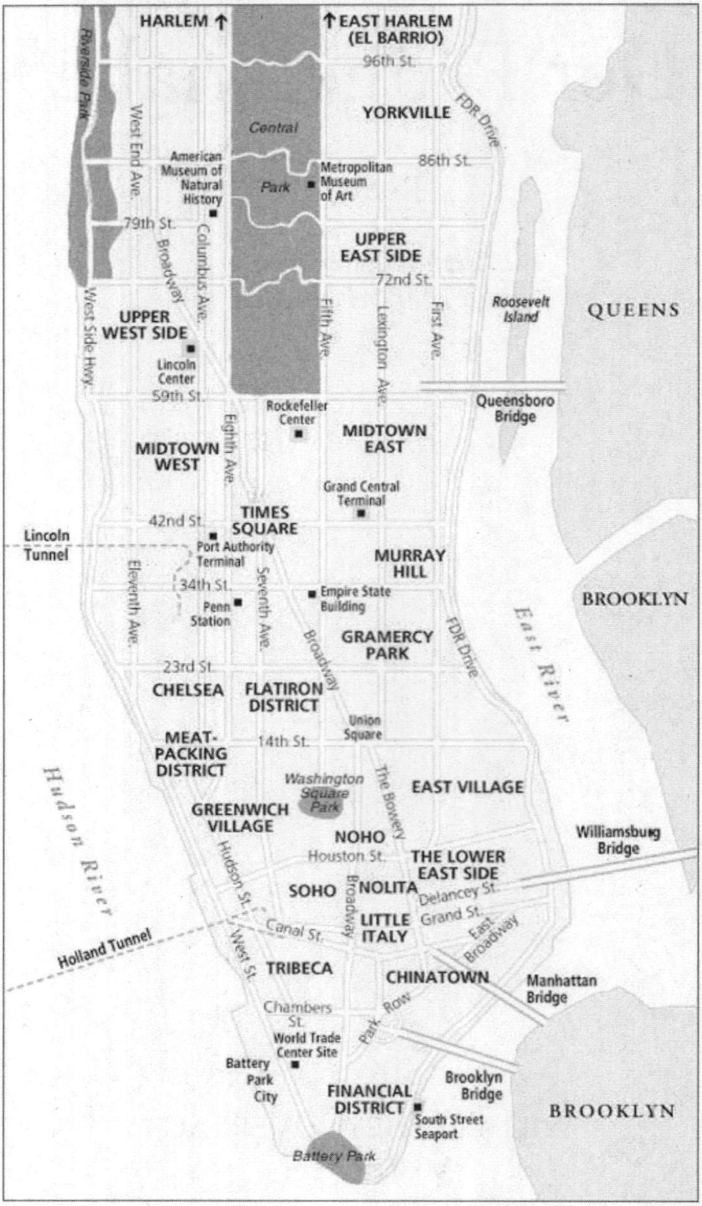

Für Mom und Dad.

TEIL 1

22.–28. SEPTEMBER 2000

Meine Füße schmerzen. Der Albtraum hat mich geweckt, und während ich auf dem kalten Holzfußboden zum Bad laufe, schiebe ich schlürfend den Staub vor mir her. Ich bin immer noch halb betrunken und muss dringend pissen. Noch nicht ganz wach, frage ich mich, was mich primär geweckt hat: der Drang zu pissen oder der Albtraum.

Mein Klo ist ein wenig kleiner als die üblichen Scheißhäuser. Ich sitze auf der Schüssel und lehne mich mit der Stirn an die gegenüberliegende Wand. Vom Pissdrang habe ich einen Steifen, und wenn ich jetzt im Stehen urinieren wollte, würde ich bloß das ganze Klo voll spritzen. Ich weiß das aus Erfahrung. Außerdem schmerzen meine Füße immer noch.

Es dauert eine Weile, und als ich endlich fertig bin, bin ich fast schon wieder eingeschlafen. Ich steh auf, zieh ab und schlurfe zurück ins Bett. Auf dem Weg dahin tröpfelt mir noch ein letzter Tropfen Urin auf den Oberschenkel. Ich hebe einen dreckigen Socken vom Boden auf, wische den Urin ab und schmeiße den Socken in die Ecke.

Ich krieche wieder unter die Decke und drehe mich ein wenig, bis ich endlich die richtige Position gefunden habe. Während ich langsam wieder wegdöse, kehrt der Albtraum auch schon zurück. Ich zwinge mich dazu, wach zu werden, um ihn zu verscheuchen. Ich denke an etwas Schönes. Ich denke an den Hund, den ich mal hatte. Ich denke an Yvonne. Ich denke an Baseball: lange, geruhsame Baseballspiele,

Plastikbecher mit kaltem Bier zwischen meinen Schenkeln und knirschende Erdnussschalen unter meinen Turnschuhen. Flugbälle, die langsam über sprintende Außenfeldspieler aufsteigen, die wunderbare Leichtigkeit eines langen Flyballs. Nein! Falsch! Baseball ist ein Fehler, und der Albtraum kehrt zurück. Ich denke an zu Hause. Das scheint zu wirken, und langsam schlafe ich wieder ein. Und gerade, kurz bevor ich vollends einschlafe, erinnere ich mich an das Blut am Socken, als ich mir das Bein abwischte, das Blut in meiner Pisse. Ich schlafe ein.

Diese Dinge haben nichts miteinander zu tun: meine schmerzenden Füße, der Albtraum und das Blut. Meine Füße schmerzen seit Jahren wegen des Jobs. Der Albtraum verfolgt mich schon mein halbes Leben lang. Das Blut im Urin ist brandneu, aber ich weiß verdammt genau, wo ich das herhabe.

Das Blut stammt von der Tracht Prügel, die mir diese Typen letzte Nacht verpasst haben. Mit letzter Nacht meine ich die paar Stunden, bevor mich der Albtraum aus dem Schlaf gerissen hat. Und wenn ich sage, ich habe von diesen Typen Prügel eingesteckt, dann meine ich, dass ich sie auch wirklich kassiert habe. Einfach so, gratis, ohne Bezahlung. Ich hatte Glück; sie hatten beide kleine Hände. Stell dir das vor, zwei Riesenkerle mit kleinen Händen. Soll vorkommen. Sie wollten sich ihre kleinen Händchen anscheinend nicht an meinem Gesicht schmutzig machen, deshalb nahmen sie mit meinem Körper vorlieb. Es dauerte gar nicht so lang. Sie verpassten mir ein paar saubere Schläge in den Magen und in die Rippen und ich fiel zu Boden. Dann steckte ich noch ein paar Stiefeltritte in die Nieren ein. Und daher stammt auch das Blut.

Der Wecker klingelt um Punkt acht Uhr morgens. Der Alkohol hat sich verzogen, und jetzt schmerzt alles, aber es sind immer noch die Füße, die mich wirklich fertig machen. Ich geh aufs Klo und tatsächlich – mehr Blut. Ich putz mir die Zähne und hüpf unter die Dusche. Überall an meinem Körper bilden sich jetzt Blutergüsse und das heiße Wasser fühlt sich wie eine Erlösung an. Ich steige aus der laufenden Dusche, eile tropfend zum Kühlschrank, um mir ein kaltes Bier zu holen, und steige zurück unter die Dusche. Das Wasser fühlt sich gut an, aber das Bier ist noch besser. Es lindert die Wirkung des Katers, haucht den Überresten des Alkohols neues Leben ein. Ich nehme den Waschlappen aus dem Regal neben der Dusche und fahre damit sanft über meine Füße.

Nach der Dusche leere ich den Rest meines Biers, während ich mir die Fußnägel schneide. Ich schneide sie sehr kurz und gerade und achte darauf, dass sich kein Dreck mehr an den Rändern befindet. Ich entdecke ein frisches Paar Socken ohne Löcher und ziehe mich an. Raus aus der Wohnungstür, Zeit fürs Frühstück.

Im Diner bestelle ich Eier mit Speck und dazu ein weiteres Bier. Das erste Bier schmeckte schon ausgezeichnet, aber das zweite ist noch ein Stück besser. Ich gehe jetzt in die dritte Woche eines ziemlich ordentlichen Saufgelages und habe festgestellt, dass die ersten paar Drinks des Tages die besten sind. Ich muss es langsam angehen lassen mit dem Bier, weil ich einen Job habe, der spät losgeht. Wenn ich mich zu früh zulaufen lasse, lalle ich bereits, bevor meine Schicht beginnt. Ich nippe an dem Bier, esse und studiere dabei die Sportseiten der Zeitung.

Die *Daily News* besteht zu gleichen Teilen aus billigem Sensationsjournalismus, Herzschmerzgeschichten, Werbung und Promiklatsch. Ich lese das meiste und fühle mich richtig eklig dabei, aber das ist New York, und hier wird jeder früher oder später zum Schwein. Heute geht es fast nur um die Wahlen und weitere Dotcom-Unternehmen, die Pleite gegangen sind. Ich überblättere die Fotos von Bush und Gore und komme zum wichtigen Teil. Der eigentliche Grund, warum ich mir dieses Drecksblatt kaufe, ist der, dass dies die einzige Möglichkeit ist, am Morgen die Ergebnisse von der Westküste zu bekommen. Es sei denn, man hat Kabelfernsehen. Ich kann mir das jedoch nicht leisten.

In Kalifornien plagen sich die Giants mit ihren üblichen Problemen zum Ende der Saison herum. Noch vor einer Woche war der erste Platz in greifbarer Nähe, aber nach einer Serie von sieben Niederlagen in Folge hat sich das Thema erledigt, und jetzt kämpfen sie mit vier Punkten Rückstand gegenüber den Mets um die Wild Card bei acht ausstehenden Spielen. Währenddessen räumen die Dodgers ab und haben die Liga bei zwölf Siegen in vierzehn Spielen klar im Griff.

Ich schau auf meine Uhr und stelle fest, dass es höchste Zeit ist, zum Arzt zu gehen.

Ich hasse die Dodgers.

Vor einer Woche hatte ich diesen Termin ausgemacht. Ich bin nicht wegen des Bluts hier, sondern wegen meiner Füße. Ich habe alle Arten von Schuhen und Einlagen ausprobiert, aber trotzdem bringen mich meine Füße immer noch um. Nachdem ich mich jahrelang davor gedrückt habe, suche ich jetzt endlich einen Arzt auf. Wo ich schon mal hier bin, könnte ich ihn sicher auch auf das Blut im Urin ansprechen, aber was sollte er mir schon sagen? Er wird mir raten, zu einer Unfallstation zu gehen, und die werden mir mitteilen, dass es nicht lebensgefährlich sei. Sie werden mir empfehlen, mich ein wenig auszuruhen und keinen Alkohol oder Koffein zu mir zu nehmen. Ich trinke keinen Kaffee, davon werde ich bloß zappelig und nervös. Ich sitze im Wartezimmer und denke an das zweite Bier und wie herrlich es geschmeckt hat.

Wegen meiner Nieren mache ich mir keine Sorgen. Wenn es was Ernstes wäre, dann wäre ich jetzt schon längst ohnmächtig. Sie sind gequetscht, ein bisschen entzündet, und sie bluten eben ein wenig. Dr. Bob kommt aus seinem Behandlungszimmer und ruft meinen Namen.

Dr. Bob ist ein super Typ. Er ist ein Absolvent einer medizinischen Eliteuniversität und kam in die Lower East Side, um hier eine Gemeinschaftspraxis zu eröffnen. Er nimmt jedermann als Patienten an, seine Behandlungsgebühren sind die günstigsten weit und breit, und er lässt einen die Rechnungen bezahlen, wenn man das Geld aufbringen kann. Einmal hat er mir erzählt, er wolle seine Patienten nicht heilen, nur um sie damit in die Armut zu treiben. Wie gesagt, ein toller Typ.

Letzte Woche erzählte ich ihm von meinen Fußschmerzen, und er schickte mich zum Röntgen. Jetzt dreht er sich in seinem kleinen Praxiszimmer von den Röntgenaufnahmen, die an diesem Lichtkasten an der Wand hängen, weg und kommt mit seinem Stuhl direkt mir gegenüber zum Sitzen. Er betrachtet meine Füße. Er nimmt sich ausgiebig Zeit, inspiziert sie förmlich. Nacheinander nimmt er beide Füße in die Hände und knetet sie ein wenig, wobei er nach einer Auffälligkeit sucht. Währenddessen richtet er seine Augen zur Zimmerdecke, als würden sie ihn bei seiner Untersuchung behindern; wie ein Safeknacker, der bei seiner Arbeit die Augen geschlossen hält.

– Doktor?

– Psst.

Er drückt meine Füße noch ein paarmal und steht dann auf. Er sagt etwas, aber ich kann ihn nicht verstehen. Er deutet von meinen Füßen zum Röntgenbild. Ich erwäge, unauffällig zu verschwinden und lieber mein nächstes Bier zu mir zu nehmen. Ich denke, dass ich mich jetzt am liebsten hinlegen würde, denn ich fühle mich plötzlich ganz merkwürdig. Er schaut mich seltsam an.

Das Dröhnen in meinen Ohren kommt nicht vom Kater. Es übertönt alles andere, und mir kommt in den Sinn, dass hier etwas falsch läuft. Der Untersuchungstisch rutscht unter mir weg, und ich plumpse hart auf den Boden. Ich versuche mich aufzurichten, schaffe es aber nicht. Etwas Warmes und Feuchtes breitet sich über meinem Schoß aus und läuft die Beine herunter. Ich starre auf meine Fußspitzen und erkenne meine dreihundert Dollar teuren Turnschuhe, die so verdammt angenehm zu tragen sein sollen, es aber nicht sind. Und dann sehe ich, wie blutiger Urin aus dem Hosenbein meiner Jeans tröpfelt. Irgendetwas läuft hier verdammt falsch. Ich schlafe ein.

So verändert sich das Leben.

Du wirst in Kalifornien geboren und wächst in einem netten ländlichen Kaff etwas außerhalb von San Francisco als Einzelkind auf. Du hast eine schöne Kindheit, deine Eltern lieben dich. Du spielst Baseball. Du bist außergewöhnlich talentiert und liebst das Spiel über alles. Mit siebzehn stapeln sich die Pokale auf deinem Regal. Du warst in zwei Mannschaften, die um die *Little League World Series* gespielt haben, und bist der Star des Highschool-Auswahlteams. Du bist ein Multitalent: Du kannst werfen, rennen, schlagen und fangen. Du spielst auf der zentralen Position. Du bist auf der Jagd nach Rekorden, führst das Team zu Stolen Bases und Home Runs und hast keine Schwächen. Profi-Scouts beobachten dich seit Jahren und alle gehen fest davon aus, dass du mit achtzehn das College schmeißt und von einem Club der Major League unter Vertrag genommen wirst. Während jedem Spiel schaust du irgendwann mal hinüber zur Tribüne; deine Eltern sind stets da.

In einem Regionalligaspiel versuchst du es zur dritten

Base zu schaffen. Bei einem hohen Wurfball rutschst du mit voller Wucht in das Basekissen, um es noch rechtzeitig zu schaffen, bevor der Ball abgefangen wird. Außerdem willst du den Fänger ablenken, während er hochsteigt, um den Ball zu fangen. Deine Absätze graben sich in das Kissen und als du dich wieder aufrichten willst, kommt von oben der Baseman mit dem Ball herabgesegelt. Er landet genau auf dem Knöchel deines feststeckenden Fußes, und während du noch in der Aufwärtsbewegung bist, fällt er mit seinem gesamten Gewicht auf deinen Unterschenkel.

Der Knochen ragt wie ein Pfeil aus deiner Wade, und du starrst ihn bloß ungläubig an.

Als der Knochen später genagelt wird, gibt es Komplikationen; er weigert sich zu wachsen. Er will nicht richtig verheilen, und für den Rest deines Lebens musst du mit unschönen Narben und einem verknorpelten Muskelgewebe leben, das bei kaltem nassem Wetter zu schmerzen beginnt. Die Physiotherapie ist eine einzige Qual und dauert über ein Jahr. Schon bald redet keiner mehr davon, dass du wieder spielen wirst.

Du hältst dich von den Spielen fern und siehst deine alten Freunde kaum mehr. Du hast jetzt neue Freunde und kommst ein wenig auf die schiefe Bahn. Nach der Schule gehst du arbeiten und kaufst dir von dem Geld einen heißen Schlitten, den du mit deinem Vater, der Mechaniker ist, aufmotzt. Du fährst illegale Rennen und hängst die lokalen Autofreaks allesamt ab. Du gewinnst immer. Und wenn keiner da ist, gegen den du fahren kannst, heizt du die kleinen Nebenstraßen außerhalb der Stadt auf und ab. Die Geschwindigkeit versetzt dich in einen wahren Rausch. Es ist zwar nicht Baseball, aber es ist immerhin etwas.

Draußen bei den Viehfarmen schlüpft um kurz nach Mitternacht ein Kalb durch ein Loch im Stacheldraht und wandert in aller Seelenruhe auf die Fahrbahn. Du reißt das

Steuer herum und trittst voll aufs Bremspedal. Das Lenkrad bricht aus, und der Wagen blockiert vorne rechts. Der Reifen platzt. Die Felge frisst sich in den Asphalt, und der Wagen hebt ab und segelt durch die Luft. Du hängst in dem Wagen und bist mit einem Dreipunktgurt an den Sitz angeschnallt. Der Wagen fliegt durch die Luft und saust dabei im hohen Bogen über das Kalb, das noch nicht einmal aufschaut. Der Ford überschlägt sich einmal, landet wieder auf den Rädern, schleudert über die Straße und kracht frontal in eine dicke Eiche.

Dein Freund Rich trägt keinen Sicherheitsgurt. In dem Moment, in dem du das Kalb erblickst und auf die Bremse steigst, kniet Rich verkehrt herum auf seinem Sitz und greift auf dem Rücksitz nach seinem Sweatshirt.

Während des Saltos hängst du einen Moment kopfüber, unter dir das Kalb, das sich nicht darum schert, was es da angerichtet hat. Rich ist durch den Innenraum gepurzelt und liegt der Länge nach rücklings auf dem Dach. Er blickt dich an, dir in die Augen, sein Gesicht weniger als einen Fuß weit weg, nur ein paar Zentimeter. Der Wagen beginnt seinen Sinkflug, dreht sich plötzlich heftig und Rich verschwindet für einen Augenblick aus deinem Blickfeld. Und während das Fahrzeug in den Baum pflügt, setzt er hinter dir zum Sprung Richtung Frontscheibe an. Er schießt durch das Glas, das durch den Aufprall zerbirst, und fliegt ein paar Meter, bis ihn die Eiche brutal stoppt.

Viele kommen zur Beerdigung und weinen und umarmen dich. Du hast einen Bluterguss am Brustbein und einen Schnitt an der Wange davongetragen; du schaust niemandem in die Augen. Nach der Beerdigung bringen dich deine Eltern nach Hause.

Im Frühling machst du deinen Schulabschluss und gehst aufs College in Nordkalifornien. Du machst dir Gedanken, eventuell ein Physiotherapeut oder ein Rettungssanitäter zu werden. Du könntest dir auch vorstellen, wie deine Mutter als Lehrer zu arbeiten. In der Werkstatt deines Vaters willst du nicht arbeiten. An Autos willst du nicht mehr herumwerkeln. Du fährst nicht mal mehr eins.

Den Collegeabschluss machst du nie. Sechs Jahre verbringst du auf dem College, studierst so ziemlich alles, was es gibt, und bist gut dabei, aber einen Abschluss machst du trotzdem nie. Du weißt nicht, was du machen sollst, und dann lernst du ein Mädchen kennen. Sie ist eine Schauspielerin.

Du gehst mit ihr nach New York, und ihr könnt bei einer ihrer Freundinnen auf dem Sofa schlafen. Zwei Wochen später kriegt sie ein Engagement für eine Tournee und verlässt dich. Ihre Freundin teilt dir mit, dass du ausziehen musst.

New York hat ein tolles öffentliches Verkehrsnetz. Du musst nie mit dem Auto fahren. Du entscheidest dich zu bleiben. Du findest eine Wohnung, so groß wie die Küche deiner Eltern. Du bekommst einen Job als Barkeeper. Du beginnst zu trinken. Es gefällt dir.

Du lebst zwar in New York, benimmst dich aber trotzdem wie ein Kerl aus einer Kleinstadt in Nordkalifornien. Du hilfst den Pennern aus der Gosse, rufst einen Krankenwagen, wenn du einen Verletzten siehst, leihst Bedürftigen Geld und verlangst es nicht zurück, lässt Fremde bei dir übernachten und führst Blinde über die Straße. Eines Nachts willst du in der Bar einen Streit schlichten und kriegst ordentlich eins auf die Nase. Am nächsten Tag meldest du dich zum Boxtraining an. Du trinkst zu viel, aber deine Eltern wissen nichts davon.

Du bist ein guter Kerl, du bist tough und genießt in der Nachbarschaft den Ruf, anzupacken, wenn es erforderlich ist. Das ist nett. Es ist zwar nicht unbedingt das Leben, das du dir erträumt hast, aber es ist schon okay so. Du fühlst dich nützlich, hast Freunde und deine Eltern lieben dich über alles. Zehn Jahre vergehen.

Eines Tages klopft der Kerl aus dem Zimmer gegenüber an deiner Tür. Er bittet dich um einen großen Gefallen. Und damit ändert sich dein Leben endgültig.

Das Erste, an was ich nach dem Aufwachen denke, ist diese verfluchte Katze. Seit ein paar Wochen passe ich für diesen Kerl jetzt auf dieses Vieh auf und jedes Mal, wenn ich weg bin, mache ich mir Gedanken, ob das Ding noch am Leben ist. Fuck! Ich wusste, dass das passieren würde. Ich sagte dem Typen, ich wäre nicht so gut mit Tieren, und dass ich kaum auf mich selbst aufpassen könne, aber er wollte davon nichts wissen, also nahm ich das verdammte Vieh. Dann lande ich im Krankenhaus und stelle fest, dass es Wichtigeres gibt, um das ich mich kümmern muss.

Ein Witz: Ein Typ wird mit drei Hoden geboren und fühlt sich deshalb sein ganzes Leben wie ein Freak. Die Jungs machen im Sportunterricht ihre Späße über ihn, die Mädchen lachen ihn aus. Irgendwann kann er es nicht länger ertragen und will sich einen Hoden entfernen lassen. Der Arzt wirft einen Blick drauf und sagt, es sei unmöglich, viel zu gefährlich, die Operation könnte ihn töten. Stattdessen schickt er ihn zu einem Psychiater, der vielleicht weiterhelfen kann. Der sagt ihm, er solle es locker angehen lassen, er könne auf das dritte Ei doch stolz sein, das wäre was ganz Besonderes. Wie viele Männer können schon drei Hoden vorweisen? Danach fühlt sich der Kerl richtig gut. Er verlässt die Praxis, geht auf die Straße und spricht den erstbesten Mann an: »Wussten sie, dass wir beide zusammen fünf Eier haben?« Da schaut ihn der Mann komisch an und sagt: »Soll das heißen, Sie haben bloß eins?«

Den ersten Kerl, dem ich nach dem Krankenhausaufenthalt über den Weg laufe, spreche ich an.

– Wussten Sie, dass wir beide zusammen bloß drei Nieren haben?

Er sagt nichts, geht einfach an mir vorbei, als ob ich nicht existierte.

New York, Baby, das ist New York!

Fünf Tage war ich im Krankenhaus, einen davon bewusstlos, vier bei vollem Bewusstsein. Die Ärzte haben die Niere entfernt, welche die beiden großen Kerle mit den vier kleinen Händen fast völlig zerquetscht hatten und die durch mein fahrlässiges Verhalten und die Einnahme harntreibender Flüssigkeiten weiter in Mitleidenschaft gezogen wurde. Alkohol. Die Niere hatte eine 4+, als sie entfernt wurde. Bei 5 explodiert sie einfach und bringt dich um. Mir wurde unter Androhung der Todesstrafe mitgeteilt, dass ich nie wieder einen Tropfen Alkohol anrühren dürfe, das Gleiche gelte für Koffein. Wie schon gesagt, ich trinke keinen Kaffee, er macht mich nervös.

Nach meinem Blackout rief Dr. Bob die Rettungssanitäter und ließ mich nach Beth Israel bringen. Er begleitete mich im Krankenwagen und als wir dort eintrafen, brachte er mich an dem ganzen Notaufnahme-Anmeldeformularkram vorbei und direkt in den OP. Er rettete mein Leben. Einer der Ärzte erzählt mir das, und als Dr. Bob auftaucht, will ich mich dafür bei ihm bedanken, aber er winkt nur ab nach dem Motto *Ich-tu-doch-bloß-meinen-Job*. Dann kommen wir zu meinen Füßen.

– Ihr Zustand ist chronisch und kommt davon, dass Sie bei Ihrer Arbeit zu viel stehen.

Ich bin ein Barkeeper mit Zehn-Stunden-Schichten fünf Nächte die Woche, manchmal werden daraus auch sechs oder sieben Nächte.

– Selbst ein lebenslanger Vorrat an orthopädischen Schuhen und eine tägliche Fußmassage werden nichts nützen.

Wenn Sie was gegen den Schmerz tun wollen, müssen Sie schlichtweg runter von den Füßen.

– Was wäre, wenn …
– Runter von den Füßen. Sie sind wie ein Computerprogrammierer mit einem Handwurzelsyndrom. Ändern Sie Ihre Arbeitsgewohnheiten, am besten für immer.
– Uff.
– Genau, uff. Im Übrigen haben sich die Schmerzen in den Füßen durch eine schlechte Blutversorgung verschlimmert, die meines Erachtens auf exzessiven Alkoholkonsum zurückzuführen ist.
– Uff.
– Ich rate Ihnen, lassen Sie das Trinken bleiben. Und Punkt.
– Na schön, klingt super.

Und das war's. Er wünschte mir viel Glück und war schon auf dem Weg nach draußen, als ich ihn nach der Rechnung fragte.

– Rufen Sie mich an, wenn Sie einen neuen Job haben und die Krankenhausrechnung beglichen haben. Dann reden wir über Geld.

Einfach ein klasse Typ.

Alkohol und meine Niere, Alkohol und meine Füße – da lässt sich doch ein Muster erkennen.

Ich rief in der Bar an und sprach mit Edwin, dem Besitzer. Ich entschuldigte mich, dass ich mich erst jetzt melde, aber Edwin blieb völlig cool und sagte, ich solle beizeiten mal vorbeikommen und Hallo sagen.

Hätte ich wegen des Alkohols und der Niere gekündigt? Wenn mir jemand erzählt hätte, *lass die Finger vom Alkohol oder du wirst sterben,* hätte ich deswegen gekündigt? Ich weiß es nicht, aber meine Füße bringen mich noch um, und das gab den Ausschlag.

Ich rief meine Eltern an und versicherte ihnen, mir ginge

es so weit gut, und teilte ihnen mit, dass sie mich nicht besuchen brauchten und auch nicht damit rechnen sollten, dass ich käme, um mich pflegen zu lassen. Meine Mutter weinte ein wenig, aber ich brachte sie mit dem Hodenwitz schließlich doch noch zum Lachen. Dad fragte, ob ich Geld bräuchte, und ich verneinte. Wir redeten ein wenig über Weihnachten und wie lang ich dieses Jahr bleiben würde, und dann sagte ich, dass ich sie liebe, und sie sagten, sie lieben mich auch, und wir legten auf, und ich starrte eine Zeit lang an die verfluchte Decke.

Ich rief eine der Barkeeperinnen von der Arbeit an. Ihr Name ist Yvonne. Wir haben uns eine Weile ziemlich oft gesehen, tun es immer noch von Zeit zu Zeit. Sie ist eins der Mädchen, mit denen ich mich gelegentlich treffe. Eigentlich ist sie mehr als das; sie ist meine beste Freundin. Sie besitzt einen Schlüssel zu meiner Wohnung, also erzählte ich ihr von der Katze und sie versprach, nach ihr zu sehen, bis ich heimkomme. Sie fragte, ob sie mich im Krankenhaus besuchen soll, aber ich lehnte ab. Ich will allein sein. Ich muss mir klar darüber werden, was zum Teufel ich jetzt machen soll.

Jetzt bin ich also draußen, gehe zu dem Blödkopf auf der Straße, erzähl ihm meinen Nierenwitz und nehme mir dann ein Taxi nach Hause. Sie wollten mich zehn Tage da behalten, um mich beobachten zu können und die Fäden zu entfernen, bevor ich gehe, aber der Mangel an a) ausreichend Bargeld und b) einer Versicherung war ein schlagendes Argument, mich gehen zu lassen. Ich werde die Fäden in ein paar Tagen herausmachen lassen und es bis dahin locker angehen. Ich habe nur noch eine Niere, stehe vor einem Totalentzug, die Krankenhausrechnung lässt meine zehntausend Miesen auf dem Kreditkartenkonto wie einen schlechten Witz aussehen, und ich habe keinen Job. Andererseits schnappe ich mir die Zeitung, und die Giants haben eine Siegesserie von vier Spielen hingelegt und zwei Punkte gegenüber den Mets gutgemacht. Ich lehne mich im Taxisitz zurück, spüre einen scharfen Stich dort, wo früher meine Niere war und frage mich, was diese Kerle, die mich so vermöbelt haben, bloß geritten hat.

Und so kam ich zu der Katze.

Der Name des Typen ist Russ und ihm gehört diese Katze. Russ wohnt in der gegenüberliegenden Wohnung und hängt öfters bei Paul's ab, dem Laden, wo ich bediene. Ich kenn ihn ein wenig, er scheint in Ordnung zu sein. Er macht nie Ärger und die wenigen Male, bei denen ich ihn zum Zahlen anhielt, beglich er seinen Deckel im Nu. Manchmal bringt er mir Sandwiches zur Arbeit mit. Na ja, und vor ein paar Wochen steht er eines Abends mit einem dieser Haustierkäfige vor meiner Tür, und ich rieche förmlich, was jetzt kommt. Ich nehme mein Auge vom Guckloch und lehne meine Stirn gegen die Tür. Russ klopft erneut. Ich schaue noch mal, und er steht immer noch da, wippt unruhig auf seinen Zehen auf und ab, als ob er dringend weg müsste. Ich lasse das Guckloch zufallen und öffne die Tür.

Russ hat ein Problem. Russ hat ein echtes Problem und er würde sonst auch nicht fragen, aber er bittet mich um einen großen Gefallen. Russ' Vater ist krank. Das stimmt. Ich weiß es, denn Russ hat mir schon vor einiger Zeit in der Bar erzählt, dass sein Vater seit einer Weile krank ist. Die Sache ist die: Russ' Vater liegt jetzt im Sterben, und Russ muss unverzüglich nach Rochester aufbrechen, und er findet auf die Schnelle keinen, der auf seine Katze aufpasst. Es tut ihm schrecklich leid, aber er braucht meine Hilfe. Ob ich die Katze für einige Tage nehmen könne, im schlimmsten Fall eine Woche oder zwei?

Er hat mich schon so gut wie im Sack, und ich gebe ihm

zu bedenken, dass ich ziemlich viel trinke und mir deshalb etwas Sorgen um die Katze mache. Russ versichert mir, ich solle mir um die Katze mal keine Gedanken machen. Er würde mir einen Katzenfutterautomat, den man alle paar Tage auffüllen könne, und eine Katzentoilette vorbeibringen, und das wäre alles. Die Katze würde sich um sich selbst kümmern. Ich sage Ja. Was soll ich auch machen? Sein Vater liegt im Sterben.

Russ lässt den Käfig mit der Katze stehen und geht zurück in sein Apartment, um den Rest zu holen. Ich hol mir ein Bier und starre den Käfig an. Als ich klein war, hatte ich mal eine Katze. Ich hatte sie mehrere Jahre, bis meine Mutter eines Tages einen streunenden Hundewelpen mit nach Hause brachte und die Katze wenig später verschwand. Obwohl sie nichts dafür konnte und ich ihr auch nie irgendwelche Vorwürfe machte, fühlte sich meine Mutter schuldig. Ich gab der verfluchten Katze die Schuld; beim ersten Anzeichen von Konkurrenz machte sie sich gleich aus dem Staub. Launisch – Katzen sind launische Viecher. Da sind mir Hunde lieber.

Russ erscheint mit dem Futterautomat, dem Katzenklo, einem Streulöffel zum Entsorgen der Katzenscheiße, der Katzenstreu, Futter und einigem Katzenspielzeug. Er bietet mir Geld an, aber ich lehne ab. Mehrfach bedankt er sich, und ich sage ihm, er solle sich um seinen Vater kümmern und anrufen, falls er was bräuchte. Und dann ist er weg. Der Katzenkäfig steht auf der Bierkiste, die mir als Couchtisch dient. Ich mache es mir mit meinem Bier auf dem Sofa bequem und stelle fest, dass Russ mir gar nicht den Namen der Katze verraten hat. Ich lehne mich vor und schaue durch die dünnen Gitterstäbe, um mir die Katze genauer zu betrachten. Es ist eine Hauskatze, eine Mischlingskatze. Rücken und Kopf sind grau gestreift, Bauch und Kopf weiß. Sieht nach einem Männchen aus. Um den Hals hat *er* ein

Band mit einem kleinen Namensschildchen. Ich stelle das Bier ab, öffne die Käfigtür und greife nach dem Kater. Er kommt widerstandslos heraus, ohne Anstalten zu machen. Ich drehe ihn rum, damit er mich anschaut, und er blickt mir direkt in die Augen. Das Namensschildchen hängt verkehrt herum und ich drehe es, um den Namen lesen zu können. Bud. Ich greife mir meine kalte Dose Budweiser, während es sich Bud, die Katze, in meinem Schoß bequem macht und zufrieden schnurrt.

Die Tage vergehen. Russ lässt nichts von sich hören. Und um ehrlich zu sein, kümmert es mich auch wenig.

Es gibt viel zu tun; ich muss mich um jede Menge Alkoholika kümmern. Mein Vorrat an Hochprozentigem ist enorm und ich muss das Zeug loswerden. Ich könnte es natürlich den Nachbarn geben oder den Pennern auf der Straße, aber ich glaube, es tut mir ganz gut, wenn ich es richtig entsorge. Ich stapele alles, was ich besitze, auf der Küchenzeile. Im Kühlschrank befinden sich achtzehn Dosen Budweiser, ein paar Flaschen Weißwein und ein Coors. In der Tiefkühltruhe finde ich eine halb volle Literflasche Beefeater-Gin und eine unangetastete Flasche polnischen Büffelgras-Wodka. Das Schränkchen unter der Spüle stellt sich als die größte Gefahrenzone heraus, denn hier befinden sich Vorräte an Cutty Sark, Wild Turkey, Cuervo, Myers und eine ganze Palette von Mixgetränken in unterschiedlichen Verbrauchszuständen, dazu Nachschubrationen an Bourbon und Scotch. Des Weiteren habe ich drei Flaschen erstklassigen Chianti und ein winziges Fläschchen kalten Sake, den mir jemand vor einigen Jahren zum Geburtstag geschenkt hat. Zu Beginn schütte ich das Bier in den Ausguss, doch der Geruch lässt mir das Wasser im Mund zusammenlaufen, und ich ändere meinen Plan. Ich schütte alles in die Toilette, und das klappt bestens. Immer wenn der Alkoholpegel einen bestimmten Stand erreicht, geht die

Spülung automatisch an. Ich fühle mich richtig effizient: Anstatt das alles zu trinken und es später wieder auszupissen, schalte ich einfach den Mittelsmann aus. Bud kommt rein, stützt seine Pfoten auf die Klobrille und schaut sich an, was ich da so treibe. Er wird ein wenig mit Rum bekleckert, schüttelt ihn von seiner Schnauze und schleicht zurück ins andere Zimmer. Smarte Katze.

Als ich fertig bin, schmeiße ich die Flaschen und Dosen in einen blauen Plastiksack und schleppe ihn die zwei Stockwerke runter auf die Straße, wo ich ihn in den Rinnstein lege. Was für ein herrlicher Frühherbsttag. Die Luft ist kristallklar und angenehm kühl. Ich kehre ins Haus zurück und hole die sich stapelnde Post aus meinem Briefkasten. Oben in der Wohnung sortiere ich all die Rechnungen und Werbesendungen und Kreditkarten-, Telefonkarten- und Versicherungsangebote aus. Zum Schluss bleibt nur ein Brief meiner Mutter und eine richterliche Benachrichtigung, dass ich zum Schöffen berufen wurde. Ich säubere den Katzenkäfig. Yvonne hat Buds Futterautomat nachgefüllt und ihm ausreichend Wasser gegeben, die Dreckarbeit hat sie natürlich mir überlassen. Aber das ist schon in Ordnung. Ich nehme den Sack mit dem Katzenstreu und der unerwünschten Post und lege ihn auf den Gehsteig neben den blauen Sack mit den leeren Flaschen. Ich frage mich, ob ich nicht etwas übersehen habe, vielleicht eine volle Dose Bier oder einen letzten Rest Sake. Die Luft ist immer noch genauso frisch wie vorher, trotzdem bricht mir ein wenig der Schweiß aus. Das könnte härter werden als ich dachte. Ich geh wieder rauf, schnapp mir das Telefon und ruf meinen Dealer an; ich sag ihm, ich bräuchte etwas Gras. Er sagt, er käme gleich vorbei.

Die Tage im Krankenhaus halfen mir über das Zittern und die Übelkeit des Entzugs hinweg; dabei kamen mir die

Schmerzmittel, die ich für meine Nieren erhielt, sehr gelegen. Bevor ich auscheckte, gab mir der Arzt eine Flasche Codein, aber ich mag keine Pillen. Tims Tüte sollte mir über das Schlimmste hinweghelfen.

Tim ist einer von Pauls Kunden. Er ist ein vierundvierzigjähriger Schwätzer und Säufer, der Glück hatte. Vor wenigen Jahren lebte Tim als Junkie von der Wohlfahrt und den Aludosen, die er aus anderer Leute Müll fischte. Dann erhielt Tim einen tollen Job, entsagte dem Heroin und widmete sich dem Alkohol. Er ist jetzt Bote für einen mächtigen Drogendealer. Jeden Morgen erscheint Tim im Büro seines Bosses, wo er und die anderen Botenjungs eine Liste mit den Kunden und den Stoff abholen. Sie liefern Gras, Hasch, Pilze, Acid und Koks, und sie liefern ohne Zustellgebühr nach Hause oder ins Büro. Tim versorgt Leute quer über die ganze Stadt und wird pro Auftrag bezahlt; sorgfälltig sammelt er alle Taxiquittungen, um sich am Ende des Tages seine Spesen erstatten zu lassen. Nebenbei führt er auch immer ein wenig Extra-Gras mit sich, um spontan ein paar kleine Deals auf eigene Rechnung zu machen. Im Laufe eines Tages wird er dabei mindestens ein Fünftel Irish Whisky und einiges an Bier konsumieren. Er ist das, was wir einen funktionierenden Alkoholiker nennen. Außerdem ist er ein fähiger Jazz-Drummer.

Ich lasse ihn in mein Apartment und er lässt sich auf die Couch fallen. Er hält seinen Rucksack im Schoß und betrachtet mich eingehend.

– He Mann, wie geht's dir so?

Ich sage ihm, mir ginge es gut. Wir reden über die Bekannten aus der Bar, während ich *Kind Of Blue* in den CD-Player werfe und Tim einen Joint rollt. Wir stecken ihn an. Tim ist ein Profi und klärt mich detailliert über das Gras auf, das wir rauchen; eine Virginia-Kreuzung aus klassischem Skunk und besonders starkem Thai-Stick.

– Besonders wichtig ist, dass das Zeug in der freien Natur gezüchtet wurde, und nicht von einem verrückten Wissenschaftler in einem Hydrotank. Zieh den Rauch tief ein und lass ihn drin, Mann, dann kannst du die Bergluft schmecken.

Ich schmecke sie zwar nicht wirklich, aber ich werde im Nu high und denke immer weniger an einen Drink, bis …

– Hast du was zum Trinken hier?

Soweit dazu.

Tim macht sich kurze Zeit später aus dem Staub. Er ist ein echter Schluckspecht und die unschöne Folge davon ist, dass er zu zittern beginnt und ziemlich nervös wird, wenn er nicht rasch was zu trinken bekommt. Jeder muss zusehen, wie er so über den Tag kommt, und Alkohol ist eine allseits ziemlich beliebte Strategie. Auf seinem Weg zur Tür gebe ich Tim das Geld für das Gras, und er winkt mir zu, dann stoppt er für einen Moment.

– Hast du eigentlich rausgefunden, was mit den Arschlöchern los war – warum sie es auf dich abgesehen hatten?

Ich sag ihm, dass ich keinen blassen Schimmer hätte, und er entgegnet, dass die Typen wohl auch keinen gehabt hätten. Als er merkt, was für ein schlechter Witz das war, lacht er halbherzig auf und geht dann. Der Witz war tatsächlich saublöd, aber er wirft eine großartige Frage auf, mit der ich mich befassen werde, wenn ich wieder klar denken kann.

Man kann nicht unbegrenzt Gras rauchen. Ich hab schon eine ordentliche Dosis intus und muss eine Auszeit einlegen. Ich will das Gras bloß zur Verfügung haben, um die kommende Woche sauber über die Runde zu kommen; danach müsste ich wieder in Ordnung sein. Es ist nicht das erste Mal, dass ich mit dem Trinken aufhöre; ich bin auf den Zug schon mehrfach aufgesprungen, um zu sehen, ob ich auch ohne auskomme, um dann doch immer wieder abzuspringen, wenn mir danach war. Motiviert wie ich bin, erwarte ich keine größeren Komplikationen, vor allem, nachdem ich alle Vorräte fortgespült habe. Doch jetzt sitze ich hier alleine in meinem Apartment mit einer fremden Katze in meinem Schoß, höre The Clash's *Combat Rock*, bin arbeitslos und verschuldet und denke an Bier. Ich beschließe, mich um die Wäsche zu kümmern.

Aufgaben sind hilfreich, wenn man etwas aufgeben will, sie halten dich beschäftigt und lassen das Leben sinnvoll erscheinen. Ich stopfe meine dreckige Wäsche in einen Sack und packe Bettzeug und Handtücher dazu. Dann greife ich mir eine Handvoll Quarters aus der Geldschale und bleibe auf halbem Weg zur Tür plötzlich stehen. Bud hat eine kleine Decke in seinem Tragekäfig und ich überlege, ob ich sie mitwaschen soll. Russ müsste in ein oder zwei Tagen wieder zurück sein, und da wäre es doch nett, wenn Bud eine saubere Decke hätte. So denke ich halt. Hab ich von meiner Mutter. Ich greife nach der Decke und ziehe und sie hakt sich irgendwo am Käfig fest. Ich ziehe fester und höre, wie sie ein wenig reißt. So ein Mist: Russ kommt heim und findet die Lieblingsdecke seines Kätzchens sauber, aber zerfetzt vor. Ich stelle den Wäschesack ab, knie mich hin und greife in den Käfig, um die Decke zu enthaken.

Pauls Bar schließt um vier Uhr in der Früh. An einem Donnerstag halten sich dort ab zwei in der Regel nur noch Stammgäste auf. Ab der Zeit kann ich mich dann ordentlich zulaufen lassen. Es waren noch ungefähr zehn Gäste in der Bar und ich schon leicht zugedröhnt, als diese beiden Riesen reinkommen. Sie lassen sich am anderen Ende des Tresens nieder, und ich schlendere zu ihnen rüber. Diese Typen sind unglaublich riesig, selbst im Sitzen ragen sie wie Wolkenkratzer auf, aber was mir noch mehr auffällt als ihre Größe ist die Art, wie sie gekleidet sind: Beide tragen Nike-Trainingsanzüge, der eine in Schwarz, der andere in Weiß; dazu haben sie mehrere Goldketten um den Hals baumeln, die auf die goldumrandeten Armani-Sonnenbrillen abgestimmt sind, die auf ihren kahl geschorenen Schädeln thronen. Das ist definitiv nicht unsere übliche Barkundschaft, und ich halte sie für Polen oder Ukrainer, die hier im Viertel lebten, bevor das East Village den Latinos, dann den Künstlern und jetzt den Yuppies gehörte. Sie bestellen ein Amstel Light und einen Cosmopolitan. Beide. Sie haben einen russischen Akzent. Aber ich hab hier schon verrücktere Vögel erlebt. Ich mache ihre Drinks fertig, kassiere ab und sie bedanken sich.

Als ich die Bar entlangschlendere, um mich wieder meinem Drink und dem Magazin mit diesem Filmquiz zu widmen, höre ich plötzlich Flüche hinter mir. Ich drehe mich um, und der Typ im weißen Trainingsanzug hält seinen Cosmo, als wäre sein Glas voller Kotze.

– Das ist Scheiße!

Er stülpt das Glas um und der Inhalt ergießt sich über den Tresen. Der Typ in Schwarz probiert seinen Drink und spuckt ihn sofort wieder aus, ebenfalls auf die Bar.

– Das ist auch Scheiße! Kann ich nicht trinken.

Um das zu unterstreichen, nimmt er einen weiteren Schluck, spuckt das Zeug quer über den Tresen, steht auf, stolziert zum Mülleimer und wirft den Drink mitsamt Glas hinein.

Ich prügele mich nicht gerne. In meinem bisherigen Leben habe ich nur höchst selten gekämpft, aber ich weiß sehr wohl, dass man sich dabei meist ziemlich wehtut, selbst, wenn man gewinnt. Ich gehe vier Tage die Woche ins Fitnessstudio und boxe zweimal. Ich trage Stiefel mit Stahlkappen und besitze ein Jagdmesser. Hinter der Bar habe ich einen Axtstil. Aber all das nützt mir nichts, denn ich will keinen Streit; diese Typen aber offenkundig schon. Die

Stammgäste grummeln leise vor sich hin, aber sie sind allesamt nicht mehr nüchtern genug, um mir beizustehen. Ich lächle. Ich gehe mit meinem angetrunkenen Grinsegesicht, das Zuneigung und Freude ausstrahlen soll, auf die beiden Trainingsanzugstypen zu. Ich bin Martin Luther King. Ich bin Gandhi. Ich werde diese Gentlemen fragen, ob sie ein anderes Getränk oder lieber ihr Geld zurückwünschen. Ich werde den Tresen ganz vorsichtig von ihrem Rotz säubern. Sie sitzen da am Ende der Bar, ihre Biere unangetastet, das umgestülpte Cosmo-Glas vor sich. Während ich mich ihnen nähere, setzen sie ihre Sonnenbrillen auf, als ob sie von meinem Lächeln geblendet würden. In diesem Augenblick fallen mir ihre kleinen, mädchenhaften und schlicht wunderschönen Hände auf. Meine Bedenken schwinden. Diese Männer sind keine Schläger. Diese Männer sind Konzertpianisten mit graziösen Fingern; gemacht für die Musik, nicht für Faustkämpfe.

Ich erreiche das Ende der Bar und öffne meinen Grinsemund, um ihnen einen Drink auf Kosten des Hauses zu spendieren und sie für ihre Unannehmlichkeiten zu entschädigen. Sie schnappen mich, ziehen mich quer durch den Cosmo-Siff über den Tresen und prügeln mich windelweich. Dann gehen sie.

Ich bin schon einmal verprügelt worden und seinerzeit tat es weit mehr weh. Ich sehe nicht mal richtig zugerichtet aus, und so schaffe ich es, mir die anderen Suffköpfe vom Hals zu schaffen und keinen Notarzt rufen zu müssen. Ich schließe die Bar früher und verbringe die nächsten paar Stunden mit einem Eiskühler auf meine Rippen gepresst im Suff. Tim und eine Reihe übrig gebliebener Stammgäste erzählen ihre Schlägergeschichten und wir philosophieren über die Höhe- und Tiefpunkte des Verprügelns bzw. Verprügeltwerdens. Die Trainingsanzugstypen verbuchen wir als geistesgestörte Psychos, was soll man dazu auch sagen.

Ein paar Stunden später entdecke ich dann das Blut in meinem Urin.

Ich ziehe ein wenig an Buds Decke, um festzustellen, wo sie festhängt, und es stellt sich heraus, dass sie irgendwo in der unteren rechten Ecke festklemmt. Ich greife hinein und taste den Boden nach einem Riss im Plastik oder einer sonstigen Verformung ab. Ein flaches Objekt ist am Boden des Käfigs festgeklebt und eine Ecke der Decke hängt an dem Klebestreifen fest. Was ich zunächst für das Reißen der Decke hielt, war der Klebestreifen, der zerriss. Ich entwirre die Decke, doch dabei löst sich der Gegenstand. Es ist ein kleiner Briefumschlag, der Form nach scheint er einen Schlüssel zu beinhalten. Ich schaue mir den Umschlag genauer an. Der Schlüssel fühlt sich komisch an, ein wenig klobig irgendwie. Es ist nicht meiner. Hiermit habe ich nichts zu tun. Das ist wahrscheinlich ein Zweitschlüssel für Russ' Wohnung oder seinen Banksafe oder sonst was. Jedenfalls geht es mich nichts an, und ich fühle mich plötzlich wie ein Schnüffler. Also streiche ich den Klebestreifen wieder glatt und stecke den Schlüssel mitsamt Umschlag wieder exakt dahin, wo er vorher war. Die Decke bringe ich ebenfalls wieder in die alte Position. Ist die Decke sauber, wird Russ bemerken, dass ich den Umschlag gefunden habe, und das könnte ihn verärgern. Dann muss ich an einen Drink denken, und das erinnert mich an meine Wäsche. Ich greife mir den Sack, verabschiede mich von Bud und gehe. Ich zähle nie zwei und zwei zusammen, warum sollte ich auch?

Ich zog vor knapp zehn Jahren ins East Village, als ich nach New York kam. Unter mir gab es einen kleinen Lebensmittelladen, in dem man an der Kasse Crack, Hasch und Koks bekam. Jetzt ist da ein Schönheitssalon drin, auf der anderen Straßenseite gegenüber gibt es ein Sushi-Restaurant. Es treiben sich immer noch jede Menge Junkies und eine Handvoll Nutten herum, viele Ladenfassaden sind ausgebrannt, aber das alte Wildwest-Feeling ist passé. Eigentumswohnungen, Boutiquen und Bistros schießen wie Pilze aus dem Boden. Morde, Raubüberfälle und Vergewaltigungen gehören der Vergangenheit an, weshalb ich allen, die über die neue Elite meckern, entgegne, sie sollen ihr verdammtes Maul halten. Ich esse gern Sushi und die Japanerinnen im Beautysalon nehmen meine UPS-Päckchen anstandslos entgegen, wenn ich nicht zu Hause bin. Außerdem ist die Gegend immer noch lebendig genug.

Ich trete mit meinem Dröhnschädel aus dem Haus, stehe für einen Augenblick auf dem Bürgersteig und genieße die untergehende Sonne. Jason liegt am Boden ausgebreitet zu meinen Füßen. Jason ist ein Penner, der sich bereits lange vor meiner Ankunft in diesem Viertel herumtrieb. Er ist Puertoricaner und ein richtig altmodischer Suffkopp. Diese Straße gehört ihm mehr als mir, insofern versuche ich, mit ihm auszukommen. Außerdem hält er mir meine eigenen Trinkgewohnheiten vor Augen, und gerade jetzt kommt es mir ganz gelegen, Jason bewusstlos auf dem Bürgersteig vorzufinden, einen Rest T-Bird noch in der Hand. Ich steige über ihn hinweg und mache mich auf den Weg zum Waschsalon.

Ich fürchte, dass ich mich ein wenig übernehme. Der Arzt, der mir meine Niere entfernt hat, sagte, ich solle es langsam angehen lassen. Den Müll und die Wäsche die Treppen rauf und runter zu schleppen ist wahrscheinlich nicht das, an was er dabei dachte. Mit *langsam angehen lassen* hatte er wahrscheinlich eher Nichtstun im Sofabereich gemeint. Aber ich brauche eine Beschäftigung, also trenne ich in diesem koreanischen Waschsalon die helle von der dunklen

Wäsche, gebe etwas Waschmittel, Bleiche und Weichspüler dazu, und schmeiß ein paar Quarters in die Maschine. Der Laden ist ziemlich leer, und so mache ich es mir auf zwei Sitzen bequem, greife nach der *Daily News*, die jemand liegen gelassen hat, und studiere die Baseball-Ergebnisse.

So sieht es derzeit aus:

Die Giants haben heute ihr letztes Spiel gegen die Rockies, bevor es dreimal auswärts gegen die Dodgers geht.

Die Mets werden die Marlins schlagen und haben dann dreimal Heimrecht gegen die Braves.

Ich werde nicht weinen, wenn die Giants verlieren, mir fehlt dazu einfach die Kraft.

Ich werfe meine Wäsche in den Trockner und überfliege den Rest der Zeitung.

Der Trockner macht einen Rums und ich ziehe meine Klamotten heraus. Sie sind noch kochend heiß und ich bin versucht, hier und jetzt meine Jeans zu wechseln, um mir dieses heiße Gefühl an einem kalten Tag zu verschaffen. Schließlich ziehe ich mir aber doch bloß ein warmes Sweatshirt über. Ich falte alles zusammen und packe es in meinen Sack. Seit gut einer Stunde habe ich kaum mehr als ein- oder zweimal an ein Bier gedacht. Nach erfüllter Mission werfe ich den Wäschesack über meine Schulter und gehe heim.

Vor meiner Eingangstür hieve ich den Sack von der rechten Schulter auf die linke, um nach den Schlüsseln zu kramen. Das ist ein Fehler. Mir fehlt die linke Niere, stattdessen habe ich bloß ein großes Loch, das von einigen Fäden zusammengehalten wird. Während ich meinen linken Arm hochstrecke, um den Sack auf der Schulter zu halten, dehnt sich die Naht, oder besser gesagt: Die Wunde dehnt sich und die Naht bleibt da, wo sie war. Ich schnappe nach Luft, quietsche ein wenig vor Schmerz und lasse den Sack fallen. Dann drehe ich mich um und vollführe einen kleinen Schmerzenstanz. Schließlich reiß ich mich am Riemen und pack mir den Sack wieder auf meine rechte Schulter.

Während ich das tue, fällt mir im Fenster der Pizzeria nebenan etwas auf. Dort gibt es eine Theke, die an der Fensterfront entlang verläuft. Hier sitzen die Leute und essen ihre Pizza. Von draußen kann man ihre Gesichter nicht sehen und sie können auch nicht rausblicken, es sei denn, sie beugen sich runter, denn die Fensterfront ist bis kurz oberhalb der Theke mit italienischen Filmplakaten zugepflastert. Der Ladenbesitzer ist ein unglaublicher Filmfreak; ich weiß das, weil ich hier immer meine Pizza esse und wir uns über Filme unterhalten. Er ist ein feiner Kerl, aber ich rate ihm immer wieder, diese verdammten Plakate abzuhängen, damit die Leute rein- und rausschauen können. So ein schönes Fenster. Aber heute liebe ich diese Poster. Ich liebe sie, weil ich etwas im Fenster erblickt habe: vier wunderschöne kleine Hände, bis zu den Handgelenken in Nike-Trainingsanzügen, zwei in Schwarz, zwei in Weiß. Ich bin mir sicher, dass die Pizza in diesen Händen in den Mäulern von zwei riesigen russischen Schlägertypen mit einer Vorliebe für leichtes Bier und rosa Cocktails landen wird.

Ich lasse meine Schlüssel fallen. Ich lasse sie so fallen, dass jeder, der an der Theke der Pizzeria sitzt, mich wird sehen können, wenn ich mich bücke, um sie aufzuheben. So ein verdammter Scheiß. Ich positioniere den Wäschesack vor meinem Gesicht, bücke mich vorsichtig und hebe die Schlüssel auf. Ich habe den Sack nicht bewegt, seit ich die Hände im Fenster erblickt habe. Ich habe keine Ahnung, was die Hände gerade machen, noch bin ich mir wirklich sicher, ob es überhaupt die Hände sind, die ich meine. Ich weiß bloß, dass ich panische Angst habe. Ich beeile mich aufzuschließen. Und wieder fallen die Schlüssel zu Boden. Verfickt noch mal. Wieder bücke ich mich, doch diesmal drehe ich den Sack ein wenig zur Seite, um einen kurzen

Blick ins Fenster werfen zu können. Ich will wissen, wer da an der Theke sitzt, und die Sache hinter mich bringen. Sie sind es. Zum Glück sehen sie mich nicht. Ich stehe auf, drehe die Schlüssel im Schloss und bin im Nu drin.

Es passieren schon verrückte Sachen in New York. Ich bin hier schon Leuten auf der Straße begegnet, die ich noch von der Grundschule her kannte. Es ist durchaus möglich, dass diese Jungs hier um die Ecke wohnen und zufälligerweise Muzzarel's Pizza mögen. Trotzdem hab ich einen irren Schiss, denn das ist schon verdammt merkwürdig. Ich laufe die zwei Stockwerke zu meiner Etage hoch und wiederhole dabei folgendes Mantra:

– So eine verfluchte Scheiße! So eine verfluchte Scheiße! So eine verfluchte Scheiße!

Aus diesem Grund überhöre ich die Geräusche aus dem Korridor vor meinem Apartment. Ich nehme sie erst wahr, als ich nur noch wenige Schritte entfernt bin.

Das Klopfen, das ich jetzt in meinem Korridor höre, könnte der Kammerjäger sein oder ein Freund oder jemand von Federal Express, der mir meine Tasche wiederbringen will, die mir vor drei Jahren am JFK abhanden gekommen ist. Die Anwesenheit der russischen Mafiosi unten lässt mich jedoch zögern. Meine Beine bringen mich ins Visier von wem auch immer da oben und mein Selbsterhaltungstrieb trifft eine Entscheidung. Ich hieve den Sack von der rechten auf die linke Schulter, damit mein Kopf verdeckt ist. Den Schmerz ignorierend betrete ich den Treppenabsatz. Ich bleibe nicht stehen, sondern drehe mich um und erklimme die nächste Stufe ohne in Richtung meiner Tür zu blicken. Das Geklopfe und Gemurmel sind verstummt, die einzigen Geräusche kommen von meinen Schritten, meinem Keuchen und dem heftigen Schlagen meines Herzens. Während ich die Stufen zum nächsten Stockwerk in Angriff nehme und die ersten eins, zwei, drei, vier, fünf

Treppenstufen hinter mir habe, beginnt der Krach von neuem. Als ich das oberste Stockwerk erreiche, bleibe ich stehen; ich bin jetzt drei Stockwerke von wem auch immer da unten entfernt. Meine Seite zieht höllisch, aber noch viel schlimmer ist, dass zum ersten Mal seit Tagen meine Füße schmerzen.

Das Haus, in dem ich lebe, ist kein Palast. Als ich seinerzeit einzog, war es sogar in einem wirklich erbärmlichen Zustand. Vor ein paar Jahren, als sich selbst in Alphabet City ein Immobilienboom abzeichnete, beschloss mein Vermieter, das Haus ein wenig auf Vordermann zu bringen, damit er neuen Hausbewohnern höhere Mieten abverlangen konnte. Aus diesem Grund heuerte er ein paar Zurückgebliebene an, die für wenig Geld einige Schönheitsarbeiten übernehmen sollten. Letztlich sah es so aus, dass ein Trupp Mongoloider durch das Gebäude schlich und alles kurz und klein schlug, was ihm in den Weg kam. Carlos, der Gebäudeaufseher, lief hinter ihnen her und reparierte wieder alles, was der Trupp vorher zerstört hatte. Ich war damals knapp bei Kasse, und Carlos konnte jemanden gebrauchen, der hier und da mit anpackte; dazu gehörte auch das Teeren und Verlegen des Daches. So kommt es, dass ich im Gegensatz zu den anderen Mitbewohnern Zugang zum Dach habe.

Ich befinde mich im Flur des obersten Stockwerks meines Hauses und kann die Typen vor meiner Wohnungstür deutlich hören. Sie unterbrechen ihr Klopfen und scharren stattdessen nur noch mit den Füßen und flüstern. Dann nehme ich etwas wahr, das wie das Öffnen einer Tür klingt, gefolgt von weiterem Füßescharren, einer Tür, die ins Schloss fällt und dann Totenstille. Und ich vermute, dass diese Arschlöcher in meinem Apartment sind. Ich will die Bullen rufen.

In einer solchen Situation gibt es keinen Grund, nicht die Bullen zu rufen. Leute brechen in deine Wohnung ein; Leute, die mit anderen Leuten in Verbindung zu stehen scheinen, die dich vor ein paar Nächten zusammengeschlagen haben – da gibt es doch wohl keinen guten Grund, nicht die Polizei zu rufen.

Außer vielleicht der großen Tüte voll Gras, die auf dem Esstisch thront mitsamt allen Zutaten, um sie sich reinzuziehen.

An der Tür zum Dach ist ein Zahlenschloss angebracht. Ich kenne die Kombination. Ich steige die paar Stufen zur Dachluke hoch, öffne das Schloss, trete hinaus und stelle endlich den verdammten Wäschesack ab, der mich allmählich umbringt. Ich muss die Tür einen Spalt weit offen lassen, denn wenn sie zufällt und ich sie wieder öffne, wird automatisch der Feueralarm für das gesamte Gebäude ausgelöst. Mir ist das einmal passiert, als ich mit Carlos hier oben am Arbeiten war. Er gebrauchte daraufhin jedes Schimpfwort, das ihm auf Englisch, Spanisch oder Philippinisch einfiel. Später gab ich ihm dann ein oder drei Bier aus, und er vergab mir, aber es war eine saublöde Geschichte. Feuerwehrwagen, Anwohner auf der Straße, ein richtiges Verkehrschaos; und das alles bloß, weil ich mal rein musste, um Pipi zu machen.

Deshalb lasse ich die Tür jetzt ein wenig geöffnet.

Ich habe keinen Plan. Ich könnte immer noch die Bullen rufen, aber das Gras spricht eher dafür, eine gewisse Abwartetaktik zu verfolgen, zumindest für den Augenblick. Vor allem, weil ich keine Ahnung habe, was die Typen eigentlich machen. Ich besitze nichts Wertvolles. Ich habe ein wenig Bargeld und die üblichen Einrichtungsgegenstände, aber ansonsten ist das Gras augenblicklich mein wertvollstes Eigentum. Und so stehe ich auf dem Dach und habe keinen Plan.

Ich laufe zur Vorderfront des Gebäudes und gehe runter auf alle viere. Ich krieche zum Rand und versuche hinunter zu schauen. Weise Entscheidung! Schwarz und Weiß haben die Straße überquert, stehen vor dem Tattooshop und veranstalten das *Wir-sind-so-verdammt-unauffällig-Spielchen*. Einer spricht in ein Handy, während der andere mit einem Strohhalm aus einer Flasche Yoohoo trinkt. Beide vermeiden es tunlichst, zu meinem Haus rüberzuschauen. Ich habe neues Terrain betreten. Diese Typen suchen nach mir. Ich bin mir sicher, dass sie meine Wohnung umstellt haben und nach mir Ausschau halten, um die Typen in meiner Wohnung rechtzeitig warnen zu können. Sowas ist mir noch nie passiert, und ich bin etwas ratlos, was meine nächsten Schritte anbetrifft. Und in diesem Moment wird mir bewusst, dass es wirklich an der Zeit ist, die Bullen zu rufen, möglicherweise befinde ich mich in einer wirklich gefährlichen Situation. Ich krieche zurück, stehe auf und gehe zur Tür, die eine angenehme Herbstbrise zugeschlagen hat.

Einen Moment lang spiele ich mit dem Gedanken, die Tür einfach aufzumachen, den Alarm auszulösen und die Sache zu einem schnellen Abschluss zu bringen. Alle Bösewichter verziehen sich, die Feuerwehr und Bullen tauchen auf, ich erzähle ihnen die Wahrheit und wenn ich Probleme wegen dem Gras kriege, dann hab ich halt Pech gehabt, manchmal muss man eben in den sauren Apfel beißen. Doch stattdessen verwandele ich mich in Spy Boy und klettere die Feuerleiter herunter, um mir die Sache genauer zu betrachten.

Ich bin schon früher in Häuser eingebrochen. Ich war siebzehn und konnte kein Baseball mehr spielen. Mein Bein war so demoliert, dass ich für eine Weile gar nichts mehr spielen konnte. Also hing ich während des Sportunterrichts mit den Losern ab, schaute meinen alten Sportsfreunden beim Spielen zu und stellte mir heimlich vor, wie ich die Scheiße aus ihren gesunden Körpern prügelte. Nach einer Woche begann ich, mich mit den Drogies wegzuschleichen und mich hinter dem Geräteschuppen zuzudröhnen. So lernte ich Wade, Rich und Steve kennen.

In Vorstadthäuser einzubrechen ist easy. Nicht abgeschlossene Türen sind nicht ungewöhnlich, geöffnete Fenster sind die Regel. Keiner hatte damals eine Alarmanlage. Rich und Steve suchten sich nur Häuser aus, bei denen sie sicher waren, dass niemand zu Hause war. Das machte Spaß. Du springst über einen Zaun und gehst einfach durch die Hintertür rein. Dann suchst du das Haus rasch nach Bargeld, Schmuck oder Drogen ab und nimmst so viel mit, wie in deine Taschen passt. Wade dagegen nahm sich mit Vorliebe Häuser vor, deren Bewohner anwesend waren. Mir gefiel das auch.

Zunächst wählst du ein Haus aus. Du suchst nach einem, in dem die Lichter aus sind oder höchstens in einem Zimmer Licht brennt. Ein Haus, in dem alle Anwohner bereits schlafen, ist eine Herausforderung; aber ein Haus, in dem noch jemand wach ist, ist das Schärfste. Du überprüfst die Garagentür und schlüpfst da rein. Bist du einmal in der Garage, kriegst du ein Gespür dafür, was im Haus vor sich geht. Außerdem ist die Verbindungstür zwischen Haus und Garage nie abgeschlossen. Du schleichst dich ins Haus und lauschst dem Fernseher. Donnerstagabend glotzte in den 80ern jeder die *Cosby Show, Family Ties, Cheers, Night Court* und *Hill Street Blues.* Drei Stunden lang konnte man so zwischen den Werbeunterbrechungen ungestört herumstöbern. Man konnte problemlos durch die offene Wohnzimmertür spähen und Mama, Papa und die Kinder vor dem blau schimmernden Fernseher versammelt sehen. Selbst wenn man hustete, achtete keiner darauf. Manchmal war es fast zu leicht.

Ein paar Monate machte ich mit, bis ich erwischt wurde. Die Bullen hielten Wade und mich an, nachdem wir ein Haus ausgeräumt hatten. Eigentlich wollten sie uns bloß schikanieren, weil wir nach der Sperrstunde noch draußen waren, aber wir machten die Fliege und sie erwischten uns schließlich mit einer stattlichen Summe Bargeld, einer Flasche Valium und einem Verlobungsring, der offensichtlich einer Frau gehörte. Danach stieg ich aus. Meine Alten holten mich bei der Wache ab und das war's. Die Enttäuschung war ihnen tief ins Gesicht geschrieben. Mit Wade und Steve hatte ich fortan kaum mehr zu tun, nur Rich blieb weiter ein guter Freund.

Die Feuerleiter zu meinem Apartment befindet sich auf der Rückseite des Gebäudes. Ich klettere sie schnell und leichtfüßig runter, beziehungsweise so schnell und leichtfüßig, wie es mit dem Schmerz in meiner Seite eben geht. Bei dem Stockwerk, das über meinem liegt, stoppe ich. Die Feuerleiter führt steil hinunter; halb Leiter, halb Treppe. Sie endet knapp einen Fuß links neben meinem Schlafzimmerfenster. Wenn nicht gerade einer dieser Typen am Fenster steht, müsste ich mich eigentlich runterschlängeln und an den Backsteinen zwischen Russ' und meinem Apartment festklammern können. Von dort müsste ich sie eigentlich gut hören und dann entscheiden, ob ich einen Blick riskiere oder mich auf der Stelle aus dem Staub mache.

Ich entspanne mich. Ich hole tief Luft und bin gerade so weit, die Treppe runterzuklettern, als ein Hund, vor dessen Fenster ich herumturne, lauthals zu bellen anfängt.

Ich denke nicht weiter nach. Ich fliege die Stufen hinunter und klammere mich an die Backsteinwand. Die einzige Möglichkeit, wie mich die Typen jetzt sehen können, wäre, wenn jemand seinen Kopf aus dem Fenster hängt; außer natürlich, sie haben mich schon beim Runterklettern beobachtet. Ich halte den Atem an und warte, während sich der Hund langsam beruhigt. Niemand öffnet das Fenster. Ich bin ruhig. Ich presse mich gegen die Wand und horche. Sie sind da drin. Ich höre leise Stimmen und Geräusche, die danach klingen, als würde jemand herumstöbern oder eine kleinere Verwüstung vornehmen. Allerdings sind die Geräusche eher schwach und scheinen nicht direkt aus meinem Schlafzimmer zu kommen. Ich entscheide mich, einen Blick zu wagen. Ich drehe mich zur Wand hin um, rücke millimeterweise zum Fenster hinüber, schiebe mein rechtes Auge vor und sofort wieder zurück. Da war nichts. Ich atme. Diesmal strecke ich meinen Kopf langsam vor, um einen weiteren Blick in mein Schlaf- und Wohnzimmer zu erhaschen. Aber es ist niemand zu sehen. Ich bemerke auch keine Anzeichen einer Durchsuchung oder eines gewaltsamen Eindringens. Dafür sehe ich Bud auf meinem Bett sitzen, was ich ihm eigentlich verboten hatte. Er schaut mich mit einem Gesichtsausdruck an, der besagt: »Was in aller Welt machst du denn da draußen?« Ja, ganz eindeutig: Die Suchgeräusche kommen von der anderen Seite aus Russ' Apartment.

Ich wiederhole die Übung. Ich rutsche zu Russ' Fenster rüber, spähe hinein und bekomme einen optischen Eindruck von einer totalen Verwüstung und mehreren Menschen. Ich hole noch einmal tief Luft und wage einen längeren Blick. Ich sehe drei Typen, aber ich kann sie nicht genau erkennen, denn das Blut, das in meinen Schläfen pocht, verschleiert meine Sicht. Einer ist groß, einer klein und einer dazwischen. Fast wie die drei Bären. Bei dem Gedanken muss ich leise kichern. Ich versuche ein Lachen zu unterdrücken, aber ich kann mich kaum beherrschen. Ich muss sofort von dieser Feuerleiter, bevor ich laut auflachen muss. Ich kehre zu meinem Fenster zurück, das natürlich verschlossen ist, aber das Schlafzimmerfenster ein paar Fuß neben der

Feuerleiter ist geöffnet und ich will jetzt nur noch in meinem Apartment sein, sonst gar nichts.

Ich klettere über das Geländer. Mit meinem linken Fuß und meiner linken Hand halte ich mich an der Leiter fest und strecke mich nach rechts. Ohne die Operation letzte Woche wäre das ein Kinderspiel, aber so tut es höllisch weh. Ich beiße mir auf die Lippen, um nicht zu schreien, dafür werden meine Augen wässrig, was aus irgendwelchen Gründen dazu führt, dass ich einen Niesreiz verspüre. Ich setze meinen rechten Fuß auf das Fensterbrett. Ich kriege den Fenstergriff nicht zu fassen und muss deshalb meine Handfläche flach dagegenpressen und das Fenster dann nach oben schieben, doch ich habe nicht genug Hebelwirkung. Ich muss tiefer gehen. Also lockere ich meinen Griff an der Leiter ein wenig, winkle das rechte Knie an und strecke mein linkes Bein noch weiter. Die Naht an der Wunde zwickt, und mein linker Arm fühlt sich taub an. Tränen laufen mir übers Gesicht. Als das Fenster endlich nachgibt und ich mich ins Zimmer werfe, muss ich heftig niesen.

Meine obere Körperhälfte hängt schon im Apartment, während meine Beine aus dem Fenster baumeln – noch kann ich mich nicht ausruhen. Nebenan sind hektische Schritte zu hören; jemand nähert sich Russ' Fenster. So schnell ich kann, ziehe ich meine Beine rein, schließe das Fenster und zwänge mich in eine uneinsehbare Ecke zwischen dem Bett und der Außenwand. Ich höre, wie das Fenster nebenan geöffnet wird. Dann höre ich, wie jemand auf die Feuerleiter hinaustritt. Ich spüre, wie jemand durch mein Fenster schaut. Ich kann mich nicht bewegen, selbst wenn ich es wollte.

In dieser Position verharre ich, bis sie verschwinden. Nicht bloß vom Fenster verschwinden, sondern auch aus Russ' Wohnung. Ungefähr fünfzehn Minuten später ist es so weit. Ich stehe auf, laufe zum Bad und übergebe mich. Die Kotzerei hat zur Folge, dass die Wunde schmerzt, glücklicherweise ist die Naht bei der ganzen Aktion nicht aufgegangen. Das Adrenalin weicht aus meinem Körper und an seiner Stelle hinterlässt es ein gewaltiges Verlangen nach etwas Hochprozentigem. Ich versuche es mit etwas Wasser. Ich räume mein Apartment auf. Mir kommt die Wäsche auf dem Dach in den Sinn und ich entschließe mich, sie später abzuholen oder auch bis morgen dort stehen zu lassen. Dann rauche ich einen Joint, spüle den Rest von meinem hochwertigen Virginia-Gras ins Klo, mache einen Anruf und spiele mit Bud, während ich auf die Polizei warte.

Ich erzähle ihnen alles, nur das Gras erwähne ich nicht. Erst erzähle ich alles dem Beamten am Telefon. Ich erzähle ihm, wie ich verprügelt wurde. Ich erzähle ihm davon, wie ich die Trainingsanzugstypen außerhalb meiner Wohnung entdeckt habe. Ich erzähle ihm die idiotische Geschichte von meinem Aufstieg auf das Dach und dem folgenden Abstieg über die Feuerleiter. Der Beamte ist soweit ganz verständnisvoll und nett und lacht bloß ein wenig darüber, was für ein Arschloch ich bin. Dann taucht ein Detective Roman vom Mord- und Raubdezernat auf.

Detective Roman ist *Der Mann.* Er ist schwarzhäutig, grüblerisch, unglaublich tüchtig, und er sieht spitze aus in seinem schwarzen Anzug. Außerdem ist er ein ziemlich Angst einflößender Arsch. Während wir in meiner Wohnung sitzen, fragt er mich allerlei scharfsinnige Dinge; dabei blickt er mir abwechselnd tief in die Augen und dann in sein kleines Notizbüchlein.

– Wie viele Personen haben Sie genau gesehen?
– Ich glaube, es waren insgesamt fünf.
– Was heißt, *ich glaube*?
– Ich konnte sie durch das Fenster nicht so gut erkennen,

also können es auch mehr gewesen sein, aber unten waren in jedem Fall zwei Typen, und ich habe definitiv drei Kerle in Russ' Apartment gesehen.

– Mit Russ meinen Sie Mr. Miner, Ihren Nachbar?
– Richtig.
– Erzählen Sie mir von den Typen unten.
– Zwei riesige Kerle, sie waren unten in der Pizzeria, und als ich auf dem Dach war, beobachteten sie das Gebäude von der anderen Straßenseite aus.
– Und das sind die Burschen, die Sie letzte Woche verprügelt haben?
– Richtig.
– Haben Sie sich nach Mr. Miner erkundigt, als sie neulich in die Bar kamen?
– Nein. Sie haben sich nach gar nichts erkundigt, bloß ein paar Drinks bestellt. Und dann sind sie ausgerastet.
– Okay. Was können Sie mir über die Kerle in Mr. Miners Apartment erzählen?
– Ähm, ein Kerl war groß, sogar noch größer als die beiden Russen.
– Russen?
– Die Typen, die mich vermöbelt haben, die in den Trainingsanzügen, die sprachen mit Akzent. Ich glaube russisch oder ukrainisch oder polnisch oder sowas.
– Sie sagten Russen.
– Oder Ukrainer oder Serben, oder weiß der Teufel. Östlich irgendwie.
– Na gut. Was ist mit dem großen Typ im Apartment?
– Er war groß und ich glaube, er war ein Latino oder so.
– Sie meinen, er war dunkelhäutig?
– Ja, dunkle Haut, aber nicht ganz dunkel. Also schon schwarz, aber mehr so helles Schwarz.
– Bräunlich?
– Ja, genau.

– Haar?
– Eine Menge. Langes Haar, schwarz. Glaub ich zumindest.
– Okay, wer noch?
– Ein kleiner Kerl mit leuchtend rotem Haar.
– So wie eine Karotte?
– Nein, *richtig* rot. Wahrscheinlich gefärbt.
– Wie ein Feuerwehrauto?
– Ja, fast.
– Gut, das ist gut.
– Ja.
– Was ist mit dem Dritten?
– Ähm, nicht viel. Durchschnittliche Größe, dunkles Haar und schwarze Kleidung, wenn ich mich recht entsinne.
– Sie glauben, er trug schwarze Kleidung?
– Auf jeden Fall schwarz oder ein sehr dunkles Blau.
– Okay.

Er liest sich seine Notizen durch und winkt einen seiner Beamten zu sich herüber. Ohne ein Wort zu verlieren, greift er sich das Notizbuch des Beamten und blättert darin herum, als würde er nach etwas suchen. Er gibt dem Beamten das Buch zurück und schaut mich an. Wenn ich sage, er schaut mich an, dann heißt das, er mustert mich eindringlich von oben bis unten, als würde er mich für eine geheime Mission oder so was auswählen.

– Ich weiß, das ist eine schwerwiegende Frage und ich will Sie nicht in Verlegenheit bringen, aber können Sie mir sagen, ob Mr. Miner in irgendwelche illegalen Aktivitäten verwickelt ist?

Ach du meine Scheiße, was soll ich denn dazu sagen?

– Keine Ahnung, Detective, woher soll ich das verdammt noch mal wissen.
– Das ist äußerst wichtig. Ist Ihnen das klar? Wenn Ihr Freund in Gefahr ist, müssen wir über alles Bescheid wissen.

– Verstehe.
– Gut. Haben Sie irgendeinen Grund zur Annahme, dass …
Und ich fahre dem Kerl schnurstracks in die Parade.
– Herrgott noch mal, nein. Ich weiß ja noch nicht einmal, was der Kerl beruflich macht. Ich glaube, er will Schauspieler oder so was werden. Soviel ich weiß, arbeitet er in einem Club im Schlachthofviertel, aber ich bin mir nicht mal sicher, was er da tut. Und egal, wie gern ich ihn auch haben mag, so sorge ich mich doch weniger um ihn, denn schließlich bin ich es, dem man hier die Fresse poliert hat.

Mag sein, dass ich ein wenig überreagiere, aber nach der ganzen Aufregung muss ich eben ein wenig Dampf ablassen. Detective Roman blinzelt nicht einmal. Was ihn angeht, so scheinen wir ein nettes Tête-à-Tête bei Tee und gottverdammten Pfannkuchen zu haben.

– Okay. Gut zu wissen. Was Gefahr anbelangt …
– Ja?
– Ich würde mir da keine allzu großen Sorgen machen. Wahrscheinlich kamen die Schläger in die Bar auf der Suche nach Mr. Miner und Sie haben sie irgendwie verärgert. Wenn sie nach ihm suchen, haben sie wahrscheinlich keine Ahnung, dass Sie sein Nachbar sind, also sollten Sie locker bleiben; wir werden das Problem schon lösen.

Das beruhigt mich ungemein.

– Danke, das hilft wirklich.
– Und Sie sind sich sicher, dass Sie keine Nummer haben, unter der man Mr. Miner erreichen kann?
– Nein.
– Er gab Ihnen keine Telefonnummer oder Adresse, als er Ihnen die Katze brachte?
– Nein.
– Okay.

– Es war so: Er war in Eile und ich noch ziemlich angetrunken, also …
– Okay.
– Aber er erzählte immer was von seinem Vater oben in Rochester, glaube ich.
– Okay.
– Und ich bin mir ziemlich sicher mit dem Club, wo er arbeitet.
– Okay.

Die Art und Weise, wie Detective Roman sein letztes *Okay* ausgesprochen hat, macht mir klar, dass ich bloß noch vor mich hinlallte, also hielt ich jetzt besser mal die Schnauze. Er macht seine letzte Notiz.

– Dann wollen wir mal.

Er steht auf, zieht sich ein paar dünne Plastikhandschuhe über und spaziert durch den Flur auf Russ' Eingangstür zu. Sie ist verschlossen, da die Einbrecher sie logischerweise hinter sich zugezogen haben. Aber das macht nichts, denn derjenige, der aus dem Fenster sah, während ich draußen herumturnte, hatte es anschließend sperrangelweit offen gelassen. Ein Beamter steigt durch das Fenster ein und lässt uns in Russ' Apartment.

Ich bleibe im Flur stehen, beobachte Roman bei seiner Arbeit und bin schwer beeindruckt. Er durchkämmt die Wohnung wie eine Maschine, während er seinen Kollegen sagt, was sie anfassen oder nicht anfassen dürfen. Er stochert und schnüffelt in jeder Ecke, sucht nach Fingerabdrücken und macht seinen Job so gründlich, dass man richtig froh ist, Steuerzahler zu sein. Dann ist er fertig. Er schließt die Tür zu Russ' Apartment und knallt ein polizeiliches Siegel quer über den Türrahmen. Er drückt mir seine Visitenkarte in die Hand und sagt mir, ich solle mich unverzüglich bei ihm melden, wenn etwas vorfällt. Mr. Miner solle sich ebenfalls dringend bei ihm melden, wenn er wieder auftauche. Und dann gehen er und seine Beamten, und ich sitze auf dem Sofa und wünsche mir, ich hätte einen Cocktail. Bud hüpft in meinem Schoß auf und ab, und ich erinnere mich an den verdammten Schlüssel im Käfig.

Ich kann nicht schlafen. Ich liege in meinem Bett und muss an Russ, die Trainingsanzugstypen und ihre Kumpels denken. Ich denke an Detective Roman, der mir versicherte, ich solle mir keine Sorgen machen. Ich denke daran, dass ich keinen Job habe und wem ich alles Geld schulde. Ich denke an den Schlüssel. An den Schlüssel denke ich besonders viel.

Als ich mich an den Schlüssel erinnerte, erstarrte ich. Die Bullen waren gerade erst zur Tür hinaus und ein Teil von mir wollte ihnen schreiend hinterher und von dem Schlüssel erzählen, aber ich blieb dann doch einfach erstarrt sitzen. Wer weiß, wofür das verdammte Ding ist und warum ihn Russ dort versteckt hat, aber er hat ihn mir anvertraut. Andererseits hat er mir nichts davon erzählt, dass ein paar Typen nach ihm – dem Schlüssel *und* Russ – suchen würden. Also zum Teufel mit Russ. Ich griff mir den Schlüssel und rannte hinter den Bullen her, aber sie waren bereits verschwunden. Danach war ich so durcheinander, dass ich nicht mehr klar denken konnte und legte den Schlüssel einfach zurück in den Käfig. Völlig erschlagen versuchte ich mich in die Falle zu hauen.

Aber trotz all der Strapazen, die ich hinter mir habe, kann ich nicht einschlafen, geschweige denn den Gedanken an einen Drink verdrängen. Schon länger bin ich nicht mehr ohne Schlaftrunk ins Bett gegangen und jetzt weiß ich nicht, wie ich es ohne schaffen soll. Ich versuche ein wenig zu lesen. Ich versuche es mit Fernsehen. Zum Schluss liege ich wieder im Bett und starre die Decke an.

Irgendwann halte ich es nicht mehr aus. Ich erhebe mich,

greife in meine Schreibtischschublade und hole eine alte Messingpfeife heraus. Vorsichtig zerlege ich sie in ihre Einzelteile und schabe die Grasklumpen von jedem Einzelnen ab. Ich sammele die Überreste auf einem Stück Papier. Anschließend setze ich die Pfeife wieder sorgfältig zusammen, forme aus den Resten eine kleine Kugel, stecke sie in den Pfeifenkopf und zünde sie an. Von den Grasresten wird man nicht richtig high, das ganze Gekicher bleibt außen vor. Das Ganze ist ein eher heftiger Rausch, nichts für Anfänger. Zum Glück ist mir nicht zum Lachen zumute und ich bin seit Jahren im Geschäft; ich bin ein echter Profi.

Ich inhaliere besonders tief und behalte jeden Zug so lange ein, wie ich kann. Wenn das nicht wirkt, kann ich das mit dem Schlafen vergessen. Also lege ich mich ordentlich ins Zeug. Ich lege *Shotgun Willie* in den CD-Spieler, mache die Lichter aus und springe ins Bett, um die Pfeife fertig zu rauchen. Bud springt hinterher und ich lasse ihn gewähren. Sein Futterding ist leer; ich muss daran denken, es am Morgen aufzufüllen. Willie hat eine tolle Stimme, zu der man großartig high werden kann. Ich kann einfach nicht glauben, was heute alles geschehen ist. Langsam drifte ich weg; die Pfeifenreste zeigen die gewünschte Wirkung. Ich ziehe mir den letzten Rest rein, lege die Pfeife auf den Nachttisch und verkrieche mich unter der Bettdecke. Ich schlafe immer zusammengerollt auf der Seite, und Bud macht es sich in dem Freiraum zwischen meinen Knien und dem Bauch bequem. So schlafen wir beide ein.

Den Albtraum habe ich bereits mein halbes Leben; es ist immer derselbe. Ich spiele Center Field für die San Francisco Giants. Es ist meine erste Saison und wir stehen im siebten Spiel um die World Series gegen die Oakland Athletics. Die ganze Saison habe ich mich mit einem Schlagdurchschnitt von .300 bei 34 Home Runs und 92 RBIs selbst übertroffen.

Ich kämpfe noch um den Golden Glove und bin im Gespräch als Newcomer des Jahres. Wir befinden uns am Ende des neunten und letzten Innings und ich laufe zwischen den Schlagmännern im Center Field umher. Die Athletics haben Läufer an der zweiten und dritten Base postiert, zwei Mann sind aus. Unsere knappe Führung hängt am seidenen Faden.

Meine Mitspieler formieren sich um mich und ich fühle mich gut. Ich spüre dieses einzigartige Gefühl in meinem Magen, das man nur vor großen Spielen hat; halb Anspannung, halb Lockerheit. In meinem Traum weiß ich alles über jeden Spieler, nicht nur meines Teams, sondern auch von den Athletics. Ich weiß überhaupt alles über die ganze Liga. Ich weiß jede Einzelheit von allen 162 Spielen plus die Spiele der Nachsaison. Keiner der Spieler ist real; aber in meinem Traum könnte ich die Statistiken von jedem Einzelnen von ihnen aufführen. Sie sind meine Familie.

Der Schlagmann nähert sich der Box. Sein Name ist Trenton Lane. Ich habe gegen ihn bereits in der Jugendliga gespielt. Er ist ein echtes Tier, ein linkshändiger dritter Baseman, der jeden Ball erwischt. Am Wurfmal steht unser linkshändiger Schlusswerfer Eduardo Cortez. Eddie wirft wie der Teufel, die ganze Nachsaison über hat er bei jedem Lauf gepunktet. Unser Manager Donnie Ells könnte Eddie rausnehmen und dafür einen Rechtshänder gegen Trent stellen, aber er hält dagegen; das Duell der Giganten. Die Menge liebt es. Die Typen auf dem Feld lieben es. Ich liebe es. Das ist Baseball.

Trenton hat Arme wie ein Affe, er wird alles in Reichweite wegkloppen, also wird Eddie versuchen, nah an ihn heranzuwerfen. Auf dem Feld formieren wir uns in der Hoffnung auf einen steil ansteigenden Pop-up-Ball alle weiter nach links.

Trenton befindet sich jetzt in der Box, während Eddie

zum Wurfhügel schreitet. Trenton schwenkt seinen Schläger durch die Strikezone, um den richtigen Rhythmus und die ideale Position zu finden. Eddie geht in die Hocke. Es ist eine endlos langsame Bewegung, er vollendet seine Umdrehung und dann explodiert der Ball aus seiner Hand mit über 90 Meilen pro Stunde. Und er fliegt. Eddies Wurf ist perfekt, erst scheint es, als würde er außerhalb der Strikezone landen, doch dann dreht er sich im letzten Moment nach innen. Um so einen Wurf zu treffen, muss man genau wissen, wo der Ball landen wird, wenn er dich erreicht; man muss mit dem Schlag bereits beginnen, wenn der Pitcher den Ball loslässt. Trenton holt rechtzeitig aus und liegt mit seiner Berechnung goldrichtig. Er lehnt sich in seiner Box mit dem Schläger eng am Körper zurück und holt voll aus. Der Kerl ist ein Monstrum und obwohl ihm bei einem Wurf wie diesem praktisch die Hände gebunden sind, schickt er den Ball gen Himmel

Jetzt bin ich dran. Als der Ball vom Schläger abprallt, schießt er in einem steilen Winkel nach oben, der geradezu nach einem Pop-up-Ball schreit. An jedem normalen Tag würde der Ball erst kurz vor der Warning Track im Right-Center runterkommen, aber heute herrschen besondere Windverhältnisse. Der Wind bläst aus Richtung der Plate und während ich zum Lauf Richtung Wand ansetze, sehe ich, wie der Ball zu tanzen beginnt und inmitten der Luftströmungen trudelt. Dan Shelton, unser Right Fielder, geht in Position, aber ich pfeife ihn zurück; ich habe den Ball im Visier, das ist mein Ball. Ich weiß, dass Trenton ungeduldig an der Baseline darauf wartet, zum Home Run anzusetzen. Zwei weitere Spieler der Athletics warten auch auf ihren Run zur Home Base. Das wird kein Home Run, da bin ich mir sicher, aber es wird eng, denn der Wind bläst in wilden Böen und schüttelt den Ball hin und her. Der Ball wird ganz nah an der Wand runterkommen und wenn ich nicht höllisch aufpasse, verpatze ich den Fang und wir verlieren das Spiel.

Der Ball fliegt doch weiter als ich dachte, er wird über die Abgrenzung segeln. Ich spurte mit letzter verzweifelter Anstrengung zur Wand und springe, reiße meinen Arm mit dem Handschuh in die Luft und spüre das dumpfe, satte Geräusch des Balles, wie er sicher in meinem geflochtenen Fanghandschuh landet. Ich falle zu Boden, halte den Ball fest umklammert, meinen Ball, der den Sieg in der diesjährigen World Series bedeutet. Das Oakland Kolosseum gleicht einem Tollhaus. Mein Team stürmt auf mich zu, erdrückt mich halb. Der Rest ist ein verschwommener Freudentaumel in der champagnergefluteten Umkleidekabine.

Da sind Mikrophone und Prominente und ein Anruf vom Präsidenten und Eddie gewinnt den MVP, den Preis für den Most Valuable Player. Aber er holt mich zu sich aufs Podium und erklärt, er wolle den Pokal mit mir teilen. Jemand führt meine Alten in die Kabine und beide haben Tränen in den Augen und wir umarmen uns und lachen und allmählich beruhigt sich alles ein wenig. Ich bin zweiundzwanzig. Ich war vier Jahre lang die Sensation der Minor League und jetzt bin ich ein Star in meiner ersten Saison in der Major League. Ich habe alles erreicht, was ich wollte, und mein ganzes Leben liegt offen vor mir und es funkelt wild. Meine Eltern machen sich auf den Heimweg, alle Fremden verlassen die Umkleidekabinen und ich fange an, mich auszuziehen.

Ich knöpfe mir gerade das Trikot auf und drehe mich zum Schließfach um, als plötzlich Rich vor mir steht. Er ist immer noch siebzehn, hat wunderschönes braunes, lockiges Haar bis zu den Schultern und dieses dämliche Grinsen, auf das die Mädchen immer wieder reinfallen. Er trägt Turnschuhe, eine schwarze Jeans und sein heiß geliebtes Scorpions-T-Shirt. Ich freue mich unglaublich, ihn zu sehen.

– He Rich, Mann! Wie bist du reingekommen?
– Ich hab mich einfach reingeschlichen.
– Wow! Du siehst klasse aus. Wie geht's dir, Mann?
– Gut, mir geht's bestens. Aber reden wir besser über dich.
– Das gibt's nicht, oder?
– Klar Mann. Natürlich gibt's das. Daran hat doch nie jemand gezweifelt. Ich mein, he ...
– Danke. Danke, Mann, das bedeutet mir wirklich viel.
– Aber he, dieser Fang! Keiner, und ich sage wirklich keiner, hätte den berechnen können. Das war echt unglaublich, Mann.
– Ich weiß auch nicht; ich kann es gar nicht beschreiben. Das war so eine Bauchsache.
– Cool, was? Fühlte sich sicher cool an.
– O ja, dermaßen cool, so verdammt cool.
– Genial, absolut genial. Was nun, was machst du später noch?
– Na ja, wir haben noch was vor, nachher steigt 'ne Riesenparty. He Mann, komm doch mit.
– Lass mal, ich würd mir nur komisch vorkommen.
– Quatsch Mann, komm mit.
– Nein, ich würd liebend gerne, aber das ist nichts für mich, verstehst du?
– Klar. Es ist verdammt cool, dich zu sehen, Mann. Ich kann nicht glauben, dass du hier bist, du siehst spitze aus.
– Tja, immer sauber bleiben, richtig?
– Richtig, Mann.
– Na ja, ich werd dann mal abhauen. War klasse, dich mal wieder zu sehen. Ich freu mich wirklich unglaublich für dich. Toll, wie sich alles für dich entwickelt hat.
– Ich kann es selbst kaum glauben. Es ist mein eigenes Leben, weißt du, aber ich kann es einfach nicht glauben.
– Versteh ich. Machs gut, Mann, wir sehen uns.
– Du auch, Mann. Komm mal wieder vorbei, okay? Ich freu

mich immer, dich zu sehen, also komm vorbei, wann immer du willst, verstanden?

– Klar, mach ich, bis bald.

Wir umarmen uns und ich schaue ihm nach, wie er mit den anderen Typen den Raum verlässt. Und ich denke: Verflucht, ich habe Rich ja schon seit Ewigkeiten nicht mehr gesehen. Wann war doch gleich das letzte Mal, als ich ihn sah? Und plötzlich erinnere ich mich an das letzte Mal, als ich Rich sah, und ich sehe sein Gesicht vor mir, als wir durch die Luft segeln und er mir in die Augen blickt und ich weiß, dass das alles bloß ein Traum ist und nicht mein wahres Leben und ich schnappe nach Luft, will einen Ton von mir geben, egal, was für einen Ton, und schließlich erwache ich schreiend.

Es ist ungefähr zwei Uhr in der Nacht. Der Albtraum lässt mein Herz wild schlagen, ich bin desorientiert. Es dauert eine Weile, bis ich begreife, wo ich bin und was die Geräusche auf dem Gang zu bedeuten haben. Jemand klopft an Russ' Wohnungstür.

Ich habe einen Baseballschläger aus Aluminium im Schrank; ich besitze ihn schon fast mein ganzes Leben. Das Klopfen ertönt erneut. Ich ziehe mir eine Jeans über und nähere mich mit dem Schläger in der Hand meiner Wohnungstür. Ich versuche, nicht zu atmen, während ich die Klappe vor dem Türspion zur Seite schiebe und hinausgucke. Nur drei Fuß von mir entfernt stehen zwei Männer vor Russ' Tür. Einer der beiden ist groß und hat eine Statur wie ein Granitblock; der andere ist um einiges kleiner, sieht aber auch ziemlich massiv aus. Sie sind beide schwarz und scheinen Glatzen zu haben, allerdings bin ich mir nicht ganz sicher, denn sie tragen beide die gleichen schwarzen Cowboyhüte. Das scheint so ein Ding von denen zu sein. Passend zu den Cowboyhüten tragen sie schwarze Lederwesten über schwarzen T-Shirts und schwarze Jeans. Ich bin mir sicher, dass die Jeans in schwarzen Cowboystiefeln enden, aber das kann ich aus diesem Winkel nicht erkennen. Der Kleinere nickt und der Größere hebt seine Hand, die mit silbernen Totenkopfringen bestückt ist, und klopft erneut an die Tür. Sie warten. Ich warte. Nichts geschieht. Die Cowboys blicken sich an, sie tragen beide schwarze Sonnenbrillen. Der Kleinere greift in seine Westentasche und holt einen Notizblock und einen Stift hervor. Der Größere dreht sich zum Flur hin um und der Kleinere platziert den Block auf dessen Rücken und beginnt zu schreiben. An seinen Fingern stecken dicke Silberringe in der Form nackter Frauen.

Ich schwitze. Eigentlich ist es ziemlich kühl in meinem Apartment, aber ich schwitze trotzdem, denn diese Freaks ganz in meiner Nähe sind furchterregender als alles, was heute passiert ist. Der Kleine beendet seine Schreiberei, reißt die Seite heraus, steckt den Stift und Block weg und wendet sich der Tür zu. Er steckt die Notiz in den Schlitz zwischen Tür und Türrahmen, aber der Spalt ist zu groß und die Notiz flattert zu Boden. Beide bücken sich im gleichen Moment, um das Blatt Papier aufzuheben. Ihre Köpfe stoßen nicht zusammen, aber sie verfehlen sich nur um ein Haar. Sie richten sich wieder auf, blicken sich gegenseitig an, dann bücken sie sich erneut im gleichen Augenblick. Und diesmal krachen sie zusammen. Sie richten sich erneut auf und blicken sich an. Schließlich hebt der Größere das Papier auf, während ihn der Kleinere durch seine Sonnenbrille anstarrt. Er entreißt dem Großen die Notiz, zieht eine Ecke des polizeilichen Siegels an Russ' Tür etwas vor und heftet die Notiz darunter. Dann gehen sie.

Ich warte eine halbe Stunde ab, bevor ich nach draußen gehe und die Notiz lese. Da steht: »Russ, kamen vorbei, um Hallo zu sagen. Machen uns große Sorgen. Bitte melde dich. Ed und Paris.«

Darunter steht noch eine Handynummer. Ich fasse die Notiz nicht an, sondern lese sie nur und sause danach schnurstracks zurück in meine Wohnung. Ich habe so das Gefühl, dass diese Typen nicht wirklich sonderlich besorgt um Russ' Wohlbefinden sind.

Ich bin betrunken. Ich bin bei Paul's, bin stockbesoffen und habe keine Ahnung, wie ich hierher gekommen bin. Es hatte etwas mit den Cowboys zu tun und meiner Angst und dem Schlüssel. Ich bin mir bewusst, dass ich etwas Dummes getan habe, einiges Dummes sogar, aber eine große Riesendummheit im Besonderen. Ich weiß bloß nicht genau welche.

Edwin steht hinter der Bar. Da stimmt was nicht, ich bin der Barkeeper, ich sollte da stehen. Ich lasse mich vom Hocker gleiten und versuche, hinter die Bar zu gehen, aber jemand packt mich am Arm und hilft mir wieder auf den Hocker. Es ist Yvonne. Sie sagt mir, ich solle locker bleiben, und stellt ein Glas vor mich. Ich trinke. Es ist Wasser.

– Was ist das für eine Scheiße? Was soll das Wasser? He Edwin, gib mir ein Bier.

Edwin schlendert rüber (wirklich, er schlendert) und stellt mir ein Bud vor die Nase. Ich nehme einen Schluck, aber es kommt nichts raus. Ich schaue mir die Flasche genauer an. Der Verschluss ist noch zu.

– He Edwin. Die Flasche. Mach die Flasche auf.
– Mach die Flasche selbst auf, dann kannst du das Bier trinken.

Ich drohe ihm mit meinem Finger. Dieser Edwin ist ein ganz besonders schlauer Arsch. Was ist das in meiner Hand? Es ist ein Bier. Ich versuche zu trinken, aber der Verschluss ist noch drauf. Ich drehe daran, aber er geht nicht auf. Ich klemme den Rand des Kronkorkens an die Barkante und haue mit meiner Faust einmal kräftig drauf. Da rutscht mir die Flasche aus der Hand, das Bier spritzt auf den Boden und ich schlage mir die Knöchel an der Barkante auf. Ich stecke mir die blutigen Fingerknöchel in den Mund, um das Blut abzulecken.

– He Edwin, ich brauch ein neues Bier.
– Yvonne, kannst du dich um ihn kümmern?
– Was hat Yvonne damit zu tun, verdammt noch mal? Gib mir ein Bier, Mann!

Ich spüre etwas an meinen Füßen und blicke nach unten. Yvonne wischt gerade Bier auf, das irgendein Schwachkopf fallen gelassen hat. So was kotzt mich an. Ich bücke mich, um ihr zu helfen und rutsche vom Hocker. Jemand fängt mich gerade noch rechtzeitig auf, bevor ich den Boden küsse. Es ist Amtrak John.

– He Amtrak John! Danke, Mann.
– Kein Thema.
– Du bist ein verdammtes Arschloch, Amtrak, weißt du das?
– Klar doch.
– Ein elendes Arschloch.
– Klar doch.
– Willst du kämpfen?
– Setz dich.

Ich sitze auf meinem Hocker und Edwin reicht mir ein Glas. Er gibt es mir mit seiner rechten Hand, auf der quer über die Knöchel mit schwarzer Tinte HARD eintätowiert ist; auf der anderen Hand steht CORE. Ich muss lachen, während ich das Wasser trinke und verspritze so das meiste.

– Du bist schon ein komischer Arsch, Edwin. Ein ko-mi-scher Aaarschsch!
– Danke, Mann.
– Diese lächerlichen Tattoos, Mann. Echt ko-misch!
– Danke.

– Willst du kämpfen?
– Nö.
– Scheiße auch. Keiner will mit mir kämpfen. Was ist bloß los mit euch?

Ich erhebe meinen Kopf vom Tresen. Die Bar ist leer, und alle Lichter sind an. Edwin stellt gerade die Stühle hoch. Ich stehe von meinem auf und will ihm helfen. Er schaut mich an.
– Schon gut, Mann. Ich mach das schon.
– Kein Problem, ich helf dir.
– Ruh dich einfach aus. Setz dich wieder, und ich bring dich dann nach Hause.
– Schon gut, ich komm allein zurecht.

Ich habe eine Jacke an. Ich bin zwar nicht sicher, ob es meine ist, aber sie passt.
– Edwin, ist das meine Jacke?
– Ja, ist es. Wart noch einen Moment, und Yvonne und ich bringen dich heim.
– Yvonne ist hier? Wann ist sie gekommen?

Yvonne hält meine Hand. Wir befinden uns auf dem Bürgersteig. Edwin ist gerade in ein Taxi gestiegen und weggefahren. Jetzt versucht Yvonne uns ein Taxi zu organisieren.
– Komm schon, ich bring dich heim. Du kannst bei mir schlafen, ich mach uns Frühstück.
– Lass mal, ich lauf nach Hause.
– Dann begleite ich dich, bis du zu Hause bist.

Yvonne kann so süß sein. Sie mag es, sich um mich zu kümmern, aber sie hat keine Ahnung, in welche Gefahr sie sich damit begibt. Ich mein, wer weiß, wer zu Hause auf mich wartet?
– Nee, nee, ich geh alleine. Ich muss Rome anrufen.

– Du musst in Rom anrufen?
– Roman. Ich muss Rom-an anrufen. Wegen der verfluchten Cowboys.
– Jesus Maria, wettest du jetzt etwa beim Football? Ich dachte, du hasst Football.
– Football ist ein Drecksspiel, das spielen nur Deppen! Baseball, das ist ein richtiges Spiel. Das ist Sport.
– Los jetzt, steig ins Taxi.
– Nee, ich laufe heim.
– Dann komm ich eben mit.
– Nein, ich will alleine laufen. Besser für dich, glaub mir.
– Ich brauch dich nicht, damit du mich vor mir selbst beschützt, verdammt noch mal. Dann geh in Gottes Namen halt allein nach Hause. Aber pass auf dich auf, okay?

Ich gehe nach Hause, aber es ist tricky. Ich hebe meinen rechten Fuß und schwanke für einen Moment, während ich auf dem linken balanciere. Ich schlenkere meinen rechten Fuß vor und lasse mich schlingernd mit meinem ganzen Gewicht darauf fallen. Dann wiederhole ich den Vorgang mit meinem linken Fuß. Der Gang von Paul's Bar um die Ecke zu meinem Apartment gleicht einer Aneinanderreihung von Schnappschüssen, eine Aufnahme für jeden Schritt. Ich torkele nach Hause und mir kommt es so vor, als würde gleißendes Stroboskoplicht die frühmorgendliche Dunkelheit durchzucken. Ich erinnere mich an ein Bild von meinem Schlüssel in meiner Hand; ein Bild, wie ich den Lichtschalter drücke; ein Bild, wie ich versuche, meine Jacke abzustreifen, und ein Bild, wie ich ins Bett stürze. Und keinerlei Träume.

Ein paar Stunden später erwache ich, und alles fühlt sich unwirklich an. Ich habe keine Ahnung, wo oder wer oder was ich bin. Bud miaut wie verrückt. Ich blicke über die

Bettkante und bin erleichtert, nicht mitten in der Nacht auf den Fußboden gekotzt zu haben. Ich habe noch meine Kleider an, das Licht brennt. Etwas mit meinen Unterhosen stimmt nicht; sie sitzen komisch. Ich brauche nicht nachzusehen, ich weiß, was los ist. Ich habe mir im Schlaf in die Hose gemacht. Ich habe mich eingepisst und eingeschissen.

Ich versuche aufzustehen, ohne mich erst hinzusetzen. Ich will mich aus dem Bett rollen, denn ich will nicht in meiner eigenen Scheiße sitzen. Ich winde mich rüber und stehe auf. Ich bin noch halb betrunken und schon halb verkatert. Mein Magen ist ein Knäuel aus Übelkeit und Schmerzen und mein Kopf fühlt sich an, als würde er sich einen guten Fuß über meiner Schulter schwebend abquälen und Halt suchen. Ich stolpere zur Dusche und steige mitsamt den Klamotten hinein. Ich stelle das Wasser auf heiß und ziehe meine verdreckten Hosen und Unterwäsche aus. Dann stopfe ich die ganzen Sachen in eine Ecke der Dusche und säubere mich im siedend heißen Wasser. Als ich soweit sauber bin, drehe ich das Wasser auf kalt und stelle mich unter den eisigen Strahl, so lange ich es aushalte. Vom Alkohol und der Kälte heftig zitternd trockne ich mich ab. Bud macht immer noch einen Höllenlärm, während ich mir eine saubere Jeans, ein Sweatshirt und die Jacke von gestern überziehe. Die Decke auf meinem Bett ist unangetastet, aber die Laken haben ein bisschen Urin abbekommen. Ich ziehe sie ab, stopfe sie in einen schwarzen Müllsack und packe meine eingesauten Anziehsachen dazu. Dann ziehe ich mir Turnschuhe an und hinke unter Schmerzen runter auf die Straße.

Draußen werfe ich den Sack zum Restmüll auf den Bürgersteig. Gekrümmt stehe ich so im hellen Licht des Morgens mit einem seltsamen Gefühl in meinem Körper. Ich blicke mich um und sehe Jason, der ein paar Meter entfernt murmelnd an der Wand lehnt; tiefes Schamgefühl überkommt mich. Ich habe kein Recht, mir selbst so etwas anzutun. Das Leben hat es doch gut mit mir gemeint. Das Leben hat es gut mit mir gemeint. Ich spreche es laut aus: »Das Leben hat es gut mit mir gemeint.«

Ich weiß, dass es stimmt, aber ich glaube nicht daran. Ich blicke auf New York. Ich will nicht länger in dieser Stadt wohnen. Ich habe genug davon, ich habe es satt, hier zu leben. Ich will heim, aber ich weiß nicht, wie ich das anstellen soll.

Ich gehe frühstücken. Im Diner bestelle ich Bacon & Eggs, viel Wasser und einen Orangensaft. Meine verbliebene Niere schmerzt, als wäre sie entzündet und angeschwollen, und ich weiß nicht, was ich dagegen tun soll. Die fehlende Niere schmerzt ebenfalls, aber mehr wie eine offene Wunde. Ich bin zu früh aufgewacht und jetzt bekomme ich die Quittung dafür serviert: die Nachwehen des Suffs und den sich ankündigenden Kater. Alles scheint wie in einem Nebel zu verschwimmen und ich habe Mühe, die Ereignisse der letzten Nacht zu rekapitulieren. Mein Essen wird serviert und während ich kaue, versuche ich mich zu erinnern.

Ich bekam Panik. Ich hatte wahnsinnige Angst und wollte nur noch aus meinem Apartment raus und rannte zu Paul's um die Ecke. Ich rauchte mit jemandem einen Joint und irgendwann ließ ich alle Vorsätze fahren und bestellte meinen ersten Drink. Vorher unterhielt ich mich noch mit Edwin. Wir redeten über den Job, aber ich bat ihn auch um einen Gefallen. Hab ich ihn gebeten, mir Geld zu leihen? Nein. Hab ich ihn gefragt, ob er mir bei der Suche nach einem neuen Job helfen könne? Nein. Irgendetwas soll er für mich tun. In meiner Jackentasche krame ich nach Anhaltspunkten und stoße auf die Karte von Detective Roman.

Habe ich ihn gestern Nacht noch angerufen, nachdem die Cowboys weg waren? Habe ich ihm von dem Zettel mit der

Nachricht erzählt? Verdammt, hing der Zettel heute Morgen noch an der Tür? Ich kann mich nicht mehr erinnern. Ich muss ihn dringend anrufen. Fuck, ich muss ihn anrufen und ihm sagen, dass ich nicht mehr weiß, ob ich ihn gestern Nacht angerufen habe. Das wird meine Glaubwürdigkeit ungeheuer steigern. Scheiß drauf, ich werde ihn trotzdem anrufen. Ich werde ihn anrufen und ihm von den Cowboys und dem Schlüssel erzählen und dann die ganze Scheiße abhaken. Aber erst werde ich heimgehen und Bud füttern, denn mir wird erst jetzt klar, dass der kleine Scheißer deshalb so rumgejault hat. Auf meinem Weg nach draußen sticht mir eine Zeitung ins Auge, bei der die Seite mit den Baseballergebnissen aufgeschlagen ist. Die Giants haben wieder gegen Colorado verloren, und New York hat bei den Extra-Innings versagt. Eins zurück bei zwei ausstehenden Spielen. Und so traurig das auch klingen mag, ich fühle mich jetzt irgendwie besser.

Als ich um die Ecke meines Wohnblocks biege, kriege ich einen Ausraster. Neben meinem Hauseingang nehmen zwei Kerle Jason in die Mangel. Mein Kater ist so schlimm, dass es mir fast so vorkommt, als wäre mein Körper von mir abgespalten, und mein Hirn gibt meiner ganzen Wahrnehmung etwas Unwirkliches, aber zu sehen, wie diese beiden Schwachköpfe Jason herumschubsen, ist ein dermaßener Adrenalinschub, dass ich urplötzlich hellwach bin. Ich erhöhe mein Tempo und gehe auf sie zu. Als ich näher komme, steigere ich mich in einen leichten Trab. Ich will diese Typen nur noch alle machen. Ich hasse Grausamkeit. Ich hasse Brutalität. Jason ist diesen Typen hilflos ausgeliefert, und ich werde diese Dreckschweine jetzt gründlich auseinandernehmen.

Ich weiß, dass ich besser eine Strategie haben sollte, aber ich habe keine. Ich sehe bloß noch rot, und jegliche Vernunft wird von meinem Kater und der Wut ausgeschaltet. Auf dem Bürgersteig vor mir sehe ich eine Flasche am Boden. Ich werde mir die Flasche greifen und sie den Typen mit einem einzigen unbarmherzigen Schlag über den Schädel ziehen. Das ist meine Strategie. Ich habe eine Vision: Ich sehe, wie der Schädel des einen sich nach innen dellt, als die Flasche auf seinem Kopf aufschlägt, seine Kopfhaut platzt auf, während ich die Flasche in die Richtung seines Freundes weiterschwinge, wo der spitze Rand der zerbrochenen Flasche in der fettigen Schwarte in Höhe des Ohres stecken bleibt. Soviel zu meiner Strategie.

Ich bin schon fast an meiner Tür. Sie sind nur noch ein paar Meter entfernt, aber sie sind so mit Jason beschäftigt, dass sie mich gar nicht bemerken. Ich greife in meine Tasche, ziehe meine Schlüssel heraus, öffne die Eingangstür und schlüpfe hinein.

Sie haben ihre Trainingsanzüge gegen weite Jeans und passende Tommy-Hilfiger-Jacken eingetauscht, aber sie waren es. Die beiden Russen.

Ich denke nicht weiter an Jason, ich denke nur noch an mich. Am Fuß des Treppenhauses halte ich an und lausche. Ich höre nichts Verdächtiges aus meiner Etage im zweiten Stock, also steige ich die Treppe hoch. Am Treppenabsatz zu meinem Flur bleibe ich erneut stehen und horche. Mein Atem geht wie verrückt und mein Herz klopft an mein geschwollenes Hirn, aber es ist nichts zu hören. Ich trete in den Flur und gehe auf meine Tür zu. Die Luft ist rein. So schnell ich kann, eile ich zu meiner Tür. Die Notiz von Ed und Paris wurde abgerissen, nur ein kleiner Fetzen Papier am Polizeisiegel ist übrig. Ich versuche, meinen Atem zu kontrollieren und lausche an seiner Tür. Nichts. Ich entspanne mich ein wenig und höre plötzlich Husten in meinem Apartment.

Ich will schon die Stufen runterstürzen, um zu einer

Telefonzelle zu rasen, erinnere mich dann aber an die Russen unten. Ich denke an Carlos, den Aufseher, aber er arbeitet tagsüber woanders und wird nicht zu Hause sein. Mir kommt das nette lesbische Pärchen unter mir in den Sinn, die für den Notfall einen Ersatzschlüssel für mich aufheben, aber ich will sie da nicht mit reinziehen, also entscheide ich mich wieder für das Dach. Ich eile die Stufen hoch und alles erscheint mir wie ein Déjà-vu. Ich könnte schwören, dass ich das alles schon einmal durchgemacht habe. Der Kater macht die Verwirrung nur noch schlimmer. Mein Körper fühlt sich wie der eines anderen an, als hätten die Knochen und die Haut nichts mehr mit dem zu tun, was sie sonst machen oder fühlen.

Ich stürze auf das Dach hinaus und stolpere über meinen Wäschesack, den ich gestern habe liegen lassen. Ich fluche. Der Rest ist Routine. Ich stelle sicher, dass die Tür diesmal nicht wieder zufallen kann, und steuere auf die Gebäudefront zu. Ich krieche an den Rand und blicke hinunter. Die Russen haben von Jason abgelassen und ihre Position vor dem Tattooshop wieder eingenommen.

So was Dämliches. Ich kann es mir nicht erlauben, dämlich zu sein. Die Leute in diesem Haus kennen mich durch die Arbeit, die ich mit Carlos erledigt habe, und weil ich ein netter Kerl bin. Ich wohne seit zehn Jahren hier, man kennt mich und hält mich für vertrauenswürdig. Ich werde im obersten Stockwerk anfangen und leise an die Türen klopfen, bis mir jemand aufmacht. Dann werde ich den Bewohnern erklären, dass bei mir eingebrochen wurde und ich dringend das Telefon benutzen muss. Wenn sie sich weigern sollten, mich einzulassen, werde ich ihnen die Telefonnummer von Detective Romans Karte vorlesen und sie bitten, sofort dort anzurufen. Ich werde es so lange probieren, bis ich Erfolg habe. Einer der Russen schaut von der Straße hoch und direkt in meine Richtung.

Ich ducke mich. Das heißt, ich lasse mich auf meinen Bauch fallen und krabbele von der Dachkante zurück. Er hat mich nicht gesehen. Ich wiederhole das so lange, bis sich meine Nerven beruhigt haben. Ich krieche zurück zum Rand und wage einen kurzen Blick. Er hat mich nicht gesehen. Sie stehen so wie zuvor – harmonisch aufeinander abgestimmt –, die schwarze Hilfiger-Jacke mit weißer Verzierung und die weiße Hilfiger mit schwarzem Dekor. Weder blicken sie zum Dach, noch zeigen sie in meine Richtung, sie hängen einfach bloß rum. Alles ist gut.

Jemand packt mich bei den Knöcheln und zieht mich rückwärts. Meine Arme geben nach und ich lande mit dem Gesicht voran auf dem Dachschotter. Meine Nähte schreien laut auf und das tue ich auch.

Mein Apartment ist nicht sonderlich groß und in der Anwesenheit all dieser harten Jungs hier kriege ich ein ziemlich klaustrophobisches Gefühl. Die Russen halten sich in dem winzigen Küchenbereich auf. Whitey studiert den Inhalt des Kühlschranks, während Blackie wieder am Handy ist, mit dem er die anderen Jungs anrief, um ihnen mitzuteilen, dass jemand auf dem Dach ist. Der Riese, der eher samoanisch als lateinamerikanisch aussieht, und eine schwarze Lederhose und Motorradjacke trägt, ist auf meinem Scheißhaus. Ich hoffe, er zündet ein Streichholz an, wenn er fertig ist, denn er ist bereits eine halbe Ewigkeit da drin. Weiter ist da der dürre rothaarige Chinese mit der karierten Hose, einem grünen Discohemd aus Polyester und einer roten Lackjacke passend zur Haarfarbe. Und dann ist da noch ein Typ im schwarzen Anzug, der mir am meisten Furcht einflößt, denn es stellt sich heraus, dass ich seinen Namen kenne.

Detective Lieutenant Roman.

Der Samoaner ist derjenige, der mich auf dem Dach geschnappt hat. Er nahm mich einige Meter mit auf eine Fahrt durch den Schotter, bevor er meine Beine verdrehte, sodass ich automatisch auf dem Rücken landete. Er ist noch ein gutes Stück größer als die Russen, seine Hände haben die Ausmaße großer Teller. Er ließ meine Beine los, lehnte sich vor, griff nach meinem Gürtel und stellte mich auf meine Füße. Dann legte er eine seiner Hände um meinen Hals und hielt einen Finger vor seine Lippen.

– Schhhhhhhhht.

So marschierte er mit mir hier runter und warf mich auf die Couch. Ich versuchte, mich still zu verhalten und nicht an die nässende Wunde zu denken. Ich mache mir vor Angst fast in die Hose. Und dann höre ich Bud.

Ich kann ihn nicht sehen, bloß hören. Er ist irgendwo drüben im Schlafzimmer, und dann und wann gibt er ein schwaches wehleidiges Miau von sich, die Sorte Miau, die ich machen würde, wenn ich eine Katze wäre, die eine Menge Schmerzen erleiden muss. Ich scheine der Einzige hier zu sein, dem das etwas ausmacht, und warum? Weil die anderen Kerle allesamt eindeutig Arschlöcher sind.

Roman hat mich die ganze Zeit über in derselben Art und Weise verhört, wie er es tat, als ich noch dachte, er wäre ein netter Polizeibeamter und nicht ein netter Polizeibeamter, der bis ins Mark korrupt ist. Er sitzt im gleichen Stuhl wie gestern, nimmt ein Stück Papier vom Esstisch und hält es mir vor die Nase. Es ist die Notiz von Ed und Paris, den zwei Cowboys. Ich bin mir sicher, dass er mir gleich Fragen stellen wird, und ich bete zu Gott, dass ich die Antworten dazu geben kann. Ich werde ihm alles erzählen, was er hören will.

– Wann waren sie hier?

Er meint ganz anscheinend die Typen mit der Nachricht.

Ich wäge meine Antwort ab und überlege, um wie viel Uhr ich aus meinem Albtraum erwacht bin, als ich plötzlich durchdrehe und etwas herauskommt wie:

– Was habt ihr mit der Katze angestellt?

Ich habe das gar nicht sagen wollen, aber Buds mitleiderregende Klagelaute aus dem Schlafzimmer machen mich verrückt. Den Russen scheint es völlig egal zu sein, welches Drama sich wenige Meter von ihnen entfernt abspielt. Whitey hat ein wenig kalten Aufschnitt entdeckt und scheint jetzt nach Brot zu suchen; Blackie redet in einem fort in sein Handy. Ich bin mir jetzt ziemlich sicher, dass er russisch spricht. Der samoanische Koloss ist immer noch nicht einsatzbereit, so bleiben nur noch der Rotschopf und Roman über, die sich kurz anschauen, als ich mich nach der Katze erkundige.

– Mach dir keine Sorgen wegen der Katze. Der geht es gut. Im Augenblick solltest du mir vor allem erzählen, wann diese Männer hier waren, um diese Nachricht zu hinterlassen.

– Der Katze geht es nicht gut. Ich kann sie sehr gut hören, und das klingt ganz und gar nicht nach einer Katze, der es gut geht. Die Katze ist im Arsch, und ich will wissen, was ihr mit ihr gemacht habt.

Rotschopf und Roman schauen sich auf eine Art an, die in etwa besagt: *Wenn es denn sein muss*? Rotschopf setzt sich neben mich auf die Couch und ich versuche wegzurutschen, aber ich bin schon gegen die Armlehne gepresst. Er sitzt einfach so da, während ich ihn anstarre und ein wenig zucke. Roman fächert mit dem Papier vor seinem Gesicht herum, sodass es leicht knattert.

– Um wie viel Uhr waren sie hier?

Bud ist möglicherweise unter meinem Bett. Wenn sie ihm wehgetan haben, gibt es nur wenige Orte, um sich zu verstecken. Er ist also unter meinem Bett und verletzt und ängstigt sich und ist hungrig, weil ich ihm heute Morgen nichts zu essen gegeben habe, weil ich so fertig war. Ich bin so ein Loser.

– Wie viel Uhr?

Wenn ich Bud bloß sehen könnte und wüsste, wie es ihm ginge, könnte ich mich womöglich auch auf eine Antwort konzentrieren. Ich will ja eigentlich antworten. Aber so wie die Sache nun mal ist, kann ich nur an den armen Bastard unter meinem Bett denken. Rotschopf holt langsam mit seiner Faust aus, bis sie wenige Zentimeter von meiner Nase entfernt ist. Dort lässt er sie einen Moment schweben, als wolle er mich hypnotisieren, bevor er sie in mein Gesicht schmettert. Der Knorpel in meiner Nase macht ein knackendes Geräusch, Blut fließt aus meinem Mund und Tränen bilden sich in meinen Augen. Ich reiße mich zusammen.

– Gestern Nacht. Ich schätze so gegen zwei, aber ich habe geschlafen. Ich hatte getrunken und bin mir deshalb nicht ganz sicher.

Ich halte mir eine Hand unter die Nase, um das Blut aufzufangen, woraufhin Rotschopf seine liebevolle Hand auf meine Stirn legt und meinen Kopf nach hinten auf die Couch drückt. Roman sagt etwas in ziemlich perfekt klingendem Russisch und Blackie, der immer noch am Telefonieren ist, kommt mit einem Waschlappen aus der Küche und stopft ihn mir in die Hand. Ich halte den Lappen an meine Nase und versuche die Blutung zu stoppen. Ich habe das Gefühl, dass dies erst der Anfang ist. In diesem Moment fängt es erst richtig an.

Roman stellt ein paar zusätzliche Fragen über die Cowboys, und ich erzähle ihm alles, was ich weiß. Alles scheint glänzend zu laufen. Rotschopf holt für meine Nase ein wenig Eis aus dem Tiefkühlfach, um zu verhindern, dass sie anschwillt wie eine matschige Tomate. Whitey hat das Brot entdeckt und feiert in der Küche ein kleines Festmahl, während Blackie weiter am Handy klebt. Der Samoaner bleibt hinter verschlossenen Türen. Roman stellt in aller Ruhe präzise Fragen. Und Bud wird leiser und leiser. Dann stellt Roman die einzige Frage von wirklichem Belang.

– Wo ist Miner?

Darauf habe ich dummerweise keine passende Antwort.

– Wir müssen Mr. Miner unbedingt finden.
– Ich würde euch ja wirklich gerne helfen. Ich wisst gar nicht, wie gerne ich das täte, aber ich weiß es verdammt noch mal ganz einfach nicht.

Daraufhin lehnt sich Roman in seinem Stuhl zurück und schließt die Augen. Er reibt sich die Stirn, als hätte er furchtbare Kopfschmerzen, und mit geschlossenen Augen beginnt er zu sprechen.

– Es gibt da einen Gegenstand, etwas Wertvolles. Die Besitzverhältnisse, dieses Objektes betreffend, sind noch strittig. So wie es aussieht, haben diese Herrschaften hier und ich rechtmäßigen Anspruch auf dieses Objekt, also werden wir es uns holen. Wir haben aus diesem Grund ein gewinnorientiertes Unternehmen gegründet, aber ohne das besagte Objekt wird es keinen Gewinn geben und ich versichere Ihnen, dass diese Herren nichts höher schätzen als Gewinne. Deshalb sind sie in dieser Angelegenheit besonders angespornt und werden notfalls zu Mitteln greifen, die sie sonst nicht anwenden würden. So ist das mit der Motivation nun mal. Das fragliche Objekt befand sich zuletzt, soweit wir wissen, im Besitz von Mr. Miner. Ich werde Ihnen bezüglich Mr. Miner jetzt gleich eine Frage stellen und unabhängig von Ihrer Antwort ist es essenziell wichtig, dass ich mir sicher sein kann, dass

Sie mir die Wahrheit sagen. Sollte ich daran irgendwelche Zweifel haben, werde ich diesen Herren erlauben, mit Ihnen so lange zu machen, was sie wollen, bis diese Zweifel nicht länger bestehen.

Was wohl so viel heißt wie: *Erzähl uns, was wir hören wollen oder wir machen dich fertig*. Ich bin mir ziemlich sicher, dass ich die Antwort zu dieser Frage kenne und bin bereit, mich mit erhobener Hand zu melden und die Antwort herauszutrompeten.

– Wo ist Mr. Miner?

Und so ehrlich und aufrichtig wie eben möglich antworte ich.

– Ich weiß es nicht.

Romans Augen bleiben geschlossen, er seufzt ein wenig.

– Aber er hat einen Schlüssel zurückgelassen, den er im Innern des Katzenkäfigs festgeklebt hat; wenn es das ist, was Sie suchen.

Und Detective Romans Augen öffnen sich schlagartig.

Ich habe ein Geheimnis. Ich habe ein Geheimnis, von dem diese Typen nichts wissen. Ich habe einen dreckigen Socken im Mund stecken, damit meine Schreie nicht das ganze Gebäude zum Einsturz bringen, aber ich habe ein Geheimnis.

Ich habe ihnen verraten, wo der Schlüssel steckt, und sie haben den Käfig untersucht. Und gerade als ich denke, dass mein Leben sich wieder normalisieren wird, streckt Rotschopf seinen Kopf mit einem Stirnrunzeln aus dem Käfig.

– Kein Schlüssel.

Diese beiden Worte gehen mir wieder und wieder wie eine sich drehende Waschmaschine durch den Kopf. Sie haben eine Bedeutung, aber ich bin mir nicht sicher welche, also ziehen sie auf der Suche nach einem Landeplatz durch den dichten Nebel in meinem verkaterten Schädel, während

es in meinem Apartment immer stiller wird und jedermann Rotschopf erneut sagen hören kann:
– Kein Schlüssel.

Und so ende ich mit dem Gesicht nach unten und einem Mund voll Socken auf meinem Bett. Rotschopf sitzt auf meinen Beinen und zieht mir einen Faden nach dem anderen mit der Spitzzange, die sie im Werkzeugkoffer unter der Spüle gefunden haben. Und ich habe immer noch ein Geheimnis. Das Geheimnis ist, dass ich wirklich nicht weiß, wo der Schlüssel ist. Die Kerle können also machen, was sie wollen, und ich werde ihnen nichts sagen. Was habe ich doch für ein Glück.

Ich habe Probleme mit dem Atmen. In meinem Mund steckt der Socken und meine Nase ist mit Blut verstopft, deshalb kriege ich kaum Luft. Das scheinen die Kerle auch mitbekommen zu haben, also haben sie ein System entwickelt. Es geht folgendermaßen: Während sie mir wehtun, lassen sie den Socken drinnen, um das Geschrei zu unterbinden, und wenn sie mir eine Frage stellen, nehmen sie ihn wieder raus, damit ich antworten kann. Jedes Mal, wenn der Socken herausgenommen wird, schnappe ich rasch nach Luft, bevor ich ihnen sage, dass ich nichts weiß. Dann stopfen sie ihn mir wieder in den Mund, und ich beginne von neuem zu ersticken.

Ich bin mit ungefähr fünfzig Stichen genäht worden. Die ersten paar Nähte haben sie mir ohne großes Fragestellen rasch rausgezogen, wahrscheinlich um mir eine Vorstellung davon zu geben, was mich erwartet. Jetzt wird es ihnen langsam ernst. Rotschopf sitzt noch immer auf meinen Beinen, damit ich nicht um mich treten kann und bohrt die Spitze der Zange in meine Wunde, bis er ein Stück Faden gut zu fassen kriegt und zieht es dann langsam heraus. Die

Russen halten währenddessen meine Arme fest; Whitey kümmert sich um den rechten, Blackie um den linken. Sie sind gerade nach außen gestreckt und sie fühlen sich an, als würden sie jeden Augenblick aus den Gelenken herausspringen. Ich weiß, dass Roman links neben dem Bett steht, denn von dort kommt seine Stimme, wann immer er eine Frage stellt, zu der ich keine Antwort weiß. Der Samoaner hat sich mir noch nicht vorgestellt, also nehme ich an, dass er weiter meine Toilette verstopft. Bud versteckt sich definitiv unter dem Bett. Ich weiß das, weil er jedes Mal aufjault, wenn ich durch meine Socke hindurch schreie.

Sie haben harmlos angefangen.

– Wo ist der Schlüssel?

Woraufhin ich vor mich hin stotterte.

– Aber ich habe ihn dort hingelegt, er war da … ganz sicher. Ich … ich weiß nicht, was mit ihm passiert sein könnte.

Dann werden die Fragen ein wenig seltsam.

– Wofür ist der Schlüssel?

Der Socken wird herausgenommen.

– (Luft holen!) …(Luft holen!) … (Luft holen!) … Was? (Luft holen!) … Wofür der Schlüssel ist? … (Luft holen!)

Roman hält einen Moment inne und ich bereite mich wieder auf den Socken vor, aber er kommt nicht.

– Wofür ist der Schlüssel, was wird damit geöffnet?

Verflucht noch mal, woher soll ich das wissen?

– (Luft holen!) … Woher soll ich … (Luft holen!) … Woher soll ich das … (Luft holen!) … wissen? Es ist euer verfluchter Schlüssel … (Luft holen!) … Euer verfluchtes Objekt!

Das scheint keine staatlich anerkannte Antwort zu sein. Ich bin gerade mitten dabei, eine Lunge voll Luft einzuziehen, als der Socken dazwischenkommt. Fussel vom Socken bleiben in meiner Kehle stecken, und ich muss würgen. Ich habe das Gefühl, mich übergeben zu müssen. Ich will mich aber nicht übergeben. Lieber Gott, bitte lass mich nicht kotzen. Bitte, lieber Gott, ich will das nicht. Bitte hör auf damit. Bitte. Rotschopf kriegt die nächste Naht zu fassen und beginnt zu ziehen. Die ursprüngliche Wunde war klar definiert und die zugehörigen Schmerzen hatten klar festgelegte Grenzen. Doch während Rotschopf an den Nähten zieht, fühle ich, wie die Wunde sich streckt, sich der ursprüngliche Schmerz verzerrt und windet und Platz für einen neuen, noch fieseren Schmerz macht. Ich spüre, wie das Fleisch um die Naht zu reißen beginnt, fühle ein Plop! und die Wunde bricht auf.

Pet Sounds war immer mein Lieblingsalbum der Beach Boys. Als mich die Russen packten und mich zum Bett rüberschleppten, versuchte ich mich mit Händen und Füßen zu wehren. Um den Lärm zu übertönen, legte jemand – ich glaube, es war Rotschopf – eine CD auf: *Pet Sounds*. Ich weiß nicht, ob das mit seinem persönlichen Geschmack zu tun hatte oder ob die CD einfach oben auf dem Stapel lag. In jedem Fall war es von ihm aus betrachtet eine verdammt gute Idee, denn selbst mit dem Socken in meinem Mund mache ich einen höllischen Lärm, aber so überraschend ist das nicht, denn diese Typen verstehen ihr Geschäft.

Der Socken kommt raus und ich erbreche mich auf das Kopfkissen.

– Wofür ist der Schlüssel?

Ich huste ein wenig und versuche, gleichzeitig das Erbrochene auszuspucken und Luft zu schnappen. Trotzdem gelingt es mir noch, ihm eine Antwort zu geben.

– Ich … (Luft holen!) … (Würg!) … Ich weiß es nicht. Ich weiß es wirklich nicht … (Würg!)
– Was hat dir Miner über den Schlüssel erzählt?
– Nichts, er hat gar nichts erzählt … (Luft holen!) … Gar

nichts … (Würg!) … Nichts von dem Schlüssel. Ich weiß nicht, was es mit dem Schlüssel auf sich hat.

– Du wusstest aber, wo er war.

– (Luft holen!) … Reiner Zufall. Ich fand ihn durch Zufall.

Und schon steckt der Socken wieder im Mund. Rotschopf hat Schwierigkeiten mit der nächsten Naht und muss ordentlich bohren. Durch den Schmerz wird mir noch übler als durch den Kater vorher, und ich habe das Gefühl, mich wieder übergeben zu müssen. Bitte, bitte, Gott in Himmel. Meine Kehle zieht sich zusammen und Blut läuft in meine Nase. Der kupferne Geschmack des Blutes vermischt sich mit der aufsteigenden Kotze. Bitte. Oh Gott, bitte. Die Naht geht auf und ich schreie erneut. Sie ziehen die Socke heraus und ich ergieße einen weiteren Schwall Erbrochenes, durch das Blut zart rosafarben getönt.

– Was hat er dir gesagt, als er dir auftrug, den Schlüssel zu verstecken?

Ich kann nicht mehr sprechen, ich kann einfach nicht mehr. Ich winde mich und winsele und flehe, doch Roman steckt mir den blut- und kotzedurchtränkten Socken wieder in den Mund, während Rotschopf mich weiter bearbeitet, und in diesem Augenblick wird mir klar, dass sie mich so bald wie möglich töten werden.

Roman ist ein Cop. Egal was Sie alles gehört haben mögen, aber selbst ein Beamter des New York Police Department kommt mit dem Verhalten, das er hier an den Tag legt, nicht ungestraft davon. Also werden sie mich eiskalt erledigen, wenn sie mit ihren Fragen durch sind und ich nichts mehr zu sagen habe. Also versuche ich mich so gut es geht zusammenzureißen und klar zu denken, denn ich will nicht sterben.

– Was hat er dir von dem Schlüssel erzählt?

– (Luft!) … (Luft!) … Er … hat … mir … gar … (Luft!) … nichts … von … dem … Schlüssel … erzählt.

– Warum hat er dir den Schlüssel gegeben?
– Er … er … (Luft!) … Er hat mir den Schlüssel nicht gegeben.
– Warum hast du dann gesagt, du hättest den Schlüssel gehabt?
– Er … Scheiße! … Er gab mir die … (Luft!) … die Katze. Der Schlüssel war in dem Käfig. Ich weiß doch auch nicht. Er gab mir nicht den Gott verdammten Schlüssel … (Luft!) Er hat mir bloß den Käfig dagelassen. Ich wusste nichts von dem Schlüssel.
– Wofür ist der Schlüssel?

Denk nach. Denk nach. Ich will nicht sterben. Ich muss nachdenken. Ich versuche, mir etwas auszudenken, damit ich nicht sterbe, aber der Schmerz und der Kater kommen mir in die Quere und ich kann meine Gedanken nicht lange genug zusammenhalten, um sie für mich arbeiten zu lassen. Ich versuche, die Fragen weiter so zu beantworten, dass ich ihnen keinen Grund gebe, mich kaltzumachen.

– Ich weiß es nicht.
– Wie schaut er aus?
– Ich habe ihn nicht gesehen.

Der Socken kehrt zurück und ein weiteres Stück Naht geht auf. Für einen Moment werde ich ohnmächtig, zumindest scheint es mir so.

– Wie weißt du, dass ein Schlüssel im Käfig war, wenn du ihn nicht gesehen hast?
– Er … (Luft!) … war in einem Briefumschlag … (Luft!) … Ich habe ihn gefühlt, er fühlte sich an wie ein Schlüssel… (Luft!) … Wie ein klobiger Schlüssel. Groß. Klobig.

Das geht jetzt schon eine ganze Weile so, und die Beach Boys sind inzwischen bei »God Only Knows« angekommen. Ich liebe diesen Song, ich liebe ihn über alles.

– Wo ist der Schlüssel jetzt?

Fuck!

– Ich … weiß … es … nicht. Ich weiß es ganz einfach nicht.

Der Socken. Ein weiteres Stück Naht.

– Wir kamen nicht hierher, um nach einem Schlüssel zu suchen, aber wenn dir Mr. Miner einen Schlüssel gab, dann wollen wir ihn. Also, wo ist der Schlüssel?

– (Luft!) Ich … Fuck! …(Luft!) … Ich weiß es ganz einfach nicht. Ich habe ihn gestern wieder zurück in den Käfig gesteckt … (Luft!) … Und letzte Nacht betrank ich mich, nachdem diese Kerle hier waren … (Würg!) … Ich war total dicht. Ich hatte einen Filmriss. Ich habe mir in die Hosen gekackt, in Gottes Namen. Ich weiß nicht, wo er jetzt ist. Ich hab ihn im Käfig gelassen.

Und der Socken. Und das nächste Stück Naht.

– Wo ist der Schlüssel?

Ich sage nichts. Ich versuche bloß, so viel Luft wie möglich zu holen. Ich überlege, wie ich weiterleben kann und atme. Und dann sagt Roman etwas Merkwürdiges.

– Pol die Tatze.

Ich habe keine Ahnung, was er damit meint, bis Blackie meinen Arm loslässt, unter dem Bett herumfuchtelt und ich Buds Jaulen vernehme.

Da wird mir klar, was er sagen wollte: Hol die Katze.

Der Fairness halber muss ich erwähnen, dass er möglicherweise *Hol die Katze* gesagt hat und ich bloß *Pol die Tatze* verstanden habe. Bud macht Blackie unter dem Bett mächtig zu schaffen, und das Schwein grunzt und flucht auf Russisch. Mein linker Arm ist jetzt frei, aber es fließt kein Blut mehr durch und er schmerzt dermaßen, dass ich ihn kaum bewegen kann. Und selbst wenn ich ihn bewegen könnte, wüsste ich nicht, was mir das helfen würde. Aber es ist trotzdem nett, dass für einen Moment mal keiner daran zieht.

– Mann, lasst … (Luft!) … die Katze. Lasst sie in Ruhe … (Luft!) … Tut ihr nicht weh.

Gibt es denn keine Regeln bei so einer Sache? Ich dachte immer, es gibt gewisse Regeln, oder? Menschen kann man ja alles Mögliche antun, aber man quält doch keine armen Tiere.

Wie auf Abruf geht die Toilettenspülung an, die Badezimmertür öffnet sich und heraus kommt der Samoaner. Der Auftritt des Tierquälers.

– Sorry Leute, aber ich musste ein größeres Geschäft verrichten. He, gibt's hier einen Luftreiniger oder so was?

Früher oder später reduzieren sich selbst die bedeutsamsten Ereignisse deines Lebens auf solch alltägliche Banalitäten.

– Unter dem Spülbecken.
– Da hab ich schon nachgeschaut.
– Die Spüle in der Küche. Nicht im Bad.
– Fick dich, wer verstaut seinen Luftreiniger schon unter der Küchenspüle?
– Ich zum Beispiel.
– Wie bitte? Stinkt deine Scheiße etwa nicht? Brauchst du keinen Luftreiniger im Bad?

Währenddessen hat Blackie Bud zu fassen bekommen und zerrt ihn aus seinem Versteck. Bud kommt jaulend ans Tageslicht und versucht Blackies Augen auszukratzen. Der Russe richtet sich ganz auf, und ich kann einen ersten Blick von Bud erhaschen. Er krümmt sich hin und her und versucht jemanden mit seiner Tatze zu erwischen, aber sein linkes Bein ist seltsam verdreht und bewegt sich nicht.

– Was zum Teufel? Was habt ihr mit der Katze angestellt?

Plötzlich greift der Samoaner herüber und schnappt sich Bud. Er wickelt seine riesigen Hände um die zappelnde Katze und hält sie so im Zaum. Buds Beine sind eingeklemmt, nur noch sein Kopf guckt aus den beiden Pranken heraus. Er versucht verzweifelt, in die Hand des Samoaners zu beißen, aber der Winkel ist ungünstig. Und dann schlägt Blackie zu; das Arschloch macht aus seiner kleinen Hand eine kleine Faust und schlägt Bud damit ins Gesicht.

– Ich habe die beschissene Katze getreten, diese verfickte Scheißkatze, dieses verfluchte Scheißvieh. Ich wollte es streicheln und es hat mich verflucht noch mal gebissen, also hab ich das Miststück getreten. Fick dich, Mr. Barkeeper, kannst noch nicht mal einen verfluchten Cosmopolitan machen. Du scheiß Barkeeper mit deiner verschissenen Miezekatze.

Er boxt Bud erneut. Sie stecken mir den Socken in den Mund, bevor ich Blackie erzählen kann, wie ich ihn fertig machen werde.

Mein Kopf klart auf. Die wenigen Minuten, in denen ich Luft holen konnte, haben geholfen, das Adrenalin hat einiges von dem Schleier weggefegt, und ich kann ein wenig schärfer denken. Sie wollen den Schlüssel. Ich weiß aber nicht, wo er sich befindet. Sobald sie sich sicher sind, dass ich nicht weiß, wo der Schlüssel ist, werden sie mich töten. Wenn ich wüsste, wo der Schlüssel sich befindet und es ihnen erzählte, würden sie sich den Schlüssel holen und mich dann umbringen. Ich habe keine Ahnung, was ich tun soll. Als er mit der Katze fürs Erste fertig ist, nimmt sich Blackie wieder meinen linken Arm vor und dehnt ihn nach außen.

Jemand, es muss Roman sein, dreht meinen Kopf nach links, damit ich eine bessere Aussicht auf den Samoaner bekomme und auf das, was er Bud antut. Rotschopf, der immer noch auf meinen Beinen thront, bringt sich für die nächste Runde in eine bequeme Sitzposition. Die Beach Boys sind inzwischen bei »I Just Wasn't Made For These Times«, und Roman wird jetzt besonders raffiniert.

– Angenommen, du wärst der Schlüssel und auf mysteriöse Weise verschwunden, wo würdest du dich aufhalten?

Der Socken ist noch im Mund, aber ich knurre, um ihm anzuzeigen, dass ich ihm folge.

– Wo würdest du dich verstecken, wenn du ein Schlüssel wärst?

Die Atmung wird wieder zum Problem.

– Würdest du dich in diesem Apartment verstecken?

Bud hat eine Schramme im Gesicht davongetragen und er schaut etwas benommen durch die Gegend. Ich bin mir nicht sicher, ob er wach ist oder nicht. Der Samoaner klemmt sich die Katze unter die Achselhöhle, sodass alle Gliedmaße bis auf das gebrochene linke Bein feststecken.

– Würdest du dich in einen Briefumschlag stecken und dich irgendwohin schicken?

Ganz vorsichtig hat sich der Samoaner Buds verletztes Bein vorgenommen. Er streckt es, bis es einigermaßen gerade ist. Ich erkenne die kleine Krümmung, wo der Knochen gebrochen ist und ich höre Buds klägliches Protestjaulen, aber ihm fehlt eindeutig die Kraft, sich zu wehren.

– Wenn du ein Schlüssel wärst, der sich verstecken will, würdest du dich einem Freund zur Aufbewahrung anvertrauen?

Der Samoaner beginnt damit, Buds gebrochenes Bein zu drehen. Er schwenkt es herum und ich sehe, wie sich die dünne Haut über dem Bruch spannt. Für einen Moment kehrt Bud zu den Lebenden zurück, jault auf und versucht sich loszureißen, aber der Samoaner hat ihn fest im Griff. Ein dünner Streifen Urin läuft ihm den Arm herunter, aber er merkt es nicht oder es ist ihm egal. Bud schüttelt sich, wahrscheinlich fällt er in einen Schockzustand und stirbt. Ich zucke wild auf dem Bett herum, aber ich kann mich bloß ein paar Zentimeter in jede Richtung bewegen, denn die Kerle halten mich noch fester als zuvor. Schwarze Flecken bilden sich in den Rändern meiner Augen, aber das ist schon gut so, denn ich will gar nicht mit ansehen, wie es ausschaut, wenn der Samoaner weiter an Buds Beinen herumschraubt. Wo würde ich mich verstecken, wenn ich ein Schlüssel wäre? Ich glaube, ich würde mich bei einem Freund verstecken, ja, das würde ich wohl tun. Verflucht, ja doch! Und ich schreie es heraus.

– Ich habe ihn in die Bar gebracht! Ich habe den verdammten Schlüssel in die Bar gebracht! Ich gab ihn Edwin, damit er ihn in den Safe sperrt! Der Schlüssel ist im Safe in der Bar!

Sie reißen mir den Socken aus dem Mund, damit sie mich verstehen können.

– Auf dem Dach, der Schlüssel … (Luft!) … Er ist auf dem Dach … (Luft!)

Stille. Ich atme.

– Wo auf dem Dach?

– Mein … (Luft!) … Mein Wäschesack ist da oben … (Luft!) … Ich habe … ich habe gestern meine Wäsche gemacht. Ich … (Luft!) …

– Warum ist er in deiner Wäsche?

– Ich steckte … ich steckte ihn in meine Tasche, als ich ihn fand. Und … (Luft!) …später machte ich die Wäsche und wusch dabei auch diese Hose … (Luft!) … Sie … sie muss auf dem Dach sein. Ich habe sie da liegen lassen.

– Warum auf dem Dach?

– Gestern … Als ich euch gestern sah, stieg ich aufs Dach … (Luft!) … Ich hatte ihn bei mir. Ich ließ ihn dort liegen. Ich vergaß ihn.

Der Samoaner hat Buds Bein noch immer in der Hand, aber er dreht es nicht mehr. Roman lässt von meinem Kopf ab und ich atme und atme. Er dreht sich zu dem Samoaner um.

– Geh und schau nach.

Der Samoaner lässt Bud fallen. Lässt ihn einfach auf den Boden fallen, in die kleine Pfütze Katzenpisse. Bud bleibt einfach liegen und atmet, genau wie ich. Der Samoaner geht gerade zur Tür hinaus, als mir etwas einfällt.

– Da ist ein Schloss.

Roman schaut mich an.

– Wo?

– Die Tür zum Dach hat eines dieser Zahlenkombinationsschlösser.

– Und?

– 3-9-8-9-2.

Roman blickt den Samoaner eindringlich an, um sicher zu gehen, dass er verstanden hat. Dieser nickt einmal und geht zur Tür hinaus. Roman wandert hinüber zum Wohnzimmer, was wohl so etwas wie eine Auszeit bedeutet. Die Russen lassen meine Arme los und stecken sich Zigaretten an. Rotschopf klettert von meinen Beinen und läuft herum, um seine eigenen ein wenig zu strecken. Ich schaue mir Bud an. Er sieht nicht besonders gut aus.

Ein paar Minuten vergehen und die CD nähert sich ihrem Ende. Die letzten Takte von »Caroline No« klingen aus.

In diesem Augenblick drückt der Samoaner wahrscheinlich die falsche Zahlenkombination für die Dachtür, versucht sie aufzustemmen und löst damit den Feueralarm für das gesamte Gebäude aus.

Besser hätte es wohl nicht laufen können, nehme ich an. Roman blickt mich an. Er starrt mir bloß in meine geschwollenen Augen, während er Rotschopf und den Russen sagt, sie sollen zusehen, dass sie hier rauskommen. Sie machen sich davon, als der Samoaner gerade die Treppe runterstürmt und trotz des Feueralarms kann ich hören, wie sie ihm zubrüllen, er solle abhauen. Menschen strömen aus ihren Wohnungen auf den Flur hinaus, als Roman meine Wohnungstür zuschlägt und zu meinem Bett hinüberkommt. Er sieht zu, dass er nicht auf Bud tritt, was ich zu schätzen weiß. Er setzt sich auf die Bettkante. Ich kann mich ein wenig bewegen und rolle mich auf die Seite, um ihn anzusehen. Alles tut weh. Auf dem Flur höre ich Stimmengewirr, aber niemand scheint das Gebäude zu evakuieren. So ist das in New York. Ständig gehen irgendwo Alarmanlagen an, sodass keiner mehr auf sie reagiert, bis tatsächlich etwas vor ihren Augen abfackelt oder explodiert. Nichtsdestotrotz müsste das New York Fire Department jede Minute hier sein und das gibt mir Hoffnung. Roman reibt sich am Nacken.

– Ist er da oben, der Schlüssel?

Ich würde ihm gerne ein geheimnisvolles Lächeln zuwerfen. Ich würde ihm gerne einen schlauen Spruch oder eine geistreiche Antwort um die Ohren schleudern. Stattdessen spucke ich ein wenig Blut.

– Wenn du weißt, wo der Schlüssel oder Mr. Miner stecken, solltest du mir das jetzt wirklich sagen.

Ich blicke Bud an. Er ist ein Wrack. Ich blicke wieder Roman an und halte meinen Mund geschlossen. Er steht vom Bett auf und geht zur Tür. Er öffnet die Tür und wirft einen letzten Blick durch das Apartment, als ob er sich voller Wehmut an längst vergangene Tage seiner eigenen Jugend erinnern würde.

– Ich brauche diesen Schlüssel wirklich. Also hol ihn und ruf mich an, sonst werde ich deinen Freunden wehtun. Und ruf nicht die Polizei, es wird dir nichts nutzen. Ich kenne sie alle. Lebewohl.

Und er winkt mir zu, als er geht. Die Tür schlägt hinter ihm zu.

Der Alarm verstummt, was bedeutet, dass die Feuerwehrleute eingetroffen sind. Ich könnte brüllen. Ich könnte nach Hilfe rufen und sie würden kommen und mich und Bud in ein Krankenhaus bringen, wo es uns besser ginge. Und dann würde mir jemand Fragen stellen und die Bullen rufen und ich wüsste nicht, wem ich trauen kann. Ich muss aufstehen und Bud helfen. Nur noch eine Sekunde. Da klingelt das Telefon. Ich lasse den Anrufbeantworter das Gespräch entgegennehmen.

– Hallo, hier ist deine Mutter. Bist du da? Na gut, ich wollte bloß mal Hallo sagen und hören, wie es dir so geht. Du bist doch gestern entlassen worden, und wir haben nichts von dir gehört. Also, ruf uns an, wenn du nach Hause kommst, damit wir wissen, dass es dir gut geht. Dad ist heute bei einem Fußballspiel, aber ich bin zu Hause erreichbar. Ach ja, hast du das Päckchen erhalten? Ich habe dir ein Carepaket mit allerhand Zeug geschickt, damit du dich besser fühlst, während du dich ausruhst. Bloß so dummes Zeug, aber lass mich wissen, ob es angekommen ist, damit ich Bescheid weiß. Okay, wir vermissen dich und freuen uns schon, dich an Weihnachten zu sehen. Alles Liebe, melde dich.

Ich vermisse dich auch, Mama.

Nachdem ich zu Hause ausgezogen war und aufs College ging, ließen sich meine Eltern auf einer kleinen Farm im San Joaquin Valley nieder. Mom ist Rektorin in einer Weiterbildungsschule und Dad hat zusammen mit einem Freund eine kleine Werkstatt eröffnet, in der er tagsüber an Autos bastelt, was er schon immer gerne machte. Obwohl ich nicht dort aufgewachsen bin, fahre ich immer gerne hin, um sie zu besuchen. Ich hole mir mein Ticket immer ein paar Monate im Voraus; das ist um einiges billiger. Das Ticket liegt jetzt in meiner Schreibtischschublade und ich werde es benutzen, um hier so schnell wie möglich zu verschwinden.

Ich erhebe mich aus dem Bett und alles schmerzt. Meine Beine sind stocksteif und eingeschlafen, meine Arme und Schultern sind wund und fühlen sich merkwürdig schwer an, meine Nase pocht hektisch mit jedem Herzschlag und das Fleisch um meine Wunde fühlt sich völlig zerfetzt an. Ich stehe auf und spüre, wie das Blut an der Hüfte entlang in den Hosenbund meiner Jeans sickert, aber als ich nachschaue, ist es bloß halb so viel, wie ich dachte. Mit Mühe und Not humpele ich hinüber zu Bud.

Sein Atem geht flach und schnell, sein gebrochenes Bein ist immer noch verdreht. Ich weiß zwar nicht so recht, was ich dagegen machen soll, aber ich spüre, dass ich etwas tun muss, also bücke ich mich und versuche ganz vorsichtig, sein Glied wieder einzurenken. Er jault ein wenig und gibt schwache Töne von sich, bleibt aber sonst bewusstlos, was ich für ein verdammt schlechtes Zeichen halte. Fürs Erste lasse ich ihn auf dem Boden liegen und wanke zum Bad. Auf dem Weg dorthin fällt mir etwas ein und ich hole den Luftreiniger unter der Küchenspüle hervor, bevor ich eintrete. Gute Idee, denn es stinkt da drin barbarisch.

Da ich es nicht schaffe, mir mein Hemd über den Kopf zu ziehen, nehme ich eine Schere aus dem Medizinschränkchen und schneide es auf. Dann hole ich mir einen Stapel sauberer Handtücher und mache mich an die Arbeit. Ich befeuchte ein Handtuch mit Desinfektionsmittel und säubere damit das Loch an meiner Seite. Sie haben mir ungefähr fünfzehn Fäden gezogen, aber es ist gar nicht so schlimm, wie ich dachte. Die Haut am oberen Ende der Narbe ist ein gutes Stück aufgerissen und blutet, aber ein Großteil der Naht ist noch intakt. Ich nehme mir ein großes Bündel Verbandsmull und benutze es, um damit die aufgerissene Wunde abzudichten. Da Klebeband wohl kaum halten wird, wickele ich mir eine Bandage um den Bauch, damit alles zusammengehalten wird.

Meine Nase ist ein einziger Klumpen. Ich säubere sie so gut wie möglich von Blut und Kruste und schaue sie mir im Spiegel genauer an. Sie ist knallrot, etwas nach innen gedrückt und dazu noch nach links gebogen, aber dafür hat die

Blutung aufgehört. Vorsichtig berühre ich sie mit meinen Fingerspitzen, bis ich herausgefunden habe, wie sie gebrochen ist und was wohin gehört. Dann biege ich sie mir mit einem kurzen heftigen Dreh zurecht.

– Mother! Fucker!

Es gibt ein Knacken und ein Knirschen und die Blutung setzt wieder ein. Ich lege meinen Kopf in den Nacken, stopfe mir Watte in die Nasenlöcher, und mehr Zeit für Erste-Hilfe-Maßnahmen habe ich jetzt wohl erst mal nicht.

Die Feuerwehr hat das Gebäude wieder verlassen und ich weiß nicht, wie bald Roman & Co. zurückkehren, also ist es höchste Zeit zu verduften. Bud hat sich nicht weiter bewegt, aber er atmet noch. Aus dem Wandschrank hole ich mir eine Sporttasche und stopfe ein paar Klamotten, mein Flugticket, meinen Ausweis, Kreditkarten und etwa tausend Dollar in Bargeld, das ich in einem Socken aufbewahre, hinein. Dann lege ich ein paar Handtücher hinein, die ich so forme, dass in der Mitte eine Mulde frei bleibt. Ich könnte Bud einfach in seinen Käfig legen, aber ich fürchte, dass er dort nur hin und her geworfen wird; also hebe ich ihn hoch, lege ihn in das kleine Nest aus Handtüchern und ziehe den Reißverschluss der Tasche halb zu. Ich habe ihn so auf dem Rücken platziert, dass das gebrochene Bein nicht gedrückt wird und es scheint fast so, als ob er friedlich schliefe, aber dem ist nicht so. Wir müssen hier raus.

Ich kriege gleich ein Taxi, steige ein und lehne meinen Kopf zurück, bis mich der Fahrer ankeift.

– Wohin? Das ist kein Schlaftaxi, wir sind hier zum Fahren, verstanden? Wohin jetzt?

Was eine verdammt gute Frage ist.

Ich gebe dem Fahrer eine Adresse auf der anderen Seite der Stadt beim West Side Highway. Im Augenblick kann ich noch kein Flugzeug besteigen. Erst muss ich mich wieder halbwegs in eine ansehnliche Form bringen. Außerdem muss ich nachdenken.

Dann sehe ich Sternchen.

Yvonne lernte ich kennen, als sie vor etwa sechs Jahren erstmals in New York aufkreuzte. Sie hing mit einem Typen namens Jimmy in Paul's Bar ab und erwähnte, dass sie einen Job brauche, und Edwin gab ihr einen. Mit zweiundzwanzig war sie ein paar Jahre jünger als ich, aber wir verstanden uns auf Anhieb, denn wir kamen beide aus Kalifornien. Da sie einen Freund hatte, ließen wir es jedoch langsam angehen. Eines Abends, als ich arbeitete, kam sie rein, Jimmy hatte sie gerade verlassen. Sie blieb bis zum Schluss und nahm mich mit zu sich nach Hause.

Sie ist eine Künstlerin, eine Bildhauerin. Aus Keramik, altem verrostetem Eisen, antikem Holz und sonstigem Müll fertigt sie Puppenhäuser. Die Häuser bevölkert sie mit handgemachten Glasfiguren, die sie so formt, dass sie Leuten aus ihrem Bekanntenkreis, Büchern oder aus Film und Fernsehen gleichen. Manchmal verkauft sie welche, manchmal zerstört sie sie, um aus den Trümmern wieder neue Kunstwerke zu bauen, und manchmal setzt sie die Häuser in Brand, macht ein Foto davon und verkauft das Foto. Zwei ihrer Häuser schmücken mein Apartment und letztes Jahr schenkte ich meiner Mutter noch eins zu Weihnachten. Ich finde die Häuser ziemlich cool. Ich finde auch Yvonne ziemlich cool. Ich bin halt nur nicht in sie verliebt. Was auch kein Problem wäre, wenn ich nicht wüsste, dass sie in mich verliebt ist. Wir haben es eine Weile so laufen lassen, aber dann habe ich schließlich doch Schluss gemacht. Zumindest offiziell.

Ich wache auf und der Taxifahrer zerrt an meinem Arm und brüllt mich an.

– Hier wird nicht geschlafen. Wir sind jetzt da, also Geld her. Gib mir das Geld und dann raus hier. Genug geschlafen, raus hier.

Das Taxi steht direkt vor Yvonnes Wohnhaus. Ich schüttel den Fahrer ab, gebe ihm sein Geld, schnapp mir meine Tasche und trete auf den Bürgersteig. Der Fahrer wartet nicht einmal, bis ich die Tür zugeschlagen habe; er schert abrupt aus und zwängt sich in den niemals verebbenden Strom von vorbeisausenden Autos. Einen Moment bleibe ich stehen und sammele mich. Meine Seite fühlt sich feucht an, und das Pochen in meiner Nase ist schlimmer denn je. Dazu ist mein Kopf durch den Kater immer noch weich wie Wackelpudding. Ich klingele bei Yvonne, aber niemand macht auf.

Sie hat noch immer den Zweitschlüssel für meine Wohnung und ich habe den für ihre. Also öffne ich die Tür und erklimme die Stufen. Sie hat ein kleines Loft im fünften Stock, das sie gleichzeitig als Wohnung und Studio nutzt. Ich nehme immer einen halben Treppenabsatz auf einmal und ruhe mich dazwischen aus. Bud atmet noch immer.

Ich erreiche das oberste Stockwerk und lasse mich gegen die Wand fallen. Ich kann nicht mehr. Ich stütze mich gegen die Wand und nähere mich halb laufend, halb stolpernd Yvonnes Tür. Es dauert eine Weile, bis ich den richtigen Schlüssel gefunden habe und während ich am Schloss herumfuchtele, geht die Tür auf und Yvonne steht vor mir. Sie ist noch nass von der Dusche, trägt einen Bademantel und hat ihre Haare wie einen Turban in ein Handtuch gewickelt. Sie sieht großartig aus. Als sie mich erblickt, stockt ihr kurz der Atem und sie hält ihre Hand vor den Mund. Einer der Wattepfropfen fällt mir aus der Nase, und ein Schwall Blut tropft hinunter. Ich lächle entschuldigend.

– Jemand hat meiner Katze wehgetan.

Und. Ich. Werde. Ohnmächtig.

TEIL 2
29. SEPTEMBER 2000

– Henry. Henry. Hen, komm zu dir, nur eine Sekunde, okay.

Henry, das bin ich. Henry.

– Hen, Liebster. Ich muss zur Arbeit, in Ordnung? Hörst du mich, Liebling?

Henry is my name and baseball is my game. War. Ist? Ach, scheiß der Hund.

– Henry, bitte … nur eine Sekunde, okay.

Henry, das bin ich, aber die meisten nennen mich Hank. Meine Mutter, meine Mutter ruft mich Henry.

– Mom?

– Henry, öffne nur mal für eine Sekunde deine Augen. Bitte.

Meine Augenlider schälen sich auseinander. Sie fühlen sich irgendwie klebrig an. Es ist dunkel. Das Zimmer ist dunkel und draußen vor dem Fenster ist es, soviel ich erkennen kann, auch dunkel. Also ist es Nacht. Wie viel Uhr ist es? Wo bin ich? Ich fühle mich wie Gummi. Alles an mir fühlt sich wie gottverdammter Gummi an.

– Mom?

– Nein, Hen, ich bin es.

Ich? Na, das ist ja eine verdammt …

– Yvonne.

– Ja, Baby. Wie fühlst du dich, Liebling?

– Wie Gummi.

Sie kichert, kein Scheiß, sie kichert wirklich.

– Gut, wie Gummi klingt gut.

Ich liege bäuchlings auf dem Bett, und mein Körper scheint ganz weit weg zu schweben. Ich spüre, wie sie meinen Hinterkopf streichelt. Ich will mich umdrehen und sie anschauen, ihr Fragen stellen über Dinge, an die ich mich nicht erinnern kann, aber ich schaffe es nicht. Ich kann mich einfach nicht bewegen, und meine Augen fallen andauernd zu.

– Hen, ich muss eine Weile weg. Ich lasse dir Wasser und das Telefon hier am Bett. Außerdem einen Zettel mit der Nummer, wo du mich erreichen kannst, in Ordnung?
– Ist gut.
– Henry?
– Ja.
– Was habe ich grade gesagt?

Ach herrje, ein Quiz.

– Henry!
– Was?
– Was habe ich gesagt?
– Wasser, Zettel, Anrufen.
– Na, geht doch. Ich komme spät zurück, also schlaf dich gut aus, okay?
– Kein Problem.

Ich spüre, wie sie sich vom Bett erhebt. Dann höre ich, wie sie die Schlüssel und ihre Tasche greift. Die Eingangstür wird geöffnet und zugestoßen und von außen abgeschlossen. Und schließlich höre ich ihre Schritte auf dem Gang.

Ich döse.

Ich wache auf.

Ich döse.

Henry, das bin ich. Ich bin bei Yvonne. Sie ist bei der Arbeit. Ich sollte schlafen. Kein Problem. Sandsäcke fallen mir auf den Kopf. Ich schüttel sie ab.

– He Baby, wie geht's Bud?

Aber keiner ist da, um zu antworten.

Ich erwache zusammengerollt auf meiner rechten Seite. Das Bett ist härter, als es sein sollte. Das kommt davon, weil es ein Futon ist und nicht meine Matratze. Durch die Jalousien kommt so etwas wie Morgenlicht und neben dem Futon zeigt eine kleine Digitaluhr 11:48 Uhr an. Neben der Uhr steht ein Telefon und daran gelehnt ein Zettel.

Hen, ich musste zur Arbeit. Tut mir leid. Bleib liegen und versuch zu schlafen. Ich hab mich soweit um alles gekümmert. Bin früh am Morgen wieder zurück. Ruf mich in der Bar an, wenn du mich brauchst. Y.

Aber wir haben doch schon Morgen. Und in diesem Moment stelle ich fest, dass das warme kuschelige Etwas an meinem Rücken Yvonne sein muss und das kleinere warme kuschelige Ding an meinem Bauch Bud ist.

Er schläft. Sein linkes vorderes Bein steht senkrecht von seinem Körper ab und ist in einen dicken Gipsverband gehüllt. Einiges von seinem Kopfhaar ist abrasiert worden und er ist mit ein paar Stichen genäht worden. Auf seiner Schnauze hat sich ein Blutgerinnsel gebildet. Er atmet langsam und regelmäßig und wenn ich meine Position verlagere, bewegt er seinen Körper ein wenig, um sich an mich zu schmiegen. Ich schaue über meine Schulter zu Yvonne, die sich an meinen Rücken gepresst hat. Sie hat sich großteils aus der Bettdecke herausgeschält und trägt lediglich ein übergroßes Knicks-Trikot. Nummer dreiunddreißig, Partrick Ewing. Sie liebt den Typ. Als die Knicks ihn schließlich verkauften, brach sie in Tränen aus.

Ich versuche, mich ein wenig zu ihr herumzudrehen, doch der stechende Schmerz in meiner Seite erinnert mich daran, dass ich vor etwa vierundzwanzig Stunden als Folteropfer diente. Ich schnappe nach Luft, und Tränen bilden sich in meinen Augen. In diesem Moment öffnen sich Yvonnes Augen, und sie wirft mir ein grimmiges kleines Lächeln zu.

– Morgen, Schlafmütze. Bereit für den Doktor?

Nachdem ich das Bewusstsein verloren hatte, schleppte sie mich in ihr Loft und versuchte den Notarzt anzurufen. Offensichtlich schaffte ich es noch, sie davon zu überzeugen, dass dies eine schlechte Idee sei und so beließ sie es dabei, mir die Wunde zu reinigen und einen neuen Verband anzulegen. Dann brachte sie Bud zu einem Tierarzt mit Notfallservice und ließ ihn erst mal dort, um sich um mich zu kümmern, aber ich war schon fest am Schlafen. So ging sie zur Arbeit und auf dem Rückweg holte sie am Morgen Bud ab. Dem Tierarzt erzählte sie, Bud sei von einem Auto angefahren worden und er sagte ihr, sie solle in Zukunft vorsichtiger sein. Dann gab er ihr ein paar kleine Mieze-Schmerzmittel für die nächsten Tage. Die Nähte sind solche, die sich von selbst auflösen, aber den Gipsverband wird er mindestens ein paar Wochen mit sich herumschleppen müssen. Alles in allem ist der Morgen also gar nicht so übel. Besonders der Umstand, dass ich noch lebe und so. Aber Yvonnes Geduld mit meiner sturen Geheimniskrämerei neigt sich langsam dem Ende zu, sie will wissen, was für ein Spiel hier gespielt wird. Willkommen im Club.

Am Ende schließen wir einen Kompromiss. Ich liege auf dem Bett, und Yvonne zieht langsam die Bandage von meiner Seite.

– Du weißt, dass ich im Unterschied zu dir nie aufs College gegangen bin, trotzdem glaube ich sagen zu können, dass du ziemlich am Arsch bist. Und wo du jetzt gerade mal nicht vor Schmerzen im Delirium liegst, dachte ich, es wäre vielleicht möglich, dich zu einem Arzt zu schleppen.

Ich beiße mir auf die Zahne, während sie weiteres Blut von meiner Wunde wäscht.

– Nein.

– Fick dich, Hank. Wenn du keine bessere Idee hast, rufe ich jetzt 911 und hole einen Notarzt, bevor du hier mit deinem Blut noch mein Bett ruinierst.

Sie steht auf und geht zum Telefon.

– Baby, warte bitte.

– Komm mir nicht mit *Baby*, Hank.

Sie hält den Hörer in der Hand und wartet.

Sie hat Recht. Ich brauche einen Arzt. Also gebe ich ihr die richtige Nummer.

Yvonne hat ihr Loft so eingerichtet, dass an einem Ende das Studio ist und der Wohnbereich am anderen. Alles ist offen, außer dem abgehängten Bad in der Ecke. In der Mitte befindet sich eine kleine Küche, die um einen riesigen, antiken Eichentisch herum gebaut ist. Sie nutzt den Tisch als Arbeitsplattform und Esstisch, und er weist bereits unzählige Brandflecken und Schrammen auf. Vor ein paar Jahren fand sie ihn verlassen auf der Straße vor, und ich und ein paar Typen von der Bar halfen ihr, ihn hier hoch zu schaffen. Wir mussten die Beine abnehmen, und Wayne, dieser Ex-Marschall aus der Bar, zog sich auf den letzten paar Stufen einen Leistenbruch zu. Yvonne schmirgelte den Tisch ab und lackierte ihn, bevor sie ihn in Benutzung nahm. Jetzt liege ich auf ihm mit dem Gesicht nach unten, denn er steht am hellsten Ort im Raum und Dr. Bob wollte so viel Licht wie möglich, um meine Seite zuzunähen.

Selbst für *den* Doktor ist dies eine Behandlung außerhalb der Dienstpflicht. Ein morgendlicher Hausbesuch bei einem bestimmten, wenig entgegenkommenden Patienten, bei dem mysteriöse, brutale Wunden zu nähen sind, wird durch den Eid des Hippokrates eigentlich nicht abgedeckt. Andererseits beinhaltet er, dem Kranken alle Hilfe zu leisten, die er benötigt. Weiterhin zählt dazu auch, die Privatsphäre des Patienten zu achten, und gerade in diesem Punkt macht der Doktor einen verdammt guten Job.

– Was ich nicht gebrauchen kann, ist ein Notarzt, der nach dem Namen des Schlachters fragt, der Sie zugenäht hat, statt Sie ins Krankenhaus zu überweisen. Ich möchte keine plötzlichen Anrufe von Anwälten, die mich wegen eines medizinischen Kunstfehlers verklagen wollen. Ich will nicht, dass auch noch Ihre Kumpels mitten in der Nacht ankommen, damit ich ihnen Kugeln aus dem Bauch entferne. Ferner möchte ich nicht, dass Sie langsam verbluten, indem Sie in der Gegend herumspazieren.

Er unterstreicht jedes Wort, indem er die Knoten bei jeder Naht fest anzieht. Da er mir ein Schmerzmittel verabreicht hat, fühle ich bloß einen kleinen Ruck auf der Haut. Das ist schon eine gewisse Verbesserung gegenüber den Methoden von Rotschopf.

Er legt einen Verband an und hilft mir auf.

– Sie können von Glück sprechen, dass die Wunde von der Operation so gut verheilt war. Ich könnte auch die restlichen Fäden ziehen, aber ich lasse sie lieber drin. Sie können sie womöglich noch gut gebrauchen. Das eigentliche Risiko wäre eine Infektion. Ich werde Ihnen ein wenig Penicillin geben. Abgesehen davon brauchen Sie in erster Linie Ruhe und ein gutes Schmerzmittel. Die auferlegte Ruhe haben Sie ja bereits gebrochen. Was haben Sie gegen die Schmerzen?
– Vicadin.
– Nehmen Sie das. Die Wunde wird ordentlich wehtun, säubern Sie sie ein Mal täglich. Gegen die Schwellung empfehle ich Advil. Und lassen Sie die Nähte und Fäden nächste Woche entfernen.
– In Ordnung. Danke. Noch was?

Er packt seine Sachen zusammen. Yvonne holt seinen Mantel vom Bett und reicht ihn ihm.

– Noch was. Ja. Rufen Sie die Polizei und hören Sie auf, solche Scheiße zu bauen. Wer immer Ihnen das angetan hat, gehört eingesperrt, bevor er jemandem wehtut, der mehr Wert auf sein Leben legt als Sie.

Ich will ihm Geld geben, aber keine Chance.

Statt auf dem Tisch zu liegen, sitze ich jetzt daran und stochere in einem tiefen Ritz in der Eichenmaserung herum, während ich ihr in ihrem Knicks-Trikot beim Waffelbacken zuschaue. Yvonne ist erstklassig darin, keine unnötigen Fragen zu stellen, aber die energische Art, wie sie den Teller mit der Waffel vor mir auf den Tisch knallt, sagt mir, dass ihre Geduld bald am Ende ist.

Ich mache mich blindlings über die Waffeln her. Sie macht großartige Waffeln mit warmem Ahornsirup und allem drum und dran. Außerdem will ich lieber nicht vom Teller aufsehen, denn sie sitzt mir gegenüber, trinkt ihren Kaffee und dreht sich eine Zigarette. Sie wartet. Ich esse die Waffel und die halbe Grapefruit, die sie mir aufgeschnitten hat, und leere mein Wasserglas und den Orangensaft – Mann, war ich hungrig. Ich betrachte die leeren Teller und schließe für eine Sekunde meine Augen. Hier will ich bleiben. Ich will dreimal täglich diese Waffeln und den Geruch ihrer Zigaretten und das röhrende Geräusch ihres Brennofens, immer wenn sie ein neues Stück Holz nachlegt. Bud schläft friedlich auf ihrem viel zu harten Futon, und ich will einfach nur noch hier bleiben. Dann öffne ich meine Augen, schiebe mich vom Tisch weg und schaue Yvonne an. Sie hat sich in ihrem Stuhl zurückgelehnt, die Füße auf dem Tisch, und starrt quer durch den Raum aus dem Fenster, das auf den Hudson hinausblickt. Ihr Trikot ist über ihren Oberschenkel hochgerutscht und ich erkenne, dass sie keine Unterwäsche trägt. Das erregt mich dann doch ein wenig. Sie nimmt einen Schluck von ihrem Kaffee und zieht an der Zigarette. Ich räuspere mich ein wenig und sie dreht langsam ihren Kopf, schaut mich an und hört, was ich zu sagen habe:

– Baby, ich muss hier weg.

Sie nimmt einen weiteren Zug. Vor einer Weile hat sie ein Leonard-Cohen-Album aufgelegt und jetzt läuft gerade »Suzanne«; was für ein wunderschöner Song. Sie bläst eine Wolke Rauch aus und blickt wieder aus dem Fenster.

– Na schön!

Ich stehe auf. Es ist so angenehm hier, so schön warm.

– Sag mal, weißt du, wo meine Sachen sind?

Sie schaut mich an.

– Klar doch.

Sie nimmt die Füße vom Tisch und die Beine ihres Stuhls knallen auf den Boden. Mit einem letzten Zug von ihrer Zigarette steht sie auf, lässt den Stummel auf den Boden fallen und tritt ihn mit ihren blanken Füßen aus. Dann durchläuft sie den Wohnraum und tastet unter dem Futonrahmen herum, bis sie meine Tasche zum Vorschein bringt. Anschließend setzt sie sich auf das Bett und lehnt sich hinüber, um den schlafenden Bud zu streicheln. So warm hier drin. Ich setze mich ebenfalls auf das Bett und beginne meine Stiefel anzuziehen.

Mein ganzer Körper tut höllisch weh, aber mein Kopf ist ziemlich klar. Ein Bier würde gegen die Schmerzen sicher Wunder helfen. Meine Stiefel sind geschnürt. Ich greife mir einen alten schwarzen Pulli aus der Tasche, stehe auf und streife ihn mir über. Dann schaue ich mich nach meiner Jacke um, aber ich weiß nicht, welche ich mitgebracht habe. Yvonne liest meine Gedanken, erhebt sich vom Futon und geht zu einem dieser rollenden Kleiderständer hinüber, wie man sie aus den Boutiquen kennt. Sie hat so einen anstatt eines Wandschranks. Sie nimmt eine alte Lederjacke von der Stange und hält sie mir hin.

– Du bist gestern ohne Jacke hier aufgekreuzt. Nimm die, die müsste passen.

Ich komme rüber und nehme die Jacke. Sie sitzt perfekt und hat ein schönes Futter.

– Danke.
– Klar doch.

Ich kehre zum Bett zurück, nehme die Tasche und mache den Reißverschluss zu.

– Da wär noch was.
– Die Katze?
– Ja.
– Wie lang?
– Weiß noch nicht genau.
– Na schön. Das Zeug für sie ist in deiner Wohnung, oder?

Ich schaue sie an. Ich blicke ihr in die Augen.

– Nein. Geh da nicht hin, okay? Du gehst da auf keinen Fall hin.

Ich greife in die Tasche und nehme etwas Geld heraus.

– Tu das nicht. Denk gar nicht erst daran, mir Geld zu geben.

Ich werfe es trotzdem auf das Bett.

– Das ist für Bud, für den Tierarzt; außerdem wird er ein paar neue Sachen brauchen.
– Na gut.

Ich geh zu ihr rüber, lege eine Hand auf ihren Kopf und wir umarmen uns. Ihr Gesicht lehnt an meiner Brust und ihre Stimme klingt gedämpft.

– Bist du sicher, dass du okay bist?
– Klar doch.
– Bist du auch sicher?
– Klar doch.
– Du rufst mich an, wenn du Hilfe brauchst?
– Das weißt du doch.

Sie drückt mich und stößt mich dann von sich weg. Ich schaue noch einmal nach dem schlafenden Bud und mache mich dann auf zur Tür, als sie nach mir ruft.

– He!
– Was?

– Ich hab den Giants die Daumen gedrückt.

Ich bleibe an der halb geöffneten Tür stehen.

– Wirklich?

– Wirklich.

– Sie werden's trotzdem nicht packen.

– Ich halte ihnen dennoch weiter die Daumen gedrückt.

– Du hältst wohl auch immer zu den Underdogs, was?

– Yep!

Ich gehe und schließe die Tür hinter mir zu. Ich muss den Schlüssel finden. Ich muss diesen gottverdammten Schlüssel finden, ihn Roman bringen und zusehen, dass ich das Weite suche, bevor er meinen Freunden etwas antut. Das wiederhole ich immer und immer wieder, als ich die Stufen hinabsteige und mich zusehends von diesem warmen Zimmer entferne. Es ist nicht leicht, nichts von alldem ist leicht – sie ist so verflucht cool, und ich? Ich bin bloß ein verdammter Idiot.

Auf dem Bürgersteig vor ihrem Haus schnappt mich jemand von hinten und ein anderer tritt mir in die Eier. Sie schleifen meinen zusammengefalteten Körper zur Bordsteinkante, schmeißen mich in den Kofferraum eines Autos und schließen den Deckel. Ich höre, wie die Fahrer- und Beifahrertür sich öffnen und wieder zufallen; höre, wie der Motor gestartet wird und sich der Wagen in Bewegung setzt.

Wie sich herausstellt, heißt der Kleine Ed und der Große Paris. Und ich hatte Recht: Sie tragen Cowboystiefel; passende schwarze Stiefel aus Schlangenleder mit Klapperschlangenköpfen an den Zehen.

Ich bin zu einer Kugel zusammengerollt und blinzele sie aus dem Kofferraum heraus an, der soeben geöffnet wurde. Nachdem ich etwa eine Stunde lang hier drin herumgeschleudert wurde, haben wir angehalten. Die Türen öffneten und schlossen sich und dann sprang der Deckel auf und der Kleine nahm seinen Hut ab und lächelte mich an.

– Ich bin Ed und dies hier ist mein Bruder Paris. Tut mir leid wegen der Fahrt.

Es ist hell und über Eds und Paris' Köpfe hinweg sehe ich Dutzende und Dutzende von Möwen am Himmel herumschwirren. Es stinkt gewaltig hier draußen. Ed setzt seinen Hut wieder auf und reicht mir seine Hand.

– Jetzt holen wir dich erst mal hier raus.

Ich muss blinzeln. Ich greife seine Hand, und er hilft mir raus. Meine Beine sind völlig verkrampft und ich falle fast hin, aber Ed fängt mich auf und hält mich auf den Beinen, während ich meine Balance suche. Paris steht ein paar Meter entfernt und schaut zu. Wir sind auf einer Mülldeponie. Wir sind weit draußen inmitten einer Mülldeponie, irgendwo in New Jersey, und es ist niemand zu sehen, außer uns und den Möwen. Mein Herz schlägt wie verrückt, mein Atem geht flach und Paris greift in das Innere seiner Weste. Heraus holt er etwas, das wie ein alter .45er-Colt-Peace-Maker-Revolver aussieht. Damit wandert er auf den Müllbergen umher, um Ratten abzuknallen.

– Hat das Schlitzauge das getan?

BOOM!

– Häh?

– Dein Gesicht, hat das Schlitzauge dir das angetan?

BOOM!

– Äh, ja. Der Typ mit dem roten Haar.

– Das Schlitzauge ist aber auch ein mieses Arschloch, keine Frage.

BOOM!

Jedes Mal, wenn Paris auf eine Ratte schießt, gibt seine Knarre einen ordentlichen, kräftigen Knall ab, der über die

Mülldeponie hallt und die Möwen aufschreckt. Er hat seinen Revolver jetzt schon zweimal geleert und wieder geladen, und es scheint keine Langeweile bei ihm aufzukommen. Ed und ich lehnen am Deckel des geöffneten Kofferraums und unterhalten uns.

– Paris und ich haben ihn getroffen, als er frisch aus dem Jugendknast kam. Verrückte kleine Drecksau.

BOOM!

– Wer?

– Das Schlitzauge. Der Typ, der dir die Nase zertrümmert hat.

Sie kennen ihn. Warum auch nicht, warum sollten sich so Schlägertypen nicht untereinander kennen? Allesamt Mitglieder der Schlägergewerkschaft, keine Frage.

– Sie kennen ihn?

BOOM!

– Alle. Wir kennen sie alle.

– Alle?

BOOM!

Paris dreht am Zylinder des Revolvers und wirft die leeren Patronenhüllen auf den Boden. Er wühlt in seiner Tasche und als er nicht fündig wird, kommt er zum Auto rübergelaufen. Ed greift hinter sich in den Kofferraum, findet etwas und wirft es Paris zu. Es ist eine Schachtel voll Patronen. Paris lädt nach und geht zurück an seine Arbeit.

BOOM!

– Klar kennen wir sie. Das Schlitzauge, Bolo, der hawaiianisch ausschauende Kerl, diese abgefuckten russischen Schwuchteln und Roman. Er ist ein echter Zombie. Sicher kennen wir diese Typen, aber wir suchen in erster Linie nach Russ. Du kennst Russ, nicht wahr?

BOOM!

Ed ist etwa ein Meter siebzig. Wo sein Bizeps sein sollte, trägt er an seinen Armen kleine Bowlingkugeln mit sich spazieren. Soweit ich das beurteilen kann, schaut er mich nie direkt an, sondern starrt immer nur in die Richtung seines Bruders. Seine Augen hat er hinter pechschwarzen Sonnengläsern versteckt.

BOOM!

– Ich kenne Russ.
– Klar tust du das. Das ist auch gar nicht die Frage. Aber weißt du, wo er ist, wo wir ihn finden können?
– Er hat einen Schlüssel dagelassen.

BOOM!

Das Auto ist ein Cadillac. Ich weiß zwar nicht, welches Baujahr es ist, aber es stammt aus der Haiflossen-Ära. Es ist ein schwarzes Cadillac-Cabrio mit einer riesigen Heckflosse und es fährt wie ein Traum. Paris hat uns aus der Müllhalde und auf die Straße zurück nach Manhattan kutschiert. Ed sitzt hinten auf dem Rücksitz neben mir. Er hat das Fenster heruntergekurbelt und die kühle Herbstluft bläst ins Auto, als Paris den Wagen auf über 150 Stundenkilometer hochjagt.

– Nette Fahrt.

Ed hält seinen Kopf dem Fenster zugeneigt.

– Willst du mal ein bisschen fahren?
– Nein danke, ich fahre eigentlich nie selber.
– Du kommst doch aus Kalifornien. Da fährt man doch Auto, oder?
– Ich weiß schon, wie man fährt. Ich tu's halt nicht so gerne.

Paris hat einen Classic-Rock-Sender gefunden und Jimis »Voodoo Chile« ertönt.

– Mit einem Mann, der nicht fahren will, lässt sich wohl nicht diskutieren; aber die Kiste lässt sich super fahren, falls du deine Meinung ändern solltest.
– Danke.

Ed kurbelt sein Fenster hoch. Er lehnt sich im entferntesten Eck der großen Sitzbank zurück, schaut mich an und nimmt seine Sonnenbrille ab. Er hat diesen Schlafzimmerblick. Schöne braune Augen. Verrückte Augen. Er atmet aus und grinst mich an.

– Der Schlüssel war also im Katzenkäfig?
– Richtig.
– Und du hast ihn gefunden?
– Ja.
– Und dann hast du dich betrunken und ihn verloren?
– Richtig.
– Das ist eine ziemlich beschissene Geschichte.
– Yep!
– Und du hast ihn nicht Roman ausgehändigt?
– Ich habe Roman den Schlüssel nicht gegeben.
– Er will ihn aber haben, nicht wahr?
– Yep!
– Und du bist dir sicher, dass du ihn nicht hast?
– Yep!
– Gib uns den verfluchten Schlüssel, du Hurensohn!

Paris hat sich urplötzlich umgedreht, um mir dies entgegenzubrüllen. Seine linke Hand bleibt am Steuer, während er mit der rechten nach hinten greift und mich damit zu packen versucht. Ich rutsche im Sitz so weit nach hinten wie möglich und seine Hand fuchtelt wenige Zentimeter vor meinem Gesicht hin und her, als das Auto langsam von der Fahrbahn abkommt.

– Gib uns den verfluchten Schlüssel, oder wir killen deinen verschissenen Arsch, du Arsch! Es ist verdammt noch mal unserer! Dieser verfickte Russ, dieses hinterfotzige, verfluchte Stück Scheiße!

Der Wagen fährt jetzt Schlangenlinien und die Autos um uns herum hupen wie verrückt und versuchen uns irgendwie auszuweichen.

– He! He! He!

Ed hat Paris' gewaltigen rechten Arm gepackt und hält ihn davon ab, sich mein Gesicht vorzunehmen.

– Pass besser auf die verdammte Straße auf.

Paris kriegt sich wieder ein, und Ed lässt seinen Arm los. Der Riese dreht sich um, bekommt das Fahrzeug wieder unter Kontrolle und der Verkehr um uns herum beruhigt sich. Ed lehnt sich erneut in seine Ecke und lächelt mich an.

– Wir brauchen diesen Schlüssel.

Sie kennen sich – alle.

– Weißt du, Russ hatte einen ganz einfachen Job.

Wir hocken in einer Sitznische eines Autobahnrestaurants knapp außerhalb von Jersey City. Ed und Paris sitzen mir gegenüber und essen Steak und Eier in Tabascosoße. Ich trinke eisgekühltes Wasser und starre die beiden schwitzenden Heineken-Bierflaschen an, die sie vor sich stehen haben. Wenn er nicht gerade Essen oder Bier in sich hineinschüttet, redet Ed.

– Das Einzige, was er zu tun hatte, war, uns irgendwo zu treffen und uns eine gewisse Sache auszuhändigen. Stattdessen trieb er sich in New York herum und zog die Aufmerksamkeit von einer Reihe Leute auf sich.

– Aha.

– Ja. Und bei der Gelegenheit hat er dich, seinen Freund, mächtig in die Scheiße geritten.

Paris leert sein Bier, hält die Flasche hoch und wackelt damit hin und her, um der Bedienung zu signalisieren, dass er zwei weitere Biere will. Mein Mund wird wässrig, und ich trinke mehr Eiswasser.

– Was hat dir Roman erzählt?

– Er sagte, dass es da ein Objekt gäbe, was alle wollten. Der Schlüssel wäre es zwar nicht, aber trotzdem wolle er ihn unbedingt.

– Schon richtig. Wenn der Schlüssel das ist, was Russ zurückgelassen hat, dann ist er das, was wir wollen.

Die Bedienung erscheint mit den neuen Bieren, stellt sie hin und geht. Ed isst seinen letzten Bissen, schiebt den Teller beiseite, steht auf und geht zur Toilette.

– Bin gleich wieder zurück.

Paris nimmt einen großen Schluck von seinem neuen Bier, stochert in den Resten seines Steaks herum, schaut sich nach Zahnstochern um und lehnt sich ein wenig zu mir hinüber.

– Letzte Nacht träumte ich davon, dass ich meinen Vater erschoss. Das Verrückte daran war – ihn zu erschießen war schon krank genug –, aber das eigentlich Verrückte daran war, dass er dabei wie ein Nazi gekleidet war, wie ein verdammter SS-Hurensohn. Ich schoss ihm in den Rücken.

Er trinkt mehr Bier.

– Na ja. Tut mir leid, das vorhin im Auto. Ich bin eigentlich nicht so. Wirklich.

– Kein Problem.

Er hält mir seine Hand entgegen. Ich nehme sie und wir schütteln uns die Hände.

– Bist du sicher, dass du kein Bier willst? Oder vielleicht was zu Essen?

– Nein, danke.

– Na gut.

Ed lässt sich in die Sitznische fallen.

– Tut mir leid, aber was raus muss, muss raus.

Es ist noch ziemlich früh am Tag, so gegen drei Uhr am Nachmittag, die ruhige Zeit zwischen Mittagessen und Abendessen. Das Lokal ist noch ziemlich leer, nur wir und ein paar Durchreisende. Unter dem Tisch schlage ich leise meine Fersen zusammen, während ich in meinem Kopf am laufenden Band den folgenden Satz wiederhole: Trautes Heim, Glück allein. Es gibt nichts Schöneres als ein Zuhause. Es gibt nichts Schöneres als ein Zuhause.

Mit Paris am Steuer gondeln wir durch Manhattan, und Ed erzählt mir eine Geschichte.

– Als wir Kids waren, hingen ich und mein Bruder immer in diesem Jugendzentrum in Queens ab. Wir hassten es. Die Kids wollten sich dort ständig kloppen, die ganze Zeit. Und ich und Paris hassten es zu kämpfen. Jeden Tag erzählten wir unserer Mum, dass wir da nicht hingehen wollten und sie schickte uns trotzdem hin, damit sie zu Hause klar kam. Sie hatten dort diese Holzwerkstatt, wo man basteln konnte. Aber das einzige Material, was sie hatten, war Holz und alte Räder. Kein Scheiß. Und das Holz war auch kein richtiges Holz, sondern bloß alte schimmlige Bretter mit Nägeln und so. Hast du schon mal versucht, was aus alten verschimmelten Brettern zu basteln? Ein Vogelhäuschen? Einen Geschirrtrockner? Nix da, keine Chance. Was die Kids machten, war, sie schnitten sich lange Streifen aus Gummireifen zurecht und vollführten damit auf dem Dach des Clubs Peitschkämpfe. Stiegen aufs Dach und peitschten sich gegenseitig. Eines Tages kommandiert dieser Bursche Dex Paris auf das Dach, aber Paris will nicht. Dex ist das jedoch scheißegal und er und seine Freunde schnappen Paris, ziehen ihm die Hose runter und peitschen ihm den Arsch blutig. Dann ließen sie ihn weinend und bibbernd mit seinem blutigen Arsch dort liegen. Als ich ihn nach Hause bringe, rastet Mom schier aus, will die Bullen und das Jugendzentrum anrufen. Sie sagt uns, wie leid es ihr tut, und dass wir nie mehr in den Club müssten. Am nächsten Tag gehen wir trotzdem hin. Im Holzhaus sägen wir uns ein paar lange Stücke aus stahlummantelten Gürtelreifen ab. Dann brechen wir ein paar Rasierklingen in kleine Teile und stecken sie auf die Spitze unserer Peitschen. Ich finde Dex und sage ihm, wir träfen uns auf dem Dach. Er taucht mit seinen Jungs auf und bevor er auch nur seinen Mund aufmachen kann, ziehe ich ihm mit der Peitsche übers Gesicht. Das Schwein geht sofort schreiend zu Boden. Seine Jungs versuchen ihm zu helfen, aber ich peitsche ihn gnadenlos weiter. Paris ist derweil völlig ruhig, dann kommt er zu Dex, der sich am Boden windet, rübergelaufen, zieht ihm die Hose runter und reißt ihm gehörig den Arsch auf. Dex' Bande kriegt es mit der Angst zu tun, kann es nicht mehr ertragen und macht sich aus dem Staub, aber Paris schwingt unerbittlich die Peitsche, bis Dex ziemlich leblos daliegt. Als er kurz unterbricht, merken wir, dass wir Scheiße gebaut haben, aber wir wissen nicht, was wir dagegen tun können. Also schleppen wir Dex zum Rand des Daches und werfen ihn runter. Das Blut spritzte nur so, als der Kerl auf den Boden klatschte. Und so endeten wir in Montana in einer dieser Jugendhaftanstalten. Man nimmt jugendliche Unruhestifter aus der Großstadt und lässt sie auf dem Land mal so richtig im Freien arbeiten, diese Scheiße. Aber ich sag dir, das war herrlich: weite Felder, hohe Berge und ein endloser Sternenhimmel. Da hätt ich mein ganzes Leben bleiben können. Verstehst du, Hank? Du heißt doch Hank, oder?

– Ja.

– Also, was für eine Rolle spielst du hier? Als wir Russ nicht zu Hause antrafen, entschieden wir uns, ein Auge auf Roman zu werfen, zu sehen, was er so treibt. Und er trieb es mit dir. Also nahmen wir dich unter die Lupe, folgten dir zu deiner Wohnung auf der West Side. Wir dachten uns, wir sollten dich mal näher kennenlernen. Verstanden?

– Ja doch.

– Verstehst du, Hank, wir brauchen diesen Schlüssel. Ich nehme an, Roman hat dir gedroht, dass er böse Dinge tun wird, wenn er den Schlüssel nicht bekommt, richtig?

Er wird dich umbringen, deinen Freunden etwas antun, so was in der Art, oder?

– Richtig.
– Und wenn du ihm den Schlüssel gibst, wird er dich in Ruhe lassen, richtig?
– Richtig.
– Vergiss es, der Zombie wird dich kaltmachen, Schlüssel hin oder her. Das garantiere ich dir. Klingt das vernünftig?
– Ja.
– So, und das ist unser Angebot. Falls wir den Schlüssel nicht bekommen, machen wir dich alle, das ist ja klar. Wir töten dich und deine Familie und deine Vorfahren und deine verfluchte Hauspflanze und so weiter und so fort. Verstanden?
– Ja.
– Wenn du uns jedoch den Schlüssel gibst, dann lassen wir dich nicht nur weiter atmen, sondern du erhältst auch noch ein nettes Sümmchen Kleingeld. Nett, oder?
– Klar.
– Und weißt du auch, warum wir dir ein nettes Sümmchen Kleingeld abgeben?
– Nein.
– Weil du uns dabei helfen wirst, Roman und den Rest seiner verdammten Freak Show auffliegen zu lassen, nachdem du uns den Schlüssel gegeben hast. Dann machen wir sie kalt und sie werden weder uns noch dich noch sonst wen je wieder belästigen. Klingt das gut?
– Gut.
– Na gut. Und jetzt nimmst du meine Karte, holst dir den Schlüssel und rufst mich dann an. Beeil dich, und alles wird wieder gut, okay?
– Okay.
– Sollen wir dich irgendwo Bestimmtes absetzen?

– Nein, einfach irgendwo.
– Wie du meinst.

Ed klopft Paris auf die Schulter, und der Caddie fährt an den Straßenrand. Ich versuche die Tür zu öffnen, aber sie ist verriegelt. Ed fasst mir ans Knie. »Sorry, aber die Tür ist kaputt, geht nur auf dieser Seite.«

Er steigt auf der rechten Seite aus, und ich schiebe mich rüber und steige nach ihm aus. Er greift ins Wageninnere, holt meine Tasche hervor und reicht sie mir.

Er nimmt vorne Platz, schließt die Tür, winkt mir kurz zu und sie fahren davon. Ich schaue mir die Karte in meiner Hand an: Ed, gefolgt von einer Handynummer. Ich befinde mich an der Ecke 49th Street und Ninth Avenue. Ich laufe etwa zwanzig Meter die Straße runter und biege dann in die erste Bar ab, die ich sehe.

Die Niere ist ein Organ. Es filtert giftige Schadstoffe aus dem Blut. Wenn deine Nieren, oder wie in meinem Fall deine *Niere*, beschädigt ist, kann sie diese Funktion nicht mehr länger erfüllen und du stirbst. Trotzdem führen viele Menschen auch mit nur einer Niere ein langes und glückliches Leben, denn sie lieben und pflegen und respektieren ihre verbliebene Niere. Will man seine eine Niere respektlos behandeln, dann erhöht man den Blutdruck, indem man sich verschiedenster Aktivitäten hingibt, eine davon ist die exzessive Zufuhr alkoholischer Getränke.

Ich sitze auf einem Barhocker und betrachte die Flasche Budweiser. Der Barkeeper bot mir zwar ein Glas an, aber ich trinke lieber aus der Flasche. Das kalte Glas der Flasche ist beschlagen, und die untere rechte Ecke des Etiketts löst sich. Ich mache einen Deal mit mir selbst – wenn ich das Etikett in einem Rutsch abziehen kann, trinke ich das Bier. Ich spiele ein wenig am Papier herum und ziehe dann gleichmäßig. Das Etikett geht in einem Rutsch ab. Ich stehe auf und gehe zum Ende der Bar.

Die Telefonzelle ist eine dieser altmodischen aus Holz; eine kleine Kabine, die in die Wand eingebaut ist. Ich zwänge mich hinein, schließe die Tür und ein kleines Licht an der Decke geht automatisch an. Ich wähle eine lange Folge von Zahlen, höre mir einige Ansagen an und tippe weitere Nummern ein. Endlich ertönt ein Rufzeichen am anderen Ende der Leitung und ich lasse mich auf der kleinen Bank in der Zelle nieder. Jemand nimmt den Hörer ab.

– Hallo?
– Hallo, Mom.
– Ach, da bist du ja endlich.
– Tut mir leid, Mom.
– Nein, nein. Ist schon gut. Wir hatten uns bloß etwas gesorgt, weil du nicht anriefst. Ist alles in Ordnung? Bist du doch etwas länger im Krankenhaus geblieben?
– Nein, Mom. Es war bloß so ... sie gaben mir diese Schmerzmittel.
– Schmerzmittel? Tut es sehr weh? Geht's dir gut, Henry?
– Mir geht's gut, Mom. Es zwickt bloß noch ein wenig, weißt du?
– Aber sonst geht es dir gut?
– Ja, alles bestens. Die Pillen haben mich ziemlich umgehauen und ich hatte den Telefonton runtergedreht, deshalb bin ich nicht aufgewacht. Ich weiß, ich hätte gleich anrufen sollen, aber ich hab erst jetzt deine Nachricht abgehört.
– Dein Vater sagte, ich solle mir keine Sorgen machen, aber er war schließlich selbst etwas beunruhigt.

Für einen kurzen Augenblick ist es still am Hörer. Ich lehne meine Stirn gegen die Glasscheibe der Kabinentür. Meine Mutter vermisst mich. Sie vermisst mich schon seit zehn Jahren, von dem Zeitpunkt an, als ich nach New

York ging. Sie hat keine klare Vorstellung von meinem Leben. Genauso wenig wie ich. Insofern kann ich ihr kaum helfen.

– Wie auch immer, ich war eben etwas besorgt.
– Mach dir keine Sorgen, Mom. Mir geht's wirklich gut.
– Bist du sicher, dass ich nicht kommen soll?
– Nein, Mom. Es gibt keinen Grund, ganz ehrlich. Ich mach ganz langsam, das geht schon.
– Kümmert sich denn wenigstens jemand um dich?
– Yvonne hat mir ein wenig geholfen, aber ich komm auch selbst zurecht.
– Wie geht's ihr denn?
– Ihr geht's soweit gut, aber sie kümmert sich nicht wirklich um mich. Sie hat bloß ein paar Besorgungen für mich erledigt.
– Sie ist wirklich eine gute Seele.
– Ja, das ist sie.
– Ich wünschte, ich könnte bei dir sein und dir helfen.
– Ich weiß.
– Ich freu mich schon so, dich an Weihnachten zu sehen.
– Ich auch.
– Weißt du schon, was du dir wünschst?
– Irgendwas, Mom. Es wird mir schon gefallen, so wie immer. Es ist ja auch noch eine ganze Weile hin bis Weihnachten.
– Du weißt ja, dass ich so was gerne frühzeitig hinter mich bringe.
– Ich weiß. Ist Dad auch zu sprechen?
– Er ist heute im Laden. Willst du ihn dort anrufen?
– Nicht so wichtig, ich bin ziemlich müde. Ich glaub, ich leg mich wieder ein wenig hin. Sag ihm bitte, dass ich ihn lieb habe, okay?
– In Ordnung. Ach, hast du das Paket bekommen, was ich dir geschickt habe?

– Bis jetzt noch nicht, ich hab noch nicht nachgeschaut.
– Nicht so wild. Ist bloß so dummes Zeug, aber ich glaube, es wird dir gefallen.
– Danke, Mom. Hör zu, ich stell die Klingel leiser, weil ich so müde bin, also wunder dich nicht, wenn ich nicht gleich rangehe. In Ordnung?
– Ja, sicher. Ich liebe dich, Henry.
– Ich dich auch, Mom.
– Ich melde mich in den nächsten paar Tagen, okay?
– Wunderbar. Ich liebe dich, Mom.
– Ich liebe dich, Henry.
– Auf Wiederhören.
– Tschüs.

Danach bleibe ich eine Weile in der Kabine sitzen.

Ich bin einer dieser Typen, dem Leute sich gerne anvertrauen. Schon mein ganzes Leben labern mir Leute, die Streit hatten, oder Pärchen, die ich kenne, das Ohr ab. Immer bin ich der Schlichter und Vermittler, der Mann in der Mitte. Du kannst da nicht einfach so tatenlos stehen bleiben, glaub mir, früher oder später musst du was tun. Die Kunst ist, zu wissen, wie viel du von dem, was du von der einen Person erfahren hast, an die andere Person weitergeben darfst. Es ist eine knifflige Sache, denn du willst weder das Vertrauen von jemandem verletzen, noch willst du dich selbst in die Scheiße reiten. Ich glaube, ich habe bislang mehr geholfen als geschadet, aber letztlich habe ich mich nie um diese Position gerissen, also habe ich mir auch keinen richtigen Kopf darum gemacht. Der Mann in der Mitte.

Ich sitze in der Kabine und blicke hinüber zur Bar. Dort steht meine Flasche Budweiser vor meinem Hocker, daneben ein kleiner Haufen Geldscheine, mein Wechselgeld. Ich schmeiße einige Geldstücke in den Apparat und rufe United Airlines an. Sie können mein Ticket jederzeit ändern, wenn ich es wünsche. Das koste bloß fünfundsiebzig Dollar Änderungsgebühr, plus die Differenz des Ticketpreises natürlich. Ob ich diese Änderung jetzt machen wolle? Ja sicher, ich würde nur zu gerne. Aber erst muss ich an diesen Schlüssel kommen, mich entscheiden, wem ich ihn gebe und dabei zusehen, dass ich über die Runden komme. Ich weiß, wo der Schlüssel ist. Also, wem soll ich ihn geben. Ich hole eine der Karten, die ich in meiner Hosentasche habe, und wähle. Er nimmt höchstpersönlich ab.

– Roman.

– Ich hab ihn.

Pause.

– Wo bist du?

– Ich habe ihn noch nicht, aber ich weiß, wo er ist.

– Wo?

– Sag ich nicht. Hören Sie zu, ich werd es Ihnen nicht sagen.

– Und wieso rufst du dann überhaupt an?

– Ich wird Ihnen nicht sagen, wo er ist. Ich werd ihn holen und Ihnen geben.

– Wann?

– Ich … Ich will abhauen … Ich will New York verlassen. Ich werd Ihnen den Schlüssel geben, unmittelbar bevor ich abhaue.

– Wann wirst du verduften?

– Ich hab noch keinen Flug. Erst hol ich den Schlüssel, dann melde ich mich. Ich treffe Sie, ich rufe Sie an …

– Bitte?

– Ich weiß nicht, wie so was läuft.

– Es gibt da keine genauen Regeln. Aber darf ich einen Vorschlag machen?

– In Ordnung.

– Hol den Schlüssel. Buch einen Flug. Ruf mich an und nenn mir den Flughafen, aber nicht die Flugnummer. Und sag mir, wann du mich erwartest. Aber lass etwas Zeit bis zum eigentlichen Abflugtermin, damit ich nicht darauf komme, mit welchem Flug du wegfliegst. Und im allerletzten Augenblick, bevor du an Bord gehst, pagest du mich an und teilst mir das Gate mit. Dort treffe ich dich dann, unter den Augen der Öffentlichkeit. Und da gibst du mir dann den Schlüssel.

Wow, ein super Plan.

– In Ordnung.

– Und du solltest auch einen Flug buchen, der nicht zu deinem letztendlichen Bestimmungsort fliegt. Dorthin fliegst du erst über Umwege. Damit schüttelst du deine Verfolger ab.

– Richtig, klingt logisch.

– Gut, dann …

– Ja, also, ich geh dann mal …

– … den Schlüssel holen.

– Richtig, den Schlüssel.

Ich sitze da und halte den Hörer in den Händen.

– Bis bald.

– O ja, auf Wiedersehen.

Ich lege auf. Dann gehe ich schnurstracks hinüber zu meinem Bier und schnapp es mir. Bevor ich einen Schluck zu mir nehme, spähe ich noch kurz zum Fernseher rüber. Und verharre dort. Das Spiel der Mets ist gerade zu Ende gegangen: Atlanta 5, Mets 3. Ich stell das Bier wieder hin. Ich brauch es nicht. Außerdem gehe ich jetzt eh in eine andere Bar.

Jetzt, wo ich so ungefähr weiß, was als Nächstes zu tun ist, bin ich in Eile. Ich winke mir ein Taxi herbei und sage dem Fahrer, wo es hingehen soll. Ich schließe die Augen und versuche all die Stellen, an denen es schmerzt, zu ignorieren.

Ich bin froh, Roman angerufen zu haben. Roman ist definitiv derjenige, mit dem ich verhandeln will. Auch wenn ich mich vor ihm fürchte, so habe ich vor ihm doch nicht solch einen Horror wie vor Ed und Paris, die ganz offensichtlich verrückter sind als ein ganzer Sack voll Vollidioten.

Der Taxifahrer fährt so wie alle New Yorker Taxifahrer. Er gibt Vollgas, sobald die Ampel grün wird und steigt erst in allerletzter Sekunde in die Bremsen, wenn sie auf Rot umschaltet. Ich habe den Sicherheitsgurt um, der mich davor bewahrt, dass mein Kopf alle paar Sekunden gegen die Plexiglasscheibe knallt, die mich vom Fahrer trennt. Unsere Fahrt ist nichtsdestotrotz ein einziges Gehoppel und Geruckel, und ich muss schließlich doch meine Augen öffnen, bevor sich mein gesamter Mageninhalt über meinen Schoß ergießt. Wir sind fast da, also blicke ich mich nach verdächtigen Wagen um, aber ich kann keine Spur von einem schwarzen Caddie erkennen. Es sieht gut aus. Das Taxi fährt rechts ran, ich zahle und steige aus.

Ich betrete Paul's Bar und Lisa, eine der Barfrauen von der Tagschicht, erblickt mich und lässt einen kurzen Schrei los.

– Jesus Maria, Hank, du siehst ja beschissen aus.

Lisa stand hinter der Bar, als ich vor zehn Jahren auf der Suche nach einem Job die Bar betrat. Damals war sie so um die dreißig, ein Meter achtzig groß und entsprechend großzügig proportioniert. Sie legte mich etwa ein oder zwei Wochen, nachdem ich meinen Job hinter der Bar angetreten hatte, flach, und selbst wenn wir es nie wiederholten, so bereute ich es doch nie. Sie ist eine große, gut gelaunte Frau und so ziemlich das Einzige, was mich an ihr nervt, ist, wenn sie sich hinter der Bar zudröhnt und ich die Schicht nach ihr habe. Ihren Scherbenhaufen aufzusammeln ist kein

Vergnügen. Sie hat schon ordentlich einen im Tee und ich habe jetzt schon Mitleid mit demjenigen, der heute Abend arbeiten muss.

Es ist kurz vor halb fünf und es befinden sich noch nicht viele Gäste in der Bar. Die Happy Hour beginnt um fünf und dann geht das Geschäft erst richtig los, aber jetzt sind nur ein paar von Lisas Stammgästen zugegen. Ich kenne die Kerle nicht allzu gut, denn sie halten meist nicht bis zur Spätschicht durch, aber ich erkenne Amtrak John und Cokehead Dan. Jeder bekommt in diesem verfluchten Laden früher oder später einen Spitznamen verpasst.

Ich lasse mich auf einem Barhocker nieder und stelle meine Tasche auf den Boden. Lisa kommt zu mir herüber und streicht mir mit den Fingerspitzen über die Stirn.

– O Hank. Mir wurde versichert, dass diese Typen dein hübsches Gesicht in Ruhe gelassen haben. Ich hatte extra nachgefragt und alle hatten mir gesagt, dass diese Arschlöcher dein Gesicht nicht angefasst hätten.
– Haben sie auch nicht, das ist neu.
– Neu! Heilige Scheiße, Hank. Was machst du bloß für Sachen? Du bist ein Liebhaber, Kleiner, kein Kämpfer.
– Ich hab diese Woche eben einfach Glück.
– Scheiß drauf, Baby. Ich geb dir ein bisschen was gegen die Schmerzen.

Sie greift in die Gefriertruhe, bringt ein Budweiser zum Vorschein, lässt den Deckel knallen und stellt es mir hin, bevor ich Nein sagen kann. Dabei will ich gar nicht Nein sagen, ganz und gar nicht. Lisa hebt ihr Glas und nickt meinem Bier zu.

– Runter damit, Seemann.

Das ist mein Spitzname hier: Seemann – Hank, der Seemann. Ich weiß nicht mal mehr, wie es damit anfing. Wenn Edwin dir einen Namen verpasst, dann bleibt es einfach dabei.

– Austrinken!
– Später, Liebes. Ich muss erst mit Edwin reden, ist er da?

Sie stürzt den Rest ihres Drinks hinunter und schüttelt den Kopf.

– Er hat deine Schichten übernommen, bis er jemanden gefunden hat, den er mag. Deshalb macht er zwischendrin immer mal ein Nickerchen, um sich nachts fit zu halten.
– Das heißt, er kommt später rein?
– Sollte er. Er kommt so gegen sechs oder sieben vorbei, um die Abrechnung zu machen und ist dann so gegen neun hinter der Bar.

Edwin vertraut mir. Es dauerte etwa ein Jahr, bis er mich zu seinem Top-Barkeeper und zu so was wie seinem Manager machte. Wir haben darüber nie gesprochen, aber irgendwann begann ich damit, ihm mit dem Inventar und den Bestellungen zu helfen. Ich wurde derjenige, der neue Angestellte einarbeitete und das Geld zählte. Aber bei Edwin ist Vertrauen eine Sache für sich. Mein Problem ist, dass ich mir zwar ziemlich sicher bin, dass er den Schlüssel in den Bürosafe gelegt hat, ich aber die Zahlenkombination nicht kenne.

– Trinkst du jetzt einen mit mir oder nicht?
– Der Arzt hat es mir verboten, Liebes.
– Ganz ehrlich?
– Ganz ehrlich.
– Nicht mal ein Bierchen?
– Nicht mal ein Bierchen.
– Ach, scheiß drauf.
– Das kannst du laut sagen. Ich könnt da ordentlich drauf scheißen.
– Was dagegen, wenn ich mir alleine einen genehmige?
– Nur zu, meine Niere muss es ja nicht auslöffeln.

Sie lacht auf, während sie sich einen weiteren Greyhound mixt. Sie nimmt dafür einen Bierkrug und schüttet ordentlich Wodka rein. Eins muss ich ihr lassen, sie mag ja später stockbesoffen sein, aber sie braucht den ganzen Tag, bis es so weit ist. Sie nippt an ihrem Glas.

– Aaaaahhh! Das ist wie Muttermilch für mich, Seemann.
– Na, dann ist ja gut. Hör zu, ich geh mal eben ein paar Sachen einkaufen. Kann ich dir was mitbringen?
– Kannst du mir Kippen holen? Marlboro Lights. Die Hunderter.
– Klar, weiß ich doch.

Sie will mir ein paar Dollar für die Zigaretten geben, aber ich winke ab.

– Kannst du dafür ein Auge auf meine Tasche werfen?
– Klar doch.

Ich übergebe ihr die Tasche und sie verstaut sie hinter sich in einem der Schränke. Bargeld habe ich in der Hosentasche, aber alles andere ist da drin. Ich gehe zur Tür, während sie den Tresen entlangläuft. Ich drehe mich kurz noch einmal um und starre auf ihren knackigen Hintern. Die Zeit hat es gut mit Lisa gemeint, aber sie ist auch eher für die Langstrecke gebaut als für die Sprintdisziplinen. Das Bier steht immer noch auf dem Tresen, wo sie es hingestellt hat. Ich kann kaum glauben, dass ich heute schon das zweite Bier unangerührt habe stehen lassen.

– Seemann! He Seemann!

Es ist Amtrak. Er winkt mir vom hinteren Ende der Bar zu.

– He Seemann. Hast du das gesehen?

Er zeigt auf den Fernseher und ich schaue gerade rechtzeitig hin, um die Ergebnisse vom ersten Inning der Spiele an der Westküste mitzukriegen: Dodgers 9, Giants 0. Amtrak gackert voller Schadenfreude und tippt an seine Mets-Kappe.

– Eins hinten und nur noch zwei zu spielen. Vergiss es, Kumpel, du bist erledigt.

Ich winke ihm mit meinem Mittelfinger zu und gehe zur Tür hinaus.

Ich befinde mich im Sanitätshaus an der 14th Street, Ecke Third Avenue. Der Verband, den mir Dr. Bob angelegt hatte, ist während meines kleinen Ausflugs mit Ed und Paris aufgegangen und ich will einen neuen anlegen. Ich greife mir einen Einkaufskorb neben der Eingangstür und schlendere den ersten Gang entlang. Ich hole mir ein paar Mullverbände, etwas medizinisches Klebeband, zwei erstklassige Bandagen, eine Flasche Wasserstoffperoxyd, Heftpflaster und etwas Advil. An der Kasse frage ich die Bedienung noch nach einer Stange Marlboro Light, die Hunderter. Ich finde, ich sollte Lisa ein kleines Abschiedsgeschenk machen. Das Mädchen tippt die Beträge ein und packt die Artikel in eine Plastiktüte. Ich lasse meinen Blick ein wenig herumschweifen, als ich im Fenster hinter der Kasse einen hellen Farbblitz erblicke und sage bloß:

– Scheiße!
– Wie bitte?
– Nichts. 'tschuldigung. Wie viel macht das?
– Neunundfünfzig Dollar und neunundvierzig Cents, und Sie sollten mal besser auf Ihre Ausdrucksweise achten.
– Tut mir leid. Mir fiel gerade ein, dass ich etwas vergessen habe.
– Da hab ich auch nichts gegen, Sie können vergessen, so viel Sie wollen. Aber Sie sollten trotzdem aufpassen, was Sie sagen.
– Ist klar. Hören Sie zu, ich weiß, dass das ziemlich abgefuckt klingt …
– Ich sagte doch, Sie sollen auf Ihr Mundwerk achten.
– Richtig, tut mir leid.
– Ja, Sie mir auch. Macht neunundfünfzig Dollar und neunundvierzig Cents.

Ich nehme drei Zwanziger und einen Hunderter aus meiner Hosentasche und falte sie vor der Kasse auf.

– Was ich Sie jetzt frage, mag vielleicht komisch klingen, aber gibt es hier einen Hinterausgang, den ich benutzen könnte?

Ich schiebe ihr den Hunderter rüber und blicke sie dabei vielsagend an. Sie schaut den Geldschein an, dann mich.

– Nein, hier gibt es keinen Hinterausgang und Sie könnten ihn auch nicht benutzen, wenn es einen gäbe. Und können Sie nicht lesen?

Dabei zeigt sie auf ein Schildchen, das an die Kasse geklebt ist:

Wegen wiederholter Zahlungen mit Falschgeld akzeptieren wir keine Geldscheine über $ 20.00.

– Das macht immer noch neunundfünfzig Dollar und neunundvierzig Cents. Bitte sehr!

Ich nehme den Hunderter von der Theke und reiche ihr die drei Zwanziger. Sie gibt mir das Wechselgeld.

– Einundfünfzig Cents. Und achten Sie nächstes Mal besser auf das, was Sie sagen.

Ich bin ziemlich sprachlos, also nehme ich mein Geld und passe auf mein Mundwerk auf. Außerdem habe ich genug damit zu tun, das Fenster im Auge zu behalten und zu schauen, ob ich noch einmal Rotschopf auf dem Bürgersteig auf der anderen Straßenseite entdecke.

Ich bin kein berühmter Wissenschaftler, aber auch das erklärt nicht, warum mir nicht in den Kopf gekommen ist, dass höchstwahrscheinlich jemand Paul's überwacht. Zu meiner Verteidigung kann ich nur anführen, dass ich das hier auch zum ersten Mal mache. Und ich habe es offensichtlich mit Profis zu tun. Wobei derjenige, der ausgerechnet Rotschopf auf mich angesetzt hat, in Sachen subtiler Überwachungstaktik noch ein paar Nachhilfestunden gebrauchen könnte. Er ist da draußen kaum zu übersehen mit seinen leuchtend roten Haaren und den auffälligen Klamotten, wobei er diesmal eine hellblaue Polyesterhose und ein goldenes Hemd trägt und dazu noch eine gigantische, gelb getönte Brille. Insofern muss ich mir keine Sorgen machen, ihn so schnell aus den Augen zu verlieren.

– He, Sie da! Hätten Sie vielleicht was dagegen, Platz zu machen? Es gibt noch mehr Kunden, die bezahlen möchten und dabei nicht so rumfluchen wie Sie.

Ich stehe noch immer an der Kasse und die Bedienung starrt mich mürrisch an und deutet auf eine ältere Frau hinter mir, die geduldig darauf wartet, bedient zu werden.

– Tut mir leid.

– O Mann, gibt es eigentlich auch etwas, was Ihnen nicht leid tut. Und jetzt sehen Sie zu, dass Sie hier rauskommen.

Ich gehe ein paar Schritte zur Seite und stelle fest, dass keine andere Wahl bleibt. Ich werde einfach aus der Tür treten und versuchen, ihn auf der Straße abzuschütteln. Ich mache mich auf den Weg nach draußen, doch der Sicherheitsbeamte stellt sich mir in den Weg und hält eine Hand vor meine Brust.

– Sir.

– Ja, bitte?

– Sir, könnten Sie mir wohl bitte einmal den Geldschein zeigen, den Sie an der Kasse hatten?

– Welchen Geldschein?

– Den Hunderter, mit dem Sie bezahlen wollten?

– Ich bitte Sie. Das kann doch wohl nicht … Ich bezahle nicht mit Falschgeld.

– Dürfte ich ihn bitte sehen?

Ich habe keine Angst. Ich meine, ein Typ vom Sicherheitsdienst ist nun wirklich nicht das Schlimmste, was mir heute passieren kann, aber ich will weg hier und vorwärts kommen. Also geb ich ihm den Hunderter. Er nimmt ihn, hält ihn gegen das Licht, schaut ihn sich lange und ausführlich an und blickt dann wieder zu mir.

– Na schön.

Er steckt den Schein in die Brusttasche seiner kleinen Security-Uniform und packt mich am Arm.

– Was soll der Scheiß?

Ich versuche mich loszureißen, aber er hat einen ziemlich festen Griff und zieht mich nah an sich heran.

– Ganz ruhig bleiben, Mann. Kommen Sie einfach mit mir, verstanden?

Und so führt er mich in den hinteren Teil des Ladens. Das Mädchen an der Kasse unterbricht einen Moment ihre Tätigkeit.

– Martin, wohin gehst du mit dem Kerl?
– Cheryl, kümmer dich einfach um deinen eigenen Scheiß?
– Red nicht so mit mir, mit mir kannst du das nicht machen.
– Blablabla, leck mich doch.
– Wie bitte?
– Mach einfach die Kasse und lass mich in Ruhe, Cheryl. Das ist eine Sicherheitsangelegenheit, damit hast du nichts zu tun.
– Du bist echt ein Arsch, Martin. Du bist so ein dermaßenes Arschloch!

Mehr kann ich nicht verstehen, denn Martin schleift mich nach hinten in den Lagerraum.

– Auf, Mann, komm schon!

Er lässt meinen Arm los und führt mich um ein paar Ecken, durch ein paar kurze Gänge und vorbei an Stapeln voller Kisten, bis wir uns vor einer Tür mit schätzungsweise acht Schlössern befinden. Da bleibt Martin stehen und schaut mich an.

– Also, das ist der Eingang zum Lager. Ich werd ihn jetzt kurz öffnen und du siehst zu, dass du auf der Stelle verschwindest. Ich muss nach vorne und Cheryl beruhigen, verstanden?

– Klar.

Während er mit mir spricht, dreht er an Riegeln und steckt Schlüssel, die er an einem großen Schlüsselbund hat, in Schlösser, bis nur noch eins übrig ist.

– Bist du so weit?

– Ich bin startklar.

Er lässt das letzte Schloss aufschnappen, zieht die Tür nach innen und ich springe hinaus. Die Lagereingangstür ist ziemlich genau zehn Meter neben dem Haupteingang und während ich Martin höre, wie er die Schlösser wieder abschließt, schaue ich mich um und sehe Rotschopf, der mich sofort entdeckt hat und mir mit einem großen, teuflischen Lächeln auf seinem sadistischen kleinen Gesicht zuwinkt. Ich renne, so schnell ich kann.

Was Alkohol angeht, so würde ich mich eher zu den treuen Amateuren zählen als zu den wahren Profis. Ich bin einer dieser Säufer, die in Schüben zuschlagen, keiner dieser stetigen Trinker, die sich jeden Tag Schluck für Schluck in den Tod bechern. Selbst wenn ich nach einer Zeit der Abstinenz wieder im großen Stil mit dem Trinken anfange, schleppe ich mich fast jeden Tag zum Fitnesscenter, sogar mit einem Kater, besonders mit einem Kater. Das Herz kommt dabei wieder auf Touren, und ich schwitze den Alkohol raus. Außerdem hilft es mir dabei, die Ursachen für die Ausweglosigkeit zu verdrängen, die in meinem Leben herrscht. Selbst nach einem heftigen Gelage am Abend zuvor bin ich schon gejoggt, habe Gewichte gestemmt und habe Sparring geboxt. Es hat zum Teil mit Eitelkeit zu tun, aber in erster Linie ist es der Versuch, gegen meinen jetzigen Lebensstil anzukämpfen, als wollte ich mir selbst einreden, dass ich mich nicht wirklich zugrunde richte. Also versuche ich mich fit zu halten. Aber selbst in Topform, stocknüchtern, ausgeruht, gut ernährt, mit zwei Nieren und ohne kürzlich Prügel bezogen zu haben, bin ich nicht einmal mehr ein Schatten dessen, was ich früher war.

Auf der 14th Street flitze ich so schnell ich kann in westlicher Richtung. Der Verkehr fließt in zwei Spuren von Ost nach West und in umgekehrter Richtung. Der Bürgersteig ist voller Passanten, die die Sonderangebote in den Discountläden studieren. Die Tüte aus dem Laden halte ich in meiner linken Hand. Sie schwingt hin und her, prallt dabei immer wieder gegen meine Wunde an der Seite. Ich kann an nichts anderes mehr denken. Nach knapp zwanzig Metern lasse ich sie einfach fallen. Nachdem ich die Hände frei habe, versuche ich mich auf meine Lauftechnik zu konzentrieren, versuche, den richtigen Bewegungsrhythmus zu finden, damit meine Beine in Fahrt kommen und mich davontragen. Doch ich tue mich schwer, weil ich mich immer wieder nach rechts wende und nach Rotschopf Ausschau halte. Ich will sehen, wie weit er noch zurück ist. Und er ist überhaupt nicht weit zurück, tatsächlich ist er fast auf gleicher Höhe, aber er bleibt auf der anderen Straßenseite und scheint hochzufrieden, mit mir mithalten zu können. Auf der Second Avenue verschaffe ich mir einen Vorsprung, weil die Ampel gerade grün wird. Ich schieße über den Fußgängerüberweg und auf den nächsten Straßenblock zu.

Wenn ich dieser Tage von Rennen spreche, dann meine ich eigentlich eher joggen. Hin und wieder geb ich mal etwas Gas, um in Schwung zu kommen, aber ich lege nicht richtig los. Ich will gar nicht wissen, wie sehr ich abgebaut habe. Sie reden von einem *Ausbruch*, der Fähigkeit, aus dem Stand zu explodieren, sofort von null auf hundert. Ich war so eine Explosion. Ich schaffte es von der ersten bis zur dritten Base in der Zeit, in welcher der Ball vom Werfer zum Fänger und zurück brauchte. In der Schule und später in der Little League rannte ich alles in Grund und Boden, und die Scouts drückten nur noch ihre Stoppuhren und schüttelten ungläubig die Köpfe.

Ich habe die Hälfte zur Third Avenue hinter mir, mein Schritttempo ist unregelmäßig. Ich spüre ein Ziehen neben den Stichen meiner Wunde und der Muskel, wo mein Bein damals brach, fühlt sich an wie eine kleine, harte Kugel in der Wade. Ich werfe einen Blick auf Rotschopf und nach der Art zu urteilen, wie er den Verkehr studiert, macht er sich bereit, die Straße zu kreuzen.

Auf den Bürgersteigen New Yorks geht es zu wie auf einer Autobahn. Der langsame Verkehr hält sich rechts und wer schneller ist, wird in der Regel problemlos links vorbeigelassen. Bis jetzt hat mir keiner den Weg versperrt und, so wie es sich für New York gehört, hat sich auch noch keiner verwundert umgedreht, wieso da jemand panisch an ihm vorbeisaust. Aber früher oder später wird dieser Verkehr zu einem Problem werden, und ich denke über meine nächsten Schritte nach, bevor Rotschopf seine Lücke findet und die Straße überquert.

An der Third Avenue ist die Ampel erneut grün, aber ich biege links ab und renne Richtung Innenstadt. Diesmal drehe ich mich nicht um, aber die wilden Hupsignale und Bremsgeräusche sagen mir alles, was ich wissen muss: Red hat die 14th Street überquert und bleibt mir auf den Fersen. Ich hoffe auf das dumpfe Geräusch eines Autos, das gegen einen menschlichen Körper prallt, aber ich hoffe vergeblich.

Da er jetzt direkt hinter mir ist, kann ich mich nicht mehr umdrehen, ohne aus dem Rhythmus zu kommen. Im Nu sind wir an der 13th Street. Die Blocks von Nord nach

Süd sind wesentlich kürzer als die von Ost nach West. Die Ampel zeigt Rot, aber im Verkehr tut sich eine große Lücke auf und ich komme ohne Probleme durch. Mein Atem geht kurz und ich habe das Gefühl, dass die Wunde aufplatzt. Ich bin kurz davor anzuhalten, mich umzudrehen und es auf einen Kampf mit diesem Arschgesicht ankommen zu lassen. Ich passiere die 12th Street gerade noch vor einem Fahrradkurierfahrer, der in falscher Fahrtrichtung fährt und höre kurz darauf hinter mir eine hübsche kleine Kollision und viel Gefluche.

Ich drehe meinen Kopf herum, um die Bestätigung zu bekommen. Rotschopf ist ordentlich in diesen Jamaikaner und sein Fahrrad verkeilt. Ohne anzuhalten renne ich hinüber zur Third Avenue und dann runter zum Multiplex-Kino an der Ecke 11th Street.

Die Kinokasse ist direkt um die Ecke von der Avenue, außerhalb von Rotschopfs Blickfeld. Keiner steht an. Ich habe einen Zwanziger in der Hand und schiebe ihn keuchend unter dem Schlitz an der Glasscheibe durch.

– Eine bitte.

Der Typ in dem Kassenhäuschen liest ein Magazin und schaut gar nicht erst hoch.

– Wofür?
– Wie bitte?
– Welchen Film wollen Sie sehen?
– Irgendeinen, völlig egal.

Jetzt schaut er mich doch an.

– Sie müssen sich schon selbst einen aussuchen.
– Ich hab Ihnen doch gesagt, es ist mir völlig gleich. Einfach irgendeinen, okay?

Er legt sein Magazin nieder.

– Hören Sie, machen Sie keinen Ärger, wählen Sie einfach einen Film.
– Oh Mann!

Ich schaue mir an, was läuft. Es gibt acht Kinosäle, in denen nur drei verschiedene Filme gezeigt werden, und die sind allesamt mies. Das Kassenhäuschen befindet sich in der Ecke des Mutiplex-Kinos mit Fenster zur 11th Street und zur Third Avenue hin. Durch das Glas habe ich an dem Typ vorbei einen Blick bis zum nächsten Block. Rotschopf ist gerade dabei, sich von dem Jamaikaner und dessen Rad zu entknoten.

– Geben Sie mir einfach eine Karte für den Film, der Ihnen am meisten gefällt, in Ordnung?
– Na ja, ich mag *Shell Shock*, aber der hat schon vor dreißig Minuten begonnen.
– Egal, den nehm ich.
– Aber er läuft bereits eine halbe Stunde, die besten Szenen waren schon.
– Eine Karte für *Shell Shock*, bitte!
– Na gut, Mann. Aber es ist nicht meine Schuld, wenn er Ihnen jetzt nicht gefällt, oder Sie nicht verstehen, um was es geht.
– Eine! Bitte!
– Ja ja, ist ja schon gut. Immer mit der Ruhe.

Er druckt das Ticket aus und schiebt es mir zusammen mit meinem Wechselgeld und drei, vier Coupons für Monsterportionen Softdrinks und Popcorn unter dem Glas durch. Ich schnappe mir das Ticket und Wechselgeld und gehe hinein. Von drinnen blicke ich durch die getönten Scheiben der Lobbytüren auf die Straße hinaus. Rotschopf schaut sich suchend nach mir um, während der Jamaikaner ihm sprichwörtlich an die Gurgel geht. Eine kleine Menschenmenge wohnt der Auseinandersetzung auf dem Bürgersteig interessiert bei. Ich kann zwar nicht wirklich sehen, was Rotschopf getan hat, aber plötzlich geht der Jamaikaner zu Boden. Einige Zuschauer zucken zurück und haben plötzlich wichtigere Dinge zu tun und gehen weiter. Rotschopf

schaut sich noch ein letztes Mal um und marschiert dann weiter die Straße runter in meine Richtung, aber noch auf der anderen Straßenseite. Ich zeige dem Kartenabreißer meine Eintrittskarte und er wirft einen Blick drauf.
– Sie wissen, dass der Film seit dreißig Minuten läuft?
– Weiß ich.
– Wollen Sie nicht auf die nächste Vorführung warten? In zwanzig Minuten geht die nächste los.
– Ich hab's eilig.
– Okay.
Er reißt das Ticket ab und reicht mir die restliche Hälfte.
– Mit dem Aufzug zwei Stockwerke runter, Getränke zur Rechten.
Ich trete in den Aufzug.
– Danke.
– Schon gut, aber Sie haben die besten Szenen schon verpasst.

Ich habe *Shell Shock* bereits gesehen und weiß sehr genau, dass die besten Szenen schon gelaufen sind. Für einen Actionfilm, der über zwei Stunden dauert, spricht das Bände. Die Toiletten befinden sich im ersten Kellergeschoss, also halte ich dort an. Die Toilette ist menschenleer. Ich trete in eine Kabine und ziehe Yvonnes Jacke und Pullover aus. Als ich das T-Shirt hochschiebe, sehe ich, dass die Bandage sich abschält und blutbefleckt ist. Ich setze mich auf den Toilettendeckel und lege meinen Kopf in meine Hände.

Ich habe Durst.

Ich erhebe mich, lasse die Jacke und den Pullover in der Kabine zurück und gehe hinüber zum Waschbecken. Es ist eins von denen, wo man auf einen Knopf drückt, das Wasser geht an und gleich darauf wieder aus. Ich drücke also und stecke meine zur Schale geformten Hände unter den Wasserhahn. Bevor meine Hand auch nur halb gefüllt ist, schaltet sich das Wasser schon wieder ab. Ich halte den Knopf mit einer Hand gedrückt, während ich die andere mit Wasser zu füllen versuche, aber viel kommt dabei nicht rum. Schließlich halte ich den Knopf einfach gedrückt, stecke meinen Kopf in die Schüssel und trinke direkt aus dem Hahn. Ich bin wirklich durstig und nehme einen Schluck nach dem anderen, bis mir das Wasser an den Ohren entlangläuft. Das ist auch der Grund, warum ich nicht wahrnehme, dass sich die Tür öffnet und Rotschopf reinkommt.

Ich bemerke ihn nicht einmal, als er an mir vorbei marschiert und in die Kabine schaut. Da sieht er die Jacke und den Pullover am Haken hinter der Tür hängen und realisiert, dass es sich bei dem Penner in dem T-Shirt, der da aus dem Wasserhahn trinkt, um den Arsch handelt, den er sucht. Genau in diesem Augenblick schaue ich flüchtig in den Spiegel und erkenne das leuchtend rote Haar in der geöffneten Kabinentür.

Der Überraschungsmoment ist eine erstaunliche Sache, und kann selbst in Konflikten, wo die Überlegenheit klar auf einer Seite zu liegen scheint, eine entscheidende Rolle spielen. In diesem Fall erblicken wir uns gleichzeitig und stehen angewurzelt da, wie in einem festgefrorenen Bühnenbild. Ich richte mich auf, Wasser läuft mir das Kinn hinunter und auf das T-Shirt, aber ich habe keine Zeit mich umzudrehen, während er lässig auf seinem Absatz kehrt macht und mich anblickt. Also schaue ich in den Spiegel und ihm durch seine gelb getönte Brille direkt in die Augen. Er starrt zurück. An seinem Kinn hat er eine kleine Schnittwunde und sein ansonsten fleckenloses rotes Anzugjackett weist ein paar Kampfspuren auf. Irgendwie bin ich mir sicher, dass ihn der Zustand seiner Anziehsachen mehr juckt als sein Gesicht. Langsam tropft mir Wasser von Mund und Kinn. Wir befinden uns auf einer öffentlichen Toilette. Jeden Augenblick könnte jemand reinkommen.

– Ich habe mit Roman gesprochen. Ich habe ihm gesagt, ich würde den Schlüssel holen und ihn dann anrufen.

Er zwinkert hinter seinen getönten Brillengläsern. Langsam.

– Scheiß auf Roman.

Ich drehe mich um und weiche im gleichen Moment zurück. Ich bin größer als er, aber ich brauche mehr Platz, damit mir das etwas nützt. Er tänzelt auf mich zu, während ich mich ganz aufrichte, mein Kinn vorschiebe und meine Fäuste erhebe. Er weicht ein wenig zurück, hält seine Hände locker in Höhe seiner Hüften geballt. Ich versuche in Bewegung zu bleiben, aber die schweren Stiefel wirken wie Blei und so muss ich meinen kleinen Tanz mit Kopf und Oberkörper vollführen. Hauptsache, ich behalte meine Bewegungsfreiheit. Die Enge wirkt eher zu seinem Vorteil, aber wenn ich zwischen uns etwas Abstand schaffe, könnte ich eine Chance haben. Er schnellt auf mich zu, versucht, meine Deckung zu überwinden, und ich hole zu einem Haken aus, um ihn mir vom Hals zu schaffen. Doch bevor mein Arm überhaupt richtig ausgefahren ist, hat er mich bereits dreimal getroffen.

Drei kurze, kräftige Schläge, die meine unteren Rippen erwischen. Und das war's dann auch mit Boxen. Ich taumele zurück, ducke mich und drehe mich um, während er mir einen ordentlichen Schlag direkt auf die Wunde verpasst. Ich gebe etwas zwischen einem Schrei und einem erstickten Atemzug von mir, mein Körper verkrampft sich. Er flacht seine Hand wie eine Speerspitze und jagt sie mir mit voller Wucht in den Solarplexus. Ich breche zusammen. Er packt mich, nimmt mich in eine Art Schwitzkasten, dreht mich herum und zerrt mich in die Kabine. Dann knallt er hinter uns die Tür zu.

– Ich scheiß auf Roman. *Ich* will den Schlüssel.

Er hält mich mit dem Gesicht an die Wand gegenüber

der Toilettentür gepresst. Die Finger seiner rechten Hand halten meine beiden Hände in einer Art Shaolin-Todesgriff umklammert. Als kleine Zugabe drückt er mir mit dem Daumen seiner linken Hand auf die Wunde, ganz so, als wolle er allen Klischees eines asiatischen Meisterfolterers gerecht werden.

– Ich will den Schlüssel.

– Okay, ich hab schon verstanden.

Er drückt mit dem Daumen etwas fester zu, und ich beiße mir auf die Lippen.

– Der Schlüssel.

– Ja, hör zu, ich habe mit Roman darüber gesprochen.

Er gibt mir den Daumen und macht irgendetwas mit meinen Händen. Ich werde fast ohnmächtig. Meine Knie geben nach, und all mein Atem entweicht, mir wird schwarz vor Augen. Ich bleibe bloß stehen, weil er mich aufrecht hält.

– Ich bring dich um. Hier und jetzt. Ich mach dich alle und such mir den Schlüssel selbst. Und scheiß auf Roman. Ich will den Schlüssel.

– Ich hab ihn nicht, hab ihn noch nicht bekommen.

– Wo ist er?

– Ich hab ihn einem Freund anvertraut.

– Was für ein Freund? Wir kennen all deine Freunde. Welcher ist es?

Sie kennen alle meine Freunde.

Mein Boxlehrer ist ein echt harter Knochen. Er bringt einem auch die Techniken des Straßenkampfs bei. Als ich zum ersten Mal bei ihm auftauchte, fragte er mich, warum ich es lernen wollte. Ich sagte ihm, dass es gelegentlich Ärger in der Bar gäbe und dass ich mich gerne zu wehren wüsste, wenn es drauf an käme. Er nahm mich in seinen Boxkurs auf, schlug aber vor, ich solle noch ein paar seiner anderen Kurse besuchen. Er meinte, die würden mir wahrscheinlich eher helfen. Und wissen Sie was? Er hatte verdammt recht.

Ich rutsche an der Wand entlang und schnappe nach Luft. Rotschopf zieht seinen Fuß ein bisschen zurück, um eine bessere Hebelwirkung zu erzielen. Im gleichen Augenblick hebe ich meinen linken Fuß, hämmere ihn gegen sein Schienbein und trete ihm dann mit voller Wucht auf den Spann. Sein Oberkörper fährt zurück, aber sein Griff lockert sich kein bisschen. Ich lasse meinen Kopf schnurstracks nach hinten sausen. Leider bin ich zu groß, um seine Nase zu erwischen, aber ich verpasse ihm ordentlich eins auf die Stirn. Und bevor ich an den eigenen Schmerz denken kann, der durch meinen eigenen Schädel jagt, lasse ich es noch mal krachen. Diesmal hat er seinen Blick nach oben gerichtet und irgendetwas an der Hinterseite meines Kopfes wird zu Brei. Er lässt mich los.

Ich bewege mich nach rechts und drehe mich um. Rotschopf ist gegen die Kabinentür geprallt und seine Augen glotzen mich merkwürdig an. In Sachen gebrochene Nasen habe ich den Ausgleich erzielt. Er macht einen ziemlich benebelten Eindruck und das Blut strömt an ihm herunter, während er langsam zu Boden geht. Ich mache schnell einen Schritt auf ihn zu und trete ihm gegen den Kopf, um sicher zu gehen, dass er nicht gleich wieder aufsteht und mir wehtut.

Ich greife mir meinen Pulli und die Jacke, schiebe ihn beiseite und mache mich aus dem Staub. Im Aufzug ziehe ich mir die Klamotten über und schon bin ich in der Eingangshalle, auf dem Weg zum Ausgang. Als ich am Kartenverkäufer vorbeikomme, winkt er mir zu.

– He! Wenn du deinen Freund suchst – der ist grad runtergegangen, um dich zu suchen.

Und schon bin ich durch die Tür und draußen auf der Straße.

Ich fühle mich großartig. Mir tut alles weh. Die Wunde schmerzt, meine Nase schmerzt, meine Rippen und Eingeweide schmerzen, meine Hände schmerzen, meine Füße schmerzen. Mann, einfach alles tut verdammt weh, und trotzdem fühle ich mich verdammt gut. Es ist kurz vor fünf und langsam wird es etwas dämmrig in der Stadt. Mit neuem Elan mache ich mich auf zu Paul's. An meinem Hinterkopf sickert etwas Blut nach unten, aber es ist ausnahmsweise mal nicht meines und das verbessert meine Laune gleich noch einmal. Wenn Rotschopf heute auf eigene Faust arbeitete, dann hat mein Plan mit Roman noch Bestand. In der Bar sollte die Luft eigentlich rein sein. Ich denke, ich werde einen kurzen Abstecher wagen, um zu sehen, ob Edwin heute vielleicht etwas früher da ist. Wenn nicht, werde ich einfach für ein paar Stunden irgendwo untertauchen. Vielleicht werde ich mich wieder in einem Kino verstecken, das war gar keine so schlechte Idee.

Auf der Second Avenue biege ich auf die 14th Street ab und gehe von dort nach Osten Richtung Alphabet City. Und sieh mal einer an, was liegt da auf dem Bürgersteig? Meine Einkaufstüte vom Sanitätshaus. Sie liegt noch an genau derselben Stelle, wo ich sie fallen ließ. Ich hebe sie auf und schaue hinein. Es ist noch alles da. Und so stehe ich da auf dem Bürgersteig – mit einem fetten Grinsen quer über das Gesicht. Manchmal wendet sich das Blatt eben doch.

Glücklich trabe ich die Straße entlang zur Avenue B, biege rechts ab und kehre bei Paul's ein. Der Laden hat sich wegen der bald beginnenden Happy Hour ein wenig gefüllt und ich werde überschwänglich begrüßt. Ich nicke und lächle, während ich mich nach hinten zur Toilette durchschiebe und dabei die Marlborostange bei Lisa an der Bar abgebe, die immer noch an ihrem Drink nippt.

– Wieso hast du so lang gebraucht, Seemann?

– Ich musste bloß noch was erledigen, Baby.

– He, ich wollte doch bloß eine Packung, Hank.

– Kein Problem, Baby.

– Na dann, danke. Wenn du von der Toilette kommst, spendier ich dir 'ne Limo oder so was.

Ich lächle ihr zu, gehe in die Toilette und verschließe die Tür hinter mir. Draußen in der Jukebox läuft gerade Joe Cockers Version von »With a Little Help from My Friends«. Ich summe mit, während ich mich im Spiegel betrachte. Zunächst säubere ich meinen Hinterkopf von Rotschopfs Blut. Dann ziehe ich das Pflaster von der Nase und ziehe die Mullpfropfen raus, die ihr etwas Halt geben sollten. Die Nase scheint jetzt halbwegs stabil, also reinige ich sie vorsichtig von dem verkrusteten Blut und lasse sie sonst in Ruhe. Meine Wunde ist eine andere Geschichte. Rotschopf hat mit seinem Daumen die Naht an ein paar Stellen aufgerissen und Blut sickert heraus. So gut ich kann, säubere und trockne ich die Wunde, lege einen Mullverband darüber und klebe ihn fest. Ich studiere die Flasche Vicadin genauer. Zwei Stück kann ich pro Stunde schlucken, aber dadurch wird mein Kopf völlig benebelt. Ich nehme eine aus der Flasche, beiße sie in zwei Hälften und schlucke sie so runter. Langsam lässt der Adrenalinschub von dem Kampf nach; ich spüre, wie ich innerlich abbaue, aber trotzdem fühle ich mich immer noch ziemlich prächtig. Noch einmal betrachte ich mich im Spiegel, keine Frage, ich bin ein Wrack. Aber fürs Erste werd ich mich noch zusammenreißen.

Zurück in der Bar hat die Glocke für die Happy Hour geläutet und langsam kommt Stimmung auf. Tim ist am anderen Ende der Bar und zieht sich schnell noch einen rein, bevor er seine abendliche Auslieferungstour beginnt. Einige der Stammgäste sind eingetrudelt. Ich ernte dank meiner Nase eine Menge freundliches Schulterklopfen und wunderbar aufmunternde Kommentare.

– Ali! He, Muhammad Ali!

– Und wie sieht dein Gegener aus?

– Hast du für das Auge überhaupt eine Zulassung, Seemann?

Ich lache mich halb tot und setze mich mit einem Hocker neben Tim. Er mustert mich und schüttelt den Kopf.

– Jesus Maria.

– Ja.

– Jesus Maria.

– Ich weiß.

– Mann, du solltest dir schleunigst mal Gedanken über eine gesündere Lebensweise machen.

– Bin schon dabei, Timmy. Ich bin mitten dabei, mein Junge.

– Verdammt.

Lisa kommt rüber und gibt mir meine Tasche, in die ich meinen ganzen neuen Erste-Hilfe-Krempel stopfe.

– Bist du jetzt bereit für einen kleinen Drink?

– Äh, noch nicht. Gib mir ein …

– Was?

– Scheiße. Gib mir ein Selters.

Sie kichert und reicht mir mein Mineralwasser. Tim gießt sich einen weiteren Schluck Tulamore Dew hinter die Binde und schüttelt nur den Kopf.

– Selters! Sieh einer an! *Das* nenne ich eine gesunde Lebensweise.

Ich nehme die Flasche in die Hand und hebe sie in Tims Richtung.

– Auf die gesunden Lebensweisen.

Er schnappt sich ein neues randvolles Glas und stößt mit mir an.

– Auf die Gesundheit.

Wir trinken. Er knallt sein leeres Whiskeyglas auf die Theke und Lisa füllt es sofort wieder bis zum Rand. Bei Tim wird nicht lange gefragt, du füllst ihn brav ab und machst ihm einen Strich auf seinen Deckel. Das Selters ist gar nicht übel, richtig erfrischend. Ich fühle mich wohl, hier in meiner Bar, unter all den Leuten, die ich kenne, mit Freunden.

Und in meinem Kopf höre ich plötzlich eine Stimme sagen: *Wir kennen all deine Freunde. Welcher ist es?*

Ich verabschiede mich nicht. Ich greife mir einfach meine Tasche und verschwinde.

Es ist kurz nach fünf. Rushhour. Keine Chance, ein Taxi zu ergattern. Ich jogge in westlicher Richtung. Ich könnte anrufen, aber falls jemand von ihnen da sein sollte, würde es sie nur nervös machen. Mist, ich weiß auch nicht. Ich laufe weiter und beobachte dabei den Verkehr, auf der Suche nach einem einsatzbereiten Taxi. An der Third Avenue klemme ich mir die Sporttasche unter den Arm und fange an zu rennen. Ich suche nach meinem Laufrhythmus und diesmal finde ich ihn. So fege ich im Höllentempo die Straße entlang, aber ich kann das Tempo unmöglich den ganzen Weg über durchhalten, dafür ist es zu weit. Hinter dem Union Square steigt auf der University Street gerade ein Typ aus einem Taxi aus und der Fahrer macht sein AUSSER-DIENST-Leuchtschild an. Ich zwänge mich durch die Tür auf den Rücksitz. Der Fahrer schreit mich in irgendeiner mir unbekannten Sprache an. Ich schiebe ihm einen ordentlichen Batzen Bargeld durch seine Plexiglasscheibe und im Nu hält er die Klappe.

– West Side Highway, Ecke Christopher.

Er schaut auf das Geld, das ich neben ihm auf den Beifahrersitz habe fallen lassen. Es sind locker hundert Dollar, und er fährt los. Wir reden nicht. Von Zeit zu Zeit betrachtet er mich im Rückspiegel, aber wir reden kein Wort miteinander.

Er hält am Highway an der Ecke Christopher. Ich steige aus, und er fährt davon. Der Verkehr ist zu dicht, um die Straße zu überqueren, also muss ich warten, bis die Ampel umspringt. Als sie es endlich tut, renne ich hinüber zum Gebäude, schließe auf und eile die Treppenstufen hoch. Keines der Schlösser zum Apartment ist noch intakt.

Am Eingang liegt eine Einkaufstüte vom Lebensmittelladen, dessen Inhalt – diverses Katzenzubehör – quer über den Boden verteilt ist. Eigentlich will ich gar nicht aufsehen, tue es aber doch. Sie liegt da quer über den Tisch, alle viere von sich gestreckt. Ihre Gliedmaßen sind an die Tischbeine gefesselt. An derselben Stelle lag ich erst ein paar Stunden zuvor. Sie haben Furchtbares mit ihr angestellt. Der Backofen ist noch an und im ganzen Raum stinkt es nach Verbranntem. Ich nähere mich ihr mit abgewandtem Gesicht. Mit geschlossenen Augen lege ich mein Ohr auf ihre Brust, um zu hören, ob sie tot ist. Ich gehe hinüber zum Futon, greife mir ein Tuch und bedecke sie damit. Dann krieche ich unter den Tisch, um mich zu verstecken.

In Actionfilmen gibt es immer diesen Moment, in dem der Held so viel einstecken muss, dass er zusammenbricht. Die Bösen haben sein Geld gestohlen, seinen guten Namen in den Dreck gezogen, ihn verprügelt – er hat alles geschluckt. Und dann gehen sie einen Schritt zu weit: Sie töten seinen Partner, seine Frau, sein Kind, wen auch immer. Dieser Moment ist dadurch gekennzeichnet, dass der Held seinen Kopf nach hinten wirft und einen markerschütternden Schrei loslässt: NEEEEEIIIIIIIIIIIIIIIIIIIIIIIIN! Und dann dreht er durch.

Bei mir ist es völlig anders. Ich will bloß schlafen. Ich will mich zusammenrollen und sterben. Ich will aufgeben. Mir ist alles egal. Einfach egal.

Sie sind mir gefolgt. Sie sind mir von meinem Apartment bis hierher gefolgt und haben gewartet. Sie sahen, wie sie kam und ging, und warteten, bis ich das Haus verließ und von den Cowboys in den Kofferraum verfrachtet wurde. Wahrscheinlich folgte uns jemand, aber Paris hängte sie ab oder auch nicht. Dann warteten sie, bis Yvonne die Wohnung verließ, drangen in das Apartment ein und suchten erfolglos nach dem Schlüssel. Und als sie zurückkam, fragten sie sie, wo er sich befände, und sie hatte natürlich keine Ahnung. Ich hatte ihr ja nichts erzählt, was ihr das Leben hätte retten können.

Ich höre ein leises, regelmäßiges Pochen an der Tür. Ich schaue auf und sehe Bud, der auf mich zuhumpelt. Ein Kater in einem Gipsverband. Er kuschelt sich in meinen Schoß und schläft im Nu ein.

Das wäre er jetzt, der richtige Zeitpunkt, um endlich die Polizei anzurufen und ihnen den Rest zu überlassen. Sollen sie sich mit Roman rumschlagen, fertig, aus. Aber leider ist es dafür zu spät, denn während ich noch darüber nachdenke, stürmen einige Beamte des NYPD die Wohnung und stecken mir ihre Pistolen ins Gesicht.

Sie finden heraus, dass ich in New York nicht gemeldet bin. Sie finden heraus, dass ich einmal als Jugendlicher in Kalifornien wegen Einbruchs und Diebstahls verhaftet wurde, mich schuldig bekannte, zu einem Jahr auf Bewährung verurteilt wurde und über hundert Stunden gemeinnütziger Arbeit verrichtete. All dies finden sie ohne meine Hilfe heraus, denn ich sage kein einziges Wort.

Meine Augen sind nur noch kleine Glasfenster am Ende zweier dunkler, schmaler Tunnel. Ich sitze am anderen Ende dieser Tunnel und schaue mir alles aus weiter Entfernung an. Leute reden auf mich ein, und es hört sich an wie Stimmen, die zwischen Papierbechern hin und her wandern, die mit langen Schnüren miteinander verbunden sind. Tief in mir, weit hinter den beiden Tunnels, bin ich mir bewusst, dass ich unter Schock stehe. Und auf einem noch tieferen Level weiß ich, dass ich absolut am Arsch bin.

Sie haben mich in eines dieser kleinen Zimmer gesteckt, mit Stahlgittern an den Fenstern. Sämtliche Möbel sind im Boden verankert und an der Wand gegenüber der Tür hängt ein einseitiger Spiegel. Sie halten mich für einen gefährlichen Kerl. Sie glauben, ich spiele ihnen die Freaked-Out-Psycho-Killer-Stillhalte-Nummer vor. Die Wahrheit ist, dass ich einfach nicht sprechen kann. In meinem Hirn bilden sich Wörter und ich sende sie an meinen Mund, aber sie kommen nicht heraus. Ich wünschte mir, sie würden endlich die Bilder vom Tisch nehmen, denn egal, wie sehr ich wegzuschauen versuche, meine Augen werden immer wieder davon angezogen. Sie haben sie geschlagen. Sie haben sie nicht geschnitten, nicht verbrannt, nicht stranguliert und nicht vergewaltigt. Sie haben sie einfach so lange geschlagen, bis sie tot war.

Yvonne teilte sich das oberste Stockwerk mit einem Typen. Er wohnt in einem Loft am anderen Ende des Ganges. Er kam heim und sah, dass ihre Tür offen stand. Und wie jeder gute Nachbar warf er einen kurzen Blick hinein, um zu sehen, ob alles in Ordnung sei. Und als er das festgebundene Etwas auf dem Tisch erblickte und mich darunter, kroch er still und leise zurück in seine Wohnung und wählte 911. Ein netter Kerl. Viele Leute hätten sich gar nichts dabei gedacht. Er sagte der Polizei, ich sei ein Typ, den Yvonne öfter sehen würde. Tja, und da war ich, ein verstörtes Häufchen Elend, das eine Katze hielt, über und über mit blauen Flecken und Blut an der Kleidung, das noch vom Kampf mit Rotschopf stammte. Für die Bullen passte das perfekt zusammen, klarer Tatbestand eines brutalen, gewalttätigen Eifersuchtsdramas. Fall erledigt. Aber irgendein Problem muss es noch geben, denn permament kommen Leute an und flüstern den Polizisten, die mich vernommen haben, etwas ins Ohr.

Die zwei Detectives, die sich in meinem Zimmer aufhalten, trinken beide Kaffee und rauchen Zigaretten. Sie sind beide auf dem besten Weg, eine Glatze zu bekommen, sie haben eine ordentliche Wampe, Bluthochdruck und tragen dieselbe Art von Schnurrbart. Ich halte sie dadurch auseinander, dass der eine fürchterlich erkältet ist. Am laufenden Band schnäuzt er sich die Nase, hustet und spuckt in den Abfalleimer. Er ist ziemlich sauer auf mich, denn er würde lieber zu Hause im Bett liegen. Der andere Cop ist stinksauer auf mich, weil er mich für einen dreckigen, perversen Mörder hält. Zuerst versuchten sie es mit der Guter-Bulle-/Böser-Bulle-Methode. Dann stiegen sie auf die Böser-Bulle-/Böser-Bulle-Methode um. Jetzt sind sie nur noch Kranker-Bulle/Gelangweilter-Bulle. Trotzdem fragen sie weiter und ich versuche, immer wieder das Gleiche zu antworten, stoppe aber im letzten Moment ab, weil ich nicht weiß, was passieren wird, wenn ich es tatsächlich über die Lippen brächte: *Es war Roman.*

Kranker Bulle rotzt in den Mülleimer, während Gelangweilter Bulle seine Zigarette ausdrückt. Dann blicken sie sich an und haben einen dieser telepathischen Polizistenmomente. Gelangweilter Bulle steckt sich eine neue Zigarette an, schaut mich eindringlich an und klärt mich darüber auf, was an dem Fall nicht stimmt.

– Also, okay, wir wissen eine ganze Menge. Wir wissen zum Beispiel, dass es mehr als eine Person war. Wir haben Haare gefunden. Wir haben Fasern und Schürfspuren und Blutergüsse am ganzen Körper gefunden, und wir wissen, dass es zwei, vielleicht auch drei Leute waren. Wir wissen, dass du das nicht alleine getan hast. Also, dann lass uns das Bild mal vervollständigen. Du hast es nicht *getan, du* warst nur da. Okay? Etwas ist aus dem Ruder gelaufen mit dir und deiner Freundin und einigen Freunden. Du warst bloß anwesend, hast aber nichts getan. Das ist schon in Ordnung, wir können damit leben.

So, und jetzt erzähl uns, was vorgefallen ist und wie es passiert ist. Erzähl uns von den Kerlen, die das getan haben. Erzähl uns von deinen Freunden.

Irgendwas in mir zerreißt. Ich jage zum Ende des Tunnels und das Glas über meinem Auge zerspringt. Ich strecke meine Hände aus und drehe die Bilder um. Ich schaue direkt in den einseitigen Spiegel, denn ich weiß genau, wer auf der anderen Seite steht.

– Das sind nicht meine verfickten Freunde.

Und Roman betritt das Zimmer.

Kranker Bulle und Gelangweilter Bulle drehen sich um und nicken ihm zu. Kranker Bulle nimmt ein Papiertaschentuch aus einem kleinen Plastikpäckchen in seiner Hemdtasche und rotzt hinein.

– Lieutenant.

Roman macht ein leise grunzendes Geräusch und winkt die beiden Detectives zu sich an die Tür. Die drei stecken ihre Köpfe zusammen und brechen plötzlich in Gelächter aus. Kranker Bulle gluckst und erstickt dabei halb an seinem eigenen Rotz, während Gelangweilter Bulle schallend lacht und sich dabei auf die Knie schlägt. Roman kichert leise vor sich hin, schlägt Kranker Bulle freundschaftlich auf den Rücken und sie kriegen sich wieder ein. Plötzlich sammeln Kranker Bulle und Gelangweilter Bulle ihre Sachen ein und machen sich fertig zum Gehen. Roman hält ihnen die Tür auf und sagt ihnen noch etwas, als sie gehen, aber ich kann es nicht verstehen. Erneut lachen sie lauthals, bevor Roman die Tür schließt. Er geht hinüber zum Tisch, greift sich den vollen Aschenbecher, läuft damit zum Mülleimer und schüttet ihn aus. Anschließend geht er zur Gegensprechanlage neben der Tür und versichert sich, dass sie abgeschaltet ist. Danach kommt er zum Tisch und setzt sich mir gegenüber. Er streckt die Hände aus, sammelt die Bilder ein,

macht daraus einen kleinen Stapel und geht sie in aller Ruhe durch. Dann legt er sie mit dem Gesicht nach unten wieder auf den Tisch, schaut mir eiskalt in die Augen und nickt in Richtung der Bilder.
– Ich war das nicht.

Roman ist ein guter Fahrer. Er beachtet sämtliche Verkehrsregeln und ist darüber hinaus auch über alle Maßen großzügig, was andere Verkehrsteilnehmer und Fußgänger angeht. Ich bewundere das. Ich befinde mich auf dem Beifahrersitz seines nicht als Polizeifahrzeug gekennzeichneten Wagens, während er fährt. Meine Hände sind frei und Bud sitzt auf meinem Schoß. Man hat mich nicht wegen Mordes angeklagt.

Ich werde wegen Mordverdachts festgehalten, aber noch wurde keine offizielle Anklage erhoben. In der Zwischenzeit hat mich das Einbruchs- und Morddezernat in die Obhut von Detective Lieutenant Roman übergeben, denn ich stehe scheinbar in Verbindung mit einem Fall, an dem er arbeitet. Jeden Hinweis, den ich ihm geben kann, wird auch meine eigene Lage verbessern helfen.

Roman ist nach Soho gefahren. Er gondelt in der Gegend herum, biegt dann in eine der kleinen Straßen mit Kopfsteinpflaster ein, parkt und macht den Motor aus. Die Uhr auf dem Armaturenbrett sagt mir, dass es drei Minuten vor zwei in der Nacht ist, und knapp acht Stunden vergangen sind, seit mich die Polizei gefunden hat. Roman rollt sein Fenster ein wenig herunter. Draußen ist es totenstill, das lauteste Geräusch ist Buds Schnurren. Die Leute vom Tierheim hatten ihn noch nicht abgeholt, und als wir die Wache verließen, sah ich ihn auf einem Schreibtisch zusammengekauert liegen. Roman brachte ihn mir zusammen mit meinen persönlichen Besitztümern, die sich jetzt in meiner Tasche auf dem Rücksitz befinden. Roman lockert seine

Krawatte ein wenig und öffnet den obersten Knopf seines Hemds.

– Du hast den sogenannten OFFICER ALARM ausgelöst.

Ich blicke ihn an.

– Sobald dein Name, der deiner Komplizen oder einige weitere Schlüsseladressen auf dem Computer auftauchen, wird das weitergeleitet und ich werde sofort informiert. So war das auch bei Miner. So kam ich ja überhaupt erst zu deinem Apartment. Miners Adresse tauchte im Zusammenhang mit einem ausgelösten Alarm auf und so wurde ich informiert.

– Das ist ja schlau. Ich dachte, es wäre, weil Sie kurz zuvor dort eingebrochen waren.

– Das auch, das auch.

Er greift in sein Jackett, nimmt etwas heraus und gibt es mir. Es ist Eds Visitenkarte. Ich hatte sie in meiner Hosentasche, als ich festgenommen wurde.

– Hast du ihnen viel erzählt?

– Alles.

– Der Schlüssel?

– Was ist damit?

– Haben sie ihn? Hast du ihnen den Schlüssel gegeben?

Es ist eine herrlich milde Herbstnacht in Manhattan. Die Luft ist klar und der Mond am Himmel leuchtet wie ein *lover's moon.* Je nach Betrachtungsweise ist es Freitagnacht oder Samstagmorgen; es sind noch viele Menschen unterwegs. Zu Hause auf meiner Straße tobt jetzt wahrscheinlich der Bär. Wenn ich frei habe, gehe ich gerne alleine aus, spiele etwas Poolbillard, lerne neue Leute kennen und genehmige mir mehr als nur ein paar Drinks. Dies wäre eine tolle Nacht dafür.

Ich blicke auf den leeren Rücksitz des Wagens.

– Wo sind sie alle hin, Roman?

– Die Koalition ist auseinandergebrochen.

– So ein Mist auch.
– Sie war nie so verbindlich. Offen gestanden ändert das auch nichts an meiner Situation, du allerdings gerätst dadurch in weit höherem Maße in Gefahr.
– Warum das?
– Es befindet sich jetzt eine große Anzahl verbrecherischer Elemente im freien Umlauf, die alle nach dem Schlüssel und somit auch nach dir Ausschau halten. Und ich versichere dir: Wenn sich diese Elemente bei ihren Aktionen bisher noch einigermaßen zurückgehalten haben, so lag es nur daran, dass ich sie im Zaum hielt. Das sind höchst brutale Männer, du wirst einen Verbündeten gegen sie brauchen.
– Sie etwa?
– Ich biete mich an. Dinge wie diese entwickeln eine gewisse Eigendynamik. Brutalität führt zu noch mehr Brutalität, und ohne es zu merken, steckt man plötzlich mittendrin. Wartest du zu lange, wirst du dich möglicherweise an Orten wiederfinden, die du dir nicht einmal in deinen schlimmsten Albträumen vorstellen konntest. Und du wirst Dinge erleben, von denen du nicht einmal wusstest, dass es sie gibt. Ich kann dich beschützen und dir dabei helfen, zu einem normalen Leben zurückzukehren. Ich würde das wirklich gerne tun.

Er schließt für einen Moment die Augen und spielt mit den Fingern seiner rechten Hand an seinem Ohrläppchen.
– Ich würde das wirklich sehr gerne für dich tun.

Von dem ganzen Rumgerenne tun mir wieder die Füße weh. Ich streichele Bud und fühle, wie meine Füße im Rhythmus meines Herzschlags pochen. Yvonne hatte sie mir von Zeit zu Zeit massiert, nicht immer, aber ab und an. Allerdings erst, nachdem ich sie mir gründlich gewaschen hatte.

Roman greift erneut in seine Jacketttasche. Er schaltet

die Innenbeleuchtung des Wagens an und zeigt mir, was er hat. Es ist eines der Bilder. Eine Nahaufnahme eines Blutergusses an ihrem Hals. Roman fährt mit seinem Finger an der Stelle entlang.

– Schau her. Siehst du, wie ungleichmäßig und verschieden das Druckmuster ist? Die Haut ist bei jeder dieser Prellungen abgeschürft. Aufgerissen. Diese Form von Blutergüssen entsteht, wenn jemand einen Schlagring trägt. Manchmal sieht es auch so aus, wenn der Schläger mehrere Ringe an den Fingern trägt.

Ich muss an Ed und Paris denken, im Flur vor meinem Apartment. Ich erinnere mich daran, wie sie an Russ' Tür klopfen, die Finger voller silberner Ringe. Nackte Frauen und Totenschädel. Roman drückt mir das Bild in die Hand. Ich betrachte es und denke an Yvonne in ihrem Knicks-Trikot, an mich geschmiegt auf dem Futon.

– Deine Schwierigkeiten mit dem Gesetz sind nicht zu unterschätzen, aber sie sind auch nicht unlösbar. Ich kann dir da womöglich helfen. Schlimmer ist jedoch, dass du Feinde hast; Feinde, die ausgesprochen bösartig sind. Auch in dieser Hinsicht kann ich dir helfen. Ihnen zu entkommen oder dir bei der Rache zu helfen.

Ich erinnere mich an das erste Mal, als ich mit Yvonne schlief. Wie betrunken wir waren, wie wir lachten. Ich erinnere mich an ihre Hände – schwielig, vernarbt und von lauter kleinen Brandwunden von ihrer Arbeit übersät. Ich betrachte erneut das Bild von ihrem süßen kleinen Hals, der rot, schwarz und blau gesprenkelt ist. Roman schaut mich an.

– Hast du ihnen den Schlüssel gegeben?
– Nein.
– Hast du ihnen gesagt, wo er sich befindet?
– Nein.
– Wo ist er?

– Er ist in der Bar. Er ist im Safe der Bar.
– Dann hol ihn.

Ich starre auf das Bild und fühle den Schmerz in meinen Füßen. Geräusche dringen von hinten an meine Ohren und ich bin gar nicht sonderlich überrascht, als Bolo die Tür öffnet, mich zur Seite schiebt und einsteigt. Ich bin jetzt zwischen ihm und Roman eingequetscht. Auf dieselbe Art ist auch Rotschopf auf dem Rücksitz zwischen den beiden Russen eingeklemmt, die wieder ihre Trainingsanzüge tragen. Im Rückspiegel kann ich Rotschopfs Gesicht erkennen. Auf seiner Nase thront ein riesiger Mullverband, der von einem großen kreuzförmig geklebten Isolierband gehalten wird. Er schaut zu Roman, der den Wagen anlässt.

– Ich sagte dir doch, er ist in der Bar.

Bolo versucht, es sich im Sitz neben mir mit seinem massigen Körper bequem zu machen und sieht dabei nach unten auf Bud.

– He Mann, wie geht's der Katze?
– Spalding Gray.
– Wie bitte, Spalding Gray? Wer soll das sein, verdammte Scheiße?
– Spalding Gray, er ist ein … äh … wie sagt man … ein Darstellungs … äh … ein Redner … Er spricht.
– Schauspieler, es geht nur um gottverdammte Schauspieler.
– Genau, er ist ein verfluchter Schauspieler. Er spielt auch in Filmen mit.
– Scheißdreck.

Bolo und die Russen spielen ein Ratespiel, in dem es um Filme geht. Es heißt *Six Degrees of Kevin Bacon*. Man muss Querverbindungen zwischen Schauspielern herstellen und am Ende gelangt man in sechs Schritten zu Kevin Bacon. Bolo zeigt ihnen, wo der Hammer hängt. Er bringt sie zur Weißglut. Bolo schaut auf die Uhr.

– Na, auf jetzt. Spalding Gray.

– Ich kenne keinen verdammten Spalding. Den hast du dir bloß ausgedacht, es gibt gar keinen verfickten Spalding.
– Das gibt einen Punkt Abzug.
– Fick dich.

Rotschopf lehnt sich nach vorne. Die Russen stecken ihre Köpfe zusammen und tuscheln aufgeregt. Bolo grinst sich einen.

– Komm schon, das ist Beschiss. Du hast ja selbst keine Ahnung, wer das ist.
– Fick dich.

Rotschopf schnipst mir von hinten gegen mein Ohr. Er macht das jetzt bereits seit ein paar Stunden und es scheint ihn kein bisschen zu langweilen. Manchmal bewegt er sich bloß so, als wolle er es tun und freut sich dann diebisch daran, wenn ich zurückzucke. Im Wagen riecht es nach dem Kaffee, den sie sich laufend aus dem Lebensmittelladen gegenüber holen, und vor einer halben Stunde fing es mit den Blähungen an. Zum Glück hat Roman die Russen zum Rauchen nach draußen geschickt, sonst wäre es hier drin nicht zum Aushalten. Roman sitzt einfach bloß hinter dem Steuer und starrt auf die Eingangstür von Paul's am Ende der Straße.

– Wie lang dauert das noch?

Es geht bereits auf fünf Uhr morgens zu und noch immer befindet sich eine Handvoll Gäste in der Bar. Roman ist langsam mit seiner Geduld am Ende.

– Ich weiß nicht, es kann schon mal vorkommen, dass Edwin noch bis gegen Mittag weiterfeiert.

Roman lässt seine Fingerspitzen über das Lenkrad gleiten und nickt.

– Spalding Gray, Spalding Gray, Spalding Gray.
– Fick dich, fick dich, fick dich. Scheiß verfickter Spalding.
– He Mann, ist das deine eigene Wut, an der du gleich erstickst, oder echte Galle?

– Punktabzug, das gibt verdammten Punktabzug. Wir sind dran.

Rotschopf flüstert mir auch von Zeit zu Zeit schöne Nettigkeiten ins Ohr.

– Schwanzlutscher, Schwanzlutscher, Schwanzlutscher!

– Christopher Lee!

Bolo lacht auf.

– Christopher Lee? Ist das dein Ernst?

– Ja, der verfluchte Christopher Lee.

– Na gut. Lee hat mit Peter Cushing in *Dracula* gespielt, Cushing mit Carrie Fisher in *Star Wars*, Fisher mit Billy Crystal in *When Harry Met Sally*, Crystal mit Robin Willams in *Ein Vater zu viel*, Williams mit John Lithgow in *Garp und wie er die Welt sah* und natürlich Lithgow mit Bacon in *Footloose*.

– Fuck! Verfluchte Scheiße!

Und noch mal in mein Ohr.

– Schwanzlutscher! Schwanzlutscher, Schwaaaaaaaaanzlutscher!

Bolo lacht noch immer.

– Christopher Lee! Ist das alles, was ihr zu bieten habt, Jungs? Christopher Lee?

– Aufhören! Fick dich, verdammt noch mal. Wir steigen aus dem verfluchten Scheißspiel aus.

– Ja, klar doch. Ihr hört immer auf, wenn ihr nicht weiterwisst.

Genau in mein verdammtes Ohr.

– Schwanzlutscher, Schwanzlutscher, Schwanzlutscher!

Ich räuspere mich.

– He Roman, hat dir Rotschopf erzählt, dass ich ihm nicht nur ordentlich in den Arsch getreten habe, als ich ihm über den Weg lief, sondern dass er sich selbst den Schlüssel unter den Nagel reißen wollte? *Scheiß auf Roman*, hat er gesagt. War es nicht so, Rotschopf? *Scheiß auf Roman*?

Das Flüstern an meinem Ohr verstummt und plötzlich ist es totenstill, bis Roman sich herumdreht, den Lauf einer kleinen Automatikpistole in Rotschopfs Mund stopft und den Abzugshahn spannt. Es macht ein gedämpftes Plop, ein Blitzlicht explodiert in Rotschopfs Gesicht und Rauch schießt aus seiner Nase. Dann herrscht Ruhe im Wagen, es stinkt verbrannt und ich fange an, wie ein kleines Mädchen hysterisch zu schreien, bis mir Bolo die Hand auf meinen Mund presst und mich zum Schweigen bringt.

Die Russen packen die Überbleibsel von Rotschopfs Kopf in eine alte Zeitung, schmeißen seinen Körper in den Kofferraum und bleiben draußen auf dem Bürgersteig, um eine Zigarette zu rauchen, während Bolo in den Lebensmittelladen geht. Roman und ich sitzen mit heruntergelassenen Fenstern im Wagen, um den Gestank von Schießpulver, Blut und Rotschopfs letztem Stuhlgang, der ihm im Augenblick seines Todes entfuhr, rauszulassen.

Es ist fünf Uhr dreiundzwanzig am Samstagmorgen auf der Avenue B und die Straßen sind menschenleer – keine Zeugen, außer vielleicht ein Junkie oder sonst ein Penner. Aber wen juckt das sonst schon?

Roman schaut mich an und klopft sich leicht auf die Oberlippe. Er deutet auf mein Gesicht und klopft sich erneut auf die Lippe. Jetzt verstehe ich, was er meint, und wische mir mit dem Handrücken über den Mund. Blut. Roman schüttelt seinen Kopf und klopft noch einmal auf seine Lippe.

– Da ist immer noch was. Hier, nimm das.

Er nimmt ein Taschentuch und wischt mir damit ein paarmal über den Mund und das Kinn.

– Tut mir leid. So eine Sauerei aber auch.

Er faltet das Taschentuch und steckt es zurück in seine Tasche.

– Bist du sicher, dass du die Kombination nicht weißt?
– Ganz sicher.
– Tja, dann wirst du wohl da reingehen müssen, um den Schlüssel zu holen.

Es ist immer noch Blut auf meinem Handrücken. Ich versuche es am Sitz abzureiben, um es loszuwerden.
– Nein. Tu ich nicht. Ich werde gar nichts mehr tun. Ich kann nicht mehr. Kann nicht. Ich bin …

Ich versuche irgendetwas zu sagen. Die Angst raubt mir die Stimme und ich kann nur noch unfertige Worte stammeln. Bud zappelt auf meinem Schoß wie verrückt hin und her. Die ganze Action, der Lärm und der Gestank haben ihn in Panik versetzt und ich versuche ihn zu beruhigen, aber es gelingt mir nicht, denn er spürt meine Angst nur zu gut. Roman langt hinüber und greift ihn sich.
– Lass mich mal.

Er hält Bud fest umklammert und beginnt damit, ihn hinter dem Ohr zu kraulen. Bud kriegt sich wieder ein und reibt seinen Kopf gegen Romans Kinn.
– Gib mir die Katze zurück.

Roman hört auf und lächelt ein wenig.
– Sicher doch.

Er reicht mir Bud und ich setze ihn in meinen Schoß. Roman lehnt sich nach vorne, verschränkt seine Arme über dem Lenkrad und legt sein Kinn darauf.
– Du weißt, was passieren wird, nicht wahr? Die Situation gerät außer Kontrolle, du hast in solchen Dingen keine Erfahrung. Die Welt, wie du sie kennst, schwindet dahin. Ich weiß es. Je weiter du diese Straße gehst, umso geringer stehen deine Chancen, jemals wieder nach Hause zu kommen. Also …
– Also was, Mann? Was, verfluchte Scheiße?
– Wenn *du* nicht hineingehst, um den Schüssel zu holen, müssen wohl oder übel *wir* gehen.

Bolo öffnet die hintere Tür, steigt mit einer Flasche Haushaltsreiniger und einer Rolle Küchentücher ein und beseitigt die letzten Reste von Rotschopfs Hirn.

Laut Plan wollten wir so lange warten, bis alle die Bar verlassen hatten. Dann würde ich uns mit meinem Schlüssel reinlassen und Romans Jungs würden den Safe aufbrechen. Wie es danach mit mir weitergehen würde, darüber war ich mir noch nicht so ganz im Klaren. Aber zunächst klang es nach einem ziemlich guten Plan, denn er sah vor, dass nicht weitere Unschuldige zu Schaden kamen. Der Plan war so lange prima, bis Roman das Hirn seines Tresorknackers quer über den Rücksitz verteilte.

Roman erklärt mir lang und breit die Vorteile, wenn ich alleine hineinginge, um den Schlüssel zu holen.

– Du kannst ganz einfach reingehen und deinen Freund nach dem Schlüssel fragen. Wir hingegen müssten auf Drohungen und den Einsatz von Gewalt zurückgreifen.

Ich fange an zu hyperventilieren und Roman packt meinen Hinterkopf und drückt mich nach vorne, bis mein Kopf zwischen meinen Knien steckt.

– Langsam atmen.

Ich atme, während Bud sich aus meinem Schoß windet und in den Fußbereich des Wagens hüpft. Roman klopft mir ein wenig auf die Schulter.

– Gut. Ich würde da jetzt lieber nicht reingehen müssen. Zu viele unsichere Variablen, das Risiko ist zu groß und das Resultat wäre höchstwahrscheinlich ziemlich blutig. Aber langsam wird es hell und jemand muss sehr bald da rein. Ich brauche diesen Schlüssel. Ich brauche ihn wirklich.

Ich setze mich aufrecht hin und schaue hinaus in den grauen Himmel. Die Uhr am Armaturenbrett steht bei 5:34. Auf der Straße ist immer noch keine Menschenseele zu sehen, aber bald würden die ersten Leute auf dem Weg zur Arbeit auftauchen. Auf dem Rücksitz ist Bolo immer noch mit Putzen beschäftigt. Schnaufend summt er ein Lied. Es könnte »Car Wash« sein. Roman starrt weiter durch die Frontscheibe, seine Augen sind immer noch auf die Eingangstür der Bar gerichtet. Ich versuche mir ein Happy End vorzustellen, bleibe aber immer beim albtraumhaften Bild von Yvonne hängen. Es gibt kein Happy End mehr, ich will einfach nur noch nach Hause. Ich will New York hinter mir lassen, will zu meiner Familie und in Sicherheit sein und vergessen können.

– Wirst du mir helfen?

Roman ist still.

– Wirst du mich weiter vor Ed und Paris beschützen und mir die Bullen vom Hals halten? Wirst du mich beschützen?

Roman kratzt sich am Ohrläppchen und nickt.

– Es bleibt dabei. Wenn du den Schlüssel holst und ihn mir bringst, helfe ich dir. Aber mach es jetzt und zwar flott. Wenn du noch lange überlegst, gehen wir selbst rein.

Ich streichele Bud, steige aus dem Wagen und überquere die Straße.

Drinnen läuft Black Sabbath. Edwin liebt Sabbath. Er hat alle ihre CDs mit der Original-Besetzung in seiner Jukebox. Das ist seine Partymusik. Ich werfe einen kurzen Blick durch das kleine Fenster in der Tür und erkenne, dass hier tatsächlich eine Party im Gange ist.

Edwin und Lisa befinden sich *auf* der Bar. Edwin macht Push-ups und Lisa sitzt dabei auf seinem Rücken. Eine kleine Gruppe von Stammgästen hat sich um sie geschart und zählt lautstark mit, während sich Edwin ohne jedes Anzeichen von Schwäche auf- und abbewegt. Von der Tür erkenne ich Wayne, den Ex-Marshall, mit seiner Freundin Sunday. Außerdem sind da Cokehead Dan und Amtrak

John. Klarer Fall von After-Hour-Party und nach den riesigen Lines von Koks zu urteilen, die Dan auf der Theke auslegt, sieht es nicht so aus, als würde die Party bald dem Ende zugehen.

Ich blicke hinüber zu Romans Wagen. Die Russen sind wieder eingestiegen. Ich gebe ein Handzeichen, und die Scheinwerfer blenden kurz auf. Ich hole den Schlüssel raus, öffne die Tür und gehe hinein.

Paul's war ein Thai-Restaurant, bevor Edwin es kaufte. Er räumte den ganzen Laden komplett aus und baute alles von Grund auf neu. Die Kneipe ist eigentlich bloß ein langer Gang, etwa vier Meter breit und zwanzig Meter tief. Die Bar verläuft an der rechten Seite, links ist auf Ellbogenhöhe eine Ablage für Getränke angebracht, dazwischen stehen zwanzig Barhocker. Die Bar selbst ist antik, Edwin hat sie auf einer Auktion ersteigert, genauso wie den Spiegel dahinter. Er hat einen Hartholzboden verlegt und eine gut isolierte Zinndecke im alten Stil, dazu noch eine weitere Gipsdecke, damit die Vermieterin, die direkt über der Bar wohnt, den Lärm nicht zu hören bekommt. Es funktioniert prächtig. *Master of Reality*, Black Sabbaths zweites Album, läuft in voller Lautstärke und niemand scheint sich zu beschweren. Ich mache die Tür zu und schließe hinter mir ab.

Edwin ist knapp über fünfzig, aber immer noch gebaut wie ein Bär. Ich habe mal gesehen, wie er ein volles Bierfass auf seiner Schulter die Kellertreppe rauf und runter trug. Er macht immer noch seine Push-ups, als ich die Bar entlanglaufe; offensichtlich zielt er auf einen neuen persönlichen Rekord ab. Die Zählerei der Meute geht ihrem Höhepunkt entgegen, und Edwin schwächelt allmählich.

– Dreiundvierzig! Vierundvierzig! Fünfundvierzig!

Seine Bestleistung mit Lisa auf dem Rücken liegt bei dreiundfünfzig. Einmal hat er mit Amtrak auf dem Rücken fünfzig geschafft, aber der wiegt auch 120 Kilo. Ohne Last kann Edwin so lange Push-ups vorführen, bis man vom Zählen müde wird.

– Neunundvierzig! Fünfzig! Einundfünfzig!

Die Stammgäste sind jetzt richtig in Fahrt. »Children of the Grave« dröhnt aus der Jukebox, während Lisa völlig außer sich auf Edwins Rücken vor sich hin kichert. Sie versucht, einen Schluck von ihrem Greyhound zu trinken, doch sie verschüttet ihn bloß und er läuft ihr am Kinn herab. Edwin zittert am ganzen Körper und grunzt vor sich hin. Der Schweiß tropft ihm vom Gesicht und den Armen.

– Zweiundfünfzig! Dreiundfünfzig!

Edwin würgt nach Luft und Lisa erwischt einen großen Schluck Wodka und Grapefruitsaft, als er sich auf und ab und auf und ab stemmt.

– VIERUNDFÜNFZIG! FÜNFUNDFÜNFZIG! SECHSUNDFÜNFZIG!

Der Rekord ist geschlagen, und Edwin bricht auf der Bar zusammen. Er rollt sich auf den Rücken. Lisa plumpst hinter der Bar auf den Boden, wo sie weiter vor sich hin kichert. Edwin schnappt nach Luft und brüllt.

– Meine Belohung! Ich will meine Siegprämie! Belohnt mich!

Die Horde applaudiert und jubelt ihm zu. Sie schütten Bier in Edwins geöffneten Mund und holen Dollarscheine aus ihren Taschen, die sie ihm zuwerfen.

Eine klasse Party!

Edwin erblickt mich, als er sich auf der Bar aufrichtet.

– Seemann! Da bist du ja, du dumme Sau!

Alle drehen sich zu mir um und begrüßen mich ebenso herzlich.

– SEEMANN!

Sie heben ihre Gläser und nehmen einen Schluck.

– Seemann, alles klar?
– Hank. Wie sieht's aus, Mann?
– Hast du die Giants gesehen, Mann? Vergiss sie, die Mets sind das Team der Stunde.

Edwin springt plötzlich von der Bar herunter und bedrängt mich. Er schlingt seine Arme um meine Hüften, hebt mich vom Boden hoch und drückt zu. Mir bleibt die Luft weg und ich gebe quietschende Geräusche von mir.

– Du kleiner Jammerlappen, du verfluchter kleiner Jammerlappen. Kriegst ein paar auf die Fresse und machst dich aus dem Staub! Du elender Schlappschwanz!

Er hat seine Arme fest auf meine Wunde gepresst und ich kriege nicht genug Luft, um ihm zu sagen, dass er mich verdammt noch mal runterlassen soll.

– Was ist los, Weichei? Jetzt fängt er gleich an zu flennen.

Edwin fängt an, mich hin und her zu schwenken. Alle lachen wie blöde. Amtrak schüttelt sein Bier und spritzt mich damit voll, während mich ein anderer mit Erdnüssen bewirft. Lisa kommt langsam hinter der Bar hervorgekrochen und sieht, was vor sich geht.

– Edwin! Um Gottes willen, Edwin! Lass ihn runter! EDWIN!

Sie torkelt hinüber zur Jukebox und zieht den Stecker.

– Edwin, verdammt noch mal! Lass ihn sofort runter! Er hat grad 'ne Operation hinter sich.

Edwin hört im Nu auf und stellt mich sanft wieder auf meine Beine.

– Oh Scheiße! Fuck! Hank, das tut mir ehrlich leid, Mann. Hab ich völlig vergessen, Mann. Schön dich zu sehen, Alter.
– Schon gut, Edwin. Ich … äh … ich bin auch froh dich zu sehen. Klasse, euch alle zu sehen.

Und das löst gleich die nächste Runde Hurrageschrei aus, und Edwin packt mich hinten am Kragen und schüttelt mich ein wenig. Er ist völlig breit. Der Alkoholschweiß strömt nur so aus seiner Haut und seine Pupillen schießen ihm vom ganzen Koks geradezu aus den Augen. Der Laden ist in eine riesige Haschwolke gehüllt. Er schiebt mich am Kragen hinüber zur Bar und winkt Lisa zu.

– Mach uns was Feines, Lisa, ja. Wild Turkey für alle, für alle!

Lisa schnappt sich die Flasche Wild Turkey 101 und beginnt, Schnapsgläser zu füllen, während sich alle um uns herum an der Bar drängen. Jemand stellt wieder die Musik an, aber es ist nicht mehr Black Sabbath. Ein pfeifendes Windgeräusch und eine Glocke ertönen, und dann wird die Bar mit den einleitenden Orgeltönen zu Elton Johns »Funeral for a Friend« erfüllt. Ich schiebe meinen Mund nah an Edwins Ohr heran.

– Edwin, ich muss dich um einen Gefallen bitten.

Er schaut mich an, nickt und lächelt.

– Klar, Mann. Was immer du willst.
– Es ist keine große Sache. Ich brauche bloß den kleinen Umschlag, den ich dir gestern gegeben hab, damit du ihn im Safe aufbewahrst.
– Was?
– Der Umschlag, Mann. Ich brauch ihn.
– Hier, trink erst mal. Runter damit!

Er drückt mir das Schnapsglas in die Hand und führt diese zu meinem Gesicht.

– Mensch Edwin, ich trink nicht mehr.
– *Trink nicht mehr?* Habt ihr das gehört? Gestern ist unser Spaßvogel noch besoffen vom Hocker gefallen, und jetzt trinkt er nicht mehr.
– Im Ernst, Edwin. Ich muss an den Safe, Mann.
– Der Arsch lässt mich einfach so im Stich, ohne sich an die

vereinbarte Zwei-Wochen-Frist zu halten, und jetzt will er nicht mal mehr einen mit mir trinken.

Die Meute mischt sich ein, stachelt ihn an und brüllt, ich solle trinken.

– Edwin! Es ist wirklich wichtig, ich habe keine Zeit zu verlieren.

Edwin blickt sich in der Runde um.

– Der Mann ist in Eile. In Eile! Du solltest dich besser beeilen und diesen Drink runterschlucken, Mann.

Gejohle. Alle halten ihre Gläser hoch und singen:

– TRINKEN! TRINKEN! TRINKEN! TRINKEN!
– Edwin, bitte.
– Erst trinken, dann das Geschäftliche.

Ich schütte mir den Schluck hinter die Binde. Alle gröhlen und ziehen sich ihre Kurzen rein. Als der Whiskey den Magen erreicht, muss ich mich fast übergeben. Er bleibt drin, und ich verlange nach einem weiteren. Edwin umarmt mich wieder, legt mir seinen Arm um die Schulter und schiebt mich ein paar Meter die Bar runter, weg von der Gruppe.

– Okay, Mann. Was ist jetzt, was brauchst du aus dem Safe? Ich hoffe, du erwartest kein Geld von mir. Ich frier deinen Lohn erst mal ein, bis du wiederkommst.
– Klar, Mann.
– Im Ernst, brauchst du Geld? Sag es und du kriegst es.
– Nein, Edwin. Ich brauche den Umschlag, den Umschlag, den ich dir gestern Nacht gegeben habe.

Er schaut mich entgeistert an.

– Umschlag?
– Genau. Den Umschlag, den du in den Safe legen solltest. Da steckt ein Schlüssel drin. Ich brauch ihn dringend, den Umschlag mit dem Schlüssel. Schnell!

Er legt mir die Hand auf die Schulter.

– Hank, tut mir leid, aber du hast mir gestern Nacht keinen

Umschlag gegeben. Weder einen Umschlag, noch einen Schlüssel.

Die Musik geht über in »Love Lies Bleeding«. Wie lang bin ich jetzt schon hier drin? Fünf Minuten? Zehn? Zwischen fünf und zehn, schätze ich. Wie lange wird Roman noch draußen warten? Wann verliert er die Geduld?

– Edwin, jetzt mach keine Witze. Ich weiß, dass ich dir den Schlüssel gegeben habe.
– Und ich weiß, dass du mir gestern Nacht einen Scheiß gegeben hast. Das Einzige, was du gestern gemacht hast, ist mir auf die Eier zu gehen, weil du so sturzbesoffen warst. Deshalb kannst du dich auch nicht daran erinnern, was du mir gegeben hast oder eben auch nicht. Dein Schlüssel ist nicht im Safe. Schluss, aus.

Die Kneipenrunde singt lauthals zur Musik aus der Jukebox mit, Lisa dirigiert sie. Edwin und ich halten uns im hinteren Teil der Bar auf, wo sich vier Türen befinden. Hinter den zwei Türen zur Linken sind die Toiletten, geradeaus liegt das winzige Büro mit dem Safe und rechts geht es auf einen kleinen Hinterhof raus. Der Gemeinschaftshof wird von den meisten Gebäuden des Blocks genutzt. Er ist über und über mit Müll verstopft und der einzige Weg nach draußen führt durch eine der Hintertüren der anderen Gebäude oder über die wackligen Feuerleitern ringsum.

– Edwin, ich steck in der Klemme.
– Ja, das dachte ich mir schon.
– Richtig tief in der Klemme, Edwin.
– Was ist los?
– Diese Typen sind hinter mir her, die wollen mich alle machen.
– Diese Arschlöcher, die dich verprügelt haben?
– Ja, aber noch schlimmer. Edwin, sie sind hier, die kommen

gleich rein. Oh Gott! Edwin, es tut mir so leid. So eine Scheiße, Edwin!

– Kein Problem.

Seine kleinen bekoksten Augen glänzen. Edwin liebt Schlägereien. Damals in den späten Sechzigern und frühen Siebzigern fuhr er in St. Louis mit einer Gang namens Sable Slaves. Das war so eine Kreuzung aus den Hell's Angels und den Black Panthers. Wenn Edwin sein T-Shirt auszieht, sieht man auf seiner schwarzen Haut eine Mischung aus Tätowierungen und Narben. Tätowierungen von nackten Frauen, Spinnen, Dolchen, Skeletten, Drachen und ein großes Tattoo auf seinem Rücken, auf dem ein Mitglied des Ku-Klux-Klans an ein brennendes Kreuz gefesselt ist. Die Narben stammen von Motorradketten, Messern, mit Nägeln gespickten Baseballschlägern, abgebrochenen Bierflaschen und mindestens eine stammt von einer Pistolenkugel. Edwin ist der härteste Bursche, den ich kenne, und er kämpft für sein Leben gerne. In diesem Moment riecht er förmlich die Aussicht auf einen guten Kampf.

– Mach dir mal keine Sorgen, Hank. Lass sie nur kommen. Lass. Sie. Kommen.

– Neinneinnein … Nein! Wirwirwir … Hör zu, wir müssen jetzt verschwinden, wir müssen alle hier hinten durch die Hintertür rausschaffen und uns dann verpissen.

– Erzähl keinen Mist. Ich soll meine Freunde fortjagen, aus meinem eigenen Laden flüchten? Einen Teufel werd ich tun.

Ich habe damit begonnen, die Schlösser an der Hintertür aufzuschließen. Edwin versucht mich daran zu hindern und greift nach meinen Händen, aber er will mir nicht wehtun.

– EDWIN! HE, EDWIN!

Sunday ist vorne an der Eingangstür und schaut aus dem kleinen Fenster. Sie brüllt etwas über den Lärm der Musik hinweg und blickt dabei immer noch aus dem Fenster.

– EDWIN, DA IST EIN GROSSER KERL, DER REINWILL. SOLL ICH IHN REINLASSEN?

Wir beenden unser Handgemenge um die Schlösser und blicken Sunday an. Wir hören nur das Geräusch von zerbrechendem Glas, als das Fenster an der Eingangstür zersplittert. Sundays Kopf wird nach hinten geschleudert und sie fällt mit einem kleinen schwarzen Loch, das sich in ihre Nase gebohrt hat, zu Boden. Bolos riesige braune Hände zerschlagen die Reste des Fensters und tasten nach dem Türgriff. Edwin rennt nach vorne, während ich das letzte Schloss aufschließe und die Hintertür öffne. Vor mir stehen Blackie und Whitey mit dreckigen Trainingsanzügen. Sie mussten über das Dach klettern. In ihren Händen halten sie diese Maschinengewehre in Pistolengröße, deren Verbot immer wieder gefordert wird. Vorne hat Bolo die Eingangstür aufbekommen, tritt ein und Edwin stürzt sich auf ihn. Die Kanone, mit der Sunday getötet wurde, fällt auf den Boden. Bolo macht das Einfachste, was er tun kann. Er lässt sich nach vorne fallen, wodurch er Edwin zwischen seiner enormen Fleischmasse und Sundays leblosem Körper einquetscht. Edwin kann keines seiner Gliedmaßen freibekommen, um sich zu wehren, aber er versucht es weiter, bis Roman eintritt, die Tür schließt und verriegelt, die zu Boden gefallene Pistole aufhebt und sie in Edwins Ohr steckt. »Love Lies Bleeding« geht zu Ende. Es kommt keine weitere Musik mehr aus der Jukebox.

– Sie müssen ihn ein bisschen hin und her ruckeln.

Roman versucht, den Safe zu öffnen. Edwin hat die Kombination bereits mehrere Male wiederholt, aber Roman kriegt den Safe einfach nicht auf.

– Ich sagte doch, Sie müssen ein wenig ruckeln, wenn Sie nach rechts drehen. Es ist ein bisschen *tricky*.

Roman versucht es erneut.

– Nein, nicht ruckeln, wenn Sie auf der Zahl sind, sondern

dazwischen. Und auch nicht, wenn Sie zurück auf die Neun gehen.

Roman versucht es wieder.

– Ruckeln, nicht schütteln. Ruckeln.

Roman versucht es.

– Verdammt auch, lassen Sie mich das doch einfach selbst machen.

Der Safe ist in den Boden unter dem Schreibtisch eingelassen. Dieser steht an der Wand gegenüber der Tür. Eine kleine Holzplatte des Dielenbodens klappt auf und du musst halb unter den Schreibtisch kriechen, um in die Versenkung zu greifen und das Kombinationsschloss drehen zu können. Roman kauert da unten und schwitzt. Edwin und ich sind gegen die Wand neben der Tür gepresst. Bolo wartet draußen, er passt einfach nicht in den kleinen Raum. Die Russen haben alle anderen hinter der Bar auf dem Boden versammelt und halten sie mit ihren hässlichen kleinen Kanonen in Schach.

Die schluchzenden und weinenden Geräusche sind bis ins Büro zu hören. Wayne wiederholt in einem fort Sundays Namen, während Lisa ihn erfolglos zu beruhigen versucht.

Roman versucht es noch einmal.

– Lassen. Sie. Es. Mich. Tun.

Roman blickt Edwin an und wischt sich den Schweiß von der Stirn. Vor sechs Minuten haben sie den Laden betreten und es ist offensichtlich, dass er bereits fünf Minuten länger hier ist, als er eigentlich vorhatte.

– Und du hast mir die richtige Kombination gegeben?

– Es ist etwas verzwickt, das habe ich Ihnen doch schon gesagt. Lassen Sie ihn mich einfach selbst öffnen.

Roman kriecht aus dem winzigen Eck hervor.

– Du gibst die Kombination ein. Dann öffnest du den Safe. Und dann kommst du wieder heraus. Du greifst nicht in den Safe, sonst bring ich dich um. Ist das klar?

– Ja, doch. Und jetzt lassen Sie mich endlich das verfluchte Ding öffnen.

Roman und Edwin tauschen in dem winzigen Zimmer die Plätze. Edwin passt viel besser unter den Schreibtisch. Er greift in die Versenkung, die von einer Falltür verdeckt wird, und beginnt damit, die Ziffernscheibe zu drehen. Bolo lehnt in der offenen Tür, die Pistole lässig in Händen haltend. Roman steht zwischen uns, seine eigene Waffe noch im Halfter. Er kramt das Taschentuch hervor, mit dem er zuvor das Blut von meinem Gesicht gewischt hatte, und tupft sich den Schweiß ab. Ich sage Roman nicht, dass sich der Schlüssel gar nicht im Safe befindet. Ich sage es ihm nicht, weil ich weiß, was sich im Safe befindet, und ich will, dass Edwin es bekommt.

– Sehen Sie, man muss nur ein wenig ruckeln und schon geht es auf.

Es macht ein kleines Klackgeräusch, als Edwin den Bolzen dreht und den Safe öffnet. Er erhebt sich ein wenig, um unter dem Schreibtisch hervorzukriechen, haut sich dabei den Kopf an und bückt sich von dem Aufprall nieder.

– Fuck!

Er greift sich mit der linken Hand an den Kopf, doch die rechte befindet sich immer noch in der Versenkung. Roman greift in seinen Mantel und Bolo schiebt sich hinter ihm nach vorne.

– Deine Hand, zeig mir deine Hand!

– Ja, ja, schon gut.

Bei dem Safe handelt es sich um einen tiefen Zylinder, der in einen Betonblock eingelassen ist. Edwin hat mir mal erzählt, wie lange er nach einem suchen musste, in den die Remington mit Kaliber zwölf passte, selbst mit abgesägtem Lauf und Pistolengriff. Er lässt sich nach links fallen und dreht sich auf den Rücken, während seine rechte Hand mit der Schrotflinte aus dem Safe schießt. Ich springe so weit ich kann nach links und lasse mich zu Boden fallen. Roman versucht nach hinten aus dem Raum zu entkommen und stolpert dabei gegen Bolo, der seinerseits nach vorne eilt, um einen gezielten Schuss abzufeuern. Edwin liegt mit dem kurzen Lauf seiner .12er auf dem Rücken, setzt auf sie an und drückt ab. Die Flinte ist mit feinem Schrot geladen, aber aus so kurzer Entfernung hat die Ladung wenig Platz sich zu verteilen. Roman wird an der Brust getroffen und gegen Bolo geschleudert. Beide fallen nach draußen in den Flur. Aus der Bar höre ich das plötzlich einsetzende Gerattere der Mini-Maschinenpistolen der Russen. Kugeln peitschen ins Büro. Edwin windet sich am Boden, tritt die Tür zu und lässt die beiden Türriegel zuschnappen. Die Tür ist aus Stahl und hat einen kleinen Briefschlitz, damit man spätabends noch das Bargeld hineinschieben kann. Kugeln prallen gegen die Tür, aber sie dringen nicht durch. Edwin steht auf, schiebt den Lauf seiner Schrotflinte durch den Briefschlitz und feuert einige Salven ab.

Das Büro ist in Rauch gehüllt, und Tränen laufen meine Wangen herunter. Edwin greift nach einer Schachtel Patronen auf dem Schreibtisch und lädt nach.

– Die Dreckschweine mach ich alle. Ich mach sie fertig. Ich bring sie alle um, die Schweine.

Der Briefschlitz klappt auf, und der Lauf einer Maschinenpistole kommt zum Vorschein. Er schwenkt umher, dann macht er ein Geräusch wie ein startendes Moped und alles im Büro scheint zu explodieren. Wir pressen uns gegen die Tür, während Holzsplitter und zerberstendes Glas umherfliegen. Eine Kugel prallt ab und schlägt neben Edwins Kopf in die Wand.

– Fuck! Ihr Schweine!

Edwin zwängt die Remington durch den Schlitz und eröffnet erneut das Feuer. Er leert sein Magazin und lädt von Neuem. Wir kauern uns wieder gegen die Tür und warten, aber das Maschinengewehr kommt nicht wieder hervor.

– Fuck! Okay, wir gehen raus. Wie die verdammten Butch und Sundance in Bolivien. Alles klar, Hank? Lass es uns tun, raus hier.

Er füllt seine Taschen mit zusätzlicher Munition.

– Edwin, warte. Lass uns auf die Bullen warten.

– Scheiß drauf, Mann! Butch Cassidy und Sundance Kid, das sind wir, Mann, verstehst du? Wir gehen raus, los geht's!

Ich werde einen Teufel tun und da rausgehen. Niemals renne ich da schreiend raus, um zu sterben. Das Gerattere des Maschinengewehrs ertönt erneut, aber diesmal hageln keine Kugeln gegen unsere Tür. Statt dessen hören wir gedämpfte Schreie hinter der Bar.

– Das ist unser Lied, Hank. Öffne die Tür! Öffne die verfluchte Tür!

Und ich tue es.

Ich stehe neben der Tür und wir schreien uns beide die Lunge aus dem Hals, als ich den Riegel zur Seite schiebe und die Tür mit einem Ruck aufmache. Edwins Körper wird augenblicklich von Dutzenden von Kugeln durchsiebt und er sackt in sich zusammen.

Ich stoße die Tür zu, lege den Riegel vor und kauere mich dagegen, wobei ich versuche, mich nicht zu sehr in Edwins Blut zu setzen. Vor der Tür beginnt Roman zu reden.

– Das hat wohl nicht so geklappt, wie es sollte, was?

Nicht weit entfernt höre ich das Geheule von Polizeisirenen.

Ich warte so lange es geht, bis ich aus dem Büro trete. Die Sirenen sind bereits in unmittelbarer Nähe, und ich muss dringend von hier abhauen. Roman, Bolo und Whitey sind verschwunden. Blackie liegt direkt vor der Tür zum Büro, sein Schädel halb von seinem Rumpf abgetrennt. Der Kopf war nicht von der kugelsicheren Weste geschützt, die ich unter seinem zerfetzten Trainingsanzug erkenne. Wahrscheinlich tragen sie alle welche.

Sie befinden sich alle hinter der Bar. Alle. Auf einem großen Haufen.

Amtrak John ließ mich immer kostenlos Zug fahren, wenn ich Freunde im Norden besuchen wollte. Wayne half dabei, den großen Tisch in Yvonnes Wohnung zu schleppen, und Sunday versorgte mich mit kleinen Kräuterheilmitteln, wenn ich krank war. Dan brachte bei großen Boxkämpfen seinen illegalen Satellitenempfänger mit und wir schauten uns kostenlos die Kämpfe an, und den Rest der Nacht noch Pornos.

Lisa.

Edwin.

Die Sirenen heulen jetzt direkt von draußen auf der Straße. Ich verschwinde durch die Hintertür und klettere eine der Feuerleitern hinauf. Über die Dächer komme ich zur Avenue A, meiner Straße, nur einen Block von der Bar entfernt. Ich klettere runter und überquere die Straße. Jason ist wach und wühlt sich durch den Müll, der sich auf dem Bürgersteig vor meinem Haus aufgetürmt hat. Ich laufe an ihm vorbei und greife nach den Wohnungsschlüsseln, um aufzuschließen. Da bleibe ich stehen und beobachte Jason. Vorsichtig öffnet er die Müllsäcke, pickt sich die Aluminiumdosen heraus und verschließt die Säcke wieder. Ich gehe zu ihm rüber und beginne damit, die Haufen durchzuschauen. Jason schaut mich verärgert an, geht dann aber unverzagt seiner Arbeit nach. Ich zerre einige Säcke beiseite, bis ich denjenigen gefunden habe, der am penetrantesten stinkt. Ich öffne ihn und ziehe die verschissene Jeans heraus. Er ist genau da, wo ich ihn vergessen habe, in der hinteren Gesäßtasche, darauf wartend, dass ich ihn Edwin gebe, damit er ihn im Safe einschließt. Aber dann betrank ich mich und vergaß ihn, und jetzt sind sie alle tot, weil ich mich nicht daran erinnern konnte, wo er war. Ich nehme den Schlüssel aus dem Umschlag, stecke ihn an meinen Schlüsselbund, betrete das Gebäude und lasse Jason seine Arbeit erledigen.

Meine Wohnungstür ist polizeilich versiegelt, genau wie die von Russ. Die Bullen müssen hier drin gewesen sein, nachdem sie mich bei Yvonne abgeholt hatten. Ich will das Klebeband nicht aufschneiden, also geh ich aufs Dach. Mein Wäschesack liegt immer noch da und ich nehm ihn an mich. Ich klettere die Feuerleiter herunter, über das Geländer und durchs Fenster in die Wohnung.

Die Bullen haben die Wohnung ordentlich auf den Kopf gestellt, aber das ist mir im Augenblick völlig egal. Die Leuchtanzeige des Anrufbeantworters blinkt. Meine Mutter hat dreimal angerufen, aber ich höre nicht hin. Ich kann nicht. Ich sitze auf der Couch und betrachte den Schlüssel. Der Schlüsselbart ist auf beiden Seiten eingekerbt, seine Grifffläche ist ein großes Viereck aus blauem Plastik, in das die Ziffer 413d eingeritzt ist. Es ist ein Schlüssel für einen Lagerraum, den man mieten kann. Ich weiß das, weil ich einige meiner Sachen in einem der großen Lagerhäuser auf der West Side eingelagert habe und der rosa Schlüssel hierzu ganz ähnlich aussieht wie jener neue an meinem Schlüsselbund. Ich sitze da und starre vor mich hin, als mir bewusst wird, auf was ich da eigentlich starre. Es ist Buds Tragekäfig. Bud ist noch immer in Romans Wagen. Draußen an der Tür zerrt jemand an dem Polizeiklebeband und macht sich an dem Schloss zu schaffen.

Ich hole den Aluminium-Baseballschläger aus dem Bad, stelle mich neben die Tür und warte. Das Schloss gibt nach, der Türgriff bewegt sich und jemand kommt rein.

Es ist ein Mann. Ich jage ihm den Schläger in die Magengegend und als er nach vorne kippt, ziehe ich ihm eins über den Hinterkopf. Er bricht zusammen und liegt flach auf dem Boden. Mit meiner Schulter knalle ich die Tür zu, bevor noch jemand anderes reinkommen kann. Seltsamerweise versucht das niemand. Um mir den Typ am Boden genauer anzuschauen, schiebe ich meinen Fuß unter ihn und drehe ihn auf den Rücken. Es ist Russ.

Ich klemme mir den Schläger unter den Arm und gehe hinüber zum Waschbecken. Ich greife mir eine große Plastiktasse vom Geschirrtrockner. Es handelt sich um ein Souvenir aus dem Candlestick Park, mit einem Aufdruck von Willie Mays. Ich fülle die Tasse mit kaltem Wasser, laufe rüber zu Russ und schütte sie ihm ins Gesicht. Einiges von dem Wasser läuft in seinen Mund und hinauf in seine Nase, woraufhin er würgen muss. Er rollt sich auf den Bauch, hustet und ringt nach Luft. Dann richtet er sich auf und befühlt seine Beule am Kopf, aus der ein wenig Blut tropft. Er schaut auf und sieht mich zum ersten Mal an.

– Hank! Oh Mann, Hank! Wie gut, gut! Hör zu, Mann, ich brauche meine Katze.

Ich prügele mit dem Schläger auf ihn ein, bis er ohnmächtig ist, kriege mich aber noch ein, bevor er tot ist.

TEIL 3
29. SEPTEMBER 2000

Ich bin *das* Gesprächsthema im Fernsehen. Nur einen Block weiter berichten NY1 und alle anderen lokalen Fernsehsender vom Tatort des schlimmsten Massakers in der jüngeren Geschichte New Yorks. In regelmäßigen Abständen wiederholen sie die offiziellen polizeilichen Stellungnahmen.

Ein Polizeibeamter in einer schicken Uniform mit allerhand Abzeichen auf der Brust steht vor dem Eingang von Paul's und liest von einem Stück Papier ab.

– Dies ist … Entschuldigung bitte … ich habe eine Erklärung, die ich nur einmal verlesen werde. Dies ist eine erste, vorläufige Stellungnahme. Zum gegenwärtigen Zeitpunkt wissen wir, beziehungsweise wir gehen davon aus, dass in dieser Bar – Paul's Bar – vor kurzem eine Schießerei stattfand zwischen dem Barbesitzer und einer unbekannten Anzahl Angreifer, die allem Anschein nach das Etablissement ausrauben wollten. Es gibt … wir haben sieben bestätigte Tote, darunter einen der Angreifer. Wir fordern jeden Anwohner, der in den frühen Morgenstunden etwas Verdächtiges gesehen oder gehört hat, dazu auf, sich mit den zuständigen Stellen in Verbindung zu setzen. Wir … wir sind ebenfalls auf der Suche nach einem früheren Angestellten der Bar, den wir im Zusammenhang mit dem furchtbaren Verbrechen befragen wollen. Das ist vorerst alles.

Die Bullen sind ja nicht blöde. Vor etwa einer Stunde

trafen sie in meinem Apartment ein, sahen das zerrissene Polizeisiegel, stürmten die Wohnung mit gezogenen Waffen und fanden sie leer vor. Russ und ich hielten uns derweil in seiner Wohnung auf und verhielten uns ganz hübsch still, während sie meine Bude auf den Kopf stellten, schließlich wieder mit ihren Klebebändern zupflasterten und abrückten.

Russ sitzt mit einem Eisbeutel auf seinem Kopf auf der Couch und schaut mit minimaler Lautstärke Fernsehen, während ich mir mit seiner Haarschneidemaschine den Schädel kurz rasiere. Mein Gesicht habe ich bereits glattrasiert, um den Dreitagebart loszuwerden, den ich gestern Abend noch trug, als mich die Polizei fotografierte.

Früher oder später werden die Bullen in den sauren Apfel beißen müssen. Irgendein cleverer Reporter wird herumschnüffeln, und die Polizei wird erklären müssen, warum sie einen Mann, den sie im Zusammenhang mit einem anderen Mord in Gewahrsam hatte, entkommen ließ, damit dieser sich unmittelbar darauf an einem Massenmord beteiligen konnte. Und dass dieser Mann jetzt in Verbindung mit einem Massenmord steht. Spätestens dann wird mein Bild überall zu sehen sein. Ich hoffe, sie geben mir noch eine vierundzwanzigstündige Gnadenfrist.

Drüben auf der Couch macht Russ einen etwas belämmerten Eindruck, aber das kommt von den Schlägen gegen seine Birne. Ich glaube nicht, dass er mir noch größeren Ärger macht, zumal ich seine Knarre habe.

Als er das zweite Mal zu sich kam, wirkte er ein wenig verwirrt.

– Verflucht, Hank. Was ist los?

– Roman sucht dich, Russ.

– Roman?

– Roman sucht dich, Russ.

Er berührte die Wunde an seinem Kopf und zuckte ein wenig zusammen.

– Verdammt, Hank. Ich kenne keinen beschissenen Roman. Was soll das, Mann? Warum hast du mich geschlagen?

– Red, der rothaarige Chinese, er ist tot. Ebenso einer der Russen. Roman, Bolo und der andere Russe suchen dich und mich und den Schlüssel, Russ.

– Russen? Was soll der Scheiß, Mann?

– Ed und Paris sind ebenfalls hinter uns her.

Er blickte mich ungläubig an. Das Blut lief ihm vom Kopf in den Nacken und durchnässte den Kragen seines Hemds.

– Ed und Paris?

– Genau.

– Fuck! Oh Scheiße! Oh Mann, große Scheiße, oh Mann! Fuck, fuck, fuck!

– So ist es, Russ. In der Tat eine große Scheiße.

Und dann riss ich mich zusammen und brachte uns durch mein Fenster nach draußen und in seine Wohnung, bevor die Bullen auftauchten. Auf leisen Sohlen kamen sie die Treppen hoch, aber als sie das zerrissene Band an der Tür erblickten, drangen sie wie ein Sturmtrupp in die Wohnung ein. Durch Russ' Schlüsselloch schaute ich zu, bis sie wieder verschwunden waren. Als ich mich umdrehte, hielt Russ eine kleine verchromte 22er auf mich gerichtet.

– Tut mir leid, Mann, aber ich muss weg. Also gib mir einfach den Schlüssel, okay.

Ich nickte in Richtung meiner Jacke auf der Couch.

– In der Jackentasche.

Er drehte sich nach rechts und ich holte mit meiner Linken aus. Die Pistole fiel ihm aus der Hand. Ich hielt ihn an den Handgelenken fest, packte ihn mit der rechten Hand am Hemdkragen und trat ihm mit dem Knie in die Eier. Er ging schnurstracks zu Boden und ich hielt ihm den Mund zu, damit er nicht zu laut stöhnen konnte. Dann nahm ich die Knarre und schaltete den Fernseher an, um die Nachrichten zu sehen. Dort sprachen sie bereits – wie in alten Gangsterfilmen – über meine *Verbrechen.* Daraufhin ging ich ins Bad und begann mit der Rasur.

Ich vermute, Russ zog sich eine Gehirnerschütterung zu, als ich ihm zum zweiten Mal mit dem Baseballschläger eine überzog. Das könnte mir eigentlich reichlich egal sein, wenn ich nicht solche Probleme damit hätte, ihm ein klares Wort zu entlocken.

– Tut mir leid, Mann. So verdammt leid. Niemals ... Oh Gott, so leid.
– Russ, wir müssen reden, Mann. Ich muss einiges wissen, Russ!
– Nein Mann, nicht mehr. Besser nicht. Es tut mir so leid. Was bin ich bloß für ein blödes Arschloch.
– Russ. Beruhig dich und sprich mit mir, okay?

Er verharrt auf der Couch, hält sich den Eisbeutel an den Kopf, wippt vor und zurück und schaut jedes Mal weg, wenn ich ihm in die Augen blicken will, damit er sich zusammennimmt.

Ich habe meine Jacke gegen eine von seinen getauscht; eine knittrige Windjacke mit einem Yankees-Aufnäher am Rücken. Scheiß Yankees! Die glauben auch, sie wären die Größten. Sonst passen mir keine von seinen Sachen, aber ich habe eine Rundum-Sonnenbrille gefunden, die ziemlich gut meine blauen Flecken um die Augen verdeckt. Ich habe mir auch sein kleines Walkman-Radio geschnappt. So kann ich auf dem Laufenden bleiben und die Kopfhörer helfen mir zusätzlich bei der Tarnung.

– Russ. Russ! Los Mann, Zeit zu gehen. Los jetzt.

– Nein, Mann. Ich bleib hier.
– Russ, so blöd sind die Bullen auch wieder nicht. Sie werden zurückkommen und wenn nicht sie, dann wird es Roman tun.
– Scheiß drauf, ist mir doch egal. Ich bin so dermaßen am Arsch.
– Russ! Ed und Paris waren bereits einmal hier.
Er hört mit seinem Geschaukel auf und blickt mich an.
– Scheiße, Hank. Wir müssen los.
Wir flüchten durch das Fenster.

Um die Polizisten unten auf der Straße zu umgehen, benutzen wir die Hausdächer und bewegen uns dort auf die First Avenue zu. Ein Helikopter sucht die Gegend ab, aber er scheint sich auf die Blocks östlich der Avenue A bei den Sozialbauten zu konzentrieren. Unsere große Chance kommt, als wir ein paar Typen erblicken, die auf einem der Dächer arbeiten. Sie flicken Löcher in der Teerpappe und stehen mit ihren Rücken zu uns. Wir schleichen uns durch die Dachluke, die von einem Ziegel offen gehalten wird. Vier Stockwerke runter und hinaus auf die First Avenue. Wir laufen noch zwei von New Yorks nobelsten Straßen weiter, bevor ich ein Taxi anhalte und wir uns aus dem Staub machen. So viel zum Thema polizeiliches Spießrutenlaufen.

Russ lässt sich in den Sitz fallen und lehnt seinen Kopf zurück. Es geht ihm schlechter, als ich zunächst vermutet hatte. Ich bringe ihn dazu, mir in die Augen zu schauen, dann halte ich sein rechtes Auge mit meiner Hand zu, ziehe sie plötzlich weg und beobachte dabei seinen Pupillenreflex. Das Gleiche mache ich mit seinem linken Auge. Das rechte Auge scheint in Ordnung zu sein, aber das linke weitet sich nur unregelmäßig. Irgendetwas muss da drinnen ziemlich durcheinander sein. Außerdem sickert Blut unter seiner

Mütze hervor. Ich hatte keine Zeit, ihn in der Wohnung zu verbinden, und mein ganzer Erste-Hilfe-Krempel befindet sich in Romans Wagen. Ich nahm einfach einen Haufen Toilettenpapier, tränkte es in Wodka, den ich unter seinem Bett fand, drückte es auf seinen Kopf und zwängte eine Skimütze darüber, um das Papier festzuhalten.

Das Taxi fährt in nördlicher Richtung und der Fahrer fragt nach dem genauen Fahrtziel. Ich gebe Russ einen kleinen Stoß.

– Russ, he, Russ. Wie sieht's aus, Mann? Warum sagst du mir nicht endlich, was Sache ist?
– Was, was ist? Was?
– Russ, wohin müssen wir?

Der Fahrer wird langsam gereizt. Ich sage ihm, er soll Richtung West Side Highway fahren und krame meinen Schlüsselanhänger hervor. Ich halte Russ den blauen Lagerhausschlüssel vor die Nase.

– Wie sieht's aus, Russ? Schau ihn dir an.

Er betrachtet den Schlüssel.

– He Mann, das ist mein Schlüssel.
– Wofür ist der, Russ? Wofür?
– Verdammt noch mal, wie kommst du zu meinem Schlüssel?
– Wofür ist der?
– Für mein … meinen Lagerraum.
– Wo?
– *Mini Storage*. In Chelsea.

Ich sage dem Fahrer, er soll nach Chelsea fahren, zu Mini Storage. Russ läss sich wieder nach hinten in den Sitz fallen und ich suche seine Taschen nach Bargeld ab, damit ich den Fahrer bezahlen kann, wenn wir dort sind. Mein Geld befindet sich zusammen mit Bud und dem Erste-Hilfe-Zeug ins Romans Wagen. Ich finde achtundsiebzig Dollar, einige Kreditkarten, das Werkzeug, mit dem er mein Schloss aufgebrochen hat, und eine Packung Big Red. Ich behalte die Brieftasche und die Kaugummis.

Sie verlangen deine Unterschrift, bevor sie dich reinlassen. Russ ist zu schwach, um ihn anderen Leuten vorzuführen, also unterschreibe ich in seinem Namen und nenne dem Typ in der Kabine die Nummer des Lagerraums. Er fragt nicht mal nach einem Ausweis oder dergleichen, gibt mir einfach zwei Besucherpässe, fordert uns dazu auf, sie allzeit gut sichtbar zu tragen und deutet auf den Aufzug.

Der Fahrstuhlführer fragt nach unseren Ausweisnummern. Ich sage sie ihm. Russ steht bloß da und schüttelt hin und wieder seinen Kopf. Der Fahrstuhlführer starrt uns die ganze Zeit an. Mit Russ' geschwollenem Kopf und meinem blanken weißen Schädel sehen wir wahrscheinlich aus, als wären wir soeben aus der Station für Krebskranke im Endstadium geflohen. Der Aufzug hält im vierten Stock und wir steigen aus.

Korridore und Korridore mit Türen, allesamt völlig identisch bis auf die Nummern. Russ ist mir bei der Suche keine große Hilfe und so wandern wir umher, bis wir endlich 413d gefunden haben.

Ich muss erst ordentlich am Schloss rütteln, um es öffnen zu können, und dann klemmt auch noch der Türriegel, aber schließlich schauen wir in eine vier mal vier Meter große Kabine, in dem eine riesige schwarze Eishockeytasche genau in der Mitte des Raums auf dem Boden steht. Ich schiebe Russ hinein, schalte das fluoreszierende Licht an, schließe die Tür hinter uns, trete an Russ vorbei und öffne die Tasche.

Als mir Roman erzählte, sie suchten nach einem *Objekt*, stellte ich mir juwelenbesetze schwarze Vögel, kleine Goldstatuen oder die Bundeslade vor. Ganz augenscheinlich meinte er damit aber eine Tasche, die mit Bündeln und Bündeln und Bündeln von Geldscheinen vollgestopft ist.

Ich starre ungläubig auf all die Zwanziger und Fünfziger und Hunderter, während Russ mit wirren Gesten auf den Raum zeigt.

– Die kleinere Einheit wäre billiger gewesen, aber ich wollte die große, weil hier mehr Platz zum Zählen ist.

Russ zählt die Zwanziger und Fünfziger, ich übernehme die Hunderter. Zum Glück hat er sich für den großen Raum entschieden, denn die Geldstapel nehmen unglaublich viel Platz in Anspruch, wenn man sie einmal nebeneinander auslegt. Es ist die Menge Geld, die einen Mann dumm macht, sehr dumm sogar. Russ zum Beispiel hat sie sehr dumm gemacht.

Er lernte Ed und Paris in einem Jugendcamp in Montana kennen.

– Wir konnten auf Anhieb gut miteinander, denn wir mochten alle Comics. So Sachen wie *X-Men*, die *Fantastischen Vier* und so Zeug eben. Ab und zu gingen wir am Wochenende in die Stadt und ich war gut im Klauen, also ließ ich all diese Comics mitgehen und teilte sie mit Ed und Paris. Diese Heftchen machen ja erst richtig Spaß, wenn man mit jemandem darüber quatschen kann, also laberten wir die ganze Zeit über Comics. Wir sollten etwa zur gleichen Zeit wieder nach Hause und dachten, es wäre cool zusammenzubleiben, weil ich damals auch daran dachte, in die Stadt zu ziehen. Aber einer der Aufseher hatte ein Auge auf Ed geworfen und versuchte 'ne Nummer mit ihm zu schieben oder so. Da schlitzten ihm Ed und Paris die Kehle auf und sie wurden richtig eingebuchtet.

Ich bin bei fünfhunderttausend Dollar angelangt und unterbreche das Zählen für eine Minute. Der Stapel ungezählten Geldes ist immer noch riesig.

– Jedenfalls fuhr ich nach Hause, schickte ihnen aber weiter Comics, weil sie mir im Jugendknast leidtaten, schließlich hatten sie doch bloß einen gottverdammten beschissenen Kinderschänder umgelegt. Wir waren damals so zwölf, dreizehn, als das passierte. Sie kamen erst mit achtzehn wieder raus, nachdem sie zur Schule gegangen waren und sogar ihren Highschool-Abschluss gemacht hatten. Trotzdem waren sie mir unheimlich dankbar dafür, dass ich den Kontakt aufrechterhalten und ihnen Comics und anderen Kram geschickt hatte. Ihre Mutter hatte sie längst abgeschrieben, nachdem sie den Aufseher aufgeschlitzt hatten, insofern gab es für sie kein Zuhause mehr. Ich hatte eine Bude in Spanish Harlem, also kamen sie zur mir.

Zu Anfang zählte ich noch jeden Schein, aber jetzt blättere ich jedes Bündel nur noch kurz durch. Ich prüfe nach, ob es sich um Hunderter handelt, wenn ja, sind es zehntausend, dann lege ich das Bündel auf den Stapel. Ich mache eine Pause und stecke mir einen Kaugummi in den Mund, während Russ weiter erzählt und die kleineren Scheine aufstapelt.

– Damals klaute ich hier und da bereits eine ganze Menge. Mmm. Ein bisschen Einbruchsdiebstahl, meist ganz harmlose Sachen. Aber Ed und Paris, die hatten während ihrer Zeit im Jugendgefängnis eine echt gute Ausbildung genossen. Sie waren gleich bei den Gewaltdelikten dabei: Raubüberfall, ein wenig Muskeleinsatz für Krediteintreiber, Autodiebstahl, Schmuggel von Alkohol und Zigaretten und so Zeug. Und dann gingen sie zu bewaffneten Überfällen über. Mmm.

Kleine Pausen und Aussetzer schleichen sich in Russ' Geschichte ein. Von Zeit zu Zeit verdreht er für einen Moment seine Augen, dann schüttelt er den Kopf, gibt ein kurzes *Mmm* von sich und erzählt weiter. Er zählt weiter Scheine, aber er hat zunehmend Probleme, die Bündel auf den richtigen Stapel zu bringen. Ich rücke zu ihm rüber und bringe die Stapel in Ordnung. Er bedankt sich und ich deute an die Wand. Dort lässt er sich nieder und fährt mit seiner Geschichte fort.

– Und dann werden sie wieder erwischt, diesmal sind sie echt dran. Sie hatten einem Sicherheitsbeamten bei einem Geldautomaten mit der Pistole eins übergezogen. Mmm. Dafür wurden sie ordentlich verurteilt, aber dann kommt's: Sie sollen von Rikers in den Norden des Bundesstaates verlegt werden. Es ist Winter und der Van, mit dem sie transportiert werden, kommt auf dem Eis ins Rutschen und kippt um. Und die Hilfssheriffs, mmm, die Hilfssheriffs waren gesetzlich dazu verpflichtet, den Gefangenen Sicherheitsgurte anzulegen. Sie selbst trugen jedoch keine. Na ja, der Van kippt um und die Hilfssheriffs segeln davon, beide sind auf der Stelle tot. Ed und Paris hingegen schnallen sich in aller Ruhe ab und flüchten mit ein paar blauen Flecken.

Nachdem ich die Geldscheine wieder ordentlich aufgestapelt habe, halte ich eine Sekunde inne und betrachte sie eingehend. Ich muss an Autounfälle und Sicherheitsgurte denken, und im Geiste fliegt Rich noch einmal an mir vorbei und durch die Windschutzscheibe. Ich beginne wieder zu zählen.

– Jedenfalls hält da dieser gute Samariter, um das Wrack zu untersuchen, und Ed und Paris hauen ihm eins über die Rübe, nehmen seinen Schlüssel und sein Geld. Dann fahren sie – immer noch in Ketten und Gefängniskleidung – zurück in die Stadt. Als sie bei mir auftauchen, bringe ich das erst mal in Ordnung. Anschließend brechen sie einen anderen Wagen auf und verduften damit aus der Stadt. Mmm. Zu diesem Zeitpunkt sind wir praktisch noch Kinder. Das muss so gegen neunundachtzig oder neunzig gewesen sein, da waren wir vielleicht zwanzig oder so. Sie donnern runter nach Florida, wo sie schließlich übles Zeug für diese kubanischen Gangster erledigen. Und ich, mmm, ich ziehe weiter mein Ding durch, außer dass mich plötzlich die Schauspielerei gepackt hat und ich Stunden nehme und so einen Scheiß. Verfluchte New School! Ich war sogar eine Weile im Tagesprogramm bei *As the World Turns* zu sehen und hatte auch Rollen bei einigen Downtown-Theaterstücken. Wusstest du, dass ich in einem Richard-Foreman-Stück mitgespielt hab? Kein Scheiß, ich zog mich sogar aus. Trotzdem machte ich immer noch meine Einbrüche, das war mein Tagesgeschäft. Mmm.

Das Geld stapelt sich immer höher und höher. Ich glaube, ich bin mit den Zwanzigern und Fünfzigern fertig, jetzt sind nur noch die Hunderter übrig; die vielen, vielen verbleibenden Hunderter. Indem ich mir den abgezählten Berg betrachte und mit dem noch in der Tasche verbliebenen Scheinen vergleiche, bekomme ich langsam eine Vorstellung davon, um wie viel Geld es sich hier handelt. Meine Hände zittern ein wenig und ich forme sie zu kleinen, festen Fäusten, bis sie damit aufhören.

– Sie blieben ein paar Jahre unten in Florida, aber dann kam es irgendwie zum Streit mit den Kubanern und es endete ziemlich unschön. Ich weiß nicht alle Einzelheiten im Detail, aber von dem, was ich so gehört habe, handelte es sich wohl um eine dieser klassischen Szenen mit einer Menge Waffen, Stapel voller Koks und einer Machete. So wie bei *Scarface* eben. Mmmm. Also mussten sie sich verkriechen, und da inzwischen einige Zeit ins Land gezogen war, entschieden sie sich, wieder nach Hause zurückzukehren und kamen hier hoch. Aus heiterem Himmel erhielt ich ihren Anruf und half ihnen dabei, eine Bleibe zu finden. Mmmm. Eine Bleibe und Beschäftigung und so Zeug. Kurzzeitig waren sie auch sauber, aber dann fingen sie an, Überfälle auf Pokerspiele oder Drogendeals zu planen. Sie dachten, sie könnten sich besser bedeckt halten, wenn sie ihre Aktivitäten auf die Welt der Verbrechergemeinschaft beschränken würden. Wen juckt das da schon, richtig?

Ich zähle immer weiter.

– Eine Zeit lang half ich ihnen ein wenig, ich war so etwas wie ein technischer Berater bei einigen Jobs. Ich knackte das eine oder andere Schloss, aber irgendwann wurde mir die Sache zu heiß. Hohe Gewinne, aber das Risiko war … mmmm … ich mochte diesen Nervenkitzel nicht sonderlich. Bei normalen Verbrechen schnappen dich die Bullen und du wirst eingebuchtet. Bei den Geschichten, die sie abzogen, konnte man davon ausgehen, dass die Gangster dich alle machen, wenn sie dich dabei erwischen, wie du sie bestiehlst. Jedenfalls, mmmm, war das etwa zu der Zeit, als ich sie mit Lum bekannt machte, diesem Chinesen. Das ist der mit dem roten Haar.

Russ sitzt noch immer auf dem Boden, mit dem Rücken gegen die Wand, die Augen geschlossen.

– Ich hatte Lum über Freunde von Freunden kennengelernt und galt als eine Art kriminelles Wunderkind. Da er in eine schwerere Gewichtsklasse wechseln wollte, stellte ich ihn Ed und Paris vor, und sie nahmen ihn unter ihre Fittiche, wenn man so will. Mmmm. Irgendwann musste die ganze Sache dann ja mal schief gehen, und das tat es dann auch. Was geschah, war, dass einige Leute Wind davon bekamen, was sie so trieben, und so gelangten einige gezielte Desinformationen über sonst zuverlässige Quellen zu ihnen. Tja, sie fallen herein und platzen in dieses hoch dotierte Kartenspiel rein, in der Annahme, es handele sich bloß um ein paar Buchmacher. Stellt sich heraus, dass es Bullen sind.

Weiter zählen.

– Ed und Paris zucken nicht mal mit der Wimper. Sie füh-

ren ihren Job eiskalt durch, als wäre es das Normalste der Welt, während die Bullen ihnen noch drohen, dass sie sie fertig machen werden. Und dann wird es unschön, denn einer der Bullen greift sich an den Knöchel, wo er seine Knarre versteckt hat. Ed und Paris sind nicht blöde. Sie haben nicht vor, einen Polizisten umzulegen, aber sie richten den Kerl übel zu und hauen mit der Knete ab. Völlig aufgekratzt und durcheinander versuchen sie zu entscheiden, was zu tun ist – aus der Stadt verschwinden oder was sonst … und da taucht Roman auf der Bildfläche auf. Mmmm. Roman, er war einst dieser Vorzeige-Polizistenheld. So eine Art Serpico, für den das Gesetz alles bedeutete, er bekam förmlich einen Ständer, wenn er nur daran dachte. Dummerweise war er ein Gambling-Junkie. Und so geht das dann, nicht wahr? Eine Wette hier, eine da, ein paar Schulden, einige kleine Deals, um sie zu begleichen und schwuppdiwupp – ist er ein Hardcore-Spieler. So läuft das System nun mal. Mmmmmm. Zu dieser Zeit ist er für Einbrüche zuständig und bereits völlig versaut. Er spürt Ed und Paris sprichwörtlich auf, wie ein Bluthund. Er geht schnurstracks auf sie zu. Es kommt zur großen Konfrontation, und am Ende zieht er alle Trümpfe. Es stellt sich heraus, dass er Ed und Paris schon eine ganze Weile auf der Fährte war. Es stellt sich ferner heraus, dass er ein großer Fan von ihnen ist. Er hat ihr Talent erkannt und will sie managen. Und das tut er dann auch. Er nimmt sich ihrer an und macht sie zu Stars. Mmmm.
Zählen.

– Als Erstes nimmt er sich der Kartenspiel-Beutezüge und aller anderen Geschichten mit diesen Niggern in der Bronx an. Diese Volltrottel erhalten die Amadou-Diallo-Behandlung, danach wehren sie sich nicht weiter gegen alle Ansprüche, die an sie gestellt werden. Als Nächstes besorgt er ihnen Jobs, wobei ihm sein Know-How als Polizist sehr entgegenkommt. Er fängt zunächst lokal an, aber schon bald arbeiten Ed, Paris und Lum über den ganzen Tri-State verteilt. Mmmm. Ich habe meine Hand auch im Spiel, hehle mit diesem oder jenem, besorge das eine oder andere Werkzeug oder schaffe uns einen Wagen vom Hals, keine großen Sachen. Dann und wann kommt Roman mit einer richtig großen Sache an und hierfür schleppt er seine rechte Hand an: Bolo. Bolo war ein Hafenarbeiter. Roman erwischte ihn dabei, wie er eine Schiffsladung verticken wollte, jetzt arbeitet er im Dienste der Sache. Roman machte ihn zu seinem Handlanger auf der Straße. Mmmm. Ich sag dir was. Ed, Paris, Lum und Bolo bei der Arbeit zuzusehen, das war schon was Besonderes. Pure Angst. Die Jungs gemeinsam erzeugten nur Furcht. Die Leute gaben ihnen alles, was sie wollten, und wenn sie kampflustig oder aggressiv drauf waren, dann war alles zu spät. Wehe dem, den es erwischte!

Ich schaue nach, wie viel Ungezähltes sich noch im Sack befindet. Ich befinde mich schon auf der Zielgeraden.

– Mmmm. Das geht jahrelang so. Sie führen eine Handvoll Jobs im Jahr aus, ziehen sich zurück und schlagen dann wieder zu. Alles läuft bestens. Roman guckt sich ein potenzielles Ziel aus, übernimmt die Recherche, entsendet seinen Trupp, sie führen ihn aus, er kühlt jegliche aufkommenden Hitzigkeiten ab, der Rest ist Gewinn. Aber Roman leidet immer noch an seinem Wettzwang. Also investiert er seinen Anteil in Aktien und Pfandbriefe in Atlantic City, wenn du weißt, was ich meine. Bolo und Lum haben gerne eine gute Zeit, also lassen sie es ordentlich krachen. Nur Ed und Paris, die leben wie die Mönche. Abgesehen von Klamotten und heißen Schlitten sind sie bescheidene Kerle. Sie mögen Alkohol und

Weiber, brauchen aber keine Drogen, kein Gold, keine Protzereien, keinen verfluchten Lexus und keinen Palast. Bloß diesen Caddie und die besten Knarren, die man für Geld kaufen kann. Sie horten ihr Geld, nicht auf der Bank, sondern unter einer verdammten Matratze oder so was. Mmmm.

Ich bin mit dem Zählen fertig, lehne mich neben Russ gegen die Wand, starre das Geld an und kaue noch mehr Kaugummi, während Russ seine Geschichte zu Ende erzählt.

– Irgendwann kommt es dann zum Knall. Die Jungs ziehen einen Chips-Überfall durch. Siliziumchips. Die Handelsspanne bei den Dingern ist unvorstellbar. Dieser ganze technische Scheiß hat die ganze Wirtschaft auf den Kopf gestellt. Egal, es stellt sich heraus, dass ihnen eine andere Crew bereits zuvorgekommen ist. Es kommt zum Schusswechsel, die reinste Hölle. Dann tauchen die Bullen auf, und Ed, Paris, Bolo und Lum schießen sich den Weg frei. Dabei müssen drei Polizisten dran glauben. Mmmm. Und dieses Schlamassel kann selbst Roman nicht vertuschen, also ist es Zeit für die Gang, sich aufzulösen. Roman behält Bolo für den Notfall in Jersey versteckt, falls er ihn wieder brauchen sollte, aber er lässt Lum und die Jungs von der Leine. Dagegen haben Ed und Paris nichts einzuwenden. Sie packen ihre Sachen und verziehen sich wieder Richtung Süden. Mmmm. Für ein Jahr bleiben sie in der Versenkung verschwunden, aber dann kommt ihnen eine Idee und sie rufen mich an. Ed und Paris möchten sich komplett aus dem Geschäft zurückziehen, aber sie fürchten, noch nicht genug auf die Seite gelegt zu haben; deshalb wollen sie noch einmal eine kleine Überfall-Serie durchziehen, ihre Chips zu Bargeld machen und sich dann nach Mexiko oder was Ähnlichem absetzen.

Mexiko. Bei Mexiko muss ich an mexikanisches Bier mit einem Schuss Limone denken.

– Mmmm. Mmmm. Ed hat … er hat von Roman gelernt, also hat er diesen Plan: Er will sich bei seinen Banküberfällen durch den Süden schlängeln und dann hoch durch den mittleren Westen. Keine großen Filialen, lieber einen ganzen Arsch voll kleiner Geschäftsstellen; Bauern- und Handelsbanken in all diesen kleinen Käffern. Sie schließen sich wieder mit Lum kurz, der ihr Fahrer sein und sich um Alarmanlagen und technische Dinge kümmern soll. Von mir wollen sie, dass ich mich um das Bargeld kümmere. Mmmm. Das Geld von der Bank ist alles schmutziges Geld, also muss es gewaschen werden. Sie wissen, dass ich das nicht alleine schaffe, und so kommt Roman wieder ins Spiel. Mmmm. Roman verfügt über all die erforderlichen Beziehungen inklusive der, aufgepasst, mmmm, inklusive der russischen Mafia. So wurden diese beiden Gangster, Bert und Ernie, in die Sache reingezogen. Mmmm.

So so, Bert und Ernie. Ich sehe Blackie noch bildlich vor mir, auf dem Boden liegend in der Bar, so gut wie kopflos. Ich frage mich, wer von den beiden er war.

– Der Deal läuft folgendermaßen ab: Ed und Paris schicken mir das Bankgeld, einfach so per Federal Express, kaum zu fassen, was? Ich leite es an Roman weiter, der es von den Russen waschen lässt und mir dann zurückgibt. Und ich bringe es dann in sichere Verwahrung. Wenn Ed und Paris gefasst werden, wollen sie keine volle Tasche dabeihaben, nicht wahr. Für meine Dienste erhalte ich eine Pauschale. Die Russen kriegen einen großen Prozentsatz der Gesamtsumme, Roman nimmt sich seinen Anteil der Nettosumme und die Jungs und Lum teilen sich den Rest auf. Alles läuft perfekt. Mmmm. Ed und Paris gehen auf ausgedehnte Verbrechertour, so richtige Überfälle, echter

Dodge-City-Scheiß. Sie sind weithin berüchtigt und auf der FBI-Suchliste, aber sie sind nicht zu fassen. Einfach zu schnell und kompromisslos, um geschnappt zu werden. Sie ziehen ihre Blitzüberfälle für fast zwei Jahre durch, und das Geld stapelt sich immer höher und höher – schau es dir doch bloß an, Mann.

Er öffnet seine Augen, und wir blicken beide auf das Geld. Es ist eine Menge.

– Vor ein paar Wochen sagen sie, dass es das wäre und sie in die Stadt kämen, um ihren Anteil abzuholen. Sie schicken die Beute von der letzten Bank, ich lasse sie waschen, bring sie hier her zum Rest und ich schätze, das war der Moment, in dem ich, äh, na ja, in dem ich auf schiefe Gedanken kam und alles aus dem Ruder lief. Ich mein, scheiße auch, all das verfluchte Geld, so viel Asche, weißt du? Das war einfach zu viel für mich. Mmmm. Oh Mann, mir geht's irgendwie nicht so toll.

Er fällt in Ohnmacht. Ich lege ihn flach auf den Boden und überprüfe erneut seine Augen. Das linke reagiert immer noch ziemlich merkwürdig. Ich ziehe ihm seine Skimütze vom Kopf. Das Toilettenpapier geht zu großen Teilen ab und fällt herab, aber einige Ecken bleiben an der Wunde kleben. Ich versuche es abzulösen, aber er zuckt in seiner Ohnmacht ein paarmal, also lasse ich es besser bleiben. Die Wunde muss gesäubert und genäht werden, aber fürs Erste ist die Blutung gestoppt und das wird zunächst reichen müssen.

Ich pflanze mich direkt vor die Tür und strecke mich dort mit der Yankee-Jacke als Kissen aus. Seit ich das erste Mal bei Yvonne aufgetaucht bin, habe ich nicht mehr geschlafen. Das muss schon eine Weile her sein. Kaum liege ich ruhig, stelle ich fest, welche Schmerzen die Wunde verursacht und muss umgehend eine Vic einschmeißen.

So liege ich dann halb benommen da und starre all das

Geld an, während langsam der Nebel in mein Hirn zieht. Über viereinhalb Millionen. So langsam verstehe ich, wovon Russ gesprochen hat. Mit jeder Sekunde fühle ich mich etwas blöder.

Wenig überraschend werde ich von dem Albtraum geweckt. Die Kälte ist vom Boden aufgestiegen und in meine Knochen gekrochen. Langsam setze ich mich auf, strecke alle viere von mir und schäle mich in Russ' Yankee-Jacke. Er schläft noch immer, sein Atem ist tief und gleichmäßig. Ich lasse ihn in Ruhe. Schlaf ist derzeit sicherlich das Beste für seinen Kopf. Als ich ihn so betrachte, stelle ich zum ersten Mal eine gewisse Ähnlichkeit mit Rich fest. Das gleiche lockige braune Haar, wenn auch nicht annähernd so lang. Das gleiche grinsende Pferdegebiss. Der gleiche drahtige Körperbau. Zu Brüdern langt es zwar nicht, aber Cousins könnten sie locker sein. Ich verabschiede mich von diesen Gedanken und beschäftige mich stattdessen wieder mit dem Geld.

Ich versuche mich im Kopfrechnen. Viereinhalb Millionen geteilt durch neun macht fünfhunderttausend pro Person. So viel ich weiß sind bis jetzt neun Menschen wegen dieses Geldes zum Preis von je einer halben Million gestorben. Ich muss an Yvonnes Familie denken; ihren verrückten Philosophenvater und ihre Yoga lehrende Mutter. Ich denke an Waynes Tochter und Amtraks Ex-Frau, mit der er immer noch zusammenlebte und sie liebte. Mir dreht sich der Magen um. Ich kann dieses Geld nicht wollen. Und trotzdem tue ich es. Ich habe den Schlüssel und Russ und das Geld. Zum ersten Mal, seit ich siebzehn bin, besitze ich, was alle wollen. Und diesmal will ich es nicht wieder verlieren.

Ich schließe die Augen und erneut schießt Rich an mir vorbei, durch die zerberstende Windschutzscheibe und in den Baum. Die miesen Jahre meines Lebens türmen sich neben mir auf. Dieses Geld ist nicht meins. Es ist nicht für mich bestimmt, sondern für jemanden, der es mehr verdient oder der skrupelloser ist. Für mich ist es höchstens ein Instrument, das es mir ermöglicht, etwas aus dem Rest meines jämmerlichen Restlebens zu machen. Ich atme tief ein, dann aus, bis mein Herz aufhört zu hüpfen und ich wieder ich selbst bin.

Ich öffne meine Augen und sehe, dass Russ erwacht ist. Er blickt mich mit einem kleinen Lächeln auf den Lippen an.

– Ganz schön schwer, klar zu denken, stimmt's?

Während ich im Radio die Nachrichten zu finden versuche, packt Russ das Geld zurück in die Eishockeytasche. Er scheint sich jetzt besser konzentrieren zu können, aber das linke Auge ist immer noch daneben und er hat diese Aussetzer, wenn er spricht. Ich behalte ihn scharf im Auge und sehe, dass er sich kein Geld in die eigene Tasche steckt.

Paul's ist *das* Thema in den Lokalnachrichten. Mein Name wird zwar nicht genannt, aber sie erwähnen am laufenden Band einen *früheren Angestellten*. Dann schalte ich zu einem überregionalen Sender und auch dort wird die Geschichte bereits breitgetreten.

– *Sieben Tote sind die Bilanz eines fehlgeschlagenen Überfalls auf eine Bar in New York City in den frühen Morgenstunden.*

Ich schalte das Radio aus, als mir am ganzen Körper der Schweiß ausbricht und sich Tränen in meinen Augen bilden. Wie konnte ich bloß so verdammt blöd sein, das nicht kommen zu sehen?

– Russ, wir müssen weg hier.
– Nur noch eine Minute. Mmmm. Ich bin gleich fertig.
– Wir müssen *jetzt* los.
– Eine Minute.

Ich packe ihn, stelle ihn auf die Beine und schiebe ihn zur Tür.

– *Jetzt*, hab ich gesagt. Sofort!

– Okay, Mann, ist ja gut.

Ich bin gerade dabei, den Raum zu verlassen, als ich mich noch einmal umdrehe und zurückgehe. Das meiste Geld ist in der Tasche, aber einiges ist auch noch am Boden verteilt. Ich greife mir je einen Stapel Zwanziger und Hunderter und folge Russ nach draußen.

Am Fahrstuhl bleiben wir wartend stehen.

– Was ist los, Mann?

– Ich muss einen Anruf erledigen.

– Was ist mit dem … äh, mmmm … dem Geld?

Der Aufzug braucht ewig. Ich drücke erneut den Knopf, halte ihn gepresst und höre von unten im Schacht ein deutliches Klingelzeichen.

– Mann, was ist mit dem Geld?

Ich halte weiter den Knopf gedrückt und kneife meine Augen fest zusammen. Warum dauert das bloß so verflucht lange?

– WAS IST JETZT MIT DEM GGGGELD?

Ich nehme die Hand vom Knopf, lege sie um Russ' Hals und stoße ihn gegen die Wand. Seine Augen verdrehen sich und durch den Beton werden Teile des Grindes von der Wunde abgeschürft, sodass sie wieder zu bluten beginnt.

– Scheiße, Mann. Scheiße, Scheiße, Scheiße.

Ich packe ihn am Kragen und sofort hört er mit dem Gefluche auf und schnappt nach Luft.

– Es gibt kein Geld, Russ. Es gibt kein verfluchtes Geld! Mein Freunde sind tot, sie sind tot, verstehst du! Es gibt kein Geld, weil meine Freunde tot sind, weil du mir die verfluchte Katze gegeben hast. Und jetzt gibt es auch kein verfluchtes Geld!

Seine Gesichtsfarbe wechselt von Rot nach Violett. Schließlich lasse ich ihn los. Er rutscht die Wand hinunter bis zum Boden und sitzt dort nach Luft schnappend und seine Kehle haltend. Ich presse meine Stirn gegen die Wand.

– Scheiße, Hank. Verfluchte Scheiße.

– So ist es. Elende Scheiße.

Für einen Moment herrscht Stille, dann kommt er langsam wieder auf die Beine.

– He, Hank?

– Ja.

– Wo, mmmm, wo ist eigentlich Bud?

Ich nehme die Stirn von der Wand und öffne meine Augen.

– Roman hat ihn.

– Mist.

– So ist es. Russ?

– Was ist?

– Du blutest. Zieh die Mütze wieder auf.

Er zieht sie sich über, ich drücke erneut den Knopf und in diesem Augenblick öffnet sich die Aufzugtür. Der Fahrstuhlführer blickt mich grimmig an.

– Lass verdammt nochmal die Finger von dem Knopf, Mann. Ich bin hier.

Auf dem Weg nach unten sammelt er unsere Besucherpässe ein. Ich versuche ihm klar zu machen, dass wir womöglich später nochmal vorbei kämen, aber er meint, wir müssten uns dann neue Pässe besorgen. Als wir das Erdgeschoss erreicht haben, trotte ich hinüber zum Münzfernsprecher und nehme den Hörer ab, bevor ich das kleine AUSSER-BETRIEB-Schild wahrnehme, das daneben an die Wand geklebt ist.

Es ist ein typischer Tag für New Yorker Münzfernsprecher. Wir arbeiten uns auf der Suche nach einem funktionierenden Apparat nach Osten vor. An der Eighth Avenue hebe ich meinen mittlerweile fünften Hörer ab und kriege tatsächlich einen Wählton zu hören, aber als ich die Nummern eingeben will, gibt keine der Tasten einen Ton von sich. Ich knalle den Hörer mehrfach gegen den Apparat, bis die Ohrmuschel abbricht und nur noch an ein paar Kabeln runterbaumeln. Ich mache mich auf die Suche nach dem nächsten Telefon, als mich Russ an der Schulter packt und in Richtung eines Elektroladens auf der gegenüberliegenden Straßenseite deutet. Ich nicke ihm kurz zu und wir kreuzen die Straße.

Das Mobiltelefon selbst zahle ich in Cash, den Anbieter-Account lasse ich über Russ' Kreditkarte laufen. Als er mitbekommt, dass ich seinen Geldbeutel habe, will er zunächst etwas sagen, bricht dann aber ab, bevor es seinen Mund verlässt. Der Verkäufer versucht mich von diesem und jenem zu überzeugen. Um es kurz zu machen, sage ich ihm, er soll mir den Extra-Sonder-Service geben, die Kosten würden keine Rolle spielen. Alles in allem dauert es etwa zwanzig Minuten, am Ende besitze ich eines dieser Mobiltelefone, bei dem die Antenne vom Kopf absteht, damit man von den Signalen keinen Tumor bekommt.

Zurück auf der Straße, ziehe ich Russ in einen ruhigen Hauseingang abseits der Avenue und mache meinen Anruf.

Es ist Samstag. Sie sind beide zu Hause.

– Hallo, Mom.

– Henry! Oh mein Gott, Henry! Oh Gott, oh Gott!

– Mom.

– Henry. Oh mein Gott, Henry.

– Mom! Mir geht's gut, Mom. Hör mir zu, mir geht es gut.

– Henry. Wir sind so … Hier rufen ständig Leute an und dann die Nachrichten … wir haben es im Fernsehen gesehen, wir haben die Bilder aus der Bar gesehen. Oh Henry, die Polizei und all diese Leute.

– Mom, es ist alles in Ordnung. Mir geht es gut.

– Wir haben uns so gesorgt, Henry. Oh Gott!

Sie weint und kriegt kein Wort mehr raus. Ich höre, wie am Telefon herumgefummelt wird, und dann ist mein Vater in der Leitung.

– Henry?
– Hallo Dad.
– Jesus, Hank, was machst du bloß für Sachen? Zum Glück geht's dir gut. Du musst uns sagen, was passiert ist.
– Ich weiß, Dad.
– Mensch, Junge. Was bin ich froh, deine Stimme zu hören.
– Dad. Ich stecke in Schwierigkeiten.
– Was ist los? Wie können wir dir helfen?
– Ich sitze tief in der Scheiße.
– Die Polizei rief an und wollte wissen, wo du steckst.
– Ganz tief in der Scheiße.
– Sag mir, was los ist.
– Dad, das kann ich nicht. Ich war da in der Bar. Die Polizei glaubt, ich wäre es gewesen.
– Was?
– Sie glauben, ich hätte es getan, aber das stimmt nicht. Ich musste euch anrufen, um euch zu sagen, dass ich okay bin und es nicht getan habe. So etwas würde ich nie tun, ich würde niemals jemanden umbringen, Dad. Aber sie glauben es.
– Warum nur? Was ist denn bloß los?
– Ich bin in eine dumme Geschichte reingeraten.
– Dann müssen wir dich da eben rausholen.
– So leicht ist das leider nicht, Dad. Haltet euch einfach bereit, ich weiß selbst noch nicht genau, wie ich da wieder rauskomme.
– Bereit für was?
– Ich muss vielleicht irgendwohin gehen. Ich weiß selbst nicht, aber ich muss vielleicht verschwinden …

Ich halte inne. Ich sehe sie vor mir, wie sie neben der

Küchenzeile stehen. Dad hält den Hörer von seinem Ohr weg, damit meine Mutter auch zuhören kann, beide eng aneinander gepresst.

– Sag uns, was wir tun sollen, Hank?

– Ich will, dass ihr wisst, dass ich es nicht gewesen bin. Diese Typen haben es getan. Sie … waren es auch, die Yvonne umgebracht haben, Dad.

– Oh mein Gott.

– Dad, ich versuche, das Richtige zu machen. Ich habe niemandem etwas getan, egal, was man euch erzählt.

– Ich weiß, Hank, ich glaube dir.

– Danke, Dad.

Für einen Moment herrscht Stille.

– Hank, was ist mit der Polizei?

– Erzählt ihnen einfach die Wahrheit. Sollte sie euch fragen, dann erzählt ihnen, ihr hättet mit mir gesprochen und teilt ihnen mit, was ich euch eben gesagt habe. Sagt einfach die Wahrheit.

– In Ordnung.

Russ lehnt an der Wand und versucht, mich nicht anzuschauen, aber ich weiß, dass er jedes Wort versteht.

– Ich muss los, Dad.

– Du solltest dich besser noch von deiner Mutter verabschieden.

– Ja. Ich liebe dich, Dad.

– Ich dich auch, mein Sohn.

Er gibt den Hörer an meine Mutter weiter.

– Hast du alles mitbekommen, Mom?

– Oh Henry. Wie kann bloß irgendjemand denken, dass du so etwas tun könntest? Wieso?

– Es ist einfach ein völliges Chaos, Mom, das ist alles.

– Ich liebe dich, Henry.

– Ich liebe dich auch, Mom.

– Pass auf dich auf, verstanden?

– Mach ich. Ich melde mich wieder, sobald ich kann, okay?
– Tu das. Und vergiss es nicht, du weißt, wie sehr ich das hasse.
– Ich weiß.
– Wir lieben dich so sehr.
– Ich euch auch, Mom.
– Sei vorsichtig.
– Werde ich, Mom. Ich werde auf mich aufpassen.
– In Ordnung. Auf Wiederhören, Henry.
– Wiederhören, Mom.

In der Leitung ist bis auf ihren Atem nichts mehr zu hören. Ich weiß, dass sie nicht auflegen kann, also nehme ich das Handy vom Ohr und drücke die kleine rote BEENDEN-Taste, woraufhin das Licht im Display erlischt.

Bei der Beerdigung hatten sich Richs Eltern aneinander geklammert und waren zusammen hin und her gewankt. Sie waren alleine. Sie hatten keine weiteren Kinder. Nur Rich. Und ich hatte ihn getötet. Sie machten mir aber keine Vorwürfe. Sie mussten es auch gar nicht. Ich gab mir schon selbst die Schuld.

Ich stelle mir meine Eltern bei meiner eigenen Beerdigung vor: einsam und alleine, untröstlich.

Ich werde nicht sterben. Ich werde nicht des Geldes wegen sterben, oder wegen eines anderen Menschen Leben.

Ich blicke erneut Russ an und schaue ihm dabei zu, wie er fasziniert etwas auf dem Boden anstarrt und so tut, als würde er mich nicht beachten.

– Ich verzichte auf das Geld, Russ. Ich verzichte auf das Geld, und du kannst mir auch gestohlen bleiben.

Er hebt seinen Kopf und schaut mir in die Augen.

– Das … ähm … klingt vernünftig.

In einer Drogerie hole ich mir eine dieser abgepackten Erste-Hilfe-Sets und einige elastische Verbände. Mein Zeug ist immer noch in Romans Wagen. Russ bekommt eine Stange Camel Lights. In einer Bodega-Bar füllen wir uns zwei Taschen voll mit Früchten, Snacks, Aufschnitt und Erfrischungsgetränken. Russ möchte ein Sixpack Bier und ich lasse ihm seinen Willen. Dann gehen wir ein paar Blocks weiter zur 23rd Street und checken im Chelsea Hotel ein. Mag sein, dass es momentan angesagt ist, aber es ist immer noch ein Reinfall. Der Empfangschef ist so scheintot, dass er nicht einmal aufschaut, als ich bar bezahle.

Die ganze Zeit über ist Russ merklich ruhig. Einmal im Zimmer will er nur noch duschen. Ich schalte den Fernseher an, um die neuesten Entwicklungen zu erfahren. Ich muss nicht lange rumschalten. Es ist überall. Jemand hat nachgeforscht. Sämtliche Sender bringen das heißeste neue Gerücht. Ich erwische eine Wiederholung auf NY1.

– *Der gesuchte Verdächtige im Zusammenhang mit dem morgendlichen Kneipen-Massaker war, einer zuverlässigen Quelle aus dem New York City Police Department zufolge, nur wenige Stunden vor den Morden aus Polizeigewahrsam geflohen. Die Quelle berichtete zudem, dass sich der Verdächtige dort wegen eines anderen Mordes vom Vortag befand. Bislang gibt es noch keine Reaktion von Seiten des NYDP, aber mit einer offiziellen Erklärung wird im späteren Verlauf des Tages im Rahmen einer Pressekonferenz gerechnet.*

Die Meldung ist nicht wirklich gut, aber sie macht mich trotzdem ein wenig glücklich. Solange Fragen wegen meiner Person gestellt werden, wird Roman ins Schwitzen kommen, und der Gedanke an Roman im Kreuzfeuer erfreut mich in höchstem Maße.

Russ kommt aus der Dusche, in Unterhosen und mit einem Handtuch um seine Schultern. Sein Kopf blutet schon wieder.

– Mmmm. Kannst du was dagegen unternehmen, oder was?

Er setzt sich auf einen Stuhl und trinkt Unmengen Original Coors, während ich mich um seine Wunde kümmere. Mit den Scheren aus dem Erste-Hilfe-Set schneide ich ihm etwas Haar ab, dann wasche ich die ganze Wunde mit Wasserstoffperoxid aus. Als es zu brennen anfängt, zuckt Russ ein wenig, aber ich drücke ihn wieder auf seinen Stuhl zurück und er leert sein Bier und öffnet das nächste. Ich tupfe das Blut ab und entferne etwas von der toten Haut und der Kruste – und da erst wird mir das ganze Ausmaß der Verletzung bewusst. Es sieht übel aus. Ich sage Russ, er solle weitertrinken und hole Nadel und Faden aus dem Nähset, das zum Hotelzimmer gratis dazu gehört.

Er ist nicht sonderlich begeistert, aber ich überzeuge ihn davon, dass sich die Wunde von sich aus nicht schließen wird. Der Geruch des Bieres zieht mir in die Nase, aber ich halte meine Hand ruhig und konzentriere mich darauf, dem armen Kerl keine unnötigen Schmerzen zuzufügen, aber das ist einfacher gesagt als getan. Als ich darüber nachdachte, ein Rettungshelfer zu werden, absolvierte ich all diese Erste-Hilfe-Kurse. Damals übten wir so etwas an einem Stück Steak. Aber das ist eine Ewigkeit her und das Steak bewegte sich nicht und blutete auch nicht. Es dauert eine ganze Weile. Russ erzählt derweil seine Geschichte zu Ende.

– Als ich erst einmal … Ahh! Pass doch auf, Mann! … Als ich mich mit der Kohle aus dem Staub machte, wusste ich, dass alle Absprachen hinfällig waren und sie *alle* hinter mir her wären. Nicht bloß Ed und Paris. So wie die anderen Typen drauf sind, war ich Freiwild. Wer am schnellsten ist, kriegt die Beute. Ich dachte nicht, dass ich mit der verdammten Tasche auf dem Buckel, mmmm, weit kommen würde. Und wenn sie mich mit dem Zaster erwischten, dann würden sie mich alle machen und das wär's dann. Falls ich das Geld aber irgendwo verstecken könnte, dann wäre ich vielleicht in der Lage, ein wenig mit ihnen zu verhandeln. Ich würde aus der Stadt verschwinden und … fuck! Aua! Scheiße, Mann! … eine Weile untertauchen, warten, bis sich die Lage etwas beruhigt, mich dann unbemerkt in die Stadt schleichen, die Tasche holen und mich dann endgültig davonmachen. Mmmm. Als die Jungs spitz kriegen, dass ich ausgestiegen bin, setzen sie Lum auf mich an, weil es für sie noch zu gefährlich ist, sich wieder blicken zu lassen. Ich nehme an, Roman bekommt Wind von meinem Alleingang und hört, dass Lum in der Stadt sei. Also macht er ihm ein Angebot, Ed und Paris zu verraten, sich mit ihm zu verbünden und dabei einen höheren Anteil zu kassieren.

Man muss die lebenden Hautschichten zusammennähen, sonst kann es nicht verheilen. Es ist eine blutige Arbeit, was mich aber am meisten erschauern lässt, ist der unmittelbare Blick auf die Delle, die ich Russ' Schädel zugefügt habe. Ich kann sehen und fühlen, wie zerschmettert der Knochen ist, und die Vorstellung, wie es jenseits des Knochens aussieht, dreht mir förmlich den Magen um. Aber ich kann nichts dagegen tun, also wische ich mir den Schweiß von der Stirn und mache weiter.

– Mmmm. Natürlich kriegen auch die Russen Wind von der Geschichte, also schicken sie Ernie und Bert, um für die Arbeiterklasse ein Stück des Kuchens zu kassieren. Roman steckt sie in seine Maschinerie, bevor sie auf der Straße Unsinn anstellen können. Ich lasse es währenddessen geruhsam angehen, genieße Upstate die Herbstfarben, ziehe etwas umher, bewege mich aber unauffällig … Au! Ahhh! Das tut weh! Pass doch auf! Fuck!

Ich ziehe ihn wieder auf den Sitz zurück, wo er ein weiteres Bier öffnet.

– Als Ed und Paris ihre Informationen erhalten und eins und eins zusammenzählen, müssen sie gemerkt haben, dass etwas faul ist und es an der Zeit ist, sich davon direkt vor Ort zu überzeugen und die Geschäfte wieder selbst in die Hand zu nehmen. Etwa zur selben Zeit fuhr ich nach Rochester, um kurz nach meinem Alten zu sehen, dem es bereits seit einiger Zeit nicht gut ging. Und wie es so ist im Leben, als ich eintraf, mmmm, hat sich sein Zustand erheblich verschlechtert. Ironie des Schicksals, oder?

Der letzte Stich. Es sieht nicht schön aus, aber es sollte halten. Ich beginne mit den Aufräumarbeiten und mache den Verband fertig.

– Er liegt im Sterben und ich, mmmm, ich kann nicht einfach so weg, also bleibe ich. Er hat nur noch ein paar Tage zu leben. Meine Mutter hat den Drecksack vor Jahren verlassen und ich habe keine Geschwister, die sich um ihn kümmern können, also bleibe ich. Mmmm. Und so kommen mir die Russen auf die Schliche. Ich bin erst zwei Tage da und gehe kurz aus dem Krankenhaus, um eine Zigarette zu rauchen. Und da sehe ich diese Clowns auf dem Parkplatz und weiß, dass ich am Arsch bin. Es sind zwar nicht wirklich Ernie und Bert, aber so, wie sie gekleidet sind, könnten sie's durchaus sein. Ich schleiche mich unauffällig wieder rein und verschwinde durch den Hinterausgang. Ich denke mir, wenn ich mit dem Geld verschwinden will, dann muss ich mich jetzt sofort auf die Socken machen.

Ich bin mit dem Anlegen des Verbandes fertig und befestige ihn.

– Wie geht es deinem Vater?
– Hank, ich habe keinen blassen Schimmer.

Er trinkt noch mehr Bier und schläft dann auf dem Bett ein. Jetzt habe ich Zeit, mich um meine eigene Wunde zu kümmern; ich säubere und verbinde sie, nehme einen von den elastischen Verbänden und wickele ihn um meinen Bauch. Ich will Dr. Bobs Werk eine kleine Portion Extraschutz zukommen lassen, es könnte ja durchaus sein, dass ich bald neuen Angriffen ausgesetzt bin. Dr. Bob. Mist.

Er ist ein guter Kerl. Ein aufrechter Bürger. Er wird jetzt wahrscheinlich auf dem Weg zur Polizei sein, um ihr von mir zu erzählen: *He, dieser Typ im Fernsehen, der Massenmörder? Ich habe ihn erst gestern zusammengeflickt.* Er wird denken, er hätte mich gerade noch rechtzeitig zusammengeflickt, damit ich all diese Leute umlegen konnte. Noch was, damit ich mich wie ein Arschloch fühlen kann. Tut mir leid, Doktor.

Während ich mir ein Sandwich zubereite und esse, gibt Russ leise Schnarchgeräusche von sich. Ein Bier ist noch übrig geblieben und starrt mich unablässig an. Irgendwann wird es mir zu anstrengend, nicht zurückzustarren und ich verbanne es ins Klo, wo ich es weder sehen noch hören kann. Vielleicht möchte Russ es später trinken.

Ich ziehe mich an. Der Fernseher läuft ohne Ton, dafür habe ich im Radio einen Sender gefunden, den ich mag. Springsteen singt »Atlantic City« und ich lausche dem Song von vorne bis hinten. Dann greife ich mir mein Mobiltelefon und seine Karte und rufe an.

– Roman.

Er klingt völlig normal und professionell, keine Spur von Stress oder Panik, nichts dergleichen. Bloß ein Cop bei der Ausübung seines Jobs.

– He, Roman. Wie geht's der Katze?
– Ah ja ... es ist gerade etwas schlecht zu reden. Vielleicht könntest du mir einfach deine Nummer geben.
– Vergiss es. Gib mir deine Handynummer und ich ruf dich zurück.
– Es wäre einfacher, wenn ...
– Ich hab den Schlüssel, Roman. Ich besitze den Schlüssel und ich habe die viereinhalb Millionen Dollar, also gib mir deine verdammte Nummer.

Er gibt mir die Nummer.
– Ich rufe in fünf Minuten wieder an, also such dir einen geeigneten Ort, wo du reden kannst.

Nach dem Gespräch fühle ich mich gut, fast wie ein richtiger harter Bursche. Ich lege das Telefon nieder, gehe in die Toilette und stecke meinen Kopf in die Schüssel, bis ich sicher bin, dass ich mich nicht übergeben muss. Doch dann hebe ich meinen Kopf und Russ' letztes Bier lächelt mich an. Das ist zu viel für mich. Ich schütte es mir in einem Zug runter, und ich muss gestehen, dass ich mich anschließend um einiges besser fühle, bis auf den Umstand, sofort fünfundzwanzig weitere trinken zu wollen. Ich spritze mir Wasser ins Gesicht, spüle meinen Mund aus und gehe zurück ins Zimmer, um den Anruf zu tätigen.
– Roman.
– Also, wie geht's der Katze?

Er schweigt für einen Moment.
– Der Katze geht es soweit gut. Bolo hat sich ihrer angenommen und sieht zu, dass sie ordentlich gefüttert und gepflegt wird.

Verdammt!
– Roman, wir müssen reden.
– Nur zu.
– Ich will aus dieser Sache aussteigen und muss wissen, ob das zum gegenwärtigen Zeitpunkt überhaupt noch möglich ist. Können wir Klartext reden?
– Das dürfte im Augenblick ziemlich schwierig sein.
– Schwierig, aber möglich?

Erneute Stille. Im Hintergrund höre ich Verkehrsgeräusche. Er muss sich wohl außerhalb des Reviers aufhalten.
– Ich habe die Nachrichten gesehen. Habe ich das schon erwähnt, Roman?
– Nein.
– Na ja, ich habe sie jedenfalls gesehen, und ich habe da so

eine Theorie. Weißt du, ich glaube, jemand setzt die verschiedenen Puzzleteile zusammen, Roman. Dieser Jemand stellt Verbindungen her von der Bar zu mir, von Yvonne zu mir, von Russ zu mir – und all das führt schließlich zu dir. Ich schätze, du musst dir einige Fragen anhören, was da eigentlich los ist. Ich nehme an, deine Glaubwürdigkeit kannst du dir bald sonst wohin schmieren. Du wirst das Geld noch dringend brauchen, wenn du dich aus dem Staub machen musst. Also solltest du dir besser etwas einfallen lassen, wie du mir helfen kannst, bevor ich mich dazu entscheide, alles für mich zu behalten.

– Es wird nicht einfach sein, aber es ist auch nicht unmöglich, dich da rauszuholen.

– Was bedarf es dazu?

– Neben dem Geld brauchen wir nur eine weitere Sache.

Ich schließe meine Augen.

– Und was wäre das?

– Wir brauchen einen Sündenbock, einen Prügelknaben.

Im Bett nebenan wälzt sich Russ im Schlaf und gibt einen leisen Seufzer von sich.

– Okay, ich glaube, damit kann ich dienen.

Roman ist unendlich froh, als er erfährt, dass Russ wieder in der Stadt ist. Wir besprechen die Details: Roman bekommt das Geld. Ich bekomme den Hauch eines Lebens zurück. Und die Katze. Russ wird so zum Schuldigen gemacht, dass sowohl Roman als auch ich außen vor sind. Ich habe Fragen.

– Was ist, wenn die anderen Cops das nicht fressen?

– Das werden sie schon. Miner ist vorbestraft und ist bereits das Ziel einer laufenden Untersuchung. Außerdem ist er bis zum Hals in den Fall verstrickt. Und jetzt hör zu: Ohne dass du etwas davon wusstest, ließ er den Schlüssel zurück. Und als er zurückkam, um ihn sich wieder zu holen, war er bereits von Unbekannten gestohlen worden. Da er deiner Geschichte nicht glaubte, fing er an, dich quer über die Stadt zu verfolgen, um an den Schlüssel zu gelangen. Dabei ermordete er dann deine Freundin und war für das Gemetzel in der Bar verantwortlich.

– Was ist, wenn Russ das alles abstreitet?

– Das wird er nicht.

Ich denke über die tiefere Bedeutung dieser vier Worte nach.

– Ich will nicht, dass er stirbt, Roman. Ich werde ihn dir nicht aushändigen, damit du ihn einfach umlegst.

– Keine Sorge, für das Geständnis brauchen wir ihn lebendig. Und er wird gestehen. Er wird sich schon bewusst werden, dass der erweitere Polizeigewahrsam seine größte Überlebenschance darstellt. Bei mir wird er es gut haben und ist noch dazu vor den DuRanté-Brüdern geschützt.

– Die DuRanté-Brüder?

– Ed und Paris – Ed und Paris DuRanté.

Großartige Namen. Eins muss man diesen Typen lassen – sie haben allesamt klasse Namen.

– Und was ist mit Ed und Paris, was wird aus ihnen?

– Die Brüder sind Gegenstand einer bundesweiten Fahndung, sie werden bald gezwungen sein, die Gegend zu verlassen. Und sollten sie von der Polizei aufgestöbert werden, gehen sie in einem Kugelhagel unter, der bereits auf sie wartet.

– Was ist mit mir?

– Du tauchst unter, bis sich die Nachricht von Miners Festnahme herumspricht. Dann stellst du dich der Polizei und erklärst, dass du dich versteckt gehalten hast, weil du Angst hattest und verwirrt warst. Du vertraust dich nur mir und sonst keinem an, und ich werde dir bei deinem Gang durch das Strafjustizsystem mit meinem guten Namen und einer Stange Geld behilflich sein. Mit etwas Glück sind wir am Ende gar Helden. Entspann dich. Bald ist alles vorbei und sie bringen uns als Film der Woche auf die Leinwand.

So blöd bin ich nicht. Ich traue ihm nicht.

– Henry?
– Nenn mich nicht so.
– Das ist doch dein Name, oder?
– Sprich mich nicht so an. Wenn du mich beim Namen nennen willst, dann sprich mich mit Hank an.
– Sehr wohl, ganz wie du willst. Hank, du musst dich entspannen. Alles wird gut, wenn du nicht in Panik verfällst. Es ist noch zu schaffen, Hank. Dein altes Leben ist noch in Reichweite.

Da ich keine andere Alternative sehe, tue ich es. Ich lasse mich auf den Deal ein und bleibe erstaunlich ruhig dabei. Wir vereinbaren Ort und Zeitpunkt der Übergabe. Er möchte, dass ich das Geld mitbringe, aber ich lehne ab und sage ihm, er könne den Schlüssel haben. Den Rest müsse er schon alleine machen. Er besteht darauf und ich lege auf. Ich lasse ein paar Minuten verstreichen und rufe ihn dann wieder an. Diesmal akzeptiert er Russ und den Schlüssel. Er erklärt mir, ich solle mich versteckt halten, bis es dunkel ist. Und ich solle die Nachrichten verfolgen. Im Gegenzug teile ich ihm mit, er solle dafür sorgen, dass Bud heil in einem Stück übergeben werde. Dann verabschiedet er sich.

Nachdem ich aufgelegt habe, nehme ich etwas Advil aus dem Erste-Hilfe-Set. Ich überlege, einen Lebensmittelladen anzurufen und mir etwas Bier liefern zu lassen, aber als ich den Fernseher anschalte, muss ich ganz schnell erkennen, dass daraus nichts wird. Die lang erwartete Pressekonferenz hat angefangen. Sie zeigen mein Polizeifoto von letzter Nacht und reden davon, wie gefährlich ich sei.

Für eine Weile schaue ich fern und denke über das Bier nach, das ich getrunken habe. Die Uhr sagt 15:15, als ich müde wegsacke. Ich bin so verflucht müde. Ich nehme eine Decke vom Bett und werfe sie auf den Boden vor der Tür. Wo ich jetzt schon einmal ein wenig Zeit zum Nachdenken habe, fällt mir etwas Wichtiges ein. Die Giants spielen um 16:05 Uhr Westküstenzeit und die Mets um 19:30 Uhr Ostküstenzeit. Ich stelle den Wecker auf 19:00 Uhr. Das Treffen mit Roman ist um zehn, das heißt, wir müssen uns um neun auf den Weg machen. Drei oder vier Innings sollten bis dahin schon drin sein. Ich lege mich auf den Boden und man sollte nicht glauben, wie leicht das Einschlafen manchmal sein kann. Keine Träume.

Mein erster Gedanke nach dem Aufwachen: Der Wecker hat nicht geklingelt. Ich weiß, dass ich wegen irgendetwas aufstehen muss, aber ich kann mich nicht daran erinnern, ob es die Arbeit, eine Verabredung, ein Arzttermin oder sonst was ist. Dann stelle ich fest, dass ich auf dem Boden liege und langsam wird mir alles klar, inklusive dem leeren Bett.

Im Schlaf bin ich von der Tür weggekugelt. Und jetzt weiß ich auch, was mich geweckt hat. Es war die Tür, die mir leicht gegen die Seite stieß. Sie schließt sich! Die verdammte Tür wird im Moment von außen zugezogen! Ich bin hellwach.

Noch am Boden liegend, greife ich nach einer Kante der Tür, bevor sie vollständig geschlossen ist. Meine Finger werden ein wenig eingequetscht, aber er versucht leise und vorsichtig zu sein, deshalb tut es nicht sonderlich weh. Ich habe jetzt einen guten Griff und reiße die Tür so gut es aus dieser Position eben geht zu mir. Für einen Moment hält er dagegen, dann überlegt er es sich besser. Statt zu ziehen, drückt er jetzt dagegen, und die Tür fliegt mir entgegen. Sie erwischt mich voll an der linken Schulter. Ich werde auf den Rücken geschleudert, was ihm einen ordentlichen Vorsprung verschafft. Durch die offene Tür sehe ich, wie er die ersten Schritte durch den Gang auf den Fahrstuhl zu macht.

Ich raffe mich auf in eine Sitzposition, springe hinaus in den Flur und kralle mich um seine Knöchel. Ich hake einen Finger in den Schlag seines rechten Hosenbeins, aber er tritt zurück, befreit sich aus dem Griff und bringt mich wieder aus dem Gleichgewicht. Mein Versuch, ihn einzuholen und dabei auf die Beine zu kommen, endet in einer lächerlichen Mischung aus Kriechen, Niederkauern und Hinterherstolpern. Ich fürchte, er wird vor mir den Aufzug erreichen, aber solange dieser nicht schon auf ihn wartet, müsste ich ihn dort einholen. Dann sehe ich etwas Chromfarbenes in seiner rechten Hand aufblitzen, er hat die Pistole. Während ich schlief, muss er mir in die Tasche gegriffen haben. Jetzt hat er seine kleine .22er zurück. Bei ihrem Anblick verlangsame ich meine Schritte. Ich bin mir nicht so sicher, ob ich ihn wirklich einholen will, solange er die Pistole hat. Während ich noch darüber nachdenke, dreht er sich plötzlich und ohne ersichtlichen Grund nach links und knallt voll gegen die Wand.

Er prallt von der Wand zurück, hält einen Moment inne und schüttelt den Kopf. Ich mache zwei große Schritte vorwärts, werfe mich auf ihn und ergreife sein rechtes Bein, als er gerade nach vorne gehen will. Er fällt der Länge nach hin, ohne sich dabei mit den Armen abstützen zu können. Die Pistole gleitet ihm aus der Hand und schlittert über den Flur. Ich steige auf seinen Rücken, presse seine Arme mit meinen Knien zusammen und packe ihn mit meiner linken Hand am Kragen. Mit der rechten greife ich nach der Pistole, bringe sie an mich und presse ihm den Lauf an die

Wange. Sein Mund ist gegen den Teppich gepresst, aber trotzdem höre ich ihn.

– Immer langsam, Mann! Entspann dich!

Ich drücke den Lauf noch fester an seine Backe.

– Ist ja gut, Hank! Ich hab verstanden, immer mit der Ruhe, Mann!

Ich löse mich von ihm, ohne die Pistole wegzustecken. Wir erheben uns gleichzeitig.

– Zurück ins Zimmer, Russ.

– Klar doch, das Zimmer. Kein Problem.

Wir gehen die paar Schritte zurück zu unserem Zimmer. Keine Türen öffnen sich, niemand schaut nach, was es mit dem Tumult auf dem Flur auf sich hat. Ich liebe dieses Hotel. Nachdem ich die Tür hinter uns zugemacht habe, schließe ich sorgfältig ab, einschließlich der kleinen Türkette. Russ betrachtet sein Gesicht im Spiegel über der Ankleide, dabei inspiziert er seine Brandwunde am Kinn, die er sich auf dem Teppich zugezogen hat. Als ich an ihm vorbeigehe, kann ich nicht an mich halten und gebe ihm einen kleinen Stoß in den Rücken. Er fällt vornüber in den Spiegel, wobei er mit der Stirn so hart dagegen prallt, dass ein kleiner Sprung im Glas zurückbleibt. Er richtet sich auf und gleitet dann langsam mit einem dumpfen Geräusch entlang der Ankleidekommode zu Boden. Dann sitzt er da und hält sich den Kopf.

– Herrgott nochmal, Hank. Kannst du vielleicht mal aufhören, mir ständig auf den Kopf zu hauen!

Ich beuge mich herab und betrachte mir seine Augen. Die linke Pupille ist immer noch ein wenig größer als die rechte. Kein Wunder, dass er nicht geradeaus laufen kann. Ich blicke auf die Uhr. Sie zeigt 19:49. Der Idiot hat den Wecker ausgeschaltet. Ich klettere auf das Bett, schnappe mir die Fernbedienung, schalte auf Kanal elf zum Spiel der Mets und mache lauter: Gegen Ende des ersten Innings steht es noch null zu null. Ich warte, bis sie das Ergebnis des Giants-Spiels durchgeben. Zum Ende des Innings erfahre ich endlich, was ich wissen will: Giants 1, Dodgers 0, zu Beginn des dritten Innings.

Russ erhebt sich vom Boden. Er scheint nach etwas zu suchen, ohne Erfolg.

– He?

Ich schaue Fernsehen.

– He, wo ist mein letztes Bier geblieben?

– Ich hab's getrunken.

– Fuck!

Er wühlt in einer der Einkaufstüten, bis er ein Sixpack Cola, eine Chipstüte und eine Dose Erdnüsse gefunden hat. Er kommt rüber zum Bett und bleibt dort wartend stehen. Ich blicke ihn an und rutsche dann zur Seite, um ihm Platz zu machen. Er steigt aufs Bett, gibt mir eine Cola und platziert dann die Chips und Nüsse zwischen uns.

– Und ... wie steht's?

20:45 Uhr. Ich sitze an der Bettkante, einen halben Meter vom Bildschirm entfernt. Wir befinden uns im fünften Inning, immer noch keine Punkte. Die Mets und die Braves neutralisieren sich in einem spannenden Pitcher-Duell. Die Starter haben zusammengenommen bereits fünfzehn Strikeouts und zeigen keine Anzeichen von Schwäche. Weiter im Westen im Stadion der Dodger sind sie am Ende des vierten Innings und machen sich weiterhin gegenseitig das Leben schwer. Die Schlagmänner werfen einen Foul Ball nach dem anderen. Die Giants führen immer noch mit 1:0, aber L.A. macht an den Bases mobil und San Franciscos Starter wirkt bereits müde und erschöpft. Der Moderator des Spiels der Mets hält einen zwar ständig über die Geschehnisse in Los Angeles auf dem Laufenden, aber der Umstand, dass ich das Spiel nicht selbst sehen kann, macht mich völlig verrückt. Und jetzt ist es auch noch an der Zeit zu gehen, doch ich bringe es nicht fertig, den Fernseher auszuschalten.

Ich werde bis zum Ende des vierten Innings der Dodgers warten. Ich kann nicht anders, ich kann nicht gehen, ohne zu wissen, ob die Dodgers in Führung liegen. Die Mets haben schon wieder zwei Strikeouts verbucht und nehmen allmählich die Braves auseinander. Wieder eine Werbeunterbrechung.

– Scheiße, scheiße, scheiße, scheiße!

Russ ist immer noch am anderen Ende des Bettes zurückgelehnt. Er ist ein Mets-Fan. Jedes Mal, wenn sie einen weiteren Punkt einheimsen, ballt er seine Faust und wiehert laut auf. Ich versuche daran zu denken, dass es noch schlimmer sein könnte; er könnte zum Beispiel ein Dodgers-Fan sein. Es ist 20:56 Uhr. Das Spiel läuft wieder und wir erfahren, dass sich die Giants mitten in einem Pitching-Wechsel befinden. Währenddessen sind die Braves wieder am Drücker, um den Rückstand gegen die Mets aufzuholen. Ich schaue wieder auf die Uhr. Fuck! Leck mich am Arsch! Ich schalte den Fernseher aus. Russ springt aus dem Bett.

– Was soll der Scheiß?

Erst hole ich das Erste-Hilfe-Set und das Handy, dann ziehe ich mir die Yankee-Jacke und Sonnenbrille an und setze mir den Kopfhörer auf.

– Zeit zu gehen, Russ.

– Oh Mann, das gibt's doch nicht!

– Ich weiß, auf jetzt.

An der Tür drehe ich mich noch einmal um und schaue mir das Zimmer an. Dosen und Krümel und sonstige Nahrungsmittel sind über das gesamte Zimmer verteilt. Ich nehme einen Zwanziger aus der Tasche und lege ihn für die Putzfrau aufs Bett. Anschließend gehen wir den Flur hinunter und ich drücke den Aufzugknopf. Russ ist nervös.

– Wohin gehen wir?
– Wir brauchen einen Wagen.
– Einen Wagen?
– Ja, ein Auto.

Er schaut mich an, der Fahrstuhl macht ein Bimmelgeräusch und die Türen öffnen sich. Wir treten ein und warten darauf, dass sich die Türen wieder schließen.

– Hank?
– Ja, was gibt's?
– Wofür brauchen wir, mmmm, wofür brauchen wir einen Wagen?

Die Türen sind noch immer offen. Mir wird bewusst, dass keiner von uns einen Knopf gedrückt hat, also lehne ich mich vor und drücke auf E wie Erdgeschoss.

– Wir brauchen einen Wagen, weil ich keine weiteren Taxis oder U-Bahnen riskieren will. Außerdem können wir so das Spiel hören, wenn wir warten.

Der Aufzug geht furchtbar langsam.

– Ich dachte, wir gehen, mmmm, zu den Cops. Ich dachte, du lieferst mich der Polizei aus.

Ich schaue ihn an, während der Fahrstuhl weiter Richtung Erdgeschoss tuckert.

– Ich liefere dich an Roman aus.
– Was?
– Ich übergebe dich und das Geld an Roman. Roman wird sich um dich kümmern.
– Was zum Teufel …?
– Ich kann dich nicht einfach der Polizei übergeben.
– Bist du, mmmm, bist du völlig bescheuert? Du hast sie ja nicht alle. Roman? *Der Zombie* Roman?
– Russ!
– Leck mich!

Die Tür öffnet sich und wir blicken in die Lobby, wo eine Gruppe ultrahipper Teenager aus Europa wartet, um hochzufahren. Russ dreht sich von mir weg und tritt schnell aus dem Fahrstuhl, dabei stolpert er und stürzt in die Menge aus Tattoos, Piercings und gebleichtem Haar. Sie fangen ihn auf und stellen ihn auf die Beine, bevor ich einen Arm um seine Schulter lege und mit festem Griff seinen rechten Bizeps umspanne.

– Danke. Vielen Dank auch. Ihm geht's gut.

Sie zwängen sich in den Fahrstuhl und reißen dabei auf französisch Witze über betrunkene Amerikaner. Scheiß Französischkurs! Ich wünschte, ich hätte in der Highschool Spanisch gewählt. Mit Russ im Schlepptau gehe ich zum Ausgang.

– Immer mit der Ruhe, Russ. Es wird alles gut. Du wanderst zwar in den Knast, aber wenigstens wirst du lebend davonkommen. Und ... es wird ... alles gut.

Er ist immer noch wacklig, aber nicht wegen seiner Gleichgewichtsprobleme, sondern weil er so heftig weint.

Lieber hätte ich einen Wagen gemietet, aber ich wollte ungern wohin gehen, wo ich zwanzig Minuten herumstehen muss, während mich die Leute mustern. Russ kann ich nicht trauen, sonst hätte er die Sache erledigt. Es dauert ein paar Minuten, um Russ von Plan B zu überzeugen, aber schließlich willigt er ein. Selbst in seinem duseligen Zustand benötigt er weniger als eine Minute, um ein abgeschlossenes Auto – einen Celica – zu knacken und es kurzzuschließen. Und so sitzen wir da mit dem Motor im Leerlauf. Ich lege ihm eine Hand auf die Schulter.

– Okay, lass uns verschwinden.

Er schüttelt meine Hand von seiner Schulter ab.

– Nein.

– Warum?

– Mmmm. Abgesehen davon, dass ich keine Lust habe, mich selbst zu meiner verfickten Exekution zu fahren, glaube ich nicht, dass es eine gute Idee ist, wenn ich in meinem Zustand hinter dem Steuer sitze. Dank deiner tollen Kopfbearbeitung kann ich ja kaum einen geraden Schritt hinter den anderen setzen.

– Du musst fahren, Russ.

– Mmmm. Und warum? Warum um alles in der Welt soll ich fahren, häh?

– Weil ich es nicht tue.

Er schaut mich an.

– Machst du, mmmm, machst du Späße, oder was? Du bist doch aus Kalifornien, da fährt jeder.

– Ich weiß, wie man fährt. Ich tue es einfach nicht, okay? Und jetzt lass uns zusehen, dass wir hier wegkommen, bevor der Besitzer dieser verdammten Karre auftaucht.

– Soll er doch! Soll er doch, mmmm, kommen und die Bullen rufen. Das wär doch spitze, Mann. Würde glatt mein Leben retten.

Ich balle meine Hand zu einer Faust und hole aus. Er zuckt zurück. Im letzten Moment – kurz bevor ich ihn erwische – halte ich inne. Winselnd drückt er sich an die Fahrertür, während ich tief durchatme.

– Warum ich, Russ? Häh? Warum hast du bloß mich rausgepickt, um auf deine verfluchte Katze aufzupassen?

Er schaut aus dem Fenster auf die Ninth Avenue.

– Ich dachte, du würdest dich sicher gut um ihn kümmern. Ich mein, Bud ist eine tolle Katze, weißt du. Ich wollte ihn nicht einfach bei irgendwem lassen.

– Verstehe.

Für eine weitere halbe Minute bleiben wir stumm sitzen.

– Fahr einfach, Russ. Bleib ganz locker und wenn du merkst, dass du ohnmächtig wirst oder dich komisch fühlst, dann gib Bescheid.

Er nimmt das Lenkrad des Celica in die Hand und schaltet in den ersten Gang.

– Wohin, Mann?
– Erst mal weg von hier. Ich sag dir schon wohin, wenn wir fahren.

Er steuert den Wagen schön langsam und gleichmäßig vom Randstein weg und wir gleiten in den dichten Stadtverkehr. Ich schalte das Radio ein und versuche die Spielübertragung zu finden.

Wir fahren einmal um den Block und cruisen auf dem Broadway zurück Richtung Innenstadt bis zur Canal Street. Dort nehmen wir den East Broadway zur Montgomery und fahren dann in südlicher Richtung runter bis zur Einfahrt des Pier 8, am unteren Zipfel von Manhattan. Ich weise den Weg und Russ fährt langsam die Zufahrtsstraße entlang, vorbei an dem ZUFAHRT-NUR-FÜR-AUTORISIERTE-FAHRZEUGE-Schild. Ich jogge hier ein paarmal die Woche und bin noch nie einem einzigen Cop über den Weg gelaufen, bloß gelegentlich dem Truck des Park Departments. Wir cruisen gemächlich umher, bis wir die Houston-Street-Fußgängerbrücke erreichen, die den Franklin D. Roosevelt Driveway kreuzt und zu den Baseballfeldern des East River Parks führt.

An der Zufahrtsstraße neben einem Baseballfeld halten wir an und parken den Wagen. In unmittelbarer Nähe höre ich den vorbeirauschenden Verkehr vom FDR, aber er ist nicht annähernd so laut wie mein Fluchen. Dodgers: 3, Giants: 1. Bei New York gegen Atlanta steht es immer noch 0:0, die Starter sind drauf und dran, einen neuen Rekord für kombinierte Strikeouts in einem einzigen Spiel aufzustellen. Russ hat sein Interesse an den Spielen verloren. Er blickt vorbei an den Spielfeldern und hinaus auf den East River, während er eine Camel Lights nach der anderen raucht. Die Uhr am Armaturenbrett ist defekt, aber nach Russ' Uhr ist es 21:47. Roman müsste jeden Moment auftauchen.

Roman wollte sich an einem abgeschiedenen Ort in Red Hook treffen, aber ich sagte ihm, er könne mich mal, und so einigten wir uns auf den East River Park. Der Park schließt zwar erst um Mitternacht, aber zu dieser späten Stunde und um diese Jahreszeit sind nur ein paar Jogger und Hundehalter mit ihren Vierbeinern unterwegs. Nicht weit entfernt spielen einige Teenager Three-Fly's-Up im Schein des Flutlichts eines weiteren Baseballfelds. Neben mir nimmt Russ einen letzten starken Zug von seiner Zigarette und schnippt den Stummel aus dem Fenster. Die Braves sind am Ende des sechsten Innings, als sich wieder die Werbung zu Wort meldet. San Francisco und Los Angeles sind schnell durch das fünfte Inning geeilt und nehmen jetzt das sechste in Angriff.

Russ fingert immer wieder an seinem Verband herum, genau an der Stelle, wo ich ihm die Wunde zugenäht habe. Ein winziger kleiner Blutfleck ist zu sehen. Jedes Mal, wenn er sich dort kratzt, zuckt er zusammen.

– Jetzt hör verdammt noch mal auf, da herumzupuhlen!

Er fasst die Wunde erneut an.

– Russ, ganz im Ernst – du solltest aufhören, daran herumzufingern, bevor ein richtiger Arzt sich das angeschaut hat.

Aus seinen Augenwinkeln schaut er mich an und greift dann in seine Tasche, um eine neue Zigarette anzuzünden.

– Ich seh im Leben keinen verfickten Arzt mehr.

Das Spiel ist wieder auf Sendung.

– Die Cops werden dich zu einem Arzt bringen.

– Ich wird auch keine scheiß Cops mehr sehen.

Ich versuche, mit dem einen Ohr das Spiel zu verfolgen, und mit dem anderen Russ zuzuhören.

– Er kann dich nicht einfach umbringen. Du bist sein Sündenbock, sein Prügelknabe – er braucht dich, verstehst du?

– Du hast, mmmm, du hast einfach keinen blassen Schimmer, wovon du redest.

Irgendetwas ist passiert. Atlanta hat einen Läufer an der zweiten Base, einer ist out, jetzt geht es um die Wurst. Keine Neuigkeiten von den Giants.

– Du wirst dafür büßen, was du getan hast, Russ. Du kommst ins Gefängnis und vielleicht stirbst du auch da, aber Roman wird dich nicht umbringen.

Der dritte Schlagmann der Braves drischt den Ball direkt zum Werfer zurück, der ihn fängt, sich dreht und den Ball zur zweiten Base feuert. Ganz knapp verpasst er ein Double Play. Immer noch nichts aus L. A.

– Du verdammter Idiot. Du bist so ein verfluchter … mmmm …
– Immer mit der Ruhe.
– … blöder Idiot.
– Reiz mich nicht, hörst du?
– Fick dich, du blödes Arschloch.

Zwei rasche Strikes, gefolgt von drei Straight Balls. Der Fänger läuft zum Wurfmal, um seinem Werfer Instruktionen zu geben. Der Kommentator hat Erbarmen mit mir und bringt ein Update von der Westküste: Mitte des sechsten Innings und die Giants haben ihre Bases voll besetzt, einer ist *out*. Die Dodgers haben ihren Starter rausgenommen.

– Russ, halt einfach die Klappe!
– Blödes Arschloch! Blödes Arschloch! Blödes Arschloch!
– Russ!

Der Fänger der Mets begibt sich hinter der Pitcher Plate in Position, der Schlagmann ist in seiner Box und der Werfer betritt die Gummimatte.

An der Westküste kontern die Giants den Werferwechsel, indem sie einen Linkshänder als Schlagmann bringen.

– Ach, übrigens, du blödes Arschloch … Wie willst du

eigentlich hier rauskommen, nachdem du dich meiner entledigt hast? Wer soll denn dann fahren, hmm?

In Atlanta geht es jetzt richtig zur Sache. Der Kommentator beschreibt die Flugbahn des Balls ins tiefe Leftfield. Dazwischen kommt die sich überschlagende Stimme des Sprechers aus L. A. Er schreit, dass der Batter der Giants gerade eine Granate tief ins Centerfield geschlagen hat. An den gegenüberliegenden Küsten segeln die Bälle Richtung Außenwand.

Russ schaltet das Radio aus.

– Häh, du blödes Arschloch, wie willst du rauskommen?

– Fuck!

Mit meiner Linken packe ich ihn an seiner rechten Hand und versuche, sie vom Lautstärkeregler loszueisen, doch er ergreift mein Armgelenk mit seiner linken Hand und ich komme nicht frei.

– Blödes Arschloch! Blödes, mmmm, Arschloch!

– Verflucht nochmal, Russ! Fuck!

Jetzt greife ich seine Linke mit meiner rechten Hand und wir zerren grunzend wie beim Tauziehen hin und her. Der Regler bricht ab.

– Russ! Fuck! Russ!

Ich packe ihn mit beiden Händen an der Kehle und drücke so fest ich kann zu. Er hat meine Hände noch umklammert, was sie davon abhält, sich vollständig zu schließen und ihn am Leben hält.

– Verfluchter Mörder! Alle meine Freunde hast du auf dem Gewissen! Du verdammter Mörder!

Tränen bilden sich in meinen Augen. Mit all meinem Gewicht presse ich seinen Körper gegen die Tür und drücke fester zu.

– Hank!

– Halt's Maul!

– Hank!

– Ich sagte, du sollst die Klappe halten.
– Hank, er wird uns …
– Schnauze! Halt's Maul, verdammt!
Dieser Scheißkerl, dieser selbstsüchtige Scheißkerl.
– … beide umbringen. Er wird uns alle beide umlegen.

Neben meinem eigenen Geflenne und Russ' keuchendem Versuch zu atmen, nehme ich noch ein drittes Geräusch wahr: das Geräusch eines Autos. Scheinwerfer blenden dreimal auf, durchleuchten das Innere unseres gestohlenen Wagens. Russ' Gesicht ist nahezu lila, seine Augen quellen geradezu aus seinem Kopf.

– Umlegen … Uns beide.

Knapp zwanzig Meter entfernt hält Roman an und parkt seinen Wagen. Ich blicke auf meine Hände und was sie da tun und lasse von Russ ab. Er schnappt nach Luft, keucht und erbricht etwas von seinem Mittagessen auf den Sitz.

– Er bringt uns um, mmmm, alle beide. Legt uns eiskalt um und schiebt uns alles in die Schuhe. Mmmm. Und die Bullen werden es schön fressen, denn die haben nichts lieber als einen abgeschlossenen Fall.

Die Scheinwerfer blenden erneut auf, dann steigt Roman aus dem Wagen. Er bleibt stehen, auf mich wartend.

Russ reibt sich den Hals.

– Verdammt, Hank. Es ist ja nicht so, als ob du den Rest des Spiels nicht auf deinem Walkman hättest hören können.

Wir treffen uns in der Mitte. Diesmal trägt er einen anderen schwarzen Anzug. An Hals und Kinn hat er eine Menge Schrammen und Kratzer, die wohl von Edwins Schrotflinte stammen. Ansonsten sieht der Kerl aber so gut aus wie immer. Eben ein verdammter Profi.

– Hank.
– Fick dich, Roman. Wo ist die Katze?
– Ist Miner in dem Wagen?

– Ja. Wo ist die Katze?
– Der Schlüssel?
– Ich hab ihn hier. Die Katze, Roman?

Ich habe meine Hände tief in die Taschen meiner Jeans vergraben, damit Roman nicht sehen kann, wie sehr ich zittere. Jedenfalls hoffe ich das. Er beobachtet mich, schaut dann hinüber zu Russ im Celica und macht dann eine kleine Handbewegung zu seinem Auto. Bolo steigt vom vorderen Beifahrersitz aus. Er trägt meine Tasche. Sie ist unverschlossen. Während er sich uns nähert, erkenne ich Bud, der es sich in einem kleinen Bett aus Handtüchern gemütlich gemacht hat. Bolo hat sich die Tasche unter den Arm gezwängt und während er sie mit seiner einen riesigen Hand umklammert, streichelt er Bud mit der anderen hinter den Ohren.

– He Mann. Das ist eine tolle Katze.

Ich starre ihn an.

– Das heißt schon was, wenn ich das sage. Ich steh ja eher auf Hunde, aber eine Katze wie diese? *Das* ist eine tolle Katze.

Roman dreht sich um und winkt erneut. Whitey steigt hinten aus und stolpert ein wenig. Er schwankt auf uns zu. In seiner rechten Hand hält er eines von den Maschinengewehren, mit der sie meine Freunde umgenietet haben; in der linken befindet sich eine halb leere Literflasche Smirnoff. Als er bei unserer kleinen Gruppe angelangt ist, bleibt er stehen und betrachtet mich eindringlich. Vom Weinen und Trinken sind seine Augen ganz rot und geschwollen. Er nimmt einen ordentlichen Schluck Wodka, schluckt das meiste und spuckt den Rest auf meine Schuhe. Roman streckt seine Hand aus und legt sie ihm beruhigend auf die Schulter.

– Er ist mit den Nerven etwas am Ende. Das war sein Freund, der in der Bar umgebracht wurde. Sie hatten vor, im Frühjahr Ringe zu tauschen.

– Das ist ja eine echt beschissene Tragödie.

Whitey will sich auf mich stürzen, aber Roman hält ihn zurück, bevor er mich zu packen kriegt. Derweil spiele ich mit meinen zitternden Händen brav weiter Taschenbillard.

Roman gibt Whitey einen sanften Klapps in Richtung unseres Wagens.

– Komm und hol Miner.

Whitey mustert mich noch einmal und läuft dann zu unserem Wagen. Roman muss ein wenig grinsen und atmet dann hörbar durch die Nase aus.

– Du wirst ja noch ein richtig harter Bursche, Hank.

– Willst du den Schlüssel?

– Ja, bitte.

Langsam nehme ich die Hände aus meinen Taschen, lasse sie aber geballt, damit das Zittern nicht auffällt. Kaum öffne ich sie, fangen die Schlüssel zu klimpern an. Roman schaut auf meine Hände, dann in mein Gesicht.

– Hank.

Ohne hinzugucken finde ich den richtigen Schlüssel und löse ihn vom Bund. Bei alldem blicke ich Roman fest in die Augen. Ich atme tief ein und aus, und versuche dabei das Zittern meiner Hände in den Griff zu bekommen.

– Hank.

Nachdem ich den Schlüssel vom Bund gezogen habe, presse ich ihn fest in meine Handfläche, wobei sich die scharfen Ecken in meine Haut bohren.

– Du brauchst keine Angst mehr zu haben, Hank. Du bist jetzt sicher, das verspreche ich dir.

Ich nicke.

– Gib mir den Schlüssel.

Ich öffne die Handfläche und strecke ihm den Schlüssel entgegen. Langsam greift er danach.

– Und – was lässt sich damit öffnen, Hank?

Der Schlüssel gleitet von meiner zittrigen Handfläche und fällt zu Boden, die helle rosa Grundfläche ist auch bei dem schwachen Licht gut sichtbar. Roman lächelt mich verständnisvoll an. Ich lächle zurück.

– 'tschuldigung.

– Schon gut.

Hinter mir höre ich, wie sich eine Autotür öffnet.

– Also, was lässt sich damit öffnen?

Der rosa Schlüssel liegt noch immer am Boden zwischen uns.

– Ein Lagerraum bei Mini Storage in Manhattan. Die Nummer steht auf dem Schlüssel.

Er nickt. Ich blicke zu Bolo, Roman schaut ihn ebenfalls an.

– Gib ihm seine Katze, Bolo.

Hinter mir höre ich Whitey.

– Los, du Arschgesicht, raus aus die Auto.

Roman geht auf die Knie, um den Schlüssel aufzuheben, während Bolo mir von hinten die Tasche mit Bud reicht.

– Ich fühl mich echt mies, wenn ich daran denke, was ich ihm angetan habe. So eine tolle Katze.

Hinter mir:

– Das verfickte Auto sein da für aussteigen, Arschgesicht.

Bolos Hand hat sich in einer Schlaufe der Tasche verheddert und wir jonglieren die Tasche über Romans Rücken hin und her, als dieser sich mit dem Schlüssel erhebt. Bud bekommt einen Stoß und schlägt mit der Kralle seiner rechten Pfote um sich, wobei er Bolo am Daumen erwischt.

– Fuck!

Ich nehme die Tasche an mich, während er seinen Arm zurückzieht, um sich den Daumen in den Mund zu stecken. Dabei verpasst er Roman mit seinem Ellbogen einen ordentlichen Schlag auf den Nacken.

– Elende Katze!

– Arschgesicht, raus!

Roman fällt zu Boden, fast wie von einer Kugel getroffen. Schnell rappelt er sich wieder auf. Dabei löst sich etwas aus seiner Manteltasche und fällt mit einem Geräusch zwischen einem Klirren und einem dumpfen Schlag zu Boden. Wir stehen beide da und starren auf den Schlagring, als wäre er das falsche Pikass, das dem Kartenspieler eben aus dem Ärmel gefallen ist, während er mit seinem ganzen Gewinn vom Spieltisch aufstehen will.

Die Blutergüsse an ihrem Hals.

Hinter mir macht es einen lauten Knall.

Alle schauen zu, wie Whitey zu uns zurückkommt. Die Flasche hält er noch immer in der Hand, aber die Pistole ist nicht mehr da. Mit seiner rechten Hand deutet er auf einen dunklen Farbklecks am Kragen seiner glänzend weißen Nike-Trainingsjacke. Wir sind erstarrt. Als er bei uns ist, sehen wir, dass sein Finger nicht auf etwas deutet, sondern bis zum zweiten Knöchel in einem Loch im Hals steckt. Russ hat ihm die Wunde mit der .22er zugefügt, die ich ihm auf dem vorderen Kunststoffsitz zurückgelassen hatte.

Keiner bewegt sich, außer Whitey, der langsam zu Romans Wagen schleicht und hinten einsteigt. Dann setzt er sich, versucht die Blutung am Hals mit seinem Finger zu stillen, nimmt einen tiefen Schluck Wodka und jammert leise vor sich hin.

Roman greift nach seiner Pistole. Bolo macht dasselbe mit seiner freien Hand, den verletzten Daumen weiter im Mund. Ich drehe mich zu unserem Wagen um, wo Russ sich von dem Fahrersitz mit der kleinen verchromten Pistole in der rechten Hand erhebt. In der linken Hand hält er Whiteys Maschinengewehr. Ich bin etwa zehn Meter vom Celica entfernt. Ich renne los, Bud fest an meine Brust gedrückt.

Russ drückt den Abzug des Maschinengewehrs. Überrascht von der Wucht des Rückstoßes schnellt das Gewehr nach oben, seine Hand in einem hohen Bogen hinter sich herziehend und den Himmel dabei mit Kugeln durchsiebend. Hinter mir höre ich zwei dumpfe Schläge, Roman und Bolo haben sich auf den Boden geworfen. Zwei Meter habe ich schon geschafft.

Etwas explodiert hinter mir und eine kleine Druckwelle zischt an meiner rechten Hüfte vorbei. Der Schuss hinterlässt ein ordentliches Loch im Kotflügel unseres Wagens. Ich renne scharf nach rechts, um aus Russ' Schusslinie zu kommen, während er das Maschinengewehr wieder auf Schulterhöhe bringt. Erneut drückt er ab. Diesmal ist er auf den Rückstoß vorbereitet und Kugeln reißen den Asphalt wenige Meter hinter mir auf. Er feuert eine kurze Salve und zielt von neuem. Ich spurte weiter. Noch vier Meter.

Ich nähere mich dem Wagen von der Fahrerseite, doch Russ blockiert die Tür. Er feuert erneut und ich kann nicht anders, als mich umzudrehen und zu schauen, was Roman und Bolo machen. Sie liegen wie angewurzelt mit dem Gesicht nach unten am Boden. Stücke zerfetzten Asphalts fliegen wenige Zentimeter von ihnen entfernt umher und die Spur der Zerstörung kommt direkt auf sie zu, bis die Einschläge wenige Zentimeter von ihren Köpfen entfernt stoppen. Die Munition des Gewehrs ist leer. Russ lässt das Maschinengewehr fallen und nimmt mit der .22er Ziel. Zehn Meter.

Ich versuche abzubremsen, doch statt dessen komme ich auf dem Schotter ins Schleudern und rutsche voll in Russ, als der gerade seine letzten fünf Schuss abgibt. Er wird durch den Aufprall zur Seite geworfen und die Kugeln landen irgendwo in ein paar Büschen am Wegesrand. Es bleibt keine Zeit, um den Wagen herumzulaufen. Ich schiebe ihn einfach rüber auf den Beifahrersitz. Ich zwänge mich hinein, drücke ihm die Tasche mitsamt Bud auf den Schoß und mache mich auf dem Fahrersitz breit. Doch als ich den

Zündschlüssel drehen will, bekomme ich bloß eine Handvoll loser Kabel zu fassen.

– FUCK, RUSS!

– Was ist?

– DAS AUTO, WIE STARTE ICH DAS VERDAMMTE AUTO?

Vor uns auf der Straße wagen Roman und Bolo einen kurzen Blick durch ihre Hände, die sie zum Schutz vor ihre Gesichter halten. Russ greift derweil unter das Lenkrad und holt die beiden Kabel, die er vorher freigelegt hatte, hervor und hält sie aneinander. Roman und Bolo erheben sich. Unser Wagen macht krampfhafte Startversuche, aber er springt nicht an.

Roman sucht den Boden ab, bückt sich und hebt seine Pistole auf, die ihm aus der Hand gefallen war, als Russ zu schießen begann. Bolo kommt langsam auf uns zu, den linken Daumen im Mund und eine 9-Millimeter-Knarre lässig in seiner rechten Hand schwenkend. Hinter ihm versucht Roman uns ins Visier zu nehmen, doch Bolo ist im Weg.

Der Motor springt an.

Bolo geht zur Front des Wagens und hebt langsam seine Pistole. Roman geht ein paar Schritte nach rechts, um zu einem sauberen Schuss ansetzen zu können. Der Motor läuft, aber die Kupplung ist nicht eingelegt.

Der Wagen hüpft in kleinen Stößen vorwärts und erwischt Bolo an den Knien. Er segelt auf die Motorhaube. Ich stampfe wild am Boden herum, in der Hoffnung, das Kupplungspedal zu treffen, bevor der Motor ausgeht. Russ hält Bud fest an seine Brust gepresst. In diesem Moment gibt Roman einen Schuss ab, aber durch unsere Bewegung trifft er nur das Seitenfenster hinter mir. Mein Fuß findet endlich das Kupplungspedal. Der Motor kommt ins Stottern, fängt sich dann aber wieder. Bolo hängt immer noch auf der Motorhaube.

Ich lasse die Kupplung kommen und trete voll aufs Gas. Der Schotter wirbelt hinter uns auf und das Heck schlingert wild hin und her. Schließlich rutscht Bolo seitlich von der Motorhaube. Die Reifen finden Halt und wir jagen vorwärts. Ich schalte in den zweiten Gang und steuere auf Roman zu, der nur zehn Meter entfernt ist. Er verzichtet auf einen weiteren Schuss und springt in letzter Sekunde zur Seite, als ich durch die Büsche krache und um seinen Wagen schlingere. Mit einem Satz bringe ich uns wieder zurück auf die Zufahrtsstraße und schalte in den dritten Gang hoch. Mit Vollgas brausen wir die Straße Richtung Pier und zur Auffahrt des Franklin D. Roosevelt Driveway.

Ich werfe einen Blick auf Russ neben mir. Er liegt seitlich in seinem Sitz und ist dabei, sich in eine erträgliche Position zu bringen. Dabei hält er Bud immer fest an sich geklammert. Ich schaue wieder nach vorn auf die Straße.

– Russ.

– Ja?

– Leg dir den Sicherheitsgurt an.

– Klar doch.

Im Rückspiegel sehe ich, wie Roman seinen Wagen wendet, um die Verfolgung aufzunehmen.

Mit dem Autofahren verhält es sich wie mit dem Fahrradfahren: wenn man es einmal kann, verlernt man es nie wieder. Das Lenkrad fühlt sich gut an in meiner Hand, meine Füße finden die Pedale jetzt im Schlaf und ich schalte den Steuerknüppel von Gang zu Gang, bis ich im vierten bin. Ich kann meine wahre Herkunft wohl doch nicht ganz leugnen. Ich bin ein Kalifornier. Und wie jeder echte Kalifornier fahre ich gern. Jesus, ich fahre gern.

Der Celica ist ein beiges Hecktürmodell und schätzungsweise fünfzehn bis zwanzig Jahre alt. Sein Zustand ist eher mäßig. Das Lenkrad hat in beide Richtungen zu viel Spiel, der Wagen zieht leicht nach rechts, bringt keine richtige Leistung und beschleunigt nur langsam, die Reifen sind abgefahren und die Bremsen reagieren kaum. Trotzdem müsste er in den Kurven wesentlich schneller als Romans klotzige Bullen-Limousine sein. Das würde uns wirklich helfen, wenn es irgendwelche Kurven oder Kreuzungen gäbe. Die Zufahrtsstraße ist jedoch eine einzige lang gezogene Gerade und Roman hängt uns bereits unmittelbar auf der Stoßstange und versucht uns von der Straße zu schießen.

Die Jungs vom Baseballfeld stellen sich am Zaun auf und blicken uns nach, als wir vorbeisausen. Die meisten Passanten halten sich an der Uferpromenade auf, doch einige spazieren auch auf der Straße. Ich bewege meine rechte Hand zur Mitte des Lenkrads und betätige mit meinem Daumen die Hupe. Das Fernlicht ist eingeschaltet und vor uns scheint der Weg frei, als Roman uns von hinten rammt und der Wagen ins Schlingern gerät.

Das Lenkrad springt mir kurz aus der Hand und wir schwenken nach links, wo wir eine Parkbank streifen und dann zurück in die Straßenmitte holpern. Ich bekomme den Wagen wieder unter Kontrolle und drücke das Gaspedal voll durch. Roman lässt sich für einen Moment etwas zurückfallen, um dann von Neuem anzugreifen. Neben mir hat Russ seine Beine voll durchgedrückt, als wolle er ein imaginäres Bremspedal treten. Seine rechte Hand hält den Gurt fest umklammert, in der linken befindet sich Bud.

– Hank?

Ich lasse meine Augen auf die Straße gerichtet.

– Ja?

– Ich will dir ja nicht reinreden, aber diese Kiste hat auch noch einen fünften Gang.

Scheiße!

Ich schalte hoch und wir ziehen locker davon. Aber nicht

lange. Direkt vor uns taucht die Williamsburg Bridge auf und teilt den Himmel entzwei. Parallel dazu kreuzt unter ihr die Fußgängerbrücke der Delancy Street den FDR. Eine Rampe führt direkt mitten auf die Zufahrtsstraße. Eigentlich ist genug Platz, um locker daran vorbeizufahren, aber mit hundertzwanzig Sachen sieht es doch beträchtlich enger aus als mit dreißig auf dem Hinweg.

Roman rammt uns erneut und der Wagen schert leicht nach links aus. Er dreht auf und rast auf gleicher Höhe rechts neben uns her. Ich lenke den Wagen vorsichtig weiter nach links, um ihn auf der schmalen Fläche zwischen Fußgängerweg und der Reihe Laternenpfähle, die am Wegesrand stehen, durchzumanövrieren. Ich würde gerne einen Blick auf Roman werfen, aber das Spiel in der Lenkung macht mich ganz kirre. Nur keine Angst. Er erinnert mich an seine Anwesenheit, indem er uns einen weiteren Stoß versetzt, und dann wieder nach rechts ausschert, um sich auf seiner Seite in den Spalt einzupassen. Der Schubs bringt uns zu weit nach links und der Außenspiegel auf der Fahrerseite prallt gegen eine Laterne und knallt dann gegen mein Fenster. Das Fenster zersplittert und Hunderte kleiner Glasscherben verteilen sich auf meinem Schoß, während der Rückspiegel an meinem linken Ohr vorbeisaust und auf dem Rücksitz landet.

Ich muss einen Augenblick blinzeln und schließe kurz die Augen. Als ich sie wieder öffne, befinden wir uns in der engen Fahrspur. Ich muss das Lenkrad herumreißen, um uns wieder auf Kurs zu bringen. Wir schlingern herum und ich fühle, wie die hintere Stoßstange irgendwo hängen bleibt und das Heck leicht wegzieht. Wir sind durch, schleudern aber unvermittelt nach rechts. Ich versuche gegenzusteuern, aber es ist zu spät. Wir rammen Romans Wagen mit voller Breitseite, als er auf der anderen Seite die Rampe passiert. Seine Limousine ist jedoch eindeutig schwerer als unsere und wir prallen zurück auf die Mitte der Straße. Roman verliert für einen Moment die Kontrolle über sein Lenkrad und schrammt mit der Flanke seines Wagens an einem eisernen Zaun auf seiner Straßenseite entlang. Ein wahrer Funkenregen sprüht in den Abendhimmel und wir ziehen wieder davon.

Die Straße macht eine leichte Kurve nach rechts. Zur Linken passieren wir den Corlears Hook Park. Vor uns verengt sich die Fahrbahn auf die Breite maximal eines Autos, während sie am Lagerplatz des Piers vorbeiführt. Roman sitzt uns schon wieder auf der Pelle. Ich schalte runter und mache mich bereit.

– Russ, halt Bud jetzt gut fest.

Aus dem Augenwinkel nehme ich sein hektisches Nicken zur Kenntnis, dann brettern wir mit über sechzig Stundenkilometern über die gut vierzig Zentimeter hohen Bodenschwellen. Der Wagen hebt mit dem Vorderteil ab und als er sich wieder senkt, prallt das Heck auf und schießt hoch. Dadurch setzt das Vorderteil in einem noch steileren Winkel auf dem Boden auf. Ich trete auf die Bremse und versuche das Lenkrad gerade zu stellen. Wir holpern und rutschen auf die nächste Bodenschwelle zu und schlagen hart auf. Diesmal schleudern wir nach links. Ich versuche gegenzusteuern und nehme den Fuß vom Gas. Wir kriegen Bodenhaftung und ich bringe uns in eine gerade Position für die letzte Holperrunde, die wir locker mit harmlosen dreißig Stundenkilometern passieren. Hinter uns höre ich, wie Roman die erste Schwelle mit Vollgas nimmt.

Um ein Haar überschlägt er sich, schafft es aber gerade noch so eben. Bei der zweiten Bodenschwelle haut es ihn dann von der Straße und der Wagen pflügt in den Zaun eines Lagerplatzes, wo er ruckartig zum Stehen kommt. Ich schlage das Lenkrad scharf rechts ein und steuere auf die Ausfahrt zu, überfahre die Kreuzung bei Rot und nehme die Haarnadelkurve rauf auf den Franklin D. Roosevelt Driveway, wo ich wieder aufs Gas drücke. Unter uns erkennen wir Romans Wagen, der sich immer noch in entgegengesetzer Richtung auf der Zufahrtsstraße befindet. Er bewegt sich jedoch schon wieder und macht sich auf den Weg in Richtung FDR.

Ich versuche, im Verkehr unterzutauchen, indem ich mich einreihe und mich der Geschwindigkeit der anderen Fahrzeuge anpasse. Wir fahren erneut unter der Williamsburg Bridge durch, diesmal jedoch in nördlicher Richtung. Ich überlege, wie wir Roman abhängen können. Russ kuschelt sich gerade an Buds weiches Fell und flüstert ihm etwas zu, als Romans Wagen von hinten heranschießt.

Wir fahren in der äußersten rechten Spur und er zieht links auf gleiche Höhe. Ich blicke aus dem Fenster. Nur ein paar Meter von mir entfernt lutscht Bolo an seinem zerkratzten Daumen. Roman würdigt mich keines Blickes, er schaut stur auf den Verkehr. Auf der Rückbank sehe ich Whitey, kann aber nicht ausmachen, ob er noch lebt oder bereits tot ist. Solange dieses Rennen einzig von der Geschwindigkeit bestimmt wird, haben wir keine Chance sie abzuschütteln. Die Verfolgungsjagd muss nach anderen Regeln ablaufen. Ich zieh rüber auf die Auffahrt zur Houston Street. Roman bremst scharf ab und schert hinter uns ein, um uns zu folgen. Oben an der Auffahrt ignoriere ich das Stoppschild und das anschließende Hupkonzert der anderen Autos, umfahre halb den Kreisverkehr und nehme die Houston Street in westlicher Richtung.

Der Verkehr ist zwar dicht, doch Roman bleibt stur an uns kleben. Von der mittleren Spur ziehe ich urplötzlich nach rechts, schneide mehrere Autos und biege auf die Avenue A ab. Erneut ignoriere ich die lautstarken Proteste der anderen Verkehrsteilnehmer. Diesmal hat Roman Probleme, mir zu folgen und ich verschaffe mir einen ordentlichen Vorsprung.

Wegen des dichten Wochenendverkehrs kommen wir jedoch nur langsam vorwärts und auf Höhe der 9th Street hat Roman uns schon wieder eingeholt. Aber das ist schon okay, denn vor mir sehe ich bereits die Lichter wild blinken.

Die Szenerie wirkt fast so, als würde vor meiner Haustür ein Hollywood-Film gedreht: Polizeiwagen, Übertragungswagen der Nachrichtensender, Straßensperren und Schaulustige, wohin das Auge reicht. Roman erkennt die Situation blitzschnell und lässt sich zurückfallen. Er kann es sich nicht leisten, vor all diesen Cops mit einem sterbenden Gangster auf dem Rücksitz erwischt zu werden. An der 12th Street biegt er in östlicher Richtung ab. Er muss einen Umweg von mehreren Blocks in Kauf nehmen, ansonsten erwartet ihn einen Block weiter vor Paul's dasselbe Schlamassel. Russ löst sich aus seiner innigen Kuschelei mit Bud, schaut auf und registriert, was hier los ist.

– He Hank. Was soll der Scheiß? Mmmm.
– Immer mit der Ruhe, Mann.
– Mmmm.
– Ganz locker.

Er reibt seine Nase an Buds Gesicht.

– Hast du das gehört, Buddy? Wir sollen ruhig bleiben. Mmmm. Ganz locker. Mmmm.

Ich schaue ihn an. Doch er hält sein Gesicht nur ganz nah an das von Bud.

Die Polizei winkt ein Auto nach dem anderen über die Kreuzung Avenue A und 13th Street. Im Schneckentempo fahren sie an meinem Wohnhaus vorbei. Als wir an der Reihe sind, fordert uns der Cop mit erhobener Hand ein paar Sekunden zum Warten auf, während der Kreuzverkehr vorbeiströmt. Als ich mich umschaue, erblicke ich ein paar Leute aus der Nachbarschaft, die sich unter die Reporter und Gaffer gemischt haben. Ich ziehe den Kragen meiner Jacke hoch und versinke unauffällig in meinem Sitz.

Der Cop winkt uns durch, ohne auch nur einmal ins Wageninnere geblickt zu haben. Die Polizei war gezwungen, Barrikaden zu errichten, um eine schmale Durchfahrtsspur in der Mitte der Straße freizuhalten. Wir schleichen langsam vorbei und ich stelle mir eine ähnliche Szene am Haus meiner Eltern vor. Reporter im Vorgarten, Fremde, die blöde glotzend vorbeifahren, und die Nachbarn, die ihre Finger auf das Haus meiner Eltern richten und die Köpfe schütteln. Russ hat sich wieder in Buds Fell vergraben. An der 14th Street werden wir erneut von einem Verkehrspolizisten angehalten. Nach Osten blickend, halte ich Ausschau nach Romans Wagen, kann ihn aber nirgends erkennen. Mir wird bewusst, dass unser Wagen eine Art Zielobjekt geworden ist und es höchste Zeit ist, sich davon zu trennen. Der Polizist gibt den Verkehr frei und ich biege links ab, als der Motor des Celica zu stottern und würgen beginnt.

Wir ruckeln über die Kreuzung und ich lenke den Wagen unmittelbar hinter einer Bushaltestelle an die rechte Bordsteinkante. Ich schaue aus dem Fenster und der Polizist deutet von sich zu uns, um anzufragen, ob wir Hilfe brauchen. Ich lächle und winke zurück, was heißen soll: Nein danke! Er nickt und wendet sich wieder seinem Job zu.

– Russ.
– Mmmm.
– Russ!
– Mmmm. Was?
– Der Wagen ist verreckt.
– Mmmm.
– Russ?
– Ja?
– Alles in Ordnung?

Er nimmt sein Gesicht von Bud und blickt mich an. Seine linke Pupille ist gewaltig erweitert und nimmt jetzt fast die gesamte Iris ein.

– Ich weiß nicht, Hank. Ich fühl mich irgendwie nicht so toll.

Wir müssen raus aus diesem Wagen.

– Es ist gut, dich zu sehen, Buddy. Mmmm.

Wir müssen raus aus diesem Wagen.

– Gut dich zu sehen. Mmmm. Tut mir leid, dass ich, mmmm, dass ich dich so lang allein gelassen hab, Buddy.

Wir müssen raus aus diesem verfickten Wagen. Der Verkehrspolizist an der Kreuzung schaut immer wieder zu uns rüber. Ein paar Blocks weiter sind Roman und Bolo wahrscheinlich gerade dabei, Whitey verschwinden zu lassen oder sie stecken ihn in den Kofferraum, um uns weiter zu verfolgen. Russ' linke Gesichtshälfte hängt schlaff herunter und sieht aus wie erstarrt, während er sich fortwährend an Bud schmiegt und ihm zuflüstert. Wir müssen raus aus dem Wagen, bevor der Polizist rüberkommt, um nachzusehen, was hier los ist, aber ich habe keinen Schimmer, wohin wir gehen sollen.

Da klingelt das Handy.

– Buddy, Buddy, Buddy. Ich hab dich so vermisst, Buddy. Mmmm.

Es klingelt erneut.

– Buuuuddy.

Ich hole es aus der Tasche und starre es an, während es zum dritten Mal klingelt.

– Es tut mir leid, dass man dir wehgetan hat, Buddy. Mmmm. Das war, mmmm, das war einzig meine Schuld.

Es klingelt wieder und ich klappe es auf.

– Hallo?

– Hallo?

– Hallo?
– Ist da Russ Miner?
Fuck!
– Äh … ja.
– Mr. Miner, dies ist Detective Craig Williams vom New York City Police Department.
Oh, Scheiße.
– Ja?
– Mr. Miner, sind Sie alleine? Können Sie ungestört reden?
– Ja.
Der Verkehrspolizist schaut schon wieder zu uns rüber.
– Mr. Miner, wir haben Ihre Kreditkarten-Transaktionen überprüft und uns ist dabei aufgefallen, dass Sie in den letzten 24 Stunden diesen Mobilfunk-Vertrag abgeschlossen haben.
– Aha.
– Darüber kamen wir auch an diese Nummer.
– Aha.
– Mr. Miner, wir gehen davon aus, dass Sie sich in großer Gefahr befinden.
– Äh, warum?
– Mr. Miner, kennen Sie einen Henry Thompson? Seine Eltern wurden heute zu einem früheren Zeitpunkt von dieser Nummer aus angerufen.
Oh oh, verfluchte Scheiße.
– Ähm.
– Ist Henry Thompson bei Ihnen? Hält er Sie als Geisel gefangen?
Ist das ein schlechter Witz?
– Ähm.
– Wenn Sie nicht frei reden können, antworten Sie einfach nur mit Ja oder Nein. Haben Sie mich verstanden?
– Äh-jä.
Der Polizist starrt mich jetzt direkt an. Ich versuche,

mein Gesicht so gut es geht im Dunkel des Wagens zu verbergen.

– Mr. Miner? Russ? Russ, hören Sie … der Mann ist gefährlich. Mr. Thompson ist ein sehr gefährlicher Mann. Wir wissen, dass Sie in Schwierigkeiten stecken, aber falls Henry Thompson bei Ihnen sein sollte, dann befinden Sie sich in noch größerer Gefahr, als Sie sich vorstellen können. Wir können Ihnen helfen. Verstehen Sie?

– Ähm.

– Russ, wir wollen Ihnen helfen. Russ, sind Sie noch dran?

Ich schalte das Handy aus und werfe es auf den Rücksitz. Russ nimmt wieder sein Gesicht von Bud weg und sieht mich mit seinem schiefen Blick an.

– Wer war das? Jemand, den ich kenne?

Ich steige aus, gehe um den Wagen herum zur Beifahrertür und will Russ raushelfen. Der Polizist winkt einen seiner Kumpels zu sich, damit er den Verkehr übernimmt, und nähert sich uns.

Ich habe Russ aus dem Wagen gehievt und wir entfernen uns. Ich zähle die Sekunden. Bei dreißig werde ich mich umdrehen, um nachzusehen, ob der Cop seinen Kopf bereits in den Wagen gesteckt und all das Glas und die kurzgeschlossenen Kabel entdeckt hat. Bei zwanzig drehe ich mich um.

Er schaut nicht *ins* Auto, er steht *mit dem Rücken zum* Auto da. Er steht mit dem Rücken zum Auto, damit er sich in Ruhe mit Roman unterhalten kann, der gerade in seiner *russenfreien* Limousine vorgefahren ist und sich *aller Wahrscheinlichkeit nach* gerade nach den beiden Typen aus diesem beigen Celica erkundigt. Ich eile mit Russ im Schlepptau die Stufen zur U-Bahn-Station der Linie L am Ende des Blocks hinunter.

Es dauert ewig, bis ich diese blöden U-Bahn-Münzen gelöst

habe. Russ lehnt sich an mich, während ich einen der Zwanziger aus meiner Hose krame. Der Kerl in der Kabine will wissen, wie viele wir brauchen und ich habe einen kurzen Blackout. Ich grübele angestrengt darüber nach, ob wir vielleicht mehr als nur jeder eine benötigen; man weiß ja nie, was noch kommt. Dann komme ich wieder zu mir und realisiere, wo ich bin und wie nah uns Roman und Bolo auf der Pelle hängen. Ich sage ihm, er solle uns zwei Stück geben, aber schnell, bitte! Er schiebt die beiden Münzen durch den Schlitz und beginnt damit, meine siebzehn Dollar Wechselgeld abzuzählen, alles Ein-Dollar-Scheine. Dann spüre ich, wie ein Luftzug aus dem Tunnel heraufzieht und ein Zug im Kommen ist. Der Ticketverkäufer schiebt mir die Scheine rüber, ich greife sie und dränge Russ zum Drehkreuz. Uns beide durch die Metallstreben zu zwängen und dann noch ein paar weitere Treppenstufen zu meistern, ist eine Geschichte für sich. Der Zug fährt ein, aber natürlich an einem anderen Gleis in Richtung Brooklyn. Wir machen uns auf den Weg zum anderen Ende des Bahnsteigs, weg vom Eingang und vom Drehkreuz.

– Was sagst du, Russ?
– Mmmm. Ich weiß nicht, Hank.

Wir kommen ganz gut voran. Ich gehe links von ihm und stütze ihn, so gut ich kann. Er scheint einigermaßen Kontrolle über sein linkes Bein zu haben und so muss ich ihm eigentlich nur helfen, die Balance zu halten.

– Fühlst du dich besser?
– Hank?
– Ja?
– Was in aller Welt machen wir hier eigentlich, Mann?
– Na ja, Russ, ich versuche uns hier rauszuholen.
– Aber die ganzen Cops da vorhin, Mann. Übergeb mich denen doch einfach, ich mein … ich bin ziemlich im Arsch.

Wir nähern uns dem Ende des Bahnsteigs und im Tunnel vor uns sind Lichter zu erkennen, ein neuer Zug fährt ein. Ich blicke mich auf dem Bahnsteig um, noch immer keine Spur von Roman. Wir erreichen das Ende und ich lehne Russ gegen eine Wand. Die Tasche mit Bud hat er sich um die Schulter gehängt, der versucht sich herauszuwinden. Ich drücke ihn wieder hinein und ziehe den Reißverschluss vollständig zu, als der Zug in den Bahnhof donnert.

– Die Sache ist die, Russ. Ich dachte, wir könnten das Geld holen. Danach, dachte ich, gehen wir zu einem Arzt und bringen dich wieder in Ordnung. Und dann machen wir uns aus dem Staub und verstecken uns irgendwo. Was hältst du davon, Mann? Klingt das gut?

Ich ziehe Russ an den Rand des Bahnsteigs, als der Zug zum Stehen kommt. Die Türen öffnen sich mit einem leisen Klingelgeräusch. *Ding-dong*! Wir müssen warten, bis eine Horde junger Möchtegern-Künstler aus Williamsburg, die im East Village einen draufmachen wollen, ausgestiegen ist.

– Ich hab ihm den falschen Schlüssel gegeben.

– Häh?

– Ich hab ihm den Schlüssel zu *meinem* Lagerraum gegeben, Russ. Wir haben immer noch das Geld.

Als wir in das letzte Zugabteil einsteigen, bemerke ich, dass am anderen Ende des Bahnsteigs irgendetwas los ist. Roman und Bolo stürzen die Stufen hinunter und bahnen sich einen Weg durch die Menge, um es noch in den vorderen Wagen zu schaffen.

– Heißt das etwa, mmmm, dass wir immer noch das Geld haben?

– So ist es, Mann, wir haben es noch immer. Also entspann dich, alles wird gut.

Ding-dong! Die Türen sind schon fast zu, bleiben kurz stehen und gehen dann wieder auf, so als ob jemand im Zug die Tür blockiert hätte. *Ding-dong*! Diesmal gehen sie wirklich zu. Und ich? Ich würde mal sagen, Roman hat es in den Zug geschafft.

Es sind noch drei Haltestellen bis zur Endstation an der Eighth Avenue. Ich überlege, wie lange Roman und Bolo wohl brauchen, um sich durch den Zug bis zu uns vorzuarbeiten. Jeder Zug hat acht Waggons. Zwischen den Waggons sind die Türen verschlossen; das heißt, sie müssen an jeder Station aussteigen, um einige Wagen weiter hinten wieder einzusteigen. Ich versuche mir die Stationen zwischen hier und der Endstation zu vergegenwärtigen, um abzuwägen, wo wir uns am besten aus dem Staub machen könnten. Schon kommt der nächste Halt – Third Avenue.

Ding-dong! Die Türen gehen auf und einige Fahrgäste steigen aus und ein. Russ dämmert in seinem Sitz vor sich hin. Ich gehe zur Tür und stecke meinen Kopf hinaus. Am vorderen Ende des Zuges, im zweiten Wagen, macht Bolo dasselbe. Er sieht mich. Schnell ziehe ich mich in den Wagen zurück. *Ding-dong*! Und weiter geht's. Nächster Halt: Union Square. Wenn der Zug dort einfährt, müssten wir eigentlich ziemlich nahe bei den Treppenstufen am Ende des Bahnsteigs halten. Wir könnten losrennen und darauf hoffen, dass sie es nicht mitkriegen, und dann einen anderen Zug nehmen oder versuchen, sie auf der Straße abzuhängen.

Ich greife Russ am Arm und versuche ihn hochzuhieven, aber er bewegt sich keinen Millimeter. Ich schaue mich im Waggon um. Keiner schenkt uns auch nur die geringste Beachtung – New York eben. Gottbewahre, wenn man aufblickt, könnte man ja etwas sehen. Ich setze mich neben ihn und fühle seinen Puls. Er schlägt noch. Hoffentlich hat er bloß einen kurzes Blackout und befindet sich nicht im Koma. Wir erreichen den Union Square.

– Russ, auf, Mann! Zeit zu verschwinden. Komm schon.

Keine Reaktion. Der Zug hält an. Ich kann ihn natürlich

hier sitzen lassen. Es gibt eigentlich keinen Grund, ihn nicht hier sitzen zu lassen. Außer natürlich, dass Russ und Bolo ihn umlegen werden, wenn sie ihn finden.

– Russ.

Ich gebe ihm einen leichten Klaps auf die Backe. Nichts. In seinem Schoß wackelt die Tasche hin und her, weil Bud sich darin bewegt. *Ding-dong*! Menschen strömen raus und rein. Ich mache einen Schritt zur Tür und spähe hinaus. Bolo ist wieder zu sehen, noch immer am zweiten Wagen. Er winkt. Ich winke zurück und trete aus dem Wagen. Er sagt etwas zu jemandem im Wagen und er und Roman steigen aus. Ich steige wieder ein. Sie steigen ein. Ich steige wieder aus. Diesmal bleibt Roman im Wagen. Bolo springt auf den Bahnsteig und läuft in meine Richtung. *Ding-dong*! Rasch springe ich wieder hinein, bevor sich die Türen schließen. Die Tür stockt und geht wieder auf. *Ding-dong*! Dann gehen sie ganz zu. Er hat es noch geschafft. Aber alleine dafür, ihn so rumzappeln zu sehen, hat sich die Aktion gelohnt. Nächster Halt: Sixth Avenue.

Russ ist immer noch nicht zu sich gekommen. Wir fahren ein. *Ding-dong*! Wieder schaue ich hinaus. Bolo und Roman verlassen den zweiten Wagen und steigen durch die erste Tür des dritten Wagens wieder ein. Für einige Sekunden sind sie nicht zu sehen. Ich bete darum, dass sich die Türen endlich schließen mögen, bevor sie sich uns noch weiter nähern können. Ohne Erfolg. Am Ende des vierten Wagens kommen sie plötzlich aus der Tür geschossen und schaffen es in den fünften Waggon. *Ding-dong*! Zwischen dem sechsten und siebten Wagen werden sie auf eine verschlossene Verbindungstür stoßen, näher können sie uns nicht kommen, bevor wir die Eighth Avenue erreichen. Die Endhaltestelle. Ich setze mich neben Russ und nehme seine Hand, als wir losfahren.

– Wow.

Ich blicke ihn an.

– Wow, Mann. Ich war grad ganz woanders.

Er schüttelt seinen Kopf und sieht sich um.

– Okay, Mann, dann … äh … lass uns mal das Geld holen.

Als wir an der Eighth Avenue einfahren, stehen wir sprungbereit an der Tür und warten darauf, dass sie aufgeht. Es scheint eine halbe Ewigkeit zu dauern. *Ding-dong*! Die Treppe liegt direkt vor uns. Russ klammert sich an mich und wir eilen vor den anderen Fahrgästen die Stufen hoch zum eigentlichen Bahnhof. Zwei Wagen hinter uns versuchen sich Roman und Bolo, durch die Masse der Fahrgäste zu kämpfen, die die einzige Treppe verstopfen.

Wir sind am Ende des Aufgangs, der ins Zentrum des Bahnhofs führt, und ich halte kurz an, um mich umzusehen. Roman und Bolo sind noch ganz unten, schieben sich aber schnell durch die Menge. Bolo räumt den Weg frei. Ich blicke zum Ausgang, aber Russ ist einfach zu langsam, als dass wir ihnen auf der Straße entkommen können. Ich lotse uns nach rechts, mitten rein in den Bahnhof, zum Bahnsteig der Linie A.

Wir kommen an zwei nach unten führenden Rolltreppen vorbei, die wegen Reparaturarbeiten gesperrt sind. Russ hat seinen linken Arm um meine Schulter gelegt und hüpft neben mir her. Ich höre, wie ein Zug auf den Gleisen der Linien A, C und E einfährt, kann jedoch nicht feststellen, ob er Richtung Uptown oder Downtown unterwegs ist. Ich rate auf gut Glück und schiebe Russ nach links, die Treppen zum Bahnsteig Richtung Downtown hinab. Roman und Bolo sind uns hart auf den Fersen. Sollte da unten kein Zug auf uns warten, sind wir am Arsch.

Ein Zug der Linie C steht bereit, die Türen geöffnet. Auf der anderen Seite des Bahnsteigs kommt gerade ein A-Express zum Stehen. Am Fuß der Treppe schau ich mich um.

Sie sind oben, blicken uns von dort direkt an und kommen im Eiltempo heruntergestürmt. Linie A stoppt. *Ding-dong*! Menschenmassen strömen auf den Bahnsteig, wechseln von einem Zug in den anderen. Wir gehen auf die rechte Seite Richtung Linie A und ich stelle sicher, dass Roman und Bolo sehen, wie wir uns dorthin begeben. Die Menschenmenge ist dicht und ich setze meine Ellbogen ein, um uns Platz zu schaffen, während wir weiter hinten unauffällig auf die andere Seite des Bahnsteigs zur Linie C wechseln.

Als wir dort angelangt sind, sehe ich Bolos Hinterkopf, der über der Menschenmenge emporragt. Er und Roman stehen am Fuß der Treppen und suchen uns am Bahnsteig der Linie A. *Ding-dong*! Die Türen der Linie C schließen sich direkt vor unserer Nase. Mein rechter Fuß schnellt nach vorne und die Türen prallen dagegen. *Ding-dong*! Sie öffnen sich wieder und wir hüpfen hinein. Das Gleiche tun auch Roman und Bolo, die im letzten Moment hineinschlüpfen. Sie befinden sich im selben Wagen wie wir, lediglich eine Tür weiter, gerade mal drei Meter entfernt. Bolo hält uns seinen zerkratzen Daumen entgegen und grinst uns breit an.

Der Zug fährt ab. Russ ist am Ende und lehnt sich an mich, sein Kopf an meine Brust gepresst, während ich mich an eine dieser Festhaltestangen stütze. Hinter mir höre ich die Flüsterstimmen einiger Teenager, die uns als Schwuchteln bezeichnen. Roman und Bolo bleiben am anderen Ende des Wagens stehen, uns aufmerksam beobachtend. Sie sind so nah, dass wir uns mit ihnen unterhalten könnten, wenn wir etwas lauter sprechen würden. Sie scheinen zufrieden, so nah bei uns zu sein, bis wir aus der Menschenmenge raus sind. Die Jersey-Jungs hinter uns werden mutiger und sprechen jetzt lauter.

– Verfickte Schwuchteln.

– Ja, verfluchte Arschficker, blöde Schwuchteln.
– Schau sie dir doch an. Haben AIDS und benehmen sich *immer noch* wie Schwuchteln.

Ihre Stimmen sind laut genug, dass die meisten Leute im Wagen sie hören können, und ich spüre, wie sich eine gewisse Spannung aufbaut. Bolo versucht, nicht zu lachen und Roman wirft mir teuflische Blicke, wie kleine Laserblitze, zu.

– Arschfickende, Seuchen infizierende, kranke, scheiß Schwuchteln.

Ich löse Russ' Arm von meiner Schulter, lehne ihn gegen die Stange und drehe mich in Richtung der Stimmen. Die Fahrgäste nehmen das aus den Augenwinkeln wahr, und die Spannung im Wagen wächst. Jeder schaut und hört genau zu, ohne sich etwas anmerken zu lassen. Ich starre die fünf Jungs auf der Sitzbank von oben herab an.

– He, die Schwuchtel macht einen auf harten Kerl.

Der Zug wird langsamer, als er sich der nächsten Station nähert.

– Hast du ein Problem, Arschbohrer?

Einer sieht aus wie der andere. Sie haben alle denselben extremen Kurzhaarschnitt, übergroße Muskelpakete, kleine Stechaugen und denselben trotteligen Gesichtsausdruck. Das wird eine leichte Übung, könnte fast Spaß machen. Der Größte steht auf, als wir in den Bahnhof einfahren.

– Was gibt's, Dreckschwanz? Willst du uns irgendwas sagen?

Der Zug kommt zum Stehen. Ich blicke hinüber zu Roman, lächle ihn an und wende mich dann dem Jungen zu. Er redet noch immer.

– Na los, du verfickter Kinderschänder. Sag schon, was gibt's?

Ich spitze meine Lippen und präsentiere dem Jungen meinen süßen Kussmund. Wir sind weniger als einen Meter voneinander entfernt. Er packt mich, und ich trete ihm ordentlich vors Schienbein. Er jauchzt auf. Ich bringe meinen rechten Ellbogen nach oben und treffe ihn in der Mulde unter dem Kinn. Nach Luft schnappend fällt er rückwärts um, woraufhin seine Freunde von ihren Sitzen aufspringen und auf mich zukommen. Und in diesem Augenblick sind all die Schwulen, die sich in diesem Zug im Herzen des West Village befinden, nur ein paar Blocks vom Stonewall Inn entfernt, wo einst die Gay-Rights-Bewegung bei einem Transvestiten-Aufstand geboren wurde, auf den Beinen und lassen es krachen. *Ding-dong*!

Die Türen gehen auf. Ich packe Russ und wir werden mit dem Strom der sich Prügelnden nach draußen gespült. Der A-Express, den wir an der Eighth Avenue gesehen hatten, fährt auf dem gegenüberliegenden Gleis ein. *Ding-dong*! Wir schieben uns durch das Gewühl hindurch und erreichen sicher die Linie A. Die Türen schließen nicht. Ich beobachte, wie Roman und Bolo sich mit Gewalt einen Weg durch die Menge bahnen und auf uns zusteuern. Die Türen schließen immer noch nicht. Sie steigen ein und bleiben wieder am anderen Ende des Wagens stehen. Am Bahnsteig gegenüber hat sich die Linie C noch immer nicht bewegt. Ich halte Russ eng an mich gedrückt und wir flitzen kurz aus der Tür und gleich wieder zurück in den A-Zug. Diesmal beißen Roman und Bolo nicht an. Wir versuchen es noch einmal. Sie beißen nicht an. Die Linie C steht weiterhin am Gleis, während der Kampf noch in vollem Gange ist. In gewisser Weise baut die Stadt auf diese Art wenigstens ein wenig ihrer sexuellen Spannungen ab. Noch einmal hüpfen wir aus der Tür. Sie beißen nicht mehr an. *Ding-dong*! Auf den letzten Drücker zerre ich uns durch die sich schließenden Türen der Linie C.

Roman und Bolo springen aus der Linie A – *Ding-dong*! –

und steigen dann rasch wieder ein, bevor die Türen zugleiten und ihr Zug abfährt. Direkt hinter unserem.

Die Züge fahren auf parallel verlaufenden Spuren. Eine Zeit lang hat unsere Linie C einen kleinen Vorsprung, doch dann macht der A-Express seinem Namen alle Ehre, legt an Tempo zu und saust auf gleicher Höhe neben uns her. Durch das zerkratzte Plexiglasfenster sehe ich, wie mich Bolo nur ein paar Meter von uns entfernt verflucht und Roman bloß den Kopf schüttelt. Dann brausen sie auf der Express-Spur Richtung Canal Street davon, während wir die Geschwindigkeit drosseln, um unseren ersten Stopp an der Spring Street einzulegen. Behutsam bugsiere ich Russ auf einen Sitz und versuche mal wieder richtig durchzuatmen.

Russ sitzt da wie ein nasser Sack, den Oberkörper an mich gelehnt. Bud raschelt aufgeregt in der Tasche und ich öffne sie ein wenig, um nachzusehen, wie es ihm geht. Er steckt seinen Kopf heraus und ruckelt so lang hin und her, bis er ein wenig Bewegungsfreiheit hat und seinen Kopf gegen Russ' Kinn reiben kann. Der Zug fährt in die Station ein.

– Los geht's, Jungs.

Ich nehme Russ' Arm, aber er fühlt sich an wie Blei. Er ist nicht bei Bewusstsein. Ich setze mich wieder. Im Wagen ist es ruhig, kaum eine Menschenseele, nur ein paar Leute, die nicht ausgestiegen waren, um sich am Kampf zu beteiligen oder zumindest zuzuschauen. Am Rand von Russ' Mund hängt etwas Sabber und Bud leckt daran. Ich fühle seinen Puls, erst am Handgelenk, dann an der Halsschlagader und schließlich lege ich mein Ohr an seine Brust.

Seine Augen stehen offen. Ich schließe sie, damit es so aussieht, als schlafe er. Bud wird wieder zurück in die Tasche gezwängt, als der Zug langsam zum Stehen kommt. Ich nehme die Tasche von Russ' Schulter und hänge sie mir selbst um. Dann stehe ich auf. Die Türen öffnen sich, ich trete hinaus. Und damit sind alle Brücken endgültig hinter mir abgebrochen, denn jetzt bin ich wirklich ein Mörder.

Ding-dong!

TEIL 4
30. SEPTEMBER 2000

– Hallo?
– Ich liebe dich, Mom.
– Henry.
– Sag Dad, dass ich ihn auch liebe.
– Oh, Henry.
– Ich muss los, Mom. Macht's gut.

Ich stehe an der Ecke Prince und Mercer, den Hörer des Münztelefons in der Hand. Es ist so gegen halb elf, eine halbe Stunde ist es her, seit wir Roman im Park getroffen haben. Ich zittere am ganzen Körper und es fällt mir schwer, die Münzen in den Schlitz zu werfen, um meinen nächsten Anruf zu tätigen. Um mich herum bevölkern die Kids von der NYU und das Wochenend-Partyvolk aus Jersey die Straßen von Soho und fragen nach dem Weg zum Balthazar. Ich beiße mir fest auf die Zunge, bis ich das Blut schmecken kann und das Zittern nachlässt.

Die Visitenkarte befindet sich noch in meiner hinteren Hosentasche, wo ich sie reingesteckt habe, als ich mich in meinem Apartment umzog. Ich habe sie in das Polizeifoto der misshandelten Yvonne gefaltet. Ich falte das Foto wieder zusammen, stecke es weg und wähle die Nummer. Es klingelt einmal.

– Ja?
– Ich bin's.
– Wurde aber auch Zeit.
– Ich weiß.

– Das ist ja ein ganz schönes Schlamassel, in das du da geraten bist, Junge.
– Ich weiß.
– Du hättest mich gleich anrufen sollen, wie ich gesagt hatte.
– Ja, ich weiß.
– Ist das alles, was du dazu zu sagen hast?
– Tut mir leid.
– Tja, dann … bist du jetzt so weit, zusammenzuarbeiten?
– Ja.
– Gut, es freut mich, das zu hören.

Ed kann nicht sofort los, um mich abzuholen; er meint, ich solle warten und bis morgen Abend irgendwo untertauchen. Dann gibt er mir noch Instruktionen, wann und wo wir uns träfen, und legt auf.

Jedes Mal, wenn ich dazu komme, mich ein wenig auszuruhen, stelle ich fest, wie sehr alles schmerzt und wie müde ich bin. Die Wunde an der Seite brennt, in meinem Schädel hämmert es, die ganzen Prellungen tun weh, von meinen Füßen ganz zu schweigen. Und so stehe ich da an der Ecke und schaue mir die normalen Menschen an, die nicht von Psychotikern oder der Polizei gejagt werden, und hasse sie dafür.

Ich stinke nach Schweiß und meine Klamotten sind völlig verdreckt. Ich bin ein einziges Wrack und so sehe ich auch aus. Doch jetzt brauche ich erst einmal einen Ort, wo ich untertauchen kann und bis morgen nicht entdeckt werde. Ich schmeiße mir zwei Vics ein und versuche unter einem Baugerüst vor dem Angelika-Kino auf einem ausgebreiteten Pappkarton zu schlafen. Niemand beachtet mich. Ich bin jetzt ein Obdachloser in New York und bin damit wie all die anderen Penner so gut wie unsichtbar.

Es ist kein guter Schlaf. Mir ist kalt, der Boden ist steinhart und kaum bin ich einmal weggedriftet, weckt mich der Schmerz oder etwas anderes, das sich durch die Schmerzmittel seinen Weg bahnt. Die meiste Zeit liege ich mit dem Rücken an das Gebäude gelehnt und beobachte die Füße der Passanten, die vorbeigehen. Buds Tasche ist halb geöffnet und ich habe eine Hand hineingesteckt, mit der ich spüre, wie er atmet und schnurrt. Ich muss an Russ denken, der tot und allein gelassen in einer U-Bahn sitzt. Ich denke an den Aluminium-Baseballschläger, die Mordwaffe, voller Blut und mit meinen Fingerabdrücken übersät. Ich kann mich nicht mehr daran erinnern, ob ich ihn in meinem oder seinem Apartment liegen gelassen habe. Aber das ist jetzt auch egal. Die Cops werden ihn so oder so bald finden, wenn sie ihn nicht bereits haben. Ich frage mich, ob Roman und Bolo einen *uptown train* zurück zur Spring Street genommen haben oder ob sie an der Canal Street ausgestiegen sind, um auf unseren Zug zu warten. Was werden sie wohl machen, wenn sie Russ entdecken? Mein Kopf ist eine einzige Müllhalde. Ich wünschte, ich hätte ein Bier. Ich weiß nicht, ob ich einschlafe oder einfach ohnmächtig werde.

Ja, ich habe wieder diesen Albtraum. Er hat sich verändert. Russ taucht darin auf. Ich will nicht darüber nachdenken.

Während ich schlafe, kriecht Bud aus seiner Tasche und kuschelt sich unter mein Kinn. Als ich erwache, ist er immer noch dort und versucht mich warm zu halten.

Es ist schon hell, aber es sind noch etliche Stunden hin, bis Ed und Paris mich abholen kommen. Bud gibt ein schmerzerfülltes Geräusch von sich, und ich wühle in der Tasche und finde ein kleines Fläschchen mit Pillen. Ich halte ihn fest, zwänge sein Maul auseinander und stecke ihm eine der Pillen hinten in den Rachen. Dann halte ich sein Maul fest umschlossen, bis ich spüre, wie er schluckt. Als ich das Fläschchenetikett überprüfe, steht dort, dass er die Pillen zusammen mit seinem Futter einnehmen soll. Fuck. Futter. Wann hat er wohl zum letzten Mal was zu fressen bekommen? Ich verstaue ihn wieder in der Tasche, versuche dabei sein verletztes Bein zu schonen und ziehe den Reißverschluss zu. Es dauert ein paar Minuten, bis ich vom Boden hochkomme. Ich kann die Schmerzen schon gar nicht mehr lokalisieren, es tut einfach alles weh. Ich blicke mich um. Es ist früher Sonntagmorgen, kaum Verkehr und keine Menschenseele zu sehen. Ich liebe Sonntage in New York. Zum Ende der Woche atmet die Stadt endlich einmal auf. Wie herrlich.

Ich laufe einen Block hoch zum Lebensmittelladen an der Ecke Mercer und Bleeker. Die Yankee-Jacke trage ich hochgeschlossen, dazu habe ich meine Sonnenbrille und die Kopfhörer auf. Ich will die Nachrichten im Radio hören, aber die Batterien sind leer.

Bis auf den Jungen an der Kasse, der in einem Kampfsport-Magazin blättert, ist im Laden niemand zu sehen. Er mustert mich kurz, aber wahrscheinlich in erster Linie, weil ich so abgerissen aussehe. Ich greife mir ein paar Dosen Katzenfutter, einige AA-Batterien und einen eingeschweißten Bagel mit Streichkäse. Ich halte nach Bier Ausschau, aber die Kühlschränke sind sonntags bis Mittag verschlossen, also hole ich mir eine Flasche Wasser. Der Junge tippt die Beträge ein und ich bezahle mit den Ein-Dollar-Scheinen, die ich beim Kauf der U-Bahn-Münzen bekommen habe. Auf dem Weg nach draußen sehe ich die Zeitungen und erinnere mich an die Baseballspiele. Ich will die Ergebnisse nachsehen, bleibe aber bei den Überschriften hängen.

Die *Daily News*: JAGD AUF DEN KILLER!
Die *Post*: JAGD AUF DEN KILLER!!!

The New York Times: VERDÄCHTIGER IM ZUSAMMENHANG MIT BLUTBAD IN BAR GESUCHT.

Zu allen Berichten ist großflächig mein Polizeifoto abgedruckt. Ich werfe unauffällig einen Blick zu dem Jungen. Er liest weiter sein Magazin und kümmert sich nicht weiter um mich, nachdem ich bezahlt habe. Ich blättere in der *Daily News* und studiere die Überschrift der Sportseiten: SCHLÄGE, DIE UM DIE WELT GINGEN! Ich denke an simultane Home Runs, die letzte Nacht geschlagen wurden, während ich mit Russ im Auto stritt. Ich ertrage es kaum, die Einzelheiten zu lesen. »*Eines der bizarrsten und unfassbarsten Spektakel in der Geschichte von Amerikas beliebtestem Freizeitvergnügen.*« Atlanta: 2, New York: 0. San Francisco: 5, Los Angeles: 3. Und ich hab es nicht gesehen. Die Mets und Giants haben es bei noch je einem ausstehenden Spiel selbst in der Hand, sich die Wild Card zu sichern. Heute Nacht. Und ich werde auch diese Spiele wieder verpassen, weil ich bei einem anderen verfickten Showdown dabei sein muss.

Die Uhr neben der Kasse zeigt 8:22. Das bedeutet, dass ich noch über neun Stunden totschlagen und mich verborgen halten muss. Ich schlurfe rüber zur Ecke Broadway und Prince, bloß ein weiterer stinkender Penner mit einem schlechten Haarschnitt und einer Katze in der Tasche.

Am Fenster der Fahrkartenbude der Züge der Linien N und R hängt die Fotokopie eines Steckbriefs. Um welche gesuchte Person könnte es sich dabei wohl handeln? Ich gebe der jungen Verkäuferin einen meiner Zwanziger und verlange eine Fünfzehn-Dollar-Metrokarte. Ein sagenhafter Deal: Durch den Erwerb der Karte ist eine Fahrt umsonst, wow! Sie schiebt mir die Karte und das Wechselgeld rüber und schaut mich dabei nicht einmal an. Ich laufe die Treppenstufen runter zum Bahnsteig und warte etwa fünfzehn

Minuten auf die Linie N, die nach Coney Island raus fährt. Wo sonst sollte ich den ganzen Tag unbemerkt abhängen?

BLÄNG!

Da sich keiner im Abteil befindet, öffne ich die Dose mit dem Katzenfutter, ziehe den Reißverschluss der Tasche auf und lasse Bud hinaus. Im Nu hat er die erste Dose weggefuttert. Als sie leer ist, fülle ich sie mit Wasser aus meiner Flasche, damit er was zu trinken hat, bevor ich die zweite Dose aufmache. Ich schaue ihm zu, wie er auch die weghaut.

BLÄNG!

Ich reiße die Plastikfolie des Bagels auf und komme zu meinem eigenen Frühstück. Er schmeckt zwar nach rein gar nichts, aber ich verdrücke ihn trotzdem in weniger als dreißig Sekunden und wünschte, ich hätte mir noch einen gekauft. Nachdem ich den Rest Wasser geleert habe, packe ich den ganzen Abfall zurück in die Einkaufstüte und betrachte die Werbeanschläge im Zug:

DR. Z: EIN GANZ AUßERGEWÖHNLICHER DERMATOLOGE!

LERNEN SIE ENGLISCH!

JUDEN FÜR JESUS!

MACHEN SIE IHREN HOCHSCHUL-ABSCHLUSS JETZT!

Es dauert ungefähr vierzig Minuten bis nach Coney Island, also habe ich genug Zeit, sie alle mehrfach zu lesen.

BLÄNG!

An der Endhaltestelle steige ich aus, kreuze die Ocean Avenue und laufe am Vergnügungspark entlang. Die Saison ist vorbei und die meisten Attraktionen sind für dieses Jahr bereits geschlossen.

BLÄNG!

Ich stehe an einen Zaun gelehnt und schaue auf die alte Achterbahn, den Cyclone, der schon halb verfallen und mit Unkraut und Efeu überwuchert ist. Gegenüber schaukelt der neue Cyclone, der aber aussieht, als würde er jeden Moment in sich zusammenbrechen.

BLÄNG!

Ich klettere die Stufen zum Boardwalk hoch, wo ein paar Essensbuden geöffnet haben, und überlege, ob ich mir einen Hotdog genehmigen soll – vielleicht später. Ich laufe über die Holzbretter zum Sandstrand und lasse mich vorne am Wasser nieder.

BLÄNG!

Für eine ganze Weile sitze ich dort und versuche meinen Kopf frei zu bekommen, um wieder klar denken zu können. Ohne Erfolg. Ich erhebe mich wieder und laufe zurück zum Boardwalk, um mir diesen Hotdog zu holen. Und da sehe ich diesen Kerl, der an einer dieser Ballwurf-Maschinen herumbastelt.

BLÄNG!

Er hatte nicht vor, seine Anlage aufzumachen, also muss ich ihm gut zureden. Schließlich gebe ich ihm einen Zwanziger und er zeigt mir einen Baseball-Schlagkäfig, den ich benutzen kann. Es ist ein Softball-Käfig. Ich gebe ihm weitere zwanzig, um in den Fastball-Käfig hinein zu dürfen. Dann kaufe ich noch einige Münzen, greife mir einen Schläger und steige in den Käfig.

BLÄNG!

Ich bringe Bud aus der Schusslinie, lege Kopfhörer und Sonnenbrille ab und werfe eine Münze in den Schlitz.

BLÄNG!

Die Maschinen feuern Spalding-Bälle ab. Ein Licht flackert kurz vorne an der Ballwurf-Maschine auf, um dir zu signalisieren, wann der nächste Ball kommt.

BLÄNG!

Die ersten paar Bälle lasse ich passieren, um mich zu orientieren und das richtige Timing zu finden, dann trete ich in die Box. Die Bälle kommen ein wenig hoch und zu seitlich. Ich lasse einen weiteren Ball vorbei und mache mich locker. Ich balanciere mich aus, damit ich mein Führungsbein heben kann, bevor ich mein gesamtes Gewicht nach vorne werfe. Meine Ellbogen halte ich dicht am Körper und kreise mit dem Schläger, um ihn in Bewegung zu halten und nicht aus dem Stillstand ausholen zu müssen. Das Signal leuchtet auf. Der Ball schießt auf mich zu. Ich gehe ihm entgegen, drehe meine Hüften und Schultern, fahre den Arm aus und ziehe mit dem Schläger durch die Strikezone. Ich setze meinen ganzen Körper ein, nicht bloß die Arme. Der Ball ist riesig, ein wunderbares Weiß, und fliegt mit gut hundertdreißig Sachen. Seit dem Tag, an dem ich mir das Bein brach, habe ich keinen Schläger mehr nach einem Ball geschwungen. Ich habe Ballkontakt. Der Aufprall macht einen Mordskrach. Er hallt im hohlen Aluminiumzylinder wider und es klingt etwa nach:

BLÄNG!

Wenn das verfickte Netz nicht wäre, würde der Ball über den Cyclone hinwegfliegen. Und genauso wäre es mit den nächsten Schlägen, die ich treffe.

Jedes Mal, wenn ich mich drehe, wird meine Wunde gedehnt und schmerzt höllisch.

BLÄNG!

– Jimmy crack corn …

BLÄNG!

– … 'cause I don't care.

BLÄNG!

Die Bälle prallen vom Schläger ab, als hätten sie Angst vor ihm, und ich fahre einen Home Run nach dem anderen ein. Mein Körper entspannt sich. Mein Kopf wird klar.

BLÄNG!

Ich mache das Einzige, was ich jemals wirklich gut konnte.

BLÄNG!

Und zum ersten Mal seit Urzeiten blicke ich zurück auf den Weg, der mich hierher führte.

BLÄNG!

Der lange Abstieg vom Teenage-Superstar zum alkoholabhängigen Barkeeper.

BLÄNG!

Der Beinbruch, der meine Karriere beendete, bevor sie richtig begonnen hatte.

BLÄNG!

Das Kalb, das auf die Fahrbahn lief und mich mitsamt Rich in den Baum krachen ließ.

BLÄNG!

Das Rich in den Baum krachen ließ.

BLÄNG!

Das Mädchen, das mir den Laufpass gab und mich alleine in New York zurückließ.

BLÄNG!

Der Alkohol, der durch meine Kehle floss.

BLÄNG!

Der Schwachsinns-Job, der meine Füße ruinierte.

BLÄNG!

Die Katze, die mir Russ hinterließ.

BLÄNG!

Die üblen Burschen, die mich jagen.

BLÄNG!

Mom und Dad, die Angst um mich haben und völlig verwirrt sind.

BLÄNG!

Die Freunde, die gestorben sind.

BLÄNG!

Die ermordet wurden.

BLÄNG!

Der Freund, den ich auf dem Gewissen habe.

BLÄNG!

Und das alles bloß, weil ich die ganze Zeit nur darauf gewartet habe, dass die Dinge sich von selbst regeln.

BLÄNG!

Als hätte ich es irgendwie verdient.

BLÄNG!

BLÄNG!

BLÄNG!

BLÄNG!

BLÄNG!

Aber eines ist sicher:

Die Vergangenheit ist passé. Mein Leben wird nie wieder so sein, wie es war. Angesichts dessen, was ich bisher aus meinem Leben gemacht habe, ist das vielleicht gar nicht so schlecht. Es ist an der Zeit, mich selbst aus diesem Schlamassel zu ziehen und hier lebend rauszukommen. Ich bin es leid, für jeden den blöden Prügelknaben zu spielen. Es ist elf Uhr vormittags und ich muss noch einem guten Freund in der Stadt einen Besuch abstatten.

BLÄNG!

An der Ecke Eighth Avenue und Broadway steige ich aus der Linie N aus. Die Straßen füllen sich zusehends mit Kauflustigen und Einheimischen, die zum Brunch gehen. Ich ziehe meinen Kopf ein, schlendere an der Bordsteinkante entlang und blubbere vor mich hin. Die Leute gehen mir aus dem Weg und sehen zu, dass sie jeglichen Augenkontakt vermeiden, für den Fall, dass ich sie um Kleingeld oder sonst was anbettele.

An der 9th Street bleibe ich auf Höhe der Sixth Avenue vor einem alten Mietshaus stehen. Ich könnte klingeln, aber er würde es womöglich mit der Angst bekommen und die Bullen rufen. Ich muss mir also etwas anderes ausdenken.

Ich laufe die Stufen hoch bis zur Sprechanlage. Vier Apartments befinden sich auf dem obersten Stockwerk. Ich drücke den Klingelknopf des ersten, warte, keine Antwort. Ich drücke den zweiten.

– *¿Hola?*

– Äh.

– ¿Hola? *¿Qué pasa?*

– Äh, *nada*. Falsch, äh.

– ¿Cómo?

– *Numero no bueno.* Sorry. *Gracias.*

– *De nada.*

Verdammter Französischunterricht. Ich drücke die dritte Klingel.

– Ja?

– UPS.

– UPS?

– Ja.

– Seit wann arbeitet ihr sonntags?

Mist.

– Wir arbeiten rund um die Uhr.

– Wow, das wusste ich gar nicht.

– 24 Stunden, sieben Tage die Woche.

– Wow.

– Also, würden Sie mich bitte reinlassen?

– Was ist es?

Ähm.

– Ein Paket. Woher soll ich wissen, was da drin ist?

– Na ja, wer ist der …

– Hören Sie, Sie haben ein Paket. Wenn Sie es wollen, lassen Sie mich rein.

BZZZZ.

Ich renne die Stufen zum ersten Stock hoch und laufe zum Apartment am Ende des Gangs. Dort klopfe ich laut an die Tür. Im obersten Stockwerk öffnet sich eine Tür. Ich klopfe erneut und höre, wie sich jemand in der Wohnung bewegt. Oben wartet der Kerl auf sein Paket.

– He, UPS? Sind Sie da unten?

– Bin schon auf dem Weg.

Ich klopfe nochmal. Eine verschlafene Stimme ist von drinnen zu hören.

– Ja ja, Sekunde noch.

Tim öffnet die Tür einen Spalt und schaut hinaus. Als er mich erblickt, wird sein Gesicht aschfahl und er versucht sofort die Tür wieder zuzuknallen, doch ich habe meinen Fuß bereits in den Türspalt gesetzt.

– Lass mich rein, Tim.

– Ach du Scheiße. Oh fuck!

– Lass mich rein. Bitte lass mich rein.

Der Kerl vom Obergeschoss kommt die Treppe runtergelaufen.

– UPS?

Timmy versucht verzweifelt die Tür zuzudrücken, seine dürren Arme zittern heftig.

– Hilfe! Hilfe!

Eigentlich soll es ein Schrei sein, aber er ist so verängstigt, dass nur ein leises Flüstern zu hören ist.

– Bitte, Tim. Ich brauche deine Hilfe.

– Hilfe! Hilfe!

Der Typ von der Sprechanlage kommt immer näher.

– He! U! P! S!

Tims Gesicht ist schon ganz rot vor Anstrengung. Ich drücke mit meinem ganzen Gewicht gegen die Tür und schiebe ihn zurück in sein Apartment. Kaum bin ich drin, schließe ich die Tür hinter mir, während Tim zu flüchten versucht; aber in seinem Studio gibt es keine Möglichkeiten sich zu verstecken. Durch das Guckloch sehe ich den Kerl in Boxershorts und einem T-Shirt, wie er sich über das Geländer beugt und nach unten ins Treppenhaus schaut. Ich drehe mich um und sehe, wie Tim auf die Leiter zu seinem Hochbett steigt. An der Wand verläuft ein Telefonkabel, das dort hinaufführt. Ich ergreife das Kabel und reiße einmal fest daran. Das Telefon segelt auf den Boden und landet in einem Stapel dreckiger Wäsche. Ich kann ihn dort oben sehen, wie er in eine Ecke gekauert vor und zurück schaukelt und dabei klagende Laute von sich gibt. Er dreht den Kopf weg, hält seine Augen aber stur auf mich gerichtet.

Ich nehme Buds Tasche von meiner Schulter und stelle sie auf den Boden. Anschließend durchquere ich den Raum bis zur Leiter und klettere hoch, bis ich über die Bettkante schauen kann. Tim rutscht noch weiter gegen die Wand, schnappt sich ein Kissen und hält es mir entgegen, als wäre es eine Waffe.

– Tu mir nichts. Bitte, tu mir nichts.

Am liebsten würde ich gehen, ihn in Ruhe lassen und aus all dem raushalten, aber ich kann nicht.

– Tim.
– Nein.
– Tim!
– Oh mein Gott.
– Tim! Ich war es nicht. Ich schwöre, ich habe es nicht getan. Ich … ich … ich …

Langsam klettere ich die letzten Stufen hinauf und krieche zu ihm rüber. Ich nehme ihm das Kissen aus den zittrigen Händen, platziere es in seinen Schoß, lege meinen Kopf darauf und schließe meine Arme um seine Taille.

– Oh, Tim. Ich … ich … ich …

Nach einer Weile klettert er runter, holt eine kleine Flasche Tullamore Dew vom Schrank und trinkt sie leer.

In Wahrheit sind Tims Verbindungen zur Unterwelt nicht wesentlich ausgeprägter als meine, aber er kennt da einen Typen und ruft ihn an. Wir werden nach Brooklyn rausfahren müssen, nach Williamsburg, und das lässt mich dann doch ein wenig nervös werden. Ich habe bisher auf der Straße schon eine Menge Glück gehabt, irgendwann ist es vielleicht aufgebraucht. Tim meint, ich solle mir keine Sorgen machen und ruft einen weiteren Kerl an, den er kennt.

Wir sitzen in seinem Apartment und warten. Tim nimmt abwechselnd einen Schluck von seinem Whiskey und Züge aus der riesigen Marihuanapfeife. Er bietet mir beides an. Ich lehne dankend ab. Alleine vom Einatmen des ausgeblasenen Rauchs wird mir schon ganz schummrig. Das Telefon klingelt. Er stellt die Pfeife beiseite und greift sich eine Levi's-Jeansjacke aus dem Wäschestapel. Ich sammle Bud ein, stecke ihn in die Tasche und mache mich auf den Weg zur Tür. Tim hält mich zurück, bevor ich sie öffnen kann.

– Und denk dran: Die beiden Typen sind supercool, aber sie erwarten, dass man sie bezahlt.
– Kein Thema.
– Okay, aber denk dran: Der Typ da draußen, ihn sonntags aus dem Bett zu holen, das kostet extra. Er wird ein paar Hunderter verlangen.
– Kein Thema.
– Na gut, aber denk dran: Der andere Kerl? Er nimmt in der Regel so ein paar Tausender. Und weil der Job so gefährlich ist und so überraschend kommt, kann das locker fünf oder sechs Riesen kosten.
– Kein Thema.
– Ich sag's dir nur, weil das Freunde von mir sind.

Ich greife in meine Jackentasche und ziehe ein Bündel Hunderter heraus, die ich aus der großen Tasche genommen hatte. Ich zähle zehn Scheine ab und gebe sie Tim.

– Der Rest kommt später.

Tim betrachtet die Scheine in seiner Hand und die Scheine in meiner Hand und nickt.

– Alles klar.

Draußen steht ein Lincoln mit getönten Scheiben am Straßenrand. Wir steigen hinten ein. Der Fahrer ist Puertoricaner und nicht sonderlich groß. Er hat breite Schultern, perfekt gestylte Haare und trägt einen schicken Anzug. Im CD-Spieler läuft Barry White: »I'm Gonna Love You Just a Little More, Baby.« Tim schließt die Tür hinter uns und der Typ dreht sich um und streckt seine Hand aus. Tim begrüßt ihn mit so einem rituellen Handschlag und deutet dann mit dem Daumen auf mich.

– Mario, das ist Billy. Er ist dabei, das Handwerk zu lernen.

Mario hält mir seine Hand hin und ich gebe ihm auch so ein speziellen Handschlag. Er lächelt.

– Nett, dich kennen zu lernen. Habt ihr vielleicht was zum Rauchen?

Timmy grinst, holt einen fetten Joint aus seiner Jacke und reicht ihn Mario, der ihn unter seiner Nase zwirbelt und daran wie an einer Zigarre schnüffelt. Er nickt und lächelt uns an.

– Bezaubernd. Wohin soll's gehen, Jungs?

Timmy lehnt sich zurück.

– Williamsburg. Metropolitan, bei Grahm.

– Na, dann mal los.

Mario startet den Lincoln und fährt los. Er drückt den Zigarettenanzünder rein und setzt sich ein Paar blau getönte Sonnengläser auf. Der Anzünder springt heraus, er führt ihn zur Spitze des Joints und nimmt einen tiefen Zug. Dann grinst er und lässt den Rauch langsam durch seine zusammengepressten Lippen entweichen.

– Bezaubend. Einfach bezaubernd.

Er bietet uns den Joint an, doch Tim schüttelt den Kopf.

– Danke, Mann, lass ihn dir schmecken. Aber könnten wir hier hinten in Ruhe etwas besprechen?

– Klar doch.

Mario bedient einen Knopf am Armaturenbrett und eine verspiegelte Glasscheibe fährt hoch, die uns von den vorderen Sitzen trennt.

Während uns Mario über die Brücke nach Brooklyn kutschiert und ich aus dem Fenster die Straßen vobeiziehen sehe, klärt mich Tim über den Kerl auf, den wir gleich aufsuchen werden. Vor einem kleinen Zweifamilienhaus im Zentrum von Williamsburg halten wir. Tim zeigt zur Eingangstür.

– Und denk dran: Es gibt zwei Eingangstüren, aber keine hat ein Namensschild. Drück die rechte Klingel und er wird dich in den Vorraum lassen. Da gibt es eine Gegensprechanlage. Wenn er dich nach deinem Namen fragt, dann sag, du wärst Billy. Verstanden?
– Klar.
– Bist du sicher, dass ich nicht warten oder dich später abholen soll?
– Ja, ganz sicher, du könntest mir aber noch einen Gefallen tun.
– Sicher. Was gibt's?
– Lass dich die nächsten 24 Stunden nicht in deiner Wohnung blicken.

Tim kratzt sich an der Nase und reibt die Augen.

– Und warum?
– Die Cops werden sich die ganzen Stammgäste aus der Bar vorknöpfen. Früher oder später rufen sie auch dich an.
– Kein Problem. Ich weiß, wie man mit den Bullen redet.
– Mag ja sein, aber da werden sich womöglich auch noch andere Kerle melden.
– Oh.
– Genau. Halt dich besser woanders auf, geh heut einfach nicht nach Hause.

– Und was ist mit morgen?

Ich hänge mir Buds Tasche über die Schulter und lege meine Hand auf den Türgriff.

– Morgen werden sie nicht mehr da sein.

– Cool!

– Ja, cool.

Ich öffne die Tür und steige aus. Das Fahrerfenster fährt herunter und Marihuana-Rauch und Barry White dringen nach draußen. Mario lächelt mich durch seine Sonnenbrille an, während ich drei Hunderter aus der Hosentasche ziehe und sie ihm zustecke. Er nickt zufrieden.

– Bezaubernd.

Aus seiner Jackentasche holt er eine Karte und reicht sie mir. Auf glänzendem Schwarz ist sein Name MARIO in einer goldenen Gothic-Schrift gedruckt. Neben dem Namen steht noch der Zusatz BEZAUBERND und dann eine Telefonnummer. Ich stecke die Karte in meine Tasche, und er hält mir die Hand hin. Nochmal das alte Grußspielchen.

– Wenn du einen Fahrer brauchst, ruf mich an.

Ich nicke und das Fenster fährt hoch. Langsam gleitet der Lincoln davon und entschwindet um eine Straßenecke.

Ein Burgerladen liegt nur ein paar Meter die Straße hoch und bei dem Gedanken an schön durchgegrillte Mini-Burger läuft mir das Wasser im Munde zusammen, aber andererseits ist es auch ein öffentlicher Ort, wo man mich erkennen könnte. Bei dem Zweifamilienhaus vor mir handelt es sich um ein zweistöckiges Wohnhaus aus Holz, genau die Sorte Haus, wie man es in Manhattan nicht findet. Die höchsten Gebäude hier weisen gerade mal sechs Stockwerke auf. Der Himmel kommt mir riesig und offen vor und ich kann die Sturmwolken sehen, die von Süden herannahen.

Ich laufe hinüber zur rechten Tür und drücke den kleinen schwarzen Knopf, der in den Türrahmen eingelassen ist. Ich höre erst ein Läuten, dann ein lautes Summen und schließlich ein Klicken, als die Tür sich vor mir öffnet. Rasch trete ich ein und das Summen hört auf. Ich schließe die Tür und befinde mich in einem kleinen Eingangsbereich mit einem Linoleumboden, glatten Steinwänden und einer alten Fabrikstahltür, vor der ich stehenbleibe. In der Wand neben der Tür gibt es eine Gegensprechanlage mit einer plexiglasgesicherten Videokamera darüber. Ich drücke den Sprechknopf.

– Mein Name ist Billy.

Nach einem Moment Pause ertönt ein weiteres Summen und ein Klicken. Ich drücke die Stahltür auf und trete ein.

In Wahrheit ist es gar kein Zweifamilienhaus. Die Wände im Erdgeschoss wurden entfernt und geben jetzt den Blick auf einen einzigen großen Raum frei. Sieht aus, als wäre das der Wohnbereich. Ich erkenne eine Couch, einen Fernseher und – hinten in der Ecke – ein Bett. Viel mehr krieg ich nicht zu sehen, denn vor mir steht ein Typ mit einer großen Knarre in der Hand.

Die Kanone ist eine .45er Desert Eagle. Ich weiß das, weil ich im Fernsehen immer so viele Bösewichter damit herumfuchteln sehe. Der Kerl, der sie in Händen hält, ist ein junger Bursche in seinen Zwanzigern. Er hat schwarzes Haar mit blonden Spitzen. Über einer sehr coolen grünen Cordhose trägt er ein uraltes Star-Wars-T-Shirt und er hat die schönsten blauen Augen, die ich je gesehen habe. Doch er kneift sie zusammen und schüttelt energisch den Kopf.

– Verpiss dich, du Irrer!

Hier muss wohl ein Versehen vorliegen.

– Ich bin Billy.

Die Knarre ist auf mein Gesicht gerichtet.

– Ein verfluchter Killer bist du, ein kranker Irrer. Mach, dass du verschwindest!

Ach so.
– Nein, ich bin …
– Hau ab, damit ich mir keine Gedanken machen muss, wie ich deinen beschissenen toten Körper hier wegschaffe.
– Tim schickt mich.
– Was du nicht sagst! Wenn du ihn siehst, bevor die Bullen dich umnieten, dann sag ihm, ich wäre ernsthaft sauer. Und jetzt sieh zu, dass du dich verpisst.
– Kann ich dir etwas zeigen?
Meine Hände nähern sich meiner Jackentasche.
– Lass die Hand schön weg davon.
Meine Fingerspitzen sind bereits in der Jacke, woraufhin er den Lauf seiner Waffe ein Stück näher an mein Gesicht bringt.
– Ich sagte, du sollst die Hände da nicht reinstecken.
Meine Hand ist vollständig in der Tasche verschwunden. Die Knarre kommt immer näher und das Ende des Laufs erscheint mir fast so groß, als könnte ich meinen ganzen Kopf da reinstecken.
– Lass sie da drin. Lass deine Hand ja in der verfickten Tasche.
Ich fange an, sie wieder herauszuziehen.
– Tu das nicht! Tu das ja nicht!
Der Lauf seiner Knarre klebt jetzt direkt auf meiner rechten Augenbraue. Seinen Arm hat er komplett ausgestreckt. Ich nehme an, er will einen möglichst großen Abstand von mir halten, damit er nicht das ganze Blut abbekommt, wenn er mich abknallt. Meine Hand ist jetzt wieder frei. Seine hübschen Augen fixieren mich.
– Lass sie fallen. Lass sie fallen, verdammt noch mal.
Ich lasse sie fallen und etwas landet mit einem weichen Klang auf dem Boden. Wir bleiben beide stehen. Dann geht er drei Schritte zurück und schaut auf das Bündel Hunderter am Boden.

– Es sind so um die neun Riesen. Ich habe zwar etwas mehr bei mir, aber das brauche ich noch. Später kann ich aber noch mehr besorgen. Außerdem habe ich keinen einzigen von diesen Menschen umgebracht, wie die Nachrichten behaupten.

Er blickt das Geld an, dann wieder mich.

– Wie viel mehr?

– Eine ganze Menge, aber das kann etwas dauern.

Er schaut noch einmal auf das Geld am Boden, dann wieder hoch; die Knarre weiter auf mich gerichtet.

– Scheiß drauf. Neun sind fürs Erste genug.

Die Knarre wandert in seinen Hosenbund.

– *Ich* bin übrigens Billy. Dann lass uns mal in den Laden gehen und die Sache anpacken. Und nimm das Geld mit.

Er dreht sich um und geht hinüber zu einer stählernen Wendeltreppe neben dem Bett. Ich sammel das Geld auf und folge ihm.

Billy hat eine fette Stereoanlage. Die meisten Teile stammen aus Deutschland, von exotischen Herstellerfirmen, von denen ich noch nie gehört habe. Er hat Lautsprecher quer durch die Werkstatt verlegt, damit er überall einen perfekten Surround-Sound hat. Wir hören *Mirror Moves* von den Psychedelic Furs. Ich hab das Album seit der Highschool nicht mehr gehört. Es klingt erstaunlich frisch. Billy läuft herum, schaltet diverse Computer an und sammelt Werkzeuge und Zubehörteile ein.

– Die Band hat nie den Erfolg gehabt, den sie verdient gehabt hätte, weißt du? Anfang der 80er gab es einfach so viel Mist, da sind sie einfach mit durchgefallen, außer »Pretty in Pink« natürlich. Aber das war auch nur ein Hit wegen dem Film, den ich übrigens echt gut finde, damit wir uns nicht falsch verstehen. Hör dir das an.

Ich lausche.

– Das Zeug ist zeitlos. Hör dir dagegen mal ABC oder Flock of Seagulls an, oder Duran Duran – die klingen heute so dermaßen altbacken. Völlig überholt.

Im Obergeschoss sind ebenfalls die Wände durchbrochen, doch hier befindet sich nur die Werkstatt. Billy legt sein Zeug auf eine Bank neben einem Zeichentisch und einem stationären Desktop-Computer, der an einige Power-Mac-G4s angeschlossen scheint. Er winkt mich zu sich, schaltet ein paar Lampen an und strahlt mir damit ins Gesicht.

– Komm her. Lass mich dich mal anschauen, du Irrer.

Ich komme einen Schritt näher und er greift mir ans Kinn und dreht mein Gesicht im Lichtschein hin und her.

– Ich bin kein Verrückter.

Er lässt mein Gesicht los, geht einen Schritt zurück und mustert mich.

– Ich hab die Leute nicht ermordet. Ich bin kein Killer.

Er setzt sich vor den Computer.

– Jetzt kann es mir ja eh scheißegal sein.

– Mir aber nicht.

Über die Schulter schaut er mich an.

– Schon gut. Solange du ordentlich bezahlst, hast du von mir aus keinen umgelegt. Aber wie schon gesagt, mir ist das völlig gleichgültig. Also belassen wir es dabei und sehen zu, dass wir hier vorwärtskommen.

Ich sitze auf einem Klappstuhl aus Metall, ziehe den Reißverschluss von Buds Tasche auf und lasse ihn raus. Er ist wach, wirkt aber wie unter Drogen. Diese Pillen hauen ihn ziemlich um. Ich stelle ihn auf den Boden und er rollt sich sofort unter meinem Stuhl zusammen. Billy macht am Computer rum und werkelt mit stapelweise Papier und Plastik und Stiften und Rasierklingen und Tinte. Ich lasse ihn einfach in Ruhe.

– Ich werd dir noch etwas mehr Haare verpassen.

Stunden sind vergangen. Billy hat uns zwischendrin eine Riesentüte Hamburger und Fritten vom Burger-Laden nebenan bringen lassen. Das tat gut. Bud läuft mittlerweile munter umher, er fühlt sich sichtlich wohl und probiert dies und das aus. Ich habe Billy bei seiner Arbeit zugeschaut und brav getan, was er verlangt hat. Er scheint echt gut zu sein.

– Es ist besser, wenn du im Reisepass und Führerschein mit etwas Haar zu sehen bist, besonders mit unterschiedlichen Haarschnitten. Es darf nicht so aussehen, als ob die Fotos zur gleichen Zeit gemacht wurden. Die Sache ist die: Wenn ich dir deine natürliche Haarfarbe verpasse, wirst du wie der Kerl auf dem Steckbrief aussehen. Wie wär's also mit blond?

– Warum nicht?

– Okay.

Er hat zuvor schon ein paar Fotos von mir geschossen und die Bilder eingescannt. Nachdem er digital die blauen Flecken und Kratzer aus meinem Gesicht entfernt hat, macht er sich jetzt an die blonden Haare; dabei probiert er verschiedene Stile und Farbtöne aus. Ich habe meinen Stuhl vorgeschoben, um ihm über die Schulter blicken zu können. Er ist gut. Er ist sogar verdammt gut.

– So, für den Reisepass bekommst du einen schicken, modischen Schnitt; und für den Führerschein schlage ich so eine zottelige Mähne vor.

Ich schaue ihm zu, wie er mit der Maus herumfährt und gelegentlich einen Knopf drückt. Dann steht er auf und geht hinüber zu einer Reihe großer Drucker. In einen von ihnen legt er ein kleines Stück Kunststoffpappe ein.

– Das wird eine Weile dauern. Lass uns in der Zwischenzeit bei dir weitermachen.

Er führt mich in eine Ecke der Werkstatt, die hinter schweren Gummivorhängen verborgen ist, wie man sie von Krankenhäusern her kennt. Er zieht den Vorhang beiseite und dahinter kommt ein Badezimmer zum Vorschein. Nachdem er einige Lampen angeschaltet hat, mustert er mich erneut.

– Du hast 'ne ganze Menge blauer Flecken. Ich könnte sie mit Make-up überdecken, aber das würde nicht lange halten. Ich würde es so lassen, wie es ist, und wenn jemand fragt, dann sag einfach, du hattest einen Autounfall. Erzähl ihnen, dass du einen Auffahrunfall hattest und mit dem Gesicht auf das Lenkrad geprallt bist. Was die Haare angeht, so sind sie von Natur aus zu dunkel für das Blond auf den Fotos. Die Farbe kriegen wir nicht ganz hin, aber wir können deine Haare bleichen, damit es so aussieht, als wolltest du hip sein. Vorher schon mal die Haare gebleicht?
– Nein.
– Das wird ordentlich wehtun, es brennt wie verrückt auf der Kopfhaut.

Und es tut wirklich verdammt weh. Richtig mies.

Mein Name ist John. John Peter Carlyle. Billy ließ mich den Namen einige hundertmal schreiben, bevor ich ihn unter die Ausweise setzte. Er sagte, ich müsse mich daran gewöhnen, damit es natürlich wirkt. Und das tut es, es sieht großartig aus, alles sieht großartig aus. Billy hat sämtliche Utensilien auf dem Tisch ausgebreitet und erklärt sie mir der Reihe nach, während er immer wieder einen Schluck Dr. Pepper aus einer Zwei-Liter-Flasche nimmt.

– Der Reisepass und der Führerschein müssten dich durch alle Flughafenkontrollen und über die Grenze bringen. In deinem Pass hast du Stempel für Mexiko, Kanada und Frankreich, um dir eine gewisse Reisehistorie zu verschaffen. Ich habe alles einige Jahre zurückdatiert und verschmiert, damit es so aussieht, als wenn du die Stempel schon eine ganze Weile hättest. Das Problem ist, du hast keine Back-up-Identität in einem der offiziellen Computer. Wenn ein Cop oder sonstwer deinen Namen durch den Computer laufen lässt, wird er ihn nicht finden und die Tarnung fliegt auf, also lass es nicht dazu kommen. Verstanden?

Bud hat sich wieder in meinen Schoß gelegt. Ich kraule seine Ohren und nicke Billy zu.

– Okay. Und jetzt zu den Kreditkarten. Hier ist es anders. Die gehören zu meinem Spezialgeschäft. Carlyle ist zwar nur eine falsche Identität, aber er besitzt eine tatsächliche Kredithistorie. Du könntest diese Karten im Alltag problemlos benutzen, solange du die Rechnungen zahlst. Lass es besser sein. Nutze sie für Flugtickets, denn sie werden nach Leuten Ausschau halten, die mit Bargeld Last-Minute-Tickets zahlen. Wenn du die Tickets hast, dann sieh zu, dass du die Karten loswirst. Hast du eine Brieftasche?

– Nein.

Er wühlt in einer Kiste unter dem Tisch und holt zwei Pappkartons hervor. In einer befinden sich gebrauchte Geldbörsen, die andere ist mit Fotos gefüllt.

– Nimm dir eine Brieftasche. Knete sie gut durch, verknick sie ein bisschen. Und dann such dir ein paar Fotos aus. Werd nicht nervös, wenn dich jemand auf die Personen auf den Bildern anspricht. Du musst in der Lage sein, ruhig zu antworten. Unseren Kreditunterlagen zufolge bist du ein Single, also such dir eine Freundin aus und vielleicht ein nettes älteres Pärchen, die deine Eltern sein könnten. Keine Kinder.

Ich durchstöbere die Fotos in der Kiste und finde eines von einer hübschen Brünetten, die sich gegen einen Baum lehnt. Dazu entdecke ich eines von einem Paar, das in den frühen Sechzigern sein müsste. Sie stehen in einer Küche und sehen glücklich und zufrieden aus.

– Und gib mir all deine alten Ausweise. Wenn du den

Scheiß weiter mit dir rumträgst, wirst du ihn irgendwann bloß einem Kassierer zeigen, der von dir beim Scheckeinlösen einen zweiten Ausweis verlangt.

Ich händige ihm alle meine Identifikationspapiere aus, die auf den Namen Henry Thompson ausgestellt sind.

– Unterhalte dich möglichst wenig, ohne jedoch unfreundlich zu sein. Wenn dich jemand fragt, wo du herkommst, dann antworte: *Aus New York*. Halt dich mit den Details zurück. Sag nur so viel wie nötig und improvisiere nicht. Kaum sitzt du im Flugzeug und erzählst der Tante neben dir, dass du auf der 82nd West wohnst, stellt sich heraus, sie wohnt auch da. Dann erfindest du eine Hausnummer und was passiert? Es ist ihre. Und was jetzt? Willst du die Schlampe umlegen oder was? Am besten trägst du deinen Walkman, stellst ihn nicht zu laut, und niemand wird sich größer um dich kümmern. Und zieh dir für den Flug andere Klamotten an – du stinkst.

Ich bedanke mich und sammle die Papiere und Karten ein: Reisepass, Führerschein, Sozialversicherungskarte, Mitgliedsausweis für das Fitnessstudio, Bankkarte, Büchereiausweis, Ausweis für die Videothek. Ich packe Bud in die Tasche und begebe mich zur Tür, Billy folgt uns. Er tritt beiseite, um uns in die kleine Eingangshalle zu lassen.

– Du solltest dich von der Katze trennen.

Ich starre ihn ungläubig an.

– Du trägst eine Katze mit dir rum, Mann. Ich geb dir neue Papiere und bleiche deine Haare, aber du bist immer noch dieser Kerl mit der Katze, und das ist ein ziemlich auffälliges Erkennungszeichen. *Ist Ihnen irgendetwas Besonderes an dem Mann aufgefallen? Na jaaa … er trug diese Katze mit sich rum, wenn Ihnen das was hilft, Officer.* Weißt du, was ich meine? Lass die Katze hier bei mir. Ich werd mich um sie kümmern. Ich kenn da eine Tussi, die Katzen mag.

– Das geht nicht, unmöglich.

Er schaut mich an, als wäre ich das blödeste Stück Scheiße, das ihm jemals untergekommen ist.

– Ein Irrer, wusste ich's doch. Na gut, hör zu: Draußen ist es dunkel und es sieht nach Regen aus. Außerdem sind wegen des großen Spiels wahrscheinlich kaum Leute auf der Straße. Halt dich von hellen öffentlichen Plätzen fern und, äh, lass die Katze in der Tasche.

– Prima.

Ich öffne die Ausgangstür. Es riecht tatsächlich nach Regen und ich fühle, wie sich die Muskeln meiner verletzten Wade zu verkrampfen beginnen. Ich kratze mir am Kopf. Es juckt und brennt von der Bleicherei.

– Ich schick dir mehr Geld, wenn der Nebel sich erst mal lichtet.

– Von mir aus. Und hör auf, dich so zu kratzen. Du machst nur die Farbe ab und dann sieht es echt scheiße aus und juckt bloß noch mehr.

Ich lasse die Kratzerei sein.

– Danke.

– Kein Problem. Dann mal los.

Ich lasse die Tür hinter mir ins Schloss fallen. John Peter Carlyle und ich machen sich auf den Weg zum Zug zurück nach Manhattan. Ich, mein anderes Ich und meine Katze.

Das Arschloch, das mir gegenüber sitzt, hört nicht auf, mich anzuglotzen. Dabei hat er eine gottverdammte Zeitschrift bei sich. Warum liest er die nicht einfach? Er schaut ein paar Sekunden rein, blickt dann auf und mustert mich wieder. Fuck! Ich habe meinen Walkman und die Sonnenbrille auf, neue blonde Haare und stinkende Klamotten – und dieser Kerl kann einfach nicht die Augen von mir lassen. Er blickt mich wieder an und diesmal starre ich direkt zurück. Im Nu vertieft er sich in die Zeitschrift, blickt dann wieder auf, doch ich starre ihn immer noch an. Sofort blickt er wieder nach unten.

– He.

Sein Blick ist jetzt fest auf die Zeitschrift gerichtet, ich glaube, es ist so ein Filmfachmagazin.

– He!

Mensch, warum kann er nicht einfach sein Magazin lesen.

– He du, Scorsese.

Er blickt ein wenig hoch.

– Ja, du. Hast du ein Problem?

Er vertieft sich wieder in sein Magazin.

– He, ich sagte: *Hast du ein Problem?*

Er schaut nicht auf, sondern murmelt nur etwas.

– Was war das? Ich hab's nicht verstanden?

– Ich hab kein Problem.

– Dann kümmer dich um deine eigenen Angelegenheiten und glotz die Leute nicht so an. Das gehört sich nicht.

Er nickt kleinlaut und hält seine Augen tunlichst auf die Seite vor ihm geheftet. Ich starre ihn noch ein paar Sekunden eindringlich an, bevor ich mich im Waggon umblicke. Die Passagiere, die etwas zu lesen haben, tun das; alle anderen starren tunlichst ins Leere oder haben ihre Augen geschlossen. Für den Rest der Reise schaut keiner zu mir oder meinem Gegenüber. Mein Herz macht BUMM-BUMM-BUMM!

Der Zug fährt unter dem East River durch und hält an der First Avenue, mitten im Herzen meines Viertels. Der Kerl mit der Zeitschrift und einige weitere Fahrgäste steigen aus, aber ich sehe, wie er und einige andere im nächsten Abteil wieder einsteigen. Hauptsache weg von dem stinkenden Freak. Wenn die wüssten. Voller Angst, ein bekanntes Gesicht zu entdecken, beobachte ich die neu zugestiegenen Fahrgäste, erblicke aber zum Glück keines. Die meisten der neuen Passagiere sind nass. Folglich muss der Regen eingesetzt haben.

Der Zug setzt sich wieder in Bewegung. Ich denke über die gestrige Verfolgungsjagd nach. Dieselbe Linie, dieselben Haltestellen. Noch immer weiß ich nicht, was mit Russ passiert ist. Mittlerweile müsste man ihn eigentlich gefunden haben. Bei Billy hatte ich kurz die Nachrichten gesehen, von Russ war da aber nicht die Rede. Es wurde bloß über die Morde und die Suche nach mir berichtet. Ich schaltete den Fernseher aus, bevor ich mich zu sehr aufregen konnte.

Am Union Square steigen einige Dumpfbacken ein, von Kopf bis Fuß in Mets-Fanartikel gekleidet. Sie schwätzen lauthals miteinander und haben eine verdammt große Klappe für eine Horde Fans, mit deren Team es so rapide bergab geht. Ich bin kurz davor, etwas zu sagen und sie zurechtzuweisen, halte meinen Kopf dann aber unten und den Mund geschlossen. Wenn ich jemals so etwas wie gutes Karma besessen habe, dann ist sein Kreditrahmen längst aufgebraucht.

Der Zug hält an der Eighth Avenue, der Endhaltestelle. Die Mets-Fans strömen im Pulk hinaus und machen sich auf den Weg zu ihrer bevorzugten Sportbar. Ich wähle den gleichen Weg, den ich letzte Nacht mit Russ gegangen bin, die Stufen rauf und die Rampe hoch. Doch diesmal verlasse ich die Station durch die Drehkreuze und trete hinaus auf die Straße. Der Regen ist angenehm weich. Ich habe Billys Haus so gegen achtzehn Uhr dreißig verlassen, also muss es jetzt etwa sieben sein. Das Spiel der Mets beginnt um halb acht, falls der Regen nicht zu einer Verzögerung führt und alles durcheinander bringt. Auf der 14th Street laufe ich nach Westen in Richtung Schlachthofviertel.

Vorbei an den eigentlichen Schlachthöfen, den billigen Sexschuppen und den neuen Chichi-Restaurants führt die

14th Street auf die Tenth Avenue. Der Straßenbelag ist halb Kopfsteinpflaster, halb aufgerissener Asphalt. Stillgelegte Bahnschienen kreuzen immer wieder den Weg und ein alter Übergang, der zwei Lagerhäuser miteinander verbindet, wirft dunkle Schatten. Ich warte in einer Ecke, an die Säule einer Reklametafel gelehnt. Weiter vorne befindet sich eine Tankstelle für Taxis und die Straße ist voll von gelben Wagen, deren Fahrer gerade eine Kaffee- oder Pinkelpause einlegen. Da die Metro-Busse hier ebenfalls ihre Fahrerwechsel vornehmen, kommen dazu noch eine Reihe von Bussen, die den Straßenrand säumen. Aber das wirkliche Geschäft wird hier von den Prostituierten gemacht. Die Gegend ist so gut wie frei von Wohnhäusern oder Geschäften, entsprechend kümmert sich keiner darum, die Huren zu vertreiben. Den Geschäftsleuten, die hier wochentags in ihren Geländewagen vorfahren, um sich einen kleinen Blowjob verpassen zu lassen, bevor sie wieder zu ihren Familien nach Connecticut zurückkehren, kann das nur recht sein. Ein Großteil des Gewerbes ist ziemlich runtergekommen, hier findet man weniger die kleinen Straßenstricher von der Christopher Street, sondern vielmehr Transvestiten und Transsexuelle. Ich schlage einige Offerten dankend aus. Insgesamt ist heute Abend nicht sonderlich viel los, was auch nicht verwundert, denn es ist Sonntag, es regnet und das große Spiel steht bevor. Sollten die Mets gewinnen, wird hier dafür nach dem Spiel die Hölle los sein.

All das geht mir durch den Kopf und hilft mir, nicht daran zu denken, dass Yvonnes Apartment gleich um die Ecke liegt, was mich wiederum davon abhält, an Yvonne zu denken, was mich seinerseits davon abhält, an Paul's zu denken, was mich davor bewahrt, an Russ zu denken, und dass ich ihn verdammt nochmal umgebracht habe. Scheiße, elende Scheiße.

Der Cadillac kommt wenige Meter von mir entfernt sanft zum Halten und die hintere Tür öffnet sich.

Ich laufe hinüber und stecke meinen Kopf ins Innere. Paris sitzt am Steuer, würdigt mich jedoch keines Blickes. Ed hat sich am anderen Ende der Rückbank ausgestreckt. Es ist dunkel im Wagen, was durch meine Sonnenbrille noch verstärkt wird. Erst jetzt stelle ich fest, dass ich die gleiche Sonnenbrille trage wie Ed und Paris. Durch den kleinen Spalt zwischen dem Rand seiner Brille und der Krempe seines Cowboyhutes blickt mich Ed an und klopft dann auf den Sitz neben sich. Ich schau mich noch einmal auf der Straße um und lasse ein paar weitere Regentropfen in meinen Kragen rieseln, bevor ich einsteige und die Tür zuschlage. Paris startet den Wagen und Ed schüttelt seinen Kopf.

– Oh Gott, du stinkst vielleicht.

Ich kurbele das Fenster einen Spalt herunter, um etwas von dem Gestank rauszulassen und nehme die Kopfhörer ab.

– Schau dich bloß an. Mensch, Paris, schau dir den Jungen an.

Paris dreht sich um und sieht mich an.

– Sieht ja aus wie Scheiße.

Dann wendet er sich wieder der Straße zu.

– Nee, quatsch, Mann. Er sieht tough aus. He, du siehst ja richtig tough aus, Hank.

– Danke.

– Nee, wirklich. Also … ich will ja nicht unhöflich sein, aber wo ist unser verficktes Geld?

Ich nehme meine Sonnenbrille ab.

– Fahr rüber zur Ecke Twelfth Avenue und 28th Street. Chelsea Mini Storage.

– Kein Scheiß?

– Kein Scheiß!

Auf der 23rd Street wendet Paris und bringt uns zur

Twelfth Avenue, wo er Richtung Norden fährt. Ed beobachtet mich und muss dabei lächeln.

– Echt, Mann, ich kann es kaum glauben. Vor ein paar Tagen warst du bloß so ein Grünschnabel, den man ordentlich vermöbelt hatte. Und jetzt *hast* du was, du hast den Blick eines echten Profis, mein Junge. Konzentriert, entschlossen. Schau mich an.

Ich schau hinüber.

– Nein, Mann. Schau mir in die Augen.

Er nimmt seine Sonnenbrille ab.

– Gut so, schau genau hier rein.

Ich starre einige Sekunden in seine müden, verschlagenen Augen, dann überkommt mich die Angst und ich blicke weg. Er setzt sich seine Brille wieder auf.

– Schon in Ordnung, Mann. Schon gut. Du hast definitiv ein bisschen was von Eastwood, kein Zweifel. Weiter so!

Ich öffne die Tasche ein wenig. Bud steckt seinen Kopf heraus und drückt den Reißverschluss auseinander, damit er hinausschlüpfen kann. Er streckt sich und beginnt, sich zu putzen. Ed runzelt die Stirn.

– Eine Katze, häh?

– Genau.

– Alles klar, geht in Ordnung, solange sie nicht das Polster versaut.

Der Caddie kommt zum Stehen und Paris schaltet den Motor aus.

– Wir sind da. Es ist geschlossen.

Ich schaue aus dem Fenster und erkenne das Schild an der Eingangstür, das klar und deutlich die wöchentlichen Öffnungszeiten anzeigt. Ich nehme im Besonderen Notiz von der Tatsache, dass das Lagerhaus täglich bis zwanzig Uhr geöffnet ist – mit Ausnahme von Sonntag, wo schon um neunzehn Uhr geschlossen wird. Ich raste aus.

– Fuck! Scheiße! Mist! Dreck! Kacke!

Ich schlage meinen Kopf gegen die vordere Kopfstütze, und Bud hüpft von meinem Schoß auf den Boden.

– Das kann doch nicht wahr sein, verdammte Scheiße! Warum kann nicht mal *eine* … bloß eine kleine verfickte Sache verfickt nochmal klappen? FUCK! Fick mich! Scheiß Gott im Himmel!

Ich wickle meine Arme um mich und schaukle vor und zurück.

– Warum kann nicht *einmal* etwas richtig laufen?

Ed legt mir eine Hand auf die Schulter.

– Immer mit der Ruhe, Mann. Keine Panik. Wir machen das schon.

Ich blicke auf und er gibt mir einen kleinen Klaps auf die Schulter. Paris langt unter den Vordersitz und bringt ein abgesägtes, doppelläufiges Gewehr zum Vorschein, das höchstens dreißig Zentimeter misst.

– He Mann, wir haben alles im Griff.

Der Nieselregen hat sich mittlerweile zu einem ordentlichen Schauer entwickelt. Mit meinen Kopfhörern und der Sonnenbrille auf dem Kopf stehe ich vor der Eingangstür und klopfe gegen das Glas. Es ist neunzehn Uhr siebenunddreißig. Drinnen erkenne ich einen Typ, der alles für den Feierabend fertig macht, damit er in Ruhe heimgehen und das Spiel anschauen kann. Ich klopfe erneut. Der Typ blickt zu mir rüber und ich winke. Er schüttelt den Kopf und beachtet mich nicht weiter. Ich hole den Schlüssel zu Russ' Einheit heraus und klopfe damit gegen das Glas. Er schaut wieder auf und ich winke ihm mit dem Schlüssel zu. Er zeigt auf das Schild mit den Öffnungszeiten und dann auf die Bürouhr, schüttelt den Kopf und macht sich wieder an seine Arbeit. Ich beginne damit, etwas vehementer mit dem Schlüssel gegen das Glas zu trommeln. Der Typ versucht so zu tun, als würde er mich nicht bemerken, schaut dann doch auf und ich gebe ihm winkend zu verstehen, dass er herkommen solle. Er deutet auf die Uhr, lässt mich stehen und widmet sich wieder seinen Aufräumarbeiten. Jetzt klopfe ich so kräftig es geht, ohne das Glas zu zertrümmern. Er schaut mich an, dreht sich um und verlässt das Büro durch die Hintertür. Ich klopfe weiter, bis er mit einem großen Kerl in einer Wachuniform im Schlepptau zurückkehrt. Der Bürotyp, der hier der Boss zu sein scheint, setzt sich wieder an seinen Schreibtisch, während der Sicherheitskerl auf die Tür zukommt. Ich höre mit dem Klopfen auf, und er brüllt etwas durch die verschlossene Tür.

– Wir haben geschlossen.
– Ja, ich weiß, aber ich müsste noch was aus meinem Lagerraum holen.
– Wir haben geschlossen.
– Ich bräuchte meine Sachen aber ganz dringend.
– Wir haben geschlossen.

Er dreht sich um und will weglaufen, und sofort beginne ich wieder mit der Trommelei. Er kehrt zurück.

– Hören Sie auf damit!

Ich trommle fester.

– Entweder hören Sie auf oder es setzt was.

Trommel, trommel, trommel.

– Na gut, Sie wollen es ja nicht anders.

Er nimmt die Schlüssel von seinem Bund am Gürtel, entriegelt die Tür und stößt sie auf. Während ich zurückweiche, taucht Paris aus dem Schatten neben der Tür auf. Er drückt dem Wärter seinen Gewehrlauf ins Gesicht und schiebt ihn geradewegs zurück ins Büro. Ed und ich folgen ihnen. Der Bürotyp sieht uns kommen, steht auf und legt seine Hände über den Kopf. Ed verschließt die Tür. Ich hole das Halstuch aus meiner Tasche, das er mir im Auto gegeben hat, und binde es mir vors Gesicht. Es ist schwarz, genauso wie die, die die Brüder DuRanté tragen.

Ich bin ein Outlaw.

Wenn man großes Glück hat, kann man gelegentlich Menschen dabei zusehen, wie sie großartige Dinge tun, zu denen sie wirklich berufen scheinen. Als Junge durfte ich einmal Willie Mays beim Baseballspielen zusehen. Er bekam nicht annähernd die Anerkennung, die er verdient gehabt hätte, weil bei ihm alles so leicht und spielerisch aussah. Ich weiß zwar nicht, wie schwierig bewaffneter Raubüberfall ist, aber bei Ed und Paris sieht es verdammt leicht aus.

Sie arbeiten schnell und drängen die beiden Typen aus dem Büro und in die Ladezone bei den Aufzügen. Paris hält das Gewehr für alle sichtbar, während Ed das Reden übernimmt und dabei gelegentlich seinen Revolver, der genauso aussieht, wie der, mit dem Paris auf der Mülldeponie auf Ratten schoss, auf sie richtet.

– Wer befindet sich sonst noch im Gebäude?

Der Boss schüttelt den Kopf.

– Niemand.

– Blödsinn! Wer noch?

– Niemand.

Ed geht zu ihm und gibt ihm eine Ohrfeige, als wäre er ein ungehorsamer Junge.

– Niemand?

– Sie haben sich alle schnell aus dem Staub gemacht, damit sie das Spiel der Mets sehen können.

– Sind die Fahrstühle noch in Betrieb?

– Ja.

– Ist die Alarmanlage auf den oberen Stockwerken eingeschaltet?

– Nein.

Ed holt aus und gibt ihm noch einen weiteren liebevollen Klaps auf die Backe.

– Ich leg dich um, ich schwör dir, ich leg dich um.

– Ist alles ausgeschaltet, wirklich.

Ed dreht sich zu mir um.

– Wohin?
– Vierter Stock.

Paris bleibt sicherheitshalber zurück, falls es Schwierigkeiten geben sollte, der Rest von uns steigt in den Aufzug. Ed befiehlt dem Wärter und dem Boss, sich an der hinteren Aufzugwand aufzustellen, damit er sie im Blick hat, während ich den Aufzug bediene. Ich drücke die Tür auf und trete mit Ed hinaus, gefolgt von den beiden anderen. Ich teile ihnen die Nummer des Lagerraums mit und sie gehen voran.

Vor dem Lagerraum hält Ed sie in Schach, ich öffne das Schloss und ziehe die Tür auf. Ed wirft einen kurzen Blick hinein, bevor er den Blick wieder auf seine Gefangenen richtet.

– Sammel den Scheiß ein und dann her mit der Tasche.

Ich gehe hinein und stopfe das restliche Geld, das Russ und ich auf dem Boden zurückgelassen hatten, in die Eishockeytasche, ziehe den Reißverschluss zu und schleppe sie in den Gang. Sie ist schwer. Verdammt schwer! Ed tritt von der Tür zurück und winkt die beiden Typen in den Lagerraum. Dort müssen sie sich nackt ausziehen und ihre Anziehsachen vor die Tür werfen. Anschließend betritt Ed den Raum und stellt sich vor dem Boss auf.

– Wo ist der Auslöser für die Alarmanlage?

Der Boss nickt mit dem Kopf.

– Neben der Tür zum Büro, in einem abgeschlossenen Wandkasten.
– Wo ist der passende Schlüssel dazu?
– Am Schlüsselbund in meiner Hose. Es ist der kleine runde, der silberne.

Ich wühle in seiner Hosentasche und finde die Schlüssel.

– Wie aktivieren wir die Alarmanlage?
– Acht-vier-fünf-eins. Dann drückt auf *Kreislauf*. Ihr habt dreißig Sekunden Zeit, um abzuhauen und die Tür mit dem größten Schlüssel am Bund hinter euch abzuschließen, bevor der Alarm losgeht.

Ed kommt ihm ganz nahe.

– Wiederhol das nochmal.

– Acht-vier-fünf-eins. Kreislauf. Dreißig Sekunden.

Der Boss versucht, sich unter Ed wegzuducken, doch dieser legt seinen Arm um dessen nackte Schultern und zieht ihn noch näher an sich heran.

– Ich bring euch beide um. Ich steh eigens von den Toten wieder auf und leg euch um.

– Acht-vier-fünf-eins-Kreislauf-dreißig.

Ed tritt aus dem Raum. Ich mache die Tür zu und schließe ab. Er hilft mir dabei, die Tasche mit dem Geld zum Aufzug zu schleppen. Wir fahren runter, holen Paris, aktivieren den Alarm, schließen die Tür hinter uns ab, werfen das Geld in den Kofferraum, springen in den Caddie und fahren davon. Ed zieht sich das Tuch vom Gesicht und schaut mich an.

– Siehst du, wir haben alles im Griff.

Wir befinden uns in ihrem Apartment, in dem sie aufgewachsen sind.

– Also, Roman hat das Schlitzauge erledigt, dein Boss hat Bert alle gemacht, und Russ hat Ernie erwischt. Und wer hat Russ auf dem Gewissen?

Ihre Mutter starb vor ein paar Jahren, ohne sich je mit ihren kriminellen Söhnen ausgesöhnt zu haben. Ein Cousin übernahm den Mietvertrag und die Brüder nutzten das Apartment im Lauf der Jahre immer wieder als Versteck. Ed erzählte mir all das auf der Fahrt hierher nach Queens, während Paris wortlos zuhörte. Jetzt beobachte ich Bud, wie er in der Küche Milch aus einer kleinen blauen Schale schleckt, die auf dem Linoleumboden steht.

Paris sitzt an dem resopalbeschichteten Küchentisch, um sich hat er das ganze Geld aufgehäuft. Unablässig tippt er Zahlen in den Rechner und kritzelt etwas in einen gelben Notizblock. Derweil haben Ed und ich auf einer ausgeleierten Couch mit Plastiküberzug Platz genommen. Er trinkt ein Heineken. Ich trinke Ginger Ale.

– *Ich* hab Russ kaltgemacht.

Paris schaut von seinen Zahlen auf und Ed nickt mit dem Kopf.

– Ohne Scheiß?

– Kein Scheiß.

– Womit hast du ihn alle gemacht?

– Mit 'nem Baseballschläger.

– Fuck.

Ich drücke meine Dose ein wenig ein und lasse sie dann wieder herausspringen. *Plop, plop, plop, plop.*

– Tja, Russ war eigentlich ganz okay, aber er hat uns alle reingelegt. Verdammt, mit einem Baseballschläger?

Ich nicke.

– Ich sags dir, du hast was von einem Ei, das zu lang gekocht wurde. Nicht zu fassen!

Paris räuspert sich und Ed blickt hinüber zu ihm.

– Und?

– Vier Millionen, fünfhundertachtundzwanzigtausend.

– Im Ernst?

– Yep.

– Schau mal einer an. Es fehlen nur zweiundzwanzig Riesen. Lasst uns einen Toast auf Russ ausbringen, dafür, dass er seine Finger von der Kohle gelassen hat.

Ich nehme einen Schluck von meinem Ginger Ale.

– Dummerweise wollte er die ganze Kohle für sich allein.

– Leider ja, aber dafür war er einfach nicht tough genug, weißt du?

– Ich weiß.

– Trotzdem war er ein Spitzendieb. Ein verflucht großartiger Dieb.

Ed und Paris erheben ihre Biere und trinken auf ihn. Mir dreht sich der Magen um, wenn ich an die breiige

Beule denken muss, die ich in Russ' Schädel hinterlassen habe. Ich nippe an meinem Ginger Ale und schaue aus dem winzig kleinen Fensterschlitz, der so gut wie kein Licht in das Kellerapartment lässt. Dann stehe ich von der Couch auf.

– Ich muss mal aufs Klo.

Ed ist zum Kühlschrank rübergewankt, um sich ein neues Bier zu holen.

– Den Flur runter, und dann rechts. Du musst den Abzug etwas länger runterdrücken, sonst geht die Spülung nicht gescheit.

Ich stelle meine Dose auf dem Couchtisch ab, schnappe mir meine Tasche und laufe den mit Teppichen ausgelegten Flur runter.

– Und trödel nicht so lang herum. Ich will diesen Anruf hinter mich bringen.

Die Wände im Flur sind mit Fotografien geschmückt, jedes davon steht für ein neues Jahr. Auf dem ersten Bild ist ein reizendes junges Paar mit ihrem Erstgeborenen zu sehen, dem kleinen pummeligen Paris. Das nächste ist praktisch identisch: das Paar auf der plastiküberzogenen Couch sitzend, zwischen ihnen ein inzwischen etwas größerer Paris. Ed taucht erstmals auf dem dritten Foto auf, wo er auf dem kleinen Schoß seines Bruders sitzt. Sie wachsen heran. Paris ist eine schüchterne Bohnenstange, Ed dagegen klein und finster dreinblickend. Er trägt immer dasselbe Outfit, in dem sein Bruder ein paar Bilder zuvor zu sehen war. Ab dem zehnten Bild fehlt der Vater. Es gibt sechs weitere Bilder und mit jedem Einzelnen rutschen die Jungs weiter zur einen Seite der Couch und die Mutter zur anderen, bis sie schließlich auf dem letzten Foto ganz auf den entgegengesetzten Ecken sitzen und grimmig in die Kamera starren. Kurz nach diesem Bild werden diese kleinen, hübschen Jungen ein anderes Kind zu Tode peitschen. Ich betrachte mir die Augen der Jungen auf den Fotos: Paris schaut verängstigt drein, Ed eher verletzt. Ich betrete das Bad.

Der Toilettendeckel ist aus Plüsch und die Klobrille ist mit Stoff bezogen. Ich setze mich zum Pinkeln, schon allein, weil es so bequem aussieht. Und das ist es auch. Anschließend halte ich den Abzug lange gedrückt, während die Spülung geht. Ich ziehe mir die Jacke sowie mein schmutziges Sweatshirt und das verkrustete T-Shirt aus und wickle die Bandage ab. Mit dem Erste-Hilfe-Zeug aus der Tasche säubere ich die Wunde und lege einen neuen Verband an. Nachdem ich in der Tasche außerdem ein frisches T-Shirt und ein dickes Baumwollhemd finde, werfe ich meine dreckigen Klamotten in einen Wäschekorb, der in der Ecke steht. Als ich die Tasche packte, kam mir der Gedanke an eine Hose anscheinend nicht in den Sinn. Bloß nicht nachdenken, du Arschloch. Ich schaue in den Spiegel und John Carlyle blickt mich an. Er sieht so aus, als wolle er mir in den Arsch treten. Ich öffne die Tür und gehe den Flur zurück, um Roman und Bolo anzurufen. Es ist an der Zeit, dass sie abgemurkst werden. Ich fühle mich richtig gut bei dieser Vorstellung. Macht mich das etwa zu einem schlechten Menschen?

Ed spricht mir vor, was ich zu sagen habe.
– Du bist ein einziges Stück Scheiße, Roman.
  Großartiger Spruch.
– Und besonders intelligent bist du auch nicht gerade.
  Besser als scheiß Shakespeare.
– Das stimmt doch, Roman, oder? Du bist ein gottverdammtes Stück Scheiße und zudem nicht sonderlich intelligent.
  Er schweigt, also improvisiere ich ein wenig.

– Na, hast du den Schlüssel schon benutzt, Roman? Warst du schon da und hast dir den Lagerraum angeschaut? Ach, übrigens, du kannst meine alten Sachen ruhig haben. Ich werd mir von den viereinhalb Millionen Dollar ein paar neue zulegen. Nur den Sitzsack hätte ich gerne wieder. Was liebe ich diesen Sack!

Es spricht.

– Du machst einen Fehler.

– Der einzige Fehler ist der, dass ich noch nicht die Zeitungen angerufen und ihnen von dir erzählt habe. Der einzige Fehler ist, dass ich noch nicht ein paar Riesen dafür ausgegeben habe, dich umlegen zu lassen.

Ed lässt seinen Zeigefinger in der Luft kreisen, um mir zu verstehen zu geben, dass ich so weitermachen soll.

– Stattdessen gebe ich dir vier Millionen. Und willst du wissen, warum ich dir vier Millionen gebe und nur eine halbe Millionen für mich behalte?

– Ja.

– Ich werde dir diese vier Millionen geben, wenn du mir hilfst, aus der Stadt zu verschwinden. Und wenn du mir die verfickte Russenmafia vom Hals hältst. Ich gebe dir das Geld, damit du für immer aus meinem beschissenen Leben verschwindest. Klingt das einleuchtend?

– Ja.

– Gut.

Paris ist draußen, um etwas aus dem Wagen zu holen. Ed sitzt mir gegenüber an einem kleinen Küchentisch. Während ich telefoniere, versuche ich ihm nicht zu oft ins Gesicht zu schauen, denn er hat seine Sonnenbrille abgenommen und diese verfluchten Augen jagen mir eine Höllenangst ein.

– Um zehn gehst du mit Bolo rüber zum Astor und wartest dort auf der Verkehrsinsel bei der großen Würfelskulptur.

– Und?
– Ihr sollt da einfach rumstehen und die Autos angaffen, die um euch rumsausen. Wenn ich mich sicher fühle, komme ich von irgendwoher rübergelaufen und gebe euch eine dicke fette Tasche voll mit Geld.
– Und?
– Und dann werde ich verschwinden. Ich gehe mal davon aus, dass du mich nicht vor all den Passanten erschießen wirst. Und es dürfte in deinem eigenen Interesse sein, wenn die Polizei mich nicht erwischt, sonst könnte ich denen alles über dich erzählen. Außerdem ist dir hoffentlich klar, dass ich den Russen, wenn sie mich schnappen, erzählen werde, dass du es warst, der ihre Jungs umgelegt hat. Das mag vielleicht nicht ganz der Wahrheit entsprechen, aber wen juckt das schon?

Die Eingangstür geht auf und zu und Paris kehrt zurück. Ed gibt mir ein Zeichen, das Gespräch zu beenden.

– Sind wir uns einig, Roman?
– Sicher.
– Bis später um zehn.
– Wirklich schade, die Sache mit Russ.
– Ja, stimmt.
– Ich meine, dass er durch deine Hand gestorben ist. Damit hast du dir jede Chance genommen, am Ende als Unschuldslamm dazustehen. Jetzt gibt es keinen Weg mehr zurück. Die Hoffnung auf ein normales Leben kannst du dir abschminken.
– Ja, sieht ganz so aus. Auf was willst du hinaus?
– Treib bloß keine Spielchen mit mir, Hank. Ich kann unangenehm werden – ich bin dafür bekannt. Und du bist jetzt ein Mörder. Niemand wird dich vermissen, wenn du weg vom Fenster bist.
– Richtig, Roman. Ich bin ein Mörder. Vergiss das nicht, verstanden?

Mit einem Druck auf die Beenden-Taste des Telefons unterbreche ich die Verbindung. Ed nickt mit dem Kopf und grinst.

– Das war groß, Mann. Ganz groß. Sehr professionell. ›Ich bin ein Mörder. Vergiss das nicht.‹ Und dann einfach *klick* … und aufgelegt. Sehr lässig. Was sagst du, Paris? Cool, oder?

Paris steht in der Küchentür und hält einen großen schwarzen Aktenkoffer aus Stahl in seinen Händen. Ein leichtes Lächeln formt sich an seinen Lippen.

– Ja, cool.

Er hebt den Koffer hoch und deutet damit Richtung Tisch.

– Was hältst du davon, wenn du den hier freiräumst? Dann zeig ich dir was wirklich Cooles, Mr. Badass?

In der Stadt, in der ich aufwuchs, hatte jeder eine Waffe. Wir besaßen zwar in unserer Familie nie welche, aber die meisten meiner Freunde lernten als Kinder Schießen und Jagen. Ich begleitete sie bei ihren Ausflügen in die Berge oder zum Rod & Gun Club und hing ein paar Stunden mit ihnen ab. Dabei blätterte ich in alten Ausgaben des *Gun Magazine* oder *Soldier of Fortune*, schaute mir die Schusswaffen an und las über Durchschlagskraft und Schussrate und Blowbacksysteme und Versteckprofile. Es war so, als würde ich mich mit Autos oder meinen Lieblingssportlern beschäftigen. Ich schoss mit einem M1 Karabiner, einer .357 Magnum, einer .38 Police Special, einer 9mm Mauser, einer Ruger .32s, ein paar Jagdgewehren, verschiedenen Schrotflinten und allen möglichen Arten von Gewehren und Handfeuerwaffen vom Kaliber .22. Russ' .22er war die erste Waffe, die ich seit über zehn Jahren angefasst hatte. Seit ich achtzehn bin, habe ich nicht mehr geschossen.

Paris stellt den Koffer auf den Tisch, dreht an dem Zahlenschloss herum, lässt die Verschlussklappen aufschnappen und öffnet ihn. Das Innere des Koffers ist mit schwarzem Schaumgummi ausgelegt, darin eingebettet liegen zehn wunderschöne Gegenstände, deren einziger Zweck darin besteht, menschliches Leben auszulöschen. Ed greift in den Koffer und fährt mit seinen Fingerspitzen über das ganze Eisen.

– Also, wie sieht's aus, Hank? Willst du eins von diesen Teilen dabeihaben, oder was?

Als ich noch ein Kind war, ließ mich meine Mutter Filme anschauen, die für Jugendliche eigentlich nicht freigegeben waren, solange sie keine Gewalt zeigten. Sex und obszöne Sprache waren dagegen okay. So sah ich *Saturday Night Fever*, nicht aber *Freitag, der 13.* Auch *Ein Käfig voller Helden* durfte ich mir nicht anschauen, weil es den Krieg als Spiel darstellte und sich darüber lustig machte. Nicht einmal ein Spielzeuggewehr war erlaubt. Wenn ich mit den Kindern aus der Nachbarschaft Räuber und Gendarm spielte, benutzte ich einen Stock. Und als ich später mit meinen Freunden zum Schießen ging, erzählte ich ihr nie davon.

Ich betrachte die Waffen im Koffer: Einige sind alte, wertvolle Modelle, wie ein Colt Peacemaker; andere sind so modern und leistungsfähig, dass sie eher Computerkomponenten ähneln als Waffen. Ed nimmt einen kleinen Revolver aus dem Koffer und hält ihn mir hin.

– Der ist perfekt für dich, ein echter Klassiker.

Ich kenne den Revolver. Es ist ein .32er Smith & Wesson Detective Special, ein schmales stupsnasiges Modell mit einem abgefeilten Hahn, damit er sich nicht verhakt, wenn man man ihn aus dem Schulterhalfter zieht. Die Trommel fasst fünf Schuss, es gibt keine Sicherung, der Rückstoß ist minimal. Die Waffe lässt sich gut verbergen und ist speziell für den Nahkampf geeignet. Ich nehme Ed die Pistole aus der Hand.

– Vorsicht, sie ist geladen.

Ich halte meine Finger vom Abzug fern und den Lauf der Waffe auf den Boden gerichtet. Dann schiebe ich mit dem Daumen den Verschluss auf und kippe den Zylinder zur Seite. Er ist voll geladen, fünf Schuss. Ich leere die Patronen in meine linke Hand aus, lasse den Zylinder wieder zuschnappen, lege meinen Zeigefinger auf den Abzug, hebe die Pistole, ziele damit auf die Wand, hole tief Luft und kurz bevor ich ausatme, drücke ich mit einer einzigen gleichmäßigen Bewegung den Abzug. Er ist etwas schwergängig, aber das gibt einem die perfekte Kontrolle über den genauen Auslösezeitpunkt. Der Abzughahn zieht nach hinten, während sich der Zylinder dreht, und schnappt dann mit einem einzigartigen Geräusch, wie es nur bei leeren Revolvern zu hören ist, hart nach unten.

– He Paris, sieht ganz so aus, als wüsste unser Junge, was er da tut.

Paris nickt.

– Der Kerl steckt voller verborgener Talente.

Ich gebe Ed die Waffe und die Patronen zurück.

– Ich passe. Meine Mum würde das nicht mögen.

In der Küche entdecke ich unter dem Bild eines schwarzen Jesus einen kleinen Schwarz-Weiß-Fernseher, der mit zwei Hasenöhrchen geschmückt ist.

– Wäre es vielleicht möglich, sich auf dem Ding das Spiel anzuschauen?

Die Brüder DuRanté schauen sich kurz an und lachen sich dann halb schlapp.

Die Mets spielen gegen die Braves: Anfang des dritten Innings, noch keine Punkte, Spiel wegen Regens unterbrochen. Das Spiel der Giants beginnt erst in einigen Stunden.

Wir schalten rüber zu den Nachrichten. Sie haben Russ gefunden. Irgendein weiblicher Gutmensch hat sich schließlich Sorgen gemacht, nachdem Russ zu Boden gekippt und dort fünf Minuten lang reglos dagelegen war. Sie wartete, stieg an der Haltestellte JFK aus und teilte dem Stationsvorsteher mit, dass da ein Typ im Zug wäre, der ziemlich mitgenommen aussähe. In der Zwischenzeit war der Zug bereits wieder abgefahren, aber er gab die Meldung per Funk weiter. Einige Stationen weiter überprüften ein paar Cops die Sache und von da ab ging alles ziemlich schnell. Sie bezeichnen ihn als einen meiner *Komplizen* und haben seinen Tod zur Liste der Morde hinzugefügt, wegen derer ich gesucht werde.

Während ich mit Ed durch die wenigen Programme zappe, die mit dem alten Teil halbwegs scharf zu empfangen sind, hat Paris die Waffen und das Geld mitsamt einigem Krimskrams aus dem Haus in den Caddie geschafft.

– Wie fühlt es sich an, Hank?
– Was?
– Gesucht zu werden.

Ich überlege. Ich muss eine ganze Weile darüber nachdenken.

– Okay, glaube ich. Nach mir hat schon lange keiner mehr gesucht.
– Eine Schande.
– Du sagst es.
– Ziemlich cool, oder?
– Ziemlich.
– Keine Vergangenheit, nichts, wohin man zurückkehren könnte.
– Ja.
– Nur das Heute und vielleicht das Morgen.
– Genau.
– Obwohl, du hast doch noch deine Alten, oder?
– Ja.
– Das ist hart, Mann, verdammt hart. Paris und ich sind auf

uns allein gestellt, also lassen wir es laufen. Muss hart sein, noch Leute zu haben, die sich um einen sorgen.

– Ja.

– Weißt du, was man in so einem Fall am besten macht?

– Was?

– Einfach nicht an sie denken. Denk einfach überhaupt nicht über sie nach.

Paris kommt wieder rein, geht zum Fernseher und schaltet ihn aus.

– Das scheiß Ding macht euch nur die Birne weich. Los geht's.

Paris fährt wieder, während Ed und ich hinten Platz nehmen. Bud sitzt entspannt in meinem Schoß. Der Caddie ist ein Oldtimer-Modell ohne Tapedeck, aber Paris hat einen alten Gettoblaster aus der Wohnung mitgenommen, den er im Sitz neben sich aufgestellt hat. Während er mit der einen Hand fährt, wühlt er mit der anderen in einer Schuhkiste herum, die mit alten Kassetten voll gestopft ist. Bei einigen handelt es sich um Originalkassetten, viele sind selbst aufgenommen – keine steckt in ihrer Hülle. Er zieht eine nach der anderen heraus, schaut sie sich an und schmeißt sie zurück in die Kiste. Schließlich findet er eine, studiert das Label und steckt sie in den Rekorder.

– Hört euch das an.

Er drückt auf die Play-Taste. Curtis Mayfields »Keep On Keeping On« dröhnt aus den Lautsprechern. Ed lehnt sich nach vorne.

– Oh yeah, baby, oh yeah. Kennst du das, Hank?

– Ja, klar.

– Curtis. Wow.

Er greift über den Sitz und stellt lauter. Paris und er singen mit.

– *Many think that we have blown it*
  But they too will soon admit

That there's still a lot of love among us
And there's still a lot of faith, warmth and trust
When we keep on keeping on.

Sie fangen an zu lachen und Ed klopft seinem Bruder auf die Schulter, bevor er sich wieder nach hinten fallen lässt.

– Das ist das Zeug von unserer Mutter, klassischer Soul, die ganzen funky Sachen. Sie redete immer von der Musik *unserer* schwarzen Brüder und einem *positiven schwarzen Leitbild.*

Vorne singt Paris immer noch leise vor sich hin. Ed beugt sich zu mir herüber und flüstert.

– Ist wahrscheinlich auch der Grund, warum sie nichts mehr von uns wissen wollte. Ihrer Ansicht nach entwickelten wir uns bloß zu einem weiteren Paar Nigger-Gangstern. Sie hatte gehofft, dass aus uns einmal etwas Besseres wird. Ich schloss bereits vor Jahren mit ihr ab, aber Paris hatte ziemlich schwer darunter zu leiden, dass sie uns verstieß und bis zu ihrem Tod nicht mehr mit uns sprach. Er ist zwar mein großer Bruder, aber, *mein Gott,* er ist verdammt sensibel.

Wir befinden uns auf der Queensboro Bridge, zurück Richtung Manhattan. Ed zeigt nach vorn.

– Nimm die Touristenstrecke. Wenn alles glatt läuft, wird keiner von uns diesen Ort je wiedersehen, jedenfalls für 'ne scheiß Ewigkeit.

Paris nimmt an der 59th Street die westliche Ausfahrt, fährt den Central Park South entlang, vorbei am Plaza und dem Ritz, zum Columbus Circle und dort den Broadway runter. Jemand aus Kalifornien besuchte mich mal und sagte, der Times Square wäre für ihn so was wie das pumpende Herz von New York. Ich entgegnete ihm, er gleiche eher einem undichten Arschloch. Aber bei Nacht und im Regen hat er schon was Reizvolles.

Als wir auf der Höhe Broadway und Astor sind, läuft gerade »The Underground«. Zu verzerrten, durchgeknallten Gitarrenklängen grummelt Curtis wieder und wieder »the underground«. Paris stoppt am Seitenstreifen. Ich öffne die Tür und trete hinaus in den strömenden Regen. Als ich Bud mitnehmen will, meint Ed, das wäre keine gute Idee; er würde mir nur in die Quere kommen, also lasse ich ihn zurück.

Ed steckt seinen Kopf aus der Tür und das Regenwasser strömt ihm nur so von der Hutkrempe. Mit Mühe und Not hält er Bud fest, der verzweifelt aus dem Auto zu hüpfen versucht.

– Und sieh zu, dass du diesmal machst, was ich dir gesagt habe – keine Improvisationen. Das eine Mal langt. Wenn du es noch einmal verkackst, lass ich die Leinen los und hetz dir die verfickten Hunde auf den Hals. Verstanden?
– Verstanden.
– Und jetzt bleib cool, Hank. In einer Stunde wirst du auf dem Weg zu einem neuen und besseren Leben sein.

Er zieht den Kopf ein und verschwindet mit Bud im Wageninneren. Die Tür knallt zu, der Caddie rollt davon. Sie haben mir eine alte Baseballkappe gegeben, auf die vorne eine Schwarze-Acht-Billardkugel gestickt ist. Ich ziehe mir die Kappe tiefer ins Gesicht und laufe um den Häuserblock zu meinem Treffpunkt.

Ich sitze am Fenster bei Starbuck's, in der Filiale am Astor Place, nicht in der einen Block weiter an der Third Avenue. Die New Yorker beklagen sich ja gerne über die zunehmende Ausbreitung von Ketten wie Starbuck's oder Barnes & Noble in ihrer tollen Stadt. Sie meckern darüber, dass Manhattan immer mehr zu einem einzigen Einkaufszentrum verkommt. Und ich? Ich bin froh über jeden Laden in dieser Stadt, der eine öffentliche Toilette besitzt.

An einigen Tischen sitzen NYU-Studenten oder Obdachlose, die genug Geld für eine Tasse Kaffee haben. So, wie ich aussehe, könnte ich locker beiden Gruppen angehören. Draußen sind die Straßen nass und menschenleer, ein richtig verregneter Sonntagabend. Außerdem warten die Leute wahrscheinlich zu Hause darauf, dass irgendwann das Spiel weitergeht. Die Baseball-Major-League wird alles in ihrer Macht Stehende tun, um heute noch das Spiel über die Bühne zu bringen. Die Play-offs beginnen am Dienstag, und wenn die Mets und Giants in der regulären Saison gleichauf abschließen, muss das Entscheidungsspiel um die Wild Card morgen stattfinden. Ich betrachte mir den Himmel. Der Wind bläst ganz ordentlich und lässt die Wolken ziemlich schnell vorüberziehen. Das müsste heute schon noch was werden mit dem Spiel.

Der Schmerz in meiner Wunde nimmt wieder zu, breitet sich aus. Ich könnte eine Pille gebrauchen, Scheiße, ich könnte ein Dutzend Pillen vertragen. Aber ich muss aufmerksam bleiben. Der Schmerz wird mir dabei helfen, hellwach zu bleiben.

Ich nehme einen weiteren Schluck von meinem koffeinfreien Kräuertee und werfe einen Blick aus dem Fenster auf die Würfelskulptur, den Alamo, wie er genannt wird. Astor Place, St. Mark's, Fourth Avenue, Bowery und Lafayette treffen alle an diesem unmöglichen Verkehrsknotenpunkt aufeinander und in der Mitte des ganzen Gewühls befindet sich diese kleine Verkehrsinsel, in deren Mitte der Würfel steht. Aus schwarzem Stahl gefertigt und gute zwei Meter breit an jeder Seite balanciert er da auf einer seiner Ecken. Er ist auf einer Art Drehzapfen montiert, sodass er sich um die eigene Achse dreht, wenn man ihn anstößt. Er ist ein erstklassiges Beispiel für die Hässlichkeit städtischer Architekturkunst.

Der Tee schmeckt nicht wirklich nach Tee, und erst recht

nicht nach Bier, aber dafür enthält er auch weder Koffein noch Alkohol, und ist somit gut für meine überlebende Niere. Zusätzlich habe ich mir noch ein Croissant geholt, verspüre aber keinen rechten Appetit, denn es ist jetzt wenige Minuten vor zehn und ich will endlich Roman und Bolo da draußen auf der Verkehrsinsel im Regen stehen sehen. Dann werde ich mich erheben und zum Münztelefon bei den Toiletten gehen. Zuvor habe ich mich schon vergewissert, dass sie auch wirklich funktionieren. Ich werde Ed und Paris anrufen, die daraufhin von ihrem nahe gelegenen Parkplatz aufbrechen und rübergefahren kommen, um Roman und Bolo aus dem fahrenden Auto abzuknallen, während ich aus dem Fenster zuschaue. Anschließend werde ich hinausgehen, als wäre nichts geschehen. Ed und Paris gabeln mich draußen auf und wir verduften. Über das, was danach passiert, habe ich mir noch keine Gedanken gemacht.

Im Regen erkenne ich, wie Roman und Bolo aus der Richtung von St. Mark's Place kommen und auf die Verkehrsinsel zusteuern.

Beide halten einen Regenschirm in der Hand, diese billigen Schrottteile, die Straßenhändler für fünf Dollar verhökern, sobald es zu regnen beginnt. Roman trägt einen langen Regenmantel über seinem Anzug. Bolo hat wie üblich seine Lederhose und Motorradjacke an. Mit seiner linken Hand hält er sich den Kopf bedeckt, um zu verhindern, dass seine langen Haare im Wind zu sehr hin und her wehen. Einen Augenblick schaue ich ihnen zu, wie sie nass werden.

Ein kräftiger Windstoß lässt die billigen Schirme nach außen stülpen. Roman dreht seinen gegen den Wind und im Nu schnappt er wieder zurück. Bolo nimmt seine Hand vom Kopf, um ebenfalls seinen Schirm wieder in Form zu bringen; dabei erfasst der Wind die ganze schwarze Haarpracht und weht sie einige Meter weiter in die Gosse.

Ich stehe auf, um zum Telefon zu eilen und pralle gegen den echten Bolo, der direkt hinter mir mit einem Heftpflaster um seinen Daumen steht. Er zeigt aus dem Fenster.

– Diese blöden Russen kriegen nicht mal den einfachsten Scheiß geregelt.

– Mir ist schon klar, dass du denkst, *ich* wäre beschränkt. Ich bin groß und muskulös und habe dunkle Haut, also gehen alle automatisch davon aus, ich sei der Doofe in der Gruppe. Aber Roman? Was? Glaubst du etwa, ihm ist plötzlich ein Hirntumor gewachsen oder was?

Wir sitzen an meinem Tisch. Bolo hat sich mein Croissant gegriffen. Mit einem Auge hat er mich im Blick, mit dem anderen schaut er hinaus und beobachtet die Lockvögel.

– Arschloch! Du hattest Eds beschissene Karte bei dir, als die Bullen dich vernahmen. Wir wussten, dass du mit ihm gesprochen hattest. ›Bis später um zehn und wartet einfach.‹ Hör mal. Du entkommst mit dem ganzen Zaster und rufst uns dann an, um es zurückzugeben? Wenn das mal nicht nach einer miesen Falle riecht.

Ich deute auf den falschen Bolo, der draußen im Regen seine Perücke richtet.

– Neue Freunde?

– Halt's Maul! Ich sag dir, wenn du mit Reden dran bist. Diese verfickten Russen, diese Volltrottel! Ich hab ihm gesagt, er soll das Ding mit Nadeln feststecken, aber er wollte unbedingt diese blöde Mastixpaste nehmen. Im Regen. So ein Depp. Und jetzt lass uns mal Klartext reden. Du fragst mich, ob ich *angepisst* bin? Ich bin mehr als das. Was in Roman vorgeht, na ja, kannst du dir sicher vorstellen. Aber die Russen? Scheiße. Wir haben ihnen erzählt, du hättest zwei ihrer Top-Ex-Rote-Armee-Spezialeinheits-Typen auf dem Gewissen. Und wärst dazu noch mit dem ganzen Geld abgehauen. Sie fingen gleich an, was von Nuklearwaffen vom Schwarzmarkt zu reden und so Zeug. Roman sagte ihnen, wir bräuchten noch mal zwei Typen. Wir können von Glück sprechen, dass sie nicht gleich eine ganze Kosaken-Miliz geschickt haben, die auf Pferderücken durch die Straßen gallopiert. Roman konnte sie etwas beschwichtigen; er erklärte ihnen, die ganze Sache hätte eh schon zu viel Staub aufgewirbelt. Wenn du sie wieder beruhigt hast, verstehen diese Kerle dann auch so Ausdrücke wie *Geheimoperation.* Das sind alles Ex-KGBler. Also, wann sollen die Nigger auftauchen?

– Wenn ich sie anrufe.

Er wirft wütend ein Stück Croissant auf den Tisch.

– Und wann hattest du vor, mir das mitzuteilen, häh?

– Wenn du mir erlaubt hättest, den Mund aufzumachen. Mann, du bist wirklich keiner von der besonders schlauen Sorte.

– Vorsicht!

– Ernsthaft. Ich fand, dass Ed und Paris die ganze *Von-Mäusen-und-Männern*-Geschichte eigentlich gar nicht schlecht machten, aber Roman musste ja unbedingt den George spielen und du die Rolle des debilen Lenny übernehmen.

Er hebt einen riesigen Finger und presst ihn mir auf die Lippen, wo er eine Sekunde ruht.

– Schluss jetzt. Wo sollst du sie anrufen?

Er nimmt den Finger weg.

– Sie sind in der Nähe. Ich weiß nicht wo. Ich soll Ed von dem Münztelefon aus auf Handy anrufen.

Er schaut hinüber zu dem Telefon und den wenigen im Café verteilten Kunden, bevor er sein eigenes Mobiltelefon zückt.

– Hat Ed eine Anrufer-Erkennung?

– Keine Ahnung.

Er legt das Handy beiseite.

– Na gut. Lass uns jetzt da rüber gehen und den Anruf erledigen. Du gehst vor und machst keine Dummheiten, verstanden?

– Wo ist Roman?

Er schaut mich bloß an und gibt mir dann ein Zeichen, ich solle mich erheben. Ich stehe auf. Er steht auf. Ich drehe mich um und laufe auf das Telefon zu. Er folgt mir.

Auf halbem Weg stolpere ich und fange meinen Fall dadurch ab, dass ich auf einem kleinen Cafétisch lande. Eine Sekunde verharre ich so, bis ich mein Gleichgewicht gefunden habe und mit den Fingern die Ecken des Tischs gut im Griff habe. Dann rufe ich laut und deutlich:

– ICH BIN HENRY THOMPSON. ICH WERDE WEGEN MEHRFACHEM MORDES GESUCHT.

Es funktioniert prächtig.

Kaum habe ich meinen Namen ausgesprochen, bricht die Hölle los, die Menge wird panisch und läuft auseinander. Ich lehne mich nach hinten, hebe den Tisch vom Boden und schwinge ihn nach links. Ich drehe mich mit dem Tisch mehrfach um die eigene Achse und nehme dabei Geschwindigkeit auf. Bolo kommt in mein Blickfeld, verharrt aber regungslos, über meine Ansage mehr erstaunt als jeder andere im Raum. Wie angewurzelt steht er da und tut nichts, um dem Tisch auszuweichen.

Der Aufprall reißt mir den Tisch aus den Händen. Er dreht sich und eine Ecke prallt gegen mein Kinn. Ich zucke zurück, als der Tisch zu Boden fällt und auf meinem Zeh landet. Ich stolpere nach hinten und falle dabei über einige Stühle, bis ich schließlich gegen die mehrere Meter entfernte Wand stoße.

Bolo steht mitten im Raum und bewegt sich keinen Millimeter. Ein kleines Loch kommt an seiner linken Schläfe zum Vorschein, verursacht durch den Zusammenstoß mit dem dreieckigen Tischfuß. Das Blut quillt hervor und schießt in Strömen aus der Wunde. Es fließt an seinem Gesicht herunter, als käme es aus einem geöffneten Wasserhahn. Er streckt seine Hände vor, als wolle er sein Gleichgewicht finden, dabei hat er seine Augen starr auf mich gerichtet. Er geht leicht in die Knie, richtet sich wieder auf und hebt seinen linken Fuß, um einen Schritt nach vorn zu machen. Umgehend gerät er in Schieflage und seine Arme rudern wie Windmühlenflügel. Mit dem Gesicht zuerst geht er zu Boden und reißt dabei noch ein paar Stühle und Tische mit sich, die nur so durch die Gegend fliegen. Dann liegt er da und verblutet in kürzester Zeit, während ich meinen Schnitt am Kinn betaste und mir den pochenden Zeh massiere.

Die Lockvögel müssen von der Panik im Starbuck's etwas mitbekommen haben. Ich verlasse den Laden durch die eine Tür, während der falsche Bolo durch eine andere hereingestürmt kommt. Durch die Fenster erhasche ich einen Blick auf den einen Bolo, der sich über den leblosen Körper des anderen Bolo beugt. Anschließend überquere ich die Straße und laufe zur Würfelskulptur und dem falschen Roman. Ich frage mich, wo wohl der echte Roman ist, und denke schon, er sei es vielleicht wirklich, als er seinen Arm hebt und auf mich zielt. Es macht bäng und die Kugel zischt knapp an mir vorbei. Jetzt weiß ich, dass es sich nicht um den echten Roman handelt. Er würde mich nie erschießen, ohne zu wissen, wo das Geld ist.

Der russische Roman befindet sich rechts vom Würfel. Ich renne nach links, damit ich den Würfel als Schutzschild zwischen uns bringe, bevor er zu einem weiteren Schuss ansetzen kann. Er bewegt sich nach links, ich gehe nach rechts. Ich höre dabei auf seine klatschenden Fußgeräusche, während er mich von der Skulptur wegtreiben will, um einen sauberen Schuss ansetzen zu können. Ich gehe ein paar Schritt zurück, bis ich seine Schuhe sehen kann. Er kommt jetzt rechts herum und hofft, dass der Regen seine schleichenden Schritte übertönt. Ich rücke nah an den Würfel heran, lehne mich mit der Schulter dagegen und stoße ihn gegen den Uhrzeigersinn an, so fest ich kann. Er ist groß und bewegt sich nicht sonderlich schnell, aber er hat ein enormes Gewicht. Ich spüre das Vibrieren eines dumpfen Schlages durch den gesamten Würfel und trete zurück, um nachzusehen. Auf dem Pflaster liegt der falsche Roman, an seinem Hinterkopf klafft eine offene Wunde. Die Waffe ist ihm aus der Hand gefallen und liegt nur wenige Meter von seiner ausgestreckten Hand entfernt.

Ich werfe mich auf den rutschigen Zementboden unterhalb der Skulptur, wobei mir die Kappe vom Kopf fällt. Ich erwische seine Hand gerade in dem Moment, als er die Waffe zu fassen bekommt. Ich schaue ihn mir an. Es könnte sich um Blackie oder Whitey handeln, oder wie auch immer ihre verfluchten Namen waren. Mit beiden Händen drücke ich seine rechte Hand mitsamt der Pistole auf den Boden. Er versucht derweil mit seiner freien Hand, meine Finger zu lösen. Ich robbe mich auf meinen Ellbogen vorwärts, öffne weit meinen Mund und beiße ihm so fest ich kann in die Finger. In meinem Mund vermischt sich der Geschmack von Blut und Regenwasser. Er schreit auf. Ich bekomme die Pistole zu fassen und schlage ihm damit auf den Kopf. Eine Kugel schlägt auf dem Pflaster neben uns ein, prallt ab, berieselt mich mit kleinen Zementsplittern und trifft ihn mitten ins Gesicht.

Hinter mir ertönt Russisch. Ich lasse die Waffe fallen und drehe mich auf den Rücken. Der russische Bolo steht ohne Perücke am Rand der Verkehrsinsel und hält seine Waffe auf mich gerichtet.

– Keine Bewegung und gib uns unser Geld!
– Ich habe es nicht.
– Ich sagte: Keine Bewegung und gib uns das verdammte Geld!

Von überallher ertönen Sirenen. Ich liege neben dem toten, falschen Roman auf dem Boden und schüttele den Kopf.

– Steh auf! Steh verdammt noch mal auf!

Ich erhebe mich und sehe, wie hinter ihm Roman die Stufen der U-Bahn-Station hochkommt. Er feuert. Eine Knarre in jeder Hand. Wie in einem John-Woo-Film.

Er schießt dem russischen Bolo in den Rücken. Während er auf uns zukommt, ballert er in einem fort. Dann steht er über dem toten Körper und schießt noch ein paarmal, bis seine Munition leer ist.

– Ich habe ihnen gesagt, sie sollen dir nichts tun, bevor wir das Geld haben.

Ich zeige auf den leblosen Körper zu seinen Füßen.

– Ich schätze, der hat seine Lektion gelernt.
– Ich hab's dir ja gesagt, Hank. Irgendwann ist meine Geduld am Ende.

Er fängt an nachzuladen. Ich fange an zu rennen. Ich mache zwei Schritte, entdecke die Pistole zu meinen Füßen, bleibe stehen, hebe sie auf und drehe mich um. Scheiße, ich weiß nicht, was ich machen soll. Er hat den Ladevorgang mittlerweile abgeschlossen. Ich entscheide mich weiterzurennen. Rennen ist etwas, das ich beherrsche. Das Sirenengeheul ist ohrenbetäubend, von der Bowery her kann ich die blinkenden Polizeilichter auf die Kreuzung zurasen sehen.

Auf der Höhe St. Mark's renne ich nach Osten, biege an der Third Avenue nach Norden ein und bei Stuyvesant wieder nach Osten. Während ich sprinte, schreie ich:

– Ich weiß, wo das Geld ist! Nicht schießen, Roman! Ich weiß, wo es ist. NICHT SCHIESSEN!

Er schießt nicht. Hinter mir höre ich Sirenen und quietschende Reifen und Megafonstimmen und Romans Gebrüll. Ich renne durch den Regen, durch die Schatten der Nacht und auf den kleinen Vorplatz vor der St. Mark's Church an der Ecke Stuyvesant und Second Avenue. Ich blicke zurück zur Kreuzung an der Third Avenue, wo Roman einigen Cops seine Dienstmarke zeigt und aufgeregt mit seinen Händen in mehrere Richtungen deutet. Von der Second Avenue her ist zuckendes Blaulicht zu erkennen. Ich springe über den sich abblätternden Eisenzaun in den kleinen Friedhof und verstecke mich dort in den Büschen.

Polizeiwagen fahren vorüber. Ich höre Sirenen und Megafonstimmen am Astor Place. Über mir schwirren Helikopter. Ich spähe durch die Büsche, kann aber nicht viel erkennen. Ich krabbele nach links, hüpfe über einen weiteren Zaun und verkrieche mich hinter den Säulen, die den Kirchenportikus stützen.

Die St. Mark's Church ist die älteste christliche Andachtsstätte in ganz Manhattan. So steht es zumindest auf der Tafel neben der Tür. Viele berühmte Menschen sind auf dem kleinen Friedhof begraben, auch das steht auf der Tafel. Ich lese diese Informationen wieder und wieder, während ich mit der Pistole in der Hand hinter der Säule kauere und darauf warte, entdeckt zu werden. Ich habe es langsam satt, ständig auf irgend etwas zu warten.

Auf der Suche nach einer bequemen Stellung rucke ich hin und her, bis ich schließlich mit meiner linken Schulter gegen den Sockel der Säule gepresst dahocke. Ich entsichere die Waffe, halte meinen Finger jedoch tunlichst vom Abzug fern, denn er verkrampft sich in einem fort. Mehrfach hole ich tief Luft. In der Nähe sind keine Geräusche mehr zu hören. Ich wage einen Blick, doch das Einzige, was ich zu sehen bekomme, sind Romans Knie direkt vor mir und mein Kopf stößt gegen den Lauf seiner Pistole.

Es gießt immer noch in Strömen und kleine Regentropfen perlen an der Waffe herunter und von dort auf meine Stirn, von wo aus sie direkt in meine Augen laufen. Ich versuche, nicht zu blinzeln, denn er hat mir jede Bewegung untersagt und ich fürchte, dass er es wirklich ernst meint. Niemand hält sich auf der Straße auf. Die Anwohner sind alle in ihre Wohnungen geflüchtet, und Roman hat die anderen Beamten auf die umliegenden Straßen verteilt. Er presst mir die Kanone ein wenig fester gegen den Schädel, und ich bin mir sicher, dass sie dort einen kleinen runden Abdruck hinterlässt.

– Hast du das Geld, Hank?
– Nein.

Er steht direkt über mir.

– Haben Ed und Paris das Geld?
– Ja.

Der Regen schmeckt langsam salzig, was daran liegt, dass ich weine. Es ist verdammt schwierig, gleichzeitig zu heulen und sich dabei nicht zu bewegen.

– Gibt es irgendeinen Weg, wie du augenblicklich an das Geld gelangen kannst?
– Nein.

Er steht über mir und blickt herab auf meinen zusammengekauerten und -gekrümmten Körper.

– Dein Fehler bestand darin, es einfach nur als Geld zu betrachten. Viereinhalb Millionen Dollar in bar sind etwas völlig anderes als viereinhalb Millionen auf einem Bankkonto. Du kannst lange suchen, um eine Bank zu finden, die solch eine Summe überhaupt vorrätig hat. Viereinhalb Millionen in bar stehen für mehr als einfach nur Geld. Für Ed und Paris ist es gleichbedeutend mit ihrem Lebenswerk. Für die Russen ist es eine Investition, um in

Märkte expandieren zu können, die nur Bargeld als Zahlungsmittel akzeptieren. Und für mich bedeutet es Freiheit und die Aussicht, wieder das Leben zu führen, das ich vor langer Zeit aufgegeben habe. Bolo und der Rest haben einfach nur das Geld als solches gesehen. Genau wie du. Und jetzt sind sie alle tot. Verstehst du, was ich damit sagen will?

Er blickt noch immer von oben auf mich herab. Wegen des steilen Winkels entgeht ihm dabei völlig die Pistole, die auf sein Knie gerichtet ist.

Ich drücke ab, und er fällt nach hinten um. Im nächsten Augenblick geht seine Knarre los. Ich habe das Gefühl, als würde die Welt um mich herum explodieren. Die Kugel lässt meinen Schädel vibrieren, als sie vorbeizischt und ich spüre, wie das Mündungsfeuer meine Kopfhaut versengt. Torkelnd richte ich mich auf, während Roman die Treppenstufen der Kirche runterstürzt, wobei ihm die Pistole aus der Hand gleitet. Diesmal hält mich der Schmerz ganz bestimmt wach.

Er fällt der Länge nach hin. Die untere Hälfte seines rechten Beins liegt halb abgetrennt da. Blut schießt aus der Wunde und färbt den Regen rot. Er greift in seinen Mantel und will die andere Waffe zücken, doch ich bin schneller und trete ihm mit dem Fuß aufs Handgelenk, während ich meine Pistole auf ihn richte.

Er öffnet den Mund und spuckt Regenwasser aus.

– Du … du machst einen großen Fehler. Du weißt es vielleicht noch nicht … Jesus Maria, das tut vielleicht weh … aber das ist ein schwerer Fehler. Vertrau mir.

Ich nicke ihm zu.

– Klar, ich vertraue dir, Roman.

– Na gut. In Ordnung.

Dann schieße ich ihm in die Brust. Er schüttelt sich, als die

Ladung auf seine kugelsichere Weste prallt. Er spuckt noch mehr Regenwasser.

– Oh, verdammt nochmal, Hank!

– Tut mir leid, das hab ich ja ganz vergessen.

Ich ziele mit dem Revolver auf sein Gesicht und drücke erneut ab. Und dieses Mal gibt es kein Entkommen.

Im Alter von elf oder zwölf Jahren war ich einmal bei einem Freund zu Besuch und wir spielten mit seinem Luftgewehr herum. Eine Weile feuerten wir auf Dosen und kleine, grüne Spielsoldaten aus Plastik. Dann zielten wir auf Äste an den Bäumen, bis ein Vogel dahergeflogen kam. Mein Freund gab einen Schuss auf den Vogel ab, verfehlte ihn jedoch und gab mir die Waffe. Ich zielte ganz langsam und tat mein Möglichstes, um das Vieh zu erwischen, doch im Grunde war ich felsenfest davon überzeugt, ihn nie im Leben erwischen zu können. Volltreffer. Es haute ihn glatt vom Ast, aber er war nicht tot. Er lag auf dem Boden und zappelte verzweifelt herum. Wir schauten ihm zu, ohne recht zu wissen, was wir tun sollten. Mein Freund sagte, wir sollten ihn töten, um ihn von seinen Qualen zu erlösen. Ich brachte es aber nicht übers Herz, also nahm er das Gewehr an sich, lud es, legte den Lauf an den Vogelkopf und tötete ihn für mich. Danach fühlte ich mich furchtbar elend.

Ich stecke die Knarre vorne in meine Hose und laufe um die Ecke. Bei dem ganzen Krawall, den sie so veranstalten, haben die Cops meine Schüsse womöglich gar nicht gehört. Ich gehe bis zur 10th Street, wie wenn ich nach Hause laufen würde, als ein Paar Scheinwerfer aufleuchten und neben mir der Caddie der Brüder DuRanté zum Stehen kommt, die vergeblich auf meinen Anruf gewartet haben. Ed öffnet die hintere Tür und steigt aus.

– Was soll der Scheiß, Mann? Ich sagte doch: keine Improvisation.

Ich gehe an ihm vorbei und lasse mich in den Wagen plumpsen. Er steigt nach mir ein und schließt die Tür.

– Jetzt sag schon, Mann? Wo sind die Bösewichter?

Ich krame Bud unter dem Sitz hervor und lege ihn mir auf den Schoß.

– *Ich* bin hier der Bösewicht! Ein verfluchter Bösewicht! Und jetzt seht zu, dass ihr mich hier wegbringt.

– Eins muss ich dir lassen, Hank, die Katze ist echt cool. Und du? Du bist es erst recht, Mann.

Ich liege hinten quer auf dem Boden des Wagens. Bud hat es sich auf meinem Bauch gemütlich gemacht. Ed sitzt über mir auf dem Rücksitz. Er redet mit mir, ohne mich anzuschauen, weil er nicht will, dass die Cops an der Straßensperre merken, dass sich außer den beiden Schwarzen noch jemand im Wagen befindet. Die beiden haben ihre Sonnenbrillen und Cowboyhüte abgenommen und sehen jetzt in dem Wagen aus wie ein Plattenproduzent und sein Fahrer bzw. Bodyguard. Paris hat ein neues Tape eingelegt und wir hören *One Nation Under a Groove*, die beste Scheibe, die Funkadelic je aufgenommen haben.

– He, Ed?

– Ja.

– Werdet ihr nicht selbst gesucht?

– Doch, klar.

– Ja, und?

– Weißt du, Hank, die Kerle haben im Moment nur dich im Kopf. Ich mein, es war dein Arsch, der grad in eine Schießerei um die Ecke verwickelt war, oder? Also halten sie Ausschau nach einem dürren Weißen, nicht nach einem Paar schwarzer Stiernacken, die wegen einigen Banküberfällen im mittleren Westen gesucht werden. Kannst du mir folgen?

– Schon klar, aber ist dieser Wagen an sich nicht ziemlich auffällig.
– Glaubst du etwa, wir haben die Überfälle in diesem Schlitten begangen? Quatsch, Mann. Dieses Baby wartete in einem Lagerhaus in Jersey auf unsere Rückkehr. Wir haben uns einen ganzen Arsch voll Fahrzeuge für unsere Raubzüge zugelegt. Dieses Prachtstück hier ist sauber.
– Ja, aber …
– Halt die Klappe. Wir sind jetzt an der Reihe.

Am Union Square ist der Verkehr blockiert, alle Fahrzeuge in südlicher Richtung werden umgeleitet. Wer nach Norden, Westen oder Osten will und aus der Umgebung von Astor kommen könnte, wird kontrolliert. Paris fährt noch ein Stück und stoppt dann. Der Schein einer Taschenlampe tanzt durch das Wageninnere. Ed dreht seinen Kopf zur Seite und nickt jemandem zu. Wir fahren weiter. Ed blickt zu mir nach unten und zwinkert mit den Augen.
– Das war das erste Mal, dass mich meine schwarze Hautfarbe davor bewahrt hat, von den Bullen schikaniert zu werden.

Wir fahren in westlicher Richtung. Vom Fußboden aus schaue ich aus dem Fenster. Die Gebäude scheinen nur so an uns vorbeizufliegen, während Paris an der Seventh Avenue links abbiegt und Richtung Downtown fährt, auf den Holland-Tunnel zu. Ed lehnt sich nach vorne und tippt seinem Bruder leicht auf die Schulter.
– Hier.

Aus meiner Position kann ich bloß Paris' Hinterkopf sehen. Er nickt, bevor er den Wagen rechts ranfährt und anhält. Durch das Fenster hinter Ed kann ich den Teil einer Mietskaserne und ein altes Lagerhaus erkennen. Ich schätze, wir müssen uns irgendwo unterhalb von Houston in

Tribeca befinden. Ich will mich hoch auf den Sitz ziehen, doch Ed legt seine Hand auf meine Brust und drückt mich behutsam wieder nach unten.

– Bleib erst noch mal da unten.

Ich begebe mich wieder in meine alte Position. Die Wunde pocht. Hämmert. Es fühlt sich an, als würde jemand mit einem Messer auf meine Seite einstechen. Meine Füße schmerzen.

Funkadelic sind inzwischen bei »Maggot Brain« angelangt, diesem endlosen Gitarrensolo direkt aus der Hölle. Ed greift nach seinem Hut auf dem Sitz und hält ihn in seinem Schoß, während er an der Krempe herumspielt.

– Ich muss dir was sagen, Hank. Paris und ich, wir sind hin- und hergerissen.

– Inwiefern?

Paris dreht sich in seinem Sitz um, damit er mich da unten sehen kann. Es ist das erste Mal, dass ich ihm in seine Augen schaue. Sie blicken unsicher.

– Na ja, was du da geleistet hast, war schon ziemlich abgefahren. Sehr beeindruckend.

– Aber?

Ed kratzt sich am Kopf.

– Die Wahrheit ist, dass es für uns eigentlich das Klügste wäre, dich irgendwo umzulegen und verschwinden zu lassen.

Bud, der auf meinem Bauch eingeschlafen ist, schnurrt zufrieden. Jedes Mal, wenn ich atme, hebt oder senkt er sich mit mir. Mit der linken Hand kraule ich ihn hinter den Ohren.

– Weißt du, die Fahndung nach dir wird sich noch weiter intensivieren. Zusammen mit der Jagd nach uns kann das eine ziemlich heiße Nummer werden.

– Ja?

– Eine andere Option wäre, dich einfach irgendwo abzusetzen und dich deinem eigenen Schicksal zu überlassen. Wir würden dir ein bisschen was von der Kohle abgeben und Tschüs dann.

– Nichts dagegen.

– Klar hast du nichts dagegen, aber ist das der richtige Zug? Der clevere Zug? Verstehst du?

– Klar, ich versteh schon.

Ich kraule Bud mit meiner linken Hand. Meine rechte Hand habe ich unter seinen Bauch gesteckt.

Ed schaut seinen Bruder an und Paris nickt.

– Die Sache ist die, die Leute reden immer von der *Ganovenehre*. Dabei stimmt das gar nicht. Mit Ehre hat das relativ wenig zu tun, es geht vielmehr um Vertrauen. Vertrauen ist das eigentliche Thema. All das, was jetzt passiert ist, das ganze Durcheinander, das hat bloß mit Vertrauen zu den falschen Leuten zu tun. Roman und seinen Komplizen haben wir nie vertraut. Den Russen noch viel weniger. Aber Russ? Wir kannten ihn, seit wir Kinder waren. Ihm haben wir vertraut. Und als er uns übers Ohr hauen wollte? Das hat uns geschockt. Und mehr noch, wir waren verletzt. Zutiefst verletzt. Wenn einem so was passiert, stellt man sich gewisse Fragen. Etwa die Frage, an was man noch glauben soll. Man stellt seine eigenen Ansichten in Frage. Das ist bitter. Wenn du das Vertrauen in dich selbst verlierst, das ist dann der absolute Tiefpunkt. Kannst du mir soweit folgen?

– Sicher.

Ich kraule Bud noch immer. Ich will ihn ruhig halten. Ich will, dass er ruhig bleibt, damit er nicht plötzlich aufspringt, denn dann würden Ed und Paris die Waffe in meinem Hosenbund entdecken. Die Waffe, auf der augenblicklich meine rechte Hand liegt.

– Was ich dir vorhin erzählt habe, darüber, keine Vergangenheit zu haben, keine Beziehungen, keine Familie. Das ist soweit alles schön und gut, doch die Wahrheit ist, damit kommt man nicht weit. Paris und ich haben uns bisher gegen alle Widrigkeiten behauptet. Und weißt du, warum?

– Nein.

– Weil wir zusammen größer sind als die Summe der einzelnen Teile. Diese Größe verdanken wir den folgenden drei Werten: Glaube, Liebe und Vertrauen.

Er reicht seinem Bruder die Hand.

– Ich liebe dich, Bruder.

Paris nimmt die Hand.

– Ich liebe dich auch, Ed.

Sie lösen ihre Hände wieder.

– Roman, Bolo, Russ? In Wahrheit hast du diese Typen nicht umgebracht. Sie haben sich selbst getötet. Sie alle, die Russen, der Chinese? Sie alle wären noch am Leben und hätten einen schönen Batzen Geld, wenn sie sich bloß gegenseitig vertraut hätten. Vertrauen ist ein Gefühl, Hank. Es ist etwas, das du für einen anderen Menschen empfindest, wie Liebe oder Hass. Du beobachtest, was jemand tut, wer er ist. Ein Mensch, der tut, was er sagt, seine Freunde und Familie achtet und schätzt, und ihnen nichts Böses will? Diesem Menschen wirst du letztlich vertrauen. Einem Mann, so wie dir.

Er hört auf, an seinem Hut herumzufummeln und setzt ihn sich stattdessen auf.

– Es liegt jetzt an dir. Wir können dich hier mit ein paar hundert Riesen rauslassen und du kannst versuchen wegzulaufen, um woanders ein neues Leben anzufangen. Auf diese Weise kriegst du es natürlich mit den Russen zu tun, denn die werden uns alle miteinander jagen. Du kannst auch zu den Bullen gehen und es mit der Wahrheit versuchen. Auf diese Weise siehst du in jedem Fall deine Mom und deinen Dad wieder. Oder du kommst mit uns und beginnst ein neues Leben. Eine neue Familie, die dir vertraut. Ich könnte mir vorstellen, dass die letzte Variante für dich die beste wäre. Denn die Wahrheit ist doch die, Hank: Du bist nicht mehr der, der du noch vor einer Woche warst.

Ehrlich gesagt fällt mir die Wahl gar nicht so schwer, wie man vielleicht annehmen möchte. Denn letztlich hat er recht; ich bin nicht mehr der Mann, der ich noch vor einer Woche war. Ich bin längst nicht mehr der, der ich einmal war. Ich höre auf, Bud zu kraulen und löse die Finger meiner rechten Hand von der Waffe.

– Ich bin dabei.

Sie strahlen. Ein wunderschönes Strahlen, einfach entzückend. Ed greift nach unten und klopft mir zustimmend auf das Knie.

– Cool, sehr cool. Paris?
– Cool.
– Okay dann. Hank, bleib noch unten am Boden, für den Fall, dass sie den Tunneleingang abgesperrt haben. Wenn wir erst mal nach Jersey kommen, sollte die Luft rein sein. Dann machen wir uns auf nach Süden, ich hab da was an einem kleinen Flughafen in der Gegend von Atlantic City arrangiert. Wir gehen auf Reisen. Klingt das gut?
– Klingt perfekt.
– Okay, dann mal los.

Paris lässt den Caddie an. Ed lehnt sich auf der Rückbank zurück.

– Im Übrigen tut es uns verdammt leid, was wir deiner Freundin angetan haben. Ich gebe zu, dass wir ein bisschen übertrieben haben. Wir dachten, wir müssten deutlich werden, nachdem Roman dich bereits so erfolgreich in Angst und Schrecken versetzt hatte. Ehrlich gesagt, dachte ich anfangs sogar, wir wären nicht hart genug vorgegangen, weil du dich nicht sofort bei uns gemeldet hast. Wie auch immer, wir machen das wieder gut. Wir wissen es jedenfalls zu schätzen, dass du es wie ein Profi aufnimmst. Es ist immer das Beste, wenn man wegen eines kleinen Missgeschicks nicht gleich eine Freundschaft gefährdet. *Cherchez la femme.* Die Frauen vermasseln's am Ende eben doch immer.

Ich packe Bud am Genick und ziehe ihn zur Seite. Der Winkel ist verdammt mies und die erste Kugel trifft Ed in die rechte Schulter anstatt ins Ohr, wie ich eigentlich vorhatte. Durch den Aufprall wird er in die Ecke der Sitzbank geworfen und ich nehme mir sofort Paris vor, bevor er den Wagen ins Rollen bringen kann. Ich sehe seinen Kopf kaum, also feuere ich vier Kugeln durch den Rücken seines Sitzes, wo sein Körper sein müsste. Sein Kopf schnellt nach vorne, der Wagen ruckelt zweimal heftig und die Lautstärke der Musik wird unerträglich. Ed trampelt mit seinen Cowboystiefeln gegen meine Hüfte und versucht, mir mit seinen Absätzen in die Eier zu treten, aber ich bekomme rechtzeitig meine Knie dazwischen. Die Kugel in seiner Schulter hat seinen rechten Arm lahm gelegt und er versucht verzweifelt, mit der linken Hand an sein Schulterhalfter zu gelangen. Ich schieße ihm in die rechte Hüfte und er hört mit dem Getrete auf. Ich hebe die Waffe und schieße ihm in den Bauch. Hebe sie erneut. In die Brust. Und noch einmal. Die letzte Kugel reißt ihm den Hut vom Kopf. Langsam rapple ich mich auf und schaue nach vorne. Paris liegt da, halb auf dem Sitz und halb im Fußraum. Es sieht so aus, als hätten ihn alle vier Kugeln getroffen. Es ist schwer zu sagen, weil seine Brust so aufgerissen ist. Er öffnet und schließt seinen Mund.

– Ed? Ich bin verletzt. Ed?

Er stirbt, ohne dass ich ihm noch eine Kugel hätte verpassen müssen.

Ich werfe die Pistole auf den Sitz, greife nach vorn, ziehe die Schlüssel vom Zündschloss und drücke die Stopp-Taste des Gettoblasters. Bud hat sich in seine Tasche geflüchtet. Ich mache den Reißverschluss zu und ziehe am Türgriff. Es handelt sich um die Tür, die sich nicht von Innen öffnen lässt. Da ich an Eds Körper nicht vorbeikomme, klettere ich auf den Vordersitz und steige aus der Beifahrertür ins Freie.

Der Caddie steht schräg auf der Straße. Es hat aufgehört zu regnen. Die Straße ist leer. Weiter unten ist eine Alarmanlage zu hören. Ich laufe um den Wagen und öffne den Kofferraum. Ich denke an die Koffer, die Ed und Paris zuvor zum Wagen getragen haben. Ich denke an Anziehsachen ohne Blutspuren. Aber hier ist sie, gleich obenauf. Eine verflucht große Tasche voller Geld.

Ich öffne einen Koffer und nehme ein paar Sachen heraus, die ich zu Bud in meine Tasche stopfe. Er versucht herauszuspringen, aber ich drücke ihn wieder rein und schließe sie. Dann werfe ich den Kofferraumdeckel zu und entferne mich.

Ich komme etwa drei Meter weit, bevor ich umdrehe und das ganze Geld hole. Und dann renne ich, so schnell es eben mit viereinhalb Millionen Dollar in einer Tasche möglich ist.

Ich laufe die Seventh Avenue rauf und verstecke mich hinter einer Mülltonne, wo ich die blutige Yankee-Jacke abstreife und dafür ein schwarzes Sweatshirt überziehe, das wie ein Bettlaken an mir herunterhängt. Muss Paris gehört haben.

Ich habe keine Ahnung, wohin ich gehen soll, außerdem ist die Tasche brutal schwer. Am James J. Walker Park erblicke ich einen Obdachlosen mit einem Einkaufswagen, in dem sich neben seinem verbliebenen Hab und Gut auch Mülltüten voll mit leeren Flaschen und Dosen befinden. Er sitzt auf einer nassen Parkbank und versucht erfolglos, eine feuchte Zigarette mit einem aufgeweichten, durchnässten Streichholz anzuzünden. Ich lasse mich am anderen Ende der Bank nieder. Er schaut zu mir herüber und kümmert sich dann wieder um seine Zigarette. Derweil krame ich in meinen Hosentaschen. Die ganzen Hunderter habe ich bereits Billy gegeben, aber ich habe noch eine Reihe Zwanziger. Ich nehme fünf und halte sie ihm hin. Er betrachtet die Scheine, dann sieht er mich an.

– Willst du dein Zuhause abtreten?

Er handelt mich auf hundertvierzig hoch und ich lasse ihm das meiste von seinem Zeug. Ich verdecke den Sack mit einigem Müll, ziehe seinen alten Mantel über und mache mich wieder auf den Weg. Hinter mir kriegt der Penner endlich seine Zigarette zum Brennen und raucht sie genüsslich, als wäre er scheiß Nelson Rockefeller persönlich. Was habe ich mir eigentlich dabei gedacht, ihm bloß ein paar Zwanziger zu geben? Ich habe viereinhalb Millionen in der Tasche. Na ja, nächstes Mal.

Ich wandere direkt ins Herz von Greenwich Village. Es sind jetzt deutlich mehr Menschen auf der Straße unterwegs, nachdem der Regen aufgehört hat, aber es herrscht eine seltsame Stimmung. Die Stadt fürchtet sich vor mir. Ich schiebe den Wagen vor mir her. Hinter dem Sheridan Square sehe ich die Riviera Sports Bar. Sie ist knackevoll. Ich karre den Wagen vorbei und um die Ecke, auf der 10th Street entdecke ich ein kleines Fenster auf der Höhe des Bürgersteigs, durch das man in die Kellerbar hineinsehen kann. Es liegt direkt über einem Lüftungsgitter und als ich durchschaue, habe ich einen freien Blick auf alle Fernseher, auf denen Baseball läuft. Es sieht so aus, als ob das Spiel im Shea Stadium wieder weitergeht, und das Spiel der Giants läuft ebenfalls.

Ich schiebe den Wagen rüber zur Wand, krame eine Decke hervor, breite sie über dem Gitter aus und mache es mir dort mit Buds Tasche auf dem Schoß bequem. Als ich den Reißverschluss der Tasche aufziehe, weicht er zunächst zurück. Ich lege meine Hand hinein und streichle ihn zwischen den Augen. Er liebt das. Es dauert nicht lange, bis er sich beruhigt hat. Ich greife unter ihn, finde die Vics und schlucke ein paar Tabletten. Volle Konzentration ist nicht mehr erforderlich.

Bud hat ein wenig Blut abbekommen, das auf seinem Fell trocknet. Ich spucke auf die Ärmel von Paris' riesigem Sweatshirt und mache mich daran, das Blut zu entfernen, während ich durch das Fenster die beiden Spiele verfolge.

Die Braves und die Dodgers lassen es langsam angehen und schonen ihre besten Spieler für die Endrunde. Sie wollen jedes Verletzungsrisiko ausschließen. Die Giants und Mets hingegen legen sich voll ins Zeug, schicken ihre besten Werfer und Starter aufs Feld, selbst auf die Gefahr hin, dass jemandem was passiert. Ich schaue mir beide Spiele bis ganz zum Schluss an, obwohl längst schon feststeht, dass sowohl die Mets als auch die Giants trotz aller Anstrengungen haushoch verlieren und damit morgen im Entscheidungsspiel aufeinander treffen werden. Das Spiel wird hier in New York stattfinden. Die Giants in meiner Stadt. Mein Gott, wie gerne ich das sehen würde.

Ich bleibe mit Bud auf dem Gitter sitzen. Es ist angenehm warm. Als die Bar schließt, werfen mir einige der Gäste auf dem Weg nach Hause ein bisschen Wechselgeld hin. Das ist insofern ziemlich cool, weil ich dringend einige Anrufe erledigen muss und kein Kleingeld habe. Der Penner hat ein paar Teile der Sunday Times im Einkaufswagen zurückgelassen und ich blättere den Reiseteil durch. Die Wahrheit ist, ich bin eigentlich noch nie irgendwo weiter weg gewesen. Es sieht aber alles richtig toll aus – ich treffe meine Wahl. Gleich außerhalb der Bar befindet sich ein Münztelefon. Es funktioniert sogar. Ich erledige den Anruf und mache alles klar. Eigentlich müsste ich noch einen anderen Anruf hinter mich bringen, aber ich kann jetzt nicht, es geht einfach nicht. Ich setze mich wieder auf das Heizungsgitter. Verfluchte Giants!

Ich glaube nicht, dass ich geschlafen habe, aber plötzlich ist die Sonne da. Die Zeit vergeht wie im Flug, wenn du an all die Menschen denkst, die du auf dem Gewissen hast. Ich erhebe mich und mache mich bereit. Es gibt einiges zu tun.

Am Zeitungsstand gibt es neue Überschriften:

Die *Daily News*: BLUTIGE SCHIESSEREI!

Die *Post*: DER WILDE WESTEN!

The New York Times: VIER TOTE BEI FEUERGEFECHT LETZTE NACHT.

Ich lande wieder auf der 14th Street, meiner alten Heimat. Krazy Fashions befindet sich gleich an der Ecke zur Sixth Avenue. Ich stecke mir einen Bündel Fünfziger in die Hosentasche, lasse den Wagen auf der Straße stehen und betrete den Laden mit der großen Geldtasche und Buds kleiner Tasche.

Ob die mich für einen Verbrecher halten? Da kommt jemand von der Straße rein, stinkend und völlig fertig und wirft mit Fünfzigern nur so um sich. Klar bin ich *ein* Verbrecher. Aber erstens kann es ihnen egal sein, und zweitens glauben sie nie im Leben, dass ich *der* Verbrecher bin. Bud halte ich tunlichst in der Tasche versteckt. Der Service ist erstklassig und ich entscheide mich für einen schicken hellgrünen italienischen Dreireiher, ein cremefarbenes Hemd von Yves Saint Laurent, original Oxblood-Sneaker, dazu ausreichend Unterwäsche und Socken. Das Personal entsorgt meine alten Anziehsachen und gibt mir einen Morgenmantel zum Drüberziehen, während der Anzug geändert wird. Ich frage nach einem Telefon und etwa zur gleichen Zeit, als der Anzug fertig ist, fährt draußen mein Wagen vor. Der Pakistani, dem der Laden gehört, trägt mir die Tasche bis in den Kofferraum. Ich stecke ihm ein paar Fünfziger extra zu und er sagt, er würde sich freuen, mich bald mal wieder begrüßen zu dürfen.

Ich lasse mich auf dem Rücksitz der Limousine nieder. Mario hält mir seine Hand hin und ich schlage ein. Im Autoradio läuft »If I Can't Have You« vom *Saturday Night Fever*-Soundtrack.

– Newark International.

– Bezaubernd.

Er fährt los und dreht sich dann zu mir um.

– Hast du vielleicht einen Joint, Mann?

– Tut mir leid.

– Kein Problem.

Er greift in seine Brusttasche, holt einen Stängel hervor und zündet ihn an.

– Willst du?

– Danke.

Er reicht mir den Joint und ich nehme einen kräftigen Zug. Es brennt wie verrückt und ich fange furchtbar an zu husten, als ich das Teil zurückgebe. Mario nimmt den Joint wieder an sich und reicht mir dafür eine Flasche Wasser. Zwischen den Hustenanfällen nehme ich ein paar Schluck zu mir.

– Danke.

– Kein Problem. Willst du noch mal?

Er hält mir den Joint hin. Ich lehne dankend ab. Der eine Zug entspannt mich bereits, dröhnt mich zu und hilft mir dabei, nicht zu viel nachzudenken.

Am Flughafen wimmelt es nur so vor Polizei. Sie sind überall. Mario fährt direkt an der Haltebucht von American Airlines vor. Er springt raus, öffnet die Tür und angelt meine Tasche aus dem Kofferraum. Ich stelle die Tasche auf dem Boden ab und knie mich neben sie. Ich öffne sie ein paar Zentimeter, greife hinein, hole drei Bündel Hunderter hervor und winke Mario zu mir herunter. Dann gebe ich ihm die Kohle.

– Einer ist für dich. Zwei sind für Tim. Und sag ihm, einer davon ist für Billy. Verstanden?
– Absolut.
– Du weißt, wer ich bin?
– Klar doch.
– Und bleib locker, Mario.
– Absolut.

Er nimmt das Geld und wir klatschen uns noch einmal ab. Danach lasse ich einen Gepäckträger meine Tasche zum Schalter bringen und belohne ihn dafür mit einem Zwanziger.

– Gang oder Fenster?
– Gang, bitte. Es wäre nett, wenn Sie noch einen Platz neben einem freien Sitz für mich hätten.
– Kein Problem.

Mit der Reservierung ist alles in Ordnung. Ich gebe der Frau am Schalter John Carlyles Visa-Karte und Reisepass. Sie schaut zweimal von mir zum Foto und schiebt ihn mir dann zurück. Während sie den Papierkram erledigt, mustert sie mich noch ein paarmal.

– Ich hatte einen Auffahrunfall.
– Um Gottes willen, wurde jemand verletzt?
– Nicht so wild, hat bloß mich erwischt.

Mir kommt eine Idee.

– Ähm, gäbe es vielleicht noch Plätze in der Ersten Klasse?
– Ja, sicher.
– Würde es Ihnen etwas ausmachen … äh, ich glaube, ich brauche … äh, wenn ich auf Erste Klasse umbuche.

– Kein Problem.

Es kostet eine Menge.

– Gepäck?

– Eine Tasche zum Aufgeben, einmal Handgepäck.

Ich fülle das Namensschild aus, sie befestigt es an der großen schwarzen Tasche und ich schaue zu, wie all das Geld auf dem Fließband davonfährt. Wer nicht wagt …

– Das wäre alles, Mr. Carlyle. Es ist besser, wenn Sie sich etwas beeilen. Das Flugzeug steht in Kürze zum Einsteigen bereit. Ich wünsche Ihnen einen angenehmen Flug.

Ich nehme mein Ticket und eile zum Flugsteig. Dabei komme ich an fünf oder sechs Cops vorbei, die in einem Kreis stehen und sich über die Mets unterhalten. Mein Bild prangt noch immer auf den Titelseiten sämtlicher Tageszeitungen und trotzdem erkennt mich niemand. Ich fühle mich mächtig gut. Doch als ich unmittelbar vor den Sicherheitskontrollen mit dem Röntgengerät stehe, fällt mir siedend heiß ein, dass ich eine Katze in meiner Tasche mit mir führe, für die ich weder Papiere besitze noch eine Anmeldung.

Die Toiletten befinden sich zur Linken. Ich gehe hinein und betrete die erste Kabine. Ich stelle die Tasche auf meinen Schoß und ziehe den Reißverschluss auf. Bud steckt seinen Kopf heraus und ich kraule ihn ein wenig. Hätte ich ihn doch bei Billy gelassen. Er hätte ihn dieser Tante gegeben, die Katzen so liebt. Was jetzt?

Ich wühle in der Tasche herum, bis ich sein Fläschchen mit den Pillen gefunden habe. Aufmerksam lese ich das Etikett. Ich soll ihm zwei pro Tag geben, eine am Morgen und eine am Abend. Ich halte Bud unter dem Kinn fest und schüttele drei Pillen in meine freie Hand. Eine nach der anderen verschwindet in seinem Maul, dann halte ich ihn fest, bis er Ruhe gibt und stelle ihn auf den Boden. Ich stehe auf, entledige mich meines Jacketts und meines Hemdes und ziehe mein T-Shirt hoch. Dann setze ich mich auf den Toilettensitz, wickle den elastischen Verband ab und hebe Bud hoch. Es ist zwar nicht ganz einfach, aber ich schaffe es, ihn an mich zu drücken und zugleich den Verband so um ihn zu wickeln, sodass er wie in einer Art Tragetuch an mir liegt. Ich schaue in der Tasche nach und finde dort noch eine zweite Bandage, die ich ebenfalls anlege. Als ich aufstehe, bleibt er an meinen Körper gepresst, die beiden Verbände machen es möglich. Ich stopfe mir das T-Shirt wieder in die Hose, knöpfe das Hemd von Yves zu, ziehe das Jackett an und mache alle drei Knöpfe zu. Anschließend öffne ich die Kabinentür und trete hinaus. Im Spiegel sieht es gar nicht so schlimm aus, ein Bierbauch eben.

Ich gehe zum Kontrollpunkt, stelle meine Tasche auf das Fließband und schaue zu, wie sie durch die Röntgensonde fährt. Dann gehe ich selbst durch den Metalldetektor. Kein Alarm. Ich schwitze nicht, ich zittere nicht, meine Augen bleiben ruhig. Ich bin ein kriminelles Genie. Ich bin kalt wie Eis. Die Bullen und die Sicherheitsbeamten beachten mich kaum. Für sie bin ich bereits ein Mythos. Niemand, nach dem so gründlich gesucht wird, könnte es je bis hierher schaffen, also schlürfen sie ihren Kaffee und meckern über ihre Jobs – und ich laufe unbehelligt an ihnen vorbei.

Bei den Telefonzellen bleibe ich stehen. Als sie abnimmt, höre ich, wie es ein paarmal Klick macht, dann vernehme ich Stimmen im Hintergrund.

– Ich bin es, Mom.

– Geht's dir gut, Henry?

– Bei mir ist alles in Ordnung, Mom. Ich gehe weg.

– Wohin?
– Das kann ich dir nicht sagen.
– Sie sind hier, Henry. Sie wollen mit dir reden.
– Ich liebe dich, Mom.
– Oh, Henry.
– Sag Dad, dass ich ihn ebenfalls liebe.
– Henry.
– Ich liebe dich.
– Ich liebe dich auch, Henry.

Erste Klasse ist eine feine Sache. Sie geben mir ein heißes Erfrischungstuch und ich lege es mir über das Gesicht, um all die Tränen zu verbergen.

Als die Anzeige für den Sicherheitsgurt erlischt, gehe ich mit der Tasche auf die Toilette und befreie Bud. Sein Atem geht flach. Ich hoffe, dass mit ihm alles in Ordnung ist. Ich stopfe mir einige Handtücher unter das Hemd, damit ich weiterhin einen dicken Bauch habe und stecke Bud in die Tasche. Ich lasse sie einen Spalt geöffnet, damit er besser Luft bekommt. Den ganzen Flug über werden mir Cocktails angeboten, aber ich nehme stattdessen lieber ein paar Vics.

Wir landen in Cancún. Ich war zwar noch nie in Mexiko, aber ich habe gehört, dass der Zoll dort sehr lax sei. Als ich zur Gepäckausgabe schreite, ist meine Geldtasche bereits da und dreht auf dem Band eine Ehrenrunde.

Der Zollbeamte blickt mir ins Gesicht, dann in den Reisepass. Er grinst ein wenig und schaut ungläubig. Ich lächle reumütig.
– Autounfall.
– *¿Si?* Autsch.
– *Mucho Autsch.*

Er lacht und stempelt meine Papiere.
– Angenehmen Aufenthalt, Sir.

– Danke schön.
Ich gehe Richtung Ausgang. Über der Tür ist eine kleine Ampel angebracht. Jeder Passagier drückt einen kleinen Knopf. Leuchtet die Ampel Grün auf, können sie den Flughafen verlassen. Erscheint das rote Licht, werden ihre Taschen einer Kontrolle unterzogen. Ich drücke den Knopf.

Ein geradezu weihnachtliches Grün leuchtet von der Decke.

EPILOG
1. OKTOBER 2000

Das Örtchen liegt knapp eine Stunde südlich von Cancún. Es ist klein und nett. Ich sitze in einer Bar. Die Bar befindet sich am Strand; sie hat keine Mauern und das Dach wird nur von Holzleisten und Palmzweigen bedeckt. Statt auf einem Barhocker sitze ich in einer Schaukel, die am Dachbalken befestigt ist. Ich schwinge in einer angenehmen Brise vor und zurück, und wenn ich meine Beine richtig baumeln lasse, berühren meine Zehen leicht den warmen Sand. Es ist früher Abend und ein Gewitter nähert sich vom Meer her. Blitze erhellen die herrliche See und bald wird badewasserwarmer Regen fallen. Überall sieht man hübsche Mädchen und auf der Stereoanlage hinter der Bar läuft Stevie Ray Vaughns »Pride and Joy«. Bud hat es sich auf der Bar neben mir bequem gemacht, er wirkt leicht duselig, ist aber wach. Die Barkeeper finden es zwar komisch, dass ich meine Katze mitgebracht habe, aber sie mögen ihn. Alle mögen Bud. Vor allem die hübschen Mädchen haben Bud in ihr Herz geschlossen. Ich habe ein Zimmer etwas weiter den Strand hoch. Es hat einen Balkon und eine Hängematte. In dem Geschenkartikelladen habe ich mir ein paar Shorts und Sandalen geholt, eine Dusche in meinem Zimmer genommen und die Tasche mit dem Geld im Wandschrank versteckt. Dann habe ich mich auf einen Erkundungsgang gemacht und so fand ich diese Bar.

Auf der Bar habe ich diversen Krimskrams ausgebreitet, den ich in Buds Tasche fand. Das Flugticket, mit dem ich an

Weihnachten nach Hause geflogen wäre. Marios Visitenkarte. Romans Karte. Das Polizeifoto von Yvonnes Hals. Ich muss daran denken, wie sauer sie immer auf mich wurde, weil ich in der Vergangenheit lebte. Ich schließe die Augen und fühle die Sonne und die Brise und sehe den Stapel Leichen hinter Paul's Bar vor mir. Russ, wie er Bud in seinen Armen hält. Ed und Paris, die Hände halten. Bolo, wie er mit seinen Armen rudert, um das Gleichgewicht zu finden, bevor er in sich zusammensackt. Roman, der nur darauf wartet, dass ich ihn endgültig erledige.

Auf der Bar haben sie Schüsseln mit spanischen Erdnüssen stehen, die mit Chilipuder bestäubt sind. Ich nehme eine Handvoll und esse sie eine nach der anderen. Sie sind verdammt gut. Ich halte Bud eine hin und er leckt den Puder ab.

Ich trinke eine Orangenlimonade. Bald, um achtzehn Uhr, beginnt die Happy Hour. Für jeden Drink, den ich bestelle, kriege ich zwei umsonst. Um halb sieben wird über der Bar der Fernseher eingeschaltet; sie zeigen über Satellit live aus New York die Übertragung des Spiels der Mets gegen die Giants. Ich bewege meine Zehen und fahre damit durch den kühlen, feuchten Sand. Meine Füße schmerzen überhaupt nicht mehr. Jemand klingelt mit einer Glocke. Es ist achtzehn Uhr. Ich gebe dem Barkeeper ein Zeichen und bestelle ein Bier.

CHARLIE HUSTON

Der Gejagte

Roman

Aus dem Amerikanischen
von Alexander Wagner und
Markus Naegele

WILHELM HEYNE VERLAG
MÜNCHEN

TEIL 1

4.–11. DEZEMBER 2003

Ich sitze auf der Veranda eines Bungalows auf der Halbinsel Yucatán und aus meinen Ohren ragen brennende Zigaretten.

Morgens gehe ich gern eine Runde schwimmen. Als ich nach Mexiko kam, habe ich anfänglich morgens gerne einen getrunken, aber nachdem ich mit dem Trinken aufgehört hatte, fing ich mit dem Schwimmen an und machte eine Entdeckung. Ich habe ungewöhnlich enge Gehörgänge. Mir fiel das erstmals auf, als ich eines Morgens beim Versuch nüchtern zu werden im lauwarmen Wasser herumplantschte. Ich stellte fest, dass meine Ohren dicht waren. Ich schüttelte meinen Kopf hin und her und schlug mir leicht gegen den Schädel, um das Wasser rauszubekommen – ohne Erfolg. Ich hielt mir die Nase zu, schloss den Mund und presste, bis mir fast das Hirn aus dem Arsch schoss. Nichts. Ich stopfte mir Q-tips bis zum Anschlag in die Ohren. Aber das machte es nur noch schlimmer. Mehrere Tage lang lief ich halb taub durch die Gegend und fühlte mich, als bestünde mein gesamter Schädel aus einem wassergetränkten Wattepfropfen. Schließlich ging ich zum Arzt. Ich habe mir vor einiger Zeit angewöhnt, Arztbesuche bis zuletzt hinauszuzögern.

Dr. Sanchez untersuchte meine Ohren und verkündete die schlechte Nachricht: ungewöhnlich enge Gehörgänge. Das Wasser war tief drinnen gefangen und mein bescheuerter Q-tip hatte es mithilfe von Ohrenschmalz noch ordentlich verkorkt. Er füllte eine Spritze von der Größe einer Bierdose mit warmem Mineralwasser und jagte mir den Inhalt ins Ohr, bis der Druck die fetten Schmalzklumpen löste und sie in die kleine Plastikschale spülte, die ich artig in den Händen hielt. Er gab mir Tropfen. Er erklärte mir, ich solle niemals wieder etwas anderes als meinen eigenen Ellbogen ins Ohr stecken und lachte dabei über seinen großartigen Witz. Dann nickte er wissend und teilte mir mit, die Lösung meines Problems sei eigentlich ganz einfach: Wenn meine Ohren wieder dicht wären, müsse ich bloß in jedes eine Zigarette stecken und sie anzünden. Die Zigaretten natürlich. Daraufhin reichte er mir ein Päckchen Benson & Hedges, sagte, dies seien die besten zu diesem Zweck, und berechnete mir tausend Pesos.

Tja. Und deshalb sitze ich jetzt mit brennenden Zigaretten in beiden Ohren auf der Veranda eines Bungalows auf der Halbinsel Yucatán. Die brennenden Zigaretten erzeugen ein Vakuum in meinen Ohren, indem sie die Feuchtigkeit in den Filter saugen. Ich habe ein Handtuch über beide Schultern gelegt, das die herabfallende Zigarettenasche auffängt. Ich mache das schon seit ein paar Jahren mehrfach wöchentlich und es hat bisher immer funktioniert. Dafür rauche ich jetzt täglich zwei Päckchen Benson & Hedges. So ist das nun mal im Leben. Alles hat auch seine Schattenseiten.

Die Sonne hinter mir steht hoch am Himmel und vor mir spiegelt sich im perfekten Blau des Meeres das Rot des Sonnenuntergangs. Eine leichte Brise streichelt meine Haut und ich ziehe meinen Sarong etwas höher, damit mir der Wind um die Beine wehen kann. Die Glut der Zigaretten wird langsam unangenehm. Ich greife nach ihnen und ziehe sie mir aus den Ohren. Dabei muss man höllisch aufpassen, sie nicht zu sehr zu drücken, da sonst die schmalzige Flüssigkeit aus den Filtern herausläuft. Ich werfe die Kippen in einen Aschenbecher zu meinen Füßen, streife mir das Handtuch von der Schulter, stehe auf und laufe Richtung Meer. Am Strand ist kaum eine Menschenseele. Zu meiner Rechten sehe ich etwas weiter weg eine Gruppe einheimischer Jugendlicher, die auf ihrem selbst abgesteckten Spielfeld einem Fußball hinterherjagen. In der anderen Richtung erkenne ich die Silhouette eines sich küssenden Liebespaars. Als meine Füße den nassen Sand nahe der Wasserlinie berühren, ziehe ich kurz an meinem Sarong. Er gleitet zu Boden, woraufhin ich nackt in die sanft plätschernden Wellen laufe. Der Strand fällt so flach ab, dass ich gut fünfzig Meter aufrecht ins Meer gehen kann, bevor das Wasser meinen Kopf bedeckt. So schreite ich ins Wasser, die untergehende Sonne im Rücken, in meinen frisch geöffneten Ohren das leichte Plätschern der Wellen. Womöglich muss ich die ganze Prozedur mit den Zigaretten im Ohr gleich noch einmal durchmachen, aber die Sache ist es wert. Ich will heute noch ein letztes Mal schwimmen. Morgen werde ich nach Hause fahren und ich bezweifle, dass ich jemals wieder hierher zurückkehren werde.

Maschinengewehre reißen mich am Morgen aus meinem Schlaf, aber sie sind nur in meinem Kopf. Mein Rucksack lehnt fertig gepackt an der Tür, der wasserdichte Geldgürtel hängt darüber. Ich gehe ins Bad und stelle mich unter die Dusche. Das Wasser strömt warm an meinem Körper herab, nichts, was einen schlagartig wach machen würde. Immer noch verschlafen schließe ich meine Augen. Pedro wird nach hinten gerissen, sein Körper von einer Salve Maschinengewehrkugeln durchsiebt. Schlagartig reiße ich die Augen auf. Ich steige aus der Dusche und laufe tropfend quer durch den Bungalow zum Gettoblaster, wo ich meine CDs auf der Suche nach etwas Lautem durchstöbere. Led Zeppelin? Es muss *schnell* und laut sein. The Replacements. Ich schiebe *Pleased to Meet Me* rein, die ersten Akkorde von »I.O.U.« ertönen und Paul Westerberg legt mit seinem Geschrei los. Ich drehe lauter.

Nachdem ich zu Ende geduscht habe, ziehe ich mir ein Paar leichte Baumwollhosen über, schnappe mir die Schlüssel, Sonnenbrille, Papiere und einen ordentlichen Batzen Pesos. Ich überprüfe meinen Geldgürtel, sehe zu, dass ich jederzeit problemlos an meinen zweiten Reisepass und meine ID-Card komme, und schnalle ihn mir um. Ein ärmelloses T-Shirt, ein kurzärmliges Leinenhemd, ein Paar bequeme Sneakers – fertig bin ich. Ich greife mir den Rucksack und hänge mir einen Riemen über die Schulter.

– Auf geht's, Katze.

Bud hüpft von dem bequemen Stuhl herunter, schleicht hinüber zur Küchenzeile und miaut.

– Tut mir leid, Buddy, keine Zeit. Du kriegst bei Pedro was zu futtern.

Er miaut von Neuem. Ich laufe rüber, schnappe ihn am Nacken und setze ihn oben auf den Rucksack.

– Frischer Fisch bei Pedro. Glaub mir, das Warten lohnt sich.

Ich schalte die Musik aus und schaue mich noch einmal um. Habe ich irgendetwas vergessen? Nein, ich scheine an alles gedacht zu haben. Die Hintertür ist verriegelt, die Fensterläden mit Vorhängeschlössern versehen. Das sollte reichen. Ich gehe hinaus auf die Veranda und setze Bud und den Rucksack auf den Boden neben der Tür.

Ich ziehe gerade die Plane vom Pick-up, als ich einen weißen Bronco entdecke, der eine viertel Meile entfernt vom Weg abzweigt und sich schaukelnd durch den Sand auf mich zu bewegt. Es könnte sein, dass sie bloß ein paar zusätzliche Fragen haben, aber ich kann mir kaum vorstellen, dass die Bullen mich im Morgengrauen aufsuchen, um mir Fragen zu stellen.

Ich lasse die Plane fallen, winke, und deute breit grinsend auf den Bungalow. Einer der *Federales* im Bronco winkt zurück. Ich laufe hinüber zum Bungalow, packe Bud und den Rucksack, gehe hinein, verschließe die Eingangstür, verlasse die Hütte durch die Hintertür und renne in den Dschungel, der hinter meinem Bungalow beginnt. Wenn ich es bis zu Pedro schaffe, wird alles gut. Es sei denn, die Bullen warten dort auch schon auf mich.

Und so begann die ganze Scheiße wieder von vorne: Alle drei Monate läufst du zum Lebensmittelladen neben dem Highway und benutzt das Telefon, um einen Typen in New York anzurufen. Und dieses eine Mal erzählt er dir von einer Geschichte, die dort jeder kennt.

– Sagen wir, du bist ein Kerl und unternimmst einen Spaziergang. Es ist verdammt heiß, du sehnst dich nach einem Bier. Die Sache ist die: August in der Großstadt, der Müll stapelt sich, es stinkt, die Stadt ist voller Hundebesitzer, die die Scheiße ihrer Köter nicht einsammeln. Du willst kein Bier aus einem Lebensmittelladen, nicht mal eine dieser Halbliterdosen aus den Kühltruhen, die diese Läden auf dem Bürgersteig aufstellen. Es ist so verdammt heiß und auf der Straße stinkt es dermaßen nach Müll und Hundescheiße und Pisse. Was du willst, ist ein kaltes Bier in einem kühlen dunklen Raum. Also scheiß auf die Dose aus der Kühltruhe, du gehst in die nächstgelegene Bar, die du daran erkennst, dass draußen ein Neonschild mit der Aufschrift BAR angebracht ist.

Du sagst dem Kerl, ob er jetzt vielleicht mal zur Sache kommen könne. Dann vernimmst du durch die Leitung das gurgelnde Geräusch einer mit Dope gefüllten Wasserpfeife. Er fängt wieder an zu reden, und zwar mit der unverwechselbaren Stimme von jemandem, der versucht, eine gewaltige Menge Rauch einzubehalten.

– Also gehst du rein, und es ist genau so, wie du es dir erhofft hast. Klimaanlage, abgedunkelte Fenster. In der Jukebox läuft gerade was Gutes wie Coltrane, *My Favourite Things*. Nicht zu laut natürlich. Es ist auch nicht zu voll, denn es ist mitten am Tag, mitten in der Woche. Bloß der Barkeeper und ein paar Stammgäste.

Aus der Leitung ertönt ein gewaltiges Rauschen, als der Kerl den Rauch ausatmet, er hustet jedoch nicht. Der Kerl hat beim Kiffen nicht mehr gehustet, seit er zwölf ist; an diesem Punkt in seinem Leben würde er das wahrscheinlich als *unprofessionell* erachten. Der Gedanke ans Rauchen setzt irgendetwas in deinem Kopf in Gang und schon wühlst du in deinen Hosentaschen nach einer Zigarette.

– Also setzt du dich hin und der Barkeeper legt seine Zeitung beiseite und kommt zu dir rüber. Er hat dich noch nie gesehen, du hast ihn noch nie gesehen. Trotzdem nickt er dir zu und du nickst zurück, denn ihr wisst beide, dass ihr auf einer Wellenlänge liegt; schließlich arbeitet er mitten am Tag in einer Bar und du hast soeben eine solche betreten. Du sagst dem Typen, *ein Bud*, und legst einen Zwanziger auf den Tresen. Er macht den Kühlschrank auf, holt ein Bier raus, öffnet die Flasche, stellt sie auf den Tresen, nimmt deinen Zwanziger und geht hinüber zur Kasse.

Keine Zigaretten.

– Der Barkeeper kommt zurück, gibt dir siebzehn Dollar Restgeld, was heutzutage für eine Flasche Bud in New York verdammt gut ist. Alles ist wunderbar. Ihr nickt euch erneut zu, und er widmet sich wieder seiner Zeitung. Du legst deine Hand um diese Flasche und nimmst deinen ersten Schluck. Es ist kaaaaaalt. Der Barkeeper liest seine Zeitung, die anderen Kneipengestalten lösen Kreuzworträtsel oder rauchen. Du trinkst dein Bier, lauschst der Musik und lässt es dir gut gehen. Du kannst dir gut vorstellen, hier eine Weile abzuhängen und den Rest der zwanzig Dollar auch noch auf den Kopf zu hauen.

Du weißt, wovon er redet. Du hast Tage wie diese auch schon erlebt.

– Und in diesem Moment geht die Tür mit einem lauten Knall auf, irgend so ein Hinterwäldler kommt rein, bestellt einen verfluchten Martini, sodass der Barkeeper richtig arbeiten muss, setzt sich auch noch genau neben dich und fängt zu plappern an. Das war's dann mit der Ruhe, die hübsche kleine Idylle ist zum Teufel.

Du musst an die Schachtel Zigaretten denken, die zu Hause auf dem Tischchen auf der Veranda liegen. Am anderen Ende der Leitung ist wieder die Pfeife im Einsatz; das macht die Geschichte garantiert nicht kürzer.

– Dieser Hinterwäldler wohnt hier, aber an der Art, wie der Barkeeper ihn behandelt und die anderen Kneipengestalten demonstrativ ihre Stühle von ihm wegrücken, ist klar, dass sie es am liebsten sähen, wenn er gleich wieder verduftete. Aber jetzt kann er sein Glück kaum fassen, hat er doch ein neues Gesicht ausfindig gemacht, dem er das Ohr abkauen kann. Und schon legt er los: *He, mein Name ist Soundso und ich mache Dasunddas und was ist das bloß für eine brutale Hitze heute und dieser Barkeeper kann nicht mal 'nen ordentlichen Margarita mixen, dafür brauchst du nämlich Soundso.* Und dann kommen die Fragen. *Wie heißt du eigentlich? Ich hab dich hier noch nie gesehen, wohnst du hier in der Ecke? Du warst noch nie hier, kennst du den Laden etwa nicht? Das gibt's doch nicht, jeder kennt den Laden. Wie kannst du bloß in der Gegend wohnen und die alte M Bar nicht kennen, die Murder Bar?*

Die Zigaretten sind dir mittlerweile egal.

– Ja, der Hinterwäldler nennt den Laden die Murder Bar.

Das ist der Laden, du weißt schon welcher. Ein paar Jahre war sie geschlossen. Also erzählt er dir die Geschichte von dieser Bar, dass sie nicht wirklich Murder Bar heißt, nicht mal M Bar, aber die Leute aus der Nachbarschaft , die Insider, die nennen sie so, denn sie haben es damals miterlebt, als es passierte. Er redet weiter auf dich ein. *Fass mal die Leiste unter der Bar an, im Holz kannst du immer noch die Löcher fühlen von damals, als der Laden kurz und klein geschossen und all die Gäste umgenietet wurden.* Und tatsächlich, die Löcher sind immer noch da. Sie wurden zwar abgeschliffen, damit man sich keine Splitter reinzieht, aber die Löcher sind noch da.

Du hörst, wie der Kerl am Telefon kurz einen Schluck trinkt, und du weißt ganz genau, was es ist. Du kannst sie förmlich riechen, die warme Schärfe von Tullamore Dew.

– Und jetzt fängt der Hinterwäldler mit der eigentlichen Geschichte an. Wie ein Typ, der in dieser Bar, beziehungsweise in der Vorgängerbar, arbeitete, in Geldnöte oder Ähnliches geriet, eines Nachts reinkam, um seinen Boss auszurauben. Plötzlich rastete er aus und legte alle kaltblütig um, fast zwanzig Leute. Aber damit endet die Geschichte noch lange nicht, du hast *sicher* davon gehört, wie der Kerl zu einem Amoklauf quer durch die Stadt aufbrach. Keiner weiß genau, wie viele Leute er dabei um die Ecke brachte, es waren auch einige Polizisten darunter. Und dann verschwand dieser Psycho, diese Killermaschine, dieser Verrückte spurlos von der Bildfläche. Das FBI hatte ihn eine Weile ganz oben auf der Liste der meistgesuchten Verbrecher, aber dann wurde er von ein paar noch größeren Verbrechern abgelöst, die Namen aus dem Nahen Osten trugen. Die Bullen müssen in dieser Stadt heutzutage größere Fische fangen. Es ist keine große Sache mehr, weißt du? Bloß eine Geschichte, die sich die Leute so erzählen, auch wenn dieser Hinterwäldler so manche Fakten durcheinander gebracht hat. Es ist nicht das erste und auch nicht das letzte Mal, dass man die Geschichte in einer neuen Version erzählt bekommt. Doch jetzt wird er plötzlich intim, kommt dir ganz nah, denn er hat *Gänsehaut*, wie er sagt. *Der Kerl, der für diese ganzen Morde verantwortlich war, hatte gar keine Geldprobleme; das heißt, er hatte schon ein Geldproblem, aber das bestand in erster Linie darin, viele Menschen umbringen zu müssen, um an diesen großen Sack voll Geld zu kommen, hinter dem alle her waren.* Er fährt fort. *Neben unserem Killer waren das noch eine schwarze Straßengang aus der Bronx, die man die Cowboys nannte, dazu ein ganzes Revier korrupter Bullen, ferner die Russenmafia und sogar ein halb professioneller Profiwrestler namens Samoan Tower.*

Du denkst nach. Eine Knarre, die im Mund eines chinesischen Rotschopfs losgeht. Ein großer Samoaner mitten in einem Café, Blut schießt aus seiner linken Schläfe. Ein Bulle, der im Regen auf dem Rücken liegt und darauf wartet, dass du ihn endgültig fertig machst. Die Brüder, die deine Freundin zu Tode geprügelt haben, von deinen Schüssen durchsiebt.

– Und der verrückte Hund hatte am Ende die Nase vorn, schnappte sich das ganze Geld, locker zwanzig Millionen, und machte sich davon in wärmere Gefilde, Richtung Mexiko. Weg war er. Aber diese Menge Geld? Und der Kerl sagt: *So ein Batzen Geld ist wie ein Schatz, danach werden Menschen ewig jagen. Und so ist es auch. Wie in* It's a Mad Mad Mad Mad World, *wenn Sam Peckinpah Regie geführt hätte. Viele Leute sind auf der Jagd nach diesem Verrückten und seiner Beute. Die. Ganze. Zeit.*

Du erinnerst dich daran, wie es ist, gejagt zu werden. Wie es sich anfühlt. Du stellst dir vor, wie es wäre, das alles noch einmal mitzumachen, und verfluchst dich, dass du die Zigaretten vergessen hast.

– Jedenfalls ist die Geschichte mit dem Geld und Mexiko und den Schatzsuchern das eigentlich Neue an der Geschichte, darum hast du sie jetzt von mir gehört.

Und so geht der ganze Scheiß wieder von vorne los. Deswegen, und wegen dem Backpacker mit dem russischen Akzent.

Das Bucket liegt direkt am Strand. Es ist eine Hütte ohne Wände, nur ein Strohdach über einer Bar. Barhocker sind am Strand ziemlich unpraktisch, deshalb hängen acht Schaukeln von einem Dachbalken. Dazu gibt es einige weiße Plastiktischchen mit dazugehörigen Stühlen, die auf dem Sand stehen. Strom gibt es nicht. Pedro transportiert jeden Morgen Taschen voller Eis auf seinem dreirädrigen Motorrad hierher und schüttet es in Wellblechwannen, die mit Flaschen voller Sol und Negro Modelo gefüllt sind. Wenn du einen Cocktail bestellst, bekommst du ihn mit dem Eis, das fürs Kühlen des Biers verwendet wird. Fürs Kochen hat Pedro eine 55-Gallonen-Tonne, die er in der Mitte durchgesägt hat und jetzt als Grill verwendet. Es gibt Spareribs, Hühnchen, Burger oder was immer die Fischer aus dem Meer geholt haben. Hin und wieder kommt auch Pedros Frau vorbei, und dann gibt es frische Tortillas und Tacos.

Nach dem morgendlichen Schwimmen, so gegen neun Uhr, begebe ich mich ins Bucket. Pedro nimmt die Kaffeekanne vom Barbecuegrill, schenkt mir eine Tasse ein und reicht mir die gestrige Ausgabe der *Miami Herald*. Seine Frau besorgt mir die Zeitung jeden Tag, wenn sie zum Einkaufen in die Stadt fährt oder die Kinder von der Schule abholt. Pedro bringt sie mir dann am nächsten Morgen in die Bar mit. Ich blättere die Sportseiten durch. Dolphins hier, Dolphins da.

Pedro hat Chorizo-Würste auf dem Grill liegen und macht gerade eine Bratpfanne heiß, in die er ein paar Eier schlägt. Aus der Kühltasche seines dreirädrigen Motorrads holt er eine Plastikflasche mit Salsa, von der er etwas in die Pfanne schüttet und die Soße mit den Eiern verrührt. Dann nimmt er einen Schlüssel von seinem Gürtel, schließt den emaillierten Stahlschrank unter der Bar auf, greift sich einige Flaschen Hochprozentiges und baut sie hinter dem Tresen auf. Ich laufe hinüber zum Grill, rühre die Eier noch ein paarmal durch und schaufele sie auf einen Plastikteller. Die Chorizos sind leicht angebrannt, das Fett spritzt aus den Öffnungen in der Haut. Ich spieße sie auf, platziere sie neben die Rühreier und nehme wieder Platz auf meiner Schaukel an der Bar. Pedro bringt mir ein gefaltetes Handtuch und legt es neben den Teller. Ich öffne es und schäle mir eine noch warme Tortilla ab, die seine Frau am Morgen zu Hause gebacken hat. Auf die Tortilla lege ich eine Chorizo, packe noch ein wenig Rührei dazu, dann falte ich das Ganze, nehme einen ordentlichen Bissen und verbrenne mir wie jeden Morgen den Mund. Aber die Sache ist es wert.

Pedro ist in meinem Alter, er ist fünfunddreißig. Er sieht bloß ein wenig älter aus, weil er sein ganzes Leben hier auf Yucatán verbracht hat. Sein sonnengegerbtes Gesicht hat eine dunkle, goldbraune Farbe. Er ist klein und rundlich, hat einen schmalen, spitzen Bart und trägt eine große, schwarze Plastiksonnenbrille, wie sie amerikanische Soldaten gratis zur Uniform kriegen.

Er schenkt mir Kaffee nach.

– Gehst du heute zum Fischen?

Ich schau hinaus aufs ruhige, kristallklare Wasser. In der Stadt werden die Touristen jetzt sicher in die Boote steigen, die sie zum Tauchen hinaus zum Riff bringen oder aufs freie Meer zum Fischen. Die einheimischen Fischer sind schon lange draußen, nur Pedros Boot liegt noch an Land, wo es mit gelben Tauen an eine acht Fuß lange Eisenstange gebunden ist. Ich könnte alleine mit dem Boot rausfahren oder auf Pedros Bruder warten und am Abend mit ihm eine Runde fischen gehen. Falls er keinen Job zu erledigen hat.

– Heute nicht.
– Ist ein guter Tag zum Fischen.
– Zu gut. Vielleicht beißt tatsächlich einer an. Und was dann? Ich muss ihn rausholen, ausnehmen, kochen. Nein, nein, heute kein Fischen.
– Läuft später ein Spiel?
– Jeden Sonntag, Pedro. Jeden Sonntag läuft ein Spiel, außer in der Bye-Week.
– Wer spielt heute?
– Die Patriots.
– Neuengland?
– Richtig.
– Scheiß Patrioten.
– Du lernst dazu.

Ich lernte Pedro vor ein paar Jahren in der Stadt kennen, als ich gerade nach Mexiko kam. Ich kam abgehetzt hierher, auf der Flucht. Ich verließ den Flughafen von Cancún, stieg in ein Taxi und sagte dem Fahrer, ich wolle raus aus Cancún, irgendwo die Küste runter, an einen kleinen Ort. Er fuhr etwa eine Stunde, bis wir ein kleines Feriendorf mit Hotels entlang eines netten Küstenstreifens erreichten. Für eine Weile war das völlig in Ordnung. Bei den Touristen handelte es sich zumeist um Mexikaner aus dem Inland, Südamerikaner und Europäer. Kaum US-Amerikaner. Doch dann bauten sie im Süden des Ortes diese riesige Ferienanlage und das war's dann für mich.

Bis ich dieses Fleckchen fand: mit dem Auto von der Stadt aus gut zu erreichen, bevölkert von ein paar Einheimischen mit Ferienwohnungen, Auswanderern, die in Bungalows wohnen, einigen Rucksacktouristen und Tagesausflüglern auf der Suche nach einem abgeschiedenen Strand. Aber keine Bar. Pedro arbeitete in einem Laden, in dem ich mich die meiste Zeit aufhielt. Ich wusste, dass er von seinem eigenen Geschäft träumte, und er wusste, dass ich einen Laden suchte, in dem ich in Ruhe abhängen konnte. Also machten wir einen Deal.

Ich bin sein stiller Teilhaber. Meinen Deckel zahle ich wie jeder andere Gast auch, so weiß niemand, dass ich Pedro finanziell unter die Arme gegriffen habe, um den Laden aufzumachen. Die Hälfte des Kapitals für die Bar habe ich ihm geschenkt, damit er hierher zieht, um sie zu betreiben. Die andere Hälfte arbeitet er langsam ab. Ich hätte ihm den ganzen Laden natürlich auch gleich vermachen können. Ich hab die Kohle für so was. Gott weiß, dass ich die Scheißkohle hab.

Immer mehr Tagesausflügler kommen mittlerweile an diesen Strand. Sie hören in der Stadt davon oder lesen darüber im Lonely Planet und kommen dann hierher auf der Suche nach dem ursprünglichen, unverfälschten Mexiko. Trotzdem sind sie immer sehr froh, wenn sie hier ein kaltes Bier und einen Cheeseburger bekommen können. Die nach Mexiko ausgewanderten Amerikaner tauchen meist am späten Nachmittag auf, wenn sie von ihren Angeltrips oder Jobs in der Stadt zurückkehren. Die Einheimischen kommen zumeist Freitag- oder Samstagabend vorbei, um was Ordentliches zu trinken. Ich hingegen trinke den ganzen Tag nur Softdrinks. Seit gut zwei Jahren habe ich keinen Alkohol mehr angerührt. Jetzt nehme ich erst mal einen weiteren Schluck Kaffee, zünde mir die erste Zigarette des Tages an und widme mich wieder dem Sportteil. So viel zu meinem gesunden Lebensstil.

Die Dolphins haben ein Problem. Ihr Problem liegt in der Person des Cheftrainers, der leider ein völliger Idiot ist. Auch ich habe ein Problem. Und dieses Problem sind die verfluchten Miami Dolphins, die in der verfickten National Football League spielen. Als ich hierher kam, musste ich bald feststellen, dass ich ganz ohne Sport nicht leben konnte. Ich versuchte es mit Fußball, aber es wollte einfach nicht klappen. Und eine Basketballsaison ist wie ein Basketballspiel, es zählen irgendwie immer bloß die letzten zwei Minuten. Solange ich mich also nicht für Stierkämpfe begeistern wollte, blieb mir nur Football. Baseball? Oh ja, ich mag Baseball. Nur zu gerne hätte ich die letzten drei Jahre – so wie die zweiunddreißig Jahre davor auch – damit zugebracht, Baseball zu schauen, zu hören und darüber zu lesen, aber das ist eine der Sachen, die ich notgedrungen aufgeben musste. Ich habe mich Football zugewandt, weil ich diesen Sport immer gehasst habe. Und niemand, der auf der Suche nach mir ist, wird nach jemandem Ausschau halten, der sich für Football interessiert. Das macht es für diese Leute schwieriger, mich zu finden und zu töten.

Und wissen Sie was? Nachdem ich jetzt drei Jahre Football schaue, hasse ich es mehr denn je. Aber noch mehr hasse ich den bescheuerten Chefcoach der Dolphins, denn ich habe leider die schlechte Angewohnheit angenommen, mit den Dolphins mitzufiebern.

Ich Idiot.

Als klassisches Schönwetterteam starten die Fins immer gut in die Saison und brechen dann im Winter bitter ein. Alle Vernunft und historische Statistiken sprechen dafür, dass die Fins auch jetzt wieder ins Straucheln geraten müssten. Aber dem ist nicht so. Ihr neuer, brandjunger Running Back, Miles Taylor, bricht einen Rekord nach dem anderen und sorgt dafür, dass die Fins trotz einer durchschnittlichen Mannschaft und eines unfähigen Trainers ihre Spiele ununterbrochen gewinnen.

Aber ich mache mir keine Illusionen. Im Westen haben Oakland, San Diego und Denver bisher sensationell gespielt und scheinen einen sicheren Platz in den Play-offs zu haben. Miami muss sich noch an den New York Jets vorbeischummeln, wenn sie es in die Postseason schaffen wollen. Im Augenblick sind die Fins, obwohl sie mit neun gewonnenen und drei verlorenen Spielen die gleiche Statistik aufweisen wie die Jets, noch auf Platz eins, weil sie die Jets am Anfang der Saison in Miami im direkten Vergleich geschlagen haben. Aber selbst wenn sie den Vorsprung die nächsten drei Spiele halten können, laufen sie Gefahr, diesen am letzten Spieltag zu verspielen, wenn sie nach New York müssen.

Selbst die wenige Erfahrung hat mich gelehrt, dass man sich bei den Dolphins zumindest auf eines immer verlassen kann: Im Dezember verlieren sie garantiert jedes Auswärtsspiel bei einem der direkten Konkurrenten. Darauf kann man bedenkenlos wetten. Also freue ich mich über die derzeitigen Erfolge und rechne einfach nicht damit, dass mehr daraus wird. Wenn sie die Play-offs nicht schaffen, wird vielleicht wenigstens ihr Coach gefeuert. Hoffen wir's mal.

Bis zum Mittag haben sich etwa zwanzig Leute quer über die halbe Meile Strand verteilt, drei sitzen bei mir an der Bar. Pedro holt das Radio unter dem Tresen hervor, schaltet es an und dreht an der Frequenz, bis der verrauschte Klang von WQAM Miami ertönt. Dann fährt er die Antenne aus, klemmt mit einer Wäscheklammer einen Draht daran fest und verbindet das andere Ende des Drahts mit dem Maschendrahtzaun, der das Palmdach bedeckt. Im Nu kommt der Sound klar und deutlich aus den Boxen.

Ich sitze rauchend an der Bar, trinke Selterswasser und lausche der Spielübertragung, als einige hübsche spanische Mädchen in Bikinis vorbeikommen, um sich ein paar Bier zu holen. Eine von ihnen lächelt mir zu und ich lächle zurück. Sie fragt mich nach einer Zigarette und ich schiebe ihr mein Päckchen rüber. Als sie mit ihren Freundinnen zum Strand läuft, dreht sie sich noch einmal lächelnd zu mir um und ich winke ihr hinterher. Ich mag hübsche Mädchen.

Das Spiel verläuft genau so wie erwartet. Die Fins legen gleich furios mit drei Touchdowns los, stehen dann aber nur noch blöd rum, als die Patriots kurz vor Ende der Halbzeit verkürzen, und kommen zum dritten Quarter matt aus der Kabine. Zu Beginn des letzten Quarters haben sie nur noch einen hauchdünnen Drei-Punkte-Vorsprung und ihr Trainer gibt Anweisungen, als lägen sie zwanzig Punkte in Führung.

Ein abgerissener Backpacker kommt den Strand entlanggelaufen und nähert sich der Bar. Er streift den Rucksack ab und lässt sich auf der Schaukel neben mir nieder. Pedro kümmert sich um die Spareribs auf dem Grill. Der neue Gast hat sich rückwärts auf die Schaukel geschwungen und betrachtet mit den Ellbogen auf der Bar das Meer vor sich. Dann dreht er sich zum Radio um. Die Patriots haben die Fins auf ihrer eigenen Zwei-Yard-Linie festgenagelt. Er schaut mich an und nickt.

– Football.

Daran ist so weit nichts auszusetzen, eine völlig akzeptable Bemerkung. Allerdings sagt er das in einem russischen Akzent, wie wir ihn hier nicht häufig zu hören bekommen. Mir macht das natürlich überhaupt nichts aus, ich muss nur plötzlich husten und verspritze dabei mein Selterswasser quer über den Tresen. Alles bestens. Der Kerl klopft mir auf den Rücken, während ich vor Husten fast ersticke.

– Alles in Ordnung?

Ich nicke und wedele mit der Hand.
– Alles bestens.
Ich deute auf das Radio.
– Die verfluchten Dolphins.
Er zuckt mit den Achseln.
– American Football. Zu langsam.
Die Fins versuchen dreimal vergeblich, die Linie langzulaufen, schaffen gerade mal ein Yard und schießen den Ball letztlich bloß ganz erbärmlich bis zur eigenen Fünfunddreißig-Yard-Linie. Pedro kommt zur Bar und der Kerl bestellt einen Tequila und ein Bier.
– Eishockey, sehr schnell, guter Sport, um zu schauen. Du magst Eishockey?
– Nicht wirklich.
– Europäischer Football, Fußball?
– Auch nicht wirklich.
– Aber spielen, ja? Amerikaner spielen gern Fußball, aber nicht mögen schauen.
– Kann schon sein.
Die Übertragung geht weiter. Neuengland versucht mit einem Pass an der Außenlinie durchzubrechen. Das war's dann wohl. Der Receiver weicht dem Cornerback geschickt aus und sprintet der Endzone entgegen. Ich lasse meinen Kopf hängen und bereite mich innerlich bereits auf den spielentscheidenden Touchdown für New England vor, als der Receiver vom Strong Safety der Fins umgenietet wird. Diesem fällt der Ball in die Hände, woraufhin er in die andere Richtung losstürmt.
– Lauf, lauf, lauf!
Und er rennt den ganzen Weg bis zum Touchdown.
– Yeah!
Der Backpacker nickt zustimmend mit dem Kopf und lächelt, als würde ihm das gefallen, dann nimmt er einen Schluck von seinem Bier.

– Was ist mit Baseball? Dir gefällt Baseball?

Kurz nach Sonnenuntergang laufe ich vor zum nördlichen Ende des Strands. Dabei komme ich an der Gruppe spanischer Mädchen vorbei. Etwa 100 Meter von meinem Bungalow entfernt haben sie ein kleines Nachtlager errichtet. Wegen der etwas kühleren Abendtemperatur haben sie sich Shorts oder weite Baumwollhosen über ihre Bikinis gestreift. Zwei von ihnen kommen vom Waldrand herübergelaufen, der sich am Strand entlangzieht. In ihren Armen haben sie morsches Holz für ein nächtliches Feuer. Das Mädchen mit dem netten Lächeln sitzt im Schneidersitz auf einer Decke, die sie auf dem Sand ausgebreitet haben, und flechtet dem vor ihr sitzenden Mädchen die Haare. Insgesamt sind sie zu fünft; ich würde ihr Alter auf maximal dreiundzwanzig schätzen. Ich überlege, was ich mit dreiundzwanzig so getrieben habe. Ich war noch auf dem College und studierte etwas, was ich später nie wieder gebraucht habe. Verdammt, warum habe ich mich mit dreiundzwanzig nicht an mexikanischen Stränden mit Mädchen wie diesen hier rumgetrieben?

Als ich an der Gruppe vorbeikomme, beobachte ich die flinken Hände der Haarflechterin. Dabei schaut sie auf und lächelt mir erneut zu.

– Buenas noches.

In diesem extrem spanischen Spanisch.

– Buenas noches.

Sie neigt ihren Kopf in Richtung meines Bungalows.

– Su casa?

– Mi casa.

– Bonito.

– Gracias.

Sie legt die Haarsträhnen zwischen ihre Finger und streift geschickt ein Gummiband von ihrem Handgelenk, als das Zopfende erreicht ist. Die Mädchen mit dem Holz sind inzwischen eingetroffen und laden es neben der Decke ab. Die Flechterin springt auf und beginnt, im Sand ein Loch für das Feuer zu buddeln. Dabei nickt sie mir noch einmal kurz zu, bevor ich meinen Weg zum Bungalow fortsetze. Hinter mir höre ich spanisches Getuschel; es ist allerdings so schnell, dass ich nichts davon verstehen kann. Darauf folgt wildes Gelächter und ich habe das unbestimmte Gefühl, dass ich der Anlass der Heiterkeit bin. Aber es ist ja eine schöne Sache, wenn hübsche Mädchen über einen reden, egal, was sie sagen mögen.

Der Bungalow ist nichts Besonderes, aber sie hat schon recht, in gewisser Weise ist er *bonito*. Die Wände sind aus Holz und gehen bis auf Hüfthöhe, darüber dann rundum Gitterfenster mit schweren Fensterläden gegen den Sturm, die ich fast immer offen stehen habe. Das ganze Ding ist auf Holzpfählen gebaut, sodass es etwa einen Fuß über dem Sandboden steht. Oben auf dem Dach sind Palmzweige befestigt, genau wie bei der Bar. Ich betrete die Veranda – vorbei am Liegestuhl, dem kleinen Holztischchen und der Hängematte – und krame in der Seitentasche meiner Shorts nach dem Schlüssel. Wenn ich einfach nur ein Typ wäre, der hier so am Strand vor sich hin lebt, müsste ich meine Tür eigentlich gar nicht verschließen. Aber so ein Typ bin ich nun mal nicht. Ich muss meine Tür verriegeln. Ich habe Geheimnisse zu verbergen. Ich öffne die Tür und Geheimnis Nummer eins sagt Hallo.
– Miau.

Als ich noch oben in New York lebte, geriet ich in ziemliche Schwierigkeiten. Ich tat einem Kerl einen Gefallen und damit fingen die Probleme an. Der Gefallen, um den er mich bat, und der zu dem ganzen Mist einschließlich meiner Flucht nach Mexiko führte, bestand darin, dass er mich fragte, ob ich auf seine Katze aufpassen könne. Ich sagte Ja. Und hier bin ich, drei Jahre später, und passe immer noch auf seine Katze auf.

Bud springt vom Bett und humpelt rüber, um mich zu begrüßen. Bei dem ganzen Schlamassel wurde eins seiner Vorderbeine ziemlich übel gebrochen. Außerdem wächst das Fell an einer Stelle seines Gesichts in merkwürdigen Büscheln, denn dort hat er eine Narbe, die von derselben Geschichte herrührt wie das gebrochene Bein. Die Typen, die ihm das Bein brachen und für die Narbe verantwortlich waren, sind tot. Jemand fühlte sich deswegen sehr schlecht, aber es war nicht Bud. Er reibt sein Gesicht gegen meine Wade und ich bücke mich, hebe ihn vom Boden auf und lege ihn mir über die Schultern.

– Jesus Maria, du wirst langsam ganz schön schwer. Ich würde sogar sagen, du bist eine verdammt fette Katze.

Ich laufe hinüber zum Regal, wo sich der Gettoblaster und die CD-Sammlung befinden. Nach kurzem Suchen entscheide ich mich für Gram Parsons *Grievous Angel*. Kurz darauf erklingen Grams und Emmylous göttliche Harmoniegesänge durch die Lautsprecher. Ich öffne einen der Küchenschränke, greife mir eine von Buds Katzenfutterdosen und fülle den Inhalt in seine Schüssel. In Windeseile ist er von meiner Schulter runter und fällt über den Schmaus her.

– Lass es dir schmecken, solange es noch was gibt. Ab sofort ist Diät angesagt.

Mittlerweile ist es ziemlich dunkel geworden, also zünde ich ein paar Kerzen an. Genauso wie im Bucket gibt es in meiner Hütte keinen Strom, bloß Batterien für das Radio und den Gettoblaster, sowie Kerzen und Petroleumlaternen zur Beleuchtung.

Ich ziehe mein Hemd aus und lasse mich in einen Sessel fallen. Im Gesicht und an den Armen und Beinen hat meine Hautfarbe einen dunklen, rötlichen Braunton angenommen, aber mein restlicher Körper ist käseweiß. Im selben Maße, wie ich mich von Baseball fernhalte und nicht über meine Katze rede, ziehe ich mein Hemd nicht vor anderen Menschen aus. Ihnen würde dabei bloß die bleifarbene Narbe ins Auge fallen, die an meinem linken Hüftknochen anfängt, sich über den unteren Rücken zieht und ein paar Zentimeter vor dem Rückgrat aufhört. In New York musste ich ein paar üble Schläge einstecken, woraufhin meine Niere fast platzte und schließlich rausgenommen werden musste. Später wollten einige Typen unbedingt ein paar Informationen von mir und kamen auf die großartige Idee, dass ich sie ihnen ganz sicher geben würde, wenn sie damit anfingen, mir die Nähte von der Operation zu ziehen. Die Idee war wirklich nicht schlecht, und ich hätte ihnen auch alles erzählt, aber dummerweise wusste ich nicht, was sie wollten. Noch nicht. Jedenfalls halte ich die Narbe vor Menschen verborgen, denn wenn ich es nicht täte, und jemand würde sie fragen, ob sie nicht einen Typen mit einer großen Narbe an der Niere kennen, dann könnten sie glücklich mit Ja antworten, und ich wäre dem Tod ein gutes Stück näher.

Ich lasse die Musik laufen und gehe runter ans Meer. Normalerweise bin ich dabei immer nackt, aber wegen der Mädchen vorne am Lagerfeuer lasse ich heute die Shorts an. Das Wasser ist perfekt. Es ist immer perfekt. Ich stürze mich hinein, lehne mich zurück und lasse Arme und Beine treiben, bis ich auf der Meeresoberfläche der Karibik hin und her schaukele und dabei die Sterne betrachte. Für eine halbe Sekunde vergesse ich sogar den russischen Backpacker, der sein Zelt am anderen Ende des Strands aufgestellt hat. Und der womöglich auf der Suche nach mir und den viereinhalb Millionen Dollar ist, hinter denen die russische Mafia aus New York her ist.

Ich habe das Geld.

Aber es ist meins.

Ich musste dafür töten.

Vorher an der Bar saß er einfach nur da und wartete. Die Baseballfrage hing offen zwischen uns, während ich einen weiteren Schluck Selters zu mir nahm.

– Nee, mit Baseball hab ich's noch nie so gehabt. Ich steh mehr auf Football.

Pedro kommt mit einigen Spareribs für mich rüber, woraufhin der Backpacker erst einmal verstummt. Ich höre zu, wie die Dolphins ihren Vorsprung über die Zeit retten und das Spiel tatsächlich gewinnen. Gleichzeitig erfahre ich aber auch, dass die Jets soeben Buffalo geschlagen haben, was bedeutet, dass uns immer noch ein Todesmarsch im letzten Spiel der Saison bevorsteht. Aber die Hoffnung stirbt bekanntlich zuletzt. Und nächste Woche müssen die Jets in Green Bay antreten, wo die Packers im Dezember ihre Gäste so in die Mangel nehmen, wie es einst Napoleon erging, als der russische Winter ihn einholte. Außerdem spielt Miami parallel zu Hause gegen Detroit, die bisher in dreizehn Spielen erst zweimal gewonnen haben. Es ist also alles offen. Mein Gott, was bin ich bloß für ein armseliger Sportjunkie.

Ich zünde mir eine Zigarette an, woraufhin der Backpacker auf das Päckchen deutet.

– Benson Hedges.
– Willst du eine?
– Nein. Ich nicht rauchen. Ich wahrscheinlich einziger Russe auf ganzer Welt, wo nicht raucht.
– Aha.
– Mein Vater hat geraucht Benson Hedges.

– Soso.
– Tot, Lungenkrebs.
– Ja, irgendwann erwischt es einen.
– Deswegen ich nicht rauchen.
– Besser so.

Es ist später Nachmittag. Die Leute packen langsam ihre Sachen zusammen nach einem langen Tag in der heißen Sonne. Pedro sitzt mit seiner Gitarre in der anderen Ecke der Bar und schrammelt leise singend vor sich hin. Sonst ist keiner mehr an der Bar. Also hole ich ein Taschenbuch aus der Gesäßtasche meiner Shorts, schlage es auf, bis der Rücken leicht kracht, und lege es flach auf den Tresen vor mich. Der Backpacker, der immer noch neben mir sitzt, dreht sich wieder in seiner Schaukel, um auf das Meer hinauszuschauen. Ich lese denselben Satz mehrere Male. Er reckt seinen Hals und versucht den Titel des Buchs, der oben auf der Seite gedruckt ist, zu entziffern. Ich halte ihm das Buch hin, zeige es ihm. *Jenseits von Eden.*

– Buch gut?
– Ja.

Ich lege das Buch flach auf die Bar und starre erneut den Satz an, abwartend.

– Du hier auf Urlaub?

Ich gebe auf, drehe das Buch um, zünde mir eine weitere Zigarette an und schaue ihm ins Gesicht.

– Nein, ich lebe hier. Ich wohne da vorne am Ende des Strands. Was ist mit dir, schon lange unterwegs? Ziehst du die ganze Weltenbummlernummer durch, oder bist du bloß auf einem kurzen Urlaubstrip?

Und so verbringe ich die nächste Stunde im Gespräch mit Mikhail, dem russischen Backpacker, der aber lieber Mickey genannt werden will.

Er ist Anfang zwanzig, hat ein rundes Gesicht, einen ungleichmäßigen Bart und wild wucherndes Haar, wie es sich für Backpacker eben gehört. Er erzählt mir, seine Familie stamme ursprünglich aus Armenien, lebe aber seit fünf Generationen in Russland. Sein Vater war im Import-Export-Geschäft, bevor er mit der Familie 1995 in die USA auswanderte, wo ihn dann die Benson & Hedges dahinrafften. Er erzählt mir von seinen vier Jahren in Jersey City und den vieren, die er an der NYU Film studierte. Jetzt ist er seit letztem Mai auf Reisen, musste aber nach Neujahr wieder zurück, um sich für die Abschlussprüfungen vorzubereiten. Und wie er so seinen neunten oder zehnten Tequila runterkippt, seit er sich neben mich gesetzt hat, denke ich: *Falls es sich bei ihm wirklich um einen russischen Gangster handelt, der hinter mir her ist, dann ist er echt ein verdammt guter Schauspieler.* Er beugt sich zu mir rüber und schüttelt seinen Kopf.

– Ich gesagt, Vater macht Import-Export, aber Wahrheit ist andere.

Er kippt sich einen weiteren Tequila hinter die Binde und jagt noch einen *Sangrita* hinterher.

– Wahrheit ist, er war »Geschäftsmann«.

Er sagt es so, dass ich die Anführungszeichen deutlich wahrnehme.

– Wollte mich auch haben in diese Geschäft. Mutter war Schauspielerin, hat ihn geheiratet wegen Geld. Große Sache, du weißt. Jeder in Russland heiratet wegen Geld, wenn geht. Mutter war so glücklich, dass ich wollte Schauspieler sein wie sie. Vater nicht glücklich, war sauer, sehr böse. Aber ich gehe auf Filmschule. Mache Film über Tänzerin, die heiratet Gangster. Er tot, bevor er sehen kann Film. Verfluchter Geschäftsmann.

Ich nicke.

– Geschäftsmann, was?

Er fängt an zu weinen. Große russische Tränen.

– Großer Geschäftsmann.

Er rutscht von der Schaukel, wobei er sich fast mit den Seilen stranguliert. Ich helfe ihm und bringe ihn wieder auf die Beine. Er wischt sich die Tränen aus den Augen.

– Ich danke. Muss jetzt aufbauen Zelt. Schlafen.

Er entfernt sich torkelnd von der Bar.

Pedro kommt herüber.

– Der hat Kerl seinen Deckel nicht gezahlt.
– Morgen kannst du dir das Geld holen, der geht heute nirgendwo mehr hin.
– Russen! Vertragen einfach keinen Tequila.
– Aber pass ja auf, dass du dich nie auf ein Wodka-Wetttrinken mit einem Russen einlässt.

Geschäftsmann.

Ich denke eine ganze Weile darüber nach, was ich davon halten soll, bis Pedros Bruder in seinem Buggy angebraust kommt. Rolf ist bei ihm. Sie hieven Benzinkanister und Angelzeug aus dem Buggy und tragen die Sachen zum Wasser runter. Ich laufe rüber zu ihnen und packe mit an.

– Hola.

Rolf und ich begrüßen uns mit einem lässigen Aneinanderstoßen der Fäuste.

– Que pasa, Mann?
– Nichts.

Er greift das eine Ende einer Eistruhe, ich das andere, und so wuchten wir sie aus dem Buggy. Rolf ist ein amerikanischer Aussteiger: ein brustgepiercter Surf-Freak mit Dreadlocks, der auf einer Welle vor zehn Jahren von San Diego nach Yucatán geschwemmt wurde. Die meiste Zeit arbeitet er in der Stadt als Tauchlehrer für Touristen. Mit Pedros Bruder kam er ins Geschäft, weil er Action mag.

Gelegentlich veranstalten sie Nachtfischausflüge, aber angesichts der Mengen an Benzin, die ich auf der Schulter zum Boot runtertrage, bin ich mir ziemlich sicher, dass sie heute Nacht keine Fische fangen werden. Pedros Bruder

Leo ist schon auf dem Boot. Er hat dasselbe flache Gesicht und den gedrungenen Körper wie sein Bruder, aber Pedros Rundungen stehen bei Leo kräftige Muskeln gegenüber, die im Laufe der Jahre vom Einziehen der Fischernetze stahlhart geworden sind. Mit nur einer Hand nimmt er mir den 15-Gallonen-Kanister ab, den ich zum Boot getragen habe, und verstaut ihn im Heck. Rolf kommt wasserspritzend auf uns zu, wobei er eine abgedichtete Plastikwanne vor sich herschiebt, die auf dem Wasser schaukelt. Ich helfe Leo, sie an Bord zu hieven. Durch das durchsichtige Plastik kann ich eine GPS-Anlage – ein globales Positionsbestimmungssystem – erkennen, außerdem einen leistungsstarken Halogenstrahler, Batteriezellen und eine AK-47, die sie auf diesen Trips immer dabeihaben. Leo bedankt sich, als wir die Wanne auf den Boden des lang gezogenen, offenen Fischerboots stemmen. Ich springe zurück ins Wasser und kehre zum Strand zurück. Als ich mich noch einmal zu Leo umdrehe, zeige ich ihm den nach oben gerichteten Daumen.

– Via con Dios.

– Aber immer, Mann.

Dann lässt er den Motor an. Rolf kommt mir auf dem Weg zum Boot mit einem Sixpack entgegen, dem letzten fehlenden Proviant. Noch einmal stoßen wir unsere Fäuste gegeneinander.

– Wie viele?

– Nur zwei. Es heißt, sie wären mit einem Floß unterwegs. Wir werden sehen.

– Viel Glück.

– Scheiß drauf, Mann! Wir sehen uns morgen früh, dann kannst du mir ein Bier ausgeben.

– Abgemacht!

Von der Bar aus verfolgen Pedro und ich, wie das Boot langsam in die Brandung fährt.

Ein amerikanisches Gesetz besagt, dass jeder Kubaner eine Aufenthaltserlaubnis erhält, der legal oder illegal US-Boden erreicht, aber mit dem »Boden« nehmen sie es sehr genau. Wirst du nur einen Meter vom Festland entfernt im Wasser erwischt, dann kannst du's vergessen. Und seit dem 11. September hat die Küstenwache in der Region um Florida die Jagd auf Illegale noch verschärft. Der durchschnittliche kubanische Bauer setzt sich immer noch auf sein Floß und hält die Daumen gedrückt. Aber wenn du ein paar Dollar hast, kannst du Typen wie Leo und Rolf anheuern, dir zu helfen. Sie jagen nach Kuba rüber, nehmen dich mit und bringen dich nach Mexiko, von wo aus es – so sagt man – viel einfacher ist, in die USA zu gelangen. Und falls das nicht klappt, ist es hier immer noch sehr viel angenehmer als in Kuba. Das Geld für die Aktion kommt in der Regel von einem Verwandten in Mexiko oder aus den Staaten, denn letztlich besitzt in Kuba kaum jemand mehr als das Schwarze unter den Nägeln, und wenn er etwas besitzt, dann gibt es für ihn wahrscheinlich auch keinen Grund, das Land zu verlassen.

Pedro schaut dem Boot so lange nach, bis es nicht mehr zu sehen ist, dann schüttelt er den Kopf. Leo ist sein jüngerer Bruder und Pedro sorgt sich um ihn. Ich könnte ihn beruhigen, dass alles gut gehen wird, aber so sicher kann man da nie sein. Bis Kuba sind es knapp 200 Meilen, für ein solches Boot ist das eine weite Strecke in offenen Gewässern. Die AK haben sie jedenfalls nicht bloß wegen der Haie an Bord. Was soll's, ich kann eh nichts unternehmen. Also mache ich mich auf den Weg.

– Hasta mañana, Pedro.

– Hasta.

Und weg bin ich, um noch eine letzte Runde zu schwimmen.

Ich lasse meine Arme träge durchs Wasser gleiten, während ich auf dem Rücken hinausschwimme. Dann drehe ich mich um und lege richtig los. Mit kraftvollen Zügen kraule ich ein gutes Stück parallel zum Ufer. Dabei sehe ich immer wieder mal rüber zum Lagerfeuer der Mädchen, um nicht irgendwo nach Cozumel abgetrieben zu werden. Als ich mich ordentlich ausgetobt habe, schwimme ich zurück zum Strand. Bei den Mädchen kreist mittlerweile eine Flasche mit irgendeinem Getränk und die Brise weht leichten Haschischduft herüber.

Wieder im Bungalow, setzt gerade Gram Parsons mit »Hickory Wind« ein. Ich pelle mich aus den nassen Shorts und hänge sie über das Geländer der Veranda. Mit dem Handtuch, das dort liegt, rubbele ich den Sand von meinen Füßen und Unterschenkeln. Anschließend ziehe ich mir drinnen eine kurze Jeans über. Die CD ist zu Ende, ich schiebe was von Bill Withers ein und spaziere dann mit einer Flasche Wasser unterm Arm, meinem Buch und einer Petroleumlampe wieder raus auf die Veranda. Unten an der Treppe zur Veranda steht das lächelnde spanische Mädchen und hält einen leeren Zwei-Liter-Krug.

Es dauert ein paar Minuten, bis der Krug mit Wasser aus meinem Vorratstank gefüllt ist. Durch die geöffnete Tür sehe ich, dass sie es sich in der Hängematte gemütlich gemacht hat. Ihre nackten Füße baumeln über den Rand. Ich sollte ein Hemd anziehen. Ich sollte wirklich ein Hemd anziehen, bevor ich wieder da rausgehe. Aber ich tue es nicht. Stattdessen trage ich den gefüllten Krug nach draußen, stelle ihn vor ihre Füße und setze mich auf den Stuhl.

– Gracias.

– De Nada.

Ihre Zehen beginnen mit dem Krug zu spielen, lassen ihn erst in die eine Richtung kippen, dann in die andere.

Jedes Mal ist er kurz davor, umzufallen. Ich zünde die Lampe an und drehe sie ganz herunter. Sanft klatschen die Wellen an den Strand, die Lampe zischt leise und ihr Haar glänzt schwarz. Sie trägt Shorts und hat ein buntes Tuch um ihre Brust gebunden. Keine Bräunungsstreifen auf ihren Schultern. Der Krug fällt um. Rasch beuge ich mich nach vorn und kann ihn auffangen, bevor mehr als eine Tasse Wasser verschüttet ist. Sie kichert und deutet auf eines meiner vielen Tattoos. Sechs schwarze Balken auf der Innenseite meines linken Unterarms. Sie fragt mich etwas, aber ich kann sie nicht verstehen.

– No comprende.

Sie wiederholt die Frage.

– Tut mir leid, mein Spanisch ist nicht besonders gut.

Dafür stellt sich heraus, dass ihr Englisch ziemlich gut ist.

– Du bist Amerikaner? Wir dachten, du wärst aus Costa Rica.

– Nein.

– Wegen deiner Hautfarbe. Und auch wegen deinem Akzent. Dein Spanisch klingt ein bisschen so. Außerdem verhältst du dich nicht wie ein Amerikaner.

– Gott sei Dank.

– Si, gracias a Dios.

Sie lacht.

– Aber wir mögen auch Amerikaner. Obwohl sie hier meist betrunken sind.

– Ich trinke nicht.

Ihre Zehen streicheln den Krug.

– Außer Wasser.

– Ich mag Wasser.

– Und du rauchst.

– Willst du eine?

– Nein.

Sie schaukelt in der Hängematte.

– Willst du mit uns was rauchen? Mit mir?

Sie zieht ein durchsichtiges Tütchen aus ihrer Tasche und zeigt es mir. Darin befindet sich ein Päckchen Zigarettenpapier, ein kleiner Klumpen Hasch und ein Tabaksbeutel. Ich war seit Monaten nicht mehr high. Aber es ist anders wie beim Alkohol – fürs Rauchen habe ich keine strikten Regeln aufgestellt …

– Gern.

Sie lächelt und sucht in der Hängematte nach einer bequemen Position, bis sie schließlich mit überkreuzten Beinen dasitzt.

– Hast du was Flaches?

Ich werfe ihr mein Buch zu. Sie schaut auf den Titel, bevor sie es in ihren Schoß legt.

– Steinbeck. Ich hab in der Schule *Die Früchte des Zorns* gelesen, über die amerikanischen Farmarbeiter und die Zeit der Großen Depression.

– Gutes Buch.

– Ich mochte es.

Sie zieht ein Paper heraus und verteilt Tabak darauf. Unruhig rutsche ich in meinem Stuhl hin und her. Einem hübschen Mädchen dabei zuschauen, wie es einen Joint dreht – da geht einem so manches durch den Kopf.

– Ich habe vorhin nach dem Tattoo gefragt. Diese Linien. Was bedeuten die?

Der Tabak ist jetzt gleichmäßig auf dem Paper verteilt, und sie beginnt das Haschisch darüber zu zerkrümeln. Kleine Bröckchen fallen in den Joint. Es gibt Dinge, an die ich mich nicht gerne erinnere. Dinge, die ich häufig vergesse.

– Es gibt Dinge, die ich nicht vergessen will.

– Was für Dinge?

– Dinge, die ich getan habe. Schlechte Dinge.

– Du hast nur sechs schlechte Dinge in deinem Leben getan? Dann bist du ja ein wirklich guter Mensch.
– Es waren sehr schlechte Dinge.

Sie rollt den Joint jetzt zwischen ihren Fingern. Glättet ihn sanft, schlägt die eine Seite des Papers ein, hält es mit dem Daumen fest. Dann fährt sie mit der Zunge über den Rand, rollt ihren Daumen aufwärts und dreht das Ganze zu einem festen, handwerklich perfekten Joint. Um ihr Werk zu krönen, schiebt sie das Ding in den Mund und überzieht es der Länge nach mit einem hauchdünnen Speichelfilm. Dann hält sie ihn mir hin. Ihre Augen funkeln.

– Was für eine Art von sehr schlechten Dingen?

Wie auf Kommando beginnt »Ain't No Sunshine« zu spielen.

Vor vier Jahren lag in New York eine Frau vor mir auf dem Tisch, ihr Körper von Blutergüssen überdeckt, alle viere von sich gespreizt. Tot.

– Du solltest gehen.
– Como?
– Ich glaube, es ist besser, wenn du jetzt gehst.

Mein Tonfall hat eine unschöne Schärfe angenommen. Sie hält immer noch den Arm ausgestreckt, bietet mir den Joint an.

– Que pasa? Stimmt was nicht?
– Verschwinde. Ich will, dass du verschwindest.

Mein Körper beginnt zu zittern.

– Geht es dir nicht gut? Kann ich dir …?
– Hau ab, verfluchte Scheiße. Mach, dass du von meiner Veranda verschwindest. Geh zurück zu deinen beschissenen Freundinnen.

Ich versuche, so leise und beherrscht zu sprechen wie möglich. Bei der ersten Obszönität zuckt sie zurück. Dann kämpft sie sich aus der Hängematte. Nach diesen harten Worten ist ihre ganze Grazie wie weggeblasen.

– Lass mich verflucht noch mal in Ruhe.

Sie stolpert über die Veranda und rennt quer über den Strand auf das sichere Feuer zu, während ich den Krug packe und ihn hinter ihr her in die Dunkelheit schleudere.

Wütend drehe ich die Lampe aus, renne hinein und trete gegen den Gettoblaster. Er kracht zu Boden und der Song verstummt. Ich schlage sämtliche Fensterläden zu, schließe beide Türen und verriegle sie. Bud versteckt sich derweil unter dem Bett.

– Ganz richtig, Katze! Du hast gute Gründe, dich zu verstecken. Scheiß Katze! Beschissene verfluchte Scheißkatze! Wenn du nicht gewesen wärst, wäre nichts passiert, überhaupt nichts. Du! Verfluchte! Beschissene! Scheiß! Katze!

Ich schreie jetzt. Bud ist völlig verängstigt. Ich reiße die Hintertür auf und laufe los. Zehn Meter durch den Sand bis zu den Bäumen, wo der Dschungel beginnt. Dann durch den Dschungel, wo ich ein Dutzend Mal stolpere und stürze, bevor ich mich zwischen den Wurzeln eines Baumes zusammenrolle. Zitternd, schluchzend halte ich den Baum umklammert.

Erinnerungen sind in mir hochgestiegen. Erinnerungen an Yvonne, die sich ihre Zigaretten immer selbst drehte, und die sterben musste, wegen mir. Und an die sechs Männer, die ich umgebracht habe, zwei aus Versehen und vier kaltblütig. Die ganze Nacht liege ich dort zusammengekrümmt und schluchze vor mich hin. Nicht einen Moment empfinde ich dabei Mitleid mit mir selbst. Denn ich bin ein verrückter Killer und ich habe es nicht besser verdient.

Der Name des Freundes war Russ. Er gab mir die Katze zum Aufpassen. Dann verschwand er, und diese Typen tauchten auf und begannen mir wehzutun und meine

Freunde zu töten, weil Russ vergessen hatte, mir etwas Wichtiges mitzuteilen. Er hatte mir nicht gesagt, dass ein Schlüssel im Boden von Buds Käfig versteckt war. Ein Schlüssel zu einem Lagerraum, in dem eine Tasche mit viereinhalb Millionen kriminell erworbenen Dollars lag.

Trotzdem liefen die Dinge für mich wesentlich besser als für ihn. Er starb, weil ihm der Schädel mit einem Baseballschläger eingeschlagen wurde. Das kann ich mit Bestimmtheit sagen, weil ich am anderen Ende des Schlägers war, als es passierte. Eigentlich hatte ich nicht vor, ihn zu töten. Mein Verstand war nur etwas benebelt zu diesem Zeitpunkt. Einige meiner besten Freunde waren gerade in einer Bar mit einem Maschinengewehr niedergemäht worden. Er blieb nicht der Letzte, den ich tötete.

Und er war auch nicht der Erste.

Am Morgen kehre ich zum Bungalow zurück. Ich lese den Gettoblaster und die überall verstreut liegenden CDs vom Boden auf, dann stoße ich die Fensterläden auf. Das kleine Camp mit den spanischen Mädchen ist verschwunden. Es sieht ganz so aus, als wären sie in der Nacht noch panikartig aufgebrochen. Tut mir leid, Mädels. Tut mir wirklich leid.

Es ist nicht einfach. Das Leben ist nicht einfach. Aber je weniger ich mich allem aussetzte, desto leichter ist es – desto weniger werde ich daran erinnert, wer ich bin. Der Alkohol machte es anfangs leichter, aber ich will nicht mehr trinken. Es soll nicht mehr einfach sein. Bei allem, was geschehen ist und was ich getan habe, darf das Leben nicht einfach für mich sein. Letzte Nacht hat mich wieder daran erinnert: Führe ein unauffälliges Leben, lass dich mit so wenig Leuten wie möglich ein und kehre ihnen niemals den Rücken zu. Denn das Leben ist nicht einfach. Und man kann jeden Moment die Kontrolle darüber verlieren.

Bud sieht mir vom Bett aus zu, bis ich rübergehe und mich zu ihm setze. Er krabbelt auf meinen Schoß, streckt sich und reibt seinen Kopf an meinem Kinn.

– Tut mir leid, Bud. Du bist eine gute Katze. Es war nicht deine Schuld, ich weiß das.

Er springt vom Bett und trippelt rüber zu dem Schränkchen, wo sein Futter steht. Ich verstehe den Wink und setze meinen Hintern in Bewegung, um ihn zu füttern.

– Ja, Bud, ich weiß schon, alle Entschuldigungen sind für die Katz. Wenn ich dir wirklich was Gutes tun will, sollte ich dir was zum Futtern geben.

Ich lasse ihn in Ruhe fressen und gehe in das kleine Badezimmer. Eigentlich ist es kaum mehr als eine gekachelte Kammer mit einem Brausekopf auf der einen Seite und einer kleinen Kommode auf der anderen. Draußen auf einem kleinen Türmchen steht ein Regenwassertank mit einer Filtervorrichtung, der für Brauchwasser sorgt. Außerdem bringt Leo mir einmal die Woche einige Gallonen Trinkwasser mit.

Es gibt eine Sache, für die ich wirklich was springen ließ, als dieses Häuschen gebaut wurde: die keimfreie Klärgrube. Die hat ein paar Dollar verschlungen, ebenso wie das regelmäßige Auspumpen. Aber wer einmal die Vorzüge von sanitären Anlagen in den eigenen vier Wänden genossen hat, findet sich nur schwer mit den Örtlichkeiten ab, an denen die meisten Menschen dieser Welt ihr Geschäft verrichten müssen.

Während ich mich wasche, betrachte ich die diversen tiefen Kratzer an Armen, Beinen und Füßen, die vom nächtlichen Lauf durch den Dschungel stammen. Ich desinfiziere sie gründlich und beklebe sie mit einigen Streifen Pflaster. Dann breche ich zu meiner morgendlichen Schwimmrunde auf, lasse mir die Ohren voll Wasser laufen, um danach den Zigarettentrick anzuwenden. Anschließend ziehe ich eine Shorts und ein Hawaiihemd an, verschließe die Türen und laufe rüber zum Bucket, wo Mickey bereits auf meinem Platz sitzt, aus meiner Kaffeetasse trinkt und meine Zeitung liest. Ich erinnere mich wieder daran, wie es sich anfühlt, wenn man das dringende Bedürfnis hat, jemanden umzubringen.

Im August führte ich dieses Telefongespräch mit Tim. Alle drei Monate rief ich ihn von einem Münztelefon an der Hauptstraße an. Er setzte mich darüber ins Bild, was so lief, ob die Cops immer noch herumschnüffelten. Und sie schnüffelten immer noch herum. Immerhin gab es in den achtundvierzig Stunden, in denen ich auf der Flucht vor meinen Verfolgern durch Manhattan gejagt war, vierzehn Tote. Zu dieser Zeit war das noch eine ziemlich beeindruckende Zahl. Dann allerdings hatten ein paar wirklich bekloppte Typen zwei Flugzeuge in diese hohen Gebäude in New York krachen lassen, und ich verschwand von den Radarschirmen.

Eine Weile lang schien alles ruhig. Aber dummerweise ist so was nie von Dauer. Nachdem mir Tim erzählt hatte, dass womöglich Leute hier in Mexiko nach mir suchten, änderten wir unseren Modus. Ich rief ihn jetzt einmal in der Woche an einem Münztelefon in der Grand Central Station an.

Es dauerte nicht lange und Tim begannen gewisse Dinge aufzufallen.

– Was meinst du mit *gewisse Dinge*?
– Weiß nicht, Mann.
– Das hilft mir jetzt ungemein weiter, Timmy.
– Okay, also die Leute quatschen gern mit mir, weißt du. Zum Beispiel im Bus, da setzen die sich neben mich und labern mich voll. Und ich, ich hab Ohren, die sperre ich einfach auf, verstehst du? Und was höre ich da? Also, ich

glaube, mir ist da was aufgefallen, die Gespräche gehen alle in so eine bestimmte Richtung.

Es beginnt zu regnen. Dicke, warme Tropfen prasseln auf mich herab.

– Timmy?

– Ja?

– Kannst du bitte mal auf den Punkt kommen?

– Verbrechen, weißt du, die meisten Menschen wollen mit mir am liebsten über Verbrechen quatschen.

Der Regen wird heftiger, und plötzlich bricht eine wahre Sintflut los.

– Sie quatschen gerne über Sachen wie: *Ist es jetzt besser als früher? Greift der Bürgermeister wirklich entschlossen genug durch? Irgendwie war alles besser, als Rudy noch da war. Mit Ausnahmen, klar. Ein paar schlimme Dinge sind natürlich auch passiert, als Big Bad Rudy noch der Sheriff war.* Und dann mischt sich meistens irgendein Typ ein: *Erinnert ihr euch noch an diese eine Sache?* Und rate mal, was er damit meint?

Wasser strömt an meinem Körper herab. Ebenso gut könnte ich mitten im Meer stehen.

– Und eines Tages fragt mich bei der Arbeit ein Typ dann Folgendes: *Hey, erinnerst du dich noch an diesen Typen, der völlig durchgeknallt ist und Amok lief? Du kanntest diesen Typen doch, um was ging's dabei eigentlich?*

Der staubige Boden hat sich bereits in Schlamm verwandelt.

– Ich will damit nur sagen, dass ich irgendwie so ein komisches Gefühl habe. Da ist so eine bestimmte Richtung in den Gesprächen. Leute, die ich gar nicht kenne, stellen mir plötzlich Fragen, die alle irgendwie auf *dich* abzielen.

Der Regen hört auf, die Sonne kommt heraus und knallt auf meinen nassen Körper. Und ich sage zu Tim, er soll verflucht noch mal seinen Boss bitten, ihn zu versetzen, und dann schleunigst die Stadt verlassen. Auf der Stelle.

Das tat er dann auch. Er brachte seinen Boss dazu, ihn bei seinen Geschäften im Westen einzusetzen. Das Geld für den Umzug und für alles Mögliche andere schickte ich ihm, denn es zahlt sich aus, den einzigen Mann in Amerika, der deinen Aufenthaltsort kennt, bei Laune zu halten. So wurde Timmy Drogendealer in Las Vegas.

Und ich wurde jedes Mal panisch, wenn ich irgendwo einen russischen Akzent hörte.

Pedro sieht mich auf das Bucket zulaufen. Mit fragender Miene zeige ich auf Mickeys Rücken und Pedro zuckt mit den Achseln. An der Bar lehne ich mich neben Mickey. Er blickt von meiner Zeitung auf und lächelt. Ein gequältes Lächeln. Das Lächeln eines Mannes, der unter einem schweren Kater leidet.

– Morgen.
– Gleichfalls. Nichts gegen dich persönlich, Mann, aber das ist meine Tasse.
– Tasse?
– Die Tasse hier, aus der du Kaffee trinkst. Ich hab sie in der Stadt gekauft und extra hierher gebracht, weil ich gerne aus einer richtigen, großen Kaffeetasse trinke.

Er sieht leicht verwirrt aus.

– Tut mir leid, Tasse stand …
– Und das ist meine Zeitung.
– Sachen standen alle hier auf Bar, weißt du.
– Pedro stellt sie extra für mich dahin, damit sie da sind, wenn ich komme. Denn ich lebe hier und ich bezahle ihn dafür, dass er das tut.

Pedro steht mit dem Rücken zu uns, wendet *meine* Chorizo auf dem Grill und rührt *meine* Eier. Seine Schultern zucken, während er ein Lachen unterdrückt. Mickey beginnt, die Zeitung und die Kaffeetasse zu mir rüberzuschieben.

– Nein, Mickey, das ist okay so. Lass ruhig alles da an seinem Platz.

Pedro kann sich kaum mehr im Zaum halten, kleine halb unterdrückte Gluckser kommen aus seinem Mund.

– Bist du sicher? Okay so für dich?

Er glotzt mich an wie ein Hundewelpe. Alles, was er will, ist, mich glücklich zu machen, damit das laute Geräusch meiner Stimme aufhört und der Schmerz in seinem Kopf nachlässt.

– Ja, lass es einfach da stehen.

Er lächelt, entspannt sich ein bisschen.

– Danke. Mir ist ein bisschen peinlich.

– Ja, lass einfach alles da, denn die Schaukel, auf der du sitzt, ist auch meine. Und ich möchte die Dinge genau am richtigen Platz haben, wenn du jetzt aufstehst und ich mich dorthin setze.

Pedro platzt los. Ersticktes Kichern. Mickey verheddert sich wieder in den Seilen und fällt fast von der Schaukel. Schnell packe ich ihn am Arm und bugsiere ihn auf die Schaukel eins weiter.

– Tut mir leid, ich nicht wusste, das alles war für dich. Ich nur gesessen und dachte …

Endlich sitze ich. Pedro, der immer noch kichert, bringt mir meinen Teller, meine Tortillas und einen billigen Plastikbecher für Mickey. Ich schiebe ein Stück Chorizo in die Tortilla.

– Kater?

– Was? Ja. Kater.

– Pedro, bring dem Jungen ein Modelo.

Ich stelle den kleinen Burrito fertig und reiche ihn rüber.

– Iss das und trink das Bier. Glaub mir, ich weiß, wie man einen Kater bekämpft.

Für eine Weile hält er seinen Mund. Die Teile der Zeitung, die ich fertig gelesen habe, reiche ich ihm rüber. Er vertilgt das Essen, das ich ihm gebe, trinkt das Bier und dann den Kaffee. Er soll die nächsten Stunden möglichst viel Wasser trinken, erkläre ich ihm, dann wäre er bald wieder so klar und frisch wie ein Gebirgsbach. Er ist mir verflucht dankbar. An sich ist er gar kein so übler Bursche, außerdem stellt sich heraus, dass er morgen abreisen wird. Er will weiter Richtung Norden, aber vorher will er unbedingt noch Chichén Itzá besichtigen.
– Und dann ich muss nach Hause.
– Uni?
– Weihnachten. Mutter unbedingt will, ich bin zu Hause Weihnachten.

Weihnachten. Richtig. Wir haben Dezember und Ende Dezember ist Weihnachten. Wie konnte ich das vergessen? Natürlich weiß ich, warum. Weil ich es so wollte. Früher bin ich immer an Weihnachten nach Hause gefahren. Und ich erinnere mich nicht gerne daran, wie es war. Wie schön es war.

Da er unbedingt darauf besteht, das Frühstück zu zahlen, lasse ich ihm seinen Willen. Dann schnappt er sich seine Wasserflasche und schleicht davon, um irgendwo im Sand den Rest seines Katers auszuschlafen und auszuschwitzen. Pedro räumt meinen Teller weg und wischt die Bar ab.
– Er hat sich nach dir erkundigt.
– Was?
– Bevor du gekommen bist.
– Was?
– Wie lange du hier schon lebst. Wo du herkommst. Ob du arbeitest.

Diese miese kleine Ratte.

– Und?

– Und was?

– Was hast du ihm gesagt?

Er blickt mich an und schnaubt durch die Nase.

– Cabrón. Ich hab gegrunzt und meine Klappe gehalten.

– Tut mir leid. Entschuldige, Mann.

– Ich rede nicht mit so einem pinche Touristen.

– Mea culpa, Pedro, ist schon in Ordnung. Mir war klar, dass du nichts sagen würdest.

Ich reiche ihm meine Hand und er ergreift sie.

– Si, si, aber achte in Zukunft auf deine Worte. Ich rede nie über dich.

– Claro.

Kopfschüttelnd beginnt er, den Grill sauber zu kratzen. Normalerweise kratzt er nie den Grill sauber. Ich zünde mir eine Zigarette an. Er ist tief beleidigt, und der einzige Weg, das wieder gutzumachen, ist, am Abend bei ihm zu bleiben, wenn er sich betrinkt, mit ihm zu singen und so die Freundschaft zu erneuern. Keine Beziehung und keine noch so große Anzahl hysterischer Freundinnen können einen darauf vorbereiten, wie leicht verletzbar die Gefühle eines mexikanischen Mannes sind.

Ich denke noch eine Weile darüber nach, wie ich die Sache mit Pedro wieder einrenken soll. Gleichzeitig beschäftigt mich aber schon die Aussicht, mit Mickey auf einer fünfhundert Kilometer langen Fahrt das Bin-ich-wirklich-ein-russischer-Gangster?-Spielchen zu spielen. Da taucht plötzlich ein Boot am Horizont auf, und Leo lenkt es direkt auf den Strand, damit es leichter wird, den Kubaner mit der klaffenden Machetenwunde im Oberschenkel herauszuheben.

Es ist nun nicht unbedingt so, dass die mexikanischen Behörden einen verzweifelten Kampf gegen Einwanderer führen müssten, die versuchen illegal auf ihr Territorium zu gelangen. Trotzdem ist das, was Leo und Rolf hier gerade tun, gegen das Gesetz, und es wäre besser, es unauffällig abzuwickeln. Mickey döst in der Nähe seines Zeltes; ansonsten ist um diese Uhrzeit noch niemand am Strand. Pedro hat den Dune Buggy gestern Abend mit nach Hause genommen und ihn am Morgen wieder mit hierher gebracht. Aber bis zu seinem Haus sind es fast zwei Kilometer holprige Piste und der Kubaner ist bereits im Boot mächtig durchgeschüttelt worden.

Wir hieven ihn auf die Bar. Der andere Kubaner hält den Gürtel, mit dem sie den Oberschenkel seines Freundes provisorisch abgebunden haben. Der rechte Fuß des Kubaners ist wegen des unterbrochenen Kreislaufs eiskalt. Scheiße, sein ganzer Körper ist durch den Schock kalt und feucht.

– Wir bringen ihn zu mir.

Pedro bleibt zurück, um die Bar für die Gäste bereit zu machen, und Rolf kümmert sich um das Boot. Ich helfe Leo und dem anderen Kubaner, den Verletzten in meinen Bungalow zu schaffen. Leo war einer der Jungs, die ich angeheuert hatte, um den Bungalow zu bauen. Seit der Zeit war er nie wieder darin gewesen. Niemand außer Pedro hatte hier Zutritt.

Bud bringt sich in Sicherheit, als wir durch die Tür poltern.

– Der Tisch.

Wir legen ihn auf den Tisch.

– Leo, unterm Bett liegt ein Erste-Hilfe-Kasten.

Er geht ihn holen. Der andere Kubaner hält immer noch die Aderpresse und starrt seinem Freund ins Gesicht. Ich greife nach seiner Hand und löse mühsam seine Finger. Angstvoll blickt er mich an. Ich nicke.

– Tranquilo, tranquilo.

Seine Augen quellen aus ihren Höhlen. Endlich schaffe ich es, seine Finger von der Aderpresse zu lösen.

– Toallas.

Er schüttelt den Kopf.

– Toallas. Baño.

Ich nicke mit dem Kopf Richtung Badezimmer.

– Ahí. Muchas toallas. Si?

– Toallas, si.

Er trabt ins Badezimmer, um die Handtücher zu holen. Leo stellt den großen grünen Erste-Hilfe-Kasten auf den Tisch.

– Wie lange bist du jetzt in Mexiko?

– 'ne Weile.

– Dein Spanisch ist beschissen.

– Leck mich, Leo. Halt das mal.

Er nimmt mir den Gürtel ab, während ich den Kasten öffne, die Latexhandschuhe raushole und sie mir überziehe.

– Okay.

Ich nehme die Aderpresse wieder an mich und beginne sie zu lockern.

– Vielleicht solltest du dir besser auch ein Paar von diesen hier anziehen. Soviel ich weiß, ist AIDS in der Karibik ziemlich verbreitet.

– Puta Madre.

Knurrend zieht er sich die Handschuhe über. Inzwischen kommt der andere Kubaner mit einem Stapel Handtücher zurück. Ich schiebe meine Finger dort unter den Gürtel, wo er in die Haut des Mannes schneidet, und lockere die improvisierte Aderpresse. Blut schwappt auf meinen Tisch. Immerhin spritzt es nicht heraus, also ist die Arterie vermutlich unverletzt. Aber was weiß ich schon; schließlich stammt mein ganzes medizinisches Wissen aus einem Erste-Hilfe-Kurs, den ich vor fünfzehn Jahren absolviert habe. Ich packe ein paar Handtücher auf die Wunde, schnappe mir die Hand des anderen Kubaners, lege sie auf die Handtücher und presse sie fest nach unten. Offensichtlich kapiert er, was ich von ihm will, denn er hält die Handtücher brav an ihrem Platz. Ich streife die blutbeschmierten Handschuhe ab und ziehe ein neues Paar über. Leo steht einfach nur dabei.

– Massier seinen Fuß.
– Wie bitte?
– Massier seinen Fuß.
– Por fucking qué?
– Keine Ahnung, vielleicht um die Blutzirkulation wieder anzukurbeln, damit er nicht amputiert werden muss.

Er stößt eine wahre Flut von Flüchen aus und beginnt den Fuß zu reiben. Ich finde ein Set zum Nähen von Wunden. Mit meiner freien Hand schnappe ich mir die Flasche mit Desinfektionsmittel, beiße die Kappe ab, gieße was davon auf die Nadel und halte die Flasche dann über die Wunde. Der andere kubanische Bursche zieht die Handtücher weg und ich kippe das Desinfektionsmittel auf die Wunde. Der Typ auf dem Tisch stöhnt und sein Bein zuckt. Nachdem ich die Flasche etwa zur Hälfte geleert habe, wische ich vorsichtig mit einem Handtuch etwas von dem Blut ab. Der Schnitt ist lang, am Anfang sieht er gar nicht so schlimm aus, wird aber dann immer tiefer, je näher es zum Knie geht. Das Blut sickert nur noch heraus; der erste Schwall hatte sich wohl unter dem Gürtel angestaut.

– Leo, kannst du hier irgendwie die Haut zusammenhalten.

Sein Fluchen wird immer lauter, doch er legt seine Finger jeweils auf eine Seite der Wunde und drückt sie zusammen. Ist das richtig so? Vielleicht gibt es da drin Kapillaren und so ein Scheiß, der auch zusammengeflickt gehört. Sollte ich die Wunde offen lassen, bis ein richtiger Arzt sich darum kümmert?

– Nähst du den Scheiß jetzt zu, oder was ist, Mann?

Ich nähe den Scheiß zu.

– Wer hat das getan?
– Er da.

Leo neigt den Kopf in Richtung des anderen Kubaners, der jetzt neben dem Tisch sitzt und ziemlich blass um die Nase ist.

– Warum?
– Wir sind dahin gekommen, Mann, und sehen diese beiden Cabrónes in einem lecken Wrack von einem Boot mit ein paar Flaschen Rum, einem Sack Kokosnüssen und einer Machete. Diese verfluchten Bauern hacken die Kokosnüsse auf und kippen den Rum rein. Besoffen wie amerikanische Kids auf Pfingsturlaub. MTVs *Wild on Cuba* in einem untergehenden Wrack.
– Du solltest dir nicht so viel Mist im Satellitenfernsehen anschauen.
– Wo, zum Teufel, glaubst du, lerne ich mein Englisch? Vielleicht hättest du dir auch besser mal das Latino-Programm von MTV reingezogen, bevor du hier runterkommst. Hättest lieber mal ordentlich die Sprache lernen sollen.
– Und was ist dann passiert, hatten sie Streit?
– Als wir längsseits gehen wollen, steht dieser culo plötzlich da auf, mit einer Kokosnuss und der Machete in der Hand, um uns einen Cocktail zu machen.
– Nein.
– Er schlägt nach der Kokosnuss, trifft sie nicht und hackt stattdessen seinem Kumpel ins Bein. Puta fucking Madre. Überall Blut. Großes Geschrei.
– Warum habt ihr sie nicht einfach dagelassen?

Leo blickt mich an und sieht dann auf meine Hände, die das Bein zusammenflicken.

– Warum sind wir in deinem Haus, Mann? Su casa ist nicht mi casa, verstehst du. Also, warum sind wir hier?

Ich mache einen weiteren kleinen Knoten.

– Wir haben sie nicht dort gelassen, weil das Bein dieses Scheißers hier fast abgehackt war. Sie waren besoffen in einem durchlöcherten Wrack, überall floss Blut, und die Haie warteten schon im Wasser.

– Schon gut, ich hab's kapiert.

Es dauert eine Weile ihn zusammenzuflicken. Wir sind gerade zur Hälfte fertig, da taucht Rolf auf. Sind meine heiligen vier Wände eigentlich der beschissene Hauptbahnhof? Nachdem ich ihm erklärt habe, wo die Müllsäcke liegen, fängt er an, das Blut aufzuwischen und die besudelten Handtücher in die Säcke zu stopfen. Als ich schließlich mit dem Nähen fertig bin, kippe ich noch mehr Desinfektionsmittel über die Wunde, tupfe vorsichtig das Blut ab und befühle den Fuß. Er ist warm. Wir heben den armen Kerl hoch und schleppen ihn rüber zum Bett.

– Benötigen Hilfe?

Ich blicke über die Schulter und sehe Mickey in der Tür stehen, die Rolf weit offen gelassen hat. Bud miaut.

– Oh, Katze. Ich nicht wusste, du hast Katze.

Am nächsten Morgen taucht er in aller Frühe auf. Ich bin schon draußen und kümmere mich um den Pick-up. Mickey schmeißt seinen Rucksack hinten rein und wir sind startklar. Ich rolle langsam den Strand entlang, halte am Bucket und sage Mickey, er soll im Wagen sitzen bleiben. Pedro hat eine Tüte mit Wasserflaschen und frisch gebackenen Tortas für uns vorbereitet.

– Du fährst mit ihm zu den Ruinen?

– Ja.

Pedro schüttelt den Kopf.

– Was?

– Du hast deine Geheimnisse. Ich jedenfalls weiß nichts darüber.

– Und?

– Ich weiß nicht, wie man die am besten geheim hält.

– Ich fahre den Typen dahin, damit er nicht den Bus nehmen muss.

– Der Typ will was über dich rausfinden, und du fährst ihn.

– Pedro.

– Geht mich natürlich nichts an. Ich weiß von gar nichts.

Er beginnt wieder am Grill herumzukratzen.

– Pedro.

– Si.

Großartig, jetzt macht er auf die spanische Tour.

– Wir sehen uns heute Abend.

– Si.

– Vielleicht können wir ein paar Songs zusammen singen, wenn ich zurückkomme.

– Si, jefe.

Ich bin schon auf halbem Weg zum Wagen, als er ruft.

– Kannst du Zitronen mitbringen.

– Geht in Ordnung.

Ich klettere in den Pick-up und fahre auf die Piste, die zum Highway führt. Ich muss Mickey in den Dschungel bringen. Körper verwesen schnell im Dschungel.

Ich hatte Mickey klar gemacht, dass wir keine Hilfe benötigen, und Rolf nahm ihn mit auf die Veranda und schloss die Tür. Wir hoben den Kubaner aufs Bett. Leo und ich machten meine Hütte sauber, während der andere Kubaner bei seinem Freund hockte.

– Und was jetzt?

– Ich hol den Buggy und wir schaffen die beiden schleunigst von hier weg.

Ich stoße einen der Läden auf. Rolf und Mickey stehen unten vor der Veranda und unterhalten sich. Zehn oder fünfzehn Leute sind jetzt über den Strand verteilt.

– Er kann bis zum Abend bleiben.
– Claro?
– Ja, er muss ohnehin ein paar Stunden ruhig liegen.
– Danke, Mann.
– Wo bringt ihr ihn hin?
– Mi casa.

Leo wohnt in der Stadt etwa eine Stunde von hier.

– Ihre Cousins warten dort wahrscheinlich auf uns. Ich sollte vielleicht hinfahren und sie beruhigen.
– Ruf Doc Sanchez an, wenn du dort bist. Er soll kommen, sobald du mit dem Typ dort eintriffst. Er soll sich um den Pfusch kümmern, den ich da angerichtet habe.

Leo zeigt durch das Fenster auf Mickey.

– Und der?
– Was ist mit ihm?
– Ist er in Ordnung?
– Gute Frage.

Leo schnappt sich Rolf und die beiden düsen mit dem Buggy davon. Ich hocke mich mit Mickey draußen auf die Stufen.

– Die Jungs waren in Schwierigkeiten und ich habe ihnen ein bisschen geholfen. Verstehst du?
– Klar.
– Es wäre nicht gut, wenn du jemandem davon erzählst. Auch wenn du wieder zu Hause bist.
– Ist kein Problem. In Geschäft von meinem Vater immer viele Dinge, die ich nicht darf verraten.
– Gut. Prima.

Ich stehe auf und laufe zur Tür, um noch mal einen Blick hineinzuwerfen.

– Manchmal aber, weißt du, Leute trotzdem reden. Und ich mitbekomme viele Dinge.

– Ach so.

Beide Kubaner liegen eng aneinander gedrängt auf dem Bett und schnarchen.

– Geschichten.

– Aha.

Ich hätte Leo bitten sollen, Antibiotika aus der *pharmacia* in der Stadt mitzubringen.

– Wenn wir morgen fahren nach Chichén Itzá …?

– Ja?

Eigentlich müsste man ihm jetzt welches verabreichen.

– Ist besser, du bringst eine Million Dollar mit.

Ich wende mich von der Tür ab.

– Sonst Geschäftspartner von meine Vater erfahren, wo du, Geld und Katze sind.

Ich blicke nach unten. Meine Füße sind blutbespritzt. Sand klebt darauf. Ich reibe meine Füße aneinander, um die Flecken loszuwerden.

– Wir müssen nach Mérida zur Bank. Dort habe ich meine Schließfächer.

Er hat immer noch vor, in Chichén Itzá zu halten, um sich die Maya-Ruinen anzuschauen. Auf den Burschen wartet eine Million am Ende der Straße und er will ein paar Schnappschüsse vom Kukulkan aus schießen. Was soll's.

Auf dem Weg zur 180 West biege ich in nördliche Richtung auf die Mexico 307 ein, die Mautstraße vor Cancún. Ich halte an einer Pemex-Tankstelle und tanke voll. Mickey ist schweigsam, er ist noch nicht ganz wach. Nach Cancún werden wir etwa eine Stunde unterwegs sein, bis Chichén Itzá dürften es zusätzlich noch mal zwei oder drei sein.

Wir wechseln auf die 180. Da kaum Verkehr herrscht, trete ich aufs Gas und puste den Motor des Wagens mal ordentlich durch. Es ist ein 1960er Willys mit offener Ladefläche. Der Vorbesitzer hat das Dach des Fahrerhäuschens abmontiert und es durch eine Stoffplane ersetzt. Ich habe ihn mir zugelegt, als ich an den Strand gezogen bin und habe dicke Reifen montieren lassen, weil der Weg zum Strand mehrmals im Monat überschwemmt ist. Ich fahre nicht oft damit. Eine Zeit lang fuhr ich überhaupt kein Auto mehr. Seit damals in der Highschool, als ich meinen Mustang an einen Baum setzte und meinen besten Freund Rick tötete. Ich hatte Albträume wegen Rick. Aber das ist lange her. In der Zwischenzeit habe ich noch mehr Leute auf dem Gewissen.

Mickey wacht auf und wird wieder gesprächig.

– Ich liebe ganze Gegend hier. Halbinsel, Dschungel, Strand, alles. Wirklich sehr, sehr schön. Ich starte in Mexiko City, weißt du, war toll, aber wie Manhattan, nur noch mehr heiß. Und dann ich bin nach Guadalajara und Puerto Vallarta, ganze Küste runter bis Acapulco und östlich nach Ouxaca, dann ich mache Abstecher nach Guatemala und Belize, hoch nach Quintana Roo mit Dschungel und Stränden und Karibische See, und das war Allerschönstes, wo ich habe unterwegs gesehen, und natürlich auch großes Glück, denn hier ich dich habe gefunden.

Er versichert mir, dass er nichts gegen mich persönlich habe.

– Ich nicht hierher gekommen, dich suchen. Ich wollte sehen Mexiko, saufen, bumsen schöne Frauen. Aber ich natürlich hatte Geschichten gehört.

– Erzähl mir was über diese Geschichten.

– Oh.

Er beginnt zu lachen.

– Oh, alle wirklich sehr, sehr sauer auf dich. Mein Vater, wie noch war am Leben und in Geschäft, ich weiß noch, wie ich von Schule kam, um ihn und Mutter zu besuchen. Vater sehr, sehr wütend. Trampelt, schmeißt Türen, flucht. Und immer brüllt deine Name! Und, du weißt, ich schon gehört deine Namen, als viele Leute getötet worden, und deine Bild war in Zeitung und Fernseher. Damals ich war wegen Schule in Manhattan und hatte Angst. Alle mächtig Angst vor dir hatten. Und dann ich bin wieder nach Hause, warten, bis all das Töten vorbei, und dort Vater flucht deine Namen. Aber mehr so, wie wenn er flucht über mich, als ob du hast persönliche Verletzungen ihm angetan.

Großartig.

– Aber damals ich noch nicht alles verstanden, erst später, als Vater krank, und Mutter brachte Krankenhausbett und Krankenschwester in unser Haus. Ab da immer Geschäftsfreunde in unserem Haus. Und manchmal ich kam für Wochenende von Schule nach Hause. Aber sie nie sprechen über Geschäft. Immer Wodka trinken und Geschichten erzählen und wollen, er lacht ein bisschen, aber immer alles endet in Tränen. Aber das auch gut in gewisser Weise, du verstehst?

Der Dschungel wuchert bis dicht an den Rand der zweispurigen Fahrbahn. Wir haben einen Reisebus überholt, ein paar Lastwagen und einen liegen gebliebenen VW-Käfer. Zwischen hier und Chichén Itzá werden noch zwei weitere Mautstellen kommen und eine Tankstelle. Danach nichts mehr, bis wir bei Kantunil auf die Hauptstraße stoßen.

– Ich manches Mal höre Geschichten und besonders eine immer wird gern erzählt. Ist Geschichte von dir, wie du hast viele Männer getötet und gestohlen ihre Geld. Und wenn Geschichte vorbei, immer alle verfluchen dich, trinken auf deine Tod und fluchen noch mehr. Dann sie überlegen, wohin du verschwunden, und was sollen sie machen mit dir, wenn sie dich finden. Und dann immer kommt etwas in Russisch, was bedeutet, du bist eine ausgekochte, zähe Bastard, und dass sie hätten sicher Gleiches getan an Stelle von dir, sie aber trotzdem dich umbringen werden.

Immer wieder zweigen kleine Feldwege von der Hauptstraße in den Dschungel ab. Sie führen zu kleinen Rancheros, die fast alle leer stehen. Häufig kaufen sich Leute hier ein kleines Stück Land, in der Hoffnung, einen Platz in der Nähe des Meeres zu ergattern, aber der Dschungel macht ihnen ausnahmslos einen Strich durch die Rechnung. Du musst dem Dschungel nur kurz den Rücken zukehren und er kriecht zu deiner Hintertür herein. Jede dieser kleinen Straßen wäre geeignet. Ich brauche bloß zu sagen, ich muss kurz zum Pinkeln rausfahren.

– Deshalb, wie ich komme nach Mexiko, ich kenne Geschichte von dir. Immer wieder Freunde meines Vaters führen Gespräch über dich und dabei sie immer überlegen, ob du vielleicht in Versteck in Mexiko bist, und ich sehe natürlich auch Bild von dir und Katze in Fernseher. Ist aber nicht so, dass ich hierher gekommen wegen dir. Nur ein bisschen ich kann werfen Blick nach dir, wenn ich da bin sowieso. Aber nicht für sie. Ist nicht so, ich werfe Blick nach dir für Freunde meines Vaters und ihre Geschäft. Niemals ich würde so was tun und verraten, wo dein Versteck, damit Geschäftsleute kommen und dich töten. Aber ich auch nicht so dumm, dass ich will gar nichts, weißt du, für meine Schweigen. Also, ich denke, Millionen Dollar gutes Geschäft für uns beide, du immer noch sehr viel übrig behältst, und ich viel mehr kriege, als sie mir würden geben.

Ich entdecke einen weiteren Feldweg, verlangsame das Tempo und biege ab.

– Was ist?
– Ich muss mal.
– Ich auch.

Ich fahre fünfzig Meter bis zu einer kleinen Lichtung. Wie zu erwarten steht dort das übliche verlassene Häuschen aus unverputzten Ziegelsteinen, das der Dschungel langsam, aber sicher verschlingt. Ich stelle den Motor ab, steige aus und öffne meinen Hosenschlitz. Aber ich muss nicht. Mickey steigt auf der anderen Wagenseite aus. Ein Stöhnen, als er sich streckt, das Geräusch des Reißverschlusses und dann ein Plätschern. Ich knöpfe die Hosentür wieder zu, drehe mich um, und da steht er, den Rücken zu mir, einen Baum bewässernd. Direkt vor meinen Füßen liegt ein ordentliches Stück Ziegelstein.

Ich setze mich wieder hinters Steuer. Mickey steigt neben mir ein. Ich lasse den Wagen an.

– Moment noch.

Ich steige wieder aus und öffne erneut den Hosenschlitz. Denn jetzt, wo ich mich entschlossen habe, ihn doch nicht zu töten, kann ich auch pissen. Ich steige wieder in den Pick-up. Mickey lächelt.

– War noch übrig Rest?
– Ist plötzlich hochgekrochen.
– Ich das hasse.
– Yep.

Ich lenke den Wagen zurück auf den Highway, in westlicher Richtung. Ich werde Mickey nach Chichén Iztá bringen. Ich werde mit ihm auf den Tempel klettern und durch die Ruinen streifen. Und wenn es Zeit wird zu gehen, dann werde ich ihm die Wahrheit sagen: dass das Geld nicht in Mérida ist, sondern in meinem Haus. Ich werde ihn wieder mit dorthin nehmen, ihm die Millionen geben und ihn nach Hause schicken. Dann werde ich nach einem neuen Ort suchen, an dem ich mich verstecken kann, in einem anderen Land. Genau so werde ich es machen. Ich werde dieses Risiko eingehen, denn ich will nicht wieder zum Mörder werden. Ich will kein verrückter Killer sein.

Ein paar Stunden später nehmen wir die Abfahrt nach Piste und erreichen, nachdem wir ein paar Meilen über offenes Land gefahren sind, schließlich die Stadt. Jedes Mal, wenn wir wegen einer dieser tempobegrenzenden Bodenschwellen langsamer fahren müssen, fallen die Kinder mit ihren fabrikgefertigten Maya-Souvenirs über den Wagen her. Vorsichtig versuche ich den Pick-up an ihnen vorbeizumanövrieren, was Mickey zum Lachen bringt. Auf der anderen Seite der Stadt sind es dann noch etwa zwei Kilometer bis zum Nationalpark, in dem die Ruinen stehen. Beim Parkplatzwächter kaufe ich ein Ticket, finde einen freien Platz und schalte den Motor aus. Im Radio verstummt eine Mariachi-Rock-Version von »Twist and Shout«.

Der Regen prasselt herab und die Leute kommen in Scharen aus dem Park, steigen in ihre Autos oder klettern in die Reisebusse. Ich blicke zum Himmel und dann zu Mickey.

– Kann sein, dass das nicht so bald aufhört.

– Mir gefällt, lass uns gehen.

Aus seinem Rucksack zieht er einen Poncho und einen Regenhut. Leider habe ich weder Poncho noch Regenhut. Wir verlassen den Wagen und haben noch nicht mal den halben Weg zum Hauptgebäude geschafft, als ich bereits völlig durchnässt bin. Kaum stehen wir jedoch unter dem Dach im Trockenen, schwächt der Regen zu einem dünnen Tröpfeln ab. Scheiß karibisches Klima. Ich muss Mickey ein Ticket besorgen. Er sagt, er würde mir jetzt was schulden. Hinter dem Drehkreuz kommen wir an einem Buchgeschäft und einem Coffeeshop vorbei, danach ein weiteres

Drehkreuz, wo sie uns eine Art Armband als Eintrittskarte umlegen, und schließlich gelangen wir in den Park selbst. Man spaziert durch einen kleinen Tunnel aus Bäumen bis auf eine Lichtung und da steht Kukulkan. Und ich sag euch, das Ding ist ziemlich cool.

Obwohl ich eigentlich nicht sonderlich auf Sehenswürdigkeiten stehe, bin ich im Lauf der letzten Jahre ein paar Mal hier gewesen und hab mich über das eine oder andere Detail informiert, und so kann ich jetzt für Mickey den Fremdenführer spielen. Die Stufen zum Tempel will er sich bis zum Schluss aufheben, daher beginnen wir mit dem Platz für die Ballspiele. Wir stehen am einen Ende und überblicken die ganze Länge des steinernen Stadions. Mickey nickt mit dem Kopf.

– Groß.

– Fünfundneunzig Meter lang und neunundsechzig Meter breit.

– Groß.

Wir schlendern das Spielfeld entlang und stellen uns unter einen der steinernen Ringe, die in der Mitte des Spielfelds zu beiden Seiten angebracht sind. Mickey springt hoch und versucht den unteren Rand des Rings zu erreichen, doch er schafft es nicht mal ansatzweise.

– Haben sie Köpfe durchgeworfen, um zu machen Punkte?

– Nee, sie benutzten einen Gummiball.

– Ich gedacht Köpfe?

– Nein. Es gibt gewisse Hinweise darauf, dass die Tolteken, als sie hier die Macht übernahmen, das Verliererteam opferten.

– Spiel war so ähnlich wie Fußball.

– Man durfte alle Körperteile einsetzen außer den Händen.

– Fußball ist bester Sport, weißt du. Viel besser wie Football.

Jetzt kann ich es ja offen sagen.

– Ich mag Football nicht. Ich mag Baseball.

– Ist noch etwas, was ich weiß über dich. Aber Fußball auch besser als Baseball.

Ich drehe ihm den Rücken zu und laufe in Richtung der übrigen Ruinen.

Wir besuchen den Tempel der Krieger und die Tausend Säulen und die kleineren Bauwerke auf der großen Lichtung, bis Mickey bereit ist für den Aufstieg. Kukulkan, oder der Tempel, oder die Burg, oder die Pyramide, oder El Castillo: Deswegen kommen die Leute hierher. Der achtundzwanzig Meter hohe treppenförmige Tempelbau ist über einer kleineren Pyramide errichtet, die sich immer noch in ihrem Inneren befindet. Die Wissenschaftler streiten sich darüber, ob sie von den Mayas oder den Tolteken errichtet wurde, aber für beide scheint sie ein Ort der Anbetung und eine Opferstätte gewesen zu sein, sowie eine Art von Kalender. Auf allen vier Seiten befinden sich einundneunzig Stufen, und der kleine Tempel ganz oben repräsentiert eine einzelne gigantische Stufe: alles in allem dreihundertfünfundsechzig Stufen. Sauber. Aber das ist noch nicht alles! Kukulkan war der goldene Schlangengott, und bei Tages- und Nachtgleiche im Frühjahr und Herbst sieht es aus, als würden sich die Schatten auf den Treppenstufen wie gewaltige Schlangen winden. Kein Scheiß. Aber in erster Linie ist es ein verdammt langer Aufstieg auf einer fast vierzig Grad steilen Treppe. Eine ordentliche Klettertour, die heute im Regen absolviert wird. Und zwar in einem ständig heftiger werdenden Regen.

Mickey sprintet natürlich hoch. Ich schlage auch ein ziemlich forsches Tempo an, aber da mein Bewusstsein für die eigene Sterblichkeit offensichtlich ausgeprägter ist, lasse ich mir Zeit und setze jeden einzelnen Schritt sorgfältig auf den regennassen Stufen, während die Schwerkraft den ganzen Weg hinauf an meinem Rücken zerrt. Wir steigen die westlichen Stufen hinauf, die restauriert worden sind und sogar ein Geländer an der Seite besitzen. Die Nordseite wurde ebenfalls restauriert, doch dort ist nur ein Seil von oben nach unten gespannt worden. Süd- und Ostseite wurden der Erosion überlassen, damit die Touristen ein Gefühl dafür kriegen, in welchem Zustand das Ganze war, als es entdeckt wurde. Ich komme an ein paar Leuten vorbei, die auf allen vieren hinabkriechen – außer uns ist keiner auf dem Weg nach oben.

Mickey wartet oben auf mich, die Arme in Siegerpose gen Himmel gereckt. Er will, dass ich ein Foto von ihm mache mit dem Dschungel im Hintergrund. Ich tue, was er verlangt. Nur wenige Leute sind noch hier oben. Sie haben Unterschlupf im Tempel gesucht und warten darauf, dass der Regen aufhört und sie absteigen können. Mickey will in den Tempel und den Jaguarthron sehen.

– Geh ruhig schon vor.
– Nein, du mitkommen.
– Ich hab ihn schon gesehen.
– Dann du kannst ihn mir zeigen.
– Da drin ist es eng und ich mag keine engen Räume. Außerdem stinkt es.

Er kommt einen Schritt näher, immer noch lächelnd.

– Nein, du kommst, denn ich nicht will, dass du bleibst hier alleine.

Jesus Maria.

– Mickey, können wir kurz miteinander reden?

Wir gehen um den Tempel herum zur Ostseite der Pyramide, weg von den Leuten. Von dort aus überblickt man den endlosen Dschungel.

– Was gibt's?
– Ich werde nirgendwohin gehen. Ich werde mich an un-

sere Abmachung halten. Du kriegst die Million Dollar, damit du den Mund hältst und ich nicht sterben muss. Ich habe nicht vor, dich reinzulegen, also schau dir in Ruhe den Tempel an, und dann können wir uns noch das Observatorium ansehen, wenn du möchtest. Anschließend fahren wir zurück zu meinem Haus und du kriegst dein Geld.

Er blinzelt mich an.

– Wir werden fahren nach Mérida und dort du gibst mir Geld.

Seufz.

– Das Geld ist nicht in Mérida, es ist in meiner Hütte.

– Du gesagt hast Merida.

– Ich hab gelogen.

– Warum?

– Deswegen.

Sein Mund wird zu einer schmalen Linie.

– Warum du wolltest mich bringen nach Mérida? Um etwas zu tun. Um etwas mir anzutun.

– Hör zu.

– Nein! Jetzt Schluss mit Verarschen. Ich weiß, was du führst im Schilde. Mein Vater war in Geschäft, ich weiß, wie abläuft in Geschäft. Du mich wolltest bringen um Ecke.

So komisch es auch sein mag, ich schäme mich, als er das sagt.

– Ja. Ja, das stimmt.

– Große Scheiße. Ich dir nicht kann vertrauen.

– Lass uns einfach …

– Ich sage jetzt, was wir werden tun. Du wirst mich bringen zu Geld und gibst mir zwei Millionen. Nein, jetzt du gibst drei Millionen.

Er wird laut und Spucke fliegt von seinen Lippen. Ich

blicke mich um, ob wir bereits Aufmerksamkeit auf uns gezogen haben, doch der Regen hat nachgelassen und die restlichen Besucher machen sich daran, an der Nord- und Westseite hinunterzuklettern.

– Mickey.

– Nicht Mickey. Mickey nur für Freunde. Du mich nennst Mikhail, wie mein Vater.

– Jetzt beruhige dich erst mal, dann können wir die ganze Sache in Ruhe klären.

– Sache ist klar wie Glas, du mir gibst drei Millionen, oder erfährt ganze Männer in Geschäft, wo du bist.

Ich werde die Nerven behalten und cool bleiben. Ich weiß, dass ich das kann.

– Du wirst eine Menge Geld bekommen, aber ich kann dir keine drei Millionen geben. Das geht nicht.

Angewidert wirft er die Arme in die Luft.

– Versuchst du handeln mit mir? Du sehr selbstsüchtig. Ja, denn hier es nicht nur geht um dich.

– Was meinst du damit?

– Du selbstsüchtiger Haufen Scheiße von eine Mann.

– Was meinst du damit, es geht hier nicht nur um mich?

– Geschäftsfreunde von meinem Vater keine dummen Leute, weißt du. Die wissen genau, wo lebt deine Familie. Und du, selbstsüchtiger Mann, versuchst handeln mit Leben deiner Familie?

– Nein, das werde ich nicht.

Und ich stoße Mickey die bröckeligen Stufen der östlichen Treppe des Kukulkan-Tempels hinunter. Das erste Menschenopfer seit fast tausend Jahren.

Auf dem Weg nach Hause halte ich in der Stadt, um ein paar Dinge einzukaufen. Im Chedraui, einer großen mexikanischen Supermarktkette, finde ich das extra starke Klebeband, das ich benötige, aber die Verpackungskisten, die sie hier haben, sind nicht groß genug. Ich schnappe mir Katzenfutter und ein paar andere Dinge, dann fahre ich hinter die Laderampe. Dort liegt ein großer Haufen leerer Kartons, und die Jungs lassen mir die freie Auswahl.

Es ist schon nach zehn, als ich wieder beim Bucket eintreffe. Ein paar Leute müssen sich hier spät noch einen genehmigt haben, denn Pedro räumt eben erst die leeren Gläser weg. Ich stelle den Wagen ab und schleppe den großen Sack Zitronen aus dem Chedraui rüber zur Bar.

– Tut mir leid, dass ich so spät komme.

Er nimmt die Zitronen und stopft sie in einen der Schränke.

– No problema.

– Lief alles gut heute?

– Si.

Er schaut rüber zum Willys.

– Bist du den Russen losgeworden?

– Ja, ich bin ihn losgeworden.

Es dauerte über eine Stunde, bis die *Federales* auftauchten.

In der Zwischenzeit warf die lokale Polizei eine Plane über Mickey und nötigte mich, neben ihm Platz zu nehmen. Sie schlossen den Park nicht ab, sondern verscheuchten einfach die neugierigen Touristen von der Unglücksstelle. Großzügig teilten sie ihre Boots-Zigaretten mit mir, denn ich hatte meine im Wagen vergessen.

Über die Jahre ist der Ruf der mexikanischen Polizei etwas in Misskredit geraten. Jeder kennt die Geschichten von Verkehrspolizisten, die unschuldige Touristen schröpfen und ahnungslosen Kids Gras unterjubeln; alle Welt munkelt, dass hier Polizei und Militär mit der Drogenmafia unter einer Decke stecken. Und das meiste davon entspricht der Wahrheit.

Die Jungs bekommen so gut wie nichts bezahlt für die

Scheißarbeit, die sie hier verrichten, und das auch noch mit einer beschissenen Ausrüstung. Was ist der schlimmste Job der Welt? Mexikanischer Bulle. Daher wäre es keine allzu große Überraschung, wenn mich die Federales, auf die wir hier warten, einfach auf den Kopf stellen und kräftig schütteln würden, um zu sehen, wie viel Bargeld aus meinen Taschen fällt. Doch wie sich herausstellt, handelt es sich um ehrliche, hart arbeitende Polizisten, die nur versuchen, ihren Job zu machen.

Die Sergeanten Morales und Candito erweisen sich als überraschend jung. Keiner von ihnen dürfte älter als zweiundzwanzig sein. Trotzdem scheinen sie ihr Handwerk zu verstehen. Was sich als ungünstig für mich herausstellen könnte. Ihr Englisch ist etwa so gut wie mein Spanisch, daher wickeln wir unsere Unterhaltung mithilfe eines Dolmetschers ab. Einer der Fremdenführer des Nationalparks hat sich freundlicherweise zur Verfügung gestellt.

Wir hocken alle zusammen in einem kleinen Raum im Verwaltungsgebäude des Parks. Morales und Candito zünden sich Marlboros an und geben mir eine. Der Fremdenführer steckt sich eine von seinen billigen Alitas an. Bald ist der Raum von Rauchschwaden erfüllt, und sie fangen an, mir Fragen über mich und Mickey zu stellen.

Ich erzähle ihnen, dass ich Mickey erst seit ein paar Tagen kenne, nicht viel über ihn weiß und ihm eine Mitfahrgelegenheit nach Mérida angeboten hätte. Sie fragen, was ich in Mérida will. Ich antworte, ich wolle für ein paar Tage da hoch, um in meinem Lieblingsrestaurant zu essen und einzukaufen. Sie erkundigen sich nach meinem Beruf, und ich sage, ich lebe von meiner Rente. Sie bemerken, dass ich ziemlich jung wäre für einen Rentner. Woraufhin ich ihnen erkläre, ich hätte vor dem Niedergang der amerikanischen Wirtschaft etwas Geld an der Börse gemacht. Genau so steht es auch in meinen Einwanderungspapieren, in meinem Pass sowie in der zusätzlichen ID-Card, die Leo mir vor zwei Jahren besorgt hat. Schließlich wollen sie wissen, was genau passiert ist.

Ich erzähle ihnen, wie Mickey auf die Pyramide klettern wollte, obwohl es in Strömen goss; wie wir hinter den Tempelräumen die Gegend betrachteten; wie er sich dicht an den Rand der Treppe stellte und ich ein Foto von ihm machen sollte; wie er auf den glitschigen Stufen ausrutschte, den Halt verlor, ich ihn noch zu packen versuchte, aber unsere Hände aneinander vorbeigriffen und er die Stufen hinabstürzte. Sergeant Morales redet ohne Punkt und Komma auf Sergeant Candito ein, der in sein Notizbuch blickt und irgendetwas in Richtung des Übersetzers sagt, der sich an mich wendet und fragt, was es mit diesem Streit auf sich gehabt hätte.

– Ähm, Streit?

Der Übersetzer sagt etwas auf Spanisch, Sergeant Candito antwortet, und der Übersetzer wendet sich wieder an mich.

– Die beiden Sergeanten haben eine Zeugenaussage vorliegen, laut der Sie und Ihr Freund sich gestritten haben, und sie würden gerne wissen, ob sie ihnen dazu etwas sagen können.

– Da war nichts. Ich meine, wir hatten einen kleinen Disput, aber nur, weil ich gehen und er noch bleiben wollte. Das war alles.

Der Übersetzer übersetzt, und Morales blickt zu Candito, und Candito sieht zu Morales, und die beiden blicken zu dem Übersetzer, der mit den Schultern zuckt.

Dann lassen sie mich gehen.

Natürlich lassen sie mich gehen. Ich bin ein amerikanischer Staatsbürger, der offensichtlich über reichlich Geld verfügt und sich entschlossen hat, in Mexiko zu leben, um es dort zu verbraten.

Aber sie behalten meinen Pass.

Das bedeutet, dass sie Zweifel an meiner Geschichte haben.

Und dass sie allgemein Zweifel an meiner Person haben.

Ich sitze an der Bar. Pedro öffnet eine Flasche Selters für mich, und ich erzähle ihm, dass Mickey tot ist. Warum er tot ist, erwähne ich nicht. Nicht, weil ich Pedro nicht vertrauen würde. Das tue ich absolut. Ich verschweige ihm die Wahrheit aus dem gleichen Grund, aus dem ich ihm nie erzählt habe, wer ich bin und vor was ich davonlaufe: Ich will ihn aus allen Schwierigkeiten, so gut es geht, heraushalten.

Pedro ist fertig mit Aufräumen, macht sich ein Bier auf und lässt sich auf die Schaukel neben mir nieder.

– Tot.

– So tot wie ein Türnagel.

– Como?

– Wie ein Türnagel. Das ist so eine amerikanische Redensart.

– So.

Er quetscht etwas Zitronensaft in sein Bier.

– Nägel speziell für Türen?

– Keine Ahnung.

– Was ist so tot an ihnen?

– Keine Ahnung.

– Sind sie toter wie … ein Sargnagel?

– Keine Ahnung.

Er nickt, leert sein Bier und beugt sich dann weit über die Bar, um sich ein neues aus der fast leeren Eiswanne zu fischen. Er rutscht weg, stürzt beinahe kopfüber in die Wanne, aber ich packe ihn am Gürtel und ziehe ihn zurück. Pedro lässt sich wieder auf der Schaukel nieder.

– Gracias. Und jetzt?

– Nichts.
– Sie haben deinen Pass.
– Kein großes Problem. Der Typ war einfach ungeschickt und ist gestürzt. Die Polizei wird den Fall untersuchen und damit ist die Sache erledigt.
Ich trinke mein Selters und Pedro trinkt sein Bier.
– Aber ich habe daran gedacht, eine kleine Reise zu unternehmen.
– Claro.
– Vielleicht könntest du mit Leo sprechen und ihm sagen, dass ich seine Hilfe brauche.
– Claro. Cuando?
– Bald.
– *Bald* nach amerikanischer Zeit?
– Ja.
– Okay.

Ich helfe ihm, das Wasser aus der Eiswanne zu leeren, und biete ihm an, ihn in meinem Wagen mitzunehmen. Er lehnt ab, strampelt lieber auf seinem Rad davon, und ich fahre rüber zu meinem Bungalow. Ich nehme meine Einkäufe, das Klebeband und die Kartons mit hinein. Als ich reinkomme, verhält sich Bud unruhig und schießt kreuz und quer durch den Raum. Mitten im Zimmer entdecke ich einen kleinen Haufen Katzendreck. So was macht er sonst nie.
– Ich kümmere mich in letzter Zeit wohl nicht genug um dich, was, Kumpel?

Er blickt mich an, als verstehe er überhaupt nicht, was ich da rede; im wörtlichen Sinne trifft das wahrscheinlich auch zu. Trotzdem weiß er ganz genau, was hier läuft. Er weiß immer verdammt genau, was läuft. Ich mache den Haufen weg, öffne eine Büchse mit Katzenfutter und hocke mich zu ihm auf den Boden, während er frisst.
– Besser?

Aus seiner Kehle ertönt ein leises Grollen, das ich als ein Ja interpretiere. Also mache ich den Gettoblaster an und lege *Wish You Were Here* auf. »Shine On You Crazy Diamond« setzt ein und ich schreite zur Tat.

Aus dem Werkzeugspind auf der hinteren Veranda hole ich die Schaufel. Wie die meisten meiner Werkzeuge ist sie von einer dünnen Rostschicht überzogen. Ich sollte sie eigentlich regelmäßig einölen, aber ich mag den Rost. Er erinnert mich an die alten Farm-Arbeitsgeräte, die sich in den Hinterhöfen der Häuser meiner Heimatstadt stapelten.

Zu Hause.

Ich unterdrücke den Gedanken sofort. Bald darf ich an zu Hause denken, aber jetzt noch nicht.

Ich gehe wieder rein, werfe die Fensterläden zu und zerre das Bett in die Mitte des Raumes. Ich stelle eine Kerze auf den Boden und taste nach dem Spalt zwischen den Kacheln.

Wir hatten eine Menge Spaß damals – Pedro, Leo, ein paar ihrer Cousins und ich – als wir meinen Bungalow und das Bucket bauten. Den ganzen Tag hingen wir am Strand herum. In den Morgenstunden arbeiteten wir hart, danach hielten wir eine schöne lange Siesta, arbeiteten dann weiter und im Sonnenuntergang kickten wir noch ein oder zwei Stunden am Strand. Anschließend fuhren alle nach Hause, nur ich campte in der Nähe, um ein Auge auf die Werkzeuge und das Material zu haben.

Das Bucket zu bauen war ein Kinderspiel. Mit der Hand buddelten wir die Löcher für die Eckpfosten, gruben sie ein und bauten den Rahmen für das Dach. Dann sägten wir den Rahmen für die hufeisenförmige Bar zurecht, verkleideten ihn und verankerten ihn mit ein paar Pfosten im Sand. Mehr brauchte es gar nicht für eine Bar, in einer Gegend, wo alle paar Jahre ein Hurrikan durchbraust. Der Bungalow war da schon etwas aufwendiger. Wir bestellten einen Typen mit einem speziellen Bagger, der uns extratiefe Löcher für die Eckpfosten grub. Dann bauten wir einen Rahmen für das Dach und den Boden, nagelten dünne Holzplatten darauf und verkleideten die Wände mit Planken. Anschließend kamen die Profis an die Reihe.

Die Profis waren drei Brüder sowie deren Vater, Großvater und etwa zehn ihrer Kinder. Das waren die Jungs, die das Dach aus Palmwedeln flochten. Als sie kamen, warfen sie einen kurzen Blick auf unseren Dachrahmen, rissen ihn auseinander und bauten ihn neu zusammen. Dann verbrachten sie zwei Tage damit, oben auf dem Dach herumzuturnen, Palmzweige zu bündeln und zu schnüren, sodass selbst ein Trapezkünstler, der aus zwanzig Meter Höhe darauf gefallen wäre, nicht durchgebrochen wäre. Es war ziemlich cool. Im Verlauf der nächsten Woche kamen die Klempner und Rohrleger und installierten den Wassertank, die Toilette, das Waschbecken, die Dusche und die keimfreie Klärgrube. Blieb nur noch das Verkacheln, und darum kümmerte ich mich selbst.

Ich finde den Spalt.

Ich habe immer einen flachen, rostfreien Flaschenöffner an meinem Schlüsselbund. Den brauche ich jedoch nicht, um Flaschen zu öffnen. Er hängt da aus einem einzigen Grund, und jetzt ist das erste Mal, dass er dafür eingesetzt wird. Ich schiebe ihn in den Spalt, kippe ihn und ziehe ihn langsam nach oben. Die Ecke einer Kachel und ein Stück Sperrholz heben sich, und ich schiebe meine Zehen darunter, bevor sie zurückfallen können. Ich lege den Flaschenöffner beiseite, lange mit den Fingerspitzen unter die Holzplanke, hebe sie an und lasse sie dann zur Seite fallen. Jetzt beginnt der spaßige Teil: Ich muss auf einer kaum vierzig Quadratzentimeter großen Stelle stehen und im Dunkeln Sand schaufeln.

Ich habe das Loch während einer dieser einsamen Nächte am Strand gegraben. Wir hatten die Lage des Bungalows genau festgelegt, hatten aber den Rahmen noch nicht gebaut. Ich wählte die Stelle, wo später das Bett stehen würde, grub ein tiefes Loch und holte dann eine große Kiste aus meinem Wagen. Diese versenkte ich in das Loch und füllte es wieder mit Sand auf. Nachdem der Bungalow fertig war, baute ich die geheime Holzplanke in den Boden ein. Natürlich hatte ich damals nicht bedacht, dass ich mir mit jeder Schaufelbewegung am Rand des Lochs die Knöchel blutig schlagen würde, und dass unmögliche Verrenkungen notwendig waren, um die Kiste wieder herauszuholen. Die Aktion dauert eine ganze Weile.

Endlich stößt die Schaufel auf den Deckel der Kiste. Es ist einer von diesen unzerstörbaren Metallkoffern, die Rockbands benutzen, um ihr Equipment herumzukarren. Ich knie mich hin, wische den Sand vom Deckel und öffne die Verschlussklappen. Der Deckel springt auf. Drinnen liegt eine große Plastiktasche. Ich lege mich flach auf den Boden, packe die Tasche und wuchte sie aus der Box in den Raum. Ich schließe den Deckel wieder, reiße an den Griffen und rüttele den Kasten hin und her, um ihn frei zu kriegen und ebenfalls heraufzuziehen. Dann schaufle ich den Sand zurück in das Loch. Allerdings wird es dadurch nur geringfügig kleiner, weil jetzt der Kasten nicht mehr darin ist. Schließlich bleibt mir nichts anderes übrig, als unter dem Bungalow herumzukriechen und Sand mit den Armen in das Loch zu schieben, um es zu schließen. Auch das dauert wieder seine Zeit.

Als ich mit dem Sand fertig bin, lege ich das fehlende Stück Holzplanke zurück in den Boden, schiebe das Bett an seinen Platz und öffne die Plastiktasche. Obendrauf liegt der Geldgürtel, in dem hunderttausend amerikanische Dollar stecken. Ich lege ihn zur Seite, woraufhin ein wasserdichter Beutel zum Vorschein kommt. Diesen lege ich ebenfalls zur Seite. Darunter befindet sich ein großer Würfel aus in Plastikfolie gewickelten Dollarscheinen. Jetzt, wo ich ihn zum ersten Mal seit zwei Jahren wieder sehe, erinnere ich mich daran, wie konfus es einen machen kann, wenn man über vier Millionen Dollar auf einem Haufen vor sich sieht.

Man kriegt wirklich mehr für den Dollar in Mexiko. Selbst nachdem ich das kleine Grundstück am Strand gepachtet habe, meinen Bungalow und das Bucket habe bauen lassen und noch eine hübsche Summe auf einer Bank in der Stadt deponiert ist, liegen hier immer noch rund vier Millionen vor mir.

Das Geld eines verrückten Killers.

Und ich bin ein verrückter Killer. Man sollte sich da nichts vormachen.

Als Mickey stürzte, gab es einen Moment, da hätte ich seine ausgestreckten Arme und seine verzweifelt ins Leere greifenden Hände packen können. Ich hätte ihn ohne Weiteres halten und in Sicherheit bringen können. Aber ich tat es nicht. Ich sah zu, wie sich sein Körper in der Luft drehte und seine Arme ruderten, während er versuchte, sich vor dem Aufprall zu schützen. Er krachte auf die Stufe, sein Kopf wurde nach vorne geschleudert und knallte direkt auf die Steine. Auf dem ganzen Weg nach unten prallte er immer wieder von den Stufen ab, und das Blut spritzte nur so.

In diesem Moment, noch an dieser Stelle, gab ich mir selbst eine Antwort auf die uralte Frage: *Wie würdest du reagieren, wenn jemand deine Familie bedroht?*

Ich würde ihn töten.

Ich packe das Geld zurück in den Metallkoffer, schneide den Karton so zurecht, dass er flach ausgebreitet auf dem Boden liegt und stelle dann die Kiste darauf. Ich wickle die Kiste in so viel Karton und Packband ein, dass man eine Säge bräuchte, um durchzukommen. Als ich damit fertig bin, gehe ich unter die Dusche und spüle den ganzen Schweiß und Sand ab, der an meinem Körper klebt. Schließlich, nachdem ich alles sauber gemacht, das Paket neben die Tür gestellt und einen Sarong um meine Hüften geschlungen habe, nehme ich die Lampe mit raus auf die Veranda, zünde mir eine Zigarette an und öffne den wasserdichten Plastikbeutel.

Das Erste, was ich herausziehe, ist das Polizeifoto von den Wunden auf Yvonnes totem Körper. Was danach kommt, kann nur noch besser werden.

Ich habe mir das Foto seit Jahren nicht mehr angesehen. Es war nicht nötig. Ich sehe es vor mir, wann immer ich meine Augen schließe. Jetzt betrachte ich es, studiere es gründlich, schließe meine Augen und sehe auf der Innenseite meines Augendeckels dasselbe Muster von Blutergüssen und Wunden. Ich werde es nie wieder betrachten. Mit geschlossenen Augen zerreiße ich das Foto in acht gleich große Stücke. Ich öffne die Augen, lege die Schnipsel in den Aschenbecher und halte ein Streichholz daran.

– Tut mir leid, Baby.

Eigentlich müsste ich mich nicht entschuldigen. Nicht bei ihr. Nicht deswegen. Sie hätte dem zugestimmt, hätte es bereits vor langer Zeit selbst getan. Yvonne Ann Cross war niemand, der gern Gespenster aus der Vergangenheit um sich hatte.

Als Nächstes ziehe ich drei Visitenkarten heraus.

Erstens: Detective Lieutenant Roman. Roman, der gute Cop, der zum bösen wurde und auf dessen Konto das Massaker in Pauls Bar ging. Eine Momentaufnahme in meiner

Erinnerung: ein Haufen toter Körper auf dem Boden, alles gute Freunde von mir.

Zweitens: Ed. Der Bruder von Paris. Die DuRantes. Bankräuber. Killer. Ein kurzer Film läuft vor meinem inneren Auge ab: In ihrem Auto, Kugeln aus meiner Pistole pusten Eds Gesicht weg. Paris' letztes Wort ist der Name seines Bruders.

Ich werfe beide Karten in das kleine Feuer und nehme mir die dritte vor.

Drittens: Eine glänzende schwarze Karte, auf der in einer goldenen Gothic-Schrift der Name Mario steht. Ich muss lächeln und denke an den Haschgeruch und die Discomusik im Fonds seines Lincoln, als er mich zum Flughafen brachte, zu meinem Flieger nach Mexiko. Netter Typ, dieser Mario. Seine Karte verbrenne ich ebenfalls.

Dann ziehe ich einen Umschlag aus der Tasche. Darin befindet sich der Reisepass von John Peter Carlyle, einem Mann, den es nie gegeben hat. Die fiktive, von einem Spezialisten geschaffene Identität, unter der ich in Mexiko einreiste. Da mich die Polizei seit Mickeys Tod unter dem Namen sucht, unter dem ich hier seit zwei Jahren lebe, werde ich damit nicht länger in Mexiko reisen können. Mein wirklicher Name ist ebenfalls keine Option. Aber vielleicht werde ich als Carlyle doch noch mal durch die Maschen schlüpfen können. Ich blättere in dem Pass und betrachte das Foto. Mit rund zweihundert Pfund bringe ich jetzt zehn Kilo mehr auf die Waage als damals, vom vielen Schwimmen habe ich muskulöse Schultern und von Reis und Bohnen kleine Speckrollen um die Hüften. Seinerzeit waren meine Haare kurz geschoren und gebleicht, jetzt sind sie schulterlang und braun. Außerdem trage ich einen kurzen Bart. Und dann wären da noch die Tattoos. Sie bedecken meine gesamte Brust und meine Arme. Sie sollten mir ursprünglich helfen, mich zu tarnen, und wurden für mich rasch zu einem Symbol für das Verstreichen der Zeit. Ich habe nicht die geringste Ähnlichkeit mit diesem Foto. Ich könnte meine Haare schneiden und mich rasieren, um wieder wie Carlyle auszusehen. Doch dann würde ich auch wieder mehr aussehen wie der Mann, der ich einmal war. Der Mann, der wegen mehrfachen Mordes gesucht wird. Scheiß drauf, der Pass ist vor sechs Jahren ausgestellt worden, warum sollte ich mich in der Zwischenzeit nicht verändert haben. Ich stopfe den Pass und den Rest von Carlyles Sachen zurück in den Umschlag und lege ihn beiseite. Nun liegt nur noch ein Dokument in dem wasserdichten Beutel

United Flight # 84
20/12/2000
Abflug: New York JFK 8:25 AM
Ankunft: Oakland 11:47 AM

Mein altes, mittlerweile abgelaufenes Ticket für den Flug nach Hause. Ich wollte Weihnachten dort sein. Ich habe es nicht geschafft. Vielleicht klappt es diesmal. Es verbrennt rasch.

Ich fülle den internationalen Luftfrachtbrief aus, wobei ich einen Moment innehalte, als ich zu den Feldern komme, wo ich den Gesamtwert für Fracht und Steuern eintragen muss. Wenn ich den Wert der Sendung mit weniger als zweihundert Dollar angebe, wird sie aller Wahrscheinlichkeit nach völlig unbemerkt am Zoll durchgeschleust. Andererseits könnte angesichts der erhöhten Sicherheitsvorkehrungen in Amerika irgendeinem cleveren Burschen auffallen, dass ein Typ aus Mexiko alleine für die Fracht einer Kiste mehr ausgegeben hat, als sie laut Erklärung eigentlich wert ist. Und das ist eine willkommene Einladung für diese Typen in ihren gelben ABC-Schutzanzügen, um das Teil aufzureißen und nachzusehen. Eine andere

Möglichkeit wäre, den Wert mit einigen tausend Dollar anzugeben, sämtliche Dokumente sorgfältig auszufüllen und die Sendung ganz regulär zu verzollen. Das bedeutet natürlich, dass jemand sie am Bestimmungsort in Empfang nehmen muss, um die fälligen Zollgebühren und Steuern zu zahlen. Ein prima Plan, um den FBI-Beamten in die Falle zu gehen. Eine knifflige Sache. Aus diesem Grunde befinde ich mich jetzt bei Pakmail in Cancún und rede mit Mercedes. Sie wird mir dabei helfen, die viereinhalb Millionen Dollar per FedEx nach Amerika zu schicken.

Ich beende das Ausfüllen des Frachtbriefs, indem ich den Wert der Sendung mit zweitausend Dollar angebe und den Inhalt als Bücher deklariere. Aus meiner Brieftasche hole ich ein Stück Papier, auf dem eine Reihe seltener, antiquarischer Bücher über mexikanische Kunst und Geschichte aufgelistet ist, die ich gesammelt habe. Die Titel wohlgemerkt, nicht die Bücher. Ich schreibe die Titel fein säuberlich auf die Pro-forma-Rechnung. Um das Ganze weiter abzurunden, lege ich zusätzlich noch eine Echtheitsurkunde bei, die ich zuvor bei meiner Bank notariell beurkunden ließ, als ich dort ein paar Sachen abholte.

Ich hieve die Kiste auf die Waage und Mercedes gibt einen überraschten Laut von sich, als die Anzeige bei über sechzig Kilo zum Stehen kommt. Das gleiche Geräusch bekomme ich noch einmal zu hören, als ich ihr den Frachtbrief aushändige und sie den Bestimmungsort liest. Wie das meiste Dienstpersonal in Cancún spricht sie ein ausgezeichnetes Englisch. Sie sagt alles in so einer Art leichtem Singsang. Ich mag das.

– Eine Menge Geld.

Ich spiele das Spiel mit.

– Eine Menge Geld. Da haben Sie recht.

Sie kichert, bringt die verschiedenen Gepäckaufkleber

und Versandetiketten an der Kiste an, reicht mir meine Kopien und tippt mehr als zweitausend Pesos in die Kasse ein. Ich zahle in Dollar. In Cancún ist das kein Problem. Dann wirft sie noch einen letzten Blick auf die Rechnung.

– Ihr Freund scheint gerne zu lesen.
– Keine Ahnung, er hat sie mir bloß abgekauft.
– Ebay?
– Ja genau.
– Ich liebe Ebay. Die hab ich auch bei Ebay ersteigert.

Dabei zeigt sie auf ihre Ohrringe. Ich lehne mich vor, um genauer hinzusehen. Es handelt sich um kleine Miami-Dolphins-Delphine, die durch die Luft springen und winzig kleine Footballhelme tragen.

– Die Fins. Hey, was für ein Jahr, oder?
– O ja, aber jetzt …
– Ja, ich weiß, Ende der Saison, aber mit Taylor sieht es ganz gut aus.
– Oh!

Sie hüpft aufgeregt in ihrem Stuhl auf und ab.

– Miles! Ich liebe ihn! Er ist so was von süß.

Sie hört auf zu hüpfen.

– Aber mit seinem verletzten Knöchel …
– Wie bitte?
– Sein Knöchel.

O nein.

– Das kann doch wohl nicht wahr sein.
– Sie haben's gestern Nacht im Fernsehen gezeigt. Auf *Sportscenter*. Eine üble Verletzung.

Der Pakmail-Shop befindet sich inmitten eines riesigen Einkaufszentrums, ich brauche also nur ein, zwei Minuten, bis ich einen Zeitungsstand mit einer neuen Ausgabe des *Miami Herald* finde. Auf der Titelseite prangt es in großen Buchstaben: Taylor erleidet Knöchelfraktur, mindestens acht Wochen Spielpause.

Die Footballsaison ist eine lange Saison. Sie ist nicht so lang wie die Baseballsaison und die Mannschaften haben längst nicht so viele Spiele zu bestreiten, aber die körperliche Belastung, die der durchschnittliche Footballspieler in einer Partie aushalten muss, ist mindestens zehn-, wenn nicht zwanzigmal so hoch wie für einen Baseballspieler. Nicht umsonst lautet eine der elementaren Weisheiten unter NFL-Trainern: Je länger die Saison, desto kürzer das Training.

– Und dieser Schwachkopf, dieser Hirnamputierte, den sie auch noch dafür bezahlen, das Team zu trainieren, dieser Volldepp ist der Ansicht, dass die Jungs am Sonntag nicht hart genug gegengehalten haben, als die Patriots zu ihrem Lauf ansetzten. Und was tut er? Er verordnet Kontakttraining. Kontakttraining im Dezember! Die Starting Defense ist auf dem Feld, rennt wie bekloppt rum und mäht gnadenlos das Scout-Team um, was den armen Trotteln natürlich wenig schmeckt. Nicht nur, dass die Kerle am wenigsten Geld verdienen, jetzt müssen sie auch noch in der Gegend rumrennen und sich von einer Horde losgelassener Psychos verprügeln lassen, die vom Trainer angepisst sind. In der Zwischenzeit trainiert die Starting Offense auf der anderen Seite des Platzes – also in unmittelbarer Sichtnähe der Defense – in kurzen Hosen Passspiel und Kicks. Schon mal was von einem Kerl namens Dillon Walker gehört? Wahrscheinlich nicht. Bis letzten Sonntag war Walker selbst ein mittelmäßiger Scoutspieler, der nur dank einiger Verletzungsfälle in die Back-up-Verteidigung aufgestiegen ist. Sollte Terrence Licolns entzündeter dicker Zeh nicht rechtzeitig abheilen, dann hat er sogar eine kleine Chance, am Sonntag als Free Safety eingesetzt zu werden. Ich brauche wohl nicht groß zu betonen, dass der Mann etwas zu beweisen hat. Er fliegt geradezu über das Feld, haut alles um, was ihm in den Weg kommt; er will seinem Trainer zeigen, was er draufhat. Wir befinden uns auf Höhe der Mittellinie, wo der Free Safety eigentlich nichts verloren hat. Er ist zehn Yards entfernt, als der Receiver sich plötzlich löst. Jetzt legt er so richtig los, mit vollem Tempo, den Helm stur nach unten gesenkt, damit er den armen Kerl voll umnieten kann. Und ratet mal, wer gleich hinter dem Receiver steht? Ich weiß nicht, ob er gerade über Handy mit seinem Agenten bespricht, wie er am besten seine Bonusprämien anlegt oder ob er vielleicht mit einer Cheerleaderin flirtet und einen flotten Dreier gemeinsam mit deren fünfzehnjähriger Schwester verabredet, oder was auch immer zweiundzwanzigjährige Millionäre beim Training an der Seitenlinie so tun – jedenfalls steht da Miles Taylor, den Dillon »Volltrottel« Walker zusammen mit dem armen Newcomer unter sich begräbt.

Ich unterbreche kurz, um mir eine Zigarette anzuzünden und sie zur Hälfte zu inhalieren.

– Walker steht gleich wieder auf und rennt mit einem beschissenen Grinsen im Gesicht aufs Feld zurück, um sich von der Verteidigung feiern zu lassen und zu prahlen, wie er den armen Wicht umgenietet hat. Der blöde Arsch kann erst gar nicht verstehen, warum alle mit blassen Gesichtern herumstehen und auf etwas hinter ihm starren. Also dreht er sich um und wird kurz darauf von der gesamten Starting Offense niedergewalzt, die soeben miterleben mussten, wie er ihr Brot und Butter, den Kerl, ohne den sie nie *ihre* ganzen Prämien eingeheimst hätten, außer Gefecht gesetzt hat. Und die Defense, die schon die ganze Zeit wild um sich geschlagen hat, während es die Offense locker anging, die rastet jetzt aus. Randale. Die Offense und Defense gehen aufeinander los: Starters, Back-ups, alle, bis auf die jungen

Ersatzspieler, die klug genug sind, schnell das Feld zu räumen. Und in dem ganzen Durcheinander, während die Trainer herumbrüllen und die Streithähne auseinander zu zerren versuchen, steht Miles Taylor auf, um anzuzeigen, dass mit ihm alles in Ordnung ist. Doch Bruchteile einer Sekunde später landet das gewaltige Gewicht von dreihundert Pfund menschlicher Masse auf ihm und zertrümmert seinen Knöchel.

Ich inhaliere den Rest der Zigarette.

– Ich schwöre bei Gott, wenn mir jemals dieser verfluchte Mongo von Trainer auf der Straße über den Weg läuft, stech ich ihm mit einer Gabel in den Hals. Ich hasse Football. Ich hasse es.

– Hast du mich nur angerufen, um mir das mitzuteilen?

Ich atme tief durch und versuche mich zusammenzureißen.

– Nein, Timmy, natürlich nicht.

– Okay, was liegt an?

– Was anliegt, ist, dass ich dir eine Sendung schicke.

– Du schickst mir eine *was*?

– Ich schicke dir eine *Sendung*.

– Was für eine Sendung?

Ich stehe an einem Münztelefon in einem Pemex nahe dem Flughafen von Cancún. Von hier aus kann ich die Reklametafeln für T.G.I. Fridays, Senior Frogs, das Bulldog Café sehen, die die Hauptstraße Richtung Innenstadt säumen. Wegen der ganzen Aufregung über die Verletzung von Miles Taylors Knöchel rast mein Puls noch immer, und so zünde ich mir eine weitere Zigarette an, damit ich runterkomme.

– Timmy, ich schick dir das Geld.

Stille.

– Timmy?

– Bist du eigentlich noch ganz sauber im Kopf?

– Hör zu, ich habe mir das gut überlegt.

Ich habe darüber nachgedacht. Gut nachgedacht. Und dabei bin ich auf Folgendes gekommen:

A) Tim ist ein Ex-Junkie. Er ist ein Alkoholiker. Er ist Laufbursche für einen Drogendealer. Er lebt in *Las Fucking Vegas.* Er ist mit Sicherheit die letzte Person auf dieser Welt, der ein halbwegs vernünftiger Mensch viereinhalb Millionen Dollar schicken würde.

B) Tim weiß, wo ich bin. Er weiß von dem Geld. Er weiß von der Belohnung, die auf Informationen, die zu meiner Festnahme führen sollten, ausgesetzt ist. Er weiß von dem Geld, das die Russen für meinen Kopf zahlen würden. Aber in all den Jahren, in denen er davon wusste, hat er seinen Mund gehalten.

C) Ich werde die Grenze nach Amerika illegal überqueren. Ich darf auf keinen Fall mit dem Geld erwischt werden. Wenn ich mit dem Geld erwischt werde, bin ich geliefert. Wenn das Geld noch irgendwo da draußen versteckt ist, habe ich notfalls noch ein Ass im Ärmel, das ich einsetzen kann. Eine Art Lebensversicherung für meine Eltern.

D) Ich. Darf. Auf. Keinen. Fall. Mit. Dem Geld. Erwischt. Werden.

– Mir egal, wie sehr du darüber nachgedacht hast, das Zeug kommt nicht in meine Nähe. Das hier ist *fucking Vegas,* Mann! Wusstest du, dass man hier lernen kann, wie man Geld riecht? Kein Witz. Ich war froh, es endlich geschafft zu haben, aus Gotham rauszukommen und mich etwas zurückzuziehen, aber ich habe nicht vor, mein restliches Leben hier zu verbringen. Die Stadt nervt und ihre Bewohner sind völlig fertig! Überall ist Geld im Umlauf, sie können es sehen und damit spielen, aber es gehört ihnen nicht, und dadurch wollen sie es nur umso mehr. Und in dem Moment, in dem sie es an dir riechen können, sind sie hinter dir her. Du weißt, dass ich dich liebe, aber bitte schick mir nicht das verdammte Geld. Es gibt schließlich Grenzen, was ein Mann aushalten kann. Richtig? Darüber sind wir uns doch sicher einig, oder?

– Ich habe es schon abgeschickt.
– Wie bitte?
– Schon abgeschickt.
– Wohin?
– An deine Adresse. Es müsste übermorgen da sein.
– Oh Mann. Mann! Ich pack es nicht! Na schön! Prima! Soll es ruhig kommen, wann immer es will, ich werde halt nicht da sein, um es in Empfang zu nehmen. Hast du verstanden? Ich werde nicht hier sein. Auf Wiederhören.

Doch er legt nicht auf.

– Hast du mich verstanden? Ich sagte *Auf Wiederhören*.

Ich nehme einen letzten Zug von meiner Zigarette, lasse sie zu Boden fallen und trete sie aus.

– Jemand hat mich gefunden, Timmy. Er hat mich aufgespürt und meine Eltern bedroht, und ich habe ihn getötet. Und jetzt komme ich nach Hause.
– Ach du Scheiße.

Ich erkläre ihm, wie es laufen wird. Dass FedEx so was wie Zoll-Broker beschäftigt, die für die Abfertigung von Gütern durch den US-Zoll inklusive aller Zollgebühren und Steuern zuständig sind und die dafür sorgen, dass die Sendung direkt an der Tür des Empfängers abgeliefert wird. Dafür zahlt man eine gewisse Servicegebühr. Ich versichere ihm, dass ich den gesamten Papierkram tipptopp erledigt habe. Das einzige Problem könnte sein, dass die Sendung bei einer der Zufallskontrollen herausgepickt würde. Ich sage ihm, ich wüsste zwar nicht, wie hoch die Wahrscheinlichkeit für so was sei, aber er hätte sicher mehr Chancen, den Jackpot bei einem dieser Millionen-Dollar-Spielautomaten zu knacken.

– Ich weiß noch nicht genau, wie lange ich brauche, aber ich hoffe, Anfang nächster Woche in Kalifornien zu sein. Alles, was du tun musst …
– Scheiße, oh Maaaaaan!
– Alles, was du tun musst, ist, das Paket bei dir zu verstecken, zum Beispiel im Wandschrank. Wenn ich eingetroffen bin, melde ich mich bei dir, woraufhin du bei FedEx anrufst. Die sollen dann das Paket abholen und es zu mir bringen.
– Maaaaaaaaaaaaaaaaaan!
– Ich werde … *hör mir zu.* Wenn auf deinem Pager eine Nummer mit dem Code vier-vier-vier gefolgt von einer Telefonnummer angezeigt wird, dann bin ich das. Du rufst mich dann umgehend unter dieser Nummer an und …
– Warum kannst du nicht einfach rüberfliegen und das Zeug selbst in Empfang nehmen?
– Ich muss erst noch hier bei meinen Leuten bleiben, Tim. Solange ich die Sache mit den Russen nicht geklärt habe, muss ich hier bleiben und auf meine Leute aufpassen.
– Verstanden.
– Und Timmy, hör mir zu. Sollte dir jemand in die Quere kommen, ich meine die Bullen oder die Russen, dann will ich, dass du das Geld rausrückst und mich verpfeifst. Es wird schon nichts passieren, aber wenn doch, dann unternimmst du gefälligst alles, um lebend davonzukommen und nicht in den Knast zu wandern. Du tust alles, was sie wollen, verstanden?
– Und ob ich das verstanden habe.

– Gut. Was noch, gibt es noch irgendetwas, was du wissen musst?
– Könntest du nicht einfach direkt hierher kommen und …?
– Nein, das weißt du ganz genau.
– Ja, schon gut. Und pass auf deine Leute auf, ich muss los.
Und diesmal legt er auf.

Am Strand und an der Bar hängt die übliche Belegschaft ab. Pedro brät Burger auf dem Grill. Ich parke den Willys neben dem Bucket und steige aus. Pedro winkt mir mit der Grillzange zu.
– Hola.
– Hey.
Ich gehe hinter die Bar, schnappe mir aus der Wanne ein Selters und stelle mich zu ihm an den Grill.
– Hattest du Gelegenheit, mit deinem Bruder zu sprechen?
– Ich habe ihn angerufen.
Er dreht die Burger um. Sie sehen gut aus. Ich öffne den Kühlschrank, reiße mir einen Hamburgerlappen ab und klopfe ihn flach.
– Was hat er gesagt?
– Nada.
– Er kann nicht helfen?
– Er hat gar nichts gesagt.
Ich werfe meinen Burger auf den Grill, während Pedro seine mit *queso blanco* belegt.
– Er hat gar nichts dazu gesagt?
– Si.
Ich schaue zu, wie der Käse schmilzt.
– Warum hat er nichts gesagt?
– Er war nicht zu Hause.

Er gluckst, während er seine Burger vom Grill schabt und auf die Brote verteilt. Dann garniert er die Burger mit einer Handvoll Tortilla-Chips auf Plastiktellern und bringt sie den wartenden Gästen an der Bar. Ich greife mir den Grillspachtel und schiebe meinen Burger auf dem Grill hin und her. Nachdem er noch ein paar Biere geöffnet hat, kommt Pedro zurück und nimmt mir den Spachtel ab.

– Du musst ihn wenden und … aplastar?

– Hä?

– Aplastar. Schau her.

Er macht kurze drückende Bewegungen mit dem Spachtel.

– Zusammenpressen?

– Ja, du quetschst das arme Teil regelrecht aus. Du drückst den ganzen Saft raus. Du musst etwas warten. Tranquilo.

Also warte ich ab, wie er den Burger weiter brutzeln lässt, dann mit Käse bedeckt, das Brot toastet und mir alles reicht, als es schließlich fertig ist. Und er hat Recht: Ich versuche immer, die Dinge zu sehr zu beschleunigen. Letztlich sind sie nie so gut wie seine. Pedro macht einfach großartige Burger.

– Weißt du, wann er zurückkommt?

– Zurück?

– Leo.

– Er kommt heute Nacht, um mit dir zu reden.

– Cool.

Ich stehe da und verdrücke meinen Burger, während er mich komisch anschaut.

– Wirst du mit ihnen reden?

– Wem?

– Ihnen.

Er zeigt den Strand entlang in Richtung meines Bungalows. Und da sehe ich die Bescherung: den weißen Polizeiwagen, der vor meiner Hütte parkt und dahinter die beiden Typen in blauer Uniform auf der Veranda sitzend – Sergeant Morales und Candito.

Ich fahre hinüber. Sie stehen auf und wischen sich noch schnell den Hosenboden ab.

– Senor …

– Buenos tardes, Sargentos.

Ich deute auf die Eingangstür.

– Entrar?

– Si.

– Si, gracias.

Ich bin nicht wirklich scharf darauf, sie hineinzubitten, aber es würde sicher reichlich unhöflich erscheinen, wenn ich es nicht täte, vor allem, da ich ja absolut unschuldig bin, nichts zu verbergen habe und ihnen nur bei den Ermittlungen behilflich sein will. Ich öffne die Tür, führe sie hinein ins kühle Dunkel und wir verharren einen Moment im Stehen.

– Bebidos?

– Si.

– Si, gracias,

Aus einem Schränkchen hole ich lauwarme Flaschen Jaritos und alle nehmen einen Schluck. Sergeant Candito schaut Sergeant Morales an, tippt sich an den Hut, und Sergeant Morales schlägt sich daraufhin auf die Stirn.

– Si, si, claro.

Er zieht meinen Reisepass aus seiner Hosentasche und reicht ihn mir. Wir unterhalten uns eine Weile nett, was nicht ganz einfach ist, weil diesmal kein Dolmetscher zugegen ist. Ein wilder Mischmasch aus Spanisch und Englisch ist die Folge.

Als wir fertig sind, versichern sie mir, alles sei in Ordnung und es täte ihnen furchtbar leid, dass sie mir Unannehmlichkeiten gemacht hätten. Langsam entspanne ich mich, doch da kommt Bud unter dem Bett hervorgekrochen.

Candito bückt sich.

– Ay, gato.

Er streichelt Bud und steht dann auf.

– Ist das eine gute Katze?

– Ja.

Ich kann mir nicht helfen, aber Sergeant Candito hat jetzt einen Blick drauf, als wäre er jemandem begegnet, dessen Gesicht ihm irgendwie bekannt vorkommt, ohne jedoch genau zu wissen, woher.

Nach Einbruch der Dunkelheit kommt Leo vorbei. Er sitzt auf meiner Veranda und trinkt Carta Blanca. Ich rauche und sage ihm genau, was ich brauche. Leo hört zu. Als ich fertig bin, nickt er.

– Wann?

– Morgen.

Leo schüttelt den Kopf.

– Nee, Mann, ist zu früh.

– Übermorgen?

Er blinzelt und schaut hinaus aufs Wasser.

– Ja, müsste hinhauen.

– Wie viel?

Er zuckt mit den Schultern.

– Ich will nichts, aber Rolf und ein paar andere …

– Wie viel?

– Zehntausend US-Dollar.

Ich gehe hinein und kehre mit zwanzigtausend Dollar zurück, die ich ihm überreiche.

– Zehn davon sind für dich.

Er betrachtet das Geld.

– Ich will es nicht.

– Leo.

– Fick dich. Ich will es nicht.

– Leo.

Er zählt zehn Tausender ab und gibt mir den Rest zurück. Ich lege das Bündel neben seinen Füßen auf die Veranda.

– Leo, es könnte gefährlich werden.

– Chinga! Was glaubst du wohl, womit ich mein Geld verdiene, maricone?

– Es ist gefährlicher als das, es könnte ... die Leute, die nach mir suchen, könnten hier auftauchen. Wenn sie das tun, solltest du besser eine Weile untertauchen.

– Verstecken? Scheiß drauf!

Er beginnt auf Spanisch zu fluchen, über mich und meine Mutter und Schweine, und wo ich mir mein Geld hinstecken könne, und was er mit denen anstellen wird, die ihn bedrohen. Irgendwann geht ihm die Puste aus, woraufhin er den Rest seines Biers hinunterkippt, wieder zu fluchen anfängt, abbricht und die leere Flasche raus auf den Strand schleudert. Wir hören, wie sie weich auf dem Sand aufschlägt.

Ich stehe auf und laufe hinüber, hebe die Flasche auf und bringe sie zurück. Dann setze ich mich wieder hin und schiebe langsam das Geld mit den Zehen in seine Richtung.

– Für den Fall, dass sie kommen. Denn wenn sie kommen, werden es Killer sein, Leo. Nimm das Geld. Mag sein, dass ich mich wie ein kleines schissriges Mädchen aufführe, aber ich fühle mich einfach besser, wenn du es nimmst.

Er schnaubt. Meine Stimme überschlägt sich fast.

– Nimm das Geld, Leo. Von mir aus kannst du es später verbrennen. Aber ich will, dass du es an dich nimmst. Ich bin nun mal so eine *mujer*.

Er hebt das Geld auf und marschiert damit in die Dunkelheit.

– Sei übermorgen bei Tagesanbruch bei meinem Bruder. Und lern verflucht noch mal Spanisch, Mann. Eine *mujer* ist eine Frau. Ein kleines Mädchen ist eine *niña*.

Als Pedro am nächsten Morgen im Bucket auftaucht, habe ich bereits den Grill angeschmissen und die Kaffeekanne gurgelt. Ich helfe ihm beim Ausladen des Eises und einiger Kisten Bier, dann sage ich ihm, er solle sich setzen. Er lässt sich auf einer der Schaukeln nieder.

Ich erhitze einige vorgebratene Bohnen, werfe ein paar Tortillas, die er von zu Hause mitgebracht hat, auf den Grill und brate dazu zwei Eier. Danach werfe ich die Bohnen auf einen Teller, bedecke sie mit den heißen Tortillas und den Eiern und gieße die Sauce seiner Frau darüber. Ich stelle ihm den Teller hin. Dazu schütte ich ihm Kaffee in meinen Becher, mit viel Milch und Zucker, ganz so, wie er ihn mag. Er schaut sich den Teller mit den *huevos rancheros* an, dann schaut er zu mir.

– Ich habe schon vor zwei Stunden gefrühstückt.

Knapp ein Jahr verbrachte ich damit, betrunken in Pedros Bar abzuhängen und da meine Gringo-Show abzuziehen. Ich muss schon sagen, er hatte eine Menge Nachsicht mit mir. Das hatte zum Teil sicher auch damit zu tun, dass ich immer ordentlich Trinkgeld gab, aber wir verstanden uns auch so recht gut.

Ich war seit einigen Wochen in der Stadt und verbrachte die meiste Zeit allein in meinem Zimmer, ließ mir einen Bart stehen, betrank mich und wartete ab, bis die Meldungen über mich der Vergangenheit angehörten. Eines Nachts schlich ich hinüber zur Hauptstraße, der Calle Cinco, wo ich mir mein erstes Tattoo machen ließ: ein umrahmtes Herz, auf dem MOM & DAD steht.

Anschließend lief ich durch die Dunkelheit, und am

Ende der Straße stieß ich auf Pedro, der in einer kleinen Hinterhofkaschemme arbeitete, in der sich niemand aufhielt. Ich schnappte mir einen Barhocker und er fragte mich, was ich wolle. Hinter der Bar stand eine gewaltige Auswahl an Getränken.

– Irgendwas. Ich lasse mich gerne überraschen.

Er füllt das Glas mit Eis, begießt es mit 151, Ananassaft, Orangensaft, Mandelsirup, Coco Lopez und Grenadine, schüttelt es, lässt ein wenig dunklen Rum darüber laufen, nimmt einen langen Strohhalm aus einem Ständer auf der Bar, schneidet ihn entzwei, steckt die beiden Hälften ins Glas und stellt den Cocktail vor mich auf eine kleine Serviette. Ich nehme ihn in die Hand, wobei die Serviette am Glasboden kleben bleibt, und nehme einen Schluck.

– Wow! Ist der gut.

– Mai Tai.

– Nicht zu fassen. Weißt du, ich hab noch nie einen getrunken.

Ich nehme einen weiteren Schluck.

– Mann, ist der gut.

Er zeigt auf den Verband auf meiner Schulter.

– Tattoo?

– Ja.

– Was für eins?

Ich stelle den Drink ab und löse den Verband. Er liest es.

– Mom und Dad.

– Ich liebe meine Eltern.

– Bueno.

Er zieht den Ärmel seines Shirts hoch und zeigt mir seine Schulter: MAMA y PAPA.

– Ich liebe meine Mom und meinen Dad. Mi madre y mi padre. Mama mag sie nicht. Sie sagt, äh, Tattoos ist was für Kriminelle. Schau her.

Er hebt seinen anderen Ärmel. Ein kleines selbstgemachtes Tattoo kommt zum Vorschein; so eins, wie es sich meine Kumpels Wade und Steve in der Highschool mit einer stoffumwickelten und in Tinte getauchten Nähnadel selbst gestochen haben. Sie machten sich kleine von einem Kreis umschlossene As, die für *Anarchie* stehen sollten, oder tätowierten sich OZZY auf die Haut. Aber dies hier zeigt nur eine kleine vertikale Linie, die oben in einem Dreieck abschließt, dessen Spitze nach rechts zeigt. Er lächelt.

– Mama hat mir dafür den Arsch versohlt.

Ich drehe mich zu ihm hin, betrachte die Tätowierung genauer.

– Was soll das bedeuten?

Er lacht, deutet dann auf das *Kunstwerk*.

– P.

Er zeigt auf sich.

– Pedro.

Als mich zehn Monate später immer noch keiner entdeckt und umgelegt hatte, und ich es auch nicht fertig gebracht hatte, mich zu Tode zu saufen, begann ich darüber nachzudenken, was ich wohl dafür tun konnte, um weiter unentdeckt und am Leben zu bleiben. Mir war klar, dass ich dafür Papiere benötigte, in erster Linie einen Reisepass. Und Pedro war der Einzige, dem ich so weit vertraute, dass ich ihn um seine Hilfe bat. Es sollte sich herausstellen, dass er mir ebenfalls vertraute.

Aus reiner Höflichkeit nimmt er ein paar Bissen von den Eiern, erklärt sie für gelungen und bittet mich, den Rest aufzuessen. Ich ziehe den Briefumschlag aus meiner Gesäßtasche, reiche ihn Pedro und fange an zu essen. Er öffnet den Umschlag und nimmt die Pachtverträge und all die anderen gesetzlichen Dokumente heraus, die das Bucket und meinen Bungalow betreffen.

– Gestern war ich an meinem Banksafe.
Er studiert die Papiere.
– Nein.
– Ich habe die beiden Pachtverträge auf dich übertragen.
Er schüttelt den Kopf.
– Nein.
– Pedro.
– Nein.
Er läuft hinter die Bar und fängt an, mit Sachen um sich zu werfen.
– Pedro. Wenn ich es jemals schaffe, hierher zurückzukommen.
– Zurück. Die *policia* hat dir deinen Pass zurückgegeben, oder?
– Ja.
– Also *no problema,* du kommst zurück.
Ich nehme meine Seltersflasche in die Hand und ziehe langsam kleine Spuren durch den Wasserkreis, den die Flasche auf der Bar zurückgelassen hat.
– Es ist das alte Problem, Pedro. Mein altes Problem. Das Problem, von dem du nichts weißt.
Er hört auf, wild um sich zu schlagen. Ich stelle meine Flasche wieder ab und schaue ihn an.
– Bitte. Ich war allein. *Yo desamparado.* Bevor du kamst, hatte ich keine Freunde.
Er blickt betreten zu Boden, als er die Papiere einsammelt, sie ordentlich in den Umschlag faltet und in seine Tasche steckt. Dann streckt er seine Hand aus und legt sie auf die Bar, die Handfläche nach oben. Ich bedecke sie mit meiner eigenen.
– Amigo.
Er drückt fest meine Hand.
– *Eternamente, por siempre jamás.*

– Für immer und ewig.

Die Tagesausflügler machen sich so gegen vier vom Acker, eine Stunde später sperrt Pedro die Bar ab. Ich schwimme noch ein paar Runden, wobei ich mir jedes Mal danach meine Ohren mit den Zigaretten entkorke. Als die Sonne im Meer versinkt, haben die einheimischen Jugendlichen ihr Fußballspiel beendet und das Liebespaar hat sich in sein *palapa* zurückgezogen. Ich habe den Strand für mich allein. Ich laufe hinüber zu meinem Bungalow, lasse die Tür und Fensterläden offen stehen, zünde ein paar Kerzen an und fange an zu packen.

Bud erwacht aus seinem Nickerchen und kommt herübergewackelt, um zu sehen, was da vor sich geht. Immer wieder steckt er seinen Kopf in den Sack, wobei er mir jedes Mal in die Quere kommt, wenn ich etwas hineinpacken will.

– Ich weiß, an was du denkst, aber diesmal ist kein Platz für dich.

Er miaut, als ich ihn zur Seite schiebe, um den Stapel Energieriegel einzupacken, den ich beim Chedraui gekauft habe.

– Ich weiß, letztes Mal haben wir es so gemacht, aber das war damals, und jetzt ist jetzt. Außerdem habe ich diesmal einen guten Platz, wo du bleiben kannst.

Er steckt jetzt mit seinem halben Körper in dem Sack und wühlt darin herum. Ich ziehe ihn heraus und setze ihn auf dem Boden ab.

– Immer mit der Ruhe.

Er hoppelt zurück aufs Bett. Ich verstaue alles, verschließe den alten Armeerucksack und stelle ihn direkt neben die Eingangstür. Dann hole ich den Geldgürtel unter der Matratze hervor, stecke die auf John Carlyle ausgestellten Papiere und meine ID-Card hinein und hänge ihn über den Rucksack. Ich schließe die Eingangstür, blase alle Kerzen aus bis auf eine und lege mich aufs Bett. Bud springt auf und trippelt hinüber zur anderen Seite des Raums.

– Bei Pedro wird es dir gefallen.

Doch das kauft er mir nicht ab. Bud ist eine Junggesellenkatze und hat bisher auch nur bei Junggesellen gelebt, erst bei Russ und dann bei mir. Pedro hingegen hat eine Frau und drei Kinder. Das heißt letztlich, dass Bud ordentlich durch die Gegend gescheucht und auch schon mal an seinem Schwanz gezogen wird. Die andere Option wäre natürlich, zu versuchen, ihn wieder nach Amerika reinzuschmuggeln, aber das würde das Risiko, geschnappt zu werden, unendlich erhöhen.

– Diesmal geht es einfach nicht, Kumpel.

Ich starre hinauf zur Decke, aber ich spüre, wie er wieder aufs Bett springt. Er läuft ein paarmal um mich herum und lässt sich dann auf meiner Brust nieder. Ich streichle vorsichtig seinen Kopf, um nicht seine Narbe zu berühren, denn das mag er nicht. Da beginnt er zu schnurren.

Verdammt. Ich werde diese Katze vermissen.

Der Albtraum, der mich aus dem Schlaf reißt, ist neu. Am Morgen des Massakers befinde ich mich in Pauls Kneipe. Anstelle meiner alten Freunde werden die Menschen, die ich heute kenne, abgeknallt. Timmy, Mercedes von Pakmail, Leo, Rolf, das lächelnde spanische Mädchen. Und diesmal bin ich es, der die Morde ausführt; ich bin es, der mit einem Maschinengewehr um die Bar läuft und alle niedermäht. Alle sind sie tot bis auf Pedro und zwei andere. Er steht vor ihnen, schirmt sie ab wie ein Schutzschild. Jetzt erkenne ich sie, es sind meine Eltern.

Und ich erschieße Pedro.

Und ziele erneut.

Und schrecke aus dem Schlaf hoch.

Eine halbe Stunde später hetze ich durch den Dschungel,

Bud fest an meine Brust gepresst, die Sergeanten Morales und Candito dicht auf meinen Fersen.

Gott sei Dank habe ich geschwommen. Ohne mein Schwimmtraining wäre ich schon längst zusammengebrochen. Dummerweise hilft all die schöne Muskelmasse nicht gegen den brennenden Schmerz in der Lunge. Über dreißig Jahre kam ich wunderbar ohne Zigaretten aus, und dann musste ich doch noch anfangen. Schuld daran war, dass ich mit dem Trinken aufhörte. Man gibt eine Sucht auf und gibt sich gleich der nächsten hin – ziemlich bescheuert.

Ich stolpere über eine Baumwurzel. Das kommt davon, wenn man nicht aufpasst, wo man hinläuft.

Da ich Bud in Händen halte, kann ich den Sturz nicht mit meinen Händen abfangen, also werfe ich mich auf die Seite, wobei der Rucksack den Aufprall mildert. Als ich mich wieder erheben will, höre ich, wie sich Morales und Candito etwas zurufen. Sie sind ein Stück zurück und haben aufgehört zu rennen. Sie fragen sich, wo ich stecke. Ich gehe auf die Knie und spähe kurz hinter dem Baum hervor. Aber wir befinden uns im Dschungel, deshalb kann ich nicht weiter als ein paar Meter sehen.

Immer ruhig Blut. Das ganze Rumgerenne bringt nichts, ich muss mich zu Pedro rüberschleichen. In diesem Moment entwischt Bud aus meinem Griff und flitzt zurück Richtung Bungalow. In Richtung der Bullen.

Es *muss* doch eine Grenze geben, was Katzensitting angeht. Und was mache ich? Ich laufe ihm hinterher. Die Sergeanten bemerken mich sofort, schreien sich etwas zu und laufen in meine Richtung. Erneut stolpere ich über eine Wurzel.

Etwas hält mich fest.

Ich fange an zu schreien, aber Leo hält mir den Mund

zu. Wir schauen uns an. Ich nicke. Er gibt meinen Mund frei und reicht mir Bud. Ich vernehme Rascheln, als Morales und Candito von beiden Seiten langsam näher kommen, um mich einzukreisen. Das Geräusch verstummt und Leo bringt seinen Mund ganz nah an mein Ohr.

– Hier entlang.

Er streckt seinen Arm aus und deutet in dieselbe Richtung, in die die Bullen gerade verschwunden sind.

– Immer geradeaus, dann kommst du bei Pedro raus.

– Was ist mit den Bullen?

– Leise. Rolf kümmert sich darum.

– Und was ist mit …?

– Und halt bloß die verdammte Katze fest.

Er erhebt sich und rennt mit viel Lärm los. Die Bullen rufen sich wieder etwas zu und jagen ihm nach. Derweil mache ich mich auf den Weg zu Pedro.

Direkt am Highway, etwa zehn Meter neben Pedros Haus, komme ich aus dem Dschungel hervorgekrochen. Hinter dem Haus parkt der Buggy, Rolf steht im Hof. Ich sprinte zu ihm rüber und Rolf fängt mich auf, als ich auf den letzten paar Metern ins Straucheln komme.

– Leo … (Luft) … Er, er, er … (Luft).

– Hat er dich gefunden?

– Ja … (Luft) … Er …

– Komm rein, Mann.

Wir treten durch die Gittertür und er führt mich in die Küche.

– Wir sahen, wie sie hier vorbeikamen und zum Strand runterfuhren. Leo hat sich gleich aufgemacht, um dich zu warnen.

– Er hat sie abgelenkt und weggelockt.

– Cool.

– Nein, wir müssen …

– Locker, Mann, wir müssen dich nur hier wegbringen. Mach dir um Leo mal keine Sorgen. Diese Kerle werden ihn da im Dschungel niemals zu fassen kriegen.

Der Küchentisch ist mit Speisen voll gestellt. Pedro nippt an seinem Kaffee und hört Ranchero-Musik. Er schaltet das Radio aus. Seine Frau, die um diese Uhrzeit normalerweise gewöhnlich mit den Kindern auf dem Weg in die Stadt ist, steht am Herd. Sie dreht sich zu mir um und wirft mir ein dünnes Lächeln zu.

– Buenas dias.

– Buenas dias, Ophelia.

Sie zeigt auf den Tisch.

– Comer.

Sie hat ein riesiges Frühstück zubereitet, ein Abschiedsessen. Wir wollten alle zusammen am Tisch sitzen und gemeinsam frühstücken – und nun habe ich mich verspätet. Rolf greift sich eine Tortilla, füllt sie mit ein paar Bohnen und nimmt einen großen Bissen.

– Gracias, no, Ophi. Ich muss los. Andele muchachos vielmals.

Ich betrachte all die Köstlichkeiten auf dem Tisch und lächle ihr zu.

– Bonita, bonita. Muy bien. Es tut mir furchtbar leid. Gracias.

Sie nickt mir zu.

Rolf will sich gerade noch was vom Tisch angeln, aber sie schiebt ihn beiseite und fängt an, Essen in eine Plastiktüte zu packen. Pedro stellt seine Tasse ab und erhebt sich.

– Was ist mit Leo?

Rolf wedelt beschwichtigend mit der Hand.

– Er führt die Bullen an der Nase herum, ihm wird schon nichts passieren.

Pedro schüttelt den Kopf. Nachdem Ophelia mit dem Einpacken fertig ist, reicht sie mir die Essenstüte.

– Gracias.

Sie legt mir die Hände auf die Schultern, zieht mich zu sich herunter und küsst mich auf die Wange. Rolf nimmt mich am Arm und schiebt mich zur Tür. Pedro folgt uns. Als wir schon halb draußen sind, packt er mich an der Schulter und zeigt auf Bud, der noch immer in meinen Armen kauert.

– Amigo.

– Ach ja, richtig.

Ich halte Bud hoch, damit ich ihm ins Gesicht schauen kann.

– Okay, Buddy, Zeit zu gehen.

Ich übergebe ihn an Pedro und sofort kuschelt er sich in seine Arme und beginnt zu schnurren. Das wäre geschafft.

Pedro greift in seine Tasche, nimmt etwas heraus und reicht es mir; dann dreht er sich um und geht zurück ins Haus. Rolf drängt mich zum Buggy. Ich drehe mich noch einmal um. Durch die Gittertür kann ich sehen, wie Pedros drei Kinder schreiend ins Wohnzimmer gerannt kommen.

– Ay, gato!

Viel Glück, Katze.

Rolf startet den Buggy und schießt hinaus auf den Highway, während ich mir das Glücksmedaillon umhänge, das mir Pedro gegeben hat. St. Christopherus, der Schutzpatron aller Reisenden.

Wir fahren auf die 184, den örtlichen Highway, der die gesamte Halbinsel durchquert. Rolf lenkt mit den Knien. Seine beiden Hände hat er in seinem Schoß und nestelt an einem Feuerzeug herum, um sich im Fahrtwind einen Joint anzuzünden. Endlich gibt das Mistding eine Flamme von sich und er nimmt einen tiefen Zug.

– Voilà, na also!

Er bietet mir einen Zug an, doch ich lehne dankend ab,

und er raucht weiter, als handele es sich um eine stinknormale Zigarette.

– He Mann, schau doch mal in der Tüte nach, was uns Ophi Feines eingepackt hat.

Ich hole eins der süßen Brötchen aus der Tüte und reiche es ihm.

– Danke.

– Hör zu, Rolf.

– Ja?

Krümel bröseln aus seinem Mund. Er hält das Brötchen in der einen Hand, den Joint in der anderen, während er auf der schmalen Straße unmittelbar vor einer uneinsehbaren Kurve einen langsamen Pick-up überholt.

– Ich hab da so ein Problem, was Autos und Raserei angeht.

– Mach dir keine Sorgen, Mann, ich bin ein guter Fahrer.

– Im Augenblick gibst du mir nicht gerade das Gefühl von Sicherheit, und da es in dieser Kiste keine Sicherheitsgurte gibt, würde ich dich bitten, verdammt noch mal, langsamer zu fahren.

– Tranquilo, muchacho. Kein Problem, Mann.

Er verlangsamt das Tempo.

– Danke. Also?

– Ja?

– Wie ist der Plan?

– Der Plaaaan. Ach, der Plan ist wunderbar. Du wirst ihn lieben, den Plan.

– Und?

– Okay, total geheimagentenmäßig, so was liebe ich. Nicht wie diese Zwei-besoffene-Kubaner-in-einem-Boot-Nummer. Wir befinden uns auf dem Weg nach Campeche.

Dabei zieht er die letzte Silbe genüsslich in die Länge: Campechaaaaaaay.

– Das heißt, bevor wir nach Campeche fahren, halten wir noch in diesem Ort namens Bobola.
– Was ist da?
– Leo.
– Leo?
– Klar, wir brauchen Leo. Er ist der Mann mit den Kontakten. Glaubst du, ich schaff das alleine? Niemals.
– Schon gut, aber das letzte Mal, als ich ihn sah, wurde er gerade von einem Paar Bullen durch den Dschungel gehetzt.
– Er wird die *Federales* abhängen und sich Pedros Wagen leihen. Wahrscheinlich sitzt er gerade bei ihm in der Küche und haut sich den Magen voll.
Schöner Gedanke.
– Und wohin wird mich Leo bringen?
– Zum Flughafen von Campeche. Jetzt sag aber bloß nicht, du hast auch noch Flugangst?
– Nein.
– Gut. Ich habe die Maschine gesehen, und ich empfehle dir, besser keine Flugangst zu haben. Also, dieser Kerl wird dich mit dem Flugzeug über den Golf von Veracruz bringen. Er wird sich um dich kümmern, dir Crew-Papiere und alles Weitere besorgen und dich mit zurück zu seinem Bestimmungsort nehmen.
– Der da wäre?
– Corpus Christi, U.S.A., Mann. Es mag vielleicht verrückt klingen, aber für Surfer ist es da unten gar nicht so übel. Der Staat an sich ist zwar kaum zum Aushalten, aber wenigstens sind die Wellen ganz ordentlich.

Dann legt er ein Tape von Tool ein, dreht voll auf und das war's dann mit der Konversation.

Die 184 führt durch unzählige kleine Käffer, bevor sie in Ticul endet, wo wir nach Rolfs Angaben auf die 261 abzweigen. In jedem Ort sind die Straßen mit Bodenschwellen gepflastert, damit der Durchgangsverkehr nicht die Fußgänger platt fährt, aber dieses Detail scheint Rolf schlichtweg zu übersehen. Zum Glück führt der zunehmende Genuss von billigem mexikanischem Gras dazu, dass er das Gaspedal zunehmend weniger aggressiv beackert, je weiter der Tag voranschreitet. In Ticul halten wir an, tanken voll, und er steuert den Buggy mitten ins Stadtzentrum, wo er verkündet, es sei an der Zeit für ein ordentliches Mittagessen und eine frühe Siesta.

– Was ist mit Leo?

– Wir treffen ihn erst in ein paar Stunden, Mann. Außerdem fliegt der Kerl, der dich mitnimmt, nicht gerne bei Tag. Am Park hier um die Ecke gibt es einen spitze Taco-Laden. Lass uns ein paar Snacks holen und auf dem Rasen ausruhen.

– Nette Idee, aber zufälligerweise sind die Bullen hinter mir her, und ich weiß nicht, ob es da besonders ratsam ist, sich mitten in der Stadt in die Sonne zu legen.

– He Mann, weißt du, wie lange es dauert, bis ein mexikanischer Fahnder seinen Arsch hochschwingt? Noch dazu in Orten wie diesen. Beruhig dich. Wir holen uns ein paar Fisch-Tacos und Getränke und suchen uns ein nettes Schattenplätzchen.

Neben einem kleinen Park hält er an, steigt aus und dreht sich zu mir um.

– Im Übrigen bin ich bewaffnet, Mann. Nur für den Fall, dass es Ärger gibt.

Und er lupft sein Spitfire-Bighead-T-Shirt, wobei der Griff einer Pistole zum Vorschein kommt, die er sich in den Bund seiner Hose gestopft hat.

– Also kein Grund zur Besorgnis, Mann. Und jetzt lass uns was essen gehen.

Und schau einer an: Nicht nur die Tacos sind wirklich fantastisch, ich schaffe es sogar, mich ein wenig zu entspannen und eine kleine Runde zu schlafen. Und das trotz des völlig zugedröhnten, bescheuerten Surf-Freaks, der neben mir mit einer Knarre in der Hose vor sich hin döst.

Die Sonne hat schon ihren Zenith überschritten, als Rolf mich hektisch wachrüttelt.

– O Mann, wir haben voll verschlafen.

Von der 184 sind wir runter und fahren jetzt in südlicher Richtung auf der 261. Rolf macht erst mal Pause mit dem Grasrauchen, hält das Lenkrad mit zwei Händen umklammert und die Straße fest im Blick. Und ich muss sagen: Wenn er aufpasst, *ist* er ein richtig guter Fahrer. Bei dem Ort Hopelchen macht die Straße einen Knick nach Westen und die tief stehende Sonne sticht uns in die Augen. Rolf bringt seine Dragon-Trap-Sonnenbrille mit Flammenmotiven am Bügel zum Einsatz. Ich setze mir mein billiges Ray-Ban-Imitat auf.

– Schaffen wir's?

– Kein Problem, Mann. Aber wir müssen ein wenig aufs Tempo drücken.

Also gibt er Vollgas.

Einige Meilen vor Campeche biegen wir nach Süden auf eine einspurige Straße ab. Wir rumpeln ein paar Meilen vor uns hin, bevor wir schließlich Bobola erreichen. Wenn ich sage, dieses Nest sieht in etwa so aus wie eine moderne Ausgabe des Kaffs aus *Für eine Handvoll Dollar*, dann liegt die Betonung bestimmt nicht auf dem Wörtchen modern. Wir fahren an einer Reihe Häuser vorbei, bevor wir auf den Dorfplatz kommen. Genau so stelle ich mir einen klassischen Dorfplatz vor: Kopfsteinpflaster mit einem kleinen Park in der Mitte, ringsum viele Bäume und eine große Kirche, welche die Spanier hinterlassen haben. Ein Typ verkauft Eis von der Ladefläche seines Pick-ups, ein paar Kinder stehen an. Sonst nichts. Rolf fährt um den

Park herum, am Eismann vorbei und auf eine der staubigen Straßen, die vom Platz abgehen. Etwa hundert Meter die Straße rauf parkt er den Buggy.

– Okay.

– Okay?

– Das ist der Ort.

Auf der anderen Straßenseite ist eine *tequilaria*.

– Was jetzt?

Er sieht sich um.

– Sieht ganz so aus, als wäre Leo noch nicht da, Mann.

– Und das heißt?

– Ich weiß, dass du nichts trinkst, aber ich könnte einen Schluck vertragen. Komm mit.

Wir überqueren die Straße und betreten die Bar. Drinnen ist es dunkel und es dauert einen Augenblick, bis sich unsere Augen an das Licht gewöhnt haben. Aus diesem Grund erkennen wir zunächst auch nicht, dass es sich bei den beiden Gestalten an der Bar – den beiden einzigen Gestalten in dem Schuppen – um die Sergeanten Morales und Candito handelt. Und wir erkennen auch nicht, dass das Bündel zu ihren Füßen tatsächlich Leo ist, der ganz offensichtlich ordentlich in die Mangel genommen wurde.

Trotz all der Hollywoodklischees vom dämlichen Mexikaner ist die Tatsache, dass Morales und Candito Mexikaner sind, noch lange keine Garantie für ebensolche Dummheit. Da gibt es zum einen mich: einen irgendwie mysteriösen und wohlhabenden Amerikaner, der etwas mit einem nicht minder mysteriösen Todesfall zu tun hat. Dann haben sie diesen Verdacht, seit Bud unter dem Bett hervorgekrochen kam und Candito mir diesen seltsamen Blick zuwarf. Und angesichts des heutigen Stands der digitalen Technik war es wohl nicht weiter schwierig, ein wenig herumzuschnüffeln, bis er endlich dieses dumpfe Gefühl bestätigt bekam, mich von irgendwoher zu kennen, und herausfand, wer ich bin.

Die Lage: Bis auf uns fünf ist die Bar menschenleer, obwohl das für diese Uhrzeit eher ungewöhnlich ist. Morales und Candito haben ihren Bronco in irgendeiner Nebenstraße abgestellt, wo er nicht zu sehen ist. Sie haben keine Verstärkung dabei; die wäre schon längst durch die Tür gestürmt. Sie haben Leo übel zugerichtet und ihn dann hierher geschleppt.

Die Annahme: Sie haben die Bar räumen lassen, keine weiteren Bullen eingeschaltet und Leo zur Schau gestellt, um eine Nachricht zu übermitteln. Was für eine Nachricht? Nun, man möchte annehmen, sie hat mit ihrer vorzeitigen Pensionierung zu tun.

Woher wissen sie von meinen vier Millionen? Vielleicht wissen sie auch gar nicht davon. Aber sie wissen, dass ich Geld habe, und ich bin mir sicher, sie werden es von mir einfordern.

Die Knarre in Rolfs Hosenbund ist ein .32er oder .38er Revolver mit fünf oder sechs Schuss Munition. Ich schätze, in seinen Hosentaschen hat er keine weitere Munition versteckt, was bedeutet, dass wir ziemlich alt aussehen, sollte es zu einer Schießerei kommen.

Ich bin eindeutig für Verhandlungen, doch da reißt mich Rolf bereits zu Boden. Er zieht seine Knarre aus der Hose, gibt zwei schnelle Schüsse ab und geht hinter einem Tisch in Deckung.

Einer der Schüsse erwischt einige Flaschen hinter der Bar, der andere den Knochen von Morales' rechter Hüfte. Ich weiß das so genau, weil ich Splitter davon erkennen kann, die aus seiner zerfetzten Uniform ragen.

Rolf hat sich hinter einem Tisch zusammengerollt, der

aus einem alten Tequilafass besteht. Er sieht ziemlich robust aus und kann sicher einige Kugeln abhalten. Ich werfe einen Spieltisch mit einer dünnen Metallplatte obendrauf um, die mit einer Sol-Bierwerbung verziert ist, und hoffe, dass mich kein Querschläger erwischt. Von der Bar hört man Morales panisch kreischen, ein hohes und schrilles Geschrei. Candito versucht ihn zu beruhigen.

– Tranquillo. Tranquillo. Tranquillo. Tranquillo.

Die Schreie lassen nach, bis nur noch ein regelmäßiges, halb ersticktes Röcheln aus Morales' Kehle zu hören ist. Vorsichtig wage ich einen Blick. Candito kniet neben Morales und hat seinen Gürtel abgestreift, den er jetzt als Aderpresse einsetzt, ganz so wie wir beim Kubaner. Ich blicke hinüber zu Rolf und sehe, wie er um das Fass schleicht, die Knarre im Anschlag.

– Rolf!

Er ignoriert mich und wirft sich in Position, um einen sauberen Schuss anzubringen, aber von meinem Ruf aufgeschreckt, springt Candito auf, zieht seine Waffe und zielt damit auf Leo. Er schreit etwas in unsere Richtung. Rolf geht wieder in Deckung.

– Fuck!

Candito schreit erneut, aber ich kann nur die Hälfte verstehen. Rolf brüllt zurück.

– Was will er?

– Er will, dass ich meine Waffe wegwerfe, was denkst du denn, Mann? Nächstes Mal hältst du besser die Schnauze, ich hätte ihn fast gehabt.

Candito schreit erneut.

– Nun wirf die Knarre schon weg.

– Nie im Leben.

– Er wird Leo umlegen.

– Bullshit. Dieser kleine Dorfpolizist hat noch nie in seinem Leben jemanden erschossen. Der scheißt sich doch jetzt schon in die Hose. Außerdem weiß der Kerl ganz genau, dass ich ihn eiskalt abknallen werde, wenn er Leo erschießt.

– Woher soll er das wissen?

– Weil ich es ihm gerade gesagt habe.

Und wieder brüllt Candito etwas. Diesmal verstehe ich ein Wort – *dinero*. Bingo. Rolf schaut zu mir herüber.

– Er sagt, er wolle bloß das Geld.

– Ja, das kann ich mir denken.

Ich öffne mein Hemd, ziehe das Unterhemd hoch, reiße das Velcro-Klebeband ab und zerre mir den Geldgürtel von der Taille. Dann nehme ich fünf Tausender und den John-Carlyle-ID raus und stopfe sie in meine Hosentaschen.

– Sag ihm, dass ich jetzt aufstehe.

– Mann, tu das nicht.

– Rolf, ich verstecke mich hinter einer verdammten Bierkiste, da kann ich auch gleich aufstehen.

– Nein, Mann, ich meine, du sollst ihm das Geld nicht geben.

– Sag ihm einfach, ich stehe auf, und er soll nicht schießen.

– Okay, aber ich sag dir, wir kommen hier auch so ohne Probleme raus.

Er brüllt Candito etwas zu, der zurückschreit.

– Er sagt, du sollst dich langsam bewegen. Hände hoch und der ganze Scheiß.

– In Ordnung.

Ich hänge mir den Geldgürtel über die Schulter, lege die Hände auf den Kopf und erhebe mich langsam. Morales liegt in einer großen Blutlache und macht weiter diese Geräusche wie ein angeschossenes Tier; seine rechte Hand hält die Aderpresse umklammert, die linke scharrt und kratzt am Boden. Candito steht da mit Blutflecken bis zu den Knien, seine Waffe auf Leos Kopf gerichtet, der noch immer bewegungslos auf dem Boden liegt. Ich nehme meine rechte Hand vom Kopf und hebe den Geldgürtel von meiner Schulter. Candito brüllt etwas und ich halte inne.

– Rolf?
– Ja?
– Was ist?
– Nur das Übliche. Du sollst keine Spielchen treiben, sonst legt er erst Leo um und dann dich. So was in der Art.
– Okay.

Ich halte den Geldgürtel in Canditos Richtung und nicke langsam mit dem Kopf.

– Tranquillo, amigo.

Die auf Leos Kopf gerichtete Waffe zittert, auf Canditos zuckendem Gesicht fließt der Schweiß. Rolf hat recht: Der Kerl hat eine Scheißangst. Ich kenne das Gefühl nur allzu gut.

– Tranquillo, okay?

Ich wedele einmal mit dem Geldgürtel und werfe ihn dann zu ihm rüber. Der Gürtel landet vor seinen Füßen. Candito hält die Waffe weiter auf Leo gerichtet, als er sich niederkniet. Mit den Fingern seiner linken Hand öffnet er einen der Verschlüsse und zieht ein dickes Bündel Geldnoten heraus. Kurz wirft er einen Blick auf das Geld, dann lässt er es mitsamt dem Gürtel neben Morales' Blutlache zu Boden fallen. Danach erhebt er sich wieder und fängt an mich anzubrüllen, wobei die Waffe in seiner Hand wild zuckt.

– Was soll das, verdammt noch mal, Rolf?
– Genau das hat er auch gerade gesagt.
– Was?
– Er will wissen, was das für eine Scheiße ist und wie viel Scheine das sind.

– Das sind fünfundsiebzig Riesen.
Rolf schaut mich ungläubig an.
– Kein Scheiß?
– Nein.
– O Mann.
Candito schreit. Ich nehme meine rechte Hand vom Kopf und deute auf den Geldgürtel.
– Tranquillo, amigo. Sententacinco mil.
Er neigt den Kopf zur Seite, schüttelt ihn dann.
– Sententacinco mil?
– Si.
Dann schreit er schon wieder los, zu schnell, als dass ich ihm folgen könnte.
– Rolf?
Nichts.
– Rolf?
Nichts. Ich blicke ihn an. Er starrt zurück.
– Er sagt *fick deine Mutter und fick deine fünfundsiebzig Riesen*. Er will wissen, wo das *echte* Geld ist.
– Sag ihm, das ist alles, was ich habe; er kann es haben oder soll es bleiben lassen.
– Wovon in Gottes Namen redet er eigentlich?
– Woher soll ich das wissen? Sag ihm einfach, das ist alles, was es gibt.
Rolf übersetzt, woraufhin Candito wilde Flüche ausstößt, sich zu Leo hinüberbeugt und ihm die Waffe an den Kopf setzt.
– Er glaubt dir nicht, Mann. Er sagt, du sollst ihm das Geld geben oder er legt Leo um.
Ich blicke auf Leo hinab, der bewegungslos am Boden liegt. Ich weiß nicht einmal, ob er überhaupt noch atmet. Aber es hilft alles nichts, ich kann ja nicht einmal Tim anrufen und ihn bitten, das Geld wieder zurückzuschicken.
– Sag ihm, es besteht verdammt noch mal nicht die

geringste Aussicht, dass er mehr bekommt, als was er jetzt hat. Es gibt einfach nicht mehr. Wenn er jetzt abhaut, kann er das Geld behalten und zusehen, dass er seinen Job behält und seinem Partner vielleicht das Leben rettet. Und sag ihm auch, dass er mich jetzt erschießen kann, wenn er will, denn ich werde jetzt zu ihm herübergehen und nachschauen, wie es Leo geht.

– Cool.

Rolf klärt ihn auf, und Candito schaut von Leo zum Geld und dann zu mir, während ich um den Tisch laufe und mich quer durch den Raum auf ihn zu bewege. Er bückt sich, hebt den Gürtel auf, richtet die Waffe auf mich und weicht schreiend zurück. Ich halte meine Hand beschwichtigend ausgebreitet vor mich.

– Tranquillo.

– Er sagt, wir sollten selbst *tranquillo* sein. Er wird jetzt das Geld mitnehmen und einen Arzt holen. Wenn er zurückkommt, sollen wir von hier verschwunden sein. Und wenn wir seinem Partner was antun, wird er uns in alle Ewigkeiten jagen und blablabla.

Ich bleibe stehen und schaue zu, wie sich Candito rückwärts an der winzigen Bar vorbei zum Ausgang schiebt, vor dem ein Vorhang hängt, auf dem die Jungfrau von Guadalupe zu sehen ist. Er greift hinter sich und schiebt den Vorhang zur Seite. Dreimal fuchtelt er mit der Pistole in meine Richtung, wahrscheinlich, um mir deutlich zu machen, dass ich ihm auch ja nicht folgen soll, dann verschwindet er durch die Tür. Ich kann hören, wie er draußen auf dem Asphalt davonrennt.

– Rolf.

Er kommt hinter dem Fass zum Vorschein.

– Mann, das war verdammt knapp.

Ich knie mich neben Leo und drehe ihn auf die Seite. Sein Gesicht ist ganz schön zugerichtet und blutig. Ich lege meinen Finger an seine Halsschlagader; sein Puls geht gleichmäßig und stark. Rolf kommt herübergelaufen und sieht sich seinen besten Freund genauer an.

– Motherfucker.

Er blickt zu Morales, der immer noch am Boden liegt und seine Augen verdreht.

– Mother. Fucker.

Er hebt seine Waffe, schießt Morales ins Gesicht und spuckt auf den leblosen Körper.

– Rolf!

Entsetzt starre ich auf das, was einmal Morales' Gesicht war.

– Rolf! Was in Gottes Namen soll das?

– Hast du gesehen, was dieser Arsch Leo angetan hat, Mann?

– Du kannst doch nicht … du kannst doch nicht einfach … Verdammte Scheiße!

– Mann! Er hat meinen besten Kumpel fertig gemacht.

Ich betrachte die Balken, die auf meinem Unterarm eintätowiert sind, und beschließe, meinen Mund zu halten.

– Und was jetzt?

– Du fährst mit Leo im Buggy. Es führt nur eine Straße in den Ort hinein und eine hinaus. Du fährst einfach raus zum Highway und wartest da. Ich nehme ihren Truck und komme nach, aber erst kümmere ich mich um den anderen Kerl.

– Rolf.

– Hör zu! Du hast Profis angeheuert, die dich hier rausbringen sollten, und die Sache ist schief gelaufen. Du hast bezahlt, also bieg ich die Sache wieder gerade. Und diese Cops? Die wissen, wer Leo ist und wo er lebt. Verstehst du? Also beweg deinen Hintern und hilf mir, Leo zum Buggy zu schaffen. Ich muss noch den Bullen zur Strecke bringen.

Was soll man dazu bloß sagen, außer *Yes, Sir*?

Leo bleibt bewusstlos, während wir ihn auf den Beifahrersitz des Buggys hieven. Ich setze mich hinters Steuer und starte den Wagen. Rolf gibt mir einen aufmunternden Klaps auf die Schulter. In seinen Händen hält er den Revolver, die 9-mm von Morales ragt aus seiner Gesäßtasche.

– Bieg nach Norden ab, wenn du auf den Highway stößt, und versteck dich da bei den Bäumen. Ich bin gleich da.

Er dreht sich um und läuft zurück in die Bar. In dem Dorf herrscht Totenstille bis auf einen elend dürren Straßenköter, der durch den Park humpelt. Ich steuere den Wagen auf die Straße, die aus dem Ort hinausführt. Hinter mir glaube ich Schüsse zu hören, bin mir aber nicht sicher. Schwer zu sagen bei dem Motorenlärm.

Zurück auf der 261 halte ich bei den Bäumen, so wie es mir Rolf gesagt hat. Ich steige aus, greife mir den Rucksack und werfe ihn mir über die Schultern. Von hier müssten es ungefähr noch zwanzig Kilometer bis nach Campeche sein. Wenn ich mich nahe dem Highway halte und laufe, müsste ich in einigen Stunden da sein. Ich könnte auch meinen Daumen raushalten und hoffen, dass mich jemand mitnimmt. Wenn Morales und Candito auf eigene Rechnung gearbeitet haben, wird niemand nach mir suchen. Wenn nicht, werden sie mich bald finden. Ich feuchte meinen Zeigefinger an und reibe ein wenig Blut von Leos Stirn, sonst gibt es nichts, was ich für ihn tun kann. Noch einmal prüfe ich seinen Puls, der immer noch gleichmäßig geht, und komme mit meinem Gesicht ganz nahe an sein Ohr.

– Tut mir leid, mein Freund.

Es ist an der Zeit, dass ich hier verschwinde, bevor noch mehr Menschen zu Schaden kommen.

Eine Familie aus Cancún, die auf dem Weg nach Campeche

ist, um dort Weihnachten bei Verwandten zu verbringen, nimmt mich mit. Ich nehme hinten im Jeep zwischen ihren beiden Söhnen Platz. Die ersten paar Meilen sind sie noch still, aber schon bald legen sie ihre Schüchternheit ab und zeigen auf Körperteile und Dinge im Auto und wollen wissen, wie diese auf Englisch heißen.

– Aschenbecher. Kopfstütze. Knöchel. Gangschaltung. Augenbraue, Zehennagel. Popel.

Jedes Wort wird von einem Kichern begleitet, dann versuchen sie, es zu wiederholen. Die Eltern sitzen still vorne, halten Händchen und scheinen ganz froh zu sein, sich einmal nicht um die Kinder kümmern zu müssen. Als wir im Zentrum der Stadt sind, setzen sie mich ab, und ich nehme mir ein Taxi zum Flughafen.

Campeche ist eine Hauptstadt und ein Touristenort; am Flughafen gibt es alles, was ich brauche. Ich gehe zur Abflugtafel und finde einen geeigneten Flug. Von einem Münztelefon rufe ich bei Aeromexico an und lasse mich dort mit einer Englisch sprechenden Mitarbeiterin verbinden. Sie sagt, ich könne ohne eine Kreditkartennummer keine Reservierung vornehmen, versichert mir aber, dass es auf dem Flug noch genügend freie Plätze gäbe, und teilt mir mit, wie viel das Ticket kostet. Am American-Express-Schalter hole ich mir daraufhin zehntausend Pesos in Travellerschecks.

Zunächst muss ich mir aber noch klar werden, mit welchem Namen ich sie unterschreiben soll, denn das wird die Identität sein, unter der ich fliege. Ich bin schon fast dabei, dem Kerl hinter dem Schalter meinen Carlyle-Pass zu geben, als ich mich daran erinnere, dass darin nur ein drei Jahre alter Einreisestempel und sonst kein Visum zu finden ist. Das ist kein Problem für AmEx, aber es wird ein Problem werden, wenn irgendwer in Uniform einen Blick darauf wirft.

Also gebe ich ihm den Reisepass, den ich die letzten zwei Jahre benutzt habe. Natürlich gibt es auch damit ein Problem. Wenn die *Federales* Morales' Leiche finden, werden sie seine letzten Fälle überprüfen und Fragen stellen, wobei ihnen auffallen wird, dass ich verschwunden bin. Und sie werden mich unter dieser neuen Identität suchen. Das gilt aber nur für den Fall, dass Rolf Candito erwischt. Wenn er ihn nicht kriegt, ist das alles Makulatur, denn dann wird sich Candito selbst auf meine Ferse heften und den *echten* Hank Thompson jagen. Das wächst mir langsam alles über den Kopf – zu viele Variablen und zu wenige Optionen für einen Kerl, der einfach nur dringend aus Mexiko rausmuss. Ich unterschreibe die Schecks und gehe hinüber zum Schalter von Aeromexico.

Ein One-Way-Ticket mit Bargeld zu zahlen gilt in Mexiko genauso wie in den USA als großes NO-NO. Für jeden erfahrenen Angestellten einer Fluggesellschaft ist das ein todsicherer Wink, dass es sich bei dem Käufer entweder um einen SCHMUGGLER ODER TERRORISTEN! handelt. Die Folge lautet: Security. Aus diesem Grund benutze ich die Travellerschecks und wähle ein Roundticket. Es ist auch hilfreich, nicht in die Grenzregionen zu fliegen.

Der Kerl von der Fluggesellschaft gibt mir einen Platz am Gang und nennt mir den Rechnungsbetrag.

– *Siete mil y cinco cien.*

Ich unterschreibe einen Stapel Schecks und reiche sie ihm mitsamt meinem Reisepass. Er prüft die Unterschriften und druckt mir mein Ticket nach Cabo aus.

Das Flugzeug geht erst gegen ein Uhr in der Früh. Ich verlasse den Flughafen, werde sofort von einer Masse Taxifahrer belagert, die mein Gepäck tragen wollen und steige in den nächstbesten Wagen ein. Der Fahrer fragt mich, in welche Bar ich wolle. Doch stattdessen sage ich ihm, ich wolle in ein Hotel, ins Hyatt. Dort zahle ich mit meinen Schecks für eine Nacht. Dadurch wird es den *Federales* zwar nicht schwer fallen, mir auf die Schliche zu kommen, aber damit kann ich leben. Morgen früh werde ich sowieso als Erstes vom Radar verschwinden.

In meinem Zimmer läuft die Klimaanlage auf Hochtouren, es ist eiskalt. Ich dusche, werfe mich nackt aufs Bett und rauche Zigaretten. Bald ist auch der letzte Rest Adrenalin aus meinem Körper gewichen und ich nicke ein. Ich bin völlig weggetreten, bis ich vier Stunden später vom telefonischen Weckruf aus dem Schlaf gerissen und wie eine aufgescheuchte Katze hochgeschreckt werde.

Katze.

Scheiße.

Ich vermisse meine Katze.

Das Leben der Bevölkerung von Baja spielt sich entweder entlang des Highway 1 oder an der Küste ab, worin sich deutlich zwei Prinzipien des Überlebens zeigen: Zum Leben braucht man entweder Wasser oder einen Wagen. Lässt man den Stadtrand von Cabo im Auto hinter sich, dauert es keine zwei Sekunden, und man hat das Gefühl, durch eine der gottverlassensten Gegenden der Dritten Welt zu reisen, was nicht von ungefähr kommt, denn dem ist tatsächlich so. Am ABC-Terminal besorge ich mir ein Ticket für den ersten Bus nach Norden. Der bringt mich zwar nur nach La Paz, aber das ist schon okay – Hauptsache, ich komme vorwärts.

Als wir den Highway 19 entlangrollen, schaue ich aus dem Fenster. Was ich sehe, erinnert mich an eine Landschaft wie nach einem Atomkrieg. Mein Gehirn meldet sich wieder zur Stelle, und ich denke darüber nach, was alles schief gehen kann. Es ist eine lange Liste, die mich die nächsten drei Stunden Fahrt nach La Paz gut beschäftigt hält.

Bis der nächste Bus weiter Richtung Norden geht, dauert es noch gut eine Stunde. In der *cantina* gegenüber vom Busbahnhof kann ich mir neue Zigaretten besorgen; weil es keine Benson & Hedges gibt, wähle ich Marlboro Lights. Im Laden ist es ruhig, bloß ein paar andere Reisende, die auf ihren Anschlussbus warten. Hinter der Kasse sitzen Mutter und Tochter. Ich hole mir noch einen Kaffee und blase Rauchringe Richtung Fernseher, in dem gerade die Nachrichten laufen. Der Ton ist abgeschaltet, aber ich schaue trotzdem hin. Und dort sehe ich sie: die Fotos von den Sergeanten Morales und Candito, die auf dem Bildschirm erscheinen, darunter eine Bildunterschrift, die mein überfordertes Hirn nicht übersetzen kann, bis auf die Worte *cimentar*, was ziemlich sicher so viel bedeutet wie *gefunden*, und *muertos*, was ja wohl wirklich jeder Depp versteht.

Der Baja Highway 1 existiert eher in der Theorie, als dass es sich wirklich um eine Straße handeln würde. Es ist ein unendlich langer und schmaler Streifen, der Cabo mit Tijuana verbindet. Den Highway in Schuss zu halten scheint unmöglich, obwohl permanent daran gearbeitet wird. Das Fundament der Fahrbahn besteht aus Sand oder Schiefer oder zerbröckeltem Felsgestein. Die Erosion hat hier schon lange die Oberhand gewonnen. Bauarbeiter arbeiten zwar durchgehend daran, diese Lebensader am Leben zu erhalten, aber es ist ein aussichtsloser Kampf und sie wissen es auch. Man sieht es in ihren Gesichtern, wenn man alle hundert Meilen an ihnen vorbeikommt.

Ich sitze ganz vorne am Gang, wo ich jedes entgegenkommende Fahrzeug beobachten kann, das beim Überholen auf uns zusteuert und im letzten Moment noch zur Seite ausschert. Nachdem ich mir das stundenlang angeschaut habe, bin ich bereits völlig apathisch und zucke nur noch leicht, wenn ein weiteres Geschoss an uns vorbeijagt, während der Fahrer locker mit einer Hand das Lenkrad hält und uns auf dieser Straße des Todes vorwärts manövriert. Nach Constitución sind es zwar nur knapp hundertfünfzig Meilen, aber als wir endlich dort eintreffen, kommt es mir so vor, als wären wir schon seit Tagen unterwegs. Wir haben etwa eine halbe Stunde Aufenthalt, während Passagiere aussteigen und zusteigen. Wenn ich mich ranhalte, müsste die Zeit etwa für zehn Zigaretten reichen.

Im Bus fährt außer mir nur noch ein weiterer weißer Fahrgast mit. Wir haben kurz Augenkontakt, und er streckt mir seine selbst gedrehte Zigarette hin. Es ist ein Joint. Ich schüttele den Kopf, und er dreht sich um und entfernt sich ein wenig vom Rest der Gruppe, um zu rauchen. Ich hätte nichts dagegen, einen durchzuziehen, aber ich sollte es besser vermeiden, mich auf Konversationen mit Leuten einzulassen, die mich später identifizieren könnten.

Ich rauche drei Zigaretten, hole mir bei einem Straßenverkäufer eine Flasche Wasser und ein paar Hühnchenschenkel und steige wieder in den Bus. Eine Stunde später gondeln wir die Küstenstraße hinauf, die sich entlang des Golfo de California erstreckt. Und jetzt wird die Sache erst richtig spaßig. Die 1 ist immer noch genauso schmal und im gleichen desaströsen Zustand wie zuvor, aber jetzt schlängelt sie sich durch unübersichtliche Kurven ohne Leitplanken. Der Fahrer lenkt auch weiterhin nur mit dem Daumen und Zeigefinger seiner rechten Hand. Ich bedauere es jetzt ernsthaft, nicht an dem Joint gezogen zu haben. Ich hole das Steinbeck-Buch aus dem Rucksack und versuche nicht auf die kleinen Gedenktafeln zu achten, die alle paar Meilen an geliebte Menschen erinnern, die Opfer von tödlichen Highwayunfällen wurden. Ich weiß nur zu gut, wie es aussieht, wenn ein Körper durch die Windschutzscheibe fliegt, und ich muss daran nicht unbedingt erinnert werden.

Die Busstation in Santa Rosalia ist bloß ein Parkstreifen einer Bodega. Es ist bereits dunkel, als wir dort anhalten. Ich stelle mich drinnen in der Schlange vor den Toiletten an, gehe dann aber raus, um zu rauchen. Auf der anderen Straßenseite zum Meer hin steht ein riesiger Wellenbrecher aus Beton. Ich laufe hinüber. Der Typ mit dem Joint folgt mir.

– Hallo.

Er hat einen französischen Akzent.

– Hi.

– Amerikaner?

– Yep.

Er nickt. Er hat einen neuen Joint in der Hand und bietet ihn mir an.

– Danke.

Da ich auf dem nächsten Reiseabschnitt nicht wieder diese Höllenqualen erleiden will, nehme ich einen kräftigen Zug.

– Ohne das Zeug könnte ich diese Fahrten nicht überstehen.

– Ja, ich hätte auf dem letzten Streckenabschnitt auch was gebrauchen können.

Ich nehme noch einen tiefen Zug und gebe ihm den Joint zurück. Er feuchtet seine Fingerspitzen an, knipst die brennende Spitze des Joints ab und deponiert den restlichen Stummel in seiner Zigarettendose. Wir gehen zurück zum Bus, wobei er tief die Seeluft einatmet. Die kühle Brise erinnert mich daran, dass es Dezember ist und ich zum ersten Mal seit Jahren wieder Richtung Norden fahre. Es wird komisch sein, wieder in die Kälte zu kommen.

– Hast du was zum Lesen dabei?

Ich nicke.

– Ja, aber ich bin noch nicht fertig damit. In der Bodega hab ich aber ein paar Bücher gesehen.

Gemeinsam gehen wir dorthin. Die Bücher stehen neben dem Kühlschrank. Die meisten sind in Spanisch, aber ganz unten im Ständer gibt es auch ein paar abgegriffene englische Secondhandausgaben. Ich greife mir eine Flasche Wasser aus dem Kühlschrank, dann nehme ich noch eine zweite und halte sie ihm hin.

– Willst du auch eine?

– Ja, danke.

Ich drehe mich zur Kasse um, wobei mir etwas ins Auge fällt. Ich schaue noch einmal hin, denn ich bin stoned und das kann nicht wahr sein. Ich nehme ein Buch vom Ständer und gehe zur Kasse, um alles zu bezahlen. Mein Herz rast. Frenchie stand neben mir, als ich nach dem Buch griff. Hat er es gesehen?

Draußen treffen wir uns wieder und ich gebe ihm das Wasser. Ich habe nicht das Gefühl, dass er mich komisch anschaut, er nimmt nur einen Schluck.

– Danke.

– Schon gut.

Er zeigt mir sein neues Buch, eine abgerissene Ausgabe von John Grishams *Der Klient*.

– Der Film war der letzte Scheiß, aber ich hab noch nie eins von seinen Büchern gelesen. Vielleicht taugen die ja was.

– Kann ich mir kaum vorstellen.

– Was hast du dir geholt?

– Ach, bloß so eins von diesen *True-Crime*-Büchern. Ich liebe das Zeug.

Der Bus setzt sich wieder in Bewegung. Die meisten Passagiere machen sich fertig zum Schlafen. Ich schalte die Deckenbeleuchtung ein und hole das Buch aus der Einkaufstüte. Ich halte es nah vors Gesicht, wie man Pokerkarten hält. Ein Typ namens Robert Cramer hat es geschrieben, der Titel lautet *Der Mann, der verschwand.* Es ist die unautorisierte Geschichte meines Lebens und meiner Verbrechen.

Bei Guerro Negro passieren wir die Grenze von Baja Sur nach Baja Norte und Soldaten betreten den Bus. Das ist insbesondere deshalb schlechtes Timing, weil ich die letzten Stunden damit zugebracht habe, völlig zugedröhnt darüber zu lesen, welche dunklen Kräfte mich als Kind verfolgten, und welche Rolle meine Eltern bei meiner Verwandlung in einen Killer spielten. Als ich bemerke, was vor sich geht, ist es schon zu spät, das Buch zu verstecken, in dem sich mehrere Fotos von mir befinden, darunter auch das drei Jahre alte Polizeifoto, welches das Cover schmückt.

Ein Soldat bleibt vorne am Eingang stehen, während der andere von hinten den Gang entlangläuft. Hinter mir fragt er nur eine Person nach ihrem Ausweis. Als ich einen französischen Akzent höre, weiß ich, woran ich bin – diese Kontrolle gilt nur weißen Gringos. Draußen stehen noch weitere Soldaten, allesamt ausgestattet mit Sturmgewehren. Suchen sie gezielt nach mir oder ist das eine Routinekontrolle? Nehmen sie den Grenzverkehr immer so genau unter die Lupe? Wenn ich den Typen meinen Carlyle-Reisepass gebe, werden sie mir alle möglichen Fragen stellen: wie es kommt, dass ich mich seit drei Jahren ohne Visum illegal in ihrem Land aufhalte und so weiter. Wenn sich die Suche nach den Mördern von Morales und Candito bereits ausgeweitet hat, wird der andere Reisepass dazu führen, dass ich an den Füßen aus dem Bus gezerrt werde. Und verdammt, welcher Reisepass befindet sich überhaupt in welcher Tasche? Warum bin ich auch bloß so zugedröhnt?

Hinter mir bellt der Soldat etwas und der Franzose verteidigt sich, so gut er kann, auf Spanisch. Der Soldat vorne hebt seine Waffe und tritt in den Gang. Ich schließe das Buch, stecke es mir unauffällig zwischen die Oberschenkel und drehe meinen Kopf ein wenig, um zu sehen, was sich da hinten abspielt. Es ist ziemlich offensichtlich, um was es geht. Der Soldat hält den Rucksack des Franzosen in der einen Hand und etwa ein viertel Kilo Gras in der anderen. Sie schaffen den Franzosen aus dem Bus, und man sieht es ihren Gesichtern richtiggehend an, wie sie sich darüber freuen, endlich einmal einen Weißen erwischt zu haben. Der letzte Soldat ist gerade dabei, den Bus zu verlassen, und der Fahrer will schon die Tür schließen, als der Soldat noch einmal zurückkommt und mich anschaut.

– Francés?

– Nein. Amerikaner.

– Los Angeles?

Ich schüttele den Kopf.

Seine Augen verengen sich.

– San Diego?

Wieder schüttele ich den Kopf, verzweifelt versucht, nicht mit einem dieser wenig Vertrauen erweckenden Orte in Verbindung gebracht zu werden.

– New York.

Ich führe meine Hand zu meiner Tasche, um ihm zu erkennen zu geben, dass ich ihm meinen ID zeigen will. Natürlich in der Hoffnung, dass er ihn nicht sehen will.

Er macht eine Handbewegung und schüttelt dann seinen Kopf.

– New York?

– Ja.

– Elfter September.

– Ja.

Er nickt langsam, fast mitleidig, lächelt dann ein wenig und hält seinen Daumen hoch.

– Go Yankees!

Ich strecke ebenfalls meinen Daumen hoch.

– Genau. Go Yankees!

Er verlässt den Bus und ich schaffe es gerade noch aufs Klo, bevor ich mir in die Hose pisse.

Die Fakten in Robert Cramers Buch stammen aus öffentlichen Dokumenten und exklusiven Interviews sowie »umfangreichen« Recherchen, die er während des Jahres durchführte, in dem er an *Der Mann, der verschwand* schrieb. Er bezieht sich dabei sogar auf eine Episode aus *America's Most Wanted,* in der mein Fall thematisiert wurde. Ich fasse es nicht.

Die Liste der Personen, die er angeblich interviewt hat, umfasst ein paar Schulfreunde, einen alten Nachbarn, meinen Lehrer aus der fünften Klasse, meinen Mentor an der Highschool, meinen Baseballtrainer in der Little League (dessen Bemerkungen über meinen ausgeprägten Kampfgeist Cramer Anlass für eine ausschweifende Tiefenpsychologiestudie gibt), einen der Chirurgen, der mein Bein operierte, zwei ehemalige Freundinnen (die anscheinend nichts weiter Enthüllendes gesagt haben), einige meiner Collegeprofessoren, mehrere angebliche *Stammgäste* von Paul's Bar (deren Namen mir rein gar nichts sagen) und die Eltern von Rich, meinem damaligen Freund, der starb, als ich mit meinem Wagen in einen Baum krachte. Cramer zitiert sie mit der Aussage, ich hätte bei der Beerdigung ihres Sohnes keinerlei Emotionen gezeigt (stimmt), sie seither nie mehr kontaktiert (stimmt) und ihn in einen jugendlichen Einbrecherring hineingezogen (was nicht so ganz stimmt, denn Rich war bereits Teil dieses sogenannten *Rings,* als ich ihn und meine anderen kriminellen Freunde Steve und Wade kennen lernte).

Cramer breitet sich endlos über meinen angeblichen

Killerinstinkt aus, den meine Eltern bereits frühzeitig förderten, indem sie meinen Baseballspielen beiwohnten und mich mit ihrer »unglaublich hohen Erwartungshaltung unter Druck setzten«. Er konsultiert sogar einen Psychologen, der die Auswirkung des Baseballunfalls analysiert und bestätigt, wie dieser meine oben genannten Instinkte auf andere Betätigungsfelder übertrug, etwa meine kurze Karriere als Einbrecher. Als Beweis für meine fehlgeschlagenen Versuche, mich wieder im bürgerlichen Leben zurechtzufinden, führt er meine sechsjährige Collegezeit ohne richtigen Abschluss an. Er erwähnt mein Dasein als *Außenseiter,* nachdem mich meine Collegefreundin in New York *verlassen* hatte. Und zu guter Letzt weist er auf mein Alkoholproblem hin, das meine Sicherungen endgültig durchbrennen ließ und meine ganze innere Wut und den aufgestauten Zwang zu gewinnen und andere *zu schlagen,* erst so richtig zum Ausbruch brachte. Ich bin mir sicher, ich würde Robert Cramer eindrucksvoll zeigen, was es mit dem Schlagen von anderen auf sich hat, wenn er jetzt vor mir stünde.

Ich stehe oben auf der Spitze von Kukulkan. Es ist Nacht und ich bin von all den Leuten umgeben, mit denen Cramer für sein Buch gesprochen hat. Sie haben sich alle mit dem Rücken zum Abgrund am Rand der Treppe aufgestellt, und ich stoße sie der Reihe nach in die pechschwarze Finsternis am Fuß der Pyramide, bis ich am Ende der Schlange angekommen bin, wo ich meine Mutter und meinen Vater entdecke.

Mit einem unterdrückten Schrei bin ich sofort hellwach. Immer noch im Bus, immer noch mitten in der Nacht. Das Buch liegt aufgeschlagen in meinem Schoß, das Cover nach oben. Die alte Frau im Sitz neben mir schaut von dem grobkörnigen Schwarz-Weiß-Foto, auf dem ich kurze

Haare trage und glattrasiert bin, hoch zu meinem verwahrlosten und verschwitzten Gesicht. Sie wirft mir ein sanftmütiges Lächeln zu.

– Pesadilla?

Pesadilla. Albtraum. Wenigstens ein spanisches Wort, das ich kenne. Ich nicke, schließe das Buch und packe es in den Rucksack neben mir auf dem Sitz.

– Si, pesadilla.

Sie lächelt erneut, nimmt meine Hand in die ihre und drückt sie. Sie immer noch haltend, zeigt sie in die Dunkelheit draußen.

– Cataviña.

Aus der schwarzen Wüste vor uns scheinen im Lichte der Scheinwerfer plötzlich gewaltige Gestalten aufzutauchen. Ich habe von diesem Ort gehört. Die Felsenlandschaft von Cataviña – Meilen und Meilen von Felsbrocken, die sich einzeln oder in Form von Hügeln oder in riesigen Ansammlungen wie kleine Berge erheben. Die Felsen selbst variieren in ihrer Höhe, manche sind so hoch wie eine Kuh, andere wie ein Haus. Sie entstanden vor Tausenden und Abertausenden von Jahren, als sich die Gletscher ihren Weg bahnten und die Halbinsel formten. Das war lange, bevor einer der Menschen geboren wurde, die ich getötet habe.

Immer noch die Hand der alten Frau haltend, schlafe ich wieder ein.

Südlich von Ensenada erwache ich im hellen Licht des Tages. Ich schaue nach links und sehe den Pazifischen Ozean – den Ozean, mit dem ich aufgewachsen bin. Die alte Frau ist verschwunden. Anderthalb Stunden später biegen wir in den Busbahnhof von Tijuana ein. Hier enden sämtliche mexikanischen Buslinien, denn abgesehen von der NAFTA werden sie bei den Gewerkschaften in Amerika nicht geduldet.

Im Terminal steuere ich den Greyhound-Schalter an und kaufe mir das Ticket, das mich über die Grenze bringen wird. Anschließend drücke ich der Klofrau fünfzig *centavos* in die Hand, um die Toilette zu benutzen und mich frisch machen zu können. Und danach gehe ich hinüber zum Schnellimbiss, wo ich im Fernsehen das Spiel der Raiders und der Broncos verfolgen kann; und gerade, als ich feststelle, dass heute Sonntag ist, wird unten am Bildrand ein Ergebnis auf dem Laufband eingeblendet: DET 21 MIA 0, 1. Quarter.

Bevor ich in den Bus einsteige, suche und finde ich eine Mülltonne. Dort hinein werfe ich Cramers Buch, gefolgt von den in kleine Schnipsel zerrissenen Travellerschecks, dem Reisepass und der ID-Karte, die ich die letzten zwei Jahre benutzt habe, sowie den Carlyle-Reisepass. Bleibt mir noch Carlyles Führerschein, Büchereiausweis, die Karte fürs Fitnessstudio und was immer man außer Kreditkarten sonst noch in seiner Brieftasche mit sich rumschleppt.

Ich besteige den Bus. Wir fahren ein paar Meilen bis zur Grenze, wo wir uns am Ende einer Schlange aus Bussen und Autos, die zum Ende des Wochenendes aus Mexiko in die Staaten zurückkehren, wiederfinden. Der Fahrer schaltet die Automatik auf P und bleibt stehen.

– Sieht heute ziemlich übel aus, würd ich sagen. Wenn ich an Ihrer Stelle wäre, würde ich hier aussteigen, über die Grenze gehen und drüben in den USA wieder in einen Bus steigen.

Die meisten Fahrgäste lassen sich von dem Vorschlag überzeugen und verlassen den Bus. Sollte ein Grenzbeamter an Bord kommen, würde schnell offensichtlich, dass ich nicht länger bloß einer von vielen anonymen Passagieren bin. Also schnappe ich mir meinen Rucksack und steige ebenfalls aus. Draußen ist es ganz schön kühl und ich bin noch immer für einen Tropenaufenthalt gekleidet. Am Straßenrand reiht sich ein Verkaufsstand an den nächsten. Ich finde einen, der langärmelige T-Shirts verkauft und erstehe ein weißes Hemd. Vorne prangt die mexikanische Flagge und auf dem Rücken die Aufschrift »Viva Mexico«. Ich schaue mir die Menschen um mich herum an, all die Amerikaner, die zurück in ihre Heimat wollen. Die meisten kommen mit leeren Händen oder tragen Plastiktüten, nachdem sie die Nacht in Tijuana durchgemacht haben. In einem Spiegel mit Corona-Werbung betrachte ich mich eine Weile. Ich sehe aus wie ein Landstreicher, der jahrelang hier gelebt hat, was ja auch in etwa zutrifft, aber das ist nicht das Erscheinungsbild, das ich abgeben will.

Ich knie mich nieder und durchwühle meinen Rucksack, um sicherzustellen, dass sich darin nichts mit meinem Namen drauf befindet. Den Steinbeck stecke ich in eine meiner Oberschenkeltaschen. Dann schmeiße ich den Rucksack in die nächste Mülltonne. An einem weiteren Straßenstand kaufe ich mir ein Serape, so ein schickes Kostüm bestehend aus Umhang und Hut, und einen Aschenbecher in der Form eines Sombreros. Es gibt sogar einen Liquor Store, wo ich eine Flasche Meskal bekomme. Dann ziehe ich meine Sonnenbrille an und laufe hinüber zur Grenzkontrolle.

Die Schlange ist lang, aber es geht zügig vorwärts. Die amerikanischen Grenzbeamten prüfen zwar die Ausweise von allen, die eine dunklere Hautfarbe aufweisen, lassen dafür aber fast alle Weißen nach einem flüchtigen Blickkontakt passieren. Und dann bin ich an der Reihe.

– Nationalität?

– US-Amerikaner.

– ID.

Ich strecke ihm Carlyles Führerschein entgegen, ohne den geringsten Schimmer, was passieren wird. *Der Mann, der verschwand* wurde etwa ein Jahr, nachdem ich aus New York geflüchtet war, veröffentlicht. Cramer behauptet darin, ich sei ohne jede Spur wie vom Erdboden verschwunden, und das NYPD und FBI gingen davon aus, ich sei entweder von neidischen Rivalen umgelegt worden oder hätte mich ins Ausland abgesetzt. Aber das heißt noch lange nicht, dass die staatlichen Stellen vielleicht nicht doch mehr wussten. Ich weiß bloß, dass die Eingabe des Namens Carlyle in einen Computer der Einwanderungsbehörde unvermittelt eine Falltür unter meinen Füßen öffnen könnte, die mich in ein tiefes Loch zu John Wayne Gacy, dem Massenmörder, befördert.

Der Grenzbeamte betrachtet den Führerschein.

– Könnten Sie bitte Ihre Sonnenbrille abnehmen, Mr. Carlyle?

– Aber klar doch, Mann.

Ich schiebe sie mir auf den Kopf.

– Wie lange waren Sie hier unten?

– Seit Freitag.

Er betrachtet noch einmal den Führerschein.

– Sie kommen aus New York?

Fick die Hühner.

– Nee, ich hab da 'ne Weile gewohnt, aber ich kam zurück, als die Wirtschaft den Bach runterging.

– Was heißt *zurück*?

– Fresno.

– Sie wissen, dass der Führerschein abgelaufen ist?

– Ich weiß, Mann, aber ich hab eh kein Auto mehr. Ich wohn im Augenblick wieder bei meinen Alten. Keine Arbeit. Bin mit dem Bus hierher gefahren.

Ich zeige ihm mein Greyhound-Ticket. Er schaut nicht mal, wohin ich unterwegs bin.

– In Ordnung, aber wenn er abgelaufen ist, gilt ein Führerschein nicht länger als gültige ID-Karte.

– O Mann! Das kann doch nicht wahr sein! So eine Scheiße!
– Ist schon okay, aber lassen Sie ihn erneuern, bevor Sie wieder hier runterkommen, klar?
– Ja, sicher. Danke, Mann.
Er gibt mir den Führerschein zurück.
– Irgendwas zu verzollen?
Ich halte ihm meine Einkaufstüte offen hin.
– 'ne Kleinigkeit für meine Alten.
– Okay, schönen Tag noch.
– Ja, Ihnen auch, Mann.

Ich lasse meine Sonnenbrille wieder über meine Augen gleiten, betrete zum ersten Mal seit drei Jahren amerikanischen Boden und sehe Special-Forces-Typen in Tarnanzügen, schwarzen Baskenmützen und Automatikgewehren. Die kannte ich noch nicht.

Hinter der Grenze laufe ich an der Greyhound-Station vorbei und folge den Schildern zur Trolley, die nach San Diego Downtown fährt. Das Ticket kostet zwei Dollar, die Fahrt dauert ungefähr fünfundvierzig Minuten. Nachdem ich dem Grenzbeamten soeben mein Ticket gezeigt habe, ist es wahrscheinlich besser, nicht wieder in einen Bus zu steigen. Gleichzeitig will ich es aber auch nicht riskieren, noch einmal die Carlyle-ID-Karte vorzuzeigen, also kommt Fliegen nicht infrage. Und fürs Automieten fehlt mir die Kreditkarte. Das Einzige, was ich noch habe, sind etwas über viertausend Dollar in bar.

Als wir die Stadtgrenze erreichen, kommen wir an ein paar unscheinbaren Vierteln vorbei, die für meine Zwecke vielversprechend aussehen. An der Ecke 12th Street und Market steige ich aus und bleibe an der Ecke vor einem Liquor Store stehen. Auf der gegenüberliegenden Straßenseite sehe ich einige Zeitungsautomaten. Auf halber

Strecke über den Fußgängerüberweg nehme ich etwas wahr, was mir schon von der Ecke aus aufgefallen war. Ich bleibe stehen, drehe mich um, gehe einen Schritt zurück und werde dabei um ein Haar von einem mächtig aufgetunten VW-Campingbus platt gewalzt. Der Bus weicht mir im letzten Moment aus und ich erreiche unverletzt den Bürgersteig, wo ich mir erst mal eine Zigarette anzünde. Nach drei Jahren in Mexiko muss ich mich erst wieder an die hiesigen Verkehrssitten gewöhnen.

Ich laufe hinüber zu dem kleinen mit Stuck verzierten Haus hinter dem Liquor Store, und da steht er in der Einfahrt: ein blasser gelber 68er BMW 1600 mit einem Zu-Verkaufen-Schild hinter der Windschutzscheibe, der förmlich danach bettelt, einen neuen Besitzer zu bekommen. Ich drehe mich noch einmal um in Richtung der Zeitungsautomaten. Scheiß auf den *Auto Trader*. Wer weiß, wie lang das dann wieder dauert. Also gehe ich zur Eingangstür und klingele. Ein kleines Mädchen, vielleicht fünf Jahre alt, macht die innere Tür auf und bleibt hinter dem Fliegenschutz stehen. Ich lächele ihr zu.

– Hallo, sind deine Mutter oder dein Vater zu Hause?

Sie wirft die Tür zu. Erst will ich erneut klingeln, lasse es dann aber sein und mache mich auf den Weg zurück auf die Straße. Da höre ich, wie hinter mir die Tür aufgeht.

– Was wollen Sie?

Ich drehe mich wieder um und jetzt steht da ein anderes Mädchen, diesmal so um die siebzehn.

– Nun, ich wollte mich nach dem Wagen erkundigen. Ich habe schon deine Schwester gefragt, ob vielleicht eure Eltern zu Hause sind.
– Tochter.
– Ja natürlich. Sie ist ein hübsches kleines Mädchen.
– Soso.

– Ja, also. Das Auto?
– Was ist damit?
– Das ist doch zu verkaufen, oder?
– Richtig.
– Gehört es dir?
– Yep.
– Wie viel willst du dafür?
– Fünf.
– Fährt es noch?
– Yep.
– Kann ich es mal anlassen?

Sie schaut mich misstrauisch an.

– Sind Sie ein Gerichtsvollzieher?
– Äh, nein.
– Denn falls Sie einer sind und mir so ein beschissenes Gerichtspapier in die Hand drücken wollen, dann werd ich's Ihnen in den Arsch schieben. Nur damit Sie's wissen.
– Ich bin kein Gerichtsvollzieher.
– Na gut, ich hol die Schlüssel.

Der Wagen startet problemlos. Sie schaltet das Radio an, um mir zu beweisen, dass es auch funktioniert, erklärt, die Bremsen bräuchten Flüssigkeit, und fragt, ob ich mal eine Runde um den Block drehen wolle. Ich öffne die Fronthaube, überprüfe, ob genug Öl drin und es nicht zu schwarz ist, werfe einen Blick auf die Zündkerzen, drehe am Vergaser rum, um das Gemisch auszugleichen, und schüttele dann den Kopf.

– Ich brauch keine Testfahrt. Für vierhundert nehm ich den Wagen, so wie er ist.

Sie dreht den Schlüssel, stellt den Motor aus und nickt.

– In Ordnung, aber ich muss noch wohin gefahren werden, bevor du ihn haben kannst.

Herrgott!

– Wohin?

– Ungefähr eine Meile von hier. Ich muss meine Tochter bei ihrem Vater absetzen.

Das Letzte, was ich brauchen kann, ist ein Mädchen, das eine Meile neben mir sitzt und mein Gesicht aus nächster Nähe studiert.

– Hör zu, tut mir leid, aber ich hab wirklich keine Zeit. Ich muss dringend wohin.

– Ach komm schon, fahr uns das Stück. Sonst muss ich diesen Arsch anrufen, damit er herkommt, und das wird ewig dauern, und ich werd zu spät zur Arbeit kommen, weil ich jetzt den Bus nehmen muss, weil ich dir den Wagen verkauft habe. Außerdem bin ich immerhin hundert Dollar runtergegangen.

O Mann.

– Schon gut. Ich fahr euch ja, aber dann seht zu, dass wir loskommen.

– Danke. Mein Name ist Leslie. Der Versicherungsschein ist im Haus.

Die Tochter sitzt auf dem Boden vor dem Fernseher und schaut MTV, wo gerade ein Mädchen im Alter ihrer Mutter mit ihrem Arsch vor der Kamera hin- und herwackelt. Leslie zeigt auf einen Stuhl.

– Warte hier.

Sie geht ins Badezimmer, und ich sehe, wie sie eine Schachtel vom Toilettenschrank runterholt. Ich bleibe neben dem Stuhl stehen und schaue dem Mädchen beim Fernsehgucken zu. Als das Video zu Ende ist, bemerkt sie mich.

– Magst du Britney?

– Nicht wirklich.

– Früher fand ich sie ganz gut, aber jetzt macht sie so komische Sachen.

– Sieht so aus.

– Magst du Christina?

– Auch nicht sonderlich.

– Meine Mum mag sie.
– Wer gefällt dir denn?
– Eminem. Findest du ihn auch gut?
– Manchmal.

Ihre Augen stur auf den Bildschirm gerichtet, zappt sie durch die Programme. Leslie kommt ins Zimmer gelaufen, eine große schwarze Handtasche baumelt über der Schulter, in der Hand hält sie ein rosa Papier.

– Hast du das Geld?

Ich ziehe einige Scheine aus meiner Hosentasche und zähle vier Hunderter ab. Sie nimmt das Geld und stiert ungläubig auf das restliche Geld in meiner Hand.

– Bist du ein Dealer?
– Nein.
– Hm.

Sie reicht mir den bereits unterschriebenen Vertrag, den ich mir hinten in die Hose stecke. Sie verstaut das Geld in ihrer Handtasche und dreht sich zu ihrer Tochter um.

– Cassidy, mach jetzt aus, wir fahren zu Daddy.

Cassidy schaltet den Fernseher aus, steht auf und läuft zur Haustür hinaus, ohne ihre Mutter weiter zu beachten.

– Sie ist grad nicht so gut auf mich zu sprechen, weil ich ihr erklärt habe, dass wir uns Kabelfernsehen nicht weiter leisten können.
– Verstehe.

Ich warte vor dem Haus, derweil sie die Tür abschließt, den BMW-Schlüssel vom Schlüsselbund zieht und ihn mir überreicht. Ich zeige auf den Kofferraum.

– Ist da noch was drin, was du brauchst?
– Bloß noch ein paar Tapes im Handschuhfach, aber die kannst du haben.
– Okay.

Cassidy klettert hinten auf den Rücksitz. Leslie steigt vorne ein und schaut über die Schulter nach hinten.

– Mach dir den Sicherheitsgurt um, Schatz.

Cassidy seufzt zwar theatralisch, schnallt sich dann aber doch den Gurt um, und wir tun dasselbe. Ich lasse den Motor an und wir fahren los. Beim ersten Stoppschild trete ich leicht auf die Bremse, doch wir rollen weiter mitten auf die Kreuzung, bevor der Wagen zum Stehen kommt. Ich fahre rasch weiter und schaue Leslie fragend an, als wir die Straße überquert haben.

– Ich hab dir doch gesagt, der Wagen braucht Bremsflüssigkeit.
– Das kann man wohl sagen!
– Willst du dein Geld zurück?
– Nein. Wo geht's lang?

Sie dirigiert mich durch mehrere runtergekommene Vororte mit braunen Gartenzäunen, Häuser, von denen die Farbe abblättert, und wild wuchernde Baumwurzeln, die an vielen Stellen den Bürgersteig aufgerissen haben. Bei einem weiteren Haus mit Stuckverzierung biegen wir in die Einfahrt ein. Neben dem Hauseingang steht ein verrosteter und leerer Bootsanhänger. Leslie öffnet ihre Seitentür und streckt einen Fuß hinaus.

– Hör mal, kannst du mir einen Gefallen tun?
– Hängt davon ab.
– Ich weiß zwar, dass ich gesagt habe, du müsstest uns nur bei ihrem Vater absetzen, aber könntest du vielleicht eine Sekunde warten. Wenn er nicht da sein sollte, müssten wir irgendwie zur Bushaltestelle kommen. Ich hätte ihn ja vorher angerufen, aber das Telefon, na ja, wie der Kabelanschluss eben.

Die macht mich fertig, ich glaub es nicht.

– Aber beeil dich, ja?

Sie nickt entschieden, steigt aus und hilft Cassidy aus dem Auto. Ich schalte den Motor ab und sehe zu, wie sie zum Eingang laufen. Die Haustür fliegt auf, bevor sie anklopfen können. Ein Typ, den ich auf Mitte zwanzig schätze, kommt heraus. Er trägt eine Trainingshose und ein Band-T-Shirt mit abgerissenen Ärmeln. Er sieht mich im Auto sitzen und zeigt auf mich.

– Was ist das für ein Arsch?

O nein.

Leslie schaut mich an.

– Das ist der Typ, an den ich grad dein scheiß Auto verkauft hab, du Arschloch.

Ach, du Scheiße.

– Da hast du's, du Arsch, ich hab's dir ja gesagt. Ich hab dir gesagt, entweder du zahlst Unterhalt oder ich verkauf die verfluchte Karre.

Keine Gefälligkeiten für Fremde. Keine Gefälligkeiten für Fremde. Keine Gefälligkeiten für Fremde.

Cassidys Vater streckt seinen Finger in Leslies Gesicht.

– Hast du nicht, du verfluchte Schlampe.

– Und ob ich das habe.

Sie zeigt auf mich.

– Frag ihn ruhig. Schau selbst nach. Er hat den verfickten Versicherungsschein, du blödes Stück Scheiße.

Cassidy läuft an ihnen vorbei, zuckt mit den Schultern und geht ins Haus. Sie kennt das wohl schon.

Der Kerl kommt auf mich zu.

– Du Arschgesicht, mach, dass du aus meinem Wagen kommst.

Warum muss immer ich in die Scheiße treten? Ich meine, warum wird immer diese eine bestimmte Fliege von der Scheiße angezogen? Egal. Diese bestimmte Scheiße hier werde ich gleich hinter mir lassen.

Ich starte den Wagen, schalte in den Rückwärtsgang und setze zurück auf die Straße, wo wir herkamen. So weit alles gut, doch dummerweise drehe ich in die falsche Richtung und fahre direkt in eine Sackgasse. Jetzt muss ich umdrehen und an Cassidys Dad vorbei, der in der Mitte der Straße mit einem spitzen Hammer in der Hand auf mich wartet. Wo, zum Teufel, hat er den bloß so schnell aufgetrieben?

Ich versuche, an ihm vorbeizulenken, doch er stellt sich vor den Wagen; ich versuche es rechts rum, aber er lässt mich nicht vorbei. Kurz denke ich darüber nach, einfach aufs Gas zu steigen und ihn über den Haufen zu fahren, halte dann aber doch an. Er steht vor der Motorhaube, der Hammer baumelt locker in seiner Hand.

– Ich sagte, raus aus dem Wagen!

Leslie ist aus der Einfahrt gekommen und schaut zu.

– Hör auf, dich so aufzuspielen, Danny. Ich hab ihm den Wagen verkauft. Wenn du jemanden anschreien willst, dann schrei mich an.

Er hält die Augen auf mich gerichtet, hebt aber den Hammer und hält ihn in ihre Richtung.

– Geh zurück ins Haus, du Schlampe. Mit dir red ich später.

– Ach, leck mich, du bist nicht mal mein Ehemann. Bloß weil du mich geschwängert hast, heißt das noch lange nicht, dass du mir irgendwas zu sagen hast.

Er dreht sich zu ihr um.

– Sieh zu, dass du ins Haus kommst, bevor ich dir in den Arsch trete.

Sie tut so, als würde sie vor Kälte zittern.

– Ohhhhoo, ich hab ja solche Angst. Wenn du mich auch nur mit einer Hand anfasst, weißt du ganz genau, dass mein Vater dir wieder eine Abreibung verpasst.

Danny wendet sich wieder mir zu, sein Gesicht ist knallrot.

– Warum sitzt du immer noch in meinem verdammten Auto? Ich hab dir doch gesagt, du sollst verflucht noch mal aussteigen.

– Lass ihn in Ruhe, Danny.

– HAAALLLLTS MAAAUUUULLL!
Er kommt mit erhobenem Hammer zur Fahrertür.
Er ist zwar kleiner als ich, aber er hat einen robusten, drahtigen Körperbau und wirkt nicht ungefährlich. Also sollten wir das lieber ruhig angehen.
Er packt den Griff und reißt die Tür auf.
– Raus.
– Immer locker.
Ich bin dabei, auszusteigen, als er mich an den Haaren packt und hinauszerrt.
– Ich sagte raus, verflucht noch mal.
Als er mein Haar loslässt, tritt er mir noch in den Hintern, sodass ich ein paar Schritte nach vorne stolpere.
Leslie steht immer noch am Randstein.
– Jetzt reicht's aber, Danny.
Er ignoriert sie. Er ist jetzt ganz mit mir beschäftigt.
– Hat Sie recht? Hast du den Versicherungsschein?
– Ja, ich hab den Schein.
– Gib ihn mir.
– Hör zu, Mann, ich hab für den Wagen bezahlt.
– Das ist nicht mein Problem. Diese Schlampe hat etwas verkauft, was ihr nicht gehört. Wenn du dein Geld zurückwillst, dann musst du mit ihr reden, verstanden?
Leslie tritt ein paar Schritte nach vorne auf die Straße.
– Das stimmt nicht und du weißt es genau. Der Richter hat mir den Wagen zugesprochen. Er gehört also mir.
– Ich. Scheiß. Auf. Den. Richter.
Ich hebe meine Hand.
– He, was ihr da unter euch für Probleme habt, ist …
– Gib mir den verfickten Schein, und zwar auf der Stelle, du verfluchtes Arschloch.
Er hält den Hammer jetzt in Schulterhöhe, bereit, zuzuschlagen.
– Mach ihn fertig, Danny!

– Tritt ihm ordentlich in den Arsch!
– Tu es. Tu es. Tu es.

Ich schaue hinüber zur Veranda vor Dannys Haus. Drei seiner Freunde haben sich da aufgebaut, um der Party beizuwohnen. Sie sind allesamt in seinem Alter. Einer hat eine Glatze, einer einen Pferdeschwanz und der Dritte eine fettige Vokuhila-Frisur. Genau die Sorte Typen, die früher allen das Milchgeld weggenommen haben.

Leslie dreht sich zu ihnen um.

– Schnauze, ihr Wichser. Das geht euch überhaupt nichts an.

Der Größte der drei – oder besser gesagt, der Fetteste der drei –, der mit der Glatze, zeigt ihr den Mittelfinger.

– Fick dich, Leslie.

Danny reißt seinen Kopf herum.

– Hey! Hab ich dir nicht gesagt, du sollst nicht so mit ihr reden?
– Aber wenn sie sich wie eine Schlampe benimmt.
– Mir scheißegal, sie ist die Mutter meines Kindes, verstanden?

Leslie macht eine resignierte Handbewegung in ihre Richtung. Sie hat offenkundig die Schnauze voll und läuft auf den Wagen zu.

– Kommen Sie, Mister, fahren Sie mich bitte zum Bus. Er ist bloß ein blöder Angeber.
– Haltverdammtnochmaldeinescheißfresse!!!

Mir reicht es.

– Hör zu, Danny.

Und der Hammer schwingt auf mich zu.

Vor weniger als einer Woche habe ich einen Mann getötet. Dann habe ich gesehen, wie einem anderen Mann sprichwörtlich das Gesicht weggeblasen wurde. Das war … gestern? Wegen mir wurde einer meiner Freunde fast zu Tode geprügelt. Ich habe viereinhalb Millionen Dollar bei einem Freund in Las Vegas deponiert, die dort auf die Killer oder die Bullen warten, je nachdem, wer die Kohle zuerst riecht. Ich weiß nicht einmal mehr genau, wer eigentlich alles hinter mir her ist: die Russen, die mexikanische Polizei, das FBI, eine Horde elender Kopfgeldjäger wie Mickey. Wer auch immer mich oder das Geld will, kann relativ leicht herausfinden, wo meine Eltern leben, denn Mom und Dad blieben trotz der ganzen Mordgeschichten und der Reporter und Cops in dem Haus wohnen, wo ich aufwuchs. Und ich bin langsam wirklich verdammt müde.

Ich kann das Geräusch hören, als ich zuschlage.

Es hört sich richtig gut an.

Wie ein Baseballschläger, der einen Ball trifft.

Ich werfe mich Dannys Schwung entgegen. Sein Unterarm trifft mich an der Schulter und der Hammerschlag landet auf meinem Rücken. Ich erwische ihn unter den Rippen und er klappt zusammen. Ich packe ihn am Hinterkopf und schmettere ihm das Knie ins Gesicht. Im letzten Moment kann er sein Gesicht etwas zur Seite drehen, damit ich ihm nicht die Nase breche. Aber das kann ich ja nachholen.

Ich habe seinen Kopf in der offenen Fahrertür und bin bereit, sie gegen seinen Kopf zu dreschen, als ich bemerke, wie seine Freunde auf mich zustürmen. Ich lasse seinen Kopf los, hebe den Hammer vom Boden auf und schwinge damit wild um mich. Sie weichen etwas zurück, bleiben aber zusammen. Ich greife an und ramme den dicken Sack, der nach hinten auf seine beiden dünnen Kumpels fällt. Sie kommen ins Stolpern. Der Fettsack fällt auf den Vokuhila-Depp und Mister Pferdeschwanz fuchtelt wild mit den Armen, um das Gleichgewicht zu halten. Ich fange an auf die Köpfe der beiden am Boden liegenden einzutreten.

– Hör auf! Hör auf!

Mit erhobenem Hammer drehe ich mich um. Leslie weicht ängstlich zurück. Ich senke den Hammer. Leslie hält mir einen Finger ins Gesicht.

– Was bist du? Ein verrückter Irrer, oder was? Du musst sie doch nicht gleich so zurichten, das sind doch bloß ein paar harmlose Flachwichser mit einer großen Klappe.

Die beiden am Boden haben sich zu verängstigten Kugeln zusammengerollt, die Knie hochgezogen, die Hände vors Gesicht geschlagen. Mister Pferdeschwanz ist weggerannt und hat sich in einem der Häuser in der Sackgasse versteckt. Ich werfe den Hammer in einen der Büsche. Danny sitzt mit dem Rücken an den Wagen gelehnt am Boden und hält sich den blutenden Mund.

– Danny.

Er schaut nicht hoch. Aus seinem Mund tropft ununterbrochen Blut. Ich schätze, er hat sich die Lippe durchgebissen. Ich hocke mich vor ihm nieder. Er schaut auf. Seine Augen sind zusammengekniffen.

– He.

Er nimmt seine Hand vom Mund und zeigt auf mich.

– Heeey.

– Geh weg von meinem Wagen, Danny.

Er schaut mich weiter an, stellt seinen Kopf schräg und blinzelt bloß, ohne sich zu bewegen. Ich schnappe mir seine Beine und ziehe daran. Er rutscht auf seinem Arsch vorwärts und versucht dabei verzweifelt, nicht umzukippen. Dann lasse ich seine Beine zu Boden fallen und steige in den Wagen. Leslie ist mir gefolgt und kniet sich neben Danny nieder.

– Jetzt hör endlich auf, ihm wehzutun. Siehst du nicht, dass er Schmerzen hat?

Ich schlage die Tür zu und lasse den Motor an. Ich spüre, wie sich zwischen meinen Schulterblättern an der Stelle, wo mich der Hammer erwischt hat, eine fette Beule bildet. Ich lege den ersten Gang ein und fahre davon. Im Rückspiegel sehe ich, dass Danny immer noch auf der Straße sitzt und auf mich deutet. Leslie hat eine Hand auf seinen Kopf gelegt und zeigt mir mit der anderen den Mittelfinger.

Ich bin schon fast am Ende der Straße, als sich ganz hinten in der Sackgasse eine Garagentür öffnet und Mister Pferdeschwanz in einem aufgemotzten schwarzen Toyota-Pick-up mit Monsterreifen herausgeschossen kommt.

Na toll! Die Jagd hat begonnen.

Ich gurke jetzt schon seit gut zehn Minuten in diesem Viertel rum und nichts kommt mir auch nur ansatzweise bekannt vor. Oder anders ausgedrückt: Alles sieht bekannt aus, weil alles gleich aussieht. Sekunde. Ist das nicht der Liquor-Store, wo ich aus der Trolley ausgestiegen bin? Ich halte an, schalte in den Rückwärtsgang und fahre rückwärts bis zur letzten Kreuzung. Da ist er, gleich da vorne an der nächsten Straßenecke. Von dort muss ich nur den Trolleyspuren folgen, bis ich auf den Interstate 5 stoße.

Ein paar Minuten später komme ich an eine große Kreuzung, wo die Autobahnzufahrt ausgeschildert ist. Ich bin schon fast auf der Auffahrt, als ich einen flüchtigen Blick auf die Benzinanzeige werfe. Leer. In letzter Sekunde biege ich in eine Shell-Tankstelle ein und stelle den Motor ab.

Ich habe etwa zwanzig Liter getankt, als der schwarze Toyota mit quietschenden Reifen an der Kreuzung zum Stehen kommt. Mister Pferdeschwanz sitzt am Steuer, neben ihm auf dem Beifahrersitz Danny. Leslie hat sich zwischen die beiden gequetscht. Hinten haben Fettsack und der Vokuhila-Depp Platz genommen.

Ein großer, roter Suburban steht auf der anderen Seite

der Tanksäule und verdeckt meinen BMW, sodass sie ihn nicht sehen können. Ich ducke mich. Wenn die Ampel auf Grün springt, werden sie vorbeifahren und ich kann mich ungestört auf dem Freeway davonmachen.

Doch da sehe ich ihren Blinker.

Sie werden hier reinfahren.

Die Ampel springt um. Ich ziehe den Tankschlauch heraus, hänge ihn auf die Gabel und verschließe den Tank. Zwei Wagen biegen noch vor dem Toyota ab. Ich greife in den Wagen und schalte die Zündung ein, bleibe aber draußen stehen, um durch die Scheiben des Suburban durchzuschielen. Der Toyota biegt jetzt ein und steuert auf die Tankstelle zu. Ich steige in den Wagen und lenke ihn vorsichtig an der Tanksäule und dem Suburban vorbei, in der Hoffnung, weiter aus dem Blickfeld von Dannys Crew zu bleiben. Wenn ich es richtig time, komme ich hier weg, ohne dass sie überhaupt mitbekommen, dass ich hier war.

Ich muss meine Deckung hinter dem Suburban verlassen. Der Toyota steht direkt in der Einfahrt. Fettsack ist aus dem Wagen gesprungen und fragt in die Runde, was sie aus dem Laden wollen. Da sehen sie mich.

Ich trete aufs Gas und jage an ihnen vorbei auf die Straße. Während ich über die Bordsteinkante holpere, versucht Fettsack zurück in den Truck zu klettern. Mit einem Bein im Wagen wird er mehrere Meter mitgeschleift, bis der Truck abrupt bremst und ihn im hohen Bogen auf den Asphalt schleudert. Ich erreiche die Kreuzung, als die Ampel gerade auf Gelb springt, und steuere auf die Auffahrtrampe zu. Im Rückspiegel kann ich mitverfolgen, wie der Toyota auf die Kreuzung jagt, doch die Ampel leuchtet jetzt Rot und ihre Fahrt endet in einem Chaos aus quietschenden Reifen und wildem Gehupe. Ich fahre derweil die Auffahrt hoch, mische mich unter den fließenden Verkehr und bin endlich auf dem Weg Richtung Norden.

In dem uralten Autoradio kriege ich Westwood One rein. Wenigstens etwas. Da übertragen sie das Spiel von Oakland gegen Denver und ich bekomme Updates über den Stand bei den Dolphins. Endlich mal was Gutes, aber die Freude währt nicht lang.

Gegen Ende des Spiels hat es Miles Taylors Ersatz gerade mal auf sechs Yards Raumgewinn gebracht und dreimal den Ball verloren, was zu zwei gegnerischen Touchdowns führte. Dazu hat der bescheuerte Coach den Angriff von Detroit völlig unterschätzt und die Mannschaft falsch aufgestellt. Am Ende heißt es: DET 48, MIA 19. Gleichzeitig haben sich die Packers dazu entschieden, dass heute der Tag ist, an dem sie zum ersten Mal seit Menschengedenken im Dezember zu Hause ein Spiel verlieren, wodurch die Jets jetzt einen Punkt Vorsprung vor Miami haben. Ich schalte das Radio aus und versuche mich darauf zu konzentrieren, mich mit dieser beschissenen Karre nicht umzubringen.

Irgendwie schaffe ich es, damit heil über die Grapevine Canyons zu kommen. Dahinter tanke ich bei Exxon, hole mir ein paar Hotdogs, was zum Trinken, neue Zigaretten und mache mich wieder auf den Weg. Noch vier Stunden, dann sollte ich zu Hause sein.

Der Interstate 5 ist der Highway, der Baja 1 so gerne wäre: lang, schnurgerade und in einem tadellosen Zustand. Auch er führt durch eine trostlose Landschaft ohne nennenswerte Attraktionen. Endlose Bergketten erheben sich links und rechts der Talsohle, die das ganze Jahr über in ein Kackbraun getaucht ist, außer für eine kurze Periode im Spätherbst und zum Frühlingsanfang. Gelegentliche Obstplantagen und Rinderfarmen sind die einzigen Blickfänge in einer Szenerie, die ansonsten von totem Gras bestimmt ist. Die sonstigen Sehenswürdigkeiten beschränken sich auf verkrüppelte Palmen, einzelne verrostete Farmgeräte, die jemand zurückgelassen hat, und gigantisch große Parkplätze, aber das war es dann auch schon. Es ist eine lange Strecke, auf der es nichts zu sehen gibt außer den anderen Fahrzeugen, die bevorzugt mit Oakland-Raiders-Stickern und sonstigen Fanartikeln geschmückt sind.

Mit der einen Hand drehe ich den Verschluss meiner Wasserflasche auf und nehme einen Schluck. Danach versuche ich, die Kappe wieder zu verschließen, doch dabei fällt sie mir zwischen die Beine. Mit den Händen fingere ich unter dem Sitz herum, wobei mein Fuß ein wenig vom Gas rutscht. Das Wohnmobil hinter mir setzt deshalb zum Überholen an. Ich blicke in meinen Schoß, finde die Kappe und drehe sie auf die Flasche, während das Haus auf Rädern langsam links an mir vorbeizieht. Hinter dem Wohnmobil sehe ich im Rückspiegel, wie ein schwarzer Wagen in einem Affentempo angeschossen kommt. Der Wohnwagen versucht ihm auszuweichen, indem er wieder auf meine Spur rüberzieht und dabei laut hupend immer näher auf mich zusteuert. Ich trete auf die Bremse, während mir das Ungetüm immer mehr auf die Pelle rückt. Mein Fuß klebt förmlich auf der Bremse und der BMW schlittert leicht, als ich auf den Seitenstreifen zusteuere.

Das Wohnmobil zieht jetzt scharf rüber und verfehlt nur um Haaresbreite meine vordere Stoßstange. Gleichzeitig ist der Raser im schwarzen Wagen auf den linken Seitenstreifen ausgewichen, um das Wohnmobil zu überholen. Leider muss ich erkennen, dass es sich nicht einfach nur um einen schwarzen Wagen handelt, sondern vielmehr um einen schwarzen Toyota-Pick-up. Und so lenke ich rechts in eine Parkausbuchtung und schaue Danny und seinen Freunden hinterher, wie sie auf dem Highway davonjagen. Verdammt noch mal. Was wird hier eigentlich gespielt, etwa die Fortsetzung von *Beim Sterben ist jeder der Erste*, oder was?

Ich gebe Danny einen ordentlichen Vorsprung, bevor ich wieder aufbreche. Auf der Höhe von Coalinga sehe ich einen schwarzen Pick-up auf der Gegenfahrbahn, unterwegs in südlicher Richtung. Könnte sein, dass sie aufgegeben haben und umkehren oder dass sie zurückfahren, um den Verkehr nach Norden zu kontrollieren. Keine Ahnung.

Es ist schon dunkel, als die Ausfahrt vor mir auftaucht. Meine Augen fallen ständig zu und ich habe jedes Gefühl fürs Vorwärtskommen verloren. Irgendwie scheint es eher so, als käme die Straße auf mich zugeschossen, während ich auf der Stelle stehe. Ich setze den Blinker und biege ab.

Mein Gott, ich habe völlig vergessen, wie es an Weihnachten in einem kleinen Vorort aussieht. Es ist zwar noch ein paar Wochen hin, aber in den Fenstern leuchten bereits überall bunte Sterne, Rentiere hängen auf den Dächern und Unmengen von riesigen rot-weißen Candy-Cane-Süßigkeitenstangen baumeln von den Gartenzäunen. Früher fuhren wir oft in der Gegend rum und bestaunten einfach nur die ganzen Lichter in der Nachbarschaft. Weihnachten. Ich hätte ihnen etwas mitbringen sollen. Da ich nicht will, dass sich die Nachbarn unnötig über das seltsame Auto vor ihrem Haus wundern, stelle ich den Wagen ein paar Häuserblocks entfernt ab. Eine Weile bleibe ich noch hinter dem Steuer sitzen, um mich zu sammeln. Vielleicht hätte ich sie vorher anrufen sollen.

Kaum habe ich an die Tür geklopft, fangen die Hunde zu bellen an. Immer noch dieselben Hunde. Ich höre, wie sie den Flur betritt, den Hunden befiehlt, ruhig zu sein, aber die hören überhaupt nicht auf sie, sondern bellen nur noch wilder. Ein Schloss schnappt auf. Früher haben sie nie die Tür abgeschlossen, aber die letzten paar Jahre hatten sie wahrscheinlich gute Gründe, es sich anzugewöhnen. Die

Tür geht einen Spalt auf, gerade so weit, dass sie hinausschauen kann, die Hunde aber nicht hinauslaufen können.

Sie schaut mich an.

Mom ist eine kleine Frau. Sie behauptet zwar immer, sie sei ein Meter sechsundfünfzig, aber in Wahrheit ist sie gerade mal etwas über einsfünfzig. Jedenfalls war sie das. Es ist schon einige Jahre her und jetzt wirkt sie noch kleiner. Und älter. Wesentlich älter. Und daran bin ich schuld. Sie schaut mich an – einen Kerl mit sonnenverbranntem Gesicht, kurzem Bart und langen Haaren. Sie studiert erst die Nase – schief und unförmig –, dann die zusätzlichen fünfzehn Pfund Lebensgewicht um die Hüften, und schließlich die Tattoos, die meine Arme bedecken. Sie erkennt mich sofort, in der Sekunde. Und dann merke ich, wie plötzlich Luft aus ihrem Mund entweicht.

Ich drücke die Tür auf und fange sie gerade noch rechtzeitig auf, bevor die Beine unter ihr nachgeben. Während ich mit dem Fußabsatz die Tür zutrete, halte ich ihren zitternden Körper fest an mich gepresst. Sie schnappt nach Luft, und ich drücke und schüttele sie ein wenig, woraufhin ein großer Klumpen Rotz und Schleim aus ihrer Nase geschleudert wird und kurz darauf die Vorderseite meines Hemds ziert. Dafür atmet sie wieder. Ich halte sie fest umschlungen, und sie zittert und schluchzt und haut mir mit ihren winzig kleinen Fäusten auf den Rücken und auf die Schultern und flucht und sagt immerzu, sie liebe mich, während die Hunde wie wild im Kreis rennen und um die Wette bellen.

TEIL 2
11.–14. DEZEMBER 2003

– Henry.
So heiße ich.
– Henry.
Als ich die Stimme meines Vaters höre, bringt mich das fast noch mal zum Heulen.
– Henry!
– Ja, Dad.
– Was zum Teufel tust du da?
– Ich wollte nur kurz eine rauchen.
– Wann hast du dir denn diesen Unsinn angewöhnt?
– Weiß nicht. Vor ein paar Jahren.
Ich zünde mir eine an.
– Also wirklich. Du hast gerade ausgezeichnet gegessen und jetzt verdirbst du dir alles, indem du deine Geschmacksnerven mit Nikotin abtötest und die Lungen voll Gift saugst?
– Ich weiß, Dad.
– Schau nur auf die Packung, da steht es schwarz auf weiß.
– Ich hab's kapiert.
Ich drücke die Zigarette in einem leeren Blumentopf aus.
– Da steht klar und deutlich, dass man ein Vollidiot mit ernsthaften Selbstmordabsichten sein muss, um diese Dinger zu rauchen, und trotzdem qualmen die Leute weiter.

Ich bin jetzt gerade mal zwei Stunden hier.

– Ich hab sie ausgemacht.

– Dreißig Jahre lang bist du prima ohne das Zeug ausgekommen, und jetzt fängst du damit an?

Es ist bereits so, als wäre ich nie von zu Hause fortgewesen.

– Dad, ich hab sie ausgemacht, okay?

– Ja, in Ordnung. Tut mir leid. Ich wollte … ich will nur nicht, dass dir irgendwas zustößt.

Er wendet rasch den Kopf ab, als ihm erneut das Wasser in die Augen steigt. Okay, ein bisschen was scheint sich schon verändert zu haben, seit ich von zu Hause weg bin.

– Ich passe schon auf, dass mir nichts Schlimmes zustößt, Dad.

Mutter öffnet die Hintertür.

– Kommt rein. Es ist kalt draußen.

Im Kühlschrank lagen noch ein paar Steaks, und Dad warf sie für uns auf den Grill. Während er draußen auf der kalten Terrasse neben dem brutzelnden Fleisch stand, starrte er durchs Fenster und sah zu, wie ich Mutter den Tisch decken half.

Bis spät in den Abend hinein hatte er in seiner Autowerkstatt gearbeitet, so wie damals, wo er nur ab und zu mal früher nach Hause kam, wenn ich ein Spiel hatte. Mutter empfing ihn an der Haustür. Aber bevor sie ein Wort herausbrachte, liefen ihr schon die Tränen herunter. Als ich aus der Küche trat, merkte ich an seinem Blick, dass er wohl das Schlimmste befürchtet haben musste; einen Augenblick lang muss er wirklich geglaubt haben, sein Sohn sei tot – und im nächsten stehe ich lebendig vor ihm.

Anschließend blieb uns nicht mehr viel übrig, als zu beratschlagen, was es zum Abendessen geben sollte.

Dad und ich kommen wieder ins Haus und lassen uns mit Mom am Küchentisch nieder. Ab und zu nippt sie an ihrem Rotweinglas, Dad hat eine Flasche Brandy aus dem Schrank über dem Spülbecken gekramt. Er gießt sich noch einen ein und blickt mich an.

– Du willst wirklich keinen?

– Nein, danke. Ich hatte damals in New York Probleme mit Alkohol. Ich hab einfach zu viel getrunken und musste damit aufhören.

– Richtig, wir haben irgendwo mal was darüber gehört.

Mom legt ihre Hand auf meine.

– Die Leute reden so viel, Henry. Wir wussten gar nicht mehr, was wir glauben sollten. Vor allem bei diesen Morden. Uns war immer klar, dass du niemals jemanden umbringen könntest.

Mein entblößter linker Unterarm mit den sechs eintätowierten Balken liegt für alle sichtbar auf dem Küchentisch. Kurz öffnet sich mein Mund, dann klappt er wieder zu. Nachdem Dad sein Glas abgesetzt hat, legt er seine Hand auf Moms und meine. Er hat richtig schwere Pranken mit Rissen und Schwielen von der Arbeit in der Werkstatt, und unter seinen Nägeln sitzt immer ein schwarzer Ölrand.

– Warum bist du hier, Hank?

Jemand hat damit gedroht, sie umzubringen, und ich bin da, um das zu verhindern.

– Es gibt Schwierigkeiten, Dad. Ich muss mich darum kümmern.

– Aber warum? Was hast du getan?

– Ich …

Ich habe einem Freund geholfen und versuchte, Menschen zu schützen. Ich wollte alles richtig machen; doch das Einzige, was wirklich funktioniert hat, war, die Leute zu töten, die versucht hatten, mich zu erledigen.

Und dann habe ich ihr Geld genommen.

– Dad, ich habe einfach nur versucht, das Richtige zu tun.

Er gießt sich noch einen ein. Mittlerweile sein fünfter. Ich hab ihn noch nie so viel trinken sehen.

– Und was jetzt?

– Ich werde mich darum kümmern.

– Wie?

– Ich werde diesen Leuten geben, was sie wollen.

Kurze Zeit später gehen sie zu Bett, und ich melde mich auf Tims Pager. Ich warte. Dann melde ich mich noch mal. Und noch mal. Und ein weiteres Mal. Insgesamt probiere ich es zehnmal, doch er gibt kein Lebenszeichen von sich, und schließlich bin ich so müde, dass es mir egal ist.

Nachdem ich mir den Knöchel gebrochen hatte und das Baseballspielen an den Nagel hängen musste, stopfte ich meine sämtlichen Trophäen und Pokale in Kisten und schaffte sie auf den Speicher. Irgendwann in den letzten drei Jahren müssen Mom oder Dad diese Kisten durchstöbert haben, denn jetzt stehen meine ganzen Pokale wieder fein säuberlich aufgereiht in meinem alten Schlafzimmer. Auch mein altes Bett befindet sich noch da. Davon abgesehen ist der Raum jedoch völlig verändert. Mutter verrichtet hier jetzt ihre Näh- und Häkelarbeiten und diesen ganzen anderen Kram, auf den sie sich seit ihrer Pensionierung im letzten Jahr gestürzt hat.

Von dem viel zu kleinen Bett aus starre ich im Dunkeln auf das ganze falsche Gold und Silber, das im Licht der Straßenlaterne glitzert. Draußen ist es ruhig, abgesehen von dem gelegentlichen Gekläff eines Hundes; stiller noch als an meinem Strand in Mexiko, wo wenigstens die Brandung rauschte.

Auf dem Nachttisch steht ein kleines gerahmtes Bild von mir. Darauf bin ich sechzehn, mein Haar ist weiß gebleicht von der kalifornischen Sonne, mein Gesicht braun gebrannt und faltenlos, und ich trage die Kappe von meinem Highschool-Team, den Tigers. Der Tag, an dem das Foto aufgenommen wurde, ist mir noch ziemlich gut in Erinnerung. Ich hatte eine Zu-null-Runde für unsere Mannschaft herausgeholt und einen Home Run geschlagen. Damals war ich gute einsfünfundachtzig groß, achtzig Kilo schwer und immer noch im Wachstum, trainierte täglich und schlang alles in mich hinein, was mir in die Hände fiel, um Muskeln aufzubauen für den Tag, an dem ich unvermeidlich in der Major League spielen würde. Auch heute noch erwarte ich, jedes Mal wenn ich in den Spiegel schaue, wieder in dieses Gesicht zu blicken.

Eigentlich nimmt Dad für die Fahrt zur Arbeit den Lieferwagen, aber heute lässt er den kleinen MG in der Garage aufröhren. Er tippt auf die Fernbedienung fürs Garagentor, es klappt nach oben, und er rollt auf die Straße.

– Wo hast du geparkt?

– Ein Stück weiter unten auf der Traina Street.

Die Dale Road hat sich in den letzten drei Jahren ziemlich verändert. Wegen des permanenten Auflaufs durch Presse, Polizei und Schaulustige, der hier nach meinen Abenteuern herrschte, sind eine Menge Bekannter weggezogen. Aber auch die neu Hinzugezogenen wissen sehr genau, wer meine Eltern sind, und dass sie einen Massenmörder zum Sohn haben. Deshalb quetsche ich mich, so gut es geht, in den schmalen Fußraum des MG, bis wir ein paar Blocks entfernt sind.

– Ein BMW 1600?

– Ja.

– Oh, Hank, doch nicht etwa dieser Schrotthaufen?

Ich schieße im Sitz empor. Dad hat direkt vor meinem parkenden Wagen gehalten.

– Doch.

– Wie viel hast du für diese Rostlaube bezahlt?

– Viertausend.

– Und damit hast du es von San Diego bis hierher geschafft?

– Ja.

– Du hast Glück, dass dir das Ding nicht unter dem Hintern zusammengebrochen ist.

– So schlecht ist es gar nicht.

– Es ist eine verdammte Katastrophe.

Er sitzt hinter dem Lenkrad seines perfekt restaurierten 1962er MG mit moosgrüner Rennlackierung und starrt mit schreckgeweiteten Augen auf mein Wrack.

– Lass uns das Ding schleunigst von der Straße und in meine Werkstatt schaffen.

Ich klettere aus dem Wagen, lasse den BMW an und folge Dad rüber zu Custom Specialty Motors.

CSM restauriert und wartet Oldtimer, ausgefallene Modelle und Rennwagen. So verkündet es das Firmenschild. Dad hat sein ganzes Leben von so einem Laden geträumt und seit er vor zwanzig Jahren seinen Job als Top-Mechaniker bei verschiedenen erstklassigen Autohäusern hingeworfen hat, arbeitete er daran, diesen Traum Wirklichkeit werden zu lassen. Seine Kunden sind meist Männer in den besten Jahren, die endlich genug Kohle für die Spielzeuge haben, von denen sie schon als Jungs träumten, denen jedoch das technische Verständnis fehlt, um diese Kisten auch am Laufen zu halten.

Er schließt die große Garagentür auf und ich rolle in die Werkstatt. Nachdem er seinen MG hinter mir geparkt hat, lässt er die Garagentür wieder herunter, verriegelt sie und knipst die großen Deckenstrahler an. Fluoreszierendes Licht spiegelt sich auf einigen seltenen Prunkstücken. Ich winde mich aus meinem Schrotthaufen und bestaune einen cremefarbenen 1953er Corvette Roadster mit roten Ledersitzen.

– Wow.

– Jetzt schau dir nur diese Schweinerei an.

Ich blicke über die Schulter. Unter der geöffneten Motorhaube meines BMW starrt Dad auf die Innereien des Wagens.

– Jesus, Hank, die Kerzen sind verrußt, die Batteriekabel verrottet, sämtliche Dichtungen am Vergaser sind hin und alles ist über und über mit Öl verschmiert.

Er schnappt sich einen Steckschlüssel von einem rollbaren Werkzeugwagen und fängt an, die Kerzen abzuziehen.

– Dad, das ist wirklich nicht nötig.

– Du fährst mit dieser Kiste keinen Meter mehr, ohne dass ich sie vorher generalüberholt habe.

– Dad.

– Keine Diskussion. Du machst dich jetzt ab nach Hause und sorgst dafür, dass dich unterwegs keiner sieht.

Er hat recht. Selbst wenn seine Kunden keinen blassen Schimmer haben, wie man bei ihren stählernen Preziosen einen simplen Ölwechsel macht, so schauen die meisten von ihnen doch gerne mal überraschend herein, um Dad bei der Arbeit über die Schulter zu schauen. Er geht ins Büro und kommt mit einer Kappe und einer Windjacke mit CSM-Logo zurück.

– Hier.

Ich streife mir die Sachen über und klettere in den MG, wo ich noch die Sonnenbrille vom Armaturenbrett klaube und aufsetze.

Er steht neben dem Auto und macht keinerlei Anstalten, die Garagentür für mich zu öffnen.

– Hey! Wir haben noch gar nicht über die Giants gesprochen. Mein Gott, was war das für eine Saison.

Ich weiß. Sie haben die National League West absolut dominiert und ihre erste World Series gewonnen, seit sie in San Francisco ansässig sind. Obwohl ich kein einziges Spiel gesehen oder gehört habe, weiß ich Bescheid.

– Ich habe in letzter Zeit nicht viel Baseball gesehen, Dad.

– Oh.

– Aber vielleicht kannst du mich später auf den neusten Stand bringen.

– Ja, klar. Vielleicht nachher, wenn ich wieder zu Hause bin.

Dann geht er rüber zum Werkstatttor und drückt auf den fetten schwarzen Knopf, der es nach oben rollen lässt.

– Und fahr vorsichtig mit diesem Ding.

– Kein Problem, Dad.

Und der berüchtigtste Sohn der Stadt fährt als sein eigener Vater verkleidet nach Hause.

Mutter wollte ihren ehrenamtlichen Nachmittag an der Grundschule sausen lassen, wo sie lernschwachen Kindern ein bisschen auf die Sprünge hilft. Aber ich überzeugte sie davon, dass sie und Dad sich bis zu meinem Verschwinden am besten so normal wie möglich verhalten sollten. Die bloße Erwähnung meiner Abreise brachte sie erneut zum Weinen. Trotzdem verließ sie das Haus. Jetzt bin ich allein.

Nachdem mein ehemaliger Vermieter mein Apartment in New York ausgeräumt hatte, schickte er den ganzen Krempel meinen Eltern. Mutter spendete vieles davon der Wohlfahrt, aber ich entdecke noch ein paar Kisten mit alten Klamotten. Die Jeans und der Kapuzenpulli, die ich herauskrame, sind ziemlich abgewetzt, aber ich trage sie ja nur übergangsweise, solange meine anderen Kleider in der Waschmaschine sind. Zwischenzeitlich rufe ich ein paarmal Tims Pager an und entspanne mich, indem ich mir *Monday Quarterback* ansehe.

Im Fernsehen kriegen sich die Typen kaum mehr ein darüber, wie schlecht Miami jetzt ohne Miles Taylor dasteht, da klingelt das Telefon. Ich will nach dem Hörer greifen. Doch dann halte ich inne und warte, bis der Anrufbeantworter angeht. Falls es Tim ist, wird er mir eine Nachricht hinterlassen. Die Maschine springt an und wer auch immer dran gewesen sein mag, hängt auf.

Okay, das war wohl nicht Tim.

Das Telefon klingelt erneut. Gleiches Spiel: Die Maschine springt an, der Anrufer legt auf. Vielleicht ist es doch Tim und er will nicht auf Band sprechen, für den Fall, dass ... für den Fall, dass was? Mein Gott, wer weiß schon, was sich so eine zugekiffte Birne alles zurechtfantasiert? Neuerliches Klingeln des Telefons. Jesus! Diesmal hebe ich ab, lasse aber die grüne Sprechtaste ungedrückt. Ich könnte einfach nur zuhören, ohne etwas zu sagen. Das Band springt an. Der Anrufer legt auf.

Himmel Herrgott!

Das Telefon klingelt erneut. Ich nehme es in die Hand. Starre es an. Es muss Tim sein. Wer sonst würde so was tun? Der Anrufbeantworter springt an. Der Anrufer hängt auf.

Verflucht noch mal, Timmy, du weißt doch, dass ich nicht ans scheiß Telefon gehen kann. Sag einfach was aufs Band, du Penner.

Das Telefon klingelt. Ich zerquetsche es fast in meiner Hand, den Daumen auf der Sprechtaste.

Scheiße. Scheiße. Scheiße. Scheiße.

Die Maschine springt an. Der Anrufer hängt nicht auf.

– Mr. Thompson.

Eine mir unbekannte Stimme verlangt nach Mr. Thompson: meinem Vater.

– Mr. Thompson, sind Sie da?

Ich lege das Telefon auf den Tisch und versuche wieder normal zu atmen.

– Mr. Henry Thompson, bitte nehmen Sie ab.

Oh.

Doch für mich.

Mills Café ist das älteste Lokal der Stadt. Zu meiner Highschool-Zeit war Patterson noch ein richtiges Kaff, und daher war es der einzige Ort, an dem wir abhängen konnten. Jetzt gibt es hier McDonald's, Taco Bell, Pizza Hut und weiß der Teufel was; und das alles haben wir dem großen Immobilien-Boom in Silicon Valley zu verdanken, der die Leute zwang, sich immer weiter östlich von San Francisco anzusiedeln. Wir hätten natürlich ebenso gut in einen dieser neuen Läden gehen können, wo die Bedienungen alle Teenager sind, die ich nie in meinem Leben gesehen habe. Aber er wollte unbedingt mal in dieses Lokal reinschauen, wo noch die gleiche Bedienung arbeitet, die mir schon damals nach den Baseballspielen immer meine Burger und Cokes servierte. Mit hängenden Schultern und Dads Sonnenbrille auf der Nase versuche ich mich nicht allzu auffällig umzusehen.

Er nimmt einen Bissen von seinem Omelett und fährt mit seinen Ausführungen fort.

– Ehrlich, die ganze Sache wird viel anschaulicher, wenn man sie unter *politischen* und nicht so sehr unter *geschäftlichem* Gesichtspunkten betrachtet.

Er legt eine kleine Pause ein, um kurz seine Gedanken zu ordnen.

– Okay, lass es mich mal so erklären. Wenn sich ein Land die Atombombe zulegt, ist das Erste, was sie machen, ein Test. Und zwar *öffentlich*. Nicht etwa, weil sie wissen wollen, ob das Ding auch wirklich funktioniert, sondern weil *alle anderen* wissen sollen, dass es funktioniert. Diesem Land geht es also weniger darum, seine Feinde wirklich in die Luft zu jagen, als vielmehr deutlich zu machen, dass man prinzipiell jederzeit dazu *in der Lage* wäre. Jeder soll den großen Knall hören und sehen, damit ihm bewusst wird, was passiert, wenn er dir blöde kommt. Die Russen haben das schon früh kapiert, als sie nach dem Krieg die erste Wasserstoffbombe zündeten und so die Strategie der Abschreckung erfanden. Und was nun *deine* Russen betrifft: Aus genau demselben Grund haben sie nie jemanden geschickt, deine Eltern auszuknipsen. Was hätten sie davon gehabt? Sie hätten sich lediglich selbst ihrer effektivsten Waffe beraubt, ohne dadurch etwas gewonnen zu haben. Ihr Plan war vielmehr zu warten, bis du wieder auftauchst, und dann damit *zu drohen,* sie zu töten, bis du das Geld rausrückst. *Danach* hätten sie deine Alten natürlich trotzdem kaltgemacht, und dich sowieso.

An der Theke lehnen ein paar alte Veteranen und lesen die Zeitung. Ansonsten sind keine Gäste im Lokal. Ich trinke einen Kaffee, aber von dem Muffin, den ich bestellt habe, kriege ich kaum einen Bissen runter. Bei der Erwähnung meiner Eltern rebelliert der winzige Bissen Muffin in meinem Magen.

– Das war eine ausgesprochen kluge Taktik und mir wurde rasch bewusst, dass ich sie übernehmen würde. Natürlich *ohne* dich und deine Eltern zu ermorden. Das ist primitive Rache. Die Russen hatten vielleicht einen Grund, sich an dir zu rächen, aber mir ist völlig schnuppe, wen du kaltgemacht hast und warum. Für mich handelt es sich bei dem Ganzen um eine rein *geschäftliche* Angelegenheit, und Rache ist eine ziemlich armselige Geschäftstrategie. Sobald ich mein Geld kriege, war's das für mich. Eins sollte jedoch absolut klar sein, nur damit wir uns richtig verstehen: Es ist jetzt mein Geld. Ich habe dafür bezahlt.

Er ist höchstens ein paar Jahre älter als ich und alles an ihm schreit nach Manhattan. Sein Zweihundert-Dollar-Haarschnitt ist kunstvoll auf Billigfriseur von der Ecke getrimmt, und seine vorzeitig ergrauten Schläfen harmonieren perfekt mit dem Titangestell seiner rechteckigen Brille. Vermutlich sind seine abgetragen aussehenden Levi's die unvorstellbar teure Nachbildung einer Goldwäscher-Jeans von 1849, und die blau-gelben Pumas, die sein Füße zieren, sind wohl ebenfalls wertvolle historische Exemplare. Über seinem hauteng anliegenden Designer-T-Shirt, das seine präzise definierten Brustmuskeln akzentuiert, trägt er eine Lederjacke, die so superweich ist, dass sie sich beim versehentlichen Berühren wie Fell anfühlt. Der ganze Kerl fließt nur so über vor Charme und Liebenswürdigkeit, mit seinen flaschengrünen Augen und seinem breiten Tom-Cruise-Grinsen. Ich hasse diesen Typen, und das nicht nur, weil er meine Familie bedroht.

– Ich halte es für ganz *essenziell*, dass wir uns in diesem Punkt einig sind. Wem auch immer das Geld gehört haben mag, *jetzt* gehört es *mir*. Gut, man könnte vielleicht einwenden, es gehöre den Banken, die die DuRantes ausraubten, doch um deren Ansprüche haben sich längst die Versicherungsgesellschaften gekümmert. Ansonsten könnten eigentlich nur die Russen mit gewissem Recht das Geld für sich reklamieren; und eine Zeit lang haben sie ja auch versucht, es aufzutreiben. Doch nach drei Jahren haben sie schließlich die Flinte ins Korn geworfen. Sie waren bereit, ein Ei drüberzuschlagen, die Sache endgültig zu vergessen und einfach aus Prinzip deinen Vater und deine Mutter umzulegen. Falls du später irgendwann noch mal aufgetaucht wärst – umso besser. Aber für den Augenblick hatten sie die Nase von der Sucherei gründlich voll. Und das war genau der Moment, auf den ich gewartet hatte. Verstehst du, die Sache ist im Grunde ganz simpel: Du kaufst bei anderen Unternehmen billig ausstehende Schuldforderungen ein, wobei angeschlagene Firmen besonders geeignet sind – und glaub mir, die Russenmafia ist heutzutage auch nicht mehr das, was sie mal war. Die hatten ihre Glanzzeit in den Neunzigern. Tja, wer von uns hatte das nicht? Doch mittlerweile haben die Burschen keinen Drive mehr, sind nicht mehr *auf Zack*. Und ich sag dir, auf dem freien Markt musst du absolut auf Zack sein. Ich hab also mitbekommen, dass sie diese gewaltigen Außenstände haben, so um die viereinhalb Millionen Dollar in Cash, aber keinen Plan, wie sie die Kohle eintreiben sollen. Ich dagegen hatte einen. Also rede ich mit einem Bekannten und mache den Jungs das Angebot, ihnen deinen Schuldschein für hunderttausend Dollar abzukaufen. Klar, anfänglich jammern sie ein bisschen herum, aber dann lege ich noch was drauf: Sie kriegen hunderttausend für meine Exklusivrechte an dem Geld, *plus* zehn Prozent von allem, was ich davon auftreiben kann, natürlich abzüglich der hunderttausend, die sie schon haben. Doch die hunderttausend sind ihnen garantiert, egal, wie viel ich auftreibe. Ich meine, zu diesem Zeitpunkt haben sie überhaupt nichts in Händen, also was gibt es da lange zu überlegen? Glaub mir, mit den Russen kannst du nur Geschäfte machen, die kein langes Überlegen erfordern. Also krallen sie sich die hunderttausend, pfeifen sämtliche Typen zurück, die nach dir suchen, und setzen sie wieder bei Gewinn bringenderen Aktivitäten ein. Und jetzt ist der Moment gekommen, wo ich meinen Plan in die Tat umsetzen kann.

Die Kellnerin kommt mit dem Kaffeepott an den Tisch geschlurft. Der Kerl bedeckt seine Tasse mit der Hand.

– Vielen Dank, Sie sind ein Engel, aber ich hatte schon so viel, ich bin kurz davor, wegzuschwimmen. Möchtest du noch etwas?

Ich schüttele den Kopf, und er lächelt sie von unten herauf an.

– Ich glaube, wir sind wunschlos glücklich. Machen Sie uns einfach die Rechnung fertig, Schätzchen, wenn Sie zwischendrin mal eine Sekunde Zeit haben.

– Schon fertig.

Sie kritzelt was auf ihr Blöckchen, reißt die Rechnung ab und legt sie auf den Tisch. Dann schlappt sie zurück zur Theke.

Er blickt auf die Rechnung.

– Wahnsinn. Weißt du, was du für so ein Omelett in New York hinlegen müsstest?

Er fischt einen Zwanziger heraus und lässt ihn auf den Tisch fallen. Lee-Ann kommt und schnappt ihn sich.

– Bin gleich mit eurem Wechselgeld zurück.

– Stimmt so.

– Danke.

– Einverstanden, Herzchen, wenn wir hier noch ein bisschen sitzen bleiben?

– Klar, so lang ihr wollt.

Sie verschwindet, und er lächelt ihr nach.

– Nette Lady. Wo war ich stehen geblieben?

– Schuldscheine.

– Richtig. Jetzt bin ich also im Besitz dieses Schuldscheins und stehe vor dem Problem ihn einzutreiben. Da ich bereits Hunderttausend in das Projekt investiert habe, erscheint es mir wenig verlockend, noch mehr Kapital für irgendwelche Kopfgeldjäger zu verpulvern. Also, was tun? Errätst du es? Ahnst du, was ich getan habe?

– Du hast das Haus meiner Eltern überwachen lassen, bis ich auftauchte.
– Nein. Ich habe gründlich darüber nachgedacht und kam zu dem Schluss, dass in einer ruhigen Vorortsiedlung wie dieser hier eine dauerhafte und unauffällige Überwachung äußerst schwierig durchzuführen und außerdem viel zu teuer wäre. Das war es also nicht. Noch eine Vermutung?
– Nein.
– Okay, hier kommt sie, meine Multimillionen-Dollar-Idee: Ich bezahlte einen Nachbarn deiner Eltern, ein Auge auf euer Haus zu werfen und mich anzurufen, sobald du auftauchst. Brillant, oder? Ohne mich jetzt selbst allzu sehr dafür rühmen zu wollen, aber was ist schon eine monatliche Investition von fünfhundert Dollar angesichts der Chance, am Ende mehrere Millionen zu kassieren?

Da das Rauchen in Mills Café verboten ist, so wie inzwischen überall in Kalifornien, hantiere ich seit einer halben Stunde mit einer unangezündeten Zigarette. Ich knicke den Filter ab und breche den Rest in winzige Stückchen.
– Welcher Nachbar?
– Hey, ich werde doch niemanden verpetzen.

Wir sitzen in seinem Mietwagen vor dem Haus meiner Eltern, und ich betrachte eingehend die anderen Häuser in der Straße, ob vielleicht jemand hinter einem Vorhang oder einem Zaun hervorlugt und sich als Verräter zu erkennen gibt. Ohne Erfolg. Im Wagen ist das Rauchen natürlich ebenfalls verboten, was keine allzu große Überraschung ist. Er überreicht mir ein Handy inklusive Netzkabel zum Aufladen.
– Es gibt verschiedene Optionen, das hier durchzuziehen. Ich könnte jemanden im Haus von deiner Mom und

deinem Dad postieren, bis du das Geld bringst oder es von irgendwoher schickst. Vorausgesetzt, es befindet sich nicht bereits hier in der Nähe. Das tut es doch nicht, oder?

– Nein.

– Hab ich mir gedacht. Doch ein solches Vorgehen entspräche ganz und gar nicht meinem Stil. Ich handhabe die Dinge lieber ganz entspannt und mische mich nur dann ein, wenn meine Anwesenheit wirklich erforderlich ist. So werde ich mich auch in diesem Fall dezent im Hintergrund halten, bis du das Geld zusammenhast und mich anrufst. Die Nummer ist im Handy einprogrammiert. Es ist meine Privatnummer, also posaune sie bitte nicht überall herum. Über eines sollte allerdings Klarheit bestehen: Meine Leute werden immer hier in der Nähe sein und ein Auge auf deine Eltern haben. Und diesmal spreche ich nicht von irgendwelchen Nachbarn sondern von Profis. Haben wir uns da verstanden, Hank? Haben wir uns verstanden?

– Ja.

– Und was wird geschehen, sollten deine Eltern versuchen, die Stadt zu verlassen oder irgendetwas in der Art? Dann sind sie, um im Bild zu bleiben, als abschreckende Waffe und Druckmittel für mich wertlos geworden. Ich brauche sie genau hier, wo sie *überwacht* werden können, und wo ich Zugriff auf sie habe, falls du es nicht schaffen solltest, das Geld zu besorgen. Sollten also meine Leute irgendwie bemerken, dass deine Eltern zu fliehen versuchen, habe ich keine andere Wahl, als meine Bombe *detonieren* zu lassen. Verstehst du, was ich damit sagen will?

– Ja.

– Gut. Du wirst also das Geld in einer, wie ich sagen würde, *angemessenen* Zeitspanne besorgen und mich anrufen. Danach zahlst du deine Schulden, und ich entschärfe, bildlich gesprochen, meine Bombe.

Er streckt mir seine Hand hin.

– Abgemacht?

Ich blicke auf seine weiche, manikürte Hand.

– Wie heißt du?

– Jesus, hab ich das etwa schon wieder vergessen? Tut mir leid. Ich heiße Dylan, Dylan Lane.

Er hält mir seine Luxuspfote noch immer unter die Nase.

– Dylan?

– Ja?

– Sorg dafür, dass meinen Eltern nichts zustößt.

– Glaub mir, das ist in meinem ureigensten Interesse. Und, hey, ich werde auch keinesfalls die Polizei einschalten, weil daran ja nun wirklich niemand Interesse haben dürfte.

Ich schüttele seine Hand, die fast so weich ist wie seine Jacke. Dann braust er davon.

Ich stehe am Bordstein und denke über die verschiedenen Methoden nach, mich selbst aus dem Leben zu befördern. Wie oft habe ich in Mexiko in meinem besoffenen Hirn erwogen, rüber nach Cozumel zu schwimmen, in der Gewissheit zu ersaufen, bevor ich dort ankäme. Ich habe es nie getan. Ich wurde wieder nüchtern und blieb so lange am Leben, bis ein Mann meine Eltern bedrohte und ich ihn deswegen umbrachte. Dann raste ich nach Hause, sie zu beschützen; und indem ich das tat, brachte ich ihr Leben in noch weit größere Gefahr.

Gut, dass Dad sich den BMW vorgenommen hat, denn es sieht nicht so aus, als könnte ich noch länger hier rumhängen und auf Timmys Anruf warten.

Doch bevor ich verschwinde, muss ich noch etwas erledigen.

– Und, Mom, wie haben sich eure Nachbarn in der ganzen Zeit so verhalten? Haben euch mal welche besucht?

Sie blickt von dem Pasta-Gericht auf, das Dad zum Abendessen bereitet hat.

– Pat und Charley sind im ersten Jahr, das für uns besonders hart war, öfter mal auf einen Sprung vorbeigekommen. Aber letztes Jahr sind sie dann weggezogen. Wo sind sie eigentlich hin?

Dad steht drüben am Herd und lädt sich gerade eine zweite Portion auf.

– Vacaville.

– Sie sind nach Vacaville gezogen.

– Und sonst? Wie steht es mit den Leuten, die neu hierher gezogen sind?

– Keine Ahnung, Henry, ob sie über uns Bescheid wissen. Ich glaube eher nicht. Über so etwas plaudert man nicht mal eben über den Gartenzaun hinweg. Ein paar von meinen alten Freunden an der Schule wollten wissen, ob ich was von dir gehört hätte, wo du steckst, aber …

Sie seufzt. Kleiner Hund kommt in die Küche gewackelt und schnüffelt an ihren Füßen.

– Oh, lass das. Du weißt, dass du nicht hier rein darfst.

Trotzdem krault sie Kleiner Hund zwischen den Ohren. Dad lässt sich wieder am Tisch nieder und verpasst Kleiner Hund einen sanften Tritt.

– Du lädst sie ja förmlich dazu ein.

Jetzt kommt auch Großer Hund anscharwenzelt, um zu sehen, ob irgendwelche Leckereien im Angebot sind. Dad zuckt resigniert mit den Schultern.

– Siehst du, jetzt sind sie beide da.

Er wendet sich mir zu.

– Wir wollen sie eigentlich während des Essens nicht hier drin haben. Aber deine Mutter …

– Jetzt fang nicht wieder damit an. Du fütterst sie schließlich immer vom Tisch.
– Ich? Sie füttern?
Währenddessen kratzt er heimlich einen Löffel Bolognese-Soße vom Teller und verabreicht ihn Großer Hund. Mutter boxt ihn in die Schulter.
– Siehst du, jetzt musst du aber auch beiden was geben.
– Was ist denn? Ich hab doch gar nichts getan.
Er wirft Kleiner Hund ein Bröckchen Fleisch hin. Mom reißt entgeistert die Arme nach oben.
– Du bist es, der sie immer wieder anlockt.
Dad lacht jetzt.
– Ich locke niemanden an, du siehst ja Gespenster. Weißt du Hank, deine Mutter sieht öfters mal Gespenster.
Er beugt sich rüber und küsst sie auf die Wange. Sie stößt ihn weg.
– Ekelhaft.
– Du magst es.
– Gar nicht.
Er beugt sich rüber zu mir und flüstert laut.
– Sie mag es.
Ich schiebe meine Linguine auf dem Teller herum und denke daran, dass Dylan Lane das Leben dieser Menschen bedroht.
– Aber sonst fragt keiner nach mir?
Mom hört auf mit den Hunden zu spielen und macht sich wieder an ihr Essen. Dad legt die Gabel zur Seite.
– Wir reden nicht über dich, Hank. Mit niemandem. Nicht mal mehr wir beide untereinander. Wir mussten damit aufhören.
Er greift wieder nach seiner Gabel, lädt sich einen Bissen auf und kaut mit angespannten Kiefermuskeln. Mom sieht mit Tränen in den Augen zu mir hoch.
– Es tat einfach zu weh, Henry. Und es gab ja auch gar

nichts, worüber wir hätten sprechen können. Wir wussten ja nichts von dir.

Ich lächle erst sie an und dann meinen Dad.

– Ist okay, ich verstehe das.

Eine Minute lang schaufeln wir stumm unser Essen in uns hinein. Mom wischt sich die Soße von den Lippen.

– Wade ruft manchmal an.
– Wade?
– Dein Freund von der Highschool.
– Ich dachte, er wäre nach San José gezogen.
– Ja, da war er auch bis vor ein paar Jahren. Du weißt doch, dass seine Mutter so früh starb.
– Ja.
– Und vor ein paar Jahren ist dann auch noch sein Vater gestorben, und Wade zog mit seiner Familie wieder hierher. Sie leben jetzt im Haus seiner Eltern.
– Gleich hier um die Ecke?
– Er war so rührend zu uns nach all diesen furchtbaren Geschichten. Er kam vorbei, und ich erkannte ihn gar nicht wieder, so erwachsen war er geworden. Danach hat er längere Zeit nichts mehr von sich hören lassen, bis ich ihn zufällig im Supermarkt traf, und von da an besucht er uns regelmäßig, erkundigt sich, wie es uns geht, ob wir etwas bräuchten und ob wir was von dir gehört hätten.

Mein alter Einbrecher-Kumpel Wade, der am liebsten in Häuser einstieg, wenn die Besitzer zu Hause waren. Er war schon immer ein heimtückischer Scheißer gewesen.

Großer Hund und Kleiner Hund schlafen oben bei Mom und Dad. Beide sind halb taub und leicht senil, und so veranstalten sie keinerlei Radau, als ich aus der Hintertür schlüpfe. Ich schleiche zum Zaun und schwinge mich hinüber in den angrenzenden Garten. Dort haste ich geduckt über das Grundstück bis zum nächsten Zaun, den ich ebenfalls mit einem Sprung meistere. Soweit ich mich erinnern kann, müsste es das dritte Haus nach diesem hier sein. Ich hüpfe über einen weiteren Zaun.

Ein Hund.

Ein Riesenköter. Aus der Dunkelheit prescht er direkt auf mich zu, legt einen halben Meter vor mir eine Vollbremsung hin und fängt wie bescheuert an zu bellen. Ich sprinte zum nächsten Zaun, doch auf halbem Weg werde ich von einer Wäscheleine stranguliert. Wer zum Teufel benutzt denn heutzutage noch Wäscheleinen? Ich rappele mich wieder auf. Der Hund klebt laut kläffend an meinen Fersen. Ich sehe zu, dass ich den Zaun erreiche und in den nächsten Garten hechte.

Noch ein Hund.

Diesmal ein Terrier. Drüben auf der anderen Seite ist der Monsterköter jetzt schier am Durchdrehen, und alle anderen Kläffer im Viertel stimmen glücklich mit ein. Während ich auf den nächsten Zaun zuhaste, schnappt der Terrier giftig nach meinen Knöcheln und kriegt tatsächlich ein Stück meines Hosenaufschlags zu packen. Auf einem Bein hüpfe ich durch den Garten und versuche ihn abzuschütteln, aber das kleine Mistvieh hat mich am Wickel und macht keine Anstalten, seine Beute loszulassen. Gerade als ich den Zaun erreiche, gehen im Haus die Lichter an. Ich ziehe das Bein an, kicke mit aller Kraft und höre Stoff reißen. Der Terrier segelt durch die Luft, und ich bin über den Zaun, bevor er sich wieder über mich hermachen kann.

Bäuchlings lande ich in irgendwelchen Büschen. Der Terrier veranstaltet ein Höllenspektakel und schmeißt sich gegen den Zaun, in der Absicht, durchzubrechen und mir den Garaus zu machen. Auf seinem Grundstück wird die Terrassenbeleuchtung eingeschaltet, eine Glastür öffnet sich quietschend und dann ertönt eine Frauenstimme.

– Digby! Digby, bist du still! Bist du sofort still! Komm jetzt her und sei still. Digby!

Und so weiter und so fort. Während sie ihren Digby einsammelt, liege ich mit der Nase im Dreck und warte darauf, dass sich auch die anderen Köter im Viertel wieder einkriegen. Als ich endlich aus den Büschen kriechen kann, um zu sehen, ob es sich um den richtigen Garten handelt, bin ich durchgefroren bis auf die Knochen und die Vorderseite meiner Jeans ist von der feuchten Erde durchgeweicht. Zum Glück wird das Grundstück von einer Straßenlaterne und dem ganzen Weihnachtsschmuck am Haus mehr als ausreichend beleuchtet. Ich bin an der richtigen Adresse. Der Anstrich ist neu, und ein Landschaftsarchitekt hat sich auf dem Gelände ausgetobt, aber das Haus und die große hölzerne Sonnenterrasse erkenne ich eindeutig wieder.

Soweit ich sehen kann, brennt im Haus kein Licht. Mit zusammengekniffenen Augen suche ich die Dachkante nach einem dieser Bewegungsmelder ab. Keiner zu sehen. Ich husche rüber, dorthin, wo sich meiner Erinnerung nach die Seitentür der Garage befindet. Dabei streife ich den Stapel Feuerholz. Leider klebt nirgendwo auf der Garagentür eine hilfreiche Warnung vor möglichen Alarmanlagen, und es befindet sich auch keiner dieser verräterischen Metallstreifen an dem kleinen Türfenster. Ich greife nach dem Türknopf und drehe ihn langsam. Da drückt mir jemand von hinten den Lauf eines Revolvers in den Nacken.

– Wag es nicht, zu atmen, du Scheißer.

Ich unterlasse das Atmen.

– Mach die Tür auf.

Ich gehorche.

– Jetzt kriech da rein und bleib schön auf Händen und Knien.

Ich tue, was verlangt wird. Der Lauf der Waffe bleibt in

meinen Nacken gepresst, und ich höre, wie sich die Tür hinter uns schließt. Dann geht das Licht an.

– Dreh dich um.

Mühsam rutsche ich auf Händen und Knien herum und blicke zu Wade hoch, der mir einen dicken Revolver unter die Nase hält. Wegen der plötzlichen Helligkeit muss ich blinzeln.

Er runzelt die Augenbrauen und stößt ein leises Grunzen aus.

– Hank?

Er senkt die Waffe.

– Weißt du eigentlich, dass deine Mom und dein Dad sich wirklich Sorgen um dich machen.

Und so wird mir klar, dass nicht er es war, der mich an Dylan verriet.

Die Garage ist voll gestopft mit teurem Spielzeug für Erwachsene: ein paar Jet-Ski; ein kleines Renn-Motorboot auf einem Anhänger; zwei in die Ecke gestellte Golftaschen; eine riesige Werkbank, über der jedes nur erdenkliche elektrische Heimwerkergerät hängt; auf Regalen gestapelte Skier und Snowboards; zwei Honda-Geländemaschinen, eine etwas schwerere 420er und eine leichte 125er; sowie fünf Mountainbikes, die von Deckenhaken herabbaumeln.

– Ein Bier?

– Ich trinke nicht.

– Warum?

Weil ich mich mal richtig zugesoffen habe, etwas Wichtiges vergaß und deswegen eine Reihe von Menschen dran glauben mussten.

– Ist mir nicht bekommen.

– Softdrink?

– Gern.

Wade erhebt sich von seinem Klappstuhl und öffnet den Garagenkühlschrank.

– Sprite oder Coke?

– Sprite.

Er klemmt sich den Colt Anaconda unter den Arm und schnappt sich eine Büchse Sprite und ein Miller High Life. Er reicht mir die Dose, reißt sein Bier auf, schnippt den Verschluss in den Eimer unter der Werkbank und nimmt einen Schluck. Dann fischt er aus den Taschen seiner Outdoor-Jacke einen Schlüssel, öffnet eine Schublade in der Werkbank und lässt den Colt hineinfallen.

– Stacy würde ausflippen, wenn sie von dem Ding wüsste, aber ich halte ihn immer gut unter Verschluss.

Ich werfe einen Blick auf die leere Trommel des Revolvers, bevor er die Schublade wieder zuschiebt und verschließt.

– Er ist nicht geladen.

Er blickt mich an, als wäre ich ein komplettes Arschloch.

– Mit drei Kindern im Haus? Scheiße, natürlich ist er nicht geladen.

Ich reiße meine Sprite auf, nehme einen Schluck und rücke noch näher an den Heizlüfter heran, den er extra für mich angeworfen hat. Ich zeige auf die Seitentür.

– Wie hast du mich entdeckt?

– Ich war hier drin, um heimlich eine zu qualmen. Stace will nicht, dass ich im Haus rauche. Da hab ich das Bellen gehört, das Licht ausgemacht und jemanden über den Zaun springen sehen. Ich bin raus und hab mich neben dem Holzstapel versteckt. Scheiße, ich hätte normalerweise die Bullen gerufen, aber ich war sauer.

Er spielt mit einem Schraubenschlüssel auf der Werkbank und blickt mich an.

– Ist dir jetzt wärmer?

– Ja.

– Gut, dann lass uns einen kleinen Spaziergang machen. Ich will nicht, dass Stacy dich hier findet, wenn sie aufwacht.

Wir schlendern einmal um den Block. Die Straßenlaternen beleuchten unsere Gesichter und an den Hausdächern und Balkonen blinkt der Weihnachtsschmuck. Wayne hat seine Kippen in der Garage vergessen und muss eine von meinen schnorren.
– Benson & Hedges?
– Hm.
– Das ist doch eher 'ne Marke für alte Damen. Wie bist du denn auf die gekommen?
– Lange Geschichte.

Wir bleiben kurz stehen, während ich ihm Feuer gebe, dann schlendern wir weiter. Wir kommen an Häusern vorbei, die ich noch aus meiner Kindheit kenne. Vor einer besonders ausgetüftelten Weihnachtsdekoration bleiben wir stehen: eine Mini-Weihnachtsmann-Stadt, die sich über den ganzen Rasen bis hin zur Auffahrt erstreckt.

Wade blickt nach unten, entdeckt etwas und hebt eine Taubenfeder auf. Er verstaut sie sorgfältig in der Brusttasche seiner Jacke und bemerkt dann meinen fragenden Blick.
– Die brauche ich für die Arbeit.
– Wozu das?
– Man kann damit so eine Art Marmoreffekt erzeugen. Du tauchst sie in dunkle Farbe und streichst damit über die nasse Grundierung. Man braucht ein bisschen Fingerspitzengefühl, aber der Effekt ist beeindruckend. Ich hebe sie in einer kleinen Schachtel auf.
  Er zeigt auf die Weihnachtsinstallation.
– Erinnerst du dich noch, wie wir aus den Gärten Weihnachtsschmuck geklaut haben?

– Ja.
– Was war damals bloß mit uns los?
– Ich weiß es nicht.
Wir setzen unseren Weg fort.
– Was wolltest du auf meinem Grundstück, Hank?

Wade Hiller war der härteste Bursche, den ich in meiner Jugend kannte. Er war das Vorbild aller durchgeknallten Drogenfreaks an der Schule, ein Typ, der sich schlicht weigerte, am Sportunterricht teilzunehmen, und immer das letzte Wort haben musste. Auf seinem Kopf wucherte eine wilde Lockenmähne und seine Arme und seine Brust waren muskelbepackt vom vielen Hantelstemmen in der Garage seines Dads. Immer klemmte eine Schachtel rote Marlboros griffbereit unter dem Ärmel seines engen T-Shirts. Obwohl er nur einen Block von mir entfernt aufwuchs und in die gleiche Schule ging, kreuzten sich unsere Wege nicht, bis ich mir das Bein brach. Sportskanonen und Drogenfreaks haben normalerweise wenig gemein.

Als ich dann nicht mehr beim Sportunterricht mitmachen konnte, fing ich an, mit Wade und seinen Kumpels Steve und Rich abzuhängen. Es stellte sich heraus, dass sie ziemlich in Ordnung waren. Steve hatte echt was auf dem Kasten und Rich war der netteste Typ, der mir je begegnet ist. Und dann natürlich Wade. Er war ständig auf 180 und neigte zu Wutausbrüchen, doch es war immer was los, wenn man in seiner Nähe war. Doch dann ging es mit den Einbrüchen los. Wade und ich wurden hochgenommen, und ich fand, dass es an der Zeit war, mich von meinen neuen Freunden loszusagen. Das Letzte, was ich von Wade hörte, war, dass er wohl den Rest seines Lebens im Santa Rita County Jail zubringen würde.

Ich hocke auf der Stoßstange eines seiner drei Pick-ups. Auf jedem ist seitlich der Schriftzug Hiller Innendekorationen gepinselt. Mit einem frischen Bier in der Hand kommt Wade aus der Garage.

– Es wird kalt, setzen wir uns da rein.

Er schließt den Pick-up auf und wir klettern in die Kabine. Seitdem er weiß, dass ich ihn im Verdacht hatte, für Geld meine Eltern bespitzelt zu haben, ist er ziemlich schweigsam geworden. Er nimmt einen Schluck von seinem Bier.

– Weißt du, ich hab keinen Abschluss an unserer Schule gemacht. Ich hatte es mir gründlich verschissen bei denen und musste auf diese Schule für Schwererziehbare, wo deine Mom unterrichtete. Das muss etwa in dem Jahr gewesen sein, wo du aufs College bist. Hat sie dir davon erzählt?

– Ich glaube, ich hab davon gehört.

– Sie war meine Rettung. Du weißt ja, wie bescheuert ich damals war. Aber sie hat mich ernst genommen und nicht einfach als hoffnungslosen Fall abgeschrieben. Und das, obwohl wir beide zusammen verhaftet wurden. Ich dachte, sie würde mir die Schuld dafür geben, aber sie hat nie ein Wort wegen dieser Sache verloren. Ohne sie hätte ich keinen Schulabschluss.

Mom hatte schon immer ein großes Herz für Problemfälle, sonst wäre sie wohl auch nie Rektorin an einer Schule für Schwererziehbare geworden.

– Nach meinem Abschluss hat sie mich überredet, nach Modesto zu gehen, um mich dort weiterzubilden. Mein Dad hat mich gut behandelt, aber nach dem Tod meiner Mutter war alles nicht so einfach.

Ich fische eine weitere Zigarette aus der Packung. Er langt rüber und bedient sich ebenfalls. Dann reiche ich ihm die Streichhölzer.

– Ich werde stinken wie Sau, wenn ich reinkomme. Stace wird einen Aufstand machen.

– Meinst du, sie fragt sich, wo du steckst?
– Ich leide unter Schlaflosigkeit. Sie ist daran gewöhnt, dass ich spätnachts noch unterwegs bin. Außerdem schläft sie wie ein Stein.
Wir rauchen.
– Ja, Dad war ein klasse Typ, aber er trank ein bisschen zu viel. Und als dann meine Mutter starb …
Ich erinnere mich wieder, wie wir nach der Schule die Alkoholvorräte seines Alten plünderten – die Jack-Daniels-Flaschen und die Kisten mit Coors in der Garage.
– Ich weiß. Aber an deine Mutter kann ich mich nicht erinnern.
– Sie hat Dad verlassen, bevor wir uns anfreundeten.
– Weil er trank?
– Er wurde nie ausfällig oder so was.
– Klar.
– Er war nur einfach nie für sie da.
Oft lag sein Dad mittags schon stockbesoffen auf der Couch und schnarchte.
– Für mich hatte er auch nie sonderlich viel Zeit. Nachdem ich nach San José gezogen war, habe ich immer mal bei deiner Mutter in der Schule vorbeigeschaut, wenn ich meinen Dad besuchte. Hat sie dir das erzählt?
– Nein.
– War aber so. Und sie hat mich immer ermutigt und war stolz auf meine Fortschritte. Selbst als Stace schwanger wurde, und sie erst achtzehn und ich neunzehn war, und wir keinen Trauschein hatten. Sie schickte uns eine Glückwunschkarte und ein Geschenk fürs Kind.
– Das wusste ich nicht.
– Einen kleinen Teddybär.
– Ja, das passt zu ihr.
– Sie hat mich aus der Scheiße geholt, mit ihrer Hilfe hat

mein Leben eine Wendung zum Guten genommen. Heute bin ich Innendekorateur, habe meinen eigenen Betrieb und bin seit vierzehn Jahren verheiratet. Ich habe drei wunderbare Kinder. Ich glaube, ohne deine Mom gäbe es das alles nicht.

Er lässt die Scheibe runter und schnippt seine Kippe raus.

– Und als dann diese Sache in New York lief, waren mir zwei Dinge völlig klar: Ich wusste, ich würde alles in meiner Macht Stehende für deine Mutter tun; und ich war mir sicher, diese Frau konnte niemals einen Killer großgezogen haben. Und zu dieser Überzeugung wäre ich selbst dann gekommen, wenn ich dich nicht persönlich gekannt hätte.

Wade nimmt den letzten Schluck aus seiner Bierdose.

– Also, was hattest du vor, als du hier angeschlichen kamst?

– Dich umzubringen.

Ich rauche zu Ende und schmeiße die Kippe durchs Fenster.

– Ich weiß nicht genau. Ich war einfach sauer. Dich verprügeln vielleicht.

Er grunzt.

– Und jetzt?

– Ich muss aus der Stadt verschwinden. Was erledigen.

Er nickt.

– Ich würde dir liebend gern helfen, aber Stace und ich haben Kinder. Ich kann nicht.

– Ist schon klar.

– Vielleicht irgendwas anderes? Was Kleines?

– Du kennst vermutlich niemanden in Las Vegas, der einem helfen kann, eine vermisste oder untergetauchte Person ausfindig zu machen?

Er kichert.

– Weißt du, wen es nach Vegas verschlagen hat? Erinnerst du dich noch an T?
Scheiße, das gibt's ja nicht, T.
– Dieser komische Dealer, den wir immer verarscht haben, dieser Spacko?
– Klar.
– Ich dachte, den hätten sie dreimal hintereinander erwischt und eingebuchtet?
– Nein, keineswegs. Er wurde zweimal verurteilt und war gerade auf Bewährung, als er zum dritten Mal hochgenommen wurde. Aber irgendwie hat sein Anwalt ihn auf Kaution rausgehauen und er hat sich sofort dünnegemacht. Lebt jetzt in Vegas.
– Ich weiß nicht, Mann, er war so ein …
– So ein Loser?
– Ja.
– Deshalb sind wir wahrscheinlich so gut mit ihm klargekommen.
Ich muss lachen.
– Wahrscheinlich.
– Und weißt du, was das Beste ist? Er schickt mir jedes Jahr zu Weihnachten eine Postkarte.
– Ich glaub's nicht.
– Doch, doch. Der Typ wird hier von der Polizei gesucht, und er schickt mir Weihnachtspostkarten komplett mit Absenderadresse und allem.
Wir müssen beide lachen.
– Gerade gestern hab ich wieder eine bekommen. Soll ich sie holen?
Er legt seine Hand auf den Türgriff.
– Nein, nein. Ich glaube nicht, dass T der geeignete Mann für so was ist.
– Nein, wirklich, du solltest dir die Karte anschauen, es ist der absolute Knaller.

– Okay, okay, ich will sie sehen.
– Warte.

Er öffnet die Tür, springt hinaus, und genau in dem Augenblick kommt der schwarze Toyota-Pick-up mit kreischenden Reifen um die Ecke geschossen, kracht frontal in unseren Wagen und schleudert Wade in hohem Bogen gegen die Hauswand.

Ich schlage die Augen auf. Wo bin ich? Ich hatte einen Unfall. Ich war in meinem Mustang unterwegs und irgendetwas Schreckliches ist passiert. Oh, Gott. Ich glaube, ich habe Rick getötet. Oh, mein Gott.

Ich liege auf dem Rücken und über mir funkeln die Sterne. Nein, ich bin nicht im Mustang. Alles spielt sich hier und jetzt ab, nicht damals. Ich liege rücklings in einer Auffahrt neben einem langen Pick-up, dessen Fahrertür lose herunterhängt, und glotze in die Sterne. Und da steht ein schwarzer Pick-up, der aussieht, als hätte er versucht, den anderen von seinem Parkplatz zu schubsen. Keine gute Idee. Ich muss aus dem Wagen geschleudert worden sein, als – als was passierte?

Mein Kopf ist von einer Blase absoluter Stille umgeben. Ich schüttele ihn ein paarmal und langsam beginnen Geräusche einzusickern: Gebell von Hunden, Alarmanlagen von beschädigten Autos, jemand weint. Vielleicht sollte ich nachsehen, ob ich helfen kann. Ich unterziehe meinen Körper einem kurzen Check: Die Arme lassen sich tadellos bewegen, die Beine ebenfalls. Also wälze ich mich auf den Bauch und stemme mich auf Hände und Knie. Tatsache ist: Ich habe mich schon besser gefühlt, aber nichts scheint allzu sehr zu schmerzen. Okay, riskieren wir es. Ich richte mich auf. Mein Kopf schwankt unkontrolliert in die eine Richtung, und, um einen Ausgleich zu schaffen, dreht sich die Welt genau in die entgegengesetzte; dann krachen beide Richtungen aufeinander und plötzlich steht alles schlagartig wieder still. Fraglos habe ich ein paar Kratzer und Prellungen abbekommen, trotzdem geht es mir um einiges besser als dem Typen mit dem Vokuhila, der in der zerborstenen Windschutzscheibe des langen Pick-ups steckt. Vokuhila? Wann habe ich zuletzt jemanden mit einem Vokuhila gesehen? Das Puzzle in meinem Kopf fängt langsam an, sich wieder zu einem Gehirn zusammenzusetzen.

Fettsack und Vokuhila-Depp müssen auf der Ladefläche des Pick-up gehockt haben. Jetzt quetscht sich Vokuhila in ein Loch in der Windschutzscheibe des langen Pick-up, das genau den Umfang seines Körpers hat. Fettsack hängt auf der Kühlerhaube des Toyota und ist gerade dabei, sich auf die Arme zu stützen und umzusehen. Hinter dem Lenkrad sitzt Mister Pferdeschwanz und wirft sich gegen die verklemmte Tür. Doch es sieht so aus, als wären seine beiden Arme gebrochen, daher sind seine Bemühungen nicht wirklich von Erfolg gekrönt. Leslie ist diejenige, die weint, wobei es sich im Grunde mehr wie ein Schreien anhört. Sie sieht so weit unverletzt aus – ist ordentlich angeschnallt und all das –, aber mit ihren Armen hält sie ein schlaffes, puppenartiges Bündel umklammert. Die Tür an ihrer Seite hängt demoliert herunter. Während ich zu ihr rüberlaufe, höre ich ein raschelndes Geräusch und sehe zwei Füße aus einem Gebüsch ragen. Jetzt weiß ich auch, wo Danny sich rumtreibt.

Ich beuge mich in die Fahrerkabine des Pick-up. Leslie hört auf zu kreischen und überlässt mir Cassidy. Dann sitzt sie da, hält den eigenen Oberkörper umarmt und schaukelt vor und zurück.

Ich lege Cassidy auf den Gehweg. Ihr Gesicht ist blutverschmiert und ihr langes honiggelbes Haar verklebt. Schnell schlüpfe ich aus der CSM-Windjacke und wische mit dem weichen Innenfutter das Blut weg. Auf ihrer Stirn klafft ein Riss an der Stelle, wo sie aufs Armaturenbrett geschlagen sein muss. Wie bei allen Kopfwunden fließt reichlich Blut, trotzdem scheint die Wunde nicht allzu tief zu sein. Vorsichtig drücke ich die Jacke gegen ihre Stirn und fühle ihren Puls. Ein regelmäßiges Pochen ist deutlich zu spüren. Ausgezeichnet. Ihre Brust hebt und senkt sich gleichmäßig, weder aus dem Mund noch aus der Nase kommt Blut, und keines ihrer Gliedmaßen scheint gebrochen. Wahrscheinlich döste sie gerade im Schoß ihrer Mutter und ihr Körper war zum Zeitpunkt des Aufpralls schlaff und gelöst. Gut so.

– Leslie.

Sie starrt in die Richtung ihrer Tochter. Überall in den Häusern gehen jetzt die Lichter an und die Leute stehen in Bademänteln und Pyjamas auf ihren Veranden.

– Leslie!

Ihr Blick wandert zu mir.

– Komm her und hilf mir.

Sie schnallt sich los und klettert aus dem Truck.

– Halte das.

Ich lege ihre Hand auf meine Jacke, um Cassidys Blutung weiter zu stoppen.

– Halte es einfach so fest und presse immer leicht dagegen.

Patterson besitzt kein eigenes Polizeirevier und fällt in den Dienstbereich des Bezirkssheriffs von Stanislaus. Soweit mir bekannt ist, sind im gesamten westlichen Bezirk lediglich zwei Streifenwagen im Einsatz. Wenn ich ein bisschen Glück habe, müssen sie erst einen von Newman runterschicken. Die nächste Ambulanz befindet sich in Turlock. Also handelt es sich bei der heranpreschenden Sirene wahrscheinlich um die Feuerwehr.

Ich lasse Leslies Hand los. Sie wendet den Blick von ihrer Tochter und sieht mich an.

– Ich denke, sie ist okay. Presse einfach leicht dagegen. In Kürze wird jemand da sein und sich um sie kümmern.

Sie nickt.

– Ich muss los.

Drüben in der Auffahrt liegt Wade. Sein Körper ist ein zerschmettertes und verdrehtes Durcheinander. Ich gehe zu ihm und berühre sein pockennarbiges Gesicht; seine früher unzähmbaren Haare sind kurz geschnitten und lichten sich. Oh Scheiße, Wade.

– Wade?

Oben in der Einfahrt steht eine Frau in meinem Alter. Über ihren baumwollenen Boxershorts trägt sie eine viel zu große Jacke, die sie sich wohl im Rausrennen übergezogen hat, die Füße stecken in dicken Wollsöckchen. Ihr kurzes, schwarzes Haar steht bettverwuschelt vom Kopf ab, und in ihrem Gesicht sind noch die roten Kissenabdrücke zu sehen. Ich kenne sie von der Highschool. Stacy Wilder. Wow, Wade ist bei Stacy »die Wilde« Wilder gelandet. Gratuliere, Kumpel.

– Wade?

Ich richte mich auf. Zeige auf ihn.

– Hier.

In dem Moment schießt mir Danny von hinten in den Rücken.

Eigentlich ist es nicht wirklich der Rücken, sondern eher die Hinterseite meines Oberschenkels.

Es haut mir das linke Bein unter dem Körper weg und ich stürze nach hinten. Neben dem Schuss, der mir gewaltig in den Ohren hallt, höre ich, wie in der ganzen Straße die Haustüren zuschlagen – diese Weicheier verkriechen sich alle wieder nach drinnen.

Die Sirene kommt näher.

– Erwischt, du Scheißer.

Ich verdrehe den Hals und sehe Danny hinter mir.

– Hab ich dich, du polizeilich gesuchter Dreckskerl.

Polizeilich gesucht? Woher zum Teufel weiß der das? Er kommt einen Schritt näher. Blut rinnt aus seinem Mund. Irgendetwas zu meiner Linken bewegt sich. Hinter Stacy, die wie eingefroren dasteht und Wade anstarrt, ist ein Junge aufgetaucht.

Er ist schätzungsweise um die dreizehn, hat Wades Haare und seine flache Nase. Auf seinem Trikot prangt der Namenszug der San Jose Sharks und in den Händen hält er einen Hockeyschläger. Misstrauisch betrachtet er mich und Danny. Dann entdeckt er seinen Vater. Er reißt entsetzt die Augen auf und sein Mund öffnet sich. Ich hebe die Hand.

– Stacy.

Sie blickt zu mir rüber. Danny verpasst mir mit seinem Turnschuh einen Tritt gegen den Kopf.

– Halt's Maul.

Ich zeige auf den Jungen.

– Stacy, bring den Jungen rein.

Ihre Augen wandern von mir zu Wade, zurück zu mir und schließlich zu Danny mit seiner billigen koreanischen Pistole. Dann fährt sie herum, entdeckt ihren gaffenden Jungen, packt ihn und zerrt ihn Richtung Haustür.

– Halt verflucht noch mal das Maul.

Er steht jetzt genau über mir und aus meiner Perspektive sieht es so aus, als stünde er auf dem Kopf.

Auf dem Kopf.

Gute Idee.

– Danny, vielleicht solltest du dich besser um deine Tochter kümmern.

Für einen kurzen Moment blickt er über die Schulter nach hinten, und das reicht, um seine Fußknöchel zu packen und ihm die Beine wegzuziehen. Ein Schuss löst sich und durchlöchert das Garagentor. Mit einem überraschten Aufstöhnen knallt Danny auf den Rücken, die Waffe fällt ihm aus der Hand und schliddert die Auffahrt hinunter. Rasch springe ich auf, mache einen Schritt der Waffe hinterher, da klappt mein Bein unter mir zusammen.

Ach ja, ich bin angeschossen.

Bevor ich einen neuerlichen Aufstehversuch starten kann, hat Danny sich schon auf den Bauch gewälzt und robbt Richtung Pistole. Kurz inspiziere ich meinen Oberschenkel. Blut läuft herunter, aber es scheint sich nur um einen nicht allzu tiefen Streifschuss an der Seite des Oberschenkels zu handeln. Diesmal bin ich auf die Schmerzen vorbereitet. Ich hieve mich hoch und humple an der Seite von Wades Haus entlang Richtung Garten – weg von Danny, seiner beschissenen Billigpistole und den näher kommenden Sirenen.

Wade ließ das Gartentor angelehnt, als wir zu unserem kleinen Spaziergang aufbrachen. Ich werfe es hinter mir zu und höre, wie das Schloss zuschnappt. Mit zusammengebissenen Zähnen haste ich auf den Holzstapel zu.

– Keine Bewegung, du Arschloch.

Mit der Pistole fuchtelnd, klettert Danny über das Gartentor. Oben rutscht er ab und knallt hart auf die Seite. Erneut ballert seine Waffe los und gestapeltes Feuerholz zersplittert. Ich schlüpfe durch die Seitentür in die Garage, verschließe sie hinter mir und hinke rüber zur Werkbank.

Dort packe ich den Griff der Schublade und zerre daran. Abgeschlossen. Natürlich ist sie abgeschlossen, du Penner, du hast doch selbst dabei zugesehen, wie er sie zugesperrt hat. An der Wand bei den Werkzeugen hängt ein Brecheisen. Ich zwänge es in den Spalt zwischen Schublade und Arbeitsfläche und stemme mich dagegen. Es knirscht ein bisschen, aber das war dann auch schon alles; die Schublade bleibt an ihrem Platz. Danny hämmert an die Tür. Durch das kleine Türfenster kann ich hübsch eingerahmt seine Rübe sehen. Mittlerweile klingt die Sirene so, als käme sie direkt vorne von der Straße. Mit voller Wucht schmeiße ich mich gegen das Brecheisen, die Schublade kracht auf, wird aus ihren Führungsschienen gerissen und knallt auf den Boden. Draußen presst Danny seine Visage gegen das Glas und versucht, in der Dunkelheit irgendetwas zu erkennen.

– Mach auf, du Scheißkerl. Mach sofort auf, verflucht noch mal!

Ich greife mir den Revolver, lasse die leere Trommel aufschnappen und wühle gebückt und von heftigen Schmerzen gebeutelt im übrigen Schubladeninhalt nach Munition.

Nichts.

Danny hämmert mit einem Holzscheit gegen die Scheibe und sie zersplittert.

Als ich mich wieder aufrichte, entdecke ich genau vor mir im Regal eine Plastikschachtel mit dem Schriftzug MAGNUM. Hektisch zerre ich die Schachtel heraus, reiße den Deckel auf – und eine Handvoll Federn flattert heraus.

Was sagte Wade Hiller noch mal zum Thema Taubenfedern: *Ich hebe sie in einer kleinen Schachtel auf.*

Die Sirene kreischt heran und verstummt direkt vor dem Haus. Einen Moment pulsiert durch das kleine Loch, das Danny ins Garagentor geschossen hat, das rote und blaue Licht. Dann knipst er das Deckenlicht an und alles wird flutlichtartig erhellt.

Ich lasse die Trommel zuschnappen und wirbele herum. Danny blinzelt mich an, ich blinzele zurück. Er hebt seine Waffe. Ich bringe die .357er in Anschlag, von der er bisher nichts wusste, und ziele damit auf seinen Kopf. Seine Augen werden groß wie Frisbees. Völlig erstarrt steht er da, nur die Waffe in seiner Hand zittert.

Und bevor er auf die glorreiche Idee kommt, mich zu erschießen, tue ich exakt das, was Jimmy Cagney an meiner Stelle getan hätte: Ich schleudere den leeren Revolver in seine Richtung.

Mit sechzehn erreichten meine Basebälle Geschwindigkeiten um die 130 Stundenkilometer, oft sogar an die 140. Jeden Nachmittag stand ich auf dem Wurfmal, das Dad und ich selbst gebaut hatten, und schleuderte Ball um Ball durch den alten Reifen, den er in knapp zwanzig Meter Entfernung an einen Ast gehängt hatte, genau die Distanz der Major League. Einmal, als ein paar Kumpels vom Team zu Besuch waren und mich aufstachelten, warf ich hintereinander hundertvier Bälle genau durch die Mitte. Alle mit Spitzengeschwindigkeit. Allerdings schwoll danach meine Schulter an wie ein Ballon und Dad war stinksauer, weil ich die Gesundheit meines Arms aufs Spiel gesetzt hatte. Doch die Kids redeten noch Wochen später darüber, und ich fühlte mich wie ein Held.

Ein Baseball wiegt so um die 140 Gramm, die Waffe, die ich hier in der Hand halte, wahrscheinlich so zwei, drei Pfund. Aber zum Glück steht Danny auch keine zwanzig Meter weg. Höchstens 3 Meter. Die Anaconda knallt gegen seine Stirn und schickt ihn zu Boden.

Von draußen ist aufgeregtes Geschrei zu hören. Ich gehe rüber zu Danny. Er ist ohnmächtig. Dann schiebe ich die Anaconda in den Bund meiner Jeans und lese seine Pistole auf. Blut strömt aus seiner Mundverletzung und dem neuen Riss auf seiner Stirn.

Über seiner schwarzen Lederjacke trägt er eine Jeansweste, die mit Aufnähern übersät ist: Insane Clown Posse,

Slipknot, Godflesh, usw. Darunter lugt das gleiche Konzert-T-Shirt wie gestern hervor.

Nur dass es gar kein Konzert-T-Shirt ist.

Nachdem ich die Jacke zur Gänze geöffnet habe, erweist es sich als ein Shirt mit einem *America's-Most-Wanted*-Logo. Und jetzt fällt mir ein, dass in Robert Cramers Buch eine Folge dieser Show erwähnt wird, die ausschließlich mir gewidmet ist. Außerdem kann ich mich plötzlich wieder an Dannys Gesichtsausdruck erinnern, nachdem ich ihn verprügelt hatte, und die Art, wie er auf mich zeigte.

Danny weiß, wer ich bin.

Das bedeutet, dass seine Freunde ebenfalls wissen, wer ich bin.

Und das wiederum bedeutet: Sobald die Bullen hier auftauchen, werden sie von ihnen erfahren, dass ich quicklebendig bin und mich in der Stadt aufhalte.

Glas knirscht unter Schuhsohlen. Die Frau, die in der Garagentür steht, mag um die fünfundzwanzig sein, trägt eine Feuerwehruniform und hat einen Notarztkoffer bei sich. Sie sieht mich, entdeckt die Waffe in meiner Hand und erstarrt.

Zu spät, Henry. Jetzt bleibt dir keine andere Wahl, als schleunigst von hier zu verschwinden.

Ich nicke Richtung Straße.

– Ist der Sheriff schon da?

Sie fährt sich mit der Zunge über die Lippen.

– Noch nicht.

– Wann ist er hier?

– Wahrscheinlich in ein paar Minuten.

Ich zeige auf mein Bein.

– Ich möchte, dass Sie das hier verbinden. Schnell.

Sie rührt sich nicht vom Fleck.

– Keine Angst, Ihnen wird nichts geschehen. Erledigen Sie einfach Ihren Job und versorgen Sie die Wunde.

Sie nickt, kommt rüber und öffnet ihren Koffer. Mit den Fingern reiße ich das Loch in meinem Hosenbein weiter auf, damit sie an die Wunde herankommt. Sie öffnet ein Päckchen mit sterilem Verbandsmull und tupft damit das Blut ab. Ich jaule kurz auf und knirsche mit den Zähnen. Sofort hört sie auf und blickt zu mir hoch.

– Ist schon okay, beeilen Sie sich.

Sie betrachtet die Verletzung.

– Das muss genäht werden.

– Machen Sie endlich einen Verband drum, Himmelherrgott!

Sie beginnt mein Bein einzuwickeln, die Wunde zusammen mit dem Hosenbein.

– Was ist mit dem Typ da draußen vor der Garage?

Sie ist in ihre Arbeit vertieft.

– Was?

– Ist er am Leben?

– Keine Ahnung. Mein Kollege kümmert sich gerade um ihn. Einer der Nachbarn meinte, in der Garage könnten noch Verletzte liegen, deshalb bin ich hier.

Der Verband ist fertig.

– Haben Sie Penicillin in Ihrem Koffer?

– Ja.

– Geben Sie mir eine Spritze.

Sie zieht eine Ampulle heraus, reißt die Packung auf und hämmert mir die Spritze ins Bein. Eine weitere Sirene ertönt: diesmal definitiv die des Sheriffs. Endgültig Zeit zu verschwinden.

– Danke.

Ich zeige auf Danny.

– Am besten, wir schenken uns diesen Sie-legen-sich-auf-den-Boden-und-zählen-bis-hundert-Scheiß und kümmern sich gleich um ihn.

– Okay.

Sie beugt sich über Danny und fühlt seinen Puls, während ich die Tür zum Haus aufstoße.

Stacy war eine Klasse unter mir und Wade. Sie war ein ehrgeiziges Mädchen: brillante Zeugnisse, Schülervertreterin, freiwillige Extrakurse in diesem und jenem. Außerdem war sie die heißeste Braut auf dem Campus. Als Star-Athlet der Schule hatte ich gelegentlich mit ihrer intellektuell angehauchten, aber trotzdem ziemlich beliebten Clique zu tun. Soweit ich mich erinnern kann, habe ich einmal mit ihr geflirtet – nicht um wirklich bei ihr zu landen, sondern einfach, um es mal probiert zu haben, so wie Jungs im Teenageralter eben alles mal ausprobiert haben müssen. Ich hatte sicher keine allzu ernsthaften Absichten. Da es für mich bei anderen Mädchen ziemlich lässig lief, sah ich keinen Grund, mich mit einer abzugeben, die echtes Engagement erwartete. Zwischen Wades Loser-Clique und ihren Kreisen dürfte es wohl keinen Kontakt gegeben haben. Wahrscheinlich hatten sie nicht mal gemeinsamen Unterricht, ganz zu schweigen von irgendwelchen privaten Kontakten. Allerdings kann ich mich noch erinnern, wie wir ihr einmal während des Sportunterrichts nachgafften, als sie mit den anderen Mädchen ihre Runden auf der Aschenbahn drehte. Wade meinte damals, wenn er Lust hätte, ein Mädchen aus der Schule zu bumsen, dann sie. Mann, ich würde zu gern erfahren, wie die beiden zusammengekommen sind. Aber Wade ist wohl nicht in der Lage, es mir zu erzählen, und Stacy kann ich nicht fragen, weil sie gerade zu sehr damit beschäftigt ist, mit dem Hockeyschläger ihres Sohnes auf mich einzudreschen.

Ich betrete also das Haus, schließe die Tür hinter mir und kriege einen Schlag mitten auf den Schädel. Bis ich den Hockeyschläger packen und ihr aus der Hand reißen kann, fange ich mir noch ein paar weitere ein, dann geht sie mit ihren Fingernägeln auf mein Gesicht los. Mit dem Arm vorm Gesicht schaffe ich es, sie mir vom Leib zu halten, während ich rasch zum hinteren Teil des Hauses humple. Sie bleibt mir dicht auf den Fersen und bearbeitet meinen Rücken mit ihren Fäusten. Ich flüchte in die Küche. Am anderen Ende des Flurs tauchen kurz die Kinder auf: der Junge, den ich schon gesehen habe, sein etwas jüngerer Bruder sowie ein kleines Mädchen, das später mal genauso aussehen wird wie seine Mom.

Stacy schmeißt sich mit all ihrer Kraft gegen mich, und ich taumele in die Küche, während sie zu ihren Kindern rennt.

– Los, hoch in eure Zimmer! Macht, dass ihr in eure Zimmer kommt!

Das ist das Letzte, was ich von ihr sehe: Eine tapfere Mutter, die ihre kleine Kinderschar vor sich die Treppe hochtreibt, weg von dem bösen Mann. Im rückwärtigen Teil der Küche befindet sich eine Tür zur Terrasse, auf die ich jetzt zusteuere. Auf dem Küchentisch liegt ein Stapel Post. Schnell gehe ich die Briefe durch, bis ich das Gesuchte habe und in meine Gesäßtasche stopfe. Dann schlüpfe ich durch die Tür hinaus und lasse sie hinter mir ins Schloss fallen. Kurz halte ich inne, um noch mal zurück ins Haus zu blicken: der Weihnachtsbaum, die Lichterketten, die Krippe und das kunterbunte Chaos aus Kinderspielzeug. Dann ertönt die Sirene des Sheriffs direkt vor dem Haus.

Sie sind wach. Was kein Wunder ist bei dem Höllenlärm da draußen. Mühsam wälze ich mich über den Gartenzaun zurück aufs Grundstück meiner Eltern, drinnen sind die Lichter an, also schleiche ich mich an der Seite des Hauses entlang und lasse die Waffen in einen Busch im Vorgarten fallen. Niemals würde ich es wagen, eine Schusswaffe ins

Haus meiner Mutter zu schleppen. Als ich die Terrassentür aufstoße und reingehumpelt komme, fängt Mom zu weinen an.

– Henry. Oh, Henry.

– Alles okay, mir geht's gut.

Sie schüttelt den Kopf.

– Irgendein Krach hat uns geweckt, und dann, und dann ...

Sie kriegt den Satz nicht zu Ende, weil sie von heftigen Schluchzern geschüttelt wird. Dad hält sie in seinen Armen.

– Das hörte sich nach Schüssen an da draußen, Hank.

Ich schalte das Licht aus.

– Ich werde jetzt gehen.

Mom vergräbt ihr Gesicht an Vaters Brust. Es hört sich an, als würde sie pausenlos Nein, Nein, Nein stammeln, aber ich bin mir nicht ganz sicher.

– Die Polizei wird hier nach mir suchen, deshalb muss ich weg.

Dad schüttelt den Kopf.

– Wir können mit der Polizei reden. Es ist Zeit, die Sache ins Reine zu bringen, Hank.

– Dad.

– Wir schaffen das, wir haben Kontakte zu einflussreichen Leuten hier, wir können das ins Reine bringen, und du kannst damit aufhören.

– Dad, hör mir zu.

Er packt mich an den Schultern und schaut mir in die Augen.

– Nein, jetzt wirst du mir mal zuhören, mein Sohn. Das Ganze muss endlich ein Ende haben. Es wird Zeit, dass du aufhörst, davonzulaufen, und dich dieser Sache stellst.

Noch nie habe ich meinem Vater widersprochen, ich

habe immer das getan, was er von mir verlangt hat. Doch jetzt begegne ich seinem strengen Blick.

– Ich habe Menschen getötet.

Was immer er gerade hervorbringen wollte, bleibt ihm im Halse stecken.

– Darunter auch einige von denen, die mir nachgesagt werden. Ich hab sie tatsächlich umgebracht. Ich bin ein Killer.

Rasch drehe ich mich um und gehe rauf in mein altes Zimmer. Dort sammle ich mein Geld, meine frisch gewaschenen Klamotten und das Handy von Dylan ein und komme wieder runter. Dad steht unten an der Treppe, Mom neben ihm. Er greift nach meiner Hand, als ich vorbeikomme, aber ich entziehe sie ihm.

– Ich brauche den Schlüssel zur Werkstatt.

Er zeigt auf das Tischchen neben der Eingangstür und ich schnappe mir die Schlüssel. Moms Hand legt sich auf meinen Rücken.

– Henry, oh mein armes Baby. Oh, mein Baby.

Sie schlingt ihre Arme um mich, und ich spüre, wie Dad seine starken Arme um uns beide legt und uns so heftig drückt, so als wolle er uns zu der ursprünglichen Einheit zusammenpressen, die wir einmal waren. Die wir aber nicht mehr sind. Ich bin anders. Ich reiße mich los.

– Versucht bitte nicht länger, mich zu beschützen. Ich bin es nicht wert. Ich …

Erneut versucht Mom, mich zu umarmen. Ein knapper Blick zu Dad sorgt dafür, dass er sie zurückhält.

– Vermutlich wird im Lauf der Nacht die Polizei hier auftauchen. Es hat keinen Sinn, ihnen vorzumachen, ich sei nicht hier gewesen. Erklärt ihnen einfach, ihr hättet versucht, mich zum Aufgeben zu bewegen, und ich wäre davongelaufen. Es ist die Wahrheit. Sagt ihnen einfach die Wahrheit.

Meine Hand langt nach dem Türgriff. Dann halte ich

inne, drehe mich um, packe Mom und gebe ihr einen Kuss auf die Wange.

– Ich liebe dich, Mom. Ihr werdet mich nie wieder sehen. Tut mir leid. Ich liebe dich, Dad.

Ich öffne die Tür und sofort kommen die Hunde bellend die Treppe heruntergeschossen. Die ganze Welt könnte in Schutt und Asche fallen und sie würden nichts davon mitkriegen, aber wehe du näherst dich der Eingangstür, dann werden sie augenblicklich zu wilden Bestien. Ich verlasse das Haus. Über das Gekläff der Hunde hinweg kann ich Moms Stimme hören.

– Wir lieben dich, Henry, was auch immer du getan hast.

Die Tür fällt hinter mir ins Schloss, und erneut beginne ich zu rennen.

Die Werkstatt liegt im Ortskern, etwa zehn Minuten zu Fuß von hier. Mit meinem Bein komme ich nicht sonderlich gut voran, aber ich kenne eine Abkürzung. Nachdem ich die Waffen aus dem Gebüsch geholt und mich kurz vor einem vorbeirollenden Van geduckt habe, humple ich vor zur Ecke, wende mich nach rechts und klettere über einen Maschendrahtzaun. Mit nur einem funktionstüchtigen Bein keine leichte Aufgabe, aber irgendwie schaffe ich es. Auf der anderen Seite lasse ich mich auf dem betonierten Rand des ausgetrockneten Wassergrabens nieder, stoße mich ab und rutsche auf dem Hintern die Schräge hinunter. Als ich unten auftreffe, zuckt ein furchtbarer Schmerz durch mein Bein.

Zum Glück war der Winter bisher ziemlich trocken, und hier unten steht das Wasser nur ein paar Zentimeter tief. Platschend bewege ich mich durch die Dunkelheit, bis ich nach etwa hundert Metern an eine Stelle gelange, wo Stufen in die Wand des Grabens eingelassen sind. Sie sind steil, fast wie in Kukulkan. Auf der Stelle verbanne ich dieses Bild aus meinem Kopf. Ich habe jetzt keine Zeit für so was.

Oben haben Kids ein Loch in den Zaun gerissen. Ich winde mich hindurch und lande direkt auf dem weiten verlassenen Footballfeld der Patterson Highschool. Nachdem ich die Westseite der Tribüne hinter mir gelassen habe, überquere ich die Aschenbahn und schließlich das Spielfeld selbst. Plötzlich tauchen direkt vor mir die diamantförmigen Grundrisse der Baseballfelder auf, und ich bleibe einen Moment wie erstarrt stehen, bevor ich schnell zwischen ihnen hindurchhaste. Genau da drüben ist die Stelle, wo ich mir den Knöchel brach und mein Leben eine 180-Grad-Wende nahm.

Komm endlich darüber weg, Henry.

Der Campus sieht noch genauso aus wie damals. In der Mitte das Quadrat mit dem großen roten P, wo wir uns früher immer die ahnungslosen Neulinge vorknöpften und sie kopfüber in die Mülltonnen steckten, wenn sie ihre Schulmannschaft, die Tigers, nicht ordentlich anfeuerten. Schließlich erreiche ich die Straße vor der Schule und vor mir breitet sich die Innenstadt von Patterson in ihrer ganzen mitternächtlichen Pracht aus.

CSM liegt zwischen einer John-Deere-Vertretung und einem Abschleppunternehmen. Nachdem ich die Bürotür aufgeschlossen und wieder hinter mir verriegelt habe, betrete ich die Werkstatt, wo ich das Licht anknipse. Und da steht mein Auto – aufgebockt und ohne Räder, genauso, wie Dad es zurückließ, nachdem er am Morgen noch die Bremsbeläge erneuert hatte. Vielen Dank, Dad. Im gleichen Augenblick schrillt die Alarmlage los, denn ich habe vergessen, dreißig Sekunden nach Öffnen der Tür den Code einzugeben.

Danny identifizierte mich, weil er mein Gesicht aus *Ame-*

rica's Most Wanted kannte. Selbst ein Flachwichser wie er ist anschließend in der Lage, mal kurz im Internet nachzuschauen, wo meine Eltern leben, um dann hier nach mir zu suchen. Vermutlich glaubt er, dass er eine Belohnung kriegt und als Held gefeiert wird, wenn er mich schnappt. Und damit liegt er wahrscheinlich gar nicht mal so falsch.

Der Sheriff und seine Männer wissen genau, wo meine Eltern leben. Zum einen kennen sie Mom, weil sie es öfters mit ihren schwer erziehbaren Jungs zu tun kriegen. Außerdem haben sie, nachdem diese ganze Scheiße bei mir losging, ziemlich viel Zeit vor dem Haus meiner Eltern zugebracht, um ihnen die Medienmeute und die Schaulustigen vom Hals zu halten. Früher oder später wird Danny oder Leslie oder irgendein anderer aus ihrer Clique meinen Namen erwähnen. Wie lange wird es dauern, bis das geschieht? Und wie lange werden die Sheriffs anschließend brauchen, bis ihnen einfällt, dass meine Eltern gleich um die Ecke von Wade leben? Und wenn dann auch noch die Nachricht über den Alarm in der CSM-Werkstatt meines Dads eintrudelt, werden selbst diese Kuhkaff-Cops irgendwann in der Lage sein, eins und eins zusammenzuzählen und meine Verfolgung aufnehmen. Und dann wird es wohl nicht mehr allzu lange dauern, bis sich Staatspolizei und FBI an meine Fersen heften.

Leslie hat einen Nervenzusammenbruch erlitten. Danny war besinnungslos, als ich ihn verließ. Mister Pferdeschwanz hat zwei gebrochene Arme und wahrscheinlich einen Schock. Vokuhila? Er sah nicht so aus, als würde er sich allzu bald mit jemandem unterhalten. Bleibt Fettsack. Wird er plaudern? *Richtig, Mann, anstatt die Polizei zu rufen, haben wir diesen gesuchten Kriminellen lieber selbst gejagt, weil er nämlich meinen Kumpel zusammengeschlagen hat, und dann haben wir hier einen Riesenunfall mit unserem Truck gebaut und …* Vermutlich wird er lieber die Klappe halten. Weil es besser für ihn ist. Er muss mir diesen kleinen Gefallen einfach tun, damit ich eine Chance habe.

Während die Alarmanlage weiter schrillt und dringend nach den Cops verlangt, die gerade woanders zu tun haben, ziehe ich die Planen von den Wagen. Die 53er Corvette ist viel zu auffällig, ebenso der 73er Jaguar XLS. Bei dem 1970er Mercedes 280 SL fehlt der Motor. Der 50er Studebaker Commander steht ganz hinten und ist völlig zugeparkt. Aber der 85er Monte Carlo SS ist goldrichtig. Auf einem Regal finde ich die Schlüssel und schalte die Zündung ein. Nichts. Kein Wunder, er wurde lange nicht gefahren und die Batterie ist leer. Ich zerre das Ladegerät heran, öffne die Kühlerhaube und glotze auf den gewaltigen Motorblock – 450 PS und über 6 Liter Hubraum. Ich schließe das Ladegerät an.

Während die Batterie Strom tankt, hinke ich zurück ins Büro und wühle herum, bis ich einen ölverschmierten Straßenatlas finde. Als ich zurück in die Werkstatt will, stolpere ich über einen Karton voller CSM-Windjacken, jede einzelne in Plastikfolie verpackt. Scheiße, meine Jacke! Die Windjacke, die Leslie gegen die Stirn ihrer Tochter gepresst hielt. Das ist genau der Hinweis, den die Sheriffs brauchen, um in kürzester Zeit hierher zu finden.

Wieder drehe ich den Zündschlüssel und diesmal erwacht der Monte Carlo zum Leben, so laut, dass er fast den Alarm übertönt. Ich reiße die Kabel des Ladegeräts ab, werfe die Motorhaube zu und drücke auf den Knopf für das elektrische Garagentor. Es ist jetzt fast ein Uhr in der Früh. Über dem Tal hängt der schwere Nebel aus San Joaquin. Vorsichtig manövriere ich den Wagen zwischen den anderen hindurch, in der Hoffnung, dass Dad gut versichert ist. Draußen in der Auffahrt stoppe ich kurz, springe heraus und verschließe das Tor wieder. Es besteht kein Grund, es den Sheriffs leichter zu machen als unbedingt nötig. Dann sitze ich wieder angeschnallt hinter dem Lenkrad. Ohne Licht rolle ich von der Ausfahrt direkt auf den Highway 33, trete das Gaspedal durch und jage den Wagen vom ersten Gang hoch in den dritten. Das Geschoss ist so laut, dass ich die Polizeisirenen erst höre, als der Wagen des Sheriffs direkt vor mir aus der Poppy Avenue schießt.

Mein linker Fuß saust auf die Kupplung, während mein rechter mit Ferse und Zehen auf Gas und Bremse zugleich tippt. Dann reiße ich das Lenkrad herum. Das Heck des Monte Carlo bricht aus. Doch anstatt eine hübsche saubere 180-Grad-Drehung hinzulegen, schlittert er einmal um die eigene Achse und bleibt schließlich auf der Stelle stehen. Der Wagen des Sheriffs schleudert haarscharf an mir vorbei und rast direkt in die Einfahrt von CSM, offensichtlich auf der Jagd nach einem größeren Fisch als einem nächtlichen Sonntagsfahrer. Cool. Ich schalte in den Ersten und jage los. Da schießt der Sheriff aus der Einfahrt, schleudert herum und macht sich an meine Verfolgung. Ich gebe Vollgas, jage in Richtung Westen davon – direkt auf Newman und das Hauptquartier des Sheriffs zu. Nicht so cool. Vielleicht lieber noch mal die 180-Grad-Nummer probieren.

Kupplung, Ferse-Zehe, Lenkrad rumreißen (nicht ganz so stark diesmal), dann runter von der Bremse, rauf aufs Gas und im zweiten Gang Kupplung kommen lassen. Diesmal greifen die Hinterräder, der Streifenwagen kommt ins Sichtfeld geschleudert, mein Wagen schießt nach vorne, während der Sheriff das Steuer nach rechts reißt und voll in die Eisen steigt. Ich lenk kurz gegen, um das schlingernde Heck unter Kontrolle zu bringen, wobei mein linker hinterer Kotflügel im Vorbeifahren gegen den linken hinteren Sheriff-Kotflügel kracht. Erneut lenke ich leicht gegen und donnere auf der 33 in Richtung Norden davon. Genau wie scheiß Detektiv Rockford. Der Wagen des Sheriffs wendet ebenfalls und bleibt mir mit blinkenden Lichtern auf den Fersen. Ich lege eine Vollbremsung hin, biege rechts von der 33 ab und jage über die Bahngleise in die Las Palmas Avenue.

Die Las Palmas Avenue verläuft von der Innenstadt Pattersons pfeilgerade hinaus ins Farmland, macht dort irgendwann einen Knick nach Osten und wird bei den Mandelbaumplantagen zur West Main Avenue. Ab Hatch setzt sie dann ihren Weg als West Main Street fort, bis sie kurz hinter Turlock den Highway 99 kreuzt. Bis dorthin sind es kaum fünfundzwanzig Kilometer, doch die ersten zwei Kilometer sind die härtesten. Hier ist die Straße rechts und links mit Palmen gesäumt, alle fünf Meter eine. Versuch da mal 180 zu fahren. Die Bäume sehen aus wie eine Wand. Als Teenager fuhren wir dort heimlich Beschleunigungsrennen, in dem unerschütterlichen Glauben, uns könne nichts passieren. Bevor man in seinen Wagen stieg, sagte man immer den gleichen Satz zu seinem Gegner: Bau keinen Scheiß.

Der Monte Carlo wurde ursprünglich mal für Beschleunigungsrennen konzipiert, doch jetzt haben sie ihn für den Alltagsgebrauch umgerüstet. Das macht ihn eine Spur langsamer, wahrscheinlich braucht er jetzt von null auf hundert statt sechs so um die sieben Sekunden. Wrooom. Ich trete das Gaspedal durch bis auf den Boden.

Die Doppelvergaser saugen gierig Luft an, die Hinterreifen krallen sich in den Asphalt, Qualm steigt auf und hinter mir bleibt eine zehn Meter lange Zwillingsspur verbrannten Gummis zurück. Ich bin immer noch im Dritten, als der Tacho bereits 160 anzeigt.

Ich bin nicht wirklich darauf vorbereitet, so ein Geschoss zu bändigen. Niemand ist auf so etwas vorbereitet. Die einzige Chance ist, den Wagen immer auf geradem Kurs zu halten. Wenn ich nur das geringste bisschen am Lenkrad wackle, verliere ich unvermeidlich Bodenhaftung und es trägt mich in die vorbeijagenden Palmen. Ich nehme etwas Gas weg. Die Tachonadel erreicht kurz 180 und fällt dann langsam wieder. Es wäre wahrscheinlich angebracht, im Rückspiegel nach dem Sheriff Ausschau zu halten, aber ich traue mich nicht, die Augen von der Straße zu nehmen. Dann huschen die letzten Palmen an mir vorbei und ein Bruchteil der Anspannung fällt von mir ab. Doch schon verkündet ein Warnschild, dass ich wegen Straßenbauarbeiten die Spur wechseln muss.

Fuß vom Gas und auf die Bremse getippt. Funktioniert bestens, ich bin runter auf 90, als der Spurwechsel kommt. Noch mal Bremse antippen, Lenkrad einen Tick nach links. Zu viel, ich jage auf die Leitplanke zu. Bremse antippen, Tick nach rechts lenken, um der Leitplanke auszuweichen, und ich donnere mit zu viel Tempo auf die linke Spur. Orange Plastikkegel hämmern gegen meine Stoßstange, werden herumgewirbelt und wie Raketen in den Nachthimmel katapultiert. Ich nehme die Füße von sämtlichen Pedalen, während der Wagen über den noch nicht asphaltierten Fahrstreifen schrammt. Als sich die Straße endlich wieder auf zwei Spuren verbreitert, bin ich auf 70 runter. Und schon höre ich hinter mir die Sirene.

Der Wagen des Sheriffs hat jetzt die Baustelle erreicht. Was zum Teufel mache ich da eigentlich? Das Ding hier ist schließlich kein Monster, sondern ein Auto. Ich trete wieder aufs Gas, haue den Vierten rein und der Motor röhrt glücklich bis rauf auf 160. Die letzten Straßenlaternen verschwinden hinter mir und unsere kleine Verfolgungsjagd verlagert sich jetzt aufs offene Land. Gerade noch rechtzeitig schalte ich die Scheinwerfer ein, um vor mir das Schild zu entdecken, das vor einer Kurve mit Höchstgeschwindigkeit 50 warnt.

Die Kurve beginnt als sanfte Biegung nach rechts zwischen einem brachliegenden Erdbeerfeld und einem kleinen Wäldchen. Ich tippe, tippe, tippe auf die Bremse, bis ich runter auf 100 bin. Die Reifen quietschen, bleiben aber fest auf der Straße. Dann kommt die Stelle, wo die Kurve einen scharfen Knick macht. Ich schaffe das. Dieses fette Schiff hier wird auf der Straße bleiben. Ich weiß, dass es da bleiben wird.

Irgendwo tut es einen Schlag. Irritiert reiße ich das Lenkrad ein winziges Stück nach links, lenke dann zu heftig nach rechts gegen, das schwere Heck bricht aus und trägt den Wagen Richtung Bäume. Ich reiße das Lenkrad in die Gegenrichtung, spüre, wie die Räder wieder greifen, versuche den Wagen auf den ursprünglichen Kurs zu manövrieren, verliere erneut die Bodenhaftung, und dann übernimmt die Straße endgültig die Kontrolle.

Das Heck schleudert herum, ich schleudere herum, eine Handbreit vor der Motorhaube wischen die Bäume von rechts nach links vorbei und verschwinden. Irgendetwas kracht höllisch und erschüttert den Wagen, dann wird er auf die Straße zurückgeschleudert, sich diesmal in entgegengesetzter Richtung drehend. Ich lasse die Hände von dem wild in alle Richtungen ausschlagenden Steuer, damit es mir nicht die Handgelenke bricht. Wieder wischen die Bäume vorbei, diesmal von links nach rechts und viel weiter weg. Der Wagen schlägt hart auf, als er von der Straße segelt, hüpft gleich darauf wieder in die Höhe, kracht in das Feld und wirbelt, immer noch wild herumschleudernd, eine gewaltige Staubwolke auf, die mich, als der Monte endlich zum Stillstand kommt, wie ein Vorhang von der übrigen Welt trennt.

Während all dem Schleudern und Kreischen und Krachen hat sich das Radio eingeschaltet. Ich hänge mit Gummimuskeln im Sitz, unfähig, mich zu bewegen; mein Hirn ist eine endlose platte Ebene ohne Horizont. Ich nehme Dinge wahr, ohne deren Sinn zu begreifen, während sich draußen die heulende Sirene nähert und die Staubwolke vor meinen Fenstern rot und blau aufzuleuchten beginnt. Ganz in meiner Nähe ertönt eine Stimme. Ja, es ist der Warrior, der Late-Night-DJ auf 104,1. Der Nachtfalke. Als Junge liebte ich diesen Sender. Die Sirene verstummt und aus dem blau-roten Dunst taucht ein menschlicher Schatten auf. Der Hilfssheriff reißt an meiner Seite die Wagentür auf und hält seine Waffe auf mich gerichtet. Der Warrior hört auf zu reden und ein Song ertönt im Radio. Thin Lizzys »The Boys Are Back in Town.«

Der Hilfssheriff scheint eine anständige Ausbildung genossen zu haben. Man könnte vielleicht beanstanden, dass er darauf verzichtet hat, mich sicherheitshalber erst mal aussteigen zu lassen, bevor er rübergerannt kommt und die Tür aufreißt. Doch davon abgesehen, erledigt er seinen Job ziemlich gut für einen Burschen, der normalerweise höchstens mal zu einer Kneipenrauferei gerufen wird.

Nachdem er einen Blick auf meinen schlaffen Körper geworfen hat, weiß er, dass er mich auf keinen Fall bewegen darf. Danke dafür. Dann fordert er mich auf, meine Hände auf das Lenkrad zu legen, doch die sind weit weg von meinem Körper und gehören nicht wirklich zu mir, also lasse ich sie weiter im Schoß liegen. Als er seine Aufforderung wiederholt und ich erneut keine Reaktion zeige, langt er ins Auto und tastet mich nach Waffen ab. Dabei hält er seine Knarre unverwandt auf mich gerichtet. Seine Suche bleibt jedoch erfolglos, da Dannys Pistole und Wades Revolver durch den Wagen gesegelt und irgendwo auf dem Boden gelandet sind. Zum Glück sind mir die Dinger nicht an die Birne geknallt. Moment mal. Bin ich mir da wirklich sicher? Ich konzentriere mich kurz auf meinen Kopf. Fühlt sich beschissen an. Also ist mir möglicherweise doch eins von den Schießeisen gegen die Rübe gedonnert. Nicht, dass mich das sonderlich jucken würde; oder dass mich überhaupt irgendetwas jucken würde.

Er kommt jetzt um den Wagen herum zur Beifahrerseite gelaufen. Knirschend dreht sich die Tür in den Angeln. Er inspiziert das Handschuhfach – ohne Erfolg. Dann tastet er unter dem Sitz herum und taucht mit einer Pistole in der Hand wieder auf. Nachdem er sich diese in den Gürtel gesteckt hat, klappt er den Vordersitz um und nimmt sich die Rückbank vor. Als er wieder zu mir nach vorne gekrabbelt kommt, sehe ich, dass er auch Wades Revolver gefunden hat. Gut für ihn. Erneut fragt er, ob ich mich rühren kann, akzeptiert dann aber meine Bewegungslosigkeit als ausreichende Antwort. Fürsorglicherweise fordert er mich sogar auf, mich möglichst *gar nicht* zu bewegen; und bevor er gleich darauf wieder in der Dunstglocke verschwindet, teilt er mir mit, dass er jetzt Verstärkung und einen Krankenwagen anfordern wird.

Der Motor des Monte Carlo tickt. Langsam verzieht sich der Staub und ich sehe den Hilfssheriff neben seinem Wagen stehen und ins Funkgerät sprechen. Meine Augenlider beginnen zu flattern und kiloschwer nach unten zu ziehen. Gewaltsam reiße ich sie wieder auf. Gehirnerschütterung. Ich habe mit ziemlicher Sicherheit eine Gehirnerschütterung und muss wach bleiben. Meine Augendeckel klappen zu. Auf der Straße kommt ein Wagen angeröhrt und hält an. Ich höre, wie Türen aufgehen und wieder zugeschlagen werden, und danach Stimmen.

– Alles okay? Brauchen Sie Hilfe?

– Bleiben Sie dort oben auf der Straße.
– Was?
– Bitte trampeln Sie nicht durch die Wagenspuren hier.
– Ich wollte nur wissen, ob Sie Hilfe brauchen?
– Bleiben Sie verdammt noch mal von den Wagenspuren weg!
– Was?
– Gehen Sie sofort zurück auf die Straße.
– 'tschuldigung, ich wollte nur helfen.
– Runter von den Spuren und zurück auf die Straße.
– Tut mir leid, Mann.

Es folgt ein trockener Knall.

Dann ein weiterer Knall.

Und noch einer.

Füße scharren durch den Dreck. Eine Hand löst meinen Gurt und zerrt mich aus dem Auto, während im Radio gerade ein neuer Song läuft: Led Zeppelins »When the Levee Breaks«. Rock 'n' Roll vom Feinsten. Aber ich schaffe es einfach nicht mehr, mich wach zu halten, um ihn entsprechend zu würdigen. Also lasse ich es sein.

– Weck ihn auf.
– Häh?
– Du sollst ihn nicht einschlafen lassen.

Jemand rüttelt an mir.

– Keine Reaktion.
– Gib ihm 'ne Ohrfeige.

KLATSCH!

– Hey, Mann, du sollst ihn nicht umbringen, du sollst ihm nur 'nen leichten Klaps geben.

Klaps.

– Der ist total weggetreten, Mann.
– Versuch's mal mit Wasser.

Mein Kopf wird herumgerissen. Irgendetwas wird in meinen Mund gezwängt, füllt ihn ganz aus.

– Hust! Keuch! Würg!
– In sein Gesicht, Menschenskind, in sein verdammtes Gesicht!
– Mann, komm doch her und mach den Scheiß selbst.

Meine Augen öffnen sich.
– Nein, warte, ich glaube, jetzt ist er wach.

Ich liege auf dem Rücken. Über mir kreisen Lichter. Ich bewege mich. Nein, ich befinde mich in irgendetwas, das sich bewegt.
– Bist du okay?

Etwas Dunkles beugt sich über mich. Ein menschlicher Umriss.
– Sid, übernimm das Steuer.

Der Umriss verschwindet wieder und ich höre scharrende Geräusche.
– Hast du das Steuer?
– Ja.

Die Geradeausbewegung geht für einen kurzen Moment in seitliches Schlingern über. Ein anderer Umriss beugt sich über mich.
– Bist du okay?

Gute Frage. Bin ich okay? Ehrlich gesagt, ist mir die Frage im Moment zu komplex, als dass ich darauf eine Antwort geben könnte. Also ziehe ich es vor, gar nicht zu antworten.
– Bist du verletzt?

Das ist doch mal eine eindeutige Frage. Damit kann ich umgehen.
– Ja.
– Wo?

Auch das ist einfach zu beantworten.
– Überall.

Ein kleiner Lacher. Warte mal, dieses Lachen kenne ich doch von irgendwoher.

– Wohin bist du unterwegs? Wohin sollen wir dich bringen?

Jesus, das ist jetzt aber wieder eine echte Kopfnuss. Ich bin unterwegs – Richtung zu Hause? Nein, stimmt nicht, dort war ich schon, und es lief nicht so gut. Ich schließe meine Augen und sehe einen sonnigen Platz am Meer vor mir. Ach, das schaut aber nett aus. Da will ich hin.

– Mach die Augen auf, Mann. Du musst wach bleiben.

Ich reiße die Augen auf. Wo bin ich?

– Ich will zum Strand.

Puh, das hat mich aber jetzt den letzten Rest meiner Kraft gekostet. Ich schließe meine Augen wieder.

– Wach auf.

Wasser spritzt mir ins Gesicht. Ich öffne die Augen. Ich bewege mich. Der vertraute Umriss beugt sich über mich. Was mache ich hier? Ich bewege mich. Bewegen? Ja, richtig, ich bin irgendwohin unterwegs. Es war ziemlich wichtig.

– Sind wir schon da?

– Wo soll das sein?

Woher soll ich das denn wissen? Moment, warte, jetzt fällt es mir wieder ein!

– Vegas.

– Vegas?

– Sind wir da?

– Da willst du hin?

– Vegas.

Ein Schnappschuss von Mom und Dad taucht in meinem Hirn auf und verblasst wieder. Genau umgekehrt wie bei der Entwicklung eines Polaroids. Ich versuche mich aufzurichten.

– Vegas, ich muss unbedingt nach Vegas.

Jemand nötigt mich wieder in die Rückenlage.

– Ist okay, Mann, sind schon unterwegs. Sid?

– Ja.
– Fahr nach Vegas.

Ich schließe meine Augen. Jemand versucht mich wachzurütteln, aber zu spät, denn ich stürze schon durch einen langen dunklen Tunnel, weg von den furchtbaren Schmerzen, die schon auf mich warten, wenn ich wieder aufwache.

Falls ich überhaupt jemals wieder aufwache.

– Ich sag dir, Mann, ohne Taylor sind die 'nen Scheißdreck wert. Ein absolut hoffnungsloser Fall.
– Ja, aber.
– Da gibt's kein *Ja aber*, Mann.
– Sie spielen zu Hause.
– Die sind absolut Meister darin, sich selbst ins Knie zu ficken. Jeder kann die Dolphins im Dezember platt machen.

Mein Mund ist verklebt und meine Kehle rau wie Schmirgelpapier, trotzdem schaffe ich es, meinen Senf dazu abzugeben.

– Er hat recht.

Stille.

– War er das?
– Hol Wasser.

Schritte. Wasser läuft. Erneut Schritte.

Wasser spritzt mir ins Gesicht. Ein gutes Gefühl.

– Alles klar, Mann?

Noch mehr Wasser. Ich klappe die Augendeckel auf und erblicke ein bekanntes Gesicht.

– Hey, Rolf.
– Wie fühlst du dich?

Er sitzt auf dem Rand des Bettes, auf dem ich liege. Um mir einen Eindruck von dem Raum zu verschaffen, drehe ich meinen Kopf ein bisschen hin und her. Meine Sicht ist ziemlich verschwommen, aber im Moment ist mir das reichlich egal. Ein Motel. Billig. Könnte irgendwo sein. Dann wende ich mich wieder Rolf zu.

– Kann ich noch Wasser haben.

Die unscharfe Gestalt hinter ihm reicht ihm einen Plastikbecher, Rolf hält ihn an meine Lippen und ich stürze den Inhalt mit einem Schluck hinunter.

– Mehr.

Rolf gibt der unscharfen Gestalt den Becher, sie verschwindet und ich höre, wie es im Waschbecken plätschert.

– Wo sind wir?

– Im Downtown Motel.

– Wo?

– Downtown Motel.

– Ich meine, in welcher Gegend?

– Oh, Barstow.

Barstow. Habe ich jemals irgendetwas Wissenswertes über Barstow gehört? Nein. Einfach eine nichtssagende Stadt mitten in der Wüste, perfekt geeignet, um eine Leiche verschwinden zu lassen. Die unscharfe Gestalt kommt mit meinem Wasser zurück. Während ich es gierig schlucke, wird die unscharfe Gestalt langsam scharf. Er ist jünger als Rolf und ich: kurzer, blondierter Irokesenschnitt, nackter, durchtrainierter Oberkörper und ein blaues Ocean-Pacific-Logo auf die linke Brust tätowiert – genau da, wo es auch säße, wenn er eines ihrer T-Shirts tragen würde.

Ich reiche ihm den leeren Becher.

– Danke.

Grinsend nimmt er den Becher entgegen.

– No problemo, Kumpel.

Rolf zeigt auf ihn.

– Das ist Sid. Sid, das ist mein Freund Henry Thompson.

– Weiß ich doch, Mann. Cool, dich kennenzulernen.

Er streckt mir seine Hand entgegen. Irgendwie schaffe ich es, meinen Arm vom Bett zu heben und sie zu schütteln. Rolf fischt ein paar Scheine aus der Tasche und drückt sie Sid in die Hand.

– Warum läufst du nicht mal eben rüber ins IHOP und besorgst Henry einen Cheeseburger. Und mir einen Chefsalat.
– Cool.

Langsam schlurft er zur Tür, ohne dabei den Blick von mir zu wenden, dann dreht er sich plötzlich um, öffnet die Tür und tritt hinaus. Rolf grinst mich an.

– Ich glaube, der steht auf dich.

Ich will mich im Bett aufsetzen, aber der Schmerz trifft mich wie eine Abrissbirne. Rolf hilft mir ein wenig und stopft mir ein Kissen in den Rücken, damit ich mich halbwegs aufrichten kann.

– Mensch, Rolf.
– Ja.
– Ziemliche Überraschung, dich hier zu sehen.
– Ja.
– Wie kommt's?

Er langt in die Tasche seiner Shorts, zieht einen Zettel heraus, faltet ihn auseinander und reicht ihn mir.

– Daher kommt's.

Ich greife mir den Zettel. Es ist eine Fotokopie meines New Yorker Fahndungsplakats, und zwar in der spanischsprachigen Ausgabe. Blutspritzer bedecken das Papier.

Candito hatte das Fahndungsplakat in seiner Tasche stecken. Als Rolf ihn nach dem Bronco-Schlüssel durchsuchte, um mich und Leo am Highway aufzusammeln, fiel es ihm in die Hände. Aber erst musste er Candito töten.

– Ich sag dir, Kumpel, das war echt hart. Ich dachte erst, ich versuch's mit einem klassischen Hinterhalt – also zurück in die Cantina, hinter der Bar verstecken und ihn wegpusten, wenn er angetanzt kommt. Aber keine

Chance. Gleich nachdem du verduftet warst, bin ich wieder rein, aber da kommt der Kerl auch schon durch die Hintertür gelatscht, bei ihm der Dorfarzt, ein fetter alter Sack mit einem riesigen Schnauzer. Coole Szene, genau wie aus einem Sergio-Leone-Streifen. Der Federale langt sofort nach seiner Kanone. Ich reiße die Flossen hoch und erzähle ihm irgendwas von wegen, ich hätte meinen Autoschlüssel vergessen und wollte ihn nur eben rasch suchen, und dann wäre ich auch schon wieder weg, und er solle einfach cool bleiben. Daraufhin schickt er den Doc los, er solle sich um den anderen Bullen kümmern, den ohne Gesicht.

Inzwischen sitze ich aufrecht auf der Bettkante und schütte noch mehr Wasser in mich hinein. Mein Kopf fühlt sich an, als wäre er abgehackt und auf eine Stange gespießt worden. Zwischendrin wird mir immer entsetzlich schwindlig, und alles verschwimmt vor meinen Augen. Ich habe mit ziemlicher Sicherheit eine ordentliche Gehirnerschütterung; was im Übrigen auch plausibel erklären würde, warum ich mich an kaum etwas erinnern kann, seit ich in den Monte Carlo gestiegen bin. Eine Verfolgungsjagd. Ein Unfall. Ein Bulle. Die Rückbank von Rolfs Bus. Dieser Raum.

– Also, der Federale hält mich in Schach, während ich rüber zu dem Tisch schlendere, hinter dem ich vorher versteckt war. Ich zeige auf den Boden und sage so was in der Art wie, hey, da ist ja mein Schlüssel, dann bücke ich mich, als würde ich wirklich meinen Schlüssel aufheben wollen, und genau in dem Augenblick entdeckt der dicke Onkel Doktor hinter der Bar den toten Bullen.

Ein toter Bulle. Ein Hilfssheriff rief über Funk Verstärkung, dann hörte ich Schüsse und kurz darauf zerrten mich Rolf und Sid aus meinem Wagen. Toter Bulle.

– Der Doc erklärt also dem Federale, dass er nichts mehr

für seinen Freund tun kann, und der fragt immer nur, Que? Que? Que?, und dann geht der Tanz richtig los. Ich komme hochgeschossen wie in einem dieser Gangsterfilme – die Kanone von dem Bullen in der einen und meinen Revolver in der anderen. Ich sehe den Federale und den fetten Doc einfach so rumstehen und die Leiche beglotzen, als gäbe es mich überhaupt nicht mehr, also ziehe ich am Abzug der billigen Bullenwaffe, und das Ding geht los. Sofort nimmt mich der Federale aufs Korn, und ich hab nur noch drei Kugeln in meiner eigenen Waffe, aber immerhin hat der eine Schuss den Alten in den Wanst getroffen, und er liegt auf dem Boden und zuckt und dreht sich im Kreis wie so ein Stummfilm-Komiker, dem ein glühender Bolzen in die Hose gefallen ist. Ich schwör's dir, Mann.

Erneut beginnt sich alles in meinem Kopf zu drehen und ich lasse mich zurück aufs Bett fallen, die Beine immer noch über der Bettkante und die Füße auf dem Boden.

– Bist du okay?

Ich halte die Augen geschlossen und wedele mit der Hand.

– Bist du sicher?

Ich atme ein paarmal tief durch.

– Ja.

– Okay, der Federale reißt also seine Knarre hoch, und plötzlich hab ich diesen kurzen Aussetzer. Ehrlich, ich schiebe voll die Panik. Es ist wie beim Surfen. Ich bin ganz oben auf der Welle, und sie bricht, wird zu was ganz anderem, zu dieser Bestie, die mich jeden Moment verschlingen kann, und ich merke, wenn ich mich jetzt nicht verdammt zusammenreiße, werde ich abgeknallt. Doch es ist schon zu spät, ich weiß, ich hab's versiebt und werde umgenietet, weil ich einen Moment total die Panik hatte. Der Federale zielt also auf mich, und ich reiße meine Waffe hoch und stehe da wie angewurzelt, weil ich nicht weiß, ob ich meine drei Kugeln verballern soll, oder ob ich mich lieber hinschmeißen soll, bevor er mich richtig im Visier hat, aber in dem Moment ist schon alles zu spät, weil er den Abzug drückt und ich schon so gut wie tot bin. Aber genau in dem Moment tritt ihm der Arzt, der immer noch spastisch am Boden rumzuckt, von hinten in die Beine, woraufhin er stürzt und ich ihm eine Kugel verpasse.

Ich öffne kurz die Augen. Nein, die Welt ist immer noch verschwommen und unscharf.

– Ich sag dir, Mann, es war einer dieser seltenen Momente, wo alles für dich läuft. Da er immer noch lebt, verpasse ich ihm lieber noch eine, bevor ich aus meiner Deckung komme, aber damit hatte es sich dann auch. Fertig aus.

Fertig aus.

– Und der Arzt?

– Oh, Mann, miese Sache. Das lief ziemlich beschissen, aber irgendwie musste es wohl so kommen. Ich meine, ich war dem Typen echt dankbar und alles, aber wie er da so rumliegt, bumms, kassiert er noch eine Kugel, ich wälze ihn auf die Seite und schieß ihm in den Hinterkopf. Echt ein Jammer. Dann schaue ich mich nach den Bronco-Schlüsseln um, und dabei entdecke ich das Fahndungsplakat. Und weißt du, was echt abgefahren ist?

– Nein.

– Vor etwa einem Jahr hab ich die Henry-Thompson-Folge von *America's Most Wanted* gesehen.

Schon wieder einer.

– Und ich dachte schon immer, der schaut doch total aus wie du, aber irgendwie schien es mir dann doch zu abwegig, und ich hab die Sache wieder vergessen. Und dann sehe ich das Plakat und, Bäng, der Groschen fällt. Ich bin sofort raus auf den Highway gebrettert und hab Leo aufgesammelt, aber du warst schon verschwunden. Und das hat dann meine letzten Zweifel beseitigt.

– Wie geht es Leo?

– Ganz okay, soweit ich weiß. Ich hab ihn zurück in Pedros Haus geschafft, dort ist er aufgewacht und hat ein paar Worte geplappert. Er meinte, die Federales hätten ihn im Dschungel erwischt und so lange auf ihn eingeprügelt, bis er herausrückte, wohin ich mit dir unterwegs bin. Er fühlt sich wirklich mies deswegen. Jedenfalls rief Pedro Doc Sanchez an, und ich machte mich auf die Socken. Es schien an der Zeit, den guten alten Staaten mal wieder einen Besuch abzustatten und bei der Gelegenheit auch nach dir Ausschau zu halten.

– Warum?

Eine ziemlich überflüssige Frage.

– Mann, ich schätze, du schuldest mir noch Geld. Leo ist vielleicht einer dieser Burschen, die alles für einen Freund tun. Aber ich? Ich lasse mich gerne in harter Währung bezahlen. Wenn ich von Anfang an gewusst hätte, wer du bist, hätte ich mich niemals mit dem Standardhonorar zufrieden gegeben. Bei der Aussicht, drei Typen umlegen zu müssen, hätte ich wahrscheinlich das Doppelte gefordert. Und jetzt? So wie ich die Sache einschätze, hast du ordentlich Schotter, denn die Federales haben siebzig Riesen von dir kassiert und meinten, dass du noch mehr hast.

Mir fällt etwas ein.

– Was ist mit den siebzigtausend passiert?

– Scheiße, Mann, ich hab sie.

Er zieht sein Hemd hoch und über seiner nackten Brust kommt mein Geldgürtel zum Vorschein – blutbesprenkelt, wie das Fahndungsplakat.

– Aber das zählt nicht. Dieses Geld habe ich in Eigeninitiative aus den Händen der Bullen geborgen, daher hat es mit dem, was du mir für meine Hilfe schuldest, nicht die Bohne zu tun.

Ich öffne die Augen. Die Welt hat aufgehört, sich zu drehen, und ist wieder gestochen scharf. Tja, was Geld doch alles bewirkt.

– Wie viel?
– Mach mir ein Angebot.
– Hunderttausend?
– Scheiße, Mann, wenn du hunderttausend mal eben so aus dem Ärmel schüttelst, dann könntest du wahrscheinlich genauso gut zweihunderttausend lockermachen, oder?
– Ja, vielleicht kann ich das.
– Mann, ich fasse es nicht! Wie viel hast du?
– Einen Haufen.
– Okay, okay, das ist cool. Ich bin nicht gierig. Zwei! Zwei ist cool. Aber, hey, das gilt nur, solange die ganze Geschichte nicht noch blutiger wird, okay?
– Ja.

Ich setze mich wieder auf und mein Magen revoltiert; ein weiteres, typisches Symptom einer Gehirnerschütterung.

– Rolf?
– Ja?
– Hast du den Hilfssheriff erschossen?
– Ja. Irgendwie fiel mir nichts anderes ein.

Ich stehe auf und meine Beine knicken unter mir weg. Rolf fängt mich auf.

– Vorsicht.

Ich presse die Hand auf den Mund, zeige Richtung Badezimmer und er schleift mich zur Toilette. Während ich mir die Eingeweide rauskotze, bleibt er in der Tür stehen. Nachdem sämtliches Wasser, das ich in mich reingekippt habe, wieder draußen ist, kommt dieses trockene Würgen. Als ich das hinter mir habe, klappe ich vor der Schüssel zusammen. Trockenes Würgen ist wirklich das Allerletzte. Apropos trockenes Würgen? Hatte ich nicht bei Mom und Dad was gegessen?

– Wie lange war ich bewusstlos?
– Fast vierundzwanzig Stunden, Mann.
  Scheiße, oh Scheiße.
– Das Handy! Das Handy! Hatte ich ein Handy dabei?
– Ja.
– Ich brauche es sofort.

Mom und Dad befinden sich in Polizeigewahrsam, und Dylan erklärt mir, was ihm daran nicht passt.

– Stellst du dir so unsere Zusammenarbeit vor, Hank? Wäre das nämlich so, ich meine, sollte das die Richtung sein, aus der hier zukünftig der Wind weht, dann könnte es gut sein, dass ich mich an meinen Teil unserer Abmachung auch nicht mehr gebunden fühle.

Dylans Handy ans Ohr gepresst, hocke ich auf dem Badezimmerboden. Sid ist mittlerweile aus dem IHOP zurück und schiebt sich im anderen Raum einen Stapel Bananenpfannkuchen rein, während Rolf immer noch in der Tür lehnt und zuhört.

– Es gab ein paar Probleme.
– Das verstehst du unter ein paar Problemen, Hank? Sollte das nämlich so sein, dann …
  Er atmet tief durch.
– Okay, okay, so kommen wir hier nicht weiter. *Keinem* von uns ist damit gedient, wenn ich hier die Geduld verliere. Ich denke, wir sollten die Situation in aller Ruhe analysieren und dann zu einer neuen Einschätzung der Lage kommen. Unser Problem besteht augenblicklich

doch wohl darin, dass deine Eltern in Polizeigewahrsam sind und meine Leute keinen Zugriff auf sie haben. Das mag dich in gewisser Weise entlasten, mir jedoch entzieht es mein wichtigstes *Druckmittel*. Und das setzt mich einem gewissen rechtlichen und finanziellen *Risiko* aus. Was wiederum zur Folge hat, dass ich nervös werde und tendenziell bereit bin, aggressiv zu handeln, sobald deine Eltern wieder *in Freiheit* sind. Also, warum erzählst du mir nicht einfach, was passiert ist, und wir denken gemeinsam über Strategien nach, wie wir aus dieser Sackgasse wieder herauskommen?

Wie viel darf ich ihm erzählen?

– Ich war unterwegs, einen Freund besuchen. Da tauchten diese Typen auf, mit denen ich schon in San Diego aneinander geraten bin. Wahrscheinlich haben sie rausgefunden, wer ich bin, und wollten eine Belohnung kassieren.

– Das weiß ich bereits aus den Nachrichten, Hank. Sie wissen, wer du bist, und mittlerweile haben auch die Polizei, das FBI und die Medien mitbekommen, dass du am Leben und auf freiem Fuß bist.

Oh, Shit.

– Wir finden eine Lösung, Hank, wir schaffen das. Wo bist du im Moment?

– Ich bin unterwegs, das Geld holen.

– Wo genau? Die Polizei sagt, sie hätten dein Auto gefunden, also, wo steckst du?

Ich blicke zu Rolf hoch, der mich ansieht und aufmerksam zuhört, was ich da so alles ins Telefon spreche.

– Ich hab die Stadt verlassen, mehr musst du nicht wissen, Dylan.

– Hank! Hank, willst *du* mir sagen, was *ich* wissen muss und was nicht? Ich meine, wenn das der Fall ist … wenn du *mich* hier darüber belehren willst, was wichtig ist und was nicht, dann muss ich *dir* sagen, dass du gründlich falsch liegst. Die Polizei hat keine Anzeige gegen deine Eltern erhoben, und selbst wenn sie es tun, kommen diese Stützen der Gesellschaft sicher ohne Weiteres auf Kaution frei. Glaub mir, Hank, sie werden nicht lange in Polizeigewahrsam sein. Also, selbst wenn es mir persönlich eher unangenehm ist: Wenn du mir keine zuverlässigen *Garantien* vorlegen kannst, sehe ich mich gezwungen, mein Druckmittel bei der nächstmöglichen Gelegenheit sicherzustellen; das heißt, ich werde deine Eltern *in Verwahrung* nehmen müssen, bis wir unser Geschäft auf die eine oder andere Art in trockene Tücher gebracht haben.

Ich schließe die Augen.

Mom und Dad.

Ich öffne sie wieder.

– Dylan, ich befinde mich nicht mehr in Patterson. Ich bin untergetaucht und auf dem Weg zu dem Geld. Du brauchst dich nur zurückzulehnen, etwas Geduld zu haben und ich kümmere mich um alles. Ich habe Erfahrung in diesen Dingen, glaub mir.

Für einen Moment herrscht Schweigen am anderen Ende der Leitung.

– Guter Punkt, Hank, da hast du gerade etwas sehr Richtiges gesagt. Erfahrung ist unverzichtbar, wenn die Kacke am Dampfen ist. Okay, okay. Ich gebe zu, vielleicht hab ich da einen Fehler gemacht. Ich wollte mich in die Details einmischen, und man kann von guten Leuten keine effektive Arbeit erwarten, wenn man das tut. Allerdings sehe ich mich jetzt genötigt, ein Ultimatum zu setzen. Ursprünglich war ich bereit, das Ganze ohne tickende Uhr durchzuziehen, *aber jetzt* … jetzt brauchen wir Zielvorgaben.

– Welche?

– Jetzt haben wir … acht Uhr vierzig, sagen wir neun, Dienstagabend. Ich will mein Geld in genau fünf Tagen. Und – damit wir uns nicht missverstehen – das bedeutet, dass ich es am Sonntagabend um neun Uhr in Händen halte. Verstanden?

– Ja.

– Und so unangenehm mir das auch ist, muss ich leider darauf bestehen, regelmäßig über die Fortschritte unseres Unternehmens auf dem Laufenden gehalten zu werden, was bedeutet, mindestens ein Anruf alle vierundzwanzig Stunden. Hast du verstanden?

– Ja.

– Okay. Ich denke, damit hätten wir die Sache geregelt, Hank. Ich möchte mich bei dir bedanken, dass du so cool reagiert hast, als ich vorhin kurz die Geduld verlor, und möchte dir zu deinen Fähigkeiten als Problemlöser gratulieren. Danke.

– Keine Ursache.

– *Und* … wir sprechen uns morgen.

Er hängt auf. Rolf zeigt auf das Handy.

– Ein Freund von dir?

– Dieser Typ passt auf meine Eltern auf, und ich schulde ihm deswegen noch Geld.

Er nickt.

– Geld?

– Ja.

– Wird trotzdem genug für uns beide übrig bleiben?

– Ja, es ist genug da.

Aber das stimmt nicht. Dylan will alles, und Rolf wird ebenfalls den ganzen Kuchen für sich beanspruchen, sobald er spitzkriegt, wie viel da ist. Der einzige Unterschied ist, dass Dylan Mom und Dad hat; Rolf dagegen hat nur Henry Thompson, und was mit dem passiert, ist mir ziemlich scheißegal.

Ich hieve mich auf die Beine. Es fühlt sich verdammt wackelig an, und Rolf hält mich am Arm.

– Und jetzt?

Und jetzt? Ich könnte noch mal versuchen, Timmy zu erreichen. Aber wer bringt hier eigentlich wen in Teufels Küche? Irgendetwas ist schief gelaufen in Vegas und Timmy beantwortet meine Anrufe nicht. Also was jetzt?

Ich zeige rüber in das Zimmer, wo Sid sich gerade das Skispringen ansieht.

– Fernsehen.

Sie widmen meiner Geschichte zwar keine groß aufgemachte Rund-um-die-Uhr-Berichterstattung, doch CNN hat dem Ganzen bereits einen eigenen Titel verpasst: *Henry Thompson – Die Rückkehr*. Immerhin biete ich also genug Stoff für eine Fortsetzungsstory.

Als wir umschalten, läuft gerade eine Einspielung, die am Morgen vor Wades Haus aufgenommen wurde. Die zwei ineinander verkeilten Pick-ups werden auseinander gezerrt; überall flattert gelbes Absperrband; Hilfssheriffs, Staatspolizisten und Typen in schwarzen Anzügen marschieren kreuz und quer durchs Bild. Auf Wades Garagenauffahrt kommen kurz Kreideumrisse ins Bild. Anschließend zeigen sie weiteres Filmmaterial von dem Erdbeerfeld an der Las Palmas: den schrottreifen Monte Carlo; den Wagen des Sheriffs; Cops, die den Acker nach Beweisstücken durchkämmen. Dann Schnitt auf eine frühere Aufnahme vom selben Schauplatz: Ein zugedeckter Körper wird auf einer Trage in einen Krankenwagen geschoben. Unter dem Bild blenden sie einen Namen ein: Hilfssheriff Theodore T. Fischer.

Sid zeigt auf den Bildschirm.

– Das ist er, das ist er.

Rolf hebt die Hand, um ihn zum Schweigen zu bringen.

– Krieg dich wieder ein.

– Hey, das ist mein Mann.

Ich blicke ihn an.

– Du hast den Hilfssheriff erschossen?

– Ja. Mein erster.

– Dein erster?

– Mein erster Mord.

Mit leuchtenden Augen starrt er auf den Bildschirm. Ich werfe Rolf einen Blick zu. Er zuckt mit den Achseln: *So sind sie heutzutage, die Kids*. Großartig. Sid, der Nachwuchs-Psychopath ist ganz aus dem Häuschen, weil er gerade sein Mörder-Verdienst-Abzeichen erhalten hat.

Weitere Aufnahmen: Vor dem Emanuel-Krankenhaus in Turlock werden drei Krankenwagen entladen; zwischen den Cops taucht ein rasierter Schädel auf: Danny. Der Reporter zählt Namen auf, Verletzungen und mögliche Anklagepunkte:

Hector Barnes (alias Fettsack): Schnittwunden, Abschürfungen, Prellungen; guter Allgemeinzustand. »Bisher keine Anklage erhoben«.

Kenneth Pitlanske (alias Mister Pferdeschwanz): Abschürfungen, Prellungen, zahlreiche Knochenbrüche; stabiler Zustand. »Bisher keine Anklage erhoben«.

Willis Doniker (alias Vokuhila): Tot zum Zeitpunkt der Einlieferung.

Bisher namentlich nicht identifizierte weibliche Minderjährige, siebzehn Jahre (alias Leslie): Abschürfungen, Prellungen; aus dem Krankenhaus entlassen. »In Polizeigewahrsam.«

Daniel Lester (alias Danny): Schnitt- und Platzwunden im Gesicht, Prellungen, Abschürfungen; aus dem Krankenhaus entlassen. »In Polizeigewahrsam.«

Bisher namentlich nicht identifizierte weibliche Minderjährige, sechs Jahre (alias Cassidy): Platzwunde im Gesicht, leichtere Prellungen; in gutem Allgemeinzustand.

Wade Hiller: Tot zum Zeitpunkt der Einlieferung.

Und noch mehr Filmmaterial: mein Elternhaus, die Cops, Mom und Dad, die von zwei Sheriffs zu einem Streifenwagen geführt werden; Reporter, die herumbrüllen und Kameras über den Kopf halten, um ihr Foto zu kriegen. Meine Eltern sind in polizeilichem Gewahrsam und werden vernommen, es wird keine Anklage erhoben. Zuletzt kommt dann noch ein richtiges Highlight, die Aussage des Bezirkssheriffs von San Joaquin, aufgezeichnet vor wenigen Stunden.

– Unsere Untersuchung der Vorgänge in Patterson gestern Morgen ist noch nicht abgeschlossen, aber wir haben bereits einige Informationen für Sie. Äh, es gab drei Tote, zwei bei einem mutmaßlichen Autounfall und einen weiteren bei einer Schießerei. Die Hilfssheriffs, die zu dem Unfall gerufen wurden, berichteten von Schüssen, und, einen Moment, T. T., ich meine, Deputy Fisher, wurde ebenfalls zu dem Unfallort gerufen, dann jedoch umgeleitet, als im Revier eine Meldung über einen Einbruchsalarm in einer Autowerkstatt einging. Dieser stand, wie wir annehmen, mit dem ursprünglichen Notruf in Zusammenhang, äh, also dem Notruf wegen dem Zusammenstoß und den Schüssen. Er machte sich an die Verfolgung, äh, die Verfolgung eines verdächtigen Fahrzeugs, das sich von der Autowerkstatt entfernte, in der der Alarm ausgelöst worden war. Das Fahrzeug hatte einen Unfall, und wir vermuten, dass der Hilfssheriff sich noch um den Verdächtigen in dem Fluchtwagen kümmerte, als ein zweiter Wagen auftauchte. Eine oder zwei Personen aus diesem Fahrzeug erschossen T. T., äh, Hilfssheriff Fisher, und flohen mit dem Verdächtigen, äh, also mit dem ersten Verdächtigen. Uhhh. Einen Moment. Entschuldigen Sie bitte.

Er dreht sich von den Mikros weg und wischt sich die Tränen aus den Augen.

– Äh, wir gehen davon aus, dass der Flüchtige, der sich von dem zweiten Tatort entfernte, also von der Autowerkstatt, bereits vom Schauplatz des Unfalls geflohen war. Und uns liegen Augenzeugenberichte vor, wonach es sich bei dieser Person um den flüchtigen Henry Thompson handelt, der wegen mehrfachen Mordes in New York gesucht wird, begangen vor, äh, drei Jahren.

Unter den Reportern macht sich Aufregung breit. Sheriff Reyes, sichtlich um Fassung bemüht, hebt die Arme, um wieder Ruhe herzustellen.

– Ich werde Ihnen, äh, leider können wir keine Fragen beantworten, keine Fragen, aber wir haben einige Bilder, die wir Ihnen zeigen möchten, und Informationsblätter, die wir verteilen.

Reyes hält ein Stück Papier hoch, und die Kamera zoomt es näher heran. Es ist ein Foto von mir aus meiner New Yorker Zeit.

– Es handelt sich um eine drei Jahre alte Aufnahme von Henry Thompson. Aber, äh, aufgrund der Augenzeugenberichte gehen wir davon aus, dass Henry Thompson mittlerweile etwa so aussieht.

Er hält ein weiteres Papier in die Runde. Eine Art Phantombild auf Basis des Fotos. Darauf sehe ich ein paar Kilo schwerer und ein paar Jahre älter aus, trage längere Haare und einen Bart.

– Wir haben Kopien davon für die Presse, und darunter steht auch eine Telefonnummer, und wir hätten gerne, dass diese Nummer, äh, diese Nummer da unten auf dem Foto, auch im Fernsehen irgendwo unten gezeigt wird. Im Übrigen ist Henry Thompson bewaffnet und ausgesprochen gefährlich, und ich sagte es bereits, wir gehen davon aus, dass er zu diesem Zeitpunkt mindestens einen Komplizen hat, und …

Ich schalte die Kiste aus. Sid springt vom Bett auf.

– Cool! Das ist so cool! War es so auch in New York, Mann? War es da so ähnlich?

– Ja, ziemlich genauso.

– Cool!

Begeistert hüpft er durch den Raum und boxt Löcher in die Luft. Ich wende mich ab. Rolf sammelt die Überbleibsel des Cheeseburgers ein, von dem ich lediglich drei Bissen genommen habe, und schmeißt ihn in den Papierkorb.

– Tut mir leid wegen deiner Eltern. Das ist echt bitter.

Ich spare mir die Antwort und zeige stattdessen auf Sid. Der steht vor dem Badezimmerspiegel und probt seine Version der legendären Szene aus *Taxi Driver*.

– Redest du mit mir, Mann?

Ich schüttele den Kopf.

– Wer zum Teufel ist das, Rolf?

Rolf zuckt mit den Achseln.

– Ich weiß, manchmal kann er echt 'ne Nervensäge sein.

Sid merkt, dass wir ihn beobachten und zeigt auf mich.

– Also, ich sehe sonst niemanden hier, du meinst also mich.

Er lacht, zieht die zu Pistolen geformten Hände und feuert auf mich.

– Du bist der Mann! Du. Bist. Der. Mann!

Dann schmeißt er die Badezimmertür zu, und wir können von draußen hören, wie er pisst. Rolf lacht.

– Wie ich schon sagte, der steht auf dich, Mann.

Ich würde am liebsten gleich von hier verschwinden, aber Sid besteht darauf, dass wir vorher das Zimmer gründlich säubern, um so wenig Spuren wie möglich zu hinterlassen.

– Ich sag dir, Mann, die Bullen schnüffeln überall in der Nachbarschaft deiner Eltern rum und stellen Fragen. Und irgendjemand hat immer was gesehen. Früher oder später wird sich jemand erinnern, dass mein Campingbus bei ihnen in der Straße stand. Die Bullen werden nicht lockerlassen, und alle in der Straße werden sagen: *Nein, tut mir leid, nicht meiner.* Als Nächstes werden sie dann einen Reifenabdruck auf dem Acker nehmen, wo ich den Hilfssheriff umgelegt hab.

Mit einer Mülltüte aus einem der Papierkörbe in der Hand marschiert er durchs Zimmer und beseitigt jedes Fitzelchen Abfall inklusive meiner Haare auf dem Kissen und anderer körperlicher Überbleibsel.

– Was echt unser Glück ist, Leute, sind die extrabreiten Pirelli-Reifen, die ich aufgezogen habe. Die wird niemand mit dem freakigen 72er-VW-Bus in Verbindung bringen, der in der Nachbarschaft deiner Eltern stand. Was natürlich nur gilt, wenn wir dort nicht in einer Öllache irgendwelche Reifenspuren hinterlassen haben. Nur deshalb mach ich den ganzen Scheiß hier, denn wenn die Bullen eine Fahndungsmeldung nach meiner Kiste rausgeben, dann wird sich der Typ an der Rezeption möglicherweise daran erinnern, und kurz darauf ist die ganze Hütte hier abgeriegelt und vakuumversiegelt, und sie kratzen mit Q-tips unsere DNS vom Klodeckel.

Rolf und ich helfen ihm aufzuräumen.

Sid besitzt ein Exemplar von *Der Mann, der verschwand* und will, dass ich es ihm signiere. Es steckt in einer Bananenkiste voller True-Crime-Bücher, die er in einem der Schränke seines Campingbusses aufbewahrt.

Der Gedanke an den Campingbus lässt in meinem bematschten Hirn ein Glöckchen läuten.

– Wie hast du mich gefunden, Rolf?

Es stellt sich heraus, dass Rolf, der für die Polizei immer noch ein unbeschriebenes Blatt ist, einen stinknormalen Flug in die Staaten nahm, in der Vermutung, ich würde die Grenze wohl am meistbenutzten Übergang passieren. Er hing eine Weile in Tijuana ab und tatsächlich tauchte ich irgendwann dort auf. Dieser Mistkerl hat mich aus der Grenzstation latschen sehen, sprang in Sids Bus und folgte mir nach San Diego, wo er mich beinahe über den Haufen fuhr. Schließlich spürten sie mich auf der I-5 auf. Kaum zu fassen.

– Kaum zu fassen, Mann, oder?

Nein.

– Ich meine, bevor ich Cancún verließ, bin ich noch schnell ins Internet und hab 'ne Menge Zeug über dich gefunden, wo deine Alten leben und all das. Und weil du ein Neuling in Sachen illegaler Grenzüberschreitung bist, dachte ich mir, du willst sicher Richtung Kalifornien, und Tijuana wäre da eher abwegig. Dass wir dann trotzdem dort auf dich warteten, war Sids Idee.

Rolf hockt hinterm Steuer, Sid auf dem Beifahrersitz und ich liege hinten auf der Rückbank. Sid hebt seine Hand.

– Die Idee, dort auf dich zu warten, kam von mir.

– Ich wollte ja gleich nach Patterson, um dort nach dir zu suchen. Ich dachte schon, wir finden nie raus, wo du die Grenze überquerst.

– Und ich sagte die ganze Zeit nur: *Was, wenn er gar nicht zu seinen Alten fährt? Was dann?*

– Und dann stellt sich heraus, dass wir beide recht hatten.

– Ja, aber du musst schon zugeben, dass das genial von mir war.

Sid hält seine Faust hoch und Rolf stößt seine leicht dagegen.

Der Zigarettenanzünder vorne am Armaturenbrett

springt heraus und Rolf reicht ihn mir nach hinten. Ich zünde meine Zigarette an und gebe ihn Rolf zurück.

– Wir haben uns an deine Fersen geheftet, um rauszufinden, was du vorhast.

Sid dreht sich nach mir um.

– Wir wollten dich nicht nervös machen oder so. Rolf meinte die ganze Zeit nur, dass wir warten sollten, bis du deine Dukaten, oder was immer du da versteckt hast, rausholst.

– Jede Stunde fuhren wir an deinem Haus vorbei. Zwischendurch hingen wir in einem Lokal auf dem Highway ab, und nachts pennten wir in der Nähe deiner Eltern im Bus.

– Wir hatten gerade die Betten runtergeklappt und unsere Schlafsäcke ausgerollt, als wir den Krach hörten, die Schüsse und all das. Volltreffer!

– Es dauerte 'ne Weile, bis wir den Schauplatz fanden. Aber dann trudelte auch gleich die Feuerwehr ein, also rollten wir langsam weiter zu dem Häuserblock, wo deine Eltern wohnen …

– Und in dem Moment kommst du aus der Haustür gelaufen. Ein verdammter Sechser im Lotto!

– Aber dann haben wir dich wieder verloren, als du über den Zaun bist. Zum Glück hatten wir vorher beobachtet, wie du deinen Wagen in die Garage gefahren hast, also sind wir dorthin.

– Und du bist vor dem Bullen davongejagt. Voll abgezischt, Mann!

– Und wir hinterher.

– Tja, und dann habe ich diesen Arsch von Hilfssheriff erledigt, und jetzt sind wir hier. Schlag ein, Mann.

Er hält die Faust hoch und Rolf tut ihm den Gefallen. Dann bietet er mir die Faust an. Ich starre sie nur an.

In dem Schrank mit den True-Crime-Büchern hortet Sid außerdem eine Sammlung der schmutzigsten Pornohefte, die ich je gesehen habe, sowie einen Stapel alter Söldnermagazine, eine DVD-Box von *Gesichter des Todes* und einen ganzen Haufen anderen Mist, der scheinbar zur Bildungslektüre eines potenziellen Serienkillers gehört. Er wartet mit ausgestreckter Faust, bis ich einschlage. Jetzt ist nicht der Augenblick, wählerisch zu sein. Ich muss nur sicherstellen, dass ich ihn aus dem Verkehr ziehe, bevor er noch mehr Schaden anrichtet, aber das sollte nicht allzu schwer sein. Ich habe ihm einiges an Erfahrung voraus.

Nach Las Vegas sind es knapp dreihundert Kilometer quer durch die Mojavewüste, und selbst mit dem lahmen Campingbus wird es höchstens drei Stunden dauern, bis wir dort sind. Und danach? Wir werden bei Tim vorbeischauen, ich zahle Rolf aus, und er und Sid verduften. Den Rest bringe ich Dylan, und er wird es akzeptieren, auch wenn es etwas weniger geworden ist. Anschließend spaziere ich ins nächste Polizeirevier, stelle mich, und sie lassen meine Eltern frei. Was danach kommt, sind Jahre und Jahre Verhandlungen und Berufungen und …

Aber so wird es nicht laufen. Ich weiß, dass es nicht so laufen wird.

Für den Moment werde ich mich erst mal darauf konzentrieren, irgendwie an das Geld heranzukommen und dabei eine Zigarette nach der anderen zu rauchen. Die Kippen helfen mir dabei, die Kopfschmerzen zu vergessen, die mir Rolf und Sids Football-Fachsimpelei bereitet.

Beide sind sie Fans der San Diego Chargers und erhoffen sich diese Woche durch einen Sieg meiner geliebten Dolphins einen Vorteil für ihre Mannschaft. Rolf sitzt immer noch hinterm Steuer, während Sid im Wohnbereich des Busses herumturnt, sich splitternackt auszieht und all seine Kleider in einen Müllsack stopft.

– Wenn die Dolphins die Raiders schlagen, Mann, und wir die Broncos, dann haben wir den ganzen Westen im Sack. Das ist alles, was ich von den Dolphins verlange, nur diesen einen Sieg.

Beim Fahren zieht Rolf immer wieder an einem Joint, der als normale, etwas dickere Zigarette getarnt ist.

– Niemals, Mann. So sollte man auch gar nicht denken. Unser Schicksal liegt in unseren eigenen Händen. Wir müssen die beiden letzten Spiele gewinnen und dann haben wir den Westen in der Tasche. Ich würde mich nicht auf die Hilfe anderer Teams verlassen, besonders nicht auf die von den Fischen, und vor allem dann nicht, wenn sie ohne Miles spielen. Ohne den sind die einen Dreck wert.

Ich halte die Augen geschlossen und massiere meinen Nasenrücken zwischen Daumen und Zeigefinger, was ein wenig gegen die Kopfschmerzen hilft.

– Ich fürchte, er hat recht, Sid. Wenn man sich die Geschichte der Dolphins anschaut, dann haben sie es im Dezember immer vermasselt. Also, gewinnt ihr erst mal in eurer Division und überlasst mir die Sorgen um meine. Wenn wir das nächste Spiel verlieren, müssen wir nach New York und werden am letzten Spieltag von den Jets noch mal so richtig fertig gemacht.

– Mann, gegen die Jets zu verlieren, ist echt armselig.

– Ja, ist es.

Sid klettert zurück auf den Vordersitz. Er trägt jetzt hellrote Jeans, die er oben in die Stulpen seiner hohen Wildleder-Mokassins gestopft hat, und dazu ein blaues kurzärmeliges Nylonhemd.

– Du bist dran.

Ich klettere an ihm vorbei nach hinten und streife mir die

vergammelten Klamotten vom Leib – dieselbe abgewetzte Jeans und den Pullover, die ich schon bei Wade anhatte. Meine frischen Anziehsachen, die ich bei meinen Eltern in der Maschine wusch, liegen noch im Monte Carlo. Sid besteht darauf, dass wir uns alle umziehen und die Klamotten verbrennen, um auch nicht die kleinste Spur *beweisfähigen Materials* zu hinterlassen. Ich stopfe meine Sachen in den Plastiksack. Der Verband, den mir die Notärztin angelegt hat, hält bombenfest. An einer Stelle ist ein großer roter Fleck. Die Wunde pocht ab und zu im Rhythmus meines Herzschlags, doch das ist weitaus erträglicher als die Höllenschmerzen, die durch mein Hirn zucken. Ich wüsste jedoch nicht, was ich dagegen tun kann. Die einzige sinnvolle Therapie bei Gehirnerschütterung ist absolute Ruhe, und das lässt sich im Moment wohl kaum einrichten.

Ich durchforste Sids Klamotten nach etwas zum Anziehen, aber der Mann ist fast zehn Zentimeter kleiner und sicher zwanzig Pfund leichter als ich.

– Das passt nie im Leben.

– Das Zeug ist weit geschnitten, probier es einfach mal an.

Schließlich finde ich eine bunte Freizeithose mit Kordelzug, die mir bis knapp über die Knie reicht, sowie ein Surfer-Kapuzenshirt mit einer Art Kängurutasche vorne drauf. In seine Schuhe passe ich beim besten Willen nicht rein, also bleibe ich bei den Sneakers, die ich seit meiner Flucht aus Mexiko trage.

Da fällt mir etwas ein und ich krame meine Levi's noch mal aus der Mülltüte, um die Taschen zu durchsuchen. Nichts.

– Rolf?

– Ja, Mann.

– Hast du mein Geld und den anderen Kram?

– Klar, Mann. Tut mir leid. Während du ohnmächtig warst, kam ich irgendwie drauf, mal in deinen Taschen nachzusehen. Du findest alles in meinem Rucksack unterm Waschbecken.

Aus dem Schränkchen unter dem winzigen Waschbecken ziehe ich Rolfs rot-weiß-blauen Rucksack hervor. In der Vordertasche finde ich das Geld, die Carlysle-ID-Card und die Weihnachtspostkarte von Wades Küchentisch. Außerdem sind da noch die Anaconda und Dannys Pistole. Ich stopfe mir das Geld und die Postkarte in die Hosentaschen. Dann betrachte ich den Ausweis. Der Grenzposten hat zwar meinen Namen nicht notiert, aber jetzt, wo mein Gesicht über alle Bildschirme flimmert, kann es gut sein, dass er sich an mich erinnert. Die wertlose ID-Card landet im Müllsack und die Waffen verstaue ich wieder in Rolfs Rucksack.

– Du bist dran, Rolf.

Er erhebt sich aus dem Fahrersitz, während Sid gleichzeitig unter ihm durchrutscht, als würden sie das öfters machen. Hinten zieht er sich bis auf den Geldgürtel nackt aus, und ich nehme solange auf dem Fußboden Platz. Sid schiebt vorne ein Tape von System of a Down ein und dreht voll auf.

Nachdem auch Rolf seine alten Klamotten in dem Sack entsorgt hat, entdeckt er Sids schwarze Lederhosen.

– So eine hab ich nicht mehr getragen, seit ich nach Mexiko bin.

Er hat etwa Sids Größe, ist aber ein paar Pfund schwerer. Also muss er sich auf den Rücken legen und heftig strampeln, um sich einen Weg in die Hose zu bahnen. Außerdem muss er seine Wampe ein ganzes Stück einziehen, um den obersten Knopf zuzukriegen.

– Geil.

Dann zieht er ein gelbes T-Shirt mit langen, schwarz gestreiften Ärmeln über und schlüpft in ein paar Springerstiefel.

– Jetzt sehe ich wie ein amtlicher Metaller aus, aber was soll's, wir sind ja inkognito, oder?

Ich schweige und zeige stattdessen mit dem Kinn in Sids Richtung. Rolf blickt nach vorn, wo Sid »Chop Suey!« mitgrölt, dann sieht er wieder zu mir.

– Was gibt's?
– Wo hast du bloß diesen Typ aufgegabelt?
– Er ist der kleine Bruder von dieser Tussi in San Diego, mit der ich mal 'ne Zeit lang was hatte. Vor ein paar Jahren kam er zum Surfen nach Mexiko und hat mich besucht. Wir sind in Kontakt geblieben. Und jetzt brauchte ich jemanden, der mich rumfährt und der mir ein bisschen zur Hand geht, also rief ich ihn an.
– Du weißt, dass der Typ ein Psycho ist.
– Mir ist schon klar, dass er ziemlich gewalttätig werden kann. Ich meine, sein Alter hat ihn und seine Schwester ziemlich hart rangenommen, das war ihre Sozialisation, verstehst du?

Ich sage gar nichts. Er leckt sich die Lippen, nickt.

– Ich weiß, dass er ein Psycho ist. Warum glaubst du, hätte ich ihn sonst mitgenommen?
– Wie bitte?
– Ich werd sicher niemandem mehr eine Kugel verpassen, vor allem nicht nördlich der Grenze. Das wäre reichlich unklug von mir. Aber es kann ja durchaus sein, dass wir noch ein paar Leute umlegen müssen.
– Und dafür hast du Sid mitgebracht.
– Genau. Dafür hab ich Sid. Mord ist schließlich kein Kavaliersdelikt. Wenn sie dich für so einen Scheiß drankriegen, bist du für immer weg vom Fenster. Das passt nicht zu meiner Lebensplanung. Also schicke ich Sid vor.

Stumm betrachte ich den Mann, der da vor mir sitzt; ein Kerl, mit dem ich in Mexiko gemeinsam zum Angeln ging.

– Leute!

Rolf blickt vor zum Fahrersitz.

– Was gibt's?

– Wir brauchen Benzin. Da vorne kommt gleich Baker. Ich fahr raus und wir können kurz das größte Thermometer der Welt begaffen.

Ich bleibe auf der Rückbank sitzen, starre auf Rolfs Rucksack und denke an die beiden Waffen, die sich darin befinden.

Sid verlässt den I-5 und rollt auf dem Baker Boulevard direkt ins Herz von Baker. Das sogenannte Herz von Baker besteht vor allem aus weitläufigen Asphaltflächen, wo sich Läden wie das Mad Greek, das *original* Bun Boy, der Country Store (»die Lottostelle mit den besten Gewinnchancen in Kalifornien«) aneinander reihen sowie die Motels Will' Fargo, Bun Boy und Arne's Royal Hawaiian. Von dort aus hat man einen exzellenten Blick auf das Thermometer. Andererseits hat man aber von jedem beliebigen Punkt in Baker einen ziemlich guten Blick auf das vierzig Meter hohe Thermometer.

– Sid?

– Ja, Mann?

– Steht dieser Abstecher nicht in Widerspruch zu unserem ursprünglichen Plan, immer in Bewegung zu bleiben?

– Wir müssen tanken. Oh, Mann, schau dir das mal an!

Er zeigt auf das Thermometer.

– Ich muss unbedingt ein Foto davon machen.

Er schnappt sich die Wegwerfkamera aus dem Handschuhfach und springt aus dem Bus. Wir sehen ihm dabei zu, wie er zum Fundament des Thermometers rennt, sich davor in Pose stellt und von unten herauf ein Foto von sich knipst. Dann kommt er zurückgerannt und springt in den Wagen.

– Das Foto wird ein Knaller.

Zufrieden steuert er den Bus unter das hell erleuchtete Vordach einer Shell-Tankstelle.

– Hey, Leute, sieht so aus, als könnte ich ein bisschen Kohle gebrauchen.

Rolf spielt an seinen Taschen herum, wobei er die fünfundsiebzig Riesen in dem Geldgürtel um seinen Bauch tunlichst ignoriert.

– Ich hab nichts, Mann.

Ich wühle in meinen Taschen. Nachdem ich mir den BMW zugelegt habe, sind nur noch knapp viertausend übrig. Ich wickele fünf Hunderter von der Rolle mit Banknoten und halte sie ihm hin.

– Für Reisespesen.

Er streckt seine Hand in Richtung Geld aus, greift aber nicht zu.

– Bist du sicher, Mann?

– Klar.

– Du bist echt cool. Danke, Mann.

Er springt raus, um zu tanken, und ist ein paar Minuten später wieder zurück.

– Der Typ in der Tankstelle meint, da drüben im Mad Greek gäbe es einen spitzen Erdbeershake. Wie wär's, Leute? Ich geb einen aus.

Er sucht eine abgelegene Stelle auf dem Parkplatz, weit weg von den Lichtern, und läuft rein, um unsere Shakes zu holen. Ich steige aus, strecke meine verkrampften Muskeln und versuche, meinen linken Oberschenkel etwas zu lockern. Meine Birne ist immer noch benebelt. Wenn ich mich zu schnell drehe, verwischt alles, und es dauert eine Weile, bis die Nebelbilder vor meinen Augen wieder Ähnlichkeit mit der Wirklichkeit haben. Meinem Magen geht es besser und ich freue mich auf den Shake.

Als Sid zurück ist, hocke ich mich in die geöffnete Seitentür des Campers, lasse die Füße rausbaumeln und schlürfe meinen Shake. Rolf bleibt vorne hinterm Steuer und saugt kräftig an seinem Strohhalm. Währenddessen tigert Sid mit seinem Becher in der Hand vor mir auf und ab und tut so, als würde er mich nicht beachten.

Ich will ihn nicht sehen und auch nicht mit ihm reden. Trotzdem muss ich alles tun, damit er mich mag. Es muss ihm richtig an die Nieren gehen, wenn er irgendwann auf mich schießen sollte. *Falls* es so weit kommt.

– Sid, warum setzt du dich nicht?

– Schon gut, Mann. Macht mir nichts aus.

– Du machst mich nervös. Setz dich hin.

Er zuckt mit den Achseln und quetscht sich neben mich in die Tür, wobei er so viel Abstand wie möglich zwischen uns lässt. Er kickt gegen den Asphalt, dann nimmt er einen Schluck und hebt seinen Shake hoch.

– Nicht schlecht, was?

– Absolut.

Von drinnen kommt ein lautes gurgelndes Geräusch, als Rolf den Boden seines Bechers erreicht. Er klettert aus dem Bus und zeigt auf das Mad Greek.

– Ich geh kurz pissen, Leute. Dann satteln wir die Hühner.
Sid wackelt mit dem Kopf.

– Klar, Mann, wir müssen auch noch einen Ort finden, wo wir die ganzen Klamotten verscharren können. Ich meine, so macht man das doch, Hank, oder?

– Klar, genau so.

Während Rolf rüber zum Restaurant schlendert, starrt Sid ihm nach. Dann saugt er am Strohhalm, zieht ihn aus dem Becher und spuckt einen rosa Strahl vor sich auf den Boden. Aus den Augenwinkeln sieht er mich an.

– Ist schon okay, Mann.

– Was soll das heißen?

– Du hältst mich für einen Freak. Wie ich so drauf bin.

Er beugt sich vor, lädt seinen Strohhalm erneut mit Shake und ergänzt das Pollock-Gemälde zwischen seinen Beinen um einen weiteren Farbspritzer.

– Ich halte dich nicht für einen Freak, Sid. Ich weiß nur nicht genau, was du eigentlich hier willst.

Er zuckt mit den Schultern.

– Keine Ahnung.

– Ist es das Geld?

Nach der Lektüre in seinem Schrank zu urteilen, ist mir völlig klar, dass es ihm nicht ums Geld geht. Er schüttelt entschlossen den Kopf.

– Nein, Mann. Ich will nichts von deinem Geld. Ich meine, ich hab natürlich nichts gegen Geld, so ein Idiot bin ich nun auch wieder nicht, aber …

Nach einem weiteren Schluck aus seinem Becher reißt er den Plastikdeckel ab und kippt den restlichen Inhalt über sein kleines Kunstwerk.

– Was dann, Sid?

Er zerknüllt den Becher und schleudert ihn in die Büsche am Rand des Parkplatzes. Dann steht er auf und sieht mich an.

– Mich interessiert dein Geld nicht, Mann. Ich will einfach dabei sein. Als Rolf mir sagte, er bräuchte Hilfe, um jemanden zu finden, und es würde was für mich dabei rausspringen, hab ich sofort gesagt: *Hey, absolut, bin dabei.* Aber als ich dann hörte, dass es um dich ging, dachte ich nur: *Ich pack's nicht!* Ich bin … ich bin so ein Loser, Mann, ich hab noch nie was auf die Reihe gekriegt. Ich meine, wenn ich dir erzählen würde, wie kaputt mein Leben ist, Mann, du würdest es mir nicht glauben. Aber du? Du bist berühmt, Mann! Du hast was aus deinem Leben gemacht. Als ich hörte, dass Rolf dich kennt, da wollte ich dich einfach nur treffen und dich kennenlernen. Ich wollte dabei sein, weißt du. Irgendwie meinen Teil dazu beitragen und einmal in meinem Leben Teil von was Bedeutendem sein. Und als ich dann den Bullen kaltmachte, Mann, das war so scheiß unwiderruflich. Das war echt. Ich dachte bloß: *Das hab ich jetzt getan und man kann es nicht mehr rückgängig machen.* Das ging mir in dem Moment echt durch und durch. Mehr als alles andere, was ich je in meinem Leben getan habe. Kein Vergleich damit, sich die Birne zuzudröhnen oder eine Tankstelle zu überfallen oder auf einer Monsterwelle zu reiten, Mann. Mein ganzes Leben hab ich immer nur davon geträumt, mich einmal so zu fühlen. Und dann gelingt es mir endlich, dank dir.

Er tritt ziellos in der Luft.

– Mann! Tut mir echt leid, ich will dich hier nicht nerven, oder so, aber ich bin ein absoluter Fan von dir. Du bist einfach so cool, und daran kann ich nun mal nichts ändern. Was gerade abläuft, ist eine Wahnsinnssache für mich. Ohhh, Mann, ich quatsch vielleicht eine Scheiße …

Er steht vor mir, starrt auf den Boden. Offensichtlich ist es ihm zu peinlich, mir in die Augen zu sehen. Durch die Schaufensterscheiben des Mad Greek sehe ich Rolf, wie er gerade aus der Toilette kommt.

Ich schaffe das.

Für Mom und Dad.

Ich schaffe es.

– Im Grunde, Mann …

Sid hebt den Blick etwas.

– Im Grunde finde ich das ziemlich cool, Sid.

Ein Grinsen zuckt über sein Gesicht.

– Wie meinst du das, Mann?

– Ich finde es ziemlich cool, dass du Teil von etwas sein willst und diesen Ehrgeiz in dir spürst. Außerdem, weißt du, hatte ich noch nie einen Fan.

Er setzt sich wieder, diesmal ein ganzes Stück näher an mich heran.

– Du hattest noch nie einen Fan? Mann, du hast keine Ahnung! Im Internet gibt's Seiten über Seiten, wo die Leute nur über dich chatten. Ich sag dir, Mann, du hast eine riesige Fanbase.

Rolf tritt aus dem Restaurant.

– Cool. Vielleicht kannst du mir das bei Gelegenheit mal zeigen. Aber lass uns den Ball im Moment flach halten, ja. Rolf wird blöde Kommentare abgeben, wenn er das mitkriegt, uns schwul nennen, oder so was.

– Kein Problem, Mann.

Er schaut von mir zu Rolf, der gerade anmarschiert kommt, dann sieht er mich wieder an.

– Aber, Mann, ich bin das hundertpro nicht.

– Was?

– Schwul.

Rolf baut sich vor uns auf. Sid entfährt ein nervöses Kichern und Rolf sieht ihn prüfend an.

– Was ist los?

Sid schüttelt den Kopf.

– Nichts, Mann.

Er lacht erneut.

– Alter, was geht ab?

Immer noch kichernd, nickt Sid, wedelt mit der Hand und klettert zurück hinters Steuer, wo er den Motor anlässt. Rolf beugt sich zu mir.

– Ich mag diesen kleinen Scheißer wirklich, aber er hat definitv 'ne Schraube locker, oder?

An der Staatsgrenze haben sie eine Straßensperre errichtet. Die Lichter sind schon am Horizont zu erkennen, daher wissen wir, was uns erwartet. Sid verlangsamt das Tempo, rollt aber weiter darauf zu. Derweil steigt Rolf nach hinten und reißt die Schaumstoffmatratze von der Rückbank, unter der sich ein flacher Stauraum befindet. Rolf schnappt sich die Schlafsäcke, die dort gebunkert sind, und rollt sie auf dem Boden aus.

– Passt du da rein?

Ich werfe einen Blick in die Vertiefung.

– Äh, vielleicht sollte ich einfach hier sitzen bleiben, mir einen Hut ins Gesicht ziehen und …

– Sie haben dein verdammtes Bild.

– Aber sie fahnden nicht nach drei Typen in einem …

– Hast du nicht gehört, was Sid vorhin gesagt hat? Wir haben absolut keine Ahnung, nach was sie fahnden.

Sid nickt bestätigend.

– Er hat recht, Mann. Wenn sie nach einem Campingbus suchen, sind wir so oder so am Arsch. Wenn nicht, halten sie nur nach dir Ausschau.

Rolf wirft die Pistolen aus seinem Rucksack in den Stauraum.

– Selbst wenn sie uns filzen, hast du große Chancen, da drin unentdeckt zu bleiben.

– Lass uns einfach umdrehen.

Die Lichter werden immer heller. Sid schüttelt den Kopf.

– Zu spät, Mann. Wenn die uns jetzt umdrehen sehen, dann geht es hier ruckzuck ab wie in *Auf dem Highway ist die Hölle los*. Ohne mich.

Rolf hält die Matratze hoch.

– Rein mit dir.

– Oh, Maaaan.

– Hey, Mann, wer ist hier der professionelle Menschenschmuggler?

Ich steige in das Loch, schiebe die Knarren beiseite und mache mich so flach wie möglich. Rolf stopft ein paar alte Sweatshirts rund um meinen Kopf.

– Was zum Teufel soll das?
– Nur falls ein Bulle auf die Idee kommt, sich auf dich zu setzen.
– Ach, fick dich, Mann.
Er lacht und lässt die Matratze fallen.

Ich bin nicht klaustrophobisch veranlagt, aber ich stelle mich so an wie jemand, der dieses Problem hat. Es ist gar nicht mal so sehr der enge Raum, der mir zu schaffen macht, sondern das Gefühl, mich nicht rühren zu können. Unter dieser Angst leide ich nicht von Geburt an; das Ganze erinnert mich bloß sehr an diese eine Situation, in der ich mit einem alten Socken geknebelt auf ein Bett gedrückt und gefoltert wurde. Eine eher unangenehme Erfahrung, die ich wohl nie vergessen werde. In einem klugen Buch las ich mal, was mein Problem sein könnte – sie nannten es dort Merintophobie: die Angst, angebunden oder gefesselt zu werden. In dieser engen Kiste unter einer Schaumstoffmatratze begraben zu liegen, ist vielleicht nicht direkt damit gleichzusetzen, gefesselt zu sein, tut es zur Not aber auch. Also versuche ich, möglichst wenig Raum einzunehmen und nur so viel Sauerstoff zu verbrauchen, wie der Schaumstoff durchlässt.

Unter mir dröhnt der Motor, dann quietschen die Bremsen und wir halten an. Geräusche, die sich wie Stimmen anhören, dringen an mein Ohr. Kurz darauf rollt der Bus wieder an und nimmt Fahrt auf. Wir haben es geschafft. Wir sind durch. Da fährt der Bus rechts ran, hält erneut und der Motor wird abgestellt. Mein Herz beginnt ein Loch in meine Brust zu hämmern. Mir ist klar, was jetzt kommt, und wie ein Taucher pumpe ich Luft in meine Lungen.

Der Bus wackelt. Es folgen zwei dumpfe Schläge: Sid und Rolf sind ausgestiegen und haben ihre Türen zugeschlagen. Dann das Geräusch einer Tür, die aufgerissen wird, ein weiterer Schlag und wieder schwankt der Bus: Ein Cop ist durch die Seitentür eingestiegen. Ich halte die Luft an.

Eins. Zwei. Drei. Vier.

Ich beginne zu zählen, aber das ist keine gute Idee. Dabei muss ich nur daran denken, wie lange ich schon die Luft anhalte. Besser, ich konzentriere mich auf etwas anderes, auf entspannende Bilder. Der Strand. Meine Hütte am Strand. Palmen schwanken im Wind. Wellen schwappen. Eine Welle. Zwei Wellen. Drei Wellen.

Hör auf damit.

Wieder Stimmen.

– *Murmel, murmel* in diesem Schrank?

Das muss ein Cop sein.

– *Murmel* darin.

Rolf.

Wenn ich verstehen kann, was sie sagen, wie weit sind sie dann weg? Einen Schritt? Zwei Schritte? Drei Schritte? Hör auf!

– In dieser Tasche *murmel*?

– *Murmel* Schmutzwäsche *murmel murmel*.

– Unter *murmel* diesem Ding *murmel*.

Unter welchem Ding? Dem Teppich? Suchen diese Typen überhaupt nach einem Flüchtigen, oder wollen sie Sid und Rolf bloß ein bisschen schikanieren? Unter welchem Ding? Scheiße! Direkt unter dem Bett befindet sich ein kleines Schränkchen.

– *Murmel* mal reinschauen *murmel*?

– Klar, Mann.

Scheiße, Rolf.

Ich kann ihn hören, regelrecht spüren: Wenige Zentimeter von mir entfernt kniet sich ein Cop hin, reißt die Türen des Schränkchens auf und leuchtet mit seiner

Taschenlampe hinein. Dann wühlt er direkt unter meinem Hintern herum, auf der Suche nach etwas, was ihm den Nachmittag versüßen könnte.

Er wühlt und wühlt. Eins. Zwei. Drei. Ich muss dringend Luft holen. Ich muss mich bewegen. Ich halte es nicht mehr aus. Als ich mich minimal nach links bewege, sticht mir etwas in die Seite. Sofort sind die Bilder wieder in meinem Kopf: Sie halten mich mit dem Gesicht nach unten auf das Bett gepresst, einer von ihnen sitzt auf meinen Beinen und reißt die Fäden aus meiner frisch genähten Wunde, wobei er blutige Löcher in meinem Rücken hinterlässt. Eins. Zwei. Drei. Aufhören! Bitte hör auf!

Plötzlich spüre ich Gewicht auf der Matratze. Der Cop stützt sich mit seinen beiden Pranken direkt auf meine Brust, während er sich hochstemmt. Sämtliche verbliebene Luft wird aus meinen Lungen gepresst.

– Danke *murmel*.

Ich reiße den Mund auf, sauge Luft an und keuche.

Raus! Ich muss hier raus!

– Kein *murmel* Problem.

Ich stoße die Matratze beiseite. Sie fällt weich zu Boden, genau in dem Moment, als die Schiebetür hinter dem Polizeibeamten zuschlägt. Rolf wirft einen schnellen Blick zu mir, als er hinters Steuer klettert und wir durch die Straßensperre rollen. Die Polizisten winken uns weiter.

Vorne klatschen Rolf und Sid sich ab und lachen, während ich keuchend in der Vertiefung liege und mich frage, was ich mit den beiden Knalltüten anstellen soll. Wenn man es recht bedenkt, sind sie nichts anderes als zwei potenzielle Leichen, die darauf warten, ihrer Bestimmung zugeführt zu werden.

Als wir um eine Kurve fahren, poltern die beiden Pistolen im Stauraum erst gegen die Holzwand und dann gegen mein Knie.

Etwa dreißig Kilometer vor Vegas, irgendwo zwischen Jean und Sloan, verlässt Sid den Highway und fährt ein paar Meter ins Niemandsland. Er schnappt sich den Müllsack mit unseren Klamotten und einen Klappspaten und springt aus dem Bus.

Rolf sitzt hinterm Steuer, ich auf der Rückbank. Wir schauen Sid dabei zu, wie er draußen im Licht einer dieser Allzweckleuchten ein Loch gräbt. Der Bus schirmt ihn von den Blicken der Autofahrer auf dem Highway ab. Ich klettere auf den Vordersitz und kurbel die Scheibe herunter, um einen Blick in den Sternenhimmel zu werfen. Nichts, nur Wolken. Ein Tape der Allman Brothers läuft. Ich lege meinen Kopf zurück, zünde mir eine Zigarette an und lausche den Klängen von »Melissa«.

– Rolf?

– Ja?

Er ist ganz auf seinen Schoß konzentriert, wo er auf einer alten Ausgabe des *Rolling Stone* seine letzten Graskrümel ausgebreitet hat und sie zu dünnen Joints verarbeitet.

– Wie steht's mit Leo und Pedro?

– Wie meinst du das?

– Meinst du, sie wussten, wer ich bin?

– Keinen Dunst, ob die was wussten, Mann. Diese Burschen sind wie … wie heißt noch mal dieses Dingens da in der Wüste?

– Was?

– Dieses Dingens, das nicht redet? Napoleons Soldaten haben ihm die Nase abgeschossen?

– Die Sphinx?

– Genau. Pedro und Leo sind wie die Sphinx. Wer weiß schon genau, was die wissen?

Die Hälfte von seinem Gras hat er fein säuberlich auf den abgerissenen Deckel seiner Zigarettenschachtel gehäuft, jetzt bröselt er die Krümel auf ein langes Paper. Draußen ist Sid immer noch brav am Buddeln.

– Glaubst du, sie kriegen Schwierigkeiten wegen mir?

– Schwer zu sagen. Ich schätze, die beiden Federales haben auf eigene Rechnung gearbeitet. Aber früher oder später wird einer von den Typen, die immer im Bucket abhingen, dein Gesicht im Fernsehen wiedererkennen. Und wer weiß, was dann abgeht?

Ich nehme einen letzten Zug von meiner Zigarette, schnippe den Stummel aus dem Fenster und krame in der Tasche meines Kapuzenpullis nach einer neuen. Meine Hände berühren kalten Stahl. Ich finde die Zigarettenschachtel und werfe einen Blick hinein: Noch drei übrig. Eine davon zünde ich mir an. Die Schachtel behalte ich in der Hand.

Rolf hat recht. Mein Foto und das Phantombild werden sicher im Kabelfernsehen gezeigt; was bedeutet: Sie sind überall auf der ganzen Welt zu sehen. Ein mexikanischer Polizist aus Chichén Itzá wird sich an mich erinnern, oder jemand vom Strand wird mich wiedererkennen und die Polizei anrufen. Und früher oder später werden sie eine Verbindung zwischen mir und den beiden Sergeantes herstellen.

– Glaubst du, sie bringen Leo mit den toten Federales in Verbindung?

Der Joint ist fertig. Er kratzt das übrige Gras zusammen, um einen zweiten zu drehen.

– Ich wüsste nicht, warum. Ich meine, du bist Henry Thompson. Wenn die schon dabei sind und Leute verhören und den Tod dieses Russen untersuchen, werden die dir den Mord an dem Doktor und den beiden Federales gleich mit anhängen. Warum sollten sie es sich schwieriger machen, als nötig?

Wieder einmal schlagen die Leichen anderer Leute auf meinem Konto zu Buche.

– Sorry, Mann. Ich hatte das echt nicht so geplant. Aber was soll's.
– Ja, was soll's.

Er balanciert die zweite Ladung Gras auf einem Paper, pickt mit der Fingerspitze winzige Brösel von dem Magazin und krümelt sie in den offenen Joint. Ich sauge an meiner Zigarette und inhaliere tief.

– Du solltest dich einfach ein bisschen locker machen, Mann. Leo und Pedro sind Überlebenskünstler. Vielleicht kriegen sie ein bisschen Ärger, aber die würden niemals eingebuchtet oder so was.

Er rollt den zweiten Joint, klemmt ihn sich hinters rechte Ohr, zieht den ersten hinter dem linken hervor und zündet ihn an.

– Willst du mal?
– Später vielleicht, danke.

Er raucht seinen Joint und liest dabei im Licht eines Bic-Feuerzeugs den *Rolling Stone*. Mittlerweile hat Sid den Müllsack in das Loch geworfen und schaufelt wieder Erde drauf. Nach einem letzten Zug werfe ich die Kippe aus dem Fenster und schiebe die Zigarettenschachtel zurück in die Tasche. Meine Finger schließen sich um den Metallgriff.

– Also, Rolf, was soll ich mit euch beiden tun?

Er ist immer noch in sein Magazin vertieft.

– Was ist, Mann?
– Ich meine, warum sollte ich mit euch gemeinsame Sache machen?

Er dreht den Kopf und erblickt Dannys Pistole, die auf ihn gerichtet ist.

– Ich meine, was habt ihr gegen mich in der Hand?

Rolf beginnt sich hinterm Steuer aufzurichten.

– Bleib genau da, wo du bist!
– Hey, Mann, was soll das? Ich dachte, wir hätten einen Deal.

– Scheiß drauf. Ich hatte schon genug Deals mit Leuten wie dir, und die sind alle in die Hose gegangen. Am Ende war immer ich der Gearschte.
– Du machst einen Fehler, Mann.
– Warum? Sag mir einen Grund, warum? Ihr könnt nicht zu den Bullen gehen. Und ihr könnt meinen Eltern nichts tun, weil ihr euch nicht mehr in der Stadt blicken lassen könnt. Das Einzige, was euch bleibt, ist, mich kaltzumachen oder mich zu foltern. Warum also sollte ich mich mit euch abgeben?
– Hey, Mann! *Deinen Eltern was antun?* Als wenn ich so was machen würde. Das ist doch krank.
– Soll ich mich deswegen besser fühlen? Soll mich das beruhigen? *Hey, keine Sorge, Alter, würde ich echt nie machen, deinen Eltern was tun. So was ist, weißt du, überhaupt nicht mein Ding, Mann.*
– Du solltest dringend ein bisschen relaxen, Mann.
– Steig aus dem Bus, Rolf.
– Mann!
– RAUSAUSDEMSCHEISSBUS!!!

Draußen hat sich was getan. Meine Augen zucken nach rechts. Sids Licht ist aus. Er ist nicht mehr zu sehen. Scheiße, ich kann Sid nicht mehr sehen.

Rolf bewegt sich. Er reißt die Tür auf und lässt sich rückwärts aus dem Bus fallen.

Er ist gerade noch in meiner Schusslinie, als ich den Abzug drücke: Nichts. Und schon ist Rolf außerhalb meines Blickfelds.

Kurz überprüfe ich die Pistole: Sie ist noch gesichert.

Hinter mir fliegt die Beifahrertür auf. Sid! Ich werfe mich zwischen die beiden Vordersitze, drehe mich dabei so, dass ich auf dem Rücken lande, und versuche, mit meinem Daumen an den Sicherungshebel zu kommen. Mein Kopf kracht gegen den Fahrersitz und einen Moment lang nehme ich die Wirklichkeit nur noch in vorbeiflimmernden, zuckenden Einzelbildern wahr, wie ein defekter Fernseher. Sid klettert auf den Beifahrersitz, den ich gerade verlassen habe, und schwingt den kurzen Spaten in seiner rechten Hand.

– Mann!

Endlich gelingt es mir, den Sicherungshebel zu lösen. Ich versuche zu zielen und fuchtele mit der Pistole wie mit einem Dirigierstab, während Sids Bild unaufhörlich vor meinen Augen zuckt.

– Beruhig dich, Mann.

Ich drücke ab, und eine Kugel jagt durch das Dach, gefolgt von drei oder vier weiteren. Danny hat den Abzug auf höchste Empfindlichkeit gestellt, dieses bescheuerte Arschloch. Die Pistole zuckt unkontrollierbar in meiner Hand und der Rückstoß jeder Kugel löst sofort die nächste aus. Noch einmal zucken die Bilder stroboskopartig in meinem Kopf und beruhigen sich dann wieder, gerade als Sid wie zuvor schon Rolf rückwärts aus der Tür kugelt. Zeit zu verschwinden.

Ich schwenke vorsichtig meinen Kopf herum und packe das Steuer, um mich daran hochzuziehen. Genau in dem Moment sehe ich, wie Rolf durch die geöffnete Fahrertür langt und den Zündschlüssel vom Schloss zieht.

– Nein!

Blitzschnell greife ich nach den Schlüsseln, erwische den Ärmel seines gelben Shirts und presse den Lauf der Pistole gegen sein Handgelenk.

– Ich schieß dir die verfluchte Hand ab, Rolf. Lass die scheiß Schlüssel fallen.

Der Bus schwankt. Sid schon wieder. Ich wirbele herum und ziele. Rolf nutzt die Gelegenheit und reißt sich los, während Sid die flache Seite des Spatens auf meinen Knöchel donnern lässt. Bevor ich schießen kann, ist er schon wieder abgetaucht. So funktioniert das nicht. Mein kleiner Plan, Rolf und Sid aus dem Bus zu werfen und dann zu verduften, geht nicht auf. Geduckt krabbele ich zur hinteren Sitzbank. Das Pochen in meiner Brust und in meinem linken Oberschenkel bekommt jetzt Gesellschaft von meinem schmerzenden rechten Fußknöchel.

Ich spähe links und rechts durch die geöffneten Vordertüren.

– Rolf!

– Ja, Mann?

Er ist noch immer draußen auf der Fahrerseite.

– Schmeiß die Schlüssel rein, und dann stellt euch beide vor dem Bus auf, wo ich euch sehen kann.

– Einen Scheiß werden wir machen, Mann.

– Rolf, ich komme gleich raus und verpasse euch beiden eine Kugel, verstanden? Also schmeiß jetzt die Schlüssel rein und dann zeigt euch.

– Ich hoffe, dir ist bewusst, dass wir 'ne Knarre haben.

Was?

– Sid brauchte ja wohl irgendwas, um den Hilfssheriff kaltzumachen, oder?

Mein Herz sackt mir in die Hose.

– Blödsinn. Warum hat er mich dann nicht gleich erschossen?

– Weil ich es nicht wollte, Mann.

Sid ist immer noch auf der Beifahrerseite.

– Blödsinn.

BÄNG!

Ich ducke mich.

– Ich hab nicht auf dich gezielt, Mann. War nur, um es dir zu beweisen, okay?

Ein saublöder Plan, Hank, echt beschissen.

– Also, schmeiß deine Knarre weg, und dann beruhigen wir uns alle wieder und machen so weiter wie vereinbart.

Auf allen vieren krieche ich in den hinteren Teil des

Busses. Unter dem abgelösten Stück Teppichboden ziehe ich die Anaconda hervor, die ich zuvor dort deponiert hatte. Ich stopfe sie in die Tasche meines Kapuzenshirts.

– Hank?

Vorsichtig wälze ich mich auf das Bett, unter dem ich vorhin versteckt lag, und presse mich flach auf die Matratze, damit sie mich von außen nicht sehen können. Mit einer Hand packe ich den Hebel, mit dem sich das Heckfenster öffnen lässt, und drehe.

– Hey, Hank?

Ist er näher gekommen? Ich brülle.

– Ich muss nachdenken!

Ich stemme mich gegen die Fensterscheibe und sie klappt nach außen auf.

Jetzt meldet sich Sid zu Wort.

– Scheiße, Mann, versau das jetzt nicht. Du weißt doch, wie wichtig mir das ist. Ich meine, hey … bitte, Mann.

Langsam gleite ich über die Fensterkante und lasse mich zu Boden fallen. Die Landung jagt Schockwellen durch mein lädiertes Gehirn und kurz droht alles um mich herum schwarz zu werden. Als ich mich wieder gefangen habe, robbe ich mit steifen Gliedern ein paar Meter durch den Sand, bis ich auf allen vieren weiterkrieche, immer darauf achtend, dass sich der Bus genau zwischen mir und ihnen befindet.

– Ey, Maaaaan!

Ich höre, wie sie hinter mir den Bus besteigen. Sofort werfe ich mich flach in den Sand, wälze mich herum und ziele auf das Heckfenster. Als Rolfs Rastamähne dort auftaucht, drücke ich ab. Die Kugel knallt irgendwo ins Wagenblech und Rolf verschwindet.

– Hey! Was soll der Scheiß?

– Verpisst euch. Die Sache ist gelaufen.

– Die Sache ist nicht gelaufen, Alter.

– Rolf, ich hab noch ein paar Kugeln hier im Magazin. Willst du es drauf anlegen? Oder willst du lieber warten, bis es hell wird und uns jeder sehen kann? Es ist aus. Nehmt den Bus und verschwindet.
– Wir hatten eine Abmachung.
– Jetzt nicht mehr.

Schweigen. Dann wird die Vordertür zugeschlagen und der Motor springt an. Die Scheinwerfer blenden auf, der Bus fährt ein paar Meter, hält dann wieder und die Beifahrertür geht auf. Sid steigt aus.

Ich ziele auf ihn.
– Zurück in den Bus, Sid.

Er bewegt sich auf das Heck des VWs zu.
– Ich schieße, Sid.

Er hält inne und bleibt im roten Schein der Rücklichter stehen.
– Das ist doch Schwachsinn, Mann. Lass uns einfach zusammenarbeiten. Wir könnten zusammen was richtig Cooles abziehen. Es bringt doch nichts, alles allein zu machen, Mann.
– Zurück in den Bus, oder ich knall dich ab.

Er dreht sich um und schlurft mit hängenden Schultern zurück zum Bus.
– Sid!
– Ja, Mann?
– Und hör auf, Menschen zu töten. Das bringt nichts.
– Wie du meinst.

Er steigt ein und schlägt die Tür hinter sich zu. Der Bus rumpelt Richtung Highway. Am Rand des schwarzen Asphaltstreifens stoppt er noch mal, der Blinker wird gesetzt, dann rollt er los. Aus dem offenen Rückfenster dringt der Sound der Allman Brothers, und zu den Klängen von »Whipping Post« verschwindet der VW-Bus schließlich in der Ferne.

Ich stehe da, alleine in der Wüste, in der Hand zwei Pistolen.

Es sind nur dreißig Kilometer bis nach Vegas, aber ich bin mir nicht sicher, ob ich es schaffe.

In der Dunkelheit, mit einer Schusswunde im linken Bein, einem geschwollenen rechten Knöchel und einer Gehirnerschütterung durch tiefen Sand zu laufen, ist die Hölle. Nach einer halben Stunde bin ich völlig fertig und meine letzten beiden Zigaretten sind aufgeraucht. Ich stolpere über eine Böschung, stürze und schlage mir den Kopf an. Schon wieder. Es dauert eine ganze Weile, bis ich wieder klar sehen kann.

Das erinnert mich an Russ, den ich eine Weile mit mir herumschleppte und der sich immer wieder den Kopf anstieß, nachdem ich ihm bereits eins mit dem Baseballschläger übergebraten hatte. Ich muss daran denken, wie seine Aussprache immer undeutlicher wurde und es ihn langsam dahinraffte. Besser, ich ich lasse das mit dem Hinfallen sein.

Als ich die Böschung hochkrieche, berühren meine Hände eine Eisenschiene. Offensichtlich bin ich geradewegs über die Gleise der Union Pacific gestolpert.

Vorsichtig krabbele ich über die Schienen und entdecke auf der anderen Seite der Böschung eine kleine zweispurige Straße: Sie führt in beide Richtungen schnurgerade ins Nichts. Ich humple am Straßenrand entlang und komme so ganz gut vorwärts. Auch die Schmerzen in meinem Bein und meinem Knöchel lassen ein wenig nach. Ein Straßenschild, an dem ich nach einer Weile vorbeikomme, verrät mir, dass ich mich auf der County 6 East befinde, acht Kilometer vor Sloan. Na super. Sloan. Und was dann?

Mir wird kalt. Ich schiebe meine Hände in die Tasche meines Kapuzenpullis zu den zwei kalten Metallklumpen.

Hinter mir wird langsam ein Geräusch lauter und ich drehe mich um. Es sind keine Scheinwerfer zu sehen, trotzdem hört es sich so an, als wäre ein Dieselmotor im Anrollen. Ich werfe mich in den Graben neben der Straße. Der ganze Untergrund beginnt zu vibrieren. Verdammt, was ist das? Ich drehe mich auf den Rücken und sehe, wie sich auf den Gleisen die Scheinwerfer einer Lokomotive nähern. Ein Zug. Ich könnte auf einen Zug aufspringen. Führen diese Gleise nach Vegas? Wohin sollten sie sonst führen?

Schwer zu sagen, wie weit der Zug noch entfernt ist, aber so wie die Erde bebt, kann er nicht mehr weit sein. Es sieht so aus, als wäre er nicht sonderlich schnell. Ich krieche aus dem Graben und hinke, so schnell ich kann, rüber zum Bahndamm, wo ich mich hinkauere. Das könnte funktionieren. Die Lichter werden heller. Der Zug wird größer und lauter, während er gemächlich angestampft kommt. Größer. Lauter. Näher. Größer. Größer. Uff. Ein schwarz-gelbes Tausend-Tonnen-Monster donnert mit hundert Sachen an mir vorbei, erstickt mich in seiner Dieselwolke und erschüttert den Wüstenboden wie ein Erdbeben. Ich bleibe in den Schotter verkrallt zurück und staune über meine eigene Blödheit. Mit zitternden Knien komme ich wieder hoch und starre dem sich in der Dunkelheit entfernenden Zug hinterher. Okay, auch eine interessante Methode, sich das Leben zu nehmen.

Etwa anderthalb Kilometer später erreiche ich einen Ort namens Erie. Und wen sehe ich da? Auf einem Rangiergleis steht der gleiche Zug, der eben noch an mir vorbeidonnerte. Im Schutz der Dunkelheit klettere ich auf einen Waggon voller Nissans und verstecke mich dort. Selbst ich habe gelegentlich mal Glück.

Fünf Minuten später setzt sich der Zug in Bewegung. Die nächste halbe Stunde verbringe ich geduckt zwischen der

Schnauze eines Nissan Pathfinder und dem Heck eines weiteren, wobei ich versuche, mich, so gut es geht, vor dem schneidenden Fahrtwind zu schützen. Sobald wir wieder auf offenem Land sind und der Donner des Zuges in der Weite verhallt, wage ich es, den Kopf zu heben. Am Horizont erblicke ich den apokalyptischen Schimmer von Las Vegas; den Scheinwerfer auf der Pyramidenspitze des Luxor, der die nächtliche Wolkendecke anstrahlt.

Kurz darauf rattern wir durch heruntergekommene Viertel, wie man sie häufig am Rand von Bahngleisen findet. Ich entdecke Straßenschilder wie Blue Diamond Road, West Warm Springs Road, West Sunset Road. Keiner dieser Straßennamen sagt mir etwas, aber ich kenne die Stadt ohnehin nur aus *Viva Las Vegas* und von einem Trip während meiner College-Zeit. Und dann leuchtet er plötzlich auf, der Strip, ein paar Blocks entfernt zu meiner Rechten. Ich kann nicht viel erkennen und mein letzter Besuch liegt nun auch schon zehn Jahre zurück, trotzdem bin ich mir sicher, dass er es ist.

Wir erreichen den Rangierbahnhof. Der Zug verlangsamt sein Tempo, aber nicht viel. Egal, ich muss hier runter, bevor er in den abgesperrten Bereich einfährt, in dem die Wachmänner der Union Pacific patrouillieren.

Kurz bevor er das Bahnhofsgelände erreicht, hat er kaum mehr als fünfunddreißig Sachen drauf. Ich springe vom Waggon, pralle auf den Boden, überschlage mich und rolle kopfüber durch den Schotter – während ich bete, dass die geladenen Waffen in meiner Tasche nicht losgehen. Sie tun es nicht.

Dann liege ich flach auf dem Rücken, starre in den seltsam austernfarbigen Himmel, der über mir schwimmt, und wünschte, einer dieser UP-Reinigungsleute käme vorbei, würde mich mit seiner Schaufel auflesen und in den

Laster zu dem anderen Müll kippen, den er an der Strecke aufgesammelt hat. Innerlich vor Schmerz jaulend, rappele ich mich auf, hinke von den Gleisen weg und um die Mauer des Rangierbahnhofs herum.

Straßenschilder verraten mir, dass ich mich an der Ecke East Charleston und Commerce Street befinde. Ich schließe meine Augen und versuche, die wild in meinem Kopf umherflatternden Gedanken einen nach dem anderen einzufangen und sie so lange festzuhalten, bis ich sie in Ruhe durchgegangen bin.

Ich muss das Geld auftreiben, um Mom und Dad zu retten. Das Geld habe ich Tim gegeben. Tim ist verschwunden. Aber ich kenne seine Adresse. Hey! Ich kenne Tims Adresse! Sie ist nicht aus meinem Hirn geprügelt worden. Ich könnte zu Tim gehen und … etwas unternehmen! Großartig! Okay. Als Erstes brauche ich einen Stadtplan. Also stelle ich mich mitten auf die leere Kreuzung, schaue mich nach allen Seiten um und entdecke ein paar Blocks weiter auf der Commerce die Leuchtreklame einer Nachttankstelle.

Ich sehe beschissen aus. Das weiß ich zwar auch so, trotzdem werfe ich einen kurzen Blick in den Seitenspiegel eines parkenden Autos. Über meinem rechten Auge habe ich eine blutverkrustete Platzwunde, meine Haare sind mit Sand und Ruß verklebt, meine Klamotten sind dreckig und zerrissen und meine Hände zerschrammt und voll schwarzer Schmiere vom Zug. Moment mal. Worüber mache ich mir hier eigentlich Sorgen? Eine Nachttankstelle in dieser Gegend? Wahrscheinlich laufen hier noch viel üblere Gestalten ein als ich.

Ich betrete eine Welt aus fluoreszierendem Licht und heimeliger Weihnachtsmusik. Ein pickliger Junge hinter der Theke blickt von seinem Comic auf und starrt mich an.

Vielleicht sehe ich doch übler aus als gedacht? Mensch, Hank, ist doch völlig egal, wie du aussiehst, viel wichtiger ist, dass die Leute dich nicht erkennen. Richtig, wie konnte ich das bloß vergessen? Verdammte Kopfschmerzen. Der Pickelknabe glotzt mich noch immer an.

Ich gaffe zurück.

– Unsere Toilette ist nur für Kunden.

Ich muss nicht auf die Toilette. Ich brauche … Scheiße, was brauche ich eigentlich? Ich blicke mich im Laden um. Was wollte ich bloß? Keine Ahnung. Ich lange in meine Taschen und taste herum. Pistolen: zwei. Okay. Zigaretten: keine. Okay. Zigaretten! Ich brauche Zigaretten. Mit der leeren Schachtel Benson & Hedges in der Hand schlurfe ich rüber zur Theke und halte sie ihm hin. Er beendet erst die Seite in seinem Comic, dann legt er sein Heftchen beiseite und wirft einen Blick auf die zerknüllte Schachtel.

– Benson & Hedges?

Ich halte zwei Finger hoch, und er langt in das Regal hinter sich, um zwei Päckchen hervorzuziehen.

– Macht genau sieben Dollar.

Ich reiche ihm einen Hunderter. Er nimmt ihn, hält ihn prüfend ins Licht und bedient dann die Kasse. Ich schnappe mir meine Zigaretten und das Wechselgeld, er greift wieder nach seinem Comic.

Cool, das hat schon mal sehr gut funktioniert. Er lässt sein Comic wieder ein Stück sinken und bemerkt, dass ich immer noch wie angewurzelt dastehe.

– Ist noch was?

Hm.

– Brauchst du noch was, Hombre?

Pfff.

– Ja oder nein?

Ich zucke mit den Achseln.

– Dann sieh zu, dass du weiterkommst.

Weiterkommen! Erneut schweift mein Blick durch den Laden und fällt auf die Stadtpläne im Zeitschriftenregal. Ich greife mir einen von Vegas und reiche ihn dem Knaben. Er pfeffert sein Comic auf die Theke.

– Haben wir's dann, ja? Drei fünfundneunzig.

Den Stadtplan in der einen Hand und die Zigaretten in der anderen schwanke ich aus dem Laden, da blenden mich die grellen Scheinwerfer eines Autos, das zu einer der Zapfsäulen rollt. Ich verziehe mich in den Lichtkegel einer Straßenlaterne und lasse mich auf der Bordsteinkante nieder. Im Straßenverzeichnis suche ich nach der Commerce. Als ich sie schließlich entdecke, folge ich ihr mit dem Finger zur Kreuzung mit der West California, wo die Tankstelle liegt. Das wäre geschafft, jetzt weiß ich wenigstens, wo ich bin. Ich schmiere ein bisschen von dem Dreck an meinem Finger auf die entsprechende Stelle im Plan, damit ich sie nicht verliere. Gut, wie war jetzt noch mal Tims Adresse? Scheiße! Gerade wusste ich sie doch noch. Oh, Mann, ich bin aber auch ein verfluchter Idiot!

Mir ist eiskalt, ich bin müde und irgendwo am Arsch der Welt. Am liebsten würde ich Mom und Dad anrufen. Ein Handy hätte ich ja. Aber ich kann unmöglich dort anrufen. Das kann ich ihnen nicht antun.

Stillsitzen ist nicht gut für mich. Die Schmerzen machen sich sofort bemerkbar: Sie wüten in meinem Kopf und pochen in meinem Oberschenkel und in Dutzenden von Schnittwunden und Prellungen. Mein Kopf kippt willenlos nach vorn und meine Arme fallen schlaff zur Seite. Ich bin in einem desolaten Zustand. Ich muss dringend weg von hier. Ich muss mich aufrappeln und mich irgendwohin verkriechen, wo ich ein bisschen Schlaf kriege. Wenn ich nur ein kleines Nickerchen mache und mein Hirn kurz abschalte, wird es mir sicher gleich viel besser gehen. Aber wo? Wo soll ich hin? Und was soll ich als Nächstes tun?

Ich fische eine Zigarette aus einer der frischen Packungen.

Wo sind meine Streichhölzer? Ich krame in meinen Taschen nach einem Streichholz. Wo zum Teufel sind die verfluchten Streichhölzer? Ich leere den Inhalt meiner Taschen zwischen meinen Beinen auf den Asphalt aus, alles außer den Pistolen natürlich. Stadtplan, Handy, Netzkabel, Zigaretten, Weihnachtspostkarte, leere Streichholzschachtel, ein zerknitterter Haufen Hunderter und Zwanziger, ein paar Münzen. Hinter meinem Rücken blenden Scheinwerfer auf, und eine Autohupe jagt mich hoch. Ich fahre herum, und der Wagen von der Tanksäule steht kaum einen Schritt von mir entfernt und bläst mich fast weg mit seiner Hupe. Ein Kopf taucht im Fahrerfenster auf.

– Scher dich aus dem Weg, du Arschloch!

Als ich mich umsehe, stelle ich fest, dass ich genau in der Einfahrt der Tankstelle stehe. Der Fahrer hämmert erneut auf die Hupe, lange und laut. Ich hebe entschuldigend meine Hände, dann bücke ich mich, um meinen Kram einzusammeln. Der Wagen rollt an mir vorbei. Es ist ein Taxi. Im Vorbeifahren starrt mich der Fahrer an und schüttelt angewidert den Kopf. Ich stehe da mit meinen Händen voller Müll: Stadtplan, Handy, Netzkabel, Kippen, Weihnachtskarte, Geld.

Weihnachtskarte!

Der Taxifahrer tritt kurz auf die Bremse, als vor ihm auf der Straße ein Bus vorbeidonnert. Rasch humple ich zu seinem Fenster und strecke meinen Arm mit der Weihnachtskarte hindurch.

– Hier, da muss ich hin.

Er zuckt vor mir zurück und schlägt meine Hand weg.

– Verpiss dich!

Aber ich habe bereits meinen Kopf und meine rechte Schulter in den Wagen gezwängt. Er fährt los und versucht mich abzuschütteln, aber ich stolpere neben dem Taxi her. Ich halte ihm den Umschlag unter die Nase.

– Hier!

Mittlerweile schaut er eher ängstlich als genervt und hämmert auf seine Armlehne, um den Fensterheber zu betätigen, was jedoch lediglich dazu führt, dass die Zentralverriegelung immer wieder auf und zu schnappt. Ich schaffe es, auch den anderen Arm durchs Fenster zu drücken und wedele mit einer Hand voller Scheine vor seinem Gesicht herum. Das Taxi bleibt stehen.

– Hundert. Ich gebe Ihnen hundert Dollar.

– Das ist eine Adresse in Kalifornien.

Was? Gott im Himmel.

– Die andere, der Absender.

Seine Augen wandern zu der Absenderadresse und dann zu dem Geld in meiner anderen Hand.

– Zweihundert.

– Zweihundert.

Ich fische zwei Scheine aus dem Bündel und händige sie ihm zusammen mit der Grußkarte aus. Dann reiße ich die hintere Wagentür auf und lasse mich quer über den Sitz fallen.

– Wenn du da hinten kotzt oder dich einpisst oder so was, dann kostet dich das noch mal hundert.

Das Taxi fährt los. Ich schließe meine Augen.

Ich öffne meine Augen.

Scheiße, oh, Scheiße, was mache ich hier eigentlich? Ich blicke mich um. Taxi. Soweit ich mich erinnern kann, habe ich es selbst angehalten. Mühsam zerre ich mich im Sitz hoch und stopfe das Geld in meine Tasche. Der Taxifahrer betrachtet mich im Rückspiegel.

– War 'ne harte Nacht, was?
Kann man so sagen.
– Ja.
Er hält an einer roten Ampel.
– Auch wegen dem Rodeo in der Stadt?
Rodeo?
– Hm.
– Die meisten Burschen, die sich's so heftig geben, sind Cowboys. Bist du ein Cowboy?
Ich lache.
– Ja, ja, ich bin ein Cowboy.
– Hab ich mir doch gedacht. Bei dir sitzt die Kohle ziemlich locker, Wahnsinn.
– Ja, ich bin ein Scheiß-Wahnsinns-Cowboy.
Im Rückspiegel wirft er mir erneut einen Blick zu.
– Die Fahrt dauert etwa zehn Minuten. Leg dich hin und ruh dich aus. Ich weck dich dann.
Ein Nickerchen. Gut. Ich schließe meine Augen.

Jemand zerrt an mir. Ich schlage die Augen auf.
– Okay, wir sind da.

Der Taxifahrer zieht mich aus dem Taxi. Ich reiße mich los und schlage beinahe der Länge nach hin, doch er fängt mich auf.
– Ich hab dich.

Er führt mich zu einem verrosteten, in Weiß und Türkis gestrichenen Wohnwagen. Wir sind in einem Trailerpark. Nachdem er mir die Stufen zur Veranda hochgeholfen hat, lässt er mich auf eine schäbige Couch plumpsen, was eine Staubexplosion zur Folge hat. Ich huste. Er zeigt auf den Wohnwagen.
– Okay, das ist die Adresse. Sieht nicht so aus, als ob jemand zu Hause wäre.
Er flüstert.

– Woher wollen Sie das wissen?
– Ich habe geklopft.
Er flüstert noch immer.
– Leg dich einfach hin.
Er drückt mir sanft gegen die Schulter und ich lasse mich zurückfallen und schließe die Augen.
– Hier hast du deine Weihnachtskarte zurück.
Verdammtes Geflüstere. Ich spüre, wie seine Hand die Karte tief in meine Hosentasche schiebt. Und wie er darin nach etwas greift.

Sofort packe ich sein Handgelenk und fahre hoch. Er tritt einen Schritt zurück, wobei ich weiter sein Handgelenk umklammert halte. Seine Hand steckt noch immer in meiner Tasche. Als ich sie herauszerre, kommen die Karte und die zerknüllten Geldscheine zum Vorschein. Schnell reißt er sich los. Wir stehen uns gegenüber, und er merkt, dass ich ein ganzes Stück größer bin als er. Ich mache einen Schritt auf ihn zu und seine Augen weiten sich. Er ist jetzt selbst angewidert von dem, was er gerade getan hat: einen hilflosen Betrunkenen ausplündern.
– Beruhig dich, Mann.
Ich will mich aber nicht beruhigen. Ich war die ganze Zeit ruhig, jetzt will ich ordentlich die Sau rauslassen. Doch ich stolpere nur über meine eigenen Füße und knalle der Länge nach auf die Veranda. Die Gelegenheit lässt er sich nicht entgehen. Eilig rennt er zu seinem Taxi, springt hinein und jagt aus der Einfahrt des Trailerparks.

Ich lasse den Kopf sinken. Der künstliche Rasenteppich, mit dem die Veranda ausgelegt ist, kratzt an meinem Ohr. Mein Blick schweift über die grasbedeckte Ebene und fällt auf das verstreute Geld und die Weihnachtskarte direkt vor meiner Nase. Ich schnappe mir die Karte und rolle mich auf den Rücken. Nachdem ich sie aus ihrem Umschlag gezerrt habe, halte ich sie ins Licht einer dieser Lampen, die das Camp beleuchten.

Die Karte ist selbst gestaltet, mit Photoshop oder so was in der Art. Sie zeigt eine Szene aus dem Film *Weihnachten mit Charlie Brown,* in der Lucy mit Schroeder flirtet, der gerade über sein Piano gebeugt »Jingle Bells« spielt. Die Szene ist leicht abgeändert worden. Charlie Brown steht jetzt neben einem Regiestuhl und brüllt *Action* in ein Megafon, während Schroeder bis auf eine Augenbinde und einen roten ballförmigen SM-Knebel nackt ist. Snoopy tanzt auf dem Piano vor Lucy herum und sein dicker Hundepenis steckt in ihrem Mund. Die Bildunterschrift lautet: *Igitt, Hundesperma.* Klappt man die Karte auf, kommt ein weiteres nachbearbeitetes Bild zum Vorschein, auf dem Charlie Brown Analsex mit Lucy hat. Hier lautet die Bildunterschrift: *Von allen Charlie Browns bist du der Charlie Braunste.* Charlies Gesicht ist ausgeschnitten und durch Ts Visage ersetzt worden.

Scheiß T.

Ich schließe die Augen.

TEIL 3
14.–17. DEZEMBER 2003

T war in der Mittelstufe eher einer von der ruhigen Sorte, einer dieser Nerds, die an Fantasy-Rollenspielen wie Dungeons & Dragons teilnahmen, sich im Hintergrund hielten und versuchten nicht größer aufzufallen. In den Sommerferien nach der achten Klasse starb seine Mutter an Magenkrebs. Am ersten Tag des neuen Schuljahrs erschien er zum Unterricht mit Irokesenschnitt, Sicherheitsnadeln im Ohr und einem Clash-T-Shirt mit abgerissenen Ärmeln. Damit war er der einzige Punk in einer Schule voller ehrgeiziger Sportskanonen, selbst erklärter Cowboys und derber Prolls. Die nächsten paar Monate wurde er immer wieder zur Zielscheibe von Übergriffen seiner Klassenkameraden, die sich einen Spaß daraus machten, ihm aufzulauern und ihn kopfüber in die Toilette zu stecken. Das ging so lange, bis er Sean Baylor das Ohrläppchen abbiss. Danach verloren plötzlich alle die Lust, den Schulfreak weiter zu verprügeln.

Die Einzigen, die etwas mit ihm zu tun haben wollten, waren die Drogis, und das auch nur, weil er ihnen die Schmerzmittel seiner Mutter zu Discountpreisen verkaufte. Dann starb auch Wades Mom und die beiden fingen an, zusammen abzuhängen. Als ich zu ihnen stieß, war T bereits fester Bestandteil der Drogenszene. Er war der Typ, der stets an gutes Gras, Acid, Speed und Mushrooms herankam, von Zeit zu Zeit sogar an Koks. Das machte ihn für die meisten auch nicht weniger abschreckend.

Wenn man zu T nach Hause ging, um sich Stoff zu besorgen, wusste man nie, was einen erwartete. Mal hing er völlig zugedröhnt vor seinem Apple II und spielte *Zork*, mal fand man ihn im Hinterhof beim Gewichtestemmen, voller Adrenalin und oben ohne, während die Dead Kennedys mit voller Lautstärke aus den Boxen dröhnten. Er hatte ein Brett an beiden Enden mit Backsteinen beladen und stemmte es auf dem Rücken liegend mit den Armen hoch, bis die Venen auf seinem dürren Körper wie angeschwollene Spinnenbeine hervortraten.

Wir sprachen nicht viel miteinander. Er war mir einfach eine Spur zu abgedreht, außerdem war ich ja bloß das verkrüppelte Sportass, das hinter seinem Kumpel Wade hertrottete. Er war auch der Einzige in der Schule, der sich über meine Verletzung lustig machte. *Na, Superstar, was macht das Bein? Hey, Superstar, wie wär's mit einem kleinen Wettrennen? Hey, Superstar, dieser Joint ist kein Lutscher, lass rüberwachsen. O Gott nein, ich hol ihn schon, du darfst ja deine Beine nicht belasten.*

Das letzte Mal sah ich T, als er seinen Schulabschluss machte. Vier Jahre lang hatte er praktisch alles geraucht oder durch die Nase gezogen, was er in die Hände bekam, und sich dabei einen Dreck um seine Mitschüler, die Fakultät oder Schulverwaltung gekümmert – und trotzdem legte er einen glänzenden Abschluss hin. Jemand erzählte mir, er hätte Angebote für Stipendien von den Computerfachbereichen aus Berkeley und Stanford erhalten. Stattdessen nahm er eine Stelle am Modesto Junior College an, wo er anfing, mit einer Mischung aus Crack und Amphetaminen zu dealen. Das brachte ihm erst einen Urlaub im Bezirksgefängnis und später auch einen Abstecher im Staatsgefängnis ein.

– Aus, Hitler.

Zitternd und frierend erwache ich.
– Immer mit der Ruhe, Hitler.

Warum ist es in Yucatán so kalt? Vielleicht, weil das hier gar nicht in Yucatán ist? Arsch. Loch. Etwas knurrt.
– Pst, schluss jetzt, Hitler!

Ich öffne die Augen und sehe vor mir einen Hund, so groß wie ein Truck. Er knurrt und zeigt mir all seine Zähne. Er trägt zwar ein Halsband, doch daran befindet sich keine Leine. Ich stelle meinen Kopf schräg und schaue nach oben. Hinter dem Riesenköter steht Elvis Presley persönlich. Er misst etwa einsfünfundsiebzig, ist spindeldürr, hat Koteletten bis zum Kinn, und natürlich ist sein schwarzes Haar mit öliger Pomade durchzogen. Dazu trägt er eng sitzende schwarze Levi's, schwarze Stiefel und eine schwarze Lederweste über einem weißen T-Shirt.
– Wer, verdammt noch mal, bist du, und was hast du auf *meiner* Veranda verloren?

Was mache ich auf seiner Veranda? Ich versuche mich aufzusetzen.
– Beweg dich ja nicht, sonst beißt dir Hitler das Gesicht weg.

Ich bin nicht sonderlich scharf darauf, dass mir jemand mein Gesicht wegbeißt, vor allem nicht Hitler. Ich strecke die Hand aus, um mein Gesicht zu schützen, und Elvis greift nach der Weihnachtskarte, die ich umklammert halte. Er öffnet sie.
– Was, zum Teufel …?

Er schaut von der Karte zu mir und muss zweimal hinschauen, um es zu glauben.
– Ach, du Scheiße! Verfickte Scheiße noch mal. Jesus Maria. Leck mich doch. Leck mich, verdammt noch mal.
– Ich freu mich auch, dich zu sehn, T.

Er zieht mich hoch, schleppt mich in seinen Wohnwagen und schmeißt mich auf die Couch, die sich in einem ähnlich trostlosen Zustand befindet wie die auf seiner Veranda.

– Immer noch Probleme mit dem Laufen, was, Superstar?

Er nimmt mir die beiden Schusswaffen ab, die in meinen Taschen stecken. Der Hund thront immer noch vor mir, die Zähne gebleckt, als wolle er sichergehen, dass ich brav sitzen bleibe. Kein Problem. Ich schließe die Augen.

– Aufwachen, Superstar.

Ich öffne die Augen. T sitzt vor mir am Esstisch, seine linke Hand streichelt den Kopf des Hundes. Der Hund ist ein Mastiff; ein Hundert-Kilo-Monster mit hellem Fell und traurigen Augen. T lässt ein Feuerzeug mit der US-Flagge an der Seite aufschnappen und zündet sich eine rote Marlboro an. Ich höre auf, den Hund anzustarren, und greife stattdessen in meine Tasche, um mir ebenfalls eine Zigarette anzustecken. Der Hund zuckt nervös.

– Hitler, aus!

Das vierbeinige Monster weicht zurück. So langsam dämmert es mir.

– Hitler ist der Hund, richtig?

T nickt.

Ich ziehe meine leeren Hände aus meinen leeren Jackentaschen. Irgendwo auf dem Weg muss ich meine Zigaretten verloren haben. Ich deute auf Ts Packung.

– Kann ich eine von deinen haben?

Er nickt, reicht mir eine Zigarette und zündet sie mir an.

– Ich wusste gar nicht, dass Superstars wie du auch rauchen.

Ich nehme einen tiefen Zug.

– Manche Dinge ändern sich.

Er lacht.

– Scheiße, ja, das tun sie. Wer hätte je gedacht, dass ausgerechnet wir beide, die wir nie viel miteinander zu tun hatten, mal hier sitzen und uns unterhalten würden? Was soll man dazu sagen? Das letzte Mal, als ich dich sah, warst du noch der gefallene Engel, der Musterknabe aus der Provinz, und ich war dieser durchgeknallte Schulfreak. Und jetzt? Na ja, ich mag mich ja nicht viel weiterentwickelt haben, aber schau dich bloß mal an. Du hast eine einzigartige Erfolgsgeschichte hinter dir und bist eine echte amerikanische Legende. Muss sich toll anfühlen, wenn all die großen fast schon in Vergessenheit geratenen Versprechungen sich endlich doch noch erfüllen. Jawoll! Jemanden mit so einem Tatendrang muss man einfach bewundern. Wenn man die Karriere auf dem normalen Weg nicht schafft, dann ballert man sich den Weg nach oben eben frei. Bäng, bäng, bäng. Ich sag dir, Mann, zu Hause sind sie alle mächtig beeindruckt davon, was du aus deinem Leben gemacht hast. Und weißt du, wer besonders beeindruckt ist? Wade. Oh, tut mir leid, das hätte ich wohl in der Vergangenheitsform sagen müssen, was?

Ts Unterarm ist über und über mit Brandnarben bedeckt. Die kleineren sehen aus wie Punkte in der Größe von M & Ms, die größten haben die Form ganzer Zigaretten, von der Spitze bis runter zum Filter. In der Highschool spielte T mit Vorliebe *Cigarette Chicken*. Dabei pressen zwei Spieler ihre Unterarme gegeneinander und klemmen eine brennende Kippe dazwischen. Wer seinen Arm zuerst wegzieht, hat verloren. Ich machte nie mit. Von der frischen rosa Farbe einiger der Narben her zu urteilen, sieht es ganz so aus, als wäre T noch immer ein begeisterter Spieler.

– Ich habe Wade nicht getötet.

Er drückt seine Zigarette in einem zum Aschenbecher umfunktionierten alten Zylinderkopf aus.

– Hat das etwa jemand behauptet, hä? Für jeden, der in

der Lage ist, den Fernseher einzuschalten, ist doch völlig klar, dass dieser Depp Danny Lester für die Scheiße verantwortlich ist. Wenn du den Typ in der Glotze siehst, weißt du sofort, dass er ein riesengroßes Arschloch ist. Und ein mieser Lügner noch dazu. Aber scheiß drauf, wen juckt's? Macht auch keinen Unterschied mehr. Wade ist tot, nur das zählt. Er war einer der wenigen Menschen auf der Welt, der mir wirklich was bedeutete. Und jetzt komm ich spätnachts von der Arbeit heim und finde dich hier schlafend auf meiner Veranda mitten in einem Haufen Geld vor, mit der Weihnachtskarte in der Hand, die ich ihm geschickt hatte. Was unvermeidlich zu der Frage führt: Was in aller Welt hat dein von der Polizei gesuchter Arschhier verloren? Willst du meine juristisch sowieso schon mehr als brenzlige Lage noch weiter ruinieren?

Ich mache meinen Mund auf und schließe ihn gleich wieder. Und öffne ihn von neuem.

– Ich …

Mir fällt sein zappelndes Bein auf und wie er rastlos zwischen Hitlers Augen herumkrault, und da wird mir bewusst, dass er hoffnungslos auf Speed ist. Er reißt seine roten, nervös umherirrenden Augen weit auf.

– Los, Mann, raus mit der Sprache.

– Okay, ich … also … Wie viel weißt du über die Sache in New York? Beziehungsweise …

O Gott, ich bin dazu jetzt einfach nicht in der Lage.

– Hör zu, T. Ich glaub nicht, dass ich das jetzt schaffe.

Ich breite hilflos meine Hände aus und mein Kiefer sackt nach unten.

– Ich wüsste nicht mal, womit ich anfangen sollte.

– Verstehe. Na klar. Es ist verdammt spät und du hast ganz offensichtlich eine harte Nacht hinter dir und würdest dich gerne ausruhen. Da kann ich dir helfen.

Er öffnet seine Zigarettenkiste, wühlt mit seinem Zeigefinger darin herum und holt eine kleine weiße Tablette heraus.

– Nimm die.

– Oh nein, T. Ich glaube nicht, dass das eine gute Idee ist.

Er balanciert die Pille auf der Fingerspitze und hält sie mir vor den Mund.

– Jetzt sei kein Jammerlappen, Superstar, das ist bloß eine ganz normale Diätpille. Die Jungs an der UNLV kriegen von mir wesentlich härteres Zeug, um die Paukerei für die Abschlussprüfung durchzustehen. Also runter damit.

Er drückt sie mir an die Lippen.

– Auf jetzt. Hier kommt der Zug, öffne den verdammten Tunnel.

Seit dem ersten Jahr am College hab ich keine Pille mehr eingeschmissen, aber mir fehlt sowohl der Wille als auch die Energie, um jetzt mit einem Speedfreak herumzudiskutieren. Vor allem angesichts des Monsterköters an seiner Seite. Ich öffne den Mund. Er drückt die Pille hinein und sie verbreitet ihren bitteren Geschmack auf meiner Zungenspitze. Ich schlucke sie einfach runter, ohne Wasser. T lächelt.

– So, dann leg mal los.

Und das tue ich. Ich fange an zu reden und schon bald kann ich nicht mehr aufhören, selbst wenn ich es wollte. Aber ich will auch gar nicht. Meine Gedanken ordnen sich zu einem einzigen Netz narrativer Logik, an dem ich T unbedingt teilhaben lassen will. Ich erzähle ihm die vollständige Geschichte, mitsamt Illustrationen und Beispielen aus der Filmgeschichte, Literatur, Popmusik und griechischer Philosophie. Dazu bringe ich Querverweise zur aktuellen Medienpolitik, zum Verhältnis von Superman zu Batman, und auch zu Schrödingers Katze. All das setze ich in Bezug zu unserer gemeinsamen Vergangenheit und enthülle dabei auch noch eine geheime gegenseitige Bewunderung füreinander. Ich erzähle ihm die ganze Geschichte in jedem noch so kleinen Detail. So habe ich die Geschichte noch nie jemandem erzählt, nicht einmal Tim weiß viele der Dinge, die ich T jetzt mitteile.

Und dann sitze ich erschöpft und schlaflos da, sauge an meiner zwanzigsten oder dreißigsten Zigarette seit Tagesanbruch und schaue aus dem Fenster in den tiefblauen Himmel. Ich fühle mich besser, nachdem ich endlich jemandem die ganze Geschichte erzählt habe. Ich schleppe die Wahrheit nicht mehr alleine mit mir rum. Egal, was sonst sein mag, ich fühle mich einfach besser.

T läuft in die Küche und kehrt mit einer kleinen Flasche brauner Pillen zurück. Er schüttelt drei davon in seine Hand, nimmt zwei in den Mund und bietet mir die dritte an.

– Nein, auf keinen Fall. Ich werde nie wieder schlafen können, wenn ich die nehme.

Er schüttelt den Kopf.

– Ist bloß eine Schlaftablette.

Ich betrachte sie. Ich will sie nicht nehmen. Ich weiß, wie es ist, auf Speed zu sein. Pillen zum Draufkommen, Pillen zum Runterkommen. Ich weiß ganz genau, dass ich ohne sie keinen Schlaf finden werde, und ich muss dringend schlafen, mehr als alles andere auf der Welt. Ich lasse die Pille in meinen Mund gleiten.

T nickt.

– Komm mit.

Er betritt den Flur. Ich stehe auf und folge ihm. Und Hitler folgt mir. T bleibt in der geöffneten Tür am Ende des Flurs stehen.

– Das ist das Gästezimmer.

Ich werfe einen Blick hinein. Ich erkenne einen Arbeitstisch und einen Computer. Überall liegen Papierstapel und unzählige Disketten herum. An den Wänden hängen mit Heftzwecken befestigte Band- und Anime-Poster. T zeigt mit seinem Daumen in die entgegengesetzte Ecke des Wohnwagens.

– Ich logiere in der Luxussuite. Ruf einfach, wenn du was brauchst.

Ich schleppe mich zu meiner Schlafstätte. Es ist das großartigste Bett, in dem ich je gelegen bin, so weich und mollig, fast so, wie sich mein Körper anfühlt. Wow. Das Schlafmittel entfaltet seine Wirkung. T schaltet das Licht aus.

– Nacht.

– Gute Nacht, T.

Er wendet sich zum Gehen.

– Hey, T?

– Ja, was gibt's?

– Wie soll es weitergehen?

Er ist nur noch ein knochiger Umriss im Türrahmen.

– Mein Vater ist gestorben.

– Das wusste ich nicht, tut mir leid.

– Der Krebs hat ihn aufgefressen. Genau wie meine Mom. Es ist kein Spaß, ein Waisenkind zu sein. Darum werde ich Wade auch so vermissen. Er war einer der wenigen, die wussten, wie ich mich fühle.

– Verstehe.

Seine Silhouette bewegt sich, während er in den Flur hinausschaut.

– Also, wir machen uns auf die Suche nach deinem Kumpel und deinem Geld und retten deine Mom und deinen Dad vor diesen Drecksäcken. Okay?

– Ja, danke.

Und damit verschwindet er mitsamt seinem Riesenhund im Flur. Ich schließe die Augen.

– Superstar?
Ich halte die Augen geschlossen.
– Ja?
– Ich finde es ziemlich cool, dass du zu mir gekommen bist, um dir helfen zu lassen.
– Ich hatte sonst keinen mehr, an den ich mich hätte wenden können.
Ich höre, wie er auflacht.
– Na ja, so was in der Art habe ich mir schon gedacht.

Ich erwache zu den Klängen von Hank Williams' »Mind Your Own Business«. Mein ganzer Körper fühlt sich furchtbar steif und wund an. Die gute Nachricht ist, dass der stechende Schmerz, die Übelkeit und die Verwirrtheit infolge der Gehirnerschütterung zurückgegangen sind; die Schlechte, dass an ihre Stelle ein Post-Speed-Hang-over getreten ist, eine Mischung aus nacktem Trauma, allgemeinen Angstzuständen und massiven Schuldgefühlen.

Ich schaffe es zum Badezimmer und werfe einen Blick hinein. T steht vor dem Spiegel und kämmt sich Unmengen von Murrays Spezialpomade ins Haar. Vorne richtet er seine hohe Tolle auf, hinten legt er sich den passenden Entenschwanz. Er dreht sich zu mir um und breitet lächelnd die Arme aus.
– Morgen, Superstar! Bereit, ins Leben zurückzukehren?
Er schlägt mir auf den Arm und ich zucke zusammen.
– Oh, oh, ich glaube, du brauchst was zum wach werden.
– Ich brauche eine Dusche.
Er dreht sich wieder zum Spiegel um und fährt sich mit dem Kamm noch ein paarmal durchs Haar.
– Deine Entscheidung, aber ich sag dir was du brauchst: Du brauchst einen Muntermacher.
– Lieber nicht.

– Wie du meinst.

Ich trete zur Seite und er marschiert an mir vorbei Richtung Küche.

– Übrigens, irgendwas stimmt mit dem Wasserboiler nicht. Du musst den Kalt-Regler ganz aufdrehen und lass ja die Finger vom Heiß-Regler, sonst verbrühst du dir die Eier.

Ich schließe die Badezimmertür hinter mir, drehe das Wasser an und steige aus Sids versifften Klamotten. Mein rechter Knöchel ist geschwollen und tut verdammt weh, aber ich kann ihn immerhin bewegen. Aus der Dusche steigt bereits der Dampf auf. Ich stecke die Hand hinein, um die Temperatur zu überprüfen, und verbrenne mir fast die Finger. Ich warte noch eine Minute, bevor ich in die Wanne steige. Es ist zwar immer noch verdammt heiß, aber man kann es aushalten. Das Wasser strömt über meinen Körper und wäscht den Dreck und Schweiß der letzten Tage weg. Der krustige Verband an meinem linken Oberschenkel wird dabei durchnässt, und so kann ich ihn ohne Probleme abziehen. Auf der Wunde hat sich bereits großteils Schorf gebildet, aber ein letzter Rest Blut sickert aus einem kleinen Riss an der Seite. Ich schrubbe mir mit dem Stück Lava-Seife, das ich in der verdreckten Duschablage finde, kräftig den Körper ab. Langsam löst sich die Verspannung aus den Muskeln und die Kopfschmerzen lassen ebenfalls nach, aber die Angst- und Schuldgefühle bleiben.

Ich steige aus der Dusche, finde unter dem Waschbecken ein paar Heftpflaster und klebe sie auf die Wunde. Dann wische ich den beschlagenen Spiegel frei und schaue hinein. Der Riss über meinem linken Auge hat sich geschlossen. Meine Schultern und Rippen sind von blauen Flecken übersät und ein gewaltiger Bluterguss erstreckt sich quer über meine Brust. Der stammt vom Sicherheitsgurt aus dem Monte Carlo. Hände und Knie sind vom ständigen Hinfallen völlig aufgeschürft.

Ich betrachte meine Tattoos. Sie fangen am linken Unterarm an, gehen dann hoch zur Schulter, quer über die Brust und hinunter bis zum rechten Handgelenk. Als Dad sie sah, machte er das gleiche Geräusch wie damals, als er mich dabei ertappte, wie ich mir eine Zigarette anzündete. Mom mochte sie auf gewisse Weise. Sie berührte die Stelle, wo »Mom and Dad« steht, schüttelte den Kopf über das nackte Pin-up-Girl auf dem rechten Bizeps und fing an zu weinen, als sie das Banner auf meiner Brust erblickte, auf das »Yvonne« eintätowiert ist. Ich hebe den linken Arm und überprüfe die schwarzen Balken. Einer fehlt noch, für Mickey.

Ich wickle mir ein Handtuch um die Hüfte und trage die dreckigen Anziehsachen in die Küche. T trinkt ein Bier und isst dazu kleine Fruchttörtchen.

– Willst du eins?

Mein Magen ist zwar leer, aber ich habe keinen Appetit.

– Danke, nein.

– Okay, aber was anderes gibt's nicht.

– Geht schon.

Er stopft sich das letzte Kirschtörtchen in den Mund und spült es mit dem Rest des Bieres hinunter. Ich halte ihm die Klamotten hin.

– Kann ich die irgendwo entsorgen?

Er nimmt mir das Bündel ab.

– Ich kümmer mich drum.

Hitler kommt aus Ts Schlafzimmer geschlichen und knurrt mich an. T läuft um den Tresen auf mich zu.

– Komm her, wir müssen noch was erledigen.

Er nimmt mich in den Arm.

– T?

– Hitler muss sehen, dass du ein Freund von mir bist.
– Aha.

Und so stehen wir eine Minute lang da: T, der meinen halb nackten Körper umarmt, und Hitler, der an uns herumschnüffelt, während T auf ihn einredet, er sei ein guter Hund und ich sein Freund. Dazu singt Hank Williams »I'll Never Get Out of This World Alive«. Aber selbst unter diesen widrigen Umständen tut es gut, von jemandem im Arm gehalten zu werden.

T lässt von mir ab und tritt einen Schritt zurück. Daraufhin kommt Hitler auf mich zu und leckt mir die Hand.

– Jetzt wird er dir nicht mehr an die Eier gehen.
– Wie bitte?
– Er ist ein Vergewaltigungshund.
– Noch mal.
– Er ist scharf gemacht worden. Ich ließ ihn von diesen Typen in Colorado abrichten, die sich auf Hunde für Vergewaltigungsopfer spezialisiert haben. Er ist darauf trainiert, einem Angreifer an die Eier oder den Hals zu gehen. Je nachdem, wo er besser drankommt.

Hitler schnüffelt mir zwischen den Beinen herum.

– Hör zu, ich muss für ein paar Stunden zur Arbeit und bring dir dann neue Anziehsachen mit. Eine Verkleidung. Wie wär's? Und nach Einbruch der Dunkelheit machen wir uns auf die Suche nach diesem Kerl. In meinem Zimmer hängt ein Bademantel. Fühl dich ansonsten wie zu Hause. Ich nehm ein bisschen von dem Geld für die neuen Klamotten, okay?

Er greift sich eine Handvoll Scheine von dem Stapel Dollars auf dem Couchtisch, öffnet die Eingangstür und dreht sich noch einmal zu mir um.

– Bist du sicher, dass du nicht doch 'nen kleinen Muntermacher willst, Mann? Du siehst echt fertig aus.

Ich stehe verloren in seinem Wohnzimmer, meine nackten Zehen in die schmierigen Fasern seines Wollteppichs versunken. Ich schaue mich im Zimmer um: eine heruntergekommene Couch, daneben ein Beistelltischchen aus Ziegelsteinen und Sperrholz, an der Wand mit Platten und Büchern voll gestopfte Pappkartons und um den Fernseher eine stolze Sammlung von Pornovideos. Ich stelle mir vor, wie es ist, die nächsten paar Stunden hier allein zu verbringen. Ich sehe vor mir, wie das letzte bisschen Leben, das noch in mir steckt, entweicht und muss dabei an Mickey und das Blut denken, das aus seinem Kopf schoss, als er die Treppen runterpurzelte.

Mir kommt in den Sinn, dass dies ein idealer Ort für einen Selbstmord wäre.

– Vielleicht gibst du mir doch besser was.

Er gibt mir eine Xanax und packt Hitler in seinen Chrysler 5th Avenue. Ich habe mir seinen Bademantel übergezogen und schaue ihm in der Tür stehend zu, wie er den Wagen startet.

– T, warte.

Er tritt auf die Bremse.

– Is' noch was?
– Ich dachte, du dealst.
– Ja, klar.
– Und was ist das für ein Job?
– Ich bin DJ in der Frühschicht in so einem Striplokal in Fremont. Macht Spaß und die Mädchen sind die besten Kunden überhaupt. Bis in ein paar Stunden.

Er fährt davon, Hitler aufrecht im Sitz neben ihm. Ich stehe im Türrahmen und schaue hinaus auf den leuchtend klaren blauen Himmel. Es ist erst kurz nach zwölf, das heißt, ich habe nicht mal sechs Stunden geschlafen, aber das Xanax fängt bereits an zu wirken. Ich fühle mich gut. Ich fühle mich so, als müsste ich mich doch nicht umbringen.

Amerika liebt meine Eltern. Sechsundachtzig Prozent »unterstützen sie moralisch« und sagenhafte dreiundneunzig Prozent »empfinden Sympathie mit ihnen«. Das besagt zumindest eine Umfrage auf CNN.com.

Außer einer schriftlichen Erklärung, die von ihrem Anwalt verlesen wurde, haben sie sich strikt geweigert, mit den Medien zu sprechen. *Unser tiefstes Mitgefühl geht an die Familien von Deputy Fischer, Willis Doniker und von Wade Hiller, einem guten Freund. Wir können nicht verstehen, was dort geschehen ist. Alles, was wir wissen, ist, dass wir unseren Sohn lieben und hoffen, er möge nach Hause zurückkehren und sich der Polizei stellen, damit wir ihm helfen können.* Ihre besonnene Haltung in Kombination mit einer gewissen Arbeiterklassen-Mentalität hat sie bei der amerikanischen Bevölkerung extrem beliebt gemacht. Das jedenfalls sagt einer der Medienexperten von CNN.

Die Fernsehaufnahmen, wie sie aus dem Gerichtsgebäude von Modesto eskortiert werden und mit einem Wagen ohne Nummernschild zu einem geheimen Hotel gebracht werden, habe ich bereits gesehen. Nach Hause können sie nicht, denn ihr Grundstück ist noch abgesperrt und wird vom FBI auf Spuren untersucht. Sie sehen müde, verwirrt und verloren aus. Nicht einmal das Xanax macht das erträglich. Also ertrage ich es auch nicht länger.

Ich schalte auf ESPN um.

Bei *Sportscenter* beginnt um sechs Uhr die NFL-Berichterstattung. Der Coach der Dolphins redet darüber, wie sehr ihn sein Team im Spiel gegen Detroit enttäuscht hätte. Aber er teilt allen in South Beach mit, es bestünde noch lange kein Grund zur Panik, bloß weil die Jets gegen Green Bay gewonnen hätten und jetzt auf den ersten Platz vorgerückt wären. Die Dolphins hätten es immer noch selbst in der Hand, weil sie am letzten Spieltag der Saison direkt gegen die Jets antreten. Sie bräuchten nur dieses Wochenende gegen Oakland zu siegen und nächste Woche gegen die Jets, und schon wären sie wieder ganz oben. Ich bin mir da nicht so sicher.

Der Einsatz von Miles Taylor für Sonntag ist mehr als fraglich und trotzdem schwafelt der Coach davon, das Passspiel verstärken zu wollen. Dabei hat er bloß einen schwachbrüstigen Quarterback zur Verfügung, dessen einzige Fähigkeit darin besteht, den Ball an Miles weiterzureichen. Dazu kommt noch die glänzend besetzte zweite Linie der Raiders, und schon habe ich einen neuen Grund zu hoffen, der Coach möge aufhören Luft einzuatmen, die andere Menschen auch gebrauchen könnten.

Ich höre das Knirschen von Autoreifen auf Schotter und schaue auf die Uhr über dem Fernseher. Es ist sechs Stunden her, seit T das Haus verlassen hat. Die Hintertür geht auf und Hitler stürmt in den Wohnwagen. Als er mich sieht, erstarrt er zunächst, knurrt kurz, erinnert sich dann an mich und kuschelt sich in meinen Schoß. Ich zucke zusammen, als er seine Pfote auf die Schusswunde an meinem Oberschenkel legt, und schiebe ihn von mir weg. Dafür klebt jetzt Sabber an meinen Händen. T kommt mit massig Einkaufstüten und einem großen Pappkarton beladen herein. Er lässt alles vor mir auf den Boden fallen.

– Hier.

Er läuft wieder zur Tür hinaus, mit dem Hund im Schlepptau. Ich durchstöbere die Tüte: mehrere Levi's 501, ein schwarzes Westernhemd mit weißen Verzierungen und schicken Druckknöpfen und ein Paar schwarze Tony-Llama-Stiefel. Dann greife ich mir den Karton und lege ihn auf meinen Schoß. T kommt derweil mit einer Kiste Budweiser auf jeder Schulter zurück und bringt sie in die Küche. Ich öffne die Schachtel und ziehe einen schwarzen Stetson heraus. T dreht sich um und grinst.

– Wie findest du ihn? Ich hätte mich fast für einen braunen entschieden, aber dann fiel mir ein, dass du ja ein Bösewicht bist, also musste es Schwarz sein.

Ich drehe den Hut in meinen Händen.

– Ich dachte, du wolltest mir eine Verkleidung besorgen. Etwas, in dem ich *weniger* verdächtig aussehe.

Er nimmt mir den Hut aus den Händen und setzt ihn auf meinen Kopf.

– In Vegas läuft die Rodeo-Woche, Mann. In diesem Outfit wird dich keiner zweimal anschauen.

Von Rodeo hab ich schon mal was gehört.

– Rodeo?

– Die NFR, Mann. National Finals Ro-day-o. Zehn Tage Wildpferde und Stiere. Da hab ich ordentlich zu tun, deshalb war ich gestern auch so lang unterwegs. Ich sag dir, diese Cowboys sind noch größere Speedfreaks als die Stripperinnen.

– Rodeo. Verstehe.

Ich erhebe mich und gehe ins Badezimmer, wo ich mich im Spiegel betrachte. Der Hut bedeckt mein Haar und mein Gesicht bleibt großteils unter der Krempe verborgen. T ist gar nicht so dumm.

Zurück im Wohnzimmer sehe ich, wie T mit fast schon beängstigender Präzision und Geschwindigkeit Bierflaschen im Kühlschrank verstaut. Er blickt zu mir rüber.

– Und?

Ich setze mich wieder auf die Couch.

– Könnte funktionieren.

– Und ob das scheiße noch mal funktioniert!

Er nimmt das letzte Bier aus dem Kasten, wirft es hoch in die Luft, tritt die Kühlschranktür mit dem Fuß zu und fängt das Bier mit einer Hand.

– Yee-haw!

Er grinst mich an. Wächserne Haut mit glänzendem Schweiß vom Speed, die Augen aufgerissen und mit dunklen Ringen untermalt. Jesus, hat er überhaupt geschlafen? Er macht das Bier auf und leert eine halbe Flasche in einem Zug. Dann durchwühlt er die Einkaufstaschen und schnappt sich die eine, die am Boden ein wenig durchhängt.

– Die hab ich dir auch mitgebracht.

Er dreht die Tasche auf den Kopf und der Inhalt purzelt auf den Couchtisch. Es sind zwei Schachteln.
Eine mit 9-mm-Munition.
Und eine mit .44er-Magnum-Patronen.

Bereits in der Highschool bekam T seine ersten grauen Haare. Deshalb färbt er sie, seit er zwanzig ist. Jetzt bin ich dran. Ich wasche mir die Haare und er färbt sie mir mit derselben schwarzen Tönung, die er auch selbst verwendet. Danach stutzt er mir den Bart mit einer Haarschneidemaschine, wobei er einen langen Cowboy-Schnurrbart bis hinunter zum Kinn und Koteletten bis zu den Ohrläppchen stehen lässt, die er ebenfalls schwarz färbt. Als Letztes sind die Augenbrauen dran. Die ganze Zeit über quasselt er in einem fort, erzählt von seinen Erlebnissen in Vegas, hält mir einen detaillierten Vortrag über sämtliche Godzilla-Filme und lässt mich wissen, wer seine Top-Ten-Pornostars sind.

Ich spüle, wasche und trockne mir die Haare und gehe hinüber ins Gästezimmer, wo ich mein Cowboy-Outfit ausprobiere: Unterhosen, Levi's, ärmelloses T-Shirt, saubere weiße Socken, spitze Stiefel, Westernhemd mit Druckknöpfen, schwarzer Ledergürtel mit weißer Silberschnalle und den Hut. Alles sitzt wie angegossen. Ich trete aus dem Zimmer und T mustert mich von oben bis unten.

– Meine Fresse! Du siehst aus wie eine verbotene Mischung aus Sam Elliot und Greg Allman.

Ich schaue in den Spiegel. Meine Fresse!

Ich erinnere mich tatsächlich an Tims Adresse. Schon ein Wunder, was ein wenig Schlaf und Medikamente so alles ausmachen. Auf dem King's Way parken wir vor einem mit Stuck verzierten Gebäudekomplex. T und ich sitzen vorne, Hitler auf dem Rücksitz. T stellt den Motor ab und schaltet die Scheinwerfer aus.

– Hier ist es.

Ich schaue mir den Wohnblock genauer an. Es handelt sich um eine Straße mit lauter Einfahrten, die zu den rückwärtigen Wohneinheiten führen. Lediglich Tims Einheit und noch ein paar andere liegen direkt vorne an der Straße. Ich blicke zu T.

– Es ist noch reichlich früh. Vielleicht sollten wir etwas später wiederkommen, wenn alle schon schlafen.

T zuckt mit den Schultern.

– Diese Stadt ist rund um die Uhr im Einsatz, Mann. Da ist es eigentlich ziemlich egal, wie viel Uhr es ist. Das Gute hier ist, dass sich die Leute bloß um ihre eigenen Angelegenheiten kümmern.
– Na gut, in Ordnung. Du, ähm …
– … wartest hier?
– Ja, du wartest hier und …
– … hupst, wenn jemand kommt?
– Ja, genau.
– Okay. Wirkt das Xanax noch? Du scheinst mir ein wenig schlaff. Willst du noch was, das dich auf Trab bringt?

Nein, keine weiteren Pillen.

– Nein danke, alles bestens. Ich bin nur entspannt. Aber kannst du vielleicht das Schloss für mich knacken, wenn ich nicht reinkomme?

T schaut mich von der Seite an.

– Hör zu, Mann, ich bin ein Dealer, kein Einbrecher.

Eigentlich wollte ich die Kanonen nicht mitnehmen, aber dann überlegte ich mir, dass es vielleicht doch besser wäre. Also mache ich einen Kompromiss. Ich packe sie mitsamt der Munition in die Einkaufstüte und verstecke sie in Ts Wagen unter dem Beifahrersitz. Ohne Waffen fühle ich mich irgendwie sicherer.

Tims Apartment ist die Nummer 4, oben rechts. Ich laufe die Stufen hoch und klingele an der Tür. Nichts. Ich läute erneut. Und noch ein letztes Mal. Neben der Tür befindet sich das Küchenfenster. Ich drücke dagegen und es geht auf. Er hat es einfach nicht abgeschlossen. Na toll, Timmy. Sicherheitshalber blicke ich mich noch einmal auf der Straße um und schwinge mich dann durchs Fenster.

Ich lande auf der Küchentheke, wobei mir der Hut vom Kopf rutscht und zu Boden fällt. Ich hebe ihn auf und schalte das Licht ein. In der Küche gibt es eine dieser Durchreichen, die sie mit dem kleinen Wohnzimmer verbindet. Das Wohnzimmer selbst hat eine Glasschiebetür, welche auf einen winzigen Balkon hinausführt. Die Wohnung macht den Eindruck, als wäre sie vom Vermieter möbliert worden. Durch all das schwarze Leder hat sie was von einer klassischen Junggesellenwohnung, für Tim ist sie jedoch völlig untypisch. Aber er wohnt hier. An den Wänden hängen seine Jazz- und Blues-Poster. Und es gibt eine brandneue Stereoanlage, neben der noch das ganze Verpackungsmaterial steht. Es handelt sich um eins dieser japanischen Prachtexemplare, wie sie sich nur ein audiophiler Freak wie Tim zulegen würde. Ich laufe den kurzen Flur entlang zum großen Schlafzimmer. Das Bett passt zu den Wohnzimmermöbeln. Auch hier hängen Bandposter. Ich erkenne einen Gettoblaster, eine Menge CDs, einen orangen iMac auf einem Schreibtisch sowie einen Beeper und eine riesige Marihuanapfeife auf dem Nachttisch.

Es klopft an der Tür. So eine Scheiße. Besorgte Nachbarn? Die Freundin? Die russische Mafia? Warum hab ich bloß die Pistolen im Wagen gelassen? Ich schleiche zur Tür und presse mein Auge auf das Guckloch. T steht draußen am Geländer. Ich öffne die Tür und er kommt herein, gefolgt von Hitler.

– Was ist los? Ist jemand da?
– Nein.
– Warum bist du dann hier?
– Ich konnte nicht mehr stillsitzen, ich bin einfach zu aufgeladen, Mann. Ich war drauf und dran, durchzudrehen.
– Verdammt noch mal, T. Ich dachte, ich kann mich darauf verlassen, dass du Wache schiebst. Ich mein, ach Scheiße!
– Du hattest schon Recht, Superstar. Du brauchst wirklich nichts Zusätzliches, um auf 180 zu sein.
– Und ob ich auf 180 bin. Was in Gottes Namen hat eigentlich der Köter hier zu suchen? Was ist, wenn er losbellt?
– Hitler bellt nicht. Niemals. Dieser Hund macht nur Geräusche, wenn er furzt.
– Na super. Hör zu, schau nach, ob du hier oder in der Küche irgendwas findest, was uns weiterhilft. Ich suche derweil im Schlafzimmer.
– Und nach was genau soll ich suchen?
– Nach einer großen Kiste voller Geld.

Im Schlafzimmer dauert die Suche nicht lang. Weder finde ich das Geld noch einen Anhaltspunkt, der darauf hinweist, dass Tim entführt oder getötet worden sein könnte. In der Bude herrscht ein einziges Chaos, aber das ist nun mal Tims Art.

In der Küche finde ich T mit dem Kopf im Schränkchen

unter der Spüle vor. Ich trete ihm gegen seine Schuhsohlen.

– Irgendwas gefunden?

Er streckt seinen Kopf raus.

– Das hier.

Er bringt einen blauen Waschbeutel zum Vorschein, in dem sich ungefähr zwanzig kleine farbige Schächtelchen befinden. Das ist Tims Drogendepot. In den Schachteln befinden sich Rauschmittel verschiedenster Qualität. Die Farben der Schachteln zeigen den jeweiligen Preis des Inhalts an. Hitler schnüffelt mit seiner Nase in dem Stapel herum und schubst die Schachteln in der Gegend herum.

T schüttelt den Kopf.

– Ich kenne deinen Kumpel zwar nicht, aber ich als Drogenexperte würde sagen, dass es kein sonderlich gutes Zeichen ist, wenn ein Dealer ohne seinen Stoff verschwindet.

In einem der Küchenschränke findet T mehrere Flaschen Tullamore Dew und öffnet eine davon. Ich hole mir ein Glas Wasser aus der Leitung und lasse mich auf der Couch nieder. T nimmt einen kräftigen Schluck Whiskey aus der Flasche, bevor er Tims CD-Sammlung durchwühlt. Und Hitler wälzt sich auf dem Rücken.

– Glaubst du, er hat dich gelinkt?

Ich starre die Wand an.

– Schon möglich.

– Oder vielleicht haben ihn die Russen aufgestöbert.

– Könnte auch sein.

– Und was jetzt?

Ich schaue auf die Uhr vom Videorekorder. Es ist fast neun.

– Ich muss wo anrufen.

Aus meiner Hosentasche krame ich das Mobiltelefon

hervor. T sitzt mit dem Rücken zur Wand auf dem Boden, leert Tims Waschbeutel in seinem Schoß aus und betrachtet eingehend die kleinen Schachteln.

– Dylan?

– Ja.

– Was wirst du ihm erzählen?

Ich habe keine Ahnung, also wähle ich einfach die Nummer. Es klingelt zweimal.

– Ich dachte, wir hätten vereinbart, dass du mich *alle vierundzwanzig* Stunden über den Stand der Dinge unterrichtest.

– Hallo erst mal, Dylan.

– *Haben* wir das vereinbart, oder nicht?

– Ja, und ich weiß, dass die vierundzwanzig Stunden noch nicht ganz rum sind.

– So so, Hank. Verstehe.

– Tut mir leid.

– Nein, nein, *du* hast ja recht. Wir sagten, alle vierundzwanzig Stunden von neun Uhr abends an – nach Pazifischer Zeit. Du hast recht. Also, was hast du Schönes für mich?

– Nicht viel.

– Aha, verstehe, aber eigentlich erwarte ich Erfolgsmeldungen, also warum erzählst du mir nicht einfach, was für *Fortschritte* du gemacht hast?

– Na ja, man hat mich noch immer nicht geschnappt.

– Okay, lässt man den Zynismus mal beiseite, dann könnte man das tatsächlich als kleinen *Erfolg* werten. Aber was ist mit dem Geld, Hank? Irgendwelche Fortschritte zu vermelden?

T versucht mit drei von Tims Schachteln zu jonglieren.

– Ich bin noch immer auf freiem Fuß.

Schweigen.

– Ja, das hatten wir bereits.
Erneut Schweigen.
– Du hast dich noch nicht nach deinen Eltern erkundigt, Hank.
Und noch einmal Stille.
– Wie geht es meinen Eltern?
– Hast du nicht die Nachrichten gesehen?
– Doch.
– Dann weißt du ja, dass sie aus dem Polizeigewahrsam entlassen und an einen unbekannten Ort gebracht wurden.
– Ja.
– Dann wirst du sicher erfreut sein zu hören, dass sie im Days Inn auf dem Los-Banos-Rastplatz untergebracht sind. Meine Mitarbeiter haben mich wissen lassen, die Sicherheitsvorkehrungen im Days Inn seien ein wenig lax und dürften für sie keine größeren Probleme darstellen. Ich nehme an, du verstehst, was ich damit sagen will, oder?
– Ja.
– Sehr gut. Also, gibt es Fortschritte in Sachen Geld?

T lässt die Schachteln zu Boden fallen, steht auf und geht in Tims Schlafzimmer.

– Ja.
– Hervorragend. Dann lass mal hören, bitte.

T kehrt mit Timmys Marihuanapfeife in der Hand zurück.

– Ich halte mich so lange versteckt, bis ich sicher bin, dass die Luft rein ist.

T schaut mich an und schielt dabei. Ich höre zu, was Dylan zu sagen hat.

– Gut. Und weiter?
– Ich habe vor, in den nächsten vierundzwanzig Stunden mit meinem *Banker* in Kontakt zu treten.

T schüttelt bloß den Kopf. Er öffnet eine der kleinen Schachteln und stopft Gras in die Pfeife.

– Und?

– Weitere vierundzwanzig Stunden später werde ich *dein* Geld erhalten und es dir kurz darauf aushändigen.

T hält die Pfeifenspitze an seine Lippen, lässt die Flamme seines Feuerzeugs über dem Pfeifenkopf kreisen und inhaliert.

– *Gut*. Das klingt sehr gut. Weißt du, das sind klare Aussagen, wie ich sie liebe. Ich hab dir ja erzählt, dass ich ein Kontrollfreak bin, Hank. Je mehr *Informationen* ich besitze, desto mehr habe ich das Gefühl, *Kontrolle* über die Dinge auszuüben. Und das führt dazu, dass ich mich *gut* fühle. Das hat rein gar nichts mit dir oder deinen Fähigkeiten zu tun. Es geht hier nur um meine eigenen Schwächen, verstehst du? Und du sollst wissen, wie hoch ich es dir anrechne, dass du darauf Rücksicht nimmst.

– Ja klar.

– *Und* … ich nehme an, das war's.

– Ja, das war alles.

– Okay, ich höre dann von dir in den nächsten vierundzwanzig Stunden und freue mich, dich in den nächsten achtundvierzig bis zweiundsiebzig persönlich zu sehen.

– Genau.

– Ja dann … Auf Wiederhören.

Er legt auf. T amtet aus und fängt an zu husten.

– Was? Hust! Was in aller Welt war das denn? Hust! Der reine Schwachsinn, oder?

– Das ist nun mal die Sorte Schwachsinn, die er hören will.

– Nicht zu fassen. Hust! Der hat sie wohl nicht alle an der Waffel, was?

Ich nicke und strecke mich der Länge nach auf dem Teppich aus. T kommt rübergelaufen und schaut auf mich herab; in der einen Hand hat er die Pfeife, in der anderen die Schachtel mit dem Gras.

– Und was machen wir jetzt?

Ich blicke zur Decke. Was jetzt? Woher soll ich das wissen? Warum kann zur Abwechslung nicht mal jemand anderes sagen, was zu tun ist? Warum kann mir nicht endlich jemand sagen, wie ich die ganze Scheiße hinter mich bringen kann?

– T, mir ist mittlerweile klar, dass du keine kriminelle Leuchte oder so was bist.
– Danke, Arschloch.
– Aber du weißt doch sicher, wie man an Informationen gelangt? Informationen über Personen?

Er lächelt.

– Scheiße, klar doch. Gar kein Problem.

T spielt an Tims iMac rum. Ich sitze am Fußende des Betts und schaue ihm über die Schulter, wie er sich in Google durch die Suchergebnisse auf die Eingabe »Dylan Lane« scrollt.

– Ist ja der Hammer, wie viel da kommt, Mann. Der Typ hat ja einigen Dreck am Stecken.
– Was hat er denn gemacht?

T klickt rum.

– Verstoß gegen die Regeln der Börsenaufsichtsbehörde.
– Wie bitte?

Er drückt auf einen Link.

– Sieht ganz so aus, als wäre gegen ihn wegen Insiderhandel und so einem Scheiß ermittelt worden.

Ich schüttele den Kopf.

– Das klingt aber überhaupt nicht nach ihm. Ich kann mir beim besten Willen nicht vorstellen, dass er das sein soll.

Er drückt ein paarmal auf der Tastatur herum, woraufhin sich auf dem Bildschirm ein Foto aufbaut.

– Ist er das?

Ich betrachte das Foto. Es handelt sich definitiv um Dylan, nur ein paar Jahre jünger. Er steht dort in einem großen abgetrennten Büro, umgeben von einer Gruppe auffallend junger und ziemlich langweilig aussehender Männer und Frauen.

– Ja, das ist er.

T klickt sich durch eine Reihe Artikel aus New Yorker Zeitungen.

– Das Sackgesicht war mal eine Art Wunderkind des Aktienmarktes. In den frühen Neunzigern war er ein ganz heißer Broker, aber dann wurden ihm unrechtmäßige Manipulationen und so Zeug nachgewiesen und er verschwand für einige Jahre von der Bildfläche. Ins Gefängnis musste er natürlich nicht. So Ärsche kommen irgendwie nie in den Knast. Und dann tauchte er wieder auf, gerade rechtzeitig zum ganzen Internetboom. Irgendwie kam er an Kohle, um im Silicon Valley so ein Start-up-Unternehmen zu gründen. Wieder war er der Mann der Stunde und seine Firma ein Renner, aber dann brach der Markt zusammen. Diesmal scheint er sich jedoch nichts zuschulden hat kommen lassen, jedenfalls gibt es keine strafrechtlichen Anklagen. Wieder taucht er ab. In der Klatschpresse finden sich lediglich ein paar hämische Meldungen über ihn wie: *Dylan Lane war Mitveranstalter der Fashion-Week, aber etliche seiner ehemaligen Finanzkollegen waren bloß gekommen, um auf den einstigen Dot-Com-Star schadenfreudig herabzublicken.* So Zeug eben, kleine Andeutungen, dass er ein zwielichtiger Vogel ist, aber keine Details. Hilft dir das weiter?

Ich lasse mich auf dem Bett nach hinten fallen.

– Zumindest erklärt es, warum er so bescheuert daherredet.

T dreht sich mitsamt Stuhl zu mir um.
– Und?
– Was?
– Na, und was jetzt?
– Was jetzt? Ich bin am Arsch, das ist das Einzige, was ich weiß. Ich habe keine Ahnung, wie wir Tim finden sollen. Und ich kann nicht zu den Bullen, ohne das Leben meiner Eltern aufs Spiel zu setzen. Bis Sonntag sind es nur noch ein paar Tage und ich habe keinen blassen Schimmer, was ich anstellen soll. Du kennst dich doch in dieser Stadt aus. Wie finde ich Tim?

T zuckt mit den Schultern.
– Keine Ahnung.

Ich starre zur Decke. Mein Herz schlägt auf Hochtouren und mir bricht am ganzen Körper der Schweiß aus. Ich weiß, was das zu bedeuten hat. Man nennt es Panik. Ein Hilfeschrei frisst sich seit Jahren durch meinen Körper und jetzt will er endlich raus. Ich kann es nicht länger unterdrücken, und das Xanax wirkt auch nicht mehr, und jetzt wird es gleich aus mir herausbrechen.

T sitzt neben mir auf dem Bett und legt eine Hand auf meine Schulter.
– Alles klar bei dir?

Ich schüttele energisch meinen Kopf. Der Schrei ist bereits in der Brust angekommen und steigt stetig weiter nach oben.

Er wühlt in seiner Tasche und hält mir dann eine Pille hin.
– Hier.

Ich schaue sie an. Ich will keine Drogen mehr nehmen. Ich will das jetzt fühlen. Ich habe es nicht besser verdient. Aber ich kann es mir im Moment nicht leisten. Ich darf jetzt nicht schreien. Wenn ich es jetzt rauslasse, wird es nie enden. Der Schrei steckt mir in der Kehle.

T drückt mir die Pille an die Lippen.

– Es ist bloß Percocet. Es wird dich runterbringen.

Ich erinnere mich an die Percs, die mir der Arzt damals nach dem Beinbruch verschrieb und die ich mir mit Wade, Rich und Steve teilte. Sie halfen gegen die Schmerzen und ließen die Realität in ferne Sphären entrücken, wie ein Luftballon, der ganz weit oben am Himmel schwebt.

Ich nehme die Pille in den Mund und schlucke. Sie zwängt den Schrei zurück in den Magen, wo er herkam, und auf der Stelle fühle ich mich besser.

– Ich weiß nicht, was ich tun soll, T.

Er hebt etwas vom Boden auf und reicht es mir. Es ist eine von Tims Grasschachteln.

– Ich glaube, ich kenne da jemanden, der uns helfen kann.

T fährt uns bis zum nördlichen Strip. Wir stellen den Wagen ab und laufen die Fremont Street hinunter. Hitler bleibt diesmal im Auto. Einige Straßenblocks auf der Fremont Street sind in eine Art überdachte Fußgängerzone verwandelt worden; Markisen spannen sich quer über die Straße, an ihren Unterseiten blinken bunte Lichter. Dazu ertönen lautstark Weihnachtslieder aus einer Beschallungsanlage und passende Motive zum Fest werden auf die Markisen projiziert. Die Touristen legen ihre Köpfe in den Nacken und betrachten fasziniert das Lichtermeer über ihnen: Zuckerstangen, Weihnachtsbäume, Socken und der Weihnachtsmann persönlich mitsamt seinen Rentieren funkeln um die Wette. T gibt mir einen kleinen Stups und zeigt geradeaus.

– Drinnen ist es besser.

Direkt vor uns befindet sich ein Striplokal, über dessen Eingangsbereich ein Cowgirl in weißen Stiefeln, einem Bikini und mit einem Cowboyhut auf dem Kopf als Neonreklame hängt. Darunter wartet eine lange Schlange von Cowboys darauf eingelassen zu werden.

– Niemals, T.

Er schaut mich verdutzt an.

– Wie bitte?
– Wir können da nicht reingehen.
– Und warum nicht?
– Zu viele Leute.
– Na und? Die sind alle besoffen und sehen noch dazu genauso aus wie du.
– Nein.

Er greift in seine Jackentasche, bringt eine große schwarze Wayfarer-Sonnenbrille zum Vorschein und setzt sie mir auf die Nase.

– So. Jetzt siehst du definitiv wie jeder andere Volltrottel hier aus.

Ich setze die Brille wieder ab und will mich auf den Weg zurück zum Wagen machen, doch er hält mich fest.

– Hör zu, Mann, in dem Laden mach ich meine Geschäfte, okay? Die Betreiber kriegen von mir ein paar Kröten als Provision, dafür hab ich freie Bahn, was das Speed für die Stripper angeht.
– Ja, und?
– Ich besitze das Monopol für Speed. Jemand anderes ist für das Gras zuständig.

Er zeigt mir das kleine Plastikschächtelchen, in dem Tims Gras verpackt ist.

– Und das letzte Mal, als ich hier war, wurde das Gras in einem dieser Schächtelchen geliefert.

Ich setze mir die Sonnenbrille wieder auf.

Wir drängeln uns an den Wartenden vorbei. Der Türsteher und T umarmen sich kurz und schon sind wir drinnen. An der einen Seite der Bar verläuft ein langer Laufsteg mit einer Stange alle paar Meter. Und um jede dieser Stangen tänzelt eine ehemalige Aerobiclehrerin in einem G-String, die irgendwann festgestellt hat, dass sie zehnmal mehr Geld verdienen kann, wenn sie einfach ihre Kleider beim Tanzen auszieht. Kreischende und johlende Cowboys wedeln aufgeregt mit Dollarnoten in der Luft herum. Der Laden ist gestopft voll. Auf der gegenüberliegenden Seite der Bar gibt es eine Reihe kleinerer Bühnen. Auch hier Stangen und Tänzerinnen. Kleinere Separees finden sich entlang der Wände, wo man im Schatten der Vorhänge die Silhouetten von Cowboys erahnen kann, die mit einem Lapdance verwöhnt werden. Am hinteren Ende des Clubs befindet sich ein separater Raum: die Champagne Lounge, wie ein großes rosafarbenes Neonlicht über der Eingangstür verrät. Rote und grüne Scheinwerfer sind auf eine sich drehende Discokugel gerichtet, an der sich das Licht bricht und von den verspiegelten Seitenwänden reflektiert wird, die zur Feier des Tages mit Kunstschnee dekoriert sind. T kommt mit seinem Mund nahe an mein Ohr, während »I Touch Myself« von den Divinyls in ohrenbetäubender Lautstärke aus den Boxen dröhnt.

– Frohe Weihnachten.

Die Barfrau, ein junges Ding mit dunkler Haut und wilden schwarzen Locken, kommt auf uns zu. Sie trägt ein rotes enges Top und Jeans, die so tief geschnitten sind, dass man ihre Hüftknochen über dem Hosenbund sehen kann. In jedem anderen Laden wären alle Augen auf sie gerichtet. Hier jedoch ist sie hoffnungslos *overdressed.*

– Hey, T, was gibt's?

T zeigt auf mich.

– Das hier ist ein Freund von mir. Pass auf ihn auf, okay?

Sie zuckt nur mit den Achseln.

– Klar doch.

Wieder bringt T seinen Mund nahe an mein Ohr.

– Du bleibst hier, verstanden? Ich versuche mich mal bei den Typen umzuhören, die das Gras verkaufen.

Er zwängt sich durch die Menge dicht gedrängter Jeansträger, während ich mich wieder der Bar zuwende, wo die Barfrau mir gerade ein frisches Bier hinstellt.

– Das erste geht auf mich.

– Weißt du, ich trinke eigentlich nicht.

Aber sie ist bereits verschwunden, um sich anderen Gästen zu widmen.

Ich betrachte das Bier.

Das Percocet hat die Schmerzen in meinem Bein und am Knöchel erträglich gemacht. Der Schrei steckt immer noch irgendwo in mir, hat sich aber in ferne Regionen zurückgezogen, wo ich ihn zwar im Blick habe, aber nicht unmittelbar spüre. Ich mag das. Ich mag, wie es sich anfühlt. So wenig zu empfinden.

Ich schaue mich um. Wann war wohl das letzte Mal, dass ich unter so vielen Leuten war, so dicht gedrängt, mit lauter Musik und dem Geruch von Bier und Schweiß, der den Boden und in die Sitzpolster tränkt? Das ist Jahre her.

Ich betrachte erneut das Bier.

Mit einem Finger fahre ich durch die Kondenstropfen an der Seite des Glases.

Jetzt dieses Bier zu trinken wäre sicher keine gute Idee.

In diesem Moment drückt sich etwas Weiches und Warmes von hinten an meinen Rücken. Heißer Atem haucht mir in die Ohren.

– Kann ich etwas davon haben, Cowboy?

Ich drehe mich um und vor mir steht eine der Stripperinnen. Ihr Gesicht ist nur Zentimeter von meinem entfernt. Zu viel Make-up, zu viel Haarspray. Ich schaue auf ihre Hände, die leicht auf meine Oberschenkel gepresst sind. Die Berührung einer Frauenhand. Ich betrachte ihren Körper, gehüllt in einen durchsichtigen Hauch von rosa Nichts. Ihre Brüste sind einwandfrei aus Silikon, und Arsch und Beine wurden an der Fitnessmaschine so lange gequält, bis Muskelmasse und Körperfett im perfekten Gleichgewicht standen. Dazu kommt diese unverkennbare Sonnenstudiobräune. Sie lehnt sich an mich und greift nach dem Bier, wobei ihre Superheldinnen-Brüste rein zufällig meinen Oberarm streifen. Sie hält mir das Bier vors Gesicht.

– Darf ich, oder hast du was dagegen?

Ich schüttele entschieden den Kopf, und sie nimmt einen langen Schluck, dann reicht sie mir die Flasche. Sie ist mir ganz nah.

– Danke. Vom Tanzen bin ich immer ganz durstig. *Heiß und durstig.*

Ich schaue hinüber zu einer der Solobühnen. Eine der Stripperinnen hat ihr Knie um die Stange geschwungen und dreht sich wie eine Eiskunsttänzerin.

– Das kann ich mir gut vorstellen.

– Was ist mit dir? Wird dir vom Tanzen auch immer ganz *heiß?*

Mein Gott ist sie nah. Sie mag dumm und falsch sein, aber sie ist mir so verdammt nah. Und ich verspüre nicht diese Panik, die mich befiel, als ich das lächelnde spanische Mädchen am Strand verschreckte.

Mit ihrem Fingernagel fährt sie mir leicht über den Nacken.

– Hast du Lust, mit mir zu tanzen?

Ich erinnere mich an das letzte Mal, als ich mit einer Frau zusammen war. Ich war betrunken. Als ich mit dem Trinken aufhörte, fing ich an zu denken. Und das war's dann mit den Frauen und mir. Ich antworte nicht.

Sie lächelt, macht dann ein leicht enttäuschtes Gesicht.

– Dann eben nicht, Cowboy.

Sie dreht sich zum Gehen und nimmt ihre Hand von meinem Oberschenkel. Da ergreife ich ruckartig ihr Handgelenk. Sie dreht sich zu mir um.

– Ist das ein Ja?

Ich nicke.
– Okay, dann komm mit.
Sie nimmt mich an der Hand und führt mich weg von der Bar.
– Warte.
Sie bleibt stehen.
Ich sollte das nicht tun. Ich sollte nichts von all dem hier tun. Ich weiß es.
Ich halte die Bierflasche an meine Lippen, drehe die Flasche auf den Kopf und leere sie in einem Zug.
– Lass uns gehen.
Sie führt mich zu einem der Separees, die im Dunkeln liegen. Kaum habe ich mich hingesetzt, fällt ihr Kleid zu Boden. Sie trägt nur einen G-Strip und Stiefel mit hohen Absätzen. Während im Hintergrund »Sweet Emotion« von Aerosmith läuft, nimmt sie mir den Cowboyhut vom Kopf, wedelt damit in der Luft herum und reitet langsam auf meinem Schoß.

Ich fühle mich großartig. Ganz ehrlich. Ich kann mich nicht daran erinnern, wann ich mich zuletzt so gut gefühlt habe, so fantastisch gut. Und ich frage mich, warum ich eigentlich so lange nichts mehr getrunken habe. Ich meine, es ist schon mindestens fünf Minuten her, dass ich mein letztes Bier hatte.
– Hey da, noch 'n Bier.
Die Barfrau nickt mir zu, während sie ein paar Getränke auf ein Tablett stellt.
– Kommt gleich.
Ein Typ mit einer rasiermesserkurzen Frisur, hautengen Levi's und einem Bullriding-Tour-Shirt quetscht sich auf den Barhocker neben mich.
– Tut mir leid, ich versuch schon seit 'ner halben Stunde ein Bier zu bestellen.

Ich lächle ihm zu.

– Kein Problem, Mann.

Die Barfrau kommt mit dem Bier und stellt es vor mir auf die Theke.

– Macht acht Dollar.

Ich ziehe einen Zwanziger aus der Hosentasche, reiche ihn ihr und deute auf den Typ neben mir.

– Hier, und gib dem Typ neben mir auch eins. Der Rest ist für dich.

Sie nimmt das Geld und schaut den Kerl fragend an.

– Was darf's sein, Cowboy?

– Ein Burt Light, bitte.

Sie schiebt die Scheibe des Kühlschranks zur Seite, nimmt eine Flasche Coors Light heraus, zieht einen Öffner aus der Hintertasche ihrer tief sitzenden Jeans, öffnet den Verschluss und knallt das Bier auf die Theke.

– Danke, Jungs.

Der Bullriding-Typ und ich starren auf ihren Arsch, während sie zur Kasse zurückschlendert, um die Cocktails für die Bedienungen zuzubereiten. Bullrider schüttelt den Kopf.

– Verdammt. Das war ja wohl mit das Heißeste, was ich je gesehen habe.

Kaum hat er das gesagt, presst sich eine Tänzerin in einem knappen, grünen Slip eng an seinen Rücken und fährt ihm mit der Hand durch sein kurz geschorenes Haar.

– Cowboy, wenn das das Heißeste sein soll, was du je gesehen hast, dann solltest du mal 'ne Runde mit mir tanzen.

Bullrider begutachtet sie von oben bis unten.

– Okay, dann lass mal sehen, was du drauf hast, Schätzchen.

– Nur zu, Hoss. Ich geb dir den Rest von dem laufenden Song und den nächsten dazu.

Und so verschwindet sie mit dem Kerl im Schlepptau, der ihr wie ein kleines Kind hinterherläuft. Er dreht sich noch einmal zu mir um.

– Wir sehn uns, Kumpel. Und danke für das Burt Light.

Er hält die Bierflasche hoch. Ich steige auf die Fußstütze des Barhockers, um ihn im Blick behalten zu können.

– Hey, Mann, warum nennst du das Bier Burt?

Aber er ist schon weg.

– So nennen sie es in Oklahoma. Weil Burt Reynolds Coors trinkt.

Die Barfrau mit der tief sitzenden Jeans steht vor mir und stellt ein Coors Light auf die Theke.

– Burt Light.

Daneben stellt sie ein Coors Original.

– Burt Heavy.

Ich halte ihr wieder zwanzig Dollar vor die Nase.

– Ich nehm je eins.

Sie öffnet die beiden Flaschen und stellt sie neben mein noch fast volles Budweiser. Dann nimmt sie den Zwanziger und schaut sich die drei Flaschen an.

– Du hast wohl was nachzuholen.

– Das kannst du laut sagen.

In diesem Moment legt sich eine Hand auf meine Schulter und ich rutsche vom Hocker. T fängt mich auf.

– Whoa!

– T! Wo warst du, Mann? Der Laden ist ja spitze! Ich amüsiere mich prächtig.

Ich schlürfe an meiner Flasche und verschütte etwas Bier über mein Hemd. T grinst.

– Ich dachte, du trinkst nicht.

– Wer? Ich? Da musst du mich wohl mit einem jämmerlichen Schlappschwanz verwechselt haben, der nicht weiß, was gut für ihn ist.

– Na ja, ich weiß bloß, dass es alles andere als ratsam ist, Alkohol zu trinken, während man auf Percocet ist. Du kannst froh sein, dass du dich überhaupt noch auf dem Barhocker aufrecht halten kannst.

– Auf dem Hocker aufrecht halten? Auf dem Hocker stehen! Kein Problem, wenn's sonst nichts ist.

Ich versuche, auf den Hocker zu klettern, aber T zerrt mich zurück.

– Komm schon, King Kong, wird Zeit, dass du wieder klar im Kopf wirst.

Er zieht mich von der Bar weg.

– Sekunde, wart noch mal 'n Moment.

Ich greife nach dem Bier, doch es ist nicht mehr da, wo ich es vermutet habe, und ich schmeiße es um.

– O Mann, so eine Scheiße. Schau doch bloß, was ich wegen dir mit Burt angestellt habe.

In meinem Kopf dreht sich alles. Bunte Lichter schwirren durch die Luft, Cowboys und Schönheiten an Stangen kreisen wild um mich. Schweiß strömt mir am Körper herunter – mal kalt, mal heiß.

T führt mich auf die Toilette. Wir kommen am Automaten für Kondome und den Pissoirs vorbei, bevor er mich in die zweite von drei Kabinen stößt und die Tür verriegelt. Ich lehne mich gegen die Trennwand und rutsche langsam nach unten. T packt mich und setzt mich auf den Toilettendeckel. Aus seiner Westentasche holt er ein gefaltetes Stück Papier, halb so groß wie ein Notizheftchen, lehnt sich über mich und schüttelt den Inhalt auf dem Toilettenspülkasten aus. Zum Vorschein kommt ein winziges Häufchen dunkelgelber Kristalle. Er nimmt sein Feuerzeug, presst es auf das Häufchen, bis die Kristalle kleine knirschende Geräusche von sich geben und zu feinem Pulver werden. Dann legt er das Feuerzeug beiseite und leckt den Staub ab, der daran klebt. Zum Schluss holt er eine alte

Kopierkarte von Kinko's aus seinem Geldbeutel, mit der er das braune Pulver in zwei lange fette Lines trennt, nimmt einen Zwanzig-Dollar-Schein, rollt ihn zu einem Röhrchen und reicht ihn mir.

– Hau rein.

Ich betrachte mir die beiden Speed-Lines.

– Ich glaube nicht, dass ich das packe, T.

– Hier spricht dein Doktor, Hank. Wir haben noch viel zu tun und müssen mit einer Reihe Leute reden. Aber im Augenblick starrst du bloß mit offenem Mund in der Gegend rum und sabberst dich voll. Du musst wieder fit werden und zurück ins Spiel finden, Superstar. Und das hier wird dir dabei helfen.

Wovon redet der bloß? Mit Leuten reden? Mann, ich will bloß an der Bar sitzen und entspannen. Ich betrachte noch einmal das Speed vor mir. Und da fällt mir ein, dass ich mit dem Zeug in der Lage bin, massenhaft Bier in mich reinzuschütten. Ich stecke mir den zusammengerollten Geldschein in die Nase, halte das andere Ende an eine der Lines und inhaliere.

Es brennt. Es brennt wie verrückt. Wie eine heiße Rasierklinge, die durch die Nasenlöcher bis hinab zum Anfang der Speiseröhre gezogen wird, wo die Reise zunächst aufhört und von einem bitteren, schleimigen Gift abgelöst wird, das langsam meinen Rachen hinabtropft. Schlagartig reiße ich meinen Kopf zurück und presse mir den Handrücken an die Nasenlöcher.

– Ich Idiot!

T lacht. Er nimmt mir den Geldschein aus der Hand, zieht sich die Hälfte der Line ganz gemütlich ins rechte und die andere Hälfte ins linke Nasenloch. Dann hält er mir den Schein wieder hin.

– Und jetzt iss mal schön dein Tellerchen auf.

Der stechende Schmerz hat sich gleich hinter mein rechtes Auge geschoben. Ich schaue runter auf die halbe Line, die sich noch auf dem Spülkasten befindet und ziehe mir den Rest ins linke Nasenloch. Es fühlt sich an, als würde man zerbrochenes Glas auf eine ätzende Brandwunde reiben.

– Jesus Maria! Fuck!

T lässt seine Finger über die letzten verbliebenen Reste Speed-Staub auf dem Spülkasten gleiten, leckt sie ab und macht dasselbe mit dem Zwanziger.

– Auf jetzt, lass uns einen Freund von mir besuchen gehen.

Er führt mich aus der Toilette, und schon habe ich das Gefühl, als hätte er absolut recht gehabt mit dem Speed, denn die Dinge kommen plötzlich wieder ins Lot und machen Sinn. Plötzlich weiß ich, wer ich bin, warum ich hier bin und was ich tue. Auf ganz merkwürdige Weise gibt der ganze Scheiß, in den ich hineingeschlittert bin, meinem Leben einen Sinn und eine Bedeutung; ich meine, hier bin ich, ein Mann mit einer Mission, einer echten Mission. Wer kann das schon von sich behaupten? Zum ersten Mal bin ich mir sicher zu wissen, wer ich bin, wo ich bin und was ich tue.

Ich heiße Henry Thompson.

Ich befinde mich in einem Striplokal.

Und ich versuche das Leben meiner Eltern zu retten.

Sie ist ein großes Mädchen, sicher um die einsfünfundsiebzig, aber in ihren Fick-mich-Stripperstiefeln wirkt sie noch einmal ein gutes Stück größer. Letztlich scheint sie aber doch nur aus Arsch, Titten und blasser, weißer Haut zu bestehen; ihre schwarzen Haare sind Betty-Page-mäßig geschnitten. Auf beiden Schultern hat sie sich Pin-ups im Stil von Vargas tätowieren lassen und eine ganze Reihe smaragdgrüner Sternchen zieren ihre Hüftknochen knapp oberhalb ihres schwarzen Plastikminirocks.

– Ich bin Sandy Candy und das macht dreihundert Dollar.

Die Champagne Lounge ist der kleine, abgedunkelte Bereich hinter dem Hauptclub. Ich kann so gut wie nichts sehen, was angesichts der Sonnenbrille auf meiner Nase auch kein Wunder ist. Das Einzige, was ich erkennen kann, sind einige große gepolsterte Sessel, kleine Cocktailtischchen und eine Hand voll Cowboys, die gerade von ihren Stripperinnen einen ordentlichen Vollkontakt-Lapdance verabreicht bekommen.

– Warum?

– Weil es nun mal dreihundert Dollar kostet, sich in der Champagne Lounge aufzuhalten.

Ich streife drei Hunderter von meiner immer kleiner werdenden Geldrolle und händige sie Sandy aus.

– Und was kriege ich dafür, Sandy?

Sie stopft die Scheine in eine winzige *Hello-Kitty!*-Frühstücksdose, die sie mit sich herumträgt.

– Heute Abend hast du das Vergnügen, mit mir reden zu dürfen, während ich meinen Füßen eine Auszeit gönne.

– Ganz schön teures Gespräch, würde ich sagen.

– Ich bin bekannt für meine gute Konversation.

T holt die kleine Plastikschachtel mit dem Dope aus seiner Tasche und stellt sie auf den Tisch.

– Wir suchen nach einem Typ.

Sie nimmt die Schachtel in die Hände und schüttelt entschieden den Kopf.

– Verfluchter Timmy.

Ich lehne mich vor.

– Ja, Timmy, so heißt der Kerl.

Es stellt sich heraus, dass sie für den gleichen Kerl arbeitet wie Timmy.

– Und wie ist dein Name, hä?

Mein Name? Ich mache den Mund auf, aber es kommt nichts raus.

– Wade.

Ich schaue T an. Er hat seine Augen auf Sandy gerichtet.

– Sein Name ist Wade.

Sandy nickt.

– Okay, Wade, die Sache läuft folgendermaßen. Wie schon erwähnt, arbeite ich für den gleichen Kerl wie Timmy, sein Name ist Terry. Wir sind seine Drogenboten. Wenn es Arbeit gibt, gehen wir rüber zu diesem kleinen Lagerhaus in Paradise. Nicht alle zusammen, sondern jeder einzeln der Reihe nach zu unterschiedlichen Zeiten. Mit Pufferzeit dazwischen, verstehst du? Ich war mal in Behandlung wegen Bulimie, weil ich Probleme mit dem Essen hatte. Als Baby hatte meine Mutter keine Lust, mich zu stillen, also klemmte sie einfach ein Fläschchen an die Seite der Krippe, so wie man es bei einem Hamster macht. Na ja, jedenfalls suchte ich deshalb diese Therapeutin auf und sie ließ immer Zeit zwischen den Terminen ihrer Patienten, damit man nicht einem anderen Patienten begegnete, wenn man das nicht wollte. Mir war das ziemlich egal, aber einige waren da echt panisch. Einmal kam ich etwas früher zur Behandlung, als diese Frau gerade das Praxiszimmer verließ und mich im Wartezimmer sah. Die Therapeutin musste kommen und mich darum bitten, mich umzudrehen, während die Frau unauffällig die Praxis verließ. Ganz seltsam. In jedem Fall befolgt Terry das gleiche Prinzip. Er möchte nicht, dass sich die ganzen Boten untereinander kennen, was auch ganz sinnvoll ist für den Fall, dass jemand geschnappt wird. Ich bin da eher locker, genauso wie Tim. Wir sind uns bei Terry öfter über den Weg gelaufen und haben irgendwann festgestellt, dass wir auf derselben Wellenlänge liegen. Wenn ich grad mal zu wenig Stoff habe, um einen Kunden zu beliefern, hilft er mir aus. Er ist ziemlich cool in so Dingen. Jedenfalls – um auf den Punkt zu kommen – gehen wir nie alle gemeinsam da rein, um unsere Ware zu holen. Aber …!

Sie hält ihre Hände dramatisch in die Höhe, als würde sie zu einem doppelten Karateschlag ansetzen. Sandy ist groß darin, ihre Worte mit Handbewegungen zu unterstreichen.

– Eines Tages komme ich hin und alle Boten sind da versammelt. Alle. Einige kenne ich, andere nicht. Terry ist der Boss, obwohl er eigentlich kein richtiger Chef ist. Im Grunde ist er auch bloß ein Dealer, für den wir auf Kommission den Stoff unters Volk bringen. Trotzdem nennen wir ihn Boss. Jedenfalls lässt uns Terry so lange warten, bis alle da sind außer Tim. Und dann fragt er in die Runde, wer ihn in letzter Zeit gesehen hätte. Mir kam es so vor, als ob Terry in erster Linie beobachtete, ob sich bei seiner Frage jemand merkwürdig verhält oder jemandem anderen verdächtige Blicke zuwirft; ob jemand vielleicht etwas *wüsste*, was er sich nicht auszusprechen traut. Aber keiner sagte etwas. Und das war's dann.

Sie öffnet leicht ihren Mund und knirscht mit den Backenzähnen.

– Verdammt, T, das ist guter Stoff.

Ich schüttele den Kopf.

– Stop, warte. Und wo steckt Tim jetzt?
– Keine Ahnung, ich weiß es nicht.
– Das ist alles, was du uns zu sagen hast?
– Im Augenblick, ja. Ich hab versucht, an Terry ranzukommen, ob er was weiß, aber er ist nicht da. Ich werd's am Morgen noch mal versuchen, das heißt, wenn die Sonne aufgeht. Aber …

Sie zuckt mit den Schultern.

– Wann hat ihn jemand das letzte Mal gesehen?

Sie schlägt sich an die Stirn.

– O Scheiße, klar doch. Wahrscheinlich am Samstag, weil er Sonntag immer seinen freien Tag hat. Und Montag war er dann verschwunden, aber das wollte ich eigentlich gar nicht … Da war noch dieser andere Typ! Das hab ich ganz vergessen zu erzählen.

– Welcher andere Typ?

– Wartet mal! Da war dieser andere Typ im Büro, an diesem Morgen, als ich meinen Stoff abholen wollte. Ich hörte, wie er kurz mit Terry redete. Und ich glaube, er erwähnte Tims Namen, und dann ging er.

– Wer ist *er*?

– Na ja! Erst dachte ich, es handele sich um einen Bullen, der sein Schmiergeld kassiert, weil er einen Anzug trug, aber als er zur Tür rausging, hörte ich, wie er sich verabschiedete. Und da wusste ich, dass es sich nicht um einen Bullen handeln konnte, denn er sprach mit russischem Akzent.

Mein Herz macht einen gewaltigen Satz. Ich wünschte, ich könnte behaupten, das läge am Speed. Aber da müsste ich lügen.

Ich trete aus der Toilette. Am Waschbecken spritze ich mir kaltes Wasser ins Gesicht und hole tief Luft, um das Stechen aus der Nase zu kriegen, nachdem ich mir gerade eine weitere Line reingezogen habe. Ich schaue in den Spiegel und da bin ich: den Stetson tief im wächsernen Gesicht, die Sonnenbrille noch immer auf der Nase, angespannte Kiefermuskeln, als ich mit den Zähnen knirsche. Ich drehe mich um und verlasse die Toilette, obwohl mir noch Wasser vom Schnurrbart tropft.

Nach der angenehmen Ruhe, die auf der Toilette herrschte, erschlägt einen der ohrenbetäubende Lärm der Spielautomaten. Gding-gding-gding, nur unterbrochen von der wiederkehrenden Durchsage »Glücksrad« oder dem Geratter von Geldmünzen, die von irgendwelchen Automaten ausgespuckt werden. Mein Herz schlägt völlig arhythmisch, während ich versuche, mich an den Höllenlärm zu gewöhnen. Plötzlich erstarre ich.

Wo bin ich? Ich bleibe auf der Stelle stehen und drehe mich langsam um. Das Kasino ist auf Westernkulisse getrimmt. Ich sehe ein Schild. Sam's Town Gambling Hall. Richtig, Sam's Town. Das ist der Laden, wo Sandy abhängen wollte, bis … bis? Wir warten auf etwas. Auf …

– Wo warst du, Baby?

Sandy packt mich von hinten und legt ihre Arme um meinen Hals. Wir drehen uns, und ich fühle, wie sich unsere Körper aneinander schmiegen und ich ihr meine Hand auf die Hüfte lege.

– Erwischt.

Sie lächelt, legt einen Finger auf den Steg meiner Sonnenbrille und zieht sie runter. Dann schaut sie mir in die Augen.

– O Baby, du bist ganz schön drauf, was?

– Kann man so sagen.

Sie lacht und setzt mir wieder die Brille auf.

– Na, dann gib mal was ab, ich bin an der Reihe.

Ich wühle in meiner Tasche nach dem Stoff, den mir T zugesteckt hat, und reiche ihn ihr. Sie zeigt auf die Spieltische.

– T ist gleich da drüben.

Und so läuft sie weg Richtung Toiletten, während ich mich umdrehe und T bei den Zehn-Dollar-Roulette-Tischen entdecke.

– T, was machen wir hier eigentlich, Mann?

Er wirft einen Spielchip auf den Tisch.

– Alles auf die Acht.

Ich stehe neben ihm und schaue fasziniert zu, wie all die verschiedenfarbigen Chips von den Croupiers über den grünen Filz hin- und hergeschoben werden. Ich ergreife seinen Arm.

– Es ist zu gefährlich, ich sollte mich nicht hier rumtreiben.

Der Mann am Roulettekessel wirft die Kugel. Als sie schließlich liegen bleibt, ruft der Croupier die Zahl.

– Sieben! Ihr Einsatz!

Ts Chips werden abgeräumt. Er schaut mich an.

– Wir warten auf den Anruf.

– Welchen Anruf?

Er schüttelt verständnislos den Kopf.

– *Der* Anruf, Mann. Ihr Boss wollte sich doch mit Neuigkeiten über deinen Jungen, Tim, melden.

– Richtig, der Anruf.

In dem Moment stürzt Sandy auf uns zu. Sie kichert wie verrückt und hält sich an uns fest, damit sie nicht umkippt. Wir fangen sie auf und stellen sie wieder auf die Beine, wofür sie uns beide mit einem Kuss auf die Wange belohnt.

– Okay, wer holt die nächste Runde?

Sandys Boss hat sich immer noch nicht gemeldet.

Zusammengedrängt sitzen wir in Ts Wagen, Sandy in der Mitte, ihre Arme um unsere Schultern geschlungen. Sie hat immer noch nicht genug vom Feiern.

– In meiner Wohnung hab ich noch ein paar Flaschen Veuve. Wie wär's? Einer meiner treuen Kunden ist Getränkeverkäufer und bringt mir immer Zeug mit. So komm ich an diesen Spitzenchampagner. Lasst uns zu mir fahren und noch ein bisschen Party machen. Da können wir auch noch was rauchen. Habt ihr schon mal probiert, wie es ist, wenn man etwas Spiritus auf das Gras träufelt. Das knallt total. Wir machen ein paar Flaschen auf und vielleicht tanz ich auch 'ne Runde für euch. Eine kleine Privatshow nur für euch Jungs, dafür, dass ihr soooooo nett zu mir wart.

Ich lehne mich gegen die Beifahrertür und betrachte durch das Fenster den bläulichen Lichtschimmer, der sich am Rand des Tals abzeichnet. Dann schaue ich Sandy an. Ihr blasses Gesicht ist so blutleer, dass es schon leuchtet. Ihre Wimperntusche ist zerlaufen, wodurch ihre Augen fast wie die eines Waschbären aussehen. Auch der rote Lippenstift am rechten Mundwinkel ist total verschmiert. T sitzt nach vorne gebeugt im Fahrersitz, seine knochigen Finger umkrallen das Lenkrad. Im Mundwinkel kaut er auf einem Zigarettenstummel herum, während er ausdruckslos auf die Straße vor sich stiert. Ich schüttele meinen Kopf.

– Ich bin müde.

Sandy schlägt mir energisch auf den Oberschenkel.

– Müüüüde? Komm schon, Wade. Ich rede hier von einer echten Party, mit tollen Preisen und Überraschungen und …

– Ich kann nicht mehr.

Sie kriecht auf meinen Schoß.

– Komm schon, Baby, sei kein Spielverderber.

Ich verderbe hier gar nichts, ich meine, ich weiß ja nicht mal, was ich hier überhaupt mache. Ein Russe ist hinter Tim her. Und was zum Teufel mache ich hier? Was tue ich? Ich brauche Schlaf. Ich sollte zusehen, dass ich wieder fit werde und diese ganzen Drogen aus meinem Körper rauskriege und schlafe und …

Sandy schmiegt sich an meinen Hals.

– Wir können ja einfach etwas abhängen, und du kannst dich hinlegen und später mitfeiern, wenn du Lust hast.

Komm schon. Mein Boss wird sicher auch bald anrufen und …

Ich stoße sie von mir weg.

– Nein, T, wir müssen nach Hause.

Er hält seine Augen stur auf die Straße gerichtet.

– Fick dich, Mann. Ich muss hier gar nichts. Wenn du nach Hause willst, ist das deine Sache, aber ich werde noch etwas mit Sandy feiern.

Sandy schreit entzückt, dreht sich zu T um und zerrt so lange an ihm, bis der Wagen hin- und herschlingert.

– Siehst du, Wade? T weiß eben, wie man Mädchen glücklich macht.

T schließt die Tür zum Trailer auf.

– In ein paar Stunden bin ich wieder zurück.

Er reicht mir die Schlüssel und deutet mit seinem Daumen auf den Wagen, in dem Sandy wartet.

– Und du willst wirklich nicht mitkommen?

Ich schüttele den Kopf.

– Ich muss schlafen.

– Wie du willst. Die Percs sind im Medizinschrank, die werden dich runterbringen.

– Danke nein, mir langt's erst mal. Ich hab mir schon genug Zeug reingezogen.

– Was hättest du denn sonst machen sollen, Mann? Später reden wir mit Sandys Dealer und dann sehen wir weiter. Und was das Zeug angeht? Schmerzen sind scheiße, also sollte man sie bekämpfen.

Er hat recht. Schmerzen sind scheiße, also habe ich sie bekämpft und es genossen. Es ist so einfach, sie zu verdrängen. Jahrelang habe ich hart gearbeitet, um mich unter Kontrolle zu haben. Dabei ist es viel einfacher, eine Pille einzuschmeißen. Einfacher und besser. Aber jetzt fange ich an Mist zu bauen. Und das kann ich mir nicht leisten.

– Ruf mich an, wenn sich ihr Boss meldet.

Er schüttelt den Kopf.

– Ich hab kein Telefon im Trailer.

Ich hole Dylans Mobiltelefon aus der Jackentasche und schalte es ein. Eine Telefonnummer leuchtet im Display auf. T findet einen Stift und schreibt sich die Nummer auf die Hand. Da steckt Sandy ihren Kopf aus dem Autofenster.

– Hey, T, lass den Hund hier, ich mag es nicht, wenn er auf meinen Teppich kackt.

Er geht zum Wagen.

– Tut mir leid, Schatz, er ist nicht die Sorte Hund, die du zu Hause mit einem Fremden allein lassen kannst.

Er steigt ein und sie fahren davon.

Ich bin allein.

Die Wirkung von dem Speed lässt nach und langsam spüre ich die Unmengen Alkohol, die ich heute Nacht in mich hineingeschüttet habe. Es wird nicht lang dauern und dann dürfte es mir verdammt übel gehen. Ich öffne die Tür und trete ein.

Der Fernseher läuft.

Ich drehe mich auf dem Absatz um und renne los, aber jemand stellt mir ein Bein und ich stürze kopfüber auf die Veranda. Dann werde ich in den Trailer gezerrt und jemand setzt sich auf meinen Rücken. Ich winde mich. Ohne Erfolg.

– Immer mit der Ruhe, Mann.

Rolf ist mächtig sauer, also prügelt er ein wenig auf mich ein.

Sid sitzt derweil auf der Couch und schaut zu.

Rolf zieht mich hoch, bis ich auf meinen eigenen Füßen stehe. Dann dreht er mich in Sids Richtung, der seine Knarre auf mich gerichtet hat, und schlägt mir mit voller Wucht in den Magen. Ich sacke zusammen, falle zu Boden und er tritt mir ein paarmal in den Rücken und gegen die Beine. Dann geht er auf die Knie und setzt sich rittlings auf mich, um weiter auf mich einzutrommeln, während ich mit den Händen mein Gesicht schütze. Irgendwann hat er genug.

Er gibt mir noch einen Klaps gegen den Kopf und steht auf.

– Du behandelst mich immer noch so, als wäre ich ein verdammtes Werkzeug, Hank. Erzählst weder Leo noch mir, wer du wirklich bist. Wie sollen wir da unseren Job richtig tun? Und dann der Scheiß in der Wüste? O Mann. Das war ja wohl völlig daneben. Und dann bist du tatsächlich so blöd, hierher zu kommen, zu der Adresse, die auf der Weihnachtskarte stand. Dabei wusstest du doch, dass ich die Karte gesehen habe. Dachtest du etwa, ich hätte mir mein Kurzzeitgedächtnis komplett weggekifft? Und übrigens, Alter, was ist eigentlich mit meinem Geld?

– Ich hab keinen Schimmer, Rolf.

Er schnappt sich ein Buch von Ts Couchtisch.

– Hast du das gelesen?

Es handelt sich um Sids Exemplar von *Der Mann, der verschwand*. Ich nicke.

– Ich hab's überfolgen.

– Okay, ich würd dir gern meine Lieblingspassage vorlesen.

Er blättert zu einer Seite mit Eselsohren weiter hinten im Buch.

– *Worum ging es überhaupt? All das Blut und die Morde? Die unschuldigen Opfer? Die Angst, die sich über New York legte, als Henry Thompson zwei Tage lang durch die Straßen der Metropole wütete? Ohne Überlebende oder Zeugen, die in der Lage wären, uns die Geschichte zu erzählen, können wir nur spekulieren. Aber gab es wirklich keine Zeugen? Was ist mit den Leichen der Gebrüder Edward und Paris DuRante, die später als das Duo identifiziert wurden, auf deren Konto eine Reihe Banküberfälle im Mittleren Westen ging? Was ist mit den Ermittlungen über Detective Romans Geschäfte in der Unterwelt und den Enthüllungen über seine Verbindungen mit dem organisierten Verbrechen? Wie kam es zu dem Gemetzel in Paul's Bar? Was könnte der Hintergrund für ein solch entsetzliches Blutvergießen sein? Und was hat es letztlich mit Thompsons plötzlichem und vollständigem Verschwinden auf sich? Wie konnte eine solche Flucht möglich sein? All die stummen Zeugen weisen ganz eindeutig auf eins hin: Geld. Viel Geld. Auf den Straßen der Metropole machte sich bald das Gerücht breit, dass die langen Stunden der Angst, die sich wie ein dichter Nebel über die Stadt legte, die niemals schläft, das Produkt brutaler Männer war, deren kleine Köpfe von der Gier nach Profit beherrscht wurden. Schätzungen gehen davon aus, dass die Brüder DuRante bei ihren Raubzügen an die zehn Millionen Dollar erbeutet hatten, was sie automatisch zur Zielscheibe für die dunklen Figuren in dieser Geschichte machte. Ihr fataler Fehler war, dass sie Thompson mit hinein in den Sturm ihrer Gier rissen, nicht ahnend, was für ein furchtbares Monster in ihm schlummerte.*

Er hält mir das Buch hin. Ich nehme es, überfliege die Seite, schließe es und gebe es ihm zurück.

– In Wahrheit sind es nur vier Millionen.

Rolf springt auf.

– Vier Millionen! O Mann! Okay, okay, wir müssen jetzt systematisch vorgehen. Dieser Typ, Elvis? Wann kommt er zurück?

– Er sagte, in ein paar Stunden.

– Sehr gut. Also kein Grund zur Panik.

Er schaut Sid an, der immer noch regungslos auf der Couch sitzt.

– Sid, hast du das gehört? Vier Mille?

Sid zuckt mit der Schulter und hält den Mund, die Augen starr auf den Fernseher gerichtet. Rolf macht eine abschätzige Handbewegung und kniet sich neben mich.

– Und jetzt Spaß beiseite. Wo ist das Geld?

Wie war mein Leben vor dem Geld? War es ein gutes Leben? War es interessant? Habe ich ordentlich gelebt? War ich anderen Menschen nützlich? War ich glücklich? Ich kann mich nicht mehr erinnern, denn ich habe die Frage, die mir Rolf soeben gestellt hat, einfach schon zu oft gehört.

– Ich habe es nicht.

– Hör zu, Mann, ich kann dich verstehen. Vier Millionen sind eine Menge Geld. Ich kann nachvollziehen, dass du das nicht einfach so rausrücken willst. Aber weißt du, wir hatten einen Deal über zweihunderttausend, und du hast ihn gebrochen. Also, ja, jetzt will ich mehr, aber ich bin nicht gierig. Ich bin nicht eins von diesen Arschlöchern, die dich aus dem Weg räumen wollen. Ich will die Hälfte. Es läuft also mal wieder auf das alte Fragespiel hinaus: Wie viel ist dir dein Leben wert? Fast jeder würde für zwei Millionen töten. Und fast jeder würde zwei Millionen zahlen, um nicht getötet zu werden. Also sag mir, wo das Geld ist, und jeder behält zwei Mille und geht seiner Wege. Die Alternative lautet: Niemand bekommt etwas und wir legen dich um.

Sid zeigt auf den Fernseher.

– Da kommt es schon wieder.

Rolf schaut auf den Bildschirm.

– Scheiße!

Ich erhasche einen flüchtigen Blick auf nächtliche Fernsehaufnahmen, die mit einer Videokamera gemacht wurden. Ein SWAT-Team hat ein Fahrzeug umstellt, das von einem darüber kreisenden Helikopter angestrahlt wird. Rolf schaltet den Fernseher aus.

Ich blicke ihm ins Gesicht und lächele.

– Mann, das sah aber verdammt nach Sids Campingbus aus. Jetzt braucht ihr beiden das Geld aber wirklich, was?

– Halt's Maul!

– Zuvor hättet ihr es ganz gerne gehabt, aber jetzt habt ihr es dringend nötig. Haben sie Sids Führerscheinfoto schon eingeblendet?

– Halt's Maul, hab ich gesagt.

– Das wird nämlich als Nächstes folgen. Sie werden herausfinden, auf wen die Karre zugelassen ist, und im Nu wird sein Foto überall zu sehen sein. Und dann? Dann werden sie überprüfen, ob er vielleicht Partner oder Komplizen hat. Hat euch jemand gesehen, als ihr nach San Diego gekommen seid? Vielleicht einer eurer alten Kumpels?

– Jetzt halt endlich die Klappe, verdammt!

– Oder was? Schau mich an, ich bin ein Wrack. Mach schon, schlag noch mal zu.

Er ballt die Fäuste.

– Sag mir einfach, wo das Geld ist, Mann.

– *Maaaan,* ich hab es dir doch schon gesagt. Ich weiß nicht, wo das Geld ist.

Er beißt die Zähne zusammen.

– Sag. Mir. Wo. Das. Geld. Ist.

– In. Meinem. Arsch.

Er packt mich am Kragen und drückt seine Hände auf meinen Hals. Die Hände zittern. Sid beugt sich vor und schaut aufmerksam zu. Ich könnte hier und jetzt sterben. Wieder einmal. Aber es geschieht nicht. Rolf nimmt die

Hände weg, läuft zur Couch und tritt fünfmal dagegen, dann setzt er sich.

– O Mann, spuck's doch einfach aus.

– Rolf. Ich weiß es nicht.

Ich erhebe mich.

– Jemand anderes weiß es aber.

Ich sage ihnen die Wahrheit. Zumindest einen Teil. Ich erzähle ihnen von Timmy und dass ich dicht an ihm dran bin. Ich erzähle ihnen, ich würde bloß auf den Anruf warten, der mir mitteilt, wo er sich befindet, und dann könnten wir das Geld holen gehen.

Ich sage ihnen nichts von Dylan. Wenn sie von ihm erfahren, wissen sie, dass ich sie nie im Leben in die Nähe des Geldes lassen werde, denn es ist die einzige Lebensversicherung meiner Eltern.

Die Geschichte gibt mir Zeit. Zeit, sich auf die Couch zu setzen, Fernsehen zu schauen und auf einen Anruf zu warten, der vielleicht nie kommen wird. Derweil kann ich mir Gedanken machen, wie ich die beiden aus dem Trailer kriege, bevor T auftaucht und das totale Chaos ausbricht.

Das Handy klingelt.

– Wer ist das, Mann?

– Keine Ahnung.

– Ist es dein Verbindungsmann, oder was?

– Ich weiß es nicht.

Rolf schnappt sich das Handy und schaut auf das Display.

– Wo ist deine Rufnummernerkennung?

Ich nehme ihm das Handy ab.

– Ich glaube, die Funktion gibt es bei dem Teil nicht.

– Du hast dir ein Mobiltelefon ohne Rufnummernerkennung gekauft? Das gibt's doch nicht. Rufnummernerkennung ist doch das Wichtigste überhaupt.

Es klingt zum fünften Mal. Was ist, wenn es Dylan ist?

Ich will mit Dylan nicht in Anwesenheit der beiden Kerle hier sprechen. Es klingelt erneut.

– Geh schon dran, Mann.

Ich drücke auf die grüne Taste.

– Hallo?

– Wade?

Mir geht der Arsch auf Grundeis. Dann blicke ich durch.

– Hey, Sandy, wie läuft die Party?

– Party? Ach so, ja, die ist noch am Laufen. Aber, hey, Baby, ich hab gute Neuigkeiten. Als ich, beziehungsweise wir, in meine Bude kamen, wartete da schon eine Nachricht von meinem Boss, Terry.

– Ja?

– Er sagt, er weiß was.

– Ja?

– Ja.

– Toll, ähm?

– Ja, äh, Baby, weißt du, er will ein bisschen Geld haben und sagt, er wird nichts, na ja, du weißt schon.

– Warte. Weiß er, wo Tim ist? Ist T da? Kannst du ihn mir kurz geben?

– Das geht grad schlecht, Baby. Er ist auf'm Klo, weißt du? Aber mein Boss …

– Richtig, dein Boss. Wie viel verlangt er?

– Bloß fünfhundert. Er wollte erst 'n Riesen, aber dann hab ich ihm erzählt, wie nett du wärst, und dann ist er auf fünf runter.

– Danke, das war nett von dir.

– Kein Thema. Ähm, er sagt, er will erst das Geld, dann redet er mit dir.

– Weiß er, wo Tim steckt?

– Ich glaube schon. Er meinte, er hätte Informationen, also geh ich mal davon aus.

– Wann?

– Ähm, er wollte so in einer Stunde hier sein. Geht das? Kannst du herkommen?
– Ja, ich weiß bloß noch nicht, wie.

Und da höre ich im Hintergrund dieses Geräusch. Ein Geräusch, das schon das ganze Gespräch über zu hören war.

– Äh, weißt du, Sandy, ich hab kein Auto.
– Hm.
– Ich werd 'ne Weile brauchen, außerdem bin ich noch ziemlich fertig. Etwas später wär mir lieber.
– Na ja, er ist ziemlich …
– Sag T, er soll mich anrufen und mir Bescheid geben, wann ich da sein soll.

Ich beende das Gespräch. Sie wird mir schon einen späteren Termin organisieren. Aber es wird nicht T sein, der mich anruft. Da bin ich mir sicher. Das sagte mir die Art und Weise, wie Hitler im Hintergrund gebellt hat. Hitler, der außer seinen Furzgeräuschen nie einen Ton von sich gibt, hat das ganze Telefonat über wie wild gebellt.

T ist in Gefahr.

Da will mich jemand reinlegen.

Ich blicke Rolf und Sid an, die gespannt darauf warten, dass ich ihnen erzähle, was Sache ist.

Sid hat noch immer kein Wort mit mir gewechselt. Er hat die Arme verschränkt und hält, so gut es geht, Abstand von mir. Ich sitze zwischen den beiden auf der Couch, und Rolf erzählt mir, was sie ohne mich so getrieben haben.

Nachdem ich sie zurückgelassen hatte, fuhren sie nach Vegas. Dort fanden sie Ts Trailer, mussten aber feststellen, dass es kaum möglich war, ihn zu überwachen, ohne selbst gesehen zu werden. Er erzählt mir, wie Sid die Entscheidung traf, den Bus zurückzulassen. Sie parkten ihn auf dem Dach eines Parkhauses von einem dieser Einkaufszentren in Paradise. Ein paar Straßen weiter knackte Sid einen Wagen, und sie mieteten sich ein Zimmer im Super 8 am Boulder Highway gleich in der Nähe des Trailer Parks. Gestern Abend kamen sie nach Einbruch der Dunkelheit hierher und hielten gegenüber der Parkeinfahrt, bis sie Ts Wagen davonfahren sahen. Sie folgten uns, aber erst als ich meinen Hut abnahm, erkannten sie, dass es sich bei dem Cowboy um mich handelte.

Rolf gibt mir einen kleinen Stups.

– Cooler Schnurrbart übrigens.

Ich nicke und schaue auf den Bildschirm. Meine Alten durften gestern Abend das Motel verlassen und nach Hause zurückkehren. Vor ihrem Haus tummeln sich jetzt die Reporter. Der Vorgarten ist zertrampelt und überall liegen leere Kaffeebecher und McDonald's-Tüten. Die Reporter wuseln herum, während sich eine Gruppe von etwa zwanzig oder dreißig Gaffern hinter einer Absperrung auf dem Bürgersteig postiert hat und Fotos schießt. Ein Polizeiwagen parkt in der Einfahrt und ein Hilfssheriff hält auf der Veranda Wache. Die Kamera zoomt heran, als im oberen Stockwerk ein Vorhang zurückgeschoben wird, doch bevor man etwas erkennen kann, wird er auch schon wieder zugeschoben. Bist du das, Mom? Dad? Es tut mir entsetzlich leid.

Ich schüttele den Kopf. Rolf fährt fort.

– Wie auch immer, als ihr ohne das Geld wieder rauskamt, folgten wir euch rüber zum Stripladen. Was hatte es damit eigentlich auf sich?

– Wir mussten mit jemandem reden.

– Ihr habt euch ganz schön Zeit gelassen. Wir haben eine Weile gewartet, und dann schlug ich vor, zurückzufahren und den Trailer zu durchsuchen. Wenn das Geld nicht dort wäre, könnten wir ja immer noch auf euch warten. Und Mann, war ich erleichtert, als Elvis nicht mit seinem fetten großen Köter reinkam. Hey, hier kommt es ja schon wieder.

Er zeigt auf den Fernseher, wo erneut Videoaufnahmen von dem SWAT-Team gezeigt werden.

Der Bus steht alleine auf dem Dach des Parkhauses, erleuchtet von den schwenkbaren Scheinwerfern des Helikopters. Mit Gewehren im Anschlag nähert sich das Team dem Bus und reißt die Seitenschiebetür auf.

Rolf redet weiter.

– Zunächst hielten wir uns versteckt und warteten auf euch. Aber dann dauerte es uns zu lange, also machten wir die Glotze an und sahen uns gegen ein Uhr früh die Liveberichterstattung an. Das war schon abgefahren, kann ich dir sagen.

Um ein Uhr früh hielt ich mich im Casino auf, dem letzten Platz auf Erden, wo man mitbekommt, was sich draußen in der Welt abspielt.

Sheriff Reyes beginnt seinen morgendlichen Lagebericht und Rolf schaltet den Ton ein.

– Der Van, ähm, der Bus wurde in den vierundzwanzig Stunden vor dem Unfall und der Schießerei auf der Nicastro Road in unmittelbarer Umgebung des Tatorts gesichtet. Es wurden Spuren sichergestellt, die aller Wahrscheinlichkeit nach von diesem Fahrzeug stammen. Die Spuren wurden analysiert. Sie stimmen mit den Spuren überein, die man am Tatort des Mordes an Deputy Fischer fand. All das gibt uns Grund zur Annahme, dass der Tatverdächtige Henry Thompson mit seinen Komplizen in genau diesem Fahrzeug geflohen sein könnte. Mithilfe des FBI haben wir gestern Nachmittag eine Suchmeldung ausgegeben und am gleichen Abend wurden wir vom Las Vegas Police Department informiert, dass das Fahrzeug von Polizeibeamten entdeckt worden sei. Im Zentrum der Ermittlungen steht … nun, wir sind mit den weiteren Ermittlungen nicht mehr betraut, dies ist jetzt Sache des FBI. Ich berichte hier nur, weil sich die Verbrechen in unserem Zuständigkeitsbereich abgespielt haben. Die Jagd nach Henry Thompson und seinen mutmaßlichen Komplizen wird, beziehungsweise ist schon, ähm … dies ist Special Agent Willis Tate und er wird zum Stand der Ermittlungen Stellung nehmen und Fragen beantworten.

Sheriff Reyes tritt beiseite und ein Mann in den Vierzigern schreitet zum Mikrofon. Er hat einen kleinen Spitzbauch und sein Kopf sieht aus wie eine spiegelglatte Kugel. Er trägt eine Brille mit Stahlfassung und einen Anzug der Regierung. Als er den Mund aufmacht, um seine Ansprache zu halten, stellt Rolf den Ton ab.

– Dieser Kerl tauchte gestern Nacht plötzlich auf. Ein scharfer Hund. Reyes ist harmlos, er hat was von einem Lieblingslehrer oder einem netten Onkel. Bei ihm fühlt man sich in Sicherheit. Aber dieser Kerl hier macht mir Angst. Läuft da mit seinem Trupp rum und gibt einem das Gefühl, als wäre man nicht einmal mehr Bürger dieses Landes.

Special Agent Tate spricht in die Mikrofone. Er wendet sich kurz an Reyes und gibt ihm ein Zeichen, dann dreht er sich den Reportern zu und liest etwas von einem Dokument ab.

Ich zeige auf den Bildschirm.

– Das sollten wir uns vielleicht besser anhören.

Rolf winkt bloß ab.

– Der redet bloß den üblichen Stuss. Blablabla Zuständigkeit blablabla gute Arbeit der lokalen Behörden blabla keine Panik, denn ich bin jetzt zuständig blablabla.

Tate deutet auf einen Videomonitor hinter sich und die Kamera fährt näher heran. Das Bild ist ziemlich unscharf. Es ist das Fernsehbild eines Fernsehbilds von einem schlechten Foto, aber trotzdem erkennt man darauf eindeutig, dass es sich um Sids Führerscheinfoto handelt.

Sid starrt auf das Foto von sich im Fernsehen. Nach wenigen Augenblicken schaltet das Bild wieder auf Tate am Podium um, dann zurück ins Studio, wo eine Grafik eingeblendet wird, die die Umrisse des Staates Nevada zeigt. Eine Reihe konzentrischer Kreise umgeben Las Vegas. Der Punkt, der für Las Vegas steht, bewegt sich plötzlich und wird zu einer Spirale, die größer wird, bis darin mein Polizeifoto aus New York sichtbar wird. Kurz darauf kommt eine zweite Spirale ins Bild, die Sids Konterfei zeigt. Dann erscheinen unter den Bildern langsam riesige Buchstaben, als wären sie von einer gigantischen Schreibmaschine mit roter Tinte getippt worden: WANTED. Und Schnitt zu einer Werbeunterbrechung für ein Säure bindendes Mittel.

Ich schaue Sid an. Er schaut zurück und nickt mit dem Kopf, als wäre eine lange gehegte Vermutung endlich offiziell bestätigt worden.

Rolf steht auf.

– Ich glaub, ich geh besser mal aufs Klo, Jungs.

Und schon ist er auf dem Gang verschwunden.

Sid und ich sitzen nebeneinander auf der Couch. Im Fernsehen läuft noch immer Werbung. Er greift an mir vorbei nach der Fernbedienung und schaltet die Glotze ab.

Dann zieht er eine Waffe aus dem Hosenbund. Es ist ein älteres Colt-Modell, ein Gold-Cup mit Kaliber 45. Eine gute Waffe. Zielsicher und durchschlagkräftig. Keine Knarre, die man mal so eben auf der Straße kriegt, so ein Modell kauft man nur, wenn man auf echte Qualität aus ist. Er legt sie auf den Couchtisch und starrt zu Boden, die Ellbogen auf sein Knie gestützt, den Kopf gesenkt.

– Ich hab lange darüber nachgedacht, was du mir gesagt

hast. Dass es falsch ist, Leute zu töten. Es ist nicht so, dass ich das nicht wüsste. Ich weiß, dass Menschen, na ja, so was wie heilig sind und das Leben etwas Besonderes ist. Wie ein Geschenk. Es muss nicht mal direkt von Gott kommen, oder so, es langt schon, wenn das Leben ein Geschenk des Universums ist. Und es ist was ganz Besonderes, weil es sonst da draußen nichts anderes gibt, jedenfalls nicht, soweit wir das wissen. Also ist es etwas ganz besonders Rares und Kostbares. Und was macht man daraus? Es kommt letztlich immer darauf an, was du mit diesem Geschenk, das dir gegeben wurde, anfängst. Da bin ich fest von überzeugt. Aber – das heißt für mich nicht, dass das Töten von Menschen automatisch falsch ist. Denn wenn unser Leben ein Geschenk Gottes ist, etwas Besonderes, dann würde das für alle Lebensformen gelten, egal, ob es sich um einen Wurm oder eine Kuh oder was auch immer handelt – und wir töten sie am laufenden Band. Insofern ist der Tod und das Töten für mich ein Teil des Lebens, ein Teil des Universums, ob es nun von Gott erschaffen wurde oder nicht. Ein ganz natürlicher Vorgang. Schau dir die Tiere an. Sie töten. Das macht sie zu dem, was sie sind. Und wir Menschen? Wir sind doch auch bloß Tiere. Warum sollten also einige von uns nicht auch töten dürfen? Warum sollte uns das nicht auch zu dem machen, was wir sind? Insofern bin ich fest davon überzeugt, dass du in diesem Punkt nicht recht hast. Leute zu töten ist *nicht* falsch. Es ist einfach schlicht und ergreifend das, was einige Menschen tun.

Ich spähe auf die Pistole. Ich könnte versuchen, sie mir zu schnappen, während Sid in seinen Monolog vertieft ist und die Augen auf den Boden gerichtet hat. Ich müsste Sid erschießen. Ich müsste mir die Knarre schnappen, Sid in den Kopf schießen, anschließend über den Flur stürmen und Rolf abknallen, während er noch seine Hosen runtergelassen hat. Ich weiß inzwischen, wie es aussieht, wenn Menschen erschossen werden, wie es sich anfühlt, jemanden umzulegen. Ich habe meine Erfahrungen mit plötzlichen Gewaltausbrüchen. Und bei der Gewalt ist es wie mit allem anderen: Je öfter du etwas tust, umso mehr gewöhnst du dich daran. Und umso besser wirst du darin. Ich könnte jetzt loslegen und sie beide umbringen. Aber ich lasse es bleiben. Ich glaube, ich brauche sie noch, alle beide.

Außerdem fürchte ich mich vor Sid.

Rolf verlässt das Klo, als erneut das Handy klingelt. Er kommt den Flur heruntergerannt und bleibt mitten im Wohnzimmer stehen. Sid verstaut seine Knarre hinten im Hosenbund, während ich das Handy aufklappe und einen Blick auf die Uhr werfe. Seit dem ersten Anruf sind fünfundvierzig Minuten vergangen.

– Wade?
– Hallo, Sandy.
– Hey, wie steht's so bei dir?
– Wo steckt T?
– Oh, Baby, er ist einfach eingepennt. Du hättest besser mitkommen sollen.

Ich höre, wie sie sich eine Zigarette anzündet, und denke an T. So, wie er drauf war, hätte ihn wohl nur eine Vollnarkose außer Gefecht setzen können. Klingt also verdammt unwahrscheinlich. Sandy bläst Rauch aus.

– Komm doch noch vorbei, und wir feiern ein bisschen.

Ich zünde mir auch eine an und schweige. Sie flüstert jetzt fast.

– Wie klingt das, eine kleine Privatparty, nur wir beide?

Ich nehme einen tiefen Zug und lasse den Rauch mit Hochdruck durch die Nasenlöcher wieder rausschießen. Rolf hat sich neben Sid auf die Couch gesetzt. Die beiden sehen zu, wie ich in dem winzigen Wohnzimmer auf und ab tigere.

– Und was ist mit deinem Boss, diesem Terry?

– Ich hab ihm erzählt, dass du dich lieber später mit ihm treffen würdest, deshalb wird er sich hier nicht so bald blicken lassen. Also, wie wär's mit uns beiden?

– Ich würde wahnsinnig gern kommen, aber ich hab immer noch kein Auto.

Am anderen Ende der Leitung herrscht kurz Stille und etwas schabt am Hörer, als würde jemand die Hand darüber halten.

– Ich könnte dich abholen.

Ich sage nichts und lausche einfach nur. Im Hintergrund ist Hitlers unermüdliches Gebell zu hören. Ich schnippe Asche von meiner Zigarette auf den Wohnzimmerteppich.

– An sich eine tolle Idee. Aber im Moment passt es mir nicht so gut. Ich bin ziemlich erledigt. Wahrscheinlich würde ich gleich neben T einpennen. Wann taucht dein Typ auf?

– Äh …

Erneut legt sich eine Hand auf den Hörer.

– So um zwölf.

Ich beuge mich vor und drücke meine Kippe in Ts überquellendem Aschenbecher aus.

– Ist mir immer noch zu früh. Ich muss vorher unbedingt eine Runde pennen.

– Ich … ist gut, Baby, aber ich glaube nicht, dass er …

– Schon gut. Ich muss dringend mit deinem Boss reden, aber später wäre mir lieber.

– Wann? Ich könnte vielleicht …

– Sagen wir kurz nach sechs.

– Okay, ich muss nur …

– Hey, da fällt mir ein, wo wohnst du eigentlich?

– Ich, also …

Ich schnippe mit den Fingern in Rolfs Richtung und deute Schreibbewegungen an. Er durchwühlt alte Ausgaben von *Mojo* und *Hustler* auf dem Couchtisch und findet einen Kugelschreiber.

– Noch mal langsam zum Mitschreiben.

– Äh, 262 Jewel Avenue.

– 262 Jewel. Ist notiert.

Rolf kritzelt die Adresse auf einen nackten Frauenschenkel, der das Cover eines Magazins ziert.

– Aber Wade, lass mich vorher …

– Kein Problem, ich bin einfach gegen sechs da, Terry wird schon irgendwann eintrudeln.

Rolf versucht mit erhobener Hand meine Aufmerksamkeit auf sich zu lenken.

– Ich muss Schluss machen, Sandy.

– Okay, ich werde … ich ruf kurz Terry an und melde mich dann noch mal …

– Ich stell das Telefon ab, weil ich in Ruhe schlafen will. Wir sehen uns dann gegen sechs.

Rolf gestikuliert wild mit den Armen. Ich lege auf, und er erhebt sich vom Sofa.

– Die Chargers spielen heute Abend.

– Und?

– Das ist ein wichtiges Ausscheidungsspiel, ein Dienstagsspiel. Es fängt um sechs an.

– Rolf, glaub mir, ich hab wirklich Verständnis für so was, aber im Moment müssen wir Prioritäten setzen.

– Ich will mich ja nicht querstellen, Mann, aber ich würde das Spiel wirklich gerne sehen.

– Das Treffen wird nicht lange dauern. Die zweite Hälfte werden wir sicher noch mitkriegen.

Schon wieder sind meine Zigaretten aufgeraucht. Mir fällt ein, dass T sich welche aus dem Kühlschrank geholt hat, und ich schlendere rüber in die Küche. Rolf lässt sich wieder neben Sid aufs Sofa fallen.

– Meinst du nicht, die Braut und ihr Macker werden Stress machen, wenn du dort in Begleitung von zwei Jungs auftauchst? Dir ist ja wohl hoffentlich klar, dass du nicht alleine da hingehst.

Ich öffne den Kühlschrank und schnappe mir ein Päckchen aus einem der Kartons. Dabei fällt mir ein, dass Wades Dad seine Kippen immer im Kühlschrank aufbewahrte, um sie länger frisch zu halten. Ob T sich das bei ihm abgeschaut hat? Und Wade? Hatte er seine Zigaretten auch im Kühlschrank in der Garage? Bunkerte er sie dort, um nachts heimlich eine zu rauchen? Ob Stacy wohl manchmal nachts auf ein paar Züge und einen Schluck Bier zu ihm in die Garage kam? Scheiße, Wade, oh Scheiße.

– Hank?

Ich werde aus meinen Gedanken gerissen, schließe die Kühlschranktür und öffne das Päckchen Marlboros.

– Sorry, ich war kurz etwas weggetreten. Ich glaube, ich könnte was zum Essen und ein bisschen Schlaf vertragen.
– Kein Problem, aber du hast noch nicht auf meine Frage geantwortet.
– Welche Frage?
– Warum hast du ihr nicht gesagt, dass noch zwei Typen mitkommen?
– Warum hätte ich das tun sollen? Am Ende hätte sie Nein gesagt. Und was soll schon groß sein? Der Typ ist scharf auf seine fünf Scheine, also wird er mit uns verhandeln. Und falls er plant, ein krummes Ding abzuziehen, sind wir zu dritt. So oder so – wir werden von ihm erfahren, wo sich Tim aufhält.

Rolf wirft einen Blick auf die Uhr. Es ist noch nicht mal acht Uhr morgens.

– Noch 'ne Menge Zeit totzuschlagen bis dahin, Mann.
– Ich leg mich aufs Ohr. Ihr könnt von mir aus machen, was ihr wollt.

Ich verziehe mich in das kleine Zimmer am Ende des Flurs, schlüpfe aus meinen Klamotten und mache es mir auf der Schaumstoffmatratze bequem. Ich brauche dringend Schlaf, aber zuerst muss ich nachdenken.

Vor meinem inneren Auge lasse ich noch einmal die Begegnung mit Sandy im Striplokal ablaufen. Gleich nach unserem Gespräch rief sie ihren Boss an, diesen Terry, und behauptete, sie hätte ihm eine Nachricht hinterlassen. Ebenso gut könnte sie ihn aber auch persönlich gesprochen und ihm verraten haben, dass zwei Typen nach Tim suchen. Woraufhin er ihr erklärt, was zu tun ist: Sie soll uns dort festhalten, unter dem Vorwand, auf seinen Rückruf zu warten, und uns dabei mit Alkohol abfüllen und eine Line nach der anderen reinziehen lassen. Anschließend bekniet sie uns dann förmlich, mit ihr nach Hause zu kommen, wobei sie aber unbedingt vermeiden will, dass T Hitler mitbringt.

Irgendjemand muss bei ihr zu Hause gewartet haben, als sie mit T dort auftauchte. Vielleicht zwei von Terrys Leuten, die herausfinden wollten, was wir wissen. Oder russische Gangster, die auf ihren Deal mit Dylan pfeifen und selbst hinter dem Geld her sind.

Mir wird nichts anderes übrig bleiben, als rüber zu Sandys Wohnung zu fahren und mitten in ihren hübschen Hinterhalt hineinzuplatzen – einfach weil es meine einzige Chance ist, etwas über Timmy herauszufinden. Immerhin habe ich Rolf und Sid dabei.

Wer auch immer mir dort auflauert, ist nicht auf die beiden vorbereitet. Niemand ist auf so was wie Rolf und Sid vorbereitet. Ich muss nur zusehen, dass ich T rechtzeitig aus der Schusslinie bringe, ehe dort die Hölle losbricht.

Ich schließe meine Augen.

Diverse Chemikalien tragen in meinem Körper einen erbitterten Krieg gegeneinander aus. Mein Herz setzt für Sekunden aus und holpert dann wieder los wie ein stotternder Motor.

Ich öffne die Augen.

Sie fühlen sich trocken und entzündet an, als hätte jemand Sand hineingestreut. Meine Zunge ist geschwollen und meine Mundhöhle brennt vom dauernden Rauchen. Ich werde niemals einschlafen können.

Erneut fallen meine Lider zu.

Und augenblicklich verschlingt mich ein dunkler, albtraumhafter Dschungel.

Ich schrecke hoch und bin schweißgebadet. Ein Schrei sitzt in meiner Kehle, aber ich schlucke ihn runter.

Neben mir hockt Sid und hält meinen Arm. Er hat sich umgezogen und trägt jetzt eine von Ts schwarzen Jeans und ein pinkfarbenes Bowling-Shirt, auf dessen Brusttasche der Name Al gestickt ist. Er lässt meinen Arm los.

– Sorry, dass ich dich geweckt habe, Mann. Aber du hattest einen heftigen Albtraum.

Ich ziehe mir die Decke bis zum Hals, und er blickt mich an.

– Alles wieder okay?

Ich nicke. Als er sich erhebt, deute ich mit dem Kinn in seine Richtung.

– Scharfe Klamotten.

Er schaut an sich runter und zieht am lockeren Bund seiner Hose.

– Sind ein bisschen groß. Der Typ hat auch nicht ganz meinen Geschmack, aber ich brauche so 'ne Art Verkleidung. In meinem Rucksack hab ich noch 'ne Sonnenbrille und ein Tuch, das ich mir um den Kopf binden könnte, was meinst du?

Ich nicke.

Er zeigt auf meinen Cowboyhut auf Ts Schreibtisch.

– Jetzt versteh ich auch diese ganze Cowboynummer, Mann. Als wir dich fanden, fragte ich mich erst, was das soll. Aber dann sah ich die ganzen anderen Cowboys und die Reklame für das Rodeo. Coole Idee.

– Leider nicht von mir.

– Trotzdem.

Die Sonne strahlt durchs Flurfenster.

– Wie spät? Kann ich noch 'ne Runde schlafen?

– Es ist noch ziemlich früh, aber besser, du stehst auf, Mann. Wir müssen noch ein paar Dinge regeln.

Ich nicke. Er trottet zur Tür und dreht sich noch einmal zu mir um.

– Ich kenn das. Albträume und so. Wenn du jemanden zum Reden brauchst …

Dann zuckt er kurz mit den Achseln und verlässt den Raum.

Als ich Sid in diesem Motel in Barstow zum ersten Mal sah, wirkte er ziemlich aufgekratzt, und ich dachte, das wäre so seine Art. Doch ich lag falsch. Das hier ist der eigentliche Sid: scheu, nachdenklich, ein bisschen unbeholfen. Sein Zustand im Motel war ausgelöst durch die Ereignisse im Erdbeerfeld – der Mord an Hilfssheriff Fischer hatte ihn aufgeputscht. Mittlerweile lässt dieses Hochgefühl wieder nach. Und er wird einen neuen Kick brauchen. Schon bald.

Ich stehe auf und ziehe mich an.

Wir haben einen neuen Wagen.

Ich spähe aus dem Wohnzimmerfenster und blicke auf eines der unscheinbarsten Autos, die je gebaut wurden.

– Chevy Cavalier?
– Ich weiß, Mann, mein Traumauto ist das auch nicht. Er musste vor allem leicht zu knacken sein.
– Wo habt ihr ihn geklaut?
– Ich bin mit einem dieser CAT-Busse rausgefahren. Er stand auf dem Parkplatz eines Einkaufzentrums.
– Benzin?
– Hältst du mich für einen scheiß Amateur? Ich hab die Kiste aufgetankt, das Öl kontrolliert und den ganzen übrigen Mist.
– Was ist mit dem Wagen, den ihr letzte Nacht aufgebrochen habt?

Sid blickt vom Fernseher auf. Wie angekündigt trägt er ein rot-weißes Tuch um den Kopf und eine chromglänzende Sonnenbrille auf der Nase.

– Die Bullen werden sämtliche Autodiebstähle genauestens überprüfen, die in der Gegend gemeldet wurden, wo wir unseren Campingbus abgestellt haben. Deshalb mussten wir die Kiste loswerden.
– Wo steht sie jetzt?

Sid blickt verlegen zur Seite.

– Fünfhundert Meter die Straße hoch. Vor dem Super-8-Motel, wo wir eingecheckt haben.

Ich starre ihn an.

– Fünfhundert Meter?
– Mann, ich weiß.
– Fünfhundert *Meter*?

Rolf macht eine beschwichtigende Geste.

– Leute, kriegt euch wieder ein. Selbst wenn sie den Wagen finden …
– Wenn sie ihn finden, sperren sie die ganze scheiß Gegend ab. Wir müssen auf der Stelle von hier verschwinden.

Sid zeigt auf Rolf.

– Ich hab's dir gesagt, Mann.

– Mann! *Du* hast doch gesagt, es wäre okay.
– Weil du die ganze Zeit gejammert hast, es wäre viel zu weit zu Fuß. Irgendwann war ich einverstanden, die Kiste beim Motel zu lassen, aber nur unter der Bedingung, dass wir uns nicht zu lange in ihrer Nähe aufhalten. Und du meintest nur: *Klar, Mann, wir gabeln Hank auf und machen dann sofort die Fliege*. Es war völlig in Ordnung, sich kurz hier aufzuhalten, aber nicht *so* lang, Mann.

Während sie ihren Kram in ihre Rucksäcke stopfen, greife ich mir das Handy und meinen Cowboyhut und schlüpfe in meine Stiefel. Rolf geht als Erster nach draußen, um den Cavalier zu starten. Sid und ich warten drinnen, bis er uns das Zeichen gibt, ob die Luft rein ist. Er hupt und Sid öffnet die Tür. Ich lege meine Hand auf seine Schulter.
– Warte.

Ich eile zurück in das kleine Hinterzimmer und greife mir den Stadtplan aus der Nachttankstelle. Auf dem Rückweg lege ich einen kurzen Zwischenstopp im Bad ein. Mein Hirn fühlt sich an wie Rührei. Und sosehr ich mich danach sehne, die ganze Chemie aus meinem System zu kriegen, so wichtig ist es, in der nächsten Stunde klar im Kopf zu sein. Aus dem Badezimmerschränkchen schnappe ich mir die Percs. Ich versuche, mir ein paar davon auf die offene Hand zu schütteln, dabei purzelt der ganze Inhalt heraus. Eine stecke ich mir in den Mund, und da ich den Rest nicht zurück in die Flasche kriege, stopfe ich mir die Dinger einfach in die Hosentasche. T ist wahrscheinlich in einem miesen Zustand. Kann gut sein, dass er welche braucht.

Sid und ich springen in den Wagen. Rolf gibt Gas, bleibt aber an der Ausfahrt des Trailerparks noch einmal kurz stehen. Wir blicken die Straße hinauf, wo über den Telefonmasten die Reklame des Super 8 zu erkennen ist. Rolf rammt Sid den Ellbogen in die Seite.

– Siehst du, Alter, no problemo.

– Ja, ja.

– Also, wohin geht's?

Tja, wohin? Es ist jetzt kurz nach zwei und ich habe sechs Stunden geschlafen. Im Grunde könnten wir auch gleich loslegen.

– Hast du die Adresse?

Rolf zieht das zerknitterte Cover des *Hustler* aus der Tasche seiner engen Lederhose.

– 262 Jewel Avenue.

Ich streiche den Stadtplan glatt und breite ihn auf meinem Schoß aus. Dann zeige ich nach rechts.

– Da lang.

– Ich dachte, wir sollten erst um sechs dort aufkreuzen?

Ich werfe einen Blick auf die Karte. Zur Jewel Avenue sind es mit dem Auto höchstens zehn Minuten.

– Kein Problem. Sie meinte, je früher ich komme, desto besser. Außerdem sind wir dann umso schneller wieder raus aus der Stadt.

Rolf setzt den Blinker und biegt nach rechts ab. Er bringt uns zu einem Ort, an dem vermutlich schlimme Dinge geschehen werden. Trotzdem muss ich dort hin.

Sandy wohnt in einem kleinen pinkfarbenen Bungalow. Davor befindet sich ein Ziergarten, der von einer Sprinkleranlage berieselt wird. In der Auffahrt steht ein roter Miata mit eingedelltem Heck. Ts Chrysler und ein fetter schwarzer Jeep parken am Straßenrand. Rolf rollt langsam vorbei, dreht dann in einiger Entfernung um und hält mit laufendem Motor auf der anderen Straßenseite. Er richtet den Rückspiegel so ein, dass er mich sehen kann, ohne sich umdrehen zu müssen.

– Du erinnerst dich hoffentlich daran, dass ich dir sagte, ich ließe mich nicht gerne benutzen?

Ich betaste eine der Prellungen auf meinem Brustkorb.

– Ja.

– Irgendwie habe ich nämlich so ein komisches Gefühl, als sei hier was faul.

Im Rückspiegel sind nur seine Augen zu sehen, die mich anstarren. Ich zucke mit den Achseln.

– Okay.

Er dreht sich nach mir um.

– Lass uns diesmal besser mit offenen Karten spielen. In unser aller Interesse. Gibt es irgendetwas, über das ich Bescheid wissen sollte, bevor wir da reingehen?

Ich blicke kurz hinüber zu dem Haus und dann wieder zu ihm.

– Keine Ahnung, auf was du hinauswillst, Mann. Du warst doch dabei, als ich mit ihr telefonierte. Sandy hat meinen Kumpel T abgeschleppt, er ist eingepennt, sie bekam einen Anruf von ihrem Boss und nun sind wir hier. Machst du dir Sorgen, sie könnte sauer sein, weil ich euch beide mitbringe? Und wenn schon. Kriegen wir deswegen Schwierigkeiten? Glaube ich kaum. Fürchtest du, die ganze Sache könnte ein Hinterhalt sein? Scheiße, Mann, an jeder Straßenecke kann heutzutage ein Hinterhalt lauern. Es schadet nie, die Augen offen zu halten. Aber das ist auch schon alles, was ich dir dazu sagen kann. Und wenn dir das nicht reicht, dann lass uns auf der Stelle den Abflug machen und wir arrangieren was anderes. Ich für meinen Teil würde die Sache allerdings gerne baldmöglichst hinter mich bringen.

Er mustert mich kurz und wendet sich dann in Richtung Beifahrersitz. Sid nickt. Woraufhin Rolf unters Armaturenbrett langt, zwei rote Drähte voneinander löst und so den Motor ausschaltet.

– Okay, Mann. Aber ich warne dich. Wenn da drin irgendein Scheiß abläuft, reicht es mir endgültig. Dann knall ich dich ab. Geld hin oder her.

Er öffnet die Tür und steigt aus. Sid schiebt seine Pistole in den Bund seiner viel zu lockeren Hose und lässt sein Hemd darüberfallen. Dann verlassen wir ebenfalls den Wagen und folgen Rolf.

Bereits von der Veranda aus können wir Hitlers wütendes Gebell drinnen im Haus hören.

Rolf stößt mich an.

– Ist das der Hund von deinem Kumpel?

– Glaube schon.

– Worüber regt der sich so auf?

– Der bellt immer so.

Ich blicke die beiden an.

– Jetzt macht mal halblang, Jungs, da drinnen warten lediglich ein paar zugedröhnte Kiffer auf uns. Also entspannt euch, okay?

Rolf zuckt mit den Achseln.

– Klar, Mann, wenn die entspannt sind, sind wir auch entspannt.

Sid rückt die Pistole in seinem Hosenbund zurecht.

– Dann wollen wir mal.

Ich läute an der Tür.

Hitlers Bellen wird lauter. Wir warten fast eine ganze Minute, dann höre ich, wie jemand Hitler anbrüllt, er solle die Schnauze halten. Wir warten eine weitere Minute, bis Rolf mir den Ellbogen in die Seite stößt.

– Klingel noch mal.

– Immer mit der Ruhe, vielleicht schlafen sie noch oder sie ficken gerade.

Oder sie machen sich bereit, über uns herzufallen.

– Klingel einfach.

Er langt an mir vorbei und drückt den Knopf dreimal

hintereinander, was Hitler zu noch lauterem Gebell animiert.

– Ich komm ja schon. Wer ist da?

Sandys Stimme auf der anderen Seite der Tür.

– Sandy! Ich bin's, Wade.

Lautes Gebell.

– Hey, Baby. Was gibt's?

– Ich bin etwas früher gekommen. Mach auf.

Lautes Gebell.

Die Tür öffnet sich einen Spalt und Sandys Gesicht schiebt sich hindurch.

– Hey, Wade.

– Ich hab schon alles erledigt, deshalb bin ich etwas früher hier.

– Ja, äh …

Sie starrt an meiner Schulter vorbei auf Rolf und Sid.

– Das sind Kumpels von mir. Sie haben mich hergefahren. Ist dein Boss schon da?

– Äh, ja, er ist hier, aber …

Sie blickt hinter sich ins Haus und dann wieder auf uns.

– Er ist da, aber deine Kumpels da, die … die sollten besser im Auto warten. Terry ist in der Küche, und er kommt erst raus, wenn sie verschwunden sind.

– Verstehe. Aber die beiden hier sind absolut in Ordnung. Außerdem …

Ich zeige mit dem Daumen auf Sid.

– Er muss mal dringend wohin.

Sie kaut auf ihren Lippen.

– Wade, das ist gerade ziemlich unpassend …

– Kein Problem, die beiden sind gute Freunde von T. Hol ihn einfach her, und er wird es dir bestätigen.

– Ja, aber T schläft immer noch und …

– Jesus, was habt ihr denn getrieben?

– Wir haben nur ein bisschen was geraucht und dann ist er umgekippt.
– Geht's ihm nicht gut?
– Er ist in Ordnung, aber er pennt ziemlich fest.
– Okay, dann lass uns kurz rein, damit mein Freund hier auf den Topf kann. Danach verschwindet er wieder, und wir können uns in aller Ruhe unterhalten. Sei so nett, lass ihn einfach nur kurz pissen.
– Äh …
Ein weiterer Blick über die Schulter.
– Okay. Ihr könnt reinkommen, ist okay.
Sie öffnet die Tür. Ich trete ein. Drinnen ist es dunkel. Alle Vorhänge sind zugezogen. Ich lasse meine Sonnenbrille etwas herunterrutschen, damit ich über den Rand sehen kann. Hinter mir kommen Rolf und Sid ins Haus. Rolf nickt Sandy zu.
– Hey.
Sie schenkt ihm ein angespanntes Lächeln.
– Hallo.
Sid sagt gar nichts. Sandy schließt die Tür und zeigt den Flur entlang.
– Das Bad ist gleich da hinten links. Ihr beide könnt so lange im Wohnzimmer warten.
Ich bleibe, wo ich bin.
– Was ist mit Hitler los?
Sandy trägt nichts außer einem knappen Kimono, unter dem ihre nackten Beine hervorragen. Ihr Haar ist verstrubbelt, ihr Gesicht ungeschminkt und leicht gerötet. Jetzt fällt mir auf, wie jung sie noch ist, höchstens zwanzig vielleicht. Sie schlingt den Kimono enger um sich und verbirgt die tätowierten Sterne auf ihrer Brust.
– Er ist ein bisschen wild geworden und hat meine Katze gejagt. Da hat ihn T ins Schlafzimmer gesperrt.
– Ah.

Ich betrete das Wohnzimmer. Sandy berührt Sids Arm. Er starrt sie an. Sie versucht ein Lächeln.

– Das Bad ist da hinten.

Sid blickt den Flur hinunter, an dessen Ende die Toilettentür offen steht. Aus einer Tür rechts vom Klo dringt Hitlers Gebell. Er blickt mich an.

– Geh schon, Mann.

Nach einem kurzen Blickwechsel mit Rolf marschiert er den Flur runter und wirft die Tür hinter sich zu. Seine Bewegungen sind so steif und mechanisch wie die eines Roboters. Aber nicht aus Angst. Sondern weil er bis unter die Haarwurzeln geladen ist, bereit für einen gewalttätigen Ausbruch.

Ich sehe mich im Wohnzimmer um. Vor der linken Wand steht eine leuchtend blaue Couch, vor der rechten ein dazu passender Sessel, dazwischen ein Art-déco-Couchtisch. Der Parkettboden ist mit marokkanischen Teppichen ausgelegt, an der Wand gegenüber befindet sich ein Kamin, von einer Stereoanlage und zwei Stehlampen flankiert. Gerahmte Hollywood-Filmposter und ein Druck von Klimts *Der Kuss* zieren die Wände. Aus der Anlage ertönt Billie Holidays »Good Morning Heartache«. Offensichtlich versucht Sandy den Lebensstil eines Hollywood-Starlets aus den 40ern zu imitieren.

Sie schnappt sich ihre Camel-Ultra-Lights, die irgendwo auf dem Couchtisch zwischen allem möglichen Nippes liegen. Dort befinden sich außerdem zwei überquellende Aschenbecher, ein mit weißen Pulverresten verschmierter Spiegel, kleine, aus Zeitschriftencovern gedrehte Papierröllchen, drei leere Flaschen Veuve, eine bunte Haschdose, wie Tim sie besitzt, eine benutzte Wasserpfeife und drei Bic-Feuerzeuge. Sie nimmt einen tiefen Zug von ihrer Zigarette.

– Konntest du schlafen?

Neben dem Sessel befindet sich ein Durchgang mit einem Glasperlenvorhang. Ich nehme an, dass dahinter die Küche ist. Dort hockt jetzt wahrscheinlich Terry und lauscht. Ich zünde mir eine von meinen Zigaretten an und nicke.

– Oh, ja. Ich bin wieder halbwegs fit. Ich war aber auch echt bedient.
– Ja, ich auch.

Ich lasse ein abgebranntes Streichholz in den Aschenbecher fallen und zeige auf die ganzen Partyutensilien.

– Ihr habt euch ordentlich was reingezogen, was?
– Kann man wohl sagen. T und ich waren gerade richtig am Feiern, da kam Terry vorbei, und dann …
– Dann habt ihr alle zusammen weitergefeiert.
– Genau. Aber jetzt bin ich wirklich reif für's Bett.

Die Toilettenspülung rauscht und Sid kommt zu uns ins Wohnzimmer. Sandy drückt ihre Zigarette in einem der Aschenbecher aus und bewegt sich in Richtung Eingangstüre. Ich bleibe auf der Couch sitzen. Rolf lässt sich neben mir in die Kissen plumpsen und Sid postiert sich neben dem Kamin. Sandy bleibt stehen.

– Also, Jungs, wäre toll, wenn ihr jetzt draußen im Auto warten könntet.
– Sie werden hier bleiben, okay?

Sie verschränkt die Arme und schüttelt den Kopf.

– Mistkerl.
– Ist schon in Ordnung, Sandy.
– Scheiße, was soll das, Wade?
– Alles cool, Baby. Die beiden Jungs hier helfen mir dabei, Tim zu finden, und wollen deinen Boss dazu hören.
– Das ist echt beschissen von dir.
– Der Typ wollte einen Tausender, ist das richtig?

Ich ziehe mein Geld aus der Tasche. Nachdem T für mich einkaufen war, wir letzte Nacht bis in die Puppen feierten und Sandy ihr Geld bekam, habe ich nur noch tausendvierhundert übrig. Ich zähle tausend ab.

– Sag ihm, er kriegt sie. Er muss nur seinen Hintern hierher bewegen und mit uns reden.

Sie starrt auf das Geld.

– Das läuft so nicht, das ist …

– Nimm das Geld und rede mit deinem Boss.

Sie sieht mir in die Augen und schüttelt den Kopf.

– Bitte nicht.

Ich schiebe das Geld über den Couchtisch.

– Tut mir leid, Sandy. Aber so läuft das nun mal. Die Jungs hier werden bleiben. Also nimm das Geld und erklär deinem Kerl, was Sache ist.

Sie reibt sich die Stirn.

– Scheiße.

Nachdem sie die Scheine aufgesammelt hat, marschiert sie durch den Vorhang. Hinter ihr klicken die Perlenschnüre leise gegeneinander.

Sie hat Angst.

Und das mit Recht.

In ihrem Wohnzimmer sitzen drei gewalttätige Männer.

Terry hat eine Menge Zeit im Fitnessstudio und auf der Sonnenbank zugebracht. Ich bin mir da so sicher, weil seine maßgeschneiderten schwarzen Jeans über den muskulösen Oberschenkeln spannen, und unter dem offen stehenden blauen Seidenhemd mit weißem Kragen ein Waschbrettbauch hervorlugt. Sein Äußeres wird komplettiert durch blonde, nach hinten gegelte Haare, schwarze Slippers ohne Socken und eine Rolex. Terry mag ein kleiner Gras-Dealer sein, aber er hat definitiv höhere Ambitionen.

Er kommt in den Raum geschlendert, den Arm um Sandys Schultern gelegt und seine Hand im Ausschnitt ihres

Kimonos, wo er mit den Fingerspitzen ihre rechte Brust streichelt. Er lässt sich mit Sandy auf den Sessel uns gegenüber fallen.

– Ich hätte gerne eine Zigarette, Baby.

Sie beugt sich vor, reicht ihm eine von den Newports auf dem Tisch und zündet sie ihm an.

– Danke.

Wieder legt er seinen Arm um sie und zieht sie an sich, bis ihr Kopf auf seiner Schulter zu liegen kommt. Nachdem er kurz Sid drüben beim Kamin gemustert hat, wendet er sich an mich.

– Bist du Wade?

– Ja.

– Ich bin Terry.

Er zeigt mit dem Kinn in Sids Richtung.

– Würdest du deinen Freund da bitten, sich hier zu uns zu setzen?

– Warum das?

– Er macht mich nervös. Wenn er sich nicht setzt, verlasse ich augenblicklich den Raum, und ihr könnt wieder abzischen.

Sid bewegt sich keinen Millimeter. Rolf sieht mich von der Seite an.

– Mann?

Ich lege meine Hand auf seinen Oberschenkel.

– Ist schon in Ordnung.

Terry deutet mit seinem markanten Kinn in Rolfs Richtung.

– Hat er ein Problem?

– Nein, alles okay.

Rolf verdreht die Augen, hält aber brav die Klappe. Ich deute auf den freien Platz auf der Couch. Konzentriert wie ein Seiltänzer kommt Sid rüber und setzt sich zu uns.

– Zufrieden?

Terry nickt.
– Ja, viel besser so.

Sandy hat die eine Hälfte ihres Gesichts an seiner Schulter verborgen. Auf der anderen laufen ihr die Tränen herunter. Ihre linke Hand knetet ein Stück von Terrys Hemd. Was auch immer hier passiert, es wird bald geschehen.
– Hey, Sandy.

Beim Klang meiner Stimme springt sie auf.
– Ja?
– Kannst du uns einen Kaffee oder so was bringen?

Ihre Lippen verziehen sich zu einem kleinen Lächeln.
– Ja, klar. Ich könnte welchen für euch machen.

Sie will aufstehen, doch Terry lässt seinen Arm auf ihrer Schulter und drückt sie zurück in den Sessel.
– Sie bleibt hier. Es lohnt sich nicht, Kaffee zu machen, weil ihr gar nicht lange hier sein werdet.

Sandy presst sich wieder an ihn und versteckt ihr Gesicht. Diesmal schließt sie die Augen. Irgendwo in einem Zimmer hinter mir bellt sich Hitler die Kehle aus dem Leib. Terry raucht und schweigt, ein hämisches Grinsen auf den Lippen. Aus meiner Brusttasche fische ich noch eine von Ts Zigaretten.
– Und, Terry, was läuft so?

Er hebt eine Augenbraue.
– Bei mir?

Ich schiebe mir die Zigarette zwischen die Lippen.
– Genau.

Er zuckt mit den Achseln und grinst.
– Nicht viel, die meiste Zeit hänge ich gemütlich irgendwo ab.

Rolf klatscht mir seine Hand auf den Schenkel.
– Mann!
– Alles in Ordnung, Rolf.

Ich will mir die Zigarette anzünden und stelle fest, dass

ich bereits eine brennende in der Hand halte. Als ich kurz zu Terry rüberblinzle, sehe ich, dass sein Grinsen noch breiter geworden ist.

– Peinlich so was, oder?

Ich spare mir die Antwort, zünde die neue Zigarette an und drücke die alte in einem der überquellenden Aschenbecher aus. Darin befinden sich Stummel von Camel-Ultra-Lights, Newports und Pall-Malls. Eine Menge Pall-Mall-Kippen.

Hitlers Bellen wird lauter.

Ich blicke vom Aschenbecher auf und sehe, wie Terry nickt.

Ich will mich erheben, doch das Geräusch eines Schrotgewehrs, das direkt hinter meinem Kopf durchgeladen wird, lässt mich innehalten. Terry zieht an seiner Zigarette und bläst einen Rauchring in die Luft.

– Wir wär's, wenn wir jetzt alle schön brav sitzen bleiben und auf den Russen warten?

Terrys Leute entpuppen sich als zwei Pall-Mall-rauchende Clowns.

Beide tragen T-Shirts der Rodeo-Cowboy-Vereinigung, auf denen dick und fett CLOWN steht. Der eine mit der Remington-Schrotflinte trägt eine Kappe der National Football League. Den Schädel des anderen, der mit einer merkwürdigen kleinen Waffe auf uns zielt, ziert eine fellbesetzte Jagdmütze. NFL-Kappe steht ein paar Schritte von uns entfernt hinter dem Couchtisch und hält sein großkalibriges Gewehr auf uns gerichtet. Währenddessen tastet uns der andere ab.

Er beginnt bei mir, wobei er mich mit der linken Hand durchsucht und mit der rechten seine Waffe hält. Ich betrachte mir das Ding genauer. Scheiße, was ist das?

– Ist das 'ne Armbrust, oder so was?

Er lässt seine Hand über meine Taschen gleiten, nimmt mir das Handy und den Rest meines Geldes ab und legt alles auf den Tisch.

– Ganz genau, mein Junge. Also sei schön brav, sonst muss ich dir einen Pfeil direkt ins Auge jagen.

Ich rühre mich nicht von der Stelle. Er tritt zurück und wirft noch einmal einen gründlichen Blick auf mich.

– Er ist unbewaffnet, trotzdem würde ich gerne wissen, was der Knabe hier eigentlich darstellen soll.

Er zielt mit der Armbrust direkt auf mein Gesicht. Ich zucke zurück und er lacht.

– Bist du so 'ne Art Cowboy, oder was?

Er dreht sich zu dem Typ mit der Schrotflinte um.

– Hey, Rob, der Bursche hier denkt, er wär 'n Cowboy.

Er schlägt mir den Hut vom Kopf und die Sonnenbrille von der Nase.

– Scheiße, du bist kein Cowboy.

Dann lässt Jagdmütze wieder von mir ab und wendet sich Rolf mit seinen Rastalocken zu.

– Und wer, zum Teufel, bist du? Snoop Doggy Doooog, oder was?

Er wiehert und legt seine Hand auf Rolfs Schulter. Rolf schlägt sie weg.

– Lass das, Alter.

Jagdmütze fährt wie angestochen zurück und reißt seine Waffe hoch. Gleichzeitig verlagert Rob sein Gewicht, um Rolf wegpusten zu können, ohne seinen Kumpel zu erwischen. Rolf lässt die Hände sinken, und Jagdmütze beugt sich vor, um ihm die Armbrust auf die Stirn zu pressen.

Vorsichtshalber lehne ich mich etwas zur Seite, da ich keine Ahnung habe, was er mit dem Ding für eine Sauerei anrichten kann.

– Leg dich nicht mit mir an, Bürschchen. Das hier ist eine zweihundert Pfund Exomag. Wenn ich den Abzug drücke, jagt der Bolzen hier mit einer Geschwindigkeit von zehn Metern pro Sekunde los. Weißt du, wie schnell das ist, Jungchen? Das sind über 360 Stundenkilometer. Das Ding durchschlägt deinen Schädel samt der Wand dahinter und nimmt den Burschen dort gleich auch noch mit.

Den Burschen dort. Immerhin weiß ich jetzt, wo T steckt.

Terry schnippt seine Zigarette gegen Jagdmützes Hals, und er zuckt zusammen.

– Hey, was soll der Scheiß! Ich halte hier 'ne geladene Waffe in der Hand.

Terry wedelt lässig mit der Hand.

– Aber klar doch, Dale. Wie wär's, wenn du zur Abwechslung mal die Klappe hältst, deinen Job erledigst und sie durchsuchst.

Dale grunzt und wendet sich wieder Rolf zu, um ihn abzutasten. Terry zeigt auf mich.

– Wade.

Er hat keine Ahnung, wer ich bin.

– Ja?

– Was wird gespielt?

– Was gespielt wird?

– Ich frage, was hier verdammt noch mal gespielt wird?

– Ich weiß nicht …

– Hey! Hey! Hey!

Er zündet sich eine neue Zigarette an und zeigt damit auf mich.

– Denk darüber nach.

– Was …?

– Hey! Überleg genau, was du sagst. Was wird hier gespielt?

Ich denke nach.

– Ich habe keine Ahnung, was zum Teufel du damit meinst.

Er springt auf und streift mit einer kurzen Bewegung

sein Hemd ab. Wahrscheinlich ist er nicht mal einsfünfundsechzig groß, aber er macht das mit Masse wieder wett. Über seinen Muskelpaketen spannt sich die Haut so straff, dass sämtliche Sehnen und Adern hervorquellen. Er sieht aus, als würde er jeden Moment platzen wie ein Ballon.

– Die Sache ist die, Wade, ich bin ein Teamplayer. Ich bringe vollen Einsatz, wo's nötig ist. Wenn jemand platt gemacht werden muss, dann wird er platt gemacht. Aber ich muss wissen, was gespielt wird. Vor ein paar Tagen erklärt man mir, dass dieser Russe bei mir vorbeikommen wird, weil er Tim sucht. Kein Problem. Leider teilt mir kein Schwein mit, dass Tim nichts davon erfahren darf. Also sage ich ihm, er soll sich ein paar Tage nicht vom Fleck rühren. Woraufhin sich dieser Idiot sofort aus dem Staub macht. Ich erledige brav meinen Job und versuche ihn zu finden. Doch dann kommt der große böse Russe in die Stadt. Ich habe Tim nicht auftreiben können, und plötzlich wollen mir meine Bosse ein zweites Arschloch bohren. Und warum? Weil keiner es für nötig hält, mir mitzuteilen, was hier läuft. Dann ruft Sandy an und meint, ein Typ sucht nach Tim. Ich reagiere sofort und rufe die Russen an, aber wieder fließt keinerlei Information, was Sache ist. Und ich will es wissen, bevor die Russen hier eintreffen. Denn ich lege keinen Wert auf ein weiteres Arschloch. Also frage ich dich noch mal: Was wird hier gespielt? Und du wirst es mir jetzt verraten, sonst komme ich rüber und verpasse dir eine gebührenfreie zahnärztliche Behandlung.

Sandy springt von der Couch auf.

– Hör auf damit!

Terry starrt sie an.

– Klappe.

– Fick dich. Das ist mein Haus und ich will so was hier

nicht haben. Verschwindet einfach, und zwar alle miteinander.

Er verpasst ihr einen Faustschlag auf den Mund. Sandy sinkt auf die Knie. Blut tropft von ihren Lippen.

Dale dreht sich neugierig nach den beiden um, doch Rob hält seine Schrotflinte unverwandt auf uns gerichtet. Terry packt sie an den Haaren und reißt sie hoch.

– Ich sagte, Klappe halten.

Blut läuft ihr Kinn herab und besudelt ihren Kimono. Er lässt sie los und Sandy rennt den Flur hinunter. Ich höre, wie eine Tür geöffnet wird und wieder zuschlägt. Terry schüttelt den Kopf.

– Die Kleine will Kohle machen, ohne sich dabei groß anzustrengen. Und es soll um Gottes willen niemandem ein Haar dabei gekrümmt werden.

Ich atme erleichtert aus. Denn jetzt weiß *ich,* was hier gespielt wird. Diese Clowns haben es vielleicht drauf, Leute einzuschüchtern, aber mehr auch nicht. Die Schrotflinte ist keine wirklich gefährliche Waffe. Und die Armbrust? Ein Profi würde niemals so ein Ding benutzen. Und was Terry betrifft: Terry ist kein Killer, er ist einer, der Mädchen boxt. In diesem Raum befinden sich nur drei echte Killer, und die sitzen alle auf dem Sofa. Also kann ich es in Ruhe angehen lassen. Eine kleine Ansprache meinerseits, und schon habe ich die Fäden wieder in der Hand und die Situation unter Kontrolle. Ich öffne meinen Mund.

Da hört Hitler auf zu bellen.

Alles dreht sich um.

T lehnt an der Wand im Flur. Seine Augen haben einen fiebrigen Glanz und sind halb geschlossen. Verkrustetes Blut bedeckt sein angeschwollenes, übel zugerichtetes Gesicht. Neben ihm steht Hitler mit gefletschten Zähnen, sämtliche Sehnen im Körper sprungbereit und nur von einer unsichtbaren Macht zurückgehalten.

Dale schwenkt seine Armbrust auf Hitler.
– Halt deinen Köter im Zaum, Arschloch!
T taumelt einen Schritt auf ihn zu. Hitler folgt ihm auf dem Fuß.
– Halt das Scheißvieh zurück, Jungchen!
Rob sagt nichts und hält sein Gewehr weiter auf die Couch gerichtet. Ich hebe langsam die Hand.
– Langsam, Leute. Wenn wir es ruhig angehen lassen, wird hier niemandem was geschehen.
Sandy taucht hinter T im Flur auf.
– T! Nicht, T!
Terry schüttelt den Kopf.
– Blöde Schlampe.
T hebt die linke Hand, von der ein Paar Handschellen herabbaumeln, und zeigt auf Terry.
– Hitler! Auschwitz!
Mit einem gewaltigen Satz stürzt sich Hitler auf Terry.
Ich stemme meine Füße gegen den Couchtisch und werfe ihn um.
Dale feuert seine Armbrust ab.
Es hört sich an, als würde jemand mit einer Plastikrute gegen eine Stahlwand schlagen. Der Pfeil erwischt Hitler mitten in der Luft, durchschlägt seinen Hinterlauf mit solcher Leichtigkeit, dass es aussieht wie ein Zaubertrick, und nagelt anschließend Ts Wade feinsäuberlich an die Flurwand. Der Couchtisch knallt gegen die Schienbeine von Terry und Rob, gerade als Rob abdrücken will. Er reißt den Lauf der Remington nach oben und durchlöchert die Zimmerdecke über Rolfs Kopf. Terry knallt rückwärts zu Boden und hat von dort aus einen guten Blick auf Hitler, der über ihn hinweg in den Sessel donnert.
Sid springt auf und greift nach seiner Pistole, doch sie rutscht ihm ins Bein seiner viel zu weiten Hose. Rolf schnappt sich ein Sofakissen und schleudert es nach Rob,

der wieder auf uns zielt und durchlädt. Er duckt sich, und Rolf hechtet über den Couchtisch auf ihn zu.

Terry, der Hitler auf sich zukriechen sieht, zappelt panisch am Boden. Schutz suchend schmeißt er sich nach hinten, wird jedoch vom Couchtisch gestoppt, und Hitler fällt über seine Beute her. Terry kreischt wie ein verendendes Karnickel.

Sids Pistole ist inzwischen durch das Hosenbein zu Boden gepoltert, doch Dale schwingt seine Armbrust wie eine Streitaxt nach ihm. Sid muss sich zurücklehnen, die Armbrust zischt knapp an ihm vorbei, und der Schwung reißt Dale von den Beinen. Sid packt ihn blitzschnell am Hals und stößt ihn zu Boden.

Währenddessen hat Rolf den Lauf der Remington gepackt und ringt mit Rob um die Waffe. Terry wird von Hitlers mächtigen Kiefern geschüttelt, aus denen Blut spritzt. Ich bin fast dankbar für Terrys schrille Schreie, da sie das Geräusch von in Fetzen gerissenem Fleisch übertönen.

Ich schnappe mir schnell mein Geld und mein Handy und renne rüber zu T. Er liegt ohnmächtig am Boden, der gefiederte Schaft des Pfeils ragt aus seinem Bein. Ich packe das Ding und zerre daran. Es bewegt sich keinen Millimeter. Es hat Ts Bein glatt durchschlagen und sich durch den Mauerputz in einen massiven Stützbalken gebohrt. Ich werfe einen kurzen Blick über die Schulter.

Rolf hält den Lauf der Schrotflinte mit einer Hand nach oben gedrückt und umklammert mit der anderen Robs Kehle. Dieser hat immer noch den Finger am Abzug, während seine freie Hand Rolfs Hals packt. Die beiden drehen sich ein paarmal im Kreis, dann drückt Rob ab und schießt ein weiteres Loch in die Decke. Mit einem Aufschrei lässt Rolf den Lauf fahren. Sid kniet jetzt auf Dales Rücken. Er hat sich eine von den leeren Veuve-Flaschen geschnappt und hält sie über dem Kopf erhoben. Rasch wende ich mich ab, aber das Geräusch, mit dem die dickwandige Flasche auf Dales Schädel kracht, ist unüberhörbar.

Erneut packe ich den Pfeil, aber er ist einfach zu glitschig von Ts Blut. Als ich es trotzdem versuche, rutscht meine Hand ab. Ich drücke den Pfeil lediglich ein Stück zur Seite und reiße damit Ts Wunde noch weiter auf. Er stöhnt, bleibt aber weiter bewusstlos.

Ich muss dringend hier raus.

Terrys Geschrei ist verstummt. Ich riskiere noch einen Blick. Rolf hält Robs Hüfte wie ein Ringer umklammert, während dieser ihm den Gewehrkolben auf den Rücken drischt. Sid kommt mit dem zerbrochenen, blutigen Hals der Champagnerflasche in der Hand wieder hoch und langt nach einer der beiden anderen. Dale liegt regungslos am Boden. Aus seinem Kopf und seinem Hals ragen Glassplitter. Hitler starrt mich an. Er hat von Terry abgelassen und steht nun auf seiner Brust, während er zusieht, wie ich mich um T bemühe.

Ich richte mich langsam auf. Hitler macht einen Schritt auf mich zu, wobei er vorsichtig sein verletztes Bein aufsetzt und gleich darauf wieder anhebt. Ich entferne mich einen Schritt von T und Hitler kommt einen weiteren auf mich zu.

Rob hat inzwischen Rolf mit seinen Schlägen in die Knie gezwungen, seinen Griff jedoch nicht lockern können. Zu spät bemerkt Rob, dass sich ihm jemand von der Seite nähert, und bevor er das Gewehr herumreißen kann, saust Sids Flasche herab. Sie zersplittert mitten in seinem Gesicht, ein Schuss löst sich, und eine der Stehlampen explodiert. Hitler zuckt zusammen und blinzelt. Meine Chance. Ich drehe mich um und renne los.

Die Tür neben dem Badezimmer steht offen. Ich stürze hinein, wirbele herum und sehe Hitler auf mich zukommen. Genau in dem Moment, wo ich die Tür zudrücke, wirft er sich dagegen. Der Zusammenprall von zwei, etwa hundert Kilo schweren Körpern lässt uns beide zurücktaumeln. Ich pralle gegen eine Wand und sehe, wie er sich auf dem blanken Holzboden des Flurs rutschend zu einem neuen Angriff sammelt. Ich verpasse der Tür einen Tritt, und sie knallt ins Schloss, gerade als er über die Schwelle kriechen will.

Als ich mich umdrehe, sehe ich aus den Augenwinkeln ein großes Messingbett mit blutbesudelten Laken, an dessen Bettpfosten eine Lederjacke hängt. Ich renne quer durch den Raum zu dem Fenster, durch das Sandy gerade mit einer Adidas-Tasche über den Schultern klettert. Sie heult, zerrt an der Tasche, die sich an einem der Fensterriegel verfangen hat, und bemerkt mich erst, als ich ihr helfe, den verhakten Griff der Tasche zu lösen und sie durch das Fenster hinaus in der Vorgarten schubse. Bereits selbst mit einem Fuß auf der Fensterbank, stürze ich noch einmal zurück in den Raum, um mir die Lederjacke zu schnappen, bevor ich endgültig das Haus verlasse.

Draußen ist Sandy dabei, sich aufzurappeln. Ich packe den Griff ihrer Tasche und zerre sie den schmalen Gartenweg hinter mir her. Sie schreit und versucht sich loszureißen. Mit sanfter Gewalt ziehe ich sie an mich, werfe den Arm um sie und halte ihr den Mund zu. Als sie sich wehrt und mit ihren Nägeln meinen Arm zerkratzt, schüttele ich sie einmal kräftig durch.

– Sandy, hör auf damit. Du wirst sterben, wenn du nicht sofort damit aufhörst.

Sie lässt es bleiben, ich behalte sie aber sicherheitshalber weiter im Schwitzkasten, mit einer Hand über ihrem Mund. Wir umrunden das Haus und gelangen auf den Fußweg, der zur Auffahrt führt. Als wir an der Hintertür vorbeikommen, werfe ich einen kurzen Blick durch die Vorhänge ins Haus.

Kein schöner Anblick.

Dale liegt regungslos am Boden, ohnmächtig oder tot. Rob wälzt sich auf dem Rücken. Er hält sein Gesicht mit den Händen bedeckt, Blut quillt durch seine Finger. Auch Terry ist noch am Leben. Er hat es irgendwie geschafft, sich umzudrehen, und schleppt sich nun den Flur hinunter, wo er eine breite Blutspur hinterlässt.

Sid hat inzwischen seine .45er aufgelesen und beugt sich über Rob, der am Boden zuckt. Dann richtet er sich auf und bewegt seinen Fuß langsam auf dessen Gesicht zu. Rolf hat sich Robs Schrotgewehr geschnappt und zielt in Richtung Flur. T ist wieder bei Bewusstsein und hat die Hände schützend erhoben. Irgendwo hinter ihm bellt Hitler.

Rasch wende ich den Blick ab, doch es ist zu spät: Ich sehe, wie Sids Fuß auf Robs Gesicht niederkracht und Rolf den Abzug drückt. Der Schuss, der drinnen im Raum ohrenbetäubend gewesen sein muss, kommt hier draußen nur als dumpfer Plopp an.

Hitler hat aufgehört zu bellen. T schreit und versucht verzweifelt, den Pfeil herauszuziehen. Dann habe ich endgültig genug von dem Anblick.

Ich schiebe Sandy vor mir her zum Tor und spähe darüber. Nichts zu sehen. Eine ruhige Straße. Die Leute sind bei der Arbeit oder erholen sich in ihren Häusern für die Nachtschicht. Ich stoße das Tor auf und laufe die Auffahrt hinunter auf Ts Chrysler zu. Dabei halte ich den Kragen der Lederjacke im Mund und krame in den Taschen nach den Wagenschlüsseln. Wir laufen um das Fahrzeug, ich sperre die Fahrertür auf, stoße Sandy hinein und schiebe sie auf den Beifahrersitz. Sie reißt am Türgriff und will wieder aussteigen. Ich erwische ein Büschel ihrer Haare, ziehe sie daran zurück und werfe die Tür wieder zu. Dann lasse ich ihr Haar los.

– Die machen da drinnen alle kalt. Die beiden Typen, die bei mir waren, sind eiskalte Killer. Wir müssen von hier verschwinden, und es ist besser, wenn du mit mir kommst.

Sie bleibt still sitzen, also stecke ich den Schlüssel ins Zündschloss. Er rutscht ab. Ich probiere es noch einmal, wieder daneben. Schließlich packe ich meine zitternde rechte Hand mit meiner zitternden linken und schaffe es so, den Schlüssel ins Schloss zu bugsieren. Der Wagen springt anstandslos an und ich schiebe die Automatikschaltung auf Drive, da fliegt die Haustür auf und Rolf und Sid kommen herausgerannt.

Sandy kreischt und ich steige aufs Gas. Die Reifen drehen quietschend durch, und der Wagen schießt wild schleudernd auf die Straße hinaus. Ein kurzer Blick in den Rückspiegel verrät mir, dass Sid mit seiner Pistole auf uns zielt, aber bevor er abdrücken kann, packt ihn Rolf am Arm und zerrt ihn zurück zum Haus.

Sekunden später biegen wir um die Ecke und sehen zu, dass wir aus der Gegend verschwinden. Wieder ist die Blutspur, die ich hinterlasse, um ein Stück länger geworden.

Immer, wenn ich als Junge eine Dummheit anstellte, rief mein Dad mich zu sich und fragte mich: *Was hast du dir dabei gedacht?* Und ich antwortete: *Weiß nicht*. Dann nickte er und legte mir seine Hand auf die Schulter. *Du hast vorher nicht richtig überlegt, oder?* Und ich sagte: *Nein*. Daraufhin erwiderte er, das habe er sich bereits gedacht, denn ich sei ja ein kluger Junge, der eigentlich sehr gut wisse, was zu tun sei, wenn er sich nur die Zeit nehme, darüber nachzudenken. Ich solle einfach immer kurz innehalten, gründlich überlegen und dann würde ich schon automatisch das Richtige tun.

Nun Dad, wie zufrieden bist du mit mir?

Ich fahre zurück zum Boulder Boulevard, biege nach links ab und steuere den erstbesten Parkplatz an – das Boulder Station Hotel. Mit laufendem Motor parke ich den Chrysler zwischen den anderen Wagen und greife unter Sandys Sitz. Die Plastiktüte hat sich irgendwo verhakt, und als ich daran zerre, reißt sie auf, und die Knarren und die Munition fallen direkt neben Sandys Füße. Sie stößt einen spitzen Schrei aus, als wäre der Fußraum voller Spinnen. Ich beginne die Anaconda mit der Magnum-Munition zu laden. Keine leichte Aufgabe mit zittrigen Fingern, aber irgendwie gelingt es mir. Dann lasse ich die Trommel wieder zuschnappen, drehe mich um und werfe einen Blick auf den Highway. Als nach ein paar Minuten immer noch nichts von Rolf und Sid zu sehen ist, wende ich mich wieder nach vorn.

O mein Gott. Ich schließe die Augen und sehe Terry vor mir, der in seiner Blutspur kriecht. O Jesus, was hab ich bloß getan? Ich schlage die Augen wieder auf, sehe den Revolver in meiner Hand und presse die Mündung gegen meine Stirn.

– Jesus, oh, Jesus. Mach, dass es aufhört, bitte mach, dass es aufhört.

– Neiiiiiin!

Sandy, die immer noch ihren Kimono trägt und aus dem Mund blutet, wirft sich gegen die Beifahrertür. Mit weit aufgerissenen Augen sieht sie zu, wie ich mich zum Sterben bereit mache. Ich reiße den Revolver wieder herunter und lasse ihn auf die Rückbank fallen.

– Ist okay.

– Neinneinnein.

– Ist wieder okay, Sandy. Es ist vorbei. Alles okay.

Ich berühre sie vorsichtig, und sie schließt ihre Augen.

– Sandy.

Sie wimmert.

– Sandy.

Zaghaft öffnet sie ein Auge, wie ein Kind, das einen Horrorfilm sieht und nicht allzu viel von dem Grauen mitkriegen will.

– Ich werde dir nichts tun.

Ich lange in meine Hosentasche und ziehe eine der Pillen hervor.

– Nimm das. Es wird dir helfen.

– Wie schon gesagt, Terry ist mein Boss, mein Dealer. Und so was wie mein Manager.

Oh, Jesus.

– Dein Zuhälter?

– Nein! Mein *Manager*!

Wir stehen immer noch auf dem Parkplatz vor dem Boulder Station Hotel, und die Percs haben Sandy wieder etwas runtergebracht. Auf dem Rücksitz schlüpft sie in ein paar Klamotten, die sie in ihrer Tasche hatte.

– Ich bin nicht so naiv, wie du vielleicht denkst, Wade. Terry hat Kontakte zu den Besitzern der großen Casinos, und ich möchte dort in einer Show tanzen, dabei hat er mir geholfen. Er hat mir sogar ein Vorsprechen für Jubilee! organisiert. Aber denen gefielen meine Tattoos nicht, und deshalb hat es nicht geklappt. Ich bin groß, habe gute Titten und einen strammen Hintern, und ich kann tanzen. Aber sobald die meine Tattoos sehen, sagen sie Nein, und es kostet hundertmal mehr, die Dinger wieder wegzukriegen, wie sie machen zu lassen. Scheiß Tattoos.

Sie klettert zurück auf den Beifahrersitz und trägt nun eine verwaschene Jeans, schwarze DocMartens und ein ärmelloses schwarzes AC/DC-T-Shirt.

– Was treibt Terry sonst noch so? Was macht er für Geschäfte?

Sie wischt sich die Augen.

– Meistens dealt er. Er arbeitet für Leute, die ich nicht kenne. Von denen kriegt er sein Gras. Manchmal macht er auch noch andere Sachen für die, Geld eintreiben und so.

– Was ist mit den Russen? Wissen die, wer ich bin? Weißt du, wer ich bin?

Sie blickt mich aus dem Augenwinkel an.

– Du bist Wade, oder?

Ich lasse es dabei bewenden.

– Warum hatte Terry diese beiden Clowns dabei?

– Weil ich ihn anrief.

– Wann?

– Im Club, bevor ich euch bat, mich mitzunehmen. Ich sagte ihm, ihr würdet Timmy suchen, und er meinte, ich sollte euch in Stimmung bringen und dann mit zu mir nach Hause nehmen. Aber du wolltest ja nicht mitkommen, und da bin ich mit T alleine abgezogen. Ich bat ihn, den Hund im Wagen zu lassen, aber stattdessen hat er ihn im Bad angebunden. Dann hab ich ihn aufs Bett gezogen und ihn mit Handschellen gefesselt, so, als würde ich gleich einen geilen Strip für ihn hinlegen, und irgendwann kam Terry rein und fing an, ihm Fragen über Timmy zu stellen, was er von ihm wolle und wer du bist und warum du nach Timmy suchst. Aber T hatte keine Ahnung, und Terry hatte diese Blödmänner dabei, die anfingen, T zu schlagen. Und … und ich mag T. Ich wollte nicht, dass sie ihm wehtun. Und dann, und dann ….

Sie schnappt nach Luft.

– Langsam. Lass dir Zeit.

Sie reibt sich die Augen mit dem Handrücken.

– Terry wollte, dass ich dich in mein Haus locke. Aber du hattest keine Lust, und da wurde er sauer. Er war sowieso schon die ganze Zeit sauer, weil T dauernd quasselte und sein Hund nicht aufhörte zu bellen. Deswegen zwang er T, ein paar Beruhigungspillen zu schlucken, woraufhin er einpennte. Und dann waren da diese beiden Blödmänner, die Terry im Circus Circus aufgelesen hatte und denen er eigentlich ein paar Nutten besorgen sollte, aber als dein Anruf kam, fragte er sie, ob sie sich stattdessen nicht lieber ein paar Dollar verdienen wollten, und da sie gerade im Kasino einen Haufen Geld verzockt hatten, gingen sie raus zu ihrem Truck und holten das Gewehr und dieses komische Pfeil-und-Bogen-Dings, und Terry schaffte sie in seinem Land Cruiser zu mir. Die Typen dachten, ich wäre eine Hure, und wollten, dass Terry für sie eine schnelle Nummer mit mir arrangierte. Sie betatschten mich die ganze Zeit, und Terry zwang mich, ihnen Ts Stoff zu geben und meinen Veuve, und dann bist du plötzlich aufgetaucht, und …

Sie fährt sich mit der Hand durchs Haar.

– Gott, ich liebe Percs. Hast du noch welche?
– Später. Was passierte, als wir auftauchten?
– Nichts. Außer dass Terry wieder sauer wurde, aber er wird eigentlich andauernd wegen irgendwas sauer und lässt dann seine Muskeln spielen, als wäre er Schwarzenegger persönlich. Ich meine, meistens ist er eigentlich ganz okay, aber heute hatte er wirklich einen schlechten Tag. Nichts lief so, wie er es geplant hatte, und das nervt ihn immer total. Außerdem wollte er sich vor diesen Typen aufspielen und piff sich eine Line nach der anderen rein, obwohl er ohnehin schon auf 180 war von den ganzen Speed-Pillen, und dann bist du aufgetaucht, und ich spähte durchs Guckloch, und als dann diese Typen bei dir waren, brüllte er nur noch herum: *Nichts läuft so wie geplant.* Und dann meinte er, ich sollte dich trotz-

dem reinlassen, aber da kamen diese beiden anderen Typen mit rein und ....

Sie zuckt mit den Achseln. Den Rest kenne ich.

– Außerdem hat er eine Heidenangst vor den Russen.

Wer hätte das nicht.

– Was weißt du über die Russen?

– Nichts. Nur, dass Terrys Bosse ihm befahlen, er solle Timmy auftreiben. Deshalb rief er auch gleich den Russen an, nachdem ich ihm von dir erzählt hatte, und der Russe wollte, dass Terry dich irgendwo festhält. Als du dann anriefst und sagtest, du kämst um sechs zu mir, verständigte er ihn noch mal, und ein weiteres Mal, als du dann doch früher aufgetaucht bist. So war das. Mehr weiß ich nicht.

Ich studiere ihr Gesicht.

Sie weiß wirklich nichts. Sie weiß nicht einmal, wer ich bin. Und selbst wenn? Sie könnte überall in Vegas herumposaunen, dass ich hier bin, aber das scheint mittlerweile ohnehin alle Welt zu wissen. Ich greife an ihr vorbei und entriegele die Tür.

– Du kannst gehen.

Ihr Unterkiefer klappt herunter.

– Wohin? Nach Hause vielleicht? Ich gehe nicht dorthin zurück. Und im Club finden sie mich auch gleich. Also fick dich, Wade. Du hast mich gekidnappt, und jetzt musst du dich gefälligst auch um mich kümmern. Schließlich bist *du* hier der Profi, der weiß, was zu tun ist. Ich bleibe so lange bei dir, bis diese beiden Psychos, die du mir ins Haus geschleppt hast, endgültig von der Bildfläche verschwunden sind.

Sie legt den Sicherheitsgurt an.

– Also, was jetzt?

Sie hat recht. Wenn Rolf und Sid sie in die Finger kriegen, könnte das übel ausgehen. Die Bilder des Massakers in ihrem Haus zucken durch meinen Kopf. Ein Blutbad, für das ich verantwortlich bin. Ich wage nicht, mir vorzustellen, was die beiden ihr antun könnten. Sandy gehört ab jetzt in meinen Zuständigkeitsbereich.

Ich lasse den Wagen an.

– Wir brauchen ein Versteck.

Sie streckt sich.

– Oh, jaaaah. Ich könnte gut etwas Schlaf vertragen.

– Wo?

Sie gähnt.

– Ich weiß einen Ort.

Der Fernseher im El-Cortez-Hotel hat Kabelanschluss. Und da ich kein Auge zumachen kann, liege ich auf dem Bett und verfolge das Spiel der San Diego Chargers gegen die Denver Broncos.

Die führenden Teams der Liga West haben diese Saison hervorragend gespielt. Die Raiders und die Chargers haben jeweils sensationelle dreizehn Siege bei nur einer Niederlage auf ihrem Konto und sich damit eine Wildcard gesichert. Jeder hat lediglich einmal gegen den anderen verloren. Deshalb waren Rolf und Sid auch so scharf darauf, dass meine Dolphins am Sonntag die Raiders schlagen. Denn wenn die Raiders verlieren und die Chargers ihr nächstes Spiel gewinnen, hat San Diego die Meisterschaft praktisch in der Tasche.

Mehr Kopfzerbrechen bereiten mir allerdings die Broncos. Mit 11:3 Punkten haben sie theoretisch noch eine Chance auf die Meisterschaft. Aber dazu müssten sie San Diego schlagen und Miami müsste Oakland besiegen. Und selbst wenn sie die beiden letzten Spiele verlieren, haben sie immer noch gute Chancen auf eine Wildcard. Daher müssen sie heute Abend unbedingt verlieren, um den Dolphins ihre Aussicht auf eine Wildcard zu erhalten. Sollte

Denver gewinnen und New York Detroit schlagen und Miami das Spiel verlieren, dann wird NY die Meisterschaft der East Division holen, und Miami wird bei den Play-offs wieder einmal außen vor bleiben.

Dieses komplizierte Ausscheidungsverfahren für die Play-offs ist ein weiterer Grund, warum ich Football hasse. Noch mehr ärgere ich mich allerdings darüber, dass ich mich von dieser Football-Seuche überhaupt habe anstecken lassen. Ich verfluche die NFL, weil sie sich so einen Scheiß wie die Wildcard ausgedacht hat. Und ich verfluche sie noch mehr dafür, dass der Baseball sich diese Unsitte bei ihnen abgeschaut hat. Früher war alles so einfach: Die besten Teams jeder Division spielen gegeneinander in der Postseason. Und jetzt? Das reinste Chaos. Besser ich fange gar nicht erst davon an.

Das Spiel beginnt.

Denver hat die beste Verteidigung in der NFL und San Diego den besten Sturm. Es sollte ein ausgeglichenes, spannendes Spiel werden. Wie zu erwarten, zerpflücken die Denver Broncos den Sturm der Chargers und die Chargers walzen die Verteidigungslinie der Broncos nieder. Zur Halbzeit steht es SD 21, DEN 24. Doch dann überstürzen sich die Ereignisse.

Mit einem weiteren Feldtor bauen die Broncos in der zweiten Halbzeit ihren Vorsprung aus, aber dann humpelt plötzlich ihr bester Kicker vom Feld, und schnell verbreitet sich die Nachricht, dass er sich einen Muskelfaserriss im Oberschenkel zugezogen hat. Die Chargers nutzen die Gelegenheit und gehen ihrerseits mit einem Punkt in Führung. Doch kurz vor Ende legt sich der Quarterback der Broncos noch einmal so richtig ins Zeug, fängt einen verunglückten Pass der Chargers ab und hat einen wunderbaren Lauf, bis ihm direkt vor der Torlinie jemand in die Knie hechtet und auch er vom Platz getragen werden muss. Sein unerfahrener Ersatzmann, der in dieser Saison gerade mal drei Einsätze zu verzeichnen hat, muss für ihn einspringen.

Die Verteidigung von Denver steht wie eine Eins und lässt San Diego keine Chance, und der junge Nachwuchs-Quarterback bräuchte seinen Ball jetzt nur ordentlich zu fangen und könnte damit das Spiel entscheiden. Ich lasse meinen Kopf aufs Kissen sinken und bete, dass die Verteidigung der Chargers etwas unternimmt. Und tatsächlich fällt dem Nachwuchs-Quarterback der Ball durch seine kleinen Grabschhändchen, und anstatt sich ordentlich mit dem Körper draufzuwerfen, versucht er ihn aufzuheben. Da wittert der Linebacker der Chargers seine Gelegenheit, schnappt sich das Leder und schafft es aus der Gefahrenzone. Immer noch führt San Diego, und es sind nur noch zwei Minuten zu spielen. Innerlich beginne ich bereits zu triumphieren. San Diego zieht sich jetzt ganz in die Verteidigung zurück. Wieder ist der junge Quarterback am Ball, wirft ihn nach vorne und bringt sein Team damit bis weit in die Hälfte der Chargers hinein, wo der Ball wieder festgenagelt wird. Noch drei Sekunden zu spielen und die Broncos sind dran mit einem Kick-off.

Wenn jetzt der Stammkicker der Broncos am Ball wäre, würde ich mir echte Sorgen machen: Der Kerl hat in den letzten zehn Jahren zahllose brillante 30-Meter-Schüsse hingelegt. Aber der hier ist bloß sein Ersatzmann, der Punter. Er macht sich bereit für den Schuss, während hinter der Linie unser Nachwuchs-Quarterback darauf wartet, den Ball zu fangen. Dummerweise fällt niemandem in der Verteidigung San Diegos auf, dass sich gleichzeitig ein weiterer Spieler rechts außen an der Linie frei macht.

Böse Sache.

Der Punter legt sich den Ball nach rechts vor, während

der Nachwuchsspieler nach links prescht. Währenddessen setzt sich der Mann am Außenrand unbemerkt weiter nach vorne ab. Der Punter wird eingekeilt, schafft es aber gerade noch, einen halbherzigen Flatterball loszuschicken, der genau in den Armen unseres Nachwuchs-Quarterbacks landet. Inzwischen hat ein Verteidiger der Chargers den Ausreißer rechts bemerkt und grabscht nach seinem Hemd, bereit, die Strafpunkte zu kassieren, wenn er ihn nur stoppen kann. Und dann geschieht das Unglaubliche: Der unerfahrene Nachwuchs-Quarterback schafft es, den Ball quer übers Feld zu schleudern, bevor er umgebügelt wird. Es ist einer der schönsten Pässe in der Geschichte der NFL; der Ball dreht sich so schnell und präzise um die eigene Achse wie die Spitze eines Bohrers und senkt sich in die Arme des Ausreißers, der genau in diesem Moment von einem Verteidiger umgerissen wird – und während er fällt, streckt er die Arme nach vorne und platziert den Ball knapp über die Torlinie.

ENDSTAND – SD 35, DEN 40

Sandy kennt den Typen an der Rezeption des El Cortez.

Manchmal verdient sie sich ein bisschen was dazu, indem sie Kerle aus dem Club dorthin abschleppt. Sie mietet sich ein Zimmer, macht die Typen richtig heiß, irgendwann kommt Terry reingeplatzt und spielt den rasend eifersüchtigen Freund, woraufhin der eingeschüchterte Freier brav seine Brieftasche leert, um keine Prügel zu kassieren. Der Typ an der Rezeption kriegt seinen Anteil. Er ist froh, das Zimmer für eine Stunde vermietet zu haben, und hält seine Klappe. Als ich ihr den Rest meines Geldes für das Zimmer anbiete, lehnt sie ab. Bevor sie ihr Haus durchs Fenster verließ, hat sie sich noch schnell ihre Ersparnisse aus den Stripper/Dealer-Geschäften geschnappt – ein ansehnlicher Haufen zusammengerollter und von Gummibändern zusammengehaltener Dollarnoten. Wie heißt es so schön: Denk daran, leg Vorrat an.

Sie geht alleine rein und kommt mit dem Zimmerschlüssel zurück. Ich werfe meine Waffen in ihre Tasche, verschließe den Wagen, dann schlendern wir gemeinsam durch die Lobby, mein Gesicht in ihrem Haar verborgen, als wären wir ein verliebtes Pärchen auf romantischem Kurztrip nach Vegas.

Oben im Zimmer mache ich es mir bequem, während sie noch einmal runter in die Lobby fährt, um ein paar Sachen aus dem Drugstore und dem Souvenirladen zu besorgen. Sie kommt mit Zigaretten, Shampoo, Seife, Deodorant, Schokolade, Pflaster, einer Salbe gegen Prellungen, ein paar Cheeseburgern aus dem Careful Kitty's Café sowie ein paar Mini-Fläschchen Wodka zurück.

Während ich meinen Burger verdrücke, nimmt sie eine Dusche. Anschließend kommt sie ins Zimmer geschlendert, nur mit einem knappen Höschen, ihrem AC/DC-Shirt und einem Handtuchturban bekleidet. Jetzt bin ich an der Reihe. Im Bad ziehe ich mich aus. Die Jeans hat einen dunklen, verkrusteten Fleck, dort, wo das Blut aus meiner Oberschenkelwunde sickerte. Vorsichtig löse ich das Pflaster von meinem Bein und den notdürftigen Verband von meinem Knöchel und steige unter die Dusche. Angst und Gewalt lassen einen schwitzen. Ich stinke nach Angst und Gewalt.

Nach der Dusche kommt der Wodka zum Einsatz. Sandy meint, sie hätten unten keinen reinen Alkohol zum Desinfizieren gehabt, der Wodka sei dem noch am nächsten gekommen. Ich kippe etwas davon über die Schusswunde am Oberschenkel und reibe meine diversen Schnitt- und Platzwunden damit ein. Anschließend bedecke ich sämtliche Blessuren großzügig mit Pflasterstreifen. Meine schmerzenden Muskeln verarzte ich mit der

Salbe gegen Prellungen. Am Ende ist noch ein Fläschchen Wodka übrig. Ich könnte es trinken oder aber auch in den Ausguss kippen – ebenso wie die siebzehn Percs, die noch übrig sind. Aber ich besitze nicht die nötige Willenskraft. Die Dinger verschaffen einem so ein angenehm stumpfes Gefühl, und genau das werde ich schon bald wieder brauchen. Ich schlüpfe wieder in meine schmutzigen Boxershorts, die Jeans und das Unterhemd und kehre ins Zimmer zurück.

Sandy versucht, ihren Burger runterzukriegen, aber wegen der Percs hat sie keinen richtigen Appetit. Während sie kaut, laufen Tränen ihre Wangen herab, und plötzlich muss sie würgen. Sie rennt aufs Klo, und ich höre, wie sie sich übergibt.

Als sie wiederkommt, verlangt sie noch eine Perc. Ich gebe sie ihr. Sie ist völlig am Ende. Das war alles eine Nummer zu heftig für sie, und die furchtbaren Bilder beginnen erneut auf sie einzustürmen. Sie schluckt ihre Pille, kuschelt sich in eines der riesigen Betten und fällt sofort in Tiefschlaf.

Nachdem ich sämtliche Lampen im Zimmer ausgeschaltet und die Vorhänge zugezogen habe, werfe auch ich mich auf mein unaufgedecktes Bett. Der Radiowecker auf dem Nachttisch zeigt 4 Uhr 46 nachmittags an. Ich schließe die Augen und fühle mich innerlich hellwach und aufgekratzt. Mit geschlossenen Augen liege ich da und bete verzweifelt um Schlaf. Doch mit jeder Minute scheint die Hoffnung darauf weiter in die Ferne zu rücken. Nach über einer Stunde gebe ich auf und schalte das Spiel ein.

Irgendwann ist die Übertragung zu Ende, und da noch immer kein Schlaf in Sicht ist, lasse ich alle guten Vorsätze fahren. Ich schlucke zwei Percs und der Dschungel der Albträume hat mich wieder.

Wieder bin ich in Chechén Itzá, ganz oben auf dem Kukulkan. Es ist Nacht. Ich bin alleine und spähe hinaus in die Dunkelheit, wo sich der schwarze Dschungel gegen den helleren Himmel abhebt. Hinter mir bewegt sich jemand und ich drehe mich um. Es ist Willie Mays, im strahlend weißen Dress der San Francisco Giants. Ich muss lächeln.

– Hey, Willie.

Er lächelt zurück.

– Hey, mein Junge.

In seiner Rechten hält er einen Baseballschläger, das dicke Ende locker auf die Schulter gelegt, während seine Linke einen Ball in die Höhe wirft und wieder fängt. Ich zeige mit dem Daumen auf mich selbst.

– Du kannst dich wahrscheinlich nicht mehr an mich erinnern, aber wir sind uns mal begegnet, als ich noch klein war. Ich besuchte ein Trainingscamp der Giants, und du bist eines Tages vorbeigekommen, um uns Unterricht im Umgang mit dem Schläger zu geben.
– Natürlich erinnere ich mich an dich. Du trugst doch diese Kappe, auf der stand: Nieder mit den Dodgers.
– Wahnsinn, dass du dich daran noch erinnerst. Du hast mir einen Ball signiert, den habe ich immer noch. Nein, stimmt nicht, ich habe ihn wohl nicht mehr, denn er war in meinem Apartment in New York, als ich dort vor ein paar Jahren in Schwierigkeiten geriet. Vielleicht liegt er jetzt auf dem Dachboden meiner Eltern, oder ein Cop hat ihn geklaut. Keine Ahnung.
– Ich hab von deinen Schwierigkeiten gehört. Wie ist die Sache ausgegangen?
– Weiß nicht, sie läuft noch immer.
– Worum geht es dabei eigentlich? Ich meine, warum hast du diesen ganzen Ärger? Ein netter, cleverer Bursche wie du.
– Ich wollte, ich wüsste es.

– Was denkst du dir eigentlich bei all dem, was du da tust?
– Weiß nicht.
– Aber ich weiß es: Du denkst überhaupt nicht, das ist dein Problem. Ein cleveres Kerlchen wie du sollte seinen Grips anstrengen, die Sachen gründlich durchdenken und erst dann handeln.
– Glaubst du?
– Ich weiß es.
– Danke.
– Jemand mit deinem Talent. Du warst damals acht, und ich hab auf den ersten Blick gesehen, aus dir wird mal ein Profi. Du hättest der beste Giant aller Zeiten werden können.
Er zwinkert mir zu.
– Okay, vielleicht der zweitbeste.
– Du wirst immer der Größte bleiben, Willie.
– Na ja, weiß nicht …
– Immer.
– Nett von dir, Junge. Darf ich dir einen Rat geben?
– Sicher.

Jemand tippt mir von hinten auf die Schulter. Willie lässt den Ball fallen und nimmt seine Schlagposition ein.
– Es betrifft das Ausholen.

Erneut tippt jemand auf meine Schulter. Es ist Mickey, der eine Dodgers-Kappe trägt und einen Ball und einen Stift in der Hand hält.
– Entschuldigung, Mr. Mays.
Ich starre ihn wütend an.
– Warte, bis du dran bist.

Ich wende mich wieder Willie zu, der den Schläger gerade in einem bestimmten Winkel durch die Luft zieht.
– Dabei musst du vor allem darauf achten, dass du die Balance behältst, so wie ich jetzt.
Neuerliches Tippen auf meiner Schulter.

– Mr. Maaaaays!
Ich drehe mich um.
– Hey, du bist nicht mal ein Giants-Fan, also warte gefälligst, bis du an der Reihe bist.
Willie legt den Schläger wieder auf der Schulter ab.
– Also, wenn du diese Tipps befolgst, dann verbesserst du deinen Durchschnitt um mindestens zehn Punkte.
– Aber …
Finger tippen auf meinen Rücken!
– Williiiiiiiiie!
Ich wirbele herum.
– Warte! Bis! Du! Dran! Bist!
Ich stoße Mickey weg. Er stolpert und steht schwankend am oberen Rand der Treppe: einen Fuß in der Luft, die Arme verzweifelt nach Halt suchend, Ball und Stift noch immer in der Hand. Und dann fällt er.
Den ganzen Weg nach unten.
Willie und ich stehen einfach nur da und starren hinab in die Dunkelheit. Er schüttelt den Kopf.
– Siehst du, genau das meinte ich. Du schaltest dein Hirn einfach nicht ein, bevor du was tust.

– Hey, Baby, alles okay?
Ich schlage die Augen auf. Neben mir auf dem Bett sitzt eine hübsche junge Frau. Sie hat langes schwarzes Haar mit kurzen Ponyfransen, einen tollen Körper und ziemlich wenig an. Ich kehre langsam aus dem nächtlichen Dschungel zurück und erinnere mich an ihren Namen.
– Hey, Sandy.
– Albträume?
– Hm.
Ich habe Schwierigkeiten, die Augen offen zu halten. Immer wieder gleite ich zurück in die Dunkelheit. Sandy geht es ähnlich.

– Ich hatte auch welche. Ich steh wirklich auf Percs, aber man träumt ziemlich schrecklich auf dieses Zeug.

Ich versuche, meine Augen weit aufzureißen.

– Ich träume immer beschissen.

Sie kratzt sich am Kopf.

– Kann ich mich zu dir legen?

– Klar.

Sie hebt die Decke an, schlüpft darunter und kuschelt sich mit dem Rücken an meine Vorderseite. Sie riecht gut.

– Du riechst gut.

– Danke.

Sie gähnt. Ich gähne. Dann tastet ihre Hand nach dem Radio.

– Kann ich ein bisschen Musik anmachen?

Meine Augen sind wieder geschlossen.

– Ja.

Sie sucht einen Sender. Die Stimme eines DJs von UNLV-Radio ertönt, und Nick Drake singt »Place to Be«. Sandy seufzt.

– Ich mag diesen Song.

– Hm.

– Wade?

Ich bin schon fast wieder eingedämmert, als mich der Name meines toten Freundes schlagartig zurückholt.

– Als wir weggerannt sind, da hast du doch noch mal zurück ins Haus geblickt. Was hast du da gesehen?

Schlimme Dinge.

– Eigentlich nichts.

– Was, glaubst du, ist mit T geschehen?

Schlimme Dinge.

– Wahrscheinlich haben sie ihn umgebracht.

– Deine Freunde?

– Es sind nicht meine Freunde, aber, ja, vermutlich haben sie das.

Ihr Atem geht flacher.

– Sandy?

– Hm?

– Warum hast du T befreit? Wieso hast du seine Handschellen losgemacht?

– Ich hab's dir doch schon gesagt, ich mag T. Ich dachte, wir hauen gemeinsam durchs Fenster ab. Aber er wollte nicht.

Nein, er wollte nicht. Stattdessen versuchte er, mir zu helfen. Sandy dreht sich zu mir um.

– Werden diese Typen nach uns suchen?

Natürlich werden sie das. Was bleibt ihnen anderes übrig? Außerdem ist Sandy eine Augenzeugin. Sid wird sie aus dem Verkehr ziehen wollen.

– Möglicherweise.

Sie langt nach hinten, packt meine Hand und legt sie um sich wie eine zweite Decke.

– Also müssen wir zusammenhalten.

Kurz zähle ich im Kopf zusammen, wie viele Menschen schon verletzt oder getötet wurden, nur weil sie zu mir hielten. Es ist wie rückwärts Zählen bei einer Narkose auf dem Operationstisch – ich bin eingeschlafen, bevor die Schmerzen einsetzen.

Als ich erwache, sitzt Sandy am Fußende meines Betts und isst einen Schinken-Käse-Toast vom Tablett des Zimmerservice. Ich schlage die Decke zurück. Sandy wirft mir einen kurzen Blick zu. Sie kaut und schluckt ihr Essen runter.

– Guten Morgen, Henry.

Der Fernseher läuft und Sandy schaut Nachrichten.

Sie haben den gestohlenen Wagen von Sid und Rolf vor dem Super 8 gefunden. Der Portier hat Sid identifiziert und konnte eine recht gute Beschreibung von Rolf liefern. Jetzt haben sie ein Phantombild von ihm, und es kann gut sein, dass ihn irgendjemand in San Diego oder Mexiko wiedererkennt und ebenfalls identifiziert.

Außerdem zeigen sie Aufnahmen von Danny: Er steht neben einem der Anwälte aus dem Team, das damals O. J. rausboxte. Bevor ich mir ihr Geschwafel anhören muss, bitte ich Sandy umzuschalten. Ich finde, sie nimmt die Neuigkeit erstaunlich gelassen auf.

– Ist sogar eher 'ne Erleichterung für mich. Weißt du, ein bisschen so, wie wenn man einen Schauspieler aus dem Fernsehen kennt, aber der Name fällt einem nicht ein. Oder wenn man verzweifelt versucht, sich an den Titel eines Songs zu erinnern. So was kann ziemlich nerven. Irgendwie hatte ich eine Ahnung, dass du von der Polizei gesucht wirst. Vor ein paar Tagen brachten sie was in den Nachrichten über eine Schießerei unten in Kalifornien, aber ich hätte nie gedacht, dass du hier in der Gegend auftauchen würdest. Wahnsinn. Mittlerweile wünschte ich fast, die beiden Typen, die T und Terry umgelegt haben, kämen hier vorbei, denn jetzt bist du ja bei mir.

Erst vermute ich, sie sei so aufgedreht, weil sie sich mal richtig ausgeschlafen hat. Doch dann muss ich feststellen, dass sie die letzten drei Briefchen Crack in Ts Jacke gefunden hat. Sie taucht die Spitze ihrer Zigarette in das gelbliche Pulver, zündet sie an und nimmt einen tiefen Zug.

– Wow, echt gut. Willst du auch mal?
– Nein.

Mein Körper bemüht sich immer noch, die ganzen Gifte wieder auszuscheiden. Immerhin hat er jetzt schon mal eine ordentliche Portion Schlaf bekommen. Auch wenn ich jetzt dieses typisch benebelte Gefühl habe, das man kriegt, wenn man zu lange pennt. Die Uhr zeigt 9 Uhr 27. Scheiße, ich war fast zwölf Stunden weg. Ich laufe zum

Fenster und reiße die Vorhänge auf. Draußen ist es stockdunkel. Sandy lacht.

– Unglaublich, oder? Nichts haut einen so um wie Percs.

Ich werfe erneut einen Blick auf die Uhr. Es ist 9 Uhr 27 abends. Freitagabend. Ich habe über vierundzwanzig Stunden geschlafen.

– Wo ist mein Handy?

Sandy zuckt mit den Achseln.

Dieses scheiß Handy! Wo liegt nur dieses verfickte Handy? Ein kurzer Blick zum Fernseher. Aber dort gibt gerade Larry King seinen Senf ab. Hätten sie Mom und Dad bereits etwas angetan, würde es doch sofort gebracht, oder? Handy! Es steckt nicht in meiner Hosentasche, es liegt nicht auf dem Nachttisch …

– Ist es das?

Sandy steht mit dem Handy in der Badezimmertür. Ich habe es dort liegen lassen, als ich mich duschte. Ich reiße es ihr aus der Hand und schalte es ein. Es leuchtet auf, summt seine kleine Melodie und der LED-Bildschirm zeigt an, dass elf Nachrichten eingegangen sind. Scheiße, ich weiß nicht einmal, wie man bei diesem Ding die Mailbox abfragt. Hektisch klicke ich die Telefonbuchfunktion an, doch da ist nur Dylans Nummer eingespeichert. Genau in dem Moment klingelt das Ding. Ich zucke zusammen und lasse es fallen.

– Verflucht.

Sandy will es aufheben, aber ich stoße sie beiseite.

– Finger weg!

Sie hebt entschuldigend die Hände.

– Ist ja okay. Reg dich ab, Mann.

Ich schnappe mir das Handy, nehme es mit ins Bad und werfe die Tür hinter mir zu. Es klingelt zum dritten Mal und ich drücke den grünen Knopf.

– Ich bin's. Ich bin dran. Tut mir leid, ich …

– Mann, bist du das? Hörst du eigentlich jemals deine Nachrichten ab? Hey, hier will dich jemand sprechen.

Ich lausche, während Rolf das Telefon weiterreicht.

– Hank? Sie haben Hitler getötet. Sie haben meinen Hund abgeknallt.

Ich könnte ihn sterben lassen. Ich könnte Rolf und Sid sagen, sie sollen mich am Arsch lecken. Sie haben keine Ahnung, wo ich bin. Ihnen bliebe nur, T umzulegen, und dann wären sie raus aus dem Spiel. Ich meine, wer ist schon T? Ein Typ, dem ich zu Highschool-Zeiten ein paarmal über den Weg lief. Ein durchgeknallter Speed-Freak, der ohnehin todessehnsüchtig ist. Nur einer, der mir helfen wollte, meine Eltern zu beschützen, weil er seine eigenen vermisst.

Scheiße.

Aber was bleibt mir sonst?

Tim ist verschwunden.

Mein Freund hat sich die Kohle geschnappt und ist damit getürmt. So viel steht mittlerweile fest. Jetzt habe ich nicht mehr viele Optionen. Mein Schiff sinkt, und es wird Zeit, so viele Menschen von Bord zu bringen wie irgend möglich.

Ich lüge erneut.

Ich erzähle Sid und Rolf, ich wüsste, wo das Geld ist. Sandy hätte mir gesagt, wo Tim steckt, ich hätte ihn aufgespürt, und er hätte mir verraten, wo er das Geld bunkert. Sie wollen wissen, wo er sich im Moment aufhält, und meine Antwort darauf nehmen sie mir sofort ab: Ich hätte ihn kaltgemacht.

Sie wollen, dass wir uns beim Versteck des Geldes treffen, aber ich erkläre ihnen, wie es laufen wird: Wir treffen uns an einem öffentlichen Ort, sie lassen T frei, danach bringe ich sie zu dem Geld. Die Idee gefällt ihnen, denn so haben sie beides – das Geld und mich. Wir beschließen, die Sache hier im Hotel durchzuziehen. Sie rufen von einer Telefonzelle aus an, und Sandy erklärt ihnen, wie sie zum Hotel kommen und gibt ihnen den Namen des Typen an der Rezeption. Er wird ihnen ein Zimmer geben, von dort aus werden sie uns anrufen, und der Austausch kann stattfinden.

Nachdem das Gespräch beendet ist, fährt Sandy runter in die Lobby, bezahlt für einen weiteren Tag und informiert ihren Typen, dass ein paar Freunde von ihr auftauchen werden.

In der Zwischenzeit tätige ich meinen Anruf.

– Wer zum Teufel sind Rolf und Sid, und warum hinterlassen sie dir Nachrichten, Henry?

Das hätte ich mir eigentlich denken können. Schließlich ist es sein Handy und er verfügt über den entsprechenden Code, um gespeicherte Nachrichten abzuhören.

– Oder anders gefragt, warum wissen sie von meinem Geld?
– Beruhig dich, Dylan.
– Vorsicht. Vorsicht, Henry. Ich war bis jetzt sehr geduldig mit dir. Ich hab dich wie einen Profi behandelt. Doch wozu hat das geführt? Du hast *zweimal* den Termin für die vereinbarten Rückmeldungen verstreichen lassen. Und als ich deshalb ein wenig nachforschte, musste ich feststellen, dass du mit anderen Leuten über mein Geld verhandelst. Wer sind diese Leute? Nein, sag nichts, ich glaube, ich weiß es bereits. Sid ist vermutlich der polizeilich gesuchte Sidney Cain, und bei Rolf handelt es sich wohl um diese namenlose Person, deren Phantombild überall gezeigt wird. Sind das deine neuen Verbündeten, Henry? Wenn dem nämlich so wäre – und ich bin mir fast sicher, dass es so ist –, kann ich dein Urteilsvermögen nur als äußerst eingeschränkt bezeichnen. Nein, Entschuldigung, jetzt werde ich sarkastisch, lass es

mich einfach ganz direkt sagen: Du hast es verbockt! Du hast die Karre endgültig in die Scheiße gefahren und treibst damit mich und deine Eltern in eine äußerst kritische Zone!

– Ich hab das Geld, Dylan!
– Wo?
– Hier.
– Das heißt vermutlich in Las Vegas, wenn es stimmt, was sie in den Nachrichten verbreiten?
– Richtig.
– Wir haben jetzt Freitagabend, Henry. Warum sorgst du also nicht dafür, dass das Geld auf dem schnellsten Weg zu mir gelangt?
– Ich kann nicht.
– Warum nicht?
– Weil mein Bild überall im Fernsehen gezeigt wird und ich besser nicht herumreise.
– Was schlägst du vor?
– Komm her und hol es dir.

Ich gebe ihm die Adresse, wo ich ihn treffen werde, und lege auf.

Verzweifelt hoffe ich auf eine Lösung, bei der meine Eltern nicht zu Schaden kommen werden.

Ich ziehe mir zwei Lines Crack rein, um einen klaren Kopf zu kriegen, und schlucke eine Perc, um sämtliche Gefühle zu betäuben.

Jetzt muss ich sie nur noch alle kaltmachen.

Rolf ruft mich auf dem Handy an und teilt mir die Nummer ihres Hotelzimmers mit. Ich schiebe mir die Anaconda und die neun Millimeter in den Hosenbund, gebe Sandy den Schlüssel für den Chrysler und erkläre ihr, sie solle schleunigst von hier verschwinden, wenn ich nicht in fünfzehn Minuten wieder zurück wäre.

– Und wo soll ich hin?
– Such dir einen Anwalt und erzähl ihm deine Geschichte.
– Und was dann?
– Du hast nichts verbrochen. Wenn der Anwalt was taugt, wird er dich aus allen Scherereien raushalten und deine Story an ein Hollywoodstudio verkaufen. Also such dir einen guten Anwalt.

Ich öffne die Tür und mache mich auf den Weg zu Sid und Rolf.

Das Dumme ist nur, Sandy hat vergessen, dem Typ an der Rezeption zu sagen, er solle Rolf und Sid auf keinen Fall unsere Zimmernummer geben. Daher steht Sid jetzt vor unserer Tür, hält mir seine .45er unter die Nase und drängt mich zurück ins Zimmer.

Sid will nach wie vor nicht mit mir reden. Als ich den Mund öffne, um etwas zu sagen, schüttelt er nur den Kopf und ich schließe ihn wieder.

Er schnappt sich meine Waffen und verlangt, dass Sandy und ich uns auf den schmalen Teppichstreifen zwischen den Betten legen. Er selbst hockt sich auf den einzigen Stuhl und fixiert uns. Sandy zittert, und ich lege ihr meine Hand auf den Hinterkopf.

Ich hätte sie gleich zum Wagen schicken sollen, als sie wieder aus der Lobby hochkam, aber sie brauchte ewig, um ihren ganzen Kram zu packen und sich anzuziehen. Eigentlich hätte ich mir denken können, dass die beiden sich einen eigenen Plan zurechtlegen würden. Aber das ist typisch für mich: immer drei Schritte hinterher. Es klopft an der Tür. Es ist Rolf. Und er ist ziemlich sauer.

Er zerrt mich an den Haaren zwischen den Betten hervor. Sandy wimmert und klammert sich an mir fest, aber Rolf reißt mich los, und sie verkriecht sich unter eins der Betten. Ich versuche ihm, so gut es geht, auf Händen und Knien zu folgen, während er mich durch den Raum schleift.

– Mann, du bist vielleicht ein mieses Arschloch.

– Krieg dich wieder ein, Rolf.

– Hast du gerade gesagt, ich soll mich wieder einkriegen?

Er reißt meinen Kopf nach hinten, damit er mir ins Gesicht sehen kann.

– Du glaubst anscheinend immer noch, du könntest mich benutzen, Mann? Wie ein dämliches Werkzeug, was?

Er schlägt mir mit der flachen Hand ins Gesicht.

– Bildest dir wohl ein, dass du mit mir umspringen kannst, wie's dir in den Kram passt, hä?

Klatsch!

– Dass du uns einfach so verarschen kannst, wie?

Klatsch!

Klatsch!

– Lass das, Rolf.

– Was?

Ich knirsche mit den Zähnen.

– Hör auf damit, Mann. Beruhig dich wieder.

– Ich bin ganz ruhig, Mann.

Klatsch!

– Komm wieder runter. Dann gehen wir in euer Zimmer, lassen T frei und holen das Geld …

Klatsch!

– Das Geld, Mann? Glaubst du immer noch, ich falle auf diesen Scheiß rein?

Klatsch!

– *Hey, Leute, kommt einfach mit T vorbei und ich zeig euch, wo das Geld ist.* Wie oft muss ich mir diesen verlogenen Dreck eigentlich noch anhören? Fick dich, Mann. Jetzt benutze ich dich.

Klatsch!

– Es gibt nämlich Neuigkeiten: Ich bin nicht wegen des Geldes hier. Sondern wegen dir. Scheiß auf die Kohle. Dein Freund ist mit dem Zaster längst über alle Berge, das dürfte mittlerweile auch dem letzten Arsch klar sein.

Klatsch!

– Aber du, Mann? Mit dir hab ich zwei Optionen. Ich kann einen Deal mit den Cops machen und dich ausliefern. Oder ich kann dir deinen verfluchten Kopf abhacken und ihn samt der fünfundsiebzigtausend, die ich schon habe, als Souvenir nach Mexiko mitnehmen. Kein Schwein wird mich finden, sobald ich wieder im Land der Margaritas untergetaucht bin. Also, wer benutzt hier wen?

Klatsch!

– Häh, wer ist hier das Arschloch, das benutzt wird, Mann?

Er stößt mir seinen Finger zwischen die Augen.

– Ich benutz dich, ich benutz dich, ich benutz dich …

Und dann explodiert sein Schädel.

Sid erhebt sich aus dem Stuhl, und ein feines weißes Wölkchen steigt aus dem Lauf seiner Pistole. Ich rühre mich nicht. Ich kann nicht. Mein Gesicht ist flach auf den Teppich gepresst, und ich sehe Sandy unter dem Bett, ebenso erstarrt wie ich.

Sid kommt näher. Er schiebt seinen Fuß unter Rolfs Schultern und wälzt ihn auf den Rücken. In Rolfs linker Augenbraue ist ein kleines kreisrundes Loch, und auf der Rückseite seines Schädels klafft ein blutiger Krater. Blut wird aus der Wunde gepumpt, also schlägt sein Herz noch. Was ich im Übrigen auch daran erkenne, dass sein Mund auf und zu schnappt wie bei einem Fisch auf dem Trockenen.

Sid greift sich ein Kissen vom Bett. Er legt es über Rolfs

Gesicht, presst die Pistole hinein und drückt ab. Dann nimmt er das Kissen weg und betrachtet das Loch, wo früher mal Rolfs Oberlippe war. Er lässt das Kissen wieder auf Rolfs Gesicht fallen und sieht dann zu mir.

– Hast du noch den Wagen von deinem Kumpel?

Ich nicke. Er zeigt auf Sandy.

– Schnapp dir die Kleine, Mann. Wir müssen von hier verschwinden.

Es bedarf einiger Überredungskunst, Sandy unter dem Bett hervorzulocken. Schließlich steht sie, an die Wand gepresst, da und starrt Sid an. Er öffnet die Tür. Da fällt mir etwas ein.

– Moment, Sid.

Ich gehe zurück zu Rolfs Leiche, ziehe sein Hemd hoch und reiße ihm den Geldgürtel herunter.

– Den brauchen wir vielleicht noch.

Sid nickt.

– Gute Idee, Mann.

Das El Cortez ist ein Hotel der untersten Kategorie, und die Wände sind genauso dünn, wie man das bei einem solchen Laden erwartet. Auch wenn Sid clever genug war, den zweiten Schuss abzudämpfen, hat der erste ausgereicht, das gesamte Stockwerk in Aufruhr zu versetzen. Sobald wir auf den Flur treten, werfen sämtliche Zimmernachbarn gleichzeitig ihre Türen zu, um ihre feigen Hintern in Sicherheit zu bringen. Sid schiebt uns den Flur entlang zur Feuerleiter. Dabei bleibt er immer dicht hinter uns, die Adidas-Tasche mit meinen Knarren über seiner Schulter.

Als wir die Tür zur Feuerleiter aufstoßen, bricht im ganzen Haus Feueralarm aus. Unsere Zimmer liegen im achten Stock, und als wir im fünften anlangen, drängen sich bereits die Hotelgäste auf der Feuertreppe. Kurz überlege ich, in dem Chaos einen Fluchtversuch zu starten, doch dadurch würden nur weitere unschuldige Menschenleben gefährdet. Außerdem will ich bei Sandy bleiben, um sie möglichst heil aus dieser Sache rauszubringen.

Unten auf der Sixth Street geraten wir in eine Menschentraube, die soeben aus dem Casino evakuiert wurde. Wir drängen uns durch die Rentner und kleinen Zocker, die das übliche Publikum des El Cortez bilden, und biegen in die Freemont Street ein, wo sich der Haupteingang befindet. Mit großen Schritten erreichen wir den Hotelparkplatz, da bemerke ich zwei massige Wachmänner, die eine kleine lilahaarige Frau im Morgenrock flankieren. Sie zeigt in unsere Richtung. Vermutlich eine unserer Nachbarinnen aus dem achten Stock. Sofort reißt einer der Sicherheitstypen sein Walkie-Talkie an den Mund und beginnt hineinzusprechen, während der andere seinen Blazer aufknöpft und sich anschickt, uns zu verfolgen.

– Halt!

Wir preschen hinter die Mauer, die den Parkplatz umgibt. Sid befiehlt uns, stehen zu bleiben, dann wirbelt er herum und presst sich flach gegen die Betonwand. Als der Wachmann dicht hinter uns um die Ecke biegt, jagt er ihm eine Kugel genau ins Ohr. Sandy schreit auf und versucht wegzulaufen, aber ich halte sie fest, damit Sid sie nicht ebenfalls niederschießt. Als wir den Cavalier erreichen, öffnet Sid den Kofferraum. In seinem Inneren liegt T. Sie haben ihm die Hand- und Fußgelenke mit Draht gefesselt und ihn geknebelt. Sein Gesicht ist noch blutiger und entstellter als ins Sandys Wohnung, und seine Wade ist mit einem rot durchtränkten Kopfkissen umwickelt. Aber er ist bei Bewusstsein. Kaum springt der Kofferraumdeckel auf, versucht er nach Sid zu treten, der ihm jedoch problemlos ausweicht.

– Holt ihn da raus.

Ich beuge mich über T, hieve ihn auf meine Schultern und mache mich auf den Weg zum Chrysler. In der Ferne ertönen Sirenen. Sid befiehlt Sandy, den Kofferraum des Chryslers aufzusperren. Eine alte Decke, die wahrscheinlich einmal Hitler gehörte, liegt darin. Vorsichtig bette ich T auf den Lumpen. Sein linkes Auge ist zugeschwollen und sein rechtes blutunterlaufen. Trotzdem kann er mich sehen. Sie haben ihm irgendwas in den Mund gesteckt und es dort mit Isolierband festgeklebt. Seine Nase ist angeschwollen und mit geronnenem Blut verstopft. Er ist kurz vorm Ersticken. Ich werfe einen kurzen Blick auf Sid.

– Ich nehme ihm den Knebel raus.

Bevor er mich aufhalten kann, reiße ich das Isolierband herunter, aber es scheint ihn ohnehin nicht sonderlich zu interessieren. Er sieht mir einfach zu, als wolle er meine Bewegungen studieren. Ich entferne den mit blutigem Schleim überzogenen Stofffetzen aus Ts Mund. Er würgt, greift nach meiner Hand und keucht.

– Rette mich.

Sid stößt Sandy in Richtung Kofferraum.

– Und sie auch.

Sandy weicht zurück und schüttelt ihr langes Haar. Ich ziehe sie mit einem Arm an mich, lasse den anderen unter ihre Oberschenkel gleiten und hebe sie hoch, als wolle ich sie über die Schwelle tragen. Dann lege ich sie neben T. Ihre Augen sind schreckgeweitet, sie öffnet den Mund, und jeden Moment wird sie einen Schrei ausstoßen. Aber ich komme ihr zuvor. Schnell schlage ich den Kofferraumdeckel zu und ersticke ihren Schrei und Ts gurgelnde Hilferufe.

Sid wirft mir die Schlüssel zu. Ich klettere hinters Steuer und er auf den Beifahrersitz, von wo aus er mich mit in Schach halten kann. Dann verlassen wir den Parkplatz des El Cortez, vor dessen Haupteingang gerade ein

Notarztwagen hält. Im Vorbeifahren sehe ich noch aus den Augenwinkeln, wie der andere Wachmann sich über seinen toten Kollegen beugt, dann biegen wir auf den Boulder Highway ein.

Sid sucht ein Versteck.

– Mann, vierundzwanzig Stunden ununterbrochen in diesem scheiß Cavalier und die ganze Zeit nur blödes Gelabere. Und dauernd dieses komische Gefühl, in einer geklauten Kiste unterwegs zu sein. Parken kann man auch nirgends, weil die Leute sofort komisch glotzen: *Hey, warum hocken diese beiden Typen da die ganze Zeit im Auto*. Also blieb nur eins – durch die Gegend kurven, ab und zu mal kurz halten, um dich anzurufen und dir noch 'ne Nachricht zu hinterlassen. Mann, wir hatten so ein Schwein, dass wir deine Handynummer auf Ts Hand entdeckten. Weißt du, warum der Typ überhaupt noch am Leben ist? Nur, weil wir dich so zwingen konnten, mit uns zu verhandeln. Aus keinem anderen Grund. Aber ich sag dir eins, wenn ich jetzt nicht für ein paar Stunden irgendwo in Ruhe abhängen kann, dann drehe ich durch. Außerdem ist dir vielleicht auch schon aufgefallen, dass ich ziemlich abartig stinke.

Er hat wieder dieses Killer-Hochgefühl.

Und er braucht eine Dusche.

Also bringe ich ihn zu Ts Trailer.

Als wir uns dem Trailercamp nähern, verlangsame ich das Tempo und zeige die Straße hoch in Richtung Super-8-Hotel.

– Hast du die Nachrichten gesehen?
– Nö, Mann, ich sagte dir doch schon – rumfahren, parken, anrufen, wieder fahren.
– Sie haben euren geklauten Wagen gefunden.
– Echt?

Er zeigt auf die Einfahrt des Trailerparks.

– Meinst du, sie haben das hier auch schon entdeckt?

Ich zucke mit den Achseln.

– Schon möglich. Wenn einer beobachtet hat, wie ihr aus dem Super 8 hierher gelaufen seid. Leider kann ich dir im Moment nichts anderes anbieten.

– Okay, Mann. Lass es uns versuchen.

Er hebt seine Pistole.

– Aber sollten die Bullen da auf uns lauern, werde ich denen einen blutigen Showdown liefern.

Die Idee scheint ihm zu gefallen. Doch es sind keine Bullen da.

Er will, dass T und Sandy im Kofferraum bleiben. Soll mir recht sein, so sind sie wenigstens aus der Schusslinie.

Im Wohnwagen hocken wir uns vor den Fernseher. Die lokalen Nachrichtensender berichten über den Mord vor dem El Cortez. Rolf haben sie noch nicht gefunden. Aber es kann nicht mehr lang dauern, bis irgendjemand seine Leiche mit den Rastalocken entdeckt und sie mit dem Phantombild in Verbindung bringt. Spätestens dann wird sich auch CNN wieder um die Sache kümmern.

Sid will, dass ich mit ihm ins Bad komme. Also setze ich mich auf den Klodeckel. Das Crack, das ich mir im Hotel reingezogen habe, entfaltet jetzt seine volle Wirkung. Meine Knie zucken und ich mahle mit dem Kiefer. Er beginnt sich auszuziehen. Dazu legt er seine Pistole auf das Waschbecken rechts neben sich.

– War das ein Monsterköter in dem Haus von der Kleinen, Mann. Ich hatte echt keine Ahnung, was da auf uns zukommen würde, als dein Kumpel mit diesem Riesenvieh auftauchte. Was für 'ne Art von Hund ist das?

– Ein englischer Mastiff.

– Scheiße, war der groß, Mann.

– Sid?

Er stellt den rechten Fuß auf den Rand des Waschbeckens.

– Was ist?

– Warum hast du Rolf erschossen?

Er öffnet die Schnürsenkel seines Mokassins.

– Was soll ich sagen, Mann.

Er zieht den Schuh aus und wechselt das Bein, um den anderen zu öffnen.

– Er hat sich einfach als ziemlicher Arsch entpuppt.

Nachdem er auch aus dem zweiten Schuh geschlüpft ist, hält er ihn in der Hand und fummelt an den Schnürsenkeln herum.

– Früher war er eigentlich immer ziemlich okay zu mir und meiner Schwester. Auch als ich ihn unten in Mexiko besuchte, benahm er sich ziemlich cool. Also war ich total begeistert, als er auftauchte und mich um Hilfe bat. Aber dann? Scheiße, Mann. Plötzlich ging alles nur noch um die Kohle und darum, high zu werden. Und da musste ich daran denken, wie er mich damals schon immer runtergemacht hat, als er mit meiner Schwester ging. Er musste immer Mr. Cool sein und alles besser wissen. Nichts war für ihn wirklich von Bedeutung. Als du uns zum Beispiel in der Wüste verlassen hast, redete er nur noch davon, dass ich dich umlegen müsste, sobald er das Geld hätte. Aber ich wollte das nicht, ehrlich, Mann. Natürlich war ich sauer. Aber ich konnte dich irgendwie auch verstehen. Selbst als du uns im Haus der Kleinen hast hängen lassen und Rolf nur noch rumbrüllte, konnte ich mir erklären, warum du's getan hast.

Er zieht seine Hose herunter und steht in Boxershorts vor mir: ein bleicher, schmächtiger Junge, mehr nicht.

– Weißt du noch, wie ich gesagt habe, ich wäre ein Fan von dir, so eine Art Bewunderer? Ich hatte irgendwie das Gefühl, ich verstehe, um was es dir geht, Mann. Du tust einfach alles, um zu überleben, und scheißt dabei auf die anderen. Das macht total Sinn für mich, im Gegensatz zu dem, was Rolf abzog. Ich wollte dich nicht kaltmachen, weil … weil es sich echt und ehrlich anfühlte, als ich mit dir zusammen war, und bei Rolf war alles verlogen. Ich möchte ein Leben führen, das eine Bedeutung hat, das Menschen berührt, das Dinge verändert. Außerdem, Mann, hat er mir die ganze Zeit Vorwürfe gemacht, als wir unterwegs waren: Warum ich dich nicht einfach abgeknallt hätte, und ob ich eigentlich noch ganz richtig im Kopf sei. Und dann im Hotel hat er sich aufgeführt wie ein echtes Arschloch. Er hat genau so eine miese Nummer abgezogen wie mein Dad früher immer: auf Leuten rumhacken, Fragen stellen, auf die er die Antwort genau weiß, nur um den Dicken zu markieren. Im Grunde war es ihm scheißegal, was du darauf antwortest, denn er verprügelte dich so oder so. Mann, ich kenne dieses Scheißspiel zur Genüge, und …

Er reibt sich die Augen.

– Mir wurde einfach klar, dass er ein Riesenarsch ist, und du bist eben keiner, und deshalb hab ich ihn umgelegt.

Er schlüpft aus seiner Unterwäsche.

– Setz dich auf deine Hände.

Ich tue, was er sagt. Er nimmt die Knarre vom Waschbecken, zieht den Duschvorhang auf und tritt auf die Matte zwischen Klo und Badewanne. Immer noch mir zugewandt, greift er hinter sich und dreht den Wasserhahn auf. Die Leitung pfeift und gurgelt, dann schießt ein Strahl kochendheißes Wasser auf seinen Arm und seine Schultern herab.

Er zuckt zurück, dreht sich kurz um, und ich verpasse ihm einen Tritt gegen die Knie. Er rutscht auf der Matte aus, knallt mit dem Kopf gegen die Kachelwand und stürzt seitlich in die Wanne, wo ihn der heiße Duschstrahl voll erwischt.

– Fuck! Fuuuuck!

Er hat immer noch die Pistole. Seine Beine hängen seitlich über den Rand und aus der frischen Platzwunde auf seiner Stirn schießt Blut. Er zielt auf mich, während er gleichzeitig panisch versucht, dem brühenden Wasserstrahl zu entkommen.

Ich werfe mich zu Boden, als er den Abzug drückt, und dicht hinter mir explodiert der Behälter mit Spülwasser. Mein Arm fährt durch die heißen Dampfschwaden und packt seine Hand mit der Waffe. Der Ärmel meines langen T-Shirts schützt mich nur kurz, dann ist er durchgeweicht, und es brennt wie Hölle. Kochend heiße Tropfen spritzen mir in Gesicht und Augen, während ich versuche, seine nackte, glitschige Haut festzuhalten.

Ich werfe mich über den Rand der Wanne, um mit der anderen Hand seine Finger von der Waffe zu lösen, und er beginnt wie verrückt nach mir zu treten. Dabei grapscht seine andere Hand nach dem Heißwasserhahn, dreht ihn jedoch in die falsche Richtung. Noch mehr kochendes Wasser schießt auf uns herab und verbrüht die Seite meines Gesichts. Dann knackt der Knochen seines Zeigefingers und ich drücke ihn zurück, bis er flach an seinem Handrücken anliegt. Einer seiner Tritte erwischt mich mit voller Wucht am Kopf, und ich lande in der großen Pfütze kalten Toilettenwassers, die sich auf dem Boden gesammelt hat.

Die plötzliche Kälte macht mir bewusst, wie schlimm meine Verbrennungen sein müssen. Ich stoße einen Schrei aus. Auch Sids Mund ist weit aufgerissen, aber nur ein heiseres Keuchen dringt heraus. Er zieht seine Beine in die Wanne, stemmt sich hoch und dreht mit der Linken den Wasserhahn zu. Ich packe eines seiner Beine. Seine Waffe ist auf mich gerichtet, doch sein gebrochener Zeigefinger baumelt nutzlos herab. Aus der Dusche tröpfelt es nur noch. Heftig an seinem Bein reißend, schleudere ich ihn rückwärts in die Wanne und mitten im Fall lässt er seine Pistole mit voller Wucht auf meinen Schädel krachen.

Alles dreht sich …

… und kommt wieder zum Stillstand.

Sid ist die Waffe aus der Hand gefallen und jetzt liegt sie in einer dampfenden Pfütze über dem mit Haaren verstopften Ausguss. Mit seiner krebsroten Linken greift Sid danach, zugleich rammt er mir seine lädierte Rechte ins Gesicht, um mich zurückzuhalten. Dabei landet sein gebrochener Finger genau in meinem Mund und ich beiße zu. Er kreischt wie angestochen und schmettert seine Linke gegen mein rechtes Ohr, das vor Schmerz zu explodieren scheint. Reflexartig werfe ich meinen rechten Arm über seinen linken und klemme ihn unter meiner Achselhöhle fest. Sid liegt jetzt auf dem Rücken und windet sich im siedenden Wasser. Aus seiner rechten Hand spritzt Blut in meinen Mund, seinen linken Arm halte ich fest umklammert, und die Beine liegen so in der Wanne, dass er damit nichts mehr ausrichten kann. Meine linke Faust kracht mitten in sein Gesicht, dann werfe ich mich der Länge nach auf ihn.

Er ist jetzt vollständig unter mir eingeklemmt. Verzweifelt zerrt er an seinem linken Arm und schafft es, ihn ein Stück freizubekommen. Doch mit jeder Bewegung reißt das Fleisch seines gebrochenen Fingers zwischen meinen Zähnen weiter ein. Ich presse meine linke Hand auf seine Kehle. Dazu muss ich seinen Arm loslassen und augenblicklich krallt er sich meine Unterlippe und zerrt daran, um seinen Finger aus meinen Kiefern zu befreien. Ich greife in die heiße Wasserpfütze hinter ihm und meine Finger schließen sich um den Griff der Pistole. Zu spät bemerkt er, was läuft. Er packt meinen rechten Arm, woraufhin ich mein ganzes Gewicht auf den linken Arm werfe und seine

Kehle zuquetsche. Sein Mund klappt weit auf, und ich ramme ihm die Pistole in den Hals, bis sie hinten anstößt und er würgen muss.

Ich drücke ab – und durch das neu entstandene Loch im Boden der Wanne beginnt blutiges Wasser abzulaufen.

Als ich den Kofferraum öffne, donnert mir Sandy als Erstes den Wagenheber gegen den Arm. Ich nehme ihn ihr ab, und wir verfrachten T auf den Rücksitz. Sandy kriegt die Wagenschlüssel, dann klettert sie hinters Steuer und fährt uns zu Tims Apartment.

Das letzte Versteck, das mir geblieben ist.

Sandy spielt für uns die Krankenschwester. Sie schafft uns beide hoch in Tims Wohnung, legt T ins Bett, lässt kaltes Wasser in die Wanne einlaufen und schneidet mir mit einer Schere die Kleider vom Leib. Sobald ich in der Wanne liege, leert sie sämtliche Eiswürfel aus dem Gefrierfach hinein.

Meine rechte Hand und mein rechter Arm sind knallrot und mit weißen Bläschen übersät. Die Knie sind ebenfalls verbrüht, aber nicht so schlimm. Ich weiß, dass es die rechte Seite meines Gesichts und meines Nackens übel erwischt hat, aber ich kann dort Schmerzen spüren, also ist die Haut wohl nicht restlos zerstört. Schwarze Pünktchen tanzen vor meinen Augen, und ich habe keine Ahnung, was passiert ist, nachdem ich Sid ein Loch in den Hals geschossen habe. Ich versuche mich an Details zu erinnern, was lediglich zur Folge hat, dass mir endgültig schwarz vor Augen wird und ich plötzlich Eiswasser huste. Sandy zerrt mich aus der Wanne, bevor ich ertrinke. Ich stelle mich auf den Linoleumboden und sie tupft meine Haut so vorsichtig wie möglich trocken. Mit Sicherheit hat Sids Schlag auf meinen Schädel die Gehirnerschütterung noch verschlimmert.

In Tims Bad gibt es keine Verbrennungssalbe, nur eine Flasche Aloe. Wir reiben das Zeug auf meine verbrannte Haut. Da auch kein Verbandsmull vorhanden ist, müssen Haushaltstücher aus der Küche herhalten. Sandy umhüllt damit sorgsam meine Knie, Arme, Schultern und den Nacken. Mein Gesicht und die Hände müssen ohne Verband auskommen. Anschließend wickelt sie ein Betttuch wie eine Toga um mich und führt mich in Tims Schlafzimmer, wo ich mich auf die Bettkante setze. T ist wach.

– Mein Hund.

– Es tut mir leid, T.

– Mein verdammter Hund.

– Ich weiß.

– Ich leg diese Arschlöcher um.

Zu spät.

Sandy hat ihn ausgezogen und ein Handtuch um seine Wade gewickelt. Die Wunde blutet immer noch. Meine Hände zittern von dem Speed und mit meinen verbrannten Fingern könnte ich ohnehin keine Nadel halten. Außerdem besteht jederzeit die Möglichkeit, dass ich wieder ohnmächtig werde. Sandy schüttelt nur den Kopf, als ich sie frage, ob sie ihn zusammenflicken kann. Aber irgendwie müssen wir die Blutung stoppen.

Ich gebe T zwei Percs und er ist sofort weg. Nachdem ich Sandy den Auftrag erteilt habe, sein Gesicht etwas zu reinigen, gehe ich in die Küche. Am liebsten würde ich jetzt sämtliche Percs der Welt schlucken, aber die eine aus dem El Cortez muss für den Augenblick reichen. In der Küche finde ich einen großen Servierlöffel. Ich drehe eine der Gasflammen am Herd auf und lege den Griff des Löffels hinein. Dann kehre ich mit einer Flasche Whiskey zurück ins Schlafzimmer. Wir wickeln Ts Bein aus und baden es in Tullamore Dew. Anschließend legt Sandy ein frisches Handtuch darum, während ich den Löffel aus der Küche hole. Das eine Ende halte ich mit einem nassen Lappen fest, das andere – rot glühende – presse ich auf eines der beiden Löcher in Ts Wade. Er bäumt sich auf, und ich sage Sandy, sie müsse sein Bein noch fester halten. Wegen dem zischenden Geräusch und dem verbrannten Gestank muss sie sich beinahe übergeben, aber dann ist es auch schon vorüber. Die Wunde auf der andern Seite der Wade verschließen wir auf die gleiche Weise.

Mehr kann ich für meinen Freund nicht tun. In seiner Wohnung liegt ein Ermordeter, und sein Wagen wurde gesehen, als er vom Schauplatz weiterer Morde davonjagte. Bald werden ihm die Cops auf den Fersen sein, und wenn sie ihn erwischen, werden sie seinen Hintern zurück nach Kalifornien verfrachten und ihn dort für den Rest seines Lebens einbuchten.

Also muss er schleunigst von hier verschwinden.

Sandy zieht sich ein Paar von Tims Shorts und ein Les-Paul-Live-at-the-Iridium-T-Shirt über. Ich schlüpfe in einen Overall, der so wenig wie möglich von meiner verbrannten Haut berührt.

T wacht auf, als wir ihn auf die Rückbank des Chryslers legen.

– Scheiße, was geht hier ab?
– Hallo, T.
– Scheiße, was geht ab?
– Ich hab dich schon verstanden.

Sandy setzt sich hinters Steuer und schnallt sich an. Ich steige auf der Beifahrerseite ein, lasse die Tür aber geöffnet. Ts gesundes Auge fixiert mich.

– Siehst ziemlich kacke aus, was Superstar?
– Wird schon wieder.
– Ich will nach Hause.
– Geht leider nicht.

– Fick dich.
– Tut mir übrigens wirklich leid wegen deinem Hund.
– Wie schon gesagt: Fick dich.
– Danke, dass du mir geholfen hast. Ich …

Ich bringe den Satz nicht zu Ende und schüttele den Kopf. Er legt die Hand auf meinen Arm und schließt sein Auge.

– Fick. Dich.

Seine Hand fällt herab. Er ist wieder bewusstlos geworden.

Ich schließe die Wagentür hinter mir und stelle mich neben Sandys geöffnetes Fenster.

– Bist du sicher, dass du das für ihn tun willst?

Ihr Zeigefinger umkreist das Lenkrad und sie nickt.

– Ja. Schließlich ist es auch meine Schuld, dass ihm der ganze Scheiß passiert ist.
– Okay. Such dir irgendeinen abgelegenen Ort hinter der Staatsgrenze, wo die Cops nicht nach ihm suchen. Arizona meinetwegen, aber keinesfalls Kalifornien.
– Ich werde einen sicheren Ort finden.
– Und sieh zu, dass du den Wagen so schnell wie möglich loswirst.
– Werd ich.

Ich reiche ihr den Geldgürtel, an dem mittlerweile das Blut von drei Männern klebt.

– Und was ist mir dir?
– Ich brauche kein Geld mehr.

Sie nimmt den Gürtel.

– Sobald du T vor den Cops versteckt hast, schau dich nach einem guten Anwalt um. Du wirst unbeschadet aus der Sache rauskommen, wenn du …

Ein Wagen kommt die Straße heruntergefahren und ich ducke mich vor den Scheinwerfern. Sie zeigt auf Tims Apartment.

– Geh wieder rein.
– Okay.

Ich berühre ihre Schulter mit meiner linken Hand. Sie streift sie ab, lässt den Wagen an, schaltet die Lichter ein und gibt Gas. Es erinnert mich an gestern früh: T und Sandy fahren davon und lassen mich alleine zurück. Ich sehe ihnen nach, bis sie um die Ecke verschwunden sind, dann gehe ich wieder nach oben.

Ich habe Sandy ein paar von den Percs mitgegeben, um damit Ts Schmerzen zu lindern. Die restlichen zehn liegen jetzt vor mir auf dem Couchtisch in Tims Wohnung neben der Anaconda und der 9-Millimeter.

Es wird ganz leicht.

Das durchzuziehen wird ganz leicht.

Dylan wird hier auftauchen. Und er wird persönlich kommen, da er keinem anderen über den Weg traut, wenn es um sein Geld geht. Möglicherweise wird er ein paar seiner Schläger mitbringen, aber das ist mir egal. Hauptsache, ich habe Dylan hier.

Zuerst sah mein Plan vor, ihn in meine Gewalt zu bringen und ihn zu zwingen, seine Leute zurückzupfeifen. Danach würde ich ihn töten. Aber das wäre kein geschickter Zug. Jetzt weiß ich etwas viel Besseres. Ich selbst werde sterben.

Das funktioniert jedoch nur, wenn ich ihn hier habe. Er muss meine Leiche mit eigenen Augen sehen. Dann erst wird er die Nachricht verstehen: Es ist vorbei, das Geld ist verloren, die Sache ist für ihn gelaufen. Er wird seine Leute abkommandieren und Mom und Dad in Ruhe lassen. Denn Leute umlegen zu lassen, kostet einen Haufen Geld und birgt immer Risiken. Dylan ist zwar ein Arschloch, aber er ist auch Geschäftsmann. Und wer wird schon so blöd sein und seine Atombombe auf einen Feind werfen, der bereits tot ist?

Es ist die beste Lösung. Ich habe lange darüber nachgedacht und bin mir jetzt hundert Prozent sicher.

Ich könnte es mit der Pistole machen, aber dazu habe ich nicht den Mumm. Komisch, oder? Also schlucke ich eine Perc nach der anderen und spüle sie mit Tims Tullamore Dew runter.

Ein angenehmes Gefühl, sich keine Sorgen mehr machen zu müssen; sich nicht die ganze Zeit zusammenreißen, alles im Blick behalten und den nächsten Schritt planen zu müssen. Ich nehme einfach diese Pillen und sie erledigen sämtliche Probleme für mich. Mom und Dad, ich liebe euch. Aber ich habe es einfach satt, anderen Menschen wehtun zu müssen.

– Hola?
– Pedro, ich bin's.
Schweigen.
– Pedro?
– Si?
– Hast du die Nachrichten gesehen? Weißt du über alles Bescheid?
– Si. Ich weiß alles.
– Ich hätte es dir sagen sollen.
Schweigen.
– Wie geht's Leo?
– Wieder besser.
– Und die Polizei?
– Wir kommen schon klar.
– Okay.
Schweigen.
– Und was ist mit Bud? Wie geht es …

– Der Katze geht's gut. Meine Hijos lieben die Katze.
– Gut.

Im Hintergrund höre ich eine Stimme. Ophelia. Pedro legt die Hand auf den Hörer, sagt irgendetwas zu ihr, dann ist er wieder da.

– Ich muss Schluss machen.
– Ja. Tut mir alles sehr leid.
– No problema.
– Auf Wiedersehen, Pedro.
– Via con Dios, Henry.

Ich lege auf. Meine Hand fährt zum Hals, aber ich habe seine Medaille mit dem Schutzheiligen verloren. Wo? Spielt auch keine Rolle mehr. Kaum anzunehmen, dass sich nach all dem, was ich getan habe, noch irgendwelche Heiligen für mich zuständig fühlen.

Vielleicht hätte ich diesen Anruf lieber nicht tätigen sollen. Aber ich wollte eine vertraute Stimme hören, und zu Hause anrufen ging nicht. Ich werfe einen Blick auf die Uhr. Wann habe ich die Pillen genommen? Wie lange dauert das noch? Meine Augen fallen langsam zu. Ich öffne sie wieder. Nicht mehr lang.

Ich schalte den Fernseher ein, damit die Zeit schneller vergeht. CNN drücke ich weg und bleibe bei ESPN hängen. Der Cartoon-Sender zeigt einen 24-Stunden-Marathon mit Weihnachtsshows. Ich mache es mir bequem.

Und werde ohnmächtig.

Ich sitze auf Tims Couch. Der Fernseher läuft. Ein Zeichentrickfilm. *Weihnachten mit Charlie Brown*. Es ist die Szene, wo Linus auf die Bühne tritt, sich ein Scheinwerfer auf ihn richtet, und er die Bedeutung von Weihnachten erklärt. Meine Lieblingsstelle.

– Hank.

Ich schwenke meinen Kopf zur Seite. Tim sitzt neben mir auf der Couch.

– Hey, Timmy.

– Ein Glück, Mann. Ich dachte schon, du wachst nie mehr auf.

Ich zeige auf den Fernseher.

– Lass uns das anschauen.

– Okay.

Wir sehen Linus zu, wie er seine Ansprache beendet. Dann kommt Werbung. Ich wende mich wieder Tim zu.

– Wo hast du gesteckt, Tim?

– New York.

– Kein Scheiß? Was läuft so in unserem alten Viertel.

Er zuckt mit den Achseln.

– Nicht viel. Nur das Übliche, weißt du.

– Verstehe.

Er streckt seine Hand aus, um mich zu berühren, hält dann aber inne.

– Hank, du siehst ziemlich schlimm aus.

– Ja, schon möglich.

– Vielleicht sollten wir etwas unternehmen.

– Sicher.

– Ich denke, es ist besser, ich bring dich von hier weg.

– Klar doch.

Er steht auf. Ich hebe einen Finger.

– Moment, ich hab noch was für dich.

Mit meiner verbrannten Rechten packe ich die Anaconda. Er macht einen Schritt zurück.

– Hank.

Der Revolver brennt in meiner Hand wie Feuer. Ich ziele auf seinen Bauch.

– Mach dir keine Sorgen, Tim. Es wird mir vermutlich mehr wehtun als dir.

Und es tut höllisch weh. Die Waffe bäumt sich in meiner Hand und jagt Wellen von Schmerz meinen Arm hinauf. Aber vermutlich tut es ihm doch etwas mehr weh als mir.

Ein lautes Geräusch weckt mich auf.

Ich sitze auf Tims Couch. Der Fernseher läuft. Ein Zeichentrickfilm. *Weihnachten mit Charlie Brown*. Es ist die Szene, wo Charlie seinen armseligen Baum dekoriert, dieser in sich zusammenbricht und Charlie glaubt, das war's dann; doch auf einmal kommen all seine Freunde und helfen ihm, ihn wunderschön zu schmücken. Damit endet der Film.

– Hank.

Ich blicke zu Boden. Da liegt Tim mit einem riesigen Loch im Bauch und presst seine Hände darauf, um das Blut im Körper zu halten, aber es quillt überall hervor. Irgendwas in meiner Hand schmerzt. Ich sehe hin. Es ist Wades Anaconda. Ich lasse sie fallen.

– Timmy?

– Oh, Scheiße. Oh, Scheiße, Hank.
Neinneinneinneinnein!

Ich lasse mich auf den Boden rutschen.

– Timmy?

– Was ist, Hank? Was?

– Okay, wir werden, ich werde …

– Hank, ich habe …

– Was?

– Ich habe alles genau so gemacht, wie du es wolltest. Ich habe …

– Ist okay, Mann, bleib einfach …

– Ich bin … Ohgottohgottohgott … ich hörte, dass dieser … dieser Typ aus New York im Anmarsch ist … ein Russe. Hank, da ist ein Russe …

– Ich weiß. Ganz ruhig. Ich weiß …

– Ich hab getan, was du gesagt hast. Du hast gesagt, wenn irgendjemand kommt … hast du gesagt …
– Ich weiß. Das hab ich. Ist okay.

Ich presse meine Hände auf seine Wunde, aber sie ist zu groß, um sie ganz bedecken zu können.

– Du hast gesagt, ich soll verschwinden, wenn jemand kommt, und ich hab das Geld genommen und bin …
– Natürlich, Timmy. Du bist ein guter Freund. Ich wusste, dass du das für mich tun würdest.
– Und mein Beeper … Ohhhscheiß … Ich bin so ein Idiot. Du wolltest mich auf dem Beeper anrufen, aber ich ….
– Ist schon okay.
– Nein, warte …
– Okay.
– Ich hab ihn … hab vergessen ihn mitzunehmen, den Beeper.

Tränen schießen aus seinen Augen. Seine Lippen und Zähne sind mit einem dünnen Blutfilm überzogen.

– Und dann sah ich in den Nachrichten, dass du hier in Vegas bist, und …

Er atmet ein paarmal.

– Ich spür die Schmerzen jetzt nicht mehr so stark, Hank.
– Gut, das ist gut.
– Ich wusste, dass du in Vegas bist, aber ich hatte keine Ahnung, wie ich dich aufspüren sollte.

Er krümmt sich. Blut quillt aus seinem Mund und läuft über sein Kinn.

Er spuckt.

– Ich bin zurückgekommen. Hierher … und dann warst du da, und alles war okay, Hank …
– Du hast genau das getan, was ich dir gesagt habe. Kein Problem, Timmy.
– Und, Hank, das Geld ist in Sicherheit.
– Nein.

– Das Geld ist in Sicherheit.
– Nicht, ich will es nicht …
– Nein, wirklich, ich habe es …
– Ich will es nicht wissen, ich will nichts davon …

Er nickt mit dem Kopf und redet immer noch, aber aus seiner Kehle dringt keine Luft mehr. Nur noch Blut. Er versucht, sich durch das ganze Blut hindurch verständlich zu machen, aber es ist einfach zu viel.

Ich lege eine Decke über Tim.

Ich werde der Letzte sein, der stirbt.

Hätte es zu irgendeinem Zeitpunkt eine andere Lösung gegeben? Wohl nicht.

Zum letzten Mal schließe ich meine Augen.

Ich öffne die Augen.

Irgendetwas steckt in meinem Mund und schiebt sich bis ganz hinten in meinen Hals. Ich muss an den Lauf der .45er denken, die ich in Sids Rachen rammte, und wie er daran würgte. Mein Magen hebt sich. Jemand reißt meinen Kopf nach vorne, sodass ich zwischen meine Beine kotze, dann ist das Ding erneut in meinem Mund und wieder muss ich erbrechen. Und noch einmal das gleiche Spiel. Keuchend falle ich zurück auf die Couch.

– Hier.

Ein Glas Wasser. Ich schütte etwas davon in meinen Mund, lasse es darin kreisen und spucke es wieder aus.

– Trinken.

Ich nehme einen Schluck und muss husten.

– Ich fühl mich beschissen.
– Das kann ich mir gut vorstellen.

Eine unbekannte Stimme. Mit leichtem russischem Akzent. Ich blicke auf.

Er mag so um die fünfzig sein, hat kurz geschnittene, grauschwarze Haare und einen Bart und trägt einen teuer aussehenden grauen Anzug. Er wischt sich den Finger, den er mir in den Hals gesteckt hat, mit einem seidenen Taschentuch ab. Dann zeigt er auf Tim.

– Hat er verraten, wo das Geld ist?

– Nein.

Er beugt sich vor und wirft einen Blick auf meine Kotze.

– Wie viele Pillen haben Sie genommen?

– Zehn.

Er umwickelt seinen Finger mit dem Taschentuch und durchsucht damit das Erbrochene.

– Alle da. Sehr gut.

Meine Waffen liegen nicht mehr auf dem Couchtisch. Ich sehe mich im Raum um.

– Sind alle versteckt.

– Töten Sie mich.

Er lässt das Taschentuch fallen und bedeckt damit meine Kotze.

– Um damit meinen ganzen Bemühungen Garaus zu machen? Nein.

– Ich will sterben.

– Nein, Henry, Sie werden leben. Es ist wichtig, dass Sie leben.

– Wer sind Sie?

– David Dolokhov. Mikahail Dolokhovs Onkel.

– Kenn ich nicht.

Oh, Scheiße. Ich schließe meine Augen.

– Mickey?

– Genau. Mickeys Onkel. Der Bruder seines Vaters.

Dylan ist ein Lügner.

– Dylan ist ein Lügner. Er ist ein Schuldner, er ist ein

Betrüger und Lügner, und niemals tut er das, was er seinem Geschäftspartner versprochen hat.

Ich sitze auf einem Barhocker vor der Küchentheke. David Dolokhov bereitet für uns Kaffee und Toast.

– Als Dylan Kapital für ein eigenes Start-Up-Unternehmen brauchte, geht er zu den üblichen Orten. Er geht nach Kalifornien, zur Sand Hill Road, wo Venture-Kapitalisten sitzen, und fragt sie nach Geld. Aber sie geben ihm nichts. Also er geht zur Bank. Aber er hat Probleme mit der Aufsichtsbehörde und keine Referenzen. Danach geht er zu Familie und Freunden. Doch die haben ihm bereits alles Geld gegeben und er hat es verloren. Schließlich kommt er zu uns. Und wir geben ihm Geld. Und mit unserem Geld organisiert er noch mehr Geld, denn Geld liebt Geld. Zuerst sind wir sehr glücklich. Sein Unternehmen kriegt eine Börsenzulassung. Sehr aufregend. Aktiengeschäfte. Aktien steigen und steigen. Wir sind sehr glücklich. Aber Dylan? Er ist ein sehr gieriger Mann. Die Aufsichtsbehörde untersagt den Verkauf von Anteilen zu diesem Zeitpunkt, aber er will kassieren. Anstatt seine neue starke Stellung zu nutzen, um Kredit zu finanzieren, mit dem er uns auszahlen kann, was tut er? Er investiert in Rohstoffe. Lange Geschichte kurz gemacht, er spekuliert zu riskant, Markt bricht zusammen und sein persönliches Vermögen ist kaputt. Wir ermutigen ihn, er soll Rücklagen verwenden, um uns zu bezahlen. Aber was ist? Es gibt keine Rücklagen, keine Vermögenswerte. Ganzes Unternehmen war nichts als hohle Nuss. Und jetzt, Dylan hat echte Probleme.

Die Kaffeemaschine piept, und er holt die Glaskanne. Er schenkt zwei Tassen ein und reicht mir eine davon. Ich führe die Tasse mit meiner unverbrannten Linken an die Lippen, nehme einen Schluck und spüre, wie die Hitze in meine verbrannte rechte Gesichtshälfte ausstrahlt.

– Danach macht Dylan kleine Geschäfte, mal hier, mal da. Reicht gerade, um Zinsen zu zahlen für das Geld, was er uns schuldet. Aber er träumt davon, wieder ein großer Mann zu sein, er hält Ausschau nach einer Gelegenheit, um viel Geld zu machen und uns zu bezahlen. Dann hört er die Geschichte von Henry Thompson und seinen viereinhalb Millionen Dollar. Und er kommt zu mir mit einem Vorschlag. Er will, so seine Worte, die *Schulden kaufen*. Aber mit was?, frage ich ihn. Er ist immer noch pleite. Er wird es auf Kredit kaufen, sagte er, und samt seinen Schulden zahlen, sobald er das Geld gefunden hat.

Der Toast springt heraus. Er streicht Butter darauf, schneidet die Scheiben diagonal durch und schiebt sie mir auf einem Teller hin.

– Essen.

Ich nehme einen kleinen Bissen und kaue. Es schmerzt.

– Ich frage Dylan, wie sein Plan ist, um das Geld zu kriegen. Er sagt, er hat einen Mann, der beobachtet deine Eltern und gibt ihm Information, wenn du auftauchst. Großer Mist. Dieser Plan ist sehr großer Mist. Ich sage Nein, und er verschwindet. Danach nichts. Bis nach einem Jahr mein Neffe in Mexiko umgebracht wird.

Er wischt die Küchentheke ab, trinkt seinen Kaffee aus und kommt dann um die Theke herum auf meine Seite, wo er sich auf dem Stuhl neben mir niederlässt.

– Mein Neffe, Henry. Mein Neffe war ein Arschloch. Aber seine Mutter, die Frau meines Bruders, hat ihn über alles geliebt. Daher fahre ich persönlich nach Mexiko. Letzte Woche Donnerstag komme ich in Mexiko an. Ich fahre nach Chechén Iztá und finde heraus, dass ein Mann bei meinem Neffen war, als er von der Pyramide fiel. Ich spreche mit Polizisten, die seinen Tod untersucht haben, und sie zeigen mir Fotos, auf denen Sie zu sehen sind.

Er reißt die Augen auf und spreizt die Hände. *Schock*.

– Großer Zufall! Aber doch auch wieder nicht. Ich vermute, dieses Arschloch von Neffe hat bereits versucht, Geld von Ihnen zu erpressen. Ich flüstere Polizisten ein bisschen ins Ohr. Ich erzähle von einem großen Schatz und verspreche ihnen einen Teil davon, wenn sie Sie fangen und zu mir bringen. Sie versuchen es, aber Sie sind schon geflüchtet.

Er lässt den Kopf hängen und schüttelt ihn. *Große Trauer.*

– Aber noch ist nicht alles verloren. Ich und meine Geschäftspartner, wir wissen, Sie haben jemanden in New York, einen Freund, der Ihnen geholfen hat. Und wir glauben, es ist derselbe Mann, der kürzlich nach Las Vegas zog. Ich rufe Leute an aus dem Geschäft und finde heraus, wo dieser Mann steckt, und mache Vorbereitungen, ihn zu treffen. Sie sind auf der Flucht, Henry. Wohin sollen Sie gehen, wenn nicht zu einem guten Freund? Oder zur Familie? Ich erinnere mich an Dylans Mann in der Straße von Ihrem Elternhaus. Ich rufe ihn an und biete ihm Geld, um seine Augen offen zu halten. Und was erfahre ich? Dylan bezahlt diesen Mann bereits seit einem Jahr. Dylan hat keine Erlaubnis, nach dem Geld zu suchen, trotzdem zahlt er den Mann. Gieriger Lügner. Also zahle ich dem Mann noch mehr Geld, und Dylan erfährt nicht, dass ich von seinem Verrat weiß. Und dann fliege ich persönlich nach Vegas. Dort passieren zwei Dinge: Ihr Freund verschwindet, und mein Mann aus Kalifornien ruft an. Er hat Sie gesehen.

Er hält seine Kaffeetasse hoch, als wolle er mir zuprosten.

– Ich sage ihm, er soll Dylan anrufen. Denn, Henry, Sie sind ein gefährlicher Mann. Sie haben andere gefährliche Männer umgebracht. Sie sind ein Risiko. Dylan soll selbst dieses Risiko eingehen, und wenn er das Geld in

Händen hat, werde ich es mir von ihm nehmen. Denn er ist kein gefährlicher Mann.
– Er hat seine Leute.
– Nein. Er hat niemanden.
Ich reiße eine Ecke von dem Toast ab.
– Er ist ein Lügner, Henry. Er sagt Ihnen, dass er gefährliche Männer hat, aber er hat weder Geld, Leute zu bezahlen, noch weiß er, wo man solche Spezialisten anheuert. Leute, die auf Kommando deine Eltern töten. Es ist nicht so leicht, einen Menschen zu töten. Männer, die so einen Job gut machen, sind selten und sehr teuer. Das sollte Ihnen bekannt sein.
Ich schiebe den Teller mit Toast beiseite. David Dolokhov stellt ihn mir wieder hin.
– Essen Sie.
Ich nehme einen weiteren schmerzhaften Bissen.
– Danach kommt es zu einem großen Chaos von Verfolgung. Neue verrückte Männer beteiligen sich an der Jagd, nur aus Lust am Töten. Immer mehr Verwirrung. Aber als Sie sich absetzen aus Kalifornien, bleibe ich in Vegas in der Nähe von Ihrem Freund. Vielleicht werden Sie zu ihm fliehen? Sie tun es tatsächlich. Ich war hier, Henry, als Sie mit Ihrem neuen Freund mit großem Hund kamen. Ich beobachte Sie, und was fällt mir dabei auf? Sie suchten etwas in dieser Wohnung.
Er reckt den Zeigefinger zur Decke. *Heureka!*
– Sie haben das Geld nicht. Die ganze Zeit hat es Ihr Freund. Und nun, wo Sie kommen, um es zu holen, verschwindet er. Jetzt brauchte ich nur noch warten, bis Sie ihn für mich finden. Aber das ist nicht ganze Wahrheit, oder?
– Nein.

Ich erzähle ihm, dass ich Tim das Geld geschickt habe. Er schüttelt erneut den Kopf.

– Er hat es genommen, um es vor uns zu verstecken?
– Richtig.
– Dann kommt er zurück zu Ihnen in Höhle des Löwen.
– Genau.
– Und Sie töten ihn.
– Ja.

Er nickt. *Ja, so ist der Gang der Welt.*

– Er war ein guter Freund.
– Ja.
– Aber er sagt Ihnen nicht, wo das Geld versteckt ist? Halt, geben Sie keine Antwort. Warum sonst hätten Sie sich umgebracht? Oder es versucht? Und was für ein Glück, Henry. Ich hatte Ihre Spur verloren. Ich bin eingeschlafen im Auto vor dem Casino in Sam's Town. Und als ich aufwache, sind Sie weg. Aber ich habe immer noch Dylan. Wenn Sie das Geld finden, bringen Sie es zu ihm. Das reicht. Dann kommt ein Anruf von Terry, sehr unzuverlässiger Mann. Trotzdem gehe ich zu ihm. Und was finde ich? Verwüstung. Blutbad. Bizarr.

Er schließt seine Augen. *Furchtbare Dinge geschehen auf der Welt.*

Er schlägt die Augen wieder auf.

– Und nun? Nichts. Warten, bis Sie Dylan anrufen, damit er mich zu Ihnen führt. Aber Moment! Wenn ich schon warten muss, dann hier, wo kleine Chance besteht, dass Ihr Freund auftaucht. Und dann, letzte Nacht, kommen Sie. Mit einer Frau und Ihrem neuen Freund mit Hund, und Sie sind verletzt. Das Radio bringt neue Nachricht von Gewalt, und ich ahne, Sie waren darin verwickelt. Ich warte, bis Sie alleine sind. Aber Sie sind immer noch ein gefährlicher Mann, also rufe ich Hilfe. Und was für eine Überraschung! Während ich warte, taucht Ihr Freund auf und geht hinein! Und ich denke: Geschafft! Jetzt brauche ich nur zu warten, bis Sie herauskommen und mich zu dem Geld führen. Aber niemand kommt heraus. Nur ein Mann kommt. Mein gefährlicher Mann. Wir gehen in das Apartment.

Er dreht sich um und wirft einen Blick auf Tims Leiche.

Und dann finden wird das.

– Mein gefährlicher Mann nimmt Ihre Waffen und geht hinaus. Und ich?

Er beugt sich vor.

– Ich rette Ihr Leben, Henry. Weil ich wissen will, wo das Geld steckt. Aber stattdessen erzähle ich Ihnen diese Geschichte. Warum, Henry? Warum sind Sie immer noch am Leben, obwohl Sie nicht wissen, wo Geld ist?

Ich blicke auf Tims Leiche. Das Blut sickert durch die Decke, die ich auf ihn gelegt habe. Ja, warum bin ich immer noch am Leben? Warum ist Gott nicht herabgefahren und hat mich ausgelöscht?

– Ich weiß es nicht.

Er lächelt. Seine Zähne sind perfekt.

– Sie sind am Leben, weil Sie ein gefährlicher Mann sind. Und ich habe Verwendung für gefährliche Männer.

Etwas später taucht Dylan auf.

Er klopft an der Tür und ich sage ihm, er solle hereinkommen. Als er das Apartment betritt, macht er einen ziemlich fertigen Eindruck. Er trägt immer noch dieselben Klamotten wie am Tag, als ich ihn zum ersten Mal sah, nur sind sie mittlerweile zerknittert und verschmutzt. Er ist unrasiert und hat schwarze Ringe unter den Augen. Gleichzeitig ist er aber auch voller Erwartung. Er hat lange in einem Zustand von Stress und Angst gelebt, in der Hoffnung, dass sich alles irgendwann auszahlt. Und jetzt ist Zahltag.

– Ich habe Leute draußen, Hank.

Lügner.

Ich nicke.

Er kommt einen Schritt auf mich zu.

– Ich muss das dir gegenüber natürlich nicht eigens betonen, ich wollte es bloß klargestellt haben.

Er schließt die Tür und ich winke ihn ins Wohnzimmer. Offensichtlich hat er Zweifel, ob er sich noch weiter hereinwagen soll. Doch die Gier treibt ihn, also tut er es.

– Mein Gott, Hank, *du* siehst vielleicht beschissen aus.

Ich nicke nur.

– Also, sollen wir?

Ich zeige auf den Karton neben Tims Stereoanlage. Er schlendert hinüber, öffnet den Karton und starrt auf ein paar Styroporstücke. Währenddessen ziehe ich die Anaconda unter dem Sofakissen hervor und richte sie auf ihn.

Dylan hebt seinen Zeigefinger, als wolle er mich ein letztes Mal ermahnen.

– Deine *Eltern*, Hank. Denk an deine *Eltern*.

Das tue ich.

Ich liebe euch, Mom und Dad.

Zum Beweis drücke ich ab.

David Dolokhovs gefährlicher Mann kommt aus dem Bad, nimmt mir die Pistole ab und wirft sie auf Dylans Leiche. Dann führt er mich am Arm die Treppe hinunter und um den Block zu einem silbernen Lexus. Der gefährliche Mann nickt Dolokhov, der hinter dem Steuer sitzt, zu und entfernt sich dann. Dolokhov lässt den Wagen an und fährt die Straße hinunter.

– Meine Tochter will sich die Nase operieren lassen. Sechzehn Jahre und schon Nasenkorrektur. Warum? Die Nase ist völlig in Ordnung. Sie hat die Nase von mir. Stimmt was nicht mit meiner Nase?

Ich betrachte seine flache, eingedrückte Nase und schüttele den Kopf.

– Natürlich nicht. Für mich ist es eine perfekte Nase. Aber für meine Tochter? Sie hat recht. Und ich liebe sie. Also bekommt sie zu Weihnachten schönste Nase, die für Geld zu haben ist.

Er hält an einer Kreuzung, blickt nach beiden Seiten und biegt dann nach links ab.

– Ich sage das nur zur Warnung, Henry. Weil die Wahrheit ist, der Mann, der sich Ihr Gesicht vorknöpfen wird, ich würde ihn nicht mal in die Nähe von Nase meiner Tochter lassen.

Am nächsten Tag wird Miami von Oakland niedergemacht. Der Endstand könnte einen vor Scham in den Boden versinken lassen. Doch im anschließenden Spiel darf ich miterleben, wie Detroit in der Verlängerung die Jets bezwingt. Und das macht dann wieder richtig Spaß. Denn nun werden sich die Dolphins und die Jets nächste Woche im alles entscheidenden Spiel der Divsion gegenüberstehen.

Soweit ich mitbekommen habe, befindet sich unser Motel irgendwo in Henderson. Das Zimmer ist schön groß. Das muss es aber auch sein, denn sonst wäre kein Platz für die ganzen zusammengeliehenen medizinischen Gerätschaften. Der Arzt kommt herein, betrachtet mein Gesicht und sagt, es wäre besser, zu warten, bis die Verbrennungen abgeheilt sind. Aber Dolokhov hält Eile für geboten. Also gibt mir der Arzt etwas zum Einschlafen.

Und ich schlafe.

EPILOG
25. DEZEMBER 2003

Zweiter Weihnachtsfeiertag.

Und ich bin nicht zu Hause bei meinen Eltern.

Der Arzt schaut kurz vorbei, um einen Blick auf mein bandagiertes Gesicht zu werfen. Er nickt ein paarmal und macht ein Witzchen darüber, dass er mich noch nicht auspacken darf, dann verschwindet er wieder.

Mein Gesicht fühlt sich heiß und geschwollen an, aber ich habe einen Knopf in der Hand, den ich drücken kann, wenn es allzu sehr schmerzt. Ich drücke ihn ziemlich oft. In der anderen halte ich die Fernbedienung des Fernsehers. Die ganze Woche sehe ich mir bereits alles Mögliche im Fernsehen an.

Ich sehe eine Computergrafik: eine Landkarte, auf der sich Fotos von ermordeten Menschen befinden. Sie sind alle durch Linien miteinander verbunden, die letztlich zu mir führen.

Ich sehe Freunde von mir aus Mexiko. Pedro sitzt auf der Veranda, schüttelt den Kopf und behauptet, mich nie gekannt zu haben. Er wirkt okay, und das freut mich, auch wenn es mich ein wenig traurig stimmt, dass ich nie wieder im Karibischen Meer schwimmen und nachher mit Zigaretten im Ohr auf meiner Veranda sitzen werde.

Da sind Leslie und Cassidy, die interviewt werden, und jemand fragt Cassidy, ob sie Angst vor mir gehabt hätte. Aber sie verneint und meint, ich sei nett gewesen. Ich mochte dich auch, Cassidy.

Sie bringen Aufnahmen von Danny, der erklärt, warum er es für seine Pflicht hielt, mich zu verfolgen, als ihm klar wurde, wer ich bin. Er erzählt die ganze Geschichte, wie er mich auf der I-5 nach Norden jagte, mich verlor, und sich dann die Adresse meiner Eltern aus dem Internet besorgte. Dann weiter, wie er das Haus meiner Eltern *observiert* und schließlich *einen Zugriff versucht* habe, als er Wade und mich entdeckte. An diesem Punkt bringt ihn sein Anwalt rasch zum Schweigen, bevor er sich noch mehr verplappert.

Ich verfolge das Begräbnis von Hilfssheriff T.T. Fischer.

Da ist Wades Witwe, Stacy, mit ihren Kindern. Alle weinen. Stacy verflucht mich, und sagt, wenn sie geahnt hätte, was für ein Monster aus mir würde, hätte sie mich schon zu Schulzeiten umgebracht. Ihre Kinder sind wunderhübsch. Du hast tolle Kinder, Wade.

Bilder von Rolfs Leiche, die aus dem El Cortez geschafft wird.

Sids Leiche im Wohnwagen.

Dylan, der aus Tims Apartment getragen wird.

Timmy.

So viele Tote.

Eine Fahndungsmeldung nach Ts Wagen wird herausgegeben, und ein Polizeifoto von ihm ist groß auf dem Bildschirm zu sehen. Ich erlebe mit, wie das *Todeshaus* alias Sandys Haus für die Reporter freigegeben wird. Aber nichts über T und Sandy. Bleibt in Deckung, Leute. Bleibt bloß in Deckung.

Und ich sehe auch Mom und Dad auf ihrer Veranda, die mich anflehen, nach Hause zu kommen und mich zu stellen. Immer und immer wieder zeigen sie diese Aufnahme, und jedes Mal, wenn sie kommt, drücke ich auf den Schmerzkillerknopf, und alles um mich herum verschwindet.

Außerdem sehe ich noch David Dolokhovs gefährlichen Mann. Er ist immer da, im angrenzenden Zimmer. Ich beobachte ihn die ganze Zeit. Ich will wissen, wie ein gefährlicher Mann aussieht.

Dieser hier ist mittelgroß, hat ein kleines rundes Bäuchlein und büschelweise schwarzes Haar. Er mag so an die vierzig sein und trägt eine dieser billigen Lesebrillen, wie man sie in Supermärkten kaufen kann. Wenn er spricht, was nicht sehr oft vorkommt, dann in einer Art slawischem Akzent, der sich jedoch deutlich von dem Dolokhovs unterscheidet. Außerdem schüttet er Unmengen von Bier in sich hinein, ohne jemals betrunken zu werden, und nach dem zu urteilen, was den ganzen Tag im Radio läuft, ist er ein großer R&B-Fan. Er hat mir einen großen Gefallen getan und mir ein Exemplar von *Jenseits von Eden* besorgt. Meines aus Mexiko habe ich verloren, und ich hatte es noch nicht ganz ausgelesen. Natürlich bin ich viel zu voll mit Drogen, um überhaupt lesen zu können, trotzdem ist es eine nette Geste von ihm.

Er kommt herein und hängt eine neue Ampulle an den Tropf über meinem Bett. Es schmerzt zu sehr, an Strohhalmen zu saugen, und Kauen geht schon gar nicht, also wird mir das Essen durch die Injektionsnadel in meiner Hand eingeflößt. Rauchen darf ich auch nicht, aber solange ich den Knopf in meiner Rechten habe, ist das in Ordnung. Ich überlege ohnehin aufzuhören.

Als der gefährliche Mann fertig ist, fragt er mich mit einer stummen Geste, ob alles okay sei. Ich halte den Daumen hoch und er nickt. Schwer zu sagen, ob er ein eher ruhiger Typ ist oder ob ihn mein Schweigen angesteckt hat. Er kehrt in seinen Raum zurück, lässt die Verbindungstür offen und schaltet das Radio ein.

Ich will wissen, wie ein gefährlicher Mann so ist, weil

ich selbst bald einer werde. Das ist mein Deal mit David Dolokhov.

Ich werde sein neuer gefährlicher Mann. Und ich werde dafür bezahlt. David Dolokhov entlohnt mich, indem er das Leben meiner Mutter und meines Vaters verschont.

Ich werde ihr Leben also nicht mit Dollars erkaufen.

Ich erkaufe es mit Gewalttaten.

Im Nebenzimmer läuft »Purple Rain«. Ich schalte die Nachrichten weg. Sie ermüden mich. Kaum vergeht eine Woche ohne Leiche, schon fällt ihnen nichts mehr ein, über das sie berichten könnten.

Das Spiel der Dolphins gegen die Jets läuft, aber ich schaue nicht hin. Ich bin kein Gejagter mehr. Ich muss mich nicht länger verstecken. Also scheiß auf Football.

Ich schalte die Glotze aus und drücke auf den Schmerzkillerknopf.

CHARLIE HUSTON

Ein gefährlicher Mann

Roman

Aus dem Amerikanischen
von Alexander Wagner und
Markus Naegele

WILHELM HEYNE VERLAG
MÜNCHEN

TEIL 1

MONTAG, 20. JUNI 2005

Der Kerl hockt im Laughing Jackalope, genau, wie man es mir gesagt hat.

Ich setze mich an die Bar, bestelle ein Selters und frage nach einer Rolle Vierteldollarmünzen. Das Wasser schiebe ich beiseite, dann fange ich an, den in den Tresen eingelassenen Poker-Automaten mit Quarters zu füttern. Mit leisem Pling erscheint eine Karte nach der anderen auf dem Monitor. Pro Spiel setze ich immer nur einen Vierteldollar und pfeife damit auf Regel Nummer eins beim Videopoker: Setz immer den Höchstbetrag. Bei einem Quarter als Einsatz kassiert man nur den Bruchteil des möglichen Maximalgewinns. Erwischst du natürlich irgendwann ein Superblatt, kommst du dir wie der letzte Versager vor.

Ich hatte mal einen Straight Flush mit einer Quote von 1200 zu 1, hatte aber nur einen Quarter gesetzt, und glaub mir, ich hab mich definitiv wie der letzte Versager gefühlt. Ist nicht das erste Mal gewesen und wird auch nicht das letzte Mal gewesen sein.

Der Automat serviert mir ein Paar Buben, dazu eine Neun, eine Zehn und einen König. Ich scheiß auf die sichere Nummer, die das Paar verspricht, leg einen Buben ab und versuche es mit einer Straße. Leider ohne Erfolg. Ich werfe eine weitere Münze in den Schlitz.

In der Bar hängen nur eine Hand voll Leute rum. Besagter Typ, dazu der Barkeeper, ein Pärchen, das an der Bar sitzt und den Automaten mit Fünfcentstücken füttert, ein alter Knacker, der vor sich hindämmert, sowie die Cocktailkellnerin, die die Tische deckt und alles fertig macht für die Meute, die bald hereinströmen wird, wenn auf der anderen Straßenseite Schichtwechsel ist.

Mein Gesicht stur auf den Pokerautomaten gerichtet, mustere ich den Kerl immer mal wieder kurz aus den Augenwinkeln, wobei ich so gut wie möglich mit den Händen die frisch vernarbte weiße Haut um mein rechtes Auge verdecke. Wäre besser, wenn sich niemand an diese Narbe erinnert – für den Fall, dass später die Bullen hier aufkreuzen. Worüber ich mir allerdings nur Sorgen zu machen brauche, falls es einen Toten gibt.

Inzwischen bin ich bei meiner dritten Rolle Quarters angelangt, und es hat sich nicht viel getan. Das Pärchen ist vom Spielautomaten zur Jukebox gewechselt, und jetzt ertönt außer dem Pling der Pokerspiele und den Automatenstimmen der Einarmigen Banditen auch noch »Crazy on You« aus den Lautsprechern. Der Kerl hat sich noch immer nicht bewegt.

Er hockt am anderen Ende der Bar und schiebt im gleichen Tempo, in dem ich meine Quarters loswerde, Hundertdollarnoten in seinen Pokerautomaten. Dabei kippt er im Fünfzehn-Minuten-Takt gekühlten Jägermeister und knallt dann das leere Glas auf die Bar – ein klares Signal an den Barkeeper, seinen Arsch zu bewegen und ihm nachzuschenken.

Früher, als ich noch selber in einer Bar gearbeitet habe und meine größte Sorge war, wie ich die Besoffenen vor Sonnenaufgang an die frische Luft kriege, hätte ich mir so einen Scheiß nicht bieten lassen. Wenn jemand ein Glas auf die Bar knallte oder mit dem Finger nach mir schnippte, saß derjenige entsprechend lange auf dem Trockenen, bevor ich mich wieder an ihn erinnerte. Aber dieser Barkeeper hier ist anders. Er hat die Tagschicht im Laughing Jackalope, verdammt noch mal. Und das Letzte, was ihn aus der Ruhe bringt, sind Gläser, die auf die Bar geknallt werden.

Also zieht er die vereiste, grüne Flasche Jägermeister aus dem Fach, schenkt dem Kerl sein Glas voll und stellt die Flasche zurück. Der Kerl schaut nicht mal auf, starrt bloß weiter auf den Monitor, wo sein Guthaben mal rauf-, mal runtergeht – hier ein Paar, da ein Dreier –, immer in der Hoffnung, ein Fullhouse oder eine Straße oder sogar einen Royal Flush zu erwischen.

Für einen kurzen Moment fällt gleißendes Sonnenlicht in den Raum, als die getönte Eingangstür aufgerissen wird und zwei betrunkene Paare hereinstolpern. Collegekids. Die Jungs in Shorts und ärmellosen T-Shirts, ihre Gesichter sonnenverbrannt bis auf die weißen Stellen, wo die Sonnenbrille gesessen hat, was ihnen ein merkwürdig waschbärartiges Aussehen verleiht. Die Mädels ebenfalls in Shorts, dazu trägerlose Tops und die Haut krebsrot. Weiße Bikinistreifen schlängeln sich aus ihren elastischen Tops hinauf um ihre Nacken. Jeder von ihnen hält zwei Plastikbecher mit irgendeiner gefrorenen hellblauen Flüssigkeit in den Händen.

Der Barkeeper wendet den Blick vom Fernseher über der Tür ab, wo er eine dieser Hinter-den-Kulissen-Shows verfolgt. In dieser Folge ging es um die wahren Hintergründe einer Reality-Show, in der Stars aus früheren Sendungen interviewt wurden. Als der Barkeeper die Becher in den Händen der Kids bemerkt, schüttelt er den Kopf.

– Sorry Leute, ihr könnt hier keine Getränke mit reinbringen.

Einer der Typen, auf dessen Shirt DON'T DRUNK WITH ME, I'M FUCK steht, blickt auf die Drinks in seiner

Hand und dann rüber zum Barkeeper, so als ob er versucht, eine Verbindung zwischen beidem herzustellen.

– Was soll'n der Scheiß, Mann! Wir ham unsere Drinks den ganzen beschissenen Tag lang durch sämtliche Casinos mit uns rumgeschleppt.

Der andere Typ, auf dessen Shirt ICH BIN MIT DIESEM ARSCHLOCH HIER DA prangt und darüber ein Pfeil, der auf sein eigenes Gesicht weist, johlt.

– Wir ham den ganzen Scheißtag gesoffen! Den ganzen Tag! Und jetzt saufen wir die ganze Scheißnacht weiter! Die ganze Nacht!

Der Barkeeper nickt.

– Schon klar, aber die Becher bleiben trotzdem draußen.

Alle schauen jetzt zu: der Kerl, der alte Knacker, das Pärchen, die Cocktailkellnerin. Arschloch macht ein paar schnelle, schwankende Schritte Richtung Bar.

– Scheiß drauf, Mann! Wir woll'n saufen!

Drunk-Fuck packt ihn hinten am Shirt und zieht ihn zurück.

– Ey, Kumpel, lass stecken.

Er legt einen Arm um die Schulter seines Freundes, verschüttet dabei etwas von der blauen flüssigen Matsche auf Arschlochs Arm und flüstert ihm irgendwas ins Ohr. Arschloch hört eine Sekunde zu und brüllt dann los.

– Ja, ja, das isses!

Er richtet sich auf und verneigt sich vor dem Barkeeper.

– Ganz wie Sie wünschen, Mister. Ganz wie Sie wünschen.

Er zeigt zur Tür, Drunk-Fuck wankt voraus. Arschloch drückt die Tür auf, und vor dem scharfen Licht der untergehenden Sonne werden sie zu dunklen Silhouetten. Arschloch deutet nach draußen.

– Nach Ihnen.

Drunk-Fuck verbeugt sich.

– Allerwertesten Dank, der Herr.

Er tritt einen Schritt hinaus und kippt den Inhalt seiner beiden Drinks auf die Straße, bevor er die Becher hinterherschmeißt. Dann tritt er einen Schritt zurück und hält die Tür für Arschloch auf, der die Vorstellung wiederholt. Die Mädels kichern und prusten. Beide müssen sich aneinander festklammern, damit sie nicht hinfallen. Mit Mühe schaffen sie es, ihre Titten in den Tops zu halten. Arschloch kommt in die Bar zurück und droht den Mädels mit dem Finger.

– Hey Ladies! Keine Drinks von draußen bitte, verstanden?

Dabei deutet er auf die Eingangstür. Eins der Mädels richtet sich auf, versucht einen Knicks, rutscht dabei fast aus und torkelt hinaus auf den Bürgersteig. Draußen gießt sie sich den Inhalt ihres Bechers in den Hals, wobei die Hälfte der eisigen Soße daneben geht, ihr das Kinn runterläuft und in ihrem Ausschnitt landet. Das findet sie so lustig, dass sie laut losprustet und dabei das blaue Zeug aus ihrem Mund quer über den Bürgersteig verspritzt. Dann langt sie sich mit einer Hand in den Ausschnitt, um sich die Reste des Blue Daiquiri rauszufischen. Arschloch wackelt mit den Fingern.

– Darf ich?

Er versucht seine Finger zwischen ihre Brüste zu quetschen, worauf sie ihm, noch immer hustend und prustend, auf die Hand schlägt. Jetzt beteiligt sich auch Drunk-Fuck an dem Spiel, schubst sie herum und zerrt an ihrem Top. Das andere Mädchen kommt dazu.

– Hey, ihr Arschlöcher! Schaut euch das mal an!

Sie legt den Kopf in den Nacken, hält sich die beiden Becher übers Gesicht, sperrt den Mund weit auf und fängt an, sich den Inhalt von oben reinzukippen. Gefrorener Heidelbeer-Daiquiri rinnt ihr in den Mund und übers Gesicht.

Die Jungs schauen fasziniert zu. Der eine hat seinen Arm um die Hüfte des prustenden Mädels geschlungen, während der andere seine Hand tief in ihrem Top vergraben hat. Das Zwei-Becher-Girl lässt sich die Hälfte ihrer Daiquiri übers Gesicht laufen und schüttet sich den Rest einfach über die Brust. Arschloch und Drunk-Fuck lassen von dem Pruste-Mädchen ab und stürzen sich auf Zwei-Becher-Girl. Arschloch kniet sich vor sie auf den Asphalt und lutscht blaues Eis aus ihrem gepiercten Bauchnabel, während Drunk-Fuck einen Strohhalm von der Straße aufsammelt, ihn ihr zwischen die Brüste steckt und daran saugt. Zwei-Becher-Girl quiekt und kreischt in den höchsten Tönen.

Inzwischen ist die Tür zugefallen, und wir folgen dem Treiben wie einem Schattenspiel hinter der getönten Glastür des Jackalopes. Dennoch kriegen wir ziemlich genau mit, wie Pruste-Mädchen plötzlich hustet, dann würgt und schließlich heftig blaues Zeug auf den Bürgersteig und die Sandalen ihrer Freunde kotzt. Der Barkeeper hat seinen Platz hinter dem Tresen verlassen, geht zur Tür und verriegelt sie. Dann läuft er hinter zur Küche und steckt seinen Kopf durch die Tür.

– Jesus!

Ein junger Mexikaner mit einer fettigen Schürze kommt heraus. Der Barkeeper deutet Richtung Straße.

– Wisch den Scheiß weg!

Jesus schaut sich die Bescherung durchs Fenster an und nickt.

– Sí.

Der Barkeeper kehrt zu seinem Platz hinter der Bar zurück, greift sich die TV-Fernbedienung und dreht die Lautstärke auf; das Pärchen drückt einen neuen Song, und »Saturday in the Park« tönt aus den Boxen; der alte Knacker schüttelt bloß den Kopf und murmelt was von *gottver-*

dammten Collegekids; die Cocktailkellnerin reinigt jetzt die Kerzenständer, mit denen sie bald die Tische dekorieren wird; der Kerl genehmigt sich einen weiteren Jägermeister und knallt danach das leere Glas auf die Bar. Ich werfe noch einen letzten Blick aus dem Fenster und werde Zeuge, wie sich auch Zwei-Becher-Girl auf den Bürgersteig übergibt. Die Jungs sehen zu, lachen und klatschen sich ab.

In dem Moment erhebt sich der Kerl und geht zur Toilette.

Jesus steht mit einem Wischeimer an der Tür und wartet darauf, dass die Collegekids endlich abhauen, damit er seinen beschissenen Job machen kann. Ich folge dem Kerl auf die Toilette, um meinen hinter mich zu bringen.

Lautstark pinkelt er in eins der Pissoirs. Ich schiebe mich an ihm vorbei in eine der Kabinen, schließe die Tür und ziehe eine Hand voll winziger, mit Kokain gefüllter Plastiktütchen aus der Hosentasche. Kaum dass ich den Kerl spülen höre, reiße ich eines der Tütchen auf und lasse es zusammen mit einigen anderen auf den Boden fallen, so dass sie unter der Klotür hervorlugen.

– Scheiße, verdammte!

Als ich auf die Knie gehe, um die Tütchen einzusammeln, remple ich mit der Schulter lautstark gegen die Kabinentür. Ich lege mich auf den Boden und spähe kurz hinaus. Der Kerl steht am Waschbecken und nimmt keine Notiz von mir. Ich sammle die Tütchen auf, wobei ich mit meinem Mittelfinger das geöffnete wegschnipse. Es rutscht über die glatten Bodenfliesen und hinterlässt dabei eine Spur aus weißem Pulver, bevor es neben seinen Füßen liegen bleibt.

– Mist, verdammter!

Ich stehe auf, reiße ein paarmal wild an der verschlossenen Toilettentür, bis sie aufspringt, und stolpere hinaus.

Der Kerl richtet sich gerade auf, das geöffnete, jetzt fast leere Tütchen prüfend zwischen Daumen und Zeigefinger geklemmt. Ich schlurfe auf ihn zu, die restlichen Tütchen in der Hand.

– Ähem, das gehört mir.

Er steht bloß da, ein paar Zentimeter kleiner als ich, mit schütterem Haar und unglaublich geschmacklosen Klamotten. Am kleinen Finger trägt er einen Ring. Sein massiger Oberkörper geht ohne Taille in den unteren Bereich über, aber er hat noch ganz kräftige Schultern. Im Grunde dieselbe Statur wie meine. Jedenfalls bin ich auf dem besten Wege dahin. Er schaut von dem Tütchen zu mir hoch.

– Ihnen?

– Ja, nur, damit Sie's wissen.

Ich strecke meine Hand aus.

Er zeigt auf das Tütchen.

– Das hier?

Er zeigt auf mich.

– Ist Ihres?

Ich zucke mit den Achseln.

– Genau.

Er schüttelt den Kopf.

– Tja.

Er greift in seine hintere Hosentasche.

– Sieht fast so aus, als wäre das Ihr Glückstag.

Er zieht eine Brieftasche heraus, lässt sie aufklappen und zum Vorschein kommt die Polizeimarke des LVMPD.

– Aber dummerweise ist er es nicht.

– Wohnen Sie hier?

Ich blinzele hinauf zum Schild des Happi Inn Motels, während wir den Parkplatz überqueren, den es sich mit dem Jackalope teilt.

– Ja.

– In so einer miesen Absteige?

Darauf erwidere ich nichts. Es versteht sich ja wohl von selbst, dass jeder Laden, der sich Happi Inn Motel nennt, ein Drecksloch ist. Außerdem habe ich zu tun. Ich frage mich, ob es das jetzt endgültig war. Haben sie genug davon, dass ich ständig alles vergeige? Lassen sie mich hier selber in eine Falle tappen?

Ist das der Kerl, der mich umlegen wird?

Ich hole meinen Zimmerschlüssel aus der Hose, und der Kerl legt mir seine Hand auf die Schulter.

– Immer schön langsam. Ist da noch jemand drin? Dein Partner vielleicht?

Ich blicke zu Boden und schüttele den Kopf.

– Nein, ich bin alleine.

– Soso. Also, du nimmst jetzt deinen Schlüssel und sperrst die Tür auf. Aber noch nicht öffnen, klar?

Ich drehe den Schlüssel im Schloss, es springt auf, und ich trete zurück. Er legt eine Hand auf die Klinke und die andere unter sein silbergraues Jackett, an den Griff seiner Knarre. Noch einmal schaut er mich prüfend an.

– Deine letzte Chance. Wenn da noch einer drin ist, solltest du es mir jetzt sagen. Denn wenn ich jemanden sehe, leg ich ihn um.

Ich schüttele erneut den Kopf.

Er nickt.

– Okay.

Er stößt die Tür weit auf, um sicher zu sein, dass sich niemand dahinter versteckt, dann winkt er mich rein. Ich gehe voraus, er folgt mir, schließt die Tür und verriegelt sie. Er will auch noch die Kette einhängen, aber die ist kaputt. Mit der Waffe in der Hand inspiziert er das Zimmer, schaut unters Bett, überprüft den Wandschrank und steckt den Kopf ins Badezimmer. Dann klatscht er in die Hände und deutet auf mich.

– Okay, dann wollen wir mal. Raus mit dem Zeug, auf den Tisch da.

Ich stecke die Hände in die Hosentaschen, krame die 20-Gramm-Tütchen mit Kokain hervor und werfe sie auf den Tisch. Er presst die Lippen zusammen und schüttelt bloß den Kopf.

– Nicht gut, Mann, das sieht gar nicht gut aus. Dafür wanderst du direkt in den Knast.

Er fingert an den Tütchen herum.

– Das ist genug Stoff, um dich für eine Weile aus dem Verkehr zu ziehen. Aber wo das schon mal alles so hübsch eingepackt ist? Scheiße, das sieht ja fast so aus, als hättest du's direkt für mich mitgebracht. Was meinst du?

Den Blick gesenkt, zucke ich mit den Achseln.

– Aha. Hast du noch mehr davon? Sag's mir besser gleich. Ich stell sonst das ganze Zimmer auf den Kopf.

Ich nicke.

– Ja.
– Du hast also noch mehr?
– Ja.
– Wie viel?
– Ein halbes …
– Eine halbe Unze?
– Kilo.

Er stößt einen Schwall jägermeistergeschwängerte Luft durch die Nase, nimmt eine Kool-Zigarette aus seiner Brusttasche und zündet sie sich an.

– Das ist doch mal was, eine ordentliche Menge. Ist das Zeug hier versteckt?
– Ja.
– In diesem Zimmer?
– Ja.
– Soso.

Er bläst eine Rauchwolke in den Raum.
– Wo ist es?
Ich drehe meinen Kopf in Richtung Badezimmer.
– In der Spülung.
Er grinst.
– Ich sag dir was. Wenn du wirklich ein halbes Kilo im Scheißhaus versteckt hast, wird das am Ende doch noch dein Glückstag.
Er schiebt mir einen Finger unters Kinn und drückt meinen Kopf nach oben, um mir prüfend in die Augen zu schauen.
– Kapiert, Cowboy?
Na super. Das wird ja immer besser. Ein korrupter Bulle. Als wenn ich nicht schon genug Ärger mit korrupten Bullen hinter mir hätte.
– Ja, hab ich.
Er nimmt seinen Finger weg.
– Aber wenn du mich verarschst …
Dabei gibt er mir einen leichten Klaps auf die Wange.
– … mach ich dich alle, verstanden?
– Verstanden.
Er gibt mir ein Zeichen, dass ich vor ihm her ins Bad gehen soll.
– Was machst du denn für ein Gesicht? Freu dich doch.
Ich latsche an ihm vorbei zur offenen Badtür. Er folgt mir auf den Fersen und bläst mir von hinten Rauch über die Schulter.
– So, und jetzt geh da rein und nimm den Deckel ab, aber komm ja nicht auf die Idee, reinzugreifen. Nimm einfach bloß den Deckel ab und geh zur Seite.
Ich nicke, nehme den Deckel vom Spülkasten und trete einen Schritt zur Seite. Er zeigt auf den Deckel.
– Stell ihn da auf den Boden.
Ich tue, was er sagt.

– Na also, geht doch. Du willst doch nicht, dass hier einer von dem Scheißding erschlagen wird. Und jetzt weg da.

Ich trete einen Schritt zurück Richtung Dusche. Er hebt warnend den Finger, zwinkert mir zu und späht in den Spülkasten. Darauf starrt er mich an, schaut ein zweites Mal rein und krümmt einen Finger.

– Komm mal her, Freundchen. Ich muss dir was zeigen.

Ich weiß schon, was ich zu sehen bekomme, blicke aber trotzdem in den leeren Spülkasten. Außer der üblichen Hardware gibt's nichts zu entdecken. Noch bevor ich den Mund öffnen kann, packt er mich am Kragen und schleudert mich mit dem Gesicht voran in den Spiegel. Vielleicht ist heute ja wirklich mein Glückstag – er zerbricht nicht.

– Was soll der Scheiß, Kleiner? Willst du mich verarschen, oder was? Du willst dich doch nicht mit dem Gesetz anlegen, hä?

Er presst mein Gesicht noch fester gegen den Spiegel. Lange wird mein Glück nicht mehr vorhalten.

– Oder ist das eine Falle?

Er steckt sich die Zigarette in den Mund und drückt mich mit der freien Hand nach unten.

– Bist du verkabelt? Gehörst du zur Inneren oder so was in der Art?

Und schon knallt mein Kopf wieder gegen den fleckigen Spiegel. Er nimmt die Zigarette aus dem Mund und hält sie mir ans rechte Auge. Wegen der Narbe fühle ich keinen Schmerz, aber als ich mein Auge schließe, spüre ich kurz die Hitze. Die Zigarette ist ganz nah an meinem geschlossenen rechten Lid, aber mit dem linken offenen Auge kann ich im Spiegel hinter ihm was Dunkles, Verschwommenes erkennen. Die Glut berührt meine Augenbraue, und ich rieche verbranntes Haar.

– Wo ist jetzt das beschissene halbe Kilo, du Arschgesicht? Entweder du erzählst mir jetzt die Wahrheit, oder ich brenn dir ein schönes kleines Loch durch dein verficktes Auge.

Es folgt ein dumpfes Geräusch, als der Spülkastendeckel aus schwerer Keramik auf seinen Kopf trifft und ihn auf die Knie zwingt. Ich trete vom Spiegel zurück.

– Achtung, er hat eine Knarre.

Aber Branko hat dem Bullen bereits die Pistole aus dem Holster geangelt und in die hintere Hosentasche seiner dunkelblauen Dickies gesteckt. Der Bulle kniet noch immer mit glasigen Augen am Boden, die Hand am Hinterkopf, Blut sickert durch seine Finger. Branko zeigt auf mich.

– Wasser.

Ich greife nach einem der Plastikbecher am Spülbecken, fülle ihn ohne die Plastikverpackung abzureißen mit Wasser und reiche ihn Branko.

– Er ist ein Cop.

Branko nimmt den Becher.

– Allerdings. Ein Cop.

Im nächsten Moment schüttet er dem Bullen Wasser ins Gesicht, lässt den Becher fallen und gibt dem Typ ein paar Ohrfeigen.

– Aufwachen. Ist da jemand? So hart hab ich auch wieder nicht zugeschlagen. Hallo? Aufwachen.

Der Bulle versucht ihm auszuweichen, aber Branko packt ihn an den Haaren und verpasst ihm einen ordentlichen Schlag ins Gesicht. Der Bulle jault auf.

– Ihr seid erledigt, fertig. Ihr habt keine Ahnung, in was ihr euch da reinreitet. Wisst ihr überhaupt, wer ich … Scheiße, verflucht …

Branko zerrt den Cop an den Haaren hoch.

– Hey! Du solltest eigentlich wissen, wer ich bin. Hä? Schau mich an! Klingelt's jetzt vielleicht? Du weißt doch, für wen ich arbeite? Oder?

Das Gesicht des Cops wird noch eine Spur blasser. Branko nickt.

– Na also, wurde aber auch Zeit. Und jetzt sag mir, wer von uns beiden ist in diesem Scheißhaus hier der Angeschissene?

Branko lässt von dem Cop ab und greift in die Tasche seiner Windjacke.

Der Cop starrt mich entsetzt an.

– Hey, wartet. Ich … Mann, das ist ein Missverständnis.

Sag das deinem Freund.

Brankos Hand kommt wieder zum Vorschein. Sie hält einen Racketball. Er packt den Cop, reißt ihm mit Gewalt den Mund auf und stopft ihm den Ball rein.

– Halt jetzt die Klappe und nimm's wie ein Mann.

Aus der anderen Jackentasche zieht er eine Rolle Industrieklebeband, reißt ein Stück ab und klebt es über den Ball. Dann steht er auf und blickt mich an.

– Alles okay?

Ich taste nach meiner angesengten Augenbraue.

– Ja, so weit.

– Wo ist das Koks?

– Liegt drüben auf dem Tisch.

Er dreht sich um und wirft einen Blick ins Zimmer nebenan.

– Gut. Alles klar.

Er deutet auf den dicken Kerl, der auf dem Badezimmerboden kniet.

– Seine Finger.

Ich öffne meinen Mund und will was sagen, aber Branko schüttelt bloß den Kopf und schneidet mir das Wort ab.

– Seine Finger. Ich kümmere mich derweil um das Koks.

Er geht raus, ruft mir aber durch die offene Tür noch was zu.

– Und vergiss nicht die Daumen.

Ich betrachte den Bullen, der seine Hände flehend zu mir ausgestreckt hat und irgendwas durch den Gummiball stammelt. Sein Gesicht ist knallrot und tränenüberströmt. Ich versuche ihn am Handgelenk zu packen, aber er zappelt so heftig, dass ich ihn nicht zu fassen kriege, also trete ich ihm in den Bauch, und er klappt zusammen.

Es gibt Gründe, warum Menschen bestimmte Dinge tun. Ohne Gründe würde man es nicht fertigbringen.

Und ich habe einen Grund.

Einen ziemlich guten sogar.

In Momenten wie diesen fällt er mir wieder ein.

Ich trete ihm noch mal kräftig in den Magen, schnappe mir sein Handgelenk und lege die Finger auf den Rand der Toilettenschüssel. Dann lasse ich den Toilettendeckel mit solcher Wucht draufknallen, das er zerbricht und ich den Job mit dem blutbespritzten Spülkastendeckel zu Ende bringen muss.

Während der ganzen Aktion wiederhole ich einen Satz wieder und wieder.

Das ist für euch, Mom und Dad. Das ist nur für euch.

Dann kommt Branko rein, nickt einmal zufrieden über meine Handarbeit und erklärt mir, ich kann draußen im Auto warten, während er saubermacht.

So verliert man sein Leben.

Du bist ein junger Kerl und spielst gern Baseball. Du bist unverschämt gut, besser als alle anderen. Du bist auf dem besten Weg, ein Profi zu werden. Alle rechnen fest damit. Aber bevor es dazu kommen kann, verletzt du dich – und zwar schlimm.

So was kann passieren.

Du suhlst dich in Selbstmitleid und fängst an, mit der Sorte Kids rumzuhängen, mit denen du nichts zu tun haben wolltest, bevor du dir dein Bein ruiniert hast. Du nimmst Drogen, brichst in Häuser ein, wirst erwischt.

So was kann passieren.

Dann wechselst du von Baseball und kleineren Diebstählen zu Hot Rods. Du wirst ein ziemlicher Angeber. Das geht so lange gut, bis du mit deinem Mustang verunglückst. Dein bester Freund sitzt mit im Wagen und segelt durch die Windschutzscheibe. Du kommst in den Genuss des einmaligen Anblicks, wie der Kopf eines Teenagers mit hoher Geschwindigkeit gegen einen Baum knallt.

So was kann passieren.

Du gehst aufs College und lernst alles Mögliche. Du lernst, wie Dinge funktionieren, lernst Erste Hilfe, liest Bücher, lernst was über Geschichte und Politik. Das ganze Zeug, für das du keine Zeit hattest, als Baseball angesagt war. Du lernst ein Mädchen kennen und ziehst nach New York City, um bei ihr zu sein. Doch sie trennt sich von dir und setzt dich vor die Tür.

So was kann passieren.

Du fängst an zu trinken und arbeitest in einer Kneipe als Barkeeper. Deine Trinkgewohnheiten werden zu einem kleinen Problem, sind aber im Grunde wie der Rest deines Lebens: nicht weiter der Rede wert. Die Jahre vergehen. Bla bla bla, und so weiter und so fort.

Nichts passiert.

Und dann passiert alles auf einmal.

Ein Bekannter überlässt dir was zur Pflege: eine Katze. Das heißt, du denkst, es ist die Katze, auf die du aufpassen sollst. In Wahrheit ist es was anderes. Es geht um einen Schlüssel, nämlich den Schlüssel, der am Boden des Katzenkäfigs klebt. Der Schlüssel zu einer Tür, und hinter dieser Tür wartet ein Preis, ein Preis, auf den viele Leute scharf sind. Denn wer wäre nicht scharf auf über vier Millionen Dollar, sauber gewaschen und nicht zurückverfolgbar. Ein paar Typen tauchen auf, um sich den Schlüssel zu holen. Sie bedrohen dich, tun dir ordentlich weh und versuchen dich umzulegen. Und dann bringen sie Menschen um, die dir was bedeuten. Jemanden, den du liebst. Und du schlägst zurück.

So was kann passieren.

Du hörst mit dem Trinken auf. Versteckst dich. Du kappst alle Verbindungen zu deinem bisherigen Leben, lebst zurückgezogen und unter falschem Namen an einem Strand in Mexiko und versuchst dir einzureden, es wäre cool, auf der Flucht zu sein. Als mysteriöser Americano. Aber es ist eben nicht okay. Und auch nicht cool. Du begegnest jemandem, der weiß, wer du bist. Jemand, der das Geld will. Er droht dir, du drohst ihm, er droht deinen Eltern. Er kommt ums Leben. Du flüchtest. Nach Hause, zu deinen Eltern. Um sie zu beschützen. Keine gute Idee.

So was kann passieren.

Du verlierst das Geld. Wie ein Vollidiot. Die ganzen vier Millionen Dollar. Das einzige Pfand, das garantiert, dass deine Eltern am Leben bleiben. Du machst Pläne, versuchst, zwei Parteien gegeneinander auszuspielen, aber du versagst. Knarren. Bissige Hunde. Tote Freunde. Ein Gemetzel, blutig und furchtbar. Du willst sterben.

Doch dann passiert was.

Ein Mann rettet dich und bietet dir ein neues Leben an. Das Geld, das du verloren hast, hat ihm gehört. Aber er hat Verwendung für dich. Er kennt deine Talente. Er hat verfolgt, was du getan hast. Er weiß, dass du in Sachen Gewalt härter drauf bist, als ein Mensch es eigentlich sein sollte. So einen Mann kann er gebrauchen.

So was kann passieren.

Doch du willst nicht drüber nachdenken.

Und so verliert man sein Leben. Weil es eben nicht mehr dein Leben ist. Es ist ein Leben auf Pump. Du lebst es, aber es gehört dir nicht mehr.

Und dann geht alles wieder von vorne los.

Meine Hände zittern.

Sie zittern so stark, dass ich dreimal den Knopf des Handschuhfachs drücken muss, bis es schließlich aufspringt. Als ich das kleine Fläschchen mit den Pillen endlich draußen habe, rasselt es wie eine Maraca. Ich fummele daran herum, bis Branko in den Wagen steigt, mir das Ding aus der Hand reißt, den Deckel aufdreht und sich die Pillen darin besieht.

– Was ist das für Zeug?
– Vicodin.

Er schaut mich an. Ich halte ihm meine Hand hin.

– Das Gesicht tut mir weh.
– Immer noch?
– Die ganze Zeit.

Er grunzt, schüttelt zwei Pillen heraus und legt sie mir in die geöffnete Handfläche. Doch ich halte ihm immer noch die Hand hin. Er schüttelt den Kopf und gibt mir zwei weitere. Ich werfe mir die Pillen in den Rachen und schlucke sie in einem Rutsch runter.

Er verschließt das Fläschchen und legt es zurück ins Handschuhfach.

– David will mit dir sprechen.

Ich spiele mit meinen Fingern, biege sie hin und her.

– Ist er in der Stadt?
– Ist David etwa jemand, der seine Angelegenheiten am Telefon bespricht?

Ich schüttele den Kopf.

– Also, wo ist er?

Branko deutet mit dem Daumen nach hinten.

Ich drehe mich um, wo sich der goldene Turm des Mandalay Bay im Sonnenlicht spiegelt.

– Auf der anderen Straßenseite?

– Ja.

Er zeigt auf meine Hände.

– Kannst du fahren?

Die Hände haben aufgehört zu zittern. Manchmal muss ich einfach bloß die Pillen schlucken und es geht mir sofort besser.

– Ja, müsste gehen.

Ich stecke den Schlüssel ins Schloss, drehe ihn, und der Oldsmobile erwacht zum Leben. Während ich den Wagen vom Parkplatz rollen lasse, kümmert sich Branko ums Radio. Am Stoppschild halte ich an und warte auf eine Lücke im fließenden Verkehr. Branko dreht am Sender, bis er Lauryn Hill und ihren Song »Ex-Factor« reinbekommt. Mit dem Finger versucht er den Rhythmus mitzuklopfen, ist aber immer leicht neben dem Beat.

– Ich vermisse Hal Jackson.

Mit Brankos serbischem Akzent klingt es nach Hell Jycksin.

– Was?

– Hal Jackson. Sonntagmorgen. WBLS. In New York.

Ich hatte eine Freundin in New York. Sie mochte Hal Jackson. Und den Sonntagmorgen mit Zeitung, Kaffee und Bagels.

Ich fädele mich in den Verkehr auf dem Strip ein. Branko schaut mich an.

– Die Sonntagmorgen-Classics?

Jetzt ist sie tot. *Jetzt.* Als ob es erst gestern geschehen wäre. Ist es aber nicht.

Ich fahre bis zum Ende des Blocks, halte an der Ampel und warte darauf, dass sie auf Grün springt, damit ich links abbiegen kann. Branko will, dass ich mich erinnere. Er singt.

– *Bleiben Sie dran für die Sunday Classics auf WBLS mit Hal Jackson. Der Mann hat Soul, Leute.*

Es wird grün, und ich biege ab.

– Ja, jetzt erinnere ich mich.
Er nickt.
– Klar, jeder kennt Hal Jackson.
Ich muss schon wieder warten, um links auf die Zufahrt zum Mandalay zu kommen. Vom Strip weiter hinten ertönt eine Alarmsirene. Ich blicke in den Rückspiegel und kann sehen, wie ein Krankenwagen auf den Parkplatz des Happi-Inn-Motels einbiegt. Ich schaue Branko an. Er zuckt bloß mit den Schultern.
– Ich hab die 911 angerufen.
Er hält demonstrativ seine Hände hoch.
– Er hätte nur noch mit seiner Nase wählen können.
Und er tippt sich an die Nasenspitze.
Ich biege ein und schließe mich der langen Schlange von Autos und Taxis an, die ebenfalls zum Hotel wollen. Ich drehe mich noch einmal zum Happi um.
– Der Kerl war ein Cop.
Branko nickt. Ich kratze mich an der rechten Augenbraue und schabe die letzten angesengten Haare ab.
– Keiner hat mir gesagt, dass er ein Bulle ist.
Branko zuckt wieder mit den Schultern.
Ich beobachte die Rücklichter des Wagens vor uns, die blass im Schatten der Einfahrt leuchten.
– Mir wäre es lieber gewesen, ich hätte es vorher gewusst.
Branko nickt zustimmend.
– Nächstes Mal.
Nächstes Mal. Das nächste Mal, wenn ich wieder mal einen Kerl mit Koks in ein Motelzimmer locken soll, werden sie mich wissen lassen, ob der Kerl ein Bulle ist. Na super, dann bin ich ja beruhigt. Wir fahren zum Parkplatzservice vor und steigen aus. Ich hole den Parkschein und folge Branko in die Lobby, wo wir von der nach Kakao duftenden kalten Luft und wildem Papageiengeschrei förmlich erschlagen werden. Branko deutet auf die Aufzüge.

– Zimmer 2720.
– Fährst du mit hoch?
– Nein.
– Wo treffen wir uns?
– Nirgends. Ich bleib hier.
– In Ordnung.
Wir geben uns die Hand.
– Du warst gut heute. Es geht immer besser.
Ich schaue auf seine Hand, die meine umklammert.
– Danke.
Er lässt meine Hand los, klopft mir auf die Schulter und läuft davon Richtung Sportwetten. Dort wird er rumhängen und ab und an zwei Dollar auf irgendein Pferd setzen, bis ihn David ruft. Ich sehe ihn neben der Lobby in einer der Bars verschwinden. Gedrungen, kaum mehr Haare auf dem Kopf und spitzbäuchig. Er sieht aus wie jeder andere Tourist hier drin. Mit seinen billigen blauen Jeans, den Sneakers, dem kurzärmeligen Polohemd und einer Windjacke von Wal-Mart. Er könnte ein x-beliebiger Amerikaner slawischer Herkunft auf Urlaub sein.

Ich betrete den Fahrstuhl und mustere mich im Spiegel, als sich die glänzenden Metalltüren schließen. Ich sehe nicht wie jemand anders aus. Ich sehe noch nicht mal aus wie ich selbst.

Im siebenundzwanzigsten Stock öffnen sich die Türen. Ich irre kurz herum, ehe ich die richtige Zimmernummer finde. Dann klopfe ich und warte. David macht die Tür auf. Er lächelt.
– Komm rein.
Er sieht genauso aus wie immer. Strubbeliges graues Haar, gepflegter Bart, Brille mit Silbergestell, ein kleiner Bauchansatz und die behaarten Hände. Als ich an ihm vorbei ins Zimmer trete, gibt er mir einen kleinen Klaps auf den

Rücken. Der goldene Schein der Lichter draußen vor dem Fenster verleiht dem Zimmer einen grünlichen Schimmer.

Außer uns ist keiner hier. So treffen wir uns immer – allein, privat. Ich bin sein Geist. Die Waffe, von der niemand weiß, dass er sie besitzt. Niemand außer Branko.

Er zeigt auf die Minibar.

– Was zu trinken?

– Nein, danke.

– Kommt nicht in Frage. Du musst was trinken.

Er kniet sich vor der Minibar nieder.

– Ich nehme einen Black Label. Ich weiß, dass du den nicht magst. Aber vielleicht einen Saft? Wasser?

Ich zucke gleichgültig mit den Schultern.

– Dann eben einen Saft. Ist gut für den Blutzucker. Sagt meine Tochter immer.

Er rollt die Augen. *Die jungen Leute haben vielleicht Sorgen heutzutage.*

Er greift nach einer kleinen Flasche Orangensaft, schüttelt sie kräftig und reicht sie mir.

– Ein Glas?

– Nein.

Er zeigt auf einen Stuhl, und ich setze mich. Er lässt sich aufs Bett plumpsen und lehnt sich mit dem Rücken gegen einen Haufen Kissen, die er vorher dort platziert hat. Jackett und Schuhe hat er ausgezogen. Der Knoten seiner Designerkrawatte ist locker um den Kragen seines Markenhemds geschlungen. Er langt nach der Fernbedienung, zielt auf den Fernseher und stellt den Ton des Hotelsenders ab, der ihm gerade die Regeln des Roulettespiels erklärt. Er legt die Fernbedienung auf die Tagesdecke, schnappt sich seinen Scotch vom Nachttisch und nimmt einen Schluck.

– Als ich ein junger Mann war und zum ersten Mal in einem Hotel so ein Ding fand …

Er deutet auf die Minibar.

– … habe ich alles Klare getrunken. Wodka, Gin, Weißwein. Dann habe ich die Flaschen mit Wasser aus der Leitung aufgefüllt, sie wieder verschlossen und sie an ihren ursprünglichen Platz zurückgestellt.

Er lächelt, schließt die Augen und zuckt mit den Schultern. *Ja, ja, auch ich war mal jung und dumm.*

Er öffnet die Augen.

– Heute ist es mir peinlich, denn es gab keinen Grund dafür. Es war zwar noch nicht lange her, dass ich die Sowjetunion verlassen hatte, aber trotzdem hätte ich es mir locker leisten können. Aber letztlich haben wir ja alle Dinge getan, die uns unangenehm sind. Dinge, die wir bereuen.

Ich nehme einen Schluck von dem Saft. Er wirft einen Blick auf den Fernseher, auf stumme Menschen, die mit lächelndem Gesicht würfeln.

– Branko hat mir erzählt, dass du immer noch diese Pillen nimmst.

Ich rutsche unruhig im Sitz hin und her.

– Mein Gesicht tut weh.

Er wendet sich vom Fernseher ab und mir zu.

– Immer noch?

Meine Hand berührt die Narbe.

– Manche Tage sind schlimmer als andere.

Er starrt in sein Glas.

– Das tut mir leid. Wir hätten das nicht getan, wenn es nicht nötig gewesen wäre, aber …

Er schaut mich wieder an, hebt eine Augenbraue und neigt seinen Kopf zur Seite. *Lass uns nicht weiter drüber reden, okay?*

Ich reiße mich zusammen und lasse die Hand sinken.

– Ist schon gut, ich komm damit zurecht.

– Daran habe ich nie gezweifelt.

Er zeigt Richtung Fenster.

– Wie lief es heute? Wart ihr erfolgreich?

Ich schaue aus dem Fenster. Auf der anderen Seite des Strip erkenne ich das rosa-grüne Schild des Laughing Jackalope und gleich daneben das Happi mit seinem Dach aus Teerpappe. Der Krankenwagen ist gerade dabei wegzufahren, aber zwei Polizeiwagen des LVMPD parken noch vor dem Motelzimmer.

– Der Kerl war ein Cop.

David schwingt sich aus dem Bett, geht zum Fenster und schaut auf die beiden Polizeiwagen runter.

– Na und?

– Was, wenn er nicht auf das Koks angesprungen wäre? Wenn er mich stattdessen einfach verhaftet hätte?

Er blickt mich an und schaut dann wieder aus dem Fenster.

– Hättest du das zugelassen?

– Es hätte passieren können.

Er sieht mir ins Gesicht.

– Ist es das, was dich an diesem Job stört? Dass du hättest verhaftet werden können?

Ich spähe aus dem Fenster. Ein Polizist in blauer Uniform läuft quer über den Parkplatz zum Jackalope.

– Hast du ihm die Hände gebrochen?

Ich schlucke.

– Ja.

– Du hast es getan? Nicht Branko?

– Nein, ich war es.

– Und trotzdem erzählst du mir, du warst nervös, weil der Kerl ein Bulle ist.

Er hebt sein Glas und starrt mir über den Rand hinweg durchdringend in die Augen. *Kennen wir uns denn wirklich nicht schon besser?*

Er nippt an seinem Drink.

– Dieser Mann, dieser Cop. Weißt du, was er angestellt

hat, um mich so wütend zu machen? So wütend, dass ich ihm habe die Hände brechen lassen?

– Nein.

– Er ist einer von den Cops, die ich schmiere. Jeden Monat bekommt er Geld von mir. Es ist ein guter Deal. Vor allem für ihn, denn er weiß, dass ich ihm mehr schaden kann als er mir. Und trotzdem hält er sich nicht an die Vereinbarung. Er nimmt mehr, als ihm zusteht. Er nimmt sich Drogen von den Dealern. Er nimmt zusätzliches Schutzgeld von den Huren. Bei denen ist er sogar besonders gierig. Vor zwei Tagen ist er nachts bei einem von meinen Mädchen aufgetaucht, nachdem er erst am Nachmittag seine monatliche Zahlung erhalten hatte. Und was will er? Er will Geld, klar, aber er will auch ficken. Tja.

Er hebt fragend seine Schultern. *Wofür sind Huren sonst auch da?*

– Aber er ist kein normaler Mann. Ficken ist ihm nicht genug. Er schlägt meine Huren auch gerne, wenn er sie fickt. Hat er schon gemacht. Und vor zwei Tagen macht er es wieder. Und er tut dem Mädchen sehr weh.

Seine Lippen werden ganz schmal. Er nimmt einen Schluck, atmet tief durch, und seine Lippen entspannen sich wieder.

– Meine Familie stammt aus Armenien. Und die Familie dieser Hure stammt auch aus Armenien. Ich kenne ihre Leute seit meiner Geburt. Bin ich mit dieser Familie befreundet? Nein. Sonst würde ich nicht zulassen, dass ihre Tochter als Hure arbeitet. Aber ich kannte ihren Vater, und er war kein schlechter Mensch. Außerdem ist dieses Mädchen im selben Alter wie meine Tochter. Und ihr Haar … es hat die gleiche Farbe.

Er leert seinen Drink und stellt das Glas auf die Fensterbank.

– Eine verprügelte Hure mehr oder weniger. Was schadet das? Nichts. Aber dieser Bulle hat es nicht zum ersten Mal getan, und jetzt hat er es mit einem Mädchen gemacht, das ich kenne. Ein Mädchen, das meine Tochter sein könnte.

Er streicht sich die Tränen aus den Augen, betrachtet seinen Finger und zeigt ihn mir. *Siehst du, wie ich mich dabei fühle?*

– Also erkläre ich Branko, was zu tun ist. Ich sage ihm auch, dass du es tun sollst. Warum? Weil ich dich für genau so was habe. Du bist für die schwierigen Sachen zuständig. Sachen, bei denen die meisten Männer ihr Abendessen auskotzen oder sich wie Babys in die Hose scheißen. Damit bezahlst du deine Schulden bei mir ab.

David hebt die Hand, fährt mit der Spitze seines Zeigefingers langsam über meine Narbe und dreht mein Gesicht vorsichtig zu sich, damit ich ihm in die Augen schaue.

– Aber du tust diese Dinge nicht mehr. Immer öfter versagst du, und Branko muss deine Arbeit erledigen. Haben wir darüber nicht schon oft genug geredet?

Ich spüre seine Finger auf meinem Gesicht, bloß den einen nicht, der auf dem Stück verknitterter weißer Haut liegt.

– Ja.

– Ja, das haben wir allerdings. Und du gibst dir ja Mühe. Ich weiß das. Ich weiß auch, dass du die Pillen nicht bloß wegen der Schmerzen im Gesicht nimmst. Dieser Job heute? Das sollte ein Geschenk für dich sein. Einem Mann Schmerzen zuzufügen, der sie wirklich verdient.

Er lächelt mich an, in den Augenwinkeln bilden sich kleine Fältchen. *Merkst du, wie ich mich um dich kümmere, wie großzügig ich zu dir bin?*

– Aber du musst dich bessern. Du musst wieder Spaß an der Arbeit haben.

Er lässt von mir ab.

– Bald.

Er geht zum Bett, setzt sich.

– Verstehst du das?

– Ja.

– Darum wollte ich mit dir reden. Und du hast mich verstanden. Oder verlange ich zu viel?

– Nein.

– Gut. Das ist gut. Dann …

Er macht es sich wieder in seinem Nest aus Kissen gemütlich, schlägt die Beine übereinander und greift zur Fernbedienung.

– Der Flug war lang, und ich bin müde. Ich werde mich ein wenig ausruhen.

– Sicher.

Ich stehe auf und überlege, wo ich meine fast volle Flasche Orangensaft abstellen kann.

– Nimm sie ruhig mit. Für deinen Blutzucker.

Er lächelt gütig. Ich nicke und gehe zur Tür. Sie ist schon offen, als seine Stimme durch den Flur hallt.

– Diese Woche gibt es noch mehr für dich zu tun. Hast du Zeit?

Mit dem Türgriff in der Hand stehe ich da.

– Ja.

– Natürlich hast du Zeit. Und jetzt geh heim und ruh dich aus. Du bist erschöpft.

Ich drehe mich noch einmal um und blicke durch den Flur ins Zimmer, wo ich nur seine Füße sehe.

– Ja. Danke.

Ich trete raus auf den Hotelkorridor. Bevor die Tür ins Schloss fällt, wird am Fernseher der Ton wieder eingeschaltet, eine Stimme schwärmt von dem künstlichen

Strand hinter dem Hotel. Ich laufe zu den Aufzügen und drücke den Knopf. Während ich auf den Fahrstuhl warte, überlege ich, wie lange es wohl noch dauert, bis David Dolokhov Branko die Order gibt, mich umzulegen. Und ob er meine Eltern davor oder danach umbringen lässt.

Mein Apartment ist lausig. Aber es passt zu meinem übrigen Leben. Denn das ist genauso lausig.

Ich sollte das nicht tun, aber ich kann nicht anders. Ich tippe die Webadresse ein und warte, bis mein lahmes Modem die Verbindung herstellt und die Homepage www.sandycandy.com hochlädt. Es dauert ewig, weil die Startseite aus einem riesigen Bild von Sandy in einem ihrer Strip-Outfits besteht, wie sie eine verchromte Stange umschlingt. Als sich endlich das ganze Bild aufgebaut hat, fahre ich mit der Maus über die Menüleiste. Zuerst klicke ich den Menüpunkt *Öffentliche Auftritte* an. Nicht viel Neues. Ein weiterer Auftritt bei Howard Stern, aber sonst ist es in den letzten Monaten eher still um sie geworden. Offenbar stehen keine Nachmittags-Talkshows oder Fernsehinterviews an, dafür sieht man die ewig gleiche Ankündigung, die Fans sollen auf ihr E!-Special warten, von einem konkreten Termin aber kein Wort. Wahrscheinlich bloß heiße Luft. Genauso wie das lange angekündigte *60-Minutes*-Interview, aus dem nie was wurde. Ich klicke auf die Merchandise-Seite, aber auch hier nichts Neues: Sandy-Candy-Kappen, T-Shirts, Höschen, DVDs. Ich könnte nachschauen, ob sich im Forum was getan hat. Das letzte Mal war ich da vor einer Woche drin, da müsste es eigentlich eine Menge neuer Einträge geben. Doch dann sehe ich, dass es eine neue Meldung in ihrem Tagebuch gibt. Ich klicke drauf.

Wow! Was für eine Woche! Ich komme grad zurück von

einer einwöchigen Clubtour durch Florida. South Beach rocks! Ich war Gasttänzerin im Club Madonna (keine Verbindung zu der *Madonna!), im Club Pink Pussycat und in der Coco's Lounge Living on the Edge! Ich hab Obenohne und komplett nackt (herrlich, dieses Gefühl der Freiheit!) getanzt. Ich hatte riesigen Spaß, und alle waren total nett! Besonders danken will ich Sissy und Aura, dafür, dass ich bei ihnen pennen konnte! Die Fajitas waren auch köstlich!*

Ihr könnt euch ein paar brandneue Strandbilder von mir im Bikini reinziehen (keine Angst, ich habe Sonnenschutzfaktor 30 benutzt, ihr wisst ja, Sandy Candy hat empfindliche Haut). Angemeldete Mitglieder können sich auf der Paysite weitere Bilder von mir und den anderen Mädels bei unseren heißen Spielchen anschauen! Wer noch kein Mitglied ist, sollte sich spätestens jetzt anmelden. Es lohnt sich, diese Miami Girls sind verdammt scharf! Bei den Links habe ich auch die Websites der ganzen Läden aufgelistet, in denen ich getanzt habe. Die solltet ihr auf keinen Fall verpassen, wenn ihr in Miami seid. Ein absoluter Spaß!

Und dann möchte ich mich bei all denen bedanken, die sich Sorgen um mich gemacht haben, die mir geschrieben haben und wissen wollten, ob es mir wieder besser geht. Nun, manchmal habe ich immer noch Albträume, aber langsam geht es wieder aufwärts, und ich lerne zu vergessen und zu vergeben. Gekidnappt werden und mitzuerleben, wie Menschen zu Tode kommen, ist eben nichts, was man so einfach wegsteckt. Aber es tut wirklich verdammt gut, zu wissen, dass ihr Jungs (und natürlich auch Mädels) hinter mir steht.

Genug der Trübsal. Ich nehm ein paar Tage frei (»Ichzeit!«), bin aber bald wieder für euch da. Ach ja, all ihr Kerle in New York … haltet eure Augen offen, denn ich tanze nächstes Wochenende im Private Eyes, und dann ist Kansas City an der Reihe. Macht euch schon mal bereit, Jungs, bald komm ich euch besuchen!

Passt gut auf euch auf, wir sehn uns!

In Liebe,
SC

Kansas City. So weit nach Westen ist sie noch nie gekommen, seit ihrem Umzug nach Pennsylvania. Wo genau liegt Kansas City? Ich bin kurz davor, auf der Landkarte nachzusehen, aber was soll das bringen? Immerhin bin ich der Kidnapper, von dem da die Rede ist. Außerdem kann man nicht wirklich behaupten, wir wären Freunde gewesen oder so was. Sie war bloß eine Stripperin in Vegas. T meinte, sie hätte gute Kontakte und könnte uns helfen. Dass sie uns vielleicht reinlegen könnte, kam ihm nicht in den Sinn. Und sie konnte ihrerseits nicht ahnen, was das für fatale Folgen nach sich ziehen würde. Wie auch immer, was hätte das Ganze für einen Sinn? Nach KC fahren, sie in einem Club ausfindig machen und sagen: *Hi, erinnerst du dich noch an mich?*

Ich logge mich aus, gehe ins Bad und dort zum Medizinschrank.

Der Spiegel ist kaputt. Er zerbrach, als ich mir vor sechs Monaten einen etwas zu heftigen Medikamentenmix verabreichte. Die Xanax, die ich damals nahm, hatten mich zu sehr runtergebracht, also versuchte ich, mich mit Dexedrine aufzuputschen. Eines Abends schaute ich in den Spiegel und sah ein Gesicht, das nicht meins war. Ich wurde wütend und wollte es mit Schlägen vertreiben. Das hat wieder mal bewiesen: Denken ist nicht gut für mich.

Der Spiegel ist jedenfalls immer noch hinüber. Ich hab es nie geschafft, das Glas aus dem Rahmen zu entfernen, sondern habe es bloß mit schwarzem Gaffertape so weit befestigt, dass es nicht rausfällt. Auf die Weise muss ich mir wenigstens nicht ständig ins Gesicht sehen, wenn ich ins Bad komme.

Ich öffne den Schrank und nehme zwei Beutel voll Tablettenfläschchen heraus. Ich wusste doch, dass es mir nicht guttut, wenn ich auf Sandys Website gehe. Düstere Gedanken schwirren mir durch den Kopf. Soll ich sie vielleicht doch kontakten, ihr eine E-Mail schicken und sie fragen, wie es T geht? Mehr will ich eigentlich gar nicht von ihr. Ich will bloß wissen, wo T ist, wie es ihm geht. Aber kaum denke ich an Sandy und T, kommen Bilder aus New York in mir hoch, und von dem, was dort geschah. Ich denke an all die Menschen, die gestorben sind. Und was ich seither getan habe. Die Jobs für David. Und schon zermartere ich mir den Kopf, wie ich aus der ganzen Scheiße wieder rauskomme. Das sind die schlimmsten Gedanken.

Es ist völlig ausgeschlossen, dass ich einfach aussteige oder weglaufe. Beim leisesten Versuch in diese Richtung würde David sofort Branko zum Haus meiner Eltern schicken. Das ist der Deal. Die einzige Chance wäre vermutlich, David und Branko umzulegen. Aber ich fürchte, das kann ich nicht. Sie würden es in dem Moment riechen, in dem ich den Raum betrete. Ich könnte zu Mom und Dad gehen und gemeinsam mit ihnen weglaufen. Aber damit würde ich ihr Leben noch schlimmer machen, als es ohnehin schon ist. Ich könnte in New York nach dem Geld suchen, das für alles verantwortlich ist – die ganzen vier Millionen Dollar. Dummerweise habe ich keine Ahnung, wo es sein könnte. Tim sollte auf das Geld aufpassen. Er sollte es für mich aufbewahren. Das hat er auch getan. Bevor ich ihn umbrachte. Ich dachte nämlich, er hätte das Geld für sich genommen. Wie hätte ich auch ahnen sollen, was für einen guten Freund ich hatte.

Ich könnte jetzt einfach einen Streifen von dem Gaffertape abziehen, ein Stück Glas aus dem kaputten Spiegelschrank brechen und mir die Pulsadern aufschneiden. Am Waschbecken runterrutschen und einfach verbluten. Aber auch diesen Notausgang hat David verschlossen. Er hat ihn an dem Tag verriegelt, als wir uns begegneten und er mir den Vertrag diktierte. Er lässt meine Eltern leben, dafür arbeite ich für ihn. Und zwar lebenslänglich. Und ich habe nicht darüber zu bestimmen, wann dieses Leben endet.

Und jetzt stehe ich wieder hier.

Und denke.

Aber ich weiß, was dagegen hilft.

Ich öffne den Beutel, in dem sich die Downer befinden und wühle darin rum. Ich suche nach einem Mittel, das ich in letzter Zeit selten genommen habe, das aber zuverlässig wirkt. Die Vics haben gegen die Schmerzen im Gesicht und die Angstzustände geholfen, aber jetzt brauche ich dringend was für meinen Kopf. Ich reiße den Deckel von der Flasche Demerol, stecke mir eine Tablette in den Mund und schlucke.

Dann lege ich die Beutel zurück in den Schrank und schließe die Tür. Ich betrachte den Pfusch mit dem schwarzen Tape, die unzähligen kleinen Spiegelsplitter. Ich zupfe leicht an einem Stück Tape. Es löst sich samt einiger Glasteilchen ab. In dem Spiegelmosaik erkenne ich mein rechtes Auge und die Narbe. Mein Gesicht zieht sich zusammen, einmal, zweimal, und schnell drücke ich den Klebestreifen wieder fest.

Das Apartment ist beschissen, aber immer noch besser als die Budget Suites of America. Die waren richtig finster. Sie gehörten zu einer Motelkette, wo man seine Miete wöchentlich zahlt, und lagen am Arschende vom Las Vegas Boulevard. Die Mieter waren zur Hälfte Familien, die frisch nach Vegas gekommen waren, weil sie an die großartigen Geschichten von massig Jobs und günstigen Mieten geglaubt hatten. Und jetzt wohnten sie zusammengepfercht in einem einzigen lausigen Zimmer. Die andere Hälfte bestand aus Familien, die sich bereits von ihren Illusionen verabschiedet hatten und jetzt versuchten, genug Kohle zusammenzukratzen, um wieder abzuhauen. Die Budget Suites waren so etwas wie das Maul und der Arsch von Las Vegas, der Anfang und das Ende. David hatte mich hier untergebracht, nachdem mein Verband abgenommen worden war. Oder anders ausgedrückt: Nachdem der Schlächter, den er angeheuert hatte, um mir ein neues Aussehen zu verpassen, damit fertig war, meine Gesichtsknochen zu zermalmen und neu zusammenzusetzen, meine Haut aufzuschlitzen und sie der neuen Knochenform gemäß wieder zusammenzuflicken. So ungefähr jedenfalls.

Nicht, dass ich wie Frankensteins Monster aussähe. Er hat bloß die Form meiner Stirn geändert, den Haaransatz weiter nach hinten verlegt, meine Wangenknochen gebrochen und nach oben verschoben, die Kinnspitze abgesenkt, die Nase geglättet und die Lippen schmaler gemacht. Es ist nicht mal so, dass das Gesicht schlecht aussieht. Wahrscheinlich wäre es eine super Arbeit gewesen, wenn ich vor der OP nicht diese Verbrennungen abgekriegt hätte.

Es stellte sich raus, dass improvisierte plastische Chirurgie an einem Mann mit schweren Verbrennungen im Gesicht keine gute Idee ist. Die Haut verheilt einfach nicht so, wie sie sollte. Wenn ich meine Handfläche auf die äußere Hälfte von meinem rechten Auge lege, bedeckt sie gerade so die Narbe. Ein Stück tote, weiße, verknitterte Haut, das von den Augenbrauen über die Schläfe bis zu den Wangenknochen reicht. Die Narbe stört mich nicht etwa deshalb, weil ich so Probleme hätte, Frauen aufzureißen, sondern einfach weil man mich leichter wiedererkennt. Wegen ihr kann David mich bei vielen Aufträgen nicht gebrauchen. Ich komme nur zum Einsatz, wenn er sicher sein kann, dass mich später keiner mehr identifizieren wird. Bei hartgesottenen Burschen, die zwar kämpfen können, aber sehr genau wissen, dass sie besser ihre Klappe halten, wenn sie verloren haben. Oder eben bei Leuten, die überhaupt nie mehr mit jemandem reden. Von der Sorte habe ich schon einige getroffen.

Die Narbe war auch einer der Gründe, warum er mich in die Budget Suites gesteckt hat. Die Suites sind perfekt. Hier schaut einen keiner an. Kopf runter, jeder kümmert sich nur um seinen eigenen Kram, das ist die Regel. Außerdem laufen hier so viele entstellte und verkrüppelte Gestalten herum, da fällt ein Narbengesicht mehr oder weniger gar nicht auf.

Wie auch immer, die Narbe ist nicht das Thema. Das Hauptproblem sind die Nerven. Als der Chirurg die gebrochenen Knochen neu zusammensetzte, bewies er kein gutes Händchen. Irgendwas ist schief gelaufen. Die meiste Zeit tut es weh, als hätte ich starke Kopfschmerzen, aber nicht der Kopf tut mir weh, sondern das Gesicht. Und manchmal wird es noch schlimmer. Zum Beispiel, wenn ein kräftiger Kerl mein Gesicht mit voller Wucht gegen einen Spiegel pfeffert. Dann brauche ich Tabletten. Gegen die Schmerzen im Gesicht. Aber auch, damit ich nicht das Tape vom Medizinschrank kratze.

Ich hockte also in meinem Zimmer in den Suites und verschlang die Tabletten, die ich mir von einem der dort ansässigen Dealer besorgt hatte. Einige der Tabletten waren gegen die Schmerzen, andere löschten die Erinnerungen an die nächtlichen Albträume, wieder andere halfen mir dabei, zu Branko in den Wagen zu steigen, als er mich abholte.

Wir fuhren an einen Ort, wo wir jemandem Angst einjagen sollten, der selbst weit und breit gefürchtet war. Ich sollte vorausgehen. Kein Problem. Dank der Tabletten war mir alles egal. Das war wirklich prima. Doch irgendwann begann die Wirkung der Tabletten nachzulassen. Und jetzt muss ich mir gewöhnlich so viele von den Dingern reinschmeißen, dass ich wie ein Zombie wirke. Branko versucht mich auf einen Kerl zu hetzen, und ich lehne bloß apathisch an der Wand. Dabei laufen mir dünne Fäden Sabber aus dem Mundwinkel.

David mag das nicht.

David dachte, ich hätte echtes Starpotential. Ich sollte sein Geist sein, das Phantom, von dem niemand weiß. Die Geheimwaffe seiner Organisation. Es weiß auch tatsächlich niemand von mir, außer David und Branko. Ich bin die Waffe, die er jederzeit ziehen kann, die Waffe, von der keiner ahnt, dass er sie besitzt. Er dachte, ich würde bei Branko meine Lehrzeit absolvieren, und dann wäre ich in der Lage, alleine zu agieren. Als er rausfand, dass ich von Xanax und Vics auf Demerol und OxyContin umgestiegen war, ließ er mich von den Suites in dieses Dreckloch in North Las Vegas umziehen. Zu den Suites fahre ich bloß noch, um mir meinen Stoff zu holen. Ich würde David und Branko gerne vormachen, dass ich das harte Zeug nicht mehr nehme, aber sie sind nicht dumm. Der einzige Dummkopf hier bin ich.

Und jetzt bekomme ich immer öfter beschissene Aufträge. Jobs, die auffallen. Die Sorte Jobs, für die Branko normalerweise jemanden von außerhalb einfliegen lässt. Ich hab das Gefühl, dass David immer weniger Wert drauf legt, mich langfristig zu behalten. Als müsste sich seine Investition nur noch ein bisschen rentieren, bevor er mich fallen lässt.

Ich versuche mir Sorgen darüber zu machen. Sorgen darüber, ob ich lebe oder sterbe. Denn das hat unmittelbare

Auswirkungen darauf, ob meine Eltern leben oder sterben werden. Aber dann setzt die Wirkung der Demerol ein, und mir wird alles einerlei. Genau so, wie ich es mag.

Ich latsche zurück ins Wohnzimmer, lasse mich auf die Couch fallen, und dank der Demerol fühlt sich das an, als würde ich in Zeitlupe vom Dach eines Hauses auf eines dieser riesigen Luftkissen fallen, wie es Stuntmänner benutzen. Ich beobachte, wie meine Hand nach der Fernbedienung für die Stereoanlage greift. Ich klicke mich durch die CDs im Wechsler, bis ich eine von Elvis Costello erwische, und spiele kurz den Anfang von jedem Lied an. Endlich finde ich eins, das zu meiner momentanen Stimmung passt: ein bisschen lebensmüde, dazu chemisch betäubt. »Shipbuilding« scheint mir bestens geeignet.

Das tut gut. Es ist genau das Richtige. Besser wird's nicht. Jedenfalls nicht für mich. Demerol, gute Musik, und die Aussicht auf einen traumlosen Schlaf. Für mich ist das der Gipfel der Glückseligkeit. So tief kann man fallen.

Einst schwang dieser Berg von einem Mann einen Schläger, traf einen Ball, schaute ihm lange nach, wohl wissend, dass es ein perfekter Schlag war, und sprintete lässig um alle vier Bases. Aber das ist lange her. Eine andere Welt. Baseball. Ich habe Baseball nicht mehr gespielt, seit ich ein Kind war. Mist, ich kann mir Baseball nicht mal mehr anschauen. Selbst eine Flasche Demerol würde mich nicht gut genug draufbringen, um eine Partie zu ertragen. Wenn ich heute ein Baseballspiel sehe, wiege ich mich nach kurzer Zeit wimmernd auf der Couch vor und zurück, die Arme um meine Schultern geschlungen.

Das Demerol macht sich bemerkbar.

Ich verschmelze mit dem Sofa.

Ich sitze mit der kleinen Spielanleitung in der Hand auf der Couch und versuche rauszufinden, wie es funktioniert.

Da kommt der Junge zurück ins Zimmer. Spaghettistückchen hängen in seinen Haaren, das Gesicht und der Hals sind voller Soße. In der Hand trägt er ein paar Budweiser. Ich starre die Biere an.

– Wo hast du die denn her?

– Sind von meinem Dad.

– Wird der nicht sauer?

– Der kriegt das doch gar nicht mit.

Er reicht mir eins. Ich öffne es und nippe daran. Es schmeckt gut. Jetzt, nach dem ersten Schluck erinnere ich mich dran, wie lange ich schon mit dem Trinken aufgehört habe. Scheiße auch. Ich hab's vermasselt. Naja, wo sowieso wieder alles von vorne anfängt, kann ich's genauso gut austrinken. Ich nehme einen zweiten Schluck.

Der Junge setzt sich neben mich und deutet auf die Spielanleitung.

– Bist du so weit?

Ich werfe die Anleitung auf den Boden.

– Kannst du vergessen. Ich spiel das nicht, das wär eine Katastrophe.

– Ich dachte, Baseball ist dein Ding.

– Ja, Baseball, das echte Spiel, das war mein Ding. Aber das hier ist was anderes.

– Aber du warst doch gut, oder?

– Ja. Ja, ich war gut.

– Na, dann ist das hier für dich doch ein Kinderspiel.

– Hör zu, können wir nicht einfach rausgehen und ein paar Bälle werfen? Ich meine, wenn wir schon spielen, dann sollten wir auch *richtig* spielen.

Er schiebt den Vorhang zur Seite, draußen regnet es in Strömen.

– Jetzt komm schon, versuch's doch wenigstens mal.

Ich stöhne laut auf, nehme dann aber den Joystick in die Hand, während er das Spiel anschaltet.

Er drückt ein paar Tasten, und die Embleme verschiedener Teams erscheinen auf dem Fernsehschirm.

– Welches Team willst du sein?

– Die Giants natürlich.

Er drückt wieder ein paar Tasten.

– Ich glaube, dann bin ich die Dodgers.

Ich stöhne erneut.

– Tu das nicht, Mann. Ich weiß sowieso, dass du mich schlägst. Aber bitte nicht mit den Dodgers.

Er lacht.

– Das hältst du wohl nicht aus? Hier, du kannst mit dem Giants Allstar-Team spielen. Ott, Mays, McCovey, Mathewson.

– Nein. Nein. Gib mir einfach das normale Team.

– Willst du das von den letzten World Series?

– Nein, ich hab sie nicht *einmal* spielen sehen. Gib mir die Mannschaft, die fast die Wild Card geschafft hätte. Die eine, die im entscheidenden Play-off-Spiel gegen die Mets angetreten ist.

Er drückt mehrere Tasten.

– Okay, du bist dran.

Wir spielen. Ich versage jämmerlich. Im dritten Inning führt er bereits 15:0.

Er schafft einen weiteren Home Run. Entnervt lasse ich den Joystick fallen.

– Das ist ein Scheißspiel.

Er lacht.

– Okay, okay. Spielen wir was anderes. Ich hab was, das wird dir besser gefallen.

– Gut. Hauptsache, was anderes.

Er stemmt sich von der Couch. Ich greife mir die Spielanleitung und versuche rauszufinden, wie er es angestellt hat, seinen Mann in meinen zweiten Baseman zu schubsen und ihn damit außer Gefecht zu setzen.

– Los geht's.

Ich schaue auf. Er steht drüben beim Fernseher, eine Plastikpistole in jeder Hand.

– Ego-Shooter! Wer die meisten Typen auf dem Bildschirm abknallt, gewinnt! Das ist schon eher dein Ding, was?

Ich fahre mit den Fingern über die glatten Seiten der Anleitung.

– Ich weiß nicht, Mann. Lass uns lieber weiter Baseball spielen.

– Kommt nicht in Frage, du hattest schon recht. Du hast es nicht drauf. Damit bist du sicher besser.

Er deutet auf eine der Pistolen und hält sie sich an den Kopf.

– Komm schon, du bist ein Naturtalent. Bäng! Bäng!

Er drückt den Plastikabzug, dreht sich lachend um und präsentiert mir das riesige Loch, wo mal sein Hinterkopf war.

Als das Telefon klingelt, finde ich mich in Unterwäsche auf der Couch. Ein Fuß berührt den Boden, das heißt, eigentlich hängt er in einer kalten, halb aufgegessenen Pizza. Um mich herum stehen mehrere leere Wasserflaschen. Seit achtundvierzig Stunden liege ich halb bewusstlos auf dieser Couch. Als ich die erste Dem nahm, wollten die Träume nicht verschwinden, also hab ich noch zwei genommen. Und die taten mir so gut, dass ich einfach weitermachte.

Das Telefon klingelt noch immer. Es klingelt und klingelt und klingelt, bis ich endlich kapiere, dass es sich nicht um einen Soundeffekt handelt, den Moby in »One of These Mornings« reingemixt hat. Langsam komme ich zu mir, meine Nasenlöcher sind verstopft, im Hals spüre ich einen fetten Kloß. Ich versuche aufzustehen und verschmiere dabei mit dem einen Fuß Pizzabelag auf dem Teppich. Schlagartig rauscht mir das Blut aus dem Kopf und mir wird schwindelig. Ich gehe zu Boden. Mit letzter Kraft robbe ich zum Handy, das in der Mitte des verdreckten Teppichs liegt. Die Nummer des Anrufers ist unterdrückt; nur zwei Menschen kennen meine Nummer, und beide haben ihre Nummer unterdrückt. Ich greife mir eine der Wasserflaschen, öffne sie und nehme einen tiefen Schluck gegen meine trockenen Lippen, die raue Zunge, und um den fauligen Geschmack meines eigenen Schleims runterzuspülen.

Es klingelt immer weiter. Ich geh dran.

– Ja, ich bin's. Branko?

– Nein.

Es ist David. David, der telefonieren hasst.

– Ja. Hey. Was gibt's?

– Das hat ja eine Ewigkeit gedauert, bis du drangegangen bist.

Ich sehe sein Gesicht vor mir, während er das sagt. Die Augenbrauen eng zusammengezogen. *Ich erwähne das bloß, weil ich mir echte Sorgen mache.*

– Tut mir leid, ich war im Bad.

– Du klingst so heiser. Stimmt was nicht?

– Nein, alles bestens. Ich war bloß auf dem Klo. 'tschuldigung.

– Nein, nein. Mir muss es leid tun, dass ich dich gestört habe. Meiner Frau wird es sicher nicht gefallen, dass ich dir das erzähle, aber ich stelle immer das Telefon ab, wenn ich auf die Toilette gehe. So werde ich wenigstens nicht gestört. Verstopfung ist einer der größten Flüche des Älterwerdens.

Das Einzige, was ich zu diesem Thema beizutragen hätte, wäre, dass ich in den nächsten Tage angesichts der eingenommenen Menge Demerol sicherlich überhaupt nicht scheißen kann. Aber ich glaube nicht, dass er das wirklich hören will, also seufze ich bloß leise.

Er kichert verlegen.
– Du willst das nicht hören. Niemand will was von den Verdauungsproblemen älterer Herren wissen, außer andere ältere Herrschaften. Ich kann dir bloß eins raten: Ballaststoffe. Jeden Tag. Und deine letzten Jahre werden viel angenehmer sein.
– Danke für den Tipp.
– Aber …
– Ja?
– … deswegen rufe ich nicht an.

Er hat mich also nicht angerufen, um mich über die Ursachen seiner Verstopfung aufzuklären. Ja, ich hatte so eine Ahnung.
– Ich will mit dir über einen Job reden. Anfang der Woche haben wir bereits drüber gesprochen, erinnerst du dich?
– Ich erinnere mich.
– Gut. Die Sache beginnt heute, heute Nacht. Ist dein Wagen sauber?
– Mein Wagen?
– Ja, dein Wagen. Du hast doch einen Cutlass, oder?
– Ja.
– Das ist ein schicker Wagen, oder?
– Na ja, er ist nicht gerade luxuriös, aber in ganz gutem Zustand. Ich halt ihn sauber. So gut es geht.
– Er muss sehr sauber sein. Gewachst. Gewaschen. Gesaugt. Und zwar gründlich, verstanden?
– Klar, gründlich.
– Gut. Und dann fährst du mit dem Wagen zum Flughafen und gabelst jemanden auf.

Mein Kopf ist noch nicht ganz klar. Was meint er damit? Jemanden abholen oder jemanden aufreißen?
– Ich, ähm … David, sollen wir das wirklich am Telefon besprechen?

Er lacht. Und wieder sehe ich ihn vor mir, wie er den

Kopf schüttelt und mit einer Handbewegung das Missverständnis aus der Welt räumt. *Ich habe mich undeutlich ausgedrückt, verzeih mir.*

– Du sollst bloß jemanden fahren. Einen jungen Mann, der den Abend in Las Vegas verbringen will. Du chauffierst ihn herum und passt auf, dass er keine Dummheiten macht. Das ist alles. Ein guter Job, oder?

– Ich weiß nicht …

– Wie bitte?

Ich betrachte meinen rechten Fuß. Käse und Tomatensoße kleben an meiner Ferse, und ein Stück Peperoni hängt zwischen meinen Zehen.

– Ich weiß nicht, ob ich momentan dazu in der Lage bin.

– Wozu?

– Mit irgendwelchen Leuten umzugehen.

Er macht ein kurzes zischendes Geräusch. *Tsss.*

– Mit irgendwelchen Leuten umzugehen.

Wieder dieses Geräusch.

– Wir reden doch gerade am Telefon miteinander, richtig?

– Ja.

– Genau, wir sprechen am Telefon. Und du weißt, wie wenig ich es schätze, Dinge am Telefon zu besprechen. Ich will, dass du diesen Auftrag erledigst. Und ich will, dass dir klar ist, wie wichtig er ist. Deshalb hätte ich ihn dir gern persönlich übermittelt. Leider bin aber nun mal in New York. Wie kann ich also mit dir reden, wenn nicht am Telefon? Es gibt keine Alternative. Verstanden?

– Ich glaube schon, ich meine …

– Nein. Du verstehst es nicht.

Er schimpft mit mir. Wie ein Erwachsener, der gutmütig sein Kind oder sein Haustier tadelt.

– Ich bin mit meiner Familie in New York. Der ganzen Familie. Wir sind auf Long Island. Meine Schwägerin ist auch da.

Oh oh.

– Sie ist hier und redet in einer Tour auf mich ein. Stellt mir Fragen.

Oh heilige Scheiße.

– Diese Frau ist eine einzige Katastrophe. Schlimmer als jede Verstopfung. Seit ihr Sohn getötet wurde.

Er spricht es nicht aus. Muss er auch gar nicht. Er muss nicht sagen: *Seit du ihren Sohn getötet hast*. Als könnte ich das je vergessen. Kurz flackern die Bilder durch meinen Kopf. Er redet weiter.

– Sie fragt mich wieder und wieder, wann ich dich endlich finde? Wann sie endlich Rache üben kann? Ich sage ihr, *Anna, er ist höchstwahrscheinlich tot, es wird keine Rache geben*. Ich sage, *Anna, vergiss ihn, leb dein Leben, sonst wirst du nie glücklich*. Aber kaum trinkt sie was, fängt sie wieder an und sagt: *Wenn du ihn nicht findest, werd ich es tun. Dann werden eben meine Neffen nach ihm suchen.*

Durch die Leitung tönt ein scharfes Klatschgeräusch. Voller Verzweiflung hat er die Hände zusammengeschlagen. *Diese Frau!*

– Siehst du, mit was ich mich hier rumschlagen muss? Seit zwei Jahren geht das jetzt schon so. Mit so einer Frau würde ich nie freiwillig in einem Zimmer sitzen, aber sie ist nun mal mit meinem Bruder verheiratet. An manchen Tagen – und das sage ich nur dir –, an manchen Tagen könnte ich glatt meinen Bruder umlegen, nur damit ich endlich freie Bahn habe und diese Frau aus dem Weg räumen kann.

Für einen Moment kehrt Schweigen ein. Ich denke an Davids Neffen. Mickey. Den Jungen, den ich in Mexiko getötet habe. An was David wohl grade denkt?

– Das ist wirklich gefährlich. Diese Drohung, ihre Neffen einzuschalten. Sie kommen aus Russland und wollen auf eigene Faust Geschäfte machen. Sie sind jung und hitzköpfig, und ich möchte nicht, dass sie sich in meine Geschäfte einmischen. Ich sehe da ein gewisses Risiko. Es besteht in erster Linie darin, dass ich dich schütze. Und man riskiert nur dann was, wenn auch was dabei zu gewinnen ist.

Ich lege meinen Kopf in den Nacken und starre an die Risse in der Zimmerdecke.

– Dieser junge Mann, um den du dich kümmern sollst, ist eine meiner Investitionen. Er muss beschützt werden.
– Branko.
– Nein. *Du*.

Die Risse in der Decke erinnern mich an den zerbrochenen Spiegel. Ich schaue weg.

– *Du* musst es tun. Und warum?
– Ich weiß nicht.
– Doch, du weißt es genau. Es geht darum, zu beweisen, welchen Wert du wirklich für mich hast. Könnte Branko den jungen Mann beschützen? Natürlich. Besser als jeder andere sogar. Aber Branko ist nicht, er ist … na ja, er beeindruckt eben nur die, die ihn kennen. Darin liegt sein großer Wert. Aber du, du wirst einen starken Eindruck auf diesen jungen Mann machen. Du bist groß. Und du hast dieses Gesicht. Du holst ihn nicht mit einer Limousine ab, sondern mit deinem eigenen Wagen, das wird gefährlich wirken. Es wird ihm imponieren. Er wird seinen Spaß daran haben. Und du hast die Gelegenheit, deinen Wert unter Beweis zu stellen. Indem du ihn beeindruckst und aufpasst, dass ihm nichts passiert.

Seine Stimme wird leise.

– Wenn ich mit den Drohungen meiner Schwägerin fertig werden soll, wenn ich dieses Risiko auf mich nehme, dann muss ich zuerst deinen Wert kennen. Zeig ihn mir. Jetzt. Sieh zu, dass die ganze Mühe nicht umsonst war.

Hilf mir, dich vor dir selbst zu retten.
– Verstehst du jetzt?
– Ja.
– Gut. Gut. Branko kommt später zu dir mit Geld und näheren Details. Dann erledigst du diesen Job, und diese kleine Missstimmung ist vergessen, okay?
– Ja. David?
– Was?
Die Wörter drängen mit aller Macht aus meinem Mund.
– Mom und Dad.
– Nein.
– Ich … Ich muss …
– Nein. Darüber reden wir nicht. Nicht jetzt.
Ich sehe ihn vor mir, wie er mit ausgestrecktem Finger auf mich zeigt. *Bis hierhin und nicht weiter.*
– Aber wenn …
– Ich sagte Nein. Du willst darüber reden? Ich bin Geschäftsmann. Erst erledigst du diesen Job, dann reden wir. Zeig mir, wofür du gut bist, dann hör ich dir zu. Wenn wir uns Auge in Auge gegenüberstehen, dann können wir drüber reden. Jetzt nicht.
– Okay, okay. Tut mir leid.
– Es braucht dir nicht leid zu tun. Sei einfach der Mann, der in dir steckt. Das ist eine wunderbare Gelegenheit. Sorg dafür, dass alles klappt, und wir können über viele Dinge reden. In meinem Leben habe ich gelernt, wie schnell sich Dinge ändern können. Man kann alles regeln. Aber jetzt muss ich Schluss machen. Die Familie wartet am Strand auf mich. Ich laufe in Shorts herum, und meine Nase ist mit weißer Sonnencreme eingeschmiert. Du würdest dich totlachen.
Wir verabschieden uns und legen auf.
Mir ist nicht nach Lachen.
Ich lange nach einer der Wasserflaschen und schütte mir

den Inhalt über den Kopf. Das Wasser rinnt über mein Gesicht, und ich lecke ein bisschen davon mit der Zunge auf. Urplötzlich muss ich an die Mädels vor dem Jackalope denken, wie sie ihre Daiquiris über sich kippten. Dieses Bild macht mich endgültig fertig, und ich spüre diese kindische Depression in mir aufsteigen, die einen überfällt, wenn man ein Kind sieht, dem gerade die Eiskugeln aus der Waffel auf die Straße geklatscht sind. Ich sitze hier fast nackt auf dem Fußboden, meine immer fetter werdende Wampe quillt aus dem Bund meiner verdreckten Unterhose, die eine Fußsohle ist voller Pizzareste, und über meinem Kopf kreist eine tropfende Wasserflasche.

Das wäre jetzt eigentlich der perfekte Moment, aber ich stehe nicht auf, laufe nicht ins Bad und ziehe nicht das Gaffertape vom Spiegel.

Bis Branko auftaucht, habe ich es geschafft, mich in die Dusche zu schleppen, mir den Schweiß von zwei Tagen Delirium vom Leib zu schrubben und mir die Peperoni aus den Zehen zu puhlen. Doch die Folgen des Demerol-Trips machen sich immer wieder bemerkbar und mir fallen ständig die Augen zu. Also nehme ich eine Ecstasy-Tablette, die mich etwas aufmuntert. Genau das Richtige, um mich auf den Beinen zu halten. Kurz bevor ich den Kerl nachher abhole, werde ich mir noch eine einschmeißen, damit sollte ich über die Runden kommen.

Das Handtuch ist noch um meine Hüfte geschlungen, als es an der Tür klopft. Ich weiß, wer es ist, aber aus reiner Gewohnheit checke ich alles ab. Zuerst werfe ich einen Blick aus dem hinteren Fenster, um mich davon zu überzeugen, dass sich auf dem Parkplatz keine Jungs in FBI-Shirts hinter ihren Autos verschanzen. Niemand zu sehen. Als Nächstes entriegele ich die Hintertür für den Fall, dass ich plötzlich verschwinden muss, weil irgendein kranker

Arsch vor meiner Tür steht. Dann durchwühle ich eine knappe Minute lang sämtliche Küchenschubladen, bevor mir einfällt, dass ich meine Knarre ja unter dem Spülbecken versteckt hab, im Eimer mit dem nie benutzten Putzzeug. Ich krame sie hervor und sprinte zur Wohnungstür. Auf dem Weg puste ich Waschpulver aus dem Lauf. Einen knappen Meter vor der Tür bleibe ich stehen und bewege meinen Kopf hin und her, um zu sehen, ob sich vor dem Guckloch ein verräterischer Schatten zeigt. Besser, wenn auf der anderen Seite niemand darauf wartet, dass ich mein Auge auf das Loch lege, bloß um dann eine Kugel durchzujagen. Nur reines helles Tageslicht. Ich wage mich ans Guckloch und sehe Branko vor der Tür stehen. Wie zu erwarten. Als ich die Türschlösser aufsperren will, stelle ich fest, dass sie gar nicht verschlossen waren. Ich öffne die Tür.

Branko schaut mich an, mit meinem Handtuch und dem lose in meiner Hand baumelnden Revolver und tippt mit dem Fingernagel gegen die Tür.

– Nicht abgeschlossen?

Ich zucke mit den Schultern.

– Immerhin hab ich dran gedacht, hinten rauszuschauen.

Er tritt ein, schließt die Tür und verriegelt sie.

– Sag bloß. Ein kleines Wunder.

Ich lasse die Knarre auf die Couch fallen und gehe rüber ins Schlafzimmer, um mich fertig anzuziehen.

Ich quetsche ich mich in eine Jeans Größe 40, die ich erst seit einem Monat habe, die mir aber langsam schon wieder zu eng wird. Noch ein Grund, besser keinen Spiegel zu besitzen. Fast mein ganzes Leben lang hab ich in Größe 34 gepasst. Jetzt nicht mehr. Keine Mitgliedschaft im Fitnessstudio für gesuchte Verbrecher. Aber ich gebe mich da keinerlei Illusionen hin – selbst wenn ich gehen könnte, würde ich's lassen. Denn dort trifft man auf Menschen. Und ich hab vergessen, was man eigentlich mit Menschen anstellt. Außer ihnen wehzutun. Also ziehe ich meinen Bauch ein und knöpfe die Jeans zu.

Im Wohnzimmer hat Branko statt Cannonball Adderleys »Somethin' Else«, das ich gerade hörte, Cameo und »Rigor Mortis« aufgelegt. Pedantisch korrigiert er die Einstellung des Equalizers an der Stereoanlage, die er mir besorgt hat, als ich hier einzog. Offiziell war sie zusammen mit einigen anderen von einem Laster gefallen, und er hat sie mir geschenkt, weil er den Sound meines alten Gettoblasters nicht ausstehen konnte.

Als ich ins Zimmer trete, blickt er mich über die Schulter an.

– Deine Einstellungen sind falsch.

Ich setze mich auf die Couch und binde mir die Schnürsenkel.

– Danke, dass du dich drum kümmerst.

Er runzelt die Stirn und wendet sich wieder der Anlage zu.

– Und deine Knarre könntest du auch mal wieder saubermachen.

Wo der Revolver herstammt, weiß ich nicht, aber Branko hat ihn mir gegeben, damit ich jemanden umlege.

Eines Abends tauchte er bei mir auf, und wir fuhren nach Paradise, in eines dieser Wohngebiete im New-Mexico-Stil, die sich gleichen wie ein Ei dem andern. Nachdem er den Wagen abgestellt hatte, marschierten wir in ein Haus rein, wo ich einem Kerl die Scheiße aus dem Leib prügelte. Wahrscheinlich hatte er Wettschulden oder vergessen, seine Schutzgelder zu zahlen oder beim Kartenspiel betrogen oder sonst was. Plötzlich reichte mir Branko den kleinen Revolver mit der abgefeilten Seriennummer. Darauf war ich nicht gefasst. Ich dachte, es geht darum, den Kerl ein bisschen aufzumischen: ihm Angst einzujagen und fertig. Aber so war es nicht. Es war ein Job mit einer Waffe, einer echten Waffe.

Branko wälzte den Kerl auf den Bauch. Ich beugte mich über ihn und richtete die Waffe auf seinen Hinterkopf.

So läuft das: Du feuerst sämtliche Kugeln ab, wischst die Waffe ab und wirfst sie weg. Die Waffe ist ein einziges großes Fuck You. Zunächst ein Fuck You an den Kerl, den es erwischt. Dann ein Fuck You an die Cops. Und zuletzt noch ein Fuck You an all die Typen da draußen, die genau wissen, warum der Kerl jetzt ein Loch im Kopf hat. Die Knarre neben der Leiche sagt klar und deutlich: Fick den Kerl, fick die Cops und fick die ganzen Arschlöcher, die sich mit David Dolokhov anlegen wollen.

Diese spezielle Litanei an Fuck Yous hab ich inzwischen dreimal absolviert.

Und so stand ich da mit der .22er in der Hand. Sieben Patronen insgesamt. Alles, was ich tun musste, war, sie in seinem Kopf unterzubringen und dann das große Fuck You wegzuwerfen.

Und genau das konnte ich nicht. Ich stand wie angewurzelt da und versuchte den Finger am Abzug zu krümmen. Er bewegte sich keinen Millimeter.

Branko schaute sich das Trauerspiel eine Minute lang an, dann erschoss er den Kerl mit seiner eigenen Waffe. Im Wagen wollte ich ihm den kleinen Revolver wieder zurückgeben, doch er meinte, ich sollte ihn fürs nächste Mal behalten. Aber auch beim nächsten Mal brachte ich es nicht fertig. Schließlich gab es David auf, mich für solche Jobs auszuwählen, und seit der Zeit hatte ich zunehmend das Gefühl, ihn im Stich zu lassen und früher oder später dafür bezahlen zu müssen.

Trotzdem hab ich die Waffe noch. Wie eine Art Versicherung, dass sie noch an mich glauben, auch wenn ich mich selbst schon längst aufgegeben habe.

Sie wissen, wozu ich in der Lage bin.

Töten – das sitzt immer noch in mir.

Ich sehe mir die Waffe an. Es ist eine Smith & Wesson .22 Magnum. Die perfekte Tötungsmaschine. Sie ist klein und extrem leicht, aber diese Magnum-Patronen haben mächtig Durchschlagkraft. Mit dem Hemdsärmel wische ich den Rest vom Waschmittel weg. Branko steht auf und mustert mich ungläubig.

– Das willst du tragen?

Ich betrachte meine Jeans, die Sneakers und das langärmelige T-Shirt.

– Irgendwas nicht in Ordnung damit?

– Wenn du diesen Mann abholst, solltest du was anderes anziehen.

– Einen Anzug?

Er denkt nach.

– Schwarze Jeans und ein sauberes Hemd. Dazu ein Jackett. Und ordentliche Schuhe. Hast du das?

– Nein.

Er nickt.

– Dann bringen wir jetzt erst mal den Wagen auf Vordermann, und danach kaufen wir dir ein paar anständige Klamotten.

Wir stehen in einem vollklimatisierten Warteraum und schauen durch ein Fenster zu, wie ein paar mexikanische Kids meinen 91er Cutlass Calais auf Hochglanz polieren. Branko nimmt einen Schluck aus dem Becher Kaffee, den er sich im Minimarkt nebenan geholt hat.

– Was für eine hässliche Kiste.

– Du hast doch gesagt, ich soll mir was Unauffälliges besorgen.

– Ja, aber nicht so was.

Er zeigt mit seinem Becher auf den Oldsmobile.

– Das ist eine Schrottmühle.

– Aber eine schnelle Schrottmühle.

Er nickt, immerhin.

Sie bewilligten mir einen Wagen, als ich aus den Suites auszog. Branko meinte, er sollte dezent, zuverlässig und schnell sein. Im Internet fand ich ein paar interessante Angebote, und wir fuhren herum, um sie uns anzuschauen. Das Oldsmobile war ein Schnäppchen: ein Midsize, 2,3-Liter-Vierzylinder, der es mit einem Quad-442-Tuningpaket auf über 200 PS brachte. Der Besitzer hatte ihn von seinen Eltern geerbt und wusste nicht, was er da für ein Prachtstück besaß. Der Originalmotor hatte nur fünfzigtausend Meilen auf dem Buckel, und wir bekamen ihn für unter dreitausend Dollar.

Der Typ, den ich abholen soll, ist ein junger Bursche, aber einer mit einer Menge Kohle. Branko macht sich Sorgen, mein Wagen könnte vielleicht nicht cool genug sein. Es ist ein hässlicher Wagen, unförmig und stillos, absolut uncool.

– Willst du mir deinen Wagen leihen?

Wohl wissend, dass er nie einen Fremden hinter sein Lenkrad lassen würde.

Er schluckt den letzten Rest Kaffee.

– Nein. Meinen Wagen geb ich nicht her.

Branko ist ein absoluter Toyota-Freak. Das ganze Jahr über geiert er auf den nächsten Camry, und jedes Jahr an Weihnachten sitzt er hinterm Steuer des neuesten Modells.

– Auch gut. In dieser Dreckschleuder hätte ich mich eh nur ungern sehen lassen.

Er zerknüllt den Kaffeebecher und wirft ihn in den Mülleimer.

– Von wegen Dreckschleuder. Das ist das zuverlässigste Auto weit und breit. Mit meinem Camry bin ich noch nie liegengeblieben. Außerdem ist er sicherer als ein Volvo und kostet grade mal die Hälfte. Und selbst wenn es mal was zu reparieren gibt, bin ich nicht gleich ein Vermögen los. Scheiß-Volvo.

Branko hatte mal einen Volvo. Er ist ihm mitten auf halber Strecke zu einem Job verreckt, und er kam zu spät. In der Zwischenzeit hatte sein Opfer einen Tipp gekriegt, und als Branko endlich eintraf, erwartete ihn der Kerl bereits. Letztlich ging die Geschichte gut aus, jedenfalls für Branko. Aber seither sind Volvos für ihn gestorben, und jetzt schwört er eben auf Toyotas.

Die Mexikaner geben dem roten Lack des Oldsmobile mit ihren Ledertüchern den letzten Schliff. Branko und ich setzen unsere Sonnenbrillen auf und schlendern raus in die brütende Hitze. Nur ein bisschen mehr Luftfeuchtigkeit, und meine Klamotten wären schweißdurchtränkt, bevor ich den Wagen erreiche. Aber stattdessen saugt die Sonne alle Flüssigkeit aus meinem Körper und verdampft sie in die Atmosphäre. Branko veranstaltet eine ziemliche Show und überprüft den Wagen auf mögliche Fingerabdrücke oder Wachsrückstände an den Zierleisten. Ich fische einen Zwanziger aus der Hosentasche und drücke ihn dem Chef in die Hand, nicht ohne ihm ein Zeichen zu geben, dass er das Trinkgeld mit seinen Jungs teilen soll. Dann steige ich in den Wagen, starte den Motor und schalte die Klimaanlage ein.

Der Typ, den ich abholen soll, ist ein leidenschaftlicher Spieler. Und er hat das nötige Kleingeld. Darum ist David auch so an ihm interessiert. Ich hab nichts weiter zu tun als ihn abzuholen, ihn hinzufahren, wo immer er will, gut auf ihn aufzupassen und einen auf hart zu machen.

Branko holt ein schwarzes Jackett vom Kleiderständer und reicht es mir. Ich ziehe es vom Bügel.

– Einen auf hart machen?

– Um ihn zu beeindrucken.

– So so.

– Hart. Wenig Worte. Scharfer Blick. Trag die Sonnenbrille auch drinnen.

Ich schlüpfe in das Jackett, und Branko taxiert mich prüfend.

– Das tut's.

Keine dreißig Minuten in dem Laden, und schon habe ich drei neue Hemden, ein paar schwarze Levi's, die wie angegossen passen, ein Paar schwarze Schuhe und jetzt noch dieses Jackett. Wir gehen zur Kasse, und ich krame gerade in meiner Hosentasche nach Geldscheinen, als mich Branko zurückhält.

– Spesen.

Ich lege den Stapel Klamotten neben die Kasse. Branko zückt eine Brieftasche und zieht eine Kreditkarte heraus, die er neben den Klamottenstapel platziert. Die Karte lautet auf den Namen Fred Durben. Keine Ahnung, wer Fred ist. Könnte sein, dass er seine Kreditkarten gegen Bargeld verhökert hat. Dann wird er jetzt nachts von Albträumen heimgesucht, in denen seine Kreditwürdigkeit rasant in den Keller rutscht. Tagsüber sind die Albträume dann noch schlimmer, weil er da mit ansehen muss, wie sich bei ihm zu Hause die Kontoauszüge mit den ganzen Miesen darauf stapeln. Könnte auch sein, dass Fred nie existiert hat und er bloß ein fiktiver Name mit einer Kreditkarte und einem Konto ist. Oder er liegt reglos in einem Loch in der Wüste, vielleicht auch auf mehrere Löcher verteilt. Das Einzige, was ich mit großer Sicherheit weiß, ist, dass die Karte nicht heiß ist. Wenn sie einem Toten gehört, dann wurde der nie gefunden und wird auch nie vermisst werden. Branko lässt sich nie auf heiße Kreditkarten ein. Es würde mich nicht wundern, wenn er die hier später zu Hause in hundert kleine Schnipsel schneidet und jeden einzelnen in einem anderen Abwasserrohr entsorgt.

Der Kassierer reicht Branko die Quittung, und der setzt ein Gekrakel drunter, das irgendwie nach Fred Durben aussieht, in jedem Fall aber nichts mit seiner eigenen, echten Unterschrift gemein hat. Falls er so was überhaupt noch hat. Ich schnappe mir die Tüten, und wir spazieren zum Parkplatz.

Wir heizen die Allee entlang Richtung North Las Vegas.

– Hast du Kohle dabei?
– Ein bisschen.
– Wie viel?
– Ungefähr achthundert.

Branko zückt erneut die Brieftasche und fischt ein Bündel Geldscheine heraus. Er zählt sie ab und achtet sorgfältig darauf, dass die neuen Scheine nicht aneinander kleben bleiben und ihm einer durch die Lappen geht. Es ist eine ordentliche Menge, aber auch wieder nicht allzu übertrieben, jedenfalls nicht für Vegas. Nach dem Zählen teilt er den Betrag sauber durch zwei und gibt mir die Hälfte. Ich nehme den Stapel und stecke ihn mir hinten in die Hosentasche.

– Du zahlst für alles, was nichts mit Spielen zu tun hat. Gar nicht erst anbieten oder fragen, einfach zahlen.
– Alles?
– Du zahlst das Essen, die Drinks, die Stripperinnen und die Huren.

Wofür könnte man in Vegas auch sonst Geld ausgeben?

– Was, wenn er shoppen will und eine Rolex oder so was will?
– Er will nicht shoppen, er will spielen.

– Okay, und in welchem Hotel übernachtet er?
– Er braucht kein Hotel. Er ist hier, um rockstarmäßig einen abzufeiern. Am Morgen fliegt er wieder zurück.

Er dreht sich um und starrt kurz durchs Heckfenster. Nervös trommele ich mit den Fingern aufs Lenkrad. Branko wirft einen Blick auf meine Finger und dann in mein Gesicht. Ich gebe mir alle Mühe, mit dem Getrommel aufzuhören. Es klappt, aber es fällt mir verdammt schwer.

– Hat David mit dir über den Job gesprochen?
– Ja.
– Und er hat dir klar gemacht, dass es ein wichtiger Job ist?
– Ja.
– Hat er dir auch gesagt, wie wichtig?
– Ja, Branko, ich weiß Bescheid, okay? Der Junge ist eine Menge Kies wert, und David will seinen Anteil. Er will, dass dem Jungen nichts passiert. Und er will ihn ordentlich beeindrucken, damit er bei Davids Buchmachern wettet. Ich weiß Bescheid.
– Hat er dir auch gesagt, wie wichtig der Job für dich ist?

Mein Finger zuckt ein paarmal, aber ich kann ihn wieder unter Kontrolle bringen. Branko bespricht nie die allgemeinen geschäftlichen Angelegenheiten mit mir, er redet über die Details. Wo, wann und wie sehr ich wem wehtun soll. Aber er redet nie übers Geschäft.

– Ein bisschen was hat er mir erzählt.
– Mein Freund.

Ich zucke zurück.

Zwei Jahre war ich Brankos Lehrling. Zwei Jahre sein Schützling. Zwei Jahre sein Schüler, Schläger, Kammerdiener. Nie hat er mich seinen Freund genannt.

– Mein Freund. Das ist ein wichtiger Auftrag für dich.

Er zeigt auf meine Finger, die schon wieder rhythmisch das Lenkrad bearbeiten. Ich bringe sie zur Ruhe.

Wir schweigen. Branko hat wie gewöhnlich das Regiment über das Radioprogramm, und wir lauschen Billy T auf KCEP 88.1. Billy T ist gerade in der Stimmung für was Softes, einen kurzen Trip in die Vergangenheit. Und so grooven wir zu den Klängen von »Strawberry Letter 23« die Straße entlang.

Eigentlich sollte man denken, ich würde abnehmen. Angesichts der Menge von Tabletten, die ich mir reinpfeife. Ich hab auch fast keinen Appetit mehr. Aber die viele Zeit, in der ich faul auf dem Sofa oder im Internet rumhänge, fordert ihren Preis. Dazu kommt, dass ich quasi nichts mehr esse, was mir nicht an die Haustür geliefert wird oder in die Mikrowelle passt. Und ich schlafe mehr als zehn Stunden täglich. Depression und Selbstmedikamentierung sind schlichtweg tödlich für die Taille. Aber heute Nacht werde ich schon ein paar Kalorien verbrennen. Das Ecstasy wird dafür sorgen.

Es ist kurz vor sechs. Der Flieger landet um Viertel vor sieben. Ich ziehe mich bis auf die Unterwäsche aus und fange an, die Einkaufstaschen auszupacken. Im Nu ist mein Wohnzimmer außer mit dreckigen Klamotten auch noch mit zerfetztem Papier, losen Klebestreifen und Nadeln aus den gefalteten Hemden übersät. Die Jeans sind noch steif, aber wenigstens kann ich an denen die Knöpfe schließen, ohne meinen Bauch bis zum Rückgrat einziehen zu müssen. Die Hemden sind alle weiß, langärmelig und mit Kragen. Ich trage ja generell nur langärmelige Hemden, um meine Tattoos zu verbergen. Die Tattoos gehören zu den wenigen Erkennungszeichen, die die Operation überlebt haben. Neben der auffälligen Narbe an der linken Seite, Andenken an eine entfernte Niere. Mit zittrigen Fingern knöpfe ich das Hemd zu, muss es dann wieder aufmachen und erneut beginnen, weil ich schief geknöpft habe. Als ich die Schuhe aus dem Karton nehme, stelle ich fest, dass wir keine schwarzen Socken gekauft haben. Ich besitze nur weiße Sportsocken. Das Letzte, was mich noch mit Sport verbindet. Scheiß drauf. Ich ziehe die Schuhe über die Socken. Das Jackett steckt noch in seiner billigen Plastikhülle. Ich streife sie ab und werfe sie auf den Boden zu dem anderen Müll. An Schulter und Ärmeln passt das Jackett perfekt, bloß am Bauch spannt es leicht. Was soll's, dann trag ich es eben offen. Fehlt nur noch ein Gürtel. Ich gehe ins Schlafzimmer und finde den einzigen Gürtel, den ich besitze: aus schwarzem Leder, mit einer einfachen silbernen Gürtelschnalle und den Extralöchern, die ich mal mit einem Steakmesser gestochen habe. Ich ziehe ihn durch die Schlaufen an der Hose und schließe ihn im letzten Loch.

Im Wohnzimmer greife ich mir Geld, Schlüssel, Handy und die Brieftasche mit dem gefälschten Ausweis; dem letzten aus einer ganzen Reihe falscher Dokumente, die noch aus der Zeit in New York stammen. Dann schiele ich auf den Revolver. Nein. Ich schiebe ihn unter eins der Couchpolster und gehe ins Bad. Dort finde ich im Beutel mit den Muntermachern das Ecstasy-Fläschchen und schüttele mir eine Pille auf die Handfläche. Und dann noch eine. Für später. Für den Fall, dass es länger dauert. Länger? Scheiße auch, ein Junge mit Kohle, der macht doch die Nacht durch. Ich kippe mir zwei weitere in die Hand. Jetzt sind nur noch zwei in dem Fläschchen. Verdammt. Ich lasse alle bis auf eine zurückkullern, stecke mir die eine in den Mund und verstaue das Fläschchen in meiner linken Jackentasche. Man kann nie wissen.

Mein Blick fällt auf den kaputten Spiegel.

Ich frage mich, wie ich aussehe.

Ganz leicht ziehe ich an einer Ecke des Tapes und stelle mir dabei vor, wie es sich anfühlt, wenn scharfes Glas in die Haut schneidet. Dann drücke ich das Klebeband hastig wieder fest, mache das Licht aus und gehe rüber zur Küchenzeile. Ich schalte die Deckenbeleuchtung an und versuche mein Gesicht in der Mikrowellentür zu erspähen; das dunkle, verschmierte Glasfenster zeigt mir nur ein verzerrtes Spiegelbild. Ich berühre mein Gesicht. Rasieren? Nein. Branko hat gesagt, ich soll hart wirken. Und mit Bartstoppeln tue ich das. Hoffe ich zumindest.

Am Flughafen warte ich gemeinsam mit den Limo-Chauffeuren in der Nähe der Gepäckausgabe. Ich beobachte die Menge der Wochenendreisenden, die sich um das riesige silberne Gepäckband drängen und von Werbung bombadiert werden, die nonstop über ihren Köpfen über die digitalen Monitore läuft. Ich fühle mich angespannt und unzähligen Blicken ausgesetzt. In meinen brandneuen Klamotten, in denen noch die Verpackungsfalten zu sehen sind, komme ich mir vor wie auf einem Sockel ausgestellt, auf dem mich alle angaffen. Tun sie aber gar nicht. Für diese vergnügungssüchtigen Provinzler hier bin ich bloß ein weiterer Fahrer in Schwarz, der seine Sonnenbrille auch drinnen nicht abnimmt und ein Schild mit einem Namen drauf hochhält. Trotzdem fühle ich mich nackt. Wie vermutlich jeder andere auch, der vom FBI und verschiedenen anderen Polizeidienststellen wegen mehrfachen Mordes gesucht wird.

Verdammt, war vielleicht doch zu viel Speed im Ecstasy? Womöglich war diese zweite Pille keine gute Idee.

– Arenas?

Oder sollte ich mir im Gegenteil noch eine genehmigen?

– Arenas?

Dann könnte ich das hier wahrscheinlich besser ertragen.

– He Mann, Arenas?

– Was?

Ich betrachte den Kerl vor mir. Er ist verdammt jung, hat etwa meine Größe, vielleicht ein bisschen kleiner. Unter seinem eleganten schwarzen Anzug von DKNY und dem Hemd im Ratpack-Stil zeichnen sich breite Schultern ab.

– Arenas?

– Was?

Er zeigt auf das Schild in meiner Hand. Den Namen habe ich auf die Rückseite der Hemdpappe gekritzelt.

– Sind Sie für Arenas da?

– Ja.

Er zeigt auf sich.

– Ich bin Miguel Arenas.

– Oh, tut mir leid, Mr. Arenas.

Er hält mir die Hand hin.

– Mike, nennen Sie mich einfach Mike.

Ich gebe ihm die Hand. Sie ist noch größer als meine, das Handgelenk ein einziger Muskel.

Ich richte mich auf, falte das Schild in der Mitte und zeige auf den Ausgang.

– Hier lang.

– Wart 'ne Sekunde. Ich hab noch Gepäck dabei.

Ich mache einen Schritt auf das Gepäckband zu.

– Soll ich …?

Er hebt eine Hand.

– Nein, schon gut, da kommt es.

– Yo! Mann! Der Scheiß mit dem Gepäck nervt vielleicht.

Er hat einen Freund dabei. Der Kerl ist vielleicht einssiebenundsechzig, wenn's hochkommt, verbirgt aber genauso stramme Muskelpakete unter seinem schwarzen DKNY-Anzug. Allerdings hat er es nicht so mit dem Sinatra-Look, denn zu seinem Anzug trägt er ein Hawaiihemd, an den Füßen klobige Air-Jordan-Turnschuhe und auf dem

Kopf eine Schirmmütze mit Schild von den San Diego Padres. Über seiner Schulter hängt eine riesige Nike-Sporttasche, deren Reißverschluss kurz vorm Platzen ist. Er kommt auf uns zu und lässt die Tasche fallen.

Dann nimmt er mich unter die Lupe.

– Das ist der Bodyguard?

Miguel nickt.

– Ja.

– Wahnsinn.

Miguel zeigt auf seinen Freund.

– Das ist Jay.

Jay spreizt den Zeige- und Mittelfinger seiner rechten Hand.

– Peace, yo.

Keiner der beiden ist fünfundzwanzig. Mein Gott, noch nicht mal dreiundzwanzig. Ich zeige zum Ausgang.

– Da hinten ist der Wagen.

Jay zappelt aufgeregt herum.

– Der Wagen! Scheiße auch!

Er läuft zur Tür. Ich lange nach seiner Tasche und bitte Miguel mit einer Geste, vorauszugehen. Auf dem Bürgersteig lehnt Jay an einer weißen Limousine und breitet seine Handflächen aus.

– Ich weiß nicht, Mann. Einerseits klassisch, klar, andererseits aber auch ziemlich standardmäßig, was?

Ich gehe an ihm vorbei zum Oldsmobile, öffne den Kofferraum und schmeiße seine Tasche rein. Er breitet die Hände noch weiter aus.

– Das ist ja wohl nicht dein Ernst, Mann.

Er schlägt sich mit der Faust in die Hand.

– Wahnsinn.

Ich schließe den Kofferraum. Jay fährt mit seiner Hand über die Motorhaube.

– Oh Mann, ich pack's nicht.

Ich öffne die Beifahrertür und klappe den Sitz um. Jay lacht.

– Mann. Das ist nicht mal 'ne Limousine. Voll abgefahren.

Jay zwängt sich nach hinten auf die Rückbank. Miguel bückt sich und nimmt neben ihm Platz.

Er kommt mir irgendwie bekannt vor. Nicht so sehr sein Gesicht. Eher seine Statur. Die Art, wie er sich bewegt. Irgendwas.

Ich gehe ums Auto rum, steige ein und starte den Motor.

– Wo soll's hingehen, Gentlemen?

Miguel legt mir eine Hand auf die Schulter. Ich zucke nervös zusammen, und er nimmt sie wieder weg.

– Lass uns erst mal zum Caesar's fahren, da soll's gute Sportwetten geben.

Langsam wird es dunkel. Ich nehme die Sonnenbrille ab und drehe den Kopf nach hinten, um beim Ausparken den toten Winkel zu überprüfen. Dabei zeigt Jay mit dem Finger auf mein Gesicht.

– Oh Mann! Scarface! Original Scarface, ich sag's dir.

Finger Fucker holt zu einer harten Rechten aus. Ich lehne mich zurück und kann ihm gerade noch ausweichen. Hinter mir provoziert Uncle Fester immer noch Miguel, damit er endlich auch zuschlägt. Und im Rinnstein wälzt sich Jay mit Prinz Eisenherz. Die einzigen Zuschauer sind die drei Typen, die sich an der Hintertür des Rhino nacheinander eine Line Kokain reinziehen, aber das könnte sich rasch ändern, wenn das hier nicht bald zu Ende ist.

Mein Auftrag ist, den Jungen zu beschützen.

Ich hab's vermasselt.

Finger Fucker macht sich für den nächsten Schlag bereit.

Im Caesar's schaut Miguel nur kurz nach, wie es bei den Spielen an der Westküste steht, weil er rüber an die Wettschalter will, aber Jay hält ihn am Ärmel fest.

– Yo.

Miguel klopft sich an die Stirn.

– Sorry, Mann, ganz vergessen.

Er greift sich in die Hosentasche, holt eine gummiumspannte Rolle Hunderter heraus und reicht sie Jay.

– Äh, setz für mich fünfhundert auf Oakland. Und einen Tausender auf St. Louis. Und …

– Immer langsam, Mann. Das ist schon 'ne ganze Menge.

– Ach Quatsch. Hey, das wird dir gefallen, setz fünf auf die Pods, Favoritenwette.

– Das ist aber 'ne miese Wette.

Miguel schnippt gegen Jays Schirmmütze.

– Ja, aber genau das Richtige für dich.

– Fick dich.

Mit Miguels Geld in der Hand geht Jay rüber zu den Schaltern und gibt die Wetten auf. Er kommt zurück, gibt Miguel das restliche Geld, behält aber die Wettscheine.

– Und was jetzt, Mann?

– Ich bin für Craps. Lass uns würfeln.

– Okay, Kumpel. Ich komm gleich nach. Hol uns bloß mal was zum Trinken. Scarface, pass gut auf ihn auf.

Miguel mag Craps. Sogar sehr.

Er legt zwanzig Hunderter auf den grünen Filz. Der Croupier zählt sie und schiebt ihm seine Chips rüber. Miguel wirft mit den Chips nur so um sich und geht bei der Platzierung seiner Wetten auf volles Risiko. Nach einer Weile kommt Jay mit zwei Cuba Libres in den Händen zurück. Miguel nimmt sich einen.

– Was hast du so lange getrieben?

– Weißt du, Mann, ich hab diese Tussi angegraben. Später geht sie mit ihren Freundinnen ins Cleopatra's. Da sollten wir auf jeden Fall mal vorbeischauen.

Miguel nimmt einen Schluck von seinem Drink und nickt.

– Klingt gut. Später.
Jay bemerkt mich.
– Scarface, Mann, tut mir echt leid. Jetzt hab ich dir gar nichts zum Trinken mitgebracht. Willst du mal probieren?
Ich stehe einen guten Meter hinter ihm und versuche möglichst unauffällig und hart auszusehen.
– Nein, danke.
– Ist echt kein Thema, Mann! Wenn du was trinken willst, geht das für uns echt in Ordnung.
Er stößt Miguel an.
– Stimmt doch, oder?
Miguel schaut mich an.
– Klar, Mann. Alles, was du willst.
Ich versuche zu wirken, als ob ich grade schwierigste Vektoren berechne oder sonst was Gemeingefährliches im Schilde führe, und schüttele den Kopf.
– Nein, danke.
Jay stößt sein Glas gegen das von Miguel.
– Scarface bei der Arbeit. Scarface im Einsatz.
Miguel lächelt.
– Hör auf, dich über ihn lustig zu machen, Mann.
Jay spreizt die Finger einer Hand, legt sie sich an die Brust.
– Lustig machen? Ich hab den allergrößten Respekt vor ihm, Mann. Außerdem hat Scarface nichts dagegen, wenn ich ihn Scarface nenne. Oder, Scarface?
Das Ecstasy peitscht jetzt nicht mehr so rein, und ich bin richtig entspannt und ruhig. So wie jetzt könnte ich die ganze Nacht hier stehen und mich einfach wohlfühlen. Hab ich was dagegen, wenn er mich Scarface nennt? Verdammt, in meinem momentanen Zustand könnte er mir ein paar neue Narben verpassen, und es wär mir egal.
– Nein, macht mir nichts aus.
– Siehst du, er ist cool. Scarface ist voll lässig.
Miguel zeigt auf Jay.

– Schon gut, Mann. Von mir aus kannst du ihn auch Arschloch nennen, wenn du willst.

Jays Kinnlade sackt nach unten.

– Nicht doch, Mann. Niemals.

Ich schüttele den Kopf.

– Schon gut, kein Problem.

– Okay, aber du musst dir den Scheiß nicht die ganze Zeit gefallen lassen, verstanden?

Miguel grinst und wendet sich wieder dem Geschehen auf dem Spieltisch zu. Jay winkt mir zu und zeigt mir den erhobenen Daumen.

– Du brauchst dich hier von niemandem blöd anmachen lassen. Klar, Mann?

– Kein Problem.

Miguel nimmt ein paar von seinen Chips und bietet sie Jay an.

– Willst du jetzt spielen oder rumnerven?

Kritisch betrachtet Jay die Chips, bevor er sie nimmt.

– Okay, Mann, ich spiel ja schon. Also ran an den Speck.

Ich schaue auf mein Handy: 20:33.

Um zweiundzwanzig Uhr haben sie den maximalen Abhebungsbetrag von Miguels Bankkarte erreicht.

Er wirft dem Croupier seinen letzten schwarzen Chip zu.

– Für den Tisch, Mann.

Der Croupier bedankt sich artig und wirft den Chip in eine kleine Extradose für Trinkgeld. Jay schlürft den letzten Rest von seinem fünften Cuba Libre und stellt das Glas auf das Tablett einer gerade vorbeilaufenden Cocktailkellnerin. Das Tablett gerät in Schräglage, und sie muss sich größte Mühe geben, damit nicht alles runterfällt. Zur Strafe wirft sie Jay einen bösen Blick zu und eilt weiter.

– Baby, bitte, ich hab's nicht so gemeint. Nicht böse sein.

Ich liebe dich doch.

Sie dreht sich nicht um. Dafür schaut er aufmerksam ihrem Arsch hinterher, der unter ihrer extraknappen Toga nur unzureichend verborgen ist. Er blickt Miguel an.

– Auf ins Cleopatra's, Mann.

Miguel leert *seinen* fünften Cuba Libre und schüttelt den Kopf.

– Erst zum Palms.

Die ATM Card war nur die Spitze des Eisbergs.

Im Palms reicht Miguel der Frau am Schalter seine schwarze AmEx-Card und erklärt, dass er seinen Dispokredit erhöhen will. Noch bevor der Hall seiner Worte verflogen ist, materialisiert sich urplötzlich von irgendwoher der Bankmanager. Er überreicht Miguel und Jay eine Flasche Crystal-Champagner, inklusive massig Essenstickets für das Rain, bietet ihnen den Aufenthaltsraum für VIPs an und stockt Miguels Dispo ohne jede Diskussion auf zweihunderttausend Dollar auf.

– Sie können selbstverständlich jederzeit mehr haben, wenn Sie möchten.

Miguel schüttelt die Hand des Managers.

– Nein, danke, schon in Ordnung.

– Außerdem möchte ich Ihnen sagen, wie glücklich wir uns schätzen, Sie hier bei uns begrüßen zu dürfen. Und natürlich ganz herzlichen Glückwunsch.

Miguel wackelt kurz mit dem Kopf, ganz beschämt von diesen großen Worten.

– Danke, Mann.

Ich folge ihm und Jay ins Kasino und frage mich, zu was ihm der Manager bloß gratuliert hat.

Finger Fucker holt erneut aus, und ich kann ihm gerade noch ausweichen. Um ein Haar verliere ich das Gleichgewicht, was wohl vor allem am Ecstasy liegt oder daran, dass ich so fett und langsam geworden bin. Doch ich halte mich auf den Beinen und sehe zu, wie ihn der Schwung des ins Leere gegangenen Schlags herumreißt. Als er an mir vorbeitaumelt, verpasse ich ihm von hinten einen heftigen Stoß gegen die rechte Schulter. Gleichzeitig fege ich ihm mit dem Fuß die Beine weg, und er knallt mit dem Gesicht voraus zu Boden. Es knirscht laut, als hätten seine Zähne den Asphalt geküsst. Ich fahre herum und sehe, dass Uncle Fester immer noch vor Miguel rumzappelt und ihm mit aufgerissenen Augen und wackelndem Kopf auf die Pelle rückt.

– Na, was jetzt, großer Mann? Willst du mir nicht was zeigen? Hier bin ich, direkt vor dir.

Jay will ins Rain.

Die Schlange vorm Eingang windet sich bis hierher zum Kasino und einmal drum herum. Eine vergnügungssüchtige Meute von hip und cool zurechtgemachten Zwanzig- bis Dreißigjährigen, die verzweifelt darauf hoffen, Einlass in Vegas' angesagtesten Club zu erhalten. Miguel beäugt die Schlange und schüttelt den Kopf.

– Mm-mm. Veto.

Jay protestiert.

– Ey, Mann, wir haben doch Clubkarten. Wir spazieren einfach rüber zum VIP-Eingang. Komm schon, Mann.

Er deutet auf ein paar Mädchen in der Schlange, die besonders wenig Kleidung tragen.

– Bäng! Bäng! Bäng! Kannst du dir vorstellen, wie es erst da drinnen aussieht? All die leckeren Schnittchen, die nicht draußen warten mussten.

Miguel zückt die neue Kreditkarte, die ihm der Manager überreicht hat.

– Zweihunderttausend. Heute ist die Nacht der Nächte. Heute wird richtig gezockt.

Er hebt sein Glas Crystal-Champagner.

– Man lebt nur einmal.

Jay stößt mit ihm an.

– Sei's drum, Mann. Dann lass uns eben spielen.

Miguel lässt die Karte über seinen Daumen schnappen.

– Runter mit den Drinks hier, jetzt wird richtig gezockt.

– Yo, Mann. Auf geht's!

Sie stürzen sich den Inhalt ihrer Gläser in den Hals und machen sich auf den Weg. Ich folge ihnen. Langsam beschleicht mich der Verdacht, Miguel könnte einer dieser jungen Neureichen sein, von denen man immer hört.

Miguel ist mindestens einen halben Kopf größer als Uncle Fester und ihm körperlich eindeutig überlegen. Trotzdem hebt er beschwichtigend die Hände und tritt einen weiteren Schritt von seinem Gegner zurück.

– Immer mit der Ruhe, Mann. Cool bleiben. Keiner will hier Ärger.

Fester geht einen weiteren Schritt auf Miguel zu und versetzt ihm noch einen Stoß gegen die Brust.

– Sieht ganz so aus, als wär der Ärger schon da, großer Mann. Was machen wir jetzt? Hast Schiss, was? Willst den Schwanz einziehen, hä?

In diesem Moment landet mein Fuß mit voller Wucht in seinem Arschloch. Er jault auf und macht einen Satz nach vorne. Miguel kann ihm gerade noch ausweichen.

Ich habe noch nie zwei Typen gesehen, die glücklicher waren, obwohl sie hundert Riesen in den Sand gesetzt haben. Miguel wettet zwei Tausender darauf, dass der nächste Wurf ein Dreierpasch wird.

Jay schnippt mit den Fingern.

– Yo. Das nenn ich eine Wette. Diesmal schaffst du es, wetten?

Die Würfel kommen zum Liegen. Miguel und Jay lachen sich an und klatschen sich ab.

– Eine echt geile Wette, oder, Baby?

Jay redet auf das Mädchen im silberglänzenden Bikinitop und rotem Minisarong ein. Jay hat sie in der Schlange vor dem Rain aufgegabelt.

Ich sah ihm zu, wie er mit dem Club-Pass wedelnd an der Schlange entlanglief und rief, ob jemand mit reinwolle. Zahlreiche Hände schossen in die Höhe, und es bildete sich eine kleine Zuschauermenge, als er die wartenden Jungs dazu brachte, die glücklichen Gewinnerinnen anhand des lautesten Applauses auszuwählen. Mit drei Mädchen im Schlepptau kam er zurück und ließ sie vor Miguel aufmarschieren.

– Yo, und jetzt lass uns tanzen gehen.

Doch Miguel winkt bloß ab und würfelt weiter. Zunächst sind die Mädchen sauer, weil sie extra ihren Platz in der Schlange aufgegeben haben, um in den Club zu kommen, aber dann merken sie, dass Miguel mit Geld nur so um sich schmeißt, und werden plötzlich sehr zärtlich. Nach jeder gewonnenen Wette nimmt Miguel die Nächstbeste in den Arm, aber letztlich sind sie für ihn doch nicht mehr als nettes Beiwerk zum Würfeln.

Jay schiebt eine von ihnen in meine Richtung. Sie versucht mich anzubaggern und erzählt, sie sei Grundschullehrerin in Flagstaff und müsse unbedingt *mal ordentlich Dampf ablassen*. Ich sage ihr, dass ich arbeiten muss, woraufhin sie wieder zu Jay rübergeht. Er flüstert ihr was ins Ohr. Seine Lippen formen das Wort *Scarface*.

Ich mustere die kleine Menschenmenge, die sich um die Spieltische versammelt hat. Einige spielen, aber die meisten schauen Miguel und Jay bei ihrer großspurigen Geldvernichtungsshow zu. Zwei muskulöse Typen in weiten, dunklen Anzügen stehen am Kopfende, Coors Lights in den Händen. Sie flüstern miteinander, zeigen auf Miguel, dann auf mich. Mir bricht der Schweiß aus.

Planen sie gerade, uns später zu folgen und Miguel auszurauben? Schätzen sie Miguels Muskelkraft für den Fall eines Kampfes ab, weil sie ihn für einen Angeber halten? Reden sie überhaupt über ihn? Vielleicht reden sie auch über mich. Vielleicht sind sie große *Wahre-Verbrechen*-Fans und verpassen keine Folge von *Unsolved Mysteries* oder *America's Most Wanted*. Vielleicht sehen sie hinter die verpfuschte Gesichts-OP, den Bürstenschnitt und die Sonnenbrille. Vielleicht sehen sie *mich*.

Jetzt kommen sie um den Tisch herum auf uns zu.

Falls sie mich auf meine wahre Identität ansprechen und mit dem Finger auf mich zeigen, werde ich das mit einem Lachen abtun: *Wer soll ich sein? Bitte nicht schon wieder, das passiert mir laufend.*

Miguel hat die Würfel und hält sie hoch über seinen Kopf, einen in jeder Hand; er zeigt sie dem Publikum. Der Croupier bittet ihn, die Würfel unten zu halten, lächelt dabei aber freundlich. Er lächelt, der Sicherheitsbeauftragte des Kasinos lächelt, und irgendwo sitzt auch der Kasinomanager und lächelt. Miguel hat bereits hundert Riesen an diesem einen Tisch verjubelt, und niemand, der in diesem Laden arbeitet, wird aufhören zu lächeln, bevor er nicht alles bis auf den letzten Cent verspielt hat.

Die Anzugträger kommen auf mich zu. Der eine hält seine Bierflasche neben sich an der Seite. So kann er sie einfach umdrehen und mir über den Kopf ziehen. Beide machen einen eher zerknitterten Eindruck, die Kragen offen, die Krawatten gelockert. Sie sehen exakt wie all diese jungen Geschäftstypen Anfang zwanzig aus. Kumpels, die ausnahmsweise mal früher bei ihrem Broker-Job in LA Schluss gemacht haben und für eine Nacht kurzentschlossen nach Las Vegas geflogen sind. Sie sehen genauso unverdächtig aus wie Branko.

Direkt vor mir bleiben sie stehen. Der eine mit der

Flasche macht Anstalten, sie hochzuheben. Sein Kumpel dreht derweil den Kopf und beobachtet die Menge um uns herum. Alle Augen liegen auf Miguel, der soeben eine Vier gewürfelt hat. Die Bierflasche bewegt sich immer höher. Ich gehe einen Schritt zurück und mache mich bereit, dem Kerl in die Eier zu treten. Warum habe ich bloß die Knarre zu Hause gelassen?

Die Bierflasche ist oben. Sie nimmt Kontakt mit den Lippen des Kerls auf, der einen Schluck aus ihr trinkt.

– Äh, hey, Mann?

Sein Kumpel beobachtet immer noch Miguel, der gerade gewonnen hat.

– Ähm, wir wollen niemanden belästigen, aber wir haben uns gefragt …

Die Mädchen jauchzen auf, als Miguel wieder gewinnt. Der andere Kerl schaut weiter zu.

– … ob es okay wäre, wenn wir ihm Hallo sagen?

Der andere Kerl dreht sich zu mir um.

– Könnten wir vielleicht auch ein Autogramm kriegen? Äh.

Der Kerl mit der Flasche hält beschwichtigend seine Hände hoch.

– Wir wissen, dass Sie nur Ihren Job machen und er bloß abhängen will. Aber … vielleicht, wenn er mit Spielen fertig ist?

Ich schaue an ihnen vorbei zu Miguel. Er hat genug vom Würfeln. Ich schaue wieder den Kerl an.

– Ich glaube, ich …

– Super, Mann, vielen Dank. Wir werden ihn auch nicht groß nerven.

Sie warten gar nicht erst ab, was ich sagen will. Dass ich ihn erst fragen muss. Sie laufen einfach zu ihm rüber und tippen ihm von hinten schüchtern auf die Schulter.

– Hey, Mann. Tut uns echt leid, dich zu stören, Mike. Wir

wollten bloß … *Mann* … gratulieren. Und danke für das letzte Jahr.

– Ihr stört mich keineswegs. Kein Problem. Und danke auch.

– Meinst du, es wär möglich, dass wir ein paar Autogramme kriegen?

– Klar doch, kein Problem.

Miguel greift sich ein paar Cocktailservietten von der neben ihm stehenden Bedienung, die gerade seine und Jays Order aufnehmen wollte, zieht einen Stift aus seiner Jackentasche und kritzelt seinen Namen auf die weichen Lappen.

– Danke, Mann, du bist der Beste. Und viel Glück dieses Jahr.

Miguel schüttelt beiden die Hand.

– Danke, Jungs.

Und die Schleusentore öffnen sich. Die Menge kommt in Bewegung, das Zentrum der Aufmerksamkeit verlagert sich vom Spieltisch auf Miguel. Und plötzlich wird mir bewusst, dass all das Flüstern und Fingerzeigen nichts mit Miguels Geldverprassen oder Jays Mätzchen zu tun hatte, es ging nur um Miguel.

Ich bewege mich durch die Menge und schnappe links und rechts Bruchstücke auf. Ich höre *Top-Player*. Ich höre *Erste Runde*. Ich höre *Sechs Millionen*. Ich höre *Goldmedaille*.

Jays Gesicht taucht neben mir auf. Er hat die drei Mädchen aus der Rain-Schlange bei sich.

– Scarface, schnapp dir meinen Kumpel. Wir verlegen die Party ins Spearmint Rhino.

Er bahnt sich einen Weg durch die Menge, die Mädchen im Schlepptau.

Ich lege Miguel eine Hand auf die Schulter. Er ist am Autogrammeschreiben und dreht sich um.

– Jay hat gesagt, ich soll dich holen.

Er nickt.

– Ja, ist gut. Lass uns abhauen, bevor es nervig wird.

Jemand zückt eine Wegwerfkamera, und ich kann meinen Kopf gerade noch wegdrehen, bevor ich zusammen mit Miguel fotografiert werde. Ich lege ihm meinen linken Arm um die Schulter, mache mit dem rechten Platz und geleite ihn aus der Menge. Auf dem Weg nach draußen müssen wir einigen Leuten ausweichen, die rübergeeilt kommen, um zu sehen, was los ist. Miguel beschleunigt das Tempo und hastet zum Ausgang. Hinter uns höre ich ein paar Leute *USA! USA! USA!* rufen. Und mir geht endlich ein Licht auf.

Ich besitze zwar keinen Fernseher, aber gelegentlich hab auch ich eine Zeitung in der Hand. Miguel Arenas. Der Star von Stanfords siegreichem Baseballteam in der College World Series 2003. Miguel Arenas. Der Star des amerikanischen Baseballteams, das 2004 die Olympische Goldmedaille gewann. Miguel Arenas. Frisch von der Schule und bei den New York Mets gleich Erst-Runden-Bester in der diesjährigen Major-League. Überhaupt Bester. Die Nummer eins.

Ich beobachte Miguels Rücken, der sich gewandt durch das vollgepackte Kasino schiebt. Und jetzt weiß ich auch, was mir an ihm so vertraut vorkommt. Es ist nicht sein Gesicht oder seine Art zu reden, es ist sein Gang, es sind seine eleganten Bewegungen. Er bewegt sich genau so, wie ich es früher einmal tat. Und wie ich es jetzt noch manchmal in meinen Träumen tue. In den guten, wohlgemerkt.

Ich verfolge Uncle Fester, der mühsam davonzustolpern versucht, und trete ihm ein weiteres Mal in den Arsch. Er schreit auf und dreht sich um, aber mein nächster Tritt ist bereits unterwegs. Er erwischt seine Hand, und sein kleiner Finger knickt weg. Er taumelt herum, greift sich mit einer Hand zwischen die Beine und hält sich den Hintern, während er mit der anderen Hand durch die Luft wedelt. Der kleine Finger steht im rechten Winkel von den anderen Fingern ab. Ich reiße an seinem T-Shirt und zerre es hoch, sodass die Arme über seinem Kopf sind. Dann drücke ich ihn auf die Knie und trete ihm noch dreimal in den Hintern, bevor er weinend vornüberkippt.

Wir sitzen im Oldsmobile und cruisen vom Palms zum Rhino. Vom Regen in die Traufe. Ganz im Vegas-Stil.

Miguel sitzt vorne neben mir. Eins der Mädchen, ich glaube, es ist die Lehrerin, hockt auf seinem Schoß. Ihre Beine verheddern sich wiederholt in der Gangschaltung und ich muss sie jedes Mal zur Seite schieben. Als es erneut passiert, nimmt sie ihre Zunge aus Miguels Mund.

– Sorry. Bin ich dir etwa im Weg? Sorry. So besser?

Sie zappelt herum, bis sie rittlings auf Miguels Schoß sitzt. Er nutzt die Gelegenheit, eine Sekunde den Mund frei zu haben und spricht zu Jay.

– Scheiß aufs Rhino, lass uns lieber weiterspielen.

Jay vergnügt sich hinten mit den beiden anderen Mädchen. Er hat mit beiden rumgeknutscht und sie dazu animiert, sich gegenseitig zu küssen, aber dann findet er den kleinen flüchtigen Kuss doch eher enttäuschend.

– Nein, ich meinte *richtig* küssen. Mit Zunge und allem, kommt schon, ich will was sehen.

Die Mädchen versuchen sich an einem Zungenkuss.

Miguel schlägt Jay ans Knie.

– Hast du mich nicht gehört, Mann?

Jay behält seine Augen auf die Mädchen gerichtet, die sich ihre Zungen gegenseitig tief in den Hals schieben.

– Ja, ich hör dir zu, ich bin bloß ein bisschen abgelenkt.

Die Lehrerin lutscht an Miguels Ohr, während er mit Jay redet.

– Dann lenk dich wieder ein. Ich will noch würfeln.

Jay wendet den Blick von seiner persönlichen Show ab und beugt sich ganz dicht zu Miguel.

– Das waren hundert Riesen plus Trinkgeld vorhin. Mach mal Pause, Mann.

– Scheiß auf die hundert Riesen. Die letzte große Sause. Ich hab noch weitere hundert, die hauen wir jetzt auf den Kopf. Ich will würfeln.

Jay legt einen Finger an Miguels Gesicht.

– Nein, jetzt ist Pause. Yo.

Er zeigt auf die knutschenden Mädchen.

– Schau dir das an. Mach dich locker, es gibt auch noch ein paar andere Spielchen.

Miguel nickt.

– Ja, okay, Mann. Ist cool, hast ja recht.

– Yo.

Jay klatscht in die Hände.

– Ich weiß, was bei unserer Party noch fehlt. Sie braucht noch Pfeffer. Wisst ihr Ladies vielleicht, wo wir ein bisschen Ecstasy herbekommen?

Die Lehrerin auf Miguels Schoß nimmt ihren Mund von seinem Ohr.

– Ich kenn mich hier nicht aus, ich bin aus Flagstaff. Aber wenn ihr welches auftreiben könnt, fände ich das super.

Jay trennt die beiden Mädchen hinten.

– Ladies?

Sie flüstern sich was ins Ohr. Dann gibt die eine in dem silbernen Top ihr Urteil bekannt.

– Nein, wissen wir nicht, aber wir sind dabei, wenn ihr welches bekommt. Aber glaubt ja nicht, dass wir einen Dreier machen.

– Einen Dreier? Was soll das sein?
Sie lacht.
Jays Augen weiten sich vor Unschuld.
– Nein, ganz ehrlich. Was ist ein Dreier?
Er lehnt sich zu ihr.
– Erklär's mir doch bitte.
Sie lacht.
– Neiiiiiin.
– Komm schon, Baby. Hier rein.
Er klopft sachte auf sein Ohrläppchen.
– Flüster es mir leise ins Ohr.

Sie legt ihren Mund nahe an sein Ohr und beginnt zu flüstern. Jay schlägt sich die Hand auf den Mund.

– Oh, mein Gott. Ihr Mädels seid ja unglaublich. Yo, Mike, diese Mädchen sind ganz schön unanständig. Wir müssen ihnen *unbedingt* ihr Ecstasy besorgen.

Er neigt sich nach vorne.

– Also, Scarface. Weißt du, wo wir was von dem Zeug kriegen können?

Ob ich weiß, wo sie was von dem Zeug kriegen können?

Ich greife in meine Jacketttasche und berühre das braune Fläschchen, das exakt fünf weiße Tabletten mit winzigen grinsenden Affengesichtern darauf enthält. Ich frage mich, ob sie das Zeug aus dem schlimmsten Ärger raushalten wird oder alles eher noch schlimmer macht.

Scheiß drauf. Wahrscheinlich ist es besser, sie kriegen es von mir, als wenn sie wie wild im Rhino rumrennen und die Stripper beackern. Ich ziehe das Fläschchen aus meinem Jackett und reiche es Jay.

Stille im Wagen. Dann packt mich Jay am Kragen, hängt sich über meine Schulter und gibt mir einen dicken Schmatzer auf die Backe.

– Yo, Scarface.

Und er stimmt einen Sprechchor an, der den ganzen Wagen erfasst.

– Scar-face! Scar-face! Scar-face!

Jay und Eisenherz sind immer noch zugange und ich laufe zu ihnen rüber. Dabei suche ich den Boden nach einer Waffe ab, um meine Fäuste nicht einsetzen zu müssen. Ich hab keine Lust, mir die Hand zu brechen. Tatsächlich entdecke ich eine Zeitschrift, heb sie auf und forme daraus einen harten Zylinder. Als ich über den beiden sich am Boden windenden Körpern stehe, ziele ich und lasse das Ding mit voller Wucht auf den Hinterkopf von Prinz Eisenherz krachen. Er verdreht benommen die Augen, ich packe ihn am Kragen und ziehe ihn von Jay runter. Dann schlage ich noch ein paarmal auf ihn ein, bis mein umfunktioniertes Magazin ihm die Wangenknochen bricht und ich von ihm ablasse.

Es ist Mittwochnacht im Spearmint Rhino, und der Laden das reinste Irrenhaus.

An der Schlange vorbeizukommen, stellt kein Problem dar; bloß eine Sache von ein paar Hundertern für die Türsteher. In den Augen von Miguel, Jay und den Rain-Girls macht mich das nur noch mehr zum Helden. Einmal drinnen, wird der Trick zur Gewohnheit. Der einzige freie Platz befindet sich an der Ecke der rechteckigen Bar. Ich schlage mich bis dort durch und besorge Getränkegutscheine im Wert von tausend Dollar, die ich an die beiden Jungs verteile. Miguel schüttelt ablehnend den Kopf, aber ich drücke sie ihm trotzdem in die Hand.

– Gehört zum Service unseres Hauses.

Jay gibt einige Gutscheine an die Mädchen weiter.

– Jawoll, yo! Gehört zum Hausservice, das gefällt mir.

Ich bestelle Cuba Libres für die Jungs und Preiselbeer-Stoli für die Mädels. Entlang der Wände befinden sich Kabinen, wo Stripperinnen Lapdances geben. Die eigentliche Action spielt sich auf der gegenüberliegenden Seite ab, doch die Menschenmenge an den Bühnen und um die Tische ist so dicht, dass man die Show der Tänzerinnen höchstens auf den Videomonitoren über der Bar mitverfolgen kann. Jay deutet auf das Gedränge.

– He, Scarface. Wir wollen was sehen.

Also besorge ich ihnen einen Platz. Es kostet zwar ein paar weitere Hunderter, aber einer der Aufpasser wirft sich ins Gewühl und kommt ein paar Minuten später zurück, um uns zu einem freien Tisch zu winken. Die Typen, die er für uns vertrieben hat, stehen daneben und fixieren uns feindselig.

Die Atmosphäre in dem Laden ist einen Hauch weniger förmlich als im Palms. Nach nicht ganz einer halben Stunde merke ich, wie die Leute anfangen, Miguel zu erkennen. Kurz darauf kommen die Ersten an den Tisch, um ihm die Hand zu schütteln. Er nimmt es ganz locker, während ich versuche, möglichst einschüchternd dreinzuschauen, damit niemand auf die Idee kommt, Stress zu machen. Normalerweise wird ein Nachwuchsbaseballspieler nur von den beinharten Fans erkannt. Aber bei Miguel ist das anders. Seine Leistungen bei der letzten Olympiade haben auch bei ihm als Amateurspieler zu grenzenloser Popularität und Bekanntheit geführt. Er ist zwar noch kein richtiger Superstar, und es sind in erster Linie die Männer, die registieren, wer er ist, aber er sorgt trotzdem schon für einen beachtlichen Wirbel. Ich behalte die Sonnenbrille auf.

Zunächst versucht Miguel weiter, Jay umzustimmen, wieder in ein Kasino umzuziehen.

– Hier gibt's ja nicht mal Einarmige Banditen, Mann!

Aber im Lauf der nächsten Viertelstunde füllt Jay Miguel mit so viel Hochprozentigem ab und zeigt ihm dabei so viele nackte Titten, dass er schließlich Geschmack an dem Laden findet.

Jay bekommt einen Lapdance. Miguel bekommt einen Lapdance. Die Rain-Girls bekommen Lapdances. Und Jay bezahlt die Tänzerinnen, damit sie sich gegenseitig einen Lapdance geben. Die Gläser stapeln sich auf unserem Tisch.

So vergehen die Stunden.

Dann sagt Jay etwas.

– Fingert der Kerl da vielleicht an dem Mädel rum?

Es ist einer der Kerle, der wegen uns seinen Tisch räumen musste. Es ist schon verdammt spät, und er hat mit seinen beiden Kumpels einen neuen Tisch bekommen, direkt neben unserem. Jay zeigt auf den Kerl.

– Nicht zu fassen! Der will ihr seinen Finger in die Möse stecken!

Tatsächlich versucht der Kerl seit einiger Zeit, seine Finger in dem G-String der Tänzerin unterzubringen. Der gerade laufende Song neigt sich dem Ende zu, die Spezialshow ist fast vorbei, und sie versucht seine Hände wegzuschieben. Als der Song verklungen ist, will sie aufstehen, doch er packt sie an den Handgelenken und hält ihr noch einen Fünfziger hin.

Ey ey, Baby. Noch einen Tanz. Komm schon, Süße.

Sie dreht ihren Kopf und hält verzweifelt Ausschau nach einem der Rausschmeißer, doch der einzige in ihrer Nähe ist gerade in ein Gespräch mit einer anderen Tänzerin vertieft und nimmt keine Notiz von ihr. Deshalb kann er auch nicht auf die strikte Einhaltung der Niemals-eine-Tänzerin-anfassen-Regel achten. Sie weiß sich nicht anders zu helfen, als mit ihren langen Fingernägeln auf Finger Fucker zu zeigen.

– Okay, noch einen, Honey. Aber du musst lieb sein. Nicht anfassen.

– Ja, klar. Nicht anfassen.

Sie fängt an, sich auf seinem Schoß zu räkeln, und er winkt hinter ihrem Rücken seinen Kumpels zu. Und dann steckt er blitzschnell seinen Finger in ihren G-String, zerrt ihn zur Seite und reißt ihn dann runter. Sie springt auf.

– Das reicht, du Arschloch.

Sie will zum Rausschmeißer laufen, doch Finger Fucker hält sie fest.

– Immer langsam, Baby, der Song ist noch nicht vorbei.

Seine Kumpels lachen sich schlapp. Einer von ihnen sieht aus wie Uncle Festers verloren geglaubter Bruder, der andere hat einen perfekten Prinz-Eisenherz-Haarschnitt.

Die Tänzerin versucht immer noch, von dem Kerl loszukommen und ruft nach dem Rausschmeißer, der anscheinend nur langsam begreift, dass hier was nicht stimmt.

– Hey, Mister.

Es ist Miguel.

– Lass sie in Ruhe.

Finger Fucker schaut zu ihm rüber.

– Was hast du gesagt?

– Ich sagte, lass das Mädchen in Ruhe, Mann. Lass die Lady los.

Jay steht auf.

– Und hör gefälligst auf, ihr den Finger reinzustecken.

– Wie bitte?

Finger Fucker lässt das Handgelenk der Tänzerin los und steht auf. In diesem Moment greifen der Rausschmeißer und seine drei Kollegen ein, greifen sich die drei und schleifen sie zum Ausgang. Bevor sie zur Tür rausfallen, rufen sie uns noch was zu, und Uncle Fester zeigt dabei auf Miguel.

– Verdammtes Arschloch. Du blöder Angeber, meinst, du kannst uns einfach den Tisch wegnehmen. Du bist nichts weiter als ein Haufen Dreck. Scheiß-Mets!

Dann sind sie draußen.

Die verbliebenen Gäste starren uns an. Reden über das, was gerade passiert ist.

Der Aufpasser, der uns den Tisch organisiert hat, kommt zu uns rüber.

– Alles okay bei euch?

Ich nicke.

– Ja, aber wir sollten besser abhauen. Können wir zum Hinterausgang raus?

Er zeigt in Richtung der Toiletten. Miguel und Jay sind bereits auf den Beinen und gehen voraus. Die Mädels suchen ihre Sachen zusammen, um uns zu folgen. Ich grabe einen Hundert-Dollar-Schein aus der Tasche und reiche ihn der Lehrerin.

– Die Party ist vorbei, Ladies. Vor der Tür könnt ihr euch ein Taxi nehmen.

Die Mädchen sind nicht gerade begeistert, nehmen dann aber doch willig das Taxigeld entgegen.

Der Aufpasser führt uns an den Toiletten vorbei raus zum Parkplatz hinter dem Club. Mein Wagen wartet etwa dreißig Meter entfernt. Ein paar Meter entfernt sind drei Kerle damit beschäftigt, sich abwechselnd mit ihren Schlüsseln Koks aus einer kleinen Tüte zu schaufeln. Sie ignorieren uns völlig, als wir an ihnen vorbeigehen.

– He, großer Mann.

Fuck.

– He, Mr. Baseball.

Verdammte Scheiße.

Sie laufen am Club entlang, um uns den Weg abzuschneiden. Ich lege erst Miguel eine Hand auf den Rücken, dann Jay.

– Geht schon mal vor zum Wagen. Und ignoriert sie einfach.

– He, Großkotz. Du beschissener Tischdieb.

Uncle Fester übernimmt das Reden, aber Finger Fucker

ist als Erster bei uns. Ich bleibe stehen und drehe mich um. Er hebt die Hände.

– Oh, der Bodyguard. Hilfe, ich krieg Angst.

Eisenherz sprintet an uns vorbei und packt Miguel. In dem Moment springt Jay ihn an und landet auf seinem Rücken. Beide gehen zu Boden und wälzen sich eng verknäult auf dem Asphalt. Fester baut sich vor Miguel auf. Finger Fucker fängt derweil an, mit erhobenen Fäusten hektisch herumzuhüpfen, wie er es in seinem Boxverein wohl gelernt hat.

Ich hasse das Spearmint Rhino.

Jay steht vom Rinnstein auf. Er hat einen Riss in seiner Anzughose und eine Schramme am Kinn davongetragen und zeigt auf mich.

– Yo, Scarface. Du hast sie alle gemacht.

Miguel betrachtet die drei Männer am Boden.

– Sollen wir jemanden rufen?

Ich schüttele den Kopf.

– Die Türsteher werden sich schon drum kümmern. Lasst uns hier verschwinden.

Jay schnappt sich Miguel und schleppt ihn zum Wagen.

– Yo, besser so. Du kannst dir den Scheiß jetzt echt nicht leisten, Mann.

Ich führe sie zum Auto, wobei ich mich noch einmal umdrehe, um absolut sicher zu sein, dass uns niemand folgt. Die Typen, die sich hinter dem Laden einen reingezogen haben, sind zu den drei Arschlöchern am Boden rübergelaufen und erkundigen sich, ob alles okay ist. Keiner antwortet.

Miguel will wieder ins Palms, um weiterzuspielen, aber Jay deutet auf die Uhr. Es ist fast sechs Uhr früh.

– Der Flug geht in ein paar Stunden, yo. Zeit, sich auszuruhen.
– Mann, wir haben noch einen Kredit von hundert Riesen im Palms.
– So kommst du wenigstens nicht völlig pleite heim. Leg die Kohle doch beiseite.

Miguel schüttelt den Kopf wie ein Kleinkind, das ins Bett gehen soll.
– Ach, Mann, okay. So ein Mist.

Er lässt das Fenster runter und hält den Kopf in die lauwarme Brise.
– Du hast ja recht, aber trotzdem nervt's.

Im leeren Wettbüro des Caesar's läuft auf dem großen Bildschirm *Sportscenter*. Miguel und Jay schauen sich die Highlights des Tages an, während sie Dutzende von Keno-Lotteriescheinen ausfüllen. Sie haben eine der verbliebenen Cocktailbedienungen in Beschlag genommen. Sie läuft permanent zwischen ihnen und der Keno-Lounge hin und her, gibt dort ihre Zettel ab und bringt frische Getränke.

Jay deutet auf den Bildschirm.
– Yo, hier kommt's nochmal.

Miguel und ich schauen hoch und sehen, wie Sean Watson in einem sensationellen Coup den Ball fängt. Miguel widmet sich wieder seinen Keno-Scheinen. Jay schüttelt den Kopf.
– Verfluchter Watson.

Miguel nippt an seinem Cuba Libre.
– Er ist ein aufgeblasener Sexprotz.
– Yo, ein alter Weiberheld. Der Arsch will sich einen festen Stammplatz im Centerfield sichern.
– Soll mir recht sein. Ich hab keine Eile.

Jedes Mal, wenn die Highlights gezeigt werden, führen

sie das gleiche Gespräch. Und sie werden oft gezeigt. Ich wusste nicht mal, wer der Kerl ist, aber jetzt weiß ich, dass Sean Watson bei den Mets die Position des Gold-Glove-Center-Fielders innehat. Die gleiche Position, auf der auch Miguel spielt.

– Solange er da spielt, werden sie dich nicht voll zum Zug kommen lassen.

– Das ist schon okay. Ich bin ja noch jung und muss 'ne Menge lernen. Ich muss mich erst noch an die Big League gewöhnen.

Jay schaut vom Bildschirm weg und blickt seinen Freund an.

– Bullshit, du kannst schon mithalten. Du *bist* Big League. Du bist so weit.

In der letzten Stunde habe ich mehr Baseball gesehen als in den gesamten fünf Jahren davor. Es fühlt sich komisch an; so ähnlich wie die gelegentlichen Träume von den Menschen, die ich getötet habe. Als würde man die Toten rumlaufen sehen. Aber diesmal ist es doch ein bisschen anders. Zum ersten Mal, seit ich denken kann, schaue ich Baseball und will mich nicht augenblicklich zur Kugel zusammenkauern und in Selbstmitleid versinken. Wahrscheinlich liegt es am Ecstasy. Egal, es gefällt mir.

– He, Scarface. Ist mein Kumpel hier reif für die Big League, oder was?

Ob Miguel reif ist für die Big League? Keiner ist reif für die Big League, wenn er frisch vom College kommt. Keiner. Alle müssen sich langsam hocharbeiten. Selbst ein Ausnahmetalent wie Miguel. Verdammt, selbst *ich* hätte ein paar Jahre in den unteren Ligen spielen müssen. Allerdings wäre ich direkt von der Highschool aus gestartet. Wenn ich danach noch auf dem College gespielt hätte, wäre ich vielleicht sogar gleich ganz nach oben durchgestartet. Mit Sicherheit sogar. Ich hab jeden Tag mit einem

Holzschläger trainiert. Ich wurde für die Big League geboren, verdammt noch mal.

– Scarface?

Ich kehre zur Erde zurück. Big League? Ich war noch nicht mal Kreisklasse. Bloß ein dämliches Highschool-Talent.

– Scarface?

– 'tschuldigung. Was ist?

– Ist mein Kumpel hier jetzt so weit oder nicht?

– Tut mir leid, Mann. Ich hab echt keine Ahnung von Baseball.

Jay lässt sich enttäuscht in den Sessel fallen.

– Oh Mann, gerade als ich dachte, du wärst unser Mann. Mike, Scarface mag kein Baseball.

Miguel füllt einen weiteren Lotterieschein aus.

– Macht nichts, er hat andere Talente.

Er schaut von seinem Zettel auf und lächelt mir zu.

– Zum Beispiel, meinen Arsch zu retten. Das war echt cool von dir vorhin. Ich seh es zwar nicht gerne, wenn jemand verletzt wird, aber das sah schon verdammt lässig aus, wie du das gemacht hast. Mit dir an der Seite kann man sich sicher fühlen. Ganz ehrlich.

– Danke.

– Wenn es so weit ist und ich den Sprung in die erste Liga mache, ruf ich dich an. Vielleicht kannst du ja mein Mann werden.

– Klar. Vielleicht.

Ich deute auf den Bildschirm.

– Solltest *du* jetzt nicht eigentlich spielen?

Miguel schüttelt den Kopf.

– Ich hab grade in der College World Series gespielt. Letztes Wochenende sind wir rausgeflogen.

Jay schnaubt.

– Yo, das war vielleicht ein Mist. Texas ist der letzte Dreck.

Außerdem war der Schiri total blind.

– Schon gut.

– Ja. Was soll's, den Scheiß hast du hinter dir. Jetzt geht's richtig los.

Jay winkt mich zu sich.

– Das ist aber nicht wirklich der Grund, warum Mike noch nicht spielt. Der wahre Grund heißt Geschäft. Bezahltes Geschäft, verstehst du?

Miguel lächelt. Seine Zähne sind perfekt.

– Irgendwie muss man ja ans Geld kommen.

Er stößt mit Jay an.

– Wie auch immer, die Vertragsverhandlungen haben eine ganze Weile gedauert. Aber jetzt ist alles in trockenen Tüchern. Ab morgen spielt er bei Kingsport. Als Profi.

Jay schüttelt den Kopf.

– Aber zuerst auch nur als Rookie.

– Das ist schon okay. Jeder beginnt als Rookie. Ein Schritt nach dem anderen.

Er schaut den Spielern auf dem Bildschirm zu; begabte junge Männer, die mit ihren Körpern Sachen anstellen können, die sonst keiner schafft.

Ich blicke ihn an. Sein Flugzeug geht um acht. Er wird um drei Uhr nachmittags an der Ostküste eintreffen und seinen ersten Tag als Profi-Baseballspieler antreten. Jung und fit, relaxed und elegant, bloß bisschen schattig unter den Augen.

Die Bedienung rückt mit einer neuen Runde Getränke an und nimmt einen weiteren Stapel Lotteriescheine mit. Jays Drink ist noch fast voll. Er reicht den neuen Cocktail an mich weiter.

– Kannst du dir jetzt endlich einen genehmigen?

Ich betrachte das Glas.

– Ich trinke nicht.

Er schüttelt traurig den Kopf.

– Verdammt. Er mag kein Baseball. Er trinkt nicht. Echt schade. Wenn das Auto nicht gewesen wäre und du nicht so lässig das Ecstasy rausgezaubert hättest, fast wie MacGyver, weiß ich echt nicht, was ich mit dir angefangen hätte.

Miguel lehnt sich zurück und gähnt.

– Und wie er dem Typ den Arsch versohlt hat.

– Oh ja, das war krass. Den Arschlöchern hast du's ordentlich gezeigt. Sag mal, was war das Härteste, was du jemals mit jemandem angestellt hast?

Vor meinem geistigen Auge läuft ein Kurzfilm mit all den unschönen Dingen ab, die ich Leuten zugefügt habe.

Miguel legt Jay seine Hand auf den Arm.

– Lass gut sein, der Kerl ist ein Profi.

– Ich will's aber wissen.

Ich zucke mit den Schultern.

– Nichts Schlimmes.

Jay blinzelt mit einem Auge.

– Siehst du, genau so eine Antwort hab ich erwartet, aber ich wette, du hast schon ganz schön heftige Sachen hinter dir. Woher hast du zum Beispiel die Narbe im Gesicht?

Miguel stößt ihn leicht an.

– Lass sein, Mann.

Ich berühre die Narbe und erinnere mich an einen Typ, der kaum älter war als Jay. Ich erinnere mich, wie ich auf ihm saß, während kochendes Wasser auf uns niederprasselte, erinnere mich, wie ich ihm den Lauf seiner eigenen Pistole in den Mund steckte und abdrückte.

– Das war bloß ein Unfall, nichts Außergewöhnliches.

Jay hebt wie zur Verteidigung seine Hände.

– Schon gut, ich hör ja schon auf. Jeder hat seine Geheimnisse. Aber das nächste Mal, wenn wir wiederkommen, will ich mehr hören. Echte Gangsta-Geschichten.

Er hält mir seine offene Hand hin. Ich klatsche sie leicht ab. Er nickt.

– Na also, geht doch, yo.

Eine halbe Stunde später fahre ich sie zum Flughafen. Ich biete ihnen an, noch so lange bei ihnen zu bleiben, bis sie an Bord gehen, aber Miguel meint, das ist nicht nötig. Jay holt sich einen Gepäckwagen, schmeißt seine riesige Tasche darauf und klettert selbst obendrauf.

– Yo, Mike, ich bin so weit. Du musst mich schieben.

Miguel wirft ihn runter und dreht sich zu mir um.

– Soweit alles klar zwischen uns? Schulden wir dir noch was?

Ich schüttele den Kopf.

– Nein, ist alles geregelt.

Er nickt.

– Cool. Na dann.

Er streckt mir die Hand hin. Ich greife zu, und wir verabschieden uns.

– Als es drauf ankam, warst du heute Nacht zur Stelle. Das war schwer in Ordnung. Wenn das schlecht ausgegangen wäre, hätte das 'ne miese Presse gegeben. Und das Letzte, was ich zurzeit brauchen kann, sind Bullen und Reporter. Danke noch mal.

Er hält mir die Faust hin.

– Respekt.

Leicht boxe ich mit meiner Faust dagegen.

– Klar doch.

Daraufhin macht er das Peace-Zeichen und schiebt den Gepäckwagen mitsamt seinem Freund und dessen Tasche durch die automatische Tür.

Zu Hause werfe ich vier Mandrax ein. Und träume weiter.

Ich träume von Baseball.

Ein paar Stunden später wache ich auf. Jetzt hätte ich

gerne Dinge und Menschen um mich, die schon lange tot sind.

mantracker45: sandy, es gibt gerüchte, wonach er mit dir in kontakt gewesen sein soll.
scandy: wo hast du das her, mt???
bigdangle: sandy, ich finde dich verdammt heiß.
scandy: tausend dank!!! hast du schon den neuen kalender?
mantracker45: stand auf danny lesters website.
bigdangle: mein lieblingsbild ist das, wo du auf dem stuhl kniest und über deine schulter guckst. das ist so was von GEIL:)
scandy: ich weiß nicht, was auf danny lesters website steht, und ich kann wegen meiner klage auch nicht über ihn sprechen, aber ich kann dir versichern, dass ich keinen kontakt mit ihm hatte. und nochmal vielen dank, big, ich mag das bild auch.
mantracker45: hast du angst, dass er noch mal auftauchen könnte?
bigdangle: was hast du grade an, sandy?
scandy: es gab eine zeit, als ich mich gefürchtet habe, aber das leben muss weitergehen. man darf nicht voller angst durchs leben schreiten. das hat meine therapeutin auch gesagt.
bigdangle: was hast du an, sandy??
scandy: jogginghose und ein tanktop, big. aber schau mal wieder vorbei, wenn ich tanze. da trage ich das zeug, worin ich mich am wohlsten fühle. nichts;-)
dermannderverschwand29: hallo sandy.
bigdangle: ich trage nichts. ich bin ganz allein

mit meinem dicken fetten schwanz und deinem kalender und stelle mir vor, wie ich dich in den arsch ficke. magst du es in den arsch?

TEILNEHMER BIGDANGLE WURDE
VOM CHAT AUSGESCHLOSSEN

mantracker45: was für ein arschloch.
scandy: hi mannderverschwand.
scandy: ja, mt, welches mädchen will auch schon einen kerl mit einem »riesengehänge«.
dermannderverschwand29: ich bin's, sandy.
scandy: was soll das heißen, mannderverschwand?
mantracker45: schmeiß ihn raus, sandy.
dermannderverschwand29: erinnerst du dich an das el cortez, sandy? erinnerst du dich an dein haus auf der jewel avenue und was ich da gemacht habe? erinnerst du dich dran, was der hund mit dem schwanz von deinem freund angestellt hat? ich weiß, wo du bist, sandy.

TEILNEHMER DERMANNDERVERSCHWAND29
WURDE VOM CHAT AUSGESCHLOSSEN

mantracker45: noch so ein arsch. alles okay, sandy?
scandy: mir geht's gut, danke.
mantracker45: ist das der typ?
scandy: ich glaube schon. ich schmeiße ihn regelmäßig aus dem chat, aber ein paar wochen später loggt er sich unter dermannderverschwand67 oder so wieder ein.
mantracker45: macht er dir angst?

scandy: inzwischen nicht mehr.
mantracker 45: ich könnte dich beschützen und mich um dich kümmern, sandy.
scandy: danke, mt. das ist süß von dir.
mantracker45: ich könnte dich an einen zaun fesseln und deine nippel abschneiden und deinen kopf aufsägen und dein hirn in eine plastiktüte tun. ich könnte mich wirklich prächtig um dich kümmern, du kranke HURE!!!

TEILNEHMER MANTRACKER45 WURDE VOM CHAT AUSGESCHLOSSEN

TEILNEHMER SCANDY HAT SICH ABGEMELDET

Keine besonderen Vorkommnisse bei Sandys Chatsession, würde ich sagen.

Ich starre noch ein paar Minuten auf den leeren Bildschirm und warte, ob sie sich noch einmal zurückmeldet, aber es bleibt still. Ich klicke auf das Abmelden-Symbol, und billybob44 verschwindet von der Liste der angemeldeten User.

Mein Chatname war die ganze Zeit neben einer Reihe anderer Teilnehmer aktiv, ist aber nicht mit einer Nachricht an Sandy im Hauptfenster aufgetaucht. Bloß ein weiterer schwer atmender Scroller, der stumm den Chat verfolgt, ohne selbst einzugreifen.

Der Nachmittag neigt sich dem Ende zu, und mir ist es nicht gelungen, wieder einzuschlafen. Ich überlege kurz, ob ich auf Danny Lesters Website gehen soll, um nachzuschauen, was es mit dem Gerücht auf sich hat, ich hätte Kontakt zu Sandy gehabt. Aber ich lasse es sein und schalte den Computer aus. Warum soll ich mich damit rumärgern? Es wird eh nur eine weitere Lüge von Danny sein, gerade saftig und pikant genug, um möglichst viele Leute auf die Site zu locken, damit die Werbekunden zufrieden sind. Außerdem muss ich mir mindestens fünf Xanax reinschmeißen, um den bloßen Anblick von Lesters Site zu ertragen. Auf der Homepage ist alles um mein FBI-Suchposter angelegt; sein Bericht, wie er »meine Tarnung aufdeckte«; seine bescheuerte Gedenkseite für meine Opfer. Wenn ich bloß dran denke, kriege ich schon Hautausschlag.

Ich brauche mir Lesters Visage nur vorzustellen, und schon könnte ich glatt in einen Flieger steigen, ihn zu Hause aufsuchen und ihm meine Hände um die Kehle legen. Es gibt eigentlich keinen Grund dafür, außer der Tatsache, dass er es war, der der Welt kundtat, ich wäre wieder zurück in den USA; er hat mich von San Diego bis in meine Heimatstadt verfolgt; wegen ihm war ich gezwungen, meine Eltern alleinzulassen; er fuhr mit seinem Truck meinen Jugendfreund über den Haufen. Natürlich sind das alles keine wirklichen Gründe, so ein verdammtes Arschloch umzulegen, das es sich zur obersten Aufgabe gemacht hat, mich zu finden und mich »meiner gerechten Strafe« zuzuführen.

Jedenfalls werde ich hoffentlich niemals so dämlich sein und mich aktiv an einem solchen Chat beteiligen.

Und doch denk ich gelegentlich drüber nach.

Ich hab schon ein paar Messages verfasst und den Mauspfeil über der Senden-Taste kreisen lassen, hab aber nie draufgeklickt. In den Messages ging es jedes Mal um Zeug, von dem nur ich was wissen kann.

billybob44: sandy, ich bin's. erinnerst du dich an »Place to Be« im radio im El Cortez?

billybob44: sandy, wo steckt T?

Ja, wo steckt bloß der letzte Freund, den ich auf der Welt hatte?

Sie müsste es wissen. Zumindest müsste sie wissen, wo sie ihn zum letzten Mal sah, bevor sie einen Anwalt gefunden und sich gestellt hat. Wenn sie mir das sagen würde, könnte ich ihn vielleicht finden. Und wenn ich ihn fände, könnte er mir vielleicht helfen, und ich hätte wieder einen Freund, jemanden, dem ich vertrauen kann.

Ich starre auf den leeren Computermonitor. Irgendwas ist da in meinem Gesicht. Ich fasse hin, und mein Finger wird nass. Ich weine. Verdammt, wann hab ich zum letzten Mal geweint? Nein, ich weine nicht. Ich schluchze. Ich schlucke, schnappe nach Luft und stöhne. Ich lasse mich vom Stuhl fallen und krieche auf allen vieren den Flur entlang, während mir der Rotz aus der Nase läuft und auf den Teppich tropft. Ich schaffe es bis zum Bad, komme auf die Knie, lange über das Waschbecken und öffne das Medizinschränkchen. Ich greife nach den beiden Taschen mit den Reißverschlüssen. Eine der beiden ist nicht verschlossen. Plastikfläschchen und lose Pillen verteilen sich über den versifften Boden.

Ich fummele herum, immer noch zitternd und jammernd, wie ein Epileptiker, der nach seinen Pillen sucht. In meinen neuen Jeans und dem sauberen weißen Hemd kauere ich auf dem Boden und schütte mir Pillen in die Hand. Welche? Keine Ahnung. Ich schaufele mir eine Handvoll in den Mund, aber sie bleiben mir im Hals stecken, werden mit dem nächsten Schluchzer wieder rausbefördert und verteilen sich ebenfalls im ganzen Bad.

Verdammte Scheiße.

Ich kann nicht mehr.

Ich halte mich am Handtuchhalter fest und ziehe mich daran hoch. Ich stolpere zur anderen Seite vom Bad und halte mich mit einer Hand am Waschbeckenrand fest, während ich mit der anderen das Gaffertape vom Spiegel ziehe. Kleine Glassplitter rieseln ins Becken, aber die größeren Teile, die, die ich brauche, bleiben fest im Rahmen stecken. Mein zersplittertes Spiegelbild funkelt mich an. Ich zupfe an einer Scherbe in Form einer Sense, wobei ich mir die Fingerspitzen aufritze. Die Glasscherbe löst sich, und der gesamte Spiegel prasselt ins Becken. Ich lasse es los, gehe zitternd auf die Knie und falle auf den Hintern. Ein Bein ist eingeknickt, das andere liegt quer über der schmuddeligen Badematte. Verzweifelt beiße ich die Knöpfe meines linken Hemdaufschlags ab und zerre mir mit den Zähnen den Ärmel hoch. Auf meinem Unterarm ist ein Tattoo: sechs schwarze Balken. Irgendwann war das eine akkurate Bilanz der Leben, die ich ausgelöscht hatte, aber inzwischen ist es hoffnungslos veraltet. Von der Spitze meines Spiegelmessers tropft bereits mein Blut. Ich bohre die Spitze in meine Haut und sofort bildet sich ein Blutteich ringsum. Es kommt mir fast so vor, als wäre die kleine Glasscherbe einzig für diesen Zweck gemacht: Ein einziger harter Ruck, und die Haut würde vom Handgelenk bis zum Ellbogen aufgerissen. Dann käme die andere Seite dran.

Ich reiße.

Aber nichts passiert.

Ich reiße erneut. Und wieder bewegt sich meine Hand nicht.

Mein Schluchzen verebbt. Ich sitze auf dem Badezimmerboden, starre auf das Blut, das sich in der Scherbe spiegelt, so wie ich es mir immer vorgestellt habe, aber ich bringe mich nicht um.

Wer hätte gedacht, dass es noch etwas gibt, das ich nicht fertig bringe.

Ich erwache auf dem Badezimmerboden. Die Sonne ist untergegangen. Blut klebt an dem Loch in meinem Handgelenk. Ich rappele mich auf, lasse Wasser ins Becken laufen und spritze es mir ins Gesicht. Glassplitter liegen auf dem Boden des Waschbeckens, und ich kann darin Teile von mir erkennen. Ich verlasse das Bad, bleibe im Flur stehen, um mir ein paar Pillen von den Füßen zu kratzen, und gehe dann in die Küche. Dort finde ich eine Packung tiefgefrorene Eggo-Frühstückswaffeln und werfe sie in die Mikrowelle. Eine Minute später bimmelt es, und ich nehme die Eggos raus. Als ich den Plastikbeutel aufschlitzen will, verbrenne ich mir die kaputten Fingerspitzen. Ich leere den Inhalt auf den einzigen Teller, den ich besitze, hole aus dem Kühlschrank eine alte Packung Sirup von McDonald's und streiche ihn über die Waffeln. Dann esse ich sie mit meiner einzigen Gabel. Besser wäre es, wenn ich sie getoastet hätte, aber ich habe keinen Toaster. Als ich fertig bin, spüle ich meinen Teller und die Gabel. Anschließend gehe ich ins Wohnzimmer und mache die Stereoanlage an. Ich lege »Boots of Spanish Leather« auf und lausche der Musik.

Ich betrachte das Loch an meinem Handgelenk.

Das war knapp. Ich war dumm und wäre um ein Haar zu weit gegangen. Schuld war der Baseball. Es lag daran, dass ich mit Miguel und Jay zusammen war, und an ihrer Freundschaft. Und dann schaute ich nach, was Sandy so macht, und musste an T denken. Und zu guter Letzt warf ich mir noch zu viele verschiedene Pillen auf einmal ein.

Ich muss mich wieder auf meinen Job konzentrieren. Muss mich zusammenreißen. Wenn David will, dass ich zuschlage, dann muss ich eben zuschlagen. Ich muss zusehen, dass ich keine Aufträge mehr wie den gestern Nacht bekomme. Dabei gerate ich nur ins Grübeln. Ich muss meinen Job erledigen, und zwar sauber und gründlich. Ich muss mich erinnern. Ich muss mich daran erinnern, dass ich das Trinken aufgegeben habe, weil ich es nicht mehr kontrollieren konnte. Und ich muss zusehen, dass ich von den Pillen runterkomme, denn dafür fehlt mir die Disziplin. Mit anderen Worten: Ich muss ganz von vorne anfangen.

Ich muss mich um meine Leute kümmern. Ich habe eine Mom und einen Dad.

Wenn ich so weitermache, kann ich gleich zu ihnen fahren und ihnen die Kugeln persönlich verpassen.

Die Kugeln persönlich.

Den Rest des Abends verbringe ich mit Saubermachen. Ich wasche mich und putze das beschissene Apartment. Ich klaube die kaputten Spiegelteile aus dem Waschbecken und bandagiere mein Handgelenk. Dann nehme ich mir die Pillen vor. Ich spüle die Demerol und die OxyContin und die Mandrax und die Lithium und die Xanax und die Percocet und die Darvocet und das Morphium und das Klonopin und das Librium und die Adderall und das Dexedrin und das Desoxyn ins Klo. Es ist nicht das erste Mal, dass ich mich einer Abhängigkeit auf diese Weise entledigen will, aber es muss das letzte Mal sein.

Gegen elf Uhr abends sieht die Bude wieder halbwegs anständig aus, und ich denke daran, zum Vierundzwanzig-Stunden-Supermarkt rüberzulatschen und mir zur Abwechslung mal was Richtiges zu kaufen.

Doch dann ruft David an und teilt mir mit, dass er mich in New York haben will.

– Branko ist auf dem Weg zu dir. Wird dir gut tun. Fast so, wie nach Hause kommen, wenn man so will, oder?

Nachdem ich aufgelegt habe, gehe ich ins Bad und starre in die Toilette. Ich bin kurz davor, einen Schraubenschlüssel aus meinem Werkzeugkasten zu holen und den Wasserdruck abzustellen, aber dann reiße ich mich zusammen und verzichte darauf, die Toilette aus der Verankerung zu wuchten und die Rohre nach eventuell irgendwo stecken gebliebenen Pillen abzusuchen.

TEIL 2

FREITAG, 24. JUNI 2005

– Henry.
Das bin ich, das ist mein Name. Henry Thompson.
– Henry.
Aber keiner benutzt ihn mehr.
– Henry. Du musst mir alles erzählen.
Keiner benutzt ihn mehr, denn Henry Thompson ist ein Mann, den fast jeder tot sehen möchte.
– Henry. Wie fühlt es sich an, wieder hier zu sein?
Nur David benutzt ihn.
– Henry? Wieder zu Hause zu sein?
Ich antworte nicht. Denn es ist nicht mein Zuhause. Nicht mal entfernt.

Branko holte mich in meinem beschissenen Apartment ab.

Er kommt rein und sieht den Verband am Handgelenk, sagt aber nichts. Er geht ins Bad und besieht sich den zerbrochenen Spiegel, bleibt aber weiter stumm. Dann führt er mich raus zu seinem Wagen und fährt mich zum Flughafen. Schließlich sagt er doch was.
– Hast du das Apartment saubergemacht?
– Ja.
– War es dreckig?
– Branko, es war total versifft.
– Ja, aber es war schon immer versifft.
– Ich hatte einfach die Schnauze voll.

Er deutet auf meinen Verband.
– Hast du dich beim Putzen verletzt?
– Ja.
Er nickt. William DeVaughn säuselt »Be Thankful for What You Got«.
– Du hast keine heiße Ware dabei, oder?
– Du hast mir doch beim Packen zugeschaut.
– Du weißt schon, die Security ist extrem streng.
Seit dem 11. September bin ich nicht mehr durch die USA geflogen, und Branko ist besorgt, dass ich vielleicht einen Nagelschneider oder was Ähnliches in meiner Tasche versteckt habe.
– Ich hab nichts.
– Gut. Brauchst du Kohle?
– Nein.
Der Song läuft weiter. Am Flughafen biegen wir ab, und Branko fährt zum Abflugterminal.
– Wenn sie dich aus der Schlange rausholen, hat das nichts zu bedeuten. Geh einfach mit. Sie machen deine Tasche auf und bitten dich, die Schuhe auszuziehen. Für den Fall, dass du da drin eine Bombe untergebracht hast.
Bei dem Gedanken an eine Schuhbombe lacht er sich halb schlapp, vor allem, weil er bessere Plätze kennt, wo man eine Bombe verbergen kann.
– Ich weiß.
– Du fliegst zweiter Klasse. Ich hätte dir ja erste Klasse gebucht, aber da schauen einen die Leute aus der zweiten beim Einsteigen immer so kritisch an. Die Passagiere zweiter Klasse schieben bekanntlich einen Hass auf die aus der ersten Klasse.
– Kein Problem.
Er will noch was anderes sagen, überlegt es sich dann aber und hält am Bordstein vor United Airlines. Er stellt die Automatik auf Parken.

– Brauchst du Geld?
– Nein. Außerdem hast du schon mal gefragt.
– Ja.

Durch das Autofenster und die Glastüren späht er an mir vorbei in den fast leeren Terminal. Es ist kurz nach Mitternacht, der Freitagmorgen hat begonnen. Ein paar Reisende, die den verbilligten Mitte-der-Woche-Tarif ausgenutzt haben, warten mit geröteten Augen auf ihren Rückflug zur Ostküste. So richtig Betrieb wird hier aber erst gegen acht Uhr einsetzen, wenn die Wochenendausflügler eintreffen.

– Branko.

Er antwortet nicht.

– Was steckt da eigentlich dahinter? Ich in New York. Das ist doch …

Er schüttelt den Kopf.

– Gibt es eine andere Stadt, wo du lieber hinwillst? Ja? Nein. Flieg nach New York. Tu einfach, was man dir sagt.
– Ja. Klar.

Er fischt eine Kreditkarte aus seiner Brusttasche und reicht sie mir.

– Die steckst du in den Automaten. Dann kriegst du dein Ticket. Es ist auf den gleichen Namen ausgestellt wie dein Führerschein. Anschließend wirfst du die Karte weg.
– Verstanden.

Ich öffne die Tür und steige aus. Branko steigt ebenfalls aus und kommt um den Wagen gelaufen. Er langt auf den Rücksitz, holt meine Tasche raus und hält sie mir hin.

Dann zieht er seine Brieftasche aus der Hose und zückt ein Bündel Geldscheine.

– Ich hab noch genug über von gestern.
– Nimm's einfach.

– Branko.
– Nimm das Geld.
– Okay, danke.

Ich nehme es. Er nickt, steckt seine Brieftasche wieder ein und läuft zurück zur Fahrertür. Bevor er einsteigt, zeigt er noch mal mit dem Finger auf mich.

– Tu, was man dir sagt.

Und dann steigt er ein und fährt davon.

Ich betrete den Terminal, finde den Ticketautomaten und füttere ihn mit der Kreditkarte. Mit dem Ticket in der Hand marschiere ich zum Security-Check, wo ich es mitsamt dem Führerschein einer freundlichen Dame im blauen Blazer hinhalte. Anschließend stelle ich mich in die kurze Warteschlange, bevor ich dran bin und mein Gepäck geröntgt wird. Alles läuft problemlos. Ich besteige das Flugzeug und finde meinen Platz am Fenster. Ein etwas älterer Mann hat den Platz am Gang. Als die Türen geschlossen werden und niemand den Platz zwischen uns für sich beansprucht hat, wirft er mir ein müdes Halblächeln zu, kippt den Sitz nach hinten und schläft ein. Ich schaue aus dem Fenster und verfolge, wie draußen alles immer kleiner wird. Dabei versuche ich mich zu erinnern, wie es war, als ich das erste Mal nach New York flog. Wie es war, jung zu sein und was Neues anzufangen. Aber ich schaffe es nicht. Ich schiele auf den schlafenden Mann neben mir. Ich könnte mich jetzt auch ausruhen, mir ein paar Ambiens reinpfeifen und traumlos und lange schlafen. Stattdessen knirsche ich mit den Zähnen und schaue mir gemeinsam mit den anderen Schlaflosen, die in Vegas ihr letztes Hemd verspielt haben, einen miesen Film an.

Die Maschine setzt zum Landeanflug an, und Manhattan taucht im Fenster auf.

Ich bin zurück.

Was einfach bedeutet, dass ich wirklich dringend eine Pille gebrauchen könnte. Aber die würde ich so oder so brauchen.

– Wie fühlt es sich an, wieder zu Hause zu sein? Tut das gut?

Davids Büro in Brighton Beach ist das Wohnzimmer eines Apartments über dem Winter-Garden-Restaurant, rechts vom Boardwalk. Es ist ein merkwürdiges Erkerzimmer mit mehreren Kranzgesimsen an der Außenfassade. Das lachsfarbene Haus ist bereits älteren Baujahrs und liegt am hinteren Ende der Brighton Street, einer Sackgasse. *El Marisol* steht in schwarzen Lettern über der Eingangstür, eine Reminiszenz an die Zeiten, bevor das Viertel zur Hochburg der russischen Einwanderer wurde.

– Fühlt sich komisch an.

Er kommt zu mir rüber, stellt sich neben mich und zeigt aus dem Fenster.

– Von hier aus kannst du Coney Island sehen.

Ich presse mein Gesicht gegen die Glasscheibe und schaue nach rechts. Weiter hinten am Boardwalk, hinter dem Aquarium, erkenne ich Deno's Wonder Wheel, die rot-weiße Säule der Aussichtsplattform und, noch weiter hinten, den Turm des verlassenen Fallschirmabsprungplatzes. Coney Island war einer der letzten Orte, die ich gesehen habe, bevor ich geflüchtet bin.

David klopft gegen sein Glas.

– Sie haben jetzt auch ein Baseballteam.

– Hab davon gehört.

Mit einer Hand auf meiner Schulter führt er mich vom Fenster weg.

– Von Baseball verstehe ich rein gar nichts, aber der Park drumrum ist schön. Ein Baseballpark am Strand. Wenn meine Tochter heiratet und Kinder bekommt, werde ich mit ihnen hingehen.

Er legt sich die Hand aufs Herz. *Danach sehne ich mich mehr als nach allem anderen.*

Er deutet auf das braune Ledersofa. Ich setze mich, während er auf dem üppig aufgepolsterten Sessel zu meiner Linken Platz nimmt.

Das Büro ist randvoll mit Möbeln zugestellt. Sofa und Sessel, zwei Beistelltischchen mit identischen Keramiklampen, ein Schreibtisch mit Bürostuhl und zwei Besucherstühlen, ein kleines Sideboard mit einer Auswahl an Hochprozentigem und Soft Drinks, drei antike Aktenschränke, ein Zeitschriftenständer, zwei Stehleuchten mit Lampenschirmen, die noch in Plastik gehüllt sind, und eine Liege, an der noch das Preisschild hängt.

– Gefällt's dir?

– Ja, sicher.

Er lächelt und legt den Kopf schief.

– Du musst mir nichts vorlügen. Es ist schäbig.

Ich will was sagen, aber er hebt die Hand und kommt mir zuvor.

– Meine Frau ist schuld. Sie ist dafür verantwortlich. Kauft den ganzen Krempel und schleppt ihn hierher. Sie will, dass ich mich wohlfühle, dass sich meine Gäste wohlfühlen. Zuerst habe ich ihr gesagt: Marya, nein, es ist zu viel. Ein Schreibtisch und Stühle, mehr braucht ein Mann nicht in seinem Büro. Aber sie meint, ein Büro muss Eindruck hinterlassen. Das hab ich jetzt davon.

Er breitet seine Arme aus und zeigt auf das Chaos. *Siehst du, wer hier die Hosen anhat?*

– Aber was soll's, mir ist das egal. Das Einzige, was zählt, sind die hier.

Er deutet auf die Wände.

Dort hängen unzählige Familienfotos. Hinter dem Schreibtisch befindet sich das eigentliche Prachtstück der

Sammlung: ein großformatiges Weichzeichnerfoto in einem Goldrahmen. Darauf sieht man David mit einer kleinen rundlichen Frau, die eine Gucci-Sonnenbrille trägt, und daneben eine vergleichsweise hübsche junge Frau, die sich offenbar mit der untersetzten Statur ihrer Mutter und den eher flachen Gesichtszügen ihres Vaters rumschlägt.

– Das sind meine Schätze. Alles, was ich tue, tue ich nur für sie.

Er lässt eine Hand auf meinen Unterarm fallen.

– Das musst du wissen.

Er packt zu.

– Nicht antworten. Das war nicht als Frage gedacht. Ich weiß, dass du das verstehst. Alles für die Familie. Dadurch erst wird man zum Mann. Und du bist ein Mann, Henry. Besteht daran irgendein Zweifel? Was du getan hast, spricht eine klare Sprache.

Er lässt meinen Arm los und streicht sich mit den Fingerspitzen über die Koteletten.

– Und jetzt gibt es wieder was zu tun.
– Ja. Aber David …
– Ja? Was liegt dir auf der Zunge? Raus damit.
– David. Ich weiß nicht, was du von mir erwartest? Was soll ich hier? Was?

Er lacht.

– Was *ich* will? Nein, Henry. Es geht nicht darum, was ich will, sondern darum, was du getan hast.
– Ja, aber …
– Würde ich dich sonst nach New York schleifen? Nein.

Er pocht sich mit den Fäusten gegen den Kopf. *So was Verrücktes.*

– Ich weiß trotzdem nicht, was …
– Es handelt sich um eure nationale Lieblingsbeschäftigung. Dieses Spiel. Und du, du sollst es mir erklären.

Er steht auf, geht zum Zeitschriftenständer und kommt

mit der neuesten Ausgabe der *Daily News* zurück, die er mir auf den Schoß fallen lässt. In der Überschrift steht, dass irgendwer irgendwas im Nahen Osten bombadiert hat.

– Ich versteh dich nicht.

– Nein, nicht das.

Er greift sich die Zeitung, blättert ein paar Seiten um und wirft sie mir wieder zu. Ich studiere die Seite, suche nach dem, was er meint. Er tippt mit dem Finger auf die Spalte mit den neuesten Nachrichten über die Mets. Dort steht ein kurzer Absatz unter einer fettgedruckten Überschrift.

– Das ist es.

Mets Top Pick wechselt zu den Cyclones

Miguel Arenas, der Top Pick der Mets und die größte Nachwuchshoffnung der gesamten Major League, rückt frühzeitig in die erste Garnitur auf. Nach gerade mal einem Tag als Rookie wird Arenas von den Mets zu den Brooklyn Cyclones wechseln. Arenas wird vermutlich bereits an diesem Wochenende beim Saisonauftaktspiel der Cyclones gegen die Staten Island Yankees zum Einsatz kommen. Es ist zu erwarten, dass der Jungstar der letztjährigen Olympiade im KeySpan Park einen Zuschaueransturm auslösen wird.

David sitzt in seinem Sessel und betrachtet die Familienfotos, während ich Baseballnachrichten lese.

– Verstehst du das alles?

– Ja.

– Ich wusste doch, dass du Baseball magst.

– Ja, aber ich kapier immer noch nicht, warum …

– Henry, ist dir das immer noch nicht klar?

Er nimmt mir die Zeitung ab und zeigt noch einmal auf den Artikel.

– Dieser Junge, er kommt nach New York. Und er fragt nach jemandem. Nach dir. Weißt du jetzt, warum du hier bist?

Es macht keinen Sinn, aber ich ahne, worauf er hinauswill. Eine schlechte Idee.

– Ich kann nicht. Ich kann nicht den Bodyguard für ihn machen. Er ist … Es wird Presse geben. Es ist … Wie soll ich bloß …?

David dreht seinen Kopf zur Seite und hebt beide Hände, die Innenflächen nach außen gerichtet. *Hör auf! Nicht so hektisch, erst mal tief durchatmen.*

Ich halte den Mund. Er nimmt die Hände wieder runter und schaut mich an.

– Ich werd's dir erklären.

Er macht eine Pause, um sich zu sammeln.

– Dieser Junge hat eine Krankheit. Seine Krankheit besteht darin, dass er spielsüchtig ist. So weit verstanden?

Ich nicke.

– Er spielt also, und er wettet. Auf alles. Karten, Würfel, Lotterie, Glücksrad, Pferde, Hunde. Wenn vor ihm Männer auf der Toilette sind, wettet er, wer zuerst fertig wird mit Pissen, und wie viele von ihnen sich danach die Hände waschen. Er ist krank. Schon auf der Highschool und später auf dem College in Stanford, wo auch meine Tochter studiert, spielt er um Geld. Auch bei der Olympiade, wo er für Amerika antritt, wettet er. Und er wettet auf alles, was man sich vorstellen kann. Er wettet sogar auf Baseball. Nie auf das eigene Team, aber trotzdem. Er wettet immer bei demselben Buchmacher. Derselbe Buchmacher, bei dem schon sein Vater gewettet hat, soviel ich weiß. Ein Freund. Bei ihm kann er sicher sein, dass er nicht ausgenutzt wird, dass seine Spielsucht nicht an die Öffentlichkeit kommt. *Der Held der Olympiade spielsüchtig!* Vor solchen Schlagzeilen ist er sicher. Aber er ist nicht sicher vor sich selbst. Ihm passiert dasselbe wie allen Spielsüchtigen. Er verliert mehr, als er zahlen kann.

David zuckt mit der rechten Schulter. *Was soll man schon erwarten?*

– Der Buchmacher kann es sich eigentlich nicht länger leisten, seine Wetten anzunehmen. Aber er ist so ein Baseballtalent. Und schon in jungen Jahren gibt es viele, die an ihn glauben, an sein Talent. Und daran, dass sich dieses Talent eines Tages in Geld ummünzen lässt. Wo so ein Glaube herrscht, gibt es auch Kredit und viele, viele Schuldscheine.

Langsam hebt er die Hand, um anzudeuten, wie der Berg an Schuldscheinen wächst.

– Ich mach mir nichts aus Baseball, hab ich dir ja schon gesagt. Aber unter meinen Leuten sind welche, die sich gut auskennen. Und einer von denen hat gesehen, wie der Junge bei der Olympiade gespielt hat. Hast du zugeschaut?

Hab ich nicht. Den Sommer 2004 hab ich in meinem beschissenen Apartment verbracht und rauszufinden versucht, wie viel Demerol auf einmal ich mir reinpfeifen kann.

– Hab ich verpasst.

– Ich kenne mich zwar nicht aus, aber es war beeindruckend. Und dieser Mann, der Buchmacher. Er hat von der Wettsucht des Jungen gehört. Und er stellt Fragen. Und bekommt Antworten. Unter anderem erfährt er von den vielen Schuldscheinen. Und er schlägt mir was vor. Ich stimme zu. Also fängt er an, diese Schuldscheine aufzukaufen. Eine gute Geldanlage. Das sind Schulden, die irgendwann sicher zurückgezahlt werden. Aber ein Buchmacher will in der Regel sofort Bargeld sehen. Er kauft also heimlich, still und leise die Scheine zusammen, bis er sie alle hat. Kannst du dir vorstellen, um welche Summe es sich handelt, Henry?

– Nein.

– Schätz mal.
– Keine Ahnung.
– Na schön. Du würdest es eh nicht erraten. Fast zwei Millionen Dollar. Auf Papier. Und ich hab sie alle gekauft.

Allein bei dem Gedanken quellen ihm vor Entsetzen die Augen über. *Kannst du dir das vorstellen? So eine Dummheit!*

– Sag mir, wer ist hier der schlimmere Zocker, Henry? Dieser Junge oder ich? Fast zwei Millionen. Das ist eine verdammte Stange Geld. Und ganz ehrlich, ich kann es mir nicht leisten, so viel Geld zu verlieren. Aber das Leben ist nun mal ein Spiel. Und manchmal muss auch ein Geschäftsmann zocken. Nur so ist man oben dabei. Hin und wieder muss man eben was riskieren, und wenn auch nur, um sich zu beweisen, dass man keine Angst vorm Schicksal hat. Aber trotzdem: Seit ich diese Scheine erworben habe, leide ich an Verstopfung.

Er rutscht kurz auf seinem Sessel hin und her.

– Und dann …

Er lächelt.

– Du weißt schon, was passiert, oder?
– Ich kann's mir vorstellen.
– Er wird zum First Pick gemacht. Zur Nummer eins. Und er stellt einen Rekord auf. Weißt du, welchen?

Ich schüttele den Kopf.

– Er stellt einen neuen Rekord auf für den höchsten Rookie-Vertragsbonus in der Geschichte des Baseball.

Kurz reckt er die Fäuste in die Luft. *Yes!*

– Über sechs Millionen. Ein beachtlicher Rekord, was? Aber wenn man mal genauer hinschaut, bleibt am Ende gar nicht so viel übrig.

Er gestikuliert mit den Händen, um zu demonstrieren, wie sich der Kuchen aufteilt.

– So viel bekommt der Agent.

Mit Daumen und Zeigefinger zeigt er ein kleines Stück.

– Das kriegt der Manager.

Noch ein kleines Stück.

– So viel nimmt sich der Staat.

Daumen und Zeigefinger sind bis zum Anschlag gespreizt.

– Also rufe ich ihn an und stelle mich vor. Ich sage ihm, ich hätte all seine Schuldscheine aufgekauft. Und wir unterhalten uns, unter vier Augen, ganz privat. In San Diego, wo er lebt. Wir sprechen über alles. Wir reden über die Familie, über das Leben, darüber, jung zu sein; wir reden über die Liebe und die Frauen; wir reden über New York City, und wie er sich hier fühlen wird, wenn er herkommt. Er redet auch über Baseball, aber davon verstehe ich nichts. Und dann reden wir übers Glücksspiel. Ich sage ihm ganz direkt, dass ich mein Geld zurückverlangen könnte. Aber was dann? Er wäre ruiniert. Was wäre mit dem Haus für seine Mutter? Mit dem neuen Wagen für sich selbst? Und was wäre mit all den schönen Spielsachen, die sich so ein junger Kerl wünscht? Ich sage ihm klipp und klar, dass mir all das egal sein kann. Ich will mein Geld, aber ich brauche es nicht sofort. Er will weiterzocken? Okay, ich werd ihm dabei helfen. Aber er wird ab sofort all seine Wetten über mich laufen lassen. Wenn er Karten spielen will, besorge ich ihm eine Partie. Wenn er Würfeln will, besorge ich ihm einen Spieltisch. Und wenn er auf zwei Männer beim Pissen setzen will, dann finde ich auch noch die richtige Toilette für ihn.

Er muss über seinen eigenen Witz lachen.

– Und wenn er nach Las Vegas will, werde ich ihm zur Sicherheit jemanden mitgeben, der auf ihn aufpasst. Damit er keine Scherereien hat. Er hört mir zu und sagt, wir können es ja mal *probieren*.

Seine Augen weiten sich. *Alles könnte so einfach sein.*
– Und so wird aus diesen Papieren eine weitere Investition. Ich hab in die Zukunft dieses Jungen investiert. Ich lasse meinen Einsatz stehen und dreh das Glücksrad noch mal, um zu sehen, was aus dem Jungen wird. Aber ganz blöd bin ich auch nicht. Wenn das Rad ins Stocken kommt, werde ich meine Scheine zurückziehen, bevor es zu spät ist. Kannst du mir folgen?

Es ist eine langfristige Wette, die David da am Laufen hat. Die Frage ist, ob Miguel das nötige Zeug dazu hat? Kann er ein ganz Großer werden? Und falls er es schafft, kann er sich auch auf Dauer halten? Wenn er auch nur einen Bruchteil des vorhandenen Potenzials ausschöpft – Jackpot! Gib ihm ein paar Jahre, und er ist eine neunstellige Summe wert. Und ein großer Teil davon wird bei seinen Wetten hängen bleiben. Und das ist noch nicht alles. Wenn David seine Köder geschickt auslegt und Miguel zu Kompromissen bereit ist, dann reden wir von Manipulationen im großen Stil. Ein fallen gelassener Ball hier, ein Strikeout da. Wenn man es richtig anstellt, muss er nicht gleich ein ganzes Spiel verlieren, sondern lediglich beim richtigen Team für einen kleinen Punktevorsprung sorgen.

Ich nicke.
– Macht Sinn.
– Sehr gut. Jetzt kommt er also nach New York, um hier zu wetten. Ein so junger Mann mit so viel Geld. In New York kann man schnell einen Haufen Fehler machen. Ich sage ihm, er brauche jemanden, der auf ihn aufpasst. Und er stimmt zu: Das ist okay, aber wenn, dann will er dich.

David tut so, als hätte er ein Telefon am Ohr, hält es ein Stück weg, schaut es ungläubig an. *Habe ich richtig gehört?*
– Ich sage ihm: *Miguel, ich hab eine Menge guter Leute.*

Ich werde dir einen besorgen. Du wirst eine großartige Zeit in New York haben. Du kannst leben wie ein Fürst und machen, was du willst. Aber er lässt nicht mit sich reden. Er will nur einen haben – dich, Henry! Dieser Junge weiß genauso gut wie ich, dass du ein fähiger Mann bist. Und er mag dich. Also wirst du meine Investition beschützen. Halt ihn raus aus allem Ärger. Und sieh zu, dass er seinen Spaß hat.

Er wedelt mit seiner Hand. *Und sieh zu, dass er seine Wetten macht. Und halt andere Buchmacher von ihm fern.*

Halt ihn unter Davids Fuchtel.

– Schaffst du das?

Ob ich das kann? Kann ich dabei helfen, diesem Kerl das Leben zu verpfuschen?

Klar kann ich das.

So schwer ist das gar nicht. Nimm eine Waage zur Hand. Leg deine Mom und deinen Dad in die eine Waagschale und den Jungen in die andere. Er ist einfach nicht schwer genug. Selbst wenn sein Anblick in dir ungute Was-wäre-wenn-Assoziationen hervorruft.

Außerdem ist es immer noch besser als Töten.

– Klar. Klingt gut.

Meine linke Hand ruht auf der Couchlehne. David nimmt sie in seine beiden.

– Fein! Fein. Du hast deinen Job in Las Vegas so gut gemacht, deshalb bist du jetzt hier. Und das ist kein Zufall, da bin ich mir sicher. Das ist Schicksal. Du bist dazu bestimmt, hier zu sein. Ich will, dass wir zusammenarbeiten, Henry, mit vollem Vertrauen. Es wird funktionieren.

Er dreht seinen Kopf zu dem großen Familienfoto.

– Zwischen zwei Männern, die ihre Familien so aufopferungsvoll lieben, sollte immer Verständnis füreinander da sein. Und wo Verständnis ist, ist auch immer Platz für Vertrauen.

Meine Hand immer noch fest im Griff, beugt er sich ganz nah zu mir.

– Also wirst du dich um diesen jungen Mann kümmern.

Er lässt von mir ab und erhebt sich.

– Das und noch eine andere Sache.

Er dreht sich zum Schreibtisch, spricht aber weiter.

– Du wirst meine verfluchte Schwägerin umlegen.

Der Erste war der Junge.

Ich hab keinen von ihnen vergessen. Soweit ich weiß, ist das völlig unmöglich: die Leute zu vergessen, die man im Auftrag von jemand umgelegt hat.

Ich erinnere mich. Branko klopfte an die Tür und er hat geantwortet. Der Junge. Sechzehn, vielleicht siebzehn. Er muss Branko irgendwoher gekannt haben, denn er bat uns rein und fragte, ob wir was trinken wollen. Branko sagte Ja und folgte dem Jungen in die Küche. Ich blieb im Wohnzimmer und schaute mich um.

Ein durchschnittliches kleinbürgerliches Zuhause. Die Mutter des Jungen muss ein wahrer Putzteufel gewesen sein, denn es war kein einziges Staubkorn zu entdecken. Ansonsten sah es so aus wie überall. Ich stand also da und fragte mich, ob der Junge eingeweiht war, oder ob wir die Sache abblasen sollten. Ich meine, wenn es sich bei dem Kerl, auf den wir es abgesehen hatten, um seinen Vater handelte, dann konnten wir es ja wohl schlecht vor den Augen des Jungen machen. Das ging mir durch den Kopf, als ich da so rumstand.

Auf dem Fernsehbildschirm stand das eingefrorene Bild eines Baseballspielers. Eine Sekunde dachte ich drüber nach, ob das echt sein konnte. Dann wurde mir bewusst, dass Winter war. Schließlich sah ich das große EA-Sports-

Logo unten rechts auf dem Bildschirm und den Spielknüppel auf dem Boden. Alles klar. Sekunden später hörte ich einen Schlag aus der Küche, woraufhin Branko seinen Kopf um die Ecke streckte und mich zu sich rief.

Ich nickte und kam rübergelaufen. Der Junge lag auf dem Linoleumboden vor dem geöffneten Kühlschrank; ein Stapel Getränkedosen und eine Tupperdose mit Spaghettiresten waren um ihn rum auf dem Fußboden verteilt. Branko packte ihn an den Armen und drehte ihn auf den Bauch. Ich sah mich in der Küche um und wunderte mich erneut, wie sauber alles war, genauso wie im Wohnzimmer. Ich fragte mich, ob es eine gute Idee war, dass der Junge uns gesehen hatte. Aber was wusste ich schon vom Geschäft, ich war ja noch ein blutiger Anfänger. Branko holte eine Beretta Tomcat aus seiner Tasche, lud den Revolver, entsicherte ihn und legte ihn mir in die Hand.

Branko meinte, ich solle mich beeilen, woraufhin ich ihn entgeistert anstarrte. Er schüttelte den Kopf und brabbelte irgendwas auf serbokroatisch, das ich nicht verstand. Er zeigte auf den Jungen. Bingo! Ich zielte. Seine Mom und sein Dad würden heimkommen und ihn so finden.

Dann gab es ein paar laute Explosionen, und ich stand da und betrachtete das Muster der Spaghettisoße um den Kopf des Jungen. Es sah fast so aus, als hätte ihn jemand erschossen. Und erst dann realisierte ich, dass es nicht die Spaghettisoße war, sondern dass *ich* ihn tatsächlich erschossen hatte. Branko nahm mir den Revolver ab, machte irgendwie damit rum, ließ ihn fallen und führte mich aus der Küche.

Wir gingen durchs Wohnzimmer zur Eingangstür. Ich drehte mich noch mal um zu dem Fernseher mit dem eingefrorenen Baseballspieler und den drei Worten, die immer wieder aufblinkten.

WOLLEN SIE WEITERSPIELEN?

WOLLEN SIE WEITERSPIELEN?
WOLLEN SIE WEITERSPIELEN?

Jedenfalls war das das erste Mal.

David nimmt seinen Platz hinter dem Schreibtisch ein. Die Zeit der netten Worte ist vorbei.

Er legt seine Hände flach auf die Ledermappe, die seine Frau für ihn besorgt hat.

– Die Zeit, sie vergeht wie im Flug. Und Menschen vergessen. Entweder weil sie das Erinnern auf Dauer zu sehr schmerzt, oder weil es ihnen irgendwann egal wird, oder weil sich die Dinge im Leben eben ändern. Zwischen uns scheint es so, als ob die Dinge sich ändern könnten. Aber manche Menschen vergessen ganz einfach nicht, Henry. Manche Menschen halten sich krampfhaft an der Vergangenheit fest, als wäre sie noch immer lebendig. Manchmal habe ich fast den Eindruck, du bist auch so ein Mensch.

Ein Mensch, der in der Vergangenheit lebt, jemand, der nicht über das hinwegkommt, was Jahre zuvor geschehen ist. Er denkt, ich könnte so jemand sein. Was er nicht weiß ist, dass ich jemand bin, der nicht mal über das hinweggekommen ist, was ihm mit sechzehn Jahren passiert ist.

– Was ist mit den Medikamenten, die du nimmst?
– Ich bin sie losgeworden.
– Ich weiß. Branko hat nachgeschaut. Er hat mich angerufen und gesagt, die Pillen sind weg. Und dass du sie nicht mitgebracht hast.

Mit der rechten Hand klopft er sachte auf den Schreibtisch. *Bravo.*

– Das hat was zu bedeuten. Der Job, den du mit Branko im Happi Inn ausgeführt hast, der gute Eindruck, den du auf Arenas gemacht hast; das sagt mir was über dich. Aber dass du die Pillen losgeworden bist, sagt mir noch viel mehr. Du willst nicht länger in der Vergangenheit leben. Du schaust wieder nach vorn, du willst eine Zukunft.

Ich denke an die Zukunft. Ich stelle mir vor, weitere siebenunddreißig Jahre zu leben. Ich hab schon lange nicht mehr drüber nachgedacht, deshalb finde ich es ziemlich schwierig, mir das vorzustellen.

– Aber nicht jeder wird erwachsen, Henry. Nicht jeder ist so weit, nach vorne zu blicken. Manche Menschen grübeln zu viel. Das ist nicht gesund, aber manche wissen eben nicht, was gut für sie ist. Meine Schwägerin ist so jemand.

Ich denke an dreizehntausend Morgen, an denen ich aufwache und atme. Vielleicht sind es auch ein paar mehr oder weniger.

– Ihr Sohn. Alles dreht sich nur um Mikhail. Ihr Schatz Mickey. Dieses kleine neugierige Stück Scheiße, das so blöd war, sich umbringen zu lassen.

Für einen Augenblick senkt er den Kopf und massiert sich mit den Fingerspitzen angestrengt die Schläfen. *Über die Toten sollte man nicht schlecht reden.*

Er blickt wieder auf und legt seine Hände wieder auf den Tisch.

– Sie hat nur noch ein Ziel vor Augen. Dich. Dein Tod ist alles, wonach sie noch strebt.

Dreizehntausend Morgen, an denen ich aufwache und mich frage, ob ich heute jemand umbringen muss, damit meine Eltern am Leben bleiben. Und woanders wacht diese Frau auf, die bloß am Leben bleibt, damit sie mich finden und töten kann. Ich versuche, die Ironie darin zu entdecken, was mir aber nicht wirklich gelingt.

– Ständig liegt sie mir mit ihren Rachegelüsten in den

Ohren. *Wo ist er? Warum kannst du ihn nicht finden? Wenn er tot ist, brauch ich Beweise. Führ mich zu seinem Grab, damit ich drauf spucken kann.* Und ich sage ihr immer, *du musst lernen zu vergessen, Anna. Vergiss ihn und leb dein Leben. Wir werden ihn womöglich nie finden. Und falls wir es tun? Sein Tod wird dir keinen Frieden geben.* Seit Jahren bettelt sie schon, aber jetzt stellt sie Forderungen. *Ich will ihn, ich muss ihn finden. Dir ist es ja egal. Du hast meinen Sohn nie gemocht. Deine Tochter, ja, die ist am Leben. Du kannst das nicht verstehen. Finde ihn, oder ich werde meine Neffen beauftragen, ihn aufzuspüren. Finde ihn.* Ich sage ihr, *das ist nicht gut für mein Geschäft, Anna, das gibt nur Ärger.* Und weißt du, was sie darauf antwortet, Henry? Mein Schwägerin sagt, *dein Geschäft ist mir schnurz. Finde ihn.*

Er schlägt mit der Faust einmal fest auf den Tisch. *Es reicht.*

– Mein Geschäft ist ihr egal? Es war immerhin auch das Geschäft ihres Mannes. Das Geschäft, das sie ernährt hat. Die Zeit des Redens ist vorbei. Sie war die Frau meines Bruders, richtig. Aber er ist an Krebs gestorben. Sie war die Mutter meines Neffen, auch richtig. Aber er ist aus eigener Dummheit gestorben. Jetzt gibt es keine Blutsverwandtschaft mehr. Sie ist ein Nichts. Sie gehört nicht mehr zur Familie.

Er wedelt mit dem Finger herum, zeigt auf die vielen Fotos.

– Wir beide verstehen was von Familie, Henry. Wir wissen, welche Opfer man für seine Familie bringen muss. Also wirst du mir dabei behilflich sein, diese Frau zu beseitigen. Du tust dir damit auch selbst einen großen Gefallen, Henry. Und letztlich hilfst du auch *deiner* Familie.

Er steht auf.

– Diese Drohung, diese kindische Drohung in Bezug auf deine Mutter und deinen Vater, die immer im Raum stand. Ich schäme mich dafür …

Er kommt um den Schreibtisch auf mich zu.

– … mach, dass sie ein für alle Mal verschwindet, Henry.

Er zieht mich zu sich hoch.

– Kümmere dich um diese Frau, die nicht länger zur Familie gehört …

Er umarmt mich.

– … und deine Mutter und dein Vater werden endlich sicher sein.

Weit breitet er die Arme aus. *Gibt es etwas, das du dir sehnlicher wünschst?*

David begleitet mich zur Wohnungstür. Draußen steh ich allein vor dem Fahrstuhl und verfolge an den Ziffern der Stockwerke, wie er langsam näher kommt.

Der Aufzug hält an, und die Türen öffnen sich. Eine höchst attraktive Frau in Schwarz tritt heraus und geht den Flur entlang. Ich steige ein, aber irgendwas an ihrem lockigen, ergrauenden Haar erinnert mich an jemanden, und ich werfe noch einmal einen Blick hinaus, bevor die Türen zugehen. Vor Davids Wohnungstür bleibt sie stehen.

Ich wünsche mir, dass es sich um Davids elegante und aristokratische Geliebte handelt; die Frau, mit der er seine Nachmittage verbringt, wenn er nicht zu Hause bei seiner Frau ist; die Frau, mit der er ganz anders redet als mit den Huren, die er und seine Geschäftspartner an den Wochenenden vögeln. Aber ich fürchte, ich liege falsch. Ich vermute, diese Frau hat ihr lockiges Haar und die Mandelaugen ihrem Sohn vererbt. Den ich in Mexiko getroffen habe. Und den ich getötet habe. Ich fürchte, bei dieser Frau handelt es sich um niemand anders als Davids Schwägerin.

Die Fahrstuhltüren schließen sich, aber ich stecke schnell meinen Fuß dazwischen. Das macht einen ziemlichen Lärm. Sie dreht sich um und schaut mich an. Unsere Blicke treffen sich. Rasch ziehe ich mich in den Fahrstuhl zurück, und die Türen gehen zu.

Das war kein guter Zug.

Direkt vor der Haustür parkt eine Limousine. Der Fahrer steht rauchend neben dem Wagen. Die Sorte Mensch habe ich schon oft genug gesehen. Jung. Blondes, stacheliges Haar, muskulös, aber nicht fett, Sportkleidung von Ralph Lauren, übergroße Sonnenbrille auf der Nase. Genau solche Typen haben bereits auf mich geschossen. Solche Typen hab ich auf der Straße verbluten sehen. Und ich habe mehr als nur eine leise Vorahnung, dass mir das schon sehr bald wieder bevorsteht.

Wir tun so, als ob wir uns gegenseitig ignorieren. Die Wahrheit sieht anders aus.

Als ich den Boardwalk entlangschlendere, denke ich an den Jungen. Ich denke darüber nach, wie es ist, Söhne zu töten. Und ihre Mütter.

Ich passiere den Winter Garden und das Moscow Café, komme am Tatriana-Restaurant vorbei mit den leuchtenden orange-grünen Servietten, die wie ein Akkordeon gefaltet in Wassergläsern stecken, an all den kleinen Cafés und Strandbuden entlang der Promenade, wo die Russen und die Touristen unter Sonnenschirmen sitzen, Piroggen essen und auf den Ozean rausschauen. Überall sind Familien unterwegs, um die frühe Freitagabendsonne zu genießen.

Mir ist heiß in meinem schwarzen Jackett und der Jeans. Ich ziehe das Jackett aus und klemme es mir unter den Gurt meiner Umhängetasche. Am liebsten würde ich mir die Hemdsärmel hochkrempeln, aber dann kämen die Tattoos zum Vorschein. Hier oben auf dem Boardwalk fühle ich mich wie auf dem Präsentierteller, völlig schutzlos und ohne Deckung. Dabei scheint sich kein Schwein für mich zu interessieren. Ich laufe am Brighton Playground vorbei, an den Handballplätzen und an der Außenmauer des Aquariums, die mit ihren Reliefs an eine Tiefseelandschaft erinnern soll.

Seit ich Miguel und Jay gestern früh zum Flughafen brachte, habe ich bloß ein paar Stunden Schlaf abgekriegt. Das Gesicht tut mir weh, und das Loch in meinem Handgelenk pocht und juckt höllisch. Aber dafür ist der Himmel blau, es weht eine leichte Brise, und wenn David kein falsches Spiel mit mir treibt, muss ich nur noch eine einzige letzte Person um die Ecke bringen.

Ich habe bereits ihr Kind getötet, also müsste das eigentlich machbar sein. Nach zwanzig Minuten habe ich Coney Island erreicht. Der Wagen der Cyclone-Achterbahn windet sich gerade ganz nach oben, kurz bevor er in die Tiefe saust, das Riesenrad dreht sich, und aus den Boxen des Autoscooters dröhnt »Celebration«. Eigentlich ein herrlicher Freitag, wie gemacht für die wachsenden Menschenmassen.

– Scarface! Yo!

Ich bleibe stehen. Miguel sitzt an einem der Picknick-Tischchen vor Ruby's, einer miesen Fast-Food-Kopie der Russenläden in Brighton, und trinkt Bier aus einem Plastikbecher. Um ihn rum türmen sich Einkaufstüten. Drinnen im Laden läuft »Crazy Train« in der Jukebox.

– Tut mir leid, dass wir dich nicht vom Flughafen abgeholt haben.

– Kein Problem.

Miguel stopft sich einen halben Hotdog in den Rachen.

– Wir sind auch erst mit der Nachtmaschine gekommen,

nachdem der Verein meinen Wechsel bekanntgegeben hatte.

Jay hat die Jukebox mit Kleingeld gefüttert und kommt angetrabt.

– Wieder eine Liga höher, yo!

Er und Miguel klatschen sich ab, bevor er anfängt, in den zahlreichen Plastiktüten rumzuwühlen. Tüten vom NBA-Store, Nike Town, dem Sony-Store, Macy's und was weiß ich woher.

Miguel schiebt sich auch die andere Hälfte des Hotdogs in den Mund und redet weiter, während er kaut.

– Haben nachts noch kurz was mit meinem Agenten gegessen und dann in die Suite eingecheckt. Danach ein kurzer Abstecher in die Hotelbar. Kurz 'ne Runde geschlafen, und anschließend stand Shopping an, bevor ich den Kerl angerufen hab. Du weißt schon.

Er macht eine Geste, die klarstellt, dass er David meint.

– Er meinte, du wärst auf dem Weg, also haben wir hier gewartet, um dich abzupassen.

Jay fuchtelt mit einem gummiartigen Etwas vor meiner Nase rum.

– Na, was könnte das wohl sein, hä?
– Keine Ahnung.
– Yo, Mike. Was zum Teufel ist das?
– Ich weiß es nicht, Mann. Du hast es gekauft.

Jay lacht.

– Scheiße, Mann. Ich war heut Morgen wohl noch nicht ganz da.

Miguel lacht und zieht sich den nächsten Hotdog rein. Er kaut, das Gesicht frisch rasiert, umgeben von seinen Spielsachen, den besten Kumpel an seiner Seite. Er ist wirklich noch ein kleiner Junge.

Nachdem er auch den letzten seiner vier Hotdogs verdrückt, das Bier geleert und sich den Mund mit der Hand abgewischt hat, hält er sie mir hin. Ich ergreife sie. Er zieht mich zu sich auf die Bank und legt mir einen Arm um die Schulter.

– Gut, dass du da bist, Bruder. Wir werden sicher 'ne Menge Spaß zusammen haben. Wird bestimmt cool.

– Ja, danke.

Er lässt mich los. Ich denke daran, dass er sich grade sein Leben verpfuscht. Aber das soll nicht meine Sorge sein.

– Was jetzt?

Er lächelt mir mit einem Klecks Senf im Mundwinkel zu.

– Baseballstadion, würd ich sagen. Ich muss mich fit machen. Heut Abend ist das erste Spiel.

Steely Dan tönt aus der Jukebox. Miguel steht auf.

– Lass uns losdüsen.

Jay zieht seinen Kopf aus der Einkaufstüte und deutet vielsagend ins Innere von Ruby's.

– Hey Mann, »Kid Charlemagne«.

Er zeigt auf mich.

– Hab ich nur für Scarface ausgewählt. Oldschool-Pop für den alten Motherfucker hier. Er ist ein Gangster, genau wie Kid Charlemagne.

Er schlägt mir auf die Schulter.

– Und vergiss nicht, Mann. Diesmal will ich mehr von dem Gangsta-Scheiß hören, klar?

Das Stadion ist wunderschön.

Jay und ich haben es uns auf den Sitzplätzen zwischen Homeplate und Home Dugout bequem gemacht. Links von uns sehen wir Deno's Wonder Wheel und den Cyclone. Rechts liegt der Ozean. Die Sonne scheint, und vom Meer weht eine leichte Brise herüber.

Ein Baseballstadion am Strand. Was kann es Schöneres geben?

Jay bringt ein brandneues Paar Nikes aus einer Schuhschachtel zum Vorschein. Die Schachtel wirft er einfach auf den Boden. Irgendjemand wird sich schon drum kümmern.

– Netter Platz zum Spielen, was?

Ich nicke zustimmend.

Er streift sich die alten Schuhe ab und pfeffert sie Richtung Schuhschachtel.

– Hier hängen bestimmt 'ne ganze Menge scharfer Hasen rum. *Strand*hasen. Herrlich!

Ich nicke erneut.

Bis auf uns hält sich niemand hier draußen auf. Obwohl es noch so früh ist, wollte uns der Trainer und Teammanager nicht ins Clubhaus lassen, während Mike sich fit macht.

Jay dreht sein Gesicht der Sonne zu und schließt die Augen.

– Wird eh nicht lange hierbleiben. Mein Kumpel ist auf dem Weg nach ganz oben. Es ist natürlich cool, ein paar Wochen am Strand abzuhängen, aber das ist nur 'ne kurze Zwischenstation. Er darf hier auf keinen Fall sein Talent vergeuden. Die Typen in der Single-A-Liga, die haben ihn doch glatt in so 'nen beschissenen Schlafsaal gesteckt. Stell dir das mal vor – ein Schlafsaal. Mike hat grade die College-Liga hinter sich gebracht. Die wollten ihn hier tatsächlich mit dem Bus ankarren lassen. Mike rief sofort seinen Agenten an und sagte ihm: *Vergiss es, Mann! Ich brauch einen Wagen und eine eigene Bleibe. Kümmer dich drum. Ich zahl das auch, du sollst es mir bloß organisieren.* Als wir den Flieger aus Tennessee verlassen haben, hat schon der Escalade auf uns gewartet. Und eine Suite in der Stadt, yo. Mitten in der City, in Downtown. Boutique Hotel. Mein Kumpel ist der Ansicht, dass er nicht nach New York kommt, um dann in Brooklyn zu wohnen.

Ein paar Platzwärter betreten das Feld und fangen an, den Rasen herzurichten.

– Hör zu, Scarface. Mike hat einen Narren an dir gefressen. Er mag dich, und niemand kann ihm das ausreden.

Er öffnet seine Augen und schaut mich an.

– Hast du dazu was zu sagen?

– Ich mag ihn auch.

Jay setzt sich auf.

– Soll das ein Witz sein?

– Nein.

– Gut. Denn Mike mag dich wirklich. Ihm hat dein Verhalten in Vegas imponiert. Ihm hat gefallen, wie souverän du die Lage im Palms im Griff hattest, wie du uns ins Rhino reingelotst hast. Und am stärksten hat ihn beeindruckt, wie du den Plattnasen auf dem Parkplatz gezeigt hast, wo der Hammer hängt. Auf dem Rückflug hat er zu mir gesagt: *Der Kerl ist genau der richtige Mann, der kümmert sich um den ganzen Scheiß*. Hat gesagt, er hätte sich in deiner Gegenwart *sicher* gefühlt. *Sicher*, verstehst du?

– Klar doch.

– Wirklich? Denn das ist schon was ganz Besonderes, wenn jemand wie er so was sagt.

Er rutscht näher an mich ran und senkt seine Stimme.

– Du solltest eins wissen: Ich weiß alles über Mike.

– Okay.

– Wir sind gemeinsam in San Diego aufgewachsen. Jugendliga. Haben als Kinder in derselben Mannschaft gespielt. Waren in der Schule zusammen. Als sein Vater die Familie im Stich gelassen hat – er ging zurück nach Mexiko, wo er noch eine andere Familie hatte, wie sich später rausstellte –, konnte Mikes Mutter ihn und seine Brüder und Schwestern nicht mehr länger ernähren. Also hat er ab da bei mir gelebt. Er ist bei uns eingezogen, als er dreizehn war. Meine Eltern haben ihn bei uns aufgenommen. Ich weiß *alles* über ihn.

Er schüttelt den Kopf.

– Die meisten Leute haben schlicht und einfach keine Ahnung. Sein Agent meint, es wär besser für ihn, wenn er sich von mir fernhält. Ich würd nur Ärger machen. Aber er hat keine Ahnung, denn er kennt Mike nicht. Mike steht auf Ärger. Und ich hab gern Spaß. Die Sache in Vegas, diese letzte große Sause. Das war so 'ne Abmachung zwischen uns. Ich hatte ihm gesagt, er muss endlich mit dem Wetten aufhören, er würde schon tief genug in Schulden stecken. Aber dann kam der Vertrag, und er wollte unbedingt noch mal einen draufmachen und richtig zocken. Also hab ich ihm dieses Budget eingeräumt. Zweihunderttausend. *Mach damit, was du willst.* Aber danach ist Feierabend. Danach zählt die Profikarriere. Außerdem muss die Sache mit dem Kerl, der all die Schuldscheine hat, geklärt werden. Die Sache muss aus der Welt, damit er seinen Kopf für Baseball frei hat. Aber Mike fällt es wahnsinnig schwer, sich am Riemen zu reißen. Die hundert Riesen, die wir nach Vegas noch über hatten? Alles weg. In vierundzwanzig Stunden. Dieser Russe hat ihm seinen eigenen persönlichen Buchmacher besorgt. Das ist ungefähr so, als würde man einem Junkie einen Vierundzwanzig-Stunden-Dealer an die Hand geben, der ihn jederzeit mit dem besten Stoff versorgt.

Er nimmt seine Schirmmütze ab und fährt mit den Fingern über die aufgedruckten Konturen eines Mönchs, der einen Baseballschläger schwingt. Dabei blickt er mich nicht an.

– Und jetzt zu dir. Der Mann sagt, Mike braucht jemanden, der hier auf ihn aufpasst, der zusieht, dass ihm nichts passiert. Ich bin von der Idee alles andere als begeistert, aber solange dieser Mann die verdammten Scheine hat, machen wir, was er sagt. Er braucht jemanden? Okay, sage ich zu Mike. *Frag nach diesem Typ aus Vegas*. Frag nach Scarface.

Er schaut mich an.

– *Ich* hab nach dir gefragt. Weil ich glaube, dass Mike recht haben könnte. Du könntest genau der Typ sein, den er braucht. Du weißt, wie man Ärger aus dem Weg geht und lässt dir nichts gefallen.

Er zieht die Schirmmütze wieder auf.

– Mike hat sich selbst in die Scheiße reingeritten, und ich kann nur versuchen, ihm dabei zu helfen, sich wieder auszubuddeln. Das ist meine Mission: So gut wie möglich auf meinen Kumpel aufzupassen. Wenn er wetten will, wird er immer einen Weg finden, es zu tun. Das heißt aber nicht, dass ich ihm dabei auch noch zur Hand gehen muss. Das muss jeder für sich selbst entscheiden. Mein Kumpel weiß, was das Beste für ihn ist, sogar wenn er es nicht immer tut. Er wird merken, auf welcher Seite du stehst. Wenn er spürt, dass du zur Lösung des Problems beiträgst, könnte sich das auch für dich am Ende auszahlen, und nicht nur finanziell.

Er streckt seine Arme aus und zeigt auf das Stadion und den Ozean.

– Du könntest deine Zeit mit Baseballschauen und heißen Bräuten verbringen. Und mit uns natürlich. Ist ja wohl besser, als sich mit so Idioten auf Parkplätzen zu prügeln, oder was du sonst so treibst. Schöne Aussichten, oder? Am Ende wirst du womöglich noch zum Fan.

Er lässt die Arme wieder sinken.

– Was soll's, ich laber zu viel. Jedenfalls könnte das für dich 'ne echte Gelegenheit sein, dein Leben grundlegend zu ändern. Es liegt einzig an dir, das Richtige zu tun.

Er hält mir seine Faust hin.

– Alles klar?

Ich boxe mit meiner Faust leicht gegen seine.

– Klar.

– Okay, damit wäre alles offen ausgesprochen. Jetzt müssen wir nur noch wir selber sein und sehen, was dabei rauskommt. Wird schon gut gehen, yo.

Er schlüpft in seine neuen Nikes und beugt sich vor, um sie zu binden. Ich betrachte seinen Hinterkopf und sehe, was ich immer sehe, wenn ich auf einen Hinterkopf blicke: In was er sich verwandeln würde, wenn ich ein paar Kugeln reinjage. Er richtet sich wieder auf, und ich schaue aufs Meer.

Miguel kommt aus dem Spielergraben auf uns zugelaufen. Er trägt das rot-weiße Cyclones-Trikot und dazu rote Kniestrümpfe. Oldschool.

– Saucool, oder?

Jay springt auf, rennt die Stufen runter und flankt über die Trennwand.

– Ziemlich. Ist aber noch nicht ganz perfekt.

Er hebt die Hand und dreht Miguels Kappe ein Stück zur Seite.

– So ist es richtig.

Er holt sein Handy aus der Hosentasche und wirft es mir zu.

– Scarface, mach doch ein Bild von uns.

Ich klappe das Handy auf, drücke ein paar Knöpfe, bis ich rausfinde, wie die Kamera funktioniert, und halte dann den Sucher auf sie gerichtet.

– Stop, wart noch 'ne Sekunde.

Jay springt hoch, und Miguel fängt ihn in seinen Armen auf.

– Jetzt!

Ich drücke ab und Jay springt wieder runter.

– Und? Isses was geworden oder müssen wir noch mal ran?

Ich betrachte das Foto auf dem kleinen Handy-Display.

Miguel steht aufrecht da, groß und kräftig. Das Trikot und die Hose passen ihm wie angegossen, wie eine zweite Haut. Er sieht aus, als wäre er geradewegs für das Spiel geboren. Wie ein echter Baseballspieler eben. Jay in seinen Armen sieht dagegen aus wie ein Kind, das im Körper eines Erwachsenen steckt. Vielleicht will er auch bloß, dass man ihn dafür hält.

Ich blicke vom Handy auf.

– Ja, ist was geworden.

Die Spieler haben es auf Miguel abgesehen, bevor sie ihn überhaupt zu Gesicht bekommen haben. Als die Spieler eintrudelten, entdeckten sie als Erstes den geparkten Escalade vor dem Spielereingang. Rasch verbreitete sich die Kunde, zu wem der Wagen gehört. Und das ist nicht unbedingt das, was man sehen will, wenn man selbst mit dem Mannschaftsbus zum Stadion verfrachtet wird und in einem Schlafsaal wohnt. Sie begrüßen Miguel zwar freundlich, aber keiner kümmert sich weiter um ihn. Und er macht es nur noch schlimmer, indem er zu erkennen gibt, dass es ihn nicht weiter juckt. Er zieht einfach sein Ding durch, lässt die Presseleute ihre Fotos schießen, spricht mit dem Clubpräsidenten, macht ein paar Lockerungsübungen und trifft sich mit dem Manager und den Trainern. Alles ganz locker und professionell und mit der Aura eines Kerls, der weiß, dass das hier nur ein Zwischenstopp ist. Die ganze Zeit trottet Jay hinter ihm her, zeigt ganz unverhohlen auf Miguels Mitspieler und flüstert ihm mieses Zeug über sie ins Ohr.

Die Presse ist vor Ort, und langsam kommen die Spieler aus Staten Island aufs Feld, um sich warm zu machen. Es ist das erste Spiel der Saison, und alle sind früh dran. Es mag nur ein Single-A-Spiel sein und für ESPN zu unbedeutend, aber das Interesse der Lokalpresse ist groß, nicht zuletzt wegen Miguels Debüt. Die Reporter sämtlicher Zeitungen der Stadt sind versammelt, und das Spiel wird sogar im Kabelfernsehen übertragen. Ich beschließe, dass es an der Zeit ist unterzutauchen.

Ich husche an ein paar Zuschauern vorbei und nehme die Abkürzung durch den Spielergraben, um in die Stadiongänge zu gelangen. Am einen Ende sehe ich einen Aramark-Truck, der gerade an den Lieferanteneingang andockt. Ich drehe mich um und schlendere in die andere Richtung, vorbei an einem Stapel Kisten mit Spielerfotos. Ein Typ läuft in einem Möwenkostüm herum, den Kopf unter den Arm geklemmt.

Hier gibt es ein kleines Museum, das dem Baseball in Brooklyn gewidmet ist. Ich gehe rein. Gleich hinter der Tür befindet sich eine Sitzbank. Ich lasse mich drauf nieder und lehne mich zurück. Eine junge Frau führt eine Gruppe Kinder rum und zeigt ihnen Ausstellungsstücke der Brooklyn Dodgers.

Ich versuche mich zu entspannen, die kühle Luft der Klimaanlage zu genießen und mich von der Stimme der Frau einlullen zu lassen, die den Kindern von den Heldentaten Jackie Robinsons erzählt. Doch letztlich knirsche ich nur mit den Zähnen und wünschte, ich hätte wenigstens ein paar Xanax aufgehoben.

Ich bin hibbelig und in Schweiß gebadet. Außerdem tut mir mein Gesicht weh, und ich denke an die dreizehntausend. All die schönen Morgen, die ich noch vor mir habe, wenn es mir gelingt, Mickeys Mutter umzulegen.

Ich denke daran, nach Mexiko zurückzukehren, zurück zu meinem Strand. Ohne die vier Millionen wäre es zwar nicht dasselbe, aber Pedro stünde vielleicht immer noch hinter der Bar, die ich ihm damals vermacht hab. Er würde mir sicher einen Job geben. Und ein Zuhause. Scheiße auch, natürlich ist er noch da. Wo sollte er sonst sein? Pedro und seine Frau Ofelia, ihre Kinder und sein Bruder Leo. Und Bud. Bud … Bestimmt hat Pedro noch Bud, meine Katze. Verdammt, wie gerne würd ich die wiedersehen.

Ich stelle mir vor, wie es wäre, in der Bar zu arbeiten, nebenher im Meer zu schwimmen, mich zu sonnen und wieder fit zu werden. Ich frage mich, ob mein Bungalow noch steht. Vielleicht hat ihn Pedro vermietet. Aber das wird er schon regeln, wenn ich zurückkomme.

Ich denke an die Sonne und den fantastisch blauen Ozean und den Dschungel. Daran, mir wegen Mom und Dad keine Sorgen mehr machen zu müssen. Dreizehntausend Morgen, an denen ich ohne Versagensängste aufwache und ohne die Panik, dass Branko vor ihrer Haustür auftauchen könnte.

Dreizehntausend Morgen.

Einfach tun können, was man will.

Das ist mehr wert als die vier Millionen.

Jemand klopft gegen die Scheibe, an der mein Kopf lehnt. Ich springe auf und drehe mich um. Es ist Jay.

– Aufwachen, Scarface. Es geht los. Das Schlagtraining fängt an. Das solltest du nicht verpassen.

Die ersten Fans strömen ins Stadion, um beim Training dabei zu sein. Das sind die echten Hardcore-Fans, die authentische Cyclone-Trikots tragen und sich um die Tafel drängen, damit sie die Startaufstellung in ihre Spielprotokolle abschreiben können. Ich folge Jay die Stufen runter zu unseren Sitzen hinter der Homeplate, und wir machen es uns bequem. Da stößt mich Jay mit dem Ellenbogen an.

– Die haben ja keine Ahnung, was sie erwartet. Die werden ausrasten.

Ich sag nichts, schieb mir bloß die Sonnenbrille hoch

und beobachte die Spieler, wie sie einer nach dem anderen zur Plate stolzieren und sich ihre Schläger greifen. Der Pitching-Coach wirft ihnen ein paar scharfe Bälle zu, damit sich die Spieler warm schlagen. Der erste Baseman hat einen ordentlichen Wumms und drischt ein paar Bälle über die Abgrenzung auf der linken Seite, kurz vor der 315-Fuß-Markierung. Aber das heißt nicht viel. In der Single-A-Liga ist das Ballfangen fast genauso schwierig wie das Schlagen; trifft jemand den Ball, bedeutet das in der Regel automatisch, dass der Spieler das nächste Base erreicht. Dann tritt Miguel in Aktion.

Plötzlich ändert sich die Stimmung. Seine Mitspieler strahlen weniger das Gefühl aus *Na, dann schauen wir mal, was der Star so draufhat*, als vielmehr *Ich kann es kaum erwarten, dass dieses Arschloch versagt*. Er postiert sich in der rechten Ecke der Batters Box. Der Pitching-Coach gibt dem ersten Ball einen kleinen Extra-Spin und er dreht sich auf Miguels Hände zu. Er holt trotzdem aus und zertrümmert dabei seinen Schläger. Er zerbricht nicht bloß in der Höhe des Griffs, er explodiert regelrecht in vier oder fünf Teile.

Jay windet sich nervös in seinem Sitz, während Miguel sich einen neuen Schläger schnappt.

– Oh, das wird gut.

Miguel nimmt Aufstellung. Der Ball kommt angeflogen und diesmal trifft er ihn frontal. Er segelt Richtung Mittelfeld und fliegt und fliegt … und knallt gegen die schwarze Anzeigentafel knapp hinter der 412-Fuß-Markierung.

– Jawoll, Mike. Mehr davon. Baller ihn über die Mauer! Ich will einen Killer-Shot sehen!

Der nächste Ball geht an dieselbe Stelle, bloß etwas höher.

– Du sollst den Ball nicht toppen, du Arsch, ich will, dass du ihn über die Mauer pfefferst, verstanden?

Miguel wirft ihm einen vielsagenden Blick zu, justiert seine Kappe mit dem Mittelfinger seiner rechten Hand so, dass Jay die Geste richtig deutet und tritt dann in die Box.

Jay lacht.

– Das isses. Den Ball sehen wir nicht wieder.

Der Coach holt aus und gibt diesmal einfach alles. Miguel lässt den Schläger locker schwingen und trifft den Ball genau im richtigen Winkel. Er steigt und steigt und schießt über die Anzeigentafel hinweg ins Meer.

– So ist's gut, mein Junge! Und jetzt gleich noch mal!

Und auch der nächste Ball segelt ins Meer.

– Und noch einer!

Drüber.

– Der ist für mich!

Drüber.

– Nochmal!

Wieder und wieder und wieder. Sieben Raketen am Stück schießen über die Anzeigentafel hinweg, allesamt Major-League-Home-Runs, Traumschläge, ESPN-Top-Ten-Knaller, jeder Einzelne.

– Das ist mein Kumpel! Yo! Mein Kumpel.

Dann wechselt Miguel die Seite der Plate, stellt sich so hin, dass er nach links schlägt und wiederholt die Show.

Trainer und Spieler zeigen ein bisschen mehr Begeisterung für Miguel, als er während des Spiels zum Einsatz kommt. Nicht, dass ihn das sonderlich beeindruckt. Er scheint sich überhaupt nicht bewusst zu sein, dass dies das erste Spiel seiner Profikarriere ist.

Und es mag sich zwar bloß um ein dämliches Kinderspiel handeln, das ausnahmsweise von erwachsenen Männern gespielt wird, aber als Miguel, der die Cyclones fast im Alleingang vor einer klaren Niederlage bewahrt hat, Ende des neunten Innings zum Plate schlendert und einen

RBI schlägt, der den zwischenzeitlichen Gleichstand bringt, springe ich voller Begeisterung aus meinem Sitz und jubele ihm lauthals zu.

Als sie das Spiel letztlich im zehnten Inning doch noch verlieren, ist mir das fast gleichgültig.

– Eigentlich wollten wir einen abgefuckten Oldmobile für dich finden, Scarface, aber der Caddy war alles, was sie hatten.

Wir sitzen in Mikes Escalade und cruisen über die Brooklyn Bridge. Mike schaut aus dem Fenster auf die erleuchtete Skyline von Manhattan.

Jay zwängt seinen Kopf zwischen die Vordersitze.

– Einmalig, was? Man hat das alles tausendmal im Fernsehen gesehen, aber in echt wirkt es doch ganz anders.

Mike nickt.

– Kannst du dir vorstellen, was wohl passiert wäre, wenn die Mets mich nicht genommen hätten?

– Ich will gar nicht dran denken. Stell dir vor, du hättest für die beschissenen Dodgers spielen müssen.

Ich schüttele den Kopf.

– Die Dodgers sind der letzte Dreck.

Sie schauen mich überrascht an.

– Yo! Schau einer an, Scarface hat ja doch 'ne Ahnung von Baseball.

Mist.

– Nicht wirklich. Mein Dad war ein Giants-Fan. Ich weiß bloß, dass die Dodgers Scheiße sind.

Miguel greift sich an das Schild seiner Cyclone-Kappe.

– Für den Anfang ist das schon mal sehr gut, Mann.

Jay lacht.

– Kein Scheiß. Wenn man das erst mal verinnerlicht hat, kommt der Rest des Spiels ganz von alleine. So Leute, was läuft, wo können wir was trinken?

Trinken. Ob es die alten Kneipen von früher wohl noch

gibt? Verdammt, ob sie überhaupt in eine dieser Spelunken gehen wollen?

Miguel stellt die Klimaanlage ein.

– Wie wär's mit dem Hogs-n-Heifers? Das ist doch in der Nähe von unserem Hotels, oder?

Jay greift nach vorne und dreht am Lautstärkeregler.

– Au ja, hat nicht Julia Roberts in dem Laden mal ihr Oberteil ausgezogen oder so was Ähnliches? Ich bin dabei.

Er dreht den Bass auf und »Bombs over Baghdad« lässt den Wagen erzittern.

Um ein Haar hätten sie mich kalt erwischt.

Ich verlasse das Hotel und laufe in Richtung des Restaurants, in das Miguel und Jay der Concierge zufolge zum Frühstücken gegangen sind. Ein kleines Stück die Straße runter parkt ein Wagen. Vorne drin sitzen zwei Männer. Der Beifahrer steigt aus, ein junger Typ in Designerjeans, das schwarze Haar von seinem spitz zulaufenden Haaransatz über der Stirn streng nach hinten gegelt. Er schnipst seinen Zigarettenstummel in den Rinnstein und läuft fix um den Wagen, ein Lächeln im Gesicht.

– David will dich.

Er spricht mit fettem Akzent. Russisch. Ich bleibe eine Sekunde stehen, lang genug, dass er ein paar Schritte auf mich zukommt. Da krieg ich den anderen Typ im Wagen zu sehen. Er ist ähnlich jung. Blonde Stachelfrisur und Popstar-Sonnenbrille.

Bestimmt sind sie bewaffnet.

Ich nicht.

Ich renne.

Ich erwache auf einer Couch, voll im Jetlag und groggy. Ich schnappe mir meine Reisetasche und nehme sie mit ins

Bad. Nachdem ich das Licht angeschaltet habe, langt meine Hand automatisch nach dem Medizinschrank. Ich zerre ein paar Mal am unteren Rand des Spiegels, um ihn zu öffnen und den Tag mit einer Percocet zu beginnen. Da erst realisiere ich, wo ich bin. Ich befinde mich in Miguels Suite im Soho House.

Außer mir ist niemand da. Das Schlafzimmer ist leer, keine Spur von Miguel oder der Barfrau, die er mitgebracht hatte. Die andere Couch sieht so aus, als hätten sich Jay und seine weibliche Begleitung die ganze Nacht über eine ziemliche Kissen- und Champagnerschlacht geliefert. Zum Glück war ich so erschlagen, dass ich von der Party nichts mitbekommen hab. Ich will mir gar nicht ausmalen, wie es gewesen wäre, schlaflos rumzuliegen und das mitansehen zu müssen.

Ich schüttle den Kopf und versuche erneut erfolglos, den Medizinschrank zu öffnen. Und wieder muss ich dran denken, wie ich in Vegas meine Pillen die Toilette runtergespült habe. Tja, Henry, jetzt bist du in New York und hast keine Pille. Okay, wenigstens wäre das jetzt geklärt. Da fällt mir auf, dass dieser Spiegel nicht zerbrochen und mit schwarzem Gaffertape geklebt ist. Ich schließe die Augen. Aber es ist zu spät. Ich habe mich schon im Spiegel gesehen. Und es war ein furchtbarer Anblick. Na gut, jetzt ist es eh egal. Ich öffne die Augen. Ja, ich hatte recht: Ich sehe schrecklich aus. Die Augen blutunterlaufen und mit prallen Tränensäcken, das Haar auf der einen Seite wild abstehend, und die Haut fast so bleich wie die Narbe in meinem Gesicht. Ich lehne mich vor. Mir war gar nicht klar, wie viel graue Haare sich mittlerweile unter meine Bartstoppeln gemischt haben. Ich weiß, dass ich älter werde, aber trotzdem sieht keiner gerne den Beweis direkt vor sich im Spiegel. Das ist einfach ätzend.

Kurz bevor ich das Licht wieder ausschalte, halte ich

inne und schaue mich noch ein letztes Mal an. Nach der Morgenwäsche sehe ich immerhin schon eine Spur besser aus. Ob ich wohl den Rest meines Lebens damit verbringen kann, in dieses Gesicht zu starren? Komischer Gedanke. Ich hab mich noch nicht dran gewöhnt, was das bedeuten könnte: den Rest meines Lebens. Außerdem muss ich dafür erst noch Anna Dolokhov töten.

Neben dem Telefon finde ich eine Notiz für mich, geschrieben auf dickem Hotel-Briefpapier.

Hey Mann! Sind frühstücken. Du warst nicht wachzukriegen, also haben wir dich schlafen lassen. Du kannst uns auf meinem Handy erreichen. Komm doch nach, wir trinken schon mal ein paar Bloody Marys. Mike hat Angst, dass sie uns den Partybus nicht vermieten. Kümmerst du dich drum?

J

PS: Gestern Abend hast du echt spitze ausgesehen.

Spitze. Soso.

Hogs-n-Heifers ist der totale Nepp.

Der Laden ist mit Touristen vollgepackt, die bloß drauf warten, irgendeinen Star zu Gesicht zu bekommen und nicht wahrhaben wollen, dass sich hier schon seit Jahren kein Promi mehr hat blicken lassen, um ausgelassen auf der Bar zu steppen. Es ist ein trauriger Anblick, bis Miguel und Jay die Party zum Laufen bringen. Innerhalb einer Stunde tanzt Jay zu den Klängen von »The Devil Went Down to Georgia« auf dem Tresen, ohne Hemd wohlgemerkt. Derweil kriegt Mike von einer der Barfrauen Nachhilfestunden darin, wie man Bacardi 151 spuckt und ihn dabei anzündet. Einige Leute erkennen Miguel, aber die

Reaktionen sind eher verhalten. Letztlich sind die meisten Leute hergekommen, um Julia Roberts Titten bewundern zu können.

Ich zieh mich zu den Billardtischen zurück und bleibe im Hintergrund.

– Mann. Der Laden ist ja wohl der Hammer, oder? Ich liebe es.

Er hat die Nacht seines Lebens. Warum auch nicht? Er ist ein einundzwanzigjähriger Millionär, der gerade ein Monsterspiel abgeliefert hat und von allen geliebt wird. An seiner Stelle würde ich mich auch gut fühlen.

– Kannst du mir 'nen Gefallen tun?

Er schaut rüber zu Jay, der einen Twostep auf der Bar hinlegt.

– Gib mir dein Handy, Bruder.

Ich sehe ihn an.

Er lehnt neben mir an der Wand.

– Jay hat meins, und ich muss dringend jemand anrufen.

Jay blickt zu uns rüber und johlt. Miguel grölt zurück und tut so, als würden wir uns gar nicht richtig unterhalten. Dann schaut er auf die Uhr.

– Ich muss diesen Anruf machen.

Er will eine Wette aufgeben. Er will seinen russischen Buchmacher anrufen, und schaufelt sich damit immer tiefer in die Abhängigkeit von David. Soll mir recht sein. Jay kann sagen, was er will – von wegen gutes Leben, schöne Aussichten, Freunde und den ganzen Scheiß. Die Wahrheit ist, dass Davids Angebot steht. Alles, was ich tun muss, ist jemanden töten. Das, und keinen Stress mit Miguel kriegen.

Er hält mir unauffällig die Hand hin und wartet.

– Gib mir das Handy, Bruder.

Ist schließlich nicht mein Problem.

– Kein Problem.

Nicht mein Problem, sondern seins. Der eine große Schwachpunkt in seinem sonst so perfekten Superstar-Dasein. Soll er sich doch sein Leben verpfuschen. Wenn ich über sein Talent verfügen würde, hätte ich es nicht so leicht weggeschmissen.

Also greife ich mit der Hand in die Hosentasche und nicke ihm unauffällig zu.

– Klar doch, Miguel.

Soll nicht mein Problem sein.

Ich nehme die Hand aus der Tasche. Aber sie hält kein Handy. Stattdessen zeige ich auf Jay.

– Die Sache ist bloß die, siehst du deine Mom da drüben? Sie sagt, sie hätte es dir verboten.

Er schaut erst Jay an, dann dreht er sich zu mir um.

– Das ist hart.

Ich zucke mit den Schultern.

– Klär das mit ihm.

Er geht zur Bar, greift sich Jay an den Knöcheln und zerrt ihn zu sich runter.

Ich renne. Die Russen hinter mir her.

Wenn sie mich schnappen, bringen sie mich um. Und wenn sie mich umbringen, kann ich meine Abmachung mit David nicht erfüllen. Und wenn ich meine Abmachung nicht erfülle, wird er meine Mom und meinen Dad töten.

Abgekürzt heißt das: Wenn sie mich fangen, bringt David Mom und Dad um.

Ich laufe noch schneller.

Miguel und Jay wälzen sich auf dem versifften Boden. Der fette, stark behaarte Türsteher, der am Einlass die Leute reihenweise abblitzen lässt, packt Jay am Hosenboden seiner Baggy-Jeans und reißt daran. Die Jeans rutscht von Jays Hüfte, und der Türsteher fällt rücklings über einen

Tisch und kracht in einen Turm aus leeren Bierkästen. Jay ist jetzt nicht nur oben ohne, auch seine Hose hängt ihm an den Knöcheln, und eine der Barfrauen feuert prompt mit der Sodapistole auf ihn und Miguel.

Miguel sitzt auf Jay und presst dessen Schultern mit den Knien nach unten auf den Fußboden.

– Was soll die Scheiße, Mann?

Jay versucht, mit den Füßen gegen Miguels Hinterkopf zu treten.

– Hey! Hey! Hey!

Miguel hat einen Büschel von Jays Haaren in der Hand.

– Ich könnte dich glatt umbringen. So sauer bin ich.

– Tu's doch, nur zu.

Miguel nickt, zu allem entschlossen.

– Okay, Mann.

Er zerrt an Jays Haaren, drückt dabei seinen Kopf nach hinten und sammelt währenddessen ordentlich Spucke in seinem Mund. Jay windet sich und strampelt wie verrückt.

– Tu's nicht, bitte.

Miguel zieht noch mehr Speichel hoch.

– Sag, dass du dich in Zukunft um deinen eigenen Scheiß kümmerst.

– Niemals.

Miguel beugt sich mit seinem Gesicht direkt über Jay und lässt den Speichel in einem dünnen Faden langsam nach unten tropfen, bevor er ihn im letzten Moment wieder hochzieht.

– Sag es, oder du wirst Spucke schlucken.

– Nein.

– Mund auf.

Dem Türsteher wird aufgeholfen.

Ein paar Touristen greifen nach ihren Kameras.

Ich packe Miguel am Kragen und ziehe ihn nach hinten, wobei seine Spucke auf Jays Brust tropft.

– Boah, ist das eklig!

Miguel schüttelt mich locker ab, und auch Jay strampelt sich frei. Ich kriege Miguels Arm zu fassen.

– Ganz ruhig, Jungs. Wir müssen weg hier.

Ein Blitzlicht leuchtet auf. Und noch eins.

Er schaut mich an. Noch ein Blitz. Schaut die Leute an, die ihn anstarren, sieht den Türsteher, der auf uns zukommt. Jay steht auf, die Hose immer noch an den Knöcheln.

– Yo, wir machen die Fliege.

Er wackelt Richtung Ausgang. Miguel packt ihn und wirft ihn sich über die Schulter. Der Türsteher kommt näher, aber als ihm klar wird, wie muskulös Miguel ist, verlangsamt er sein Tempo. Ich lege ihm eine Hand auf die Brust. Er schaut sie an, entdeckt die Hundert-Dollar-Note darin und steckt sie unauffällig ein. Ich verteile noch ein paar davon an der Bar und folge Miguel und Jay nach draußen, während überall Blitzlichter aufleuchten.

Manchen Sachen entkommst du einfach nicht.

Die Russen holen mich ungefähr einen Block vor dem Hotel ein, direkt vor dem Eingang zum Hogs-n-Heifers. Das nennt man wohl Schicksal. Der Wagen jagt mit quietschenden Reifen um die Ecke und schneidet mir den Weg ab, während mir der Kerl, der hinter mir hergerannt ist, die Füße wegtritt. Mit dem Kopf voran krache ich gegen die Motorhaube. Hitze schießt durch sämtliche Knochen in meinem Gesicht, und es kommt mir so vor, als hätte ein Schraubstock meinen Schädel zerquetscht. Ich will kämpfen. Ich muss kämpfen. Aber auf den Schmerz folgt eine Welle von Übelkeit, und statt zu kämpfen, übergebe ich mich auf die Motorhaube. Jemand packt mich an den Armen und zerrt sie mir auf den Rücken. Dann wird irgendwas um meine Handgelenke gewickelt, und ich höre ein

Geräusch, als ob ein Reißverschluss zugezogen wird. Ich werde von der Motorhaube gezerrt und zur hinteren Wagentür geschubst. Der Typ hinter mir hält mit einer Hand die Kabelbinder um meine Handgelenke fest, mit der anderen umklammert er meinen Kragen. Der Fahrer mit den Stachelhaaren lehnt sich nach hinten und stößt die Tür auf. Ich wehre mich, so gut es geht. Von hinten reißen sie mir die Arme nach oben, und in meiner rechten Schulter knackt es, als würde der Arm ausgekugelt. Ich breche fast zusammen, während sich das stechende Ziehen zum Nacken hin ausbreitet und dort auf die Schmerzen in meinem Gesicht trifft. Dann werde ich auf den Rücksitz gestoßen. Mit dem Kopf voraus lande ich auf dem Polster. Stachelhaar packt mich am Jackettkragen und zieht mich ins Innere, während von draußen jemand meine Beine hinterherschiebt. Ich werfe mich herum, lande im Fußraum, strampele mich frei und trete dem Kerl auf der Straße mit voller Kraft gegen den Hals. Er kippt nach hinten weg.

Miguel rennt um den Block in Richtung Soho House, wo wir den Cadillac geparkt haben. Jay immer noch auf seiner Schulter. Ich bin hinter ihnen und achte darauf, dass uns niemand folgt. Auf halbem Weg zum Hotel rutscht Jay von Miguel runter und zieht sich erst mal die Hose hoch.

– Mist, ich hab mein Hemd liegen lassen.

Er bleibt stehen und will umkehren, doch ich strecke meinen Arm aus und drehe ihn wieder in die andere Richtung.

– Keine gute Idee.

– Mir ist kalt, meine Nippel sind schon ganz hart. Ich brauch mein Hemd.

Ich streife mein Jackett ab und reiche es ihm.

Er mustert es skeptisch.

– Ist das nicht ein bisschen groß für mich?

– Krempel die Ärmel hoch, dann geht's schon.

Er zieht es an und krempelt die Ärmel hoch, trotzdem sieht er darin hoffnungslos verloren aus.

– So ein Scheiß.

Miguel zeigt auf ihn.

– Du siehst darin aus …

Er deutet auf mich

– … als wärst du seine Alte.

Und er fängt zu lachen an. Jay schüttelt bloß den Kopf.

– Sehr lustig. Haha.

Auf der Ninth Avenue kommen wir an einer Bar vorbei.

– Yo! Ich brauch dringend was zu trinken.

Miguel stößt die Schwingtüren auf.

– Lass dir von deiner neuen Braut mal einen ausgeben.

Er geht rein und lässt die Türen zurückschwingen.

Jay öffnet sie wieder und grinst mich an.

– Und, war's schlimm?

Sie besaufen sich hemmungslos. Miguel schnappt sich die Barfrau, und Jay kriegt ihre Freundin ab. Als die Bar schon dicht hat, bleiben wir noch sitzen. Ich trinke Selters und zähle die Stunden, seit ich das letzte Mal geschlafen habe. Dann erzählt uns die Barfrau von dem Partybus.

– Es ist eigentlich genauso wie, na ja, äh, eine Limousine, bloß, dass es, ähm, ein Bus ist.

Jay und Miguel sind begeistert.

– Das müssen wir unbedingt machen. Yo! Wir *brauchen* einen, der uns morgen nach dem Spiel abholt.

Miguel schaut auf die Uhr.

– Du meinst heute.

Dann trinken sie weiter.

Auf dem Weg zurück ins Hotel laufen die Mädels nebeneinander her und flüstern sich gegenseitig ins Ohr, während Jay hinter ihnen hertrottet, immer noch in meinem Jackett. Miguel legt mir seinen Arm um die Schultern.

– Ich war gar nicht wirklich sauer auf dich, dass du mir das Handy nicht gegeben hast.
– Schon okay.
– Bloß, ich weiß selber, was das Beste für mich ist. Und ich weiß, das Jay recht hat mit dem Wettscheiß. Dass ich mich nicht immer unter Kontrolle hab. Aber mich nervt, dass er seine Nase in alles reinstecken muss. Und sogar noch anderen Leuten davon erzählt. Deshalb hat er wahrscheinlich auch gedacht, es wär gut, wenn du ein bisschen aufpasst. Wie auch immer, ist alles wieder in Ordnung zwischen uns?
– Alles klar.
– Cool.

Er klopft mir auf die Schulter, trabt dann vor zu den Mädels und legt seine Arme um sie.

– Was gibt's hier für Geheimnisse, hä? Jay, sag schon, was haben die beiden Süßen zu verheimlichen?

Ich folge mit einigen Metern Abstand. Und während ich mir die vier von hinten betrachte, überlege ich, warum ich ihm nicht einfach das verdammte Handy gegeben habe. Dabei weiß ich die Antwort längst. Ist ja auch nicht allzu schwer. Ich mag den Kerl. Fuck.

Ich muss sofort aus dem Wagen raus. Wenn ich drinbleibe, werden sie mich irgendwo hinbringen und abmurksen. Ich muss aus dem beschissenen Wagen raus, Mom und Dad.

Ich hieve mich hoch und schiebe mich auf dem Hintern zur offenen Tür rüber. Stachelhaar versucht mich am Haar zu packen, aber es ist zu kurz. Er greift nach irgendwas in seiner Tasche. Er wird es glatt machen. Er wird mich *jetzt* hier in diesem Wagen abknallen. Der andere Typ draußen steht schon wieder und hält sich den Nacken.

Ich komm hier nicht raus.

Ich muss was tun.
Also schreie ich.

Nachdem ich wieder einigermaßen bei mir bin und bevor ich nach unten gehe, um Miguel und Jay im Restaurant zu suchen, greife ich mir das Telefonbuch vom Schreibtisch. In den Gelben Seiten blättere ich nach Einträgen unter dem Stichwort Limousinenservice. In der rechten unteren Ecke bleiben meine Augen an einer kleinen Anzeige kleben. Auf schwarzem Hintergrund steht in goldener Gothic-Schrift:

Mario
Persönlicher Fahrdienst
Einfach bezaubernd

Und eine Telefonnummer.

Mario. Sieht ganz so aus, als wäre er tatsächlich seriös geworden. Gut für ihn. Aber diese Anzeige ist nicht das, was ich brauche. Also blättere ich um und mache weiter. Schließlich finde ich, was ich suche und wähle die Nummer. Eine Frau hebt ab und fragt mich, was ich will.

– Ja also, ähm, haben Sie einen Partybus frei für heute Abend?

Hat sie.

Unten an der Rezeption sagt mir die Concierge, wo sie die Jungs zum Frühstücken hingeschickt hat. Ich laufe hinaus auf die Straße, wo mich ein wunderschöner Tag empfängt. Ich habe mich schon sehr viel schlechter gefühlt als heute.

Um ein Haar erwischen sie mich kalt.

Stachelhaar schlägt mit etwas nach mir. Ich zucke zurück und es trifft mich an der Schulter, die ich mir grade schon fast ausgekugelt hatte. Der Schmerz fährt mir bis in die Knochen, und der Arm ist wie abgestorben.

Ich schreie auf.

Der Typ draußen versucht, meine Beine zu fassen zu kriegen, während ich wie wild um mich trete. Stachelhaar schwingt erneut seinen Totschläger.

Ich brülle.

Er erwischt mich am Kopf.

Ich werde sterben. Ich kenn mich in diesen Sachen aus – ich werde sterben. O Gott. O nein. Bitte. Rette mich. Irgendwer. Ich will nicht sterben.

Ich schreie.

Dann trifft mich der nächste Schlag.

Ich höre auf zu schreien.

Eine Tür geht auf. Geht wieder zu. Schritte. Drei Leute, glaub ich.

Mein rechter Arm und meine Schulter tun weh, außerdem schneidet was in meine Handgelenke und Knöchel, und mein Kopf dröhnt furchtbar. Dazu noch mein Gesicht. Es fühlt sich an, als wären die Knochen unter der Haut in tausend Teile zerbrochen. Ich öffne die Augen. Durch die Helligkeit wird der Schmerz noch verstärkt, ich lasse sie aber trotzdem offen. Es dauert ein paar Sekunden, bis ich wieder klar sehe.

Ich liege mit dem Gesicht nach unten auf einem Sofa, die Hände auf den Rücken gefesselt, die Knöchel zusammengeschnürt. Ein Mann sitzt mir gegenüber auf einer blümchengemusterten Armlehne und raucht. Es ist der Typ mit dem spitz zulaufenden Haaransatz. Der blonde Fahrer mit der Stachelfrisur steht hinter ihm und hat seine Sonnenbrille auf. Zwischen uns sitzt eine ganz in Schwarz gekleidete attraktive Frau. Sie ist auffallend klein.

Ich erinnere mich, dass Mickey erwähnte, seine Mutter

sei Tänzerin gewesen. Sie muss eine Ballerina gewesen sein.

Sie sieht mich an.

– Du hast meinen Sohn getötet.

Es macht vermutlich wenig Sinn, wenn ich mich dafür entschuldige.

TEIL 3
SAMSTAG, 25. JUNI, 2005

Mein Zweiter war Gewerkschaftsvertreter bei Culinary, der Organisation von Hotel- und Gaststättenangestellten in Vegas. Ein Großteil der Culinary-Mitglieder sind Mexikaner. Auch der Gewerkschafter war Mexikaner. Und er sorgte dafür, dass weitere seiner Landsleute in der Organisation unterkamen. Warum auch nicht. So läuft's nun mal. Wenn du die Wahl hast, jemand zu unterstützen, der dir vertraut ist, den du verstehst, oder stattdessen irgend so einen wildfremden russischen Typen, dann entscheidest du dich in der Regel für einen aus den eigenen Reihen, der dir womöglich auch noch vom Mann deiner Cousine empfohlen wurde. Nichts anderes tat dieser Gewerkschafter. David schickte immer mal wieder Leute wegen Jobs vorbei, für deren Vergabe der Gewerkschafter zuständig war, doch der engagierte weiterhin ausschließlich Mexikaner. Man bot ihm Geld an. Er nahm es nicht. Das Geld war ihm scheißegal, er wollte was für seine Landsleute tun. Also schickte David mich und Branko.

Der Gewerkschafter arbeitete als Koch im Bellagio. Trotzdem verdiente er genug, um sich zwei Autos und ein Haus in einem gepflegten Vorort leisten zu können. Außerdem konnte er seine Kinder auf eine katholische Privatschule schicken und die private Krankenversicherung für die ganze Familie bezahlen. So lukrativ können Culinary-Jobs sein. Verflucht, ich wollte, ich hätte einen.

Es war eine klassische Parkplatz-Nummer. Parkplätze

sind für so was ziemlich beliebt. Man kann ohne großen Aufwand anonym bleiben, findet leicht eine unbeobachtete Ecke, und man ist immer in der Nähe seines Wagens.

Er hatte die Abendschicht von fünf bis eins. Wir saßen in einem gebrauchten Wagen, den Branko bar bezahlt hatte. Keine Ahnung, was für eine Marke oder welches Modell. Nicht mal an die Farbe kann ich mich mehr erinnern. Zu dem Zeitpunkt war ich schon zu bedröhnt, um noch irgendwas zu behalten. Xanax, Darvocet und Dexedrine, nehm ich mal an.

Der Gewerkschaftstyp kam aus dem Personaleingang und betrat das Parkdeck. Gemächlich schlenderte er in Richtung seines Geländewagens und dehnte ausgiebig den Rücken nach der langen Schicht. Wir stiegen aus und liefen auf ihn zu, Branko voran, ich ihm dicht auf den Fersen, beide mit Baseballkappen, Sonnenbrillen und falschen Bärten – wegen der Videoüberwachung. Noch ein paar andere Leute kamen aus dem Personaleingang. Einer rief dem Gewerkschafter was zu, er wandte sich um und winkte. Wir verlangsamten unser Tempo, doch er quatschte immer weiter, griff nur in seine Tasche und drückte die automatische Türentriegelung. Just in dem Moment, als wir die Vorderseite seines Trucks erreichten, schnappten die Schlösser auf. Wir versperrten ihm den Zugang zur Fahrertür. Branko drehte sich zur Seite, um ihn vorbeizulassen. Doch er wartete höflich, um uns den Vortritt zu geben. Branko nickte kurz und stolperte dann leicht, während ich ihn von hinten anrempelte. Die Schlüssel fielen ihm aus der Hand und schlidderten auf den Gewerkschafter zu. Branko sah sich nach mir um, woraufhin ich mich entschuldigte. Inzwischen hatte sich der Mexikaner nach den Schlüsseln gebückt, und ich nickte. Branko wirbelte herum, packte ihn am Genick und rammte seinen Kopf gegen die Stoßstange des Wagens. Der Gewerkschafter grunzte und versuchte sich aufzurichten, aber Branko donnerte seinen Schädel erneut gegen den Wagen. Sein Körper erschlaffte, und Branko ließ ihn zu Boden sacken.

Bei diesem Job hatte ich die Waffe, aber ich hatte vorübergehend den Überblick verloren, was als Nächstes anstand. Branko musste sie mir erst aus der Tasche ziehen und in die Hand drücken. An den Wagen kann ich mich nicht mehr erinnern, dafür umso besser an die Pistole. Es war eine Ruger, eine Rimfire .22. Ich bin mir da deshalb so sicher, weil sie ein Magazin mit zehn Patronen besaß. Vorgesehen war, sie alle abzufeuern. Und das tat ich auch. Im Lauf der Waffe befanden sich kleine Löcher, die Branko gebohrt hatte, damit der Gasdruck beim Abfeuern besser entweichen konnte. Eine Art integrierter Schalldämpfer. Trotzdem hallten die Schüsse mörderisch in der Tiefgarage wider. Branko beobachtete, wie die beiden ersten Kugeln einschlugen, dann ging er unseren Wagen holen, während ich weiter abdrückte.

Zwischen der fünften und sechsten Kugel stockte ich kurz, woraufhin Branko auf halbem Weg zum Wagen stehen blieb. Hätte er sich in diesem Moment umgedreht, hätte er gesehen, wie ich die Pistole hob, entweder um sie auf seinen Hinterkopf oder meine Schläfe zu richten. Wohin genau, war mir selber nicht so ganz klar. Aber dann verlor ich den Mut, feuerte weiter auf den Gewerkschaftstypen, und Branko erreichte den Wagen. Nachdem ich die Waffe abgewischt hatte, ließ ich sie fallen, und im gleichen Moment stoppte Branko den Wagen direkt vor mir. Ich stieg ein.

Der Nachfolger des Gewerkschaftsvertreters ermöglichte dann ein paar Russen die Mitgliedschaft, und David hatte seinen Fuß in der Tür von Culinary. Ich hingegen marschierte gleich am nächsten Tag zu meinem Dealer und erklärte ihm, ich bräuchte mal was Neues. Er schlug

Demerol vor. Ich sagte, ich würde ihm seinen gesamten Vorrat abkaufen.

– *Sie* haben *meinen* Sohn getötet.

Ihre Worte sind diesmal nicht an mich gerichtet, sondern an den Fußboden, als ob sie versucht, ihre Gedanken zu ordnen, irgendeinen Sinn darin zu erkennen, warum ausgerechnet ich *ihren* Sohn getötet habe.

Sie blickt auf. Ihre braunen lockigen Haare sind grau gesträhnt, die Augen blutunterlaufen und dunkel umrandet. Anspannung und Müdigkeit zerren an ihren Mundwinkeln.

– Wie …?

Sie bringt nur dieses eine Wort heraus. Ich warte auf mehr, aber wenn da noch was war, kriegt sie es nicht über die Lippen. Ich frag mich, ob sie wirklich wissen will, wie ich Mickey getötet habe. Dass ich ihn von einem alten Mayatempel stieß, dabei zusah, wie er die Steinstufen runterstürzte und sein Blut verspritzte. Nein, ich schätze, das weiß sie bereits. Irgendwann wird sie sicher in Erfahrung gebracht haben, wie ihr eigener Sohn gestorben ist. Ich halte die Klappe.

– Wie konnten Sie …

Sie atmet schwer.

– … das nur tun?

Sie keucht, ihr Brustkorb hebt und senkt sich, sie hyperventiliert.

Ich hab keine Ahnung, was ich darauf sagen soll. Ich suche nach einer Antwort, die mich möglichst lang am Leben hält, mir genug Zeit verschafft, meinen Kopf wieder aus der Schlinge zu ziehen. Ich versuche nachzudenken. Ich denke an die Oberseite meines Schädels, die dröhnt und juckt, ganz als ob der Totschläger die Kopfhaut hat platzen lassen und sich auf der Wunde bereits wieder Schorf bildet. Ich denk an meine rechte Schulter, die wahrscheinlich nicht allzu schwer lädiert ist, aber trotzdem höllisch schmerzt. An die Kabelbinder um meine Handgelenke, die das Blut in meinen Händen stauen. Und ich denke an mein Gesicht, das sich anfühlt, als hätte jemand eine Ladung Nägel reingedroschen. Ich brauch dringend was, das die Schmerzen betäubt.

– Wie …?

Offensichtlich will sie noch mehr sagen, aber wegen der vielen Luft, die sie durch ihre Lungen pumpt, bekommt sie es nicht heraus.

Dafür fällt mir endlich was ein, was ich gern sagen würde. Ich hab Probleme mit dem Sprechen. Es tut weh. Ich versuch es trotzdem.

– Ich will nicht sterben.

Was immer sie als Nächstes loswerden wollte, bleibt ungesagt.

Ich wiederhole den Satz.

– Ich will nicht sterben.

Sie schüttelt den Kopf.

– Halten …

Diesmal ist es kaum noch ein Wort, mehr ein tonloses Luftschnappen. Atem in Form eines Wortes, aber ohne das Gewicht gesprochener Sprache.

– … Sie den Mund.

Aber das tu ich nicht.

– Ich will nicht sterben.

Sie erhebt sich. Ihre muskulösen Ballerinenbeine beben dabei vor Wut.

– Halten Sie den Mund.

Aber ich kann nicht.

– Ich will nicht sterben.

Sie macht einen Schritt auf mich zu. Die Hände zu Fäusten geballt, mit zitternden Armen. Heiße Tränen schießen ihr aus den Augen.

– Sie sollen den Mund halten.

Aber es ist wahr. Ich meine wirklich, was ich sage.

– Ich will nicht sterben.

Sie baut sich vor mir auf, und ihre Faust kracht gegen die Seite meines Schädels.

Die Nägel werden tiefer in mein Gesicht getrieben. Aber ich kann meinen Mund nicht halten.

– Bitte.

Ihre andere Faust schlägt in meinen Nacken.

– Halten Sie den Mund.

Nein.

– Ich will nicht sterben.

Ihre Arme holen aus, dreschen auf mich ein, hämmern gegen meinen Rücken, die Schultern, den Kopf und den Nacken. Sie schluchzt.

– Halten Sie den Mund. Sofort. Mund halten. Sie sollen … Sie … niemals. Halten Sie endlich den Mund.

– Bitte. Lassen Sie mich leben. Ich will nicht. Ich kann noch nicht sterben. Ich will nicht. Noch nicht.

Flüsternd flehen wir einander an.

Sie sinkt auf die Knie, keuchend, ihre Schläge werden immer kraftloser.

– Halten Sie endlich den Mund. Mund halten. Bitte den Mund halten.

Sie kauert neben der Couch, ihr Gesicht nur eine halbe Armlänge neben meinem, ihre ineinander verkrampften Hände trommeln auf meinen Rücken.

– Bitte, seien Sie still.

Stachelhaar sagt irgendwas auf Russisch. Sie hört auf mich zu traktieren und antwortet ihm. Er tritt zu ihr und reicht ihr etwas. Immer noch auf Knien, nimmt sie es entgegen. Ich kann sehen, was es ist.

– Bitte. Ich will nicht sterben.

Sie schiebt mir die Pistole unters Kinn und presst sie gegen meine Kehle.

– Halten Sie den Mund.

Mein Mund klappt auf. Der Widerhall eines jahrzehntealten Schluchzers quillt heraus.

– Bitte.

Sie rammt mir den Lauf ins Fleisch.

– Halten Sie den Mund. Bitte, bitte.

Es ist nur noch ein Flüstern. Eine fast unhörbare Beschwörung.

Ich halte den Mund.

Sie atmet schwer.

Sie starrt mir ins Gesicht. In das Gesicht, mit dem ich nicht zur Welt kam.

Sie atmet, ein und aus.

Der bebende Lauf der Waffe bohrt sich tief in die Höhlung unter meinem Kinn.

Sie keucht.

Ihr Mund öffnet sich weit, als ob sie mich imitiert, und ein dünner Klagelaut ähnlich dem meinen dringt heraus.

Ihr Körper sackt in sich zusammen, die Waffe rutscht ihr aus den Händen und fällt mit einem dumpfen Schlag zu Boden. Stachelhaar berührt ihre Schulter.

– Tetka?

Sie sieht mich kurz an, schließt die Augen.

Flüstert irgendwas.

– Nein, schon gut. Alles in Ordnung.

Aber das ist es nicht. Wie könnte es auch.

– Wie stellen Sie es an, zu töten?

Sie spricht ein wundervolles Englisch, und nur der Hauch eines Akzents verrät, dass es nicht ihre Muttersprache ist. Daher weiß ich, dass es sich nicht um ein Missverständnis handelt. Mir ist klar, was sie sagen will, trotzdem denke ich an die vielen Arten, auf die ich getötet habe.

– Wie …?

Und diese Frage richtet sie nicht an mich.

– Wie bringen Sie es nur fertig, einen anderen Menschen zu töten?

Sie unterhält sich mit dem Teppichboden.

– Und auch noch einen Jungen?

Sie zeigt auf den Teppich, als wolle sie ihn zu einer Antwort nötigen.

– Wie können Sie einen Jungen töten?

Sie schüttelt den Kopf.

– Einen unschuldigen Jungen. Einen wundervollen Jungen.

Jetzt richtet sie ihren Blick auf die Zimmerdecke.

– Sie. Sie haben so viele Menschen getötet. Ein Junge mehr oder weniger, was bedeutet das schon für Sie?

Sie legt sich die Hände auf die Brust.

– Aber mir, mir hat er alles bedeutet.

Sie knetet eine Handvoll Stoff.

– Alles.

Ihre Augen senken sich wieder zum Teppich.

– Sie haben so viele getötet.

Sie berührt ihre Stirn.

– Und ich kann nicht mal einen töten.

Jetzt fällt ihr Blick auf mich.

– Nicht mal Sie.

Sie spuckt mir ins Gesicht.

– Einen Killer. Den Mörder meines Jungen.

Sie richtet sich auf, erhebt sich vom Boden, wo sie neben mir gesessen hat.

– Ich bringe es nicht fertig, Sie zu töten.

Mit einer Handbewegung streicht sie ihr Kleid glatt und zupft es zurecht.

– Aber ich weiß, wer Sie sind.

Mit ein paar schnellen Schritten ist sie bei der Couch und greift nach ihrer kleinen schwarzen Handtasche.

– Ich weiß genau, wer Sie sind.

Sie öffnet die Tasche, nimmt zwei Zettel raus und entfaltet sie.

– Ganz genau weiß ich das.

Sie glättet die zerknitterten und abgegriffenen Blätter auf ihrem Oberschenkel.

– Sehen Sie, ich weiß es genau.

Sie trennt die beiden Papiere voneinander und hält sie mir vors Gesicht, eines in jeder Hand.

– Das sind Sie.

In ihrer Linken eine Fotokopie verschiedener Ausweise: mein alter Führerschein, eine Kreditkarte, die Mitgliedskarte eines Fitnessstudios. Alles von mir, und zwar wirklich von mir. Henry Thompson steht darauf. Ausweise, die ich einem Passfälscher namens Billy überließ.

Das Papier in ihrer Rechten ist ein Ausriss aus der heutigen Ausgabe der *Post*. Ein Stück von Seite sechs, auf der ein Foto von Miguel prangt, mit dem halbnackten Jay auf der Schulter. Aber das ist noch nicht alles. Das Beste an dem Foto bin ich, direkt hinter ihnen, wie ich sie aus dem Hogs-n-Heifers schiebe.

Sie lässt die Zettel zu Boden fallen und wischt sich die Hände an ihrem Kleid ab, als wolle sie jede Spur von mir beseitigen.

– Sie haben es mir gesagt.

Sie zeigt auf die beiden jungen Männer.

– Sie haben mir erzählt, dass Sie noch am Leben sind. Und dass David davon weiß. Sie haben gesagt, *geh zu David, zu deinem Schwager. Frag ihn.* Aber ich hab ihnen nicht geglaubt. Es war zu viel für mich. Einfach zu viel.

Sie hebt die Hände an die Stirn und wendet mir den Rücken zu. So steht sie eine Weile, die Finger gegen den Kopf gepresst, etwas Schreckliches in sich zurückdrängend. Der Blonde geht zu ihr, flüstert irgendwas auf Russisch, aber sie nimmt eine Hand von der Stirn, hält sie empor und bringt ihn zum Schweigen. Er zuckt mit den Achseln, hebt die Waffe auf, die sie neben der Couch hat fallen lassen, versenkt sie in seiner Tasche und verzieht sich wieder.

Der Typ mit dem Haaransatz sitzt einfach nur da, schaut zu und raucht Kette.

Mickeys Mutter lässt die Hände sinken. Sie ist jetzt ganz ruhig, nur ihre Augen huschen unruhig hin und her und streifen mich gelegentlich, ohne innezuhalten.

– Gestern ging ich ihn besuchen. Um mich bei meinem Schwager zu entschuldigen. Bei dem Patenonkel meines Sohnes. Ich wollte ihm sagen, ich habe es zu weit getrieben. Weil ich keinen klaren Gedanken mehr fassen konnte, seit mein Sohn starb. Seit er getötet wurde. Ich konnte nicht mehr klar denken. Ich …

Fast fängt sie wieder an zu weinen, sammelt sich einen Moment und fängt sich wieder.

– Und in der Eingangshalle kam ich an einem Mann vorbei. Ich habe genau hingeschaut. Und Sie, Sie haben zurückschaut. Und ich … irgendwie … Aber wie sollte das möglich sein? Undenkbar. Ich habe mit David gesprochen, aber davon habe ich ihm nichts gesagt. Und als ich wieder zu Hause war, habe ich mir *das hier* noch mal genau angesehen.

Sie zeigt auf die Fotokopie.

– Immer wieder habe ich es mir angesehen. Aber ich habe es nicht erkannt. Und ich konnte nicht schlafen. Ich kann überhaupt nicht mehr schlafen. Ich würde so gerne. Als Mickey in Mexiko war … da habe ich von ihm geträumt. Und er war bei mir. Ich konnte ihn spüren. Das war das letzte Mal, dass er bei mir war. Aber jetzt kann ich nicht mehr schlafen. Ich muss Pillen nehmen, aber auch damit kann ich nicht schlafen. Dann nehme ich andere Pillen, und ich schlafe, aber ich habe keine Träume mehr. Ich will schlafen. Und ich will von meinem Sohn träumen. Ich … ich …

Erneut Tränen. Sie ist wütend deswegen. Sie presst die Handballen gegen die Augen, drückt die Tränen weg.

– Doch letzte Nacht, da habe ich geschlafen. Und ich habe geträumt. Von Ihnen habe ich geträumt. Sie Schwein. Ich kann nicht mehr von meinem Sohn träumen, aber von Ihnen träume ich. Und heute Morgen sehe ich das hier.

Sie zeigt auf den Zeitungsfetzen.

– Ich sitze da mit meinem Tee, blättere in der Zeitung. Ich sehe sie gar nicht richtig. Blättere bloß so vor mich hin. Bis ich das hier entdecke. Und dann schaue ich genau hin, betrachte mir dieses Bild. Und dann die anderen Bilder von Ihnen. Und ich …

Ihre Hände sind flach auf ihre Brust gepresst.

– … ich weiß es.

Sie kneift die Augen zusammen. Die Muskeln an ihren Armen spannen sich, so fest drückt sie die Hände gegeneinander.

– Endlich weiß ich es.

Ihre Augen öffnen sich wieder, und sie lässt die Hände sinken. Atem entweicht als Seufzer aus ihrem Mund.

– Sofort habe ich es gewusst.

Sie beißt sich auf die Unterlippe.

– Aber ich kann Sie nicht töten. Ich schaffe es nicht. Dabei würde ich so gerne. Nichts würde ich lieber tun, als Sie töten. Aber ich … ich kann es einfach nicht. Doch Sie …

Sie zeigt auf mich.

– Sie werden David töten.

– Sie ist unsere Tante.

Sie ist gegangen, ohne ein weiteres Wort zu verlieren. Hat sich ihre Tasche geschnappt, ist zur Tür gelaufen, hat gewartet, bis Stachelhaar sie für sie aufhielt, dann ist sie abgerauscht, er hinterher. Ohne mich eines weiteren Blickes zu würdigen. Ich hatte keine Gelegenheit, ihr zu erklären, welche Konsequenzen ein Anschlag auf David für meine Eltern hätte.

Nachdem sie verschwunden ist, erhebt sich der Typ mit dem Haaransatz und fängt an, vor der Couch auf und ab zu marschieren. Ein Beinpaar in knallblauen Jeans, vorne an den Oberschenkeln weiß gebleicht, wetzt immer wieder an mir vorbei. Während er läuft und redet, raucht er in einem fort und schnippt Ascheflocken auf den Teppich.

– Tetka Anna. Die Schwester unserer Mutter. Eine wunderschöne Frau. Sogar heute noch.

Seine Hand fährt in die Hosentasche und taucht wieder auf, jetzt mit Schnappmesser. Die Klinge schießt heraus. Er beugt sich über mich und durchtrennt mit einem schnalzenden Geräusch die Kabelbinder an meinem Handgelenk. Ich richte mich langsam auf, meine Hände prickeln vom plötzlichen Blutandrang, und mein Schädel pocht noch heftiger. Langsam massiere ich die roten Striemen an meinen Handgelenken.

– Sie hat uns vor einem Jahr geholt hierher.

Er lässt sich auf den geblümten Sessel fallen.

– Wir mussten Russland verlassen.

Er fischt sich eine weitere Marlboro Light aus der Schachtel auf dem Tisch und entzündet sie am Stummel der vorigen.

– Probleme.

Er drückt den Stummel in einem Teller voll Glasmurmeln aus.

– Unser Vater. Unsere Mutter. Wissen Sie, was ist eine *Shakhidki*?

Ich schüttle den Kopf.

– Der russische Ausdruck für ein Wort in Arabisch. Ein Wort für eine Frau.

Er trägt einen dieser bleistiftdünnen Kinnbärte, die die

Konturen des Unterkiefers betonen, und den dazu passenden Oberlippenbart. Jetzt fährt er mit der Fingerspitze die Linie seines Bartes nach.

– Wissen Sie ein bisschen über Tschetschenien?

Ich schüttle den Kopf, immer noch meine Handgelenke reibend.

– Aber Sie wissen doch, was es ist? Ein Land? Teil von alter UDSSR?

Ich nicke. Als ich meine Hand gegen die Stirn presse, spüre ich dort einen Rest Spucke. Ich wische ihn weg.

– Sie haben gehört, dass es gibt dort Rebellen?

Ich nicke.

– Ist für uns in Russland dasselbe wie für euch Naher Osten. Scheiße. Riesenhaufen Scheiße.

Ich streiche mir sanft mit der Hand übers Gesicht. Manchmal hilft das. Mildert die Schmerzen. Diesmal nicht.

Der Typ zeigt auf die Tür, durch die Mickeys Mutter und Stachelhaar verschwunden sind.

– Mein Bruder. Er trägt den Namen Martin. Ich bin Adam. Das sind unsere amerikanischen Namen. In Russland heißen wir anders. Aber hier so. Tetka Anna hat sie sich ausgedacht für uns.

Er stößt einen Rauchring aus und sieht zu, wie er sich langsam in Luft auflöst. Vielleicht denkt er dabei an seinen echten Namen. Dann beendet er seine Denkpause und blickt mich an.

– Unser Vater, er war Geheimdienstoffizier. In Tschetschenien. Hohes Tier. Sehr wichtiger Mann. Jeder Mann in Russland muss zum Militär. Nicht wie hier. Jeder, keine Ausnahme. Mein Bruder und ich, wir haben nicht darauf gewartet, bis wir werden einberufen. Wir haben gedient. Freiwillig. Mit unserem Vater im Geheimdienst.

Er greift nach der Zigarettenschachtel. Hält sie mir hin. Ich schüttle den Kopf. Das tut weh.

Er zuckt mit den Achseln und zündet die Nächste an.

– Geheimdienst, Verhör, solche Sachen. In einer Spezialabteilung für Verhör, dort wir haben gearbeitet. Unser Vater hat uns dorthin geschickt. Damit wir nicht kämpfen müssen. Aber es war …

Er zieht an seiner Zigarette.

– Es war harte Arbeit. Manchmal denke ich, besser hätten wir gekämpft. Martin, er hätte lieber gekämpft. Ich weiß das.

Er zieht das Messer wieder aus der Tasche, lässt es auf- und zuschnappen. Auf und zu.

– Okay. Harte Arbeit. Aber dann vorbei. Wie alles irgendwann. Vorbei.

Auf und zu.

– Ich kann Englisch. Ich hätte einen anderen Job haben können. In Moskau. Ich hätte auch im Geheimdienst bleiben können. Aber nein, als unser Dienst zu Ende war, wir wollten nicht mehr. Mein Vater, er hat gewusst warum. Tschetschenien.

Auf.

– Er ist geblieben. Er hat gedacht, es ist seine Pflicht. Und Mutter …

Und zu.

– Sie ist auch geblieben. Natürlich. Dort gibt es diese Leute. Diese Frauen. Sie haben ihre Männer verloren. Ihre Söhne. Und eine …

Auf.

– … eine dieser Frauen. Sie trägt einen Rucksack. Sie kommt in ein Café. Setzt ihren Rucksack ab. Greift hinein. Und drinnen die Bombe, sie geht los. Am Tisch nebenan der Geheimdienstoffizier, er fliegt in die Luft. Und seine Ehefrau, die mit ihm zusammen Mittag isst, auch sie fliegt in die Luft.

Und wieder zu.

– Die Frau mit dem Rucksack hat ihre Männer verloren. Ihren Ehemann und ihre Söhne. Und so wurde sie eine *Shakhidki*. Eine heilige Kriegerin. Die Zeitungen nennen sie auch Schwarze Witwen.

Er lässt das Messer zurück in seine Tasche gleiten.

– Und jetzt Sie wissen, was das ist. Und Sie verstehen auch …

Er angelt sich die letzte Zigarette aus der Schachtel und zündet sie an.

– Sie verstehen, glaube ich, warum sie auch eine von ihnen ist.

Er zeigt auf die geschlossene Tür.

– Tetka Anna. Eine *Shakhidki*.

Er ist mit seiner Geschichte noch nicht am Ende.

– Martin wollte bleiben. Er wollte für Tschetschenien kämpfen. Keine Verhöre diesmal. Gewehre. Schlacht. Aber er wäre getötet worden. Wir beide wären getötet worden. Die Rebellen, sie wussten, wer wir waren. Sie kannten unseren Vater. Sie hätten Anschlag auf uns gemacht, sobald wir das Land betreten. Egal, irgendwo in Russland sie hätten uns gefunden und umgebracht. Aber wir hatten noch Familie. Hier. Tetka Anna.

Weil ihm die Zigaretten ausgegangen sind, beginnt er erneut auf und ab zu tigern.

– Nachdem Mikhail getötet worden war, hat sie immer wieder angerufen. Sie hat mit unserer Mutter sprechen wollen. Sie ist so traurig gewesen. Dann wurde unsere Mutter getötet, und sie wurde noch trauriger. Ich habe zu meinem Bruder gesagt, *wenn wir hier bleiben, werden sie uns töten*. Ihm war egal. Aber mir nicht. Ich habe zu ihm gesagt, *wir können weggehen. Wir haben Familie. Wir können uns um Tetka Anna kümmern. Für Mutter*. Das gefällt ihm. Sich um jemanden kümmern, das mag er. Er vergisst schlimme Sachen nicht, aber es macht sein Leben besser. Also kommen wir hierher. Aber die Tante, es gibt nur eine einzige Sache, über die sie spricht. Nein. Zwei Sachen, über die sie spricht. Über ihren Sohn. Und über dich. Was ihren Sohn betrifft, wir können ihr nicht helfen …

Er kehrt zum Stuhl zurück, setzt sich und stöbert in den Kippen auf dem Glasteller rum. Eine ist nur halb aufgeraucht, und er steckt sie sich an.

– Aber vielleicht wir können ihr mit dir helfen.

Er saugt an dem Stummel, verzieht das Gesicht, raucht ihn trotzdem zu Ende.

– Sie hat uns gesagt, David glaubt, du bist tot. Okay. Wir forschen nach. Es gibt Bücher, alte Fernsehsendungen. Internet. Und uns fällt auf, es gibt keine Leiche. Irgendwas ist faul. In Tschetschenien, wenn die Soldaten einen Rebellen zu Hause verhaften wollen, dann sagt seine Familie oft, *er ist gestorben*. Die Soldaten sagen darauf, *und wo ist seine Leiche?* Und wenn es keine Leiche gibt, oder es ist falsche Leiche, dann stellen wir ihnen Fragen. Aber deine Familie, wo sollen wir sie finden? Keine Ahnung. Aber wir brauchen jemanden, den wir fragen können.

Er zeigt auf die Zettel, die vor mir liegen, das Blatt mit den Kopien meiner Ausweise.

– Die sind abgekauft von einem Passfälscher. Er hat von Tetka Anna gehört. Hat ihr die Dinger gebracht und sie ihr verkauft. Sie hat gedacht, sie können ihr helfen. Wie? Ich weiß nicht. Aber der Mann, der sie ihr verkauft hat, das ist ein Mann, mit dem mein Bruder und ich unbedingt sprechen müssen.

Ich betrachte die Fotokopie und denke an Billy. Ein junger Kerl. Ein Freischaffender. Einer mit einem Händchen für Computergrafik und Plastikkarten.

Ich schiebe die Papiere zusammen und falte sie zwischen meinen Händen.

Adam saugt das letzte bisschen Rauch aus seiner Kippe, drückt sie aus und fahndet nach einer weiteren.

– Wir sind zu ihm gegangen, Martin und ich. Wegen den Dingen, die er weiß. Wir hatten keine Ahnung …

Er findet einen akzeptablen Stummel, glättet ihn und zündet ihn an.

– … dass er arbeitet für verschiedene Leute. Seine Arbeit wird geschätzt. Er hat Jobs für David gemacht. Nicht nur Fälschungen. Auch Informationen. Er hat großes Talent dafür. Genau wie wir. Aber anders. Er ist gut mit Maschinen. Wir nicht. Aber wir wollen rausfinden, was er weiß.

Er macht ein Geräusch wie eine Katze, die einen Haarknäuel auswürgt, und lässt den Stummel zurück in den Teller fallen. Er schnuppert an seinen Fingerspitzen und hustet erneut.

– Und wir haben etwas in Erfahrung gebracht.

Er schließt die Augen.

– Zu viel.

Er öffnet sie wieder.

– David ist unser Onkel. Nur durch Heirat. Aber trotzdem unser Onkel. Doch leider ist dieser Mann ein Schwein.

Er erhebt sich, marschiert erneut durchs Zimmer.

– Dieser Fälscher erzählt uns, er hat einen Job für David erledigt. Ausweise für einen Mann in Vegas. Er zeigt uns sein Bild. Wie der Mann sich verändert hat. Was er darüber denkt. Aber das ist gar nicht nötig. Wir sehen es mit eigenen Augen. Und es kommt noch mehr. Wenn man wartet und geduldig ist, kommt immer noch mehr. Er hat unseren Cousin Mikhail getroffen. Und er weiß etwas.

Er bleibt für einen Moment stehen.

– Mikhail hatte seinen Pass verloren. Er wollte eine Reise

unternehmen, und sein russischer Pass war verschwunden. Schwer zu ersetzen. Aber David konnte ihm helfen. Unser Cousin war ein richtiger Künstler, hast du das gewusst? Ein Filmemacher. Ein Student.

Ich nicke.

– Ja, er wollte einen Film machen. Für seine Schule. NYU. Ich weiß noch, wie Mutter ein Brief von Tetka Anna bekommen hat. Sie war so stolz. Hat uns erklärt, was ist NYU. Eine der besten Universitäten. Und sehr teuer. Dort geben sie dir nicht das Geld, das du brauchst für einen Film. Er hat sich das Geld für den Film selbst besorgen müssen. Er ist zu seinem Onkel deswegen, denn er hatte große Pläne. Er wollte eine Zeit weg von der Schule nehmen, um nach Europa zu fahren. Nach Russland. Familie treffen. Dann wieder zurück und an seinem Film arbeiten. So, bloß David, er findet, ein Mann muss für sein Geld arbeiten. Er hat ihm Geld angeboten, aber Mikhail sollte etwas tun dafür. Geh nicht nach Europa, hat David zu ihm gesagt, geh nach Mexiko. Hab Spaß in Mexiko, entspann dich. Aber halte Ausschau nach diesem Mann.

Er zeigt auf mich.

– Nach dir. David will, dass sein Neffe nach Mexiko geht und nach dir sucht. *Du sollst nichts tun*, sagte er, *halte nur Ausschau*. David hat ihm Geld versprochen, ob er dich findet oder nicht. Zehntausend Dollar, um in Mexiko Urlaub zu machen und sich umzuschauen. Warum nicht?

Erneut bleibt er stehen.

– Und weil Mikhail seinen Pass verloren hat, und David ihn deshalb dorthin geschickt hat, kennt der Fälscher die ganze Geschichte. Mikhail macht große Sprüche vor dem Fälscher. Über seinen Onkel. Über den Job. Und wie viel er dafür kriegen wird. Dass er von seinem Onkel dafür bezahlt wird, in einem fremden Land nach einem Killer zu suchen.

Wieder würgt er ein Haarknäuel aus. Aber diesmal ganz ohne zu rauchen.

– Und so erfahren wir alles. Wir wissen, dass du lebst. Und wir wissen, du bist in Las Vegas. Außerdem erfahren wir, dass David dich beschützt. Und wie egal ihm seine Familie ist. Muss ich noch mehr erzählen?

Er wartet.

Ich verneine stumm.

Er nickt.

– Aber da ist noch mehr. Unsere Tetka Anna will uns nicht glauben, dass David hinter allem steckt. Dass er so was fertigbringt. Sie meint, wir haben nicht recht. Bis sie dich sieht in seinem Büro. Und das Bild in der Zeitung. Und wir zeigen ihr noch mal die Bilder von dem Fälscher. Und jetzt glaubt sie alles. Also will sie deinen Kopf. Und wir wissen, wo du steckst. Denn in diesem Artikel in der Zeitung steht, der Mann, den du begleitest, ist ein Baseballspieler. Und Zeitungsmenschen sind schwach und verdienen wenig Geld. Für nur bisschen mehr als ihren Lohn verraten sie dir, wo andere Menschen sich verstecken. Sie erzählen uns, wo wir den Baseballspieler finden. Und so finden wir dich.

Er setzt sich. Stöbert wieder in den Zigarettenstummeln, entdeckt aber nichts Passendes.

– Und so landest du hier. Tetka Anna will, dass David stirbt. Und sie will, dass du stirbst. Also wirst du ersten Punkt erledigen …

Er kratzt sich am Bart.

– … und wir zweiten.

Ich betrachte die Papiere in meiner Hand. Nachdem ich sie noch einmal gefaltet habe, verstaue ich sie in der Innentasche meines Jacketts.

– Wenn ich versuche, David auszuschalten, wird er meine Eltern töten.

Er nickt.

– Ja. Das wird er. Er weiß, wo sie leben. In einer kleinen Stadt in Oregon. An der Küste. Das hat der Fälscher rausgefunden für ihn. Aus dem Internet, durch all die Männer, die sich dort über dich unterhalten. Es war das Letzte, was der Fälscher uns verraten hat. Wo deine Eltern sind. Bevor wir ihn getötet haben. Er konnte nicht mehr. Er wollte sterben. Und das Gleiche wird passieren, wenn wir nach Oregon gehen. Zu ihnen. Verstehst du?

– David. Ich bin's.

Er stößt einen Laut aus, wie man es tut, wenn sich ein Lieblingsspieler auf dem Platz einen dämlichen Patzer leistet.

– Ich muss dich dringend sehen, David.

– Ja. Das musst du. Ich hab dich übrigens heute Morgen schon gesehen. Weißt du wo? Du warst in der Zeitung.

Wahrscheinlich schlägt er sich jetzt mit der geballten Faust gegen die Stirn. *Womit hab ich das nur verdient?*

– Ich weiß, deshalb müssen wir uns unbedingt treffen.

– Verstehe. Und wie geht es dem Jungen?

– Gut. War keine richtige Prügelei, nur er und sein Freund.

– Bist du bei ihnen?

– Nein. Sie sind frühstücken. Ich wollte grade zu ihnen, da ist mir unterwegs die Zeitung in die Hände gefallen.

– Wo bist du jetzt?

– West Village. In einem Café.

– Gut. Das ist gut. Halt dich fern von ihnen. Dieses Foto, jemand könnte dich wiedererkennen. Deine Gesichtsoperation war gründlich, aber trotzdem, jemand könnte sich an irgendein Detail erinnern. Tauch unter, damit keiner eine Verbindung herstellen kann. Damit da keine Fragen auf dich zukommen. Ich werde jemanden zu dem Jungen schicken, der mit ihm redet. Wenn man ihn fragt, wird er sagen, sein Agent hat dich angeheuert. Ein ganz gewöhnlicher Bodyguard.

– In Ordnung.

– Komm in mein Büro. Wir reden. Du wirst dich um diese andere Angelegenheit kümmern. Und dann, dann wird es Zeit, dass du uns verlässt.

Vermutlich blickt er jetzt zur Decke, sucht sie mit den Augen ab. *Ich kann dir gar nicht sagen, wie enttäuscht ich bin.*

– Komm in mein Büro. Warte dort auf mich. Ja?

– In Ordnung. David …?

– Ja?

– Tut mir leid, das Ganze.

– Entschuldigen hilft nicht. Komm in mein Büro, und wir bringen die Sache in Ordnung. Es gibt immer eine Lösung. Hab ich dir das schon gesagt?

– Ja.

– Also werden wir eine Lösung finden.

Er legt auf. Ich lasse das Handy zurück in meine Tasche gleiten und starre aus dem Seitenfenster, während wir über die George-Washington-Brücke rollen. Martin fährt. Adam sitzt neben ihm und beobachtet mich.

Mein Kopf lehnt locker an der Scheibe. Im Bad von Mickeys Mutter habe ich Motrin entdeckt. Seitdem geht es ein bisschen besser. Ich hatte eigentlich gehofft, die von ihr erwähnten Hammerpillen zu finden, aber wahrscheinlich wäre das nicht besonders gut gewesen.

Wir verlassen die Brücke und biegen auf den West Side Highway ein. Ich habe ein Déjà-vu. Genau so eine Fahrt hab ich schon mal gemacht. Auf dem Rückweg von New Jersey im Wagen der DuRantes. Auch sie waren Brüder. Ed und Paris. Sie wollten, dass ich jemanden in einen Hinterhalt locke. Aber die Geschichte ging nicht gut aus. Jedenfalls nicht für sie. Und am Ende für keinen von uns.

– Was hat er gesagt?

Ich nehme die Stirn vom Glas.

– Er hat gesagt, ich soll vorbeikommen.

Er blickt auf die Uhr.

– Gut. Er wird grade seinen Tee trinken. Unter seinem Büro ist ein Café. Das Moscow. Geh nicht in sein Büro. Geh in das Café. Wenn du schnell auf ihn zuläufst, dabei immer redest, dich entschuldigst, weil du zu früh bist, wenn du das machst und schnell bist, dann kannst du ihm schießen ins Gesicht. Ich hab das schon mal gesehen. Es funktioniert.

– Er wird Leibwächter dabeihaben.

– Ja.

– Sie werden mich töten.

– Sie werden dich töten, oder wir werden dich töten. Egal. Du wirst sterben. Und danach wird Tetka Anna wieder schlafen können.

Er fummelt das Zellophan von einem frischen Päckchen Zigaretten.

– Und wir sparen Ausflug nach Oregon.

Die Fahrt zieht sich endlos. Jedes Schlagloch ist eine Tortur. Ich stelle mir die kleine Küstenstadt in Oregon vor. Als Kind war ich da oft mit meinen Eltern. Jeden Sommer fuhren wir dorthin. Ganz in der Nähe des Strandes gab es einen Campingplatz. Wir brachten den Hund mit, den wir hatten, als ich klein war. Wir liefen runter zum Strand und sahen ihm zu, wie er die Wellen jagte. Das Ganze war vorbei, als ich auf die Highschool kam. Dann gab es im Sommer meist ein Baseball-Trainingslager; irgendwas anderes war jedenfalls immer wichtiger. Aber meine Eltern verbrachten weiter ihren Urlaub dort, auch ohne mich. Und sie sprachen oft davon, sich später an diesem Ort zur Ruhe zu setzen.

Wir halten an der Kreuzung Brighton Beach Avenue und Brighton Road. Adam drückt mir eine Papiertüte mit einer Pistole und einer Hand voll Patronen in die Hand. Ich steige aus. Sie fahren weiter.

Ich wiege die Tüte in meiner Hand. Clever von ihnen, mir die leere Waffe zu geben. Wäre sie geladen gewesen, hätte ich sie sofort erschossen.

Ein weiterer fantastischer Strandtag, kurz nach zwölf, und die Dunstschleier vor der Küste beginnen sich zu verziehen. Ich lauf zwei Blocks runter zur Uferpromenade. Dort, wo die Straße auf die Promenade trifft, liegt das Smoothie Café. Mein Magen knurrt und erinnert mich dran, dass ich seit den Hotdogs gestern Abend nichts mehr gegessen habe. Aber ich lasse das Café links liegen und erklimme die Stufen zu dem mit Holzplanken belegten Uferweg.

Rechts vor mir erhebt sich das Brighton Towers, ein moderner Apartmentkomplex im Stil der Sechziger. An einigen Balkonen weht die amerikanische Flagge. Etwas weiter den Strand runter liegen Coney Island und das Stadion. Die Cyclones bestreiten heute ein Mittagsspiel. Miguel und Jay werden dort sein. Wahrscheinlich beenden sie gerade ihr Aufwärmtraining. Ich hätte Miguel gern noch mal spielen sehen. Er war richtig gut. Ich blicke in die andere Richtung.

Ein paar hundert Meter weiter leuchten die bunten Markisen der vier oder fünf dicht nebeneinander liegenden russischen Cafés. Der Strand beginnt sich langsam zu füllen. Menschen kreuzen meinen Weg, spazieren quer über die Promenade, die Treppen runter zum Strand. Sie schleppen ihre Decken und Kühltaschen und Sonnenschirme zum Wasser, und ihre Kinder rennen ihnen voraus. Ich steuere auf eine der Bänke mit Meerblick zu, vorbei an einem älteren russischen Pärchen auf Liegestühlen, die sich kleine weiße Pappstreifen unter die Bügel ihrer Sonnenbrillen geklemmt haben, um ihre Nasen vor Sonnenbrand zu schützen.

Ich lasse mich auf der Bank nieder.

Am liebsten würde ich mich der Länge nach ausstrecken, mein Jackett abwerfen, das Hemd aufknöpfen und die Sonne auf meine Haut brennen lassen. Mir vielleicht einen Beutel Eis besorgen, ihn aufs Gesicht legen und dann einfach nur abhängen. Und schwitzen, bis das ganze Gift aus meinem Körper getropft ist. Stattdessen öffne ich die Papiertüte.

Eine Pistole und fünf Patronen. Es ist eine Norinco. Eine billige chinesische Kopie einer 1911 Browning. Eine beschissene Waffe. Berüchtigt für ihre Ungenauigkeit und Unzuverlässigkeit. Alles, was außerhalb eines Radius von eineinhalb Metern liegt, kommt bei dieser Waffe einem Distanzschuss gleich. Selbst wenn du dich direkt vor jemand aufpflanzt und ihm die Waffe aufs Herz setzt, hast du immer noch gute Chancen, ihn zu verfehlen. Vorausgesetzt, das Ding hat nicht sowieso Ladehemmung. Ich greife mit beiden Händen in die Tüte, lasse das Magazin rausgleiten und drücke die Patronen rein.

Als ich kurz nach links spähe, ertappe ich die alte Russin mit dem Nasenschutz dabei, wie sie mich beobachtet. Rasch ruckt ihr Gesicht wieder Richtung Meer. Sie fragt sich wahrscheinlich, was meine Hände in der Tüte treiben. Ob ich an meinem Mittagessen rumpicke. Die Tüte liegt in meinem Schoß; womöglich denkt sie auch, unten in der Tüte ist ein Loch, und ich spiele an mir rum, während ich die Mädchen am Strand begaffe. Schön wär's.

Ich schiebe das Magazin wieder an seinen Platz. Es rastet mit einem Klick ein, aber als ich die Waffe umdrehe, rutscht es wieder raus. Ich drücke es erneut rein, höre den Klick und verpasse ihm noch einen Extrastoß – ein weiterer Klick. Diesmal bleibt es an seinem Platz. Die Waffe nach unten gerichtet, ziehe ich den Schlitten zurück, so dass die Patrone in die Kammer rutscht. Der Mechanismus fühlt sich klebrig an, aber die Patrone bleibt an ihrem Platz, ohne loszugehen. Immerhin etwas. Ich teste mehrfach den Sicherungshebel, um zu kontrollieren, ob er nicht die unangenehme Angewohnheit hat, sich von selbst zu verstellen. Scheint so weit in Ordnung. Ein kurzer Blick rüber zur Russin. Ihr Kopf fährt herum Richtung Ozean. Ich steh auf, wende ihr den Rücken zu, ziehe, während ich um die Bank herumlaufe, die Pistole aus der Tüte, schiebe sie in meinen Hosenbund und lasse das Jackett drüberfallen. Die leere Tüte entsorge ich in einem Mülleimer.

Dann mache ich mich auf den Weg in Richtung der Cafés.

Mein Jackett halte ich mit der Hand zu. Das muss ich tun, weil ich die Köpfe über meinem fetten Ranzen kaum zukriege. Käme ich mit zugeknöpftem Jackett anmarschiert, würden David und sein Bodyguard sofort die Beule bemerken. Warum mussten sie mir auch so einen Riesenprügel geben? Was Kleineres hätte in die Hosentasche gepasst.

Ich komme an einer großen Überdachung aus Beton vorbei: alle vier Seiten offen, darunter Steintische mit eingelassenen Schachbrettern, Holzbänke. Ein paar Männer sind am Spielen, schieben ihre Figuren über die Felder. Ein Spieler liest ein Buch, während er drauf wartet, dass sein Gegenüber die momentane Lage zu Ende studiert und seinen Zug macht. Ich gehe weiter.

Ich versuche, mir einen Plan zurechtzulegen. Was mir ausgesprochen schwerfällt, da ich bisher noch niemand vorsätzlich getötet habe. Bei den Leuten, die ich auf eigene Rechnung umbrachte, geschah es immer aus der Situation heraus. Und bei den Jobs für David hat immer Branko den Plan gemacht und ihn mir geduldig und in allen Einzelheiten erklärt, damit ich so was irgendwann auch mal allein schaffe. Jetzt bin ich allein, und das hier hat niemand für mich geplant.

Inzwischen bin ich am Spielplatz von Brighton vorbei. Das erste Café liegt jetzt direkt vor mir. Es ist das Volno, blaue Markisen mit gelber Schrift, eine Hand voll Menschen an den Tischen. Eine Möwe schreit irgendwo hoch oben.

Vielleicht könnte ich direkt auf ihn zugehen, mit ausgestreckter Rechter, bereit zum Händedruck. Das würde mir einen Grund liefern, nah an ihn ranzutreten. Aber dann müsste ich mit der Linken schießen.

Vor dem nächsten Café ragen noch ein paar Apartmenthäuser auf. Als ich an den öffentlichen Toiletten der Parkanlage vorbeikomme, sticht mir der beißende Geruch von uraltem Urinstein in die Nase.

Dann das Café Tatriana, blaue Markisen mit silbernen Buchstaben. Dieselben Tische, dieselben Menschen, dieselben Schilder mit russischen Buchstaben. Wie nennt man die noch mal? Kyrillisch?

Ich könnte die Waffe auch mit der Rechten ziehen, während ich auf den Tisch zugehe, könnte aus einigen Metern Entfernung schießen, in der Hoffnung, dass die Kugeln nicht irgendwo ins Nichts schwirren oder die beschissene Pistole blockiert.

Direkt neben dem Café Tatriana liegt das Tatriana Restaurant. Unwillkürlich stellt man sich einen Streit zwischen ehemaligen Geschäftspartnern vor. Ein Zwist, der damit endet, dass einer der beiden den Platz neben dem Original kauft und dort einen Laden mit fast identischem Namen aufzieht. Eine sehr russisch anmutende Strategie, die weniger darauf abzielt, den Partner aus dem Geschäft zu vertreiben, sondern aus den eigenen Gedanken. Ein Stück weiter kommt dann das Winter Garden, und davor, zwischen den beiden größeren Lokalen eingezwängt, das Moscow Café.

Ich lasse das Jackett von meiner rechten Schulter rutschen. Indem ich mich ein wenig drehe und wende, kann ich es abstreifen, ohne dabei die Waffe zu enthüllen. Dann nehm ich die Pistole in meine Linke und bedecke sie mit dem Jackett. Der Tag scheint richtig heiß zu werden. Schweiß rinnt mir aus den Achselhöhlen und die Seiten runter. Niemandem wird auffallen, dass ich das Jackett ausgezogen habe. Wenn diese Pistole nur nicht so riesig wäre.

Ich schlendere am Tatriana Restaurant vorbei, von dem ich mir ausmale, der rachsüchtige Partner hätte es eröffnet. Wieder diese leuchtend grünen und orangefarbenen Servietten in Wassergläsern auf den Tischen. Fast wie Warnschilder. Hinweise auf die Gefahren, die vor mir liegen.

So ein beschissenes Riesending von einer Knarre. Wissen sie denn nicht, dass eine kleine Waffe auf kurze Distanz ebenso gut tötet wie eine große?

Vor mir das strahlende Rot der Markise des Moscow Café. Es ist das kleinste der Cafés, fünf oder sechs Tischchen draußen auf der Strandpromenade, ein paar mehr im Innern, dazu ein kurzer Tresen. Über dem Lokal, angrenzend an das Winter Garden, das Erkerfenster von Davids Büro. Seine kleine Burg. Wäscheleinen sind zwischen den Häusern hinter dem Moscow aufgespannt. Jemand hat vor seinem Fenster einen kleinen Garten voller Sonnenblumen angelegt.

Ich werfe einen prüfenden Blick auf meine Linke unter dem Jackett. Die Pistole lässt den Arm ein gutes Stück länger aussehen. Vielleicht sollte ich David einfach alles erzählen. Womöglich wäre er mir sogar dankbar. Er könnte

Leute schicken, die meine Eltern vor Adam und Martin schützen. Ich stehe jetzt direkt vor dem Moscow.

Da ist David.

Und er ist allein.

Nirgendwo Bodyguards. Verdammt, er ist tatsächlich allein. Ich blicke mich um, ob Adam oder Martin sich in der Nähe rumtreiben. Nichts zu sehen.

Die perfekte Gelegenheit. Ich kann es tun. Ich kann David töten. Und Adam und Martin? Da ich mich nicht um die Bodyguards kümmern muss, hätte ich ein paar Kugeln übrig. Mit den beiden werde ich fertig. Und wenn ich sie erledigt habe, verschwinde ich. David bemerkt mich.

Ich gehe auf ihn zu.

Strecke ihm die Hand entgegen.

Er steht auf.

Wörter purzeln aus meinem Mund, irgendwas darüber, dass ich zu früh dran bin und dass es mir leid tut wegen der ganzen Schwierigkeiten.

Er hält mir seine Hand hin.

Dann tritt Branko aus dem Schatten im Inneren des Moscow Café, in jeder Hand ein Glas Tee.

Branko und ich hatten mal eine Unterhaltung.

Ich wohnte damals noch in den Suites. Kurz nachdem mein Gesicht wieder verheilt war. Wir hatten schon ein paarmal zusammengearbeitet, aber es war noch vor der Sache mit dem Jungen. Wir kamen von einem Job zurück, bei dem wir jemandem einen Denkzettel verpasst hatten. Branko hatte zugeschaut, ich hatte zugeschlagen. Die Knöchel meiner rechten Hand waren angeschwollen, die Haut aufgeplatzt und blutig. Branko betrachtete sie kurz, füllte Eiswasser in eine Schüssel und forderte mich auf, meine Hand darin zu kühlen.

– Wenn du jemand mit Fäusten schlagen willst, solltest du

Handschuhe tragen. Am besten Lederhandschuhe. Noch besser, du benutzt ein Werkzeug. Irgendwas Stabiles, das aber keine Knochen bricht, es sei denn, du willst Knochen brechen. Ein Schuh. Ein gerolltes Magazin. Ein Buch. Seifenblöcke in einem Strumpf. Alles wunderbar. Wenn du deine Hände benutzt, wirst du sie dir verhunzen. Verstehst du?

Er zeigte mir seine Hände. Kräftige Pranken, aber ohne Narben oder Knoten auf den Knöcheln; Zeichen, nach denen er mir beigebracht hatte, Ausschau zu halten, da sie verrieten, ob *einer ein Kämpfer war*. Niemand sollte wissen, dass Branko ein Kämpfer war.

– Meine Hände hab ich immer geschützt. Drum werden sie mich nie im Stich lassen, wenn ich ein Messer oder eine Pistole benutze. Wenn du eine Waffe hältst, musst du dich auf deine Hände verlassen können. Spar sie dir dafür auf.

Er zog meine Hand aus dem Eiswasser, untersuchte sie und tupfte sie mit einem Geschirrtuch ab. Dann sah er mich an.

– David hat mir gesagt, du hast Leute umgebracht.

Er steckte meine Hand zurück in die Schüssel.

– Er sagt, du hast ein paar getötet, von denen das Fernsehen nichts weiß, und andere dafür nicht, von denen sie es behaupten. Weißt du, wie viele?

Ich wusste es und nannte ihm die Zahl.

Er nickte.

– Vermutlich wirst du in deinem Leben niemandem begegnen, der mehr getötet hat.

Er lehnte sich in seinem Stuhl zurück.

– Ich hab mehr getötet. Aber das ist was anderes.

Er setzte seine Lesebrille ab und inspizierte erneut meine Hand.

– Tötest du gern?

Ich sagte Nein.

Er klappte die Bügel seiner Brille zusammen und verstaute sie in der Innentasche seiner Windjacke.

– Wenige Männer tun das. Nur die kranken. Aber fast alle gewöhnen sich dran.

Er beugte sich erneut vor.

– Hast du dich dran gewöhnt?

Im Eiswasser versuchte ich die Faust zu ballen. Die Haut spannte, und ich konnte sie kaum zur Hälfte schließen. Ich erwiderte, mit der Zeit käme das wohl noch.

Er erhob sich.

– Das wird's dir leichter machen.

Er ging zur Tür, hielt kurz inne, deutete auf meine Hand.

– Lass sie im Wasser, solange es geht. Beim nächsten Mal probieren wir es mit einem Schuh.

Branko tritt nach draußen und bemerkt mich. Ich erstarre. David registriert das. Sieht, was sich in meinen Augen abspielt, während ich Branko anglotze.

Davids Blick wandert nach unten. Nicht zu meiner Linken und dem albernen Wulst unter meinem Jackett. Davids Aufmerksamkeit gilt meinem rechten Handgelenk. Er mustert die roten Striemen.

– Henry?

Und dann ist plötzlich Branko zwischen uns, die Teegläser in der Hand.

– Geh rein, David.

David gehorcht. Er dreht sich um und läuft rasch und ohne sich umzublicken ins Moscow.

Ich sehe Branko an. Sein Blick ist auf meine Handgelenke geheftet.

David ist verschwunden.

Ich habe versagt.

Branko stellt die Teegläser auf ein Tischchen.
Ich renne los.

Ich renne an den Cafés vorbei, an den Toiletten, der Betonüberdachung und dem Park. Ich bin außer Atem. Schlimmer noch. Ich bin fett, schweißbedeckt und pfeife aus dem letzten Loch. Obwohl ich vor langer Zeit mit dem Rauchen aufgehört habe, brennen meine Lungen. Meine Beine sind wie Gummi und verweigern den Dienst. Und bei jedem stampfenden Schritt spüre ich mein Gesicht. Besser, ich hätte noch mehr Motrin genommen. Es war dämlich von mir, die Pillen ins Klo zu spülen. Eigentlich sollte ich jetzt mit Demerol zugedröhnt auf dem Boden meines beschissenen Apartments hocken, Musik hören und an die Decke starren, während mir der Sabber vom Kinn tropft. Das wär schön.

Leute gaffen mich an, als ich an ihnen vorbeidonnere, ein Mann in schwarzen Jeans und Hemdsärmeln, der schweißüberströmt die Promenade entlangprescht. Ich passiere die Handballfelder. Meine Lungen fiepen.

Ich werfe einen Blick über die Schulter. Keine Spur von Branko. Natürlich nicht. Er würde mir nie nachlaufen und damit riskieren, die Aufmerksamkeit auf sich zu lenken. Wo wird er jetzt sein? Unten auf der Straße? Er wird *nachdenken*. Er weiß, dass ich die Strandpromenade entlanghetze, verloren, panisch, ohne einen Plan, außer immer weiter geradeaus zu rennen. Er wird sich auf den Straßen parallel zur Promenade bewegen, durch die Häuserlücken spähen, um sicherzugehen, dass ich meinen Kurs beibehalte. Ich muss sofort runter von der Promenade. Nein. Das ist genau das, was er voraussieht. Er geht davon aus, dass ich zu kompliziert denke, runter auf die Straße laufe, wo er auf mich wartet. Oder er ist doch nicht auf der Straße, sondern hinter mir. Direkt hinter mir. Ich bremse abrupt ab, wirbele herum und ein Mann in Rollerblades kurvt haarscharf an mir vorbei und beschimpft mich als Idiot. Ich muss mich unbedingt wieder einkriegen, mich beruhigen.

Branko ist in New York.

Warum?

Um mich zu töten.

Aber nicht wegen dieses verfluchten Zeitungsfotos. Branko hätte es seit Erscheinen der Zeitung niemals hierher geschafft. Der Plan war, dass ich Mickeys Mutter für sie beseitige, und anschließend wollten sie dann mich loswerden.

Ich gehe langsamer. Wenn ich renne, bin ich das perfekte Ziel.

Ich schlendere auf Coney Island und die dicht gedrängte Menge im Freizeitpark zu. Ich betrachte die Gesichter. Je weiter ich mich von Brighton entferne, umso seltener werden die typisch russischen Züge. Hinter dem Aquarium erhebt sich direkt vor mir die Absperrung der Cyclone-Achterbahn.

Mich in der Menge zu verstecken, wird nicht ausreichen. Ich muss nachdenken. Ich brauche dringend eine Percocet. Ich brauche einen Plan. Ich brauche eine Darvocet. Ich muss wissen, was Branko vorhat, wo er steckt. Ich muss …

Scheiße.

O Scheiße.

Branko ist gar nicht hinter mir her. Branko sitzt in einem Wagen und ist unterwegs zum Flughafen. In diesem Moment ruft er die Fluggesellschaft an und bucht einen Flug nach Oregon.

Ich drehe auf dem Absatz um und beginne zurückzulaufen.

Ich muss David töten. Irgendwie muss ich in sein Büro gelangen und ihn erledigen. Ich … Nein, ich muss mich vor ihm niederwerfen, ihn anflehen, ich muss ihm alles beichten. Nein. Besser umbringen. Das ist in jedem Fall ... Moment.

Branko wird nicht fliegen. Sie können mich nicht einfach so rumlaufen lassen. Es gibt zu viel, was ich der Polizei erzählen könnte, wenn die mich schnappen. David wird meine Eltern nicht einfach umbringen. Er wird sie benutzen. Er wird ... Was wird er? Er wird ...

Ich lehne mich an den Maschendrahtzaun des Cyclone. Den Kopf im Nacken, die Augen geschlossen, lasse ich mir die Sonne ins Gesicht scheinen.

Bevor sie irgendwas unternehmen, werden sie mich anrufen. Sie werden mich auffordern, bei ihnen vorbeizuschauen, andernfalls wird Branko rauf nach Oregon fliegen. Genau das werden sie tun.

Mein Handy klingelt.

Tut gut, ab und zu mal Recht zu behalten.

Ich gehe ran.

– Henry, was tust du da? Was soll das?

Ich stehe mit dem Rücken am Zaun, die Augen immer noch geschlossen, die Sonne im Gesicht.

– Was willst du, David?
– Henry, Henry. Was ich will? Warum du wegrennst, das will ich wissen. Wo liegt das Problem? Jemand hat mit dir gesprochen, richtig? Ja? Du brauchst es mir nicht zu sagen. Ich weiß es.
– Wo ist Branko?
– Branko, er ist hier.

Jetzt wird er seinen Finger an die Stirn halten. *Denk doch nach, Henry, wo sollte Branko schon sein?*

– Er ist nicht unterwegs zu meinen Eltern?
– Henry.

Sein Unterkiefer klappt runter. *Wie kannst du so etwas von mir denken.*

– Sind wir kleine Kinder? Nein, das sind wir nicht. Wir können über alles sprechen. Ist Branko unterwegs zu deinen Eltern? Nein. Nein, Henry. Was für einen Sinn hätte das? Keinen.

Meine Linke steckt immer noch in dem zusammengeknüllten Jackett und ballt sich schwitzend um die Waffe.

– Gib mir Branko.

– Erst reden wir.

– Nein, ich will ihn sofort sprechen.

– Sag mir …

– Wo ist Branko?

– Branko ist hier.

– Dann gib ihn mir.

Schweigen.

– Ich will mit ihm reden.

– Natürlich.

Erneut Schweigen. Ich warte. Stehe da und warte, dass David Branko ans Telefon holt.

Ich warte und warte, während David sich Zeit lässt. Meine Augen öffnen sich, und mein Blick fällt auf die Uferpromenade Richtung Brighton. Keine Spur von Branko.

Dafür sind Adam und Martin kaum zehn Schritte von mir entfernt und kommen näher.

Und wieder renne ich los.

Ich biege um die Ecke. Der Cyclone donnert vorbei, vollgepackt mit kreischenden Fahrgästen. Im Laufen knöpfe ich mein Hemd auf, reiße es mir runter, pfeffere es in eine Mülltonne. In meinem ärmellosen Unterhemd, die Tattoos gut sichtbar im strahlenden Sonnenlicht, sprinte ich quer über die Straße auf eine Spielhalle zu. Hastig wickle ich das Jackett vom Unterarm, stopfe die Pistole in den Hosenbund und binde mir dann die Jackettärmel um die Taille, so dass die Waffe wieder verdeckt ist. Dann erreiche ich die Spielhalle. Im Eingangsbereich steht ein Ständer mit Sonnenbrillen. Ich wähle eine mit großen gewölbten Gläsern wie Insektenaugen, die meine Narben einigermaßen verbergen. Das Mädchen an der Kasse, dessen blaues Hemd das silberne Clownskonterfei des Coney-Island-Maskottchens ziert, versorgt die spielenden Kids mit Kleingeld. Hinter ihr im Regal gibt es Baseball-Kappen zu kaufen. Ich lege die Brille auf die Theke und deute auf eine rotweiße Kappe mit dem Schriftzug I♥NY. Sie holt die Kappe runter und legt sie neben die Sonnenbrille.

– Vierzig.

Ich reiche ihr zwei Zwanziger und greife nach meinen Neuerwerbungen.

– Tüte?

Ich pflücke das Preisschild von der Kappe und setze sie auf.

– Danke, geht schon.

Nachdem ich den Aufkleber vom Glas meiner neuen Sonnenbrille gepult habe, schiebe ich sie mir auf die Nase und laufe zum Ausgang. Ich spähe Richtung Cyclone. Adam befindet sich im Anmarsch. Allein. Martin treibt sich vermutlich noch auf der Strandpromenade herum, für den Fall, dass ich versuchen sollte, einen Haken zu schlagen. Der Hinterausgang führt auf die breite Gasse mit Spielbuden und Fahrgeschäften. Ich mache kehrt und verlasse die Spielhalle am anderen Ende.

Draußen drehen sich ein paar Fahrgeschäfte mit krakenartigen Auslegern. In den Buden werben die Angestellten lautstark für die Schießstände, Münzkaskaden und Ringwurfspiele. Die Mikrofone dicht unter der Nase, fordern sie die Passanten auf, sich ins Vergnügen zu stürzen und einen riesigen, schaumstoffgefüllten Bugs Bunny zu gewinnen. Ich schiebe mich durch das Gedränge in Richtung Ausgang Stillwell. Als ich die Straße erreiche, biege ich um die Ecke und werfe einen Blick über die Surf Avenue zur U-Bahn-Station. Sie ist eingezäunt, und ein Schild verkündet die Wiedereröffnung im nächsten Sommer.

Ein Stück weiter die Surf runter steht Adam vorm Eingang der Achterbahn und fixiert die Straße. Gleichzeitig kommt am Ende der Stillwell Martin die Stufen der Promenade runter. Eilig ziehe ich mich in die Spielbudengasse zurück und steuere auf den nächstbesten Stand zu, wo ich eine Zehndollarnote auf die Theke lege. Der Inhaber greift sich den Schein.

– Wie viele?

Ich spähe über die Schulter zurück zur Straße.

– So viele, wie ich dafür kriege.

– Dann fangen Sie mal damit an.

Noch keine Spur von Martin.

– Mister?

– Ja?

– Nehmen Sie erst mal die.

Er hält mir drei Basebälle hin.

– Die da müssen runter vom Tisch. Und zwar vollständig.

Er zeigt auf eine Pyramide aus drei hölzernen Milchflaschen, die auf einem kleinen Tisch stehen.

Ich starre auf die drei Bälle in seiner Hand. Nehme sie. Betrachte sie noch eine Weile und frage mich, ob das Universum mit allen so umspringt oder nur mit mir.

– Sie sind dran, Mister.

– In Ordnung.

Ich blicke mich um. Niemand.

Ich werfe einen Ball. Daneben.

– Nummero eins!

Blick über die Schulter. Niemand. Wurf. Daneben.

– Nummero zwei!

Immer noch keiner. Wurf. Wieder vorbei.

– Nummero drei. Macht nichts. Sie haben noch jede Menge Bälle.

Er hält mir drei weitere Bälle hin. Ich sehe mich nach Martin um. Keine Spur. Okay, Zeit zu verschwinden. Ich mache einen Schritt Richtung Straße.

– Ihre Bälle, Mister!

– Ist schon okay. Ich …

Martin kommt ins Blickfeld. Ich fahre herum, schnappe mir die Bälle und studiere die Milchflaschen. Ich habe jetzt nur noch Augen für die Flaschen. Kein Blick mehr aus den Augenwinkeln, ob Martin mich vielleicht entdeckt hat. Drei weitere Fehlwürfe. Mist. Eigentlich sollte ich die Dinger doch wegknallen können.

– Hab ich noch welche?

– Neun für zehn.

Er händigt mir drei weitere aus. Ich werfe und hole die oberste Flasche runter. Okay, schon besser. Der Standinhaber stellt die Flasche wieder zurecht. Währendessen werfe ich den nächsten Ball ein paarmal in die Luft, fange ihn wieder auf und lausche dem Gefühl nach, als er in meine Handfläche klatscht. Dabei sehe ich mich nicht ein einziges Mal nach Martin um. Die Flaschen stehen wieder. Der Trick an der Sache ist, sie tief zu treffen. Wahrscheinlich ist der Boden der Flaschen mit Blei oder Ähnlichem beschwert. Deshalb ist es so schwierig, sie vollständig abzuräumen. Diesmal werfe ich richtig fest und treffe sie genau in der Mitte. Die oberste Flasche fliegt weg, aber die unteren kippen nur zur Seite und kreiseln ein paar Mal um sich selbst. Der Standbesitzer richtet sie wieder auf. Ich konzentriere mich auf das Ziel, sehe nicht zu Martin rüber. Schau nicht hin. Lass ihn einfach vorbeigehen. Das muss doch zu schaffen sein. Scheiße, wenn ich je in meinem Leben wirklich was konnte, dann war es einen verdammten Baseball werfen. Ich werfe. Wieder daneben.

– Mist. Hab ich noch Bälle?
– Sorry, das war's.

Ich ziehe einen Zwanziger aus der Tasche.

– Geben Sie mir noch ein paar.

Ich sehe nach, ob Martin inzwischen weitergegangen ist. Ist er aber nicht. Er steht zwanzig Schritte entfernt, mustert die Menge und spricht in sein Handy. Dann entdeckt er mich. Er erkennt, dass ich ihn ebenfalls bemerkt habe, und spricht noch etwas lauter in sein Handy.

– Die Bälle, Mister.

Ich schnappe mir die drei Bälle und beginne sie auf Martin abzufeuern.

Der erste erwischt ihn am Oberschenkel. Er zuckt zusammen, flucht, macht einen kleinen Hüpfer. Der zweite zischt haarscharf an seinem Kopf vorbei, instinktiv reißt er die Arme hoch und lässt dabei sein Handy fallen. Der letzte knallt ihm gegen die Brust, er schnappt nach Luft und hustet. Ich renne direkt auf ihn zu, mit gesenkter Schulter, und pflüge ihn um. Dann weiter durch die Menge, die mir ausweicht, der Budenbesitzer brüllt hinter mir her. Ich erreiche die Stillwell und spähe rüber zur Surf. Adam biegt um die Ecke und sieht mich sofort. Ich überquere die Straße. Beim Parkplatz auf der anderen Seite ist ein Flohmarkt aufgebaut. Geduckt renne ich zwischen den Ständen durch. Ich halte auf die andere Seite des Flohmarktgeländes zu, in der Hoffnung, dort wieder zurück auf die Surf zu gelangen und ein Taxi zu erwischen, doch leider versperrt mir ein Maschendrahtzaun den Weg. Dahinter befindet sich offenbar so was wie der Fuhrpark des New Yorker Schulamts, jedenfalls stehen dort Hunderte von gelben Schulbussen aufgereiht. Ich werfe einen Blick über die Schulter zum Eingang des Flohmarkts. Adam arbeitet sich in meine Richtung vor; Martin ist dicht hinter ihm und reibt sich noch immer die Brust. Ich beginne über den Zaun zu klettern. Ein Mann hinter einem mit Videokassetten vollgestopften Verkaufsstand fuchtelt mit den Armen.

– Hey. Hey Mann, das ist verboten.

Um das obere Ende des Zauns winden sich drei Stränge Stacheldraht. Ich ziehe mich hoch, bis meine beiden Füße auf der obersten Stange landen. Einen Moment lang balanciere ich dort, dann stoße ich mich mit den Füßen ab.

– Hey! Ich ruf die Bullen, Mann.

Ich springe über den Stacheldraht und lande bäuchlings auf dem Dach des nächstgelegenen Busses.

– Hey.

Keuchend robbe ich zum Rand des Daches und lasse mich fallen. Als ich am Boden aufpralle, bleibe ich einen Moment lang liegen, um wieder zu Atem zu kommen. Flach am Boden, alle viere von mir gestreckt, kann ich unter dem Bus und dem Drahtzaun durchspähen. Zwei Paar Beine rennen auf mich zu. Eines davon beginnt zu klettern. Die Füße des Video-Typen kommen um den Stand herum.

– Hey! Das ist Staatseigentum. Ihr könnt da nicht rein.

Die Füße des Video-Typen verlassen den Boden, dann liegt er plötzlich flach auf dem Rücken und hält sich die Seite seines Schädels. Das zweite Paar Füße beginnt den Zaun zu erklimmen. Ich richte mich auf, eine Hand gegen den Bauch gepresst, und bahne mir einen Weg durch das Meer von gelben Bussen. Als mir irgendwann auffällt, dass meine Waffe weg ist, sind Adam und Martin schon längst über den Zaun.

Tief gebückt bewege ich mich unterhalb der Fensterlinie der Busse, was mir ganz recht ist, denn mein Magen schmerzt immer noch von der Bauchlandung auf dem Bus. Verdammt. Irgendwo dort befindet sich jetzt auch meine Pistole, entweder auf dem Dach oder auf dem Boden daneben. Ich könnte einen Bogen zurück zu der Stelle schlagen.

Nein. Konzentrier dich, verdammt. Sie sind zu zweit. Sicher haben sie sich aufgeteilt. Ich kann nicht dorthin zurück. Ich muss sie hier drin auf dem Gelände abschütteln. Vielleicht sollte ich mich verstecken. Warten, bis sie aufgeben. Ich sehe mich nach einem geeigneten Ort um. Nur Busse, überall das gleiche Versteck. Ich laufe weiter, dorthin, wo ich die andere Seite des Fuhrparks vermute. Ein Geräusch. Eine Stimme? Ich bleibe stehen. Schritte. Sie knirschen im Kies, dann Stille. Ich lasse mich auf Hände und Knie fallen und sehe in die Richtung, aus der ich gekommen bin. Ein paar Busse weiter liegt Martin auf dem Boden, presst sein Handy ans Ohr. Erneut knirschen Schritte ganz in meiner Nähe. Ich springe auf und renne los. Martin hält Ausschau für Adam, beobachtet meine Beine. Ich muss ein paar Busse zwischen uns bringen, damit er mich im Reifendickicht verliert.

Ich hetze planlos zwischen den Bussen hin und her, verliere vollständig das Gefühl dafür, wo ich hergekommen bin und welcher Weg zur anderen Seite des Geländes führt. Ich bleibe stehen. Außer »99 Problems«, das von den Autoscootern rüberwummert, ist nichts zu hören. Ich stecke zwischen zwei Kleinbussen, solche, mit denen früher an meiner Schule die behinderten Kinder rumchauffiert wurden. Direkt vor mir erhebt sich das Heck eines großen Busses. Neben dem Notausstieg ist eine Leiter angebracht, wahrscheinlich damit man oben das Dach säubern kann. Schnell steige ich hoch und drücke mich flach auf das sonnendurchglühte Blech.

Das heiße Metall tut meinem angeschlagenen Bauch gut. Auch mein Gesicht bette ich vorsichtig darauf. Zuerst brennt es, dann stillt es die Schmerzen unter meiner Haut. Langsam hebe ich den Kopf. Links liegt der Freizeitpark von Coney Island, direkt vor mir sehe ich die Strandpromenade und den Ozean.

Die Busse parken dicht an dicht. Zwischen ihnen ist grade so viel Platz, dass ein einzelner Mann durchpasst, ohne seitlich die Schultern zu verdrehen. Ich könnte einfach über die Dächer der Busse hinweg zum Zaun rüberrennen. Bis die beiden das mitbekämen, wäre ich sicher schon halb dort. Ich könnte zurück über den Zaun und auf die Promenade unter Menschen. Genau das, was ich jetzt brauche. Menschen. Es war bescheuert von mir, hier reinzukommen. Ich muss dringend an einen bevölkerten Ort.

Ich stemme mich hoch auf Knie und Hände, bereit aufzuspringen und das Dach des Busses entlangzujagen.

– Hey!

Ich werfe mich flach hin.

– Hey.

Das kommt von unten.

– Genau dich mein ich! Rühr dich nicht vom Fleck.

So gut es geht, verdrehe ich den Kopf und versuche zu erkennen, wer da nach mir ruft. Aber nirgendwo über den Busdächern taucht jemand auf.

– Bleib genau da, wo du bist! Stehen bleiben!

– Was? Ist gut. Wir sind … Hallo.

Adams Stimme. Er befindet sich direkt unter mir.

Die neue Stimme kommt näher.

– Ja, genau, ich red mit dir. Oder was hast du geglaubt? Bleib stehen und rühr dich nicht vom Fleck, und für deinen Kumpel da gilt das Gleiche.

– Äh, ja, sicher. Da.

Adam sagt irgendwas auf Russisch.

– Ihr Jungs habt die Zutritt-verboten-Schilder wohl glatt übersehen, die hier überall hängen.

– Entschuldigung bitte. Was?

– Schilder. Zutritt verboten.

– Nein, nein. Tut uns leid.

– Hier darf kein Unbefugter rein. Nix Eintritt, verstanden?
– Tut uns leid. Wir haben nicht gewusst.
– Soso. Drüben auf dem Flohmarkt behauptet ein Typ, ihr hättet ihn niedergeschlagen. Würdet ihr mir das vielleicht mal erklären?
– Wir ... nein ... ein Mann ... er versucht ...
Er murmelt irgendwas auf Russisch.
– Er hat versucht, meinen Bruder zu schnappen.
Martin fängt an, wie ein Wasserfall auf Russisch zu plappern.
– Ruhe. Ruhe verdammt! Sag deinem Bruder, er soll sich wieder einkriegen.
Adam sagt irgendwas auf Russisch, und Martin schweigt.
– Der Typ hat sich also deinen Bruder gegriffen?
– Da. Genau.
– Dieser schmächtige Typ soll deinen Koloss von einem Bruder angegriffen haben?
– Er ... Was ist Koloss? Er wollte ihn halten. Da.
– Mir hat er aber was ganz anderes erzählt.
– Er ist ... *er* ist Koloss! Wir ... wir machen nichts.
Erneut beginnt er irgendwas auf Russisch runterzurattern.
– Ruhe! Halt endlich die Klappe, verdammt!
Adam schweigt wieder.
– Okay, was auch immer vorgefallen ist, ihr Typen dürft euch hier nicht aufhalten. Also werden wir jetzt Folgendes tun: Wir marschieren alle zusammen hübsch langsam zum Ausgang. Dann werden wir mit dem Typ vom Flohmarkt sprechen und rausfinden, wer hier wen angegriffen hat. Wir wollen keine große Sache draus machen, schließlich ist niemand ernsthaft verletzt worden. Und wenn ihr euren kleinen Streit mit diesem Typ ohne Anzeige regeln könntet, was mir persönlich das Liebste

wäre, kommt ihr mit einer Verwarnung für unzulässiges Betreten städtischen Eigentums davon. Okay? Wie hört sich das für euch an? Habt ihr das verstanden?
– Verwarnung?
– Wie ein Strafzettel. Also dann?

Adam sagt was auf Russisch. Martin antwortet ihm, dann entfernen sich Schritte.
– Hey, Moment! Wo ist euer Freund?
– Freund?
– Tavarich. So heißt das doch bei euch, oder?
– Ja, ich weiß, was Freund ist.
– Na prima. Also, wo steckt er? Der Typ hat gesagt, ihr wärt zu dritt.
– Nein. Njet. Nur wir.

Schweigen.
– Aha. Na okay, meinetwegen. Lasst uns von hier verschwinden. Es ist mörderisch heiß.

Ich robbe vor zum Rand und sehe, wie Adam und Martin sich zwischen den Bussen durchzwängen, gefolgt von einem Cop.

Und mein Handy klingelt.

Ich zerre es aus der Tasche und drücke den Aus-Knopf. Es schaltet sich aus, allerdings nicht ohne vorher den lauten Bestätigungston von sich zu geben, der mir signalisieren soll, dass es ab jetzt nicht mehr läuten wird. Ich warte. Die Schritte kehren nicht zurück.

Gut. Das war gut. Manchmal kann ein Cop richtig hilfreich sein. Sie sind in die eine Richtung verschwunden. Also werd ich mal schön in die andere gehen. Ich ... Scheiße. Ich hab keine Ahnung, was ich jetzt tun soll. Erst mal raus hier. Ich schiebe die Beine über den Rand des Busses und lasse mich zu Boden fallen. Direkt vor Brankos Füße.

Ich versuche wegzurennen. Branko stellt mir ein Bein.

Dann wirft er sich auf mich. Seine Arme verbiegen meine, seine Beine umklammern mich.

– Beruhig dich.

Ich winde mich, bäume mich auf, versuche freizukommen.

– Bevor du dich nicht beruhigt hast, kann ich nicht mit dir sprechen.

Ich öffne den Mund und schreie. Branko zieht einen Gummiball aus der Tasche, stopft ihn mir zwischen die Kiefer und presst seine Hand drauf.

– Lass das. Wir müssen reden. Wir werden irgendwo hingehen, wo wir reden können. Dort drüben.

Er weist mit dem Kinn in Richtung Freizeitpark.

– Wir werden irgendwo hingehen, wo Leute sind. Du wirst dich sicher fühlen, und wir können reden.

Ich schreie durch den Ball hindurch, versuche ihn allein mit meiner Stimme aus dem Mund zu drängen.

Branko quetscht mir das Gesicht zusammen.

– Hör auf damit. Das hat keinen Sinn. So wirst du deine Eltern nicht retten. Denk nach.

Ich hör auf zu schreien.

Und denke nach.

– Ja, denk nach.

Ich denke.

– Verstehst du jetzt?

Ich denke.

– Ja, du verstehst.

Er nimmt die Hand von meinem Gesicht und hält sie unter meinen Mund. Ich drücke den Ball mit der Zunge raus, und er landet in Brankos Handfläche. Nachdem er ihn an seiner Hose abgewischt hat, steckt er ihn zurück in die Tasche.

– Man weiß nie, wann man sie brauchen kann, diese Dinger.

Ich warte, während Branko die Tickets kauft.

Er winkt mich zu sich. Schweigend stehen wir nebeneinander, bis wir an der Reihe sind.

Wir besteigen unsere Gondel und setzen uns einander gegenüber. Der Angestellte schließt die Tür, der Riegel fällt ins Schloss, er löst den großen Bremshebel, das Riesenrad beginnt sich zu drehen und trägt uns langsam in die Lüfte.

Durch das Seitenfenster der Gondel verfolgt Branko, wie sich der Boden unter uns entfernt. Ich rutsche auf der Bank hin und her, und die Gondel schwankt.

Er blickt mich an.

– Ich kann dich hier nicht töten.

– Ich weiß.

– Aber du musst getötet werden.

– Klar. So war doch der Plan. Ich beseitige Davids Schwägerin für euch, und dann springe ich selber über die Klinge. Hey, warum nicht? Ich bin eh am Ende.

Er schüttelt den Kopf.

– Nein.

Ich versuche in seinen Augen zu lesen, während er auf den Freizeitpark runterschaut.

– Du bist am Ende, richtig. Aber nein, du solltest nicht beseitigt werden. Das stimmt nicht.

Sein Blick ruht auf mir.

– Nein.

– Blödsinn, Branko. Deswegen bist du doch hier. Warum sonst?

– Ja, ich bin hier. Und ich hab was für dich. Schau, was ich für dich hab.

Er greift in die Tasche und zieht eine Smith & Wesson .22 heraus.

– Ich bin gekommen, um dir mit Anna zu helfen. Weil du am Ende bist. Aber der Baseballspieler will dich. Und deshalb braucht dich David. Also bin ich eigentlich gekommen, um dir zu helfen. Bloß jetzt, jetzt bist du wirklich geliefert.

O Scheiße. Wieder mal falsch getippt, Henry.

Das Riesenrad bleibt stehen, ein Paar steigt aus, jemand anders zu, und es beginnt sich erneut zu drehen. Unsere Gondel befindet sich kurz von dem höchsten Punkt.

Er schiebt die Waffe zurück in die Tasche. Dann zeigt er über meine Schulter auf Brighton Beach und Davids Büro.

– David lässt mit sich reden.
– Klar.
– Aber du hattest eine Waffe. Und das da.

Er zeigt auf die roten Striemen an meinen Handgelenken.

– Das bedeutet, sie haben dich festgehalten. Bedroht. Und du bist mit einer Pistole zu David gekommen.
– Seine Schwägerin …
– Ja?
– Sie … o Scheiße, Branko. Seine Schwägerin und ihre verfluchten Neffen …

Er nickt, blickt raus auf den Ozean, nickt noch mal.

– Hier kann ich dich nicht töten.
– Hast du bereits gesagt.
– Wir werden irgendwo anders hingehen. Du wirst mir alles über Anna und ihre Neffen erzählen, und was sie dir gesagt haben.

Er berührt seine Oberlippe, kratzt sich leicht an einer Stelle.

– Und dann werde ich dich töten.

Hinter Branko taucht das Cyclone-Stadion auf. Die Ränge sind besetzt, die Spieler auf dem Feld. Das Spiel ist in vollem Gange.

– Und was krieg ich dafür?
– Deine Mutter und deinen Vater. Das Einzige, was dich noch interessiert.

– Stimmt.

Das Riesenrad ruckt wieder an, zurück Richtung Boden.

– Aber es muss jetzt passieren. Du musst gleich mit mir kommen. Ich kenne David.

Er grunzt.

– Er will es so haben.

– Ich weiß.

Langsam schweben wir nach unten, und das Stadion verschwindet aus unserem Blickfeld.

Das Rad dreht sich.

Ich bin ein lebender Beweis.

Das wurde mir klar, als ich in den Dreck gepresst mit dem Gummiball im Mund dalag. Branko kann mich nur töten, wenn er meinen Körper anschließend auf Nimmerwiedersehen verschwinden lässt. Es würde viel zu viel Aufsehen erregen, mich die Promenade entlangzuschleifen oder auch nur über die Straße in einen Wagen. Es sei denn, ich mache freiwillig mit und er kann darauf vertrauen, dass ich nicht nach der Polizei schreie.

Ich bin ein lebender Beweis.

Mein Körper, meine Fingerabdrücke und das neue Gesicht. Die Fingerabdrücke werden zu Henry alias Hank Thompson führen. Das Gesicht zu dem Foto in der Zeitung. Das Foto zu Miguel. Und früher oder später, wenn die ganze Befragungsmaschinerie erst mal ins Rollen gebracht ist, werden sie auf die Verbindung zwischen Miguel und David stoßen.

Er muss verdammt vorsichtig sein.

Ich nicht.

Unsere Gondel ist wieder unten. Der Angestellte öffnet die Tür, lässt uns aussteigen. Branko führt mich an einer Reihe von Karussells und Fahrgeschäften für Kinder vorbei zur Strandpromenade. Wir wenden uns nach links und machen uns auf den langen Weg zurück nach Brighton Beach.

Vorbei an Buden mit gebratenen Muscheln und Fisch, an Bierständen, der Cyclone-Achterbahn und dem Aquarium. Und dann biege ich plötzlich nach links auf den Fußgängerübergang zur U-Bahn-Station Aquarium ab. Branko holt mich ein und läuft weiter neben mir her.

– Das ist nicht der richtige Weg.
– Für mich schon.
– David wartet.
– Dann geh zu ihm. Sag ihm, ich komm nicht.
– Ich kann dich nicht gehen lassen.
– Und was willst du dagegen machen, Branko? Du kannst mich nicht schreiend hinter dir herschleifen. Und du kannst mich auch nicht einfach hier abmurksen. Geh zu David und sag ihm, ich hab Nein gesagt.
– Ich kann dich nicht gehen lassen.
– Okay.

Wir erreichen die U-Bahn-Station. Vor dem Fahrkartenschalter stehen zwei Polizisten. Ich steuere direkt auf sie zu.

– Entschuldigung.
– Ja.

Ich zeige auf Branko.

– Dieser Herr wüsste gern, wie er am besten mit dem Zug von hier nach Queens kommt.

Einer der Cops blickt mich an.

– Tut mir leid, ich komme aus Staten Island.

Der andere zeigt auf den Stadtplan an der Wand.

– Schau'n wir doch mal nach.

Er marschiert rüber zu dem Plan und zieht Branko mit sich. Ich winke.

– Viel Glück.

Branko lächelt.

– Dir auch.

Stur weiterlächelnd folgt er dem Polizisten zum Stadtplan. Ich kaufe mir am Schalter eine Metro-Card, gehe die Stufen rauf und springe in einen F-Zug Richtung Manhattan. Cops genau dann, wenn man sie braucht, schon das zweite Mal heute. Unfassbar. Möglicherweise wendet sich das Blatt doch noch für mich. Vielleicht aber auch nicht.

Ich muss dringend mit Mom und Dad sprechen. Sie müssen erfahren, dass ich David nicht getötet habe. Was wiederum bedeutet, dass Adam und Martin bei ihnen vorbeikommen werden, um sie zu befragen.

Eigentlich war ich fest entschlossen, mich nie wieder bei ihnen zu melden, sie nie mehr zu besuchen. Es gibt keine Erklärung für das, was ich getan habe. Man kann seinen Eltern nicht erzählen, dass man Menschen getötet hat, nur um ihr Leben zu retten.

Also überlege ich, während ich im Zug sitze, wie ich es ihnen beibringen soll. Und, nicht zu vergessen, wo ich ihre verdammte Telefonnummer auftreiben soll.

– Welche Stadt bitte?

– Port Orford in Oregon. Haben Sie da einen privaten Eintrag unter Thompson?

Sie geben mir die Nummer von zwei Thompsons. Bei den ersten meldet sich ein Anrufbeantworter. Die Stimme gehört weder meiner Mutter noch meinem Vater. Bei den zweiten nimmt ein kleines Kind ab, und erklärt mir, dass Papi nicht daheim und Mami im Bad ist. Jedes Mal, wenn es am anderen Ende läutet, öffnet sich in meinem Bauch eine dunkle Fallgrube, und ich stürze rein. Ich bin wirklich erleichtert, dass sie nicht so problemlos zu erreichen sind. Dann wähle ich erneut die Nummer der Auskunft und versuche es mit dem Mädchennamen meiner Mutter, dem zweiten Vornamen meines Vaters sowie jeder anderen denkbaren Kombination. Nichts funktioniert. Aber damit geb ich mich noch nicht zufrieden. Mir fällt ein, was Adam drüber erzählt hat, wie sie meinen Eltern auf die Spur gekommen sind. Bis grad eben hab ich am Washington Square auf einer Bank gesessen. Jetzt steh ich auf und mache mich auf die Suche nach einem Internetcafé.

MagickBulletMan: nie und nimmer! ich war im el cortez in las vegas. ich hab das zimmer verlangt, in dem thompson und sandy candy waren, und sie haben mir gesagt, es ist geschlossen.
MrTruth: weil du den wachmann nicht bestochen hast, so wie ich. bildest du dir echt ein, die lassen dich da rein, nur weil du so nett lächelst? mann, wie kann man so bescheuert sein, MBM. wenn du was willst, musst du es dir schon holen. genau wie henry.
MagickBulletMan: A) nenn mich nicht bescheuert! B) du hast keinen blassen schimmer von henry. C) DU LÜGST!!!
MrTruth: SCHEISS AUF DICH, MAGICKBLÖDMANN!
Robert Cramer: bitte keine beschimpfungen hier drin, jungs.
MagickBulletMan: sorry, robert. es hängt mir nur einfach zum hals raus, wenn MrTruth so tut, als wär er der einzige, der ahnung von henry hat, und als wär er überall gewesen, wo henry war, obwohl wir alle wissen, dass er lügt.
MrTruth: MBM würde die wahrheit nicht begreifen, selbst wenn sie ihn von hinten in den arsch fickt. henry thompson wurde im el cortez

von einer anti-terror-eliteeinheit des militärs festgenommen. aber sie ließen es so aussehen, als wär er entkommen. sie wollen die fiktion aufrechterhalten, er wäre in freiheit, um auf die art weiter staatliche morde rechtfertigen zu können. in wahrheit wurde henry längst re-programmiert und in den nahen osten geschickt, um dort terroristen und rebellen zu jagen.
MagickBulletMan: OMG! genau das mein ich. jedes mal taucht er hier mit einer neuen story auf. letztes mal wollte er uns weismachen, dass henry auf einem fischerboot in alaska unterwegs ist.
MrTruth: meine story ändert sich, weil ich ständig neue beweise und indizien sammle und versuche, das abgefahrenste kriminalistische rätsel zu knacken, das es je bei uns gegeben hat. und im gegensatz zu einigen anderen arschlöchern kümmert es mich wirklich, was aus henry geworden ist, also arbeite ich dran, es rauszufinden, anstatt einfach den mist nachzuplappern, den uns die bullen und das FBI auf die nase binden wollen. FLACHWICHSER!
Robert Cramer: ich sagte, keine beschimpfungen bitte, mr. truth.
MrTruth: FICK DICH INS KNIE, CRAMER! nur weil du ein paar bücher über henry geschrieben hast, bildest du dir ein, er ist dein privateigentum. das ist schwachsinn! henrys geschichte ist eine uramerikanische story, die uns allen gehört. sie ist teil unseres kulturellen erbes, und du kannst die wahrheit nicht zum schweigen bringen!

DER USER MRTRUTH WURDE VON DIESER SEITE AUSGESCHLOSSEN

MagickBulletMan: danke, robert. dieser typ macht mich echt wahnsinnig.
Robert Cramer: das ist hier ein offenes forum, MBM, daher muss man für meinungen anderer zunächst mal offen sein.
SF Giants Fan: glauben sie, es ist was dran an dem, was er sagt?
MagickBulletMan: nie und nimmer, SF. diese ganze verschwörungstheorie ist völliger schrott.
SF Giants Fan: und was ist mit alaska?
Robert Cramer: die wahrheit ist, henry thompson ist höchstwahrscheinlich tot. in Der Mann, der zurückkehrte habe ich über die vielen feinde geschrieben, die er sich im lauf der zeit zugezogen hat. es steht sehr zu vermuten, dass ihn einer von ihnen während der wilden auseinandersetzungen in las vegas getötet hat und seine leiche verschwinden ließ.
MagickBulletMan: und wer, glauben sie, hat ihn getötet, robert?
Robert Cramer: ich hab eine theorie, und ihr werdet alles darüber in meinem neuen buch erfahren, das in kürze erscheint. ich will nicht behaupten, im alleinigen besitz der wahrheit zu sein, aber ich denke, wenn Der Mann, der seinen Preis bezahlte rauskommt, sind damit so ziemlich alle schlüsselfragen zu thompsons verbrechen beantwortet.
SF Giants Fan: ich frag deshalb nach alaska, weil ich gehört hab, dass seine eltern nach oregon gezogen sind. das ist nicht allzu weit weg

von alaska. vielleicht steckt er also doch irgendwo da oben.
MagickBulletMan: wo hast du das gehört, SF?
SF Giants Fan: auf einer anderen site.
MagickBulletMan: wo genau?
:
:
MagickBulletMan: SF?
SF Giants Fan: sorry, ich glaub, es war danny lesters site.
MagickBulletMan: danny lester nervt! gehörst du zu seiner gang?
SF Giants Fan: nein, ich war nur auf seiner site.
MagickBulletMan: danny lester überschwemmt andere sites mit links zu seiner eigenen. er lügt in einer tour und ist berüchtigt dafür, sich unter einem alias auf anderen sites einzuloggen. bist du danny lester?
SF Giants Fan: nein.
MagickBulletMan: robert, ich glaube, SF ist danny lester. wahrscheinlich ist er hier, um auszuspionieren, wo henrys eltern stecken, damit er sie wieder drangsalieren kann, so wie er es nach las vegas getan hat.
Robert Cramer: okay, beruhig dich, MBM. SF, haben sie in irgendeiner weise mit danny lester zu tun?
SF Giants Fan: nein.
Robert Cramer: sie waren noch nie vorher auf meiner site und stellen hier fragen über die eltern von thompson. man sagt, dass danny lester diesen armen leuten immer wieder nachgestellt hat, um sie zur preisgabe des aufenthaltsortes von thompson zu zwingen.

SF Giants Fan: ich bin nicht dieser beschissene danny lester.

Robert Cramer: das glaube ich ihnen. trotzdem würde ich es vorziehen, wenn auf dieser site nicht geflucht wird. und um ganz sicherzugehen, erkläre ich die eltern von thompson für den rest dieser session zum unzulässigen thema.

MagickBulletMan: gute idee, robert.

USER SF GIANTS FAN AUSGELOGGT

So läuft das hier also.

Ich hab Robert Cramers *Der Mann, der zurückkehrte* nicht gelesen, und mit ziemlicher Sicherheit werd ich mir auch *Der Mann, der seinen Preis bezahlte* nicht zu Gemüte führen. Ich bin mir da deswegen so sicher, weil ich sein erstes Buch über mich kenne, *Der Mann, der entkam*. Mehr als ein solches Machwerk kann ich unmöglich ertragen. Er als ausgewiesener Henry-Thompson-Experte findet es ja offensichtlich auch unerträglich, mit Sandy Candy und Danny Lester auf eine Stufe gestellt zu werden. Wahrscheinlich kann ich von Glück reden, ihn bei einem seiner seltenen Livechat angetroffen zu haben, trotzdem fühl ich mich nicht wirklich gut.

Draußen vorm Schaufenster dämmert es. Seit Stunden sitz ich jetzt in diesem Laden in der Twelfth Street und richte mir kostenlose E-Mail-Accounts auf Hotmail und Yahoo ein, um mir auf den diversen Henry-Thompson-Chatsites Online-Identitäten aufzubauen. Aber auf den Sites ist nicht allzu viel los. Auf den meisten hinterlässt man Post, und es würde viel zu lange dauern, bis ich Antworten auf meine Fragen bekomme. Außerdem sind die Freaks auf diesen Sites, meine Fangemeinde, ein eingeschworenes Trüppchen. Sie chatten, posten und mailen sich permanent, aber neu Hinzukommende werden nicht allzu freundlich begrüßt. Es ist ja nicht so, dass es mir an Insider-Informationen über Henry Thompson mangeln würde, aber es kostet unendlich viel Mühe, bis einem überhaupt mal jemand zuhört. Ich verbringe geschlagene zwei Stunden damit, mich in einen Chat auf www.thereal henrythompson.com zu schmuggeln, doch als ich irgendwann versuche, ihnen aktuelle Informationen über meine Eltern rauszuleiern, fliege ich sofort wieder raus.

Meine Finger zittern auf der Tastatur. Stundenlanges Sitzen, Bildschirm-Glotzen und Kaffeetrinken haben mich ausgelaugt. Ich muss unbedingt ein paar Schritte gehen.

Ich logge mich aus und latsche rüber zum Schalter. Die NYU-Studentin schaut nach, wie lang ich gesurft hab und ruft mich dann zu sich. Ich reiche ihr ein paar Scheine. Sie blickt auf, als sie mir das Wechselgeld gibt.

– Nette Kappe.

Ich lange nach oben. Die Sonnenbrille hab ich abgenommen und mein Jackett über das ärmellose Unterhemd gezogen, aber ich trage immer noch die I♥NY-Cap.

– Ich schenk sie Ihnen.

– Nein danke, war eher ironisch gemeint.

– Ihr Pech.

Ich verlasse den Laden und werfe die Kappe in einen Mülleimer.

Wirklich ihr Pech. Diese Kappe, getragen von Henry Thompson? Auf Ebay könnte sie die ohne weiteres für ein paar Hunderter an eines dieser Arschlöcher losschlagen.

Ich laufe die Seventh Avenue entlang.

Adam und Martin werden wohl kaum den nächsten Flieger nach Oregon besteigen. Erst werden sie rausfinden wollen, was ich vorhabe. Sie werden versuchen, mich zu schnappen, bevor ich David etwas verraten kann. Und sie werden ihre Tante schützen wollen.

Ich verlasse das West Village und laufe durch Chelsea.

David wird ebenfalls nicht sofort losschlagen. Er wird meine nächsten Schritte abwarten. Er weiß, dass mir nicht viel anderes übrigbleibt, als irgendwann bei ihm aufzukreuzen. Aber ich weiß auch einige Dinge über ihn. Er hat immer gern mit drastischen Konsequenzen gedroht, mit unerbittlicher Rache. Ich hab mit eigenen Augen die Leichen gesehen; Männer und Frauen, die als abschreckendes Beispiel hingerichtet wurden. Ich hab in seinem Auftrag Knochen gebrochen.

Ich lasse Chelsea hinter mir und betrete Midtown.

Die Cops. Ich könnte in ein Polizeirevier spazieren und mich stellen. Aber dadurch würde ich Zeit verlieren. Zeit, bis ich einen von ihnen dazu kriege, mir zu glauben, in welcher Gefahr meine Eltern schweben. Und dann würde noch mehr Zeit vergehen, bei sie irgendjemand herbeischaffen, der wirklich was dagegen unternehmen kann. Und selbst wenn? Wie lange könnte die Polizei für ihre Sicherheit garantieren?

Nein.

David muss sterben. Adam und Martin müssen sterben. Und Branko muss sterben.

Aber vorher probiere ich noch mal mein Glück im Internet. Versuche, ob ich nicht doch jemanden mit ihrer Telefonnummer auftreiben, ob ich nicht doch mit ihnen sprechen kann. Himmel, ich will doch gar nicht mit ihnen reden.

An der Ecke 42nd und Seventh. Südliches Ende vom Times Square. Ich schau die Eighth Avenue runter, den Block, den sie früher mal *The Deuce* nannten. Als ich neu in die Stadt kam, war er gepflastert mit kleinen Obenohne-Bars und Pornoshops. Sie hatten dort schon ziemlich aufgeräumt, als ich die Stadt verließ, aber jetzt wirkt er endgültig wie ein großes Einkaufszentrum. Kinokomplexe, McDonald's, Chili-Schuppen, ein Hello-Kitty-Laden. Und ein riesiges Internetcafé. Während ich es noch anstarre, drückt mir ein Typ in orangefarbenem Poncho einen Zettel in die Hand und läuft weiter. Ich werfe einen Blick auf den Flyer.

Werbung für das Legz Diamond, einen der letzten Midtown-Stripclubs. Ich sehe dem Typen hinterher. Er schlendert die Straße runter, zieht Flugblätter aus der Innentasche seines Ponchos und verteilt sie an die Männer auf dem Gehsteig. Weibliche Passanten lässt er links liegen. Wenigstens das ist noch beim Alten geblieben. Ich mache mich auf in Richtung Internetcafé und lasse beim Laufen den Flyer gegen meinen Oberschenkel flattern.

Vermutlich eine gute Sache, diese ganze Sanierung, das große Reinemachen. Aber ich vermisse die alte Stadt. Dieses spezielle Gefühl. Den Charakter. Ich werfe noch einen Blick auf den Zettel. Immerhin noch ein paar Überreste. Zumindest die Stripperinnen gibt es noch.

Stripperinnen.

O Gott, es gibt noch Stripperinnen.

Das Private Eyes ist ein Stripclub. Und unterscheidet sich als solcher nicht wesentlich von allen anderen Stripclubs. Ich zahle zwanzig Dollar Eintritt, kriege meinen Stempel, bestelle ein Acht-Dollar-Mineralwasser und lasse mich an der Bar nieder. Ich bin der Einzige an der Theke. Nur ich, eine spärlich bekleidete Barfrau und eine ebenso spärlich bekleidete Cocktailkellnerin. Daran ist Rudy Giuliani schuld.

In seiner Zeit als Bürgermeister brachte Rudy ein Gesetz zur Wahrung von öffentlichem Anstand und Sitte durch, das sich besonders auf die Stripbars und Pornoläden konzentrierte. Kern dieses Gesetzes war, dass kein Laden mehr als 49 % seiner Verkaufsfläche für nicht jugendfreie Geschäfte nutzen durfte. Die Stripclubs reagierten darauf, indem sie pedantisch genau 49 % ihrer Grundfläche mit Wänden abtrennten, hinter denen dann die Show stattfand. Dort musste Platz sein für Gäste, Stripper und ein paar andere Dinge. Dagegen bietet der Barraum des Private Eyes jede Menge Ellbogenfreiheit, und man kann sich den ganzen Abend dort aufhalten, ohne auch nur eine einzige nackte Titte zu Gesicht zu bekommen. Und so sitze ich hier mutterseelenallein und lasse mich von der Barfrau heimlich beglotzen.

Sie fragt sich wahrscheinlich, was mit mir nicht stimmt. Warum ein Typ in einen Stripclub kommt, acht Dollar für ein Selters zahlt und keinen Schritt nach nebenan macht, um die nackten Mädels zu begaffen. Sie wartet darauf, dass ich zu labern anfange. Vermutlich denkt sie, ich bin einer von diesen Typen, die nur stundenlang quatschen wollen. Aber das tu ich auch nicht. Ich sitz einfach nur da, nippe an meinem Glas, setze keinen Fuß in den Nebenraum. Denn wenn ich dort reingehe, kommen die Tänzerinnen an meinen Tisch und bieten mir Lapdances an. Ich will aber keinen Lapdance. Und ich will auch keine nackten Frauen anglotzen. Ich will nur hier sitzen und warten. Also warte ich. Und nach ungefähr einer halben Stunde hör ich das, worauf ich gewartet habe. Die Stimme des DJs, der klingt wie jeder x-beliebige DJ in jedem x-bliebigen Stripclub.

– Das war für Sie unsere Misty. Misty wird nun an Ihren Tisch kommen. Genießen Sie Ihren ganz persönlichen Tanz von Misty. Und nun heißen Sie bitte gemeinsam mit mir unsere außergewöhnliche Gasttänzerin willkommen. Sie ist nur dieses eine Wochenende hier. Sie alle kennen Sie von ihren Auftritten bei Howard Stern und Sally Jessy. Sie hatte ihre eigene Fotostrecke im *Hustler*.

Die berühmteste Tänzerin der Welt. Sandy Candy!
Der DJ spielt ihren Song. Van Halen, »Ice Cream Man«.
Ich gehe rein.

Sie ist gut.

Ich hab sie noch nie wirklich tanzen sehen, und sie macht ihre Sache hervorragend. Kein übertriebenes Titten- und Arschgewackel, mehr ein langsamer Strip mit dezenter Arbeit an der Stange. Sie hat Klasse, falls man bei so was davon reden kann. Und sie sieht toll aus. Trägt immer noch diesen Betty-Page-Schnitt. Und die Tattoos hat sie auch nicht entfernen lassen, den Halbkreis aus Sternen unter ihren Schlüsselbeinen und die Pin-ups auf ihren Schultern. Um die Zeit ist noch wenig los, aber die Männer mögen sie. Ein paar Songs tanzt sie auf der Hauptbühne, dann angelt sie sich ihr Kleid von den Stufen, schlängelt sich wieder rein und kommt von der Bühne, um den freundlichen Applaus entgegenzunehmen.

An einem Tisch ganz vorne sitzen ein paar eingeschworene Fans. Sie steuert direkt auf sie zu, verteilt Wangenküsschen. Wahrscheinlich pilgern sie ihr von Auftritt zu Auftritt hinterher. Sie signiert postkartengroße Fotos und ein paar Exemplare eines Buches, vermutlich das, das sie letztes Jahr hat ghostwriten lassen. Dann macht sie die Runde, arbeitet an den Tischen. Lapdance. Vermutlich kriegt sie dafür das Doppelte wie die normalen Mädchen. Ich könnte warten, aber sie ist ziemlich beliebt, und wenn sie auf einen Typen in Spendierlaune trifft, hängt sie vielleicht die ganze Nacht mit ihm ab. Jede Stripperin kassiert lieber bei einem groß ab, als nacheinander für dreißig oder vierzig Typen zu tanzen. Ich winke der Cocktailkellnerin.

– Was darf's denn sein, Schätzchen?
– Nur ein Selters. Und könntest du Sandy bitten rüberzukommen?

– Baby, sie kommt sicher auch zu dir. Wenn du vorher mit ihr sprechen willst, musst du nur hingehen und Hi sagen.

Ich halt ihr einen Hunderter hin.

– Ich bin … bisschen schüchtern.

Sie grinst noch breiter, pflückt den Geldschein aus meinen Fingern und streift sie dabei ganz leicht.

– Geht in Ordnung, Babe. Nicht weglaufen, ja?

Sie durchquert den Raum. Sandy stützt sich gegen die Rückenlehne eines Stuhls und streichelt mit ihren Brüsten den Kopf des Typen, der dort sitzt. Dabei unterhält sie sich mit ihm und seinen Freunden, lacht über alles, was sie sagen. Die Cocktailkellnerin tippt ihr auf die Schulter, flüstert ihr was ins Ohr und deutet auf mich. Sandy wirft einen Blick rüber, späht mit zusammengekniffenen Augen in die dunkle Ecke des Raums, wo ich auf einer Bank hocke. Sie lächelt, winkt, hält einen Finger hoch, um zu signalisieren, dass ich mich eine Sekunde gedulden soll, dann wendet sie sich wieder dem Typ zu, den sie gerade bearbeitet. Ich warte noch ein Weilchen, lehne freundlich diverse Lapdance-Angebote ab und danke der Cocktailkellnerin, als sie mir das nächste Selters bringt, für das sie wieder acht Dollar verlangt, trotz der hundert, die sie schon eingeschoben hat. Und während ich ihr hinterhersehe, legt sich eine Hand auf meine Schulter, Sandy lächelt mich an, zwickt mich ins Ohrläppchen, und ich springe auf, sage was wie *Hi, äh, Hallo,* und sobald sie meine Stimme hört, weicht der leere Ausdruck, der eine erste Begegnung prägt, schlagartig aus ihrem Gesicht. Sie schreit nicht, wendet sich nicht ab, rennt nicht davon, sie zieht einfach nur die Hand von meiner Schulter und hebt sie an die Stirn.

– Scheiße. Das wird mich ein Vermögen an Therapiestunden kosten.

Wir sitzen am äußersten Ende der Bar, außer Hörweite der Barfrau und der Gäste, die durch die Vordertür reinkommen und schnurstracks auf den Hauptraum zustürzen. Sie trinkt Rotwein aus kleinen Flaschen mit Schraubverschluss. Ich zahle.

– Toll, wie gelassen du mit der Situation umgehst.

Sie gießt Wein in ihr Glas.

– Ja. Wahrscheinlich wegen dem Librium. Damit nehme ich fast alles gelassen.

Librium. Hilft gegen Angstzustände. Rauschmittel. Sucht erzeugend. Mein Hirn spult diese Informationen automatisch ab, gefolgt von dem starken Verlangen, sie zu fragen, ob sie eine bei sich hat. Stattdessen trinke ich einen Schluck von meinem Selters.

– Wann hast du damit angefangen?

Sie nippt an ihrem Wein. Mittendrin setzt sie das Glas ab und blickt mich an.

– Wann ich angefangen hab, Librium zu schlucken? Verdammt, Henry, keine Ahnung. Ich schätz mal, knapp fünf Minuten nachdem ich mich den Cops gestellt hatte und sie anfingen, mir die Bilder von dem Massaker in meinem Haus zu zeigen.

– Verstehe.

– In Farbe.

– Tut mir leid. Ich …

– Herrliche Hochglanzbilder von diesen beiden Hinterwäldlern mit eingeschlagenen Schädeln.

– Ja, du hast ja recht. Ich …

– Dann haben sie mir ein Bild von Terry unter die Nase gehalten.

Sie nimmt einen großen Schluck Wein.

– Und was dieser Hund mit Terry angestellt hat.

– Okay. Blöde Frage. Ich wollte nur …

– Ich glaub, es war genau in dem Augenblick, als ich das

Bild von Terry mit abgefressenem Schwanz gesehen hab. Genau da hab ich angefangen, Librium zu nehmen. Natürlich erst nachdem ich die ganze Schreierei und das alles hinter mir hatte.

Sie kippt ihren Wein und macht der Barfrau ein Zeichen, ihr noch einen zu bringen. Wir schweigen, während die Barfrau die Flasche serviert und sich einen Schein von meinem Geldstapel auf der Bar schnappt.

Sandy dreht den Schraubverschluss auf und schenkt sich ein.

– Und du? Wie ist es dir so ergangen? Ich sehe, du hast einen ganz neuen Look. Zufrieden damit?
– Sandy, ich brauch Hilfe.
– Ehrlich? Mann, das ist ja 'ne Überraschung. Ein polizeilich Gesuchter taucht in einem Stripclub in Manhattan auf, um mich zu sehen. Und er braucht Hilfe? Da wär ich jetzt nicht drauf gekommen, ehrlich.
– Es wird nicht lange dauern. Es ist nur …

Ich schiele rüber zur Barfrau, aber die Musik aus dem Hauptraum ist laut genug, um unser Gespräch zu übertönen.

– Es geht um meine Eltern, Sandy.
– Sandy auf die Bühne bitte. Sandy auf die Bühne.

Sie blickt auf, als der DJ sie zur nächsten Nummer aufruft. Sie stürzt den Rest ihres Weins hinunter, stellt das leere Glas auf die Theke und knetet ihren Nacken mit der rechten Hand.

– Okay. Ich muss noch mal rüber.

Sie steht auf.

Ich lege eine Hand auf ihren Arm.

– Sandy.

Sie entzieht sich mir.

– Ich werd jetzt tanzen, dann komm ich zurück und helf deinen Eltern, weil sie vermutlich nie in ihrem Leben was Schlechtes getan haben – außer dich zur Welt zu bringen. Und anschließend wirst du sofort und auf Nimmerwiedersehen aus meinem Leben verschwinden, okay?

– Ja. Einverstanden.

Sie marschiert zurück in den Hauptraum, und durch die offene Tür kann ich sehen, wie sie den DJ was fragt, wie er sich durch seine CDs wühlt, nickt, und als sie gleich drauf die Bühne zum Tanzen betritt, ertönt »Psycho Killer«.

USER SCANDY BETRITT CHAT-RAUM

God Zilla: hey, sandy.
MagickBulletMan: hi, sandy.
sidomaniac: was geht ab, sandy?
scandy: hallo jungs!
sidomaniac: cool, mal wieder was von dir zu hören.
MagickBulletMan: dachten, du wärst in NY.
scandy: bin ich auch! ich tanze im private eyes! echt spitze da! ich hab ein bisschen zeit zwischendrin und dachte, ich sag mal meinen echten fans hallo!
God Zilla: thx, sandy.
scandy: klar doch, bussis an alle!
sidomaniac: wir chatten gerade über das danny-lester-gerücht.
budthecat: ich liebe dich, sandy.
scandy: welches gerücht, sid? thx, bud, mein knuddelkater! miau!
MagickBulletMan: lester behauptet, henry hätte mit dir kontakt aufgenommen.
sidomaniac: riesenbullshit.

scandy: du sagst es, sid. wenn sich henry thompson bei mir meldet, erfährt das als erstes die polizei!
MagickBulletMan: genau das hab ich auch gesagt.
God Zilla: er ist sowieso tot.
Budthecat: dann zeig mir seine leiche, zilla, habeas corpus. sobald seine leiche auftaucht, glaub ich an seinen tod.
God Zilla: nie und nimmer kann jemand sich so lange versteckt halten. sie haben ihn kaltgemacht und irgendwo in der wüste verscharrt, wie hoffa damals.
sidomaniac: wer sind »sie«, zilla?
Scandy: hey jungs! hat henryhunter sich heut schon mal blicken lassen?
budthecat: bisher nicht.
God Zilla: tut mir leid.
sidomaniac: nicht bei uns.
MagickBulletMan: hast du es schon bei therealhenrythompson versucht? da treibt er sich öfter rum.
scandy: ihr seid meine erste anlaufstelle. weiß einer von euch, wie ich ihn erreichen kann?
God Zilla: nö.
SCANDY: SIE HABEN EINE PRIVATE NACHRICHT VON BUDTHECAT ERHALTEN.
ich weiß seine mailadresse, sandy. willst du ihm ne nachricht schicken?
MagickBulletMan: keinen schimmer, wo er steckt.
PRIVATE NACHRICHT FÜR BUDTHECAT.
das wär toll. sag ihm einfach, dass ich hier bin. thx!

Sidomaniac: ich hab hh schon ne ganze weile nicht gesehen.
SCANDY: SIE HABEN EINE PRIVATE NACHRICHT VON BUDTHECAT ERHALTEN.
wird gemacht!
Scandy: hey jungs! ich muss noch ein paar sachen erledigen. ich bleib aber eingeloggt, und falls hh sich melden sollte, sagt ihm, ich bin gleich zurück!
MagickBulletMan: no prob.

Sandy rückt ein Stück von dem Computer im Internetcafé auf der 42nd ab.

– Jesus, bei diesen Typen kann man echt das Grausen kriegen.

Ich sehe zu, wie der Chat weiter den Monitor runterscrollt. Sie verbreiten wilde Theorien über mich, streiten über Cramers Bücher, stellen sich gegenseitig Quizfragen über meine ehemaligen »Verbündeten«, fachsimpeln über meine Katze und dergleichen mehr. Alles durchmischt mit persönlichem Geschwätz, das sich zumeist um ihren chronischen Mangel an Freundinnen dreht.

– Ist doch ganz aufschlussreich.

Ihr Blick wandert vom Monitor zu meinem Gesicht und wieder zurück.

– Das sind nicht meine Fans, sondern deine. Ich bin nur die Dreingabe. Wenn du nicht wärst, würden sie sich auf irgendein anderes Paar Titten stürzen.

USER HENRYHUNTER BETRITT DEN CHATRAUM

Henryhunter: hey, alle hier drin.
God Zilla: hey, hh.

MagickBulletMan: hi, hh.
SCANDY: SIE HABEN EINE PRIVATE NACHRICHT VON HENRYHUNTER ERHALTEN.
bist du da, sandy?
sidomaniac: sandy candy hat dich gesucht, hh.
henryhunter: thx, sid.
PRIVATE NACHRICHT FÜR HENRYHUNTER.
hey, hh! danke, dass du dich meldest!
Sidomaniac: hat gesagt, sie wär gleich wieder da.
SCANDY: SIE HABEN EINE PRIVATE NACHRICHT VON HENRYHUNTER.
kein problem, sandy. was liegt an?
PRIVATE NACHRICHT FÜR HENRYHUNTER.
na ja, es ist was ziemlich persönliches. könnten wir einen privaten chat-raum aufmachen?
God Zilla: bist du wieder da, sandy?
SCANDY: SIE HABEN EINE PRIVATE NACHRICHT VON HENRYHUNTER.
aber mit freuden! ich werde ihn hhscandy nennen.
PRIVATE NACHRICHT FÜR HENRYHUNTER.
thx, hh!

USER HENRYHUNTER IST IN EINEN PRIVATEN CHAT-RAUM GEWECHSELT

USER SCANDY IST IN EINEN PRIVATEN CHATRAUM GEWECHSELT

sidomaniac: o mann! ein privatraum mit sandy! wie hat er das geschafft?

USER SCANDY BETRITT RAUM HHSCANDYhx

scandy: hh?
henryhunter: hey, sandy. was kann ich für dich tun? geht's dir gut?
scandy: also, erinnerst du dich noch, wie du vor ein paar wochen bei einem meiner chats warst?
henryhunter: klar doch! ich liebe deine site!
scandy: thx, hh! also, du hast da irgendwas gesagt von: die dinge zum abschluss bringen, und dass mir vielleicht jemand aus henrys nähe mit meiner therapie weiterhelfen könnte, und dann hast du noch seine eltern erwähnt, und das hat mir ziemlich zu denken gegeben. ich hab daraufhin mit meinem therapeuten gesprochen, und der sagt, so eine begegnung kann mir möglicherweise wirklich helfen, über meine alpträume und das alles wegzukommen, und da wollte ich dich fragen, ob du vielleicht in letzter zeit mal mit ihnen gesprochen hast oder ob du weißt, wie ich sie erreichen kann?!?
henryhunter: wow, sandy, das ist ziemlich heavy.
scandy: ich weiß! tut mir leid, dass ich dich damit überfalle!
henryhunter: nein! ist schon o.k!
scandy: thx, hh! du bist ein schatz. kannst du mir helfen? das wär wirklich wichtig für mich.
henryhunter: also, die meisten echten henrythompson-interessierten (und ich mein diejenigen, die ihn hinter gittern sehen wollen und nicht die ganzen kranken hirne) wissen inzwischen, dass seine eltern nach oregon gezogen sind. einigen ist es sogar gelungen, ihre adres-

se rauszufinden, aber die ganze geschichte ist ziemlich geheim.
scandy: gibt es da eine telefonnummer oder so was?
henryhunter: kann schon sein, dass die jemand-hat. aber dann hat er sie über illegale kanäle bekommen und wär verdammt vorsichtig, wenn er sie anderen mitteilt oder drüber redet.
scandy: kennst du so jemanden, hh? ich wette, ja!
henryhunter: kann schon sein. aber das hier ist keine sichere verbindung. ich kann dir möglicherweise weiterhelfen, aber dazu brauch ich deine private mailadresse, um dir was zu schicken.
scandy: okay
henryhunter: danach könnten wir beide vielleicht weiter in mailkontakt bleiben. würde mich interessieren, wie es mit deiner therapie weitergeht und so. wir könnten auch ein date ausmachen. um mal wieder zu chatten.
scandy: klar doch, hh! wär toll! aber jetzt muss ich erst mal zurück in den club! wenn ich dir meine adresse gebe, könntest du mir dann die nummer gleich zuschicken?!? dann machen wir ein date zum chatten aus! das wär cool!
henryhunter: einverstanden!
scandy: super! meine adresse ist candicestalbot@earthlink.net.
henryhunter: ich schick dir eine nachricht, sobald ich ausgeloggt bin.
scandy: thx! hh! du bist mein held!

USER SCANDY AUSGELOGGT

– Na super! Jetzt muss ich meine private E-Mail-Adresse ändern lassen. Weißt du, wie viel Ärger das bedeutet? Meine sämtlichen Rechnungen laufen dort ein. Meine Kontoauszüge. Mein Ebay-Kram. Scheiße.

Ich zeige auf den Monitor.

– Candice?

– Candice Sandra Talbot. Sandy Candy. Als hätten sie es bei Namensgebung geahnt.

– Hübscher Name.

– Was du nicht sagst.

Sie loggt sich in ihren E-Mail-Account ein. Klickt vier oder fünf Mal die Mailabfrage an, bevor eine Nachricht erscheint. Sie öffnet sie.

Sandy,
war total cool, mit dir privat zu chatten. Ich denke, es ist die richtige Entscheidung von dir, mit Mr. und Mrs. Thompson Kontakt aufzunehmen. Nach allem, was ich über sie gelesen habe und was im Fernsehen über sie gebracht wurde, müssen sie wirklich sehr anständige Leute sein. Es ist nicht ihre Schuld, dass ihr Sohn so geworden ist. Sie haben vermutlich unter seinen Verbrechen genauso gelitten wie alle anderen auch. Bitte gib die Nummer nicht weiter und vernichte diese E-Mail. Wie schon gesagt, »jemand« *zwinker-zwinker* musste ein bisschen illegales Hacking betreiben, um da ranzukommen. Schreib mir zurück und teil mir deinen MSMessenger-Account mit. Dann können wir jederzeit chatten. Ich lebe übrigens in Ohio, was nicht allzu weit von Pennsylvania entfernt ist, also könnten wir uns vielleicht sogar mal persönlich treffen! Das wär großartig. Alles Gute,

und ich kann kaum erwarten zu hören, wie alles
lief. Hab Spaß beim Tanzen.
HH
(Mein richtiger Name ist Sam)

Sandy kritzelt die beigefügte Nummer auf einen Streifen Papier.

– Der gute Sam hat wahrscheinlich angefangen, auf ein Bild von mir zu wichsen, nachdem er auf Senden geklickt hat.

Sandy verschwindet auf der Toilette, während ich für unsere Zeit im Netz zahle. Als sie wieder auftaucht, rauscht sie ohne ein Wort an mir vorbei. Ich schnappe mir mein Wechselgeld und renne hinterher. Mit raschen Schritten läuft sie die 42nd hinunter, zurück zum Private Eyes.

– Sandy. Wart einen Moment.
  Sie stürmt ungerührt weiter.
– Hey.
  Ich ziehe auf gleiche Höhe, aber sie vermindert ihr Tempo kein bisschen.
– Was willst du? Du hast die Nummer. Also geh anrufen.
– Aber …
– Ist noch was?
– Ich wollte nur …
– Was?
– Ich brauch dringend ein Zimmer. Nur für ein paar Stunden. Damit ich meinen Anruf machen und ein bisschen nachdenken kann.
  Sie nickt.
– Und an was hattest du dabei gedacht? Mein Hotelzimmer vielleicht?
– Spielt keine Rolle. Hauptsache, es ist ruhig, damit ich

telefonieren kann. Und ich müsste mich einfach kurz mal hinsetzen und …

– Ich muss zurück in den Club.
– Ist klar. Ich …
– … brauche noch mehr Hilfe?
– Ja. Stimmt.

Sie bleibt mitten auf dem Gehweg stehen, die Samstagabendmeute teilt sich und strömt rechts und links an uns vorbei.

– Jesus! Ist das alles, was du von anderen Menschen brauchst? Hilfe?
– Sandy.
– Es ist allein dein Scheiß-Problem!

Sie hält die Hände vor den Mund und spricht rein wie in ein Megafon.

– An alle Streifenwagen. An alle Streifenwagen. Halten Sie Ausschau nach einem gefährlichen Massenmörder, der ständig Hilfe benötigt und das Leben anderer Menschen ruiniert.
– Sie wollen … sie werden meine Mom und meinen Dad töten.

Sie zieht die Augenbrauen hoch.

– Na und?

Sie beugt sich ganz nah zu mir.

– Deine Eltern. Deine beschissene Mom und dein beschissener Dad. Als wären andere Leute nicht auch geboren worden, als hätte niemand außer dir eine Mom und einen Dad. Meine Eltern leben in Phoenix. Sie haben auch Probleme. Meine Mutter arbeitet an einem Bankschalter und macht sich große Sorgen, weil sie mächtig Gewicht zugelegt hat, seit sie fünfzig geworden ist. Und mein Dad hat sich grade frühpensionieren lassen, aus Angst, dass Xerox ihn sonst feuern könnte. Ihr größtes Problem ist allerdings ihre Stripper-Tochter, die sie nicht verstehen und zu der sie keinen Zugang finden. Aber zumindest hat sie nichts getan, was ihr Leben in Gefahr bringt. Und ich hab auch nichts getan, um deines zu gefährden. Also ist es nicht meine verdammte Schuld. Es ist deine. Versuch selbst, sie zu retten, verdammt noch mal.

Sie will weiter, aber ich halte sie am Arm fest. Sie starrt auf meine Hand, dann in mein Gesicht.

– Lass mich los.
– Ich kann nicht. Ich … es tut mir leid, Sandy. Ich hab sonst niemand.
– Woher das wohl kommt? Vielleicht, weil jeder, der dir hilft, umgebracht wird? Lass meinen Arm los.

Ich halte ihn fest.

– Lass los, oder ich schreie.

Ich lasse los. Sie wirft ihren Kopf herum und zieht mich aus dem Gewühl.

– Nur damit wir uns richtig verstehen. Ich mag dich nicht. Du hast mein Leben ruiniert. Es war zwar ohnehin schon ziemlich beschissen. Ich meine, im Glitter Gulch strippen, Gras dealen und Terry, den Steroid-König, ficken, war nicht grade die Erfüllung, aber wenigstens bin ich nicht jede zweite Nacht schreiend aufgewacht. Ich will, dass du mich in Ruhe lässt.

Ich mustere sie. Die Lucky-Jeans, das Michael-Kors-Top, das sie übergestreift hat, als wir den Club verließen. Die Luis-Vuitton-Schuhe, mit dazu passender Handtasche. Und meine kleine Bestandsaufnahme entgeht ihr nicht.

Ich zucke mit den Achseln.

– Du scheinst aber ganz gut zu fahren bei dem Deal.

Sie nickt. Lächelt.

– Doch, ja, ganz ausgezeichnet. Ich fühl mich richtig wohl mit diesen kranken Wichsern, die überall aus der Versenkung gekrochen kommen, sobald ich mich umdrehe.

Allen voran diese Kerle, die behaupten, sie wären du. Oder Danny Lester, der sich alle paar Monate volllaufen lässt, meine aktuelle Geheimnummer rausfindet, mich am Telefon beschimpft, weil ich dich angeblich verstecke, und mir abschließend erzählt, wie gern er mich in den Mund ficken würde. Oder wenn mal wieder einer dieser Ex-Cop-Kopfgeldjäger auftaucht, um mich zu verhören. Richtig toll sind auch diese ganzen Arschlöcher in den Clubs, die einen Lapdance wollen, weil sie dann ihren Freunden erzählen können, sie hätten ihren Schwanz an die Muschi von Sandy Candy gedrückt. Fick dich, Henry! Meinst du, mir macht das Spaß? Glaubst du wirklich, ich will wie ein Aasgeier von deinem Gerippe leben, so wie diese Freaks im Internet? Dieses Leben hier, das ist alles, was ich hab. Nur dadurch überstehe ich das Ganze überhaupt. Es ist total beschissen, aber immerhin etwas. Und ich hab nichts getan. Nichts, wofür ich diese Scheiße verdiene. Du allerdings schon. Du hast Leute umgebracht. Deshalb ist dein Leben ein Haufen Scheiße. Aber ich, ich hab nichts getan.

Sie reißt ihre Handtasche auf, kramt ein Pillenfläschchen raus, versucht es aufzudrehen, kann aber das Zittern nicht unterdrücken. Ich weiß, wie frustrierend so was ist. Man giert nach dem Inhalt, kommt aber nicht ran. Verdammt, ich bin genauso scharf auf das Zeug da drin wie sie.

Ich nehme ihr das Fläschchen ab, schraube es auf, schüttle eine Librium heraus und gebe sie ihr. Sie platziert sie aufs hintere Ende ihrer Zunge, wirft den Kopf in den Nacken und schluckt. Ein kurzer Blick auf die Flasche, die vielen kleinen Pillen drin. Dann dreh ich den Deckel wieder zu und gebe sie ihr zurück. Sie lässt sie in ihre Tasche fallen.

– Ach, und nur so nebenbei, du hast ganz vergessen, dich nach T zu erkundigen.

Ich fahre mit der Zunge über die Lippen.

– Wie geht's T?

– Er ist tot. Sein Bein hatte sich entzündet, und er wollte nicht, dass ich ihn zu einem Arzt bringe. Er hatte vielleicht 42 Grad Fieber, und ich bin völlig ausgerastet, hatte keinen Schimmer, was ich tun soll, und dann ist er gestorben, und ich hab seine Leiche in den Wagen geladen, sie zu einem See gekarrt, seine Taschen mit Steinen gefüllt und ihn reingeworfen, damit ihn keiner findet, denn genau das hat er mir aufgetragen, weil er nicht wollte, dass ihn jemand findet, er wollte einfach nur tot sein, wie alle anderen Menschen, die er geliebt hat, wie seine Mam und sein Dad. Und wie sein verdammter Hund.

– Sandy.

– Verschwinde, Henry. Und lauf mir bitte nicht nach. Ich hab die Bullen angerufen, als ich auf der Toilette war, und hab ihnen erzählt, dass mich irgendein Freak mit einer Narbe belästigt, und sie haben gesagt, sie würden einen Wagen zum Club schicken. Deshalb muss ich jetzt dringend dorthin und den verfluchten Cops gratis Lapdances verpassen.

Ich lege eine Hand an ihre Wange.

– Geh weg! Du wirst sterben. Tu das bitte nicht in meiner Nähe.

Sie schlägt meine Hand beiseite, dreht sich um und marschiert zum Club zurück.

Ich lehne mich gegen die Fassade des Yankee Store, starre in die vorbeiflutende Menge, die Arme an den Seiten runterhängend, die Fäuste geballt. In einer befindet sich der Zettel mit der Nummer meiner Eltern. Ich schätze, ich sollte sie anrufen. Sandy war ja ziemlich froh, von mir zu hören, warum sollten sie es nicht sein?

Ich trotte durch die Gegend, auf der Suche nach einem

ruhigen Plätzchen, wo ich mich niederlassen und telefonieren kann. Irgendeine billige Absteige wäre perfekt. Genau. Ich sollte mir eine dieser Bruchbuden suchen, wo sie Zimmer stundenweise und gegen Barzahlung vermieten. Ich erinnere mich vage an eine in der 48th oder 49th und mache mich auf den Weg.

Ein Streifenwagen bleibt bei Rot stehen, während ich an der Ecke warte. Einer der Beamten mustert mich eingehend. Sandy hat den Cops erzählt, sie wird von einem Typ mit Narbe verfolgt. Ich sollte schleunigst von der Straße verschwinden. An der Ecke gibt es zwei Lokale, eine Bar mit Grill und das unvermeidliche Starbucks. Ich entscheide mich für die Bar.

Eine echte Spelunke. Über der Tür hängt ein Neonschild, dessen Buchstaben einzeln aufblinken: S-M-I-T-H'-S. Die lange Bar ist mit alten Knackern besetzt, die sich das letzte Inning des Mets-Spiels ansehen. Ich verziehe mich an eins der wackligen Tischchen. Eine Kellnerin im Alter meiner Mutter kommt angeschlurft. Ich ordere einen Deluxe-Burger medium und ein Selters. Sie entfernt sich. Ich hole mein Handy raus, streiche den Zettel mit der Nummer glatt, starre auf das Stück Papier, atme ein paarmal tief durch und wähle.

Es klingelt.

Und klingelt.

Und klingelt noch ein paarmal.

Dann wird abgehoben. Zu meiner nicht allzu großen Überraschung meldet sich ein Anrufbeantworter mit einer dieser Roboterstimmen. Ich werde auf Band sprechen müssen. Hören sie ihre Anrufe mit? Dann muss ich irgendwas sagen, damit sie abheben. Aber wenn es nun doch nicht ihr Anschluss ist? Schlimmer noch – wenn sie im Augenblick nicht zu Hause sind? Dann werden sie irgendwann zurückkommen und aus heiterem Himmel meine Stimme auf ihrer Maschine hören und nicht wissen, ob ich es bin oder irgendein Idiot, der sie zum Besten halten will. Scheiße. Signalton.

– Äh, hi. Hallo. Jemand zu Hause? Ähm, hier ist …

Mist.

– Sind da die Thompsons? Weil …

Weil was, Arschloch?

– Weil, wenn sie da sind … dann habe ich eine Nachricht. Ich …

Mein Handy piept laut in mein Ohr. Ich werfe einen Blick aufs Display. Der Ladebalken des Akku blinkt warnend. Scheiße. Scheiße-scheiße-scheiße.

– Ähm, ich, mein Handy schaltet sich gleich ab, und ich bin auf der Suche nach den Thompsons. Wenn also …

– Hallo. Hallo?

Oh.

– Hallo. Ist da … bist das …?

Oh nein.

– Hallo, wir sind … wir sind hier, bist das …?

Ja, ich bin's.

– Bitte, wenn das ein Scherz ist, hängen Sie wieder auf. Bist du … Du hörst dich …

Oh Mom.

– Du hörst dich wie …

Oh Mom, du hörst dich …

– Bist du es wirklich?

Du hörst dich so alt an.

– Mom.

– Henry?

Mein Handy piept ein letztes Mal, dann schaltet es sich ab.

Der erste Taxifahrer fragt, wo ich hinwill, bevor er mich überhaupt einsteigen lässt. Als ich sage, Brighton Beach, macht er sich mit quietschenden Reifen aus dem Staub. Ein zweites Taxi gibt es nicht. Es ist kurz nach halb elf, Samstagnacht in Midtown, die Shows enden gerade, der Verkehr kommt zum Erliegen, und die Touristen und die Pärchen aus New Jersey prügeln sich um jedes Taxi in Sichtweite. Ich laufe zurück zum Smith's. Die Kellnerin steht neben meinem Tisch, mein Essen in den Händen. Sie wirft mir einen pikierten Blick zu, ich deute auf das Essen, auf den Tisch, auf mich und zuletzt auf das Münztelefon im hinteren Teil des Lokals.

Bei einem der Barmänner besorge ich mir ein Telefonbuch und Münzgeld und mache meine Anrufe. Die ersten drei Car-Services teilen mir mit, dass frühestens in einer Dreiviertelstunde wieder jemand frei ist. Ich biete an, ihnen das Doppelte, das Dreifache, was auch immer zu zahlen, woraufhin sie wiederholen, das sei nun mal die hektischste Stunde der ganzen Woche und sie hätten leider keinen Wagen.

Ich muss nach Brighton Beach.

Und zwar sofort.

Ich muss David erklären, dass es mir leid tut. Ihn anflehen, mich zu töten und meine Eltern zu verschonen. Ihn dazu bewegen, sie vor Adam und Martin zu schützen. Die Stimme meiner Mom … Ich muss die ganze Geschichte zu Ende bringen. Endlich einen Schlussstrich ziehen. Sofort.

Ich wähle die ersten Ziffern eines weiteren Car-Service. Lege wieder auf. Blättere ein paar Seiten weiter. Wähle erneut.

– Marios persönlicher Car-Service.
– Haben Sie gerade einen Wagen frei?
– Sie müssten sich circa eine Dreiviertelstunde gedulden. Möchten Sie reservieren?
– Ist Mario da?
– Wer spricht da?

– Ein alter Freund, der zufällig in der Stadt ist und ihn zu erreichen versucht.
– Haben Sie eine Nummer, unter der er zurückrufen kann?
– Nein.
– Tut mir leid, er ist beschäftigt.
– Es ist wirklich wichtig. Sagen Sie ihm, Henry ist am Apparat. Ein Freund von Tim. Dann wird er wissen, um was es geht. Er wird mich sicher sprechen wollen. Legen Sie mich in die Warteschleife, und falls er mich nicht sprechen will, können Sie die Verbindung unterbrechen und weg bin ich.
– Hören Sie, Mann …
– Bitte. Es ist wirklich dringend.
– Jesus im Himmel. Bleiben Sie dran.

Es macht Klick, und die Warteschleifenmusik schaltet sich ein. Tito Rodriguez mit »Cuando, Cuando, Cuando«.

Wird Mario mich sprechen wollen? Wohl kaum. Warum sollte er? Wir waren lediglich Geschäftspartner; vor sechs Jahren hat er mich ein paar Mal durch die Gegend chauffiert, und ich habe ihm dafür eine Stange Geld bezahlt. Seither, was hat er da von mir gehört? Nichts, außer dem, was im Fernsehen lief. Die Leichen. Wenn er schlau ist, wird er den Typen auflegen lassen. Und wenn er richtig schlau ist, wird er die Cops verständigen.

Die Musik bricht ab.
– Wo steckst du?
– Eine Kneipe namens Smith's. An der Ecke …
– Ich weiß, wo das ist. Warte in zehn Minuten vor der Tür.

Er legt auf. Ich geh zurück zu meinem Tisch, picke ein bisschen an dem Burger rum, schieb mir eine eiskalte Fritte in den Mund und nehme einen Schluck Selters. Dann lege ich einen Zwanziger auf den Tisch. Ich frage mich, ob ich besser gleich die Hintertür nehmen soll. Aber als ich mich umdrehe, stelle ich fest, dass es gar keine gibt. Erneut schießt mir durch den Kopf, dass Mario wahrscheinlich die Polizei verständigt hat, wenn er clever ist. Sollte er allerdings superclever sein, wird er zunächst überprüfen, wo ich stecke, und dann erst die Bullen anrufen, weil er so die fette Belohnung kassiert, die auf meine Ergreifung und Verurteilung ausgesetzt ist. Die Ergreifung war bisher immer das Problem; hingegen ist meine Verurteilung in einigen der zahlreichen Anklagepunkte so sicher wie das Amen in der Kirche. Was auch okay ist, da ich mir ein paar wirklich üble Dinger geleistet habe. Ich frag mich, wie es wäre, jetzt von den Cops hochgenommen zu werden. Nur mal so, im Vergleich zu meinen anderen Optionen. Welche da wären:

Selbstmord durch Branko.

Alle anderen töten.

Ich schiebe mir eine weitere Fritte in den Mund, dann verlasse ich den Laden durch die Vordertür. Kann sogar sein, dass diese Option nicht mal die schlechteste wäre. Möglicherweise werde ich das gleich rausfinden, denn kaum erreiche ich den Straßenrand, stoppt ein brandneuer schwarzer Lincoln Continental sanft vor mir, das Fahrerfenster gleitet nach unten, und da ist Mario, mit seinem kurzen puertoricanischen Afrolook und dem sorgfältig gestutzten Bart. Er mustert mich kurz, nickt, ich klettere auf den Rücksitz und schließe die Tür.

Er dreht sich um.

– Ich will dir was zeigen, Mann.

Ich spähe durch die Heckscheibe, ob uns bereits eine schwerbewaffnete Spezialeinheit umzingelt hat. Sieht aber nicht so aus. Ich wende mich Mario zu und nicke.

– Okay.

Er hebt seine Hand auf Höhe der Rückenlehne und zeigt mir die kleine Automatik in seiner Hand.

– Siehst du die?
– Ja.
Er deutet mit seiner anderen Hand auf die Waffe.
– Versuchst du krumme Dinger, kommt sie zum Einsatz. Ich hab noch nie jemand erschossen, Mann. Aber ich hab Kinder. Ich mach's wirklich. Okay?
– Okay.
Er schüttelt seinen Kopf, beißt sich auf die Unterlippe.
– Okay. Also gut dann.

Er steckt die Pistole zurück in die Tasche, dreht sich zum Lenkrad, schiebt einen Gang rein und lässt den Wagen langsam anrollen.

Ich beuge mich vor und lege meinen Arm auf seine Rückenlehne.
– Ich brauche …
– Scheiße, Mann, setz dich wieder hin. Setz dich sofort zurück auf deinen Platz, verdammt!
Seine rechte Hand zuckt an seine Tasche.
Ich lehne mich wieder zurück.
– In Ordnung. So ist es cool.

Seine Augen im Rückspiegel schielen immer wieder nervös zu mir nach hinten. Er schüttelt den Kopf.
– Du chillst einfach, und ich bring dich zu deinem Geld. Ich bring dich zu deinem beschissenen Geld, und dann hab ich die ganze Scheiße hinter mir.

Ein Vierundzwanzig-Stunden-Selfstorage-Center auf der Third Avenue, irgendwo in der Nähe der Bowery. Aus etwa hundert Kilometern Entfernung verfolge ich, wie Mario eine Plastikkarte durch den Schlitz neben der Tür zieht und dann einen Code eintippt. Es piepst einmal, er macht die Tür auf, und ein lautes Summen ertönt. Er tritt durch die Tür und dreht sich nach mir um, während ich immer noch draußen stehe und ihn anstarre.

– Komm schon, Mann.

Ich gehe durch, er lässt die Tür los, sie schwingt hinter mir zu, und das Summen hört auf. Er marschiert zu einem Aufzug, zieht die Karte durch einen weiteren Schlitz, tippt erneut Zahlen ein, es piept, die Aufzugtür gleitet auf. Er tritt ein, und wieder brauche ich eine Extraeinladung.

– Himmelherrgott. Beweg deinen Hintern, Mann.

Ich folge ihm in den Lift. Er drückt einen Knopf, wir fahren ein paar Sekunden lang aufwärts, dann hält der Aufzug, die Tür öffnet sich, er tritt hinaus, schüttelt den Kopf, weil ich wie angewurzelt dastehe, packt meinen Ärmel und zerrt mich in den Korridor, der von identisch aussehenden Türen gesäumt ist.

– Bist du stoned, Mann? Hast du was intus?

Ich verneine stumm.

Ich bin nicht auf Drogen. Aber ich kann mir vorstellen, wie er darauf kommt. Ich steh völlig neben mir, seit er das magische Wort ausgesprochen hat; seitdem er mir erklärt hat, wohin wir unterwegs sind. Ich will aufwachen, aber es geht nicht. Ein Gefühl, das ich gut kenne. Ich hatte es schon ein paarmal in meinem Leben. Es überfällt einen immer dann, wenn die Dinge anders laufen als erwartet; wenn einem klar wird, dass nichts so war, wie man immer gedacht hat.

Zum ersten Mal hatte ich dieses Gefühl, als ich nach meiner OP aufwachte und diese Metallstangen aus meinem Bein rausragen sah. Das zweite Mal, als ich mit meinem Mustang gegen einen Baum krachte und mitbekam, wie mein Freund durch die Windschutzscheibe flog. Dann, kurz bevor ich aus der Stadt verschwand und Yvonnes zu Tode gefolterten Körper entdeckte, ein drittes Mal. Und zuletzt überkam es mich, als ich meinen ersten Mord für David beging. Den Jungen. Und jetzt ist es wieder da, um mich ein allerletztes Mal heimzusuchen.

Mario bleibt vor einer der Türen stehen.

Die Karte wandert in den Schlitz.

Der Code wird eingetippt.

Beep.

Er stößt die Tür auf und tritt zurück, gibt mir den Blick auf den kleinen Lagerraum frei, in dem sich nichts befindet außer einer großen rechteckige Metallkiste, eine Art Koffer, wie man sie normalerweise verwendet, um teure Elektronik oder Ähnliches zu transportieren. Ich mache einen Schritt auf die Kiste zu. Sie steht hochkant und reicht mir bis zu den unteren Rippen. Ich fummle an den Verschlussklappen herum. Fummle deshalb, weil meine Finger plötzlich fleischwurstdick sind und in etwa genauso nützlich. Sind sie in Wirklichkeit natürlich nicht. Fühlen sich aber genauso an. Es gelingt mir, die eine Klappe zu öffnen, dann drehe ich sie wie einen Schlüssel. Das gleiche Spiel bei den drei anderen Klappen. Dann wickle ich meine Wurstfinger um den Griff auf dem Deckel und ziehe. Er sitzt ziemlich fest und öffnet sich schließlich mit einem leisen Seufzen. Etwas Sand von einem mexikanischen Strand rieselt auf den Betonboden. Den Deckel mit einer Hand aufhaltend, spähe ich rein.

Es füllt die Kiste bis obenhin aus.

Fein säuberlich gestapelt und in Plastik verpackt.

Genau so, wie ich es hinterlassen habe.

Mario tritt dicht hinter mich.

– Ist alles noch da, Mann. Hab den Scheiß nie angerührt. Selbst den Lagerraum hier hab ich aus eigener Tasche gezahlt. Ein paar Mal hätte ich das Zeug beinah in den Fluss geschmissen, aber genommen hab ich nie was davon.

Ich nicke.

Ich bin mir sicher, dass er die Wahrheit sagt.

Abgesehen davon sieht das Ganze auch verdammt genau wie vier Millionen Dollar aus.

TEIL 4

SONNTAG, 26. JUNI, 2005

– Kurz vor Weihnachten, vorletztes Jahr. Da ist Tim in die Stadt gekommen. Hat mir den Schlüssel für einen Lagerraum gegeben. Pass gut drauf auf, hat er gesagt. Und dass er ihn vielleicht nicht selbst holen kommt, sondern ich ihn irgendwohin schicken muss oder du ihn abholen wirst. Er hat mich gefragt, ob ich mich noch an dich erinnern kann. *Timmy,* hab ich zu ihm gesagt, *glaubst du wirklich, ich hab diesen ganzen Scheiß je vergessen? Dass ich ihn zum Flughafen gefahren hab? Und dass sie mich jederzeit wegen Beihilfe am Arsch kriegen, wenn ich mich auch nur einmal verplappere? Timmy,* hab ich ihm erklärt, *ich hab jetzt Kinder. Zwei Kids und eine Frau und ein Geschäft mit Angestellten. Ich kann mir so einen Scheiß nicht mehr leisten.* Aber er hat mir gesagt, du wirst Hilfe brauchen. Hat mich dran erinnert, woher das Geld stammt, mit dem ich mein Geschäft aufgebaut hab. *Pass auf den Schlüssel auf,* hat er gesagt. Und wenn er nicht gleich abgeholt wird, dann soll ich einfach weiter die Rechnungen vom Lagerraum zahlen und den Schlüssel gut versteckt halten. Scheiße. Irgendwann haben sie seine Leiche im Fernsehen gezeigt. Beinah hätte ich den Schlüssel auf den Müll geworfen. Aber dann hab ich überlegt: *Was ist da los? Um was dreht sich das Ganze?* Ich bin hierhergekommen. Hab in die Kiste geschaut. Schau, der Fleck hier auf dem Boden. Da hab ich hingekotzt, als ich den Scheiß gesehen hab. Das Geld. Fast wäre ich krepiert. Dieses Zeug bringt nur Ärger. Es bringt so gewaltigen Ärger, wie ihn kein Mensch haben sollte. Ich hab gedacht, *schmeiß es in den Fluss.* Aber dann hab ich weiter gedacht, *wenn er kommt, und es liegt im Fluss? Was wird der Typ dann mit dir machen?* Scheiße. Also hab ich den Schlüssel aufbewahrt. Jeden Tag hab ich Blut und Wasser deswegen geschwitzt. Ich hab mir selbst geschworen, *in zwei Jahren, wenn er bis dahin nicht aufgetaucht ist, landet es im Wasser. Zwei Jahre keine Nachricht von ihm, das bedeutet, er ist tot.* Danach will ich mit dem ganzen Scheiß nichts mehr zu tun haben. Verdammt. Inzwischen hab ich ein Magengeschwür wegen der ganzen Sache. Ich brülle meine Frau an, und sie versteht nicht, warum. Kann ich ihr davon erzählen? Nein. Ich lüg ihr irgendeinen Scheiß über Probleme bei der Arbeit vor. Versuch mit meinen Kindern zu spielen, aber alles, an was ich denken kann, ist dieser Lagerraum und diese Kiste. Scheiße. Ich hab die Schnauze voll.

Ich steh immer noch wie angewurzelt da, den Deckel in der Hand, den Blick auf das Geld geheftet. Von hinten taucht Marios Hand auf, schnippt die Chipkarte oben auf das Geldpaket.

– Das ist ein Ersatzschlüssel. Du brauchst ihn, wenn du wieder rauswillst. Der Code ist 4430640. Meine Karte schmeiß ich in den Gully, sobald ich hier weg bin. Das war's. Ich verschwinde.

Ich schweige. Und er rührt sich nicht von der Stelle.

– Hast du mich verstanden, Mann? Ich verpiss mich. Okay? Alles paletti?

Mir gelingt ein schwaches Nicken.

– Ja, alles paletti.

Ich höre, wie er den Raum verlässt. Stehe einfach so da und lausche auf seine Schritte draußen im Flur. Dann lasse ich den Deckel nach hinten fallen, reiße die Plastikumhüllung auf und greife mir mit jeder Hand einen Haufen Scheine. Zwei ordentliche Batzen Geld. Ich renne hinter ihm her.

Als ich um die Ecke biege, betritt er gerade den Aufzug. Er fährt rum, sieht mich und hackt auf die Knöpfe ein. Ich laufe mit ausgestreckten Armen auf ihn zu, das Geld umklammernd, lauter fein säuberlich mit Gummis umwickelte Päckchen, die sich zwischen meinen Fingern stapeln. Seine Hand wühlt in der Hosentasche nach der Waffe. Ich bleib stehen, zeige ihm das Geld. Dann komme ich einen Schritt näher, biete es ihm an.

– Für dich. Für deine Kinder. Ich …
– Bleib mir mit dieser Scheiße vom Leib. Ich hab dir gesagt, ich will mit diesem Gift nichts zu tun haben. Das Zeug tötet Menschen. Also bleib uns bloß vom Leib damit, mir und meiner Familie. Wenn ich dich jemals wiedersehe, ist das sehr schlecht, denn dann muss ich dich umbringen.

Die Aufzugtür schiebt sich zwischen uns, und das Geld, das ich so fest umklammert hatte, rutscht mir aus den Fingern und verteilt sich am Boden. Ich bücke mich und lese alles wieder auf.

Es ist nach Mitternacht.

Ich sperre den Lagerraum ab und schleife die Kiste zum Aufzug. Die Plastikkarte funktioniert anstandslos, aber den Code muss ich dreimal eingeben, ehe die Zahlenkombination endlich stimmt. Der Aufzug bringt mich nach unten. Ich verlasse das Lagerhaus und sehe mich auf der Straße um. Was ich jetzt dringend brauche, ist ein sicherer Ort. Wenigstens für kurze Zeit. Nur so lange, dass ich mir drüber klar werden kann, was ich mit diesem verdammten Geld anstellen soll. An der nächsten Straßenkreuzung steht eine Telefonzelle.

In meiner Tasche grabe ich nach dem Fetzen Briefpapier und mache meinen Anruf. Dann kippe ich die Kiste auf die Seite, lasse mich darauf nieder und warte.

Es gibt Momente, in denen ich mir wünsche, ich würde noch rauchen. Oder trinken. Oder ich hätte ein paar Pillen dabei. Da sehne ich mich nach meinen alten Lastern, weil sie die Zeit schneller vergehen machen und mich vom Denken abhalten. Aber das ist endgültig vorbei. Also hocke ich einfach nur da, starre auf den vorbeiströmenden Verkehr, bis direkt vor mir mit quietschenden Reifen ein Flughafen-Shuttle-Bus bremst, die Sonnenblenden tief runtergezogen und auf den Stoßdämpfern hin und her schaukelnd.

Die Seitentür faltet sich auf, und eine Wolke Zigarettenrauch und Haschischdunst entweicht zu den ohrenbetäubenden Klängen von »Lovin', Touchin', Squeezin'«.

– Yo, Scarface.

Ich stemme mich hoch, schultere die Kiste und klettere in den Bus. Jay macht mir Platz, und ich quetsche mich an ihm vorbei.

Der Partybus ist rammelvoll. Cyclones-Spieler, irgendwo aufgesammelte Mädchen und alle möglichen schrägen Gestalten tummeln sich auf den Sitzbänken. Im breiten Mittelgang schwanken weitere dicht gedrängte Körper zur Musik, kreisendes Discolicht über den Köpfen und die Füße in Dunstschwaden aus der Nebelmaschine.

Miguel schiebt sich durch die Menge, im Schlepptau die Barfrau von letzter Nacht. Er brüllt, um sich verständlich zu machen.

– Mann, wo hast du gesteckt?

– Musste was erledigen.

– Was du nicht sagst. Und was ist in der Kiste?

Ich blicke auf den Metallkoffer.

– Etwas, das ich verloren hatte.

Jay packt mich am Arm.

– Verloren? Mann, was soll das? Hier drin redet keiner vom Verlieren! Das ist die große Gewinner-Fete! Du hast echt was verpasst, Scarface! Den ersten Home Run meines Kumpels hier in der Profiliga. Die Cyclones haben die verdammten Yankees geschlagen!

Er schüttelt sein Bier und spritzt mir was davon ins Gesicht.

– Und jetzt stürz dich ins Partygetümmel, Mann! Das ist die Nacht der Nächte!

Im Song kommt die Stelle mit den *Nah-nahs* und die ganze Meute grölt lauthals mit.

Ich sitze am Steuer des Partybusses.

Jay hat den sechzig Jahre alten Walter, der die Kiste eigentlich chauffieren sollte, mit Cocktails abgefüllt. Walter ist mittlerweile hinten in einer Ecke zusammengeklappt und schläft seinen Rausch aus. Also fahre ich jetzt den Bus, mit einem Koffer voller Geld als Beifahrer.

Jay schiebt seinen Kopf durch den Vorhang, der die Fahrerkabine vom übrigen Innenraum trennt.

– Uns gehen die Vorräte aus. Müssen dringend einen Bier-Stopp einlegen.

Er verschwindet wieder im Gewusel. Ich kreuze eine Weile durchs Viertel, bis ich an der Ecke Third und Eleventh Avenue einen Supermarkt entdecke. Nachdem ich in zweiter Reihe auf der Avenue geparkt habe, fahnde ich nach dem Knopf für die hintere Falttür, drücke drauf, und eine Horde betrunkener Kids torkelt auf die Straße und stürmt den Laden, um sich Bier, Zigaretten und Snacks zu besorgen. Ich schalte den Warnblinker ein, ziehe die Handbremse und mache einen Ausflug in den hinteren Teil des Busses.

Die Lichter kreisen nach wie vor, aber der Nebel pufft schon etwas spärlich. Was auch immer die Maschine als Treibstoff braucht, es scheint zur Neige zu gehen. Ich bahne mir einen Weg durch das Chaos aus leeren Flaschen, Zigarettenstummeln und verstreuten Kleidern. Die Stereoanlage läuft auf Hochtouren. Über einem Bord mit leeren Cocktailkrügen finde ich den Regler. »No Sleep Till Brooklyn« verstummt.

Ein einsames Pärchen ist im Bus zurückgeblieben. Halbnackt wälzen sich die beiden auf einer der Bänke, ohne Notiz von mir zu nehmen. Nachdem ich Walter beiseite geschoben hab, um die Toilettentür aufzukriegen, zwänge ich mich in das winzige Kabuff und schließe die Tür hinter mir.

Ich winde mich aus meinem verschwitzten, knittrigen Jackett und hänge es an den Türhaken. Dann drehe ich einen der Wasserhähne auf, aus dem nur ein dürftiges Rinnsaal tröpfelt. Als sich genug kaltes Wasser in meinen Händen angesammelt hat, spritze ich es mir ins Gesicht. Dann werfe ich einen Blick in den Spiegel.

Mein Haar ist wirr gegen den Kopf geklatscht, Nachwirkungen vom Schweiß und der Kappe, die ich heute aufhatte. Schmutzstreifen ziehen sich meinen Hals und die Vorderseite meines Unterhemds entlang. Ich befeuchte ein paar Papierhandtücher und reibe damit den Dreck von meiner Haut und die Flecken von meinem Hemd.

Der Bus schaukelt, als die ersten Kids wieder reinklettern. Ich lasse mehr Wasser in meine Hände rinnen und fahre mir damit über den Kopf, um mein Haar halbwegs in seine ursprüngliche Form zu bringen. Irgendwer dreht die Anlage wieder auf. Jemand anders hämmert an die Toilettentür.

Ich betrachte erneut mein Gesicht. Wird Mom mich so wiedererkennen? Wird sie hinter diesem Gesicht ihren Sohn wiederfinden, so wie sie meine Stimme erkannt hat?

– Yo, Scarface, Zeit, wieder in die Gänge zu kommen.

Ja, richtig, Zeit, in die Gänge zu kommen. Immer schön in Bewegung bleiben, auch wenn man keine Ahnung hat, wohin.

Ich öffne die Tür und dränge mich raus unter das Partyvolk. Jay kriegt Stielaugen, als er meine Tattoos sieht.

– Jesus, Mann. Schau dir das an! Komplett verziert wie'n Rocker, der Kerl.

Er zwängt sich an mir vorbei ins Klo und schlägt die Tür hinter sich zu. Ich bahne mir den Weg zurück ans Steuer, während die Kids um mich herum frische Büchsen mit Coors Light aufreißen und tief in ihre Tüten mit Doritos und Ahoy-Chips greifen. Ich teile den Vorhang und lasse mich auf den Fahrersitz fallen.

– Hey Mann.

Miguel hockt auf dem Beifahrersitz. Er hat die Kiste beiseitegeschoben und eins seiner langen Beine draufgelegt.

– Stört's dich, wenn ich vorne mitfahre?

– Nö.

Er mustert mich.

– Wo hast du die ganzen Tattoos machen lassen?

– Verschiedene Orte.

– Cool.

– Danke.

– Ich hab überlegt, ob ich mir auch eins zulegen soll. Im College war mein Spitzname immer »Der Hammer«. Ich dachte, vielleicht lass ich mir einen Vorschlaghammer eintätowieren, der einen Baseball wegdrischt. Cool, oder?

– Ja. Cool.

Ich schließe die Tür, schalte den Warnblinker aus, löse die Handbremse und schiebe den Schalthebel auf Drive.

– Wohin?

– Egal. Einfach nur durch die Gegend fahren. Irgendwie ist alles cool hier. Ich liebe dieses verdammte New York.

Auf der Avenue stehen sämtliche Ampeln auf Grün. Miguel hält den gestreckten Arm aus dem Fenster, bewegt ihn wie einen Flügel im Fahrtwind.

– Wir haben dich heut vermisst, Mann. Was war los?

– Jemand hat angerufen. Ich musste was erledigen.

An der Kreuzung zur Houston gerät der Verkehr ins Stocken, und ich muss bremsen.

– Für David?

– Ja.

Er langt an mir vorbei und zieht den Vorhang ganz zu.

– Wie ist das so, für ihn zu arbeiten?

Die Ampel springt von Rot auf Grün. Der Verkehr rührt sich keinen Millimeter.

– Ist einfach ein Job.

– Klar. Verstehe. Du darfst nicht drüber sprechen. Aber David? Ist er okay? Ich mein, ich hab da diesen Deal mit ihm. Glaubst du, das ist okay?

Die Ampel springt auf Gelb. Wir kommen etwa eine Wagenlänge voran.

– Es ist ein Deal. Man nimmt, was man kriegen kann, schätz ich.

Er dreht sich zu mir um, sieht mir ins Gesicht.

– Ja, ich weiß schon, du arbeitest für diesen Typ. Ich will dich auch nicht in Schwierigkeiten bringen. Es ist nur so, ich glaub, du bist ziemlich in Ordnung. Daher hätte ich gerne deine Meinung in diesem Punkt, weil ich keine Ahnung hab, ob ich das Richtige tue.

Ich werfe einen Blick auf die Kiste mit Geld neben ihm.

– Schau, Miguel, die Sache ist die …

Die Ampel schaltet auf Rot.

Jay reißt den Vorhang auf.

– Was geht ab, Mann? Wohin fahren wir?
Miguel zeigt auf die Straße.
– Einfach durch die Gegend.
– Okay, Mann. Wir müssen mal raus und uns die Beine vertreten.
– Wir waren doch grade draußen.
– Nein, richtig raus. Frische Luft schnappen. Die Party braucht dringend frischen Wind, damit sie nicht abkackt.
Miguel blickt nach hinten in den Bus.
– Macht mir nicht den Eindruck, als wäre die Party am Abkacken.
– Oh doch. Große Abkack-Gefahr. Brauchen dringend O_2. Fahrer, bringen Sie uns zu einem Park oder irgend so was Ähnlichem.
Ich sehe rüber zu Miguel. Er zuckt mit den Schultern.
– Klar, Mann. Ein Park. Ist cool.
Die Ampel zeigt Grün, und diesmal geht es weiter. Ich biege Richtung Westen in die Houston ab.
Jay packt Miguel am Ärmel.
– Komm wieder mit hinter.
– Ich will hier nur 'ne Weile in Ruhe sitzen.
– Nein, Mann. Die Party braucht dich.
Er zerrt an Miguel. Miguel versucht sich loszumachen.
– Beruhig dich, Jay.
– Du hast Gäste da hinten.
– Die amüsieren sich auch ohne mich.
– Tun sie nicht. Los, komm wieder mit feiern.
Er zerrt Miguel aus dem Sitz.
– Okay. Krieg dich wieder ein, beruhig dich, Mann. Ich komm ja schon.
– Mach schon, du Schwuchtel, die Mädels da brauchen dich.
Miguel klopft mir auf die Schulter.

– Wir sehen uns später. Ich würd das Gespräch gerne fortsetzen.

Jay schubst ihn zwischen die schwitzenden Kids, wirft mir einen Blick zu, nickt und folgt Miguel, nachdem er den Vorhang hinter sich zugezogen hat. Ich fahre.

Am West Broadway schwenke ich nach links. Die Geldkiste kippt um und knallt gegen die Tür. Ich denke über ihren Inhalt nach. Es ist so gut wie unmöglich, über was anders nachzudenken.

Ich lange rüber und berühre den Deckel der Kiste. Ich lasse meine Hand dort liegen, den ganzen Weg bis runter zur Battery.

– Yo! Alles aussteigen! Endstation! Sauerstoff tanken.

Es gibt ein bisschen Genöle, aber Jay treibt die ganze Herde zur Tür raus. Durch die Frontscheibe sehe ich Miguel, die Barfrau huckepack auf dem Rücken. Ich lasse den Motor laufen und schlüpfe durch den Vorhang. Ich brauch mal wieder ein Münztelefon.

Vor der Tür steht Jay und versperrt mir den Durchgang. In einer Hand hält er mein Jackett. In der anderen zwei Papiere. Die Fotokopie meiner alten Ausweise und der Ausschnitt aus der *Post*.

– Also, Scarface, dann erzähl mal. Was war das absolut Härteste, das du jemals mit jemandem angestellt hast?
– Die wollten dich mal zur Nummer eins machen, richtig?
– Wie meinst du das?
– Das war der Deal. Du warst der perfekte American Boy. So haben sie es zumindest im Fernsehen gezeigt. Du warst der absolut Scheiß-Größte. Der Baseballheld. Beste Aussichten.
– Ja. Nehm ich mal an.
– Yo. Ich war auch mal die verdammte Nummer eins.

Wir sitzen auf einer Bank mit Blick auf den Hudson River. Die Plaza ist mit Steinen gepflastert. Holzbänke fassen die alten Bäume ein. Drüben liegt menschenleer die Anlegestelle für die Fähren nach Ellis Island und Liberty Island. Dahinter ragt in der Bucht die Freiheitsstatue auf. Ich hab mein Jackett über den Schoß gelegt. Jay sitzt vorgebeugt, die Ellbogen auf die Knie gestützt, und spielt mit den beiden Zetteln.

– Ich war die große Nummer. Little League. In der Highschool. Ein verdammter Star.

Die Meute aus dem Bus zerstreut sich langsam. Ein paar Spieler und ihre Mädchen halten Taxis auf der State an und fahren davon. Andere schlendern rüber zur Bar im American Park. Sieht ganz so aus, als ginge die Party ihrem Ende entgegen.

– Ich war Shortstop, Mann. Zweiter Baseman in der Juniormannschaft und in der Schulauswahl. Inhaber sämtlicher Rekorde an der Schule und teilweise sogar im Distrikt. Stolen Bases. Schläge. Würfe. Zahl der unter Kontrolle gebrachten Bälle. In allem hatte ich einen ziemlich guten Schnitt. Einen Wahnsinnsschnitt. Natürlich gab's da auch ein Problem. Ich bin mickrige einsneunundsechzig, Stollen mitgerechnet. Das war mein Scheißproblem, Mann. Außerdem, und das kam noch dazu, spielte ich mit *diesem* Typ da.

Er zeigt auf Miguel. Die Barfrau hockt auf einem Geländer unten am Wasser, und Miguel schmiegt sich zwischen ihre Beine, während sie zur Sache kommen.

– Mein guter Kumpel Mike war Teil des Problems. Ich brach alle Rekorde, aber er tat das auch. Und er konnte echt was vorweisen. In einer Saison wurde er der All-time-Home-Run-Champion des kalifornischen Highschool Baseball. Und er war ein verdammt guter Werfer. Führte die Statistik der Strikeouts im Staat an. Und, ja, Mann, er hatte diesen *Körper*. Scouts sind gekommen, um uns beide spielen zu sehen, aber sobald sie einen

Blick auf ihn geworfen hatten, war ich runter von ihrem Scout-Radar. Ein Gerücht hat die Runde gemacht, ich wär in echt noch kleiner als auf dem Papier, und da haben sie aufgehört, auch nur so zu tun, als wären sie interessiert. Wie ein Haufen verdammter Weiber. Alles hat sich immer nur um Mike gedreht. Und nur wegen diesem Körper.

Er verfällt in einen Provinzdialekt.

– *Habt ihr den Body von diesem A-ray-nuz-Jungen gesehn? Einsfünfundneunzig, zweihundert Pfund, und der legt noch zu. Kein Gramm Fett am Leib, der Bursche. Gebaut wie ein NBAler. Der Junge hat schon den Körper eines Profis und ist noch keine achtzehn. Der kommt mal ganz groß raus.*

Er spuckt zwischen seine Füße.

– Scheiße, Mann. Alles wegen dem verfluchten Body. Sie haben Mike gleich in der ersten Runde ausgewählt. Für die Brewers. Aber für ihn war die Sache klar. Er hat Nein danke gesagt und das Stipendium an der Stanford angenommen. Und ich? Mich hat keiner gefragt. Ein paar semiprofessionelle Teams haben angerufen. Ich hab ein halbes Stipendium an der USCD angeboten bekommen. Aber mein bester Kumpel wollte den Abflug machen Richtung Norden. *Komm doch mit,* hat er gemeint. *Wir beide sind ein unschlagbares Team. Wir machen uns 'ne richtig nette Zeit. Besuchen ein paar Vorlesungen. Und nächstes Jahr hiev ich dich ins Team. Wenn die Scouts dich erst mal bei 'ner Galavorstellung sehen, dann kleben sie dir an der Backe, ich schwör's dir.* Ich hab die USCD geschmissen und bin mit ihm mit. Aber meine Noten waren nicht gut genug für den Laden. Und es hat die nicht die Bohne interessiert, dass ich Mikes Kumpel war. Ich hab meine gesamte Zeit mit ihm verbracht, hab ihm geholfen, seinen Schlag zu verbessern. Hast du den flachen Schlag gesehen, den er draufhat? Den hat er von mir. Die Art, wie er auf dem Feld spielt? Wie er den Ball immer im richtigen Moment erwischt? Hat er alles von mir. So was lernst du nicht am College. Das waren wir beide. Das hab ich ihm beigebracht. Ich hab seinen Hintern auf Trab gehalten. Andauernd wollte er mit irgendwelchen Weibern ficken, sich besaufen. Wollte nach Reno zum Pokern. Aber ich halt ihn bei der Stange. Im Jahr vor der Abschlussprüfung hat es neue Auswahlverfahren gegeben. Und diesmal hat er es auf Anhieb geschafft. Die Mets. Volltreffer. Mein Kumpel hat das große Los gezogen.

Er nimmt die Ellbogen vom Knie, lehnt sich zurück und schaut rüber zu Miguel.

– Aber ich war mal der Star. Ich war mal die ganz große Nummer.

Kühle Luft weht vom Wasser rüber. Ich zieh mein Jackett über.

– Also, Jay.
– Was ist, Mann?

Ich zeig auf die beiden Zettel in seiner Hand.

– Was hattest du in meiner Jacke zu suchen?

Er grinst.

– Scheiße, Mann, ich dachte, du hättest noch was von dem Ecstasy.

Er hält die Zettel hoch.

– Du kannst dir vorstellen, wie überrascht ich war, als ich das hier gefunden hab.
– Und, hast du irgendwas damit vor?

Er lässt die beiden Blätter zwischen Daumen und Zeigefinger baumeln, jedes in einer Hand.

– Ob ich damit was vorhab? Ja, ich hab was damit vor. Ich will, dass du aus Mikes Nähe verschwindest, und zwar so schnell wie möglich.

– Klingt vernünftig.
– Ist es auch.
Ich strecke meine Hand aus.
– Dann gib sie mir, und ich mach mich auf die Socken.
Er zieht die Papiere zurück und schüttelt den Kopf.
– Äh-äh. Erst musst du noch was für mich tun.
Ich fixiere ihn. Wie er dasitzt. Zurückgelehnt. Ich könnte ihm den Ellbogen in die Kehle rammen und mir die Zettel schnappen. Aber ich tu's nicht.
– Jay, darf ich dir einen Rat geben?
– Klar.
– Leg dich nicht mir an.
– Häh?
– Ernsthaft. Lass es nicht drauf ankommen. Ich … Du hast keine Ahnung, wie dünn meine Nerven im Moment sind.
Er richtet sich gerade auf.
– Ich will mich überhaupt nicht mit dir anlegen, Mann. Ich würd nie … Scheiße, Mann. Ich weiß gar nicht, was du meinst. Geld, Mann? Nie und nimmer.
Er zieht sein Handy aus der Tasche.
– Siehst du das? Ich hätt jederzeit die Bullen rufen können. Ich hätte gleich die 911 wählen und sie herbestellen können, nachdem ich den Scheiß gefunden hab. Glaubst du wirklich, ich will mich mit dir anlegen? Ja, ich will was von dir. Aber was ich brauch, ist deine Hilfe. Das hier …?
Er faltet die Papiere zu einem kleinen Rechteck zusammen.
– Drauf geschissen.
Er zeigt auf Miguel.
– Ich brauch jemanden, der mir mit meinem Kumpel hier hilft. Er lässt nämlich langsam mit sich reden. Er hat's bis hierher geschafft. Er spielt als Profi, und es macht

ihm Spaß. Und zur Abwechslung fängt er sogar mal an, drüber nachzudenken, was gut für ihn ist. Er sieht die anderen Jungs aus seiner Mannschaft, die alle in die Major League wollen, aber keiner, kein Einziger von ihnen wird es schaffen. Und er? Er muss sich einfach nur auf den Ball konzentrieren, und schwups, ist er drin. Aber von mir kann er die ganze Leier nicht mehr hören. Ich brauch bloß den Mund aufmachen und irgendwas über Glücksspiel oder Schulden sagen, und schon blockt er ab. Der Typ hat einfach die Nase voll von meinen ewigen Moralpredigten. Und da kommst du ins Spiel. Du sollst ihn dir schnappen und Klartext mit ihm reden. Dass mit diesem ganzen Scheiß nicht zu spaßen ist und er so schnell wie möglich seine Schulden loswerden soll. Das Haus kann er seiner Mom auch noch später kaufen. Meinetwegen soll er diesen Escalade abstoßen und sich einen beschissenen Olds zulegen, so wie du. Alles andere kommt später. Klär ihn über diesen Russen auf. Mann, meine letzten Zweifel, dass der Typ 'ne üble Nummer ist, wurden definitiv zerstreut, als ich erfahren hab, dass er jemand wie dich für sich arbeiten lässt. Dieser Kerl schafft es, einen international gesuchten Killer von der Bildfläche verschwinden lassen, ihm ein neues Gesicht zu verpassen und ihn dann als Fahrer einzustellen? Mann, das ist komplett durchgeknallter Blockbuster-Kino-Scheiß. Und so was können wir überhaupt nicht gebrauchen. Also wär es gut, wenn du ihm erzählst, mit was für kaputten Typen er es zu tun hat, und dass er sich schleunigst vom Acker machen soll, solange noch Zeit ist. Du wirst ihm helfen. Du wirst ihm den Rücken stärken. Und das hier?

Er hält das quadratisch gefaltete Papier hoch.

– Dieser Scheiß?

Er zerreißt das Quadrat in lauter kleine Fetzen und

schleudert sie in die Luft. Langsam segeln sie zu Boden und werden dort von der Meeresbrise durcheinander geweht.

– Scheiß drauf, Mann. Du machst das für mich, okay? Du hilfst meinem Kumpel. Weil du damit was Gutes tust. Das wär doch mal 'ne prima Abwechslung, Mann, oder?

Die Dritte war eine Bankmanagerin.

Eine leidenschaftliche Spielerin. Pferdewetten. Ihre Schulden waren auf über eine Viertelmillion angewachsen. Sie hatte eine zweite Hypothek auf ihr Haus und einen Kredit auf ihr Auto aufgenommen. Das Geld hatte sie bei riskanten Wetten verzockt, in der Hoffnung, so ihre Schulden begleichen zu können.

Man hatte ihr bereits Botschaften übermittelt. Ich kann mir lebhaft vorstellen, wie sie nach ihrer ersten Abmahnung in der Bank auftauchte und ihr Humpeln und das blaue Auge mit einem Sturz erklärte. Nach der zweiten fiel ihr das vermutlich nicht mehr so leicht. Möglicherweise zog eine ihrer Freundinnen sie mittags beim Lunch ins Gespräch und fragte, ob es zu Hause Probleme gäbe. Oder so was in der Art.

Findet jemand nach der zweiten Botschaft keinen Weg, mehr Geld aufzutreiben, macht man ihm Angebote. Sie ist Bankmanagerin? Da kann sie doch ein paar Kredite gewähren.

Sie weigerte sich.

Wir schnappten sie uns nach der Arbeit. Auf dem Nachhauseweg hatte sie in einer Bar Zwischenstation gemacht und die üblichen drei Drinks konsumiert, wie jeden Abend, seit die Dinge aus dem Ruder liefen. Sie hatte ein paar Dollar in den Einarmigen Banditen geworfen und auf einen Jackpot gehofft. Was Verlierer eben klassischerweise so tun. Sie war wieder rausgekommen, nur leicht betrunken. Als sie die Hand auf den Türgriff legte, ging ich auf sie zu und rief ihren Namen. Sie blickte auf, blinzelte in die Dunkelheit, Branko näherte sich in ihrem Rücken und schlug ihr auf den Hinterkopf. Sie kippte um. Ich trat zu ihr.

In der Zeit war ich ziemlich gut dabei, was die Pillen anging. Richtig übel. Ich war komplett bedröhnt. Kramte irgendwo in meiner Tasche nach der Waffe, konnte sie aber nicht finden. Branko musste mich erst drauf hinweisen, dass ich sie bereits in der Hand hielt. Sie war entsichert und geladen. Die Frau bewegte sich, und Branko beugte sich vor und schlug ein weiteres Mal mit seinem Knüppel zu.

Sie trug die typischen Bankklamotten; ein konservatives Kostüm in dunklen Tönen, fleischfarbene Strumpfhosen, niedrige Absätze. Sie war fast fünfzig, füllig, und hatte fette Knöchel. Ich entleerte die Waffe vollständig in ihren Hinterkopf, drückte den Abzug immer weiter, bis Branko sie mir abnahm, abwischte und wegwarf. Anschließend zog er mich zu dem Auto, das er eigens für den Job gekauft hatte, und wir fuhren davon.

Am nächsten Tag kam er in den Suites vorbei und erwischte mich dabei, wie ich mir ein Zeitungsfoto der Frau betrachtete: eine Aufnahme mit ihrem Ehemann und den zwei Töchtern. Er zerknüllte die Zeitung und stopfte sie in den Müll. *Solche Dinge,* sagte er, *sollte man am besten schnell wieder vergessen.*

Guter Tipp. Ich wollte, jemand hätte mich schon früher mal drauf hingewiesen.

Ich betrachte die am Boden verstreuten Papierfetzen. Einer wird vom Wind herumgewirbelt, und ich sehe mein winziges fotokopiertes Gesicht auf einem Fitzelchen meines alten Führerscheins.

Die Bankmanagerin geht mir nicht aus dem Kopf. Ich denke dran, wie es sich anfühlt, Mütter zu töten. Wie es wäre, Mickeys Mutter umzubringen. Ich will das nicht tun.

Und ich frage mich, wie es wäre, zur Abwechslung mal was Gutes zu tun.

Jay mustert mich.

Ich ziehe mein Handy aus der Tasche, aber dann fällt mir ein, dass der Akku leer ist. Ich wende mich an Jay.

– Kann ich deins benutzen?

Er neigt den Kopf.

– Yo.

Er holt es raus und reicht es mir.

Ich stehe auf.

– Gib mir eine Minute.

Er schüttelt den Kopf und lacht.

– Klar doch. Kein Problem.

Ich mache ein paar Schritte Richtung Kriegerdenkmal und tippe die Nummer ein. Wie zu erwarten, geht der Anrufbeantworter dran.

– Hey, ich bin's. Ruf mich unter dieser Nummer zurück.

Ich nenne die Nummer und leg auf. Kurz darauf klingelt Jays Handy.

– Hallo, Henry.

– Hallo, David.

– Du hast dich entschieden zu kommen?

– Ja, sieht so aus.

Er stößt einen tiefen Seufzer aus, lässt die ganze aufgestaute Spannung mit der Luft entweichen. *Ja, es ist zwar traurig, aber besser so für alle.*

– Gut.

– Aber da ist noch was.

– Ja?

– Die Sache ist die, ich hab da was gefunden. Und ich glaube, dass du es gerne hättest.

Es ist leicht. Natürlich kann ich ihm nicht einfach so ins Gesicht sagen: *Hey, erinnerst du dich noch an das viele*

Geld, von dem wir dachten, dass es für immer verloren wäre. Du wirst es mir nicht glauben, aber ich bin eben zufällig drüber gestolpert. Doch er hört aufmerksam zu. Stellt Fragen. Und am Ende schenkt er mir Glauben.

Wir handeln einen Deal aus. Ziemlich genau die Art von Deal, wie sie unter solchen Umständen zu erwarten war. David bekommt das Geld. Und ich Mom und Dad. Einschließlich der Garantie, dass er ihr Leben schützen wird.

Morgen früh werde ich David in seinem Büro aufsuchen. Er wird allein sein, und ich werde ihm das Geld zeigen. Er wird mir die Hand schütteln und mich zur Erfüllung des Vertrags beglückwünschen. Anschließend wird er mich auffordern, mich umzudrehen.

Branko wird vor mir stehen.

Und bevor ich reagieren kann, wird Branko irgendwas mit mir anstellen, und ich werde sterben.

Damit kann ich leben, wie man so schön sagt.

Die vier Millionen reichen nicht aus, mein eigenes Leben zu kaufen. Aber immerhin sollte es genug sein, David nach meinem Tod von meinen Eltern fernzuhalten und sich darauf verlassen zu können, dass er Adam und Martin aus dem Weg räumt.

Zumindest hoffe ich das.

Was bleibt mir auch anderes übrig.

Ich leg auf und gehe zu Jay zurück. Miguel steht mit der Barfrau am Straßenrand. Sie ist dabei, in ein Taxi zu steigen. Ich gebe Jay das Handy zurück. Und da ich ohnehin nichts mehr zu verlieren hab, kann ich zur Abwechslung genauso gut mal was Gutes tun.

– Einverstanden. Ich kann mit Miguel sprechen. Darüber, dass er David meiden soll. Jetzt gleich?

Jay nimmt sein Handy und steht auf. Er blickt rüber zu

Miguel, der sich gerade hinter der Barfrau ins Taxi zu quetschen versucht. Sie schubst ihn weg, die Tür schlägt zu, und das Taxi rauscht davon.

– Wart lieber noch. Nimm ihn dir vor, wenn er wieder nüchtern ist. Morgen nach dem Spiel vielleicht.

Ich denke an meine Pläne für morgen Vormittag.

– Da kann ich wahrscheinlich nicht.

– Tolle Idee, Jay!

Miguel kommt auf uns zumarschiert.

– Genialer Plan, eine Pause einzulegen. Auf die Art kann man 'ne Party echt am Laufen halten.

Jay winkt ab und wendet sich wieder mir zu.

Seine Augen werden plötzlich riesengroß.

Sie starren auf irgendwas hinter mir.

– Scheiße, was soll das, Mann?

Ich lass mich fallen.

Der Totschläger wischt mir durch die Haare.

Mit einem Satz hechtet Jay über mich hinweg.

Zwei Körper prallen dumpf aufeinander. Scharrende Füße. Fleisch, das auf Stein klatscht. Ich werfe mich auf den Rücken. Jay und Martin rollen übers Pflaster. Martin wälzt sich auf Jay. Ich will mich aufrichten, da tritt mir Adam mit voller Wucht gegen die Rippen.

Martin tut Jay ziemlich weh.

Ich versuch mich aufzurappeln.

Erneut kracht Adams Fuß in meine Rippen.

Schmerz durchbohrt meine linke Seite. Ich schnappe nach Luft. Will auf die Beine kommen. Doch der Schmerz durchzuckt jetzt meinen ganzen Körper. Martin sitzt auf Jays Brust, drückt ihn mit den Beinen zu Boden, lässt den Totschläger links und rechts niedersausen, zerschmettert sein junges Gesicht.

Adam packt mich am Kragen und schleift mich in Richtung Bus.

In diesem Moment rammt ihn Miguel aus vollem Lauf von hinten, und beide landen auf dem Pflaster.

Martin steht auf. Jay liegt reglos am Boden.

Miguel hat keine Ahnung, wie man kämpft. Selbst von hier aus kann ich sehen, dass er keinen Plan hat. Immerhin besitzt er solche Kräfte, dass er Adam gegen den Beton gepresst halten kann. Martin kommt mit erhobenem Totschläger auf die beiden zu. Adam setzt Miguel jetzt keinen Widerstand mehr entgegen. Ich hieve mich auf Hände und Knie und sehe, wie Adams Hand in die Tasche mit dem Messer gleitet. Ich beginne loszukrabbeln.

– Miguel. Mike! Mike!

Er hebt den Kopf. Das Messer fährt aus der Tasche. Ich werf mich nach vorn und packe Adams Handgelenk in dem Moment, als die Klinge rausschnappt. Martins Totschläger knallt gegen Miguels Hals, er fällt der Länge nach auf Adam, begräbt dabei dessen Arm unter sich, und ich kann das Messer aus seinen Fingern winden.

Martin packt mich am Haar, reißt meinen Kopf hin und her.

– Tetka Anna! Tetka Anna! Tetka Anna!

Adam wälzt Miguels schweren Körper von sich runter.

– Martin!

Ich ziele auf Martins Fußmitte, verfehle sie aber und ramme ihm die Klinge in die Zehen. Blut quillt aus dem Loch in seinen Pumas. Er reißt seinen Fuß hoch und kickt mir dabei das Messer aus der Hand. Es segelt durch die Luft, klappert irgendwo zu Boden. Martin hüpft hinterher, stolpert über Miguel und stürzt auf Adam, der sich gerade aufzurichten versucht.

Ich halte nach dem Messer Ausschau. Es liegt irgendwo in der Dunkelheit verborgen. Aber Adam kriecht jetzt auf etwas zu. Ich robbe hinterher. Packe sein Fußgelenk und ziehe dran. Schmerz durchzuckt meinen Brustkorb. Ich reiße ihm das rechte Bein weg, er balanciert nur noch auf einem Knie und den Händen, dreht sich nach mir um, tritt und zerrt, um sich zu befreien. Ich umklammere seinen Knöchel mit beiden Händen. Er wendet sich von dem Messer ab und stattdessen mir zu.

Martin hat sich wieder aufgerappelt. Er steht auf dem rechten Fuß, den linken hat er vorsichtig angehoben, Blut sickert aus seinem Schuh. Er sucht nach irgendwas auf dem Boden, bückt sich, hebt seinen Totschläger auf, dann sieht er zu mir rüber.

Adam wirft sich auf den Rücken und tritt mir mit dem linken Fuß gegen die Stirn. Ich lasse mit einer Hand los, taste mit der anderen übers Pflaster, kralle mir einen losen Stein und reiße ihn raus.

Martin kommt auf mich zugehüpft.

Adams linker Fuß erwischt mein Ohr. Ich werfe mich mit meinem ganzen Gewicht auf sein rechtes Bein. Dann heb ich den Pflasterstein und hämmere ihn gegen sein Fußgelenk. Er schreit auf und hört schlagartig auf zu treten. Erneut donnert mein Stein gegen seinen Fuß, und ich spüre, wie der Knochen darunter nachgibt. Ein weiterer Hammerschlag. Diesmal schreit er nicht mehr.

Ich lasse von seinem Bein ab, rolle mich auf den Rücken, den Stein in der Hand. Ich deute einen Wurf auf Martins blutenden Fuß an. In seinen Augen zuckt die Erinnerung auf an die Bälle, die ich in Coney Island nach ihm geworfen habe. Er duckt sich. Ich schleudere den Stein gegen sein gesundes rechtes Knie. Erneut geht er zu Boden.

Ich ziehe meinen Schuh aus.

Tief gebeugt wegen meiner schmerzenden Rippen schleppe ich mich rüber zu Martin, der grade nach einem Weg sucht, trotz verstümmeltem Fuß und zertrümmerter Kniescheibe hochzukommen. Er blickt zu mir auf. Mein Schuh klatscht ihm mitten ins Gesicht. Ich schlage so lange weiter, bis er zusammenbricht. Blut und Rotz rinnen ihm aus der Nase.

Adam hat sein Bein dicht an den Körper gezogen, der Fuß baumelt am zermatschten Gelenk. Seine andere Hand huscht über den Boden, sucht nach dem verlorenen Messer. Ich mache ein paar Schritte, bücke mich und hebe das Messer auf.

Ich deute auf sein Fußgelenk.

– Kannst du damit gehen?

– Nein.

Ich strecke ihm die Hand hin. Er ergreift sie, und ich ziehe ihn hoch, stöhnend, wegen der Stiche in meinen Rippen.

– Komm schon.

Er stützt sich auf mich und hüpft auf seinem intakten Bein mit mir rüber zum Geländer.

– Du wartest hier.

Er sackt gegen die Metallstangen, wühlt eine Zigarette aus seiner Tasche und zündet sie sich an.

Ich betrachte mir Martin. Er ist bewusstlos. Dann werfe ich einen Blick auf Jay. Sein Gesicht ist aufgeplatzt und heftig am Anschwellen. Blutige Bläschen bilden sich zwischen seinen Lippen und platzen lautlos. Miguel bewegt sich jetzt auch. Er grunzt und fährt sich mit der Hand an den Hals. Langsam öffnet er die Augen.

– Verdammt. Scheiße, was ist los, Mann?

– Jay hat's erwischt.

– Häh?

– Jay ist verletzt.

– Wo? Warum?

Er richtet sich zu schnell auf, und seine Augen verdrehen sich nach oben. Er droht wieder umzukippen. Schnell knie ich mich neben ihn. Ein neuer und fast noch fieserer Schmerz in meinen Rippen. Ich stütze ihn, bis der Schwindel nachlässt.

– Okay?
– Ja, ja, wieder okay.
Ich drehe seinen Kopf Richtung Jay.
– Siehst du?
– O Scheiße.
– Kannst du aufstehen?
Er richtet sich langsam auf.
– Schaff Jay in den Bus.
– O Fuck. Scheiße. Oh, Jay.

Er geht rüber zu seinem Freund, bückt sich ganz tief nach unten, schiebt seine Arme unter den reglosen Körper und hebt ihn ohne Schwierigkeiten hoch. Dann trägt er ihn zum Bus.

Ich betrachte Martin genauer und merke dabei, dass ich immer noch den Schuh in der Hand halte. Ich klemm ihn mir unter die Achsel, packe Martin an den Armen und schleife ihn rüber zu seinem Bruder. Miguel steckt den Kopf aus dem Bus.

– Er ist drin. Soll ich die Cops rufen?
– Wart einfach im Bus auf mich. Leg ihm ein Handtuch oder so was aufs Gesicht.

Er verschwindet wieder im Bus und schließt die Tür hinter sich.

Ich hieve Martin hoch aufs Geländer. Adam packt mit an und hilft, ihn dagegen zu lehnen. Martins Hände grabschen ein paar Mal ins Leere, und seine zugeschwollenen Augen öffnen sich zu Schlitzen. Er klammert sich ans Geländer, doch ohne ganz bei Bewusstsein zu sein.

Ich bewege sachte meinen Arm, und der Schuh fällt aus meiner Achselhöhle zu Boden. Mit meinem weiß bestrumpften Fuß schlüpfe ich rein, die Augen auf Adam gerichtet, das Messer noch immer in der Hand.

– Ihr seid ihnen gefolgt, nachdem ihr meine Spur verloren hattet?

Adam zündet sich am Stummel seiner Zigarette eine neue an. Das Blut an seinen Fingern verschmiert den Filter.

– Nein. Wir sind nach Hause. Tetka Anna. Dinge waren kaputt in ihrem Haus. Sie war verschwunden.
– Hm.
– David.
– Hm.
– Martin wollte zu ihm. Sie zurückholen.
– Ah.
– Aber sie hätten uns getötet. Ich dachte, wir schnappen erst dich. Bieten dich an zum Tausch. David ist hinter dir her. Du hast versucht, ihn zu töten.
– Ja. Stimmt beides.
– Wir haben Freunde von dir verfolgt.
– Ihr seid ihnen gefolgt, um mich zu finden?
– Ja.
– Keine schlechte Idee.
– Nein.
– Nein, war es wirklich nicht.

Er nimmt einen Zug.

Ich blinzle. Warte, ob ich meine Meinung vielleicht doch noch ändere. Tu ich aber nicht.

– Allerdings war es keine gute Idee, mir damit zu drohen, meine Eltern zu foltern.

Das Messer ist scharf. Es durchtrennt seine Luftröhre ohne nennenswerten Widerstand. Ich ziehe es wieder raus, Blut blubbert aus dem Loch, begleitet von einem Strom Zigarettenrauch. Sein Mund öffnet und schließt sich. Die Zigarette fällt ihm aus der Hand. Ich bücke mich, packe sein gesundes Bein, wuchte ihn hoch, und er kippt über das Geländer runter in die Bucht. Martins glasige Schlitzaugen versuchen mich zu fixieren, aber da liegt er bereits rücklings auf der obersten Eisenstange. In seinem Dämmer grabscht er nach mir. Sein Rücken biegt sich durch. Nur die Hand an meinem Oberarm hält ihn noch im Gleichgewicht. Ich ziehe die Klinge einmal quer über seine Fingerknöchel, und er fällt.

Ich mache mir nicht die Mühe, ihnen nachzuschauen. Adam mit seiner aufgeschlitzten Kehle, Martin mit dem kaputten Fuß, dem zerschmetterten Knie und dem demolierten Schädel, sie werden beide ertrinken. Ich drehe mich um, gehe auf den Bus zu und sammle unterwegs Martins Totschläger ein.

Für David ist es nun wesentlich leichter, seinen Teil des Vertrags zu erfüllen.

Ich steige in den Bus. Schließe die Tür. Miguel hockt neben Jay am Boden und hält ihm ein schmutziges T-Shirt aufs Gesicht.

– Wie geht's ihm?

Jays Hand kommt hoch und schiebt das Shirt beiseite.

– Gut, Scarface, verflucht gut für einen Typen, der bald beschissener aussehen wird als du.

Dann wird er ohnmächtig.

– Ihr habt euch geprügelt.
– Was?
– Ihr wart betrunken, habt euch gestritten und du bist ausgerastet.
– Oh nein, Mann. Das werd ich ganz sicher nicht erzählen.
– Hör zu. Wenn es ein Streit zwischen Freunden war, egal wie schlimm, und keiner erstattet Anzeige, dann machen die Cops kein großes Trara.
– Oh Mann, das ist übel. Das ist echt übel. Ich hab keine Lust, dass die Leute denken, ich … Scheiße! Wer waren denn diese Typen überhaupt?
– Das war … so was wie die Konkurrenz. Typen, die Probleme mit David haben.
– Scheiße! Verdammt. Sind sie …? Was, wenn sie noch mal auftauchen?

– Mach dir deswegen keine Gedanken. Darum hab ich mich gekümmert. Sie sind kein Problem mehr.

Ich biege links in die Maiden Lane, fahre ein paar Blocks weiter und halte in der Gold Street.

– Komm her.

Miguel steht auf. Ich drücke auf den Türknopf und schäle mich aus dem Fahrersitz, aber beim Versuch, die Kiste hochzuwuchten, verweigern meine Rippen den Dienst.

– Gib du mir das Ding.

Ich steige aus. Miguel hebt mir die Kiste aus dem Wagen, und wir stellen sie am Straßenrand ab.

– Danke. Ein Stück die Straße runter gibt es ein Krankenhaus. In der Beekman, glaub ich, direkt neben der Universität. Fahr einfach vor und hupe.
– Okay. Mach ich.
– Und, Miguel, es war eine Prügelei. Du hast ihn so zugerichtet.
– Mann.
– Tu's einfach. Die Bullen werden rumschnüffeln wegen heut Nacht, und es wird einen Riesenärger geben.
– Okay. Kapiert. Und was ist … hey, wart einen Moment. Was ist mit dir?
– Ich bin irgendwann mit der übrigen Partymeute verschwunden.
– Nein. Ich mein, was machst du jetzt? Wohin …?

Ich lege die Hand auf die Kiste.

– Ich muss mich um das Ding hier kümmern.
– Okay. Aber du wirst doch wiederkommen, nachher …
– Ruf einfach deinen Agenten an. Ihm kannst du alles erzählen. Er wird dafür sorgen, dass du nicht in Schwierigkeiten gerätst.
– Okay. Aber wann …?
– Morgen. Wir sehen uns morgen. Beim Spiel.

– Ja, ja. Okay, Mann. Ich … das ist vielleicht alles eine verrückte Scheiße.

– Bring Jay ins Krankenhaus.

– Ja. Ja, Mann.

Er klettert hinters Steuer, wirft mir einen Blick zu, nickt und drückt den Türknopf. Ich sehe zu, wie der Partybus die Straße runterkriecht. Dann packe ich die Kiste und zerre sie zurück zur Walter Street, um dort ein Taxi anzuhalten.

Sie ist schwer.

Diese verfluchte Kiste ist so beschissen schwer.

Und sie tut mir weh.

Es gab da diese eine Bar in Brooklyn, in die Yvonne früher gern zum Trinken ging. Manchmal, in den Nächten, wenn wir beide nicht bei Paul's arbeiten mussten, fuhren wir mit der U-Bahn rüber in die Heights. Wir spazierten die Henry Street rauf zur Clark, in der die kleine Bar lag. Eine echte Spelunke, wie all unsere Lieblingsplätze. Weiß nicht mehr, wie Yvonne sie aufgetan hatte. Wir tranken gut was weg. Ich leerte flaschenweise Bud und verstaute nebenher ein paar Old-Turkey-Whiskey, um mir Appetit auf mehr zu machen. Sie bevorzugte Corona und kippte dazwischen gelegentlich einen Tequila. Der Tequila ließ sie im Bett immer ausflippen. Wir spielten Pool und Darts, besoffen uns gründlich, und in lauen Sommernächten gingen wir zu Fuß über die Brooklyn Bridge zurück nach Manhattan; unterwegs legten wir dabei immer mal ein paar Stopps zum Liebemachen ein.

Der Besitzer des Ladens war ziemlich durchgeknallt. Angeblich hatte er Kontakte zur Unterwelt. Yvonne sagte mir, er wäre der Kredithai des Viertels oder so was. Jedenfalls war er ein ziemlich schräger Typ. Er hatte diesen riesigen Hund, einen Mischlingsrüden. Pausenlos lief der durch die Bar, schnüffelte am Boden, hielt nach Erdnüssen oder Wurststückchen Ausschau, die runtergefallen waren. Der Besitzer ließ ihn über Nacht als Wachhund in seinem Laden. Direkt gegenüber befand sich ein großes altes Hotel, eine berüchtigte Absteige für Junkies. Er befürchtete, sie könnten ihm den Laden ausräumen. Daher hatte er eigens ein Trainingsprogramm für den Hund entwickelt, das seinen Hass auf Junkies schüren sollte. Er zog das Programm ein paar Mal in der Woche durch, immer wenn ein Junkie verzweifelt genug war und dringend Geld brauchte.

Einer von ihnen musste dann die Straße überqueren, ans Fenster klopfen, bis der Besitzer auf ihn aufmerksam wurde. Eine Weile ignorierte er ihn, aber irgendwann blickte er rüber und nickte. Dann musste der Junkie an die Scheibe trommeln, woraufhin der Hund hinrannte und bellte. Der Junkie lief draußen vor dem Schaufenster auf und ab, schlug fortwährend gegen das Fenster und die Tür, der Hund kläffte, und der Besitzer kniete sich neben ihn und flüsterte ihm ins Ohr.

– Fass. Zerfetz den Nigger. Fass ihn.

Der Hund rastete jedes Mal komplett aus, und der Besitzer nickte dem Junkie erneut zu. Für den das Zeichen, an die Tür zu kommen, sie einen Spalt zu öffnen und seinen mit einer Jacke oder Decke umwickelten Arm durchzuschieben. Augenblicklich fiel der Hund darüber her, riss und zerrte an dem Arm, wobei der Junkie sich alle Mühe geben musste, nicht nach innen gezerrt zu werden, und der Barbesitzer sich schier in die Hose machte vor Lachen. Nach etwa einer Minute hörte er wieder auf zu lachen, zog den Hund zurück und schob dem Junkie fünf Dollar zu. Der Junkie wanderte davon, um seinen Dealer zu treffen, und wickelte unterwegs seinen Arm aus, um die massiven blauen Flecken und Bisswunden zu untersuchen, die dort für Wochen zu sehen sein würden.

Nach dieser Show stellten die meisten Gäste, die zum ersten Mal da waren, entrüstet ihre Gläser ab und verließen den Laden auf Nimmerwiedersehen. Es war nicht unbedingt der Ort, an dem sich ein normaler Mensch zu Hause fühlt. Aber wenn man sich nicht weiter drum kümmerte und die Szene ein paarmal über sich ergehen ließ, hatte der Eigentümer wohl das Gefühl, dass man zu seinem Schlag von Leuten gehörte. Wir gingen ein paarmal im Monat hin und wurden drei oder vier Mal Zeuge dieser Prozedur. Trotzdem glaub ich nicht, dass sich einer von uns beiden wirklich zu seinem Schlag von Leuten zählte.

Jedenfalls, hätte es diese Bar nicht gegeben, hätte ich nie von dem Hotel erfahren. So kam das also.

Die Bar existiert nicht mehr. Sie hat irgendwas anderem Platz gemacht, einem Café oder Diner. Aber das Hotel an der Ecke gegenüber gibt es noch. Ich drücke dem Taxifahrer ein paar Extradollar in die Hand, damit er mir die Kiste reinträgt. Der Laden erstrahlt in neuem Glanz. Über der Rezeption verkündet ein Schild, dass das Ganze inzwischen auch als Studentenwohnheim des Long Island City College fungiert, doch die Empfangsdame ist immer noch hinter ein paar Zentimeter dickem Plexiglas verschanzt, und auch ein paar Junkies sind in der Lobby auszumachen.

– Ich brauch ein Zimmer.

Kommentarlos schiebt sie mir ein Anmeldeformular unter dem Fenster durch. Mit Hilfe eines Stifts, der am Ende einer Kette hängt, füll ich ihn aus. Da ich keine Energie mehr habe, mir was Neues aus den Fingern zu saugen, verwende ich einfach die Daten meiner Las-Vegas-Identität.

– Kann ich bar zahlen?

Jetzt schenkt sie mir doch noch einen Blick, mustert

mein schmutziges Jackett und mein Unterhemd. Das Blut an meinen Händen hab ich zwar im Partybus abgewaschen, aber sie sind immer noch dreckverkrustet.
– Ja, aber Sie müssen eine Kaution hinterlegen.
– Kein Problem.
Ich frage sie nach einem Zimmer in der Nähe des Aufzugs, und sie hat tatsächlich eines frei. Sie verlangt das Geld für eine Nacht, plus eine weitere Nacht als Kaution, plus Gebühren für die Benutzung des Fernsehers, plus eine weitere Kaution fürs Telefon. Ich gebe ihr das Geld. Sie händigt mir die Quittung und die Schlüssel aus und drückt dann den Türsummer, damit ich in die Lobby kann. Ich zerre meine Kiste rein, warte auf den Aufzug, fahre in den zweiten Stock, schleife die Kiste durch den Flur und in mein Zimmer, verriegele dir Tür hinter mir, breche auf dem Bett zusammen und schließe die Augen.
Sofort sehe ich Adam und Martin vor mir.
Ich öffne die Augen.
Jesus. Jesus.
Wer sind all diese Typen? Wo kommen sie nur her? Diese ganzen Waisen, die ich anziehe. Die Brüder, die ich getötet habe.

Auf dem Nachttisch liegen Speisekarten diverser Lieferservices. Ich rufe bei einem Vierundzwanzig-Stunden-Deli ein paar Häuser weiter an, der sich Pickles & Peas nennt. Manchmal war ich mit Yvonne dort, früher in den Nächten, wo wir über die Brücke nach Hause spazierten. Wir besorgten uns Bier in Büchsen und wickelten es in braune Papiertüten, damit wir unterwegs trinken konnten. Als ich dort anrufe, meldet sich eine Frau mit breitem koreanischem Akzent. Sie nimmt anstandslos meine Bestellung auf, ein Sandwich und ein paar Flaschen Wasser, aber als ich nach Verbandszeug frage, kriegen wir Verständigungsprobleme. Schließlich finde ich raus, dass sie nichts außer Heftpflaster führen. Ich frage sie nach Gafferband.

– Gaffabahn?

– Gafferband.

– Nein. Kein Gaffabahn. Hier nur Deli.

– Gaffer. Silbernes Tape. Klebeband.

– Silbernes Band! Ja! Silbernes Band. Ja.

– Eine Rolle, bitte.

– Ja. Ja. Wo?

– Im Hotel. Zimmer 214.

– Ja. Zehn Minuten.

– Danke. Einen Moment noch!

– Ja?

– Bleiche? Haben sie Bleichmittel? Clorox?

– Ja. Bleichmittel, ja.

– Schicken Sie mir eine Flasche mit.

– Ja. Ja. Zehn Minuten.

Ich lege auf. Genau zehn Minuten später meldet die Rezeption, dass eine Lieferung für mich eingetroffen ist. Ich sag ihr, sie soll sie raufschicken.

Der Lieferbursche lächelt, als ich ihm die Tür öffne. Er reicht mir die Quittung, ich gebe ihm das Geld und erkläre ihm, er kann den Rest behalten. Er lächelt erneut und nickt mehrfach. Ich schnappe mir die Tüte und verschließe die Tür hinter mir.

Nachdem ich den gesamten Inhalt der Tüte auf meinem Bett ausgeleert habe, alles wild durcheinander, reiße ich den Verschluss einer Wasserflasche auf und trinke. Bevor ich das Deli anrief, hab ich das Wasser aus einem der Hähne probiert; es schmeckte nach Rost. Ich leere die halbe Flasche, und meine Rippen explodieren vor Schmerz bei jedem Schluck. Dann nehme ich die halb leere Flasche und die Bleiche und gehe ins Bad.

Ich drücke den Stöpsel ins Waschbecken, lass es volllaufen und drehe dazwischen den Duschhahn auf. Schnell werfe ich die Kleider ab und schleudere Unterhemd, Unterhose und Socken in die Dusche. Sobald das Waschbecken voll ist, kippe ich einen Becher Bleiche hinein. Dann steige ich unter die heiße Dusche. Am Rand des Waschbeckens liegt ein kleines Stück Seife, ich wickle es aus seinem Papier und seife damit meine Unterhose ein, besonders die Urinflecken; als Mickeys Mutter mir die Pistole in den Hals rammte, hätte ich mich um ein Haar eingepisst. Auch meinem Unterhemd und den Socken verpasse ich eine gründliche Reinigung. Anschließend schrubbe ich den Schweiß, den Schmutz und das Blut von meiner Haut und aus meinem Haar.

Der Bluterguss auf meinen Rippen ist riesig. Die dunkelste Stelle sitzt etwa eine Handbreit unter der Achsel, von dort aus zieht er sich die Flanke runter zum Steißbein, in lila, schwarzen, blauen und roten Schattierungen. Bei der Säuberung dieser Seite lasse ich besondere Vorsicht walten. Selbst der Wasserstrahl der Dusche schmerzt.

Danach trockne ich mich ab und tupfe behutsam über die in Mitleidenschaft gezogenen Stellen. Ich wringe die Weißwäsche aus, werfe sie ins Waschbecken zu der Bleiche. Der Geschmack in meinem Mund ist widerwärtig. Ich hätte mir auch noch Zahnbürste und Zahnpasta kommen lassen sollen. Egal.

Das Handtuch um die Hüften gewickelt, schlurfe ich zurück ins Zimmer, schnappe mir mein Sandwich und eine Flasche Wasser und mache es mir auf dem Bett bequem, den Rücken mit zwei flachen Kissen gegen das Kopfende gestützt. Ich packe das Sandwich aus und nehme einen Bissen. Sie haben Mayonnaise drauf getan, obwohl ich extra ohne verlangt hatte. Scheiße, ich hasse Mayonnaise. Bei gelüftetem Deckel kratze ich so viel Mayo wie möglich runter, baue das Sandwich wieder zusammen und schlag meine Zähne rein.

Die Fernbedienung ist am Nachttisch angekettet. Offensichtlich sind die Studenten auch nicht besser als die Junkies. Ich schalte den Fernseher ein und zappe durch die Kanäle. Kauen und zappen. Es gibt nichts Besonderes, nur den üblichen Kabelfernsehkram. Reihum schalte ich mich immer wieder durch dieselben zwölf Programme. Als ich das Sandwich vertilgt habe, geh ich noch mal ins Bad. Ich lasse das Waschbecken ab, spül die Bleiche aus meiner Wäsche und werfe sie über die Duschstange. Dann nehme ich mir meine Jeans und mein Jackett vor. Mit einem feuchten Tuch versuche ich, die übelsten Flecken wegzurubbeln, doch irgendwann gebe ich auf. Ich wandere zurück ins Zimmer, wo gerade das Programm des Madison-Square-Garden-Network läuft. Wieder auf dem Bett schnappe ich mir die Fernbedienung, aber bevor ich umschalten kann, flimmert Miguels Gesicht über die Mattscheibe.

Eine Sekunde lang überfällt mich Panik. Doch dann wird schnell klar, es ist kein aktueller Nachrichtenclip über den Shootingstar der Mets und die zwei Leichen in der Hudson Bay. Vielmehr handelt es sich um eine Wiederholung des Cyclones-Spiels vom Vormittag. Ich verfolge das Spiel. Miguel spielt wirklich gut. Ich werde Zeuge des Home Runs, von dem Jay mir erzählt hat.

Ich sehe mir ein Baseballspiel an.

Es ist kein wirklich großartiges Spiel. Verdammt, es wäre kaum durchschnittlich zu nennen, würde ich nicht einen der Spieler kennen. Aber das ist unwichtig. Ich schaue einfach zu. Irgendwann während des achten Innings fallen mir die Augen zu. Das Geplapper der Stadionsprecher, das Brummen der Menge, das Klatschen der Schläger; all die Geräusche, die mal mein Leben ausgemacht haben, lullen mich in den Schlaf. Und das ist das eigentlich Großartige daran.

Ich sitze auf der Couch, den Joystick in der Hand, und versuche, die Spieler auf der Mattscheibe zu steuern. Wir spielen jetzt schon seit Stunden.

– Das ist langweilig.

Ich drücke einen Knopf, und der Ball segelt auf den Schlagmann des Jungen zu. Er erwischt ihn, der Ball schießt die rechte Feldseite entlang, über die zweite Base hinaus und erzielt zwei Läufe.

– Scheiße! Das war ein Foulball.

Der Junge lacht.

– Kannst ja Einspruch erheben und dich wegen Meckern vom Platz stellen lassen. So was liebe ich.

– Blödes Spiel.

– Für dich vielleicht. Mir macht's Spaß.

Ich werfe einen Blick auf den Punktestand, 63-1, am Ende des sechsten Innings.

Wir spielen. Er beugt sich vor, stützt die Ellbogen auf die Knie. Ich starre auf das große Loch in seinem Hinterkopf.

– Wann lässt du das endlich mal in Ordnung bringen?

Er schlägt einen weiteren Foulball.

– Häh?

– Wann du dieses Loch zumachen lässt?

– Was faselst du da?

– Dieses verdammte Loch, wann gehst du endlich zum Arzt damit?

– Du bist wohl bekifft. So was kann man nicht mehr in Ordnung bringen. Das bleibt für immer so. Red nicht so einen Müll.

– Du redest Müll. Lass uns das Spiel vorzeitig abbrechen, Gnadenregel, und draußen ein richtiges Spiel machen.

Der Junge schüttelt den Kopf und die Spaghettis in seinem Haar wackeln.

– Keine Gnade.

– Aber mir hängt das Spiel zum Hals raus. Und die beiden Jungs da wollen auch mal mitspielen.

Ich zeige auf Adam und Martin, die am geöffneten Fenster sitzen, beide tropfnass.

Adam schüttelt den Kopf.

– Wir brauchen nicht spielen. Ich will rauchen.

Er hält eine Zigarette an seine Lippen, zieht daran und bläst Ringe durch das Loch in seiner Kehle.

Der Junge zeigt auf ihn.

– Hey, mach das draußen, ja? Meine Eltern werden mich anscheißen, wenn sie den Rauch hier drin riechen.

Adam bläst den Rauch aus dem Fenster.

Ich klatsche den Joystick gegen mein Bein.

– Okay, aber ich will was anderes unternehmen und Martin auch.

– Nein, will er nicht.

– Doch, will er.

Der Junge schaut rüber zu Martin.

– Martin, willst du rausgehen?

Martin lässt seinen Totschläger in die offene Hand klatschen.

– Tetka Anna! Tetka Anna! Tetka Anna!

– Siehst du. Er ist ganz zufrieden so.

– Aber ich will gehen.

– Jammer nicht. Ich sag dir was. Wenn du den nächsten Schlagmann ins Out schickst, gehen wir raus.

Ich zeige auf den Fernseher.

– Das ist Jackie Robinson. Das schaffe ich nie.

– Könntest es wenigstens versuchen.

Die Tür fliegt auf. Die Bankmanagerin und der Gewerkschafter kommen reinspaziert.

Der Junge späht zu ihnen rüber.

– Hallo Mom, hallo Dad.

Der Gewerkschafter winkt ihm zu.

– Hallo Junge.

Die Bankmanagerin geht zu ihm und küsst ihn auf die Wange. Ich sehe das große Loch in ihrem Hinterkopf.

– Hallo, mein Süßer.

Sie blickt sich um.

– Rieche ich hier etwa Zigarettenrauch?

Adam schnippt seine Kippe aus dem Fenster.

Der Junge schnüffelt.

– Nicht von uns, Mom.

– Hmm.

Der Gewerkschafter kommt zu uns. Dreht sich um, schnüffelt mit erhobener Nase durchs Zimmer. Ich bemerke das klaffende Loch hinten in seinem Schädel.

– Riecht irgendwie nach Rauch hier.

– Nö, kann nicht sein.

Der Gewerkschafter mustert ihn streng.

– Belüg mich nicht, mein Sohn.

– Dad, du störst uns beim Spielen!

Ich lasse meinen Pitcher einen Ball werfen.

– Schrei mich nicht an. Ich riech ganz deutlich, dass jemand in meinem Haus geraucht hat.

Der Junge drückt einen Knopf. Jackie holt mit dem Schläger aus, drischt den Ball in die Luft und direkt in den Handschuh meines Fängers. Wütend schmeißt er seinen Joystick auf den Boden.

– Scheiße! Verfluchter Mist!

Die Bankmanagerin schlägt die Hände vor den Mund.

– Was hast du da gesagt?

Der Kerl von der Gaststättengewerkschaft marschiert zum Fernseher, reißt das Kabel der Spielkonsole raus und fängt an, sie damit zu umwickeln.

– Okay, das war's, Freunde. Alle raus.

Ich raffe mich auf.

– Ja, lass uns spielen gehen.

Der Junge springt auf.

– Okay. Mann, ich war grade dabei, den Punkterekord zu brechen. Das hätte ich sicher geschafft. Du nervst echt.

Der Gewerkschafter legt ihm die Hand auf die Schulter.

– Nein, du nicht. Du gehst heute nirgendwo mehr hin. Nicht, wenn du so schmutzige Ausdrücke verwendest.

– Daaad!

– Nein. Schluss mit lustig. Ihr verlasst jetzt auf der Stelle das Haus. Außerdem werde ich eure Eltern benachrichtigen, dass einer von euch geraucht hat.

Adam und Martin sagen gar nichts, helfen einander nur stumm beim Aufstehen und humpeln zur Tür, wobei Adam eine frische Zigarette aus der Tasche fischt.

Ich folge ihnen. Die Haustür knallt hinter uns zu.

– Kommt Jungs, lasst uns ein paar Würfe üben.

Adam sieht mich an, bläst eine Rauchwolke aus seinem Hals.

– Nein. Muss rauchen.

– Komm schon.

Martin zeigt auf sein demoliertes Knie und den Fuß.

– Tetka Anna! Tetka Anna! Tetka Anna!

– Mann, ihr seid echte Spielverderber.

Ich schaue ihnen hinterher, wie sie aufeinander gestützt die Straße runterwanken.

– Yo!

Ich dreh mich um. Jay und Miguel stehen mitten auf der Straße. Miguel hat einen Ball. Er schleudert ihn möglichst hoch in die Luft, positioniert sich dann darunter und übt, ihn nur mit dem Handschuh aufzufangen.

Ich deute auf ihn.

– Keine gute Übung. Wenn du unter den Ball kommen willst, halt den Handschuh hoch und fang ihn mit beiden Händen. Diese angeberische Technik da könnte dich eines Tages einen Home Run kosten.
Jay sieht zu Micheal.
– Schau dir an, wie Sparky Anderson das macht.
Miguel fängt einen weiteren Ball auf die lässige Art.
– Was soll's. Lasst uns zu dritt 'ne Runde spielen.
Ich verfolge, wie der Ball erneut in die Luft steigt.
– Hab keinen Handschuh mit.
Miguel wirft mir seinen zu.
– Nimm meinen.
Der Ball fällt und klatscht in seine nackte Hand.
– Ihr besetzt das Feld.

Jay und ich gehen ein Stück die Straße runter. Miguel läuft in die andere Richtung. Als wir weit genug voneinander entfernt sind, ruft er Halt. Wir nehmen unsere Plätze in der Straßenmitte ein. Miguel wirft den Ball hoch und drischt ihn mit dem Schläger in unsere Richtung. Wir rangeln um die beste Fängerposition, rempeln uns mit den Ellbogen an, versuchen uns Platz zu schaffen, während der Ball genau auf uns zusegelt. Auf den letzten paar Metern trudelt er leicht aus seiner Flugbahn, und ich mache einen Satz, werfe mich rücklings auf die Kühlerhaube eines Autos und fange ihn mit einem präzisen Griff, bevor er einschlagen und eine Delle hinterlassen kann.

Jay klatscht mir auf den Hintern, als ich mit dem Ball zu ihm komme.
– Nicht schlecht, Mann.

Ich werfe den Ball zu Miguel zurück. Er fängt ihn, zeigt dann auf die Straße hinter uns.
– Auto!

Wir machen ein paar Schritte zur Seite und lassen den Wagen durch. Dann spielen wir weiter.

Ich wache auf.

Ein Blick auf die Uhr.

Morgens, kurz nach zehn. Ich bin spät dran.

Ich rolle mich aus dem Bett, schnappe mir das Gaffertape und gehe ins Bad. Spritze mir Wasser ins Gesicht, fahr mir durchs Haar. Spüle meinen Mund aus. Dann betrachte ich die Stelle auf meinen Rippen. Sie ist noch mehr angeschwollen. Meine ganze Seite ist jetzt steif und wund. Ich wickle ein langes Stück Tape von der Rolle und klebe es mir auf die Seite. Lasse ein weiteres Stück Tape folgen.

Ich verbrauche die gesamte Rolle, pflastere meine ganze linke Seite damit zu, um die gebrochenen Rippen an ihrem Platz zu halten. Am Ende sieht es aus, als hätte man mir links eine Bleiplatte draufgeklatscht und sie mit Bändern um die Mitte und über meine Schultern befestigt. Das Tape zerrt an meiner Haut, und ich kriege kaum Luft, aber zumindest bewegen sich die Rippen jetzt weniger.

Dann streife ich mein Unterhemd über, die Unterhosen, die Socken. Alles stinkt nach Bleichmittel. Ich schlüpfe in die Jeans und in mein Jackett und gehe zurück ins Zimmer, meine Schuhe holen. Am rechten Absatz klebt Blut. Ich lasse es kleben und ziehe sie an. Ich stopfe mir Bargeld in die Taschen, außerdem meine Brieftasche und den Schlüssel zu meinem beschissenen Apartment in Las Vegas. Dann stecke ich Adams Schnappmesser ein und dazu Martins Totschläger und die letzte volle Flasche Wasser.

Sonst noch was?

Brauch ich noch was, bevor ich sterbe?

Mein Blick schweift durch den Raum.

Nein, nicht wirklich. Ich hab alles.

Also schaffe ich die Kiste zum Aufzug, fahre nach unten, schleife sie durch die Lobby auf die Straße, halte ein Taxi an, der Fahrer hebt sie für mich in den Kofferraum, und ich sage ihm, er soll mich nach Brighton Beach fahren.

War keine wirklich berauschende letzte Nacht. Aber immerhin habe ich noch einen Ausschnitt von dem Spiel gesehen. Das war nett. Eigentlich ganz okay so.

Der Taxifahrer lässt mich direkt vor dem Gebäude raus, weigert sich aber, mir mit der Kiste zu helfen, egal wie viel ich ihm dafür biete. Er wuchtet sie noch für mich aus dem Kofferraum, dann stehe ich unten am Fuß der Stufen und sehe nach oben. Es sind höchstens acht, trotzdem wird es die Hölle, das Ding dort raufzuschaffen. Ich stopfe die Wasserflasche in die rechte Außentasche meines Jacketts und zerre die Kiste die erste Stufe hoch. Wie zu erwarten: Höllenschmerzen. Ein paar Latinos mittleren Alters hocken oben auf den Stufen und spielen Karten auf einer kleinen Obstkiste. Sie sehen zu, wie ich mich eine weitere Stufe hochquäle, dann ruft einer von ihnen in die Lobby des Gebäudes.

– *Chiqui!*

Ein magerer Zwölfjähriger, nur mit einer Shorts bekleidet, kommt rausgerannt. Der Mann zeigt auf mich und meine Kiste. Der Junge hopst die Stufen runter, schlingt seine dünnen Arme um die Kiste und schleppt sie bis zur obersten Stufe. Ich folge ihm. Er will schon wieder reinrennen.

– Warte.

Er bleibt stehen.

Ich ziehe einen Fünfdollarschein aus der Tasche.

– Zum Aufzug, okay?

Der Junge wirft einen Blick auf den Fünfer, dann auf den Kartenspieler. Der Mann nickt und sagt was auf Spanisch. Der Junge lächelt, schnappt sich den Schein und schleift die Kiste rüber zum Aufzug.

Ich nicke dem Mann zu.

– *Gracias.*

– *De nada.*

Quer über die bunten Kacheln, die den Schriftzug *El Marisol* bilden, marschiere ich in die klimatisierte Lobby. Der Junge lächelt noch mal, drückt den Aufzugknopf für mich und rennt wieder nach draußen. Ich schaue mich um. Eigentlich hätte ich erwartet, von Davids Männern in Empfang genommen zu werden. Sieht aber nicht danach aus. Mit leisem Pling öffnet sich die Aufzugtür, und ich schiebe die Kiste rein. Von drinnen spähe ich durch die Lobby und die Eingangstür und sehe ein Stück Ozean, weit draußen, hinter den Rücken der beiden schmalen braunen Männer, die sich über ihr Kartenspiel beugen. Ich höre sie was auf Spanisch murmeln und in der Entfernung das Brechen der Wellen. Für eine Sekunde fühlt es sich an wie in Mexiko. Dann schließt sich die Tür, und der Aufzug ruckelt nach oben.

– Henry.

– Hallo, David. Kannst du mit anpacken?

Er tritt zu mir in den Korridor, und gemeinsam schleppen wir die Kiste in sein Büro. Ich warte einen Moment, während er noch mal in den Flur zurückkehrt, die Haupttür verschließt und dann wiederkommt.

– Einen Drink?

Er geht zu dem Buffet mit den Flaschen und umrundet dabei die Kiste, als wäre sie einfach ein weiteres Möbelstück in dem vollgestopften Raum.

Umständlich befreie ich die Wasserflasche aus meiner Tasche.

– Nein danke.

Er nickt.

– Für mich ist es eigentlich noch zu früh. Und du trinkst nicht mehr. Trotzdem.

Er nimmt zwei Gläser und schwenkt sie in meine Richtung. *Heute ist der Tag für eine Ausnahme.*

– Nein. Vielen Dank, ich möchte nichts.

Sich geschlagen gebend stellt er eines der Gläser zurück.

– Ist immer gut, wenn man zu seinen Prinzipien steht. Bravo, Henry. Aber ich werde trinken. Macht es dir was aus?

– Nein.

Er gießt sich einen Brandy ein, schnüffelt daran.

– Ich brauche jetzt einen Drink. Nach gestern habe ich das nötig.

Er nimmt einen Schluck.

– Ja, heute brauche ich einen Drink.

Er steht einfach da, blickt in sein Glas. Ich stehe vor ihm und warte.

– Also, David.

– Ja?

Ich lege meine Hand auf die Box.

– Willst du nicht nachschauen?

Er wirft einen Blick auf den Metallkoffer, hebt sein Glas und schwenkt es ein wenig. *Wenn es dich glücklich macht.*

Ich lasse die Verschlüsse aufschnappen, lüfte den Deckel und lehne ihn gegen die Couch.

David kommt ein paar Schritt näher, betrachtet das Geld. Er lächelt. Ein winziger Lacher entweicht durch seine Nase.

– Ehrlich gesagt, ich hab fast gedacht, du hättest eine Waffe oder einen Komplizen drin versteckt.

– Jemand mit einer Maschinenpistole, der wie ein Springteufel rausgehüpft kommt?

– Genau so.

– Ja, wär nicht schlecht gewesen. Ist aber leider nur das Geld.

Er tritt noch ein Stück näher, streckt seinen Arm aus, greift sich ein Bündel Scheine aus der zerrissenen Plastikumhüllung, befingert es, lässt es wieder zurückfallen.

– Und es lag die ganze Zeit dort versteckt?

– Richtig.
– Dein Freund hat es für dich dort gelassen?
– Ja.
– Ich hab es bereits gesagt.
– Was?
– Er war ein guter Freund.
– Ja, war er.
– Ein Verlust für dich.

Ich schweige.

– Denk an all das, was nicht passiert wäre, hätte er lange genug gelebt, um dich über das zu informieren, was er getan hat. Stell dir nur mal vor.

Er hebt das Gesicht zur Decke und schüttelt staunend den Kopf. *Diese Verschwendung.*

Ich schraube meine Wasserflasche auf, nehme einen Schluck, verschließe sie wieder.

– Wenn du damals gewusst hättest, wo das Geld ist, hättest du mich auf der Stelle töten lassen.

Er hebt die Hand, als wolle er widersprechen, dann senkt er sie wieder.

– Henry, ich wollte, ich könnte sagen, du hast unrecht. Aber heute ist nicht der Tag für Lügenmärchen. Ja, das wäre sicher der Fall gewesen. Trotzdem war es, alles in allem, keine Tragödie. Es hatte auch sein Gutes. Einige Aufträge hast du ordentlich für mich erledigt. Und dir blieb mehr Zeit. Wer hätte nicht wie du gehandelt, um ein Jahr zusätzliche Lebenszeit zu gewinnen? Mehr noch als ein Jahr. Und du hast nicht nur dein Leben gerettet. Geht es nicht letztendlich vor allem darum? Ist das nicht Grund allen Lebens? Deshalb bist du jetzt hier mit dem Geld und nicht in einem Flugzeug. Bestimmt war nicht alles schlecht, was du getan hast. In einer Sache hast du richtig gehandelt. Du warst ein guter Sohn. Das steht außer Zweifel.

Er prostet mir zu, setzt das Glas an die Lippen, leert es. *Und ich trinke auf dich.*

Dann stellt er das Glas auf dem Schreibtisch ab.

– Trägst du irgendwelche Waffen, Henry?

Ich nicke.

– Ja.

Er zeigt auf die Kiste.

– Leg sie hier rein, ganz oben drauf. Wenn einem das letzte Stündlein schlägt, bricht manchmal der Instinkt durch. Es ist besser, du bist nicht bewaffnet.

Ich ziehe das Messer aus der Tasche und lege es auf das Geldpaket.

David blickt mich an. Sieht das Blut. Hebt eine Augenbraue. *Du hast dich nützlich gemacht?*

Ich nicke.

– Die Neffen.

– Tatsächlich?

– Sie haben mich gefunden.

– Und?

– Ich hab sie getötet, David.

– Ja. Eigentlich nicht weiter erstaunlich. Immer wirst du unterschätzt, Henry. Immer.

– Außer von dir.

Er schüttelt den Kopf, hebt eine Hand. *Schmeichle mir nicht.*

– Nein, sogar von mir. In bestimmten Situationen auch von mir. Hast du noch andere Waffen?

Ich hole den Totschläger heraus und lege ihn zu dem Messer. Er lächelt.

– Du wirst dich jetzt umdrehen und die Arme hochnehmen.

Ich folge seinen Anweisungen.

Er tritt dicht hinter mich und lässt seine Hände an meinen Armen und Flanken nach unten gleiten. Ich zucke zusammen, als er meine Rippen berührt.

– Eine Wunde?

Er blickt unter mein Hemd und mustert das Tape.

– Die Neffen?

– Ja.

Er lässt mein Hemd wieder fallen und tastet mich fertig ab.

– Ja. Gut so.

Ich drehe mich um.

– Und jetzt?

– Branko.

Ich fahre herum, in der Annahme, dass er direkt hinter mir steht. Tut er aber nicht.

David tätschelt mir die Schulter.

– Nein, Henry. Es ist noch Zeit. Er wird sich nicht von hinten anschleichen.

– Wo ist er?

– Hier. Im Schlafzimmer. Ich bin nicht dumm. Nie würde ich den Fehler begehen, mit dir allein zu bleiben. Egal wie sehr ich auch darauf vertraue, dass du deine Eltern liebst, so was würde ich nie tun.

– Also?

– Wir werden dort reingehen. Du wirst ihn sehen. Wir werden noch einen Moment miteinander sprechen. Dann wird er dich mitnehmen.

– Verstehe. So war der Deal.

– Ja. So war der Deal.

Er zeigt den Flur runter auf die Türen, die rechts und links davon abführen. Zwei stehen offen: Die Küche und das Bad. Die geschlossene Tür wird wohl das Schlafzimmer sein.

Die Planung des Ablaufs hat bis zu diesem Punkt die Gefühle auf Distanz gehalten, aber jetzt, wo ich den Flur entlanggehe, beginnt mein Herz zu pochen. Mit jedem Schlag scheint es stärker gegen meine Rippen zu hämmern, und der Druck in meinem Schädel nimmt zu.

Meine Füße halten inne. Kurz vor der Tür bleiben sie einfach stehen.

– Henry?

Ich will ihm sagen, dass ich okay bin, nur eine kurze Pause brauche, aber ich kriege kein Wort über die Lippen. Er tritt vor mich, blickt mir ins Gesicht.

– Ja, es ist nicht leicht.

Ich kann nicht mal mehr nicken.

– Hier.

Er windet mir die Wasserflasche aus der erstarrten Hand, öffnet sie, hält sie mir an den Mund. Als er die Flasche kippt, rinnt mir Wasser über die Lippen, und ich beginne zu schlucken. Ich greife nach der Flasche, trinke noch ein kleines Schlückchen, lasse sie wieder sinken.

– Danke.

– Keine Ursache.

Er reicht mir den Verschluss, und ich schraube ihn wieder drauf.

– Besser jetzt?

– Ja, besser.

– Gut, gut.

Er legt seine Hand auf den Türgriff.

– Denn leider, Henry, gibt es da noch eine Sache, die du erledigen musst.

Er öffnet die Tür.

Ein schmaler Raum. Mit einem Bett fürsBüronickerchen, einem Fernseher, einem Sessel mit passendem Fußschemel. Und da ist Mickeys Mutter, gefesselt und geknebelt in einem Stuhl. Und Branko daneben auf der Bettkante.

Brankos Blick wandert von der Frau zur sich öffnenden Tür. David steht mit einer Hand am Türgriff und wartet darauf, dass ich an ihm vorbei in den Raum trete. Dabei studiert er aufmerksam mein Gesicht, sucht nach einem Ausdruck der Überraschung angesichts dieser letzten raffinierten Volte, die vorsieht, dass ich erst noch Anna für ihn töten muss, bevor er mich mit Branko wegschickt, bevor die Sicherheit meiner Eltern endgültig gewährleistet ist. Das Lächeln in seinem Gesicht spricht Bände. *Siehst du? Siehst du, was du dir einhandelst, wenn du dich mit mir anlegst?*

Und ich sehe es.

Ich sehe, was ich mir eingehandelt habe.

Aber ich will es nicht.

Und ich werde es auch nicht akzeptieren.

Zu spät entdeckt Branko, was ich in der Hand halte.

– David!

Doch David ist so damit beschäftigt, den Moment auszukosten, dass er die Wasserflasche nicht kommen sieht, bis sie gegen die Seite seines Schädel kracht.

Die Wucht des Aufpralls reißt mir die Flasche aus der Hand und schickt David zu Boden. Ich packe ihn, bevor er ganz in sich zusammensacken kann, reiße ihn vor mir hoch, einen Arm um seinen Hals gelegt. Branko springt vom Bett auf, die .22er Magnum in der Hand.

Mitten in der Bewegung frieren wir ein.

David hängt schlaff in meinen Armen, Blut tropft aus seinem linken Ohr.

Branko steht neben dem Bett, die Waffe entsichert, aber noch nicht auf uns gerichtet.

Ich blicke auf Mickeys Mutter und dann zurück zu Branko.

– Das ist eine ziemlich miese Tour, Branko.

Langsam hebt er die linke waffenlose Hand und rückt seine Brille zurecht.

– David hat es so bestimmt.

– Trotzdem.

Er lässt die Hand sinken.

– Ich wollte nicht, dass es so läuft.

– Du bist ein Profi, Branko.

Er neigt den Kopf.

– Meine Mutter wäre nicht stolz drauf.

– Meine auch nicht, Mann.

Er lässt sein kleines grunzendes Lachen hören.

David rührt sich in meinen Armen.

Ich stürme auf Branko los, David vor mir her stoßend.

Die Waffe zuckt hoch. Branko verliert etwas Zeit, weil er ein exponiertes Körperteil von mir anzuvisieren versucht, bevor er wahllos auf unsere Beine feuert. Zweimal schafft er es abzudrücken. Eine Kugel gräbt sich in den Boden, jagt eine Wolke kleiner Splitter hoch. Die andere spüre ich in Davids Oberschenkel einschlagen. Und dann rammen wir Branko. Er hat die Schulter gesenkt, um die Wucht des Aufpralls abzufangen, aber die geballte Masse zweier Körper schleudert ihn zurück aufs Bett. David wird zwischen uns plattgequetscht und stöhnt laut auf, denn auch sein angeschossenes Bein wird grob zwischen uns eingeklemmt.

Branko hält immer noch die Waffe umklammert. Aber seine Rechte steckt unter Davids Körper fest. Er versucht uns runterzustoßen, um die Waffe frei zu bekommen. Ich greife nach Davids Haaren, aber sie sind zu kurz, um Halt zu bieten. Stattdessen kralle ich die Finger um seine Ohren, reiße seinen Kopf zurück und schmettere ihn nach unten, mit dem Gesicht genau auf das von Branko. Irgendwas knirscht laut, und ich wiederhole die Prozedur.

David windet sich, bäumt sich auf, versucht sich freizustrampeln. Die Stöße mit seinem Kopf hinterlassen bei Branko deutliche Spuren.

Branko wendet seinen Kopf zur Seite. Seine Nase ist nur noch ein blutiger Brei. Seine Augen begegnen meinen.

Die Waffe feuert.

David wird starr.

Dann erschlafft er.

Die Waffe geht erneut los. Ich kann die Kugel durch Davids Körper vibrieren fühlen. Wieder reiße ich seinen Kopf zurück, donnere ihn auf Brankos Gesicht.

Noch ein Schuss.

Diesmal durchschlägt die Kugel Davids Rippen, zerreißt seine inneren Organe, dringt durch seinen Rücken und trifft meine Brust.

Ich japse nach Luft.

Verkrallt in Davids Ohren, schleudere ich seinen Kopf nach unten.

Und wieder.

Und noch mal.

Die Pistole feuert nicht mehr. Trotzdem schmettere ich Davids Gesicht weiter auf das von Branko.

Als Davids Ohren irgendwann zu blutverschmiert sind, um noch Halt an ihnen zu finden, rolle ich mich von den beiden Leichen runter, lasse mich zu Boden rutschen und lehne mich mit dem Rücken ans Bett. Ich hebe mein Hemd und pflücke die kleine Kugel aus dem Gaffertape auf meinen Rippen. Ich mustere sie einen Moment, dann blicke ich auf. Direkt in die Augen von Mickeys Mutter.

Der durchgeknallte Killer, der ihren Sohn auf dem Gewissen hat, in voller Aktion.

Als die Schmerzen in meiner Brust etwas nachgelassen haben und ich wieder Luft kriege, schleppe ich mich rüber in Davids Büro, schnappe mir Adams Messer und kehre damit ins Schlafzimmer zurück. Mickeys Mutter hockt immer noch auf ihrem Stuhl. Ich geh auf sie zu. Sie sieht das Messer.

– Alles okay. Ich werde Ihnen nichts … Hören Sie, keine Sorge.

Ich knie vor ihr nieder und durchtrenne die Stricke um ihre Knöchel. Sofort zieht sie die Beine an, weg von mir.

– Ihre Hände.

Sie rührt sich nicht.

– Geben Sie mir Ihre Hände.

Tut sie nicht.

Ich lege das Messer beiseite, packe ihre Hände und ziehe sie hoch, damit ich den Knoten sehen kann. Sie hält sie unverändert an der Stelle, während ich das Messer aufhebe und ihre Fesseln löse.

– Sie können den Knebel selbst rausnehmen.

Sie hockt da wie erstarrt, die Knie angezogen, die Hände emporgereckt.

– Wird ein bisschen wehtun.

Sie schließt die Augen. Vorsichtig pule ich eine Ecke des Klebebands von ihrer Wange, dann reiße ich es mit einem Ruck runter. Sie hustet kurz und spuckt den Gummiball aus. Am Boden liegt die Wasserflasche, ich lange danach und halte sie ihr hin. Wie gebannt starrt sie darauf. An einer Seite der Flasche klebt Blut von Davids Ohr. Ich bücke mich erneut und wische sie am Teppich ab. Diesmal nimmt sie die Flasche, gießt sich etwas Wasser in den Mund, spült und spuckt es dann wieder aus, um den Gummigeschmack loszuwerden. Dann trinkt sie richtig.

Wieder drüben am Bett ziehe ich David von Branko runter. Er sackt zu Boden. Sein rechter Oberschenkel weist mehrere Einschusslöcher auf, seine rechte Brust drei. Ich werfe einen Blick auf Branko, allerdings nicht dorthin, wo mal sein Gesicht war. Dann stecke ich die Waffe ein und durchsuche seine Taschen. Keine Patronen mehr, dafür aber sein Handy und die Wagenschlüssel.

Ich drehe mich um. Mickeys Mutter beobachtet mich. Sie hält immer noch die halb leere Wasserflasche umklammert. Ich deute darauf.

– Fertig?

Nicken. Ich strecke meine Hand aus, und sie reicht mir die Flasche. Ich trinke. Als sie leer ist, lasse ich sie fallen.

– Gehen wir.

Sie blickt mich an.

– Wir müssen von hier verschwinden.

Sie erhebt sich.

– Kommen Sie.

Ich geh rüber ins Büro. Sie folgt mir. Ich werfe den Deckel der Metallkiste zu.

– Ich werde Hilfe brauchen.

Sie bewegt sich keinen Millimeter.

– Anna, Sie müssen mir mit diesem Ding hier helfen.

An den Längsseiten der Kiste befinden sich Griffe. Wir tragen sie zwischen uns, wie zwei Leichengräber einen Kindersarg.

Die Männer spielen immer noch Karten. Sie blicken kurz auf, als wir aus dem Haus treten, wenden sich dann aber gleich wieder ihrem Spiel zu. Ein Stück die Straße runter entdecke ich das, worauf ich gehofft habe.

Ich deute mit dem Kinn in die Richtung.

– Der dort.

Wir schleppen die Kiste rüber und setzen sie ab. Ich krame die Wagenschlüssel aus der Tasche und drücke auf den Knopf für die Kofferraumverrieglung. Es ist der einzige Mietwagen in der Straße: ein Camry. Wir hieven die Kiste rein, ich werfe den Kofferraumdeckel zu und führe Anna zur Beifahrerseite.

Sie steigt ein. Als ich den Wagen umrunde, erkenne ich durch die Frontscheibe, wie sie sich rüberbeugt und die Tür für mich öffnet. Ich zwänge mich hinters Steuer.

– Schnallen Sie sich an.

Sie gehorcht.

Ich starte den Motor und wende.

– Ich muss noch was erledigen. Dauert nicht lang. Dann verschwinden wir aus der Stadt.

Es sind noch ein paar Stunden bis Spielbeginn. Ich finde einen Parkplatz beim Spielereingang, direkt neben Miguels Escalade. Ich manövriere den Wagen in die Lücke und stelle den Motor ab.

Anna hat sich kein Stück weit bewegt. Sie sitzt kerzengerade auf ihrem Platz, die Beine aneinander gepresst, die Hände flach auf den Oberschenkeln, den Blick starr geradeaus.

– Ich muss da drin was erledigen.

Sie rührt sich nicht.

– Es dauert nur ein paar Minuten. Ich möchte, dass Sie so lange hier bleiben. Okay?

Keine Reaktion.

Ich werfe einen Blick auf die Uhr am Armaturenbrett. Die Zeit wird knapp. Ich muss los.

– Anna.

Sie blickt mich an.

– Sie rühren sich nicht von der Stelle. Okay?

– Okay.

Ich öffne die Tür und steige aus. Die Sonne brennt mir heiß auf den Kopf. Ich wende ihr das Gesicht zu. Sie fühlt sich gut an und lässt meine Knochen gleich weniger schmerzen. Nachdem ich mein Jackett abgestreift habe, um so viel Sonne wie möglich abzukriegen, werf ich es auf den Fahrersitz und fixiere Anna.

– Schön sitzen bleiben.

– Okay.

– Gut.

Ich gehe hinter zum Kofferraum, lasse ihn aufschnappen, stemme den Deckel der Kiste auf und fange an, mit beiden Händen Geld in den Kofferraum zu schaufeln. So lange, bis die Kiste etwa zur Hälfte geleert ist. Dann verschließe ich sie wieder, wuchte sie nach draußen und schlage den Kofferraumdeckel wieder zu.

Die Kiste ist jetzt wesentlich leichter. Ich gehe um den Wagen herum auf den Spielereingang zu. Hinter der Windschutzscheibe des Camry sehe ich Anna wie eingefroren sitzen. In ihrem Hirn überschlagen sich wahrscheinlich die Gedanken, jagen unaufhörlich im Kreis, suchen nach einem Haltepunkt, aber nichts lässt sie Frieden finden.

Ich überlege, wie ich ihr helfen kann; ob ich noch mehr für sie tun kann, als sie aus Davids Büro zu schaffen, bevor die Cops dort auftauchen. Ich frage mich, wer Davids Geschäfte übernehmen wird. Werden sie über Davids verrückte Schwägerin Bescheid wissen? Und wenn ja, werden sie Anna für seinen Tod verantwortlich machen? Schon möglich. Mich werden sie jedenfalls nicht verdächtigen. Ich bin Davids Geist. Niemand weiß von mir – außer David, Branko und den Leuten, denen ich wehgetan habe. Ich bin aus dem Schneider. Aus dem Schneider und reich. Und allein.

Ich frag mich, ob ich Anna helfen soll unterzutauchen. Ob ich sie beschützen soll. Eine schwachsinnige Idee, kindisch. Aber irgendwie auch naheliegend. Eigentlich sollte ich inzwischen längst tot sein, und nun muss ich doch wieder Pläne für die Zukunft machen.

Vor dem Eingang steht ein Wachmann. Ich erkläre ihm, dass ich Miguel Arenas Bodyguard bin. Er mustert meine Schrammen und die Tattoos. Offensichtlich passe ich ins Bild, denn er nimmt den Hörer ab, wechselt ein paar Worte mit jemand und winkt mich dann durch.

Ein Summen liegt in der Luft, die wachsende Spannung vor dem Spiel, das in circa zwei Stunden anfängt. Ein Platzwart kommt mir entgegen, mit den Markierungen für die

Bases im Arm. Die Tür zum Promotion-Raum steht offen. Die Tische sind überladen mit Werbegeschenken: Miniaturschläger, Schlüsselanhänger, ausgestopfte Seemöwen, Kappen, Schlaghandschuhe. Ein Typ wühlt sich durch einen Haufen von Hotdog-Kostümen. Um die Ecke, vor dem Clubhaus der Heimmannschaft, wartet Miguel auf mich.

– Hey, Mann.

– Hey.

Er betrachtet mich.

– Du siehst beschissen aus, Mann. War das gestern Nacht auch schon so?

– Ja. So ziemlich.

– Ich hatte ordentlich getankt.

– Gut möglich.

– Ja, verdammt.

Sein Fuß tritt gegen den Betonboden. Er steckt bereits zur Hälfte in seiner Spielermontur: Hosen und Stollenschuhe, darüber noch ein Stanford-T-Shirt.

– Wie geht's Jay?

Er reibt sich den Schädel.

– Sie haben seinen Kiefer mit Draht flicken müssen. War gebrochen. Die Nase auch. Das Jochbein ist angeknackst. Sie haben gemeint, er kann echt froh sein, dass ihm nicht das Auge rausgefallen ist.

– Hast du mit ihm gesprochen?

– Kurz. Sie haben ihn komplett unter Drogen gesetzt.

– Hat er was gesagt?

– Nicht wirklich. Mit 'nem verdrahteten Kiefer spricht sich's schlecht.

– Wie wird er damit fertig?

Er grinst.

– Er wird komplett durchdrehen.

– Yo, Mann.

Er lacht.

Ich zeige auf die Schwellung an seinem Hals.

– Und wie geht's dir?
– Okay. Bisschen zerschrammt. Ein paar Kratzer an den Händen und so. Nichts Wildes.
– Na dann.
– Ja. Allerdings hat mich jemand erkannt … in der Notaufnahme. Und der wiederum kennt wohl jemand von der Boulevardpresse, denn kurz darauf ist ein Fotograf aufgetaucht.
– O Scheiße.
– Nein, schon in Ordnung. Mein Agent und ein Anwalt des Clubs haben ein paar Anrufe gemacht. Sie haben den Zeitungstypen eine bessere Geschichte für später versprochen, wenn sie auf diese verzichten. Sie waren der Meinung, schlechte Presse an zwei Tagen hintereinander könnte meiner Karriere schaden. Wie auch immer.
– Gut so.
– Ja. Trotzdem hat der Club vor, mich zurückzuschicken. Nach dem Spiel. Ich soll wieder in die Juniormannschaft. Sie haben gemeint, ich kann echt spielen, komm aber wohl mit dem Leben in der Stadt noch nicht so ganz klar. Pech gehabt.
– Tut mir leid.
– Ja, Mann.

Ein weiterer Spieler duckt sich unter der Clubhaustür durch. Er nickt Miguel zu und schlendert dann in Richtung der Tunnel, die aufs Spielfeld führen.

– Ich wollte dich was fragen.
– Ja?
– Ich bin mir nicht sicher, ob das eine gute Sache ist, dieser Deal mit deinem Boss, mein ich. Die beiden Typen gestern Nacht, die hatten auch geschäftlich mit ihm zu tun?
– Genau.
– Also, das ist irgendwie nicht in Ordnung. Diese Typen

haben meinen besten Freund zusammengeschlagen. Mit so was will ich nichts zu tun haben, Mann.

– Hm.

– Ich hab gedacht, du könntest vielleicht mal mit ihm reden. Ihm sagen, dass ich eine Vereinbarung treffen will. Für den Anfang kann ich vielleicht ein paar größere Abzahlungen leisten. Irgendwas in der Art. Ich will einfach nicht …

Er breitet die Arme aus, blickt hoch zu den Rängen des Stadions.

– Ich mein, das Ganze hier. Das Spiel. Diese einmalige Chance. Ich will das nicht einfach aufs Spiel setzen. Und die Geschichte mit Jay. So was darf nicht noch mal passieren. Nie wieder. Ich werd immer irgendwo spielen können. Kein Problem. Aber ich kann nicht zulassen, dass mein bester Freund dermaßen zugerichtet wird. Also. Kannst du mit ihm sprechen, ihm das irgendwie erklären?

Ein Kerl biegt um die Ecke. Er trägt ein Hotdog-Kostüm. Ich warte, bis er wieder verschwunden ist.

– Hör zu, Miguel. Ich hab heute Morgen mit David gesprochen. Die Dinge sind grade dabei, sich ein bisschen zu verändern. Irgendjemand, ich weiß noch nicht wer genau, wird deinen Schuldschein übernehmen. Ich schätze, dieser lockere Deal, die Schulden erst mal so stehenzulassen, wird sie nicht interessieren. Und Anzahlungen werden ihnen nicht reichen.

– O Scheiße.

– Nein, hör zu. Mach dir keine Sorgen deswegen. Ich werd dir helfen, die Sache zu regeln. Wir bringen das wieder in Ordnung.

– Ich weiß nicht, Mann. Keine Ahnung, wie ich da jemals wieder rauskommen soll.

– Wir holen dich da raus. Ich … hey, ich hol dich da raus.

Werd ich. Wirklich. Aber du musst auch was für mich tun.

Ich leg meine Hand auf die Kiste.

– Die ist für dich. Oder besser gesagt, für denjenigen, der irgendwann kommen wird, um deinen Schuldschein zu kassieren. Du musst nichts weiter tun, als sie an einem sicheren Ort aufzubewahren. Und wenn sie vorbeikommen oder anrufen, dann gibst du sie ihnen.

Er schielt auf die Kiste.

– Mann, weißt du überhaupt, wie viel ich denen schulde?
– Ja.
– Und das da drin soll reichen?
– Wird es.
– Sind das Drogen?
– Nein.
– Damit will ich nämlich nichts zu tun haben. Keine Probleme mehr, okay? Also keine Drogen.
– Miguel. Nimm die Kiste. Du kannst sie haben. Aber sieh zu, dass du aus dieser Sache rauskommst. Sie wird dir dabei helfen. Nimm sie einfach, und benutze sie. Vertrau mir.

Er schweigt. Dann legt er seine Hand auf die Kiste.

– Okay. Okay, Mann. Danke.
– Keine Ursache. Gut. Ich muss los.
– Was?
– Ich muss gehen.
– Das Spiel!
– Ja, ich weiß.
– Maaaann.
– Tut mir leid.
– Also wann?
– Später. Irgendwann später.
– Das ist hart, Mann.
– Ja.

Ich reiche ihm die Hand. Er packt mich bei den Schultern, presst mich an sich, schlägt mir ein paar Mal fest auf den Rücken. Es fühlt sich an, als würden mir ein paar weitere Rippen gebrochen.

Miguel marschiert zurück ins Clubhaus, um sich fertig vorzubereiten. Heute wird er das entscheidende Spiel der ersten Saisonrunde bestreiten. Wird sicher spannend. Ich verlasse das Stadiongelände durch den Tunnel.

Draußen brennt immer noch die Sonne runter, und es fühlt sich unverändert gut an. Wahrscheinlich durchstöbern die Cops inzwischen Davids Büro, aber sie werden lange nicht wissen, nach wem sie suchen sollen. Also hab ich ausreichend Zeit, um zu überlegen, was mit Anna passieren soll, und wie ich ihr am besten helfen kann, bevor ich mich selbst auf den Weg mache. Vielleicht werden es nicht ganz dreizehntausend Morgen, aber auf jeden Fall ein paar. Ich öffne die Wagentür.

PENG!

Die Schockwellen vibrieren aus dem Wageninneren, bringen mein Hemd zum Flattern und rollen über den Parkplatz. Ich beuge mich vor und spähe hinein. Anna hält mein Jackett auf dem Schoß. Die Tasche, in der sich die Waffe befand, ist umgestülpt. Sie hat die Hände an die Ohren gepresst, aus ihrer Linken ragt die Kaliber .22. Rauch kräuselt aus dem Lauf. Ihre Augen starren auf einen Punkt. Ich blicke nach unten, um zu sehen, wohin. In meinem Hemd ist ein Loch und drunter ein unsichtbares Loch in meinem Bauch. Circa eine Handbreit links von meinem Nabel. Ich steige in den Wagen. Anna fixiert immer noch das Loch, das sie in mich gemacht hat. Den unteren Rand meines Hemdes hochhaltend, starre ich ebenfalls darauf.

Sie sagt irgendwas.

Ich sehe sie an.

– Was?

Sie schüttelt den Kopf.

– Nein.

Ich nicke.

– Ist okay.

– Nein. Tut mir leid. Ich …

– Ist schon gut.

Ich greife nach der Pistole.

– Geben Sie mir das Ding.

Sie lässt die Waffe ein Stück sinken.

PENG!

Die zweite Kugel erwischt mich weiter oben. Das Klebeband bremst sie etwas ab, trotzdem gräbt sie sich zwischen zwei Rippen. Ich sauge Luft ein und kann spüren, wie sie gegen die Knochen reibt.

Verdammte Scheiße.

Ich verliere das Bewusstsein.

Und komme wieder zu mir.

Anna hält immer noch die Waffe. Sie weint. Sie sollte nicht weinen.

Ich zeige auf die Pistole.

– Ich wusste nicht, dass Sie Linkshänderin sind.

Sie nickt.

– So. Ich hab sie. Sie können loslassen.

Sie nickt und drückt erneut den Abzug, aber das Magazin ist leer. Ich nehm sie ihr aus der Hand und werfe sie auf den Rücksitz.

– Okay. Das hätten wir … Oh. Oh, Mann. Wow. Das tut vielleicht weh. Okay, hören Sie … Kann ich mein Jackett haben, bitte?

Sie würgt ein paar Mal, hält schnell die Hand vor den Mund und lässt sie eine Weile dort, bis sie sicher ist, dass sie sich nicht übergeben muss.

– Mein Jackett, Anna.

Sie nimmt das Jackett. Ich beuge mich vor.

– Einfach einmal um mich wickeln, um die Mitte.

Sie beugt sich zu mir rüber und wickelt die Ärmel um meinen Bauch.

– Gut so. Danke.

Vorsichtig lehne ich mich zurück, lege die Ärmel so, dass sie sich über der Schusswunde im Bauch kreuzen, und verknote sie zweimal fest.

– Okay. Besser so. Besser. Und schauen Sie hier.

Ich zeige ihr das Loch im Klebeband, wo die zweite Kugel eingedrungen ist. Ein dünner Faden Blut rinnt heraus.

– Ist gar nicht so schlimm. Und jetzt … jetzt müssen wir nur … wir müssen nur …

In meinem Kopf dreht sich alles. Ich umklammere das Lenkrad. Es hört auf sich zu drehen.

– Ich muss eine Sekunde ausruhen, okay?

Ich lasse mich gegen den Sitz sinken.

– Warum haben Sie meinen Sohn getötet?

Ich wende ihr mein Gesicht zu.

– Was hat er Ihnen getan?

– Ich …

– Er muss doch was getan haben.

Ich denke an Mickey. Wie arrogant er sich aufführte, als er rausfand, wer ich war, und wie er Geld von mir forderte. Ich erinnere mich, wie er mir drohte, David meinen Aufenthaltsort zu verraten, und wie er mir mit Mom und Dad drohte. Ich denke an Mom und Dad, und wie es sich anfühlen muss, über ein paar der furchtbaren Dinge Bescheid zu wissen, die ich getan habe. Wie viel schlimmer wäre es, wenn sie alles wüssten.

– Er hat mir gar nichts getan.

– Nein. Das kann nicht sein.

– Anna. Gar nichts. Er hat mir nicht das Geringste getan. Er hat nur … er lief mir zufällig über den Weg und hat mich erkannt. Ich bekam Angst. Ich wollte kein Risiko eingehen. Deshalb hab ich ihn getötet. Er hat nichts Schlechtes getan. Er war ein guter Junge. Ich … ich mochte ihn.

Ich hab damit angefangen. Und jetzt kann ich nicht mehr aufhören.

– Und ich … ich träume manchmal von ihm. Wie Sie. Ich träume von allen. Und wenn ich könnte, Anna, wenn ich es ungeschehen machen könnte … Als ich jung war, ein junger Kerl, fuhr ich, ich fuhr gegen diesen Baum. Und mein Freund, er war in diesem Wagen und starb, wissen Sie. Und ich, früher dachte ich manchmal, ich wär lieber an seiner Stelle gestorben. Aber das hat nicht gestimmt. Denn wenn ich ehrlich bin, dann hab ich damals Gott gedankt, dass er es war und nicht ich. Aber heute, Gott, heute wünsch ich mir jeden Tag, ich wär es gewesen. Diese vielen Leben, Anna. Sie können sich das nicht vorstellen. All die Leben, die dadurch gerettet worden wären. O Mist.

Erneut dreht sich alles. Und steht wieder still.

Anna langt zu mir rüber und presst ihre Hand auf die Wunde in meinem Bauch.

– Ich hol jemanden. Einen Krankenwagen.

Ich blicke an ihr vorbei, durch das Fenster, und sehe das Meer auf der anderen Seite der Uferpromenade.

– Ist schon okay. Hören Sie. Ich werd … ich werd einfach runter zum Strand gehen, okay. Ich denke, das ist, Jesus, Jesus … Ich geh ein bisschen an den Strand.

Sie presst mir immer noch die Hand auf die Brust. Ich lege meine Hand auf ihre.

– Sie müssen … Da werden Leute kommen. David hat noch mehr Leute. Sie werden rausfinden wollen, was passiert ist. Das Beste ist, Sie tun Folgendes. Im Kofferraum ist Geld. Eine Menge Geld. Sie werden es brauchen. Nehmen Sie den Wagen und fahren Sie irgendwohin. Mit dem Geld. Zurück nach Russland. Egal wohin. Nur weg.

Sie starrt auf das Blut, das zwischen ihren Fingern durchsickert.

– Schauen Sie nicht hin. Nicht.

Ich lege einen Finger unter ihr Kinn und hebe ihr Gesicht auf gleiche Höhe mit meinem.

– Machen Sie sich deswegen keine Sorgen. Ich kann … Ich weiß, wie man so was in Ordnung bringt. Sie müssen jetzt gehen. Bitte gehen Sie einfach. Okay?

Ihre Oberlippe schimmert von Tränen und Rotz.

– Okay. Okay.

– Das ist gut. Gut für Sie. Okay, jetzt …

Ich öffne die Tür. Schwinge meine Füße raus. Ich richte mich auf. Alles dreht sich. Der Parkplatz wirbelt in rasendem Tempo um mich rum. Ich beuge mich vor und kotze. Das tut weh. Wieder sehe ich ins Wageninnere. Anna sitzt noch immer auf dem Beifahrersitz. Ich lange rein und klopfe auf den Fahrersitz.

– Rutschen Sie rüber.

Sie starrt auf den Sitz. Dort hat sich eine kleine Lache Blut gesammelt. Ich wische drüber, reibe es in den Bezug.

– Keine Sorge deswegen. Geht wieder raus. Rücken Sie einfach rüber.

Sie hebt ihre Beine über den Schaltgriff und rutscht mit ihrem Hintern auf den Fahrersitz.

– Gut. Bestens. Haben Sie …? Können Sie Auto fahren?

Sie nickt.

– Sehr gut. Großartig. Also, lassen Sie ihn an.

Sie dreht den Zündschlüssel, und der Motor springt an.

– Gut. Okay. Also. Raus aus der Stadt. Das ist Ihre Richtung. Fahren. Boston. Vielleicht Philadelphia. Irgendwo da. Besorgen Sie sich unterwegs eine Tasche. Die brauchen Sie für das Geld. Und dann fahren Sie zu einem Flughafen. Kaufen ein Ticket. Und verschwinden. Weit weg. Okay. Sie können weggehen. Und Sie kommen nie wieder. Oh, und Anna?

– Ja.

– Machen Sie sich deswegen keine Sorgen.

Ich zeige auf das Loch in meinem Bauch.

– Das … das kommt schon wieder in Ordnung. Das ist gar nichts. Okay?

– Okay.

– Gut. Also dann. Alles Gute. Ciao.

Ich drücke die Tür zu. Sie sitzt da, starrt mich durch die Scheibe an. Ich winke ihr. Alles Gute. Ciao. Sie schaltet in den Rückwärtsgang und rollt aus der Parklücke. Ich winke noch mal. Ciao. Sie blickt mich an, hebt ihre Hand. Ihre Lippen bewegen sich. *Ciao*. Und dann fährt sie los.

Ich blicke auf, rüber zum Strand. Wow, ein ganz schönes Stück bis dahin. Wenn ich noch dort ankommen will, sollte ich mich besser in Bewegung setzen. Und das tu ich auch. Ich mache die ersten Schritte in Richtung Strand.

Und schließe meine Augen, lange bevor ich dort ankomme.

EPILOG

Ich öffne die Augen.

Ich sitze am Strand.

Hocke im Sand und sehe einem Hund zu, der seine Leine hinter sich herschleifend durch die flache Brandung springt. Er bellt wie verrückt, flüchtet vor den hereinbrechenden Wellen, verfolgt die zurückrollenden. Der Hund beißt in die Wellen, schluckt Seewasser – der Ozean lässt ihn schier durchdrehen. Er rennt im Kreis, stürzt sich in Haufen von verrottetem Seetang, wälzt sich auf dem Rücken. Springt wieder auf, jagt die nächste Welle, beißt rein, dann hetzt er den Strand rauf bis zu einer trockenen Stelle, duckt sich und versprüht Dünnschiss.

– Nicht auf die Leine scheißen!

Ich spähe über die Schulter und bemerke ein älteres Pärchen, das händchenhaltend auf den Hund zuläuft. Der Mann ruft dem Hund erneut was zu.

– Du sollst nicht auf deine Leine scheißen, Himmel!

Der Hund schenkt ihm keinerlei Beachtung und befleckt seine Leine weiter mit Seewasser.

– Oh Jesus, was für eine Schweinerei.

Das Paar steht jetzt neben mir. Ich sehe zu ihnen auf.

– Guter Tipp.

Sie blicken mich an. Der Mann lächelt.

– Was meinen Sie?

– Nicht auf die eigene Leine scheißen.

Die Frau lacht.

– Normalerweise ist sie ein richtig lieber Hund. Aber am Strand dreht sie völlig durch.

Der Mann nickt.

– Führt sich auf wie verrückt.

Ich wende mich zu dem Hund um. Schon fällt er wieder über das Wasser her.

– Ja, die Sorte kenn ich.

Das Paar lässt sich ein paar Meter entfernt von mir nieder. Der Mann hebt ein Stück Treibholz auf und beginnt, damit was in den Sand zu zeichnen.

– Sind Sie ein Hundefreund?

Ich nicke.

– Eigentlich schon. Aber ich hatte auch mal eine Katze.

Er schüttelt den Kopf.

– Ich kann Katzen nicht ausstehen.

– War aber eine verdammt coole Katze.

Die Frau betrachtet mich.

– Kommen Sie hier aus der Gegend?

Ich schüttele den Kopf.

– Nein, nicht wirklich. Bin grade erst hergezogen.

Eine Windböe bläst vom Nordpazifik herüber, und sie zieht ihre Jacke enger um die Schultern.

– Wir wohnen schon seit ein paar Jahren hier.

Ich greife in meine Tasche und zieh ein Päckchen Zigaretten raus.

– Früher war ich jedes Jahr mit meinen Eltern hier. Daher kenne ich den Ort.

– Wir waren auch oft hier. Mit unserem Sohn.

Sie dreht sich zur Sonne, die jetzt die Horizontlinie berührt.

Ich schüttle mir eine Zigarette aus dem Päckchen.

Der Mann reicht das Holzstück an seine Frau weiter, damit sie die Zeichnung vollendet. Er zeigt auf das Päckchen Benson & Hedges in meiner Hand.

– Schlechte Angewohnheit.
– Ich weiß. Für eine Weile hab ich auch aufgehört, aber bei dem Wetter hier oben krieg ich Lust zu rauchen. Stört es Sie?
Er zuckt mit den Achseln.
– Wir haben alle unsere Laster.
Ich zünde mir eine an.
– Ja, stimmt wohl.
Der Hund hat sich etwas beruhigt, wandert nun eher hinter den Wellen her, statt sie zu jagen. Eine dünne grünliche Flüssigkeit tröpfelt ihm aus dem Hintern.
– Sieht krank aus, Ihr Hund.
Der Mann nickt und rappelt sich auf.
– Ja. Sie ist wirklich ein lieber Hund, aber hier muss sie jedes Mal wieder ihre Lektion lernen: Trink kein Meerwasser.
Ich ziehe an meiner Zigarette.
– Und scheiß nicht auf deine Leine.
Er lächelt und hilft seiner Frau beim Aufstehen.
– Ja genau, das auch.
Die Frau steckt das Stück Treibholz in den Sand neben die Zeichnung.
– War nett, Sie kennenzulernen.
Ich winke.
– Ja, fand ich auch. Alles Gute.
Sie lächelt und winkt, dann schlendern sie gemeinsam davon, rufen den Hund, der auf sie zuläuft, erschöpft und krank, aber noch immer glücklich und mit raushängender Zunge den Ozean anbellend.
Verrückter Hund.
Ich rauche und sehe ihnen nach, wie sie die Straße hochspazieren, in der ihr Auto steht. Als die Zigarette aufgeraucht ist, drücke ich die Glut im Sand aus und schiebe den Stummel zurück in die Schachtel. Die Sonne ist fast un-

tergegangen, der Horizont teilt sie genau in der Mitte. Ich schließe die Augen und fühle, wie viel Hitze sie noch abstrahlt.

Die Sonne versinkt.

Der Wind frischt auf. Ich erhebe mich und schiebe die Hände in die Taschen meiner Jeans. Dann mach ich ein paar Schritte bis zu der Stelle, wo das Paar saß, und betrachte ihre Zeichnung.

Ein Herz, von einem Pfeil durchbohrt.

In der Mitte steht ein Wort.

Henry.

Merkwürdig, dass sie mich nicht erkannt haben. Ich berühre mein vernarbtes Gesicht. Nein, wirklich eher unwahrscheinlich. Ich überlege, ob ich ihnen nachlaufen soll. Aber das wär keine gute Idee. Sie haben schon einen verrückten Hund, mit dem sie sich rumschlagen müssen.

Ich könnte noch eine Zigarette rauchen. Aber ich lass es bleiben. Ich könnte nach Hause gehen. Aber auch das tu ich nicht. Ich bleib einfach stehen und seh zu, wie die Sterne rauskommen.

Und dann schließe ich meine Augen.

Ich öffne die Augen.

Ich sitze am Strand.

Die Sonne scheint. Ich kann fühlen, wie sie auf mein Gesicht brennt und wie die Hitze gelegentlich durch vorbeiziehende Wolken abgemildert wird. Ein Welle rollt heran, die Brandung rauscht über den weichen dunklen Sand, versickert unmittelbar vor meinen Zehen. Irgendwo hinter mir läuft »Easy«.

Ich betrachte die Menschen am Strand.

Kinder, viele von ihnen Latinos, spielen in den Wellen. Ein Stück weiter links lehnt eine Frau mit limonengrünem Badeanzug und rosa Kopftuch in einem Liegestuhl und strickt irgendwas Orangefarbenes. Ein Mann mit einer Haut so braun wie ein alter Penny joggt vorbei. Eine rundliche kleine Mexikanerin schiebt einen mit Mangos gefüllten Einkaufswagen über den Sand.

Ich winke ihr. Sie zerrt ihren Wagen zu mir rüber. Die Mangos sind mit Holzstielen auf einen großen Styroporblock gespießt.

– *No bolsa. Por favor.*

Sie entfernt die kleine Klammer oben am Holzstiel und zieht die Mango aus ihrer Plastikhülle. Dem Himmel sei Dank. Ich hätte sicher eine Stunde dafür gebraucht. Ich nehme die Mango in Empfang und halte ihr einen Dollar hin. Sie nimmt ihn, starrt ihn an, starrt mich an, packt ihre Karre und schiebt sie eilig weiter. Ich betrachte das übrige Geld in meiner Hand. Es ist blutverschmiert.

Mein Blick fällt nach unten. Die verknoteten Ärmel meines Jacketts sind mit Blut getränkt, und es tropft runter in den Sand, wo es zwischen meinen Beinen versickert. Nicht gut. Gar nicht gut. Man hat nur begrenzte Vorräte von diesem Saft.

Mühsam drehe ich den Kopf. Eine Spur kleiner roter Punkte zieht sich von mir über den Strand bis hin zur Promenade. Es könnten Tropfen vom Eis eines Kindes sein, sind es aber nicht.

Die Strandpromenade ist weit, weit weg, die Musik kommt aus dem Rudy's. Wie hab ich es überhaupt bis hierher geschafft? Mit viel Glück, wahrscheinlich. Ich spähe erneut nach unten. Der Sand hat bereits zu viel Blut aufgesogen; inzwischen hat sich eine kleine Lache gebildet.

Also doch nicht so viel Glück.

Ich betrachte die Mango in meiner Hand. Sie ist geschält und rundherum in Ringe aufgeschnitten. Sie sieht aus wie eine riesige blassorange Artischocke, die mit Chili bestäubt ist. Ich hebe sie zum Mund. Sie schmeckt süß und scharf an meinen Lippen, aber ich hab nicht mehr die Kraft, in die weiche Frucht zu beißen. Sie fühlt sich schwer an. Ich will sie absetzen, versuche den Stiel in den Sand zu stecken, aber ich krieg ihn nicht tief genug rein, damit die Frucht aufrecht stehen bleibt. Langsam sinkt sie zur Seite, bis sie ganz umfällt und von Sand überkrustet wird.

Was jetzt?

Die Schuhe.

Ich werd meine Schuhe ausziehen.

Es ist nicht leicht, aber ich bring es fertig. Dann roll ich die Socken runter und schiebe meine nackten Füße in den Sand. Und wisst ihr was? Es hat sich gelohnt. Meine Augen beginnen sich zu schließen. Ich reiße sie wieder auf. Wenn mir jetzt die Augen zufallen, wär das gar nicht gut.

Aber schon wieder wollen sie sich schließen.

Stopp.

Ich suche nach irgendwas zum Anschauen.

Rechts von mir sitzen ein paar Jugendliche im Kreis, die alle in ihre Handys labern.

Handy.

Ich verlagere das Gewicht, zupfe an meinem Jackett. Es zieht an meiner Wunde, und ich schnappe nach Luft. Vorsichtig taste ich die Jackentaschen ab und stoße auf Brankos Telefon. Dann durchwühle ich meine Hosentaschen nach der Nummer.

Ich wähle.

Es klingelt einmal.

– Hallo?
– Hey, Mom.
– O Gott. O mein Gott …
– Hey, hey. Tut mir leid wegen gestern Abend. Ich wollte euch nicht erschrecken. Mein Handy, der Akku …
– Ich weiß schon, Henry, ich weiß. Oh Henry, Henry, Henry …

– Ich liebe dich, Mom.
– Ich liebe dich auch, Henry. Ich liebe dich so sehr. Ich …
– Ist Dad da?
– Er ist hier. Er …
– Henry? Ich bin's. Wie geht's dir? Wo steckst du? Bist du …? Können wir …?
– Dad. Hey, Dad. Wow. Ihr hört euch …
– Was gibt's, Henry? Wie können wir dir …?
– Hey. Hey. Ich kann nicht lang sprechen. Ich wollte … ich wollte euch nur sagen, dass ich, also ich hab euch sehr lieb, und …

Mutter schnalzt mit der Zunge.

– Bist du betrunken, Henry?
– Nein, Mom.
– Du klingst betrunken.
– Wirklich nicht, Mom.
– Also, ich … o Gott.
– Ist schon gut, Mom. Dad?
– Ja.
– Ich liebe euch. Und ihr müsst wissen, die Dinge, die ich getan hab, egal, was die Leute sagen, es ist alles meine Schuld. Und ich liebe euch, und …

Mom weint. Wie könnte es auch anders sein. Mom zum Weinen zu bringen, ist das Einfachste auf der Welt.

– Bitte wein nicht, Mom.
– Und du, sei nicht dumm. Wie soll ich nicht weinen?
– Dad, sag Mom, sie soll aufhören zu weinen.
– Deine Mutter heult sogar bei der Fernsehwerbung.
– Das stimmt.

Mutter weint eine Weile. Niemand sagt was. Dann hört sie wieder auf.

– Jetzt ist es besser. Tut mir leid.
– Schon in Ordnung.

Wieder Schweigen. Der Strand kreist ein paarmal um mich. Meine Augen drohen wieder zuzufallen.

– Okay, ich muss jetzt gehen.

Mom fängt erneut an zu weinen.

– Wirst du wieder anrufen? Geht's dir gut? Brauchst du was? Ich kann dir was schicken. Sag mir, was du brauchst.

– Nein, Mom. Mir geht's gut. Ich wollt einfach nur, ich … Ich liebe euch. Und vermisse euch. Jeden Tag.

Meine Augenlider werden schwer. Ich zwinge sie wieder nach oben.

Mom spricht.

– Wir lieben dich, Henry.

Dad hustet.

– Ich liebe dich, mein Sohn.

– Ich dich auch. Alles Gute. Ich liebe euch.

Ich lege auf.

Meine Augen beginnen sich zu schließen.

Ich reiße sie auf.

Wenn ich jetzt meine Augen schließe, werde ich sie nie wieder öffnen.

Ich bin müde. Mein Körper ist zu schwer, um ihn länger aufrecht zu halten. Ich lehne mich zurück, lasse mich in den Sand sinken. Über mir strahlt der blaue Himmel. Es fühlt sich gut an in meinem Gesicht, aber es schmerzt in meinen Augen. Ich schließe die Augen. Öffne sie wieder.

Wenn ich jetzt meine Augen schließe, werde ich sie nie wieder öffnen.

Wenn ich meine Augen schließe – werde ich sie nie mehr öffnen.

Ich schließe meine Augen.